49

文学研究会资料（上）

WENXUEYANJIUHUI ZILIAO

贾植芳　苏兴良　刘裕莲　周春东　李玉珍　编

中国社会科学院
文学研究所　总纂

中国文学史
资料全编

现代卷

知识产权出版社

内容提要：

文学研究会是五四新文化运动中最早成立的文学社团，其成员多、影响大，在流派发展上具有鲜明突出的特色，成为新文学运动中最为重要的一个文学社团。本书上册收录了文学研究会成立宣言、章程，组织机构，文学主张，与其他社团关系；下册收录了有关文学研究会的评介、回忆文章，大事记，刊物、丛书目录，及相关研究资料索引，全面反映了文学研究会的历史面貌。

责任编辑：马　岳　　　　　　　**责任校对：**韩秀天
装帧设计：段维东　　　　　　　**责任出版：**卢运霞

图书在版编目（CIP）数据

文学研究会资料 / 贾植芳等编. —北京：知识产权出版社，2010.1
（中国文学史资料全编·现代卷）

ISBN 978-7-80247-612-7

Ⅰ. 文…　Ⅱ. 贾…　Ⅲ. 文学研究会—史料　Ⅳ. I209.6

中国版本图书馆 CIP 数据核字（2009）第 201642 号

中国文学史资料全编·现代卷

文学研究会资料（上）

贾植芳　苏兴良　刘裕莲　周春东　李玉珍　编

出版发行：知识产权出版社

社　　址：北京市海淀区马甸南村 1 号　　　　邮　　编：100088
网　　址：http://www.ipph.cn　　　　　　　　邮　　箱：bjb@cnipr.com
发行电话：010-82000860 转 8101/8102　　　传　　真：010-82005070/82000893
责编电话：010-82000860 转 8171　　　　　　责编邮箱：mayue@cnipr.com
印　　刷：北京市凯鑫印刷有限公司　　　　　经　　销：新华书店及相关销售网点
开　　本：720mm×960mm　1/16　　　　　　 印　　张：76.75
版　　次：2010 年 1 月第一版　　　　　　　 印　　次：2010 年 1 月第一次印刷
字　　数：1140 千字　　　　　　　　　　　　定　　价：154.00 元（上、下）

ISBN 978-7-80247-612-7 / I · 103（2736）

汇纂工作小组
名单
（按姓氏笔画排列）

王润贵　刘跃进　刘福春　严　平

张大明　杨　义　欧　剑　段红梅

编 辑 说 明

中国社会科学院文学研究所向来重视文学史料的系统整理与深入研究，建所50多年来，组织编纂了很多资料丛书，包括《古本戏曲丛刊》、《古本小说丛刊》、《中国现代文学史资料汇编》、《近代文学史料汇编》、《当代文学史料汇编》以及《文艺理论译丛》、《现代文艺理论译丛》、《古典文艺理论译丛》等。其中，介绍国外文艺理论的3套丛书，已经汇编为《文学研究所学术汇刊》9种30册，交由知识产权出版社出版。该书出版后，国内一些重要媒体刊发评介文章，给予充分肯定。为满足学术研究的需要，2007年初，中国社会科学院文学研究所与知识产权出版社商定继续合作，编辑出版《中国文学史资料全编》，将以往出版的史料著作汇为一编，统一装帧，集中出版。

这里推出的《中国文学史资料全编·现代卷》就是其中的一种。本卷主要以《中国现代文学史资料汇编》为基础而又有所扩展。《中国现代文学史资料汇编》的编纂工作启动于1979年，稍后列入国家第六个五年计划社科重点项目。该编分为《中国现代文学运动、论争、社团资料丛书》、《中国现代作家作品研究资料丛书》、《中国现代文学书刊资料丛书》即甲乙丙3种，总主编陈荒煤，副主编许觉民、马良春，编委有丁景唐、马良春、王景山、王瑶、方铭、许觉民、刘增杰、孙中田、孙玉石、沈承宽、芮和师、张大明、张晓翠、杨占陞、陈荒煤、唐弢、贾植芳、徐迺翔、常君实、鄂基瑞、薛绥之、魏绍昌，具体组织主要由徐迺翔、张大明负责。此项目计划出书约200种。至 20世纪末，前后20多年间，这套书由数家出版社陆陆续续出版了80余种，还有数十种虽然已经编就，由于种种原因，迄今尚未出版。"现代卷"包括上述已经出版的图书和若干种当时已经编好而尚未出版的图书。

这项工作得到了中国社会科学院文学研究所和知识产权出版社的高度重视，为此成立了汇纂工作小组。杨义、刘跃进、严平、张大明、刘福春等具体负责学术协调工作，于2007年11月，向著作权人发出《征求〈中国文学史资料全编·现代卷〉版权的一封信》，很快得到了绝大多数编者的授权，使这项工作得以如期顺利开展。为此，我们向原书的编者表示由衷的谢意。为尽快将这套书推向社会，满足学界和社会的急需，除原版少量排印错误外，此次重印一律不作任何修改，保留原书原貌，待全部出齐，视市场情况出版修订本。为此，我们也诚挚地希望广大读者能给予充分谅解。

《中国文学史资料全编·现代卷》出版后，我们将尽快启动"古代卷"、"近代卷"和"当代卷"的编纂工作，希望能继续得到专家学者的大力支持和热心参与。

现代卷汇纂工作组

目　录

上　册

一、成立宣言、章程及重要启事

文学研究会宣言 ……………………………………………………………… 3

文学研究会简章 ……………………………………………………………… 5

文学研究会会务报告（第一次）…………………………………………… 7

文学研究会启事 …………………………………………………………… 10

文学研究会记事 …………………………………………………………… 11

北京文学研究会总会启事 ………………………………………………… 12

文学研究会会员消息 ……………………………………………………… 13

上海学术团体对外联合会宣言 …………………………………………… 14

二、组织机构及会员

文学研究会读书会简章 …………………………………………………… 19

文学研究会读书会各组名单 ……………………………………………… 21

文学研究会会员考录（苏兴良）………………………………………… 22

文学研究会发起人及部分成员简介 ……………………………………… 28

文学研究会部分成员笔名录（苏兴良　辑）…………………………… 45

三、文学主张

新文学的要求（周作人）……………………………………………53

新旧文学平议之评议（冰）…………………………………………57

文学和人的关系及中国古来对于文学者身分的误认（沈雁冰）………59

新文学研究者的责任与努力（郎损）………………………………63

新文学与创作（愈之）………………………………………………68

文艺丛谈（二）（冰心）……………………………………………72

文学的使命（西谛）…………………………………………………74

血和泪的文学（西谛）………………………………………………77

《前夜》序（耿济之）………………………………………………78

支配社会底文学论（之常）…………………………………………83

新文学观的建设（西谛）……………………………………………88

文学与人生（沈雁冰）………………………………………………91

自然主义与中国现代小说（沈雁冰）………………………………95

文学与政治社会（雁冰）……………………………………………109

"大转变时期"何时来呢？（雁冰）…………………………………112

文艺的真实性（佩弦）………………………………………………115

诚实的，自己的话（叶圣陶）………………………………………123

文学与革命的文学（沈泽民）………………………………………127

论无产阶级艺术（沈雁冰）…………………………………………131

文学者的新使命（沈雁冰）…………………………………………145

四、关于新文学的讨论及通讯

1. 关于创作问题的讨论

致郑振铎先生信（节选）（沈雁冰）…………………………………151

创作与哲学（瞿世英）………………………………………………153

创作的要素（叶绍钧）………………………………………………157

社会背景与创作（郎损）……………………………………………159

创作的我见（庐隐女士）……………………………………………162

平凡与纤巧（郑振铎）………………………………………………164

怎样去创作（王世瑛女士）·················166

创作底三宝和鉴赏底四依（许地山）·················168

我对于创作家的希望（说难）·················171

创作的前途（沈雁冰）·················174

批评创作·················177

批评创作的三封信·················179

2. 关于翻译问题的讨论

翻译文学书的讨论·················183

译名统一与整理旧籍·················186

3. 关于语体文欧化问题的讨论

语体文欧化的讨论·················189

语体文欧化讨论（四、五、六）·················194

语体文欧化问题·················198

语体文欧化问题·················202

语体文欧化问题和文学主义问题的讨论·················204

4. 关于民众文学的讨论

与佩弦讨论"民众文学"（俞平伯）·················208

民众文学的讨论·················211

更正（俞平伯）·················228

怎样提高民众的文学鉴赏力？·················232

5. 关于自然主义问题的讨论

自然主义的论战·················236

自然主义的怀疑与解答·················241

6. 其它

文学作品有主义与无主义的讨论·················246

对"整理中国固有文学"的讨论·················251

五、关于中国文学遗产整理的文章选辑

整理中国文学的提议（西谛）·················257

整理中国古代诗歌的意见及其他（馥泉）·················265

整理国故与新文学运动的发端（西谛）…………………………272

我们对于国故应取的态度（顾颉刚）…………………………273

国故的地位（王伯祥）…………………………………………276

整理国故与新文学运动（余祥森）……………………………278

韵文及诗歌之整理（严既澄）…………………………………282

研究中国文学的新途径（郑振铎）……………………………286

六、对外国文学的思潮、理论、流派、作家的评介文章选辑

俄国近代文学杂谈（冰）………………………………………311

圣书与中国文学（周作人）……………………………………317

波兰近代文学泰斗显克微支（节选）（沈雁冰）………………325

文学上的俄国与中国（周作人）………………………………328

被损害民族的文学号·引言（记者）…………………………334

霍普德曼与尼采哲学（译自 Anton Hellmann 著　希真）……338

自然主义的中国文学论（李之常）……………………………345

匈牙利爱国诗人裴都菲的百年纪念（节选）（沈雁冰）………353

太戈儿的思想与其诗歌的表象（王统照）……………………356

诗人拜伦的百年祭（西谛）……………………………………375

法国文学对于欧洲文学的影响（郑振铎　沈雁冰）…………379

阿志巴绥夫与《沙宁》（西谛）

　　——沙宁的译序（节选）……………………………………394

浪漫派的红半臂（节选）（戈恬著　虚白译）………………401

现代欧洲文学的革命与反动（英国 Calverton 著　刘穆译）………413

文学及艺术底意义（蒲力汗诺夫著　雪峰译）

　　——车勒芮绥夫司基底文学观……………………………435

七、刊物与丛书

1. 刊物

①《小说月报》

小说新潮栏宣言……………………………………………………461

小说月报征文广告…………………………………………………465

本社启事 ···466

本月刊特别启事一 ···467

本月刊特别启事二 ···469

本月刊特别启事五 ···470

小说月报启事 ···471

《小说月报》的改革宣言 ···································472

小说月报第一次特别征文 ···································474

一年来的感想与明年的计划（记者） ···············475

小说月报第十五卷号外中国文学研究号征文启事 ···480

明年的小说月报（郑振铎） ·······························482

小说月报第十六卷的新计划 ·······························484

卷头语（选辑） ···487

最后一页（选辑） ···494

②《文学周报》（包括前身《文学旬刊》、
《文学》周刊）、北京《晨报副刊·文学旬刊》

文学旬刊宣言（本刊同人） ·······························508

文学旬刊体例 ···510

今后之本刊 ···511

《最近的出产》栏的旨趣和态度 ·······················512

本刊启事 ···515

给读者（西谛） ···517

本刊改革宣言（西谛） ···519

本刊特约撰稿者 ···521

本刊的回顾与我们今后的希望（西谛） ···············522

杂感（雁冰） ···524

本刊特别启事
　　——文学负责编辑者 ·······································526

《星海》发刊缘起（西谛） ···································527

《星海》要目预告 ···529

郑振铎特别启事 ···532

我们的杂记（蒲梢） ···533

《文学周报》独立出版预告 ·················· 535

上海文学周报出版预告 ····················· 536

今后的本刊 ······························· 537

郑振铎启事 ······························· 539

第七卷的开始（赵景深） ··················· 540

编后（赵景深） ··························· 542

文学周报社紧要启事二 ····················· 543

本刊的缘起及主张（王统照） ··············· 544

本刊特别启事 ····························· 546

王统照启事 ······························· 547

③《诗》

投稿诸君鉴（记者） ······················· 548

编辑余谈（选辑）（Y.L） ·················· 549

2. 丛书

文学研究会丛书缘起 ······················· 551

文学研究会丛书编例 ······················· 554

《雪朝》短序（郑振铎） ··················· 556

《雪朝》再版序言（郑振铎） ··············· 557

八、文学研究会与其它社团、流派的关系

1. 与鸳鸯蝴蝶派和学衡派的斗争

思想的反流（西谛） ······················· 561

新旧文学的调和（西谛） ··················· 563

侮辱人们的人（圣陶） ····················· 565

消闲？！（西谛） ························· 567

骸骨之迷恋（斯提） ······················· 568

评梅光迪之所评（郎损） ··················· 569

驳反对白话诗者（郎损） ··················· 572

形式和实质（化鲁）

——对于近时文艺界的一个感想 ·············· 575

"写实小说之流弊"？（冰）

    ——请教吴宓君，黑幕派与礼拜六派是什么东西！ ……………577

杂谈（C.P） ………………………………………………………580

真有代表旧文化旧文艺的作品么？（雁冰）……………………582

反动？（雁冰）……………………………………………………584

文学界的反动运动（雁冰）………………………………………586

    2. 与新文学其它社团及作家的关系

《创造》给我的印象（损）………………………………………588

介绍外国文学作品的目的（雁冰）

    ——兼答郭沫若君 ……………………………………………594

附：论文学的研究与介绍（郭沫若）……………………………597

"中国文学史研究会"底提议（节选）（馥泉）…………………601

创造社与文学研究会（成仿吾）…………………………………605

致《文学》编辑的一封信（郭沫若）……………………………612

附：沈雁冰、郑振铎的复信 ……………………………………617

欢迎《太阳》!（方璧）…………………………………………620

附：论新旧作家与革命文学（华希理）

    ——读了《文学周报》的《欢迎太阳》以后 ………………623

读《倪焕之》（节选）（茅盾）…………………………………633

上海文艺之一瞥（鲁迅）

    ——八月十二日在社会科学研究会讲 ………………………636

读《呐喊》（雁冰）………………………………………………645

闲谈《呐喊》（西谛）……………………………………………649

沈雁冰、郑振铎致周作人书信（摘抄）…………………………651

下　册

九、有关文学研究会评介、研究文章选辑

介绍《小说月报》并批评（节选）（石岑）……………………667

附：沈雁冰致石岑信 ……………………………………… 669
介绍《小说月报》十二卷一号（晓风）………………… 671
介绍《小说月报》号外《俄国文学研究》（晓风）……… 673
介绍小说月报《被损害民族的文学号》（C）…………… 674
评《小说汇刊》（玄）…………………………………… 676
读《小说汇刊》（节选）（陈炜谟）…………………… 678
关于"文学研究会"（茅盾）…………………………… 680
中国新文艺运动及其统制政策（节选）（贺玉波）…… 685
文学研究会的前前后后（王丰园）…………………… 687
中国新文学大系·小说一集·导言（节选）（茅盾）…… 690
中国新文学大系·文学论争集·导言（节选）（郑振铎）…… 704
五四运动与文学革命（节选）（吴文祺）…………… 711
文学研究会的现实主义思想（田仲济）…………… 717
文学研究会对外国文学的译介（吴锦濂 姚春树 陈钟英）…… 730
读新发表的郑振铎信件（苏茵）
　　——兼谈文学研究会与鲁迅 ………………………… 740

十、回忆文章选辑

记小说月报第二十三卷新年号（徐调孚）……………… 751
现代作家生年籍贯秘录（赵景深）
　　——文学研究会会员录 …………………………… 755
《小说月报》话旧（徐调孚）…………………………… 759
略叙文学研究会（叶圣陶）…………………………… 764
五四忆往（俞平伯）
　　——谈《诗》杂志 ………………………………… 769
革新《小说月报》的前后（节选）（矛盾）…………… 772
复杂而紧张的生活、学习与斗争（节选）（茅盾）…… 784
影印本《小说月报》序（茅盾）………………………… 810
羊城北望祭茅公（节选）（思慕）……………………… 812

十一、访问记

访问叶圣陶·······················817

访问郭绍虞·······················820

访问赵景深·······················822

访问许杰·························824

访问刘思慕·······················826

访问巴金·························828

访问丁玲·························829

十二、大事记

引言····························833

十三、刊物目录

1. 小说月报························871

2. 文学周报（包括前身《文学旬刊》、

　《文学》，附刊上海《时事新报》）···········987

3. 文学旬刊（北京《晨报·副刊》）··········1074

4. 诗（中国新诗社）··················1093

十四、丛书目录

1. 文学研究会丛书··················1103

2. 文学研究会创作丛书················1142

　1936 年—1947 年 1 月　上海商务印书馆······1142

3. 文学周报社丛书··················1149

4. 文学研究会世界文学名著丛书···········1158

5. 小说月报丛刊····················1162

　（1924 年 11 月——1925 年 4 月）·········1162

6. 文学研究会通俗戏剧丛书·············1175

　1924 年 3 月——1934 年 7 月　上海商务印书馆······1175

7．附：文学研究会幽默丛书 ……………………………………1178

十五、有关文学研究会的评介、研究、回忆各类资料目录索引

十六、中国现代、当代文学史等著作中有关文学研究会评价章节编目

一、成立宣言、章程及重要启事

文学研究会宣言

我们发起这个会，有三种意思，要请大家注意。

一，是联络感情。本来各种会章里，大抵都有这一项；但在现今文学界里，更有特别注重的必要。中国向来有"文人相轻"的风气；因此现在不但新旧两派不能协和，便是治新文学的人里面，也恐因了国别派别的主张，难免将来不生界限。所以我们发起本会，希望大家时常聚会，交换意见，可以互相理解，结成一个文学中心的团体。

二，是增进知识。研究一种学问，本不是一个人关了门可以成功的；至于中国的文学研究，在此刻正是开端，更非互相补助，不容易发达。整理旧文学的人也须应用新的方法，研究新文学的更是专靠外国的资料；但是一个人的见闻及经济力总是有限，而且此刻在中国要搜集外国的书籍，更不是容易的事。所以我们发起本会，希望渐渐造成一个公共的图书馆研究室及出版部，助成个人及国民文学的进步。

三，是建立著作工会的基础。将文艺当作高兴时的游戏或失意时的消遣的时候，现在已经过去了。我们相信文学是一种工作，而且又是于人生很切要的一种工作；治文学的人也当以这事为他终身的事业，正同劳农一样。所以我们发起本会，希望不但成为普通的一个文学会，还是著作同业的联合的基本，谋文学工作的发达与巩固：这虽然是将来的事，但也是我们的一个重要的希望。

因以上的三个理由，我们所以发起本会，希望同志的人们赞成我们的意思，加入本会，赐以教诲，共策进行，幸甚。

（原载《小说月报》第 12 卷第 1 号，1921 年 1 月 10 日；
此宣言还先后刊载于 1920 年 12 月 13 日北京《晨报》，
1920 年 12 月 19 日上海《民国日报·觉悟》，1921 年
1 月 1 日出版的《新青年》第 8 卷第 9 号）

文学研究会简章

第一条　本会定名为文学研究会

第二条　本会以研究介绍世界文学整理中国旧文学创造新文学为宗旨

第三条　凡赞成本会宗旨有会员二人以上之介绍经多数会员之承认者得为本会会员

第四条　本会之事业分为左列二种

（甲）研究　（1）组织读书会　（2）设立通信图书馆

（乙）出版　（1）刊行会报　（2）编辑丛书

其他事业临时酌定举行

第五条　本会每月开常会一次以讨论会务进行之办法如有特别事故得临时召集特别会

读书会集会之办法另定之

第六条　本会设书记干事会计干事各一人任期皆为一年于每年十二月前后选举之

会址所在地外之会员得以通信选举职员但为办事便利起见被选人以与会址在同一地点者为限

第七条　本会的费用由会员全体分担之其募集方法分为两种

（甲）常年费　其款额为二元

（乙）临时费　无定额临时募集之

第八条　本会为稳固基础并创办图书馆起见拟筹募基金若干元其募集方法有二

（甲）募集会员或非会员的特别捐

（乙）由本会出版的书报所得的板税中抽取百分之十

此项基金存放于指定的银行中除购买图书或特别用款外不得用取

第九条　本会会址设于北京其京外各地有会员五人以上者得设一分会

分会办事细则由分会会员自定之

第十条　本简章有未尽事宜得随时修正之

发起人｛
周作人　朱希祖　耿济之
郑振铎　瞿世英　王统照
沈雁冰　蒋百里　叶绍钧
郭绍虞　孙伏园　许地山

（附告）　凡赞成本会宗旨愿加入本会者请照简章与下列诸人接洽俟后择期开成立会商量章程临时再行布告

周作人　北京西直门内八道湾十一号

孙伏园　北京大学新潮社

郑振铎　北京东城西石槽六号

瞿世英　北京盔甲厂燕京大学

沈雁冰　上海宝山路商务印书馆编译所

（原载《小说月报》第 12 卷第 1 号，1921 年 1 月 10 日）

文学研究会会务报告（第一次）

（Ⅰ）本会发起之经过

一九二〇年十一月间，有本会的几个发起人，相信文学的重要。想发起出版一个文学杂志：以灌输文学常识，介绍世界文学，整理中国旧文学并发表个人的创作。征求了好些人的同意。但因经济的关系，不能自己出版杂志。因想同上海各书局接洽，由我们编辑，归他们出版。当时商务印书馆的经理张菊生君和编辑主任高梦旦君适在京，我们遂同他们商议了一两次，要他们替我们出版这个杂志。他们以文学杂志与《小说月报》性质有些相似，只答应可以把《小说月报》改组，而没有允担任文学杂志的出版。我们自然不能赞成。当时就有几个人提议，不如先办一个文学会，由这个会出版这个杂志，一来可以基础更为稳固，二来同各书局也容易接洽。大家都非常的赞成。于是本会遂有发起的动机。过了几时，上海的同志沈雁冰君来信，说商务印书馆请他担任《小说月报》的编辑，并约大家加入这个社，只是内容虽可彻底的改革，名称却不能改为《文学杂志》。因为这个事，我们北京的同志于十一月二十九日借北京大学图书馆主任室开一个会，议决积极的筹备文学会的发起，并推郑振铎君起草会章。至于《小说月报》，则以个人名义，答应为他们任撰著之事，并以他为文学杂志的代用者，暂时不再出版文学杂志。十二月四日，北京的同志又在万宝盖耿宅开一个会，讨论并通过会章，并推周作人君起草宣言书。宣言书起草竣后，遂以周作人，朱希祖，蒋百里，郑振铎，耿济之，瞿世英，郭绍虞，孙伏园，沈雁冰，叶绍钧，许地山，王统照十二人的名义发起本会，在京内各日报，杂志上，发表本会之宣言与简章，并征求会员入会。两个星期以后，入会的人很多。十二月三十日，在北京的发起人又在万宝盖耿宅开一个会。通过加入本会之会员，并议决于一九二一年正月四日在中央公园来今雨轩开成立会，成立会的秩序，也在这个会里议定。至此，本会筹备发起之事遂完全告竣。

（Ⅱ）成立会纪事

一九二一年一月四日，本会在中央公园，来今雨轩开成立大会，到会者二十一人。推蒋百里君主席。首由郑振铎君报告本会发起经过。次讨论会章，逐条表决。修改了几条。就是把会期改为每三个月开一次，把第九条改为"会址设于北京"，而不要以下"其京外各地有会员五人以上者得设分会"一句。其余俱完全通过。会章通过后，就选举职员，以无记名的投票所选举之。结果，郑振铎君当选为书记干事，耿济之君当选为会计干事。选举毕，提前摄影。摄影后，讨论本会进行方法，所讨论的有下列几个问题：

（甲）读书会 议决分为若干组，以便进行，并推朱希祖，蒋百里，郑振铎，许地山四君为读书会简章起草员。

（乙）基金募集问题 议决随时由会员募集之。并以《小说月报》稿费十分之一，捐入本会，为基金。

（丙）图书馆问题 议决以基金未募得，暂缓组织。第一步先由各会员把自己所藏之书，开一目录，交于书记干事，汇齐付印，交给各会员，以图相互借书之便利。

（丁）会报问题 议决每年出版四册，材料取给于读书会及本会各种纪事。

（戊）丛书问题 略加讨论，未议决。

（己）讲演会 议决随时举行。

（庚）会址问题 暂时不设会址，借书记干事寓所为接洽一切会务之处。

讨论竣后，茶点，谈话，至六时始散会。

（原载《小说月报》第 12 卷第 2 号，1921 年 2 月 10 日）

（Ⅴ）三月二十一日的临时会

三月二十一日下午一时，本会假石达子庙欧美同学会大堂，开一次临时会。首由郑振铎君报告；前次本会议决的丛书契约，商务印书馆已完全答应。当时就把商务印书馆所拟的丛书契约，念了一遍。大家均一致通过。丛书委员会委员，本应于这次会内选举，因到会者稍少；且委员的选举，要比较得慎重，外埠会员，也要参预于选举。遂由大家议决，用通信方法选举之。选举票至晚须于四月底寄至北京。主席又报告。丛书的编译，应先由担任翻译或著作的人，把所愿意担任译著的书名写出，以免重复，当时在会者，共写有十本以上。丛书版权页上所贴的印花本由本会备好，交给商务印书馆贴上，当时议决：俟图式定好后，由陈大悲君向财政部印刷局接洽印刷之事。讨论完后，郑振铎君起言：他要于本月底出京，要二三个月后才能回来，书记干事一职，请大家另举一人代理。当时即行投票，结果：瞿世英君当选。大家因郑君到上海之便，并叫他顺便与上海书局接洽代印本会会报事。朱希祖君又提议以后大家对于读书会，应该极力注意。大家都非常赞成。此会散后，小说组的人就集在一起，开了一个会。结果：（一）本组每月开会两次。（二）在前次会时指定一人担任第二次会的召集。（三）在每次会里所做的事有三：（甲）讨论；把各人对于小说的见解互相讨论研究。（乙）批评；每次批评本会员创作一篇，翻译一篇。（丙）读书；关于小说原理，小说史，及小说名著等书，各组员读完一册后，应将其内容报告给大家。讨论完后，即由大家指定第二次会，由耿济之君担任召集。散会时，已四时三十分。

（原载《小说月报》第 12 卷第 6 号，1921 年 6 月 10 日）

文学研究会启事

　　本会会员胡天月先生于上月去世。先生生平在文学上贡献颇多，所作诗文，散见各处。现在我们打算设法搜辑，刊行专书，以留纪念。凡和天月先生相知的朋友，如见有他的诗文遗稿，不论是长篇的，或者是片断的，都请寄至文学旬刊社转交本会。他日选辑成书后当各奉赠一册，以答高谊。

　　　　　　　　　　（原载《文学旬刊》第 40 期，上海《时事新报》
　　　　　　　　　　　　　　　　　　　　　　1922 年 6 月 11 日）

文学研究会记事

　　本会于本月八日在上海一品香开"南方会员年会"，讨论会务及其他重要问题，并欢迎俞平伯君赴美。到会的有耿式之，郑西谛，严既澄，朱自清，叶圣陶，俞平伯，顾颉刚，乐嗣炳，沈雁冰，沈泽民，胡愈之，周健人，潘家洵，金兆梓，谢六逸，周予同，柯一岑，胡哲谋，刘延陵等十九人。所讨论问题共分两项：

　　（甲）会务讨论：

　　（一）会员间图书流通的办法。

　　（二）会报征稿办法。

　　（三）分组问题。

　　（四）丛书及小丛书问题。

　　（五）文学旬刊编辑问题。

　　（乙）一般讨论：

　　（一）我们的倾向。

　　（二）文艺上的民众与贵族——文学可以通俗化么？

　　（三）中国文学之整理——范围与方法。

　　（四）翻译问题——选材与译法。

　　（五）方言文学的建设。

　　当时发言者极多。下午一时开会至七时始散会。详看记载，当刊于下次本刊。

　　（原载《文学旬刊》第 43 期，上海《时事新报》1922 年 7 月 11 日）

北京文学研究会总会启事

　　本会简章第七条规定每年一月改选职员一次，现因会员散居他处者多，兹改定于本年三月十日以前为通信选举职员之期，凡本会会员见本条启事之后，请速即选定书记一人及会计一人，函寄北京火药局三条二号唐君收为荷

　　　　　　　　　　　　　　　　　书记干事唐性天

　　　　　　　　　　　　　　　　　会计干事许地山　同启

　　　　　　　　（原载《文学旬刊》第 66 期，上海《时事新报》
　　　　　　　　　　　　　　　　　1923 年 3 月 1 日）

文学研究会会员消息

一、许地山与顾一樵二君于八月十七日乘"约凯孙总统"号赴美国留学，通讯处未定。

二、李之常君于八月二十五日（？）乘"奥国皇后"号赴美留学，通讯处未定。

三、柯一岑君于八月三十一日乘 Paucal 邮船赴法国留学，通讯处未定。

四、瞿世英与徐志摩二君，将于太戈尔来华时，做他的翻译者。

（原载《文学旬刊》第 86 期，上海《时事新报》
1923 年 9 月 3 日）

上海学术团体对外联合会宣言

五月三十日上海中国学生因反对外人越界筑路，印刷附律等事，在英租界南京路演讲，英国巡捕以干涉为未足，竟下令印捕向群众连开排枪，致死伤中国学生及工商人二十余人，当场死者四人，后又陆续因伤重死去七人。此事情形已详各报，无用赘述。乃英租界捕房当局竟谓巡捕因维持租界治安，开枪示威，以致误伤。偌大惨杀案，而轻描淡写，指为误伤，且时隔三日（六月一日）复在南京路十字街口向群众连开排枪两次，又死伤十余人，其余死生未卜，当场死者三人，此可见英租界当局不特毫无悔祸之心，而且怙恶不悛，变本加厉，直视中国人之生命贱于猪狗矣。

今姑无论学生所主张均有正当之理由也，然即谓其所宣传者有妨害治安之趋势，亦不至有当地枪杀之罪。当地枪杀惟可施诸持枪行劫者耳；徒手宣传者，即昌言颠覆政府，世界各国亦无对此种人当地枪杀之律。今以自诩政治修明之民族而以惨无人道之手段施诸无拳之勇之学生，宁尚有理由之可言！

英捕房既惨杀吾国人矣，而又捏词掩饰，谓学生口呼"杀外国人"尽力攫夺西捕之枪，其意以为西捕开枪乃不得已之举。此其言真不值一驳。姑无论文弱之学生无与精壮巡捕撑拒之能力也；即使有力撑拒，则巡捕开枪，当在互相撑拒之际，如此则至多伤一二学生；何至学生以外，工商人行路者死伤至十余人耶！据六月一日公廨会审时西捕头自称：学生"所立之地，距捕房……隔六尺"，是捕头于学生未尝进逼之先已下令向众平放排枪，此明明以吾中国人命为儿戏，尚何掩饰之有！

不特此也。南京路为上海最大通衢，即在彼施放手枪，亦将伤及无辜；巡捕非追拿劫盗，断无在通衢开手枪之理。在南京路开手枪，则许多无辜者必将中弹，此居上海数日之人均知之；西捕断无不知之理。知之而故下令开枪，且所开者乃为排枪，而又连开两三次。此事，除西捕认中国人生命为不足顾惜外，岂复有他种解释耶！

乃英捕房总巡尚谓此为"误伤"，夫明明下令向准人众连放排枪，而谓之"误伤"，岂下令开枪之西捕以为连开排枪对众平放可以不伤人耶！此事之出于故为，三尺童子能知之，而英总巡尚欲哓哓，是不特欺中国人怯懦易与，直视吾人为天生蠢物，受人屠宰，而犹不识不知者矣。

以上云云，皆为人人与知之理，似无庸琐琐置辩。然所以不惮反复者，恐万一吾国人士或有一二先怀成见，因而受英人谰言之蛊惑，以为死伤者亦有其自取之咎，致国人对此，自馁其气，不与抵抗。果尔，则彼等以中国人命供枪杀之娱乐之行为，随时随地可以再行实现；如此则吾中国人何如四万万人全体同时自杀，岂不较供彼英人屠戮之娱为死得有体面耶！

吾人对此惨杀之举，当极力抵抗，已不待言；为今之计，惟有进而筹抵抗之法。抵抗之法，可分两层：一为对英人之要求，二为此项要求之后盾。请分别言之。

对英人之要求条件如下：

一、收回全国英租界；

二、英政府向中国道歉；

三、立即释放被捕学生；

四、要求英政府惩办肇事捕头及巡捕。西捕头爱伏孙及其他凶手，一律抵偿生命；

五、要求优恤死者；

六、要求赔偿伤者损失。

然今日吾国扰攘如此，无足为外交后盾之势力，空言要求，终归无效。即有规律之示威，（更无论轨外之行动，）亦适资彼等以口实而授以借题扩张压力增加权力之机会。欲使吾人要求之有效，惟有同时进行下列之三种办法：

一、全国实行排斥英货；

二、凡在英国私人或机关中服务者，一律退出；

三、全国不售任何物品于英国人。

吾人非将此三项彻底的经济绝交之抵制方法坚持到底，使英人对吾人之要求全数照办而后止，则岂仅有伤国体，大损国权而已；势必至中国人无时无地莫不有以生命供他族枪杀之娱乐之机会；天地虽大，岂复有吾人立足之所！吾中国人而犹有人格也，舍实行上述方法，坚持到底外，无有他途。种族存亡，在此一举，惟我全国人奋力为之，一息无懈！

上海学术团体对外联合会：中华学艺社、太平洋杂志社、孤军杂志社、学术研究会、醒狮周报社、少年中国学会、上海世界语学会、上海通信图书馆、文学研究会、妇女问题研究会、中国科学社上海社友会、中华农学会

（原载《文学周报》第 177 期，1925 年 6 月 14 日）

二、组织机构及会员

文学研究会读书会简章

第一条　凡文学研究会会员均须入本会为会员

第二条　本会为便于进行起见分为右列二部若干组

甲部　以国别暂分四组

（1）中国文学组　（2）英国文学组　（3）俄国文学组　（4）日本文学组

乙部　以文学之种类别分为四组

（1）小说组　（2）诗歌组　（3）戏剧文学组

（4）批评文学组

甲部遇必要时得增设组数

第三条　会员至少须为甲部一组及乙部一组之组员

第四条　本会每月开会一次由上列八组轮流担任召集时间及地点均由担任召集之一组决定之

每组之集会办法由各组自定之但议定后须报告于书记干事

第五条　本会开会时须由担任召集之一组报告本组各组员于两次会期间所购及所读之书并由各组员简单报告其所读书内容并宣读其研究所得之论文

第六条　京外会员须以通信报告其于两次会期间所读所购之书并送其论文于所属之某组由其组于开会时代为报告或宣读

第七条　每次开会所有之纪录——所购及所读之书目所宣读之论文及其他——均须由担任召集之一组汇齐交于书记干事保存并择要付

印分送各会员

第八条　本简章有未尽事宜得随时提议修正之

（原载《小说月报》第 12 卷第 2 号，

1921 年 2 月 10 日）

文学研究会读书会各组名单

（一）小说组

宋锡珠　刘嘉镕　黄　英　王世英　许地山　耿济之　李之常
刘廷藩　傅东华　孙伏园　耿式之　瞿世英　郑振铎　周作人
许光迪　白　镛　谢六逸　范用余　苏驭群　沈雁冰　沈泽民
王统照

（二）诗歌组

杨伟业　宋锡珠　刘嘉镕　刘廷藩　金兆梓　李之常　刘廷芳
王星汉　周作人　朱希祖　苏驭群　范用余　李　晋　叶绍钧
王统照

（三）戏剧组

许地山　耿式之　李之常　郑振铎　瞿世英　陈大悲　沈雁冰

（四）批评文学组

耿济之　郭绍虞　郑振铎　蒋百里　傅东华　张毓桂

（五）杂文组（包含论文及传记等）

刘廷芳　郭绍虞

（原载《小说月报》第 12 卷第 6 号，1921 年 6 月 10 日）

文学研究会会员考录

苏兴良

说明：本《考录》分两部分：（一）已知入会号数者。该部分会员名单转录于《新文学史料》一九七九年第三辑《文学研究会（资料）》附录的《文学研究会会员录（部分）》。（二）有史料根据为会员，尚不知入会号数者。

第一部分计有会员102人，第二部分共考录到会员32人。以上共计134人，与正式登记的会员数尚缺38人，有待继续查考。

（一）

入会号数	姓 名	字号	籍 贯	入会号数	姓 名	字号	籍 贯
1	朱希祖	逖先	浙江海盐	9	沈德鸿	雁冰	浙江桐乡
2	蒋方震	百里	浙江海宁	10	郑振铎	西谛	福建长乐
3	周作人	启明	浙江绍兴	11	耿 匡	济之	江苏上海
4	许赞堃	地山	台湾台南	12	瞿世英	菊农	江苏武进
5	郭希汾	绍虞	江苏吴县	13	黄 英	庐隐	福建闽侯
6	叶绍钧	圣陶	江苏吴县	20	易家钺	君左	湖南汉寿
7	孙福源	伏园	浙江绍兴	21	陈听彝	大悲	浙江杭县
8	王统照	剑三	山东诸城	24	谢六逸	六逸	贵州贵阳

25	耿 承	式之	江苏上海	76	王锺麒	伯祥	江苏吴县
27	唐性天	性天	浙江镇海	78	陈望道	任重	浙江义乌
28	金兆梓	子敦	浙江金华	79	刘靖裔	大白	浙江绍兴
29	傅东华	冻葘	浙江金华	80	王任叔	任叔	浙江奉化
30	柯一岑	一岑	江西万载	81	赵景深	景深	四川宜宾
36	刘廷芳	亶生	浙江永嘉	82	李戊于	青崖	湖南湘阴
38	耿勋	勉之	江苏上海	83	张近芬	崇南	江苏嘉定
39	沈颖	士奇	江苏吴兴	86	侯曜	翼星	广东番禹
45	沈德济	泽民	浙江桐乡	87	顾毓琇	一樵	江苏无锡
48	胡学愚	愈之	浙江上虞	88	汤澄波	澄波	广东花县
49	刘延陵	苏观	江苏泰兴	90	朱湘	子沅	安徽太湖
50	滕固	若渠	江苏宝山	91	余祥森	讱生	福建闽侯
51	顾诵坤	颉刚	江苏吴县	92	梁宗岱	菩根	广东新会
52	潘家洵	介泉	江苏吴县	93	徐章垿	志摩	浙江海宁
53	俞平伯	平伯	浙江德清	96	樊仲云	得一	浙江嵊县
55	夏勉旃	丏尊	浙江上虞	100	吴立模	秋白	江苏吴县
56	徐玉诺	玉诺	河南鲁山	102	孙光策	佷工	湖南邵阳
57	严素	既澄	广东四会	103	孙仲九	仲九	浙江绍兴
59	朱自清	佩弦	江苏江都	104	王守聪	亚衡	河北天津
60	刘复	半农	江苏江阴	105	严敦易	易之	江苏东台
62	陈小航	小航	云南凤庆	106	徐名骥	调孚	浙江平湖
64	周蘧	予同	浙江瑞安	107	诸保厘	东郊	浙江余县
65	周建人	乔峰	浙江绍兴	108	苏兆龙	跃衢	江苏盐城
68	黎锦晖	均荃	湖南湘潭	110	桂裕	澄华	江苏吴县
69	马国英	国英	江苏	112	曹靖华	联亚	河南卢氏
70	乐嗣炳	嗣炳	浙江镇海	121	陈逸	醉云	浙江嵊县
71	熊佛西	化侬	江西丰城	122	王鲁彦	鲁彦	浙江镇海
72	邓绎	演存	江西南城	124	潘垂统	垂统	浙江余姚
74	谢婉莹	冰心	福建闽侯	125	丰仁	子恺	浙江崇德

127	章锡琛	雪村	浙江绍兴	148	陆　侃	侃如	江苏海门
128	胡学志	仲持	浙江上虞	149	李金发	遇安	广东梅县
129	许　杰	子三	浙江天台	150	游国恩	泽承	江西临川
130	王以仁	盟鸥	浙江天台	153	徐嘉瑞	梦麟	云南昆明
131	高君箴	蕴和	福建长乐	155	吴文祺	文祺	浙江海宁
134	顾德隆	仲彝	浙江嘉兴	156	罗象陶	黑芷	江西武宁
136	隋廷玫	玉薇	山东	160	王世颖	新甫	福建闽侯
137	金满成	满成	四川峨嵋	162	蹇先艾	萧然	贵州遵义
139	欧阳予倩	予倩	湖南浏阳	163	李健吾	仲刚	山西安邑
140	汪仲贤	优游	安徽婺源	167	舒庆春	舍予	河北北京
141	苏兆骧	跃云	江苏盐城	168	朱应鹏	应鹏	浙江杭县
142	谢位鼎	小虞	湖南湘乡	169	贺昌群	昌群	四川马边
144	徐蔚南	泽人	江苏吴江	170	彭家煌	韫松	湖南湘阴
147	黎烈文	烈文	湖南湘潭	172	俞剑华	剑华	山东历城

24

　　以上名单转录于《新文学史料》第三辑（一九七九年五月）刊登的仲源所编的《文学研究会（资料）》。转录时，又有所补充、订正。据茅盾《关于"文学研究会"》记述："文学研究会发起时候，有'缘起'，（可以说就是宣言），有'章程'，后来各地有'分会'，有机关报似的'定期刊'，（各地分会也有定期刊），又曾印过一次'会员录'。"赵景深的《文坛忆旧》一书中《现代作家生年籍贯秘录》一文也写道："文学研究会是中国新文学运动史一个最早且亦最大最光荣的文学团体。它的会员经过正式登记的只有一百七十二位。曾经用仿宋字印过一本道林纸的会员录，计会员一百三十一人。……第一百三十二号以后，我却留了一个底子，这些都不曾印行，我是从入会志愿书上抄下来的。"又据本《文学研究会资料》中所辑《访问赵景深》一文："文学研究会当年曾印过一个会员录，我也有一份，在抗战前被人借去，替我丢失了。《文坛忆旧》一书中文学研究会部分会员名单，是我在郑振铎主编的《小说月报》办公室（设在商务印书馆）内，由助编徐调孚从该室一只抽屉里取出来给我抄的；这些名单都是后来加入的会员，编了号。空下的名单号码是该人虽为会员，但不写或极少写作文学作品者。现在《新文学史料》第三辑刊登的《文学研究会会员录（部分）》，是上海师范学院徐恭时先生从我这里整理而成，提供给王仲源的。"

（二）

1. 宋锡珠、杨伟业、刘嘉镕、王世瑛、李之常、许光迪、刘廷藩、白镛、李晋、范用余、苏驭群、王星汉、张毓桂。

以上十三人为尚不知入会号数的文学研究会读书会成员，录自《小说月报》第十二卷第六号所载《文学研究会读书会各组名单》。据《文学研究会读书会简章》："凡文学研究会会员均须入本会为会员。"可知文学研究会读书会会员均为文学研究会会员。

2. 郭梦良、江小鹣、宋介、苏宗武。

以上四人为尚不知入会号数、参加文学研究会成立会摄影的会员。据《小说月报》第十二卷第六号所载《文学研究会会务报告·成立会纪事》："一九二一年一月四日，本会在中央公园来今雨轩开成立大会，到会者二十一人。……选举毕，提前摄影。"又据一九二一年一月四日"文学研究会成立会摄影"和朱金顺的《介绍"文学研究会成立会摄影"》（载《新文学史料》一九八〇年第四期），参加文学研究会成立会摄影者当为会员。

3. 叶启芳、司徒宽、甘乃光、刘思慕、陈受颐、陈荣捷、潘启芳。

以上七人为尚不知入会号数、文学研究会广州分会的会员。据茅盾《中山舰事件前后——回忆录〔八〕》（载《新文学史料》一九八〇年第三期）："文学研究会广州分会同人要开会欢迎我，并请我便餐。……会见以后，才知道广州分会除了刘思慕，还有梁宗岱、叶启芳、汤澄波，都是分会的主要负责人。"又据刘思慕的《羊城北望祭茅公》（载一九八一年四月二十日《羊城晚报》）："那时，我正在岭南大学读文科，受了五四新文化运动的熏陶，开始爱好新文学，也试写新诗，并同教会大、中学中近十位对文学有兴趣的老师和同学，如陈受颐、叶启芳、梁宗岱、潘启芳等，创建'广州文学研究会'，……通过雁冰的积极支持，我们的文艺小团体与'文学研究会'挂上钩了：作为团体会员加入这个全国性组织，并改称'文学研究会广州分会'。"另据本《文学研究会资料》中所辑《访问刘思慕》："文学研究会广州分会会员有九人：梁宗岱、叶启芳、刘思慕、陈荣捷、陈受颐、潘启芳、司徒宽、汤澄波、甘乃光。"

4. 张闻天。

据顾凤城编《中外文学家辞典》"张闻天"条："当代中国文学家。先参加文学研究会，常在《小说月报》等杂志发表作品。"又据阿英编《中国新文学大系·史料索引集》中《作家小传》"张闻天"条："小说作者·译者。文学研究会干部。"

5. 胡天月。

据《文学旬刊》第三十九期所载文学研究会同人刊登的《本会会员胡天月病逝》的讣告："本会会员胡天月于五月十五日病逝。"

6. 胡哲谋。

据《文学旬刊》第七十三期刊登的《本刊的负责编辑人》名单，以及《文学》周刊第一百期刊登的《文学负责编辑者》、《文学特约撰稿者》名单，胡哲谋均列名其中。《小说月报》第十六卷第四号上记者（即郑振铎）写的《文坛杂讯》内称："文学研究会出版的《文学周报》，为中国的文艺刊物里最初出现者之一，向附于上海《时事新报》发行；……执笔者都为上海、北京的文学研究会会员，他们都将以全力经营这个小小的刊物。"

7. 陈毅。

据《诗刊》一九五八年第二期所载王统照诗《赠陈毅同志》："海岱功成战绩陈，妇孺一例识将军。谁知胜算指挥者，曾是当年文会人。"同年四月，陈毅闻王统照病逝，作悼诗四首，题名《剑三今何在？》，也发表在《诗刊》上。其一云："剑三今何在？忆昔北京共文会。君说文艺为人生，我说革命无例外。"当年《诗刊》主编臧克家写的《陈毅同志的诗词》（载《文艺报》一九六二年三月号）一文中记述："我们知道陈毅同志是革命的前辈，同时也是文学研究会的早期会员。他参加文艺活动和他参加革命工作差不多是同时的。上马杀敌，下马写诗，元帅原来是诗人呵！"又，陈昊苏《〈从书生到将军的陈毅〉一文辩证》："陈毅同志曾参加过文学研究会。"

8. 徐雉。

据徐雪寒《诗人徐雉同志的一生》（《新文学史料》一九八○年第

四期）："徐雉同志参加文学研究会，就是在东吴大学读书时期；但是他不曾告诉我具体是哪一年参加的。"又，鲁迅在《伪自由书·后记》引录的文章中提到，"惟有文学研究会的大部分人都还一致——如王统照、叶绍钧、徐雉之类"。

9．瞿秋白。

一九二三年十二月十日出版的《文学》周刊第一〇〇期刊登的《文学特约撰稿者》、《文学负责编辑者》两份名单中，瞿秋白的名字均列其中。《文学》（即《文学周报》前身）是文学研究会的机关刊物，其负责编辑者当为文学研究会会员。《小说月报》第十六卷第四号上记者写的《文坛杂讯》可为佐证："文学研究会出版的《文学周报》：为中国的文艺刊物里最初出现者之一，向附于上海《时事新报》发行；……执笔者都为上海、北京的文学研究会会员，他们都将以全力经营这个小小的刊物。"据茅盾《回忆秋白烈士》："他与郑振铎在北京就是老相识，……他经常深夜写文章，文思敏捷，但多半是很有煽动力的政论文，用于内部讲演，很少公开发表，间或他也翻译点文艺作品，写点文艺短评，因此，郑振铎就拉他参加了文学研究会。"

10．冯雪峰。

据《鲁迅研究资料》第五期所载《与夏衍同志谈话的两次记录》（复旦大学《鲁迅日记》注释组整理）：中国左翼作家联盟"筹备组委员有十二人，其中包括创造社的冯乃超、李初梨，太阳社的阿英、洪灵菲、戴平万，文学研究会的冯雪峰，等等"。

11．刘虎如。

据本《文学研究会资料》内所辑《访问赵景深先生》："一九二五年我到上海后，曾跟文学研究会的会员拍过一次照，参加拍照的会员可能是《新文学史料》第三辑的会员录中没有名字的，现在记得的有刘虎如和黎锦晖。"

文学研究会发起人及部分成员简介

（以姓氏笔划为序）

王以仁（1902—1926） 小说家，浙江天台人。字盟鸥。1923年参加文学研究会。先后在上海安徽公学、杭州工业专门学校、奉化中学任教，后因失恋投海自杀。著有小说集《孤雁》、《王以仁的幻灭》。

王伯祥（1890—1975） 历史学家，江苏苏州人。1923年加入文学研究会。曾长期担任上海商务印书馆和开明书店编辑。建国后，任中国社会科学院文学研究所研究员。著有《三国史略》、《晋初史略》、《中日战争》、《中国史》等。

王任叔（1901.9.8—1972.7.25） 文艺理论家，浙江奉化人。1923年加入文学研究会。历任宁波《四明日报》编辑、北伐军总司令部秘书处秘书、上虞春晖中学教员等。抗战时期在南洋开展华侨文化统战工作。建国后，曾任我国驻印度尼西亚大使、人民文学出版社副社长等职。著有《文学论稿》、《边鼓集》、《遵命集》、《监狱》、《在没落中》等。

王统照（1897.2.9—1957.11.29） 小说家、诗人，山东诸城人。字剑三。文学研究会发起人之一，并任会刊《晨报副刊·文学旬刊》编辑。中国大学毕业。历任山东大学、暨南大学教授和开明书店编辑，并主编《文学》月刊。建国后，曾任山东大学中文系主任、山东省文联主席、省文化局局长等职。著有小说《一叶》、《黄昏》、《山雨》、《春雨之夜》、《霜痕》等，诗集《童心》、《放歌集》、《这时代》、《横吹集》等。

丰子恺（1898.11.9—1975.9.15） 艺术家、散文家，浙江崇德人。浙江省立第一师范学校毕业，并留学日本。曾在上海专科师范、浙江春晖中学、上海立达学园任教。1923 年加入文学研究会，后任开明书店编辑。建国后，曾任上海中国画院院长、上海文联副主席、中国美协上海分会主席。作有画集《子恺漫画》、《客窗漫画》、《子恺漫画全集》等，散文集《缘缘堂随笔》、《缘缘堂再笔》、《车厢社会》等。

　　乐嗣炳（1901.4.2—1984.9.23）　语言学家，浙江镇海人。1921 年参加文学研究会。先后任教于上海大学、暨南大学、复旦大学、广西大学等校。三十年代在上海参加大众语运动。逝世前为复旦大学中文系教授。著有《怎样教授普通话》、《革命实地闻录》、《注音字母旗语》等。

　　甘乃光（1879—1956）　广西岑溪人。1923 年参加文学研究会广州分会。广东岭南大学毕业。曾任黄埔军校秘书兼教官、国民党中央执行委员、国民党政府行政院秘书长等职。1949 年去台湾。著有《先秦经济思想史》、《孙文主义大纲》、《中国行政新论》等。

　　叶绍钧（1894.10.28—1988.2.16）　小说家、教育家，江苏苏州人。字圣陶。文学研究会发起人之一，曾任该会机关刊物《文学周报》、《小说月报》编辑。长期担任上海商务印书馆、开明书店编辑，主编《妇女杂志》、《中学生》和《中学生文艺》等刊物。建国后，历任出版总署副署长、人民教育出版社社长、教育部副部长、全国政协副主席等职。主要著作有小说集《隔膜》、《火灾》、《线下》、《城中》等和长篇小说《倪焕之》，以及童话集《稻草人》、《古代英雄的石像》等。

　　叶启芳（1889—1975）　历史学家，广东三水人。1923 年参加文学研究会广州分会。燕京大学毕业。历任协和神学院教员、黄埔军校教官、广州培英中学校长等职，还曾任香港《星岛晨报》、湖南《大刚报》、《广西日报》、上海《天风周刊》的编辑、社长。建国后，任中山大学教授和图书馆馆长。著有《社会斗争通史》、《社会主义通史》、《社会主义教育政策》等。

　　冯雪峰（1903—1976.1.31）　文艺理论家，浙江义乌人。早年参加湖畔诗社，后在北京大学旁听。三十年代参加"左联"的筹备和领导工作，后去江西革命根据地，并参加了长征，长期从事革命文化、统战工作。建国后，历任上海文联副主席、中国作协党组书记、《文艺报》主编、人民文学出版社社长等职。著有《真实之歌》、《上饶集中营》、《论民主革命的文艺运动》、《鲁迅论及其它》等。

刘大白（1880.10.2—1932.2.13） 诗人，浙江绍兴人。清朝贡生。1923 年参加文学研究会。曾任浙江第一师范教员、复旦大学教授以及国民党政府教育部常任次长、代理部长等职。著有《旧梦》、《邮吻》、《旧诗新话》、《白屋说诗》、《白屋文话》、《中国文学史》等。

刘半农（1891.5.27—1934.7.14） 诗人、语言学家，江苏江阴人。原名复。法国巴黎大学文学博士。1921 年加入文学研究会。曾为《新青年》杂志编辑。历任北京大学教授、辅仁大学教务长、中法大学服尔德学院中国文学系主任等职。著有诗集《瓦釜集》、《扬鞭集》，以及《中国文法通论》、《四声实验录》、《中国文法讲话》等。

刘廷芳（1891—1939） 诗人，浙江永嘉人。1921 年加入文学研究会。美国哥伦比亚大学、耶鲁大学文学博士。曾任美国耶鲁大学、芝加哥大学、波士顿大学等校讲师。归国后，任燕京大学神学、心理学教授。后因病赴美治疗，病逝美国。著有诗集《山花》、《山雨》，译诗集《病人》等。

刘延陵（1896—1988） 诗人，江苏泰兴人。复旦大学毕业。1921 年加入文学研究会，任会刊《诗》月刊编辑。曾在江苏如皋师范学校、中国公学、浙江第一师范学校、暨南大学等校任教。三十年代去南洋至今。著有《围炉琐谈》，译有《柏格森变之哲学》、《社会心理学绪论》等。

刘思慕（1904.1.16—1985.2.21） 作家，广东新会人。广州岭南大学肄业。1923 年参加文学研究会广州分会。曾任岭南大学附中、广州女子师范学校教员，北新书局、远东图书公司编辑。建国后，历任上海《新闻日报》社长、《解放日报》副总编辑、《世界知识》总编辑、中国社会科学院世界史研究所所长等。著译有《樱花和梅花》、《欧游漫忆》、《歌德自传》等。

朱　湘（1904—1933.12.5） 诗人，安徽太湖人。清华学校毕业，留学美国劳伦斯大学、芝加哥大学。1923 年加入文学研究会。曾任安徽大学外国文学系主任三年，后失业，因不满现实而投江自杀。著有诗集《夏天》、《草莽集》、《石门集》、《永言集》等。

朱自清（1898.11.23—1948.8.12） 散文家、诗人，江苏东海人。

北京大学毕业。1921年加入文学研究会。早年在浙江、江苏等地中学任教，后任北京大学、北京师范大学、清华大学教授。抗日战争期间，任昆明西南联大教授兼国文系主任。著有《踪迹》、《背影》、《你我》、《欧游杂记》等。

朱希祖（1879—1944） 历史学家，浙江海盐人。文学研究会发起人之一。日本早稻田大学毕业。初在浙江两级师范学堂任教，后历任清史馆编修、浙江省教育司科长、北京大学和清华大学教授等。著有《中国史学通论》、《伪齐录校补》、《杨么事迹考证》、《六朝陵墓调查报告》等。

朱应鹏（1895—?） 浙江杭县人。1926年加入文学研究会。历任上海中国公学秘书长兼总务长、《申报》编辑、南国艺术剧院教员、国民党上海特别市党部执行委员、国民党上海市党部监察委员等。三十年代初与王平陵等人发起民族主义文学运动，鼓吹反动文艺；抗战期间堕落为汉奸。著有《艺术三家言》、《国画 ABC》等。

汤澄波（1902—?） 广东花县人。1923年加入文学研究会广州分会。岭南大学毕业。曾任岭南大学讲师、黄浦中央军事政治学校教官、国民党广东省党部宣传部长、中山大学教授、国民党政府实业部首席秘书等职。著译有《各国革命史》、《美国社会史》、《英国社会主义史》等。

老 舍（1899.2.3—1966.8.24） 小说家、戏剧作家，北京人。原名舒庆春。北京师范学校毕业。曾任天津南开中学、英国伦敦大学东方学院教员。1926年加入文学研究会。后历任齐鲁大学副教授、山东大学教授、中华全国文艺界抗敌协会常务理事兼总务组组长。建国后，任中国文联副主席、中国作家协会副主席、北京市文联主席等。主要著有长篇小说《骆驼祥子》、《四世同堂》，短篇小说集《赶集》、《樱海集》、《火车集》，剧本《龙须沟》、《春华秋实》、《茶馆》等。

许 杰（1901.9.16—1993） 小说家，浙江天台人。浙江第六师范毕业。1923年加入文学研究会。原在上海、浙江等地中学任教，后历任吉隆坡华侨日报《益群报》总编辑，中山大学、安徽大学、暨南大学教授。建国初，任复旦大学教授，不久调任华东师范大学中文系主任兼教授。著有《惨雾》、《飘浮》、《暮春》、《火山口》、《鲁迅小说讲话》、《现代小说过眼录》等。

许地山（1893.2.14—1941.8.4） 小说家，台湾台南人。文学研究会发起人之一。燕京大学毕业，留学美国哥伦比亚大学、英国牛津大学，研究宗教史、印度哲学和民俗学。历任燕京大学副教授、教授，香港大学中文学院主任兼教授、香港中英文化协会主席、中华全国文艺界抗敌协会香港分会常务理事等。著有《缀网劳蛛》、《商人妇》、《危巢坠简》、《解放集》、《杂感集》等。

孙伏园（1894—1966.1.2） 新闻工作者，浙江绍兴人。文学研究会发起人之一。北京大学毕业。长期从事报刊编辑工作，先后编辑过《晨报》、《晨报副刊》、《京报副刊》、《语丝》周刊和武汉《中央日报》、《国民公报》等报副刊，并曾任教于厦门大学、中山大学、杭州艺专等校。建国后，曾任全国文联委员。著有《伏园游记》、《鲁迅先生二三事》等。

孙俍工（1894—1962） 语言学家，湖南隆回人。1923年加入文学研究会。北京高等师范学校毕业。原在湖南、福建等地任师范学校教员，后历任中国公学、暨南大学、复旦大学、四川教育学院等校教授。建国后，为湖南师范学院教授。著有《海的渴慕者》、《生命的伤痕》、《世界的污点》、《世界文学家列传》、《文艺辞典》等。

卢　隐（1898.5.4—1934.5.13） 女小说家，福建闽侯人。原名黄英。文学研究会成立会参加者之一。北京女子高等师范学校毕业。历任安徽宣城中学、北京市立女子中学、北京师范大学附中、上海工部局女子中学教员。著有《海滨故人》、《爱丽》、《归雁》、《象牙戒指》、《玫瑰的刺》、《女人的心》等。

沈雁冰（1896.7.4—1981.3.27） 革命文学家，浙江桐乡人。笔名茅盾。文学研究会主要发起人之一。北京大学预科毕业，进商务印书馆任编辑，曾主编并革新《小说月报》，积极提倡为人生的现实主义文学。1921年参加中国共产党，大革命时期在汉口主编左派喉舌《民国日报》。三十年代和鲁迅等领导左翼文艺运动。抗战期间，在内地从事抗战救亡工作和文学创作活动。建国后，历任全国文联副主席、中国作协主席、文化部部长、全国政协副主席等职。主要著作有长篇小说《蚀》三部曲、《子夜》、《腐蚀》、《霜叶红似二月花》等，中篇小说《虹》、

《路》、《三人行》等，短篇小说集《宿莽》、《春蚕》、《云烟集》，以及《话匣子》、《速写与随笔》、《鼓吹集》、《夜读偶记》、《世界文学名著杂谈》等。

沈泽民（1900—1933.11.30）　无产阶级革命家、文学翻译家，浙江桐乡人。南京河海工程专科学校肄业。1921年加入文学研究会，同年参加中国共产党，开始从事文学翻译和革命活动。曾与蒋光慈等组织春雷社，提倡革命文学，后去苏联中山大学、红色教授学院学习。历任中共鄂豫皖苏区中央分局委员、鄂豫皖苏区省委书记等职。译著有《邻人之爱》、《包以尔》、《坦白》、《瑞典诗人赫滕斯顿》等。

汪仲贤（1888—1937）　戏剧家，安徽婺源人。字优游。早年曾在江南水师学堂求学。毕业后弃海军而演文明戏。后受"五四"新文化运动影响，与沈雁冰等组织民众戏剧社，倡导爱美剧。1925年加入文学研究会。曾任《戏剧》月刊和《时事新报》编辑。著有《好儿子》、《我的俳优生活》、《优游室剧谈》等。

吴文祺（1901.2.24—1991）　语言学家，浙江海宁人。1924年加入文学研究会。曾任商务印书馆编辑、中央军校武汉分校政治教官。大革命失败后，历任福建集美学校、上海浦东中学等校教员，燕京大学、北京师范大学、中国大学讲师，上海暨南大学教授兼文学院院长。著有《侯方域文选》、《曾巩文选注》、《新文学概要》等。

陈　毅（1901.8.26—1972.1.6）　无产阶级革命家、诗人，四川乐至人。早年去法国勤工俭学，回国后毕业于北京中法大学。1923年参加文学研究会，用"曲秋"笔名在《晨报副刊·文学旬刊》、《小说月报》发表诗歌、小说。同年参加中国共产党，从事革命工作，并投身武装革命斗争，成为声名赫赫的无产阶级军事家。建国后，担任上海市市长、外交部长、国务院副总理等职务。著有《陈毅诗词选集》。

陈大悲（1887—?　）　戏剧作家，浙江杭县人。早年从事文明戏演出活动，曾与沈雁冰等组织民众戏剧社，倡导爱美剧，并与汪仲贤等创办北京人艺戏剧学校，培养话剧人材。后在工商学政界任要职。著有《英雄与美人》、《幽兰女士》、《爱美的剧》、《戏剧ABC》等。

陈望道（1890—1977.10.29）　语言学家，浙江义乌人。曾留学日本早稻田大学、中央大学。1920年在上海编辑《新青年》，出版译著

《共产党宣言》。1923 年参加文学研究会。历任复旦大学、安徽大学、广西大学等校教授。三十年代，曾主编《太白》半月刊，发动大众语运动。建国后，任华东高教局局长、复旦大学校长等职。著译有《修辞学发凡》、《美学概论》、《文学简论》、《社会艺术学大纲》、《苏俄文学理论》等。

李金发（1900—1976.12.25） 诗人、雕塑家，广东梅县人。曾留学法国巴黎大学美术学院。1925 年加入文学研究会，为中国象征派诗歌的开创者。历任商务印书馆编辑、杭州艺术专门学校教授、南京美术学校和广州美术专门学校校长等。抗战时期进入外交界，此后生活在国外，并定居美国纽约。诗集有《微雨》、《食客与凶年》、《为幸福而歌》、《岭东恋歌》等。

李青崖（1884—1969.7） 文学翻译家，湖南湘阴人。复旦大学肄业，留学比利时。1921 年加入文学研究会，主要从事法国文学的翻译和介绍。历任湖南省周南女校、高等商业学校、楚怡工业学校教员，南京中央大学、复旦大学、大夏大学等校教授。建国后，曾任上海市文化局处长、上海文史馆馆长等。译有《莫泊桑短篇小说集》、《俊友》、《髭须》、《橄榄田》等。

李健吾（1906.8.17—1982.11.24） 戏剧家，山西安邑人。清华大学毕业，并留学法国。1926 年加入文学研究会。曾任暨南大学教授、上海孔德研究所研究员等。建国后，任上海戏剧学校戏剧文学系主任、中国社会科学院外国文学研究所研究员。著有《坛子》、《使命》、《委屈求全》、《贵花》、《青春》等，译有《高尔基戏剧集》、《托尔斯泰戏剧集》、《屠格涅夫戏剧集》、《莫里哀戏剧集》等。

严敦易（1905.9.9—1962.6.17） 曲学专家，江苏东台人。1925 年加入文学研究会，注重中国戏曲和古代小说的研究。长期在上海太平水火保险公司任职。建国后，任人民文学出版社古典文学部编辑。著有《隔阂》、《小雨》、《元剧斟疑》等。

陆侃如（1903—1979） 文学史家，江苏海门人。北京大学毕业，法国巴黎大学文学博士。1925 年参加文学研究会，致力于中国文学史研究。历任暨南大学、复旦大学、持志大学、安徽大学教授。建国后，任山东大学教授。著有《屈原》、《宋玉》、《乐府古辞考》、《中国诗史》

（与冯沅君合著）、《中国古典文学史》等。

张闻天（1900.8.30—1976.7.1） 无产阶级革命家、文学家，上海南汇县人。南京河海工程专门学校肄业。曾任中华书局编辑和美国旧金山华文报纸《大同日报》编辑。1921年加入文学研究会，积极从事文学创作和翻译。1925年参加中国共产党，曾任中国共产党中央总书记、中央宣传部部长等职。建国后，历任我国驻苏联首任大使、外交部第一副部长，1960年到中国科学院经济研究所任特约研究员。著有长篇小说《旅途》，剧本《青春的梦》，译有《热情之花》、《盲音乐家》、《伪善者》、《狗的跳舞》等。

余祥森（1897—？） 文学家，福建福州人。1923年加入文学研究会。日本上智大学毕业。历任上海学艺大学、法政大学教授，商务印书馆编辑，华通书局总编辑，汪伪政府教育部专员等职。著有《德意志文学》、《德意志文学史》、《外国人名地名表》等。

周予同（1898.1.25—1981.7.15） 历史学家，浙江瑞安人。北京师范大学毕业。1921年加入文学研究会。历任商务印书馆编辑，安徽大学、暨南大学、复旦大学等校教授。建国后，仍在复旦大学任教授、副教务长，并任上海市历史研究所副所长。著有《经今古文学》、《群经概论》、《孔子》、《朱熹》、《中国现代教育史》等。

周作人（1885.1.13—1967.5.7） 散文家，浙江绍兴人。文学研究会发起人之一。江南水师学堂毕业，并留学日本法政大学、立教大学。历任浙江省教育司视学，浙江省第五中学教员和北京大学、燕京大学、北京女子师范大学等校教授。抗战时期沦为汉奸，曾任伪教育总署督办、伪国府委员等职。建国后，居家从事写作和翻译。著有《艺术与生活》、《自己的园地》、《谈龙集》、《谈虎集》、《知堂文集》、《中国新文学源流》、《欧洲文学史大纲》等及译著多种。

周建人（1888.11.12—1984.7.29） 生物学家，浙江绍兴人。早年从事生物学研究和编译工作，曾任商务印书馆编辑，并在上海大学、安徽大学、暨南大学任教。抗日战争胜利后，任生活书店、新知书店编辑。建国后，历任高等教育部副部长、浙江省省长、全国人大常委会副委员长、全国政协副主席和中国民主促进会中央主席等职。著有《生物进化浅说》、《植物备说》、《略讲关于鲁迅的事情》等。

金满成（1900—1971）　小说家、文学翻译家，四川峨嵋人。早年赴法国勤工俭学，后毕业于北京中法大学。1924年加入文学研究会。曾任上海《民众日报》、上海《新民报》、重庆《新蜀报》等报副刊编辑。建国初，在中华全国总工会工作，后调人民文学出版社任编辑。著有小说《我的女朋友们》、《花柳病春》、《爱欲》等，译有《红百合》、《女性的风格》、《金钱》等。

金兆梓（1889—1975.6.15）　编辑出版家，浙江金华人。1921年加入文学研究会。早年毕业于京师大学堂。曾任浙江省立第七中学教员、校长，北京高等师范教员，中华书局编辑，北京外交部翻译。1929年回中华书局工作，历任教科图书部副部长、编辑所副所长、《新中华》杂志社社长。建国后，曾任苏州市副市长、中华书局上海编辑所主任，中华书局总公司编辑部副总编辑等。著有《国文法之研究》、《实用国文修辞学》、《穆罕默德》以及历史教科书等多种。

易家钺（1898—1972.3.17）　湖南汉寿人。1921年参加文学研究会。日本早稻田大学毕业。曾任上海中国公学、湖南大学等校教授。后参加北伐战争，任军政治部主任，以及国民党政府军政要职。1949年去台湾。著有《中国政治史》、《中国社会史》、《社会学史要》、《杜甫今论》、《中兴集》、《战后江山》等。

郑振铎（1898.12.19—1958.10.17）　文学史家、学者，福建长乐人。字西谛。北京铁路管理学校毕业。文学研究会主要发起人之一，曾主编《文学旬刊》、《小说月报》、《文学研究会丛书》，长期任商务印书馆编辑。三十年代起，历任燕京大学、清华大学、复旦大学、暨南大学等校教授，《文学季刊》、《文学》月刊编辑。建国后，历任文化部文物局局长、中国科学院考古研究所所长、文学研究所所长、文化部副部长等职，后因出国访问飞机失事而罹难。著有《中国文学史》（插图本）、《中国文学史·中古卷》、《中国俗文学史》、《文学大纲》、《中国文学论集》、《桂公塘》、《佝偻集》等，以及翻译《灰色马》、《沙宁》等多种。

欧阳予倩（1889.5.1—1962.9.21）　戏剧家，湖南浏阳人。早年留学日本，曾参加春柳社的戏剧演出活动。1924年加入文学研究会，主要从事戏剧和电影编导工作。历任广东戏剧研究所所长，上海新华、联华、明星等影片公司编导，广西艺术馆馆长等职。建国后，任中央戏剧学院院长、中国文联副主席、中国戏剧家协会副主席等。著有《自我演戏以来》、《一得余抄》，剧本《运动力》、《桃花扇》、《黑奴恨》等。

罗黑芷（1889—1927.11.18） 小说家，江西南昌人。早年留学日本庆应大学时参加同盟会，归国后曾在上海参加辛亥革命。1923年加入文学研究会。历任湖南省图书编译局编译，长沙岳云中学和楚怡工业学校教员。著有小说集《醉里》、《春日》，散文集《牵牛花》等。

俞平伯（1900.1.8—1990.10.15） 诗人、文学评论家，浙江德清人。北京大学毕业，并留学美国。1921年参加文学研究会。历任燕京大学讲师，北京大学、清华大学、中国学院教授。建国初，任北京大学教授，后调任中国社会科学院文学研究所研究员。著有诗集《冬夜》、《西还》、《忆》，以及评论《红楼梦辨》、《读词偶得》、《读诗札记》等。

俞剑华（1895.5—1979.1.6） 美术家，山东济南人。北京高等师范学校毕业，擅长国画、书法。1927年加入文学研究会。历任上海美术专科学校、暨南大学、新华艺大、东南大学等校教授。建国后，任南京美术学院教授、民族美术研究所研究员等。著有《中国绘画史》、《国画研究》、《中国壁画》、《中国画论类编》等。

胡天月（1891—1922.5.15） 新闻工作者，江苏常熟人。苏州中学毕业，曾任常熟女校教员、《新苏州报》总编辑、谢桥乡第一小学校长，以及《常熟新报》文艺栏编辑等。著有诗集《东方集》、《良心》等。

胡愈之（1896—1986） 著名国际问题评论家，浙江上虞人。杭州英文专门学校毕业，并留学法国巴黎大学。1921年加入文学研究会，长期在商务印书馆编辑《东方杂志》。三十年代，为开明书店主编《月报》，并为生活书店创办《世界知识》。抗战期间，曾在新加坡主编《南洋商报》、在苏门答腊从事抗日活动。建国后，历任国家出版总署署长、中国人民外交学会副会长、全国人大常委会副委员长等职务。著译有《莫斯科印象记》、《诗人的宗教》、《星火》、《国际法庭》等。

赵景深（1902.4.25—1985.1.7） 文学史家、文学翻译家，四川宜宾人。天津棉业专门学校毕业。1923年加入文学研究会，曾主编会刊《文学周报》。早年在长沙岳云中学、湖南第一师范学校任教员，后历任开明书店、北新书局编辑，复旦大学教授和安徽学院中文系主任等。

建国后，任复旦大学中文系教授。著有《中国文学小史》、《中国文学史新编》、《文学概论讲话》、《读曲随笔》等，译有《罗亭》、《柴霍甫短篇杰作集》等。

柯一岑（1895—1977） 心理学家，江西万载人。原名郭一岑。清华学校毕业，留学德国柏林大学，获哲学博士学位。1921年加入文学研究会。曾与沈雁冰等组织民众戏剧社，创办《戏剧》月刊。历任中央大学、暨南大学、贵阳大学等校教授，昆明西南联合大学教育学院院长。建国初，任广州中山大学教务委员会委员，后调到北京师范大学任教授、校务委员、教育系心理学教研室主任、中国心理学会理事等职。著译有《教育心理学》、《新闻记者》等。

侯 曜（1900—1945） 戏剧作家，广东番禺人。南京高等师范学校毕业。1923年加入文学研究会，主要从事戏剧创作和演出活动。曾任上海长城画片公司编剧主任及导演。著有剧本《弃妇》、《青闺梦里人》、《一串珍珠》、《山河泪》、《离魂倩女》、《伪君子》等。

贺昌群（1905—?） 历史学家，四川马边人。东南大学毕业。1927年加入文学研究会。曾任北平图书馆舆图部主任多年。著有《元曲概论》、《英国现代史》、《西域之佛学》、《新波斯》、《中国语言学研究》等。

徐 雉（1899—1947） 诗人，浙江慈溪人。苏州东吴大学毕业后，到广东参加国民革命军。后在宁波、上海等地担任教员、编辑等。1938年到延安，在边区文艺界抗敌协会和边区政府工作，主编过《边政导报》。著有诗集《酸果》、《雉的心》，小说集《不识面的情人》、《毁去的序文》等。

徐玉诺（1893.11.15—1958.4.9） 诗人，河南鲁山人。河南开封第一师范学校毕业。1921年加入文学研究会。历任河南鲁山中学、福州英华学院、吉林毓文中学、厦门集美学校等校教员，厦门《思明日报》编辑。建国后，任河南省文联常委、省文史馆馆员。著有诗集《将来之花园》、小说集《朱家坟夜话》、中篇小说《朱家坟》等。

徐志摩（1897.1.15—1931.11.19） 诗人。浙江海宁人。1915年入北京大学，1918年赴美国，先后入克拉克大学、哥伦比亚大学。1920年赴英国，入剑桥大学，并开始写作新诗。1922年回国，历任北京大学、上海光华大学、苏州东吴大学、南京中央大学教授和中华书局编辑。曾参与创办编辑《现代评论》、《晨报副刊》、《新月》月刊等刊物，为新月派著名诗人。著有诗集《志摩的诗》、《翡冷翠的一夜》、《猛虎集》、《云游》，散文集《落叶》、《巴黎的鳞爪》等以及译著多种。

徐调孚（1900—1981.1.5） 文学家，浙江平湖人。1923年加入文学研究会，曾参加会刊《文学旬刊》、《小说月报》编辑工作。长期在商务印书馆、开明书店担任编辑工作。建国后，历任开明书店、古籍出版社、中华书局编辑。著译有《中国文学名著讲话》、《人间词话校注》、《木偶奇遇记》、《日本故事集》、《女人鱼》等。

徐蔚南（1899—1952） 文学翻译家，江苏苏州人。1925年加入文学研究会。历任上海大夏大学、复旦大学、浙江大学等校教授，世界书局编辑，上海通志馆编纂主任，以及上海《民国日报·觉悟》、《大晚报·上海通》、《ABC丛书》主编等。著有《水面桃花》、《印度童话集》，译有《女优泰绮思》、《她的一生》、《茂娜凡娜》等。

徐嘉瑞（1895—1977.10.7） 文学史家，云南昆明人。云南高等师范学校毕业，并留学日本。1925年加入文学研究会。历任昆明女子中学、昆明市立中学教员，暨南大学讲师，复旦大学、云南大学教授等。建国后，任云南省文联主席、省民族文艺研究会主任委员。著有《中古文学概论》、《近古文学概论》，译有《莎士比亚戏曲》等。

郭绍虞（1893.11.21—1984.6.22） 文学批评史家，江苏苏州人。苏州中等工业学校肄业，并在北京大学求学。文学研究会发起人之一，终生从事教育工作。历任福州协和大学，开封中州大学，北京燕京大学，上海大夏、三江、光华、同济诸大学教授。建国后，任复旦大学中文系教授。曾任上海市文联副主席、上海市作协副主席等职。著有《中国文学批评史》、《中国古典文学理论批评史》、《陶集考》、《宋诗话考》、《国故概论》、《中国体育史》、《照隅室古典文学论集》等。

耿济之（1899.1.18—1947.3.2） 文学翻译家，上海人。文学研究会发起人之一。北京俄文专修馆毕业。长期从事外交工作，曾在旧中国驻苏联赤塔、伊尔库次克、列宁格勒、海参威和莫斯科的领事馆、大使馆任职多年。其间，大量翻译俄国文学名著，主要有托尔斯泰的《艺术论》、《复活》，陀思妥耶夫斯基的《穷人》、《白痴》、《卡拉玛佐夫兄弟们》，屠格涅夫的《父与子》、《猎人日记》等。

夏丏尊（1886.6.15—1946.4.23）　教育家、文学翻译家，浙江上虞人。1921年加入文学研究会。早年留学日本东京高等工业学校。曾任浙江两级师范学堂、湖南省第一师范学校、浙江春晖中学、上海立达学园教员，暨南大学教授、开明书店编译所主任等。译有《绵被》、《爱的教育》、《续爱的教育》等，著有《平屋杂文》、《文心》（与叶圣陶合著）、《文章作法》等。

顾仲彝（1903—1965）　戏剧作家，浙江余姚人。1924年毕业于东南大学，同年加入文学研究会。历任商务印书馆编辑，暨南大学和复旦大学教授，上海戏剧学校校长。建国后，仍任教于上海戏剧学院。著有话剧《孤岛男女》、《梁红玉》、《八仙外传》，以及论著《编剧理论与技巧》等。

顾毓琇（1902.12.24—2002）　科学家、戏剧作家，江苏无锡人。字一樵。清华学校毕业，留学美国麻省理工大学，获科学博士学位。1923年加入文学研究会。历任浙江大学教授、中央大学工学院院长、清华大学工学院院长，全国电气事业指导委员会名誉顾问、国民党政府教育部政务次长、上海市教育局长等职。1950年赴美国，先后任麻省理工大学、宾夕法尼亚大学教授。著有剧本《芝兰与茉莉》、《西施》、《岳飞》、《孤鸿》、《我的父亲》，译有《牧羊神》、《电气工程》等。

顾颉刚（1893.5.8—1980.12.25）　历史学家，江苏苏州人。北京大学毕业。1921年加入文学研究会。历任厦门大学、中山大学、燕京大学、北京大学、中央大学、复旦大学等校教授和商务印书馆编辑、文通书局编辑所所长等。建国后，任中国科学院历史研究所研究员，曾主持《资治通鉴》和《二十四史》的标点工作。著有《古史辨》、《史林杂识》、《中国三千年来民族发达史》、《地理沿革史》等。

章锡琛（1889—1969）　出版家，浙江绍兴人。1912年入上海商务印书馆任职，1920年接编《妇女杂志》；1923年加入文学研究会。1925年自行出版《新女性》，1926年脱离商务印书馆，与章锡珊创办开明书店，曾任开明书店董事兼经理、美成印刷股份有限公司董事兼协理等。译有《文学概论》、《妇女问题十讲》等。

梁宗岱（1903.9.10—1983.11.6）　诗人，广东新会人。1923年参

加文学研究会。曾留学法国巴黎大学。历任北京大学、清华大学、南开大学教授，复旦大学外文系主任兼教授等。建国后，先后在中山大学、广州外国语学院任教授。著有诗集《晚祷》，诗论《诗与真》、《诗与真二集》，译诗集《一切的顶峰》、《蒙田试笔》等。

曹靖华（1897.8.11—1987.9.8）　散文家、文学翻译家，河南卢氏人。早年在苏联莫斯科东方大学学习，后留莫斯科中山大学、列宁格勒东方学院任教。1923年加入文学研究会，主要从事苏俄文学的翻译和介绍，并在东北大学、西南联合大学等校任教授。建国后，曾任北京大学俄文系主任、人民出版社副社长等职。译有《三姊妹》、《铁流》、《苏联作家七人集》等，著有散文集《花》、《飞花集》等。

鲁　彦（1901.11.30—1944.8.20）　小说家，浙江镇海人。原名王衡。1923年加入文学研究会。早年在湖南周南女校任教员，后辗转南京、上海、厦门、西安等地从事教育和文化工作。抗战期间，在桂林创办《文艺杂志》，终因贫病逝世。著有短篇小说集《柚子》、《黄金》、《屋顶下》等，中篇小说《乡下》，长篇小说《野火》，译著《犹太小说集》、《世界短篇小说集》、《在世界的尽头》等。

谢冰心（1900.10.15—1999.2.28）　女文学家，福建闽侯人。燕京大学毕业，并留学美国魏斯理大学。1921年加入文学研究会。先后在燕京大学、清华大学、北平女子文理学院任教。抗战时期在昆明、重庆等地从事写作。建国后，曾任中国文联委员、中国作协书记处书记等职。著有小说集《超人》、《南归》、《往事》等，诗集《繁星》、《春水》，散文集《寄小读者》等。

谢六逸（1896—1945.8.6）　文学家，贵州贵阳人。1921年加入文学研究会。日本早稻田大学毕业。历任商务印书馆编辑，复旦大学、中国公学、暨南大学、大夏大学等校教授。抗战时期在贵阳从事教育和文化工作。著译有《水沫集》、《日本文学》、《西洋小说发达史》、《志贺直哉集》等。

游国恩（1899.4.17—1978.6.23）　古典文学家，江西临川人。1925年加入文学研究会。北京大学毕业。历任江西省立四中、临川中学教员，山东大学、华中大学、西南联合大学教授。建国后，任北京大学教授、中国科学院文学研究所学术委员。著有《楚辞长编》、《楚辞概论》、《先秦文学》、《楚辞论文集》、《屈原》等。

傅东华（1893.4.21—1971.9.10）　文学翻译家，浙江金华人。上海工业专门学校毕业。1921 年加入文学研究会。曾在商务印书馆任编辑，并在上海大学、北京师范大学、中国大学、武昌中山大学、复旦大学、暨南大学等校任教授。建国后，曾任中华书局辞海编辑所编审。著有《诗歌理论 ABC》、《欧洲文艺复兴》、《山胡桃集》等，译有《诗学》、《奥德赛》、《失乐园》、《飘》、《饥饿》等多种。

彭家煌（1900—1933.9.4）　小说家，湖南湘阴人。早年在天津、上海、宁波等地任中学教员，后进商务印书馆编辑《教育杂志》、《民铎杂志》。1927 年加入文学研究会，主要从事小说创作。著有小说集《茶杯里的风波》、《怂恿》、《喜讯》等和长篇小说《皮克的情书》。

蒋百里（1882.10.13—1938.11.5）　军事理论家，浙江海宁人。原名蒋方震。文学研究会发起人之一。日本陆军士官学校毕业，并赴德国学习军事。历任清朝禁卫军管带（营长），北洋政府总统府军事处参议、保定军官学校校长，国民党政府国防参议会议员、陆军大学代理校长等职。著有《欧洲文艺复兴史》、《孙子新注》、《国防论》、《自我的醒觉》、《东方文化史及哲学史》等。

熊佛西（1900.12.12—1965.10.26）　戏剧家，江西丰城人。燕京大学毕业，并留学美国。1922 年加入文学研究会，曾与沈雁冰等组织民众戏剧社，编辑《戏剧》月刊。历任北京艺术专门学校教授、燕京大学讲师、四川省立戏剧教育实验学校和上海实验戏剧学校校长。建国后，曾任上海戏剧专科学校校长、中央戏剧学院华东分院院长、上海戏剧学院院长。著有《青春底悲哀》、《一片爱国心》、《诗人的悲剧》、《佛西抗战戏剧集》等。

潘家洵（1896—1989）　文学翻译家，江苏苏州人。北京大学毕业。1921 年加入文学研究会，主要从事外国文学翻译工作。历任北京大学、西南联合大学、贵州大学等校教授。建国后，曾任中国社会科学院外国文学研究所研究员。译有《华伦夫人之职业》、《易卜生集》、《陋巷》、《王德米尔夫人的扇子》等。

樊仲云（1899—?　）　浙江嵊县人。1923 年加入文学研究会。曾任上海商务印书馆编辑、中国公学和复旦大学教授、新生命书局总编辑，主编过《社会与教育》周刊和《文化建设》月刊。抗日战争时期堕为汉奸，曾任汪伪政府教育部政务次长。后去香港经商。译有《烟》、《畸零人日记》、《橄榄园》及国际政治书籍十余种。

黎烈文（1904—1972.10.31） 文学翻译家，湖南湘潭人。1925年加入文学研究会。原为商务印书馆编辑，后赴日本、法国留学。归国后，历任《申报》副刊《自由谈》主编，《中流》半月刊编辑、福建永安改进出版社社长等。1946年去台湾，长期任台湾大学教授。著有《舟中》、《崇高的女性》、《西洋文学史》等，译有《红萝卜须》、《冰岛渔夫》、《笔尔和哲安》、《企鹅岛》等法国文学名作多种。

黎锦晖（1891—1967） 音乐家，湖南湘潭人。早年参加北京大学音乐团活动。1921年加入文学研究会，主要从事儿童歌舞剧和儿童表演歌曲的创作。1929年创办明月歌舞剧社，后长期在电影戏剧界工作。作有《小小画家》、《毛毛雨》、《桃花红》、《麻雀和小孩》等歌曲。

滕　固（1901—1941） 上海宝山人。1921年加入文学研究会。早年留学日本东京帝国大学。历任上海美术专门学校、金陵大学、中山大学教授，以及国民党政府行政院参事、国民党江苏省党部执行委员等职。著有《迷宫》、《银杏之果》、《平凡的死》、《中国美术小史》、《唐宋绘画史》等。

蹇先艾（1906.9.2—1994） 小说家，贵州遵义人。1926年加入文学研究会。北京大学毕业。曾任北京松坡图书馆编纂主任、遵义师范学校校长、贵州大学教授、贵阳师范学院国文系主任等。现为贵州省文联主席。著有《朝雾》、《还乡集》、《乡间的悲剧》、《踌躇集》、《一位英雄》等。

瞿世英（1900.11.4—1976.8.12） 哲学家，江苏常州人。文学研究会发起人之一。北京燕京大学毕业，并留学美国，获哲学博士学位。历任上海国立自治学院教务长，北京女子师范大学、中国大学、清华大学、燕京大学等校教授。建国后，任北京师范大学教授。著有《现代哲学》、《现代哲学思潮纲要》，译有《西洋哲学史》、《西洋教育思想史》等。

瞿秋白（1899.1.29—1935.6.18） 无产阶级革命家、文艺理论家，江苏常州人。北京俄文专修馆毕业，曾以《晨报》记者身份赴苏俄采访。1922 年在苏联加入中国共产党，历任中央委员、中央书记等职务。三十年代初期，在上海和鲁迅一起领导左翼文化运动。后进入江西中央革命根据地，任中央工农民主政府人民教育委员。第五次反围剿斗争时被敌人逮捕，英勇就义。著译有《饿乡纪程》、《赤都心史》、《街头集》、《海上述林》（鲁迅编）等。

（苏兴良、刘裕莲、周春东、李玉珍编写）

文学研究会部分成员笔名录

苏兴良　辑

说明：

一、本录以正式姓名为主。经本人自己改名或以字行的，则以改名或以其字见称。通用姓名、字号也用作笔名者，不再另行标出。

二、限于资料和水平，本录尚不完备，凡属不明、不确之处皆暂付阙如，有待查补。

三、袁涌进先生为本录作了订补，在此表示衷心的感谢！

四画

王统照　剑三（字）　王恂如（化名）　笔名：王剑三　馦三　韦佩　鉴先　剑先　提西　丁　粲者　统照　容庐　卢坚　恂如　默坚　剑　洵如　息梦　秋旻　鸿蒙　息庐　卢生　健先　恂子　霭骞　T.C

王任叔　碧珊（字）　笔名：白石　白屋　大远　逸　方逸文　洛华　洛石　落雁　一平　华　若水　若沙　若木　落石　一鸣　若夫　若男　黄伯昂　独木　一民　赵冷　拓堂　哲人　王芷　轶民　阿大　八戒　孔乙己　屈逸　屈轶　钟裔　小 D　W 生　门外汉　公辅　文淑　后羿　忍士　尚文羿矢　性纯　疾奴　管柏己　剡川野客　阿 Q　唐明　行者　章　劳人　天堂　天咎　新吾　毁堂　廖文　马前卒（唐弢亦署）　巴人（鲁迅、肖公权亦署）

王以仁　盟鸥（字）　笔名：以仁　盟鸥
王世颖　新甫（字）　笔名：王夫凡　夫凡　春大　今甫　谁欤
王世瑛　笔名：王世瑛女士
丰子恺　丰润（学名）　丰仁（改名）　子恺（字）　笔名：T·K　恺

五画

乐嗣炳　笔名：嗣炳　乐山
叶绍钧　秉臣（初字）　圣陶（改字）　笔名：叶陶　允倩　叶允倩　王
　　　　钧　湛陶　郢　郢生　秉丞　斯提　华秉丞　孟言　桂山
　　　　翰先　朱逊　柳山
冯雪峰　笔名：画室　洛扬　成文英　吕克玉

六画

朱希祖　逿先（字）　笔名：逿先
朱自清　朱自华（原名）　佩弦（字）　秋实（号）　笔名：玄玄　佩
　　　　玄　白晖　知白　柏香　白水　余捷　自清　P·S
朱　湘　子沅（字）　笔名：天用
孙伏园　孙福源（原名）　伏园（字）　笔名：柏生　松年伏　伏庐
　　　　桐柏
许地山　许赞堃（原名）　地山（字）　笔名：落华生
许　杰　许世杰（原名）　士仁（字）　子三（号）　笔名：张子三
刘延陵　苏观（字）　笔名：言林　延陵　逸岑　Y·L（《小说世界》
　　　　上署 Y·L 者，系另一人）
刘半农　刘寿彭（原名）　刘复（又名）　半侬（初字）　半农（改
　　　　字）　曲庵（号）　笔名：含星　寒星　海　伴侬　范奴冬
　　　　女士
刘大白　金庆棪（原姓名）　伯贞（原字）　刘靖裔（改姓名）　大
　　　　白（改字）　白屋（别号）　笔名：汉胄　白屋诗人
刘思慕　刘燧元（原名）　君木（字）　笔名：刘穆　思复　小默　思慕
老　舍　舒庆春（原名）　舍予（字）　笔名：总务部　舒舍予

七画

沈雁冰　沈鸿（原名）　沈德鸿（学名）　雁冰（字）　沈仲方（化名）
　　　　沈明甫（别名）　方保宗（别名）　笔名（以使用先后为序）：
　　　　冰　记者（《小说月报》第十一至十三卷上所署）　玄　佩韦
　　　　明心　四珍　P生　冬芬（董秋芳亦署）　郎损　孔常　玄珠
　　　　珠　冯虚女士　韦　冯虚　希真　真　损　元枚　洪丹　韦
　　　　兴　赤诚　沈余　茅盾　方壁　沈玄英　沈德洪　MD（1929
　　　　年以前署MD者系另一人）　丙生　微明　未明　未名　止敬
　　　　蒲牢　朱璟　丙申　石萌　石崩　何典　施华　洛　逃墨馆
　　　　主　曼　终葵　敬　阳秋　东方未明　文　仲方　仲芳　伯
　　　　元　履霜　惕若　形天　吉卜西　小凡　芬君　冯夷　味茗
　　　　铭　明　蒲　水　方　芬　陶然（周作人亦署）　兰蕙　牟尼
　　　　连琐　余声　风　惠　江　渔　横波　高子荪　子荪　丙
　　　　波　谢芬　秋生　方　惕　横　矛盾　盾　华　甫　来复
　　　　文直　仲民　亮　直　威　叶明　克　德　希晓

沈泽民　沈德济（原名）　泽民（字）　罗美（化名）　李明扬（化
　　　　名）　笔名：成则人　则人

汪仲贤　汪效曾（原名）　汪优游（艺名）　仲贤（字）　笔名：戏
　　　　子优游　U.U.

李青崖　李戊于（原名）　李允（又名）　青崖（字）　笔名：澹果孙

李金发　李淑良（原名）　笔名：爱而

李健吾　仲刚（字）　笔名：石习之　刘西渭（钱杏邨亦署）

陈大悲　陈听彝（原名）　大悲（字）　笔名：蛹公

陈望道　陈融（原名）　任重（字）　笔名：陈参一　齐明　平沙　焦
　　　　风　陈佛突　顾阳山　陈佛特　晓风　陈晓风　陈雪帆　南
　　　　山　一介　张华　佛突　雪帆　仁子　虞人

陈　毅　陈世俊（原名）　仲弘（字）　笔名：曲秋　仲宏　绛夫　横
　　　　槊　仲子　横槊客　陈仲宏

吴文祺　笔名：朱凤起　吴敬铭　寒风　陈保宗

余祥森　笔名：切生

严既澄　严锲（原名）　既澄（字）　笔名：严素　澄

张近芬　崇南（字）　笔名：CF　CF女士

张闻天　思美（字）　笔名：洛甫　张洛甫　洛夫　罗孚　歌特　平江　赵天　闻天　张平皋　三爱

陆侃如　陆侃（原名）　侃如（字）　衎庐（号）笔名：小壁　陆壁　小梅

八画

周作人　周遐寿（原名）启明（字）起孟（号）　苦雨斋（别号）笔名：岂明　凯明　恺明　开明　难明　不知　知智堂　知堂　药堂　药庐　药　难知　碧罗　粥尊　尊　子荣　何曾亮　十山　山叔　山豆　中寿　仲密　苦雨　苦雨翁　苦雨老人　苦茶　苦雨庵　苦庵　萍雨　萍云　萍云女士　长牟　长年　岂　案山　淳于　独应　亶敬　鹤生　十堂　式芬　案　碧罗女士　茶庵　方六　苦茶庵主　苦茶子　苦茶斋主人　山尊　王遐寿　吴卓　陶然（沈雁冰亦署）　知堂老人　周遒（鲁迅亦署）

周予同　周毓懋（原名）　周遽（又名）　予同（字）　笔名：天行

周建人　周松寿（原名）　乔峰（字）　笔名：嵩山　周乔峰　李正　克士　高山（丘瑾璋、魏金枝亦署）

金满成　笔名：小江平　秋羊　东林　冬林　许由

罗黑芷　罗象陶（原名）　罗黑子（学名）　晋思（字）　笔名：黑芷　黑子

易家钺　君左（字）　敬斋（号）　笔名：易君左　康訇父　意园

郑振铎　西谛（字）　陈敬夫（化名）　笔名：文基　郭源新　何谦　谷玄辛　宾芬　子汶　振铎　谷远　王基　远　长乐　谷深　翌仪　雨渊　源　Y.K　C.T　郑西谛　西源

九画

胡愈之　胡学愚（原名）　愈之（字）　金子仙（化名）　笔名：说难　化鲁　鲁　伏生　胡芋之　沙平　芋之　尚一　蠢才　马鹿　罗罗

胡仲持　胡学志（原名）　仲持（字）　笔名：宜闲　孚志

胡天月　胡钟育（原名）　笔名：东方　迦身　笳声

俞平伯　俞铭衡（原名）　平伯（字）　笔名：屈斋　平　赵心余　平白　槐屋居士　龙禅居士一公

俞剑华　俞琨（原名）　剑华（字）

侯　曜　翼星（字）　笔名：一星

赵景深　旭初（字）　笔名：露明　露明女士　卜朦胧　博董　冷眼陶明志　邹啸　诗蠹　K.S.　云裳　王小维

十画

耿济之　耿匡（原名）　济之（字）　耿孟邕（化名）笔名：蒙生　济狄谟　C.Z.

夏丏尊　夏铸（原名）　夏勉旃（又名）　丏尊（字）　笔名：默之　夏盖　山民　闷庵

徐志摩　徐章垿（原名）　槱森（字）　笔名：云中鹤　诗哲谷（郑振铎亦署）　申谷　章垿　海谷　大兵　南湖　心手　光涛仙鹤　鹤

徐调孚　徐名骥（原名）　调孚（字）　笔名：蒲梢　蒲水　陈时和　名骥　贾兆明　孚　启蒙生　静因　托我斯泰　墨翟　开脱编者乙　狄福　编者甲

徐玉诺　徐红蠖（原名）　徐言信（又名）　笔名：红蠖

徐蔚南　泽人（字）　笔名：徐毓麟

徐　雉　笔名：Venk

顾颉刚　顾诵坤（原名）　颉刚（字）　铭坚（号）　笔名：顾诚吾　无悔　桂薑圆　张久

十一画

章锡琛　雪村（字）　笔名：章雪村　高劳　方可　雪君

曹靖华　曹联亚（原名）　笔名：亚　靖华

梁宗岱　菩根（字）　笔名：岳泰　伍实（傅东华亦署）

黄庐隐　黄英（原名）　笔名：庐隐　庐隐女士　隐　冷鸥

十二画

鲁 彦 王衡臣（原名） 衡（字） 笔名：鲁彦 王返我 鲁颜 王
鲁颜 忘我

彭家煌 彭介黄（又名） 韫松（字） 笔名：介黄

傅东华 傅则黄（原名） 冻莪（字） 笔名：陆若水 郭定一 黄
约斋 约斋 诸声 黄彝 独活 伍实（梁宗岱亦署） 角
璧儿

谢冰心 谢婉莹（原名） 冰心（字） 笔名：男士 冰心女士 婉莹

谢六逸 宏徒（字） 无堂（号） 笔名：宏徒 六逸 中牛 路易 逸
路 谢宏徒

十三画以上

蒋百里 蒋方震（原名） 百里（字） 澹宁（号） 笔名：方震 百
里 飞生

黎烈文 笔名：林取 达六 达五 李维克

熊佛西 熊福禧（原名） 化侬（字） 笔名：佛西 佛 戏子 向君

樊仲云 得一（字） 笔名：陈仲行 樊从予 从予 东生

寒先艾 萧然（字） 笔名：钱九 罗辉 赵休宁 陈艾新 蔼生 安琦

瞿秋白 瞿霜（学名） 瞿爽（改名） 熊伯（号） 笔名：瞿双 瞿森
阿双 阿林 何若 何璞 何凝 魏凝 惟宁 维它 维宁
史维 史维它 史杰 史铁儿 史步昌 屈维 它 屈章 它
范亢 范易 范易嘉 易嘉 易阵风 宜宾 疑冰 向茄 向
茹 商廷 商廷发 陈笑峰 黄龙 董龙 铁柏 巨缘 陈节
司马今 陶畏巨 林复 肖参 秋白 宋阳 双林 陈逯 狄
康 涤梅 林祺祥 静华 犬 耕 美夫 韦护 王莫吉 启
凡 双莫 爽 宿心 施蒂而 STR V.T J.K M君 SmaKin
A.T.T CTR Doulon Menin 文尹（杨之华亦署）

借用鲁迅的笔名有：干 何家干 洛文 隋洛文 余铭 乐雯 子明

三、文学主张

新文学的要求

（一九二〇年一月六日在北平少年学会讲演）
周作人

今日承贵会招我演讲，实在是我的光荣。现在想将我对于新文学的要求，略说几句。从来对于艺术的主张，大概可以分作两派：一是艺术派，一是人生派。艺术派的主张，是说艺术有独立的价值，不必与实用有关，可以超越一切功利而存在。艺术家的全心只在制作纯粹的艺术品上，不必顾及人世的种种问题：譬如做景泰蓝或雕刻的工人，能够做出最美丽精巧的美术品，他的职务便已尽了，于别人有什么用处，他可以不问了。这"为什么而什么"的态度，固然是许多学问进步的大原因；但在文艺上，重技工而轻情思，妨碍自己表现的目的，甚至于以人生为艺术而存在，所以觉得不甚妥当。人生派说艺术要与人生相关，不承认有与人生脱离关系的艺术。这派的流弊，是容易讲到功利里边去，以文艺为伦理的工具，变成一种坛上的说教。正当的解说，是仍以文艺为究极的目的；但这文艺应当通过了著者的情思，与人生的接触。换一句话说，便是著者应当用艺术的方法，表现他对于人生的情思，使读者能得艺术的享乐与人生的解释。这样说来，我们所要求的当然是人的艺术派的文学。在研究文艺思想变迁的人，对于各时代各派别的文学，原应该平等看待，各各还他一个本来的位置；但在我们心想创作文艺，或从文艺上得到精神的粮食的人，却不能不决定趋向，免得无所适从：所以我们从这两派中，就取了人生的艺术派。但世间并无绝对的真理，这两派的主张都各自有他的环境与气质的原因：我们现在的取舍，也正逃不脱这两个原因的作用，这也是我们应该承认的。如欧洲文学在十九世纪中经过了传奇主义与写实主义两次的大变动，俄国文学总是一种理想的写实主义：这便因俄国人的环境与气质的关系，不能撇开了社会的问题，趋于主观与客观的两极端。我们称述人生的文学，自己也以为是从学理上立论，但事实也许还有下意识的作用：背义过去的历史，生在现今的境地，自然与唯美及快乐主义不能多有同情。这感情上的原因，能使理性的批判更为坚实，所以我们相信人生的文学实在是现今中国唯一的需要。

人生的文学是怎样的呢？据我的意见，可以分作两项说明：

一、这文学是人性的；不是兽性的，也不是神性的。

二、这文学是人类的，也是个人的；却不是种族的，国家的，乡土及家族的。

关于第一项，我曾做了一篇《人的文学》略略说过了。大旨从生物学的观点上，认定人类是进化的动物：所以人的文学也应该是人间本位主义的。因为原来是动物，故所有共通的生活本能，都是正当的，美的善的；凡是人情以外人力以上的，神的属性，不是我们的要求。但又因为是进化的，故所有已经淘汰，或不适于人的生活的，兽的属性，也不愿他复活或保留，妨害人类向上的路程。总之是要还他一个适如其分的人间性，也不要多，也不要少就是了。

我们从这文学的主位的人的本性上，定了第一项的要求，又从文学的本质上，定了这第二项的要求。人间的自觉，还是近来的事，所以人性的文学也是百年内才见发达，到了现代可算是兴盛了。文学上人类的倾向，却原是历史上的事实；中间经过了几多变迁，从各种阶级的文艺又回到平民的全体的上面来，但又加了一重个人的色彩：这是文艺进化上的自然的结果，与原始的文学不同的地方，也就在这里了。

关于文学的意义，虽然诸家的议论各各有点出入；但就文艺起源上论他的本质，我想可以说是作者的感情的表现。《诗序》里有一节话，虽是专说诗的起源的，却可以移来作上文的说明：

"情动于中而形于言；言之不足故咏歌之；咏歌之不足，故嗟叹之；嗟叹之不足，故不知手之舞之，足之蹈之。"

我们考虑希腊古代的颂歌（Hymn）史诗（Epic）戏曲（Drama）

发达的历史，觉得都是这样情形。上古时代生活很简单，人的感情思想也就大体一致，不出保存生活这一个范围；那时个人又消纳在族类里面，没有独立表现的机会：所以原始的文学都是表现一团体的感情的作品。譬如戏曲的起源是由于一种祭赛，仿佛中国从前的迎春。这时候大家的感情，都会集在期望春天的再生这一点上：这期望的原因，就在对于生活资料缺乏的忧虑。这忧虑与期待的"情"实在迫切了，自然而然的发为言动，在仪式上是一种希求的具体的表现，也是实质的祈祷，在文学上便是歌与舞的最初的意义了。后来的人将歌舞当作娱乐的游戏的东西，却不知道他原来是人类的关系生命问题的一种宗教的表示。我们原不能说事物的原始的意义，定是正当的界说，想叫化学回到黄白术去；但我相信在文艺上这意义还是一贯，不但并不渐走渐远，而且反有复原的趋势：所以我们于这文学史上的回顾，也不能不相当注意，但是几千年的时间，夹在中间，使这两样相似的趋势，生了多少变化；正如现代的共产生活已经不是古代的井田制度了。古代的人类的文学，变为阶级的文学；后来阶级的范围逐渐脱去，于是归结到个人的文学，也就是现代的人类的文学了。要明白这意思，墨子说的"己在所爱之中"这一句话，最注解得好。浅一点说，我是人类之一；我要幸福，须得先使人类幸福了，才有我的分；若更进一层，那就是说我即是人类。所以这个人与人类的两重的特色，不特不相冲突，而且反是相成的。古代的个人消纳在族类的里面，个人的简单的欲求都是同类所共具的，所以便将族类代表了个人。现代的个人虽然原也是族类的一个，但他的进步的欲求，常常超越族类之先，所以便由他代表了族类了。譬如怕死这一种心理，本是人类共通的本性：写这种心情的歌诗，无论出于群众，出于个人，都可互相了解，互相代表，可以称为人类的文学了。但如爱自由，求幸福，这虽然也是人类所共具的，但因为没有十分切迫，在群众每每忍耐过去了；先觉的人却叫了出来，在他自己虽然是发表个人的感情，个人的欲求，但他实在也替代了他以外的人类，发表了他们自己暂时还未觉到，或没有才力能够明白说出的感情与欲求了。还有一层与古代不同的地方，便是古代的文学纯以感情为主，现代却加上了多少理性的调剂。许多重大问题，经了近代的科学的大洗礼，理论上都能得到了解决。如种族国家这些区别，从前当作天经地义的，现在知道都不过是一个偶像。所以现代觉醒的新人的主见，大抵是如此："我只承认大的方面有人类，小的方面有我，是真实的。"人类里边有皮色不同，习俗不同的支派。正如国家地方家族里有生理，心理上不同的分子一样，不是可以认为异类的铁证。我想这各种界限的起因，是由于利害的关系，与神秘的生命上的连络的感情。从前的人以为非损人则不能利己，所以连合关系密的人组织一个攻守同盟；现在知道了人类原是利害相共的，并不限定一族一国，而且利己利人，原只是一件事情，这个攻守同盟便变了人类对自然的问题了。从前的人从部落时代的"图腾"思想，引伸到近代的民族观念，这中间都含有血脉的关系；现在又推上去，认定大家都是从"人"（Anthropos）这一个图腾出来的，虽然后来住在各处，异言异服，觉得有点隔膜，其实原是同宗。这样的大人类主义，正是感情与理性的调和的出产物，也就是我们所要求的人道主义的文学的基调。

这人道主义的文学，我们前面称他为人生的文学，又有人称为理想主义的文学；名称尽有异同，实质终是一样，就是个人以人类之一的资格，用艺术的方法表现个人的感情。代表人类的意志，有影响于人间生活幸福的文学。所谓人类的意志这一句话，似乎稍涉理想；但我相信与近代科学的研究也还没有什么有冲突：至于他的内容，我们已经在上文分两项说过，此刻也不再说了。这新时代的文学家，是"偶像破坏者"，但他还有他的新宗教，——人道主义的理想是他的信仰，人类的意志便是他的神。

（原载北京《晨报》，1920 年 1 月 8 日）

新旧文学平议之评议

冰

关于新旧文学的话，过去一年中说得不少了。因为社会上似乎有极力主张白话和极力主张文言两派，所以便有冲突，"于是有了平议"的执衷派出来。执衷派的人，有几位主张新旧平行；有的主张关于美文的用旧——即文言，关于通俗的说理的用新——即白话。我以为新旧平行说固然站脚不住，第二说也有些缺憾。为什么呢？因为所谓"美文"并不是定是文言，白话的或不用典的，也可以美。譬如王维的"山中相送罢，日暮掩柴扉，春草年年绿，王孙归不归"算得是白话，难道不美么？（毛诗果皆白话，然以其为上古语言，与今日语式差得太远，故不引为例。）我以为新文学就是进化的文学。进化的文学有三件要素：一是普遍的性质；二是有表现人生指导人生的能力；三是为平民的非为一般特殊阶级的人的。唯其是要有普遍性的，所以我们要用语体来做，唯其是注重表现人生指导人生的，所以我们要注重思想，不重格式，唯其是为平民的，所以要有人道主义的精神，光明活泼的气象。

如拿这三件要素去评断文学作品，便知新旧云者，不带时代性质，美国惠特曼（Whitman）到现今有一百年了，然而他的文学仍是极新的，即如中国旧诗如"辛勤得茧不盈筐，灯下缲诗恨更长，着处不知来处苦，但贪身上绣衣裳"（蒋贻恭蚕诗古，今诗话引）。又如"江上往来人，尽爱鲈鱼美，君看一叶舟，出没风涛里"（范希文诗）。都是何等有意思，也都可以称是新文学。所以我们该拿进化二字来注释"新"

字，不该拿时代来注释；所谓新旧在性质，不在形式。这是我偶然想到的意思，姑且写了出来。

（原载《小说月报》第 11 卷第 1 号，1920 年 1 月 25 日）

文学和人的关系及中国古来
对于文学者身分的误认

沈雁冰

我们试把一部二十四史翻开来，查查他的文苑列传，我们——如果我们的思想是不受传统主义束缚的——要有什么感想？我们试把古来大文学家的文集翻开来，查查他们的文学定义（就是当文学是一种什么东西），我们更要有什么感想？

第一，我们查文苑列传时，一定会看见文学者——诗赋之臣——常被帝王视为粉饰太平的奢侈品，所谓"待诏金马之门"，名称是很好听的，实际上只是帝王的"弄臣"，所以东方朔要愤愤不平，扬雄也要说"雕虫小技，壮夫不为"；不但帝王是如此，即如达官贵人富商土豪都可以用金钱雇买几个文学之士来装点门面，混充风雅。吕不韦一个赵贾，得志后也要招收文人来做部《吕氏春秋》，淮南王梁王等莫不广收文人，撑撑场面，还欲妄想身后之名；这一类的例，真是不胜枚举，然而尚算两汉之时，文人有些气节，帝王诸侯达官土豪也知道相当的敬重文士呢，下此更不堪说了。所以，在中华的历史里，文学者久矣失却独立的资格，被人认作附属品装饰物了。文学之士在此等空气底下，除掉少数有骨气的人不肯"为王门筝人"，其余的大多数，居然自己辱没，自认是粉饰太平装点门面的附属品！岂但肯辱没肯自认而已，他们还以为"际此盛世"，真是莫大之幸呢！岂但文学之士自己庆幸而已，便是比文学之士略高一些的"史臣"，也要执笔大书特书皇帝陛下如何稽古右文崇奖文士呢！这样的态度便是我国自来对待文学者的态度了；附属品装饰物，使是我国自来文学者的身分了！这种样的感想，我们看中国史时每每要感触著的啊！这是第一个了。

第二，文人把文学当做一件什么东西？这也是不待深思便说得出来的。我们随便翻那个文学者的集子，总可以看见"文以载道"这一类气味的话。很难得几篇文学是不攻击稗官小说的，很难得几篇文字是不以"借物立言"为宗旨的。所以"登高而赋"，也一定要有忠君爱国不忘天下的主意放在赋中；触景做诗，也一定要有规世惩俗不忘圣言的大道理放在诗中。做一部小说，也一定要加上劝善罚恶的头衔；便是著作者自己不说这话，看的人评的人也一定要送他这个美号。总而言之，他们都认文章是有为而作，文章是替古哲圣贤宣传大道，文章是替圣君贤相歌功颂德，文章是替善男恶女认明果报不爽罢了。这是文学者对于文学的一个见解。还有一个绝相反而是不合理的见解，就是只当做消遣品得志的时候固然要借文学来说得意话，失意的时候也要借文学来发牢骚；原来文学诚然不是绝对不许作者抒写自己的情感，只是这情感决不能仅属于作者一己的一时的偶然的。属于作者一己的一时的偶然的，诚然也能成为好的美的文学作品，但只是作者一人的文学罢了，不是时代的文学，更说不上什么国民文学了。我国古来的文学大半有这缺点。所以综合地看来，我国古来的文学者只晓得有古哲圣贤的遗训，不晓得有人类的共同情感；只晓得有主观，不晓得有客观；所以他们的文学是和人类隔绝的，是和时代隔绝的，不知有人类，不知有时代！这便是我们翻开各家集子搜寻他们文学定义时常常要触著的感想了！这是第二了。

从这两种感想便又带著来了第三个感想：我们中华的国民文学为什么至今未确立，我们中华的文学为什么不能发达的和西洋诸国一样？这也不待深思而立刻可以回答的。这都因我们一向不知道文学和人的关系，一向不明白文学者在一国文化中的地位，所以弄的如此啊！

且慢讲什么是文学和人的关系，先看一看世界文学的进化是经过怎样一个过程来的。我们应晓得以上所述的一二两个感想倒也不是专限于中国，我们读任何国的文学史时都不免有这个感想。譬如英国罢，英国也经过，朝廷奖重文学后贵阀巨室奖重文学的时代，和我国的情形差不多。所不同者，他们文学者自身对于文学的观念，却和我国大不相同。他们不曾把文学当做圣贤的留声机，不知道"文以载道""有为而作"，他们却发现了一件东西叫做"个性"，次第又发现了社会，国家，和民众，所以他们的文学，进化到了现在的阶段。文学进化已见的阶段是：

（太古）　　（中世）　　（现代）

个人的——帝王贵阀的——民众的

这上两阶段，他们都曾经过，和我们一样，我们现在是从第二段到第三段的时期，我们未始不可以在极短的时间内赶上去，我们安得自己菲薄？

文学和人的关系也是可以几句话直接了当回答的。文学属于人（即著作家）的观念，现在是成过去的了；文学不是作者主观的东西，不是一个人的，不是高兴时的游戏或失意时的消遣。反过来，人是属于文学的了。文学的目的是综合地表现人生，不论是用写实的方法，是用象征比譬的方法，其目的总是表现人生，扩大人类的喜悦和同情，有时代的特色做他的背景。文学到现在也成了一种科学，有他研究的对象，便是人生——现代的人生；有他研究的工具，便是诗（Poetry）剧本（Drama）说部（Fiction）。文学者只可把自身来就文学的范围，不能随自己的喜悦来支配文学了。文学者表示的人生应该是全人类的生活，用艺术的手段表现出来，没有一毫私心不存一些主观。自然，文学作品中的人也有思想，也有情感；但这些思想和情感一定确是属于民众的，属于全人类的，而不是作者个人的。这样的文学，不管他浪漫也好，写实也好，表象神秘都也好；一言以蔽之，这总是人的文学——真的文学。

这样的人的文学——真的文学，——才是世界语言文字未能划一以前底一国文字的文学。这样的文学家所负荷的使命，就他本国而言，便是发展本国的国民文学，民族的文学；就世界而言，便是要连合促进世界的文学。在我们中国现在呢，文学家的大责任便是创造并确立中国的国民文学。改正古人对于文学的见解，如上面所说的：这是现在研究文学者的责任了，提高文学者的身分，觉悟自己的使命，这更是我们所决不可忘的啊！

"我来服役于人，非服役人"，文学者必不可不如此想。文学家是来为人类服务，应该把自己忘了，只知有文学；而文学呢，即等于人生！这是最新的福音。我国文学的不发达，其患即在没有听到这个福音，错了路子；并非因为我们文学家没有创造力，不曾应用创造力！文学家对于文学本意的误认及社会上对于文学家责任的误认，尤是错了路子的根本原因。

所以我们现在的责任：一方是要把文学与人的关系认得清楚，自己努力去创造；一方是要校正一般社会对于文学者身分的误认。"装饰品"的时代已经过去，文学者现在是站在文化进程中的一个重要分子；文学作品不是消遣品了；是勾通人类感情代全人类呼吁的唯一工具，从此，世界上不同色的人种可以融化可以调和。而在我们中国的文学者呢，更有一个先决的重大责任，就是创造我们的国民文学！

（原载《小说月报》第 12 卷第 1 号，1921 年 1 月 10 日）

新文学研究者的责任与努力

郎　损

这些空议论的文字，我本来很想少做一点，多用些工夫在翻译西洋文学作品和介绍西洋文家上面；但是不幸有许多奇怪的议论常常到我耳朵里来，听着了觉得万分的伤心，万分的失望，觉得一般青年对于这题的意义实在没有充分的了解，这文题实在有解释一番的必要，所以特意地写点出来看看。

我觉得这文题内所有的意义总不出（一）新文学运动的目的何在，（二）怎样介绍西洋的文学，（三）怎样创作这三者，所以下面就挨次把来解释几句——虽然很多主观的地方，但我敢信（一）（三）两层是普遍的真性，不是我一人的私言。

翻开西洋的文学史来看，见他由古典——浪漫——写实——新浪漫……这样一连串的变迁，每进一步，便把文学的定义修改了一下，便把文学和人生的关系束紧了一些，并且把文学的使命也重新估定了一个价值。虽则其间很多参差不齐的论调，——即当现代也不能尽免——然而有一句总结是可以说的，就是这一步进一步的变化，无非欲使文学更能表现当代全体人类的生活，更能宣泄当代全体人类的情感，更能声诉当代全体人类的苦痛与期望，更能代替全体人类向不可知的运命作奋抗与呼吁。不过在现时种界国界以及语言差别尚未完全消灭以前，这个最终的目的不能骤然达到，因此现时的新文学运动都不免带着强烈的民族色彩。例如爱尔兰的新文学运动犹太的新文学运动都是向着这倾向，对全世界的人类要求公道的同情的。我们中国的新文学运动也不能不是这性质了。

但另有一点应注意的，就是我们现在的新文学运动也带着一个国语文字运动的性质；西洋各国国语成立的历史，都是靠着一二位大文学家的著作做了根基，然后慢慢地修补写正，成了一国的国语文字。中国的国语运动此时为发始试验的时候，实在极需要文学来帮忙；我相信新文学运动最终的目的虽不在此，却是最初的成功一定是文学的国语，这是可以断言的。现在尚有人们以为文言的文学看厌了，所以欲改用白话，或则以为文言的文学太难学太难懂了，所以欲用白话；这实在误会已极！不先除去这些误会，新文学运动永无圆满成功的一日！遑论民族文学的发扬光大呢？

上面所说的是我们的责任，达到完满这个责任的路子，自然介绍西洋文学也是其中之一。介绍西洋文学的目的，一半果是欲介绍他们的文学艺术来，一半也为的是欲介绍世界的现代思想——而且这应是更注意些的目的。凡是好的西洋文学都该介绍这办法，于理论上是很立得住的，只是不免不全合我们的目的，虽则现在对于"艺术为艺术呢，艺术为人生"的问题尚没有完全解决，然而以文学为纯为艺术的艺术我们应是不承认的。西洋最好的文学其属于古代者，现在本也很少有人介绍，姑置不论；便是那属于近代的，如英国唯美派王尔德（Oscar Wilde）的"人生装饰观"的著作，也不是篇篇可以介绍的。王尔德的"艺术是最高的实体，人生不过是装饰"的思想，不能不说他是和现代精神相反；诸如此类的著作，我们若漫不分别地介绍过来，委实是太不经济的事——于成就新文学运动的目的是不经济的。所以介绍时的选择是第一应得注意的。

大文豪的著作差不多篇篇都带着他的个性，一篇篇反映着他生活史中各时期的境遇的。没有深知这位文家的生平和他著作的特色便翻译他的著作，是极危险的事。因为欲翻译一篇文学作品必先了解这篇作品的意义；理会得这篇作品的特色，然后你的译本能不失这篇作品的真精神；所以翻译家不能全然没有批评文学的知识，不能全然不了解文学。只是看得懂西洋文的本子不配来翻译。古卜林（Alexander

Kuprin）的《生命之河》（The River of Life）表示随逐在生命之流之中的人不是不能奋斗的新理想，柴霍甫（Anton Tchekhov）的《樱桃园》（The Cherry Orchyard）表示对于未来的希望，这都不是可以从文字上直觉得来的，翻译的本子若失了这隐伏着的真精神，还成个什么译本呢？所以翻译某文家的著作时，至少读过这位文家所属之国的文学史，这位文学家的传，和关于这位文家的批评文学，然后能不空费时间，不介绍假的文学著作来。要这样办，最好莫如由专研究一国或一家的文学的人翻译，专一自然可以精些；若买得了一本小说，看过就翻译，不去研究这位著作家在文学上的地位，从前我国翻译小说的人原多这样办的，现在还是很有，却深望以后要把这风气改革了才好。所以我以为介绍西洋文学第二就要顾虑到这一层。

　　文学作品虽然不同纯艺术品，然而艺术的要素一定是很具备的。介绍时一定不能只顾着这作品内所含的思想而把艺术的要素不顾，这是当然的。文学作品最重要的艺术色就是该作品的神韵。灰色的文学我们不能把他译成红色；神秘而带颓丧气的文学我们不能把他译成光明而矫健的文学；太戈儿（R.Tagore）歌中以音为主的歌，如《迷途的鸟》（The Stray Birds）中的几篇，我们不能把他译成以色为主的歌；译苏德曼的《忧愁夫人》（Frau Sorge）时必不可失却他阴郁晦暗的神气；译般生的《爱与生活》（Synnöve Solbakken）时，必不可失却他光明爽利的神气，必不可失却他短峭隽美的句调；译梅德林（M.Maeterlinck）的《一个家庭》（Interior）与《侵入者》（Intruder）时，必不可失却他静寂的神气：这些，都要于可能的范围内力求不失的。如果能不失这些特别的艺术色，便转译亦是可贵；如果失了，便从原文直接译出也没有什么可贵。不朽的译本一定是具备这些条件的，也惟是这种样的译本有文学的价值。这是自然不很容易办到的（中国现在译界未能都到这地步，是无容讳言的；以我个人的眼光看来，周作人先生所译科罗连珂（Korolenko）的《玛加尔的梦》和古卜林的《晚间来客》鲁迅先生译的阿尔支拔绥夫（Artzybashev）的《幸福》耿济之先生译的《疯人日记》是可以做个代表的），但我们不可不努力这样办啊。

上说的介绍西洋文学算他办到了，但如没有创作，则我们的目的仍未完成。所以在现在这时期，创作的重要，正和介绍一般。自从前年以来，西洋式的短篇小说陆续出来，数目已经不少，但有价值的却实在不多。一般的缺点，依我看来，尚不在表现的不充分，而在缺少活气（Humour）和个性。此弊在读了翻译的或原文的小说便下笔做小说，纯是摹仿，而不去独立创造。我们要知道文学的创作才固由天授，然而必须经过若干时的人生经历，印下了很深的印象，然后能表现得有生气；也必须先有了独立的精神，然后作品能表见他的个性。如果关在一间小屋子里，日夜读小说，模仿着做，便真有创造天才的人也做不出好东西，何况没有天才的人呢。模仿的作品中的人物（Character）大都是借来，不是自己创造的，但是作品中的背景却不能不自造；借来的人物配上自造的背景是一定不能调和的！这些不调和的现象在现今创作中显然很是不少。既然人物是借来的，便大都只能偷得一个样式，而作品的人物却决不能只是一个，所以结果是一篇作品的许多人物都只是一个模型里的出产品，还能有什么活气！这人物呆板的现象也是现今创作中极显然的。这两个弊端都源于摹仿；其他如题材的无变化，布局的一例，都是指出摹仿的小说实是大害！所谓读了几十部外国小说，"加以揣摹"，然后创作，实是创作不能好的原因了。

创作文学时必不可缺的，是观察的能力与想像的能力；两者偏一不可。表现的两个手段，是分析与综合。世间万象，人类生活，莫不有善的一面与恶的一面；徒尚分析的表现法，不是偏在善的一面，一定偏在恶的一面。旧浪漫派文学与自然派文学就是各走一端的。丑恶的描写诚然有艺术的价值，但只表现人生的一边，倒底算不得完满无缺，忠实表现。西洋写实派后新浪漫派的作品便都是能兼观察与想像，而综合地表现人生的。这进一步的艺术与思想也是创作者不可不时时顾到的。

创作须有个性，这是很要紧的条件，不用再说的了；但要使创作确是民族的文学，则于个性之外更须有国民性。所谓国民性并非指一国的风土民情，乃是指这一国国民共有的美的特性。例如俄国国民美的特性是能忍苦地和黑暗反抗，能用彻底的精神做事，能爱他，他有四海同胞主义的精神，这些国民性经郭克里（Gogoli）以来许多文学家的描写发挥，不但在俄国有了绝大的影响，并且在世界也生了绝大的影响。这样的国民性的文学才是有价值的文学。我相信一个民族既有了几千年的历史，他的民族性里一定藏着善美的特点；把他发挥光大起来，是该民族不容辞的神圣的职任。中华这么一个民族，其国民性岂遂无一些美点？从前的文学家因为把文学的目的弄错了，所以不曾发挥这些美点，反把劣点发挥了。这些"国粹文学"内所表见的中华国民性，我们不能承认是真的中华国民性：国民性的文学如今正在创造着！

这上面说的三段大概把谈文学的责任和努力讲明了；自然并没有苛责现在一切的译家立刻办到这（二）（三）两项的意思，不过很盼望谈文学者人人有这个观念，把这件事看得郑重些，多用些苦工研究一回，然后再来翻译，再来创作。不要只管东抄西摘，生吞活剥，什么太戈儿托尔斯泰喊得虽然响，却是空费气力呀！

（原载《小说月报》第 12 卷第 2 号，1921 年 2 月 10 日）

新文学与创作

愈之

> 自然的方法和终局，
>
> 是上帝一手造成的；
>
> 技巧和艺术
>
> 显出上帝的心；……
>
> 你的艺术在后边紧紧跟着，
>
> 正像一个弟子跟着先生；
>
> 所以你的艺术便是上帝的儿孙。
>
> ——Inferno，Canto XI，99——

　　这是意大利大诗人但底（Dante）所作《地狱诗》的一节。他明明说：上帝是创造者，艺术家是上帝的弟子，所以也是创造者；上帝创造自然，艺术家却是创造艺术。十七世纪著作家勃洛音（Thomas Browne）也说："自然造了一个世界，艺术造了又一个世界。"（Nature hath made one world，and art another.）这样看来，艺术家便是第二个上帝，上帝的权威是创作，艺术家的权威也是创作。

　　我们都知道：人只能发明，能制造，却绝对的不能创造。人能够筑成几万里的铁道，也能够建成几万吨的轮舶，但不能够创造出一粒的砂石，一滴的清水。竭全人类的才智能力，要想创造出些许的新事物，替宇宙增加些许的质量，是做不到的。从物质的创作看来，人类委实是不中用；但讲到精神方面，可又不然了。人用了艺术创造出精神的世界；像从古以来的建筑，雕刻，图画，音乐，戏剧，文学里边所表现的艺术精神，都是人类的创作。而且这种精神的世界——艺术家创造的世界——比起物质的世界——上帝创造的世界——来，亦无逊色。所以说人是创作的动物，委实不错呵！

现在单从文学方面讲。文学家创造出诗的世界，想像的世界，把想像的人物，想像的事情安插进去。这种世界是物质的世界的补足（Complement），我们对于物质世界有所不满时，可以在想像的世界中，寻得慰安之物。人在物质世界常觉得烦闷，觉得狭隘；但在精神世界却觉得光明，觉得宽裕。我们读了好的诗，好的小说戏曲，常有超越现实世界的感想。人的生活本来是有二种：第一种是物质生活，是受造物的支配的；第二种是精神生活，是受艺术家文学家的支配的。第一种生活是动物一般的生活；第二种生活却是人类特有的。精神生活比物质生活，更为可贵。人类的进化，大半可说是精神文明的力量。一篇伟大的诗，一部不朽的文学著作，从人类文化的立点看来，确要比万里长城或巴拿马运河更有价值。英国人宁愿抛弃印度，却不肯失掉莎士比亚，也就是这缘故罢。

文学的真实价值到底是什么呢？自来批评家各执一说，再也说不清楚的。但我们可以武断的说一句：文学的价值，全在于创作；一切专事模拟没有独创精神的东西，都不好算做文学的作品。因为一切的艺术，都是以创作的效能（Creative faculty）为基础的。

我们现在都知道中国文学非彻底革新不可了。但这个当然不是变文言为白话的问题，也不单是从古典主义变到理想主义写实主义的问题，实在讲来，乃是文学的价值问题。中国旧文学太缺乏创作的精神，所以他本身已失却文学的价值了。旧文学中，韵文一部分，像诗词曲本等除极少数的几种外，余的大都专事拟古，既缺乏丰富的情绪，又没有高远的理想；散文一部分呢，小说和剧本是向来不曾发展，只有叙述的（Descristive）文学，没有表现的文学。两年来的新文学运动，可算有声有色了。数千年来牢守着的文体，居然改变了；受过许多年束缚的思想，也逐渐解放了。但是我们总不能满意：因为这几年大吹大擂的提倡新文学，可是真实的文学创作，仍旧不多。在文艺思想蜕变期，照历史惯例，应该有几部惊天动地的伟大创作。像十五世纪意大利"文艺复兴期"（Renäissance）出一部全世界著名的《神曲》（Divine Comedy），十八世纪德国的"Sturm und Drarg"时代，有《浮斯德》（Faust）《盗贼》（Die Räuber）这几部大著；法国一八三〇年的新文学运动，又有器俄高推（The Gauties）、大仲马、鲍尔札克（Balzac）、散乔治（George Sand）这许多人的创作。像这样的文学作品，现在我国，不用说，连半部都没有。大多数的作品，不过把文体改为语体罢了；结构（Structure）格调（Style）题材（Subject Matter）还是守着刻版的老规例，摆脱不了。有时虽然也有很好的思想，因为缺乏艺术手段，不能够显明活泼的表现出来，便变了不成熟的作品。但便是这种不成熟的作品也不多见，完美的创作，更是绝对没有了。（新体的诗和小说，也有经过适度的艺术制练的，我们自然不该一律抹煞，像新诗中很有几首好的，但真真不愧为创作的，实在很少。）

翻译外国文学在目前自然也是一桩要事；但我们不要忘了：翻译不过是过渡期的办法，文艺运动的终极，却在于创作。没有翻译，中国文学和世界文学，也许永不发生干系；但没有创作，中国文学在世界文学中，也不会争得相当位置的。文学是国民性的反映，所以一国的文学，都有一国的特点；像我们那样伟大的民族，更应该有一种独特的文学。因此我们盼望现在除一部分人专事翻译外，应该有另一部分，努力创作，给我国文学立一个根脚才好呵。

那么怎样创作呢？这个问题，不是本文所应该说的，也不是我所能说的。但也不妨讲个大概。我以为凡是真实的文学创作，至少应当具有二个条件：（一）天才，（二）适度的艺术制作。天才可以说是具有较大的创作力（Creative power）的人。天才是只给与少数人的。只有伟大的天才，才能产出伟大的创作，这自然不错。但像我们这样的大民族，不该没有几个创作天才；而且我国过去的文化，已经证明中华民族的创作力，不在他民族之下。只因为几千年来，和欧洲中世纪一般，我国思想界受了传统主义的束缚，不能自由，所以有了几个天才，大都潜伏在民众底下，不能出头。此外更有一个原因，便是艺术手段的缺乏。艺术手段也是创作的必要条件。我们只看自然所创造的世界，安排得何等齐整，配合得何等玲珑！文学家所创造的世界，也是这样，要是没有适度的艺术制练，就算有了天才，也不会完成创作。

但这一层，本文却不及讨论了。

　　总而言之，创作的价值，非常重大！我们可以说：近代德意志是贵推（Goethe）西娄尔（Schllier）创造出来的；近代法兰西是卢骚嚣俄佛老贝（FIaubert）法朗西（Anatole France）罗兰（Romain Rolland）等人创造出来的；近代俄罗斯是都介涅夫陀斯妥夫斯奇托尔斯泰和其余的人创造出来的。但不知道创造未来新中国的人，又有谁来？中国的创作家呵，不要看低了你们自己！

　　　　　　（原载《小说月报》第 12 卷第 2 号，1921 年 2 月 10 日）

文艺丛谈（二）

冰 心

法国微纳特（Venet）说："文学包含一切书写品，只凡是可以综合的，以作者生平涌现于他人之前的。"我看他这一段文学解说，比别人所定的，都精确，都周到。

一本黄历，一张招贴，别人看了不知是出于何人的手笔的，自然算不得文学了。一本算术或化学，不能一看就使人认得是那位数学家、化学家编的，也不能称为文学。一篇墓志或寿文，满纸虚伪的颂扬，矫揉的叹惋；私塾或是学校里规定的文课，富国强兵，东抄西袭，说得天花乱坠，然而丝毫不含有个性的，无论他笔法如何谨严，词藻如何清丽，我们也不敢承认它是文学。

抄袭的文字，是不表现自己的；勉强造作的文字，也是不表现自己的，因为他以别人的脑想为脑想，以别人的论调为论调。就如鹦鹉说话，留声机唱曲一般。纵然是声音极嘹亮，韵调极悠扬。我们听见了，对于鹦鹉和留声机的自身，起了丝毫的感想了没有？仿杜诗，抄韩文，就使抄了全段，仿得逼真，也不过只是表现杜甫韩愈，这其中哪里有自己！

无论是长篇，是短篇，数千言或几十字。从头至尾，读了一遍，可以使未曾相识的作者，全身涌现于读者之前。他的才情，性质，人生观，都可以历历的推知。而且同是使人脑中起幻象，这作者和那作者又绝对不同的。这种的作品，才可以称为文学，这样的作者，才可以称为文学家！能表现自己的文学，是创造的，个性的，自然的，是未经人道的，是充满了特别的感情和趣味的，是心灵里的笑语和泪珠。这其中有作者他自己的遗传和环境，自己的地位和经验，自己对于事物的感情和态度，丝毫不可挪移，不容假借的，总而言之，这其中只有一个字"真"。所以能表现自己的文学，是"真"的文学。

"真"的文学，是心里有什么，笔下写什么，此时此地只有"我"——或者连"我"都没有——前无古人，后无来者，宇宙啊，美物啊，除了在那一刹那顷融在我脑中的印象以外，无论是过去的，现在的，将来的。都屏绝弃置，付与云烟。只听凭着此时此地的思潮，自由奔放，从脑中流到指上，从指上落到笔尖。微笑也好，深愁也好。洒洒落落，自自然然的画在纸上。这时节，纵然所写的是童话，是疯言，是无理由，是不思索，然而其中已经充满了"真"。文学家！你要创造"真"的文学吗：请努力发挥个性，表现自己。

1921 年

（原载《小说月报》第 12 卷第 4 号，1921 年 4 月 10 日）

文学的使命

西 谛

　　文学的使命是非常伟大而且光荣的。在人类未有系统的知识以前，文学就在他们当中占有极雄厚的势力了。初民所具有的知识，在现在已泯灭无遗；但是他们的抒情诗，的传说，的史诗，却还传诵不衰。在劳动社会中，他们大半是没有受过教育的。同他们讲哲学，讲科学，他们多觉得淡泊无味，格格不相入。如果讲述文学作品给他们听，他们就要手舞足蹈，嬉笑流涕，而不自禁了。总之：无论如何不开化的民族，如何没有常识的人们，只有不受乃至摈斥，反对别的自然科学，社会科学的光明的，却从来没有对于文学不受感化的。文学成了他们精神上的唯一慰藉者。他们对于文学的兴趣真是高极了。且不惟成人如此，儿童更是利害。中国儿童看西游记，封神传的热心比课本不知高得多少倍呢！

　　文学的效力——影响——是如何的伟大呀！因其影响之大，斯其所负的使命重要而且光荣。

　　在近代社会制度底下，文学的使命似乎被大家都认错了，有的人把文学的工作划在工业的水平线上。他们当文学是一种职业，想以笔代农具或机械。终日伏案疾书，求其作品能迎合社会的心理，以换得面包与牛油？如此，简直把文学视为一种纯粹的实际的，经济的艺术了。有的人又把文学当作著作家求名的工具。散文与诗歌与戏剧不过是一种媒介物，能实现他们的在世界上的名望的。他们著作，著作，为自己的名誉而著作。无论他们成功的迟早，或竟不得成功，这种思想却是他们从事文学的最大的动机。这不过是自私心的表现罢了，对于文学的大使命的所在，他们实没有梦见。有的人——最大多数的人——又以为文学的目的是在给快乐于读者，使读者得有美感的。这句话也许有一点对。但也未免太把文学的使命看轻了。文学的作用固不仅在给快乐，给美感呀！就是诗，一般人所谓为纯粹的美文的，这种标的，也不过是她的副动力。至于大部分的散文，则更不多有以此为动机的了。又有人说，文学的目的就在于自己表白。作者内心的思想与情绪，常常突突的要求表现。文学就是他们所表现于外之内心的思想与情绪。他们不知道什么金钱，什么名誉，什么读者的快乐，他们只要把自己所想的，所感的写出来而已。如此，文学就成了一种人们的内心的自传了。这虽比文学的商品观，消遣观好些，高尚些，然而总带着自私的色彩，把文学太为个人化了。

文学的使命——伟大的，光荣的使命——却全不在此。亨德（Hunt）在他的《文学的原理与问题》上说：文学的真使命有四：（一）伟大的思想或原理的承认，含孕，并解释。（二）时代精神的正确解释。（三）人性对于他自己与对于世界的解释。（四）高尚理想的表现。据他的意思，第一层是说作者应该把他的独创的思想表现在文学里，此不惟他自己得有发言的机会，并且也对于人间的真理增加了些数量。无论那一种文学作品，只要他不是十分坏的，总包孕有作者自己的思想在里面。第二层是说，文学是解释时代的精神的。但在衰微的时期，作家于时代精神以外，同时须具有改造时代精神的思想。不仅是无忤的表现与解释他而已。第三层是说，文学的要务在于表现内部的个人的生活。在这个地方，文学就是心理学；他发现人心的好与坏的想念，乐与忧，强与弱，光荣与羞耻的情感。第四层是说，在现在商业的实利的时代中，人们所缺乏的乃是精神上的高尚的理想。文学应该把这种超逸的理想灌输给大家，使他们不到沉沦于实利主义而忘返。

亨德的话，我很赞成。文学的伟大的使命大概可以包括于他所举的四层。不过他未免有些太偏重于理性方面了。他看思想太重，而于情绪却一个字也没有提起。我以为文学中最重要的元素是情绪，不是思想。文学所以能感动人，能使人歌哭忘形，心入其中，而受其溶化的，完全是情绪的感化力。文齐斯德（Minchesten）以为文学的职务，在轻而易读，而不使人费思索之力；而纯以作者的情感来引起读者的情绪。我极以为然。

把亨德所举的四层，可以改之如下：（一）个人的思想与情绪的表现。（二）对于时代的环境的情感的流露。（三）人性的解释。（四）飘逸的情绪，与高尚的理想的表现。总括一句话，文学的真使命就是：

> 表现个人对于环境的情绪感觉，欲以作者的欢愉与忧闷，引起读者同样的感觉。或以高尚飘逸的情绪与理想，来慰藉或提高读者的干枯无泽的精神与卑鄙实利的心境。

更简括的说一句话，他的使命就是：

> 扩大或深邃人们的同情与慰藉，并提高人们的精神。

现在的世界是如何残酷卑鄙的世界呀！同情心压伏在残忍冷酷的国旗与阶级制度底下，竟至不能转侧。而人们的高洁的精神，廓大的心境也被卑鄙的实利主义，生活问题泯灭消灭而至于无有。救现代人们的堕落，惟有文学能之。文学的使命是如何的重大呀！光荣神圣的文学家，你们应该如何的担负这个重大的使命呢？文学是决不仅给肤浅的快乐于读者的，决不仅发表个人的心境的。以金钱以名誉为目的而投世人之所好，给肤浅的快乐于读者的人，不惟污辱这个伟大光荣的文学的使命，而且也污辱他们自己的人格。

（原载《文学旬刊》第 5 号，上海《时事新报》1921 年 6 月 20 日）

血和泪的文学

西　谛

　　我们现在需要血的文学和泪的文学似乎要比"雍容尔雅"，"吟风啸月"的作品甚些吧："雍容尔雅""吟风啸月"的作品，诚然有时能以天然美来安慰我们的被扰的灵魂与苦闷的心神。然而在此到处是榛棘，是悲惨，是枪声炮影的世界上，我们的被扰乱的灵魂与苦闷的心神，恐总非他们所能安慰得了的吧。而且我们又何忍受安慰？萨但（Satan）日日以毒箭射我们的兄弟，战神又不断的高唱他的战歌。武昌的枪声、孝感车站的客车上的枪孔、新华门外的血迹……忘了么？虽无心肝的人也难忘了吧！虽血已结冰的人也难忘了吧！"雍容尔雅"么？恐怕不能吧！"吟风啸月"么？恐怕不能吧！然而竟有人能之：满口的纯艺术，剽窃几个新的名辞，不断的做白话的鸳鸯蝴蝶式的情诗情文、或是唱道着与自然接近、满堆上云、月、树影、山光等字；他们的"不动心"，真是孔孟所不及。革命之火，燃吧，燃吧！青年之火，燃吧，燃吧！被扰乱的灵魂沸滚了，苦闷的心神涨裂了。兄弟们呀！果真不动心么？记住！记住！我们所需要的是血的文学，泪的文学，不是"雍容尔雅""吟风啸月"的冷血的产品。

（原载《文学旬刊》第 6 期，上海《时事新报》1921 年 6 月 30 日）

《前夜》序

耿济之

　　文学的原则是什么？文学有何影响于社会和人生？

　　这个问题在自然派讲起来，一定回答说：文学的原则就是用不煊不染的"真实"来描写现有的生活，不加上什么理想，也不有些微的剥损。这种"赤裸裸"的描写固然是近代自然派文学的特色；但是据我看来，他决不能包括文学的实体，也不能确定他的目的。请问：文学家抱着什么目的甘愿做那生活的"回声"呢？——回声一定是波动的，回声一定逊于所欲模仿的声音。再则：文学家应当不应当仿佛"回声"似的把所有宇宙间发生的事实一一描写，而无所别择？这两个问题如果能够回答下来，那末文学的功用实在是如此。但是不能：因为既不加上什么理想，如何有文学家的目的；既没有些微的剥损，如何能容你有选择的功夫。所以自然派这样的解释未免有不足不尽之处，而这种文学对于社会和人生定无若何巨大的影响。

　　这样看来，文学决不能仅以描写生活的真实，即为止境，应当多所别择，把文学家的情感和理想寓在里面，才能对于社会和人生发生影响。这就是文学的原则。质言之，文学是不应当绝对客观的，而应当参以主观的理想。

　　描写固然应该真实，而同一真实里不能不加以别择，以完成文学的目的。

　　文学的目的在绝对客观的自然派看起来，是不甚要紧的。他们对于艺术应当是有益的一层虽还不否认，却同时以为他的益处就在于他自己的范围里，和华美作品的内容毫无关系；他们并且以为艺术自能得到他自己范围内的益处，只须用艺术的手段来描写真实的生活；如果现在欲要求什么目的，那简直是溢出范围，而使他不成为艺术。他们的意思仿佛说艺术的目的就是艺术，艺术只为艺术而生。然而这种论调实在是毫无一顾之价值的，因为那里能各种事实的描写都有同样的意义，并且得同样的益处。

所以艺术——文学——如果只有他本身的目的，那也只是没有用的艺术，——文学。人生的艺术——文学，才能算做真艺术，——真文学。

上面几段话是说明文学应当归结到人生方面；换言之，文学作品的制成应当用作者的理想来应用到人生的现实方面。文学一方面描写现实的社会和人生，他方面从所描写的里面表现出作者的理想，其结果：社会和人生因之改善，因之进步，而造成新的社会和新的人生。这才是真正文学的效用。

然而这种"人生"的文学作品实在是很少的，即以俄国的文学而论，——因为我一二年来所研究的只是俄国文学，其他国的文学委实是不知道的，所以也只好就俄国文学而论，——也没有几篇作品足副其实的。俄国文学家中带着这种色彩的也只能推托尔斯泰（Толстой），屠格涅甫（ТургеНеВь），道司托也夫司基（Дортоевскiй），柯勒基（Товькiй），安得列夫（Андреевь）数人。其中屠格涅甫的文学作品最适合于吾人说明人生文学之用，因为他的作品并不像托尔斯泰，道司托也夫司基似的太偏于思想和主义的一方面，却是纯粹艺术的描写；又不像极端客观的写实派似的只作赤裸裸的描写，而不顾到作者的思想方面，却在纯艺术中表现时代的潮流和人生的趋向。

屠格涅甫有六篇名著：（一）《父与子》；（二）《前夜》；（三）《贵族之家》；（四）《烟》；（五）《荒地》；（六）《路丁》。

这六篇实在是俄国近代文学中的杰作，各篇有各篇的主旨，各篇各描写一时代的思想和潮流，实在是为研究俄国文学和思想者不能不读的书。我们介绍俄国文学也最注意于他这六篇著作，注意将他们次第翻译成中文，因为这六篇是十九世纪中叶俄国社会思想的结晶，读此，可以知道俄国思想变迁的痕迹，更可以知道文学和社会及人生其间有多大密切的关系。

现在沈颖君所译的屠格涅甫名著六种中的一篇《前夜》已告成功了！这本书对于当时的俄国社会有若何的影响，下节当举以奉告；但是我信沈颖君用佳妙的手笔来翻译这种佳妙的著作，他影响于中国的社会也决不少。

俄国社会因著这种书而变更一部分的思想，希望中国社会也能因为这种书而变更其平时陈腐虚伪的思想！

有人说："我看这部书并没有什么绝大的深意寓在里面，他不过是一本描写爱情的小说。"这个人的话完全是误会的，他只看见其表面，其事实，自然得着不正确的见解。这本书出版于一千八百五十九年，其主旨可以说完全针对着当时俄国社会的情形而发。俄国当一八三〇——一八五〇的时候，西方自由思想慢慢输入进来，而帝皇的专制手段亦与之俱长。当时的青年一方感受着专制的痛苦，他方又受了自由思想的鼓动，大家都觉悟起来，欲在社会上有所活动。但是政治方面也决无那些觉悟的青年容足之地，便不得不趋于哲学宗教艺术等和现实少有接触的各方面去。固然一时文风极盛，然而其弊也，离现实而好幻想，喜大言而屏实际。社会上只听见软弱的喊声，而没有实地的工作。屠格涅甫有见及此，所以著了这篇《前夜》的小说，以喊醒众人的迷梦，使俄国的青年能弃去空言，脚踏实地的做去。书中女主人叶林娜对于白尔森涅夫和苏宾都存个看不起的念头，独垂青于保加利亚亡命志士，穷无所归的殷沙洛夫这个人。这个并不是说叶林娜眼光高，见解特别，却是证明屠格涅甫实在是厌弃白尔森涅甫和苏宾两人学问和艺术的事业，而推崇殷沙洛夫这种切志救国，铁肩担道的精神。然而读者不要误会：屠格涅甫并不是反对学问和艺术的事业，他也知道这种事业在社会上是很重要的；但是在俄国"当时"所最为需要的并不专是这种事业，却是需要实地改造的力量和精神。他在自己小说里不但对于白尔森涅甫和苏宾表示蔑视的意思，并且一切否认与他同时的各种人。小说里有一处可以证明出他的意思，他说：像殷沙洛夫这种人现在是没有的了，所有的只是喧嚣者，鼓锤子，和从空虚移到虚空的人。这句话真是骂尽俄国当时的人，形容尽俄国当时社会的情形！所以这篇小说实在是俄国青年的兴奋剧，凡读着这本书，便明白自己的责任并不在于空虚飘茫的言论，而在于实地去做改造社会的工作。此书一出，俄国不少青年男女都觉悟过来，争著学殷沙洛夫和叶林娜的榜样大张"争自由""谋解放"的旗帜，以做各种民间的运动，而促成社会的改革。由此可见文学与社会和人生实在是很有关系的。中国有句成语说："英雄造时势，时势造英雄"；现在可以换一句"文学造时势，时势造文学"的话了。

以上已把《前夜》小说的效用约略讲明，大概读者一看，对于这本书也决不会再有什么怀疑的地方。但是这本书的来历也不能不叙述一下。屠格涅甫曾对于他六篇名著小说做过一篇自序，内中有四五段讲起他所以做这本《前夜》的原因，不可不摘要翻译出来，写在下面，以作读者的参考，也就算做我这篇序言的结束。

"……差不多一千八百五十五年一年中我住在乡间，一点也不出去游行。村里邻家中有个为我最熟识的一人，名叫瓦西里·克拉基夫（Василій Каратвевъ），是个年轻的田主，约摸有二十五岁的年纪。克拉基夫是浪漫派，热情派，酷爱文学和音乐，富有滑稽的才能，且富于情感和爱情，性格又很直爽。他从莫斯科大学毕业后，便住在村里父亲那里。他父亲每三年一定要发出种忧郁病，仿佛疯狂的样子。他有个姊姊，也死于疯狂。这些人早就死下；——所以我能随便的说出来。克拉基夫不得不自己管理家务，但是他实在不惯做这些事情，他只爱读书，并和那气味相投的人谈话。不过这种人是很少的。邻舍都不喜欢他自由的思想和嘲笑的言词；……他们恐怕自己妻女一经和他认识，便要传出危险不名誉的事情来。他时常过临我家，在那时候他来和我谈话也很能解我的闷气。

"克里米亚战争一起，政府实行在士族内征募兵士。那些和克拉基夫不对劲的人想着害他，便鼓动别人，选他为招募军队中的军官。他一得这个消息，就立刻到我家里来。我看见他那垂头丧气的行径很使他惊愕不置。他劈头第一语就是：'我从那里是回不来的了；我实在忍受不住这个；我将死在那里了。'他实在不能称为强健：他胸脯时常作痛，身体也是很弱的。我暗地里固然替他担忧，表面上却极力安慰他，并且说不过一年，我们一定能重新相见，捉膝聚谭。然而他依旧固执着自己的意思，后来同我在花园里游逛了一会，忽然对着我说道：'我有一件事情请求你。你知道我在莫斯科住了好几年，你却不知道我在那里所生的事故，——到现在却不得不把这些历史说给外人听。我努力这般做；我自信我没有一点文学的才能，却勉强做成一本小册子，现在特地拿来赠送给你。'说毕，他从口袋里掏出本小册子来，有十五六叶纸的样子，随说道：'你虽然极力安慰我，但是我终信我是回不来家乡的了。所以我请你把这本册子拿去，改做成一篇小说，却切不可随便弃置，那是我万分希望的！'我正想辞去这个差使；后来一看如果辞去，便要动他的怒，便勉强答应下来了。等他回去后，我拿来一看，里面所写的就是后来我这篇《前夜》的内容；但是他叙述得还没有完，中间便截断了。里面说克拉基夫在他住居莫斯科的时候，爱上一位女郎，那女郎也很爱他；后来那女郎同一个保加利亚人名叫卡德拉诺夫的相识，便移爱于他，同他一块儿往保加利亚去，在那里那人不久便死了。这个爱情的历史的确实有其事。克拉基夫也正没有文学的才能。就有一段'查里柴诺的旅行'描写得还活泼，——所以我在自己小说里还保存着他许多原来的话语。但是那时候我脑筋里正回旋着别种印象；我正预备做《路丁》小说；但是这种受委托的任务有时还在我面前发生。我读完克拉基夫这本册子，不由得喊道：'这就是我所寻找的英雄呵！'那时候俄国还没有这种人。第二天，我又见着克拉基夫，不但给他说我一定履行他的请求，并且还感谢他能够从困难引我出来，在我思想上放出绝大的光明。克拉基夫听着极其喜欢，便和我郑重叮咛而别，前去从军，不幸他到底没有回到故乡来。他的预想已经实验了。他受着疫气，死于营中。然而我终延迟我那预约的履行：因为我做完《路丁》，又做别的事情——从事做《贵族之家》，在一千八百五十八年冬间我又回到乡里来，忆起克拉基夫的事情，便找出那本册子，想了一想计划，就动笔起来。我几个熟识的朋友都已知道这事情的原委，但是我认为还应当和读者说明，所以写将下来，使读者能对于我那可怜的年轻朋友增加些回忆。……"

（民国九年九月十三日耿济之序于京寓）

（选自《前夜》，商务印书馆 1921 年 8 月初版）

支配社会底文学论

之 常

（一）

侵害第四阶级底铁索，传统思想固然是一部分，现在底经济组织的确是主要的成分。第四阶级者要想扭断这条铁索，非将现在底经济组织推翻不可，非将无产阶级者联合起来，革第三阶级底命不可。站在时代潮流上的人，不止当竭诚推翻传统思想，而且对于酝酿最近的将来底革命尤不能不负一部分责任。现在底互相抄袭底文化运动，知识阶级底交换披览底宣传，使将来的希望依然是个幻梦，沉重的铁索束缚得愈难以翻身。我们可以不警惕吗？贵族式社会运动，教育运动固然有些影响，但是何曾能普遍呢？革命底完成尚有所待呢！"到民间去"底使者是谁呢？卑之无甚高论底的小册子和单张的论文吗？这样的运动也曾极一时之盛了。然而呢，现状依然，铁索依旧地重重缚着，赤贫阶级底痛苦依旧地伤心惨目，依旧地如醉如死！"到民间去"底使者，革命底完成者是谁呢？

久已盘踞胸臆底见解，思之重思之，觉得有一吐底必要了。中国是文学底古国，古典文学和通俗作品已狂振其暴威，如今依然没有湮没，而且滥污作品仍层出不穷，其毒焰已不知害了多少人，还不知将害多少人呢？义和团底玷污，"绿林豪杰"底残毒，其源泉恐怕西游记，水浒，七剑十三侠等作品要占一股主流吧！如今礼拜六，黑幕小说非常销行，加以舞台上演的关公出世，阎瑞生，刁刘氏一流的戏剧，其作孽已不浅，贻毒将来更不知若何呢。但是从这种地方，可以看见小说等等底力量；倘若我们能代以良好的文学作品，其见效之速，传播之广，感人之深，还有什么可以比得上呢？那么，"到民间去"底使者舍血泪底，革命底，民众底文学还有什么呢？

现在底中国，要是欢迎资本主义，无异作茧自缚，绝对不可的。至于基尔特社会主义，中国底产业既没有发达，是不可能的。那么，除了俄国式底革命外，其余的也不过排排架子，空言无补罢了。俄国底革命，文学底力居很大一部分；要是俄国没有果戈里，托尔斯泰，屠格涅夫，陀斯妥以夫斯基，梭罗古勃，柯罗连柯，安得列夫，罗卜金，阿尔志拔绥夫，布洛克，高尔基等文学作家，俄国革命之花能开得这么早吗？乌克兰，新希腊，波兰，爱尔兰底复兴，又何尝不是文学之功居多呢？"到民间去"底使者，革命底完成者在中国舍文学又有什么呢？

（二）

"文章千古事"底见解，仍然潜伏在好些作家底脑里，以为文学是固定的，文学底价值是无时代关系的，永恒的。这是大谬不然的！文学是人类活动底结晶，传达感情底利器，新时代底指导者，鞭策者。国民文学底功用是将一人底热情传达他人，站在新时代底莅临底前部。时代蜕变，思想和环境种种变迁，文学当然也是生长的，与时代俱变的。昔日底文学作品在今日也许有价值，也许没有。将来底世界或者竟成了安乐太平底寰区，文学到那时当然大大不同；但是文学底将来变化，现在是难以预料的，而且不必要预料的。桑戴克教授著有《变着的时代中之文学》一书，对于文学是变迁的理论，讲得很详。

很多人以为哲学是真底宠儿，文学是美底馨宁。但是什么是美呢？众说纷纭，莫衷一是！托尔斯泰在他底《什么是艺术？》一书中，罗列各家美学学者对于美底意见，然而各派彼此不同。美底定义都得不着，还说文学是美底结晶，岂不是痴人说梦？世界底文学作家为不可确知的"美"而努力，未免也太不值得了！托尔斯泰论得很详，我在这篇短文中不多说了。

今日底文学底功用是什么呢？是为人生的，为民众的，使人哭和怒的，支配社会的，革命的，绝不是供少数人赏玩的，娱乐的。至于说，文学是为艺术的艺术，那么，人们衣食问题尚未解决，哪有闲工夫去作不可捉摸底，无实用如景泰兰底为艺术的艺术呢？今日底文学当为人生的，如日头当从东方升起一样地明白；至于文学底将来变化，不必过问。要说文学是无目的，无所为而为，那又何必要文学呢，何必费很多人底精神去创作莫明其妙底东西呢？文学者向来的习惯是好用一些不可捉摸的字眼，说得莫明其妙，这是当痛戒的！

总之，今日底文学是人类活动底结晶，新时代底先驱，为人生的，支配社会的，革命的。

（三）

要想挽中国底滥污作品底颓波，扫除无益和有害的肤浅作品；要想革命底文学不流入直率的教训，单调的色彩；要想由个人主义的文学支配社会运动进化到社会合作的文学支配社会运动；不可不建设今日底共同底艺术观。不可不提倡文学有主义。不可不毅然决然高标自然主义底旗帜！起中国底沉疴的，舍自然主义底文学还有什么呢？否则滥污作品仍张其毒焰，玄想作品施其蛊惑，中国底新文学运动恐只拥虚名而已！即有少数素有文学上的修养底作家，然而他们举棋不定，恐怕不能完成文学底使命吧？况且中国底疆土这么宽阔，人民这么众多，状况这么复杂，即有少数的好作家，又何能负这样的重担呢？

欧洲各国文学有主义，是一种必然底结果，如同社会组织似的，经过了一定的进化过程，而生出的历史底产物。罗曼主义，自然主义都不是凭空掉下来的，不是哪一个人可以任意一呼，风靡一时的，是文学进化底必然结果，时代底产儿，环境的馨宁！文学主义的成立和蜕变是唯物的，历史的，必然的。主义底产生是大有功于社会的，不是"无事干，扯闲谈"底无聊运动。要是不然，文学主义底保存和蜕变在欧洲何以能有这么长的历史？欧洲十七八世纪贵族专权，就有重形式的，讴歌他们底古典文学。十九世纪前半期，因过受束缚，思想一变，遂有热情的罗曼主义底革命。十九世纪中期古典主义已倒，罗曼的文学蹈入幻梦；卢梭高唱"返自然！"思想又变，自然主义才应时而生。俄国最得自然主义文学底力，革命成功；其余者所受的影响方兴未艾呢！近有新罗曼底反响，然各派错综，未能一致。

中国底病的黑暗的现状，亟待谋经济组织底更变，非用科学的精密观察描写中国底多方的病的现象之真况，以培养国人革命底感情不可，非采取自然主义作中国今日底文学主义不可。中国文学采取自然主义，是适应环境。采取自然主义文学底国家，并不比盛行旁的主义底国家底身价较低，因为那完全是宜不宜底问题；至于在中国继自然主义之后底主义是否与欧洲一样，那要看中国将来底状况如何，现在是不能预言的。至于中国文学底遣词，总以愈能通俗愈好，当排斥文辞艰深难解的作品。

有人说，文学上的主义是给批评者分类底标准；拿难以并存底各种主义去将作家自由挥毫底作品分类，恐怕是难能而不必为的吧。至于说，作者宜自由倾吐，不可先横以主义底观念，反失作品底真一层，这也是不对的。文学作者对于人生应有相当的人生观，对于艺术可以不要相当的艺术吗？正当的艺术观更能使作者底弹无虚发，而且可以变更进化的，何能有害于作品呢？无艺术观而素有艺术上的修养底作家间亦有好作品，但未免太少了！无修养底作家每每任意挥毫，结果是无益而有害的作品充满民间。有主义的文学国，在这一点上，比无主义底文学国，就可以减少很多粗恶制作了。

（四）

提倡革命底，自然主义底文学，一面自然是多多介绍自然主义底理论和历史，一面尤其应当移植各国，尤其曾受侵害的国底自然主义作品。站在歧路上的中国非有大批底自然主义作品底介绍，很难以转换目前底空气，使全国文学上正当的路。不过旁的主义底作品，也不应固拒，也当移植给人们参考披阅，但是比较次要些。一面国内作家当竭诚努力，多有所议论及自然主义底创作，然后才可以成为风尚，人皆趋之，荡洗旧玷。

但虽有自然主义作品，而无适当的文学批评者督责欣赏，其进步也是很迟缓的。自然主义须要科学的，分析的，纯客观底批评，在欧洲已经演过，成效甚大。那么，我盼望中国也有纯客观批评者来作成绩底鉴定者，文学新潮底指导者。

血泪底，革命底，自然主义底文学家！纯客观的文学批评家！我无限热忱地切盼你们底莅临中国！

我这一篇提纲底短论倘能引起读者底批评和精密的研究，真是我十二分地荣幸，其详待我底《文学底今日研究》（将由文学研究会出版）作成后再请教读者。

公历　二二，四，十二。

（原载《文学旬刊》第 35 期，上海《时事新报》1922 年 4 月 21 日）

新文学观的建设

西 谛

现在要以极简单的几句话，研究一个极关重要的问题——就是新文学观的建设问题。

在中国，这个问题尤为重要。

中国虽然是自命为"文物之邦"，但是中国人的传说的文学观，却是谬误的，而且是极为矛盾的。约言之，可分为二大派，一派是主张"文以载道"的；他们以为文非有关世道不作。于小说则卑之以为不足道，于抒写性灵的小诗词，则可持排斥的态度，于曲本则以为小道不足登大雅之堂。所以四库总目不录《西厢》《还魂记》诸曲本，亦不列小说一门。一派则与之极端相反。他们以为文学只是供人娱乐的。在文人自身则以雕斲文词，吟风弄月之诗赋，为自娱之具。在一般读者，则以谈神说怪，空诞无稽之小说，为消遣暇晷的东西。这两派都是不明白文学究竟是什么的？他们不知道文学存在的原因，也不知道文学的真正使命之所在。中国文学所以虽称极盛，而实则没有什么伟大的作品者，即以此故。

前一派的文学观现在已受西洋小说输入的影响而稍稍变动了。而且，这一派的人，除了所谓极顽固的宋学家外，也没有什么别的人，势力决不伟大。后一派的观念，则几乎充塞于全中国的"读者社会"（Raeding Publec）与作者社会之中。现在"礼拜六"派与黑幕派的小说所以盛行之故，就是因为这个文学观深中于人人心中之故。但无论这二派的影响如何，其所执持之观念之必须打破，则为毫无疑义的。

我们要晓得文学虽是艺术虽也能以其文字之美与想像之美来感动人，但却决不是以娱乐为目的的。反而言之，却也不是以教训，以传道为目的的。文学是人类感情之倾泄于文字上的。他是人生的反映，是自然而发生的。他的使命，他的伟大的价值，就在于通人类的感情之邮。诗人把他的锐敏的观察，强烈的感觉，热烘烘的同情，用文字表示出来，读者便也会同样的发生出这种情绪来。作者无所为而作，读者也无所为而读。——再明显的说来，便是：文学就是文学；不是为娱乐的目的而作之而读之，也不见为宣传，为教训的目的而作之，而读之。作者不过把自己的观察，的感觉，的情绪自然的写了出来。读者自然的会受他的同化，受他的感动。不必，而且也不能，故意的在文学中去灌输什么教训。更不能故意做作以娱悦读者。

如果以娱乐读者为文学的目的，则文学之高尚使命与文学之天真，必扫地以尽。自然，愉快的文学，描写自然的文学，与一切文学的美，都足以使读者生愉快之感。但在作者的最初目的，却决不是如此。读者呢，也不是以此才去读他。但现在的读者却正以消遣暇暑而才读文学，作者正以取得金钱之故，而才去著作娱乐的文学。此即文学之所以堕落的最大原因。严格说来，则这种以娱乐为目的的读物，可以说他不是文学。因为他不是由作者的情绪中自然流露出来的，而是故意做作的。文学以真挚的情绪为他的生命，为他的灵魂。那些没有生命，没有灵魂的东西，自然不配称为文学了。——虽然他们也是称做小说，戏曲等等。

在别一方面说，如果作者以教导哲理，宣传主义，为他的目的，读者以取得教训，取得思想为他的目的，则文学也要有加上坚固的桎梏的危险了。自然，文学中也含有哲理，有时也带有教训主义，或宣传一种理想或主义的色彩，但却决不是文学的原始的目的。如以文学为传道之用，则一切文学作品都要消灭了。因为文学是人的情绪流泄在纸上的，是人的自然的歌潮与哭声。自然而发的歌声与哭声决没有带传道的作用的，优美的传道文学可以算是文学，但决不是文学的全部。大部分的文学，纯正的文学，却是诗神的歌声，是孩童的，匹夫匹妇的哭声，是潺潺的人生之河的水声。

总之，娱乐派的文学观，是使文学堕落，使文学失其天真，使文学

89

陷溺于金钱之阱的重要原因的；传道派的文学观，则是使文学干枯失泽，使文学陷于教训的桎梏中，使文学之树不能充分长成的重要原因。

我们要想改造中国的旧文学，要想建设中国的新文学，却不能不把这两种传统的文学观尽力的廓清，尽力的打破，同时即去建设我们的新文学观，就是：

> 文学是人生的自然的呼声。人类情绪的流泄于文字中的。不是以传道为目的。更不是以娱乐为目的。而是以真挚的情感来引起读者的同情的。

这种新文学观的建立，便是新文学的建立的先声了。不先把中国懒疲的"读者社会"的娱乐主义与庄严学者的传道主义除去，新文学的运动，虽不至绝对无望，至少也是要受十分的影响的。

这篇直觉的短论是在极短的时间内匆促做成的。有许多话都没有说。只好等以后再详论。

（原载《文学旬刊》第 37 期，上海《时事新报》
1922 年 5 月 11 日）

文学与人生

沈雁冰

　　今天讲的是文学与人生。中国人向来以为文学，不是一般人所需要的。闲暇自得，风流自赏的人，才去讲文学。中国向来文学作品，诗，词，小说等都很多，不过讲文学是什么东西，文学讲的是什么问题的一类书籍却很少，讲怎样可以看文学书，怎样去批评文学等书籍也是很少。刘勰的《文心雕龙》可算是讲文学的专书了，但仔细看来，却也不是，因为他没有讲到文学是什么等等问题。他只把主观的见解替文学上各种体格下个定义。诗是什么，赋是什么，他只给了一个主观的定义，他并未分析研究作品。司空图的《诗品》也没讲"诗含的什么"这类的问题。从各方面看，文学的作品很多，研究文学作品的论文却很少。因此，文学和别种方面，如哲学和语言文字学等，没有清楚的界限。谈文学的，大都在修词方面下批评，对于思想并不注意。至于文学和别种学问的关系，更没有说起。所以要讲本题，在中国向来的书里，差不多没有材料可以参考。现在只能先讲些西洋人对于文学的议论，再来讲中国向来的文学，与人生有没有关系。

　　西洋研究文学者有一句最普通的标语：是"文学是人生的反映（Reflection）"。人们怎样生活，社会怎样情形，文学就把那种种反映出来。譬如人生是个杯子，文学就是杯子在镜子里的影子。所以可说"文学的背景是社会的"。"背景"就是所从发的地方。譬如有一篇小说，讲一家人家先富后衰的情形，那么，我们就要问讲的是那一朝。如说是清朝乾隆的时候，那么，我们看他讲的话，究竟像乾隆时候的样子不像？要是像的，才算不错。上面的两句话，是很普通的。从这两句话上，大概可以知道文学是什么，固然，文学也有超乎人生的，也有讲理想世界的。那种文学，有的确也很好；不过都不是社会的。现在我们讲文学与人生的关系，单是说明"社会的"，还是不够，可以分下列的四项来说一说。

（1）人种。文学与人种，很有关系。人种不同，文学的情调也不同，那一种人，有那一种的文学，和他们有不同的皮肤，头发，眼睛等一样。大凡一个人种，总有他的特质，东方民族多含神秘性，因此，他们的文学也是超现实的。民族的性质，和文学也有关系。条顿人刻苦耐劳，并且有中庸的性质，他们的文学也如此。他们便是做爱情小说，说到苦痛的结果，总没有法国人那样的热烈。法国作家描写人物，写他们的感情，非常热烈。假如一个人心里烦闷，要喝些酒，在英人只稍饮一些啤酒，法人却必须饮的是烈性的白兰地。这恰可以拿来当作比较，英法两国人的譬喻，文学上这种不同之点是显然的。

（2）环境。我们住在这里，四面是什么。假设我们是松江人，松江的社会就是我的环境。我有怎样的家庭，有怎样的几个朋友……都是我的环境。环境在文学上影响非常利害。在上海的人，作品总提着上海的情形；从事革命的人，讲话总带着革命的气概，生在富贵人家的，虽热心于平民主义，有时不期然而然的有种公子气出来。一个时代有一个环境，就有那时代环境下的文学。环境本不是专限于物质的；当时的思想潮流，政治状况，风俗习惯，都是那时代的环境，著作家处处暗中受着他的环境的影响，决不能够脱离环境而独立的。即使是探索宇宙之秘奥的神秘诗人，他的作品里可以和他的环境无涉——就是并不提起他的环境。但是他的作品的思想一定和他的大环境有关；即使是反乎他那时代的思潮的，仍旧是有关系。因此他的"反"，是受了当时思潮的戟刺，决不是凭空跳出来的。至于正面的例子，在文学史上简直不胜枚举。例如法国生了佐治申特等一批大文学家，他们见的是法国二次革命与复辟，所以描写的都是法国那时代环境下的人物。申特虽为了他的革命思想，逃到外国，可是他的作品，总离不掉法国那时代的色彩。举眼前的例：我们在上海，见的是电车，汽车，闻的可算大都是智识阶级，如说小说，断不能离了环境，去写山里或乡间的生活。英国诗人勃恩斯（Burns）的田园风景诗，现在人说他怎样好，怎样美丽，平静；十九世纪末，作家都写都会状况，有人说他们堕落：这都是环境使然。又如十九世纪末有许多德国人，厌了城市生活，去描写田园，但是他们的望乡心，一看便知。这就是反面的例。可见环境和文学，关系非常密切，不是在某种环境之下的，必不能写出那种环境；在那种环境之下的，必不能跳出了那种环境，去描写出别种来。有人说，中国近来小说，范围太狭。道恋爱只及于中学的男女学生，讲家庭不过是普通琐屑的事。谈人道只有黄包车夫给人打等等。实在这不是中国人没有能力去做好些的。这实在是现在的作家的环境如此。作家要写下等社会的生活，而他不过见黄包车夫给人打这类的事，他怎样能写别的？

（3）时代。这字或是译得不好。英文叫 Epoch，连时代的思潮，社会情形等都包括在内。或者说时势，比较近些。我们现在大家都知

道有"时代精神"这一句话。时代精神支配着政治，哲学，文学，美术等等，犹影之与形。各时代的作家所以各有不同的面目，是时代精神的缘故；同一时代的作家所以必有共同一致的倾向，也是时代精神的缘故。自然也有例外，但大体总是如此的。我们常听人说：两汉有两汉的文风，魏晋有魏晋的文风……就是因为两汉有两汉的时代精神，魏晋有魏晋的时代精神。近代西洋的文学是写实的，就因为近代的时代精神是科学的。科学的精神重在求真，故文艺亦以求真为唯一目的。科学家的态度重客观的观察，故文学也重客观的描写。因为求真，因为重客观的描写；故眼睛里看见的是怎样一个样子，就怎样写。又因为尊重个性，所以大家觉东西尽是特别，或不好，不可因怕人不理会，就不说。心里怎样想，口里就怎样说。老老实实，不可欺人。这是近世时代精神表见于文艺上的例子。

（4）作家的人格。Personality。作家的人格，也甚重要。革命的人，一定做革命的文学，爱自然的，一定把自然融化在他们文学里，俄国托尔斯泰的人格，坚强特异，也在他的文学里表现出来。大文学家的作品，那怕受时代环境的影响，总有他的人格融化在里头。法国法朗士（Anatole France）说："文学作品，严格地说，都是作家的自传。……"就是这个意思了。

以上是西洋人的议论，中国古来虽没有这种议论，但是我们看中国文学，也拿这四项做根据。第一，中国文学，都表示中国人的性情：不喜现实，谈玄，凡事折中。中国的小说，无论好的坏的，末后必有个大团圆：这不是走极端的证据。关于人种一条，可以说没有违背。第二，环境更当然。中国文学的环境，自然都是中国的家庭社会。第三，时代的关系在中国似乎不很分明。但仔细看，也有的。讲旧文学的人说：同是赋，两汉的与魏晋的不同；同是诗，初唐盛唐晚唐也不同。李义山的无论那一首诗，必不能放在初唐四杰的诗中。他们的诗，同是几个字缀成，同讲格律，只因时代不同，作品就迥然两样。《世说新语》的文字，在句法与文气上都与他书不同：《宋人语录》亦如此，与《水浒》不同。与《宣和遗事》又不同。这都可以说因为时代空气不同。非特思想不同，文气，格律，也有不同。可见时代的影响，也很利害。至于人格，真的作家，不是欺世盗名的，也有他们的人格在作品里。所以文学与人生的四项关系，在中国也不是例外了。

文学与人生的简单的说明不过如此。从这里，我们得到一个教训，就是凡要研究文学，至少要有人种学的常识，至少要懂得这种文学作品的产生时其地的环境，至少要了解这种文学作品产生时代的时代精神，并且要懂这种文学作品的主人翁的身世和心情。

（选自《松江第一次暑期学术讲演会演讲录》
第 1 期，1922 年 7 月）

自然主义与中国现代小说

沈雁冰

一　中国现代的小说

　　中国现代的小说，就他们的内容与形式或思想与结构看来，大约可以分作新旧两派，而旧派中又可分为三种。

　　第一种是旧式章回体的长篇小说。章回体的旧小说里头，原也有好几部杰作，如《石头记》,《水浒》之类。章回的格式，本来颇嫌束缚呆板，使作者不能自由纵横发展，《石头记》,《水浒》的作者靠着一副天才，总算克胜了难关，此外天才以下的人受死板的章回体的束缚，把好材料好思想白白糟踏了的，从古以来，不知有多少！现代的小说勉强沿用这章回体的，因为作者本非天才，更不像样了。

　　此派小说大概是用白话做的，描写的也是现代的人事，只可惜他们的作者大都不是有思想的人，而且亦不能观察人生入其堂奥；凭着他们肤浅的想像力，不过把那些可怜的胆怯的自私的中国人的盲动生活填满了他的书罢了，再加上作者誓死尽忠，牢不可破的两个观念，就把全书涂满了灰色。这两个观念是相反的，然而同样的有毒：一是"文以载道"的观念，一是"游戏"的观念。中了前一个毒的中国小说家，抛弃真正的人生不去观察不去描写，只知把圣经贤传上朽腐了的格言作为全篇"柱意"，凭空去想像出些人事，来附会他"因文以见道"的大作。中了后一个毒的小说家本著他们的"吟风弄月文人风流"的素志，游戏起笔墨来，结果也抛弃了真实的人生不察不写，只写了些佯啼假笑的不自然的恶札；其甚者，竟空撰男女淫欲之事，创为"黑幕小说"，以自快其"文字上的手淫"。所以现代的章回体小说，在思想方面说来，毫无价值。

那么艺术方面，即描写手段，如何呢？我上面已经说过，章回的格式太呆板，本足以束缚作者的自由发挥；天才的作者尚可藉他们超绝的才华补救一些过来，一遇下才，补救不能，圈子愈钻愈紧，就把章回体的弱点赤裸裸的暴露出来了。中国现代这派的作者就是很好的代表。他们作品中每回书的字数必须大略相等，回目要用一个对子，每回开首必用"话说""却说"等字样，每回的尾必用"要知后事如何，且听下回分解"，并附两句诗；处处呆板牵强，叫人看了，实在起不起什么美感。他们书中描写一个人物第一次登场，必用数十字乃至数百字写零用帐似的细细地把那个人物的面貌，身材，服装，举止，一一登记出来，或做一首"西江月"，一篇"古风"以为代替。全书的叙述，完全用商家"四柱帐"的办法，笔笔从头到底，一老一实叙述，并且以能"交代"清楚书中一切人物（注意：一切人物！）的"结局"为难能可贵，称之曰一笔不苟，一丝不漏。他们描写书中的并行的几件事，往往又学劣手下围棋的方法，老老实实从每个角做起，棋子一排一排向外扩展，直到再不能向前时方才歇手，换一个角来，再同样努力向前，直到和前一角外扩的边缘相遇；他们就用这种样呆板的手段，造成他们的所谓"穿插"的章法。他们又摹仿旧章回体小说每回末尾的"惊人之笔"。旧章回体小说每当一回的结尾往往故意翻一笔，说几句险话，使读者不意的吃了一惊，急要到下一回里去跟究底细；这种办法，天才的作者能够做得不显露刻画的痕迹，尚可去得，但现代的章回体小说作者以为这是小说的"义法"，不自量力定要模仿，以至丑态百出。他们又喜欢详详细细叙述一件事的每个动作，而不喜——恐怕实在亦即是不能——分析一个动作而描写之；譬如写一个人从床上起身，往往是"……某甲开眼向窗外一看，只见天已大明，即忙推开枕头，掀开被窝，坐起身来，披上了一件小棉袄，随即穿了白丝袜，又穿了裤子，扎了裤脚管，方才下床，就床边套上那双拖鞋……"一大段，都是直记连续的动作，并没有一些描写。我们看了这种"记帐"

式的叙述，只觉得眼前有的是个木人，不是活人，是一个无思想的木人，不是个有头脑能思想的活人；如果是个活人，他做这些动作的时候，全身总该有表情，由这些表情，我们乃间接的窥见他内心的活动。须知真艺术家的本领即在能够从许多动作中拣出一个紧要的来描写一下，以表见那人的内心活动；这样写在纸上的一段人生，才有艺术的价值，才算是艺术品！须知文学作品重在描写，并非记述，尤不取"记帐式"的记述；人类的头脑能联想，能受暗示，对于日常的生活有许多地方都能闻甲而联想及乙，并不待"记帐式"的一笔不漏，方能使人觉得亲切有味。现代的章回体派小说，根本错误即在把能受暗示能联想的人类的头脑看作只是拨一拨方动一动的算盘珠。

总而言之，他们做一篇小说，在思想方面惟求博人无意识的一笑，在艺术方面，惟求报帐似的报得清楚。这种东西，根本上不成其为小说，何论价值？但是因为他们现在尚为群众的读物，尚被群众认为小说，所以我也姑且把他们放在"现代小说"一题目之下。现在再看同属于旧派的第二种是怎样的一种东西。

第二种又可分为（甲）（乙）两系，他们同源出于旧章回体小说，然而面目略有不同。甲系完全剿袭了旧章回体小说的腔调和意境，又完全摹仿旧章回体小说的描写法；不过把对子的回目，每回末尾的"要知后事如何，且听下回分解"等等套调废去；他们异于旧式章回体小说之处，只是没有章回，所以我们姑称之为"不分章回的旧式小说"。这一类小说，也有用文言写的，也有用白话写的，也有长篇，也有短篇；除却承受了旧章回体小说描写上一切弱点而外，又加上些滥调的四六句子，和《水浒》腔《红楼梦》腔混合的白话。思想方面自然也是卑陋不足道，言爱情不出才子佳人偷香窃玉的旧套，言政治言社会，不外慨叹人心日非世道沦夷的老调。

乙系是一方剿袭旧章回体小说的腔调和结构法，他方又剿袭西洋小说的腔调和结构法，两者杂凑而成的混合品；我们姑称之为"中西混合的旧式小说"。中国自与西洋文物制度接触以来，物质生活精神生活上，处处显出这种华洋杂凑，不中不西的状态，不独小说为然；既然有朝外挂一张油画布景而仍演摇鞭以代骑马，脸谱以寓褒贬的旧戏，当然也可以有不中不西的旧式小说。这派小说也有白话，有文言，有长篇，有短篇。其特点即在略采西洋小说的布局法而全用中国旧章回体小说的叙述与描写法。这派小说的作者大都不能直接读西洋原文的小说，只能读读翻译成中文的西洋小说，不幸二十年前的译本西洋小说，大都只能译出原书的情节（布局），而不能传出原书的描写方法，因此，即使他们有意摹仿西洋小说，也只能摹仿西洋小说的布局了。他们也知废去旧章回体小说开卷即叙"话说某省某县有个某某人家……"的老调，也知用倒叙方法，先把吃紧的场面提前叙述，然后补明各位人物的身世；他们也知收束全书的时候，不必定要把书中提及的一切人物都有个"交代"，竟可以"神龙见首不见尾"，戛然的收住；他们描写一个人物初次上场，也知废去"怎见得，有诗为证"那样的描写法：这种种对于旧章回体小说布局法的革命的方法，都是从译本西洋小说里看出来的；只就这一点说，我们原也可以承认此派小说差强人意。但是小说之所以为小说不单靠布局，描写也是很要紧的。他们的描写怎样？能够脱离"记帐式"描写的老套么？当然不能的。即以他们的布局而言，除少有改变外，大关节尚不脱离合悲欢终至于大团圆的旧格式，仍旧偏促于旧镣锁之下，没有什么创作的精神。所以此派小说毕竟不过与前两派相伯仲罢了。他们不但离我们的理想甚远，即与旧章回体小说中的名作相较，亦很不及；称之为小说，其实亦是勉强得很。我们再看第三种。

第三种是短篇居多，文言白话都有。单就体裁上说，此派作品勉强可当"小说"两字。上面说过的甲乙两系中，固然也有短篇，但是那些短篇只不过是字数上的短篇小说，不是体裁上的短篇小说。短篇小说的宗旨在截取一段人生来描写，而人生的全体因之以见。叙述一段人事，可以无头无尾；出场一个人物，可以不细叙家世；书中人物可以只有一人；书中情节可以简至仅是一段回忆。这些办法，中国旧小说里本来不行，也不是"第三种"小说的作者所能创造，当然是从西洋短篇小说学来的。能够学到这一层的，比起一头死钻在旧章回体小说的圈子里的人，自然要高出几倍；只可惜他们既然会看原文的西洋小说，却不去看研究小说作法与原理的西文书籍，仅凭着遗传下来的一点中国的小说旧观念，只往粗处摸索，采取西洋短篇小说里显而易见的一点特别布局法而已。篇篇小说——不独短篇——最重要的采取题材的问题，他们却从来不想借镜于人，只在枯肠里乱索。至于描写方法，更不行了，完全逃不出《红楼梦》，《水浒》，《三国志》等几部老小说的范围。所谓"记帐式"的描写法，此派作者，尚未能免去。我可以举一篇名为《留声机片》（见《礼拜六》百〇八期）的短篇为例，这篇小说的"造意"如何，姑且不论，只就他的描写看来，实在粗疏已极。这篇小说是讲一个"中华民国的情场失意人"名叫"情劫生"的，到了一个"各国失意情场的人"聚居的"恨岛"上，过他那"无聊"的生活。"情劫生"已过的极平常然而作者以为了不得的失恋历史，作者只以二百余字写零用帐似的直记了出来；一句"才貌双全的好女儿"就"交代"过背景里极重要的"情劫生"恋爱的对象，几句"他就一往情深，把清高诚实的爱情全个儿用在这女郎身上，一连十多年没有变心……"就"交代"过他们的恋爱史。然而这犹可说是追叙前事，不妨从略，岂知"叙"到最紧要的一幕，"情劫生"因病而将死，也只是聊聊二三百字，那就不能不佩服作者应用"记帐式"描写法之"到家"了。我且抄这一段在下面：

> "情劫生本是个多病之身，又兼着多愁，自然支持不住了。他的心好似被十七八把铁锁紧紧锁着，永没有开的日子。抑郁过度，就害了心病。他并不请医生诊治，听他自然，临了儿又吐起血来。他见了血，像见唾涎一般，毫不在意，把一枝破笔蘸了，在纸上写了无数的林倩玉字样；他还给一个好朋友瞧，说他的笔致，很像是颜鲁公呢。那朋友见了这许多血字，大吃一惊，即忙去请医生来；情劫生却关上了门，拒绝他进去，医生没法，便长叹而去。……"

我们只看了这一段，必定疑是什么"报告"，决不肯信是一篇短篇小说里的一段："报告"只要"记帐"似的说得明白就算数，小说却重在描写。描写的好歹姑且不管，而连描写都没有的，也算得是小说么？诸如此类的短篇，现在触目皆是，其中固然稍有"上下床之别"，然而他们的错误是相同的，——不是描写，只是"记帐"式的报告。

再看他们小说里的思想，也很多令人不能满意的地方。作者自己既然没有确定的人生观，又没有观察人生的一付深炯眼光和冷静头脑，所以他们虽然也做人道主义的小说，也做描写无产阶级穷困的小说，而其结果，人道主义反成了浅薄的慈善主义，描写无产阶级的穷困反成了讪笑讥刺无产阶级的粗陋与可厌了。并且他们大概缺乏对于艺术的忠诚。我记得有位作者在几年前做过一篇小说，讲一位"多情的小说家"的"文字生涯，颇不冷落"，遂尔"赀产"也有了，"画中人般的爱妻"也有了，结果是大团圆，大得意；近来他又把这层意思敷衍了一篇，光景这就是他的"艺术观"了。这种的"艺术观"，替他说得好些，是中了中国成语所谓"书中自有黄金屋，书中有女颜如玉"的毒，若要老实不客气说，简直是中了"拜金主义"的毒，是真艺术的仇敌。对于艺术不忠诚的态度，再没有比这利害些的了。在他们看来，小说是一件商品，只要有地方销，是可赶制出来的；只要能迎合社会心理，无论怎样迁就都可以的。这两个观念，是摧残文艺萌芽的浓霜，而这两个观念实又是上述三种小说作者所共具的"精神"；有了这一层，就连迂腐的"文以载道"观念和名士派的"游戏"观念也都不要了。这可说是现代国内旧派"小说匠"的全体一致的观念。

总括上面所说，我们知道中国现代的三种旧派小说在技术方面有最大的共同的错误二，在思想方面有最大的共同的错误一。那技术上共同的错误是：

（一）他们连小说重在描写都不知道，却以"记帐式"的叙述法来做小说，以至连篇累牍所载无非是"动作"的"清帐"，给现代感觉锐敏的人看了，只觉味同嚼蜡。

（二）他们不知道客观的观察，只知主观的向壁虚造，以至名为"此实事也"的作品，亦满纸是虚伪做作的气味，而"实事"不能再现于读者的"心眼"之前。

思想上的一个最大的错误就是：游戏的消遣的金钱主义的文学观念。这三层错误，十余年来给与社会的暗示，不论在读者方面在作者方面，无形中已经养成一股极大的势力，我们若要从根本上铲除这股黑暗势力，必先排去这三层错误观念，而要排去这三层错误观念，我以为须得提倡文学上的自然主义。所以然的理由，请在下面详论，现在我们且先看一看现代的新派小说。

我们晓得现代的新派小说在技术方面和思想方面都和旧派小说（上面讲过的那三种）立于正相反对的地位，尤其是对于文学所抱的态度。我们要在现代小说中指出何者是新何者是旧，唯一的方法就是去看作者对于文学所抱的态度；旧派把文学看作消遣品，看作游戏之事，看作载道之器，或竟看作牟利的商品，新派以为文学是表现人生的，诉通人与人间的情感，扩大人们的同情的。凡抱了这种严正的观念而作出来的小说，我以为无论好歹，总比那些以游戏消闲为目的的作品要正派得多。但是我们对于文学的观念，固可一旦觉悟，便立刻改变，而描写的技术却不能在短时间内精妙了许多。所以除了几位成功的作者而外，大多数正在创作道上努力的人，技术方面颇有犯了和旧派相同的毛病的。一言以蔽之，不能客观的描写。现在热心于新文学的，自然多半是青年，新思想要求他们注意社会问题，同情于第四阶级，爱"被损害者与被侮辱者"，他们照办了，他们要把这种精神灌到创作中了，然而他们对于第四阶级的生活状况素不熟悉；勉强描写素不熟悉的人生，随你手段怎样高强，总是不对的，总要露出不真实的马脚来。最容易招起不真切之感的，便是对话。大凡一阶级人和别阶级人相异之点最显见的，一是容貌举止，二是说话的腔调。描容貌举止还容易些，要口吻逼肖却是极难。现在的青年作者所作描写第四阶级生活的短篇小说大都是犯了对话不逼肖的毛病。其次，因为作者自身并非第四阶级里的人，而且不曾和他们相处日久，当然对于第四阶级中人的心理也是很隔膜的，所以叙及他们的心理的时候，往往渗杂许多作者主观的心理，弄得非驴非马。第三，过于认定小说是宣传某种思想的工具，凭空想像出些人事来迁就他的本意，目的只是把胸中的话畅畅快快吐出来便了；结果思想上虽或可说是成功，艺术上实无可取。这三项缺憾，我以为都由于作者忽视客观的描写所致；因为不把客观的描写看得重要，所以不曾实地观察就贸然描写了。

除此而外，题材上也很有许多缺点；最大的缺点是内容单薄，用意浅显。譬如一篇描写男女恋爱的小说，所讲无非一男一女互相爱恋而因家属不许，"好事多磨"，终于不谐，如此而已。在这篇小说里应

该是重要部分的男和女的个性，却置之不写；两方家属的环境亦置之
不写；各派思潮怎样影响于他们的恋爱观，亦置之不写。描写青年烦
闷的小说，只能写些某青年志向如何纯洁，而现社会却处处黑暗可为
悲观等等话头；描写"父"与"子"的冲突，只能写些拘守旧礼教的
父怎样不许儿子自由结婚；总而言之，内容欠浓厚，欠复杂，用意太
简单，太表面的。这或许和作者的观察力锐敏与否，有点关系，但是
最大的原因，还在作者没有对于题材的目的。我们要晓得：小说家选
取一段人生来描写，其目的不在此段人生本身，而在另一内在的根本
问题。批评家说俄国大作家屠格涅甫写青年的恋爱不是只写恋爱，是
写青年的政治思想和人生观，不过借恋爱来具体表现一下而已；正是
这意思。我以为现代新派小说的试作者若不从此方努力，他们的作品
将终不足观。

二　自然主义何以能担当这个重任？

从上面的粗疏的陈述看来，我们可以得个结论：不论新派旧派小
说，就描写方法而言，他们缺了客观的态度，就采取题材而言，他们
缺了目的。这两句话光景可以包括尽了有弱点的现代小说的弱点。我
觉得自然主义恰巧可以补救这两个弱点，请仍就描写方法与采取题材
两点分而论之。

自然主义起于何时，代表作者是谁，这些想来大家都知，本刊亦
屡已说过，不用我再晓舌。我们都知道自然主义者最大的目标是"真"；
在他们看来，不真的就不会美，不算善。他们以为文学的作用，一方
要表现全体人生的真的普遍性，一方也要表现各个人生的真的特殊性，
他们以为宇宙间森罗万象都受一个原则的支配，然而宇宙万物却又莫
有二物绝对相同。世上没有绝对相同的两匹蝇，所以若求严格的"真"，
必须事事实地观察。这事事必先实地观察便是自然主义者共同信仰的
主张。实地观察后以怎样的态度去描写呢？曹拉等人主张把所观察的
照实描写出来，龚古尔兄弟等人主张把经过主观再反射出的印象描写
出来；前者是纯客观的态度，后者是加入些主观的。我们现在说自然
主义是指前者。曹拉这种描写法，最大的好处是真实与细致。一个动

作，可以分析的描写出来，细腻严密，没有丝毫不合情理之处。这恰巧和上面说过的中国现代小说的描写法正相反对。专记连续的许多动作的"记帐式"的作法，和不合情理的描写法，只有用这种严格的客观描写法方能慢慢校正。其次，自然主义者事事必先实地观察的精神也是我们所当引为"南针"的。从前旧浪漫派的作者只描写他们自己理想天国中的人物，当然不考究实地观察的工夫，但是浪漫派大家嚣俄的《哀史》的描写却已颇有实地观察的精神；《哀史》的主人公服尔基是个理想人物，而《哀史》的背景却根据实状描写，很是真切。自然派的先驱巴尔萨克和佛罗贝尔等人，更注意于实地观察，描写的社会至少是身亲经历过的，描写的人物一定是实有其人（有 Model）的。这种实地观察的精神，到自然派便达到极点。他们不但对于全书的大背景，一个社会，要实地观察一下，即使是讲到一爿巴黎城里的小咖啡馆，他们也要亲身去观察全巴黎城的咖啡馆，比较其房屋的建筑，内部的陈设，及其空气（就是馆内一般的情状），取其最普通的可为代表的，描写入书里。这种工夫，不但自然派讲究，新浪漫派的梅德林克等人也极讲究；可说是现代世界作家人人遵守的原则。然而中国旧派的小说家对于此点，简直完全忽视；新派作者中亦有大半不能严格遵守。旧派中竟有生平从未到过北方而做描写关东三省生活的小说，从未见过一个喇嘛，而竟大做其活佛秘史；这种徒凭传说向壁虚造的背景，能有什么"真"的价值？此外如描写"响马"生活，蜑户生活等等特殊的人生，没有一篇是出于实地观察的，大家在几本旧书上乱抄，再加了些"杜撰"，结果自然要千篇一律。试问这种抄自书上的人生能有什么价值？中国做小说的人，和看小说的人，对于这种不实不尽的描写，几乎视为当然，要想校正他，非经过长期的实地观察的训练不能成功。这又是自然主义确能针对现代小说病根下药的一证。此外还有关于作者的心理一端，我以为亦有待于自然主义的校正。中国旧派小说家作小说的动机不是发牢骚，就是风流自赏。恋爱是人间何等样的神圣事，然而一到"风流自赏"的文士的笔下，便满纸是轻薄口吻，肉麻态度，成了"诲淫"的东西；言社会言政治又是何等样的正经事，然而一到"发牢骚"的"墨客"的笔下，便成了攻讦隐私，借文字以报私怨的东西。这都因作者对于一桩人生，始终未用纯然客观心理去看，始终不曾为表现人生而描写人生。中国的淫书，大概总自称"苦口婆心意在劝世"，而其实不免于诲淫，就因为"劝世"的话头是挂在嘴上的，而"风流自赏"的心理却是生根在心里的。自然派作者对于一桩人生，完全用客观的冷静头脑去看，丝毫不掺入主观的心理；他们也描写性欲，但是他们对于性欲的看法，简直和孝悌义行一样看待，不以为秽亵，亦不涉轻薄，使读者只见一件悲哀的人生，忘了他描写的是性欲。这是自然主义的一个特点，对于专以小说为"发牢骚"，"自解嘲"，"风流自赏"的工具的中国小说家，真是清毒药；对于浸在旧文学观念里而不能自拔的读者，也是绝妙的兴奋剂。

以上是就描写方法上立说，以下再就采取题材上略说一说。

自然主义是经过近代科学的洗礼的；他的描写法，题材，以及思想，都和近代科学有关系。曹拉的巨著《鲁孔·玛加尔》，就是描写鲁孔·玛加尔一家的遗传，是以进化论为目的。莫泊三的《一生》则于写遗传而外又描写环境支配个人。意大利自然派的女小说家塞拉哇（Serao）的《病的心》（Cuore Infermo）是解剖意志薄弱的妇人的心理的。进化论，心理学，社会问题，道德问题，男女问题，……都是自然派的题材；自然派作家大都研究过进化论和社会问题，霍普德曼在作自然主义戏曲以前，曾经热烈地读过达尔文的著作，马克司和圣西蒙的著作，就是一个现成的例。现在国内有志于新文学的人，都努力想作社会小说，想描写青年思想与老年思想的冲突，想描写社会的黑暗方面，然而仍不免于浅薄之讥，我以为都因作者未曾学自然派作者先事研究的缘故。作社会小说的未曾研究过社会问题，只凭一点"直觉"，难怪他用意不免浅薄了。想描写社会黑暗方面的人，很执着的只在"社会黑暗"四个字上做文章，一定不会做出好文章来的。我们应该学自然派作家，把科学上发见的原理应用到小说里，并该研究社会问题，男女问题，进化论种种学说。否则，恐怕没法免去内容单薄与用意浅显两个毛病。即使是天才的作者，这些预备似乎也是必要的。

三　有没有疑义？

我所见到的中国现代小说界应起一种自然主义运动的理由，不过是这一点而已，都是极浅近的，并没有什么特见；而且有好多地方许是我的偏见，甚望读者不吝赐教，加以讨论。我还有一点意见也想乘便贡给于自然主义的怀疑者。

就我所听到的怀疑论，约可分为二派：一是对于自然主义本身有不满意的，一是对于中国现在提倡自然主义有疑意的；而这两派里又可再分为就艺术上立论与就思想上立论的二组。所以可说一共有四种的怀疑论。

第一是就艺术上立论对于自然主义本身不满意的。他们大都引用新浪漫派攻击自然主义的理论为据，所持理由，约分二点：

（1）自然主义者所主张的纯粹的客观描写法是不对的，因为文学上的描写，客观与主观——就是观察与想像——常常相辅为用，犹如车之两轮。太偏于主观，容易流于虚幻，诚如自然派所指摘，但是太偏于客观，便是把人生弄成死板的僵硬的了。文学的作用，一方是社会人生的表现，一方也是个人生命力的表现，若照自然派的主张，那就是取消了后者了。

（2）自然主义者所主张的客观的观察法实在是蔽于主观的偏见，所以也是不对的。自然主义者主观的偏见先自肯定人生是丑恶的，从而去搜求客观的丑恶相，结果只把人生看了一半；须知人生中是有丑有美的，自然派立意去寻丑，却不知道所见的只是一半。自然派虽自称为客观的观察，不涉一毫主见，其实完全是主观的观察，正与旧浪漫派同陷一失。

这两条理由当然是强有力的；但只是两条理论而已，和我们讨论的实际问题不生关系。我们的实际问题是怎样补救我们的弱点，自然主义能应这要求，就可以提倡自然主义。参茸虽是大补之品，却不是和每个病人都相宜的。新浪漫主义在理论上或许是现在最圆满的，但是给未经自然主义洗礼，也叨不到浪漫主义余光的中国现代文坛，简直是等于向瞽者夸彩色之美。彩色虽然甚美，瞽者却一毫受用不得。

第二是就思想上立论对于自然主义本身不满意的。这种怀疑论，大体也是根据了新浪漫派攻击自然主义的话。所持最大的理由就是说自然派所迷信的机械的物质的命运论不是健全的思想。这理由当然是不错的；不过我们也要明白，物质的机械的命运论仅仅是自然派作品里所含的一种思想，决不能代表全体，尤不能谓为即是自然主义。自然主义是一事，自然派作品内所含的思想又是一事，不能相混。采用自然主义的描写方法并非即是采用物质的机械的命运论。况且定命论的思想也不是自然主义者所能创造的，必社会中先有了发生这定命论的可能，然后文学中乃有这思想。如果社会中有这可能，我们防他也是枉然，他自己总会发生的，否则，无论如何，不会发生。所以这一派的怀疑论亦不足以非难我们。

第三是就艺术上立论对于中国现在提倡自然主义有疑义的。这中间又分甲乙两组。甲组，大抵说中国新文艺正当萌芽时代，极该放宽道路，任凭天才自由创造，若用什么主义束缚，那是自走绝路。这种论调我觉得是浅见的。艺术当然要尊重自由创造的精神，一种有历史的有权威的主义当然不能束缚新艺术的创造，人类过去的艺术发展史早把这消息告诉我们了；但是过去的艺术发展史同时又告诉我们：民族的文艺的新生，常常是靠了一种外来的文艺思潮的提倡，由纷如乱丝的局面暂时的趋向于一条路，然后再各自发展。当纷如乱丝的局面，连什么是文艺都不能人尽知之，连像些文艺品的东西尚很少，大部分作者都在盲目乱动，于此而提倡自由创造，实即是自由盲动罢咧！中国现在"青黄未发"，市面上最多的是自由盲动的不研究文学而专以做小说为业的作者，和那些"逐臭"的专以看小说为消遣的读者，当这种时代，我以为惟有先找个药方赶快医治作者，读者共有的毛病，领他们共上了一条正路；否则，空呼"自由创造"，结果所得，不是东西。所以我觉得甲组所见颇浅。乙组的见解比较的深湛些，他们比较的着眼于实际情形，不徒作空论。他们说中国现代的小说大抵尚屈伏于古典主义之下，什么章回体，什么"文以载道"的思想，都是束缚作者的情绪的；中国文学里自来就很少真情流露的作品，热烈的情绪的颤动，中国文学里简直百不遇一。出于真情的文学才是有生气的文学，中国文人一向就缺少真挚的情感；所以此时应该提倡那以情绪为主的浪漫主义。这一说未尝不见到中国现代文学实际情形的一面，可惜忽略了那比较的更重要的一面。我以为热烈的情绪在中国文学里不是全然没有的，"发牢骚"的小说，其中何尝没有热烈的情绪？然而反因他主观的忿激的情绪过分了，以至生出意外的不好影响：这岂非也是实在的么？中国现代小说的缺点，最关重要的，是游戏消闲的观念，和不忠实的描写；这两者实非旧浪漫主义所能疗救。虽然西洋各国大都以次演过古典，浪漫，而后自然，并且也有人说在文艺新生的国里，当自然主义发生以前，大概是有个小小的浪漫运动的，然而我终觉得我们的时代已经充满了科学的精神，人人都带点先天的科学迷，对于纯任情感的旧浪漫主义，终竟不能满意；而况事实上中国现代小说的弱点，旧浪漫主义未必是对症药呢。

　　第四是就思想上立论对于中国现在提倡自然主义有疑义的。他们大概说自然主义描写个人受环境压迫而无反抗之余地。迷信物质的机械的命运论等等，都是使人消失奋斗的勇气，使人悲观失望的，给中国现代青年看了，恐有流弊。这当然是极可注意的怀疑论；但我们要晓得，意志薄弱的个人受环境压迫以及定命论等等，本是人生中存在的现象，自然主义者不过取出来描写一下而已，并非人间本无此现象，而自然主义者始创出来的。既然本有这现象，作小说的人见得到，旁人也见得到，小说家不描写，旁人也会感到的。所以专怪自然主义者泄漏恶消息，是不对的。（请参看本刊五号我与周君赞襄的通信所言）况且我们要从自然主义者学的，并不是定命论等等，乃是他们的客观描写与实地观察。自然主义者带了这两件法宝——客观描写与实地观察——在西方大都市里求小说材料，所得的结果是受人诟病的定命论等等的不健全思想。但是如今我们用了这两件工具在中国社会里找小说材料，恐未必所得定与西方自然主义者找得的相同罢。万一相同，那只能怪社会不好，和那两件工具毫不相干。忘了该诟骂的实在人生，却专去诅咒那该诟骂的实在人生的写真，并且诅咒及于写真的器具（那就是客观描写与实地观察两法），未免太无聊了。西洋的自然派小说固然是只看见人间的兽性的，固然是迷信定命论的，固然是充满了绝望的悲哀的，但这都因为十九世纪的欧洲的最普遍的人生就是多丑恶的，屈伏于物质的机械的命运下面的；我们的社会里最普遍的人生，如果不是和他们相同，则虽用了客观描写与实地观察去找材料，岂必定是巴黎的"酒店"；如果相同，我们难道还假装痴聋，想自讳么？所以我觉得就思想上立论对于中国现在提倡自然主义怀疑的，也是过虑。

　　我的话都完了。除希望大家严格的批评外，更有二点要申明：（一）

本文仓卒写成，因而第一段批评旧派小说本想多举例，也不克如愿，只随手举了一个；（二）凡我所说意见，都以广博的作者界及读者界为对象，并非拿几个已有所成就的新派作者做对象，因为我虽然反对那类乎鼓吹盲动的"自由创造"说，而对于真有天才并研究了文学的作者的真正"自由创造"却是十二分的钦敬和欢迎。

（原载《小说月报》第 13 卷第 7 号，1922 年 7 月 10 日）

文学与政治社会

雁　冰

醉心于"艺术独立"的人们，常常诟病文学上的功利主义；可是不幸也竟有和那些误解政治上功利主义的人一样，以为"功利"云者就是"金钱"或"利用"的代名词。这种误会已经很可怕了，尚有尤其可怕者：那就是因为误会的结果而把凡带些政治意味社会色彩的作品统统视为下品，视为毫无足取，甚至斥为有害于艺术的独立。

把艺术当作全然为某种目的而设，这一说大概现在也很少人坚信罢？文艺上的功利主义，初不待"艺术派"来作孤军的反对。再换一方面讲，功利的艺术观，诚然不对；要把带些政治意味与社会色彩的作品都屏出艺术之宫的门外，恐亦未为全对。更说不上能否阻碍艺术的独立。因为我们都知道：同样的意见，搁在创作家或批评家手里，各自用法不同，效果亦不同，创作家愈坚持己见，愈有益于艺术之多方面的发展，批评家愈坚持己见，愈弄狭了艺术的领域。

而且文学作品之所以要趋向于政治的或社会的，也不是漫无原因的；空言不如实证，我们且举几个现成的例。十九世纪的俄国文学岂不几乎都是政治的或社会的么？为什么呢？克鲁泡特金说得好：第一，因为十九世纪的俄国人民是没有公开的政治生活和社会生活的；他们对于政治的和经济的意见，除却表现在文学里，便没有第二条路给他们走。第二，因为十九世纪俄国政治的腐败，社会的黑暗，达到了极点，俄国的作家大都身受其苦；因为亲身就受着腐败政治和黑暗社会的痛苦，所以更加要诅咒这政治这社会。所以浪漫的诗人普希金有时也要愤慨,而他的著作不能全然没有政治意义和社会色彩。这说的是俄国。

李特尔说全部的匈牙利文学史就是匈牙利的政治史;除了政治的社会的背景,匈牙利文学就没有背景。匈牙利文学这样畸形的——或许有人要说是畸形的呢!——发展,就是他的政治状况社会情形造成的。我们晓得,直到最近,匈牙利的政治史就是力争独立力争自由的血战史。政治独立是他们的智识阶级中人脑子里惟一的观念;政治上不独立的痛苦,使匈牙利人宁愿牺牲一切以购求独立。他们又和俄国的作家不同;俄国作家是受制于自己国内的政府,他们却是受制于异族。俄国作家不能畅所欲言,匈牙利作家很可以畅畅快快的说。所以匈牙利文家简直是借文学来作宣传民族革命的工具了。

我们再看近代的脑威文学;脑威自一八一四年从丹麦手中转到瑞典手中,一直到十九世纪末,他们的智识阶级无日不在要求政治上的独立。英国的哥斯说"脑威稍有价值的诗人,都是政论家";即使大艺术家如易卜生和卞尔生亦永不能忘情于政治,卞尔生且是个著名的共和党。十九世纪末脑威的文人没有一个不热心政治问题社会问题的,就因为那时代的脑威人的全心灵都沉浸在政治独立这个问题里。然而一到一九〇五年,脑威建为独立国,一九〇七年得到英法德各国的承认,文学的指针也就转移方向了;这不是更有力的证据足以证明文学之趋向于政治的,并非漫无原因的么。

我们再举近十年内的波希米亚文学为例;但凡略为看过近代波希米亚文学的人,一定觉得惊异,波希米亚的戏剧家何以如此之多?但是我们若再进一步,看看这个被损害的小民族所处的地位,便当恍然于"戏剧家甚多"的原故了。因为处在奥国政府强压力之下,只有戏院是宣传民族革命的喉舌。波希米亚文人不但把政治思想放在文学作品里,并且还拣取了一种最宜于宣传政治思想的文学的体式咧!

我们再举一个可以代表一民族之全灵感的国民诗人为例;这就是保加利亚的跋佐夫了。跋佐夫是个梦想的诗人,——据保加利亚现存批评家度茹诺伐所说,——是个赞叹自然的诗人,然而他一生所著,以历史小说为最多,顶顶大名的《轭下》就是一部保加利亚争自由史;他把赞美自然的笔来描写革命军的战争,就因为他自己是热心于革命的人，是参预一八七五年革命战争的人。由此可知即使是梦想的赞叹自然的诗人，因了环境的影响，他的作品会自然而然成为社会的与政治的。

我们上面说的，都以证明文学之趋于政治的与社会的，不是漫无原因的；我们已经从事实上证明环境对于作家有极大的影响了，我们也从学理上承认人是社会的生物罢，那么，中国此后将兴的新文学果将何趋，自然是不言可喻咧。若有人以为这就是文艺的"堕落"，我只能佩服他的大胆，佩服他的师心自用而已！还有什么话可说呢?

（原载《小说月报》第 13 卷第 9 号，1922 年 9 月 10 日）

"大转变时期"何时来呢?

雁 冰

反对"吟风弄月"的恶习,反对"醉罢;美呀"的所谓唯美的文学,反对颓废的,浪漫的倾向的文学:这是最近两三月来常常听得的论调。

为什么近来论坛上突然有如许"不清高的",不美的,而且大有"功利主义"的嫌疑的议论发生呢?这确是一个很可玩味的问题。或以为这是"功利派"对于清高的神圣的"美"的盲攻。是么?然何以此种反对论调竟发生于"唯美的"作品多至车载斗量的今日呢?

我以为今日论坛上的反对吟风弄月,反对醉美,反对颓废……的倾向之所以发生,因为了下面的三个条件:

第一,近年来政治的愈趋黑暗,由于民气的日益消沉;而顶大的原因还是因为从前在民众中活动,鼓动民众向前的青年们,现在多意气颓唐,不是说"一切事都无意味",就是想在他们所谓唯美主义的文学里求得些精神上的快慰,或求得灵魂的归宿。这种样的身处污泥而闭目空想,自谓已登极乐天堂,自欺欺人,只有神经系与众不同的人们方才不觉得痛苦,方才自以为乐,自以为已得归宿。不然,除非是《阿Q正传》中的阿Q,方能设想到他那种"精神上的胜利"的方法。而在大多数神经系无病的人们看来,这种"精神上快慰"的方法是卑鄙可耻的。而且因为痛恨这些可耻的自解嘲的态度,遂连带而讨厌那些表现该项思想的文学作品了。

第二,中国名士最坏的习气是狂放脱略。他们狂放到极点,以注意政治现象为卑琐；他们脱略到极点，以整饬治事为迂俗。他们把国家兴亡大事等之春花秋月；他们无论办什么事，总是一篇糊涂帐。中国智识阶级所以缺乏组织力与活动力，就中了这些名士思想的毒。西洋的浪漫派颓废派的文学家的思想和行事，原与中国名士派根本不相同。不知道为什么西洋文学上的颓废主义一到了中国，就被中国名士派的余孽认了同宗；中国的名士思想——本来世世相传，潜伏在一般人的意识里的——于是就穿上了外来主义的洋装，在先天的洋迷的现代中国青年思想界活动起来了。然而名士习气正是思想健全的中国人所痛恨的，因而亦连带痛恨那些舶来的文艺上的唯美主义和颓废主义——虽然不幸此种举动有点认题不清。

第三，也就是最重要的原因，即在酷好空想的美的文学的作家并未曾产生实在伟大的值得赞美的作品。现在各种定期出版物上多至车载斗量的唯美的作家，实在不知道什么叫做唯美主义；他们日日想沉醉在"象牙之塔"内，实在并未曾看见象牙之塔是怎生一个样子。他们可怜的很，只能使中国文人用旧的几句风花雪月的滥调，装点他们的唯美主义的门面。他们中间稍强人意的，也只能拾几个舶来的已成为滥调的西洋典子如 Venus，Cupid 等等。这种样的作品，如何能叫人满意？即使是最公平的第三者，恐怕也要抗议；真正的唯美主义者看了，怕也要皱皱眉头！

所以近来论坛上对于那些吟风弄月的，"醉罢，美呀"的所谓唯美文学的攻击，是物腐虫生的自然的趋势。这种攻击的论调，并不单单是消极的；他们有他们的积极的主张：提倡激励民气的文艺。

我们自然不赞成托尔斯泰所主张的极端的"人生的艺术"，但是我们决然反对那些全然脱离人生的而且滥调的中国式的唯美的文学作品。我们相信文学不仅是供给烦闷的人们去解闷，逃避现实的人们去陶醉；文学是有激励人心的积极性的。尤其在我们这时代，我们希望文学能够担当唤醒民众而给他们力量的重大责任。我们希望国内的文艺的青年，再不要闭了眼睛冥想他们梦中的七宝楼台，而忘记了自身实在是住在猪圈里。我们尤其决然反对青年们闭了眼睛忘记自己身上带着镣锁，而又肆意讥笑别的努力想脱除镣锁的人们。阿 Q 式的"精神上胜利"的方法是可耻的！

113

巴比塞说：和现实人生脱离关系的悬空的文学，现在已经成为死的东西；现代的活文学一定是附着于现实人生的，以促进眼前的人生为目的的。国内文艺的青年呀，我请你们再三的忖量巴比塞这句话！我希望从此以后就是国内文坛的大转变时期。

（原载《文学》第 103 期，上海《时事新报》
1923 年 12 月 31 日）

文艺的真实性

佩　弦

　　我们所要求的文艺，是作者真实的话，但怎样才是真实的话呢？我以为不能笼统的回答；因为文艺的真实性是有种别的，有等级的。

　　从"再现"的立场说，文艺没有完全真实的。因为感觉与感情都不能久存，而文艺的抒写，又必在感觉消失了，感情冷静着的时候，所以便难把捉了。感觉是极快的，感觉当时，只是感觉，不容作别的事。到了抒写的时候，只能凭着记忆，叙述那早已过去的感觉。感情也是极快的。在它热烈的时候，感者的全人格都没入了，那里有从容抒写之暇？——有了抒写的动机，感情早已冷却大半，只剩虚虚的轮廓了。所以正经抒写的时候，也只能凭着记忆。从记忆里抄下的感觉与感情，只是生活的意思，而非当时的生活；与当时的感觉感情，自然不能一致的。不能一致，就不是完全真实了——虽然有大部分是真实的。

　　在大部分真实的文艺里，又可分为数等。自叙传性质的作品，比较的最是真实，是第一等。虽然自古哲人说自知是最难的，虽然现在的心理学家说内省是靠不住的，研究自己的行为和研究别人的行为同其困难，但那是寻根究底的话；在普通的意义上，一个人知道自己，总比知道别人多些，叙述自己的经验，总容易切实而详密些。近代文学里，自叙传性质的作品一日一日的兴盛，主观的倾向一日一日的浓厚；法朗士甚至说，一切文艺都是些自叙传。这些大约就因为力求逼近真实的缘故。作者唯恐说得不能入微，故只拣取自己的经验为题材。

读者也觉作者为别人说话，到底隔膜一层，不如说自己的话亲切有味。这可叫做求诚之心。欣赏力发达了，求诚之心也便更觉坚强了。

叙述别人的事不能如叙述自己的事之确实，是显然的，为第二等。所谓叙述别人的事，与第三身的叙述稍有不同。叙别人的事，有时也可用第一身；而用第三身叙自己的事，更是常例。这正和自叙传性质的作品与第一身的叙述不同一样。在叙述别人的事的时候，我们所得而凭借的，只有记忆中的感觉，与当事人自己的话，与别人关于当事人的叙述或解释。——这所谓当事人，自然只是些"榜样"Model。将这些材料加以整理，仔仔细细下一番推勘的工夫，体贴的工夫，才能写出种种心情和关系；至于显明性格或脚色，更需要塑造的工夫。这些心情，关系和性格，都是推论所得的意思；而推论或体贴与塑造，是以自己为标准的。人性虽有大齐，细端末节，却是千差万殊的，这叫做个性。人生的丰富的趣味，正在这细端末节的千差万殊里。能显明这千差万殊的个性的文艺，才是活泼的，真实的文艺。自叙传性质的作品，确能做到一大部分；叙述别人的事，却就难了。因为我们的叙述，无论如何，是以自己为标准的；离不了自己，那里会有别人呢？以自己为标准所叙别人的心情，关系，性格，至多只能得其轮廓，得其形似而已。自叙凭着记忆，已是间接；这里又加上了推论，便间接而又间接了；愈间接，去当时当事者的生活便愈远了，真实性更愈减少了。但是因为人性究竟是有大齐的，甲所知于别人的固然是浮面的，乙丙丁……所知于别人的也不见得有多大的差异；因此大家相忘于无形，对于"别人"的叙述之真实性的减少，并不觉有空虚之感。我们在文人叙述别人的文字里，往往能觉着真实的别人，而且觉着相当的满足，就为此故。——这实是我们的自骗罢了。

想像的抒写，从"再现"的立场看，只有第三等的真实性。想像的再现力是很微薄的。它只是些凌杂的端绪Fringe，凌杂的影子。它是许多模糊的影子，依着人们随意恒起的骨架，构成的一团云雾似的东西。和普通所谓实际，相差自然极远极远了。影子已经靠不住了，何况又是模糊的，凌杂的呢？何况又是照着人意重行结构的呢？虽然想像的程度也有不同，但性质总是类似的。无论是想像的事实，无论想像的奇迹，总只是些云雾，不过有浓有淡罢了。无论这些想像是从事实来的，是从别人的文字来的，也正是一样。它们的真实性，总是很薄弱的。我们若要剥头发一样的做去，也还能将这种真实性再分为几等；但这种剖析，极难"铢两悉称"，非我的力量所能及，所以只好在此笼统地说，想像的抒写，只有第三等的真实性。

＊　　　＊　　　＊　　　＊

　　从"再现"的立场所见的文艺的真实性，不是充足的真实性；这令我们不能满意。我们且再从"表现"的立场看。我们说，创作的文艺全是真实的。感觉与感情是创作的材料；而想像却是创作的骨髓。这和前面所说大异了。"创作"的意义决不是再现一种生活于文字里，而是另造一种新的生活。因为说生活的再现，则再现的生活决不能与当时的生活等值，必是低一等或薄一层的。况说生活再现于文字里，将文字与生活分开，则主要的是文字，不是生活；这实是再现生活的"文字"，而非再现的"生活"了。这里文艺之于生活，价值何其小呢？说创作便不如此。我前面解释创作，说是另造新生活；这所谓"另造"，骤然看来，似乎有能造与所造，又有方造与既造。但在当事的创作者，却毫不起这种了别。说能造是作者，所造是表现生活的文字，或文字里表现的生活；说方造是历程，既造是成就：这都是旁观者事后的分析，创作者是不觉得的。这种分析另有它的价值，但决不是创作的价值。创作者的创作，只觉是一段生活，只觉是"生活着"。"我"固然是这段生活的一部，文字也是这段生活的一部；"我"与文字合一，便有了这一段生活。这一段生活继续进行，有它自然的结束；这便是一个历程。在历程当中，生活的激动性很大；剧烈的不安引起创作者不歇的努力。历程终结了，那激动性暂时归于平衡的状态；于是创作者如释了重负，得到一种舒服。但这段生活之价值却不仅在它的结束。创作者并不急急地盼望结束的到临；他在继续的不安中，也欣赏着一步步的成功——一步步实现他的生活。这样，历程中的每一点，都于他有价值了。所以方造与既造的辨别，在他是不必要的；他自然不会感着了。总之，创作只是浑然的一段生活，这其间不容任何的了别的。至于创作的材料：则因生活是连续的，而创作也是一段生活，所以仍免不了取给于记忆中所留着的过去生活的影象。但这种影象在创作者的眼中，并不是过去的生活之模糊的副本，而是现在的生活之一部——

记忆也是现在的生活；所以是十分真实的。这样，便将记忆的价值增高了。再则，创作既是另造新生活，则运用现有的材料，自然有自由改变之权，不必保持原状；现有的材料，存于记忆中的，对于创作，只是些媒介罢了。这和再现便不同了。创作的主要材料，便是创作者唯一的向导——这是想像。想像就现有的记忆材料，加以删汰，补充，联络，使新的生活得以完满地实现。所以宽一些说，创作的历程里，实只有想像一件事；其余感觉，感情等，已都融冶于其中了。想像在创作中第一重要，和在再现中居末位的大不相同。这样，创作中虽含有现在生活的一部，即记忆中过去生活的影象，而它的价值却不在此；它的价值在于向未来的生活开展的力量，即想像的力量。开展就是生活；生活的真实性，是不必怀疑的。所以创作的真实性，也不必怀疑的。所以我说，从表现的立场看，创作的文艺全是真实的。

至于自叙或叙别人，在创作里似乎不觉有这样分别。因为创作既不分"能""所"，当然也不分"人""我"了。"我"的过去生活的影象与"人"的过去生活的影象，同存于记忆之内，同为创作的材料；价值是相等的。在创作时，只觉由一个中心而扩大，其间更无界划。这个中心或者可说是"我"；但这个"我"实无显明的封域，与平常人所执着的"我"广狭不同。凭着这个意义的"我"，我们说一切文艺都是自叙传，也未尝不可。而所谓近代自叙传性质的作品增多，或有一大部分指着这一意义的自叙传，也未可知。——我想，至少十九世纪末期及二十世纪的文艺是如此。在创作时，只觉得扩大一件事。扩大的历程是不能预料的；惟其不能预料，才成其为创造，才成其为生活。我们写第一句诗，断不知第二句之为何——谁能知道"满城风雨近重阳"的下一句是什么呢？就是潘大临自己，也必不晓得的。这时何暇且何能，斤斤斟酌于"人""我"之间，而细为剖辨呢？只任情而动罢了。事后你说它自叙也好，说它叙别人也好，总无伤于它完全的真实性。胡适的《应该》，俞平伯的《在鹅鹰声里的》，事后看来，都是叙别人的。从"再现"方面看，诚然或有不完全真实的地方。但从"创作"方面看，则浑然一如，有如满月；那有丝毫罅隙，容得不真实的性质溜进去呢？总之，创作实在是另辟一世界，一个不关心的安息的世界。便是血与泪的文学，所辟的也仍是这个世界。（此层不能在此评论）在这个世界里，物我交融，但有窃然的响往，但有沛然的流转；暂脱人寰，遂得安息。至于创作的因缘，则或由事实，或由文字。但一经创作的心的熔铸，就当等量齐观，不宜妄生分别。俗见以为由文字而生之情力弱，由事实而生之情力强，我以为不然。这就因为事实与文字同是人生之故。即如前举俞平伯《在鹧鸪声里的》一诗，就是读了康白情的《天亮了》，触动宿怀，有感而作。那首诗谁能说是弱呢？这可见文字感人之力，又可见文字与事实之易相牵引了。上来所说，都足证创作只是浑然的真实的生活；所以我说，创造的文艺全是真实的。

　　从"表现"的立场看，没有所谓"再现"；"再现"是不可能的。创作只是一现而已。就是号称如实描写客观事象的作品，也是一现的创作，而不是再现；因所描写的是"描写当时"新生的心境（记忆），而不是"描写以前"旧有的事实。这层意思，前已说明。所以"再现"不是与"创作"相对等的。在"表现"的立场里，和"创作"相对等的，是"模拟"及"撒谎"。模拟是照别人的样子去制作。"拟古"，"拟陶"，"拟谢"，"拟某某篇"，"效某某体"，"拟陆士衡拟古"，"学韩"，"学欧"，……都是模拟，都是将自己撤在他人的型里。模拟的动机，或由好古，或由趋时，这是一方面；或由钦慕，或由爱好，这是另一方面。钦慕是钦慕其人，爱好是爱好其文。虽然从程度上论，爱好比钦慕较为真实，好古与趋时更是浮泛；但就性质说，总是学人生活，而非自营生活。他们悬了一些标准，或选了一些定型，竭力以求似，竭力以求合。他们的制作，自然不能自由扩展了。撒谎也可叫做"捏造"，指在实事的叙述中间，插入一些不谐和的虚构的叙述；这些叙述与前后情节是不一致的，或者相冲突的。从"再现"的立场说，文艺里有许多可以说是撒谎的；甚至说，文艺都是撒谎的。因为文艺总不能完全与事实相合。在这里，浪漫的作品，大部分可以说完全是谎话了。历史小说，虽大体无背于事实，但在详细的节目上，也是撒谎了。便是写实的作品，谎话诚然是极少极少，但也还免不了的。不过这些谎话全体是很谐和的，成为一个有机体，使人不觉其谎。而作者也并无故意撒谎之心。假使他们说的真是谎话，这个谎话是自由的，无所为的。因此，在"表现"的立场里，我们宁愿承认这些是真实的。然则我们现在所谓"撒谎"的，是些什么呢？这种撒谎是狭义的，专指在实事的叙述里，不谐和的，故意的撒谎而言。这种撒谎是有所为的；为了求合于某种标准而撒谎。这种标准或者是道德的，或者是文学的。章实斋《文史通义》《古文十弊》篇里有三个例，可以说明这一种撒谎的意义。我现在抄两个给诸君看：

（一）"有名士投其母行述，……叙其母之节孝：则谓乃祖衰年病废，卧床，溲便无时；家无次丁，乃母不避秽亵，躬亲薰濯。其事既已美矣，又述乃祖于时蘧然不安，乃母肃然对曰："妇年五十，今事八十老翁，何嫌何疑？"节母既明大义，定知无是言也！此公无故自生嫌疑，特添注以斡旋其事；方自以谓得体，而不知适如冰雪肌肤，剜成疮痏，不免愈濯愈痕瘢矣。"

（二）"尝见名士为人撰志。其人盖有朋友气谊；志文乃仿韩昌黎之志柳州也。——一步一趋，惟恐其或失也。中间感叹世情反复，已觉无病费呻吟矣；未叙丧费出于贵人，及内亲竭劳其事。询之其家，则贵人赠赙稍厚，非能任丧费也；而内亲则仅一临穴而已，亦并未任其事也。且其子俱长成。非若柳州之幼子孤露，必待人为经理者也。诘其何为失实至此？则曰，仿韩志终篇有云，……今志欲似之耳。……临文摹古，迁就重轻，又往往似之矣。"

第一例是因求合于某种道德标准（所谓"得体"）而捏造事实，第二例是因求似于韩文而附会事实；虽然作者都系"名士"，撒谎却都现了狐狸尾巴！这两文的漏洞（即冲突之处）及作者的有意撒谎，章实斋都很痛快的揭出来了。看了这种文字，我想谁也要觉着多少不舒服的。这种作者，全然牺牲了自己的自由，以求合于别人的定型。他们的作品虽然也是他们生活的一部，但这种生活是怎样的局促而空虚哟！

上面第一例只是撒谎；第二例是模拟而撒谎，撒谎是模拟的果。为什么只将它作为撒谎的例呢？这里也有缘故。我所谓模拟，只指意境，情调，风格，词句四项而言；模拟而至于模拟实事，我以为便不是模拟了。因为实事不能模拟，只能捏造或附会；模拟实事，实在是不通的话。所以说模拟实事，不如说撒谎。上面第二例，形式虽是模拟而实质却全是撒谎；我说模拟而撒谎，原是兼就形质两方而论。再明白些说，我所谓模拟有两种：第一种，里面的事实，必是虚构的，且谐和的，以求生出所模拟之作品的意境，情调。第二种，事实是实有的，只仿效别人的风格与字句。至于在应该叙实事的作品里，因为模拟的缘故，故意将原有事实变更或附会，这便不在模拟的范围之内，而变成撒谎了。因为实事是无所谓模拟的。至于不因模拟，而于叙实事的作品里插入一些捏造的事实，那当然更是撒谎，不成问题的。这是模拟与撒谎的分别。一般人说模似也是撒谎。但我觉得模拟只是自动的"从人"，撒谎却兼且被动的"背己"。因为模拟时多少总有些响往之诚，所以说是自动的；因为响往的结果是"依样胡芦"，而非"任性自表"，所以说是"从人"。但这种"从人"，不至"背己"。何以故？从人的意境，字句，可以自圆其说，成功独立的一段生活，而无冲突之处。这是无所谓"背己"的；因为虽是学人生活，但究竟是自己的一段完成的生活。——却不是充足的，自由的生活。至于从人的风格，情调，似乎会"背己"了，其实也不然。因为风格与情调本是多方面的，易变化的。况且一切文艺里的情调，风格，总有其大齐的。所以设身处地去体会他人的情调而发抒之，是可能的。并且所模仿的，虽不尽与"我"合，但总是性之所近的。因此，在这种作品里，虽不能自由发抒，但要谐和而无冲突，是甚容易的。至于撒谎，如前第一例，求合于某种道德标准，只是根于一种畏惧，掩饰之心；毫无甚么诚意。——连模拟时所具的一种倾慕心，也没有了。因此，便被动的背了自己的心瞎说了。明明记着某人或自己是没有这些事的，但偏偏不顾是非的说有；这如何能谐和呢？这只将矛盾显示于人罢了。第二例自然不同，那是以某一篇文的作法为标准的。在这里作者虽有响往之诚，可惜取径太笨了，竟至全然牺牲了自己；因为他悍然的违背了他的记忆，关于那个死者的。因此，弄巧反拙，成了不诚的话了。总之，模拟与撒谎，性质上没有多大的不同，只是程度相差却甚远了。我在这里将捏造实事的所谓模拟不算作模拟，而列入撒谎之内，是与普通的见解不同的；但我相信如此较合理些。由以上的看法，我们可以说，在表现的立场里，模拟只有低等的真实性，而撒谎全然没有真实性——撒谎是不真实的，虚伪的。

我们要有真实而自由的生活，要有真实而自由的文艺，须得创作去，只有创作是真实的。不过创作兼包精粗而言，并非凡创作的都是好的。这已涉及另一问题，非本篇所能详了。

附注：本篇内容的完成，颇承俞平伯君的启示，在这里谢谢他。

一九二三，十一，十七。

（原载《小说月报》第 15 卷第 1 号，1924 年 1 月 10 日）

诚实的，自己的话

叶圣陶

　　我们试问着自己，最爱说的是那一类的话？这可以立刻回答，我们爱说必要说的与欢喜说的话。我们有时受人家的托付，代替传述一句话，或者为事势所牵，不得不同人家勉强敷衍几句，固然也一样地能够说，然而兴趣差得远了。要解释这个经验的由来很容易的。语言的发生本是为著要在大群中表白自我，或者要鸣出内心的感兴。顺著这两个倾向的，自然会不容自遏地高兴地说。至于传述与敷衍，既不是表白，又无关感兴，本来不必鼓动唇舌的。本来不必而出以勉强，兴趣当然不同了。

　　作文与说话本是同一目的，只是所用的工具不同而已。所以在这关于说话的经验里，可以得到关于作文的启示。倘若没有什么想要表白，没有什么发生感兴，就不感到必要与欢喜，就不用写什么文字。一定要有所写，才动手去写。从反面说，若不是为著必要与欢喜，而勉强去写，这就是一种无聊又无益的事。

　　勉强写作的事，确然是有的。这或由于作者的不自觉；或由于别有利用的心思，并不根据著所以要写作的心理的基本。作者受着别人的影响，多读了几篇别人的文字，似乎觉得颇欲有所写了。但是写下来的时候，却与别人的文字没有两样。至于存着利用的心思的，他一定要写作一些文字，才得达某种目的。可是自己没有什么可写，不得不去采取人家的资料。像这样无意的与有意的勉强写作，所犯的弊病是相同的，就是模仿。我们这样说，在无意而模仿的人，固然要出来申辩，说这所写的确然出于必要与欢喜；而有意模仿的人，或许也要不承认自己的模仿。但是，有一种尺度在这里，用着它，模仿与否将不辩而自明，就是"这文字里的表白与感兴是否确实是作者自己的？"从这种尺度的衡量，就可见前者与后者都只是复制了人家现成的东西，作者自己并不曾拿出什么来。不曾拿出什么来，模仿的讥评当然不能免了。至此，无意而模仿的人就会爽然自失，感到这必要并非真的必要，欢喜其实无可欢喜，又何必定要写作呢？而有意模仿的人想到写作的本意，为葆爱这种工具起见，也将遏抑了利用的心思。直到他们确实有自己的表白与感兴的时候，才动手去写作。

像那些著述的文字，作者潜心研修，竭尽毕生的精力，获得了一种见解，创成了一种艺术，然后写下来的，自然是所谓写出自己的东西。但是人间的思想情感，往往不甚相悬；现在定要写出自己的东西，似乎他人既已说过的，就得避去不说，而要去找人家没有说过的来说。这样，在一般人岂不是可说的话很少了么？其实写出自己的东西并不是这样讲的；按诸实际，又决不能像这个样子。我们说话作文，无非使用那些通用的言词；至于质料方面，也免不了古人与今人曾经这样那样运用过了的，虽然不能说决没有创新，而也不会全部是创新。但是要注意，我们所以要说这席话，写这篇文，自有我们的内面的根源，并不是完全被动地受了别人的影响，也不是想利用着达到某种不好的目的。这内面的根源就与著述家所获得的见解，创成的艺术有同等的价值。它是独立的；即使表达出来时恰巧与别人的雷同，或且有意地采用了别人的东西，都不受模仿的讥评；因为它自有独立性，正如两人面貌相同性情相同，无碍彼此的独立，或如生物吸收了种种东西营养自己，却无碍自己的独立。所以我们只须自问有没有话要说，不用问这话曾不曾经人家说过。果真确有要说的话，用以作文，就是写出自己的东西了。

更进一步说，人间的思想，情感诚然不甚相悬，但也决不会全然一致。先天的遗传，后天的教育，师友的薰染，时代的影响，都是酿成大同中的小异的原因。原因这么繁复，又是参伍错综地来的，就成各人小异的思想，情感。那么，所写的东西如果是自己的，只要是自己的，实在很难得遇到与人家雷同的情形。试看许多的文家一样地吟咏风月，描绘山水，会有不相雷同而各极其妙的文字，就是很显明的例了。原来他们不去依傍别的，只把自己的心去对着云月山水；他们又绝对不肯勉强，必须有所写时才写；主观的情思与客观的景物揉和，组织的方式千变万殊，自然每有所作，都成独创了。虽然他们所用的大部分也只是通用的言词，也只是古今人这样那样运用过了的，而这些文字的生命是由作者给与的，终竟是唯一的独创的东西。

讨究到这里，可以知道写出自己的东西是什么意义了。

既然要写出自己的东西，就会联带地要求所写的必须是美好的：假若有所表白，这当是有关于人间事情的，则必须合于事理的真际，切乎生活的实况；假若有所感兴，这当是不倾吐不舒快的，则必须本于内心的郁积，发乎情性的自然。这种要求可以称为"求诚"。试想假如只知写出自己的东西而不知求诚，将会有什么事情发生？那时候，臆断的表白与浮浅的感兴，因为无由检验，也将杂出于我们的笔下而不自觉知。如其终于不觉，徒然多了这番写作，得不到一点效果，已是很可怜悯的。如其随后觉知了，更将引起深深的悔恨，以为背于事理的见解，怎能够表白于人间，贻人以谬误，浮荡无着的偶感，怎值得表现为定形，耗己之劳思呢。人不愿陷于可怜的境地，也不愿事后有什么悔恨，所以对于自己所写的文字，总希望它确是美好的。

虚伪浮夸玩戏都是与诚字正相反对的。在有些人的文字里，却犯着虚伪，浮夸，玩戏的弊病。这个原因同前面所说的一样：有无意的，也有有意的。譬如论事，为才力所限，自以为竭尽智能，还是得不到真际。就此写下来，便成为虚伪或浮夸了。又譬如抒情，为素养所拘，自以为很有价值，但其实近于恶趣。就此写下来，便成为玩戏了。这所谓无意的，都因有所蒙蔽，遂犯了弊病。至于所谓有意的，当然也是怀着利用的心思，借以达某种的目的。如故意颠倒是非，希望淆惑人家的听闻，便趋于虚伪；谀墓，献寿，必须彰善颂美，便涉于浮夸；作书牟利，迎合人们的弱点，便流于玩戏。无论无意或有意犯着这些弊病，都是学行上的缺失，生活上的污点。如其他们能想一想是谁作文，作文应当是怎样的，便将汗流被面，无地自容，不愿再担负这种缺失与污点了。

我们从正面与反面看，便可知作文上的求诚实含着以下的意思：从原料讲，要是真实的，深厚的，不说那些不可征验，浮游无着的话；从态度讲，要是诚恳的，严肃的，不取那些油滑轻薄十分卑鄙的样子。

我们作文，要写出诚实的，自己的话。

（原载《小说月报》第 15 卷第 1 号，1924 年 1 月 10 日）

文学与革命的文学

沈泽民

　　我常觉得，诗人没有什么特别的地方，只是在人类间，他是最真挚的人。我们在社会上应酬，可以满面笑容的说假话；诗人是不行的，怎样的人只能做怎样的诗。诗之于诗人，仿佛《镜花缘》里面君子国人脚下的彩云一样，是怎样的人便有怎样的颜色，一丝也不能假借。君子国里的人做了坏事，脚下的云彩变做一团黑气了；他们觉得害羞，便用绫锦将它罩起。诗人的诗对于诗人心灵的暴露，更加严厉些。它不等到诗人干了坏事的时候才将它暴露出来；它并且要宣布诗人心里最深奥处的秘密，要赤裸裸地宣布他对人类的态度，他对各种诱惑的可能的倾向。所以小泉八云曾说："诗人的起码条件，须他不是一个坏人。"

　　但是诗人单是一个好人还不够（所以说是"起码"）。他必须是具有对人类的绝大的同情的人：他必须具有一个活泼敏慧的心；他必须象奥斐纳丝的琴一样，任何微弱的风，都可以在上面奏出弦音。换一句明白的话说，诗人于忠厚的性格之外，必须具有绝伟大绝细腻的人格，然后加以表现的大才，技术的修养才可以成为一个诗人。

　　但是这样的人格又决不是凭空生出来的。才能的优劣，一部分关于遗传，思想的正谬，同情的广狭，大部分关于人生的经验。在过去的历史中间，阶级的偏见无情地将人们的心灵践踏着，很少数的人能从这里脱离出来，以成就他们的伟大。嚣俄，歌德，海涅，拜伦，托尔斯泰，这些，我们都承认他们是伟大的心灵了，然而他们的同情的泉源不过是基督教或变相的基督教而已；狭义的爱国主义的狂热，偏妄的自然崇拜与精神崇拜使他们的同情成为空虚的慰藉，渺茫的希冀。尚且，他们的作品不能普及于全人类，而只得着少数人的欣赏与了解。因为人类中的大部分正在私产经济的铁锁链之下作牛马的生活，一小部分识字而且闲空的人呢，他们的心灵被阶级利害关系所生出的各种偏见和恶劣的口味占据了，宁甘于极下等的小说，却不愿看伟大的作物。所以第三四流的小说或剧本一销数百万，而不朽的文艺作品只及他们十分之一。这种状况，我们将来是要铲除的！我们并且不以过去的文艺成绩为满足，要从社会生活的彻底翻造中把人类——全人类——的心灵解放出来，使他们在宇宙中发挥空前的光耀！把人类从阶级的偏见中救出来，从长时间的苦作中救出来，从无知识的黑暗中救出来。涵养他们在靡漫全人类的忘我一体的社会意识中间；大多数的人们，不但不是屈服在一副过重的血汗制下面，竟能每天于优良的环境内工作数小时后，得到一个极闲暇的休息时间；又因为社会设备的完全，教育的普及，人人都有了充分的准备去享受文学创作文学；那时候，从牛马似的奴隶生活中间释放出来的天才要有多少？这些天才所发挥的人类最高情绪将如何的伟大？所以我们生在现代而爱好文学鉴赏文学，不过象乞儿玩耍他自己所手制的胡琴而已，决谈不上艺术；艺术是将来的东西，在现在这种剥削奴隶的时代，并没有艺术。

就是在现在，我们显然看出，在文学方面象在各种方面一样，已有诞生一种新的精神的必要了。一个极大的变动正在涌起；社会的全组织正在瓦解；旧的阶级已自己走到他的灭亡的道路，新的阶级正在觉悟起来凝聚他自己的势力。象罗丹所雕刻铜器时代的人一样，世界的无产者正从沉睡中醒来，应着时代的号声的宣召，奔赴历史所赋与他们的使命。从黑暗到光明，从苦痛到解除苦痛；这一个暴风雨的时代啊！正是自有人类历史以来最富有色彩，动作，和音乐的时代——一个大活剧的时代！对于这种民众的反抗精神，有哪一个大文学家能替它留一个影片呢？这个影片，若是能够留下来，虽不能算为文学之终极的造诣，终能胜过一切过去时代的文学。并且这种文学，也正是我们现在所需要的文学。因为我们晓得，文学者不过是民众的舌人，民众的意识的综合者；他们用锐敏的同情，了澈被压迫者的欲求，苦痛，与愿望，用有力的文学替他们渲染出来；这在一方面，是民众的痛苦的慰藉，一方面却能使他们潜在的意识得了具体的表现，把他们散漫的意志，统一凝聚起来。一个革命的文学者，实是民众情绪生活的组织者，这就是革命的文学家在这革命的时代中所能成就的事业！

但是，说到这里，我又要提起篇首所说过的那一句话："诗人没有什么，不过是人类间最真挚的人。"诗人只能诉说他心中所有的苦闷，所有的愉乐；除了他心中所有以外，他什么也不能。诗人若不是一个革命家，他决不能凭空创作出革命的文学来。诗人若单是一个有革命思想的人，他亦不能创造革命的文学。因为无论我们怎样夸称天才的创造力，文学始终只是生活的反映。革命的文学家若不曾亲身参加过工人罢工的运动，若不曾亲自尝过牢狱的滋味，亲自受过官厅的迫逐，不曾和满身泥污的工人或农人同睡过一间小屋子，同做过吃力的工作，同受过雇主和工头的鞭打斥骂，他决不能了解无产阶级的每一种潜在的情绪，决不配创造革命的文学。

现在，花红柳绿的文学作品出了那么多，无聊的感叹陷害许多青年于一种消沉怅惘的情绪中，固然是应该为我们所反对的了；但是革命文学的呼声虽然喊得那么热闹，我们也未必就能怎样乐观。因为这般主张创造革命的文学的人，依然是坐在屋子里的主张，并不曾走出门去先把自己造成一个革命者！

真真的革命者，决不是空谈革命的；所以真真的革命文学也决不是把一些革命的字眼放在纸上就算数。我记得商务印书馆小说月报的编译者郑振铎先生曾有过一件趣事。他是和我相仿的意识主张过"血与泪"的文学，于是"血与泪"的文学家纷纷投稿了，但是投去的大部分创作中毕竟却是些外面敷着血和泪的文章，并没有一篇真算得血泪的文学。"血"和"泪"竟成了新的装饰品了，它们的效用和"风""花""雪""月"一样！这种现象断然是要不得的！本来，郑先生所提倡的"血"与"泪"的文学，意思并不完全和我一样，据我看，郑先生的"血泪"虽然 Figurative 得很，可是并不曾把"血泪"的真实意义指示出来，换言之，就是郑先生所提倡的，并没有把文学的阶级性指示出来，也没有明白指示我们需要一种新的文学。现在纷纷起来主张革命的文学的人，出发点似乎是稍近一点了，可是他们的方法依旧是错误的，就是，他们并没有注意到生活与文学。他们的错误的地方，也有一种共同的形式的。这形式是，他们在理论上都是承认中国非国民革命不可的人。他们主张反对国际帝国主义，反对军阀，主张全世界弱小民族的联合；他们因而看不惯那些在文学方面的所谓靡靡之音。但是，我们要注意，单抱有这种信仰与见解的人，止是一班政治家，却不是文学家呵！这无怪近来《觉悟》投稿的革命诗中，只见些论文似的讲帝国主义侵掠中国的道理的散文，却并没有好诗了。为什么？因为现代的革命的泉源是在无产阶级里面，不走到这个阶级里面去，决不能交通他们的情绪生活，决不能产生革命的文学！

　　现在，主张革命的文学的人，我相信他们都是有革命思想的青年。现在，他们虽然是坐在屋子里研究，将来一定要走到战线上去为革命而流血的。青年的文学家们呵！如果如此，未来的一代伟大文学的创作的使命就在你们肩背上了！不要犯"幼稚病"！不要空望徘徊！起来！为了民众的缘故，为了文艺的缘故，走到无产阶级里面去！

　　　　　　　　（原载上海《民国日报·觉悟》，1924 年 11 月 6 日）

论无产阶级艺术

沈雁冰

（一）

从文学发展的史迹上看来，文学作品描写的对象是由全民众的而渐渐缩小至于特殊阶级的。中古时代的韵文的与散文的"罗曼司"必用帝王贵人为题材，便是一个显明的例。其后所谓"小说"（Novel）者出世，李却特生（Richardson）菲尔定（Fielding）等人始以平凡的人物，琐屑的日常生活，作为题材；但是专写无产阶级——所谓"下级社会"的生活的文学，却还是没有。

十九世纪初，英国小说家爱甘（Egan）作一部专写下级社会生活的小说《伦敦的人生》（Life in London）可算是最早的描写下级社会的文学；然而这部书在当时的文坛上，占的地位，是小到不堪言。以描写华贵生活为中心点的浪漫派文学，那时正蓬蓬勃勃的兴盛起来，一般民众的平凡生活是被摒斥的。

十九世纪后半，因著自然主义的兴起，无产阶级生活乃始成为多数作者汲取题材的泉源。自然主义的创始者，法国的曹拉（Zola），作了一巨册的《劳动者》，分明就是无产阶级生活描写的"圣书"。可是此时尚没有人将这种显然异于往者的文艺题一个名——一个便于号召的口号。据我所知，那是法国的批评家罗曼罗兰（R.Rolland）首先题了一个名字叫做"民众艺术"。他批评法国画家弥爱（Millet）的田家风物的作品，就说这是民众艺术——艺术上的新运动。

然而实际上，在十九世纪后半，描写无产阶级生活的真正杰作——就是能够表现无产阶级的灵魂，确是无产阶级自己的喊声的，究竟并不多见。最值得我们称赞的，大概只有俄国的小说家高尔该（Gorky）罢。这位小说家，这位曾在窝瓦河轮船上做过侍役，曾在各处做过苦工的小说家，是第一个把无产阶级所受的痛苦真切地写出来，第一个把无产阶级灵魂的伟大无伪饰无夸张的表现出来，第一个把无产阶级所负的巨大的使命明白地指出来给全世界人看！我们仔细地无误会地考察过高尔该的作品之后，总该觉得像高尔该那样的无产阶级生活描写的文学，其理论，其目的，都有些不同于罗兰所呼号的"民众艺术"。原来罗曼罗兰的民众艺术，究其极不过是有产阶级知识界的一种乌托邦思想而已。他空洞的说"为民众的，是民众的"，才是民众艺术，岂不是刚和民治主义者所欣欣乐道的 For the people，of the people 的政治为同一徒有美名么？在我们这世界里，"全民众"将成为一个怎样可笑的名词？我们看见的是此一阶级和彼一阶级，何尝有不分阶级的全民众？我们如果承认过去及现在的世界是由所谓资产阶级支配统治的，我们如果没有方法否认过去及现在的文化是资产阶级独尊的社会里的孵化品，是为了拥护他们治者阶级的利益而产生的，我们如果也承认那一向被骗着而认为尊严神圣自由独立的艺术，实际上也不过是治者阶级保持其权威的一种工具，那么，我们该也想到所谓艺术上的新运动——如罗曼罗兰所称道的，到底是怎样的一种性质了！我们不能不说"民众艺术"这个名词是欠妥的，是不明了的，是乌托邦式的。我们要为高尔该一派的文艺起一个名儿，我们要明白指出这一派文艺的特性，倾向，乃至其使命，我们便不能不抛弃了温和性的"民众艺术"这名儿，而换了一个头角峥嵘，须眉毕露的名儿——这便是所谓"无产阶级艺术"。

无产阶级艺术这个名词正式引起世界文坛的注意，简直是最近最近的事！如上所述，本世纪初，高尔该的作品风行全世界时，批评家还不曾提起这个名儿。七年前俄国的社会革命成功，无产阶级由被治者地位，一变而为治者，于是一向被视作愚昧无识污贱的无产阶级突然发展了潜伏的伟大的创造力，对于人类文化克尽其新贡献。俄国的

无产阶级在政治上的创造，已经到了怎样完美的地步，有成立七年的
苏联与人以共见；至于他们在艺术上的创造，则因革命后最初三、四
年的内乱外患以及物质上的缺乏，使他们的力量不能专注，故而还没
有充分的表现。然即使如此，我们已可举出一打左右的作家。在诗歌
方面，有特米扬·勃特尼（Demjan Bednij）的《大路》，《火焰中间》，
《苏维埃哨兵》等作品；有亚历山大·勃梭曼斯基（Alexander
Besujmensky）的《彼得司摩洛丁》，《小帽》，《小镇集》，《青年共产党
生活》，《雪鞋》，《列宁日》，《党证第二二四三三二号》，《青年的列宁
战士》，《春之先引曲》等；有伊凡·道列宁（Ivan Dorinin）的《汽机
犁的机手》，《田野对于春之爱恋》等；有亚历山大·削洛乌（Alexander
Scharow）的《约伯先生》，《酣眠》，《乞福尼之歌》，《漂浮的冰块》，
《我们看好我们的国》等。在小说方面，有失拉菲摩维支
（A.Serafimovitch）的《铁的潮流》（讲苦巴区及黑海沿岸内乱时一群贫
民带了小孩子和女人偷过反革命的叛军的防地而投奔红军的事）；有勃
莱苏夫斯基（F.Beresovskij）的《母亲》（讲科尔却克占据西伯利亚时
一个女工人——就是那母亲——炸毁白党的一列军火车的事），《在空
旷的草原中》（讲叙利息亚的内乱），《共产社》，《红十月》等等；有李
勃定斯基（J.Libedinskij）的《一星期》（亦描写反革命的内乱）；有塔
拉苏夫·鲁迭哇诺夫（Tarassov Rodionov）的《吕南夫》（讲西伯利亚
的反革命内乱）；有柏拉托西根（M.Platoshkin）的《新生活》（讲苏联
的工人生活）；有罘玛诺夫（D.Furmanov）的《支却巴俭夫》（言窝瓦
区之内乱，描写著名的红军大将颇有特色），《红军》等等；有尼克福
洛夫（G.Nikiforov）的《两个时代》，《小机师》（言一火车机师的幼子
救一红军的火车免为白党所炸）；有科洛苏夫（M.Kollosov）的《十三》
（言少年共产党及青年工人的生活），《斯坦茄司》（亦言少年共产党的
生活）；有伊凡诺夫（Vsevolod Ivanov）的《铁甲火车》；有发特伊夫
（Fadejev）的《洪水》（言共产党第一次在农民中间和远东得了同情的
胜利）；有萨罘列那（L.Seifulina）的《破坏法律者》；有复尔珊克
（A.Volsekki）的反宗教的短篇小说《钟楼守者唐尼》，《绿色》，《村中
通信》等等；有曼斯奇（Em.Maisky）的描写苏俄妇女的社会地位之重
要的《三个父亲》。在戏曲方面，有伦那却尔斯基（A.Lunatcharsky）

的《托玛·康巴纳洛》(描写这位十五世纪的乌托邦主义者);有柏莱忒诺夫(V.Pletnov)的《利娜》(写一九一二年利娜区的屠杀事件);有勃伊洛塞尔考夫斯基(Bjelozerkovsky)的《应声》(写美国劳工反对列强暗助反苏俄的白塞)。

我想读者对于上面的一大串人名书名多半是极讨厌的,——如果信然,我先对读者道歉。我觉得上面的一串人名书名有介绍的必要——虽然只不过是人名和书名;而所以要讨厌地在此处列举,并非替苏联卖弄已有这许多无产阶级作家,却是想借此告诉读者,无产阶级艺术实在只是正在萌芽;就现在已有的作品而言,虽不能说是太少,却实在不够说一声:"已经多了"。我们知道文学的作品与批评常相生相成的。某一派文学之完成与发展,固需要批评以为指导;但是反过来,亦必先有了多了某一派的文学作品,然后该派的文学批评方才建设得起来。譬如好手的厨子果然应该常听吃客的批评以改良他的肴馔,但是吃客先须有好肴馔来尝,方才能够做出一本"食谱"来。方今无产阶级的文学作品既寥寥可数如上所述,我们对于无产阶级艺术的批评论便也不能存了太大的希望,妄冀无产阶级艺术的批评论已经怎样的丰富圆满。"巧妇难为无米之炊",批评材料缺乏,虽天才的批评家恐亦难以见好,何况浅陋如我呢!我所以列举一打多的人名书名,亦无非想让读者知道,现在的无产阶级文学作品实在是"可屈指而数",大批的佳制尚在未来,而我则可希图读者对于此点了解,乃竟宽恕了我此文的肤浅拙劣。

(二)

我要再说一句,我们列举了一串人名和书名,不是全无意义的。这些作家全是苏联的,自不用说;并且除了苏联以外,其他各国并非没有可称为无产阶级的艺术家,例如美国的辛克拉(Upton Sinclair),已故的龙东(Jack London),德国的土勒(Ernst Toller)和洛郎特(Henriette Roland),荷兰的方特削尔克(Holst Vander Schalk)和奈苏(Martin Nexö);然而总以苏联为最多,亦是很显然的。我们若问为什么苏联出产的无产阶级艺术家独多?这就触着了本问题的一个重要点了。

这便是无产阶级艺术产生的条件。

艺术的产生有没有条件呢？我想是应该有的。用方程式来表示，便是：

新而活的意象＋自己批评（即个人的选择）＋社会的选择＝艺术。

新而活的意象，在吾人的意识里是不断的在创造，然而随时受着自己的合理观念与审美观念的取缔或约束，只把那些美的和谐的高贵的保存下来，然后或借文字或借线条或借音浪以表现之。但是既已借文字线条音浪而表现后，社会的大环境又加以选择，把适合于当时社会生活的都保存了或提倡起来，把不适合的消灭于无形。此种社会的鼓励或抵拒，实有极大的力量，能够左右文艺新潮的发达。有许多文艺上的新潮，早了几十年发生便不能存在与扩大，非等到若干年后社会生活变到能和它（文艺思潮）适应的时候不可：便是这个道理了。有许多已经走完了自己的行程的文艺思潮，因为不能与当前的社会生活适应，便不得不让贤路，虽有许多人出死力拥护，仍是不中用：也便是这个道理了。故骑士文学盛行于中古，乃因它正能适应中古的封建制度的社会生活之故；浪漫派文学盛行于十九世纪前半，乃因它正能适应资产阶级个人主义的社会生活之故。在资产阶级支配下的社会，其对于文艺的选择，自然也以资产阶级利益为标准；那些不合于资产阶级的利益，开放得太早的艺术之花，一定要被资产阶级的社会选择力所制裁，至于萎死；即不萎死，亦仅能生存，决无发荣传播之可能。无产阶级艺术对资产阶级——即现有的艺术而言，是一种完全新的艺术；新艺术是需要新的土地和新的空气来培养。如果不但泥土空气是陈腐的，甚至还受到压迫，那么，这个新的艺术之花难望能茂盛了。资产阶级支配一切的社会里的无产阶级艺术正处在地土不良空气陈腐而又有压迫的不利条件之下，这便是现今世界惟有苏联独多无产阶级文艺的缘故了。

但是艺术的产生于上文所举方程式中的"社会的选择"而外，又受到一个"人为的选择"，便是文艺的批评论。批评论对于艺术发展的关系，或把它看得太重要，或把它看得毫不相干，以我想来都不中肯。批评论也像"社会的选择"，常能生杀新艺术运动，不过它的权威不是绝对的。自来文学家对于批评论的本体及功用有多种不同的说法；在功用这一点，他们有一个比较的通行的说头，乃谓批评论的职能有两方面：一为抉出艺术的真相而加以疏解，使人知道怎样去鉴赏；一为指出艺术的趋向与范畴，使作家从无意的创造进至有意的创造。这种说法，我们可以同意。但在解释批评论的本体这一点，我们应该提供一个新的说法。我们要说批评论就是上面所说的"社会选择"之系统的艺术化的表现；而所谓"社会选择"又不过是该社会的治者阶级所认为稳健（或合理）思想之集体；所以批评论是站在一阶级的立点上为本阶级的利益而立论的。虽然自来的文艺批评家常常发"艺术超然独立"的高论，其实何尝办到真正的超然独立？这种高调，不过是间接的防止有什么利于被支配阶级的艺术之发生罢了。我们如果不愿意被甜蜜好听的高调所麻醉，如果不愿意被巧妙的遮眼法所迷惑，我们应该承认文艺批评论确是站在一阶级的立点上为本阶级的利益而立论的；所以无产阶级艺术的批评论将自居于拥护无产阶级利益的地位而尽其批评的职能，是当然无疑的。

（三）

如上所述，无产阶级艺术既然对于资产阶级艺术而言是一种新的艺术，所以我们首先要把它（无产阶级艺术）的范畴确定下来，免得和旧世界的艺术混淆不分。

第一：无产阶级艺术并非即是描写无产阶级生活的艺术之谓，所以和旧有的农民艺术是有极大的分别的。农民艺术这个名词成立已久，例如弥爱的表现农家生活的图画，范尔冷（Verlaine）的田园诗，克鲁衣夫（Kluyev）的农民诗，都是表现农民的痛苦极为透澈，至于为老实的资产阶级艺术拥护者所憎恶，因而此等农民艺术常被认为无产阶级艺术——这是错误的。无产阶级艺术决非仅仅描写无产阶级生活即算了事，应以无产阶级精神为中心而创造一种适应于新世界（就是无产阶级居于治者地位的世界）的艺术。无产阶级的精神是集体主义的，反家族主义的，非宗教的。然而农民的思想则正相反。农民中的佃户虽然也是无产阶级，而最大多数的自耕农也是被压迫者，过的生活极困难，但是实际上农民的思想多倾向于个人主义，家族主义，宗教迷信的。所以然之故，半因农民的经济条件与劳工不同，半亦因落后的农业生产方法使他们不懂得合作，没有阶级意识。旧有的农民艺术里便充满了农民的此等个人主义的家族主义的和宗教迷信的思想。弥爱的农家生活画和范尔冷的田园诗自不必论，即如俄国革命前许多平民诗人所作的农民诗，甚至如社会革命党左派的天才诗人克鲁衣夫和爱散宁（Essenin）的杰作《红声》等等诗里，也随处可见那种反无产阶级精神的思想。那些诗里，有农民们所奉祀的神，如圣母玛丽，勇敢的乔治，施惠者尼古拉；并且在赞扬传说的绿林侠客司丹喀·拉辛（Stenka Rasin）的话语里，又可以看出农民们之怀慕过去时代的浪漫的狙击主义的无组织的原始的革命行动——这种革命行动决不能摇撼资产阶级的基础。像这一类诗，虽然描写了无产阶级生活，但非是无产阶级艺术。

第二：无产阶级艺术非即所谓革命的艺术，故凡对于资产阶级表示极端之憎恨者，未必准是无产阶级艺术。怎么叫做革命文学呢？浅言之，即凡含有反抗传统思想的文学作品都可以称为革命文学。所以它的性质是单纯的破坏。但是无产阶级艺术的目的并不是仅仅的破坏。在描写劳动者如何勇敢奋斗的时候，或者也得描写到他们对于资产阶级极端憎恨的心理，但是只可作为衬托；如果不然，把对于资产阶级的憎恨作为描写的中心点，那就难免要失却了阶级斗争的高贵的理想，而流入狭的对于资产阶级代表者人身的憎恨了。如果这种描写更进一步而成为对于被打败的敌人的恶谑，成为复仇时愉快的欢呼，则更不妙。因为此等心理全然不合于无产阶级的精神。无产阶级所坚决反对的，是居于此世界中治者地位并且成为世界战争的主动人的资产阶级，并不是资产阶级中的任何个人——他只是他所属的社会环境内的一个身不由己的工具；无产阶级为求自由，为求发展，为求达到自己历史的使命，为求永久和平，便不得不诉之武力，很勇敢的战争，但是非为复仇，并且是坚决的反对那些可避免的杀戮的。俄国革命后的诗歌有许多是描写红军如何痛快的杀敌，果然很能够提起无产阶级的革命精神，而依上述的理由，这种诗歌究竟不能视为无产阶级艺术的正宗，是无疑的。

第三：无产阶级艺术又非旧有的社会主义文学。社会主义文学就是表同情于社会主义或宣传社会主义的文学作品。这类作品和无产阶级艺术相混，是极自然的事，因为二者的理想相距甚近。但是社会主义文学的作者大都是资产阶级社会的智识阶级，他们生长于资产阶级的文化之下，为这种文化所培养，并且给这种文化尽力的。他们的主义是个人主义。他们是各自活动，没有团体的行动的。所以虽然有些智识阶级的作家对于劳动阶级极抱同情，对于社会主义有信仰，但是"过去"像一根无形的线，永久牵制他们的思想和人生观。他们的社会主义文学大都有的是一副个人主义的骨骼。例如范尔海仑（Verhaeren）的戏曲《晓光》，是一篇极好的社会主义文学，常常被认作无产阶级文学——但这是错误的。这一篇戏曲，只可称是无产阶级所受于旧时代的一份好遗产，却不能算作他们"自己的"。并且遗产总不过是遗产，总带着旧时代的气息。因为这篇戏曲是把社会主义的轻纱，披在领袖的个人主义的骨架上的。这篇戏曲描写工人罢工的终于胜利，但是全赖有一个好首领，故得了胜利；罢工的群众是无智识的盲目的，没有那领袖，群众就不晓得他们应该怎样办。此便是旧时代对于一个首领的看法。这是把首领当作一个特出的超人；他是牧者，而群众是羊。然而依无产阶级的集体主义，群众的首领不过是群众的集合的力量之人格化，是集合的意志之表现，是群众理想的启示者！又如比利时的雕刻家墨尼埃（Meunier）所作的表现劳动者生活的雕刻也只是无产阶级艺术家的一份极好的遗产，而不能即视为无产阶级艺术。因为无论墨尼埃是怎样了解劳动者的生活，他的作品的根本精神总不是集体主义的。

故依上述三项而观，无产阶级的艺术意识须是纯粹自己的，不能渗有外来的杂质；无产阶级艺术至少须是：

（一）没有农民所有的家族主义与宗教思想；

（二）没有兵士所有的憎恨资产阶级个人的心理；

（三）没有智识阶级所有的个人自由主义。

（四）

现在我们再来讨论无产阶级艺术的内容。

一个年龄幼稚而处境艰难的阶级之初生的艺术，当然不免有内容浅狭的毛病。而所以不免于浅狭之故，一因缺乏经验，二因供给题材的范围太小。这种情形，只看现代俄国无产阶级作家的小说和戏曲便可了然。我们就上文（本文第一节）所举示的小说和戏曲而言，总觉得他们的题材只偏于一方面——劳动者生活及农民憎恨反革命的军队，实在很单调；因而引起许多人误会，以为无产阶级艺术的题材只限于劳动者生活，甚至有"无产阶级文艺即劳动文艺"之语：这是极错误的观念。我们要知道现今无产阶级艺术内容之偏于一方面，乃是初期的不得已，并非以此自限；无产阶级艺术之必将如过去的艺术以全社会及全自然界的现象为汲取题材之泉源，实在是理之固然，不容怀疑的。

所以，如何充实或增丰内容，便是无产阶级艺术批评论所应首先注意的事。我们自然不能代作家去找题材，并且也不能搜集了许多我们所认为适当的题材专候作家来采取，但是我们可以随时提出这个问题，促起作家的注意；可以随时指出内容单调的毛病，促作家扩大他们的寻觅题材的范围；我们并且应该注意每个例外（关于劳动者生活之外觅得了题材）的企图，而详加研究；如果这新企图是失败的，我们应搜求其失败之故。如果是成功的——即使是极小的成功，我们便应指明其成功之可能性究何在，并且要研究它的可能的最大限度。只要有机会，我们还应该把无产阶级艺术与旧艺术之同一目的者（这就是说他们想解决的问题是相同的），加以比较，从而指出虽然他们的题材似一，目的相同，但是因为观点不同，解决方法不同，故一则成为无产阶级艺术，而一则只是旧艺术：这便是间接的指导无产阶级作家如何去大胆的扩大他们采取题材的范围，而又不至误成了旧艺术。例如对于家庭问题的解决，人心中善念与恶念之交战，等等，都是旧艺术中常见的，而新艺术中亦不乏其例，我们便可加以比较的研究，以显示无产阶级艺术所大异于旧艺术者安在。

作者缺乏经验，除劳动者生活外便没有题材，这果然是无产阶级艺术现今内容浅狭的缘故了，但是无产阶级作者观念的褊狭——即对于经验的材料所取的态度之褊狭，也是一个重要的原因。此等褊狭态度之显而易见者，即是作者每喜取阶级斗争中的流血的经验做题材，把艺术的内容限制在无产阶级"作战"这一方面。此事原不足怪。一个方始打断了镣链而解放了自己的阶级，怎能忘记"作战"呢？一个尚受四周敌人的恐吓而时时需要自卫的阶级又怎能不把"作战"视为全心灵的主体呢？所以此时的无产阶级作家把本阶级作战的勇敢视为描写的唯一对象，正是自然的事，或者竟是无产阶级艺术初期必然的现象。可是以后，这个观点一定嫌太狭小；无产阶级作家一定要抛弃了这个狭小的观念，而后无产阶级艺术的内容乃得丰富充实。

无产阶级必须力战而后能达到他们的理想，但这理想并不是破坏，却是建设——要建设全新的人类生活。这新生活不但是"全"新的，并且要是无量的复杂，异常的和谐。像这样的理想大概不是单纯的作战的勇敢所可达到的。社会主义的建设的理论是必要的。无产阶级艺术也应当向此方面努力，以助成无产阶级达到终极的理想。

因为观念的褊狭和经验的缺乏，而弄成无产阶级艺术内容的浅狭，既如上述；我们还应该知道现今无产阶级艺术的内容除浅狭而外，还有一点毛病：就是误以刺戟和煽动作为艺术的全目的。

我们可说现今所有的无产阶级的诗歌和小说总有十分之九是激励阶级斗争的精神，欢呼阶级斗争的胜利的。这原是现时应有的现象，并且在或一意义上，此种刺戟和鼓励也是需要的。不过决不能永久这样。刺戟和鼓动只是艺术所有目的之一，不是全体；我们不可把部分误认作全体。在作者和读者两方，自然觉得富有刺戟煽动性的作品为能快意；但是我们也不可不知过分的刺戟常能麻痹读者的同情心，并且能够损害作品艺术上的美丽。

然而最大的弊病却在失却了阶级斗争的高贵的意义。有许多富于刺戟性的诗歌和小说，往往把资本家或资产阶级智识者描写成天生的坏人，残忍，不忠实。这是不对的。因为阶级斗争的利刃所指向的，不是资产阶级的个人，而是资产阶级所造成的社会制度；不是对于个人品性的问题，而是他在阶级的地位的问题。无产阶级所要努力铲除的，是资产阶级的社会制度，及其相关连的并且出死力拥护的集体。一个资本家也许竟是个品性高贵的好人，但他既为他一阶级的代表并且他的行动和思想是被他的社会地位所决定的，则无产阶级为了反对资产阶级的缘故，不能不反对这个代表人。故即在争斗的时候，无产阶级的战士并不把这个资本家当作自己个人的仇敌，而把他看作历史锻成的铁练上的一个盲目的铁圈子。

赞成无产阶级艺术须沈浸于刺戟与鼓动的人们，又常把"提高革命精神"，"激发勇气"，等等话头，来作辩护。自然我们也承认亢热的革命精神，与勇敢无畏的气概，是需要的，是可宝贵的。但是由于历史的信念与刚毅的意志而发生的革命精神与作战的勇气，方是可宝贵的，可靠的；如果像打吗啡针似的去刺戟出来的，或是用了玫瑰色的镜子去鼓舞出来的，那就是靠不住的，假的。无产阶级的战争精神是从认识了自己的历史的使命而生长的，是受了艰苦的现实的压迫而迸发的，不是为了一时刺戟与鼓动，所以能够打死仗，只有进，没有退！

（五）

讲到无产阶级艺术的形式，我们先须有一个"形式与内容必相和谐"的目的来作努力的方针。

有人以为艺术的形式与内容并无必须谐合的必要与可能；有人以为只要注意内容，形式可以随随便便——那就是说，艺术家只须注意他所作的艺术品的内容，形式则随手拈来，无往而不可。由前之说，是把艺术的形式和内容看作没有必然的关系，而尚非否认艺术品之形式的重要；由后之说，简直是根本否认历来形式与内容对立的理论。无产阶级艺术既是一种崭新的革命的艺术，普通的见解以为无产阶级艺术论一定是推翻以前的形式与内容对立的理论：此所谓"力反前人之所为"。然而此种看法是错误的。我们须知无产阶级的思想并不是一味的反对旧物，并不是盲目的破坏。在艺术上的内容与形式一问题，无产阶级作家应该承认形式与内容须得谐合；形式与内容是一件东西的两面，不可分离的。无产阶级艺术的完成，有待于内容之充实，亦有待于形式之创造。

但因艺术的形式，自来是在"机体进化"的法则的支配之下，所以比较的不能像内容一样突然翻新；虽然文艺史上尽有突然翻新的例子，然而究竟是变态的病象，而非健全的进化。形式是技巧堆累的结果，是过去无数大天才心血的结晶，在后人看来，实是一份宝贵的遗产；虽然普通有"新思想必须有新形式为体附"之说，但是无理由的不肯利用前人的遗产，而想硬生生的凭赤手空拳去干创造，也是一般论者所不赞成的。所以在近代文艺史上，我们可以看见，除了几个带著立异炫奇的心理的新派如未来派，立体派而外，余者都是抱了"先去利用已有的遗产，不足则加以新创"的态度的。无产阶级的艺术家对于形式问题，也抱的这种态度。老实说，无产阶级首先须从他的前辈学习形式的技术。这是无产阶级应有的权利，也是对于前辈大天才的心血结晶所应表示的相当的敬意，并不辱没了革命的无产阶级艺术家的身分！

但是这里有一条歧路须得我们来谨防。

这条歧路便是一方虽则承认前人的遗产应该利用，而他方又本著左倾的幼稚病的指向，误以为凡去自己时代愈远者即愈陈旧朽腐，不合于自己的用途，反之，离自己时代愈近者即愈新鲜，较和自己的思想接近，因而误认最近代的新派艺术的形式便是最合于被采用的遗产。

譬如未来派意象派表现派等等，都是旧社会——传统的社会内所生的最新派；他们有极新的形式，也有鲜明的破坏旧制度的思想，当然是容易被认作无产阶级作家所应留用的遗产了。但是我们要认明这些新派根本上只是传统社会将衰落时所发生的一种病象，不配视作健全的结晶，因而亦不能作为无产阶级艺术上的遗产。如果无产阶级作家误以此等新派为可宝贵的遗产，那便是误入歧途了。

为什么我们要说未来派等等不足称为无产阶级艺术上的遗产呢？因为他们只是旧的社会阶级在衰落时所产生的变态心理的反映。凡一个社会阶级在已经完成它的历史的前进的使命而到了末期并且渐趋衰落的时候，它的艺术的内容一定也要渐趋衰落，所谓"灵思既竭"是也；跟著内容的衰落的，便是艺术的形式了。社会阶级的渐趋衰落于何征之？征之于其渐为坐食的或掠夺他阶级劳动结果以自肥的时期。进了这个时期，该阶级是过饱了，俗所谓肠肥脑满了，它的生命感觉力便迟钝起来。生活呈枯燥虚空的病态，艺术的泉源将要枯竭了。于是这个将死的社会阶级里的分子努力想填补生产的虚空，润泽生活的枯燥，希冀从此可以再启艺术的泉源。他们的补救枯燥虚空的方法便是找觅一些新的享乐和肉感的刺戟。这个，果然一方可作艺术的新泉源而他方又可借此等表现新的享乐与肉感的刺戟之新艺术来促起将死的社会阶级之已停滞的生命感觉。此时的所谓新艺术运动，大概分两方面，一是渴求新享乐与肉感的刺戟以自觉其生存意识的颓废思想，一是勉强修改艺术的理论，借小巧的手法以掩饰败落的痕迹。人类的历史上，早已有过此种现象，如罗马颓废时代和封建制度破坏时代即是；而在近四十年内欧洲中产阶级文化渐趋衰落的时期中，尤其表现得清晰。最近的所谓新艺术，都是这一类的产物。社会阶级愈失其支撑的能力，此种奇形怪状的"新派"愈滋生得多；一九一〇年左右的俄国文坛便是一个最好的例子。

所以无产阶级如果要利用前人的成绩，极不该到近代的所谓"新派"中间去寻找，这些变态的已经腐烂的"艺术之花"不配作新兴阶级的精神上的滋补品的。换句话说，近代的所谓"新派"不足为无产阶级所应承受的文艺的遗产。

无产阶级的真正的文艺的遗产，反是近代新派所署为过时的旧派文学，例如革命的浪漫主义的文学和各时代的 Classicso，为什么呢？因为革命的浪漫主义的文学是资产阶级鼎盛时代的产物，是一个社会阶级的健全的心灵的产物；我们要健全的来作模范，不要腐烂的变态的。

如以俄国文学为例，则过去的大文豪，如普希金（Pushkin），莱尔蒙托夫（Lermontov），郭克里（Gogol），耐克拉苏夫（Nekrassov）和托尔斯泰（Tolstoy），他们在文学形式上的成绩是值得宝贵的，可以留用的，但是最近的蔓草般的新派，什么未来主义，意象主义等等，便是一无所用的。

我们自然极端相信新内容必然要自创新形式；但是从利用旧有的以为开始，也是必要的。

如以诗式而言，现在有许多号为解放的新诗式，正和旧诗式争夺地盘；而无产阶级的作家一则因为歆于"解放"的好招牌，二则表面上是那些新诗式要比旧的自由些容易做，所以就争相效作。究竟这个风气该不该鼓励，是很值得讨论的。就艺术上讲老实话，新诗式实在是难做得多。（请注意：这里所谓诗式，并非指中国的。）所以拥护旧诗式的人们讥新诗式为浅薄无聊，是不对的；而主张新诗式者以"不习而能"或"更自由地表现情思"为主张的理由，也是错误的。我们如果承认文艺作品的形式是和作者的生活环境有多少连带关系或能多少互相影响的，则我们不能不说新诗式确不宜于无产阶级作者。无产阶级作者的生活环境是工厂，而工厂中大小轮机的繁音却显然是有整齐的节奏的；此种机轮所发的旋律，与其说是近于新诗式，无宁说是近于旧诗式。无产阶级作者天天听惯了这种节奏，精神上的影响该是怎样大，如果他们本其所观感以创诗式，大概是近于旧诗式的。然而他们却弃了这一条顺路不走，反觅崎岖小径，这岂不是浪费心力？就艺术的价值而言，各种新派艺术的诗式当然有其立足点，未便一概抹煞；然而就其出发点而言，我们不能不说新诗式是一个社会阶级将死时的智识分子所有的矛盾思想与矛盾生活的矛盾的产物。而旧社会阶级的矛盾生活与矛盾思想正是无产阶级所极反对的。

从纯形式方面转到形式与内容的交点——就是艺术的象征（Artistic Symbols）一方面，也有应该注意的。我们知道，在无产阶级的军政时代，有许多作者喜欢用粗酷的象征，以激励无产阶级的革命气焰。譬如有一位诗人，因要表现他决意和旧世界奋斗到底的精神，表现他宁愿牺牲一切而不退缩的精神，高声的喊道："为了将来，我们要焚毁拉飞耳的作品；我们要毁灭那些博物馆，践碎那些艺术的花！"这当然只是感情热烈的象征，并非这位诗人真想如此办。但是不能不说这象征选得太粗酷。一个炮队兵官为的要取射击目标，不惜轰击一个古教堂；但是一个诗人对于这些事总该惋惜，不该快活。人类所遗下的艺术品都是应该宝贵的；此与阶级斗争并无关系。无产阶级作家应该了解各时代的合作，应该承认前代艺术是一份可贵的遗产。果然无产阶级应该努力发挥他的艺术创造天才，但最好是从前人已走到的一级再往前进，无理由地不必要地赤手空拳去干叫独创，大可不必。在艺术的形式上，这个主张是应该被承认的。

（原载《文学周报》第 172 期、173 期、175 期、196 期，
1925 年 5 月 10 日、17 日、24 日、10 月 24 日）

文学者的新使命

沈雁冰

文学是人生的真实的反映。这句话是无可非议的。姑不论曾有许多文学家坚决如此主张，即就世界古今的作品来作一个统计，也足够证明最大多数的文学作品确是如实地表现人生的。

但是有人提出抗议了。以为仅仅如实地表现人生便是贬低了文学的声价；以为文学是积极性的，其效能在指导人生向更光明更美丽更和谐的前途，而非仅为现实人生的反映。如果文学的职务只在反映出现实人生来，则岂非等于一面镜子？文学决不可仅仅是一面镜子，应该是一个指南针。

这个抗议自有其立脚点，我们是相信的。并且我们还可以断言，文学于真实地表现人生而外，又附带一个指示人生到未来的光明大路的职务，原非不可能；或者换过来说，文学的职务乃在以指示人生向更美善的将来这个目的寓于现实人生的如实地表现中，亦无不可。

不过问题却在这里发生了。所谓更美善的将来究竟是一个何等的世界？是不是中国文人所想慕的"羲皇之世"？是不是柏拉图的阶级森严的"理想国"？是不是摩耳所憧憬的"互助社会"？是不是陶渊明所设想的"世外桃源"？是不是巴苦宁和克鲁巴金所描写的"世界大同"？抑或卑之无甚高论如威尔逊所宣传的"国际联盟"？

这个答案是极难定的；并且澈底说来，这答案是不能定的，因为人人自有他自己合意的理想世界，难得二人相同。

任凭各人宣传赞扬他自己合意的理想世界罢？这原是最公平并且

最合乎思想自由言论自由的原则的办法。然而如此则那理想世界便只好讴歌在口头，建设在纸上，决不能涌现于地上了；因为旧世界不是一人之力所能推翻，而理想世界更非一人之力所能建设。既然须得合大多数人的力量来建设理想世界，那就不能不使大多数人都奉一个理想，所谓牺牲了小我，成就了大我。

在这一点上，我们承认文学是负荷了指示人生向更美善的将来，并且愿意信奉力行此主张的，便亦不妨起而要求文学者行动的一致了。虽然这件事极难办到，或许竟是一个梦想，然而这个要求未始无理，我却是确信著。

但是文学者决不能离开了现实的人生，专去讴歌去描写将来的理想世界。我们心中不可不有一个将来社会的理想，而我们的题材却离不了现实人生。我们不能抛开现代人的痛苦与需要，不为呼号，而只夸缥渺的空中楼阁，成了空想的浪漫主义者。并且如果我们不能明了现代人类的痛苦与需要是什么，则必不能指示人生到正确的将来的路径，而心中所怀的将来社会的理想亦只是一帖不对症的药罢了。

那么现代人类的痛苦是什么呢？简单的说，就是世界上有被压迫的民族和被压迫的阶级陷于悲惨的境地并且一天一天的往下沈溺。这个事实，一方面使被压迫民族和阶级不能发挥他们伟大的创造力以补救现代文明的缺陷，别方面便造成了世界的永久扰乱。所以被压迫民族与被压迫阶级的解放就是现代人类的需要。

文学者目前的使命就是要抓住了被压迫民族与阶级的革命运动的精神，用深刻伟大的文学表现出来，使这种精神普遍到民间，深印人被压迫者的脑筋，因以保持他们的自求解放运动的高潮，并且感召起更伟大更热烈的革命运动来！

不但如此而已，文学者更须认明被压迫的无产阶级有怎样不同的思想方式，怎样伟大的创造力和组织力，而后确切著名地表现出来，为无产阶级文化尽宣扬之力。

这样的文学，方足称为能于如实地表现现实人生而外，更指示人生向美善的将来；这便是文学者的新使命。

人类社会是进化不息的，在昔骑士制度崩坏的时代，封建社会颠覆的时代，都曾有伟大的文学者尽了他们应时的使命；在我们这时代，中产阶级快要走完了他的历史的路程，新鲜的无产阶级精神将开辟一新时代，我们的文学者也应该认明了他们的新使命，好好的负荷起来。

（原载《文学周报》第 190 期，1925 年 9 月 13 日）

四、关于新文学的讨论及通讯

1. 关于创作问题的讨论

致郑振铎先生信（节选）

沈雁冰

……此外弟尚有一些对于创作文学的意见，为兄陈之。弟以为《说报》现在发表创作，宜取极端的严格主义。差不多非可为人模范者不登。这才可以表见我们创作一栏的精神。一面，我们要辟一栏《国内新作汇观》批评别人的创作；则自己所登的创作，更不可以随便。朋友中我们相识的，乃至极熟的，大家开诚相见，批评批评，弟敢信都是互助的精神，批评和艺术的进步，相激励相攻错而成；苟其完全脱离感情作用而用文学批评的眼光来批评的，虽其评为失当，我们亦应认其有价值，极愿闻之。所以弟意对于创作，应经三四人之商量推敲，而后决定其发表与否，决非弟一人之见，可以决之；兄来信谓委弟一人选择，弟实不敢苟同，窃以为此言非也。弟之提议，以为此后朋友中乃至投稿人之创作，请兄会商鲁迅启明地山菊农剑三冰心绍虞诸兄决定后寄申，弟看后如有意见，亦即专函与兄，供诸同志兄审量，决定后再寄与弟。如此办法，自然麻烦，但弟以为如欲求创作之真为创作，并为发挥我们会里的真精神起见，应得如此办。况文学会既经成立，则至少二星期一次会是必有的，创作在此常会内提出决定，似亦极便也。弟之意见如此，请兄与诸兄商之。

1921 年 1 月 10 日

（原载《小说月报》第 12 卷第 2 号，1921 年 2 月 10 日）

创作与哲学

瞿世英

一

我知道我这篇文字的题目一定会引起许多读者的怀疑；以为创作与哲学怎样会相提并论呢？因此我必要先将我所谓"创作"与"哲学"的界说讲清楚。我所谓创作便是具有文学的特质的创造的（Creative）作品。包含诗，小说，剧本和其他文学的散文。若简而言之自然就是文学的作品了。哲学这种东西，自有哲学以来便不曾有好好的界说。但是据我的意见，无论他说到怎样天翻地覆，讲什么宇宙本体，知识来源，而哲学最重要的问题便是人生问题和人生与其环境的关系的问题。换言之就是要研究人生，人所生存的宇宙，和人生与宇宙的关系。而最要紧的还是人生；所以我以为哲学便是要解答这人生问题与宇宙问题的世界观与人生观。

文学的对象是人生，他的作用是批评人生，表现人生。哲学的对象也是人生。所以创作与哲学同论并不奇怪。

文学（依莫尔顿教授的主张）是思想艺术与文字的一种作用。我们研究创作与哲学，最要紧的便是"思想"这一部分。思想是文学的本质。没有好本质，虽有好艺术，亦无可表现。我们既然承认文学是人生的表现，是人生的批评。那么文学的本质便是人生。所以我说文学的本质应当是哲学。文学所表现所批评的便是某种人生观与世界观。

历来的文学家的文学作品没有不是包含着一种人生观与世界观的。简言之就是创作应当以哲学为本质。

二

古往今来的文学家，他们的创作所以能历久不磨的缘故，就是他们对于人生的批评和表现是从他们的人格里濡浸过才写出来的，决不是任意涂抹胡乱做出来的。是根本着他们的人生观与世界观的。是显示或解释他们的人生观与世界观的。这是真的。否则是假的。因为是真的，所以才能那样亲切诚挚，给人以一种印象；才能具有永久性与普遍性。这些都是文学的特质，不可或缺的。但假的却不行。

易卜生的创作决不是般生的；高士倭绥的戏剧决不是王尔德的，佐拉与巴尔扎克虽同为写实派，而创作却一看就分别出来。托尔斯泰说"爱"，杜思退益夫斯奇也谈"爱"，安特列夫也主张爱人道，梅德林克也讲爱，太戈尔也谈爱。更加上一切现代主张人道主义的文学家。说的话大致一样，但决不是一样，为什么缘故？他们的哲学多少不同，世界没有两个绝对一样的创作家，但创作家却每时代都有。便是这个缘故。而他们所以创作成功，便只在有确定的人生观与世界观。

所以从创作家一方面说，一篇创作必要有极好的本质，这本质便是哲学——他的哲学。但是一个人的哲学，若是没有确定，朝信夕更，茫无所适便也不能有好创作。譬如易卜生的《木偶之家》中的诺拉，若是易卜生没有确定的人生观时，则诺拉的人格也决不确定的，若诺拉人格不确定则这本剧就算完了。所以我主张必要有了你自己的人生观与世界观，才能有好创作。现在中国的作者最大的毛病，便是没有确定的人生观，这自然没有好创作了。至于那些专堆滥调，专写情书，专做歪诗的人物，不要说他自己没有确定的人生观，便是作品中的人物也是做到那里算那里的，更不用谈起了。

还有一层。凡是那些一种描写自身的作品，都比别的作品好。因为他是写他自己的哲学，所以格外真（比如冰心女士的作品和地山兄的《三天的乞丐》〔此文虽系笔记体我看比他别的作品好的多〕因为差不多都是发表他们自己的哲学的）。"真"是创作的一个必要的条件。

至于创作之翻译一层，我以为翻译某人的作品必须要略略知道他的哲学才行，否则恐怕完全失了原作的本意。然而无论怎样好的翻译，亦未必就能"丝丝入扣"呵。

三

前面的话说的极宽泛，似乎还不够。我前面说过创作包含诗，小说，剧本和其他。现在且分别开来略说一说。

我们且先说诗。亚利士多德说"诗是一切作品中最哲学的"。他这句话虽是太泛，然而已将"诗与哲学"的问题提出来了。其实文学是人生的表现，诗是文学中之一部分，比较的注意想像和感情的。所以诗便是想像与感情中得来的人生的批评。凡是好诗都是如此。诗的好处是他有他的显现的能力。诗能将人生中宇宙中的美，精神的意义等的我们所不得见显现出来。这样诗与人生是极有关系的。所以马太阿诺特（Matthew Arnold）说道诗根本上就是人生的批评；诗人之所以伟大者以其能将理想很有力的很美的应用到人生上去。去答复这"怎样生活"的问题。库力利治（Coleridge）说没有一个人可以作大诗人而不是一位大哲学家的。从这句话推论便可以说诗若不包含一种哲学便不能算好诗。因此若要创作好诗，必须要研究哲学。要"哲学的诗"才算好诗。太戈尔便是一个好例。

四

其次便谈小说和戏剧。一种小说必有一种主意，而小说中的人物便各人有各人的见解，这便是哲学。无论那一种小说都表示一种人生观和人生的问题。小说是直接表现人生的。不论是那个小说家，是那一种小说，所叙述，所想像的都是人生的一部或全部。讲的是人与人的关系，人们的思想，人们的感情，人们的行动，以及人们的喜怒哀乐，和人们的成功与失败。这样说来，可见小说家决不能没有确定的人生观与世界观了。况且一部小说不论是事实与否，或者是假设的事实，或者竟完全是象征，或是提出一种问题的解答都不能不有自己的主意。换句话说自己必有个见解——这便是哲学。戏剧呢也和小说一般。差不多可以说是作者心目中的人生与社会的缩影——他的人生观与世界观。

现代的小说家和戏剧作家如梅德林克，夏芝，威尔士（H.G.Wells），高士倭绥等的作品，没有一种不是直接间接发表他们的哲学的。所以要创作好小说和戏剧，亦必要有哲学做这种作品的本质。没有哲学，决不能创作好小说和戏剧。

五

从上面四段，可归纳得下列之结论。

（一）哲学是文学的创作的本质。要"哲学的"创作才是真创作。

（二）所谓哲学便是人生观与世界观。而文学家必须要有他的确定的人生观与世界观才有好创作。

（三）无论是诗，小说，剧本都是一样的。

现在的创作家呵，我劝你们赶快创造你们的哲学，确定你们的人生观与世界观，来创造"真的文学"。

考试期间，仓猝为此，意多未尽，或且太偏，希读者指正。

（原载《小说月报》第 12 卷第 7 号，1921 年 7 月 10 日）

创作的要素

叶绍钧

现在的创作家，人生观在水平线以上的，撰著的作品可以说有一个一致的普遍的倾向，就是对于黑暗势力的反抗。最多见的是写出家庭的惨状，社会的悲剧和兵乱的灾难，而表示反抗的意思。这确是现时非常急需和重要的，创作家将这副重担子挑上自己的肩，至少是将来的乐观的一丝儿萌芽。但是有些情形觉得不很厌足我的期望，随笔写出来供大家讨论。

有许多作品，所描写的诚属一种黑暗的情形，但是（一）采取的材料非常随便，没有抉择取舍的意思存乎其间；（二）或者专描事情的外相，而不能表现出内在的真际；（三）或者意思虽能表出，而质和形都是非常单调。凡属于这等情形的，就要减损作品自身的深切动人的效力。

试想天下的事物，人类的情思，是何等地繁多，即单就黑暗方面的而言，也是不可数计。在这不可数计之中，取出一件事物一个情思来，著为文字，要使人人都能感动，随着文字里的笑啼歌哭而笑啼歌哭，当然要选择其中最精警最扼要的一件一个，更从其中选择最精警最扼要的一段或数段，才能满足这个愿望。否则越是连篇累牍地书写不休，越使人家的感受性趋于滞钝，至多不过使人家从文字里知道些怎么怎么的事实罢了。而文学的目的那里在使人家知道些事实呢？

作品单摹外相的，无论如何工致精密，不过如照相片一样，终不能成为具有生命的东西。这个理由极为简单：性格的表现于画幅，在于将最能传神的部分充分挥写，而不重要的部分竟可弃去不写，这并非疏略，正以见创造的艺术手腕，所以能成其为具有生命的画幅，照相法则纤屑靡遗，无论是极不重要的地方也死板板地留下痕迹，而最能传神的地方又事同一例，并不特地为他表出内面的精神。大家说这是极肖似的一个照相，诚然，但肖似的正是外面的浮影，内在的真际在那里呢？单写事情的外相的文学作品就有与这个同样的情形。更有一类，于细屑不重要的地方也支离破碎地描写，其实是不需要的，不但不见增益全篇的完美，反而破坏了全篇的浑凝——离析浑凝的而为各各判离的。欲知其得失，也可以绘事相喻：一篇文学作品无异一幅精神完足的画，现在仿佛止画了多幅剖面图和断面图，纵极精密，怎能引起人家和赏鉴精神完足的画时同样的情绪呢？

要表显出一个情意，须要适度的材料。要使这个材料具有生命，入人之心，须要用最适切于表现这个材料的一个方式。有些创作里，往往有材料不足之嫌。譬如果实，还没有充实，已遭采撷，使吃的人不满所欲，非常惋惜。有些纳种种事物情思于同一方式之中，或者袭用古来的近时的本土的异域的方式范围自己的材料，间接以限制自己的情意。譬如行路，明明有宽阔的大道，却受一种势力的牵引，竟入了逼仄的狭巷，就难免有形或无形的损害。

综观以上的意思知现时的创作家须注意的是：（一）要取精当的材料；（二）要表现一切的内在的真际；（三）要使质和形都是和谐的自由的。

惟其于上述几端不尽能做到，所以所描写所表现的黑暗正是一隅，止是小端，所以新兴文学对于中国民族没有什么影响。到了尽能做到的时候，文学就有一种神异的力，他一定能写出全民族的普遍的深潜的黑暗，使酣睡不愿醒的大群也会跳将起来。达到这个时候的迟早，全视创作家的努力如何，创作家努力！

我以为从积极方面表示一种理想，这是我们所愿欲而且是可能的，也未尝不可。他一样也反抗黑暗，他的真诚和希望一样可以感动人。而且创作家倘若不拘于主义和派别，则理想和现实亦将两忘，止记有人生而已。我写这些话没有精当的意思，和不能做到自己所说的话，都是我的惭愧。但供人讨论和于此努力都是我的愿欲。

六，七，夜。

（原载《小说月报》第 12 卷第 7 号，1921 年 7 月 10 日）

社会背景与创作

郎 损

中国有几句古话："治世之音安以乐……乱世之音怨以怒，……亡国之音哀以思……"，这就是说，什么样的社会背景便会产出什么样的文学来；这几句话的观察本来是不错的，但一向的人都以为"安以乐""怨以怒""哀以思"的"音"，是"治世""乱世""亡国"之"兆"，却未免错了！我们可说正因为是乱世，所以文学的色调要成了怨以怒，是怨以怒的社会背景产生出怨以怒的文学，不是先有了怨以怒的文学然后造成怨以怒的社会背景！我们又该知道：在乱世的文学作品而能怨以怒的，正是极合理的事，正证明当时的文学家能够尽他的职务！

上面说的那段理由如果用批评文学上的话头来做注解，就是：凡被迫害的民族的文学总是多表现残酷怨怒等等病理的思想。这也不是没有证据的；只看俄国、匈牙利、波兰、犹太的现代文学便可以明白。俄国文人自果戈里（Gogol）以至现代作家，没有一个人的作品不是描写黑暗专制，同情于被损害者的文学；波兰和犹太因为处境更不如俄国人，连祖国都没有了，天天受强民族的鱼肉，所以他的文学更有一种特别的色彩。显克微支的著作里表现本国人的愚鲁正直，他国人的横暴狡诈，于同情于被损害者外，把人类共同的弱点也抉露出来了。犹太作家如潘莱士（Perez）和林奈士基（Linetzki）的作品都于失望中还作希望；宾斯奇（Pinski）的作品里的意思更为广阔，他把全人类的弱点表暴出来，所著短篇剧本《一块钱》，讽刺人类全体的兽性的行为，真是深刻极了。短篇集《诱惑》也是同一的色彩。阿胥（Asch）的《复仇之神》和《摩西老人》，把宗教上果报的意思用写实主义的方法描写，对于为恶的人们的怜悯，使读者得起异样的同情。匈牙利似乎是例外不同一点，怀念祖国的古代文化和爱国主义的思想充满在孚洛斯麦底（M.Vörös Marty），裴多斐（A.Petöfi），亚拉奈（J.Arany）的诗歌里，盖过了同情于被损害者的思想；然而这也是匈牙利的特别国情有以致之。匈牙利自从受土耳其侵掠以至现代，没有一天不在他民族侵害之下，保存宗教，保存祖国，保存国风，是匈牙利人全部精神之所寄，他们的仇敌，只是一个——来征服他们的强民族；——他们不像俄国人，要在国内向自己的暴君争自由，也不像波兰和犹太，没有自己的祖国；所以祖国主义的思想，特别占势。这也是从社会背景自然产生的结果，正可作"文学是时代反映"的强硬证据了。

上面说了那许多废话只想表明"怨以怒"的文学正是乱世文学的正宗，而真的文学也只是反映时代的文学。我们现在的社会背景是怎样的社会背景？应该产生怎样的创作？由浅处看来，现在社会内兵荒屡见，人人感着生活不安的苦痛，真可以说是"乱世"了，反映这时代的创作应该怎样的悲惨动人呵！如再进一层观察，顽固守旧的老人和向新进取的青年，思想上冲突极厉害，应该有易卜生的《少年社会》和屠格涅夫的《父与子》一样的作品来表现他；迟缓而惰性的国民性应该有龚察洛甫（A.Contcharov）的"Oblomov"一般的小说来表现他；教育界的蠹虫就应该有象梭罗古勃的《小鬼》里的披雷道诺夫来描写他；乡民的愚拙正直可怜和"坏秀才"的舞文横霸，就应该有像显克微支的《炭画》一样的小说来描写；……这样的反映时代的创作现在还不能看见。不特大成功的没有，便连试作这企图的作品也少概见；在这一点上看来，似乎现在的创作家太忽略了眼前的社会背景了。中国新文学只在酝酿时代，在势不能便有怎样成功的创作，这时期的关系，固然是一个原因；但最大的原因还是创作家自身的环境。国内创作小说的人大都是念书研究学问的人，未曾在第四阶级社会内有过经验，像高尔基之做过饼师，陀斯妥夫斯基之流放过西伯利亚。印象既然不深，描写如何能真？所以反映痛苦的社会背景的小说不能出现了。此外尚有一个原因——虽不是很重要的原因——即中国古来文人对于文学作品只视为抒情叙意的东西；这历史的重担直到现在还有余威，虽然近年来创作家力矫斯弊，到底还不能完全泯灭痕迹，无形之中，也把创作家的才能束缚了不少呢。

话虽如此说了，到底不便一笔抹杀，说现在创作界内竟完全没有表现生活的作品；描写社会生活之一角的小说，现在见过很多，只不过没有描写点广阔气魄深厚的作品罢了。在那些描写社会生活一角的小说中，最多见的是恋爱小说；而描写婚姻不自由的小说，又占了一大部分。婚姻问题的确是青年们目前的一大问题，文学上多描写，岂得谓过？但这样的把他看作全部生命中最重要的一部分也不嫌轻重失当么？而且许多的婚姻描写创作中又只是一般面目，——就是：甲男乙女，由父母作主自小订婚，甲男长大后别有恋爱，向父母要求取消婚约……——不也嫌无味么？这也是我所不满意的啊。

总之，我觉得表现社会生活的文学是真文学，是于人类有关系的文学，在被迫害的国里更应该注意这社会背景，所以提出一点浅近的意见，以备创作家参考。

（原载《小说月报》第 12 卷第 7 号，1921 年 7 月 10 日）

创作的我见

庐隐女士

甚么是创作？人云亦云的街谈巷议，过去的历史记述，摹仿昔人的陈套，抄袭名著的杂凑，而名之曰"创作"，这固是今日——过渡时代欺人的创作，在中国乃多如"恒河沙数"，不过稍具文学知识的人，对此不免"齿冷"了。

足称创作的作品，唯一不可缺的就是个性，——艺术的结晶，便是主观——个性的情感，这种情感绝不是万人一律的，纵使"英雄所见略同"，也不过是"略同"，绝不是竟同，因个性的不同，所以甲乙二人同时观察一件事物，其所得的结果必各据一面，对于其所得的某点，发生一种强烈联想和热情，遂形成一种文艺，这种文艺使人看了，能发生同情和刺激，就便是真正的创作。

宇宙间的森罗万象，幽玄神妙——常人耳目所不易闻见，和观察不到的地方，创作家都能逐点的把他轻描浅抹的表现出来，无形之中，使人类受到极大的感化，所以创作家的作品，是人类的精神的粮——创作家的价值于此可见。

创作家的可贵既如上述，但因其有绝大的影响力，所以他所负的责任也非常大。故我对于创作的意见，不能不略说一二……

创作家的作品，完全是艺术的表现，但是艺术有两种：就是人生的艺术（Arts for life's sake），和艺术的艺术（Arts for art's sake）这两者的争论，纷纷莫衷一是；我个人的意见，对于两者亦正无偏向。创作者当时的感情的冲动，异常神秘，此时即就其本色描写出来，因感情的节调，而成一种和谐的美，这种作品，虽说是为艺术的艺术，但其价值是万不容否认的了。

今更进而论内容的趋向。人类社会，各种现象，固是千差万别，但总而言之，其所演成者，不外悲剧喜剧二种而已。喜剧的描写，易使人笑乐，但印象不深，瞬息即杳，因喜乐的事，其性不普遍，故感人不切，难引起人的同情。至于悲剧的描写，则多沉痛哀戚，而举世的人，上而贵族，下而平民，惨凄苦痛的事情则无人无之，所以这种作品至易感人，而能引起人们的反省。况今日的世界，天灾人祸，相继而来，社会上但见愁云惨雾，弥漫空际，民不聊生，人多乐死；但一部分人又酣歌醉酒，昏沉终日，贫富不均，阶级森严，人们但感苦闷，终至日趋颓唐，不知求所以苦闷的原因，从黑暗中寻觅光明，遂致苦上加苦，生趣毫无，自杀的青年一天增加一天，其愁惨真不忍细说！所以创作家对于这种社会的悲剧，应用热烈的同情，沉痛的语调描写出来，使身受痛苦的人，一方面得到同情绝大的慰藉，一方面引起其自觉心，努力奋斗从黑暗中得到光明——增加生趣，方不负创作家的责任。

不过人们当苦痛到极点的时候，悲剧描写的同情固可以慰藉他，但作品之中不可过趋向绝望的一途，因为青年人往往感"生的苦闷"，极易受示唆，若描写过于使人丧胆短气，必弄成唆使人们自杀的结果，所以必于悲苦之中寓生路——这是我对于创作内容倾向的意见。

（原载《小说月报》第 12 卷第 7 号，1921 年 7 月 10 日）

163

平凡与纤巧

郑振铎

　　现在中国文学界的成绩还一点没有呢！做创作的人虽然不少，但是成功的，却没有什么人。把现在已发表的创作大概看了一看，觉得他们的弊病很多。第一是思想与题材太浅薄太单调了。大部分的创作，都是说家庭的痛苦，或是对劳动者表同情，或是叙恋爱的事实；千篇一律，不惟思想有些相同，就是事实也限于极小的范围。并且情绪也不深沉；读者看了以后，只觉得平凡，只觉得浅泊；无余味；毫没有深刻的印象留在脑中。第二是描写的艺术太差了。他们描写的手段，都极粗浅；只从表面上去描摹，而不能表现所描写的人与事物的个性，内心与精神。用字也陈陈相因；布局也陈陈相因。聚许多不同的人的作品在一起而读之，并不觉得是不同的人所做的。在艺术方面讲，现在的作家实在太没有独创的精神了。有几个人艺术很好，却又病于纤巧，似乎有些专注意于文字的修饰而忘了创作的本意的毛病。总之，缺乏个性，与思想单调，实是现在作者的通病。

　　单用了写实主义，新浪漫主义的名辞来号召，实不能起他们的沈疴。因为思想与情绪与艺术是文学的根本元素。无论是写实派也好，是象征派也好，是印象派也好，如果他们的思想不高超，情绪不深沉，艺术不精微美丽，那末，他们的作品，都是不配称为文学的。所以，在现在的时候，崇奉什么主义，还是第二件要紧的事；开宗明义第一章还是要从根本上着力。

　　艺术的好坏是必须"学而后能"的。思想与情绪的深刻与否，就有些天才的关系了。思想囿于平凡之域的，情绪不大深沉的，艺术虽极佳，只能使他的作品成为很精致的平凡的雕斫品而已。如果思想与情绪能高超而深入，艺术就是差些也是不要紧的。因为这终是可学而能的。所以现在的时候，要求粗枝大叶的创作，似较纤巧的创作为尤甚。

我们不立刻求我们的创作，能美丽如屠格涅夫，能精巧如莎士比亚；只求其能不落平凡，只求其能以自己的哭声与泪珠，引起读者的哭声与泪珠而已。

平凡与浅薄是现在创作界的致命伤。从事创作的人应该于此极端注意。

（原载《小说月报》第 12 卷第 7 号，1921 年 7 月 10 日）

怎样去创作

王世瑛女士

在现在中国新文学刚刚萌芽的时代，各种文艺创作品中，短篇小说可算最盛，偶而看到一两篇很满意底小说，觉得他们所写底景真情挚，使人悲歌赞叹，如身入其境；却都是眼前浅近事实，我们耳目所及，感想得到底；不过他们先得我心，把他实写出来罢了。人人都有经验，都有感想，只要笔墨写得出来，便是小说；那么，小说创作不是不难了？可是实际不然；现在将我的感想写一点在下面罢：

一篇小说的可贵不在实，在事实底描写可以动人。非常底事实，起非常底情感，拿非常底笔墨表现出来，固然不难使读者也动强烈底情感。但是这种非常事实，不是人生常态；有了时也容易受人注意，用不着描写底工夫。最好是就平常生活中取材料——常人所注意不到底，经文艺写出，却都有至情至理发现出来——这种描写最容易平淡，容易没有精采，不能感动人。然而也唯是这种的小说方才近情近理，村妪都懂；而又耐人深味。

叙述许多事实，成为一篇小说，要使读者起或种情感，像我们自己所感底，必定我们自己对于这件事实，先有浓厚真挚底同情，很自然地表现出来，才能深入人心。但是，我们感情状态是变化不居底，往往临事发感，事过情迁；对于某种事实，起某种情感——那时候底心理状态，和生理状态如何——追忆起来，很难保其不变之度。那么，怎样能够在文艺上再现，使字里行间无形地流露出来呢？许多小说，关于这种描写，有时太过——譬如事实原来平常，而所发情感太激烈了——有时不及——很动感底事实，却平淡置之——自然都不算是好小说！非得精心体会，郑重下笔不可。

做小说很要紧的是"想像"，"想像"是真实底设想，和幻想迥然不同，所以想像还是根据事实。倘若作者对于社会情形不熟悉，写来与实际相差太远，纵使极细微底地方，也要失去文艺上真的价值。所以凭空虚构底小说，还是不能不根据事实；小说家不明白社会真相，是不成功的！

一篇小说，总有作者本意所在；不过为写时助兴，不能不有余意。往往下笔写时，在文字或意思上，所生底余意太复杂了——自然而然联想来底——作者不觉，信手写来，不忍割爱；使意义散漫，读者只觉得是啰叨，是废话，只觉得干燥无味罢了！这是在于作者没有剔洗精炼的工夫。

我对于小说，没有什么经验。以上诸点，文艺家看来虽然不成问题；但是在我自己，已经足够使我搁笔不敢做小说了！我想初学作者——有嗜好于斯，而工夫没到底——也许有同感？那么，出丑不如藏拙；也省得污辱了神圣底文艺，我们还是努力先用一番研究底工夫罢！

研究也不是一朝一夕可期底。我想：第一要有文学的修养——叫自我底精神与宇宙同化，与万物表同情。第二要了解人生意义——知道人生价值所在，随在都可发挥。第三要留心社会各方面底考察，揭出他底真相。第四要直接慎重于文章修饰底工夫，合于美底方式。

不过，有一种心理上底病态：我们兴之所至，成功一篇著作，当时多半自觉满意，很少能够察出坏处——虽然过后也许明白——又加以人们都有爱发表底通性——既然做出，好像都很愿意给人看看——所以终久都发表出来了，白费许多笔墨和纸，来冒充新文学；实在可痛心而无可奈何底！因此不能不希望于忠心底批评家，把他具体的批评出来，希望他慢慢进步——这种间接的贡献于文艺界，功用更大，实在很重要底！

（原载《小说月报》第 12 卷第 7 号，1921 年 7 月 10 日）

创作底三宝和鉴赏底四依

许地山

　　雁冰，圣陶，振铎诸君发起创作讨论，叫我也加入。我知道凡关于创作底理论他们一定说得很周到，不必我再提起，我对于这个讨论只能用个人如豆的眼光写些少出来。

　　现代文学界虽有理想主义（Idealism）和写实主义（Realism）两大倾向，但不论如何，在创作者这方面写出来底文字总要具有"创作三宝"才能参得文坛底上禅。创作底三宝不是佛，法，僧；乃是与此佛法僧同一范畴底智慧，人生和美丽。所谓创作三宝不是我底创意，从前欧西的文学家也曾主张过。我很赞许创作有这三种宝贝，所以要略略地将自己底见解陈述一下。

　　（一）**智慧宝**　创作者个人的经验，是他的作品底无上根基。他要受经验底嘿示，然后所创作底方能有感力达到鉴赏者那方面。他底经验，不论是由直接方面得来，或是由间接方面得来，只要从他理性的评度，选出那最玄妙的段落——就是个人特殊的经验有裨益于智慧或识见底片段——描写出来。这就是创作底第一宝。

　　（二）**人生宝**　创作者底生活和经验既是人间的，所以他底作品需含有人生的原素。人间生活不能离开道德的形式：创作者所描写底纵然是一种不道德的事实，但他底笔力要使鉴赏者有"见不肖而内自省"底反感，才能算为佳作。即使他是一位神秘派，象征派，或唯美派底作家，他也需将所描那些虚无缥缈的，或超越人间生活的事情化为人间的，使之和现实或理想的道德生活相表里，这就是创作底第二宝。

（三）**美丽宝** 美丽本是不能独立的，他要有所附丽才能充分地表现出来。所以要有乐器，歌喉，才能表现声音美；要有光暗，油彩，才能表现颜色美；要有绮语，丽词，才能表现思想美。若是没有乐器，光暗，言文，等，那所谓美就无着落，也就不能存在。单纯的文艺创作——如小说，诗歌之类——底审美限度只在文字底组织上头；至于戏剧，非得具有上述三种美丽不可。因为美有附丽的性质，故此，列他为创作底第三宝。

虽然，这三宝也是不能彼此分离底。一篇作品，若缺乏第二，第三宝，必定成为一种哲学或科学底记载；若是只有第二宝，便成为劝善文；只有第三宝，便成为一种六朝式的文章。所以我说这三宝是三是一，不能分离。换句话说，这就是创作界底三位一体。

已经说完创作底三宝，那鉴赏底四依是什么呢？佛教古德说过一句话，"心如工画师，善画诸世间"。文艺的创作就是用心描画诸世间底事物。冷热诸色，在画片上本是一样地好看，一样地当用，不论什么派底画家，有等擅于用热色，喜欢用热色；有等擅于用冷色，喜欢用冷色，设若鉴赏者是喜欢热色底，他自然不能赏识那爱用冷色底画家底作品。他要批评（批评就是鉴赏后底自感）时，必需了解那主观方面底习性，用意，和手法才成。对于文艺底鉴赏，亦复如是。

现在有些人还有那种批评的刚愎性，他们对于一种作品若不了解，或不合自己意见时，不说自己不懂，或说不符我见，便尔下一个强烈的否定，说这个不好，那个不妙。这等人物，鉴赏还够不上，自然不能有什么好批评。我对于鉴赏方面，很久就想发表些鄙见，现在因为讲起创作，就联到这问题上头。不过这里篇幅有限，不能容尽量陈说，只能将那常存在我心里底鉴赏四依提出些少便了。

佛家底四依是："依义不依语；依法不依人；依智不依识；依了义经不依不了义经。"鉴赏家底四依也和这差不多。现时就在每依之下说一两句话——

（一）**依义** 对于一种作品，不管他是用什么方言，篇内有什么方言参杂在内，只要令人了解或感受作者所要标明底义谛，便可以过得去。鉴赏者不必指摘这句是土话，那句不雅驯，当知真理有时会从土话里表现出来。

（二）**依法**　须要明了主观——作者——方面底世界观和人生观，看他能够在艺术作品上充分地表现出来不能。他底思想在作品上是否有系统。至于个人感情需要暂时搁开，凡有褒贬不及人，不受感情底转移。

（三）**依智**　凡有描写不外是人间的生活，而生活底一段一落，难保没有约莫相同之点，鉴赏者不能因其相像而遂说他是落了旧者窠臼底。约莫相同的事物很多，不过看创作者怎样把他们表现出来，譬如一件很平常的事情，在常人视若无足轻重，然而一到创作者眼里便能将自己底观念和那事情融化；经他一番地洗染，便成为新奇动听的创作。所以鉴赏创作，要依智慧，不要依赖一般识见。

（四）**依了义**　有时创作者底表现力过于超迈，或所记情节出乎鉴赏者经验之外，那么，鉴赏者须在细心推究之后才可以下批评。不然，就不妨自谦一点，说声"不知所谓，不敢强解"。对于一种作品，若是自己还不大懂得，那所批评底，怎能有彻底的论断呢？

总之，批评是一种专门工夫，我也不大在行，不过随缘诉说几句罢了。有的人用批八股文或才子书底方法来批评创作，甚至毁誉于作者自身，若是了解鉴赏四依，那会酿成许多笔墨官司！

（原载《小说月报》第 12 卷第 7 号，1921 年 7 月 10 日）

我对于创作家的希望

说 难

我对于文学是个门外汉，我以下所说的，要请读者下一严重的审查；因为我的见解不一定是靠得住的。

我国近来为世界文学潮流所冲荡，要想做创作家的人，也大大的增加起来了，——创作家要思想和艺术方面都有价值的，我是倾向人生艺术说的人，所以如此主张，而且世界和我国人最近的倾向，也是如此——所发表的创作，也自不少；这是很好的现象，我极欢迎，而且这般要想做创作家的人，他的志向大概是为着反抗黑暗社会，他思想的出发点也是不差。其中思想方面已经到达成熟的程度，而且了解艺术的手段而能运用得巧妙的人自然也还不少，所以我对这一般新文学家，不免有好几层的希望。

第一层，要晓得我们不是把文学来诉自己的苦（文学中悲剧为多，而在今日之中国，尤为需要，故我专就这方面说），也不是专拿来替自己以外的个人诉苦；不过文学是要具体的表现，不得不取材于个人的事件罢了。假如我们做个小说，或者剧本，是一定要拿一两个特定的人来做主人翁。所叙述的固然是个人的事实，但作者眼光同时要注到社会的全体，而且要注到自然界的全体，不过拿个人做社会全体及自然界全体的代表罢了。譬如做恋爱小说，愿力所在，是要替普天下男女打不平，更进几层，说是要揭破自然界（广义）一部的无谓纠纷，不是替一两个怀春的士女出相互占有不遂的气；什么叫做恋爱神圣，不外说恋爱的自由化和高尚化最有价值罢了。人类全般举动，都要自由化高尚化，恋爱不过人类举动中之一事。我们就拿此事狠狠的发挥一下，其实我们眼光是要注到人类举动全般的自由化和高尚化；所以他们的恋爱行为有害于他们别的更重大之职务——即他种更重要行为之高尚化和自由化时，断断不得叫做神圣。近来颇有一部分关于恋爱的创作，他所代表的思想还未脱十八世纪前的旧思想的窠臼，还是代表一派褊狭的快乐主义，和最近的思潮，还有隔膜；从今以后，如果个个创作家都能够把新文化的烧点认清，就可不至有此等目的错误的现象了。

第二层，我们中国创作家的终极的目的，和世界创作家自然也是一样。但是我们要晓得我们所担任的是中国一部分，要将中国社会的黑暗腐败的实情，描写得格外深切，是以作物的内容要系多数人所能感受的苦痛，和刺激较深关系较大的苦痛；譬如非杀主义的文学，专描写动物被虐的苦，在他们社会文明程度较高而且宗教观念较丰富的人，自然能很受刺激，若是在我们拿人身做买卖凌虐婢仆的事到处有的社会，那里能够说得上对于虐待动物的同情呢？若是拿此等事实做创作的材料，恐怕有许多人总是漠然，甚且目为迂阔。又如家族的黑暗在他们已脱离大家族时代的社会，只要揭破小家族的黑幕便够了，我们社会尚有许多地方未脱离大家族生活，所以我们创作家兼要搜集大家族专制黑暗的材料，借以催促那受大家族束缚的人之猛省。以上所述是就创作物应该注重的标题内容而言，至于叙述的情节和描写的方法，何处宜浓，何处宜淡，何事宜繁，何事宜简，除拿艺术的眼光做取舍标准外，别须具一副深通国情的眼光。这并不是要文学家去迎合社会心理，乃是请文学家去注意社会的需要。

第三层，我们所要创作的，是平民文学，不是贵族文学；我们既是平民之友，所以要使作品适合于多数人的理解力。因此，我们对于所用的工具不能不费一番的苦心。近来的创作品中，有一部分于使用工具固然颇极巧妙，但其所用之工具，似乎尚要考究。第一事就是新术语务要少用。我们社会对于科学的常识，还是贫乏，比不得他们较进步的社会，已将此等术语当作寻常茶饭的。作品中如使用此等术语太多，结果必至使读者不能卒读；而且有时过于多用，颇有害于作品内容之确实性。譬如叙一个工人的谈话中间，夹了许多"义务""责任"

"牺牲"等术语，和实际工人谈话的内容口气，差得太远，如何能够引起读者快感呢？即从文学本身的价值言，似亦未免有损。第二事，叙述的语法，不宜过于欧化；我不是反对欧化文的，而且我相信将来通行语言的组织可有一大部分趋于欧化，但是此时尚说不上这里，而且也没有全然欧化的必要。有的人说外来的思想有非欧化文不能达出的；而且叙述上用了欧化文，有时可以格外叙述得简炼深刻。这话自然也有理由，但我却不以为便是全面的真理。因为一个创作物中直接输入外来思想者只占一小部分，而且此一小部分也不见得全属非用欧化文便达不出的；至于叙述方面纯用欧化文，固然是可表现一种的美——也许这种的美是在文学上是最美——两害相权，取其轻者，我意此时似不能略把主张欧化文的见解牺牲些，以求适合于社会。外来小说或剧本翻译的方面，我对直译说虽不能不表相当的同情，至于创作，我以为欧化文主义是不易贯彻，而且不宜贯彻的。

以上三件的希望，说来是很容易；但要做到，恐怕须痛下一番工夫。除了感情的锻炼修正和艺术力的涵养之外，实际社会是不能不投身考察的。文学（广义）中之文法语法方面，是不能不分心研究的。旧来之语体小说，是不能不参考的。新闻纸第三面的纪事，是不能不多看的。而且街谈巷议和许多外行人的议论，也是不能不虚心听受的。（虚心听受，非即舍己从人之谓。）凡要想做创作家而且自己承认有多少文学天才的人，只要能于决定方针之后做了这番准备工夫，选择与自己方针发展上相宜的环境，在在留心考察，对于黑暗社会的——中国的社会——观察力，自然会一天深刻一天，对于黑暗社会——中国社会——的同情，自然会一天热烈一天；见的真切，感的真切，自然会写的真切！那么对于材料的选择和工具的运用，自然能游刃有余，面面俱到，结果自然能够成个创作家。创作家难做，在中国要成个创作家尤不容易。我的意见如此。

（原载《小说月报》第 12 卷第 7 号，1921 年 7 月 10 日）

173

创作的前途

沈雁冰

如果我们假定文学是时代的反映，社会背景的图画，那么，在中国现在社会情形底下，怎样的创作是我们应当有而又必然要有的？

再如果假定文学虽是时代的反映，社会背景的图画，然而或隐或显必然含有对于当时代罪恶反抗的意思，和对于未来光明的信仰；那么，在中国现在社会情形之下，怎样的创作是我们应当有而又必需有的？

中国现在社会的背景是什么？从表面上看，经济困难，内政窳败，兵祸，天灾，……表面的现象，大可以用"痛苦"两个字来包括。再揭开表面去看，觉得"混乱"与"烦闷"也大概可以包括了现社会之内的生活。现社会中的人似乎可分为三流：（A）丝毫不曾受着西方文化影响的纯粹中国式的老百姓，是一流；（B）受着西方文化影响，主张勇敢进取的，又是一流；（C）介乎两者之间的，不主张反古而又不主张激烈的新主义的，又是一流；这三条对角线的伸缩就形成了现在中国社会思想之外壳。中国社会情形将来要变成什么式子，也全恃乎这三条对角线伸缩的程度谁强谁弱而定。粗说一句，一方面描写这三条对角线的现象，一方面又隐隐指出未来的希望，把新理想新信仰灌到人心中，这便是当今创作家最重大的职务。细说起来，创作家很应该把上述形成社会的三流人们的思想行事，细细描写，在各方面都创出伟大的著作来。例如（A）流的人，就应该有几部大著作来描写他们。因为他们的思想很可以代表部分的中国式的思想。他们是完全不触着西方文化的，所以他们有他们自己的信仰，有他们自己的理想；一言以蔽之，有他们自己的人生观和宇宙观。他们的心志是稳定的，他们的欲望是简短的，他们的心是洁白而良善的；他们好"旧"，因为他们觉得在他们周围的"旧"，并不见得不好。他们是退让的，无抵抗的；如果现代的世界不是现在那么样的，却是"葛天""无怀"的时代；则他们那样的生活路子和思想型式，原是极好的。不幸不是，所以他们是比较的不适宜于环境的了。中国描写此流人的生活和思想的小说，本来有过不少，只可惜都描写坏了！把忠厚善良的老百姓，都描写成愚呆可厌的蠢物，令人诽笑，不令人起同情。严格说来，简直没有一部描写中国式老百姓的小说，配得上称为真的文学作品。如果这些本来的中国式的思想，是对于人类全体的精神生活毫无关系的，而且对于中国民族精神将来的发展也是毫无关系，那自然没有伟大的文学著作来描写他，也罢；如果不然，而且觉得借此可以促进人类情感相互间之了解的，那么这一流小说的发生，真是不容缓了。

新旧思想的冲突，确是现在重大而耐人焦虑的问题。现在创作中描写新旧思想冲突的作品，虽都是短篇的，却也已经不少。尤其是描写新旧人物对于婚姻问题女子求学问题的小说，居其多数，但尚没有一本小说把新旧思想不同的要点，及其冲突的根本原因，用极警人的文字，赤裸裸地描写出来，像屠格涅夫的《父与子》一般，这似乎也是个缺点。其次，现在青年的烦闷，已到了极点。烦闷的原因：一方是因为旧势力的迫压太重，社会的惰性太深，使人觉得前途绝少光明，因而悲观；一方是因为他们自己的思想迷乱。思想迷乱的原因，（一）是因为对于新思想不很彻底了解，以为新思想中颇多自相冲突的理论，因而怀疑，信仰不坚；（二）呢，或因信仰过甚，欲举一切问题都请新思想来解决，因而对于新思想的"能力"怀疑——这二者都使人思想迷乱。既迷乱了，未有不烦闷的，由烦闷产生的恶果，一是厌世主义，一是享乐主义——这是两个极端。介乎两极端之中的，便是平凡的麻木生活。厌世是反常的，享乐是本能的；我们青年烦闷的结果，到底是趋于厌世呢，或趋于享乐呢，现在谁也不敢预断。照现在表面上的现象看来，似乎厌世享乐已经都有一点，但我敢说将来恐怕还是趋向于享乐的方面多。享乐主义的潜势力正在一天一天增加；我们试看主张自由结婚者的言论都以自由能得快乐为第一义，而毫不讲到人格独立问题，似乎觉得青年的见解已经不能深远，而能引起他们的活动力的，也只有快乐罢了。

青年的烦闷，烦闷后的趋向，趋向的先兆……都是现在重大的问题，应该在文学作品中表现出来的，而且不仅是表现罢了，应该把光明的路，指导给烦闷者，使新信仰与新理想重复在他们心中震荡起来，现时真应该有一部小说描写出在"水深火热"之下的青年，不惟不因受了挫折而致颓丧，反把他的意志愈炼愈坚，信仰愈磨愈固，拿不求近功信托真理的精神，去和黑暗奋斗；有如俄国现代文学家犹希克维基（S.Yushkevitch）所做的《饿者》与《镇中》（皆剧本）写饿到要死的人还是竭力要保持他的奋斗精神不露一丝倦态，一毫失望！这样的著作，真是黑暗中的一道光明，我们所渴望的呵！

我们觉得文学的使命是声诉现代人的烦闷，帮助人们摆脱几千年来历史遗传的人类共有的偏心与弱点，使那无形中还受着历史束缚的现代人的情感能够互相沟通，使人与人中间的无形的界线渐渐泯灭；文学的背景是全人类的背景，所诉的情感自是全人类共同的情感。只因现在世界的人们还不能是纯然世界的人，多少总带着一点祖国的气味，所以文学创作品中难免都要带一点本国的情调，反映的背景也难免要多偏在本国了。但一方面总要使作品中的情感总是世界之人大家能理会得的；这怕也是现在创作家要注意的了。

我觉得现在对于创作界上个积极的条陈无论如何总有点参考，所以就把我一时的感想写下来了。

（原载《小说月报》第 12 卷第 7 号，1921 年 7 月 10 日）

批 评 创 作

郎损先生：

　　我看到了你底春季创作坛漫评一篇文字，觉得很欢喜，因为这种评论，很可以引起现在一般作家底兴趣，也是可以热闹中国文坛的一种方法；使得他可以蓬蓬勃勃地旺兴起来。虽然觉得现在一般作品，有许多是甚属幼稚；正是为了这一层，所以我们大家越是要勉励自己，鼓励人家！这创作坛漫评我以为《小说月报》里的创作也应该在漫评之内。先生并不列入，有别的意思吗？或者是因为"熟面孔"人有所不便吗？我以为批评家并无熟面生面的分别，被批评者也不该以熟面生面发生一种特殊之情感！文学家本是一个当自己也作文学材料看的人。原来批评人家，是批评人家底作品；被人家批评，是作品被人家批评。所以我以为"熟面孔"人来批评，也没有什么不便的所在；先生底朋友们说是有许多窒碍，不知是何道理？或者是因为我底经验学识，俱不能识此中秘密吗？望先生见教！又我以为这创作坛的收集，也应该严格些；总要真正不愧配称为创作才可呢！我因一时兴到，所以写了这几句不通的话，来请教素不相识的先生；不知先生看了以为怎样？

张维祺　四月二十五日

　　批评创作的意思只是把创作介绍给读者罢了，并没有像考官一样分定等第的意思；照理自然要把凡所批评的创作——撮叙大要，只因为《小说月报》篇幅有限，所以将就一些，只能照四号上的样子。《小说月报》上登的创作所以不评，就因为读《小说月报》者都已看过，不用再去指出来了。并非是"熟面孔"不便。来信说"被批评者也不该以熟面生面发生一种特殊之情感"，这自然是应当的，不过现在国内人对于批评两字总觉得是"不友意"的，批评者虽然自身态度公平得很，其如不能使人谅解何？"生面孔"的话，正非得已呵！

郎　损

（原载《小说月报》第 12 卷第 8 号，1921 年 8 月 10 日）

批评创作的三封信

雁冰先生：

　　《小说月报》十三卷二号，周作人先生的《西山小品》（1）《一个乡民的死》，（2）《卖汽水的人》二篇，我看了觉得平平淡淡，没有什么趣味，请问先生他的艺术的价值在那里？

　　四号《被残的萌芽》一篇，虽不无可取，但据我观察的结果，这篇却犯着些描写底错误的毛病：福培嫂是个隔夜的产母，照生理上说，怕不会"咽呜的哭泣，狠命的拍桌"罢！即使伊能够做到，我想既敢当场出众的来拍，哭，伊的脸皮，也不薄了。"人们加给伊的恶毒的谩骂和诽谤"，自然会够忍受。又何至怕羞而"自己吊死"哩！

　　倘使福培嫂是一口子独居的，那么，我可以武断，决不会"东方发白的时候"就开了门的。何况伊做出些亏心事来！那秀逸的妻子，怎的能走得进去搜寻那毛头的死尸？倘若福培嫂和伊的家人们共居的，那么，秀逸的妻子，不是那逞着威势的欺弄乡下小百姓的调查酒缸的老爷们，当伊去到伊家的时候，伊家的人，多少总要起干涉的，那有任其作威作福之理。这些事作者怕没有经意过，所以写来不很自然了。先生以为然吗？

　　我还有一件事，要问先生的就是：你们在十二卷十二号《小说月报》上，曾打算于今年添辟"创作批评"一栏；但本年的《小说月报》，已出到第四号了，关于创作之批评的文字，为什么不曾登载了几篇出来？你们对于创作的努力和注意使得我非常感佩；而对于创作的批评，

却这样的冷淡，我未免抱起失望！此后还请你们注意些才好。诸维领教。此祝

康健

　　　　　　　黄绍衡　一九二二，四，一二。杭州一中

　　绍衡先生：对于一件艺术品的意见，并不人人能同；有时因为读者主观的关系，有甚相反的意见，亦是常有之事。在中国，因为传统的观念和习俗的熏染，人道主义的作品，几乎完全不能得人了解。颇有些人很简单的描写一个乞丐在富家窗下冻毙而窗内尚在作乐等事算是人道主义的作品，这或者也可以说"是"，但我总觉得装载像这一类的浮面而简单的情绪的东西算不得精制的人道主义的艺术品。周先生的《西山小品》第一篇借迷信事写人对人的同情心，第二篇写被压迫的卖汽水人的孤寂而强自宽慰的心情，颇给我以深刻的印象；而我因此觉得那个卖汽水人是个可爱的人，是一个"人"，有一个"朴质"的心。这两件事是平淡无奇的，然而在这两件事下跳跃的情绪却真是光怪陆离的。这些见解都出我的主观，或许是看错了，但我觉得既于此得了欣赏，亦就要没口的称许他是艺术品，有艺术上的价值。

　　《被残的萌芽》一篇描写粗率处，确如来书所云，但是若离开表面而寻求内心，应该觉得这篇东西是真情绪的热烈地流露，比无病呻吟摇头作态的东西，至少要好十倍。

　　这是我对于该两篇的意见，不知你以为有当否？

　　至于"批评创作"我们极欢迎，不知为何缘故，竟少人赐教，我们正觉得寂寞呢！上期本刊"最后一页"内亦曾提及，以后望大家多多赐教！

　　　　　　　　　　　　　　　　　　　　　　　雁　冰

雁冰先生：

　　我是爱读《小说月报》的一分子，并且关于这类出版物，我用十二分的精神，从事揣摩。所以我乐于其中，觉得有无量的兴趣。但我对于本报的内容，稍微发生一点管见，现在单就我个人主观的批判，不妨写出来给大众研究一番。

本报唯一的趣旨，就是把创作做重要的作品，并且以短篇创作为中坚，长篇的创作，简直找不出一篇。这种取义，我认为是适合现代青年心理的作品，救济堕落青年的良剂。因为青年处于现在暧昧不明的境地，实在过着烦闷的生活，一来受环境的束缚力所牵制，二来受万恶风化的引诱，处处布满着污浊的空气，竟然觅不到一块清洁幽雅的地方，给青年为涵养修育的场所，所以现代青年普通的病态，大都陷于沉沦的一条路上去了。如若青年在这个时期中，专心于哲学科学，种种玄理的论文，这决不是挽回青年现状的东西。必须有最富色彩的小说和具写实的创作（记者按：此两句中似乎脱字），实地描摹社会的背景，演述青年的痛苦生活，及非人道的事实，于是在这些作品里，方可谓青年精神上合理的读品。而且都足以使青年爽快身心，改变现状，自觉迷途，显豁真义，为他们自己造光明之路，为群众人类树自由之花；较之中外式的文章，形而上学的妙理，将要得到多倍的效能了。本报所登载几篇短篇的创作，我读了都甚满意，惟叶绍钧先生的《旅路的伴侣》一文（十三卷三号）其中涵蕴，固然不差。然而这篇的真理所在，只有一点，——家庭底黑暗；却是许多泛荡的描摹，占全篇的三分之一，这种不切实的工夫，我以为可以不必。至于长篇的创作，一则辞多义少，一则真义难辨，不如短篇的简明浅近，而在于读者看起来，我可武断他们没有多大的趣味；既然不能引起读者的趣味，亦不过有之若无罢了。区区之意，宣示于先生之前，尚希付以严格之批评，切实指教，那就感激不敏的了。

　　　　　　　　　　陈友荀　于二师。一九二二，四，八。

　　友荀先生：尊见亦代表一部分人的心理；你说短篇好，长篇无味，我们却又接希望有长篇的读者来信呢。近代小说都取极平淡的"人生断片"以为题材，原也有过于平淡之处，例如《旅路的伴侣》；但题材尽管平淡，如若做得好，无碍其为艺术品。我不好意思说我朋友的作品，《旅路的伴侣》简直就是杰作；不过我敢说：这篇东西并非仅有一点"家庭的黑暗"，未必都是"浮泛的描写"，"不切实"。我敢说：珠儿父母的灰色生活至少也是一段值得研究的灰色人生。珠儿的父亲是好是坏，决不是一言两语可以断定。如果让世上所有的思想家来批评珠儿父亲的人生观，我猜想必有许多全然相反的议论呢。我常以为一篇小说，各随读者性格情感之不同而生各别的印象：自己烦闷，最喜欢看描写青年烦闷的小说；常与自然界接近的人便喜欢看赞美自然的作品。叶君此篇，似乎太平淡了些，对之不满意的，大概不止你一人咧。我们极愿听外界的批评，尚望时时赐教。

雁　冰

记者：

排除方言是语体文的必要条件。本月报三号的《埝子上的一夜》这一篇，显犯着这条件了；虽是中间有了注解，到底不能阻止读者的烦闷，并且和贵报提倡语体文的宗旨相背。浅见如此，是否？乞教。

许美埙于宏安二，四，二。

美埙先生：统一国语自以排除方言为一条件，然而语体文的文学作品里却不妨用方言，并且还奖励用方言。西洋自然主义文学的一派——德国的彻底自然主义——其健将如霍普德曼是很能用方言的。至于《埝子上一夜》中所用的，似乎不全是方言，也有些是强盗用的暗语；要这篇文字的背景活现，这些"术语"似乎也是不可少的。尊见如何？

雁　冰

（原载《小说月报》第 13 卷第 6 号，1922 年 6 月 10 日）

2. 关于翻译问题的讨论

翻译文学书的讨论

　　雁冰先生：来信敬悉，《民心》也收到了。自月初以来，很是多病，以至连寄回信也迟延了。至于译稿，更不能如意进行，第二期中我大约可以有一篇短的千家元磨的戏曲，（不过千余字）前已译好，又有一篇《日本的歌》（民谣及新诗不在内）也可以送上。这也是以前起的草，此刻因精神不好，不及另作文章了。鲁迅君恐怕一时不能做东西。来信所说谢六逸君不曾知道，问别人也没有人知道。

　　陈、胡诸君主张翻译古典主义的著作，原也很有道理；不过我个人的意见，以为在中国此刻，大可不必。那些东西大约只在要寻讨文学源流的人，才有趣味；其次便是不大喜欢现代的思想的人们。日本从前曾由文部省发起，要译古典的东西（后来也中止了），一面看来，也是好意，其实是一种"现实回避"的取巧方法；得提倡文艺的美名，而其所提倡的，也无"危险思想"之虑。中国虽然不是如此，但终不大好。因为人心终有点复古的，译近代著作十年，固然可以使社会上略发出影响，但还不及一部《神曲》出来，足以使大多数慕古。在中国特别情形（容易盲从，又最好古，不能客观）底下，古典东西可以缓译；看了古典有用的人大约总可以去看一种外国文的译本。而且中国此刻人手缺乏，连译点近代的东西还不够，岂能再分去做那些事情呢？但是个人性情有特别相宜的，去译那些东西，自然也没有什么反对，不过这只是尊重他的自由罢了。倘若先生放下了现在所做最适当的事业，去译《神曲》或《失乐园》，那实在是中国文学界的大损失了。我以为我们可以在世界文学上分出不可不读的及供研究的两项：不可不读的（大抵以近代为主）应译出来；供研究的应该酌量了：如《神曲》我最不能领解，《浮士德》尚可以译，莎士比亚剧的一二种，Cervantes 的 Don Quixote 似乎也在可译之列。但比那些东西，现代的作品似乎还稍重要一点。这是我个人的意见，不觉唠唠叨叨的说了许多，请先生不要见笑。

一二，二七，周作人

启明先生：廿七日手书敬悉，尊体已大好否，敬念。（中略）先生论翻译古典文学的话，我很赞同，系统介绍这个办法，在科学和哲学方面，诚然是天经地义，而在文学方面，似乎应当别论；我现在仔细想来，觉得研究是非从系统不可，介绍却不必定从系统（单就文学讲），若定照系统介绍的办法办去，则古典的著作又如许其浩瀚，我们不知到什么时候才能赶上世界文学的步伐，不做个落伍者！思想方面的弊害，姑尚不说呢。而且古典文学的介绍，所需时日人力，定比介绍近代文学为多，先生所说现在人手不够，这是我们现在实在的情形。（中略）

先生说我们应该有个分别：分别那些是不可不读的及供研究的两项，不可不读的，大抵以近代为主。我以为这个办法，虽然又欲被某派人骂为包办，然而确是很要紧的事。我们很可找几个人合编定这门一个目录。而我个人的意见：以为不可不读中，还是少取讽刺体的及主观浓的作品，多取全面表现的，普通呼吁的作品。我目下很不大相信文学作品要分什么主义不主义，但是有些文学作品，能叫读者起一种相反的（与作家本意相反）感动，那是确有几分可信，不是无稽的事。似乎讽刺体及主观极浓的作品，都有向这个弊害的倾向。安得列夫的著作，我是倾倒的，然而其中如 "Souoo" 如 "The Black Mosks" 如 "The Wall"，如 "The Governor" 等，我都以为给现在烦闷而志气未定的青年看了，要发生大危险——否定一切。新成英译之 "Satan's Diary" 我亦佩服他做的好极，然而不愿译他出来；萧伯讷的讽刺体我先前极欢喜的，现在也有些不愿多译。以我个人的见解说来，萧的著作愈好的愈有安得列夫的面目，反是他的少作，极端提倡反屏社会主义时的著作，能振兴人精神。《人及超人》第三幕遍批各种社会主义，文章是绝好的，然我也嫌太蹈入虚空；和《人及超人》相像的罗兰之《Liluli》我也不很满意，虽然我是极欢喜罗兰著作的。此外如阿支拔绥夫的著作，自然是绝好的文章；但我很恭维他的革命短篇小说和 The Workingman Thevyrev〔鲁迅先生已译的长（短篇小说）工人是否即为此篇想来必是的〕和 The Millionairs 等短篇，又如 The Women that stood Between 我也喜欢，并主张翻译的；但如 Sanin，我就不以为然，《沙宁》内肉的唯我主义唱得那么高，恐在从来不知有社会有人类的中国社会中，要发生极大的不意的反动。自然这种思想也是代表人类某时期的自然的倾向，其原因——发源——是在社会的背景，我们不能怪安得列夫和阿支拔绥夫，然而我们若把来翻译，未免欲和翻译古典一样，使人迷惑；我们中国社会现状如竟欲发生这种的思想，我们诚然无力阻制，但在这观念未明瞭的时候，我们似乎不该说他出来，反使人明瞭。我相信：个人的无政府主义的思想，自然早在斯丁纳做 The Igo and his own 之前，一片一段地在人类生活中存伏着；但自从斯丁纳把这一片一段的归束拢来，写成一本书，这可把不明瞭的个人无政府主义思想，变成明瞭的主义，就是素来不感着这思想的人们，见了这本书，自然而然要深深地印下一个痕；而且欲随时发出来了。我因为是这样相信的，所以曾说新浪漫主义的十分好，这话完全肯定的弊端，我也时时觉着；现在我个人的意见，以为文学上分什么主义，实是多事，我们定目录的时候，自然更可不分了，唠唠叨叨说得很多，而且是极杂乱的，请先生莫笑他稚气的利害！

　　　　　　　　　　　沈雁冰　一九二〇年最末日

　　　（原载《小说月报》第 12 卷第 2 号，1921 年 2 月 10 日）

译名统一与整理旧籍

雁冰先生：

　　我今儿提出二个意见，关于《小说月报》的意见，于你和一般爱护《小说月报》者之前：

　　（一）中国文学界，正在创造一些——或者说是采取一些——微微之光，这是一个好现象。而这些微微之光中，有些或者完全是借他国底光的，——译述——这在学术饥荒得不堪的中国，所不可少的运动，就是征之他国，也曾经过这个时期。年来《小说月报》努力于此，极该为中国文学界前途贺。不过译述方面，似乎有一个缺点在。这缺点，或者是因为免去不可能而后始有的结果，或者是藉口注原文而忽略了的结果，或者是以为要紧的事太多无余力及此的结果。这缺点，或者《小说月报》自己避免了（？）而无暇顾到《小说月报》以外的作品或工作的结果。然而无论从那一方面来的结果，这缺点总是存在，总该避免，这缺点，就是：译名不统一。

　　译名不统一底弊很多，最著的，就是使一般不懂外国文的，"目迷眩而不知所从"。

　　译名之统一与否，在乎文坛上的朋友们底努力和谨严与否，本质上，绝无不可能的性。

　　译名或者为了注了原文而不致于"目眩五色"了，其如不懂外国文者何？

　　译名之统一，或者不是一件紧要事吧！然而文学要不是仍藉口于"无与平民事，无与平民相干"，也总得替平民设一设法吧。

译名在国内的不统一，这是无可讳言的事。即《小说月报》自己统一了，也极该站在国内文坛底尖峰而提起统一底旗帜来。

译名底统一之紧要，在愚拙的我底思想中设想起来的紧要，大概如此。

我极希望努力文学的人们，我或许也在内，快起来，审查译名。审查确定了以后，通知国内译著或创作文学作品的人！

审查译名的办法如人名审查，地名审查，书名审查，专有辞审查以及其他审查的办法，我愿《小说月报》"登高一呼"，征求国内文学创造者，介绍者，研究者，读者底意见后，再行酌定。

我以为对于介绍外国作者底任何著作——不仅文学——中所专有的名词，都当统一，不过在文学言文学，所以先提出于文学界之前。

（二）借外国文学以加重中国文学底质，这是我们应有的努力。然而于中国底文学，绝不想整理之而发扬之，也是一件不无遗憾的事。或者有人说，中国文学，不值得研究，或者中国文学，太难研究，或者，中国文学之研究，似非急务，这都是不懂文学为何物者或盲然于中国文学者之谈。中国夹以伟大的国民性，在几千年历史当中，可说充塞了文学的天才或天才底作品，彼底质既厚而量又富，难道不值得研究？就使中国民族是被损害的民族，也应有彼特有的长处，难道不值得研究？中国文学，散乱无纪，研究固是一件极不容易的事，或者没有蓝本可考，没有系统的专书可凭藉，研究起来，恐怕被知中国文学而又珍守秘诀的贵族式的先生们讪笑：这都是没有勇气的结果。正因为中国文学难研究，我们该加一层努力以研究之！正因为不能引起那班珍守秘诀而又嘲笑人的自私文学家底讪笑，所以我们无论如何该研究，该将研究所得的示人，就是隔靴搔痒，就是毫没精采，也不打紧！因为犯了"隔靴搔痒""毫无精采"的毛病，才能引起他们底讪笑，才能于发扬中国文学上有所补益呵。中国文学，有彼自己底位置，我们除非有意蔑视，终当引为急宜研究的一件事。

我不赞成复辟式的复古，和《学衡》派一样；我以为应拿现在的眼光思想，去窥测批评中国文学，我以为应拿现在的运动和文字，去反证和表述中国文学，我希望有人起来研究中国文学，希望《小说月报》有兼研究这一项的倾向。我并不是希望专研究外国文学者转向以复古，这是要郑重声明的！

我是想研究文学，文学中之诗，而且犯"隔靴搔痒"的毛病者，我是想研究中国文学——中国文学的一部，诗——而又赞美和羡慕，有时或者要移植或介绍外国文学——文学中的诗——苦未能略窥门径者，我本我底渴求和对于一般渴求者的同情而发表这个意见于中国文坛之前。

我很想介绍几个中国诗人底诗和诗里的思想，给一般读者，惜病初愈，未能写出，待几天后，如有发表的机会，或者得着《小说月报》底空白的机会时，再把我"隔靴搔痒"的说话和"掩不住的丑"显出来吧！

以上是我偶发的意见，先生以为怎样？

祝你好！

陈德征　一九二二，五，六，于芜湖五中

德征先生：你的两个意见，我都非常赞成，并且想竭力做去。郑振铎君去年亦曾提议及此，我那时赞成人名地名应有人审查统一，文学上用语则不赞成用"人工"方法"烘"出来。说来自己也好笑，我翻译时遇到地名人名，往往前后译做两个样子，当时亦不觉得；至于译音不对，更多至不可胜数。所以有法统一，我是极赞成的。

研究中国文学当然是极重要的一件事，我们亦极想做，可是这件事不能逼出来的。我的偏见，以为现在这种时局，是出产悲壮慷慨或是颓丧失望的创作的适宜时候，有热血的并且受生活压迫的人，谁又耐烦坐下来翻旧书呵，我是一个迷信"文学者社会之反影"的人；我爱听现代人的呼痛声诉冤声，不大爱听古代人的假笑伴啼，无病呻吟，烟视媚行的不自然动作；不幸中国旧文学里充满了这些声音。我的自私心很强，一想到皱着眉头去到那充满行尸走肉的旧籍里觅求"人"的声音，便觉得是太苦了；或者我是旧书读得太少，所以分外觉得无味。去年年底曾也有一时想读读旧书，但现在竟全然不想了。不过这都是我个人的偏见，并不敢以此希望别人；照现在"假古董"盛行的情势而论，我反极盼望懂得真古董的朋友出来登个"谨防假冒"的广告呢！

雁　冰

（原载《小说月报》第 13 卷第 6 号，1922 年 6 月 10 日）

3. 关于语体文欧化问题的讨论

语体文欧化的讨论

中国的语体文，早就有许多人感着不够完全表白文学上的一切叙述与描写之苦了。最初在《新潮》上，傅斯年君曾有一篇文章论到这个问题。近来在《小说月报》十二卷六号上又有雁冰，振铎二君提出这个讨论。在《曙光》的二卷三号上，王剑三君也有一篇与二君表同情的文章。六月三十日的《京报》，又有傅东华君的一篇讨论。雁冰、振铎二君见了傅君的讨论，又做了两篇文章。我们认为这个问题是很要讨论的。所以把这几篇文章在这里一起发表了。只有傅斯年君的一篇，因为太长，不便转载。读者对于这个问题有什么批评，也希望能够发表出来。

语体文欧化之我观（一）

雁　冰

现在努力创作语体文学的人，应当有两个责任：一是改正一般人对于文学的观念，一是改良中国几千年来习惯上沿用的文法。现在了然于前者之必要的人，已经很多；对于后者怀疑的人，却仍旧不少。

所以有人自己作语体文，抄译西洋学说，而对于中国语体文的欧化，却无条件的反对了。反对的理由便是：欧化的语体文非一般人所能懂。不错！这诚然是一个最大的理由；但可不一定最合理的理由。我们应当先问欧化的文法是否较本国旧有的文法好些，如果确是好些，便当用尽力量去传播，不能因为一般人暂时的不懂而便弃却。所以对于采用西洋文法的语体文我是赞成的；不过也主张要不离一般人能懂的程度太远。因为这是过渡时代试验时代不得已的办法。

语体文欧化之我观（二）

振　铎

中国的旧文体太陈旧而且成滥调了。有许多很好的思想与情绪都为旧文体的成式所拘，不能尽量的精微的达出。不惟文言文如此，就是语体文也是如此。所以为求文学艺术的精进起见，我极赞成语体文的欧化。在各国文学史的变动期中，这种例是极多的。不过语体文的欧化却有一个程度，就是："他虽不象中国人向来所写的语体文，却也非中国人所看不懂的。"

语体文欧化的商榷

剑　三

中国的文学思想，与达出思想的工具，都已经到了一个完全改革的时期。文学的内在生命，——即文学的思想，诚然不能仍让陈腐的、滥套的观念，去作骨子，即外面的形式，Form 也不宜用旧式的描写与叙述，来误了新文学的风调与趣味。这不是一种矜奇的主张，因为旧文体的松懈，平凡，俗劣，不能尽叙述与描写的能事，所以雁冰、振铎二君的提议（见《小说月报》第六号），使我有最大量的同情的赞成。他们所主张要"不离一般人的程度太远"的改革语体文的办法，我也认为必要。记得傅孟真君，前曾为此问题，作了篇长论文，只是大家似乎都不十分了解这种文体的改革法，其实改革语体文，不但于文学上有优美的进步，即于非文学的文字，也能有相当的效力。不过我以为要尽量作欧化的文字；今日研究文学的人，却不可不先担负这个任务。

语体文欧化

傅冻蓊

六号小说月报，有沈雁冰，郑振铎两君的文艺丛谈各一则，题为语体文欧化之我观。

沈郑两君，都是主张语体文欧化的。沈君的理由是：要"改良中国几千年来习惯上沿用的文法。……所以对于采用西洋文法的语体文我是赞成的"。郑君的理由是：因为"中国的旧文体太陈旧而且成滥调了。……所以为求文学艺术的精进起见，我极赞成语体文的欧化"。

对于两君要打破习惯同求文学艺术精进这两层意思，我都非常赞成。但是两君想用"欧化"的手段来达到这种伟大的目的，我觉得未免所见太浅，文艺原贵创新；即"模仿的"文艺同"因袭的"文艺一样的不能算创新。两君所主张的"欧化"的"化"字，已经包含"模仿"的意味在内，不过把模仿古人——因袭——改为模仿欧人罢了，却仍旧算不得创新。

创新在于想象。Haxtiey B.Alexander 在他的《诗及个人》里面说："……当他（想象）活动的时候，能把心的能力归束在一个最高的目的上去——就是推广我们所居的世界。世界以美而扩大，而想象的任务就是造美。"我相信这种想象所开括的新且美的世界决不限于欧洲。

所以我以为与其用功夫去模仿欧人，不如多用功夫去养想象力。

语体文欧化问题与东华先生讨论

郑振铎

耿济之兄由北京寄一张《京报》的《青年之友》（六、三十）给我，上面登有傅东华先生的一篇评论，《语体文欧化》是批评我同雁冰在小说月报六号上所登的文艺丛谈的。他所说的话，我认为还很有商榷的余地，所以抽出一点功夫，同他再讨论一下。

我的意思是说，"为求文学艺术的精进起见，我极赞成语体文的欧化。"换一句话，就是说，语体文的欧化是求文学艺术的精进的一种方法。并没有提起除了使语体文欧化外，别无他种方法，可以使文学艺术的精进。"文学艺术"本包括一切形成"文学"的元素而言。不仅指"文法"或文学的形式而言。所以就是傅先生所举的"想象"也是文学艺术的一种。想象力的强弱于文学艺术的好坏，确有极大的影响。傅先生想"打破习惯"，"求文学艺术的精进"，想"创新"，而注意于想象力的涵养，我是极赞成的。惟他未免把"形式"或"文法"看得太轻了。我们要晓得文学艺术固不能指"形式"或"文法"而言，然而也是不能仅指"想象力"的。只有想象力是决不能使我们达到创造新文学，或"打破习惯"，"求文学艺术的精进"的。因为想象是不能单独表白出来的，必定要借着文字才能把他表现给大家看。如果文学的"形式"或"文法"不改造，就有很强的想象力恐怕也是不能充分的发表出来的。因为我们始终相信中国旧式的文言或语体文是不能充分表现我们的思想与情绪与想象力的。如果傅先生赞成这一层意思的话，那末，他也不能说："想用'欧化'的手段来达到这种伟大的目的，我觉得未免所见太浅"了。

傅先生以"欧化"为"模仿"也未免有些误解。"模仿"是仿照前人的"体裁"或是摹拟名作家的特殊的语法的意思。如杨雄的《解嘲》，班固的《答宾戏》，曹植的《七启》，杨协的《七命》之类，才能算得是"模仿"。至于普通文法，是无所谓模仿不模仿的。如果以引进欧洲的普通文法为模仿，那末，那一个文学家不是模仿别人的呢！名词摆在前头，动词摆在后面，是无论那一个作家都逃不出这个普通的文法规则的。如果以他们为"模仿"，而要别创新格，那末，非至于把"狗跑"变成"跑狗"或别的新鲜的句法不可了。这一层要请东华先生特别注意！

《语体文欧化》答冻莼君

沈雁冰

六月三十号京报的青年之友有冻莼君的一则短评，语体文欧化。是批评我在《小说月报》六号内所做的一个文艺丛谈，和郑振铎君所做的一个：题目同为《语体文欧化之我见》。

冻莼君批评说："对于两君要打破习惯同求文学艺术精进这两层意思，我都非常赞成。但是两君想用'欧化'的手段来达到这种伟大的目的，我觉得未免所见太浅，文艺原贵创新；即'模仿的'文艺同'因袭的'文艺一样的不能算创新。两君所主张的'欧化'的'化'字，已经包含'模仿'的意味在内，不过把模仿古人——因袭——改为模仿欧人罢了，却仍旧算不得创新。"

我现在要回答兼辩明的，就是冻蒻君完全把我那则文艺丛谈的本意看错了；——郑君振铎的本意如何，他自己会答复。

我在那则文艺丛谈里曾说："……一是改良中国几千年来习惯上沿用的文法。……对于中国语体文的欧化却无条件的反对了，反对的理由便是：欧化的语体文非一般人所能懂……"这几句话已经明明说出我所指的语体文欧化，是指文法的欧化，不是指"文学艺术"；冻蒻君不曾看明区区的意思，所以"短评"内的话竟与我原来的话"文不对题"了。我在那则文艺丛谈的后面又说了几个"文法"——"我们应当先问欧化的文法是否较本国旧有的文法好些……所以对于采用西洋文法的语体文我是赞成的……"——我觉得这些句子的意义实在已是"自己明瞭"的；不用再添注脚。如今冻蒻君竟然误会了。这总是我做的文字还不曾说得过细明白的缘故罢？现在我再过细的说明于下：

（一）我所谓"欧化的语体文法"是指直译原文句子的文法构造底中国字的西洋句调。这种句子在念过西洋文，或看惯西洋文的人看去，一点也不难懂，但不曾念过西洋文，或看不惯西洋文的人，可就和"看天书"一般了。

（二）现在看不惯此等句子的人很多，直接来反对的言论我们听过不少，所以我以为有讨论一下之必要。带便也发表个人的见解。

《小说月报》六号里我做的文艺丛谈一则就是这么一回事，冻蒻君却把"文法"的欧化（这是我所讲的）和"文学艺术"的欧化（这是我所未讲的）搅混了，以为我说的"文法欧化"就是"文学艺术欧化"或竟不曾看出我所说的是"文法""欧化"；所以他批评的话，我竟一点责任都不能负；他这短评的全体议论都不和六号小说月报内我的文艺丛谈发生一点关系——这是我要在此辩明的。

以上这些话本来都没有"说"的必要；但因冻蒻君既然错解了我的意思，我总也可有自己辨正的权利罢？

（原载《文学旬刊》第 7 期，上海《时事新报》1921 年 7 月 10 日）

语体文欧化讨论（四、五、六）

（四）

记者先生：

前几时我看见你们同人家讨论"语体文欧化"，各抱极端的主张，使人没有参加的余地；后来看见周作人先生底一封信，他的意见很是折衷，照他的说法，我亦可搁笔而不说话。我今天所以要有这封信给你们，因在我个人底私心中，有一小小的见解，似乎讨论者还没有提及，我便拉杂写出几句。

"欧化"二字，是具体的，细细分析起来，一定有许多局部底小化，如英化，德化，俄化，意化等，即大略说，也尚有日耳曼化斯拉夫化和罗马化三大系，然而日化未必同乎斯，斯化又未必同乎罗，就是英德化未必同乎俄，俄化又未必同乎意，这种浅近意思，不必讨论者才始知道，而讨论者却只提了具体的"欧化"，恐怕是太大而无当了。

倘然说，"欧化"二字是这样解释的：译英德文用英德化，俄文用俄化，意文用意化，那么用华文创作，只好保守四角方方字底华化了。这恐怕又是说不过去吧！

我也主张欧化底人，不过我去选择欧洲底那一化，我只好自己笑笑，说一声："选择不来"！于是我便立于讨论者之外，用我的直觉来说明我主张的化。

现在国际间愈接愈近，什么巴黎会议，伦敦会议，近今太平洋会议，议场没有开，第一个争执就是"语言"问题，英人主英语，法人主法语，——四角方方底代表，只好默然从众，可笑。——欧文底杂夹可想而知。会议中的流弊，一定不可限量，然则他们为什么不用中立性的世界语？现在诸位还没有论到究竟用英化，法化……笼统说"欧化"，尤是不成问题，照此看来，将来或要有张三先生的欧化，李四女士的欧化等等，其流弊之多，更甚于国际会议，然则诸位为什么不用中立性的世界语化？

我直觉上的主张就是用中立性的世界语化——世界语能否统一全球，又是一问题，不要误会——因为世界语是人造的，他的自身的化，不是日耳曼化，斯拉夫化和罗马化，是文学化和逻辑化，的确可以做我们的变化。现在大家抛弃中立性的文学化和逻辑化而不用，到是高谈笼统的"欧化"，诸位总有一定的见解，我也不必多话了。

胡天月　十月十八日

胡先生说的"化"和记者的不尽相同；记者以为中国文法的构造很少用"子句"，形容词与助动词有时不能区别……等等，确是不便，而且不完密。欧化云者，就是在此等地方参用点西洋文法，而西洋各国文法于此等点，尚还大致相同，似乎不必指出德化英化，……，以为更精密的"化"的区别了。胡先生虑"译英德文的用英德化……"，记者以为这样的"化"在事实上决不可能；例如法文中主受格之位置，"我谢你"写作"我你谢"，中国文能仿照么？德文常常将形容词连在名词上，成为一字，中国文字能办到么？若关于此等字根变化的法则都要"化"，那末四角方方的中国字恐怕终于"化"不来，所以记者的"化"，在彼不在此。然而保守性的国人却连用"子句"等等极显然的构造法亦看不惯，所以有欧化不能使人懂之非难了。

记　者

（五）

记者先生：

我国一班新文学界对于语体文的欧化，肯用研究的态度去尝试，固然是文学界的乐观。然而我很迷信用古人的文法，来说今人的话，是不合理的；那末用欧西的语法，来说中国人的话，就算合理吗？若说到译西籍的时候，发生困难，这是中西文字特性不同的缘故，设以中籍译西文，其感困难未必不同，究不能以此定中西文的优劣。若说到中国文法不及欧西文法之完善，则我国未来之语体文法，尽可研究改良，何必假欧化二字以起人的疑虑？

王砥之　十月二十三日直隶赤城

　　我们主张语体文的文字可以参用一点西洋文法，实即"研究改良"的意思，然而"造名词"极难，不得已用了"欧化"二字，遂引起许多人的误解，把记者相对的主张，认为绝对的主张，把"化"字放大，认为一丝一毫都要"欧"化，这里王砥之先生说"何必假欧化二字以起人的疑虑"，我们看了，觉得很是遗憾。至于中国语法不完全，事实彰明，无待多论，周作人先生主张大家各自试验，我最赞成了。

记　者

（六）

记者先生：

　　"语体文欧化究竟是可以不可以"这个问题，我想不难解决。我们只要就"文"的用途上观察观察看，他——欧化的语体文——是否必要，便可立刻决定可否了。

　　我们拿"文"来，不过用之于创作翻译两途（其他不重要了）。创作所描写的若是中国的情形，倒不必故意好奇去用欧化的语体文了；所描写的若是欧西情形，或者包有欧西成语，尚须另议。如今单论翻译：——我们要译一种东西，是求他不失原来意思精神好呢，是模模糊糊译过来的好呢？我想大家一定说："自然是不失原来意思精神的好"！那末我要请大家拿一篇欧文东西来找好手用欧化的语体文译一份，再用不欧化的语体文译一份，然后拿来三方对案看一看，是那一种比较着不失原来意思精神。

　　这样实地观察过了，那大家还看不出："语体文欧化有时是必要的"

来，那时欧化的语体文可真真没有价值了，我们也就不必强要使语体文去欧化了。岂知事实上却实在不然呢。诸君试找：

一、周瘦鹃译的俄国 M.Gorky 的 The Traitor's Mother（《中华出版欧美名家短篇小说丛刊第三本第三〇页》）〔无欧化句〕

二、仲持所译该文（《妇女杂志》七卷二号）〔有欧化句〕

对照着原文一看，便管保你不反对语体文欧化了。

再看一看周作人先生译的《燕子与蝴蝶》（《说报》八号），《二草原》（九号）；孙伏园先生译的《高加索之囚人》（《新潮》二·五）；雁冰先生译的《禁食节》（《说报》七号）；和郑振铎先生译的《芳名》（《东方》十八卷十二号）；……只怕大家还要替欧化的语体文拍案叫绝哩！

十，十，十五。旅吉安徽何蔼人

（原载《小说月报》第 12 卷第 12 号，1921 年 12 月 10 日）

语体文欧化问题

记者先生：见贵报七号说："有许多受时间拘留的先生们，反对语体文欧化，希望大家来讨论"。我便是个对语体文欧化的怀疑者，现在奉上这一些薄弱的意见，不知有没有同诸先生谈一淡的价值？

我很佩服雁冰先生主张民众的文学，说文学不是私人贵阀的。但是如果文学是民众的，他的效用是慰籍，是扩大人类喜悦和同情，对于中等阶级的人，——在黑暗悲愁中的人——应当如何的慰籍？如何的表同情？但是他们看不懂欧化的语体文，——我是常看新闻，并学过一些英文的，看这种文字并不觉扞格，但是昔日的同学，便常来信说：

我们用看他种文字的方法，来看西洋式的中国文，全乎不可。他的文法，任意颠倒，差不多一篇文字除非看——仔细看——三个过，不易得个概括的观念。

先生们！你笑他智识简单吗？差不多不读西文的人，很多是这样。那么任何样的慰籍，他们不容易知道，我们十分对他表同情，但是他并不受影响，难道他们便永远被怜惜吗？如果文学的赏鉴，不限于水平线以上的人，这低能的赏鉴者，是要顾一顾的！我也相信艺术的独立，不能受任何方面的牵制，但是要他离开社会，只限在高能的人，恐怕爱文学的美风，不会出现在中国。

周作人先生说："关于国语欧化的问题，我以为只要以实际上必要与否为断，一切理论都是空话。"是极！空话果然没用，但是周先生只在艺术应用上着想；对于赏鉴者没有顾一顾。

至于某先生的信说："别国一句平常话，我们却说不清楚，或者非常含混，所以非欧化不可。"这话我却不信，假是真像某先生说的那样，我们的翻译的工作，便可宣告停止；并且西欧的学术，我们现在也不能知道一点。我相信用国语翻西洋文学，必定有很多难翻的地方，——或竟没有适当的翻译——这缘两种文字的来源不同，方法适用不同，便拿西文翻中国的文学，也难句句适当。严格就理论上说，文学便不能翻，贵报沈泽民君《译文学三个问题的讨论》已说得痛快详尽，我更不须多赘。

如果讲翻译，我以为欧化也不十分重要，譬如人家拿松木筑房子；我们拿柏木仿做，只要苦心的忠实的照作，总可得个相近——比较的相近——的样式。要必先用化学的分析，配合的柏木合松木一样，才建筑，我以为可以不必，并且也不是经济的方法。

某君信中还说："这样四角方方不能变化的字，恐怕终于欧化不来，无论如何改革，也免不掉拙笨含糊：这实在是我们祖宗遗传给我们的一个致命伤。"是极！如果要想拿那氏文法，适用于任何种类的中国文，我敢武断是不可能。那么与其费老大的改革力量，不免拙笨含糊，并感是祖宗遗传的致命伤，不如斩钉截铁说一句：中国的文字非根本废去——即刻的废去——不可；非改用西洋文，中国人表情达意，不免拙笨含糊。请问主张语体文欧化的人，有没有这样决心？

还有一句话，要报告诸先生的，现今一部分倡欧化的人，他作翻译，也不检点；也不斟酌，一字一字的勉强写出。一句和一句，像连又不连；像断又不断，假是不念原文，看去也就似懂又不懂。这样翻译，似乎省事，但是如果欧化专为省事，我更不乐同他讨论。我这并不是说先生们主张语体文欧化，是图省事，不过曾见这样的人，就附带声明一句。我的话完了，提先感谢，等候先生们充分的指导！

梁绳祎

梁绳祎先生：

我非常感谢先生以光明的态度来和我们辩论。现在一般未尝读过"英文"的人看"新式白话文"看不懂，恐是实在情形；但我以为最大的困难尚不在"新式白话文"看了不能懂，而在"新式白话文"内的意思看了不能懂。因为形式上的不惯，稍习便惯，思想上的固执，却不是旦夕可以转移的，如今的"新式白话文"的小说，气味和从前的小说大不相同，当然觉得"干燥无味"了。民众文学的意思，并不以民众能懂为唯一条件；如果说民众能懂的就是民众艺术，那么，讴歌帝王将相残民功德，鼓吹金钱神圣的小说，民众何尝看不懂呢？所以我觉得现在一般人看不懂"新文学"，不全然是不懂"新式白话文"，实在是不懂"新思想"。此外尚有一个原因，即民众对于艺术赏鉴的能力太低弱。因为民众的赏鉴力太低弱，而想把艺术降低一些，引他们上来，这好意我极钦佩，但恐效果不能如梁先生所预期。因为赏鉴力之高低和艺术本身，无大关系；和一般教育，却很有关系。赏鉴能力是要靠教育的力量来提高，不能使艺术本身降低了去适应。因为我确认现在一般人看不懂新文学，其原因在新文学内所含的思想及艺术上的方法不合于他们素来的口味，"新式白话文法"不过是表面的阻碍，故以为梁先生所称怀疑于欧化白话文的理由——即要顾低能赏鉴能懂而不用"新式白话文"——其实不很充足。

来信中又说："如果讲翻译，我以为欧化也不十分重要"，并以松木柏木筑房子为比喻，这比喻我也觉得有点错。若照梁先生的说法，则松木柏木应该比作构造文学作品的原料，——如题材等等，——至于怎样造法，当然自创可以，看人的样也可以，只要看那种合理，去做就是了。

某君说"这样四角方方不能变化的字……"一段话，我个人正有同感，我想不独我如此想，凡曾学习两种文字而细心比较过的，一定都有同样的感想；梁君据此怪别人为何不斩钉截铁说废止汉文，而要空费气力改造，这实在把理想的范围和实行的范围搅在一起了。照我们的理想说，极愿世界只有一种语言，请问现在能实行么？因为现在拿不定将来的理想能不能实现，而遂停止努力，或因理想的方法未达到，连改善现状的梯子都不想要，这两者我以为都不是前进的路线上的办法。所以这两者完全是两件事。

记者雁冰答

雁冰先生：

关于欧化，我也有点意思供献，我常看外国书籍，意思很透澈；

但是要说出来或写出来，几经审度，还难完善，或者自译出来，还自觉不满。从这些地方，我觉得欧化文的必需。但是遇着欲化不能化，或不会化的时候，怎样办呢？就是说怎样去欧化？我意谓顶好把怎样去欧化的大纲，由有研究的几位提出来，见诸实际的讨论，实行。使感受不欧化的痛苦的人，有所藉资，先生看是如何？

赵若耶　一九二一，十，二九。

若耶先生：

你的意见我颇赞同：这就是周作人所主各自试验研究的意思；但这又只可译者著者在作品里表示出来，似乎没法提出条目来令人研究。你以为是不是？

记者雁冰复

（原载《小说月报》第 13 卷第 1 号，1922 年 1 月 10 日）

语体文欧化问题

记者先生：

你们讨论语体文欧化的问题，各有主张，总没有满意的解决。你们所以主张语体文欧化，无非因为我国语法不完全，译文很感困难，这一层的确是大家承认的。但是我们研究语体文，也应该先把我国原有的关于语体文的书籍，仔细整理一下；那一种语法是可取的，那一种是不合用的，——有改革的必要的。我国通行的白话小说里的语法也很有可取的；和外国语法相同的也很多；不过有的我们还没有注意到罢了，例如《水浒》上有一句："一个和尚叫老丈干爷的送来"，这一句和英国语法完全相同，把他译做英文便是："The monk who calls the old man the adopt father sends it in"，在这句里的"叫老丈干爷的"是一个 Adjective clause；设使把他改做一个 Adjective phrase，"叫老丈干爷的一个和尚送来"，那么，这个 Adjective phrase 便太累堆了，这种语法看来似乎很平常；但是现在杂志上有许多作的或译的语体文，往往对于句子的构造（Sentence construction）不很注意，使看的人生厌。但是这种弊病，大半也是我国语法不完全的缘故；所以改造语法，的确是现在最要紧的一件事，不过我们总要从本国原有的白话书籍里入手整理，外国语法只可做参考。设使要完全欧化，事实上也恐怕做不到；并且也莫须有。

吕冕韶十二，二十八。自宜兴

冕韶先生：你主张现在要改造语法，先须从本国原有的白话书籍里入手整理，外国语法只可做参考；这意见，我颇赞成。本来所谓欧化，大意也不过如此；完全欧化之不可能，我在历次与人通信里都说及一些。有些人拘拘于名词，看见欧化二字，不暇详察我们主张的内容，遂大大误会，以为一切都要照欧文形式，实在和我们的本意相差太远了。

但是对于你所主张的方法——先从整理本国原有的白话书籍入手，而用外国语法做参考——我尚有不能赞同之处。因为整理旧籍只能就旧有的材料里理出几许条例，决不能无中生有，变出若干新花样来；中国语法既然本不完全（这是你亦承认的），则整理旧者之后所得的，仍旧不算完全，仍旧有待于欧洲语法之引入，何如现在就来试着先做"引入"这一步工夫呢？所以我觉得现在创作家及翻译家极该大胆把欧化文法使用；至于这些欧化文法中孰者可留孰者不可留，那是将来编纂中国国语文法者的任务，不是现在创作家与翻译家的事。如果现在的创作家与翻译者顾虑畏缩，不敢拿来应用，恐怕将来编纂中国国语文法的先生们在既整理旧书之后要寻外国文法来做补绽工夫时，反感到没有材料未经试验了。因为外国文法之能否引入中国语里，也要先去试验，不能在书房里论定；现在的欧化文学作者就是当先试验的人，凭了他们的努力，然后将来编纂国语文法的先生们有处着手。

记者雁冰

（原载《小说月报》第 13 卷第 2 号，1922 年 2 月 10 日）

语体文欧化问题和文学主义问题的讨论

记者：

　　现在有许多人讨论语体文欧化问题，我很感佩这般先生们能热心关心文学！但我常常看见其中有一种流于笼统的弊病的议论。我想发这一类议论的先生们，差不多都没有注意到下面的两点：

　　（1）中国原有的语体文文法，及不来欧文法的周到。

　　（2）欧文文法，既较华文法为周；因为我们自己创造一种较周的文法很难；故不如"欧化"的叨手。

　　所以我要劝海内关心语体文欧化问题的可亲爱的同志们：先来把这两点，在脑子里踌躇一转；而后才发表议论。那么在这个问题上，尤有益处了。

　　我以为主义——指文学派头的主义——只有给我们一个分别辨识的作用；并无给我们做模范，或学仿的价值。原来文学是重于表现个性的。我们受了环境的刺激，我们心里有怎样的感想——这就是所谓艺术冲动——我只好怎样写出来就是了，何必一定要拘泥摹仿主义呢！我们若能够独具作风，特出杰作；那末我们何尝也不可以自树一派，披靡一时呢！（我因为要使读者明白的缘故，所以才出这个比喻。这并不是我"未登梯而先欲上楼"的傲话。）惟其中我还要声明一点：我的反对学仿"主义"，不是说无论任何主义的作品，都勿用研究；我不过说做作品的时候，勿必学仿别家的主义；只须表现我们自己的个性，发挥我们固有的感触罢了！

　　管见如是，不晓得先生以为怎样？还望指教，不胜盼感之至！

　　　　徐秋冲　一九二二，二，二〇晚自绍兴。

秋冲先生：

我对于先生论"主义"一段，有未敢苟同之处，特申言于下，请再赐教。

你说主义不应模仿各点意见。（把主义也误认为一个文家的作风）太偏于理论方面，忽略了实际。因为文学上各主义的本身价值是一件事，而各主义在某时代的价值又是一事；文学之所以有现在的情形，不是漫无源流的，各主义之递兴，也不是凭空跳出来的。照西洋文学之往迹看来，古典文学之后有浪漫文学，是一个反动；浪漫文学之后有自然文学，也是一个反动。每个反动，把前时代的缺点救济过来，同时向前进一步。所以：若就偏重理性与偏重情绪两点看来，浪漫派是古典派的反动，而自然派又是浪漫派的反动，古典派与自然派偏重理性，用意实同，然而不能即谓自然主义之反抗浪漫派乃回到古典。这些主义之所以不得不生，一则因为"时代精神"变换了，一则因文艺本身盛极而衰，故有反动。中国现在是否需要西洋的文艺思想与技术？若以西洋"识别"文学的主义来评定中国文学，则中国文学现居何等？中国现在触目即是的小说——上海各报大登的章回体旧小说与新式的短篇小说——究竟是算什么东西？这些小说里有没有作者的个性？这些实际的问题，实在很重要，不从这里去研究去下断案，徒然空论各主义的好歹，空提倡"文学是重于表现个性"等等好听而不受用的话，我以为不如不说。老实讲，中国现在提倡自然主义，还嫌早一些；照一般情形看来，中国现在还须得经过小小的浪漫主义的浪头，方配提倡自然主义，因为一大半的人还是甘受传统思想古典主义束缚呢。但是可惜时代太晚了些，科学方法已是我们的新金科玉律。浪漫主义文学里的别的原素，绝对不适宜于今日，只好让自然主义先来了。本题里的话，一时也说不完，我想将来再具体的多写一些，请大家批评。还有一句话：某文家的作风是可以模仿的，而一种主义却不能"模仿"，人受了某主义的影响，并非便是模仿，并非从此便汩没了个性！

雁冰复

雁冰郎损诸先生：

先生们所提倡的写实主义，我以为这是改革中国文学的矫枉必过正的过渡时代的手段——必需的而又是暂时的手段——却不能永是这样。并且写实主义的提倡，是加中国蹈空的滥调的旧文学界以一种极猛烈的激刺和反动，是破坏旧文学的手段；至于新文学的建设，却不可使文学界球形的发展，凡有文学价值的作品，（不论属于那一种主义的）都应该扶养他，培植他，而不能以他非写实主义，就一概抹杀。——这是有感而说的。

先生所极力提倡的民众文学，我对于这个主张，是绝对赞成，不过对于这个字面上的解释，有几条疑问：一，单是文学的内容上的事迹和情绪是民众所感发的，就算是民众文学呢？二，还是单是文学的外形上的辞句和寓义是民众能了解的，就算是民众文学呢？（倘是这样与通俗文学有何分别）？三，还是具备了以上两个条件，才算是民众文学？并且"民众"两个字，也要请先生们给他一个详细的范围和解释。我在日记里对于这民众文学与通俗文学的质素和区别，做了一个很简略的表：

民众文学————内容的事迹是民众演现的，情绪是民众感发的
通俗文学————外形的寓义是民众理会的，辞句是民众了解的
——表主要的质素，……表次要的质素。

两种文学的属性相同，着重点两样，就是他们的区别了。先生们以为然否，望教我！

我日记里又有一段"文艺价值观"现在录在下面：

（上略）文艺的价值只许个人各管各的主观的批判（不持一些客观的态度，也不受一些非自己的外力的影响：因为一有了客观的态度，一受了外力的影响，就入了智的网里，而文艺只是那微妙而神秘的，刹那而永劫的，无碍而神圣的伟大的"情"的发展与交通呀），不能批判，只是浑觉，——恍惚的模糊的浑沌的觉得那件作品似乎是能存立或不能存立，那件是坏是好或是更好。并且不能落言说相名字相论辨相分别相……因为文艺的价值是只许个人主观的内心的浑觉呵！

上说玄虚空幻如无说，先生们尽着笑罢！

王晋鑫　二月二十八日。

晋鑫先生：

民众文学和通俗文学应该有点分别，你以为"属性相同，注重点不同"，我却竟以为连性质也不很同。就我所知，好像托尔斯泰是做过些通俗文学（Popular literature）的，他主张借文学的形式来施行"教育"。但是罗兰却说民众文学不应寓有教训之意，这岂不是大相反了么？至于先生论文艺批评一节，则与我的见解不同；我以为"浑觉"的批评法实际上即等于不批评。我现在最信仰泰纳（Taine）的纯客观批评法，此法虽有缺点。然而是正当的方法。

雁冰复

雁冰先生：

你在贵报十二卷第一号，《文学和人的关系及中国古来对于文学者身分的误认》一篇文章里说：我们现在的责任，一方是要把文学与人的关系认得清楚，自己努力去创造，一方是要校正一般社会对于文学者身分的误认；文学作品不是消遣品了，是沟通人类感情，代全人类呼吁的唯一工具。这些话我是极承认的。贵报在过去的一年中，努力的做了一个实行者，使我极为钦佩；而我又感商务印书馆的诚意，因他能够把贵报有这样彻底的改革。但是我在今岁贵报第一号读了他广告中所说："新年中消遣的妙品，莫如敝馆各种小说，而最有趣味的又莫如《小说月报》"的一段话，极为遗憾；不想到热心赞助中国新文学之商务印书馆还有这种话发见，真是很可惜的一桩事，要请先生注意的！

我还有一事要告诉先生的，就是希望贵报今岁能出一创作号。

王强男　十一，三，三。

强男先生：

我极感谢先生指出我们的告白和我们宗旨不合之处；那个告白实是旧的，年年照例用一次，我们失于检点，不料却有这么一个大谬点在内。先生希望我们出创作号，我们打算有材料可出时就出，勉强出则似乎不好。

雁冰复

（原载《小说月报》第 13 卷第 4 号 1922 年 4 月 10 日）

4. 关于民众文学的讨论

与佩弦讨论"民众文学"

俞平伯

我写完了《诗底进化论的还原论》一文，朱佩弦兄把他底《民众文学谈清按》，见本报双十增刊，从上海寄给我看。我本想另做一文和他讨论，现在却没有这闲暇可以如愿，只可零碎写一点意见，补足前论底未备，并呈佩弦兄指正。佩弦他在那文底主旨，是承认文学只可以部分的民众化。他以为民众文学有两种解释：第一是民众化的文学，第二是为民众的文学。我看他底意思是想把民众文学做成文学底一部分，却否认文学有全部民众化底可能和必要。若我没误解他底意思，姑且把我底意见申说一下。

他十分抗议蔑视少数人底赏鉴力底不当，并申说先驱者永不会与民众调和，始终得去领着。我在文义上都能承认。但文学受民众化，是否即是蔑视少数人底赏鉴力？提倡民众文学的人，他们是否有定一尊底野心和威机？换言之，是否势不能两立？我觉得答案都在相反的一面。

别人底意思如何，我不能说。若我自己决不想把民众化，来做诗人底桎梏。我在《诗底自由和普遍》一文中，已一再申言诗思有解放底必要。我底主张是要把诗底形貌还原，他接近民众底程度渐渐增加；并没有说要把诗思去依从一般的民众，就是少数人跟着多数人去跑。我底主张是恰恰相反，就是少数人领着多数跑；但我以为要领着便不能和民众绝端分离。因为如分开了，便成为少数人跑了，多数人还拉下了。这种少数人离去多数人去"绝尘而驰"，这却非我所能强赞成。天才总是领着，但领着以前，须先与民众携手；若各走各的，请问何从去引导呢？

我做前论底心机，是觉得好的文学底素质，大部分是平民的，所以和民众隔绝只因为有了贵族的形。若把形貌还原，这个问题差不多已解决了一半貌。我们试想，什么思想为民众所不了解。我列举一下，虽不能详尽，也大致有了。

第一是哲学，形而上学底思想，不易为民众所了解；但诗并不是真理底表现，诗并不是一切智慧，学术底结晶体。做诗是做诗，不是来卖弄学问。无论新实在论也罢；实验主义也罢，一元也罢，多元也罢，都不和诗生丝毫的关系。用学问来做诗料，虽不能说不是好学问但不妨说不是好诗。诗人所表现的是向善的人性，不是绝对的真理，诗人底僭拟，是我所最反对的。

第二，是异常的，神秘的心理。但这一种虽可在诗中表现，却不占最高的位置，因为他底传染性太薄弱了。异常心理，只是一种例外。不能当作主要部分。我们果然不想且也不能禁止异常心理在文艺中底表现，但也不愿文学中专表现这些变态心理，而忽视万万人心里想望的事，我总觉得这是不很重要，不是我们现在应该注重的。

第三，是很深的表现方法。这已是形貌了。因为并不由于思想情感底艰深，而由于表现思想和情感方法底艰深。这明明是装幌子，以艰深文共浅陋，是文学上底大蟊贼。我所攻击的，就是这一种反民众性的文艺。托尔斯泰在艺术论上，也极力攻击不留余地。

况且主张民众文学的人，也不过行其心之所安，并没有一棒打死一切的威风也不想排"只此一家并无分出"的招牌。非民众的文学，固然有他底价值，也决不能因"蚍蜉之撼"而大树摇落了。这也是不必忧虑的事。

佩弦他又引克罗泡特金底话，主张了解艺术须有相当的练习。这也不错。但所谓练习，应到若何的程度呢？如费了无数练习底工夫，方才了解一点艺术底趣味，是不是算经济。况且究竟是不是一种艺术，必须有特具的表现方法方可，我也怀疑得很。我觉得大部分的心理——除掉很少的例外，都可以用平常的言词，人人所能了解的写出来。不知佩弦以为如何。

还有一点，我和佩弦底意见，根本不同的。他以为文学底鹄的，以享受趣味，是以美为文学批评的标准，所以很想保存多方面的风格，大有对于贵族底衰颓，有感慨不能自己的样子。至于我呢，则相信文学虽可以享乐，安慰，却决不是他底惟一使命，惟一使命是连合人间底关系，向着善底途路。我这样头巾气，佩弦不笑我吗？我很想把我底可笑文字博佩弦笑。佩弦他很有提倡民众文学底热心，是我所倾佩而羡慕的。我很希望他做提倡民众文学底健将，不希他做保存故物底大功臣。

匆促极了，不能多写了，读者原谅罢。

二一，十一，七·在杭州·

（原载《文学旬刊》第 19 期，上海《时事新报》
1921 年 11 月 12 日）

民众文学的讨论

我们觉得中国的一般民众，现在仍旧未脱旧思想的支配；只要稍稍与普通农民与佣工，商人接触的人，大概都能知道。他们的脑筋中，还充满着水浒，彭公案及征东征西等通俗小说的影响。要想从根本上把中国改造，似乎非先把这一班读通俗小说的最大多数的人的脑筋先改造过不可。我们现在刊布"民众文学底讨论"，就是想把这个问题引起大家的注意。

西　谛

无论文艺的价值如何估定，但决不仅仅是享乐，这似乎已为文艺界同人所默认的。即使说文艺是为着人们享乐的，但决不是为少数人底享乐而存在，这一点更不容有怀疑了。虽然蔑视少数人的赏鉴力是偏激而不正当的，但依我底意思，多数人底地位更不说忽视了。即再让步一点，多数人底需求和少数人底，立于同等重要的地位，也就"仁之至义之尽"了。况且多数人沉沦在饥渴的中间，久了，远了；我们到了现在，名为觉醒了的时代，如何再能漠漠然呢？如何再能终于漠漠然呢！

我们现在趁着无结果议论之前，大可不必争辨，文学究竟有无全部民众化底可能；总之，现在离部分的民众化也还遥远呢！我们先走到了这一步再说罢！大家既以为部分的民众化，有实现底可能；那么我们何妨使他真正实现一下。

从理论上讲，部分的民众化，尽可以实现；但在实际上看，虽是可以实现的，但却不是容易实现的。本来容易底释义也很含糊，所谓不容易竟许是我们不努力底代名词。我们既想定可能，我们就得做去；至于什么难易，暂时可以不问，且也无从问起。

我自己呢；虽然是才短，但也决不敢躲懒。现在趁未出国以前，偷一点工夫，把我底意见，零乱地写下一点。明知可笑极了，但我不愿以可笑来藏我底拙，这或者能邀读者原谅的。

我提出第一点意见，就是我们不可把民众看作整个儿的，单纯齐一的，不可分解的。我们晓得一切的宇宙，都是零碎的，变化的：只有概念的宇宙是整个儿的。做民众文学底对象，是实存的，有血肉的活人们，不是抽象的，虚无缥缈旧观念上的人们。这一点虽极浅显易明，但我以为极有唠叨底必要。

当我们提起为民众的文学，会自然地联想起那些下等小说，俗歌等类。这并没有错了，但把这如两个完全解释在同一的范围里，都依然铸了大错。因为民众这一个名词，包括绝不相同的性格，知识，嗜好的，人们决不能以同一的粮食去救他们底饥荒。有些是吃惯面包的，有些是吃惯大米饭的，有些吃惯棒子面的；我们岂能以一个名词，轻轻地把这些实存的区别抹杀了。

所以不独是贵族的文学，须保存多方面的风格；即民众的文学，也须有多方面的风格。因为我们只知道自己，不知道人家；所以竟相信某君，某姑娘，虽大有个性底差别，但阿猫，阿狗，则不过是粗鄙愚昧而已，并且是绝对同一的粗鄙愚昧。

为什么聪明人是多歧的，而愚蠢人是齐一的？这个问题，我们并无从索解了。我却有一个解答，就是去索解这个问题，即是一种愚蠢，因为这本来不成问题，聪明人认愚蠢人是齐一的，他却忘了他自己先已成了一个愚人呢！我们总觉得我们底生活——广言之我们一阶级底，是值得歌咏赞叹，值得怨诅呻吟；至于离开我们的他们呢，便不足当我们底一盼了。至多也不过跟着人们说，可怜啊！可叹啊！但怎样的可怜可叹，我们可说不出；因为我们始终没有用分析的眼光，去观察他们底生活是什么，是怎样的他们。我们很不知道他们，但依然自命为他们底引导者。我虽不知道他们怎样的可怜可叹，但我却已知道了，我们怎样的可怜可叹。

从这点观念，发生的实际事情，就是我们应该创造异风格，异体裁，异程度的民众文学，以适合实际上多数人底生活，供给光和热底源泉。我们应该分别研究，分别试验，分别去从事，然后方能创造出有血有肉的民众文学——民众心里底文学——不是我们心里底民众文学。

"子非鱼安知鱼之乐！"我们与他们底中间，多少有些隔膜，这是不可免的。但我总相信以人们了解人们，要比庄周惠施去猜想鱼乐容易得多。即使这层缺憾永久留着，但我们也不妨以"知其不可而为之"这个信念，去自慰解。我们要找出困难底所在，但我们并不以困难底存在，而短我们在路上的勇气。

至于关于做民众文学具体上的意见，我很难有统系的叙述。现在只好就想到的说一点，自然挂漏是不可免的。希望将来有机会，有空暇时，再能做一篇有统系的文字，来说明民众文学底我见。

民众文学可以大别为有韵与无韵两类，而每类之中，又可把小说，戏剧，诗底三分法，做个子目。我现在以意列为一表。

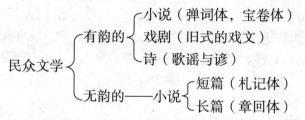

在无韵文一项下，为小说所独占；因为无韵的诗，废唱的戏均不为民众所喜悦，所了解，我们不得不降格相从，移樽就教。我们总深信要引导他们，觉得要和他们携手；若是"我走我底路，你走你底！"那就无所谓引和导了！

在应用上面，我觉得有韵文较为通俗，而无韵文较为高等；就是说有韵文是供给赤贫阶级的，而无韵文是供给中产阶级的。虽然说，通俗与否，存乎质素；但体裁确也有多少的关系，不可忽视。所谓民众，实在包含着很广大，从仅识文字的，农人，工人，贵妇人们直到那些自命文采风流的老先生。虽他们有些目空一切，未必肯承受我们所赐的高号，但我们却认定他们是我们所谓民众底一分子。

我们对于这些有文字知识而没有真知识的人们底救济，自然不能靠着弹词小说，京调戏文，山歌谣谚，因为这些体裁的作品，他们是不屑一看。我们自然得借着所谓"高雅之至"的文言小说，使他们欣然讽诵。总之，我们不要忘记，现今所要救济的，是知识上的穷人们，不但是生计上的穷人们。无论是乘摩托车的，戴钻石饰物的，赤着脚在田间的，在流着汗在市集的，我们大公无私的，一样当做穷人看待。他们或者要愤怒了，但我们却怀着十二分的好意来呢！

若问怎样做民众文学？这个问题，决不是仓卒间可以回答的。我姑且让朋友们自己寻找罢！现，只把悬想中的"四不主义"，备朋友们的参考。

（一）不可开门见山，不可截然有止；正面说，就是有头有尾。这点做小说、戏剧的人都须注意。除掉诗歌是个例外。

（二）不可用术语及外来语，去完成他们心目中的文从词顺。

（三）不可蕴藉含蓄；因为他们底神经有些麻木，不容易感受和平的刺激。好象听惯了锣鼓，对于管弦好象是蚊子底叫声。我们须得做过火一点，使他们高兴高兴。

（四）不可用教训话头。我们底目的原是要引导民众，向着新的路途，换句话说，就是打破他们底沉沦的梦。但梦里的人们，雄鸡也罢，夜猫也罢，总是极讨厌的。我们如再摆上一副老师教小学生的面孔，岂不更惹人厌了。惹厌原不要紧，但已和他们撒了手，使我们又添一番怅惘。我们只要用深刻的写实手段，使他们不自觉的来受教，已足够了；至于老师是否须有固定的面孔，这似乎了无关系。但教训本不易做，非教训的教训更不易做；成人们底教训不易做，小孩子底教训更不易做。一面公平的镜子，且还有作用的公平镜子。朋友们啊努力去创造罢。

文学底手段一时说不尽的，我不过写了千分之一罢哩。我现在却愿意另提出一个问题，来和读者们讨论，就是民众文学应该用什么工具？表面一想，用国语自然是不消说的；但实际上却并不能如此简单解决。我自己不能确断，应当怎样，但可以把我底几层设想说一说。

无论如何，象我在这篇文字里所用的语言，是断乎不能适用的。我们至少也得严格的使用听的语言，就是最纯粹不过的，句句可以听得懂的白话。不但术语，文艺界底流行语，应当绝对排斥；即说话底词气亦必十分自然，句法篇章底连缀，亦必十分单简。如此，方才可以希望我们心中底民众文学，渐渐成为民众心里底文学。

且我现在还不能断言，国语和方言在民众文学这个世界上，那个应占优势。我以为国语底统一是一件事，文艺底普通，那民众知识底灌输，又是一件事。现在中国方言歧多，原是文化底一大障碍；但大多数人的愚昧，似乎更为重要，似乎不及等到国语统一之后，再来救济。我深不赞成这种"削趾适履"，"守株待兔"的办法。

譬如我描写江南底一段生活，那些活人们明明用的是方言，但我因为要努力做国语的文学，于是把一句一句都读成国语。国语虽然成了，但文学却已先掉了一半，国语的文学始终没有做成，即使勉强做成了，和原来的感兴，印象已相去甚远，还是"自欺欺人"。这原极容易明白；我们知道描写活人不可以用死人底语言，自然描写江南人，也不能用北京人底语言。等到江南人都会说国语了，文艺中间方才能有南北合璧的脚色。现在呢，若谨守文艺界底老态度——诚实——便不能不让方言在民众文学上占一位置。

想起来很奇怪的，我们竭力反对把白话译成文言，却同时又赞成把方言译成国语；这不是"知有二五不知有十"吗？方言可以在实际上改为国语，却不能文学上译为国语。因为经了一番转译，也并不能推行国语，只不过摧残文学底个性罢了，不过把文学上的活人变为死人罢了（精密说来，是虚构的人，未生的人）。我们所以"自相矛盾"，正因我们把国语底统一看得太重大了，不惜减少文学底诚实，去迁就这个。其实这完全是两件事；从国语一方面讲，或者文学可以帮助他底统一，但从文学一面讲，处处拘守着国语，是有损无益的事。我们就文学言文学，实在毫无理由，去严格排斥方言。

况且我也并不主张在民众文学上，完全以方言替代国语；我不过以为有许多地方色彩的民众文学，是应当用方言做的；我并且以为地方色彩的民众文学底重要，并不减于国民的民众文学。我上面已说过，民众文学应有各方面的发展；在纵的一方面看，是异知识程度的民众，在横的一方面看，是异地方，异风俗习惯的民众。我最痛恨的，是大一统的夸大梦。这种削趾适履的统一，我们现今的贵中华民国就是一个惟一无二的好榜样！

我不但主张方言底采用，我还主张文言底采用。这似乎和上面所说，矛盾到可笑的程度，但我也有个辨解。文言的民众文学，我以为最适用于有文字知识而没有真知识的老先生们。至少在札记小说这种体裁，是要用文言的。但所用的文言自然极简单的，没有词藻典故的，与我们做的国语，通俗底效力也无甚大区别。文言底妙用，在乎能引诱老先生们，来赏观我们底作品。他们觉着会用"然而且夫"的人们，总是吾辈"圣人之徒"了，总不消"深闭固拒"得的了。等到他惊诧底时候，已落了我们底道儿，多少已受了一点刺激，多少有点影响到他们底行为。虽然是一种反动也说不定的，但决不至于永远这样麻木。我们因此也可以告无罪于天下。

无论那一种工具，都以适用为贵；我们不该先存一种成见在胸中。什么时候什么地方要用国语，方言，或者文言；总看事实底需要为断。凡努力从事于民众文学的朋友们，大约都抱有一种"降心从人"的决心，不愿再搭着文学家底架子。我们必先去从人，然后他们方来从我，所以文学底工具不能随作者底意去决定的。既没有整个儿的民众文学，自然不会有万应的文学工具。我们冒昧地下一断案，是很不妥贴的！

我上面所说的，很觉游移宽泛，但事实上的确是这样，也无可奈何！包医百病的仙方，无论是谁们都不会写，也不独是小小的我如此。民众文学底勃兴，不在有概括的理论，在乎有各个的试验。我们不但要知道文学是什么，并且要知道民众是什么，方能创造真的民众文学。我们需要的是客观的态度，分析的方法，坚强忍耐的精神。

什么是民众文学？现在我可说不出，但都留着机会去创造。"若要知道啊，自己去寻找腊梅花啊！"

俞平伯　一九二一，十二，三十。杭州

若是有人问我为什么提倡民众文学？我必定告诉他说："你记得去年月蚀那一天，满城的炮啊，锣啊，轰天的响么？你知道昨天城隍庙里赛会有无量数的男男女女磕头礼拜么？你知道有个诗礼之家的女孩子仰药殉贞么？你知道三家村里的教读先生用烟袋锅打废了一个十二岁的小学生么？你知道……凡此种种，所以我们有竭力提倡民众文学的必要。"

文学感人之深，转移社会之速，自然要比一切哲学科学势力大的多。一个人听了十二个钟头的道学式的讲演，远不如看一篇小说的效用大；这就是感情与理性功用之不同。人本是个富于感情的动物，民众文学就是普通感情的表现，民众呼吸在民众文学上，正如鱼儿呼吸在水里。

但是中国旧有的民众文学都是些什么？无论他配不配称文学，我们总不能不联想到——西游记，封神榜，施公案，九美夺夫，某某外史，某某外传，和其他同类的曲本等等。这种东西，势力之伟大，自然毋庸说了。没有知识的人，固然是奉为金科玉律，照书行事；就是那比较有点知识的人，他们的思想和行为，亦没有不受这种小说曲文的支配及暗示。庚子那一年，上自公卿大夫，下至卑舆隶僚，上下一心，唱了一出连台好戏，赔掉了四百五十兆的赔款，这都是受的小说曲本之赐！到现在已经二十多年了，睁开眼看看，这个乩坛上请吕祖，那个乩坛上请济公。山东直隶一带炼气请神的又闹得乌烟瘴气。上自公卿大夫，下至卑舆隶僚，都一心起来，又很有赔四百五十兆的倾向！但这又何足怪？人本是个富于感情的动物，常常呼吸在文学上，常常受文学的支配及暗示，试问这二十余年间支配民众思想行为的文学何曾改来？

旧有的小说曲文等等，影响于民众心理究竟到什么程度，虽不能精密地解剖或诠释，但是大致亦可以看得出来。"多情蛱蝶，同命鸳鸯"，是才子风流的心理。"夫婿一品当朝相，孩儿今科状元郎"，是老太太，太太们的心理。那些乡野人的心理是："光绪皇帝有道君，臣忠子孝好良民。"他们既相信某年某地应该出一个真命天子，他们又相信许多的英雄好汉确是应该保护一个钦差大臣。"赵钱孙李李存孝，周吴郑王王彦章"，是他们的历史学。"东光县里铁菩萨，瓜州有座好戏楼"，是他们的地理学。他们对于妇女的观念是："好个风流模样也！怎见得？有诗为证。"但是那些有经验的前辈，对于妇女的观念却又不是这样，"青竹蛇儿口，黄蜂尾上针，两般犹是可，最毒妇人心！"这几句是老辈们的诛心之论。

现在通行的民众所看的小说曲本等，以天宝，锦章，茂记，蒋春记，几个书局所出版的书最占优力。据刘半农先生调查，只上海一处，每天要销到六千本以上。全国统计起来，不知要销多少！真比无论那种杂志报纸都要厉害的多！试想共和的国家以民众为本位，而民众思想的基础，乃建筑在诲淫，诲盗，佞鬼神，养成奴隶性的小说曲本上面。闭目一想，真使人不寒而慄！我们若不想中国四万万人一同立在人类的水平线上亦就罢了，如果还不甘心沉沦，应当急急起来挽救啊！挽救的方法，就是重新改造民众心理，亦就是将旧有的小说曲本等等的势力根本推翻，重付以新生命。

吃惯粪的，骤然给他一点新鲜的东西吃，自然是不对胃口；所以假粪主义实在有采用的必要。新的作品，我以为应注意以下数点：

一，作品所孕含的思想，不可与旧小说等等所有的思想脱离太骤，宜另用一种方法替代之。——如以纯洁的爱情（Pure love）代诲淫，以侠义（为欧洲中古之 Knight）代诲盗。

二，一切章法句法均照旧的作品的样子，不宜打破形式上的偶象，致招阅者反感。

三，各地的作品，宜注意各地的地方色彩。

四，观察一般民众的弱点及需要，利用文学的手腕来救济他，启发他。作品的内容，感情与理性二者务使调剂，借理性作感情的指导，借感情促使理性的活动，二者相辅为用，希望阅者能得着理性化的感情。

我谨掬诚奉告一般新进的文学家，你们且慢礼拜太阳和月亮，且慢赞美"花""光""爱"。你们不要只看见白衣天使在你们的前头，却忘了"坐于涂炭"的朋友们在你们的后头！我希望民国十一年所发生的新运动是民众文学运动。这种运动虽然是格外困难，或是很枯燥无味，但是我们要知道："我不入地狱，谁入地狱？"

十一，一，一。

这篇文字写完之后，我又想起来：若但就改造民众心理方面着想，创作新的民众文学固甚重要，若再从建设新文学方面着想，则删订旧有的民众文学，亦甚重要。就我们现在所常看见的小说曲本而论，固然是太糟，不配称文学；但我相信一定还有许多真正的民众文学埋没在黑暗中，我们没有看见。这种文学就是从民众心里发出的叫声，——呼吁和咒诅——歌谣固然是很可宝贵的民众文学的一种，但是必定还有一部分的小说曲本等等亦很有可宝贵的。不过决不能通篇纯粹都好，或是瑕瑜互见，或是真正优美的地方，只偶一流露，我们应该把这种作品说法搜集起来，用淘沙取金的工夫，删订一回，从新给他一个新价值。中国文学，既已被历代文人弄糟了，新文学的建设，自然应该取资于西洋文学，但若能把旧有的民众文学洗刷出来，在艺术方面，必有许多可采取的地方，于建设新文学，实有很大的帮助。

删订民众文学时，还有几件事情可留意：（一）可以考见各地的风俗习惯。（二）可以考察方言和古音。（三）可以采集减笔的字体。——汉字写法太繁难了，小说和曲本上的减笔字及假借字（即白字），很可采用。如"後"作"后"，"漢"作"汗"，"圓"作"园"，"這"作"这"等，南北的刻本及写本都是一样。但这种考证的工夫，亦很不容易。如元曲上面的"卜儿"，就是"娘儿"，因为那时候的"娘"字俗体作"奼"，后来又把"女"字偏旁去掉了，遂变成"卜"。考订现代的俗体字，虽不如是之难，然亦非细心厘定不可。

以上三条，与文学没有关系。拉杂记在这里，希望删订民众文学的人，能有余力再做这几样事情。

许昂诺 十一，一，二。

每一回坐火车，坐小汽船，坐航船，每一回经过市上的铺子，工人的休息地方，便看见一种很平常而不足以引起注意的现象。实在这种现象有极重大的意义，一般人的思想所以如此，行为所以如此，生活的一切所以如此，可以说这种现象是造成化成的要因。这在当事者，决计一毫也不会觉得；即旁观者也以为这其间因果关系，决不致若是之甚。孰知竟有若是其甚；世人侈言教育，侈言教育有若何之功效，乃不知惟这种现象乃为有功效的教育，惟一般人受这种教育的，乃能身体力行他们所奉受的。这还不值得加以注意么？

我所说的现象就是：在上面所称的种种境遇里，最容易看见社会里各类的人，而且数量也较多。他们因为无聊，或者欲期消遣，常常拿了一本石印细字的小册子在那里阅览。这种小册子，比不论什么高文典册都流传得普遍；穷乡僻壤，买不到一本小学教科书是平常的事，石印细字的小本子却总是有的——或在庙场上设一个摊，或在市梢头墙角摆一条板凳，就这样发卖了。所以凡是识几个字的人，识了破体也好，识了小写也好，身边摸得出一个两个铜元，就有与这种小册子接触的机会。当坐火车，坐小汽船，坐航船，或者坐在柜台里没有买卖做，坐在休息地方等闲过去，这是个寂寞烦闷的时候；小册子自然取在手里了，小册子里的灵魂也就一侵入他们的脑海了。

关于这一种现象的影响如何，我的朋友俞平伯，许昂诺已经说得很详细，并且同我此篇一起刊出，不用我再行述说。我所说的，就是此事关系重大，凡是留心文艺的人，应得对此尽一部分的力。对于文艺的创作和欣赏两面，希望其逐渐提高，这原是我们应有的愿欲。但只顾提高，一方面绝尘而驰，一方面愈形落后，决不是我们心以为满足的。况且我国的情形是特殊的，无论讲什么东西，无论将什么东西提高到若何程度，只有少数之尤少数的人会发生一点关系；其外多数之尤多数，无论如何绝不相干。从此永远隔绝么？还是慢慢地引他们渐近于高度么？这不待深密的讨究，自然愿意取后者。所以文艺的创作和欣赏两面，固然希望逐渐地提高，再希望逐渐地普及。

我们更当明白，社会的基础大部分是立于读石印细字的小册子的人们的身上。这不以贫富区分，也不以贵贱区分，凡是读这种小册子的就是一阶级。这所谓一阶级，自然包括言之，细细区分，见浅见深，更不知可区分为若干阶级。他们在社会上，判断众事的是非，处理业务的经过，待人接物，论事弹时，无不自以为正正经经，有是无非。一切的事务就是这样的繁生起来，大部分的历史就是这样的组成起来。考查他们根据了何种学说，依照了何种先例，才这样那样的做呢？别的都不是，就是这一类石印细字的小册子做他们的指导者；认得字的直接去看，不认得字的间接去听看得懂的讲。我们只要混入一般人的群中，不要俯瞰远瞩地在人群外空口说话，立时可以觉查这等情形是到处皆然的。

我曾经留心这一般人对于他们的读物抱什么态度？这竟奇怪，教徒对圣经或者还有怀疑，他们对于小册子却绝对的信服。看了极浅显的地方，往往可以推测深广的意义，我且说我们时常经历的。他们读小册子的时候，喜欢一字一字地诵读，声音矜持而态度严正，无论读的人是个极流动的人，读的书是本极淫荡的书。这或者由于他们读书的能力不大高明；而视此事为专心一致，全兴味所托的，也可以看出。

他们的谈话，同博学通人一样，也喜欢引证设喻，而所据每不出小册子的范围。更有一层，他们对于所引证据，所称古人，决不批评或怀疑。常听见一人说"演义里的事迹，和说传——唱书的口里说的叫说传——里的事迹大异，但都有其事的。"这类事情，似属细微不足道；而一般人对于小册子的态度，是信服的，不怀疑的，可以相信了。

假若现在流行的小册子完全是好的，那是好极了，也更不必别讲什么社会教育，即此一事，已可收莫大之功效。无奈我们虽然没有多大的工夫和能力去调查这些小册子，就偶然接触的若干种看来，总觉得不能满意，至少也要说一句"瑕胜于瑜"。一般人之喜欢和信服小册子既如彼，小册子之不甚高明，这于近引以达高度之意又如此；则除了整理民众文学，创作民众文学之外，似乎不再有更妥善的办法了。这是人人所同的意见，不论何人讲到此事，总是得到这一个结论。

民众文学不只是一类东西呵！充我们的理想的希望，几是人们所看所读的东西都要是一种文学。那时候无论是提高到常人所能领会以上的，或是一般人所能欣赏的，既都是人们所看所读的东西，统可谓之民众文学；于是此四字之所包，就等于文学两字之所包了。现在时候，自然做不到此。各种人有各种嗜读爱看的东西，而都不见得就是文学。这惟有留心文艺的人，就他们原有的种种以内，加以选辑或删汰，仍旧还他们以各人所嗜好的；这是一。或者取他们旧有的材料，旧有的形式，而为之改作，乘机赋以新的灵魂；这是二。创作各种人适宜的各种文学；这是三。

不论改作或创制，第一要于形式方面留心的，就是保存旧时的形式。他们习惯了旧时的形式；与以同样的形式，于容受上就多了几许助力。托尔斯泰的办法，情人复述一遍之后，重行照样写定，这当然是可以照抄的。

至于实质方面，只要作者态度严正一点，其外多可以容留。若然绝对的不容留旧的，也许因相去太远，一般人又要看做绝尘而驰的神骏，不敢跨上马背了。作者态度严正了，则有几点残暴的性习，淫秽的思想等，自然屏于笔外。能做到如此，消极的效果已经不小了。

我说芜杂已极，又没有胜义可以告人，非常惶愧。我想这事本不是作几篇小文可以了的，真有志的英雄，还当矻矻不已，从切实方面做去。那一天石印小本子会换了灵魂，而依然流行于火车小汽船航船铺子工场之中如今日一样，这才是我们的骄傲呢！

叶圣陶 一九二一，一，一五。

　　我从前曾作过一篇民众文学谈，以两种意义诠释所谓民众文学：一是"民众化的文学"，二是"为民众的文学"。我以为只能有后一种，而前一种是不可能；因为照历来情形推测起来，文学实不能有全部民众化之一日。在那篇文里，我并极力抗议托尔斯泰一派遏抑少数底赏鉴力底主张，而以为遏抑少数底赏鉴力（如对于宏深的，幽渺的风格的欣赏）和摈斥多数底赏鉴权一样是偏废。我的意思，多数底文学与少数底文学应该有同等的重要，应该相提并论。现在呢，我这根本主张虽还照旧，但态度却已稍有不同。因为就事实而论，现在文坛上还只有少数底文学，不曾见多数底文学底影子；虽然有人大叫，打倒少数人优美的文学，建设"万人"底文学，"全人类"底文学，实际上却何曾做到千万分之一！所以遏抑少数底赏鉴力一层，在现在和最近的将来里，正是不必忧虑的事。而多数底赏鉴权被摈斥，倒真是眼前追不可掩的情形！文坛上由少数人独霸，多数已被垄压在坛下面；这样成了偏畸的局势。在这种局势里，我们若能稍稍权衡于轻重缓急之间，便可知道我们所应该做的，是建设为民众的文学，而不是拥护所谓优美的文学。我们要矫正现势底这一端的偏畸，便不得不偏向那一端努力，以期扯直。所以我现在想，优美的文学尽可搁在一边，让他自然发展，不必去推波助澜；一面却须有些人大声疾呼，为民众文学鼓吹，并且不遗余力地去搜辑、创作——更要亲自"到民间去"！这样，民众底觉醒才有些希望；他们的赏鉴权才可以恢复呵。日本平林初之辅说得好："民众艺术的问题不是纯粹艺术学的问题，乃是今日的艺术的问题。"（见《小说月报》十二卷十一号海晶君所译《民众艺术底理论和实践》一文）我们所该以全力解决的，便是这"今日的艺术的问题"！

　　说为"民众"的文学，容易惹起一种误会，这里也得说明。我们用"民众"一词，并没有轻视民众底意味，更没有侮辱他们底意思。从严正的论理上说，我们也正是一种民众；"为民众"只是"为和我们同等的别些种民众"底意义。虽然我们因为机会好些，知与情或者比他们启发得多些；但决不比他们尊贵些。"为民众"底"为"一字，只是"为朋友帮忙"一类意义，并非慈善家居高临下，慨施乐助底口吻。但是这民众究竟指着那些人呢？我且参照俞平伯君所说，拟定一个答案。我们所谓民众，大约有这三类：一，乡间的农夫，农妇；他们现在所有的是口耳相传的歌谣，故事之类，间有韵文的叙事的歌曲，以及旧戏。二，城市里的工人，店伙，佣仆，妇女，以及兵士等；他们现在所有的是几种旧小说，如彭公案、水浒之类和各种石印的下等小说，如什么"风流案"，"欢喜冤家"之类，以及旧戏；韵文的叙事的歌曲，也为他们所喜。另有报纸上（如上海几种销行很广的报）的游戏小说（因为这种小说，大概是用游戏的态度去做的，故定了这个名字），间或也能引起他们中一部分人底注意。三，高等小学高年级学生和中等学校学生，商店或公司底办事人，其他各机关低级办事人，半通的文人和妇女；他们现在所有的是各种旧小说——浅近的文言小说和白话的章回小说，报纸上的游戏小说，礼拜六派的小说，以及旧戏和文明新戏。我这样分类，自知不能全然合理；只因观察未周，姑且约略区画，取便说明而已。在三类外，还有那达官，贵绅，通人，名士。他们或因无事忙，或因眼光高，大概无暇或不屑去看小说；诗歌虽有喜欢的，但决不喜欢通俗的诗歌。戏剧呢，虽有时去看看，但也只是听歌，赏色，并非要领略剧中情节。所以这班人是在民众文学底范围以外；幸而是很少数，暂时可以不必去管他们。在上述三类里，每类人知与情底深广之度大致相同，很少有特殊的例外；而第一类尤然。平伯君说民众不是齐一的，我却以为民众是相对地齐一的，我相信在知与情未甚发达的人们里，个性底参差总少些。惟其这样，民众文学才有普遍的趣味和效力；不然，芸芸的人们里，将以谁为依据呢？因此，我大胆将民众分为三类。民众文学也正可依样分为这三类。

　　论到建设民众文学底途径，自然不外搜集和创作两种；而搜集更为重要。因为创作必有所凭依，断非赤手空拳所能办。凭依指民众底需要，趣味等。这些最好自己到民间去观察，体验；但在本来流行的读物和戏剧等里，也能看出大致的趋向，得着多少的帮助。再则，搜集来的材料又可供研究民俗学者底参考；于民众别方面的改造，也有很大的益处。这种材料搜得后，最好先分为两大类：有些文学味趣的为一类；没有的，为另一类。从后一类里，我们可以知道些民众的需要；从前一类里，我们并可以知道些他们的趣味。这一类里颇有不少大醇而小疵的东西；倘能稍加抉择，修订，使他们变为纯净，便都很有再为传播底价值。而且效力也许比创作的大。因为这些里都隐着民众底真切的影子，容易引起深挚的同情。初次着手创作，怕难有这样的力量，加以现在作手不多，成绩也怕难丰富；所以收效一定不能如别择，修订底容易而广大。

还有，将修定的东西传播开去，可以让人将他们和旧有的比较，引起思索和研究底兴趣；这也为创作所不及。至于搜集的方法，却很难详细说明。就前分三类说，后二者较易着手，因为既经印行，便有着落；只有第一类，大都未经用文字记录，存在农夫，农妇，以及儿童们底心里，口里，要去搜集，必须不怕劳苦，不惜时日，才可有效。我以为要做这种事，总得有些同志，将他当做终生事业，当作宗教，分头分地去办，才行。鼓吹固然要紧，实行更为要紧；空言鼓吹，尽管起劲，又有何用！何以要分头分地呢？因为这种事若用广告征集底方法，坐地收成，一定不能见功。受用那些种读物的民众未必能懂得征集这事底意义，也未必留意他，甚至广告也未必看见；此外呢，又未必高兴做这事——自然也有不懂他的意义和不留意他的。这样，收获自然有限！若由同志们组织小团体，分头到各地亲自切实去搜寻，当比一纸空文的广告效率大得多呵。例如北京大学两三年前就曾有过征集歌谣的广告，至今所得还不见多；而顾颉刚君以一人之力，在苏州一个地方，也只搜了三四年倒得了四百多首吴谚。两种方法效率底大小，由此可以推知！再有，第一类底东西，也非由各本地人分开搜集不可。因为这种东西常带着很浓厚的乡土的色彩，如特殊的风俗和方言之类，非本地人简直不能了解、领会，并且无从揣摩；搜集起来自是十分不便。——而况地理，民情，方言，外乡人又都不及本地人熟悉呢？这一类东西又多是自古流传的，往往夹着些古风俗，古方言在内，也非加以考订不可。这却需着专门的学者。在搜辑民众文学的同志里，必不可少这样专门的学者。以上所说，大概是就小说，故事，和歌谣而言；至于戏剧剧本底搜辑，却比较容易，因为已有许多册戏考做我们的凭藉。

搜辑的材料，第一须分为两大类，前面已经说过。分类定后，可再就那些含有文学趣味的里面，审察一番，看那些是值得再为传播的。然后将这些里应该解释、考订的，分别加以解释，考订；那要修改的也就可着手修改。修改只需注重内容，形貌总以少加变动为是；便是内容底修改，也只可比原作进一步，两步，不可相差太远。——太远了，人家就不请教了！修改这件事本不容易；我们只记着，不要"求全责备"便好！现在该说到创作了。创作比修改自然更难，但也非如有些人所说，是绝不可能的事。有些人说，所谓民众底知与情和我们的在两个范围之内，我们至多只能立在第三者底地位，去了解他们，启发他们，却不能代他们想，代他们感，而民众文学底创作，正要设身处地做了民众，去想，去感，所以是不可能。但我不信人间竟有这样的隔膜；同是"上帝底儿子"，虽因了环境底参差，造成种种的分隔，但内心底力量又何致毫不相通呢！从前赵子昂画马，伏地作马形，便能揣摩出几分马底神气；异类还能这样相通，何况同类？而且以事实论，现在所有的民众读物里，除第一种大半出至民间，无一定的作者之外，其余两类东西，多出于我们所谓民众以外的作者之手；但都很风行都很为民众所好。若非所写的情思与民众诉合无间，又何能至此？这多少可证明异范围底人们全然不能互相了解一说底误谬了。讲到民众文学的创作，可分题材与艺术两面。我惭愧得很，对于民众读物还不曾有着实的，充足的研究，实在说不出什么精彩的话来；只好将现在所能想到的拉杂的写下些，供同好底参考。要得创作新的，先须研究旧的；现在流行民众读物底题材是些什么呢？我所能知的是：

第一类　超自然的奇迹，有现实意味的幻想，语逆而理顺的机会，单纯而真挚的恋爱等。

第二类　肉欲的恋爱，侠义的强盗底事迹，由穷而达的威风，鬼神底事迹，中下层社会生活实况等。

第三类　才子佳人式的恋爱，礼教，黑幕，侦探案，不合理的生活等。

这些读物里的叙述与描写总有多少游戏，夸张底色彩。第一，三类里更甚；因此不能铸成强大，鲜明的印象。第二，三类里更有将秽亵，奸诈等事拿来挑拨，欣赏的；那却简直是毒物了；我们现在要创作，自然也得酌量采用这些种题材；不过从旧有的里面生吞活剥，是无效力的；我们亲自到民间去体验一番才能确有把握，不至游移不切。我们虽用旧材料，却要依新方法排列，使他们有正当不偏的倾向；态度亦郑重不苟，切忌带一毫游戏底意味！至于艺术方面，旧有的读物，除第一类外，似乎很少可取的地方。粗疏，浮浅，散乱是他们的通病，第一类里却多简单，明瞭，匀整的东西，所以是好。这里我们应该截长补短。创作民众文学第一要记着的，是非个人的风格，凡是流行的民众读物，必具有这种风格。非个人的风格正与个人的风格相反，一篇优美的文学，必有作者底人格，底个性，深深地透映在里边，个性表现得愈鲜明，浓烈，作品便愈有力愈能感动与他同情的人；这种作品里映出底个性，叫个人风格。个人的风格很难引起普遍的（多数人格）趣味。而民众文学里所需要的正是这种趣味；所以便要有非个人的风格。一篇民众文学底目的不在表现一个作者——假定只有一个作者——底性格，而在表现一类人的性格。一类人底性格大都是坦率，广漠的地方多，所以用不着委曲，锋利之笔。我们创作时，得客观地了解民众底心，不可妄羼己见；不然，徒劳无益！作第一类底文学自然以简单，明瞭，匀整为上；第二，三类虽可较为复杂，曲折，散缓，但须因其自然，不可故意用力。篇幅长短，也宜依类递进。民众文学里又有一个特色，是"乡土风"，有些创作里必须保存这个，才有生命；我们也得注意。创作这种东西，要求妥适无疵，最好用托尔斯泰作事底方法。一篇东西作好，可将他读给预定的一类里比较聪明的人们听；读完，教他们照己意以为好的，改头换面地复述一遍：便照复述的写下来，那一定容易有效！有时或可请他们给简单的批评，作修改底凭藉。——以上是就写下来的民众文学立论。但民众文学单靠写与抑，效力还不能大。我们须知民众除读物外，还有演戏，还有说书，唱曲。读物的影响固然大了，演戏，说书，唱曲底影响又何曾小呢！所以我们不但要求有些人能写，并要有些人能演，能说，能唱，肯演，肯说，肯唱，才能完成我们的民众文学运动！那演的，说的，唱的，旧有的或新作的都可；但演，说，唱底技术，却需一番特殊的练习。——另有影戏底创作与映演也极为紧要，但是比较难些了。

现在还剩一个问题，民众文学底目的是享乐呢？教导呢？我不信有板脸教导的"文学"，因为他也不愿意在文学里看见他教师底端严的面孔。用教师底口吻在文学里，显然自己已搭了架子谁还愿意低首下心，来听你唠叨呢？罗曼罗兰说得好："……其说法，教训，尤非避去不可。平民底朋友有谁种法术，能够使极爱艺术的都嫌起艺术来。"又说："……民众较之有人教他们，还是希望有人把他们弄到能够了解。……他们希望有人把他们放在能够想，能够行动底状态。较之教师，他们还是希望朋友。……"（均见前引《小说月报》十二卷十一号一文中所引）可见在民众文学里，更不宜于严正的教导了。所以民众文学底第一要件还在使民众感受趣味。但所谓使他们感受趣味，也与逢迎他们的心里，仅仅使他们喜悦不同。——若是这样，旧有的读物尽够用了，又何必要建设甚么民众文学呢？我的意思，民众文学当有一种"潜移默化"之功，以纯正的，博大的趣味，替代旧有读物戏剧等底不洁的，褊狭的趣味；使民众底感情潜滋暗长，渐渐地净化，扩充，要做到这一步，自然不能全以民众底一时底享乐为主，自然也当稍稍从理性上启发他们；不过这种启发底地方，应用感情的调子表现，不可用教导底口吻罢了。若竟做到这一步，民众自然能够自己向着正当的方面思想和行动；换句话说，民众就觉醒了，他们底文学赏鉴权也恢复了！

我们当"作为宣示者而到底里去"！

朱自清　二二，一，一八，杭州。

更 正

俞平伯

在前期本刊上，我们同人曾有一个民众文学底讨论，我也胡诌了一篇短文。当时呢，随随便便的写下来，现在仔细看一看，觉得可以修正也很多。所以属草这篇文字，匡正前论的迷惑，希望读者加以原宥。

在我那篇文字里，所谓部分的民众化，是很含糊的话。是什么？是和佩弦君所谓的为民众的文学是一是二？依字面看去，似乎不很一致；佩弦君明说他相信民众化的文学无实现底可能，那当然，部分的民众化也包括在内。总之，佩弦君只相信可以创造为民众的文学，而不信可以创造民众化的文学（全体的或部分的）。这论点是否真确，容下面再谈。

但我在这里已铸了大错；因为从我那篇文字里看来，我所谓部分的民众化，竟和民众的文学无区别。所以我敢于武断，"大家既以为部分的民众化有实现底可能"；其实，依文字直讲，即是佩弦他又何尝以为可以如此。

我底错误，由于没有把民众文学底意义解释清楚，或者随随便便的去采用他人底解释，就说了许多似是而非的话，即不是"非"，亦总是驴唇不对马嘴的话，佩弦君底主张，我虽不能十分同意，但他自己论点也还一贯。他总先把他所谓的民众文学是什么，使读者们知道，不象我这样的信口开河，做了一件大缺德的事。我赶紧在这篇文字里，做个忏悔的祈祷罢！

本来民众文学可以有三个不同的解释：第一，是民众底文学，就如现今流行的歌谣是，这是由民众自己创造的。第二，是民众化的文学，就如托尔斯泰一流的作家所做的是，这是借作者的心灵，渗过民众底生活，而写下来的。第三，是为民众的文学，就如我们上次所讨论的是，这是作者立于民众之外，而想借这个去引导他们的。我们上次的讨论，如正名定义，只可叫他"为民众文学底讨论"，而不可以称"民众文学底讨论"。若早如此，又何至闹个如此大错。

我在《诗底进化的还原论》一文中间，是主张民众化的文学，而没有说起要另外创造出一个为民众的文学。我那时候以为"民众化"与"为民众"是相连而至的，虽然未免太乐观一点，然而立论之点似乎较那篇小文为妥。后来呢，受了朋友们谈话底影响，渐渐地默然暗认佩弦所谓为民众的文学，但我却始终不愿用为着什么的文学这个名词，于是用部分的民众化来替代他。这真是谬妄可笑极了。

全部的民众化，就是指把民众化的文学，占领文学底全场；部分的民众化，就是让民众化的文学，在文学上占领一个位置。这原是很清楚的话。总之，全体也罢，部分也罢，却与"为民众"无关；即使部分的民众化，也未见得即是"为民众"。同为民众化的文学，并不见得篇篇为他们所了解，换句话说，并不就是为民众的文学。佩弦他把这个分得很清楚，而我却把这两个混了宗；我用我底名词，来附和佩弦底意见，于是一误再误而不止。

现在我根本觉得佩弦底主张是错的，所以渐渐省悟自己底迷误。现在也不必处处去顾到前论所说的话，一条条去更正，只把我最近所想到的说一点。我在前论里，有一句最妙的话："什么是民众文学？现在我可说不出。"因为我实在那时候亦不甚明白，为民众的文学是个什么东西？

上次的讨论，最有切实的主张，是佩弦。我抗争佩弦底意见，就可以做一个总更正，不暇条细去描出其余的错误。佩弦最大的错误，是不承认有民众化的文学，而却承认可以有为民众的文学；我现在的意见，恰恰和他相反，就是不承认有为民众的文学，而承认可以有民众化的文学。民众化的是文学，而为民众的不定是文学。读者不要误会，我所讨论是为民众的作品是否文学这个问题，并不是反对有人尽力这种事业。在现今社会上，为民众的作品极有重大意义，依然应该努力去从事。

我为什么不承认有为民众的文学呢？文学是根源于一种热烈的冲动，是无所为而然的，一有所为，无论为的是什么，都不算是文学。我们知道赠答唱和颂扬诗是难得好的，因为这是为人的诗；卖文的文学是难得好的，因为这是为金钱的文。我们虽然说，为的是高雅之至的民众，但实际上与为金钱为阔人毫无区别，所以不得算是文学。因为要为民众，就不得不处处拘束自己底个性，去迎合民众底心理。以这种态度去创造文学，岂非南辕而北辙。象我们上次的讨论，差不多全是主张要取这种移樽就教的态度。其实呢，这也未尝不可，但不宜僭窃文学的高号。佩弦虽说："'为民众'底'为'字，只是'为朋友帮忙'一类意义。"我想，即使为朋友帮忙的作品，也依然难算他是文学。无论你如何解释这个"为"字，终究还是半斤八两，区别毫无。我绝对不愿意再说，为着什么的文学。

至于坐于涂炭的朋友们底应当救济，这是截然另一个问题，与这个丝毫无干。虽说不能单靠这类为民众的作品去成就这件大业，但非文学而为民众事作品，依然有努力创作底价值和需要，依然为从事文艺的朋友所应当提倡。小册子底广布，只可当作一种文化宣传事业，而不可以误认为文学底创造，但若因为所创造的是非文学，而因此灰心短气，不去救济那些饥渴着的人们；这不是有良心的学者所应有的态度。为民众的作品是否文学是一件事，为民众的作品有创作底须要与否又是一件事；不可混为一谈。所以我们上次的讨论，怎样去做民众文学这些话，在实际上依然有相当的价值，不得因为用名词底不正确，就指为谬论而一棒打杀。

我底更正大致如此，再说一点正面的意见，以结本篇。我觉得文学民众化底所取的正当途路只有两条：第一，是提高民众底知识；第二，是改造我们底生活。我们若拘守现在的生活状况，希望去创造民众化的文学，实在要比缘木求鱼还难得多。这并不是由于我们底无觉悟，不努力，实在由于我们底、他们底生活底隔绝。非鱼而知鱼乐原是一件难事，我们虽不能化为鱼，但我们至少要去在水中游泳。虽水中游泳之乐未必即是鱼底乐，但总要比较在岸上者要逼近一点。真理都是相对的，逼近的。我们总希望民众化的文学，渐渐与民众底文学合拢来；虽实际上要相合无间，是难能的，或者许是不可能的，但我们总希望他俩一点一点的接近了。这是我们应有的希望，且也非不可实现希望。

在他一方面，民众知识程度底提高，也实在不容缓的事。我也相信一般人底不了解新的作品，与其说是文学上的障碍，不如说是思想上的障碍。单单解决了一个，依然没有用处。况且，文字上的障碍，若处处顾到文学底个性，也依然很难解除。文言底艰深，读音底困难，我们可以用白话文，注音字母来解决的。至于选字造句，处处皆须迁就民众底心理，恐怕是件吃力不讨好的事。因为发表思想的工具和所发表的思想本不是绝端的两个，换句话说，用简单的工具来发表复合的思想，是极难的。即使能够如此，但文学者底心灵，恐将依然不为一般民众所感动。他们一字一字的读，一句一句的读，或者是了解的；但结为篇章，便依旧茫然于作者底意旨了。这个困难底解决，恐非一朝一夕的事。一方果然要靠着"斯文人"底向民间去，一方又靠着教育底力，将光明普照到于一切。仅仅几本小册子，真只是九牛底一毛，沧海底一粟罢了！

我同时希望：民众化底文学，民众底文学，和为民众的作品，各有长足的进步，渐渐的合拢来，使民众化的文学，全部——至少是大部，为民众所能赏鉴了解，不要再有什么"为民众"这个名词底存在。希望不专是我们少数斯文人吃白米白面，大队永远留在吃棒子面的地位。希望我们和他们同甘共苦，不要专把特粗粮食去供给他们。希望我们大声喊着之后，一个个真走到民间去。希望他们携着智慧底灯，走到我们底小小乐园里来。更希望我，或者是我们，以后不再有这样更正谬误的文字。

　　　　俞平伯　一九二二，一，二十六，杭州。

（原载《文学旬刊》第 26、27 期，上海《时事新报》
　　　　　　1922 年 1 月 21 日、2 月 1 日）

怎样提高民众的文学鉴赏力?

雁冰先生:

（上略）现在先生尽力主张"民众的文学"，我想文学原是应有德模克拉西的精神，方才不失为文学之本旨。但仔细想起来，文学是艺术的结晶；艺术是人生观的表现。一般高尚神秘的诗人，玄妙卓绝的小说家；今天吟 Miracle 的诗，明天作 Miracleplay 的稿；一味的高深玄理，虽则无论什么样的求他普遍，恐怕还是知识阶级的独乐。

先生! 你看现在普通社会所欢迎的，无非是些淫腔滥调的读物。对于文学上少许有点价值的，他们就置之不问。推究其故；实在并不是他们对于文学无缘，乃是因为看了不懂。——如西洋小说，……有西洋之风土人情，……之类。——先生只管大声疾呼的提倡"民众文学"，恐怕"民众"仍是"民众"，"文学"仍是"文学"；永远不能达到"民众的文学"，"文学的民众"。这是我一时感觉到的，写写出来。——恐怕先生也早已想到。——若还里面有不对的地方，还望先生原谅和指教；并且希望先生对于这个问题的意见怎样? 明以告我!

张侃　浙五师

张侃先生: 您提起的问题，细说起来，非常复杂，决非三言两语所可得而解决的——恐怕永远是议论纷纷，没由解决，亦未可知。我个人现在的意见，觉得文学里含有平民的精神或文学民众化，乃是可能而且合理的事，但若想叫文学去迁就民众，——换句话说，专以民众的赏鉴力为标准而降低文学的品格以就之，——却万万不可! 我们第一要晓得文学民众化云者，并非是叫文学屈就民众的嗜好，第二要晓得民众的鉴赏力本来是低的，须得优美的文学作品把他们提高来，——犹之民众本来是粗野无识的，须得教育的力量把他们改好来。

中国民众素来没有容受纯正艺术的胃口，或者换个方面说，中国的纯正艺术——如果有之——素来不曾和民众接触；所以中国民众鉴赏艺术的能力低到极点，犹之专吃生葱大蒜膻羊肉的人，胃口早已吃坏了，精品的菜肴反而不要吃。我们在这积重难返的时候提倡纯正艺术，自然难免"文学自文学，民众自民众"；但我相信，除非中国民族确已衰老而将退败了，否则，这种现象，不会长久的。

我们现在只知努力，有灯就点，不计光之远近；眼前有路就走，不问路之短长！

雁　冰

雁冰先生：

自《小说月报》改组以来，我对于新文学上发生了不少的兴味；然而我的鉴赏力极薄弱，有许多不能领悟的地方，其中尤以译丛为甚。先生答梁绳祎先生信里说：……一般人看不懂新文学，不全然是不懂新式白话文，实在是不懂新思想，此外尚有一个原因，即民众对于艺术赏鉴的能力太低弱……诚然诚然！

依我的意见，民众对于旧文学的印象太深，保持文学旧有美，（指词藻音律等）的特性太强，也未尝不是艺术赏鉴能力提高的阻力；故欲提高艺术鉴赏能力，一方面输入西洋文学，一方面还须整理旧文学。

我国旧文学在历史上已有数千年的势力，从事文学者当然不能不研究一下；如胡适之先生《建设的文学革命论》《谈新诗》《论短篇小说》……诸篇，多蒙人推许。这就是胡先生能把中国旧文学从新估量一番，足能改正民众对于文学赏鉴能力的谬见，比较以纯粹的西洋口味的文学饱饷国人，稍为得力，故我主张批评旧文学实在是艺术赏鉴能力提高的一个方法。但是先生答姚天寅先生信里附的文学研究法的分类，对于中国文学不在研究之列，我是很疑惑的。

贵志改革宣言见十二卷一号里说：……中国文学变迁之过程有急待整理之必要……何以年来没有这种文字发表？我很爱读这种文字，

故有这样要求。

王砥之 十一，六，十二

砥之先生：小丛书的目的在介绍西洋文学的初步，故不列整理中国文学的题目；似乎整理中国文学的著作不能以一本小丛书了之。从整理中国文学方面入手以求提高一般人的赏鉴力，自然也是一条路，并且应与介绍西洋文学并进，极希望大家多在此方努力。我们则因人数时间关系，现下未能尽什么力。其他我的意见，略见答张侃君信，恕不复述。

雁 冰

雁冰先生：

近二月来余暇绝少——初则因毕业试验，继则赴外埠参观，末了整理参观的笔记，直到如今，才有一点暇时，急忙把最近的一期《月报》读读，觉得困顿枯燥的精神，回复了不少；读到"最后一页"，更使我愉快了！《月报》自改革后，日臻完美，这的确是幼稚的中国文坛上的好现象，我们何等的受惠呵！不过我们放眼一观四周的黑暗势力，却又大大的起了恐慌呢！我在上海时，心中常存着"上海是万恶的地方"一个观念，所以对于这类黑幕派小说火高焰盛的情形，毫不足怪；但是这次赴通、宁、锡、苏……等处去参观教育，到处可以看见什么"礼拜六""快活""半月"……等等的恶魔，迷住着一般青年——以学校中的青年为最；这恶魔的势力真利害呵！陷阱遍地，黑暗中摸索的人们，何等危险而可怕！《月报》是"黑暗之光"，我希望先生们以后要竭力的照澈这光，使一般陷阱边的青年回头！所以，我以为"评论"一栏，该当作与一切黑暗势力奋斗的战场；先生以为如何？

设"欧美最近出版的文学书籍"一栏，好极了；不过我以为最好能仿照《教育杂志》"新刊介绍"的办法，分为"名著"与"杂志"两纲，"杂志"一项又分二目，一为"欧美日本"、一为"本国"。日本最近的文学书籍和国内外的文学杂志，我不知先生为甚么不介绍，而只限于欧美的范围呢？我希望先生把"介绍"的范围要扩大一点才好！

王桂荣 三，七，一九二二。

荣桂先生：尊信给我不少的愉快。先生见现在有多数青年喜观看什么"礼拜六""半月"等等无聊的东西，深为悲观——是！悲观亦正不错；但是我们细想起来，青年的彻底觉悟，本来不容易立刻办到，这几年的"新文化运动"本来不曾著底搅动青年的心，我们，在文学界里尽力作工的人更不曾作出甚么了不得的东西，本来不曾紧抓住了青年们的心呀！或许这几年来已有几篇作品打着了青年们的心钟了，但是在中国广野的沙漠里，这几声钟，微弱到听不见了，所以我们决不必因此悲观，因为我们未曾怎样努力干过；未努力而遂悲观，似乎太没气力了。本刊评论一门本想尽力纠缠，先生既以此相望，自然更当努力了。介绍新书，亦想加入日本。其实论重要与否，日本未必较欧洲其他各国——如匈荷脑等，今都未收，一则因为自己不懂，而且国内学那些文学者恐亦不多——更为重要，但日本和我们是近邻，或者应得特别一点。

雁　冰

（原载《小说月报》第 13 卷第 8 号，1922 年 8 月 10 日）

5. 关于自然主义问题的讨论

自然主义的论战

雁冰先生：

在十三卷二号通信栏里，得读先生的大教，那时我以为多言无益，何必枉费笔墨，因此没有和先生再通信了。

但是今天我接到十三卷三号；只读完了《旅路的伴侣》和《冷冰冰的心》两篇创作以后，使我受了莫大刺激，犹其是《冷冰冰的心》一篇，他把塞满人间的悲哀，一字一句地刻在我黄连味苦般的心上，如果我不极力地挣扎着忍受着，我至少也照例哭得二小时，一声也不断地哭得二小时！先生，《冷冰冰的心》不是自然主义的作品吗？这种主义的作品给我感受的是什么呢？只有黑色的悲哀，只有唤起我忘却而不得的悲哀，只有对于我的心，更一阵阵地加冷……冰！现在的青年，谁不有时代的深沉悲哀在心头呢？自然主义的作品，深刻地描写了人间的悲哀，来换人间的苦泪，是应当的吗？自然主义者描写了人间的悲哀，不会给人间解决悲哀，不会把人间悲哀化吗？在自然主义者断不会承认"自然主义的作品，把人间悲哀化"这句话；因为自然主义的作者以为能换得多数人的眼泪，就是艺术的成功；就是得了人类的甜蜜的同情，是吗？不错，我也曾为《冷冰冰的心》的主人翁骚夐流泪；但是骚夐死了，我流泪于他有什么益处？我流了泪，我只暗暗地流了，然而我还是不能去安慰个个未死的骚夐！并且加了我心头的冰度，我同情于骚夐深，我虽不完全相信他的话，但谢女士的话却也不能安慰我——如果我处于骚夐的地位——人类的安慰吗？同情吗？是日常充满在人类的胸中吗？不过在他们超越现实的生活的一刹那间实在瞒不过了良心而流露得点滴罢了！不然，骚夐的安慰者为什么要到没日方来呢？到他不可挽救的时节才来安慰呢？我们无论对于什么人——或物——的死，总是惋惜的；谢女士和次原的安慰有什么奇怪呢？这类的同情，兽禽类也有，何必要自然主义者严肃地描写出来，刺激人的欲逃出而不能的悲哀呢？

末世纪的"灰色自然主义"呵，你让可怜的我见一丝儿艺术的光罢！

周赞襄 一九二二，三，十七

以上的那封信，是我前三日扶病写的；而且是由冲动写了出来的，文字太不精细，当然有许多不尽意的处所，不过我希望先生赐教时，不要在文字上非难，文字未免不是不完全的工具！请以心印心地来教我，不胜感激！

赞襄附白

赞襄先生：我从你信上"我至少也照例哭得二小时，一声也不断地哭得二小时"的自述，很钦仰你纯良洁白的心；但是你因此而反对自然主义文学的理由，却似未足！敬申说如下：

一、你说"现在的青年，谁不有时代的深沉悲哀在心头呢？自然主义的作品深刻地描写了人间的悲哀，来换人间的苦泪，是应当的吗"？你这一段话的意思，隐然指自然派的如实描写人类弱点为不应该，这也是从前一般反对自然主义的丑恶描写所说过的；但是我们先要问："人间世是不是真有这些丑恶存在着？"既存在着，而不肯自己直说，是否等于自欺？再者，人间世既有这些丑恶存在着，那便是人性的缺点；缺点该不该改正？要改正缺点，是否先该睁开眼把这缺点认识个清楚？人类不愿暴露自己弱点，大概有两个原因：一是怙恶——即是从人类的夸大狂来的，所以《进化论》出版后大受僧侣的攻讦，以其把"人为万物之灵"的尊严取消了；二是怕痛，因为没有勇气忍受精神上的痛苦，便甘自假装痴聋，宁愿麻木而睡，不愿醒。中国现代的青年，不愿看丑恶，原因大半为此；就他们的心中有"理想的善"这点上看，我极敬重他们的居心，然而"掩恶"等于"长过"，我极不赞成这种态度。这是单就"该不该描写丑恶"一点讨论。

二、其次我们要进一步，讨论"仅仅抉露人生丑恶而不开个希望之门"是否应该了。来信说"自然主义者描写了人间的悲哀，不会给人间解决悲哀……"以及下面一大段仿佛就是这个意思。这也是从前人反对自然主义文学的一个理由，我从前也有一时因此而不赞成自然主义文学。但是试问专一夸大地描写人间英雄气的浪漫文学何以会在十九世纪后半倒楣呢？是不是因为自然先生开了"现实"之门，把人类从甜美的理想梦中惊醒了的结果？莫泊桑小说《人生》里的女英雄，幼时心里装满了对于恋爱的理想的美，出嫁后方认识乃是丑恶；对于母亲纯洁的理想的敬爱，直到母亲死时发现母亲的情书，又化为乌有。《人生》当然是写实小说，但是在这写"幻灭的悲哀"一点上，我以为颇有象征的意思；象征近代人极力想以理想美化人生而终不免失败！近代的自然主义文学所以能竟夺旧浪漫主义文学的威势，原因即在理想美化了的表面，终有一日要拉破，绣花枕里的败絮终有一日要露出来，事实如此，无法否认；旧浪漫文学描写人间的英雄气概的处所，徒然使人觉得虚伪罢了。自然主义专一揭破丑相而不开个希望之门给青年，在理论上诚然难免有意外之恶果，——青年的悲观；但是在实际上，生当"世纪末"的已觉悟的青年，一双眼睛本是明亮的，人间的丑恶，他自己总会看见，就没有自然主义文学，难道他真能不知人间有丑恶么？既然他总能自己去看见丑恶的，而文学者还强要以掩丑而夸善的浪漫文学作品去给他，实在是哄小孩子了。须知最使人心痛苦的，不是丑恶的可怖，而是理想的失败；——理想以为怎样怎样好的，一旦见其真相，乃是绝丑，这幻灭的悲哀，对于人心的打击，比什么都利害些！如果竟有人先看旧浪派小说而兴奋，继看了自然派文学而颓唐，这只能归过于浪漫派小说的太夸张，太会说谎，不能埋怨自然派文学的如实地描写丑恶为不应当！而况进一层说，人看过丑恶而不失望而不颓丧的，方是大勇者，方是真能奋斗的人；若徒然靠甜蜜蜜的引人的希望之光而方能有些勇气去奋斗，我敢说他一遇困难，就退下来了。如果并未在实际上遇见困陋，不过在纸上看见，遂尔"谈虎色变"，意气大大消沉起来，这样的青年，处于现在的风浪险恶的时代，恐怕只有被风浪冲退的分儿了！即使天天把鼓人兴致的文学给他看，中用么？这都是就"仅仅抉露人生丑恶而不开个希望之门是否应当"一点而说。

三、尊信末后有"末世纪的'灰色自然主义'啊，你让可怜的我见一丝儿艺术的光罢"！这么一句话；从这话看来，你是不认自然主义文学是艺术品了！不知据何理由，何所见而云然？从来反对自然主义文学的人对于"自然派文学也是艺术品"这句却总是承认的；除非是对《镜花缘》里"君子国"的酒保表同情的文言家，也该没有人竟至于骂自然派文学算不得艺术品罢！

此外对于尊信附白嘱我"不要在文字上非难"一句，我也觉得有些诧异，不得其解；不过你既然这么说了，我也就遵命不多嘴了。祝尊体速愈。

雁冰

239

雁冰先生：

因为我是一个主张自然主义的人，所以我不能看着文坛上起了介绍自然主义运动的时候而不加以热心的帮助，竟然连我没有这气力都忘却了。我便先拿 Une Vie 和 Madame Bovary 来做我大胆的尝试。（中略）

在我译这两书之前，以为据我所知道的都有三种英文译本，互相考较，可以补我知识的缺乏；不料因为我的机会不好，竟然没有这种权利！经济的势力锢蔽了我看书的眼，并没有说话的嘴的自由；这件工作或者已经失掉他本来的意义，而只成为一个败落者的告白罢了！艺术不能不受经济的影响，我们谁又能看着革命之火四方蜂起的时候而自己不投身进去尽一分柴的义务呢？

我以为今后自然主义应该向理想方面发展了。这话似乎有些奇怪，因为一向人们是把自然主义和现实主义看做同物的。其实，自然主的根本要义是在求人生的真相，而我们又不承认现实是人生的全体。自然主义不出现实的羁绊，那只是十九世纪机械的人生观下的产物罢了。二十世纪的新人生观已经确定而且在各处实行起来了，自然主义也正应此时代之要求向理想的境地而前进。这固然不是象征神秘的慰藉与暗示，而且和表现派的梦幻夸张也大不同。根据科学的精神，抱着奋斗的态度，描写将来的设施及达此将来的路径，这真是新艺术的神圣而可贵的呵！（下略）

　　　　　　长虹　山西盂县清城镇。八，三，一九二二

（原载《小说月报》第 13 卷第 5 号，1922 年 5 月 10 日）

自然主义的怀疑与解答

记者先生：

（上略）贵志今年立了自然主义底旗帜，于文学前途，确是一件可喜的事；不过我于他方面稍有一点疑虑，趁此陈述一下，请你先生们指教。

自然主义文学里大概含着机械论者与宿命论者底人生观，视一切境遇似为不可抵抗的。这个于读者底感印方面就有可讨论之处了，倘若文学真能引导着人生。我以尤在现代底中国，较好有以鼓舞青年们倾向破坏一方面，抵抗一切，庶于建设底目的，有较易达到底可能。自然主义未免太是客观，也许容易引导读者发生无可奈何底感想吧。这于他底奋斗志愿，或者能够有所挫抑。倘若一个人在束缚着的环境里想要奔跑出来。不过这层意思，我自己未敢武断，特提出来请教你们。

颂先生们健康！

周志伊　四月二十六日

志伊先生：我们这两个月来，接到几封反对自然派文学的信，都不如先生的议论使我们动心。自然派文学大都描写个人被环境压迫无力抵抗而至于悲惨结果，这诚然常能生出许多不良的影响，自然派最近在西方受人诟病，即在此点。我于此亦尝怀疑，几乎不敢自信。周启明先生去年秋给我一信，曾说"专在人间看出兽性来的自然派，中国人看了，容易受病"，但周先生亦赞成以自然主义的技术医中国现代创作界的毛病。我自己目前的见解，以为我们要自然主义来，并不一定就是处处照他；从自然派文学所含的人生观而言，诚或不宜于中国青年人，但我们现在所注意的，并不是人生观的自然主义，而是文学的自然主义。我们要采取的，是自然派技术上的长处。我颇想把我的意见，较系统的写出来请大家批评，只是现在时间不够了，只能俟之下期，那时请不要吝于赐教呢。

雁　冰

记者先生：

读贵杂志第三期所载的《西洋小说发达史》，始恍然悟"罗曼主义"的解释。不过我有一点怀疑，罗曼主义的作品，全然无一点好处吗？我想罗曼主义既是古典主义的反动，他总有一点好处的，这个疑问要请先生答复我——或请谢六逸先生答我——我都感激不尽。祝先生们好！

王锴鸣　上海，三，三十一日

锴鸣先生：你的疑问是很有趣的。有些人对于西洋文艺思潮未能融合的了解，往往把自然主义看得如在天上一般，而将罗曼主义一笔抹杀，这很不对。先生的问题，在此虽不能详答，（因为说明罗曼主义的好处，涉及的范围很广，非几句话能讲清楚的。）但罗曼主义的两个显著的"好处"，可以提出和先生商榷。他的"好处"一是打破形式，二是讴歌情绪。从前古典主义注重形式，戕贼内容，罗曼主义力反此弊，看内容比形式重。又受古典派束缚的时候，个性不能发挥，到罗曼的反动起时，个人的感情或情绪乃能自由讴歌，作者能把热情泛溢在作品里面。这二者又可以说是罗曼主义的特质。只可惜真正的罗曼主义的作品，我国也还不曾介绍过。

六　逸

我以为"罗曼主义作品的价值"和"罗曼主义在文学史上的价值"是两件事，应当分开来讲。

罗曼主义的作品当然自有其价值，他们终究是"佳品"；我们固然也欣赏自然派以及新浪漫派的作品，并且我们或许自己也做自然派以及新浪漫派的作品，但是我们见了那几部好的罗曼派作品，一样的也欣赏。这犹之欣赏立体派表现派绘画的人们同时也可以欣赏文西卢本兹等人的作品。犹之爱菊爱莲的人同时也可以爱兰花爱牡丹。一件完美的艺术品始终是件完美的艺术品。推而至于古典主义的作品，亦莫不然。所以我们若问罗曼派作品的价值，不妨肯定的说：凡是好的罗曼派作品都有永久的真价。

罗曼主义作品是些艺术品，我们从这些艺术品里固然可以抽出共同的几点来派他们是罗曼主义的特点，换句话，这些共同的特点被我们加以专名曰"罗曼主义"；但是我们究竟不能从罗曼主义的定义里想像罗曼派作品如何如何的美，就是不能从定义里得到欣赏。我们问"罗曼主义有何价值"时，心里想的，一定不是空洞洞的一个专名，而是包括在这专名里的那些作品；如果我们定要离开作品，单问这专名所涵的意义有何等价值，那我们的问题一定就是"罗曼主义在文学史上的价值"了。

此两点既明，然后能定"浪漫主义运动于我国现在文坛有无需要"？这一个问题；同时亦能决定"我国现在是否需要大宗的西洋浪漫派文学的译品"？这一个问题了。谢君所说，我都同意，就在这一点上，我和他意见不同。

雁冰附志

记者先生：

我现在有疑义数条，要请先生指教。先生如肯费点时候详细的答复我，那我便非常感谢了。

（1）文学上的写实主义与自然主义相异之点。

（2）"童话""故事""传说""寓言"四者如何区别？

（3）《小说月报》十二卷十二号先生答胡天月信中说：

"记者以为中国文法的构造，……形容词与助动词有时不能区别……等等，确是不便，而且不完密，欧化云者，就是在此等地方参用点西洋文法……"我看了不大明白，请你举几个例给我看。

吕蒂南　一一，四，三，于广东新会

蒂南先生：承询三条，略释如下：

（一）文学上的自然主义与写实主义实为一物；自来批评家中也有说写实主义与自然主义之区别即在描写法上客观化的多少，他们以为客观化较少的是写实主义，较多的是自然主义。英国的珊斯培尔（Sainsburg）好像就是持此说的。纳尔生教授（Prof.W.A.Neilson）说：写实派作者观察现实，而且努力要把他所得的印象转达出来，并不用理性去解释，或用想像去补饰。自然派就不过把这手段更推之于极端罢了。（Chandler's Aspects of Modern Drama.Chp.II 所引）也是主张此说的。十九世纪后半欧洲文坛上渐厌浪漫主义（Romantism 即理想主义，亦译为罗曼主义）作品而生反动，法国有巴尔札克（Balzac）著《人间喜剧》已取客观的描写法，其后又有佛罗贝尔（Flaubert）的作品，描写亦纯取客观态度，《鲍芙兰夫人》于一八五七年出版，批评界一致说这部书是划分近代小说的界石。其后数年，曹拉的自然主义的大旗就高高竖起来了。现在说自然主义都从曹拉起，故或称自然主义为"曹拉主义"；别以巴尔札克、佛罗贝尔等人列于写实派：这是普通的分法。（本刊去年十二号《文艺上的自然主义》及本年五六两号的《西洋小说发达史》亦有说及，请参考。）

（二）"童话"大概是中国创造的名词，专指给儿童看的文学而言；西洋文学上实无与此相等之名。"故事"当英文之"Tale"或"Story"，不论或著或述，凡非近代意义的"短篇小说"，皆可名为"故事"。或又以英文之"Legend"相当中文之"故事"，则似未妥。因为"Legend"在文学上另有一义，与普通所谓故事似乎不同；"Legend"似与"传说"一名相当，然亦不能谓为极妥的译名。"寓言"当英文的"Fable"。这四者的区别；故事，童话，上已言及；寓言适如中文故训，亦毋须多说；惟"传说"一词稍需解释。"传说"通常释为"口碑流传的古代英雄的逸事"，大率是一种不知作者人名的文学作品。今中文的"传说"二字通常是混译英文中的"Tradition"，"Legend"，"Sagas"等字。涵义大致如上述。

（三）例如"一个胖绅士嵌在紧接厢房的路上，野兽似的发了稀薄裂帛似的怪声呻吟着"一句内的"野兽似的发了稀薄裂帛似的怪声"

就是欧化的文法，中国旧有文法不能造出这样的一句好句；又如"海浪自由自在地，而且有规则地，滚成他们山峰状的弯形……"一句内的"自由自在地""有规则地"都是助动词，形容"滚成"的，是参用西洋文法组织的，若用中国旧有文法，恐怕不能造成出这样神气的句子来。

雁 冰

（原载《小说月报》第 13 卷第 6 号，1922 年 6 月 10 日）

6. 其它

文学作品有主义与无主义的讨论

雁冰先生：

我这篇小说《诗人》想在《小说月报》上发表；有几个朋友，他们要我请偄工或是丏尊介绍，我觉得这层客气手续可以不必，因为我很信先生能够认定创作的价值，才得登出月报，不至于因是无名作家的作品，就轻忽看过了的，因此，我大胆投来了！

但是我为什么愿投《小说月报》来呢？我这样才开始的青年作家的作品，当然有许多缺点，但是指导我的人很少；我觉得《小说月报》在今日中国文学界要占一个注意点集中的位置，注意批评的人很多，所以我想在这可注意的月报上发表，多得几个严师良友的指导批评，先生以为如何？

至于现在中国文学的幼稚的创作坛上，应该取宽泛的态度，不宜拘泥某种主义的狭见，束缚幼稚天才的创作发展，如果将来创作坛上有几位特出的作家的作风，披靡一时，那时自然成了一种共趋的作风，也就自然成了一种主义；再另一方面——批评界方面——觉得现在应该需要何种的作品；或是现代的作品，以何种作品为最美，那时也可以督促创作界有同一的趋向——作风；但是现在的中国幼稚的创作界，作品有几？作家有几？定要拘泥于西洋的作风，标榜某种主义，未免见狭，先生以为何如？我最后一语就是：

创作界任其自由发展，这样，才有真的善的创作出产！

周赞襄　一九二一，一二，二五，长沙

赞襄先生：读完来信，非常抱愧；先生对于我们及出版物有如此的大希望，我们深恐能力不足，难餍读者之望。《小说月报》很引起人注意，这或者适如先生所说，但中国的批评空气实在很沉静；就我们所接对于《小说月报》创作的批评而言，大抵非谩骂即皮相的称赞，直刺入内心的批评，简直没有。

现在最流行的话就是"不宜拘泥某种主义"；在此刻倡导自然主义写实主义，更受人诟病。这情形，我们也很明白。但是这种冠冕堂皇的流行病的高调，实在无益于中国新文艺的发展而且有害！中国自来只有文学作品而没有文学批评论；文学的定义，文学的技术，在中国都不曾有过系统的说明。收在子部杂家里的一些论文的书，如《文心雕龙》之类，其实不是论文学，或文学技术的东西。历来贱视诗歌小说，都当做陶情消遣之用。历来的描写方法又不尚忠实，但图行文之便。消遣的文学观，不忠实的描写方法，是文学进化路上二大梗。可以说是中国文学不能发展的原因。这几年来，经过无数人的提倡，玩视文学的心理稍稍减除；然而不忠实的描写法的遗毒还深中人心，眼前没有几多人能够脱离这历史的负担。自然派描写眼前平凡的事物，件件是真实的；如今国内的一般作者也描写眼前平凡的事物，却件件都是虚浮的。前数年中国人做言情小说，每每喜加"此实事也"一句，而实则全篇无一处令人感到真实：这都是描写方法不求真实的缘故。自然主义在世界文坛上，似乎是过去的了，但是一向落后的我们中国文学若要上前，则自然主义这一期是跨不过的；而况描写不求忠实，乃中国文人之通病呢？所以我个人的意见，觉得如今我们若再不提倡自然主义，仍是糊里糊涂说"好的就是，做得好就是"，那么，中国新文学的作者或许永远要迷失在镀金的半神秘半理想之境了。虽然深通西洋文的人可以从西文书里探得自然主义的精髓，不能读原本的人，却就糟了。你说"创作界任其自由发展",试问尚没有发展力的创作界虽任其自由却怎样去发展?这话犹之叫不能用思的人去自由思想,所得的还不是"胡思乱想"么?要晓得我们现在大家所讲的什么新文艺,根芽完全来自异域的,我们一些根柢都没有,正像初出世的小孩子一样,叫他自由发展些什么呢?

总之,文学上某种主义一方面是指出一时期的共同趋势,一方面是指出文艺进化上的一个段落;我们如果承认现在的世界文学必要影响到中国将来的新文学——换言之,就是中国的新文学一定要加入世界文学的路上,——那么,西洋文学进化途中所已演过的主义,我们也有演一过之必要;特是自然主义尤有演一过之必要,因为他的时期虽短,他的影响于文艺界全体却非常之大。我现在是这样的确信着,所以根本地反对不提倡什么主义的八面光的主张。

至于现在用什么方法输入自然主义文学呢?我个人主张先从介绍作品(作家在内)入手;其次要把理论介绍。这两者本来可以同时介绍,但因现在一般读者对于西洋小说发达的经过,什么也不知道,又不能先把这方面说说;谢六逸先生的《西洋小说发达史》就是应这需要做的。

记者雁冰答

先生们:

十二月三日,曾寄一书,并附拙作《人生之密幕》一篇,想早收到了。

翻译的重要,已然是一般承认的事实。可是因风俗,历史,习惯,环境的差异,西洋的象征作品,在中国似乎不能适用,《女王玛勃的面网》那篇,我看来看去,领会不出他篇中蕴蓄着底精义;因此这篇小说,对于我完全不生什么影响,大约我底文学知识薄弱没法理解,请指教!

文学批评是两方面的。《命命鸟》是一篇很有意味的小说,而且是纯自然的描写,垂统却说他容易诱惑烦闷的青年厌世,乃真未免太武断了。虽则他个人受了《石头记》的累,可是《石头记》给与人们的好处,也是不可磨灭的。我可以反转来说《命命鸟》是现实烦闷的青年底一服兴奋剂，因为可以资现实青年借鉴的一段事实，想来垂统也没法驳倒我底话的。

《超人》那篇，我觉得禄儿那样人，恐不会写这封信罢。这未免是那篇文的一点疵处。

奉拙作《责罚》一篇，请先生们赐以严格的批评，如不发表，请将原稿掷还，我底描写方法固然不好，可是这类作品，不知道有碍于发表否？

我一月七日离衢，此后有信请寄绍兴墨润堂书坊收转是盼，专此即祝

健康；并贺 新禧！

施蛰

施蛰先生：

风俗历史习惯环境的差异，在艺术的了解力上，是相对的，不是绝对的。不但如此，有时反因描写了异地的风俗习惯环境而使人看了格外赞赏。例如吉百林的东洋风的小说即是。《女王玛勃的面网》一篇用意并不怎样深，只在篇末"这网就是所谓梦想的网，使我们把人生看成玫瑰色的甜梦的网。"等等几句里。但是全篇题材却借用神话里的女王玛勃，这些西洋"典故"，而今国内尚未普及，当然是了解上的一个障碍。莎士比亚的"Romeo and Juliet"中有一段讲到 Queen Mab 的，我看可以参考一下。

关于《命命鸟》的你的批评，我也有同样的感想。此祝健康。

记者雁冰复

记者先生：

近来各杂志各报上发表的创作大都是短篇的，长篇很是寥寥，便是那些短篇中，也是描写人生断片的作品少，而记事体式的杂感式的作品多。此等作品，其味甚淡，看惯刺激性极强的红男绿女的小说的中国人，一定觉得干枯无味。况且实际上这些小说本来用意既极浅薄，情节亦颇简单。我真不懂像这戋戋者怎能证明作者确有才华！长篇小说近来发表的像《沉沦》等三篇，亦未见佳；虽然篇中加了许多新名

词，描写的手法还是脱胎于《红楼》、《水浒》、《金瓶梅》等等几部老"杰作"。《晨报》上连登了四期的《阿Q正传》，作者一枝笔真正锋芒得很，但是又似是太锋芒了，稍伤真实。讽刺过分，易流入矫揉造作，令人起不真实之感，则是《阿Q正传》也算不得完善的了。创作坛真贫乏极了！贵报目下隐然是小说界的木铎，介绍西洋文学一方，差可满意，创作一方却未能见胜。至盼你们注意才好呵！

与其多而不好，不若好而不多；我以为如今创作家发表创作太容易了。

谭国棠 一九二二，一，二。

国棠先生：尊论我颇赞同。但记事体和感想体的小品在文学中确是一格，如果做得真好，那么，就以此名"家"，亦不为过。这是就一个人而论；若就一个民族的文学而论，自然不能单有小品而无大著。我国新文学方在萌芽，没有大著，乃当然之事，正不必因此悲观也。

《沉沦》中三篇，我曾看过一遍，除第二篇《银灰色的死》而外，余二篇似皆作者自传（据友人富阳某君说如此），故能言之如是真切。第一篇《沉沦》主人翁的性格，描写得很是真，始终如一，其间也约略表示主人翁心理状态的发展：在这点上，我承认作者是成功的；但是作者自叙中所说的灵肉冲突，却描写得失败了。《南迁》中的主人翁即是《沉沦》的主人翁，性格方面看得出来。这两篇结构上有个共通的缺点，就是结尾有些"江湖气"，颇像元二年的新剧动不动把手枪做结束。

至于《晨报附刊》所登巴人先生的《阿Q正传》虽只登到第四章，但以我看来，实是一部杰作。你先生以为是一部讽刺小说，实未为至论。阿Q这人，要在现社会中去实指出来，是办不到的；但是我读这篇小说的时候，总觉得阿Q这人很是面熟，是呵，他是中国人品性的结晶呀！我读了这四章，忍不住想起俄国龚伽洛夫的Oblomov了！

而且阿Q所代表的中国人的品性，又是中国上中社会阶级的品性！细心的读者！你们同情我这话么？

记者雁冰答

（原载《小说月报》第13卷第2号，1922年2月10日）

对"整理中国固有文学"的讨论

雁冰先生：

　　鄙人近来对于我国文坛，颇有意见，爰拉杂书之如右，不知有可供采择者否？

　　先生辈所组织之文学研究会，章程上所定宗旨，谓创造新文学，介绍西洋文学，整理中国固有文学；两年来贵会对于宗旨之实行如前两项，可谓尽创造与介绍之能事，此可于《小说月报》中觇之，至于整理中国固有文学一项，迄今未见有何表现，想尚在考虑中，不欲遽行发表，否则章程等于具文，贤者决不为也。夫所谓文学者，总不外小说，诗，戏曲，散文数种；我国小说素不发达，最有价值如《红楼梦》者，乃数十万言之长篇小说；可名为短篇小说者，前人笔记中或可求得数篇，然亦不多观。此层，胡适君曾言之；戏曲当以元代为最盛，如关汉卿等，虽皆作曲数十种，而大半取材芜滥，思想卑劣，无文学之真价者。唐宋八大家以来之刻板古文，读后往往不能引起情感，故能名为散文者，亦寥寥可数。我国文学中之最发达者，当以诗词为最；如陶潜、杜甫、自居易之诗，其描写颇带平民色彩，字句亦不深奥难诵，李后主词中所表现之情感，亦回非他人所能及。我国文学中尚有所谓诗话者，其宗旨似与西洋之批评文学同，实则作诗话者缺乏文学眼光，专考究字句之雕琢，其所褒贬，多穿凿附会，无中生有之论，对于作者之思想与性格，毫不顾及。至于清代之袁枚作《随园诗话》竟藉以敛钱，更无耻之尤矣。故鄙人以为处今日而言整理中国固有文学，当从诗词着手，不知贵会之所谓整理旧文学者，果取何种手续；是否如近来坊间所翻印之《水浒》《红楼梦》，将原本加以新式标点及新序考证而已乎？抑别有一种新办法乎？望有以告我！

曾忆有人谓时至今日，再翻译歌德之《浮士德》，但丁之《神曲》，莎士比亚之《哈姆雷特》，未免太不经济，鄙人以为此种论调，亦有不尽然者。盖以上数种文学，虽产生较早，而有永久之价值者，正不妨介绍于国人。如谓此类旧文学无翻译之必要，则法国莫里哀之滑稽剧，俄国普希金之小说戏剧，更可不译；再现今介绍西洋文学既不限主义时代，则英国十九世纪大小说家如 Dickens，W.M.Thackeray，George Eliot 之写实作品，亦有翻译之价值乎？

近来创作坛有一种极流行之现象，即创作取材于我国古事古诗，如李之常君之《荆轲之死》(见去年时事新报)，郭沫若君之《棠棣之花》(见创造第一期该志次号要目预告中并有郭君之《孤竹君之二子》郁文君之《信陵君之死》)及北京女高所演之《孔雀东南飞》皆是；此种现象，颇有复古运动之倾向，鄙人以为既曰创作，不当再于古纸堆中讨生活；(此与整理国故截然不同)先生以为然否？余不白，此颂文艺的愉快

万良濬　五月，二十四日。夜三时。

良濬先生：

文学研究会章程上之"整理中国固有文学"，自然是同志日夜在念的；一年来尚无意见发表的缘故，别人我不知道，就我自己说，确是未曾下过怎样的研究工夫，不敢乱说，免得把非"粹"的反认为"粹"。今年提倡国粹的声浪从南京发出，颇颇震动了死寂的空气；我拜读过好几篇，觉得他们的整理国故有些和孙诒让等前辈同一鼻孔出气——是表彰国故，说西洋现今的政法和思想都是我国固有的。这其间，难免牵强附会，往往有在"中籍"里断章取义以比附西说等等毛病。就算都不牵强附会，究竟"述祖德"的大文章和世界文化之进步有什么关系，那我可真不明白了。我觉得现在该不是"民族自夸"的时代，"民族自夸"的思想也该不要再装进青年人的头脑里去罢？我对于这种样的"整理国故"真不胜其怀疑了！至于翻印《红楼梦》自然未为整理国故，但《红楼梦考证》一文，以我想来，总该放入"整理国故"

栏里，先生说"……将原本加以新式标点及新序考证而已乎"？似乎是不认考证可算"整理国故"了，这未免太"严格"了罢？

翻译《浮士德》等书，在我看来，也不是现在切要的事；因为个人研究固能惟真理是求，而介绍给群众，则应该审度事势，分个缓急。有人说笑话若能中外古今大文豪群聚一堂，办个杂志，岂非大快事；这笑话真是"笑话"！试问若真有此兼收并容，嗜好一切不同时代，不同地域，不同主义的文艺作品的读者界，不是无头脑的，岂非是白痴么？除非是对于文艺不懂的人才会以耳作目，嗜好一切历史上的艺术；否则，喜欢了甲的人决不会又喜欢与甲极端相反的乙！我始终觉得个人研究与介绍给群众是完全不相同的两件，未可同论。

以古事作为新品，似乎与"古纸堆中讨生活"稍有不同。我们觉得创作两字是对付思想，艺术方面的多，对付"题材"方面的少。若并题材而求"创作"，恐非流于旧浪漫派不可，那恐怕只有中国从前译者所谓"神怪小说"之类方才配称创作了。还请先生三思。匆匆奉复，尚祈赐教。

雁 冰

（原载《小说月报》第 13 卷第 7 号，1922 年 7 月 10 日）

说明：标题系编者所加，原标题为《通讯》。

五、关于中国文学遗产整理的文章选辑

整理中国文学的提议

西　谛

　　中国素以文教之邦著称。中国文学发达的历史也至少在三千年以上。历代帝王且时时下崇"文"之诏令。以中国人之如此重视文学，以中国文学所历年代之如此长久，宜其能蓬蓬勃勃，产生无量数之杰作了。然而除了诗歌与论文，杂著，之外，其余戏剧，小说，批评文学之类并不发达。这是什么原故呢？原来中国人所崇的"文"，并不是"文学"的"文"，乃是所谓"六经之道"，为帝王保守地位的"文"。其他真正文学，则提倡者决无其人。诗歌最容易发泄人的真情，故最发达。至小说之类则所谓文人者且鄙夷之而不屑为，四库总目提要且以"词曲二体，在文章技艺之间，厥品颇卑，作者勿贵。……王圻续文献通考以西厢记，琵琶记俱入经籍类中，全失论撰之体裁，不可训也。"至于近代，因西洋小说介绍进来的原故，大家才稍稍承认小说在文艺上的地位。但是一般人还不大明瞭文学究竟是什么，也不大知道中国文学真价的所在。有人以学校中的"功课表"算为文学。也有人把宋元理学，汉人章句，也叙入文学史之中。又有人以陶潜来同俄国的托尔斯太来相比。中国文学真还在朦胧阴影之中，没有露出新明的阳光呢！

　　所以我们要明白中国文学的真价，要把中国人的传说的旧文学观改正过，非大大的先下一番整理的功夫，把金玉从沙石中分析出来不可。

　　前次，文学研究会在上海开会时，我曾提出一个问题，请大家研究，就是"整理中国文学的范围与方法。"当时大家曾讨论了一回。因为这个问题的复杂与重大，时间又是太短，所以没有议出什么结果来。

现在，我先把自己的意见，简简单单的写出来，请研究中国文学的诸位先生，给我些教正。

一、整理的范围

文学的范围，极不易确定。如果我们说《诗经》是文学，《西游记》是文学，或是《日知录》不是文学，《朱子语录》不是文学，那是谁也不会反对的。如果一进到文学与非文学的边界，那末，便不易十分确定了。譬如问："王充《论衡》是不是文学？"《北梦琐言》《世说新语》，算不算文学？"或是"陆宣公奏议，贾子新书，是不是文学？"便不易立刻回答了。至少也要把文学的性质懂得清楚，并且把这种书的价值与影响研究得详详细细，才能够无疑的回答说："这是文学"，或"这不是文学"。

而欲确定中国文学的范围，尤为不易。

中国的书目，极为纷乱。有人以为集部都是文学书。其实不然。《离骚草木疏》也附在集部。所谓《诗话》之类，尤为芜杂。即在《别集》及《总集》中，如果严格的讲起来，所谓《奏疏》，所谓《论说》之类够得上称为文学的，实在也很少。还有二程（程灏程颐）集中多讲性理之文。及卢文绍，段玉裁，桂馥，钱大昕诸人文集中，多言汉学考证之文。这种文字也是很难叫他做文学的。最奇怪的是子部中的小说家。真正的小说，如《水浒》，《西游记》等到没有列进去。他里边所列的却反是那些惟中国特有的《丛谭》，《杂记》，《杂识》之类的笔记。我们要把中国文学的范围，确定一下，真有些不容易！

现在凭我个人的臆断，姑且把他分为九类如下：

（一）诗歌　这里诗歌一字，所包括的颇广。自四言的诗，五言，六言，七言的诗，以至乐府，词，长歌，赋，等等都包含在内。词是从诗变化出来的，中国旧的分类虽与诗分开，其实性质是一样。只不过音调不同而已。赋自《离骚》以后，作者继出。而《离骚》实为后世诗人之祖，故赋也不能与诗分开。还有民间歌谣，也须附在这一类中。

（二）杂剧，传奇　元人杂剧，及汤若士，李渔，蒋士铨诸人之作都包括在内。董解元《西厢记》，体例与王实甫不同。他这本书，是预备给一个人唱演的，不是预备给许多人扮演的。后世弹词，与他极为相近，亦可附在此类。

（三）**长篇小说**　中国长篇小说极少。自宋元以后，始有作者。而所谓文人学士对于这种书，并不重视。所以除了《水浒》，《西游记》，《三国志》，《红楼梦》，《镜花缘》，《儒林外史》，以及其他历史小说如《开辟演义》，《东周列国志》,《秦汉演义》之类百余种以外，长篇小说几于绝无仅有。

（四）**短篇小说**　唐人的短篇小说如《虬髯客传》,《飞燕传》,《柳毅传》,《长恨歌传》,《霍小玉传》等都是价值极高的。自唐以后，作者极少。蒲留仙之《聊斋》，与流行民间之《今古奇观》，可以附在此类。

（五）**笔记小说**　此为中国所特有者。《四库总目》所列子部小说家，几皆为此类。而往往一书中有许多篇是记掌故的，有许多篇是记奇闻的。还有许多是杂记经籍考证及音义的，不能把他们完全当为小说。

（六）**史书，传记**　长篇传记，中国极少。至于史书，则《左传》，《史记》,《两汉书》,《三国志》之类，都是有很高的文学价值的。他们的影响极大。后世言文者多称，左，马。在文学史上，他们与《诗经》，《离骚》是有同等的重要的。

（七）**论文**　论文在中国文学中占有很重要的地位。周秦诸子及贾谊，扬雄，王充，仲昌统，韩愈，苏轼，黄宗羲，诸人所作的《论衡》《昌言》《明夷待访录》之类，一面于思想界极有关系，一面在文学上也各有相当的地位。

（八）**文学批评**　中国的文学批评极不发达。刘彦和的《文心雕龙》算是一部最大的著作。章学诚之《文史通义》，亦多新意。其余如诗品，诗话，词话及《唐事纪事》之类，大半都是不大合于文学批评的原则的。

（九）**杂著**　如书启，奏议，诏令，赞铭，碑文，祭文，游记之类，皆归于这一类。

以上九类，略可以把中国文学，包括完尽。惟文学与非文学之间，界限极严而隐。有许多奏议，书启是文学，有许多奏议，书启便不能算是文学。所以要定中国文学的范围，非靠研究者有极精确的文学不可。

二、整理的方法

我们研究一种学问，不能受制于他人所预定的研究方法之下。所以，同样的我们也决不敢替别人定什么整理的或研究的方法。但是至少限度的研究的趋向，我想总要稍稍规定一下。因为这种研究的趋向，正如走路一样无论走到那里去，都是非经过这一个地方不可的。譬如在培根以前，研究学问，都只信仰相传的成说，并不自己去考察。在达尔文以前，讲生物原理的人，也都只相信上帝造物之说，并不去研究生物进化之原理。到了培根，达尔文以后，则研究学问的自然而然的都趋向于归纳的研究与进化论一方面了。又如十八世纪以前，西欧的批评文学家，都以希腊的传统的学说为惟一的批评方针。莎士比亚的戏剧因为不遵守亚里斯多德定下的"三一律"，便被当时的人攻击得很利害。到十八世纪以后，文学的研究者便没有人信仰这"三一律"，而另有他们自己的新趋向了。如果在现在的时候，而还有人拿"上帝创造说"来批评"进化论"，或拿"三一律"，来做现在的戏剧的准绳，则这人必定是个非愚则妄的人了。所以我们站在现代，而去整理中国文学便非有：

（一）打破一切传袭的文学观念的勇气与

（二）近代的文学研究的精神不可了。

现在先就第一项略说一下：

中国文学所以不能充分发达，便是吃了传袭的文学观念的亏。大部分的人，都中了儒学的毒，以"文"为载道之具，薄词赋之类为"雕虫小技"而不为。其他一部分的人，则自甘于做艳词美句，以文学为一种忧时散闷，闲时消遣的东西。一直到了现在，这两种观念还未完全消灭。便是古代许多很好的纯文学，也被儒家解释得死板板的无一毫生气。《诗经》里很好的一首抒情诗：

> "关关雎鸠，在河之洲。窈窕淑女，君子好逑。
> 参差荇菜，左右流之。窈窕淑女，寤寐求之。
> 求之不得，寤寐思服。悠哉悠哉，辗转反侧。"

被汉儒人解释便变成"后妃之德也。风之始也。所以风天下而正夫妇也"了，虽然朱熹能够打破这种解释，而仍把他加上儒家的桎梏，说什么"盖此人此德，世不常有。求之不得，则无以配君而成其内治之美"。最可笑的是：

"喓喓草虫，趯趯阜螽。未见君子，忧心忡忡。
亦既见止，亦既觏止，我心则降。"
"陟彼南山，言采其蕨。未见君子，忧心惙惙。
亦既见止，亦既觏止，我心则说。"
"陟彼南山，言采其薇。未见君子，我心伤悲。
亦既见止，亦既觏止，我心则夷"。

一首诗，明明是"诸侯大夫行役在外。其妻独居，感时物之变，而思其君子如此"（朱熹的话）之意。汉儒却把他当做"大夫妻能以礼自防"之意当做叙述妇人适人，未见其夫，与既见其夫的心境变化之文。这真是大错特错了。第一段"未见君子"解做"在途时"，还勉强可通。至第二段，第三段则出嫁之女，要跑到南山去采蕨，采薇做什么？下边紧接着"未见君子"——"在途时"——则更说不通了。出嫁之女走到途中，忽然跑到南山去采蕨，采薇，到底是怎么一会事呢？还有奇怪的：诗中"未见君子，我心伤悲"明明是言未见其夫，故而悲痛。汉儒却解做"嫁女之家，不息火三日，思相离也"。如果是说女思相离的话，那末，见夫前与见夫后，总是一样的相思。为什么见了夫后，便"我心则夷"呢？这种曲解强释，完全是中了儒家的"礼教"之毒之故。所以不许有怀春之"士"，不许有思夫之妇。而非把他们拿来装饰儒家所定的"礼教"的门面不可。其实孔子选诗的本意，岂是每首都含有宣传他的主义的意义在内么？！

《离骚》与其后的各种小说也同样的受了这种曲解的灾祸。自《史记》有"屈平疾王听之不聪也，谗谄之蔽明也，邪曲之害公也，方正之不容也，故忧愁幽思而作离骚"之言，于是后之注骚者，几无一语不解为怨诽，无一语不解为思君。自朱熹作《通鉴纲目》贬曹魏，以三国正统予刘而不予曹，于是后之评《三国演义》者，几无一处不以作者为贬曹操，为是写曹操的奸恶的。无论曹操的一举一动，都以为奸谋，是恶行。评《红楼梦》者，竟有逐回斥责贾母为祸首的。评《西游记》者，则有以此书为言医乐之书，逐回都是谈论医理的。如此附会之处，几于无书无之。中国人的儒教的文学观，因此养成，根柢深固，莫能拔除。为儒者所不道的稗官小说，开卷亦必说了许多大道理。无论书中内容如何，而其著书之旨，则必为劝忠劝孝。甚至著淫书者，开头亦必说他著此书，是为了"劝善惩淫"。这种文学观是我们所必要打破的，还有一种无谓的文学正统的争论。如言古文者，鄙骈体为不足道。言骈体者亦斥古文为淡薄。言宋诗者遂唾弃别时代的一切作品，以为不足学之类。我们都应一概打破。

文学贵独创。前人之所以嘉惠后人者，惟无形中的风格的影响，与潜在心底的思想的同情而已。摹袭之作，决无佳构。而中国文学则以仿古为高，学古为则。屈子有《离骚》，扬雄则作《反骚》。枚乘作《七发》，而《七启》之属遂相继而产生。言诗者，不言此诗家之特质何在，独眼眼然举某诗似杜子美，某诗似黄山谷，一若学古人而似，即为诗人最大之成功者。言散文者亦然。作者评者，莫不以摹学《左》，《孟》，《史记》，昌黎为荣。这种奴性，真非从根本上推倒不可！

总之，我们研究中国文学，非赤手空拳，从平地上做起不可。以前的一切评论，一切文学上的旧观念都应一律打破。无论研究一种作品，或是研究一时代的文学，都应另打基础。就是有许多很好的议论，我们对他极表同情的，也是要费一番洗刷的功夫，把他从沙石堆中取出，而加之以新的证明，新的基础。

说到这里，必定有人要问我，"旧的既然要打破，那末，新的呢？新的文学的观念是怎样的呢？"

在这个地方，我且乘便把第二项"近代的文学研究的精神"说一说。

我们的新的文学研究的基础便是建筑在这"近世精神"上面的。

这近代的文学研究的精神是怎样的呢？

R.G.Noulton 在他的《文学的近代研究》（Modern study of literature）一书里，说得很详细。他以为近代的精神便是（一）文学统一的观察，（二）归纳的研究，（三）文学进化的观念。

所谓文学的统一观，便是承认文学是一个统一体，与一切科学，哲学是一样的。不能分国单独研究，或分时代单独研究。因为古代的文学与近代的文学是有密切的关系的。这一国的文学与那一国的文学也是有密切的关系的。我们研究文学应该以"文学"为单位，不应该以"国"或以"时代"为单位（此段请参看本年《小说月报》第二号我的《文学的统一观》）。我们中国的文学研究者，则不惟没有世界的观念，便连一国或一时代的统一研究，也还不曾着意。他们惟知道片段的研究一个或几个作家。用这种文学的统一观，来代替他们的片断的个人研究，实是很必要的。

但是说来可怜，中国人便连这片断的个人研究也不曾研究得好呢！他们所谓研究，便是做"年谱"与"注释"。能够对于一个作家的性格与作品，有一种明了的切实的批评的实在是万不得一。

"归纳的观察"是研究一切学问的初步。无论我们做个人的研究工夫也好，做一部分或全部分的中国文学的研究工夫也好，我们必须应用这"归纳的观察法"，把作品与作家仔仔细细的研究个共同的原则与特质出来。

所谓"进化的观念"，便是把"进化论"应用到文学上来。许多人反对讲"文学进化"。以为文学是感情的结晶。人类的感情自太古以至现代，并没有什么进化。所以荷马的史诗，我们还是同样的赞赏。所言进化，则荷马之诗必将与希腊的幼稚的科学知识，同归消灭了。其实，这是不然的。"进化"二字，并不是作"后者必胜于前"的解释。不过说明某事物，一时期，一时期的有机的演进或蜕变而已。所以说英国文学的进化，由莎士比亚，而史格德，而丁尼生。并不是说丁尼生比莎士比亚一定好。这种观念是极重要的。中国人都以为文学是不会变动的。凡是古的，都是好的。古人必可以作为后起之人的模范。所谓"学杜"，"学韩"，都是受这种思想的支配。如果有了进化的观念，文学上便不会再有这种固定的偶像出现，后起的文学，也决不会再受古代的传袭的文学观的支配了。

这种研究的趋向，是整理中国文学的人，大家都要同走的大路。万不可不求其一致。至于各人要做什么工作，则尽可以凭各人的兴趣与志向做去，不必别人代为预先计划。不过，据我的意见，中国文学的整理，现在刚在开始之时，立刻便要做全部的整理功夫，似乎野心太大了些。最好是先有局部的研究然后再进而为全体的研究，才能精密而详确。局部的研究可分为，（一）一部作品的研究，（二）一个作家的研究，（三）一个时代的研究，（四）一个派别的研究，（五）一种体裁的研究。但这种局部研究，有时也要关涉全体的。如从事一个作家的研究，对于作家在文学史上的地位与影响是必须研究的。他的性质，他的作品的风格，他的人生观，都是要细细的观察的。从事一个作品的研究，也是如此，除了研究他的风格与所包含的思想外，至少还须知道他的作品的历史与性格，及这作品在文学史上的地位与影响。因为时间关系，这篇短文便如此的匆匆结束了。还有许多话，只好待以后再说。

（原载《文学旬刊》第 51 期，上海《时事新报》
1922 年 10 月 1 日）

整理中国古代诗歌的意见及其他

馥 泉

读了振铎兄在本刊发表的"评 H.A.Giles 的《中国文学史》"之后，很引起我编"中国文学史"的野心，——当然，我晓得一部"中国文学史"决不是一个人干得了的，不过"冲动"出这么一个野心吧了。

近代的文学（姑且假定汉以前为古代；汉以后，即自三国起，至现在为近代），固然因为卷帙浩繁，难于整理；但古代的文学，因为作品底真伪难辨（辨真伪，是整理古代文学的大工作），而且作家底传记难于真确的整段的记载，所以觉得真是要详详细细地整理古代文学底一部分已足够消遣我们底一生了，——至少，已足够消遣我们底大半生了。我因为性之所近，拟从古代诗歌方面着手。

古代的诗歌，只有《诗》和《楚辞》（虽则还待考证）为整段的材料，此外，便都得向须待考证的古书（如《史记》《尚书》《列子》等等）上去找寻。现在且把我所拟定的方法，和有志者闲嚼嚼。

（一）当时的文学思潮及其他

（二）搜集材料

（三）考证材料——辨真伪，考窜加等

（四）审定材料——是否诗歌

（五）作者传记

（六）考证作者传记

最重要的，是上述六者。

（一）当时的文学思潮及其他

中国近来那些中国文学史，如曾毅撰《中国文学史》，王梦曾编《中国文学史》，谢无量编《中国大文学史》及《中国妇女文学史》，莫善诚编《中国文学史》等（有的尊为中国文学史，怕中国文学要哭的吧！）对于一时代的文学思潮都以为没有关系似地委弃的，——至多，只讲些佛教底影响，以诗取士的影响等等，从没把一时代的文学思潮，"全个"地提给读者的。至对于一时代的文学思潮的各种影响，也至多只能叙述人所常道的几项（非人所常道的，他们没工夫去搜寻的呀）；有的讲一些"文不对题"的东西，——从没清清楚楚地把几种影响列举于读者之前的。

现在且举一二实例，以证明上面所说的，并非是侮蔑他们。

吴兴王文濡赞曰："安寿谢先生无量，精于四部之学，旁通画革之文（所著有《中国六大文豪》《中国哲学史》《中国妇女文学史》《妇女修养谈》《实用文章义法》《佛学大纲》《国民立身训》《孔子》《韩非》《朱子学派》《阳明学派》《王充哲学》《骈文指南》《诗学指南》《词学指南》等书），以世界之眼光，大同之理想，奋笔为之提纲挈领，举要治繁"。（见《中国大文学史序》）被这么称赞谢先生无量编的《中国大文学史》第一编第三章"古今文学之大势"，他以"外国"式的分类法（故应被誉为"以世界之眼光"）划分如下。

第一节　总论

（甲）关于变迁之大势

（乙）关于行文之气格

第二节　时势与作者

第三节　精神上之观察

（一）创造文学

（二）模拟文学

（三）国家文学

（四）平民文学

他原是"编辑"的，他原是"提纲挈纲，革要治繁"的，他于"关于变迁之大势"条下，列举些"陈傅良曰""虞集曰""吴澄曰"……等便算了事了。但不要怪他，不是他"精于四部之学"，什么曰，什么曰，都还汇集不起来咧！他原来不是讲"整理"的，当然只消如《人表考》(仁和梁玉绳撰，有广雅书局"刊本)一般，把各书中可载的各人底传记记下注以出自某书便算了。以下第一节第二段"关于行文之气格"及第二节"时势与作者"，但是照着"关于变迁之大势""编"些什么曰，什么曰的。其第三节，不知怎的，不"编"而"著"了。所谓"精神上之观察"，即就精神上观察古文文学大势，浅学如鄙人，实不能识其情意所在；如外国人 Giles 亦能见及的"佛教对于中国文学的影响"(据振铎兄说)，这位"精于四库之学"的大文豪，象不是他所说的"精神上之观察"，所以亦不提及。虽有第三编第十章的"佛教之输入"，但也只抄了一篇"牟融《理惑论》"及婆罗门书中所载的"所以十四字贯一切音"；——佛教和中国文学的关系，在大文豪是不生问题的。

又如莫善诚编《中国文学史》亦曾讲及不三不四的对文学思潮的各种影响。他说"至于文学盛衰，古今异趣，虽缘引气不齐，巧拙有素，然亦有种种窒碍之原因焉，而始有今之结果。拆而言之，其故有五：(一)'由于神话之支离也'；(二)'由于字体之杂揉也'；(三)'由于地势之间阻也'；(四)'由于法家之专一也'；(五)'由于利禄之驱迫也'。"我们虽然不承认他所举的五项是"窒碍"，但为"地势之间阻""法家之专一"等确是于文学思潮是极有影响的，亏他举了出来！但可惜：他也只能列举几项人可常道的；——而且误认为"窒碍"！

举了两个例，总可衔了"侮蔑诸大文豪"的罪名了吧！

要确定当时的文学思潮("当时的"一词，用作"或一时代"之意)，当先研究当时的政治，政体，风俗，地理，社会，战争……等等。占其趋向，同时汇集当时的作品(已加"考证"而尚待"审定"的)，得其纲领；此后便把这两者相互举证，那当时的文学思潮自会明了了。

中国古代诗歌，有记载的总当推唐尧时《击壤歌》(如其是真的)为最早，那末，我们研究古代诗歌，最早，总当始自唐尧了。但唐尧真否有其时代，虽则一般的历史都对之毫无疑义，——我想，这实在是还待研究的一个大问题。如康长素所说的孔子托言尧舜虽然没有充足的理由提示我们，实在却也是很有趣味的一个提议。尧舜时代的事，记载不多，除孔子外只司马迁籍传闻及孔子之言以作的"帝王世纪"为较可靠。所以如果证实了康氏之言为无误，又证实了"帝王世纪"为不可靠，那末尧舜这两代便要根本动摇了。我并不是附和康氏底提议，只是拿来做个例吧了。

别方面，我们先要问《击壤歌》是真或伪。这先要研究"帝王世纪"是真或伪。(常有人说《史记》不尽可靠)，如其"帝王世纪"是真的，那便得更进一步去研究《击壤歌》底由来与吻合当时的情状与否，如其知道是司马氏或别人撰的，那末，那《击壤歌》便与唐尧之世没有关系了。

如其尧舜治世真是孔子托言的，那便一切都推翻了。尧舜治世是真有其事的，但如《击壤歌》《尧戒》《卿云歌》等证明为后人之作，那末，尧舜之世，便和文学不生关系，如尧舜以前一样了。

注意：以上所讲，不是讲考据，只是举个例子，所以瞎七瞎八地讲来算数的。

如其确有尧舜之世，而且确有《击壤歌》《卿云歌》等篇什，那便发生文学史上的关系了。这么便当研究尧舜时的种种情状，如尧时是如何如何地太平，所以有《击壤歌》之什；又如舜是禅让之世（不传之子而传之族中贤者），故有《卿云歌》之篇。把当时的情状及文学作品相互参证起来，便可确定当时时代的文学思潮了。

（二）搜集材料

古代诗歌，在搜集上很是为难。我觉得先从诗选入手，较为简便，如沈德潜（确士）选《评选古诗源》（此书板子很多），梁昭明选《文选》，王士祯选《古诗笺》（云间闻人笺），武名阮亭选《古诗》，李攀龙（于麟）选《古今诗删》（我可看到过的，是日本刊本）等（无以上所举，俱属很著名的）。先汇集了诗选中的诗，然后再从诸证明为可靠的书中去细细地找寻，像沙里掏金似地。

（三）考证材料

前面已略提及，考证这件事，在古代诗歌上，是很重大的工作。我且举几个简单的实例。

（1）伪作　如皇娥之《皇娥歌》及白帝子之《答歌》，系《拾遗记》底著者王嘉之作（据王士祯）。

（2）作者存疑　兹以《木叶诗》为例。

宋代魏泰在《临汉隐居诗话》中说："古乐府中，《木叶诗》《焦仲卿诗》皆有高致，盖世传《木叶诗》为曹子建作，似矣；然其中云，'可汗问所欲'，汉魏时夷狄，未有可汗之名，不知果谁之词也。"（这种自假定自否定而又存之的解证，虽然不值一文钱；此处用以举例，姑且录之）。

又宋代严羽在《沧浪诗话》之《诗证》中说：

"《木叶诗》，《文苑英华》直作韦元甫名字。郭茂倩《乐府》有两篇，其后篇乃元甫所作也。"

（3）篇什底分合　（这种杜撰的临时名词，实在太古奥了！）《沧浪诗话》之《诗话》中云，《古诗十九首》《行行重行行》，《玉台》作两首，自《越乌巢南枝》以下别为一首，当以选本为正"。

（4）篇目底误题　如《饮马长城窟》（此诗有两首：一为陈琳作；其余一首，《文选》作古辞，《玉台》作蔡邕，刘大樾在《历朝诗选》卷一注曰，"疑此诗为'拟古'二首。一拟《青青河边草》，一拟《客从远方来》也。其《饮马长城窟》，自是陈琳之作，当属错简，故诗与题不相比附。"（此说不知是否始于刘氏，这是极好的本身考证法。）

（我要顺便说一句话。我们对于各种诗选，不要预有成见，以为某种人选的一定不会好的。我不预料桐城派大王刘氏底诗选中，会有这么段好考证的呀！这两句话，似乎不大连续吧，——也许吧，因为考证在于诗选中是极其重要的。）

（四）审定材料

我们对于那些搜集之考证了的材料，当加以审定的手续。在加以审定之手续之前，当先把诗歌研究一下，认明如何的为诗歌，如何的不能算为诗歌（虽则不能把界限分得很明确），如诗歌必当以感情为单位等等。

我们对于诗歌，平时固可照各人底好恶，纯粹由主观以取舍；

但是在审定文学史上诗歌时，却不可由主观的，便是当加以客观为主的。

又对于诗歌，不可纯以现在的诗歌底定义以取舍。例如最近　已有"诗歌只限于抒情诗"的倾向，但在文学史上，却不能将那叙事诗否定的：这是极其明显的例。

又对于古代诗歌，算为诗选及传袭的批评所缚束。如《战国策》中之"宁为鸡口，无为牛后"两语，一般的诗选咸选入，而且据传袭的批评都说是好诗；——实在，与其说是诗，不如说是格言来得好！

（五）作者传记

中国一般的中国文学史，对于作者传记，都不大注意，——至少也只把那些在传袭的批评上称为大文豪的作者略述一二段吧了。我觉得作者传记对于作者底作品，同时人底作品，当时的及以后的文学思潮，都有很重大的关系。如正在争论的屈原，如能先写定了他底传记，那才可考证《离骚》及其他。

（六）考证作者传记

这是一样的：作品须考证，作者传记也是须考证的。例如上述屈原，如其解证得非实有其人，或竟是一位"水仙"（有传说谓屈原是水仙），那末，《离骚》，宋玉，景差等，都要因此而发生影响了！

以上，已把重要的六项，简略地述完了。还有一些零星话，即题目中所谓"及其他"的，略述于后。

有一些人，对于文学史上划分时代的事，常常争论。我以为文学史上"不当"划分时代的，因为各时代都是"继续"或"反动"地接连着的！不能把时代来划分开的，而且划分时代这些事，原来为某种需要而为之的，现在我觉得实在没有什么需要，所以主张不划分时代；但文学史上，不能没有时代的划分，我主张用朝代（如唐，虞，夏，商，周……）来划分，这并不是把文学划分得支离破碎，只是作为记述底段落。我题中题为"古代"，这是因为我所述漫无限制（虽说假定为汉以前），故用含糊的古代之名。

一般文学史上，真叙述文学之由来等这是属于"文字学"的事，不当叙述于文学史中。

伪作，如其好，当归入伪作者时代中。

这篇瞎七瞎八的东西，早想做了，因了"不知为了些什么"的"不知什么"，直挨到如今，——今朝不知怎的又高兴起来了！如能继续高兴下去，我那想做的《中国诗歌史的资料》（也一样是瞎七瞎八的），许能和读者相见。

一九二二年十月十一日夜十一时，在乌龙潭畔。

（原载《文学旬刊》第 53 期，上海《时事新报》
1922 年 10 月 21 日 ）

整理国故与新文学运动的发端

西　谛

　　我们自本期起，想每期都有一个"讨论"。这一期讨论的题目是："整理国故与新文学运动"。我们这个讨论的发端，是由几个朋友引起的。他们对于现在提倡国故的举动，很抱杞忧。他们以为这是加于新文学的一种反动。在这种谈话里，我们便常常发生辩论。究竟整理国故对于新文学运动有什么影响呢？到底是反动不是呢？抱这种同样怀疑，想必不少。所以我们便在此地把我们的辩论写在纸上公开了。所可惜的，就是那几位持反对论调的——便是主张整理国故是对于新文学的一种反动的——人，都未曾把他们的意见写下来。所以此地所发表的大概都是偏于主张国故的整理对于新文学运动很有利益一方面的论调。我们很希望读者们能够把他们的意见也告诉给我们知道。尤其欢迎的是反对的意见。

　　（原载《小说月报》第 14 卷第 1 号，1923 年 1 月 10 日）

我们对于国故应取的态度

顾颉刚

从前人对于国故，只有一个态度，就是："择其善者而从之，其不善者而弃之"。他们认定了一个自己愿入的家派，就去说那一个家派的话。一个家派中最早的人的说话，就是一个家派的学问基础。所以他们尽管去做学问，尽管去整理国故，但终似齐天大圣的斛斗，总跳不出如来的五根肉柱。这还是宗教的态度。

现在我们就不然了。我们是立在家派之外，用平等的眼光去整理各家派或向来不入家派的思想学术。我们也有一个态度，就是："看出它们原有的地位，还给它们原有的价值。"我们没有"善"与"不善"的分别，也没有"从"与"弃"的需要。我们现在应该走的路，自有现时代指示我们，无须向国故中讨教海。所以要整理国故之故，完全是为了要满足历史上的兴趣，或是研究学问的人要把它当作一种职业；并不是向古人去学本领，请古人来收徒弟。

正如住在上海的人，要知道上海一埠如何区划，街道怎么走，只要到棋盘街商务印书馆里去买一张《最新实测上海图》看看。若这个人没有走到棋盘街，先在四马路上旧书坊里看见了一张光绪二十六年的上海地图，论理就应该不顾而去，因为这二十余年之内，上海已经改变得多了，从前英美租界也没有并，沪宁铁路和电车路也没有造，闸北还没有多少房屋，上海县还有城墙围住，如今一切不适用了。若这人竟买了这图，去供他检查的需要，把应买的图却忘了，我们可以说，他不是一个疯子，也定是一个糊涂人。但若有一个人，他不但要知道现在的上海，而且更要知道从前的上海，那就不然了。他对于上海地图，无论什么时候的都要：光绪二十六年的固好，道光三十年的更是欢喜；宋明的地图固要寻觅，唐以前上海还没有出来时的沿海图更是渴想；若是得不到时，还要自去画图。他的收集古图，并不是希望它指出现在要走的路径，乃是要知道上海的沿革，满足他历史地理学上的知识欲。

这个"实行"和"研究"的分别，意义很浅很明白，但可怜没有学问兴味的中国人永久弄不明白。他们以为新与旧的人截然两派，所用的材料也截然两种：研究了国故就不应再有新文学运动的气息；做新文学运动的也不应再去整理国故。所以加入新文学运动的人多了，大家就叹息痛恨于"国粹沦丧"了，他们不知道新文学与国故并不是冤仇对垒的两处军队，乃是一种学问上的两个阶段。生在现在的人，要说现在的话，所以要有新文学运动。生在现在的人，要知道过去的生活状况，与现在各种境界的由来，所以要有整理国故的要求。国故的范围很大，内容也很杂，所以要整理到科学的境域，使得我们明白了解古人的生活状况，对于他们心力造成的成绩有确当的领会与处置。国故里的文学一部分整理了出来，可以使得研究文学的人明了从前人的文学价值的程度更增进，知道现在人所以应做新文学的缘故更清楚；此外没有别的效用。

至于整理的方法，大约可以分做四段：第一是收集，第二是分类，第三是批评，第四是比较。收集时，无论什么东西都要，只消是过去的社会中所产生的。分类是把收集来的材料归纳起来，尽了分类的能事去处置它们，（一件材料尽可互见几十类），使得他们的性质可以完全表显出来。材料有了，性质也知道了，就可加上批评，说明它们承前的原因是什么，当时的位置是怎样，传到后来的影响又是怎样。各种的关系都明白了，才可拿来与古今中外同类的思想学术相比较，看出它们彼此的价值。整理的事情完了，各种的国故在科学中都有它的立足点了。但这是何等的一件难事！

我们且举一个极小的范围作例。倘使现在有人说，"我们要征集小曲"，大家听来，总以为是极易的。但去着手做时，难问题就来了。印在本子上的，固是容易找，但书铺子里还是没有，须得亲身向小摊子上觅去。唱在口里的，就很不容易：有的听不到，有的听到而不及写出，有的问了他而不肯告你；就是肯告你了，又是有的不完全，有的写不出来。这还是说的一个地方；但全国有多少处地方，一处有多少种小曲，这种的材料去寻找时真是无穷无尽，不去寻找时又几乎无踪无影，我们如何能把它收集得略略完备呢？这还是说的现在流行的；若古代的东西，大都是已经失传了，即到今尚未失传，而有的是沈埋在僻处没有发现，有的是藏在人家的孤本，有的是一部冷书上的偶然记载，我们又如何可以得着它一点规模呢？这还是说的歌词方面；若是歌词的历史方面这一种调或这一首歌是从何时何处传来的？何地或何人把它那样改变的？流行的区域是那几处？里边的小派别有多少种？这种的问题，我们固是无从解答，连会唱的人也未必能够解答，我们又如何可以收集得一点材料呢？这还是一个很小的范围，还是一段最不用心的手续，已经如此的没有把握，何况国故全部的范围这么大，内容这么杂，整理手续的烦重又到了怎样的程度呢！

整理手续既烦重，或有人说，"我们传进世界文学还来不及，那有闲工夫弄这国故！"但说这话的人他的襟怀也不免窄狭了。国故中的文学与世界文学要是可以打成两截的，才可各不相关。况且我们没有历史观念也就罢了，若是有了历史观念，又如何禁得住求知过去情状的渴望！

整理国故固是新文学运动中应有的事，但欢喜文学的人中，尽有专从艺术上着眼，不想做历史的研究的，也有不耐做整理的工夫的，这一班人只须欣赏艺术，不要一同整理国故。至于性情宜于整理国故的人，不可不及早努力，因为材料这么多，整理的事几乎尚未动手，已经追不上我们历史的要求了！

十一，十二，十四。

（原载《小说月报》第 14 卷第 1 号，1923 年 1 月 10 日）

国故的地位

王伯祥

　　现在研究文学的人，往往把"整理国故"和"新文学运动"看做两件绝不相涉的事情，并且甚至于看做不能并立的仇敌。其实这是绝大的冤屈！因为他们俩在实际上还是各有各的位置，各有各的真价，尽有相互取证，相互助益的地方。我们无论研究那一类的学问，本来只有一个公开的态度，我认为相类的，固应采取，即我认为反对的，也应一究他们的真相。这样做去，研究便有了对象，然后可以寻出为什么必需采取，为什么应当反对的道理来，一切问题才有了解决。决不能参杂丝毫宗教的精神，只顾壁垒森严地自己说话，绝不容纳他人的意见的。所以"整理国故"和"新文学运动"在学术研究上的地位，实在同样的重要。

　　我以为"整理国故"是历史的观念，"新文学运动"是现代的精神，这两件事在今日，都是不可偏废的。我们既是现代的人，自然要过现代的生活，决不应"高希皇古"，"游心太初"；但无论什么事物，必有他历史上的过程，我们在历史上寻究他的来源，观察他的流变，当然也是分所应为的事，决不致一做这些工夫，生活便会倒向退步，仍旧回到从前的老路的。譬如从事"新文学运动"的人，都知道文学的真价不专在片面的艺术欣赏，而在作家的内心，所以尽量介绍外国作家的生平，把文学的原理借着各人思想的过程来宣传开去，使一般人都得了解文学的真趣。这却并不因为一涉历史的研究，便把文学的精神打了回去，可见历史观念非但不会损害现代精神，而且可以明了现代精神所由来，确定他在今日的价值。由此说来，介绍外国文学作家的生平，固然是切要而且有益的事业了。但要问，外国的文学作家我们应该介绍，中国的文学作家为什么就不应介绍呢？难道研究学问，应当有这样的界划么？不然，何以宣传新文学的人一见人家谈到"国故"，便痛斥"关门自绝于世"，便指笑以为"献媚旧社会，没有奋斗的精神"呢！

如果我们承认中国没有文学的地位，那也不必说。假使还有一线可传的价值，那就不能不先求真相的了解。但中国历来的文学精神都散附在所谓"国故"之中，我们若要切实地了解他，便不容不下一番整理的工夫。不过对于整理的态度，必需要改换从前的老样。我们希望在一个范围内探讨出一个究竟，决不叫无论什么人都去做穷年莫殚，钻研故纸的勾当！若说研究新文学便不应究心国故，是明明自己先错，却不能怪那班抱着师承衣钵的人，自以为独得心传之秘，一定要关门自绝于世了。总之，各国自有各国的精神，也可说各国自有各国的国故，譬如研究法国，俄国文学的人，要想察出一个现在的法国、俄国来，便不能不略究法国，俄国的国故。那么要在中国民族头上建设一种新的文学，怎么可以仇视自己的国故呢！

（原载《小说月报》第 14 卷第 1 号，1923 年 1 月 10 日）

整理国故与新文学运动

余祥森

我们解决这个问题应有四点，就是：

（一）国故有没有整理的价值？

（二）国故与新文学有没有关系？

（三）如何整理国故？

（四）如何从事新文学运动？

现在我们逐条分说如下：

（一）国故有没有研究的价值？

关于这点，须先问国故有没有文学的价值？许多的青年们感于吾国千年以来思想之桎梏进步之迟钝由是对于国故的信任心变为薄弱，甚且有的因怀疑而至断定他没有文学的价值。这种见解当然是错误的。但错误的原因在那里呢？在于只有笼统的感情作用而没有精确的理性观察。何以故呢？国故虽然不是完全有文学的价值，但非绝对没有文学的价值。现在因篇幅的关系只就年代言之。嬴秦以前的国故的确有完全文学的价值。嬴秦以后的国故虽然有些文学的价值，但大部分都是无谓的工作。严格上视之实算不得文学，因为当时作家只重字句不重思想，只重模仿不重创作，只拾前人的余唾去压服时人，不讲人生的真理，去感发人心。甚至利用文学的格式，去达个人的私欲。所以我国文学的精神，日渐销磨。所有的作品，多半是桎梏思想，摧残生机的。我们对于这种的国故，正该取深恶痛绝的态度，岂可还去研究他。但是就在嬴秦以后的国故里面有文学的价值的，的确也有；不过很难得罢了。所以我们对于国故，须加以精密的理性观察，不可受笼统的感情作用所支配。如其没有文学的价值，我们不只应当拒绝他还要扑灭他；因为他在文学中已铸了不少的大错，如今再让他存在，不啻间接阻碍文学发达。如其有文学的价值，我们须加以深切的研究，方才能够发扬他底光辉。

（二）国故与新文学有没有关系？

国故与新文学，到底有没有关系？我们从字面看来，似乎这样东西没有什么关系。其实不然！按上文国故二字实含有善恶两种。现在只就狭义上说他，当然只指有研究价值的那一种国故。这种国故，老实话说，就是我们中国的旧文学，但凡旧文学底实质，和新文学底实际是一样的；因为他们同是文学，同是普遍的真理表现；所以凡是真正的文学作品，都有永久的价值。不过他们的范围广狭不同罢了；旧文学的范围是局于小部分的人民小部分的土地；新文学的范围是及于全人类，全世界。所以旧文学中思想有不适用于现时代；这并非旧文学自身错误，实因为范围太少的缘故。这种的关系不单国故是这样，就是外国旧文学也是这样的。所以新文学的基础，不当单建在外国旧文学上面，也不当单建在国故上面，须当建在外国旧文学和国故的混合物上面。这种的新文学，才算是真正的新文学。

（三）如何整理国故？

如上文所说国故于新文学中既占有重要的价值，而又凌乱不齐；所以对于国故第一步的工作，不可不出于整理一途。现在的问题，就是：整理的方法。关于整理方法，最要的不外三种手续。

（A）搜集 　　（B）选择 　　（C）汇别

搜集是材料的分量问题；有了材料方才能选择，所以是整理的第一手续。选择是材料的品质问题；关于这层须有一定的标准；凡兼备高深思想，完美格式，浅现文字的是上乘的作品。只有高深思想和完美格式的，或浅现文字的是次的，只有高深思想的是又次的，只有完美格式和浅现文字的是又次的，只有完美格式或浅现文字的是更次的作品。这些的作品都有选择的价值，但须有轻重，舍此之外不妨删他削他。汇别是材料的种类问题。原来文学作品是代表文学家自身；所以作品的事实，虽然截然不同，但他们的精神却有密切的关系。又文学家底品性，思想，行为等等都是受时代和环境所影响的。但一时代有一时代的特性，所以同时代同地方的文学产品，总有一个共通的要点。这个共通的要点，就是我们所谓派别，主义。所以汇别的方法，须把时代和地方做纲领，将文学家分类纳入这纲领之中，再把他底作品按他底年龄顺序列下。使将来研究的人省却许多麻烦的手续。这就是整理的最后手续。

（四）如何运动新文学？

普通运动须具有二种要素，就是：决心和毅力。决心是运动未开始时候，认定目的努力做去。毅力是运动既开始时候，牺牲一切拥护这个目的。新文学运动的目的就是产生新文学，换句话说就是实现"具有普遍的感力，具有永久的价值"的文学，新文学运动的牺牲品，第一是权利，第二是名誉，第三是安乐，因为这些一切，是进行的阻力，所以我们如要拥护我们底目的，就不得不先牺牲了这些一切。新文学运动的方法，也有两种；一种是消极的，一种是积极的。

消极的方法就是批评学。批评学的能事，只不过立于指导的地位，促文学家的反省，而教他常向正轨上走去。所以批评家须具有恬静的态度，超越的识见，条理的解释，不可具有党派心，嫉妒心，阿谀心，权利心，不然新文学必遭他摧残，而永无向荣的希望。

积极的方法就是介绍，兹分类如左：

（1）介绍古人的作品 { 甲、整理国故 乙、翻译外国文学

（2）介绍今人的作品 { 甲、报章 乙、杂志

（3）介绍各地的山水 { 甲、图画 乙、照相

（4）介绍各地的民情 { 甲、口头报告 乙、文字报告

介绍是立于中间的地位，务使文学家多得些良好的印象，以刺激他的灵感罢了；所以介绍者的任务，最要的不外精确，详细，不加以丝毫私见，务使原来的"真"，"善"，"美"表现到十三分方才可以。总之批评和介绍对于新文学运动负有绝大的任务。现在限于篇幅只好约略说他罢了。

结论

按上文所说，可知整理国故，就是新文化运动当中一种任务。他的地位正和介绍外国文学相等。至于这些的任务要不要由一人兼任，抑或可由各人分任？这是个人能率上问题，我们所不能衡定出来的。但在我看来，似乎应采分工制度为妥。不过须要注意的，就是凡立在新文学运动旗帜之下的人们，无论他选择何种任务。大家须要互相敬重，互相补助，方才能够收运动的效果，吾们还要明白这一点，就是新文学运动中无论何种任务，都不是我们最后目的，我们最后目的就是：实现新文学。那么我们方才能够好好地履行我们的任务，而不至做任务的奴隶了。

（原载《小说月报》第 14 卷第 1 号，1923 年 1 月 10 日）

韵文及诗歌之整理

严既澄

　　我对于这个题目的意思，断不是一篇短文所能说个畅尽的；现在为《小说月报》的篇幅及我自己的时光所限，只能简括地略述我一部分的意见，以为公共讨论之基。或者我这些意见，自许多人的眼光看来，是很陈腐无聊的，然而我觉得振铎既然在《小说月报》上辟出这一栏讨论来，我着实有说几句话的必要，以表示我对于振铎此举的同情和欣悦。我于此先为我的轻率道歉了。

　　让我们先决定"整理"的最轻的职责罢。这里所谓整理，就是从浩如烟海，漫无端绪的载籍中，理出一条道路来，使诵习的和学作的人得一条便利的可以遵循的正路。于此可知从整理所得的效果，第一是与人以便利，俾收事半功倍之效，第二是导人于正轨，俾不致一往直前，陷于歧路；必兼具这两种功效，才算得是完成了整理的功夫。由是，凡讨论怎么样去整理国故的人，首先要讨论怎么样能与学者以便利，怎么样能导学者于正轨。我现在要讨论的，就是这后一个问题——就是整理国故的人去鉴赏中国的韵文和诗歌，应当用什么标准。

　　近年来评论中国文学作品的，实在太过偏用主观的标准了，以致大家把这无尽藏的宝藏，一笔抹杀；更使后生小子，群而和之，几几乎要一口咬定中国没有真的文学作品。其实中国的文章，在说理和记事两方面，为没有变化的文字所限，更沮于"文气"之说，尽管不及外国文，那样细密周详，若讲到抒情一面，原是极有可观，极可宝爱的，我始终认定他毫不让人！本来艺术上不能定于一尊，凭几个人拿他们主观的尺度去估量古今艺术上的作品，以为合我脾胃的便可存，不合我脾胃的便当敝屣之，屏之于文学之外，无论如何这是办不到的，不应该的。譬如现在大家提倡白话的诗，以为可以减少文字上的束缚，这是可以的；如果因为提倡了白话的诗，便因而用白话的标准去估量旧诗词歌曲的价值，以为白话化的程度越高，这作品的价值越大，那就大失了评量艺术的正当的态度了。中国的韵文，可算是最远于白话的，然而在我看来，这内中有极多"不废江河"的作品，很可以给研究文学的人去钻研诵习，而且我主张不妨引导少数有文学兴趣和才力的人去学作他。因为艺术的目的，本不容搀入多量的人生实用的见解——少量的我认为可以，而且应该。我们若要对于那一种艺术上的东西大加排斥，只有指出他破坏了艺术的本身，才算是合理的罪名；若引他对于人生的利害来做褒贬的根据，至多在某种范围内可以将就说得过去，然而毕竟已损害了艺术的纯粹了。韵文的存废，和他在人生实用上的价值是关系很浅的，而他在抒情方面，很有惊心动魄的效能，比较散文似乎更易使人感动；那末，我们便不宜因为他束缚太甚，难作得好，便主张废弃了他：这也是很明白的了。韵文在中国文学上，占有很重要的位置；中国不行记事诗，然而在赋，诔，祭文，哀辞等著作上，我们可以见到绝好的铺叙的艺术手段。这都是研究文学的人非诵习不可的。韵文之外，尚有骈体文，虽不用韵，但也很讲究音调。现时大家对于韵文和骈文，都极力排斥，就是不排斥，也已视同无物，毫不著眼及他。这是很不对的。韵文和骈文之不满人意之处，固然极多；然而这里面有许多很好的作品，正不能因为有了坏的，便将他一概抹杀。我们须要平心静气，只当问一篇作品的艺术手段如何，不当问他是那一种体裁的作品，而我们在鉴赏韵文或骈文时，更不可仍旧抱著现在的标准以定其高下，因为现在的标准，是现在的人新造出来的，就算是进化以后的产物，也万万不能用之以评判古人所作的东西。古人在制作韵文时，他的主旨和态度，只想做成一篇他以为好的文章，我们便当依著他的见解去观察他的制作。而且韵文的本身，在文学上，也正有他的相当的价值；他的美妙也很能感人动人；一篇好的韵文，其动人爱玩处，也正不后于一篇好的白话文。用韵文的标准去评判白话文，固然是不对了，然则我们要用白话文的标准去评判韵文，岂不是同蹈了一样的错误和卤莽么？我的意思，以为古人的鉴赏韵文的标准，自然不能完全适用于现时；如京都游览等赋，所以能见重一时的原因，恐怕不出袁枚的所料，就是，那时没有类书，作赋的人费十年八年的功夫，把一个地方的出产和形势，历历铺叙出来，正可作类书用，即以此为人重视。自然咧，这种韵文，在我们今日看起来，只觉得他一样一样地把许多东西列举出来，毫不能唤起读者的快感；他在文学上的价值实在没有多少，我们也可以不以文学视之了。我们只认定文学的作品，须是抒情的作品，须是能唤起读者的同情和快感的作品；对于韵文的音节和韵调，也视为一种重要的装饰；就拿这标准去搜察许多集子里的韵文，我相信必能发见许多值得表彰的作品。撷其菁华，汰其渣滓，或刊为专书，或以其研究所得，将韵文的好处坏处胪述出来，并将鉴赏韵文的标准和态度确定出来，正是一部分研究中国文学的人所当作的事。

说到诗歌，在中国原算是成绩斐然的；虽然有许多人说中国的诗体太束缚了，不能尽发个人的天才，其实这是没有关系的，向来中国以诗名的人，未有那一个觉得被诗的格调累坏了。我也知道做诗不应当太受束缚，然而我以为人生到处受束缚，已成了无可奈何的事情；世界上那里有"空诸倚傍"纯粹自由的境地？须知我们的言语，已经很不够表示我们的情感了；著了文字，那里更会自由？我以为诗歌之有格调，一方面固然足以障碍情感之自由，一方面也可以帮助艺术上的成功，其功罪未尝不可以相抵过去。况且有格没格，有调没调，都只是装饰点缀的事情，澈底说来，本是可有可无的，我们正不必将界限画的太鲜明了。近来看见胡适之先生一篇文章，题目是《南宋的白话词》。他在这篇文章里举出几个南宋的词家来，在每人的集子里，选几首较近白话的词，硬断定这些词是那几位词家有意要用白话做的，而且硬推其价值于其时的一切词家的作品之上。他这种论断是极卤莽的，未免太偏用主观的标准了。我相信象这样地整理中国的诗词，其结果必致使后人尽失前代诗词家的佳作，势非使许多名家杰作湮沦散佚，无人过问不可！这是很危险的；胡先生抱定"国语的文学"一个标准去评判旧诗词，旧诗词之能中他的意的恐怕也就没有多少了。

中国的诗歌，在金元的杂剧以前，都重视修饰；元白一派，其势力远不及温李一流：这是无可讳言的。然而文明人之重视装饰铺排，已几乎成了天性；到今日虽常常发见"赤裸裸"这个名词，究竟有甚么东西是已经"赤裸裸"了？装饰在文学上，也不是必要排斥的，只要他不喧宾夺主，占了一篇作品的最重要的位置就无妨了。中国的诗词，有许多只在铺排，毫无实感的，我们自应排斥他。如韩偓的《金奁集》，虽有那位震钧先生替他加上一层"发微"，替他傅会上许多实感来，然无论他的原意是否如这"发微"所说，他这一集，总是脂粉太浓，即算寓有"忠君爱国"之情，我们也觉得他比《离骚》相差太远了。

现在要整理诗歌词曲等作品，万不可以装饰束缚为嫌——就是不可拿白话的标准去鉴赏。新旧两体诗歌，正可让他们兼途并进，因此非得许多对于旧诗词有很深的研究的人去重新估量一切诗歌的价值，而编为总集，供人诵习不可。若犹以束缚为嫌，视旧体诗歌不值一钱，则非使将来的诗人尽归于未来主义，大大主义等旗帜之下不可。本来这些主义的作品，我也没有充足的理由去非难他们，可是因为他们使我失却了一种鉴赏诗歌的快乐，我自然很不希望中国诗人之入于这种途路了。

（原载《小说月报》第 14 卷第 1 号，1923 年 1 月 10 日）

研究中国文学的新途径

郑振铎

一 鉴赏与研究

浓密的绿荫底下，放了一张藤榻，一个不衫不履的文人，倚在榻上，微声的呻唔着一部诗集，那也许是《李太白集》，那也许是《王右丞集》，看得被沈浸在诗的美境中了；头上的太阳的小金光，从小叶片的间隙中向下睐眼窥望着，微飔轻便的由他身旁呼的一声溜了过去，他都不觉得。他受感动，他受感动得自然而然的生了一种说不出的灵感，一种至高无上的灵感，他在心底轻轻呼了一口气道："真好呀，太白的这首诗！"于是他反复的讽吟着。如此的可算是在研究李太白或王右丞么？不，那是鉴赏，不是研究。

腻腻的美馔，甜甜的美酒，晶亮的灯光，喧哗的谈声，那几位朋友，对于文艺特别有兴趣的朋友，在谈着，在辩论着。直到了酒阑灯炮，有几个已经是被阿尔科尔醉得连舌根都木强了，却还捧着茉莉花茶，一口一口的喝，强勉的打叠起精神，絮絮的诉说着。

"谁曾得到老杜的神髓过？他是千古一人而已。"一个说。

"杜诗还有规矩绳墨可见，太白的诗，才是天马行空，无人能及得到他。所以倡言学杜者多，说自己学太白的却没有一个。"邻座的说。

这样的，可以说是在研究文学么？不，那不过鉴赏而已，不是研究。

斗室孤灯，一个学者危坐在他的书桌上，手里执的是一管朱笔，细细的在一本摊于桌上的书上加注，时时的诵着，复诵着，时时的仰起头来呆望着天花板，或由窗中望着室外，蔚蓝的夜天，镶满了熠熠的星。虫声在阶下唧唧的鸣着，月华由东方升起，庭中满是花影树影。那美的夜景，也不能把这个学者由他斗室内诱惑出去。他低吟道："寒随穷律变，春逐鸟声开"，随即用硃笔在书上批道："妙语在一开字"，又在"开"字旁圈了两个硃圈。再看下去，是一首咏蝉的绝句，他在"居高声自远，非是藉秋风"二句旁，密密的圈了十个圈，又在诗后注道："于清物当说得如此"。

这不可以算是研究么？不，这也不过是鉴赏而已，不是研究。

别有一间书室，一个学者在如豆的灯光之下，辛勤的著作着。他搜求古旧的意见而加以驳诘或赞许或补正。他搜集这个诗人，那个诗人的轶事，搜求关于这首诗，那首诗的掌故，他又从他的记忆中写出他的师友的诗稿，而加以关于他们的交谊及某一种的感慨的话语。他一天一天的如此著作着，于是他成了一部书；那书名也许叫作《某某斋诗话》，也叫作《某某轩杂识》。

这不可以算是研究么？不，这还是鉴赏，不是研究。

原来鉴赏与研究之间，有一个绝深绝崭的鸿沟隔着。鉴赏是随意的评论与谈话，心底的赞叹与直觉的评论，研究却非有一种原原本本的仔仔细细的考察与观照不可。鉴赏者是一个游园的游人，他随意的逛过，称心称意的在赏花评草，研究者却是一个植物学家，他不是为自己的娱乐而去游逛名囿，观赏名花的，他的要务乃在考察这花的科属，性质，与开花结果的时期与形态。鉴赏者是一个避暑的旅客，他到山中来，是为了自己的舒适，他见一块悬岩，他见一块奇石，他见一泓清泉，都以同一的好奇的赞赏的眼光去对待它们。研究者却是一个地质学家，他要的是：考察出这山的地形，这山的构成，这岩这石的类属与分析，这地层的年代等等。鉴赏者可以随心所欲的说这首诗好，说那部小说是劣下的，说这句话说得如何的漂亮，说这一个字用得如何的新奇与恰当；也许第二个鉴赏者要整个的驳翻了他也难说。研究者却不能随随便便的说话；他要先经过严密的考察与研究，才能下一个定论，才能有一个意见。譬如有人说，《西游记》是邱处机做的，他便去找去考，终于找出关于邱处机的《西游记》乃是《长春真人西游记》，并不是叙说三藏取经，大圣闹天空的《西游记》。那末，这部《西游记》是谁做的呢？于是他便再进一步，在某书某书中找出许多旁证，证明这部《西游记》乃是吴承恩做的，于是再进一步，而研究吴承恩的时代，生平与他的思想及著作。于是乃下一个定论道："今本《西游记》是某时的一个吴承恩做的。"这个定论便成了一个确切不移的定论。这便是研究！

文学的自身是人的情绪的产物，文学作家大半是富于想象的浪漫的人物；文学研究者却是一个不同样的人，他是要以冷静的考察去寻求真理的。所谓文学研究，也与作诗作剧不同。它乃是文学之科学的研究，把文学当做一株树，一块矿石一样的研究的资料的。

二　未经垦殖的大荒原

中国曾被称为文学之国。她的文学史的时期可也真长，几乎没有一国可以比得上。希腊的文学是死了，罗马的文学也随了罗马的衰落与灭亡而中断了，希伯莱，波斯，埃及，印度的文学也都早已和国运的夕阳一同沉没入于黑暗的西方去了，近代欧洲的诸国，他们的文学史又都是很短很短的，最长的不过起于中世纪，那时我们却正是唐诗宋词元曲将他们的最眩目的金光四射于地平上的时候；最短的不过一世纪，那时我们是在乾隆嘉庆时代，在中国文学史上乃算是最近期。中国文学的宝库可也真繁富。她那里有无数的大作家，有无数的大作品，还有无数不可指名的珠玑与宝石。

然而在这样的一个文学之国，有这样长的文学历史，具着这末繁富的文学作品的之中，我们却很诧异的看出她的文学之研究之绝不发达；文学之研究，在中国乃象一株盖在天幕下生长的花树，萎黄而无生气。所谓"文史"类的著作，发达得原不算不早；陆机的《文赋》，开研究之端，刘勰的《文心雕龙》与钟嵘的《诗品》继之而大畅其流。然而这不过是昙花一现，过此，则此类著作又无影无踪了。后来诗话文话之作，代有其人；何文焕的《历代诗话》载梁至明之作凡二十七种，丁氏的《续历代诗话》，所载又二十八种，《清诗话》所载，又四十四种；然这些将近百种的诗话，大都不过是随笔漫谈的鉴赏话而已，说不上是研究，更不必说是有一篇二篇坚实的大著作。《四库全书总目提要》曾将"诗文评"（即"文史"）分为五类：

一、究文体之源流而评其工拙者——《文心雕龙》。

二、第作者之甲乙而溯厥师承者——《诗品》。

三、备陈法律者——皎然《诗式》。

四、旁采故事者——孟棨《本事诗》。

五、体兼说部者——刘攽《中山诗话》欧阳修《六一诗话》。

除了第一，第二两类之著作以外，别的都不过是琐碎的记载与文法的讨论而已。（象第一第二两类的著作却仅有草创的《文心雕龙》与《诗品》二种。）间有单篇论文，叙述古文或骈文之源流，叙述某某诗派，某某文社之沿革，或讨论一个文学问题的，或讨论什么文章之得失的。然却是太简单了，不成为著作。明之末年，有金喟一派的批评家出来，颇换去了传说的腐气，而易以新鲜的批评式样，可惜他们的径途又走错了；他们不遵正途大道走，而又与前人一样，被诱惑入邪僻的羊肠鸟道中去。金喟表章《水浒》，表章《西厢》，把平常人看不起的小说戏曲，从无量数的诅咒鄙夷的砖石堆中掏拣出来，其功不可谓不大。然他却不去探求他所表章的大著作《水浒》与《西厢》的思想与艺术的真价，及其作品的来历与构成，或其影响及作家，而乃沾然于句评字注；例如，他于"认得是猎户摽兔李吉"之下注道："笔势忽振忽落"，于"只见那个人"下注道："妙，李小二眼中事。"接着的"将出一两银子与李小二道：'且收放柜上，取三四瓶好酒来。客到时，果品酒馔，只顾将来，不必要问'"下，又注道："分付得作怪"。诸如此类，全书皆是。这当然是学步钟惺诸人批诗评文的办法，而全书却被他句分字解；有类于体骸一节一节被拆开了，更有类于一刀刀的把书本的肉都零碎的割下了。《水浒》，《西厢》，何罪，乃受此种凌迟析骸之极刑！这一派势力颇不少。也有了不少书受到了这个无妄之灾。这是很不幸的。金喟有带领了大众走研究的正轨的可能，他却反把他们带入"牛角尖里"去了。

统而言之，自《文赋》起，到了最近止，中国文学的研究，简直没有上过研究的正轨过。关于作品的研究，一向是以鉴赏的漫谈的或逐句评注的态度去对待它的，无论它是二十字的五言绝诗也好，长至百十万字的小说也好。（近几年胡适对于《红楼梦》,《水浒传》的考证却完全是走的一条新路,一条正路。）关于作家的研究,除了"年谱"一类的著作,详述其祖先,其生平,其交游的人物,其作品的年代,可以作为研究的最好的参考资料外,其余便再没有一种东西可以算是"研究"的了。关于一个时代的文学或一种文体的研究,却更为寂寞:没有见过一部有系统的著作,讲到中世纪的文学的,或讲到某某时代的,也没有见过一部作品,曾原原本本的研究着"词"或"诗"或"小说"的起原与历史的;至于统括全部历史的文学史的研究,却大家都不曾梦见,近来虽有几部名为《中国文学史》的东西,乃是很近代的事,且抄的是日本人的东西。

我们应该有不少部关于作品研究的东西。例如关于《水浒传》,至少要有一部《水浒传及其作者》,一部《水浒传之形成》,一部《水浒传及其续书》,一部《水浒传之思想与其影响》等等;关于《西厢记》,至少要有一部《西厢记以前之西厢故事》,一部《西厢记之作者》,一部《西厢记之艺术上的地位》,一部《西厢记之续书》等等;这几个题目,每一个都可以成功一个巨册。至于如《文选》,如《乐府诗集》,如《西游记》,如《牡丹亭》,如《桃花扇》,如《四声猿》等等,那样重要的巨作,无一种无不需要多方面的专门研究。至于那些古旧的《红楼梦索隐》,《西游真诠》,《水浒评释》之类,却都是可弃的废材。

我们应该有不少部关于作家研究的著作。例如,关于曹植,至少要有一部《曹植的生平与著作》,一部《曹植的诗》,一部《曹植及其时代》,一部《曹植的艺术及其影响》,或更将有一部《曹植与洛神之传说》等等;关于李白,至少要有一部《李白的生平与著作》,《李白的游踪》,《李白与游仙的思想》,《李白与酒》,《李白与他的同时代者》等等;关于杜甫,至少要有一部《杜甫传》,一部《杜甫的时代及其作品》,一部《杜甫的作品及其影响》,一部《杜甫及其诗派》,一部《杜甫的思想》,一部《杜甫的叙事诗》等等;关于关汉卿,至少要有一部《关汉卿及其杂剧》,一部《关汉卿的艺术与思想》,一部《关汉卿及其时代》等等;关于汤显祖,至少要有一部《汤显祖传》,一部《汤显祖及其四梦》,一部《汤显祖的思想》,一部《汤显祖之著作及其影响》等等;此外,至少还有百个以上大作家,需要特殊的研究的;这些研究，每一个又都可各成一巨册。至于那些古旧的《陶渊明年谱》,《李义山年谱》,《东坡先生年谱》之类，只可作为研究的参考资材，却不能即算作一种专门研究的结果。

我们应该有不少部关于一个时代之研究的著作。每一个重要的文学时代，都要有各种的特殊研究；例如建安是一个光荣的诗歌时代，关于它，便至少要有一部《建安时代及其作者》，一部《建安七子与其著作》，一部《五言古诗与建安时代作家之关系》，一部《建安文学的鸟瞰》，一部《建安文学之趋势及其影响》等等；又如五代也是一个重要的时代，关于它，便至少要有一部《五代文学的鸟瞰》，一部《五代花间派的词人》，一部《南唐二主及其所属词臣》，一部《蜀中文士》，一部《五代文学史》等等，这些东西也都是每一部便要成为一巨册或至三四巨册的。

我们应该有不少部关于每一种文体之研究的著作。例如关于诗歌，至少要有一部《诗歌史》；一部《诗歌概论》，一部《中国诗歌的音韵问题》，一部《诗歌及其支别》，一部《民歌之研究》，一部《由诗经到词与曲》，一部《散套与小令》，一部《词之研究》，等等；关于戏曲，至少要有一部《戏剧史》，一部《戏剧概论》，一部《演剧史》，一部《中国舞台之构造与听众》，一部《文曲及其作者》，一部《传奇的研究》，一部《皮黄戏之沿革与歌者》，一部《昆曲兴衰史》，一部《脸谱及衣饰之变迁》等等；这些著作也都是不能以很小的卷帙装载之的。至于那些以前的无数诗话，词话，四六话，曲话之类，都只好作为极粗制的研究原料，却全不是所谓研究成熟的工作。

我们还应该有不少部综叙全部中国文学史之发展的文学史，或详的，或略的，或为学者的研究结果，具有不少独特之创见的，或为极详明的集合前人各种特殊研究之结果，而以大力量融合而为一的，或为极精细的搜辑不少粗制的材料而成为浩大的工程的，或疏疏朗朗的以流丽可爱的技术而写作出来的。

此外，我们还应该有不少部关于中国文学的辞书，类书，百科全书，还应该有不少部关于她的参考书目，研究指导，等等。

这一切应该有的东西，我们都没有！

中国文学真是一片绝大的荒原，绝大的膏沃之土地，向未经过垦殖的，虽有几个寥寥可数的农夫，从前曾一度播种过一小方地的种子，然其遗迹却早已泯灭于蓬蒿蔓草中了。虽有几个寥寥可数的农夫，在如今正奋起而肩了耙犁去垦种，然他们是如此寥寥的几个，那里能把这绝大的荒原垦殖遍？

每个人都有在这个大沃原中自由垦殖的可能，无论他要多少田地都可以，只要他对于这个农事有兴趣，肯下苦功去割除野草，潘植种子。

我曾见一幅《秋郊试马图》，画的是一个天朗气清的清晨，四野静穆无比，有人膝那末高的野草，正为晨风所吹而偃倒下去，独在这郊原上的是一个骑在一匹骏马上的少年；他愉悦着，踌躇着，正控着马缰，欲发未发的打算在这大平原上任意的骋驰。真的，我见了这画，不自禁的也起了跃跃欲试的野心，虽然从没有学过驰马。

这大荒原似的中国文学的气象，正是一幅《秋郊试马图》呀，谁见了，能不兴了要在那里自由的骋跑，随意的奔驰的雄心么？

三 研究的新途径

但农夫却也不易为。他要去垦殖，便要先有镰刀去割除野草，再有耙犁去掘松泥土；这就是说他要有耕田的工具。如果他赤手空拳的跑去耕种，即使他有热烈的心坚勤的意志，也只好眼睁睁的立在那里乾着急的望着而无从下手。同样的，我们对于中国文学的研究，如果没有镰刀与耙犁，那便无从动手。旧的研究原是无结果的无方法的，正象赤手空拳一样。我们现在如果要研究，便先要执了镰刀与耙犁去，换一句话说，便是要有研究的新途径与新观念。

我们要走新路，先要经过接连着的两段大路；一段路叫做"归纳的考察"，一段路叫做"进化的观念"。这两段大路是无论什么人，只要他是一个研究者，都要走的"必由之路"，没有捷途，也没有旁道，支径可以跨越过它们的。所谓垦殖的耙犁与镰刀，也便是它们。原来这两个主要的观念，归纳的考察与进化，乃是近代思想发达之主因，虽然以前文学上很少的应用到他们，然而现在却已成为文学研究者所必须具有的观念了。

四　归纳的考察

归纳的考察，倡始于倍根（Bacon）；有了这个观念，于是近代思想，乃能大为发展，近代科学乃能立定了它们的基础。在以前，无论研究什么问题或事件，都是先有了一个定理，或原则，然后再拿这个定理或原则去作为讨论或研究的准的。例如，他们相信上帝是万物的创造者，于是许多敬神的观念及自然现象的解释，便都由此演绎而出；他们相信地球是扁平面似的东西，于是种种的地理观念及船只驶过地面便将坠落无底之中的见解又由此演绎而出。他们不去研究事实的真相，只知奉过去的一个原则或定理的天经地义而不可一变的东西。于是思想与科学乃至一无进展。自归纳的考察方法创立后，"无征不信"便成了一个信条。他们怀疑，他们虚心的去考察，直等到有了种种的证据，充分的足以证明某一个东西的真相是如此时，他们才肯宣言道：某件东西的真相是如此如此。奈端（I.Newton）之发明万有引力说，先是经过苹果落地之感触，然后再加以种种方面的考察，把他们归纳了起来，结果是相同的，是归于一的，于是他才敢相信他的万有引力说。达尔文（Darwin）之著《物种由来》与《人类起源》二大著作，也是经过了千辛万苦，搜集了种种的证据，而把他们归纳了起来，得到了一个结果，方才把它们写出，而确定了他的进化论。

文学的研究之应用到归纳的考察，是在一切的科学之后。有了这样的研究方法与观念，便再不能称臆的漫谈，不能使性的评论了，凡要下一个定论，凡要研究到一个结果，在其前，必先要在心中千回百折的自喊道：

"拿证据来！"

等到证据搜罗得完备了，等到把这些证据或材料归纳得有一个结果了，于是他的定论才可告成立，他的研究才可告终结。所以他们不轻信，他们信的便是真实的证据；他们不轻下定论，他们下的定论便是集合了许多证据的归纳的结果。例如，关于李白的死的问题，或以为病死于当涂，或以为是喝醉了酒，欲去江中捉月而落水溺死的。那一说是对的呢？于是我们去搜罗许多关于他死的记载，关于他晚年的生活与游踪的记载，关于他的墓所在地的记载，然后再去分别出这些记载那些是最靠得住的，那些是其次的，那些是完全虚妄的，出于想象的。于是，再把可靠的材料归纳了起来，便可以得到一个结论，得到关于李白之死的正确记载了。

又如，关于《续金瓶梅》的作者，据原题是紫阳道人编。这紫阳道人到底是谁呢？原书的篇首曾有一篇《太上感应篇阴阳无字解》，署着"鲁诸邑丁耀亢参解"。在全书中处处都可见出作者的见解，与丁氏的有异常相同之处。于是我们猜想："所谓紫阳道人者，大约是丁氏的笔名吧"。于是我们再翻检原书，到了第六十二回，其中偶然的有一句话说，"丁野鹤自称紫阳道人"，耀亢的别号恰是野鹤，有了这一个强有力的据证，便可以生出一个结论：

"《续金瓶梅》的作者是一个名耀亢，字野鹤，笔名紫阳道人的丁氏"。

没有人能够推翻这个确切的决定，除非他有了别的什么更有力更重要的证据。在胡适的《红楼梦考证》上，更可见归纳法之如何应用得最好。

研究《红楼梦》的人真不少，以致"红学"成了一个专门的名词；一派说贾宝玉是清世祖，林黛玉是董小宛，又一派说《红楼梦》是一部清康熙时的政治小说，林黛玉是朱彝尊，薛宝钗是高士奇，而宝玉则指废太子。再有一派却说贾宝玉就是纳兰容若，《红梦楼》叙的是明珠家事。但他们这些话都不过是牵强附会的话。他们把路走错了，走入荆棘中了，所以他们的研究成了如猜迷似的戏举。到了胡适的《红梦楼考证》出来，用的却是新的方法，是归纳的研究方法，他先把著者是谁的问题解决了。既知曹雪芹是他的作者，于是又进而研究曹雪芹的家世及生平。既知他是曹寅的孙子，家业很繁盛，到了他的后半生很穷苦；于是与《红楼梦》中所记的事迹细细的对照一下，便可知道他备记的"风月繁华之盛"，乃是他所身历的，回首当年，作者真不禁要"洒一把辛酸泪"。

《红楼梦》的真面目与其在文学上的真价，至此始完全发现。我们才知道这并不是一部具有无数"谜"的书，其中的每个人物，背后并没有什么黑影子在内，他们都是真的人，并没有戴上了什么假面具的。

这个归纳的观念真是一个重要的基本观念，发见于文学的研究上的。有许多未决的文学问题都可以用了这个方法去解决：用了这个方法去解决的事件，其所得到的结果，至少是"虽不中不远矣"，决不会有以前"红学家"那末样的附会的结语与研究的。

附言：文学评论的作者，尤其是以前的，往往不曾用这个归纳的研究法，然而却仍不失一般读者的赞许；那是因为作者的美丽的才华，或因为作者的耿恳动人的讲述，有许多的文学评论都不过是文学的鉴赏，或不过它的自身可当做文学作品，而不能称作文学的研究的。

五　进化的观念

文学史上的许多错误，自把进化的观念引到文学的研究上以后，不知更正了多少。达尔文的进化论，竟不意的会在基本上改革了人类的种种错谬的思想。

许多人都相信《水浒传》，《三国志》，《西游记》都是元朝人流传下来的。但有了进化观念的人，却很怀疑，当那时，中国小说方才萌芽之时，乃竟会有这样完美的作品产生。到了近几年来，《西游记》的底本，即杨致和的四十一回本的《西游记》，有人知道了，取来和一百回本的现在流行的《西游记》一对读，乃知二本之间，在描写的技术，有如何的详密与拙笨之差异，同时在别一方面，又知道了百回本《西游记》乃吴承恩所作的，于是此问题始完全解决了。最近，在日本，又发见了一部《三国志平话》，那又是一部今本流行的《三国志演义》的祖先；在二本事实之详略，描写技术之疏密之间，我们便可明显的看出其著作时代之前后来。至少，有了这部《三国志平话》，从前所公认的《三国志演义》为元人作的话是该取消了。《水浒传》虽尚未发见其最初底本，然依据种种的证明，及读了许多元明人关于水浒故事的杂剧，可知《水浒传》亦决不是元时的著作。但看在元人杂剧及明初人杂剧中，所叙的水浒故事几乎各各不同；李逵是一个精细有心计的人，鲁智深曾娶妻生子，曾逃下山再去做和尚，而为宋江设法劝回。如果，那时已有了人物性格如此活泼，结构如此完密的巨著《水浒传》，又何至戏曲家的叙述，会与《水浒传》歧异得如此利害呢。试观后来的许自昌《水浒记》(叙宋江事的)及任诞先《灵宝刀》(叙林冲事的),其间事实便完全与《水浒传》相同。而其间人物也完全不能脱离《水浒传》所写的轮廓之外,于此便可见出《水浒传》的著作时代来。

在这个地方,我们有了进化论的观念的帮助,便可以大胆的改正一般文学史上把小说当做元人的盛业的谬误了。

在中国,进化论更可帮助我们廓清了许多传统的谬误见解。这些谬误见解之最大的一个,便是说:古是最好的,凡近代的东西总是不如古代的。明清之诗文不如唐宋,唐宋之著作,不如汉魏,这是他们所执持着的议论。进化论的观念,不是完全反对他们,乃是告诉他们以更真确的真理。原来,文学的东西,本不能以时代的古今,而比较其优劣,说古代的东西,一定不如近代的,正与说近代的东西,一定不如古代的一样的错误。所谓"进化"者,本不完全是多进化而益上的意思。他乃是把事物的真相显示出来,使人有了时代的正确观念,使人明白每件东西都是时时随了环境之变异而在变动,有时是"进化",有时也许是在"退化"。文学与别的东西也是一样,自有他的进化的曲线,有时而高,有时而低,不过在大体上看来,总是向高处趋走。如小说便是一个最好的例子。最初,在《搜神记》,《世说新语》诸书中,原有不少的小说材料,然而其叙述是如何的简单!到了唐时,却有唐人传奇继之而起,已渐渐有了描写,有了更婉曲的情绪了。到了宋人的"平话",其描写却更细腻了。明人的小说较之更进一步,宋元人二卷四卷的小说,他们都演化之而为百回,百二十回。在结构上,在描写的技术上,都有了显著的进化。再如戏曲,也是一个很好的例子。如在元曲中,其结构与人物都甚简单:每剧只有四五出,每剧中只限一个主要的人物歌唱,到了明人的传奇却大为进步:出数多至三十四十,人物也多了不少,每个人物都可以歌唱,有时是合唱,有时是互接的唱,这使剧场热闹了许多,确是一个大进化。

在这种地方,最容易看出"进化"的痕迹来。

再试取几个"故事"来看一下。同是一个故事,在最初总是很简单的,描写也必很质朴,渐渐的却变得内容更复杂,描写更细腻了。由《琵琶行》(白居易)变而为《青衫泪》(马致远),再变而为《青衫记》(顾大典),愈变愈烦愈细,《琵琶行》里的女子,只是一个"犹抱琵琶半遮面"的不相识者，在《青衫泪》中却成了白居易的旧相知裴兴奴，二人中途离散，因闻琵琶声，而始得重圆，完全有了一个故事的骨架了；在《青衫记》中，所写的事实却更曲折，描写也更深入了，在那里加上了典赎青衫的故事，加上了兵乱，加上了小蛮与樊素，鸨母的手段益毒，裴兴奴的节操也被写得更贞固了。

由《李娃传》（白行简）变而为《李亚仙花酒曲江池》（石君宝），再变而为《绣襦记》（郑若庸），这其间又是如何的进步。《李娃传》的叙写本不坏，《曲江池》又细了一层，《绣襦记》所写的妓院情形，却更足以动人了。亚仙在传中不过是一个有才能及不忍之心的妓女，在杂剧及传奇中则成了一个完人；郑元和唱挽歌，传中本写得很凄苦，杂剧中却加倍的写着，传奇中更加倍的烘染着，真是一步更进一步。

由唐无名氏的《白蛇记》，变而为《西湖佳话》中的《雷峰怪迹》，再变而为无名氏传奇《雷峰塔》，再变而为陈遇乾的弹词《义妖传》，这其间又是如何的进化。《白蛇记》写的白蛇，完全是一个害人的妖魔；她幻变了一个年青的美嫱，诱惑了李矿，致他回家时身体消化而死。（《记》中又记一则变异的同样传说，说那少年是李琯，第二天归来，便脑疼而死，然以白蛇为妖魔则与前说一样。）到了《雷峰怪迹》中的白蛇，她的事迹却更变了，她已不是一个纯粹的杀人巨魔，乃是一个恋着许宣的有情的女妖。在《怪迹》中，法海与小青第一次出现，后来传说中之许宣二次发配，亦始见于此。《白蛇记》不写白蛇的结果，《怪迹》则说白蛇与青鱼终为法海的钵盂所捉，幽禁于雷峰塔下，百世不得翻身。在传奇及弹词中，白蛇却更得人同情了；无端的加了报恩之说，无端的加了水漫金山之一幕大战，无端的加了盗仙草救夫之冒险而真情的一段故事，无端的加了白娘娘怀孕，生了一个贵子出来。这使白蛇更具有人间性，更使人敬爱，她不是一个可怖的妖，而是一个真挚的痴情女郎，其行事处处都可得人怜爱的了。许多人见到她之冒万险以救夫，冒万险以夺夫，都会不禁的加入她的一边，而怒许宣之卑怯，恨法海之强暴。在断桥重遇之一段，在她产子后惧怕法海之复来的一段，无论谁都要为之感泣的。于是她之幽囚，便为多数人所不满，而增出了"仙圆"的最后一幕，叙她因贵子而终于得救。这是一个如何有趣的进步呢？

这些也都是很显著的"进化"。

同时，更可以因此打破了一班人摹拟古作的风气，这个风气惟中国最盛，且至今还是最盛。把进化的观念引了进来，至少可以减少了盲从者在如今还学着做唐宋古文，做唐诗宋词，做唐人传奇体的小说，做"却说"，"且听下回分解"的章回体小说的迷信。他们相信的是："古是今之准的"，而进化论告诉我们，文学是时时在前进，在变异的，一个时代有一个时代的文学，一个时代有一个时代的作家。不顾当代的情势与环境而只知以拟古为务的，那是违背进化原则的，那是最不适宜于生存的，或是最容易"朽"的作家。

六 文学的外化

执持了以上两个基本观念，即进化的与归纳的观念，如执持了一把镰刀，一柄犁耙，有了他们，便可以下手去垦种了。

无论为一个作家的研究，一个作品的研究，或进而为一个时代，一个全史的研究，都可以有得到比前很不同的好结果了。但荒地是太大，蔓草是太多，我们还要急其所当先，最好能把向来最未为人所注意，蔓草最多的地方先开辟起来，这些新开辟的研究，一面自然格外有清新的趣味，一面却也足帮助作品作家及文学史之研究的迷难的解决，正如在海滨或河岸筑堤，不仅裨益了海滨之田，却也使邻近诸田野都受了益处。

这样新开辟的研究的途径，共有三个。

第一个便是中国文学的外化考。换一句话，就是说，要研究中国文学究竟在历代以来受到外来的影响有多少，或其影响是如何样子。这种研究是向来没有人着手过，甚至于没有人注意过的。这是一种新鲜的研究。

无论什么人，都曾异口同声的说过，中国的文学乃是完全的中国的，不曾受过什么外面的影响与感化的。这乃是爱祖国的迷雾，把他们的心眼蒙蔽了。只要略略的考察一下，便可知我们的文学里，有多少东西是由外面贩贸来的。最初是音韵的研究，随了印度的佛教之输入而输入。而印度及西域诸国的音乐，在中国乐歌上更占了一大部分的势力。其后，佛教的势力一天天的膨胀了，文艺思想上受到了无穷大的影响。虽然韩愈曾努力的辟佛以保障儒道，踵其后的古文家也曾时时的为此同样的举动，然而他们的力竭声嘶的防御的笔战，仅足证明佛教思想之如何伟大而已，毫不能给他们以致命伤。在后来的重要文艺作品上，几乎有一半是印上了这种印度思想的沙痕的。这是文艺思想上的话，且不多说；在其后，还有更大的影响呢。而这个更大的影响，又是由印度传来的。我们往往有一个疑问：在宋元之前，为什么中国没有发生过戏剧和小说的大作品？为什么这些重要的作品，直到了宋，元之时，才突然的如雨后的春笋般的纷纷产生？许多文学史家对于这疑问都没有注意过。最近，有一部分人用文学的眼光去研究印度的文学，尤其是她的小说与戏曲，于是才发现他们的戏曲与小说，其体裁与结构，与中国的有惊人的共同之点。即以小说而论，印度的作品，开头往往是"如是我闻"，汉译出来恰正是"却话""话说"之意；又他们每当状容或论断一个事物，必要引古诗句或谚语为证，恰正如我们之小说家，常常用"正是：量小非君子，无毒不丈夫"，诸样的成语一般。据新近由印度归来的友人说，他们的"说话人"到现在还存在着，大都在庙宇中说着书，给大家听，也正与我们苏州元妙观中之说书人一模一样。而他们的小说与戏曲的产生时代却较我们早得多了。当然的，中国与印度交通那样的周密，这些作品之输进而引起模拟是毫不足异的。友人许地山君近来很专心研究这一方面的东西，这里不多说，我们且看他的详细的报告吧。（本书中有他的一篇《梵剧体例及其在汉剧上的点点滴滴》可见一斑）

还有，我们重要的民间文学，如弹词，佛曲与鼓词，也都是受印度影响而发生的。这个外来感应的痕迹，比之小说与戏曲尤为明显。在敦煌石室发见的许多抄本中，我们见到好几种"佛曲"；《文殊问疾》等三种，见上虞罗氏刻的《敦煌零拾》中，《佛本行集经俗文》，《八相成道俗文》，《维摩诘所说经俗文》等四五种，现存京师图书馆中。这就是后来佛曲的祖先，而弹词与鼓词，却又是完全由佛曲蜕化而成的。

这都是仅略略的提一提的，而已足以使迷信国粹的先生吃一个大惊了。将来如果有一部《中国文学外化考》出来，恐怕材料将要搜集得更多。至于西欧文学在中国文学上的影响，乃是最近的事，大家都知道，不必谈。

这个研究在文学史上是大有功绩的，且至少可以间接的帮助许多研究别的东西者的忙。

七 巨著的发见

第二个开辟的研究的新途径，便是新材料的发见。

我们向来不仅研究的方法未备，即研究的对象也很狭小；其初我们仅知以诗，古文词为研究的标的，所谓文学史者，不过是一部诗歌及古文的发展史而已。到了后来，加进了词；到了后来，再加进了戏曲，但那已是很近代的事了。在十八世纪纪昀他们编辑《四库全书总目提要》时，还不承认戏曲是一种有可以收入四库之价值的著作。他们只收曲谱，曲律，而不收剧本。到了后来，才更加入了小说。所以最近，最开明的中国文学史，所叙的乃是诗词，散文，小说，戏曲的历史的发展，但此外，中国文学里，还有别的东西么？有的，当然是有的。中国文学乃是一个深渊，乃是一个大密林，在其中未被发见的巨著还多着呢，还多着呢。

佛曲是一种并非不流行的文艺著作，自唐五代以来，时时有作者，其中颇有不少好的东西，如《梁山伯祝英台》，如《香山宝卷》，其描写都很不坏；其及于民间的影响却更不小。有多少妇人村夫是虔敬的听着这些故事，为之喜，为之忧，为之哭泣，为之发奋的。有不少妇人村夫是于无形中深深的受到他们的教训的。一炉香焚了起来，宣卷者朗朗的背诵着，一家人，也许还有不少邻居，围住了听，此景此情，到如今还未变更呢。然而却没有一个研究者曾留盼及于这些文艺作品的。文学史上，要见到佛曲作家之名，却更不知是何年何月的事了。自敦煌石室中发见了好些佛曲抄本之后，谈者虽略略的有几个，却都只知所谓"敦煌佛曲"而已，那些后来的更重要的，更有影响的作品，他们却连提起也不曾。

弹词，又是一种被笼罩于黑雾之间，或被隔绝于一个荒岛中而未为人发见的文艺支干。弹词却并不是很小的或很不重要的文学支干呢！她有不少美好的东西，她有不比小说少的读者，她的描写技术，也许有的比几部伟大的小说名著还进步。夏天，夜色与凉风俱来时，天空只有熠熠的星光，一个盲者挟一面鼓或三弦，登上支搭于街头巷尾的木台上，弹着唱着，四周是有了无数的妇人与男子，静静的坐在自备的木凳上听着。他们不比宣卷那末容易终篇，（他只须一夜就够了，或一夜可宣三四卷）每听一部弹词，那是一件不容易完功的大事，无论是《玉簪缘》《天雨花》或《三笑新编》，都至少要有半个月或十天八天才能终毕呢；然而听者却始终没有怠惰过。黑漆漆的夜里，黑压压的一群人，乌雀无声的，在听着一个人挥着弦朗唱着，间时间时的有大蒲扇子劈拍劈拍的扇动之声；直到了盲者住了弦声唱声而去喝一口茶时，大众方才也吐一口气。这情景不用闭眼想，便会想出是如何的动人。真的，如果弹词没有动人的地方，也便不会如此的动人了。如《天雨花》，《笔生花》，《再生缘》，《再造天》，《梦影缘》，《义妖传》，《节义缘》，《倭袍传》以及"三部曲"之《安邦志》，《定国志》，《凤凰山》等等，都可算是中国文学中的巨著。其描写之细腻与深入，已远非一般小说所能及的了。有人说，中国没有史诗；弹词可真不能不算是中国的史诗。我们的史诗原来有那末多呢！谈弹词的人，如今也还没有。

鼓词流行于北方，大都取小说中之最动人的一段一节而演述之，当然是加上了不少的润饰，但还不曾有什么巨大的著作出现。北方人之受鼓词之陶冶是至深且普遍的，正与南方人之受弹词的感化一样；许多人不会看《三国》，《水浒》，但他们知道鲁肃，孔明，周瑜，知道奸诡的曹操，知道忠勇的李逵，知道有神力的公孙胜，那都是说鼓词者教导他们的。

此外，还有皮黄戏的剧本，还有各地的小唱本，小剧本，还有各地的民间故事，还有滩簧一流的叙事诗，还有各地的民歌，如粤讴，如吴歌之类，都有待于中国文学研究者自己努力去掘发，去搜寻；那里有无数的宝物在，有无数的巨著在，只要费工夫去寻找，这也是研究中国文学的一条新路。任取一种研究之，都可以开辟出一个新天地来，为文学史增添了不少的记载材料，为中国文库增添了不少的珠玑珍宝。

八 中国文学的整理

第三个开辟的研究的新途径，便是中国文学的整理：这条路原是

很旧很旧的了，但在我们却还可以算是新的。许多人对于文艺的界说，
至今还不明了，许多人对于中国文学的分类，至今还认别不清；例如，
某某人的《小说丛考》，某某人的《小说考证》，都把小说与传奇杂剧
混在一处；即把《燕子笺》，《桃花扇》，《一捧雪》与《水浒传》，《红
楼梦》同放在一起。名为《小说丛考》或《小说考证》的一书，其实
乃大部分讲的是戏剧，其中还杂有几部弹词。某某人编《曲目》，某某
人编一部戏剧丛书一类东西的《曲丛》，又都把元明的小令散套集混在
杂剧传奇的一堆；把《吴骚合编》，《阳春白雪》，或《江东白苧》与《汉
宫秋》，《西厢记》，《一笠庵》四种曲同列在一处。谁都知道这两种是
根本不同的东西，一种是诗歌，一种却是戏曲，然而他们却认这些东
西都是"曲"，只为了杂剧传奇是用了"曲"去写故事的。就是在许多
的图书馆书目中，却也如此的混淆着，小说依《四库提要》分为杂事，
异闻，琐语之三类，因把《西游记》与《搜神记》同列在一柜，把《红
楼梦》与《桥板杂记》并存在一架，其他弹词之类无可列入者，则也
勉强附庸于小说类中。像这样不清不楚的分类，与混杂的研究，颇足
以迷乱了后来者的心目，所以把中国文学的内容整理了一下，使某类
归了某类，某种归于某种，同类者并举，异体者分列，也是当今研究
中国文学者之急务。如能编一部如朱彝尊《经义考》之类的《文学考》
出来，那当然是不朽之作，即作了一部简简单单的《文学书目》，把中
国文学的内容分疏整理了一下，却也颇可以有影响。

这种"书目"，其分类当然不能如《四库总目提要》似的，集部只
录着《楚辞》，《别集》，《总集》，《诗文评》，《词曲》之五类，（所谓曲，
也声明只录论曲之书，不列传奇杂剧）而小说则列于子部，不收《西游
记》，《水浒传》，而只收《世说新语》，《朝野金载》，《教坊记》，《异苑》，
《还魂记》之流；当然也不能以图书馆最常用的《杜威十类法》，依了他
而分为诗歌，戏曲，小说，论文，演说，尺牍，讽刺文与滑稽文，杂类
等八类；因为这个分类也未妥，且有许多东西也不能被列入于这样的一
个分类中。我们要有的是一种新的分类，明了而妥当的分类。

底下是我个人拟的一个分类的大纲，虽不怎么周密，却颇明了简
当，暂可为一个强勉可用的分类。且依了这个分类至少可以把中国文
学的向来的混淆的内含，彻底的整理了一下。这个分类法，把中国文

学分为九大类别：

第一类是："总集及选集"　如诗文混杂的选本《文选》,《唐文粹》,《宋文鉴》,《元文类》及总集如《汉魏百三家集》等都可列入。关于个人著作的总集，如《船山遗书》,《朱子全书》,《坦图丛书》等等，亦可附录于此。

第二类是"诗歌"　这更可分为左列的数小类：

（甲）总集及选集　《诗经》,《楚辞》,《玉台新咏》,《乐府诗集》,《全唐诗》,《疆村丛书》,《词苑英华》,《宋诗钞》,《阳春白雪》等。民歌亦可列入于此类。

（乙）古律绝诗的别集　《四库》中集部别集类的一大部分。

（丙）词的别集　《东坡乐府》,《稼轩长短句》,《漱玉词》,《饮水词》等。

（丁）曲的别集　《乔梦符小令》,《江东白苎》（梁辰鱼）,《花影集》（施绍莘）,《海浮山堂词稿》（冯惟敏）等。

（戊）其他　《会稽三赋》（王十朋）,《汴都赋》（周邦彦）等之辞赋一类，以及竹枝词，宫词，杂事诗，新兴的白话诗，都归入此类。

第三类是"戏曲"　这更可分为下列的数类：

（甲）戏曲总集及选集　《元曲选》,《六十种曲》,《盛明杂剧》,及《纳书楹曲谱》,《集成曲谱》,《缀白裘》等。

（乙）杂剧　《杂剧十段锦》（朱有敦）,《四声猿》（徐渭）,《后四声猿》（桂馥）,《临春阁》（吴伟业）,《吟风阁杂剧》（杨笠湖）,《坦庵四种》（徐石麟）,《祭皋陶》（宋琬）等。

（丙）传奇　《琵琶记》,《荆钗记》,《杀狗记》,《玉茗堂四梦》,《桃花扇》,《一笠庵四种》,《李笠翁十种曲》,《红雪楼九种曲》等。

（丁）近代剧　《复活的玫瑰》,《咖啡店之一夜》等。

（戊）其他　皮黄戏之剧本《庶几堂今乐》（余治）,（《戏考》当归于甲《总集》及《选集》一类中）各地流行之民间剧本，梆子调剧本等。

第四类是"小说"　这亦可分为下列各类：

（甲）短篇小说　有如下之三大派别，象《世说新语》,《搜神记》,《阅微草堂笔记》等之许多琐屑的故事集，只可附归在第一派内。

（第一派）传奇派

唐之《李娃传》,《霍小玉传》,《灵感传》,《柳毅传》, 及裴铏之《传奇》, 吴淑之《江淮异人传》, 蒲松龄之《聊斋志异》等。

（第二派）平话派

如《京本通俗小说》,《醒世恒言》,《拍案惊奇》,《石点头》,《醉醒石》,《西湖佳话》,《西湖二集》,《今古奇现》,《今古奇闻》等。

（第三派）近代短篇小说

《隔膜》,《超人》,《缀网劳蛛》等。

（乙）长篇小说　如《水浒传》,《三国志》,《西游记》,《金瓶梅》,《红楼梦》,《绿野仙踪》,《蟫史》,《儒林外史》,《海上花列传》等等。或更把他们分为历史小说, 神怪小说, 人情小说等等, 我们却以为可以不必。

（丙）童话及民间故事集　近来出版颇多, 如《中国童话》,《世界童话》,《徐文长故事》,《鸟的故事》, 等等, 都应归入此类。

第五类是佛曲弹词及鼓词　这三种作品, 体裁都很相近, 即都是以第三人的口气来叙述一件故事的, 有时用唱句, 有时用说白, 有时则为叙述的, 有时则代表书中人说话或歌唱。不类小说, 亦不类剧本, 乃有似于印度的《拉马耶那》, 希腊的《依里亚特》,《奥特赛》诸大史诗。这更可分为下列之数类。

（甲）佛曲

《文殊问疾》,《香山宝卷》,《白蛇宝卷》,《孟姜女宝卷》,《蓝关宝卷》,《王氏女三世宝卷》,《秀英宝卷》,《地藏宝卷》等。

（乙）弹词　《二十一史弹词》,《再生缘》,《陶朱富》,《义妖传》,《双珠凤》,《描金凤》,《珍珠塔》,《天雨花》,《倭袍传》,《节义缘》,《梦影缘》,《笔生花》等。

（丙）鼓词　《乾坤归元镜》,《宝莲灯》,《馒头庵》,《十三妹》,《三刺年羹尧》,《八锤大闹朱仙镇》,《白良关父子相会》等。

（丁）其他　类于上列三种之各地小唱本, 以及"滩簧"等。

第六类是"散文集"　这可包括诗集外之一切《四库》中之别集类, 及总集类之一部分, 可更分为:

（甲）总集　《全上古六朝文》,《全唐文》,《古文辞类纂》,《六朝文絜》,《四六法海》,《骈体文钞》,《唐宋八大家文钞》等。

（乙）别集　《韩昌黎集》,《曾子固集》,《王阳明先生集要》,《归震川集》,《姚姬传集》等。

第七类是批评文学　这亦可分为下列之数类：

（甲）一般批评　如《文心雕龙》等。

（乙）诗话　《诗品》,《渔隐丛话》,《诗话总龟》,《六一诗话》,《后山诗话》等。

（丙）词话　《碧鸡漫志》,《西河词话》,《词苑丛谈》等。

（丁）曲话　《曲话》（梁廷楠）,《雨村曲话》（李调元）等。

（戊）文话　《四六丛谈》,《论文集要》等。

（己）其他　关于作家之研究（如《陶渊明》,《平民文学之二大作家》）,关于作品的研究（如《红楼梦辨》）,关于一个时代之研究（如《中古文学概论》,以及批评论文集）等均可列于此。

第八类是"个人文学"　这是关于作家个人的著作，如日记，尺牍，自传等。可更分为下列数类：

（甲）自叙传　在中国，只有很短很短的自叙传，如《五柳先生传》之流，却不曾有过可独立为一册的著作。

（乙）回忆录及忏悔录　在中国，这一类的著作也绝无仅有。

（丙）日记　《曾国藩日记》,《越缦堂日记》等。

（丁）尺牍　《苏长公表启尺牍》,《惜抱先生尺牍》,《春在堂尺牍》（俞樾）,《历代名人书札》等。

第九类是"杂著"　凡不能列入于上面诸类者，或不能自成为一大类者，俱归入这一类内。

（甲）演说　《梁任公讲演集》,《李石岑讲演集》等。

（乙）寓言　《百喻经》,《中国寓言》等。

（丙）游记　《徐霞客游记》,《焦山记游集》（马曰琯）等。

（丁）制义　《钦定四书文》,《船山经义》,《榕村制义》（李光地）等。

（戊）教训文　《宗约歌》（吕坤）,《闺戒》（吕坤）,《戒赌文》（尤侗）,等。

（己）讽刺文　《热风》（鲁迅）等。

（庚）滑稽文　游戏文章等。

（申）其他 　《古谣谚》，《越谚》等等。

依了这个分类，而把中国文学的重要作品，重新编列了一下，颇足以使久困于迷雾中的人眼目为之一明；这对于作品的研究，作家的研究，以及其他的专门研究，都可有不少的帮助。也许在细小的节目上还有应该更动的地方，但这些更动，对于分类的大体上却是不会有什么大影响的。

附言："互见"是书目上不可免的手续，郑樵在他的《通志校雠略》上曾再四的说到"互见"的重要。然而今之编书目者，却很少有应用到"互见"之例的。在上面的分类上，别的都没有问题，只有处置《四库》中的"别集"却是一个大困难。譬如把李白，杜甫，陶渊明诸人的别集放在"诗歌"一类中，把柳宗元，归有光，姚姬传诸人的别集放在"散文集"一类中，那都是不会有问题发生的，但如江淹，苏轼，黄庭坚，诸人之诗与文俱著的，将如何的编列呢？这只有用到"互见"例了。把他们的集子，在"诗歌"中，在"散文集"中都列入，那便可解决了。这一点恐怕有人要怀疑，故特说明一下。关于文学概论及文学史及文法，辞典一类的书，乃应归入全部书目之"文学总类"中的，所以上面分类中没有列入。

九　结论与希望

就以上三个新辟的研究途径来着手做工，其重担已非几个人所能担负。如仅就搜集民歌或民间故事而言，已是一个人一生做不完的事业了。若再进一步而去垦殖别的田地，那更是非有多数人的工作不可了：《诗经》的研究是一生的工作，乐府古诗的研究，也是一生的工作；戏曲的研究，只其中"昆剧"的一部分，也已足够消磨了一生，皮黄戏的研究，也是至少要消耗了半生去低头工作，并忙碌的出入于剧场之间的。

专门的研究是最难的研究，也是最有兴趣的研究，研究而有了一个结束，研究而偶然发现了一个真理，或一件别人未见到的事物与见解，其愉状是非身历其境者不能知道的。胡适说："学问是平等的，发明一个字的古义，与发现一颗恒星，都是一大功绩。"有大功绩与否，研究者不能去管他，却是研究者发明一个有力的证据，或得到一个圆满的结论，其本身的快乐，到真与天文家之发现一颗恒星没有什么差异！

中国的文学曾因与印度的文学的接触，而生了一个大时代；现在却是与西方文学相接触了，这个伟大的接触，一定会有一个新的更伟大的时代出现的。文艺复兴的预示，已隐隐的现于桃红色天空的云端了。

在这个将来的大时代，将来的文艺复兴期中，每个努力于文艺者，都会有他的一分的贡献，都应该有他的一分的贡献。翻译者在介绍着，诗人在吟咏着，小说家在创作着，戏曲家在写着，在监督着演奏，而研究中国文学者，也自应努力去研究，去建造许多古所未有的专门的功绩，去写作许多古所未有的批评著作，去把向来混浊不清的文艺思想与常识澄清了。

大时代不是一日一夜所能造成，也不是一手一足之力所能造成。我们有我们的一份工作，我们不能放弃了我们应做的工作，外面是暴风雨，雨水如瀑布的由天上倾倒而下，风虎虎的啸着，如千百的魔鬼在叫嗷，但我们是在研究室里，我们是在做我们的工作，而室内却是安全的！

（原载《小说月报》第 17 卷号外《中国文学研究》上册，1927 年 6 月）

六、对外国文学的思潮、理论、流派、作家的评介文章选辑

俄国近代文学杂谈

冰

俄国近代文学的特色是平民的呼吁和人道主义的鼓吹。从前做文学的人以为文学这东西总得"矞皇典丽""金相玉质"才好。所以浪漫派写女人一定是绝世的美人，写男子一定是旷世的英雄。古典主义派专门模古的尚说不上这一层。然而他们都以为文学是贵族的，非平民的。

俄国在十九世纪末，浪漫派也还有，然而势力已经大衰，推求这原因，不得不推 Gogol 提倡写实主义的功劳。在一八三四年，有两篇很重要的短篇小说出现：一是 Pushkin 的 The Queen of Spades，一是 Gogol 的 The Cloak，前者是浪漫派的结束尾声；后者是写实主义的开端，也就是人道主义的文学的开端。

这篇《外套》（Cloak）是写俄国某部的部员，人极老实，因为机械式的做公事抄写长久了，只懂得抄写，不知别的。是个极可怜极可笑的小官儿。这官儿苦的不堪，一件外套穿了几十年，布发霉了，还是穿着；一天大风来的极紧，把这件旧衣吹坏了。官儿没奈何，便请教一个酗酒眼瞎的成衣工，成衣工劝他另做一件，估算要几十个卢布。官儿便打算储蓄这一注钱，可巧幸气好，上官加他薪，又拼命省了几个月，居然有了。便做了一件厚呢外衣，挑结实的朴素的布。穿了时觉得比人家的狐皮裘还好。不多几日，有个同部的科长请客，也把这官儿请进，官儿却不过情，只好去。当夜穿了那件新外套去，大家都开他玩笑，称赞他的外套好。席散后回家，这官儿一人独自在一条冷街走，对面的雪风吹来，好不冷。忽地里来了两个强盗，把这官儿叉住喉咙，剥了外套去了，这官儿又怕又冷，跌在地上动不得，直到来了个警察，方把他救去。

于是官儿的新外套给人抢了。有人指点他去告官，他就告到警察署长那里，署长教他到总监那里。总监先是不见，后来好容易见了。问他，他又说不清，总监怒极了，大声喝骂，吓得他痰迷住了，一口气回不来，更说不出话来。糊里糊涂被号房叉出衙门，恍恍惚惚到了住所，就倒在床上，得了病，三日便死去了。官儿死了之后，大家只和死了个猫死了个狗一般，都忘记了。但从此那条大街——就是官儿逢贼抢去外套的所在，——上出了一个鬼，专门要揭人的大衣领，喊道"还我大衣来。"一次总监出门遇着了这鬼，揭了大衣领，认得便是那个逢贼请追寻的小官儿，吓得要死了。但鬼只拿了他的大衣去。从此鬼没有了，总监也从此威风减了些，不敢再喝骂小官儿了。这篇《外套》的特色，一是描写贫人的苦况，二是讽刺大官的妄作威福，三是贫弱者对于强暴者的报复。这些特色都是俄国从前的文学所没有的。但自有《外套》以后；俄国文学便都多少带有这色彩了。但尚有许多过分描写的地方，所以和后来托尔斯泰，屠尔格涅甫的写实小说有些不同了。

据现在评论的眼光看来，这篇《外套》仍是浪漫派的小说；不过对于后来文学的影响，确是很大。后来作者如陀斯妥夫斯该，如屠尔格涅甫，都是从这小小一篇的外套传下来的。陀斯妥夫斯该的《苦人儿》（Poor people）便是显然的一个例。而最相似的，要推陀氏所著的短篇《贼》（The Thief）屠尔格涅甫曾说："我们都是从 Gogol 的《外套》传下来的。"可见俄名家推重的态度了。我所以特讲详些，为的是注意源流的意思罢了。

英国文学家如狄更司（Charles Dickens）未尝不会描写下流社会的苦况，但我们看了，显然觉得这是上流人代下流人写的，其故在缺乏真挚浓厚的感情。俄国文学家便不然了，他们描写到下流社会人的苦况，便令读者肃然如见此辈可怜虫，耳听得他们压在最下层的悲声透上来，即如屠尔格涅甫，托尔斯泰那样出身高贵的人，我们看了他们的著作，如同亲听污泥里人说的话一般。决不信是上流人代说的。其中高尔该是苦出身，所以他的话更悲愤慷慨。

又如法国文学家像毛柏桑，《虎哥》（Hwyo）写到贫人生活也未尝不痛切得很，然而读了另有一种感想。即是悲惨有余，惋叹不足；似乎法国文学写到下流社会苦况，便带股杀气，有拔剑相斗，誓死报复的神气，俄国文学则带股慈气，他不用怒气咻咻的神气，却用柔顺无抵抗的态度来博取读者的同情，使凶狠者见之，也要感动。所以我看来，一个是使人怒，使人愤；一个是使人下泪，使人悔悟的。这是俄国近代文学的特色，谁也及不上来的。

俄国近世文学全是描摹人生的爱和怜，那是上面已经说过的了；从此爱和怜的主观，又发生一种改良生活的愿望；所以俄国近代文学都是有社会思想和社会革命观念。美国文学家做短篇小说，大都注重在结构（Plot）；俄国文学家却注重在用意（Cause）。这也是俄国民族精神的反影，没有他国及得来。

俄人视文学又较他国人为重，他们以为文学这东西，不单怡情之品罢了，实在是民族的"秦镜"，人生的"禹鼎"；不但要表现人生，而且要有用于人生。俄国文豪负有盛名者，一定同时也是个大思想家。我们只看托尔斯泰的人道主义无抵抗主义，都是表现在文学中的，安得列夫的宇宙观人生观也是在文学中表现。有了这种哲学思想做根据，然后他的文学能成名，不但有了艺术手段就行。从前的文学家每想用艺术——实在是卑劣的艺术手段——来遮盖他无理想无哲学根据无浓厚表现人生的感情。现代的俄国文学家都不取了。

我们只看屠尔格涅甫和托尔斯泰的著作便可明白。他们俩都有绝强的社会意识，都是研究人类生活的改良，都是广义的艺术家，——广义的艺术观念便是老老实实表现人生。不过屠尔格涅甫是很注意于"文式的"，所以比托尔斯泰的艺术观念微为狭些。若就他们文学中所含的哲学思想看去，屠尔格涅甫是主张平民主义（Democracy）——那时西欧盛行的平民主义。而托尔斯泰却是主张人类解放（Emancipation of Mankind）——换句话说，便是绝端的自由和平等。所以无政府党是极崇拜托尔斯泰，因为托尔斯泰的主义便是无政府党的主张。

我们现在看屠尔格涅甫的著作是怎样的。屠氏是诗意的写实家（Poetic Realists）。他最初的著作唤作猎人日记的 A Sportsman's Sketches，是一部讨论农奴解放的著作。他因为要避避地主们的眼，所以假称猎人日记。俄国文学凡是鼓吹革命的，都是这样；惯会在字缝里写字，避过警吏检查时的注意，而有心的读者，却一看就得了。其余的著作如《Rudin》，如《Fathers and Sons，如 Virgin Soil 等等，都是活活地把俄国社会的形状现出，写新思想（少年思想）和旧思想（老年思想）的冲突，更把自己的灵感和观察灌到新青年的脑里去。

托尔斯泰的名儿，差不多是无人不知的了。但他的著作仿佛是可以分作三期似的，我们也不可不知道。《孩年》，《童年》，《可萨克人》，《斯代脱堡琐录》等作算是第一期的著作，《战争与和平》，《婀娜传》算是第二期，《黑暗的势力》和他的《三十二短篇集》，《复活》，算是第三期。这三期的著作，面目各各不同；以体裁而论，第一期的是追忆前事，而且偏重于感情主义（Sentimentism），第二期是描写观察，是近于写实主义（Realism）（托尔斯泰不好算是纯粹的写实派）。第三期也是描写人生，却多用故事体和寓言体。这是体裁的不同。再讲文字的格调和篇幅，又有不同；第一期的著作，都是不长不短的篇幅，（自然也有很算得长的但比之《战争与和平》及《婀娜传》只好算短）轻情缠绵的格调，写家人父子之爱，兄弟姊妹之情（如《孩年》《童年》两书便是最好的例子了）。村夫野老之坦白，无名英雄的豪侠，如《可萨克人》及《斯代脱堡琐录》两书便是个好例子了，都历历如绘，感情极浓，叫人看了动心。第二期的著作便不同；篇幅极长，格调苍凉雄浑，写将军的阴鸷，大臣的雄猜，战争的恐怕，（看《战争与和平》一书便知了）也叫人动心，却是愤恨的动心，又如写男女的情妒，社会上无爱情的结婚，以及"报复终还自受"的意思，又都叫人动心，却是悔恨的动心，我们细看《婀娜传》（克鲁泡特金有读婀娜的评见其文集中），便可知道。这种特色，既非前期所有，也非后期所有；其中《婀娜传》算是二期到三期的过渡品，因为已经含有托氏的主义了。至于第三期呢，自不必说，满满都装着托尔斯泰的人道主义无抵抗主义，（关于这一点我前在《时事新报·学灯》栏中登过的《文学家的托尔斯泰》一文中略有说及）但凡系统研究过托氏文学的人，便该知道是不差的了。这期的特色，在尽管说人犯罪恶，而读者不恨其人之作恶，及悯其因作恶而灵魂堕落。感人之深，无以复加。托氏所抱负的泛劳动主义，非战主义，无抵抗主义，都在这三期的几篇中成了结晶体了。

而尤有一种特色，就是平民的文学。他做《战争与和平》还是贵族的文学，便是非通俗的文学。

但是我们要明白，俄国在乞呵甫（Chekhov）之前是算得没有好短篇小说的。大评论家 Matthew Arnold 曾说："俄国文学若在描写人类生活中的小处，譬如一人的一举一动，那还觉得程度幼稚；独到大部小说，简直是当今文学界中推为独步的了。"（见《一八八七年之外观书评》）

乞呵甫的擅长在短篇小说，他是自然派，人家称他可继法国毛柏桑之后，我曾译过他的《造谤谤者》和毛柏桑的《一断弦线》相比较。不过毛柏桑是唯物派，而且算是纯粹的唯物派，乞呵甫倒不然，他很有理想，而且也带点颓丧气味，革命性质和安得列夫（参看上期本志《编辑余谈》的《安得列夫死耗》）仿佛；我们只看他的剧本《樱桃园》（The Cherry Orchard）便可知道。乞呵甫是俄国 Ukraine 的 Taganarok 人，生于一八六〇年，死于一九〇四年。

此外与乞呵甫同时的小说家如 V.G.Korolenko，如 V.N.Garshin 都很有名。描写人生的手段，都是绝好的，但总不及乞呵甫。乞呵甫的短篇小说何止百数十篇，可是一篇有一篇的面目，决不相同。人家说乞呵甫对于人事，没有不经验过，材料多得了不得，所以小说的体裁变换不穷。而且还有一个特长，就是能把大理想缩在绝小的篇幅里；我们试看他的短篇《万卡》（Vanka），寥寥数百语，已经把孤寒小子受鞋店老板虐待的苦况，他将来一生的事业，社会上人不注意在孤苦儿身上，以及年老酗酒的老头儿的颠预，一一形容出来。我们从这短篇上至少可以发见（一）艺徒制度之万恶，（二）贫儿院之切宜推广，（三）孤苦小子在社会上是生活落伍者，前途是悲观，（四）这批人将来也许要成为盗贼，（五）这批人原来也是和大人家的少爷小姐们一样的是一个好小人儿。这些问题是社会学者历来讨论不休的，乞呵甫只用几百个字描写出来，多好手段。（此篇我已译出，登在去年十二月《时事新报·学灯》栏内，读者可以参看。）

在乞呵甫以后，——略后——的名家，或即短篇小说家，更算高尔该（M.Gorky）和安得列夫（L.N.Andreyev）两人。高尔该至今未死。这两位都是革命的文学家，看准了俄国社会的败根，不容情的抨击。安得列夫的事实，我在本刊上期已经介绍过。现在略说说高尔该。

高尔该算是安得列夫的前辈，他盛名极点的时候，安得列夫才起名。高尔该最善描写俄国下等人的生活，悲痛不堪卒读。但当安得列夫文名一噪，高尔该的地位便被安得列夫夺了去。美人 Thomas Seltzer 曾说"高尔该在十九世纪末已到衰颓的时代，他那写实的革命的小说，已经不能满足那些奋斗到精疲力尽的俄民的脑筋；在这时，安得列夫起来，用那神秘的颓丧的文学，来描写新希望和新奋斗，……这是安得列夫代高尔该的原因了。"但无论如何，高尔该的价值总与天地长存的了。他所做的短篇有《他的情人》一篇，我曾译出，登《时事新报·学灯》栏。胡适之君也有译过，登在《太平洋》杂志，两译是不先不后同时出的。尚有一篇《秋夜》亦已译出，登在《少年中国》，是黄仲苏君译的。其余如《二十六个男人和一个女人》听说有人译过，但我们找译文，已找不到了。《可怜的小小东西》等篇又很长。略短些的，当推美国 Strartford 书店所印的 Stories of Steep 一小本，内有五篇。

高尔该是一八六八年生，据说现尚未死。

此外如唯美派的 F.K.Sologub 也是极有名的，他的短篇《迷藏》（《Hide and Seek》）神秘气味很浓，可惜还没人译出来。

有名短篇小说家次于乞呵甫者便是 Kuprin，他的著作都取材于俄国的传说旧闻。又有 S.T.Semyonov 也很有名。其余有许多小名家，别家已经介绍的，读者留心的一定早已看到，我此处不多说了。

（原载《小说月报》第 11 卷第 1、2 号，
1920 年 1 月 15 日、2 月 25 日）

圣书与中国文学

周作人

　　我对于宗教从来没有什么研究，现在要讲这个题目，觉得实在不大适当。但我的意思只偏重在文学的一方面，不是教义上的批评，如改换一个更为明瞭的标题，可以说是古代希伯来文学的精神及形式与中国新文学的关系。新旧约的内容，正和中国的四书五经相似，在教义上是经典，一面也是国民的文学；中国现在虽然还没有将经书作文学研究的专书，圣书之文学的研究在欧洲却很普通，英国《万人丛书》（Everyman's Library）里的一部《旧约》，便题作古代希伯来文学。我现在便想在这方面，将我的意见略略说明。

　　我们说《旧约》是希伯来的文学，但我们一面也承认希伯来人是宗教的国民，他的文学里多含宗教的气味，这是当然的事实。我想文学与宗教的关系本来很是密切，不过希伯来思想里宗教分子比别国更多一点罢了。我们知道艺术起源大半从宗教的仪式出来，如希腊的诗（Melê＝Songs）赋（Epê＝Epics）戏曲都可以证明这个变化，就是雕刻绘画上也可以看出许多踪迹。一切艺术都是表现各人或一团体的感情的东西；《诗序》里说，"情动子中而形于言；言之不足，故咏歌之；咏歌之不足，故嗟叹之，嗟叹之不足，故不知手之舞之，足之蹈之。"这所说虽然止于歌舞，引申起来，也可以作雕刻绘画的起源的说明。原始社会的人，唱歌，跳舞，雕刻绘画，都为什么呢？他们因为情动于中，不能自已，所以用了种种形式将他表现出来，仿佛也是一种生理上的满足。最初的时候，表现感情并不就此完事；他是怀着一种期望，想因了言动将他传达于超自然的或物，能够得到满足：这不但是歌舞的目的如此，便是别的艺术也是一样，与祠墓祭祀相关的美术可以不必说了，即如野蛮人刀柄上的大鹿与杖头上的女人象征，也是一种符咒作用的，他的希求的具体的表现。后来这种祈祷的意义逐渐淡薄，作者一样的表现感情，但是并不期望有什么感应，这便变了艺术，与仪式分离了。又凡举行仪式的时候，全部落全宗派的人都加在里边，专心赞助，没有赏鉴的余暇；后来有旁观的人用了赏鉴的态度来看他，并不夹在仪式中间去发表同一的期望，只是看看接受仪式的印象，分享举行仪式者的感情；于是仪式也便转为艺术了。从表面上看来变成艺术之后便与仪式完全不同，但是根本上有一个共同点，永久没有改变的，这是神人合一，物我无间的体验。原始仪式里的入神（Enthousiasmos），忘我（Ekstasis），就是这个境地；此外如希腊的新柏拉图派，印度的婆罗门教，波斯的"毛衣外道"（SuFi）等的求神者，目的也在于此；基督教的《福音书》内便说的明白，"使他们合而为一；正如你父在我里面，我在你里面，使他们也在我们里面。"（《约翰福音》第十八章二十七节）这可以说是文学与宗教的共同点的所在。托尔斯泰著的《什么是艺术》，专说明这个道理，虽然也有不免稍偏的地方，经克鲁泡特金加以修正，（见《克鲁泡特金的思想》内第二章文学观）但根本上很是正确。他说艺术家的目的，是将他见了自然或人生的时候所经验的感情，传给别人，因这传染的力量的薄厚合这感情的好坏，可以判断这艺术的高下。人类所有最高的感情便是宗教的感情；所以艺术必须是宗教的，才是最高上的艺术。"基督教思想的精义在于各人的神子的资格，与神人的合壹及人们相互的合一，如《福音》书上所说。因此基督教艺术的内容便是这使人与神合一及人们互相合一的感情。……但基督教的所谓人们的合一，并非只是几个人的部分的独占的合一，乃是包括一切，没有例外。一切的艺术都有这个特性，——使人们合一。各种的艺术都使感染着艺术家的感情的人，精神上与艺术家合一，又与感受着同一印象的人合一。非基督教的艺术虽然一面联合了几个人，但这联合却成了合一的人们与别人中间的分离的原因；这不但是分离，而且还是对于别人的敌视的原因。"（《什么是艺术》第十六章）同样的话，在近代文学家里面也可以寻到不少。俄国安特来夫（Leonid Andrejev）说，"我们的不幸，便是在大家对于别人的心灵，生命，苦痛，习惯，意向，愿望，都很少理解，而且几于全无。我是治文学的，我之所以觉得文学的可尊，便因其最高上的事业，是在拭去一切的界限与距离。"英国康刺特（Joseph Conrad 本波兰人）说，"对于同类的存在的强固的认知，自然的具备了想像的形质，比事实更要明瞭，这便是小说。"福勒忒解说道，"小说的比事实更要明瞭的美，是他的艺术价值；但有更重要的地方，人道主义派所据以判断他的价值的，却是他的能使人认知同类的存在的那种力量。总之，艺术之所以可贵，因为他是一切骄傲偏见憎恨的否定，因为他是社会化的。"这几节话都可以说明宗教与文学的共同的所在，圣书与文学的第一层的关系，差不多也可以明瞭了。宗教上的圣书即使不当作文学看待，但与真正的文学里的宗教的感情，根本上有一致的地方，这就是所谓第一层的关系。

以上单就文学与宗教的普通的关系略略一说，现在想在《圣书》与中国文学的特别的关系上，再略加说明。我们所注意的原在新的一方面，便是说《圣书》的精神与形式，在中国新文学的研究及创造上，可以有如何的影响；但旧的一方面，现今欧洲的《圣书》之文学的考据的研究，也有许多地方可以作中国整理国故的方法的参考，所以顺便也将他说及。我刚才提及新旧约的内容正和中国的经书相似：《新约》是四书，《旧约》是五经，——《创世纪》等纪事书类与《书经》《春秋》，《利未记》与《易经》及《礼记》的一部分，《申命记》与《书经》的一部分，《诗篇》《哀歌》《雅歌》与《诗经》，都很有类似的地方；但欧洲对于《圣书》，不仅是神学的，还有史学与文学的研究，成了实证的有统系的批评，不像是中国的经学不大能够离开了微言大义的。即如《家庭大学丛书》（Home University Library）里的《旧约之文学》，便是美国的神学博士谟尔（George F.Moore）做的。他在第二章里说明《旧约》当作国民文学的价值，曾说道，"这《旧约》在犹太及基督教会的宗教的价值之外，又便是国民文学的残余，尽有独立研究的价值。这里边的杰作，即使不管著作的年代与情状，随便取读，也很是愉快而且有益；但如明瞭了他的时代与在全体文学中的位置，我们将更能赏鉴与理解他了。希伯来人民的政治史，他们文明及宗教史的资源，也都在这文学里面。"他便照现代的分类，将《创世纪》等列为史传，《寓言书》等列为抒情诗，《路得记》《以斯帖记》及《约拿书》列为故事，《约伯记》——希伯来文学的最大著作，世界文学的伟大的诗之一，——差不多是希腊爱斯吉洛思（Aiskhylos）式的一篇悲剧了；对于《雅歌》，他这样说，"世俗的歌大约在当时与颂歌同样的流行；但是我们几乎不能得到他的样本了，倘若没有一部恋爱歌集题了所罗门王的名字，因了神秘的解释，将他归入宗教，得以保存。"又说，"这书中反复申说的一个题旨，是男女间的热烈的官能的恋爱。……在一世纪时，这书虽然题著所罗门的名字，在严正的宗派看起来不是圣经；后来等到他们发见——或者不如说加上——了一个比喻的意义，说他是借了夫妇的爱情在那里咏叹神与以色列的关系，这才将他收到正经里去。古代的神甫们将这比喻取了过来，不过把爱人指基督，所爱指教会（钦定译本的节目上还是如此）或灵魂。中古的教会却是在新妇里看出处女马理亚。……比喻的恋爱诗——普通说神与灵魂之爱——在各种教义与神秘派里并非少见的事；极端的精神诗人时常喜用情欲及会合之感觉的比喻；但在《雅歌》里看不出这样的起源，而且在那几世纪中，我们也不曾知道犹太有这样的恋爱派的神秘主义。"所以他归结说，"那些歌是民间歌谣的好例，带着传统的题材，形式及修辞。这歌自然不是一个人的著作，我们相信当是一部恋爱歌集，不必都是为嫁娶的宴会而作，但都适用于这样的情景。"这《雅歌》的性质正与希腊的催妆诗（Epithalamia）之类相近，在托尔斯泰派的严正批评里，即使算不到宗教的艺术，也不愧为普遍的艺术了。我们从《雅歌》问题上，便可以看出欧洲关于圣书研究的历史批评如何发达与完成。中国的经学却是怎样？我们单以《诗经》为例：《雅颂》的性质约略与《哀歌》及《诗篇》相似，现在也暂且不论，只就《国风》里的恋爱诗拿来比较，觉得这一方面的研究没有什么满足的结果。这个最大原因大抵便由于尊守古训，没有独立实证的批判；譬如近代龚橙的《诗本谊》（1889出版，但系1840年作）反对毛传，但一面又尊守三家遗说，便是一例。他说，"古者劳人思妇，怨女旷夫。贞淫邪正，好恶是非，自达其情而已，不问他人也。"又说，"有作诗之谊，有读诗之谊，有太师采诗瞽矇讽诵之谊，"都很正确；但他自己的解说还不能全然独立。

他说，"《关雎》，思得淑女配君子也；"郑风里"《女曰鸡鸣》，淫女思有家也"。实际上这两篇诗的性质相差不很远，大约只是一种恋爱诗，分不出什么"美刺"，著者却据了《易林》的"鸡鸣同兴，思配无家"这几句话，说他"为淫女之思明甚，"仍不免拘于"郑声淫"这类的成见。我们现在并不是要非难龚氏的议论，不过说明便是他这样大胆的人，也还不能完全摆脱束缚；倘若离开了正经古说训这些观念，用纯粹的历史批评的方法，将他当作国民文学去研究，一定可以得到更为满足的结果。这是《圣书》研究可以给予中国治理旧文学的一个极大的教训与帮助。

说到《圣书》与中国新文学的关系，可以分作精神和形式的两面。近代欧洲文明的源泉，大家都知道是起于"二希"就是希腊及希伯来的思想。实在只是一物的两面，但普通称作"人性的二元"，将他对立起来；这个区别，便是希腊思想是肉的，希伯来思想是灵的；希腊是现世的，希伯来永生的。希腊以人体为最美，所以神人同形，又同生活，神便是完全具足的人，神性便是理想的充实的人生。希伯来以为人是照著上帝的形像造成，所以偏重人类所分得的神性，要将他扩充起来，与神接近以至合一。这两种思想当初分立，互相撑拒，造成近代的文明；到得现代渐有融合的现象。其实希腊的现世主义里仍重中和（Sophrosynê），希伯来也有热烈的恋爱诗，我们所说两派的名称不过各代表其特殊的一面，并非真是完全隔绝，所以在希腊的新柏拉图主义及基督教的神秘主义已有了融合的端绪，只是在现今更为显明罢了。我们要知道文艺思想的变迁的情形，这《圣书》便是一种极重要的参考书，因为希伯来思想的基本可以说都在这里边了。其次现代文学上的人道主义思想，差不多也都从基督教精神出来，又是很可注意的事。《旧约》里古代的几种纪事及寓言书，思想还稍严厉；略迟的著作如《约拿书》，便更明瞭的显出高大宽博的精神；这篇故事虽然集中于巨鱼吞约拿，但篇末耶和华所说，"这蓖麻……一夜发生，一夜干死，你尚且爱惜；何况这尼尼微大城，其中不能分辨左手右手的有十二万多人，并有许多牲畜，我岂能不爱惜呢？"这一节才是本意的所在。谟尔说，"他不但以《西结书》中神所说'我断不喜悦恶人死亡，惟喜悦恶人转离所行的道而活'的话，推广到全人类，而且更表明神的拥抱一切的慈悲。这神是以色列及异邦人的同一的创造者，他的慈慧在一切所造者之上。"在《新约》里这思想更加显著，《马太福音》中登山训众的话，便是适切的例：《耶稣》说明是来成全律法和先知的道，所以他对于古训加以多少修正，使神的对于选民的约变成对于各个人的约了。"你们听见有话说，'以眼还眼，以牙还牙。'只是我告诉你们，不要与恶人作对。"（第五章三十八至三十九）"你们听见有话说，'当爱你的邻舍，恨你的仇敌。'只是我告诉你们，要爱你的仇敌；为那逼迫你们的祷告。"（同上四三至四四）这是何等博大的精神！近代文艺上人道主义思想的源泉，一半便在这里，我们要想理解托尔斯泰，陀思妥耶夫斯奇等的爱的福音之文学，不得不从这源泉上来注意考察。"你们中间谁是没有罪的，谁就可以先拿石头打他。"（《约》第八章七）"父阿，赦免他们，因为他们所作的事，他们不晓得。"（《路》第二三章三四）耶苏的这两种言行上的表现，便是爱的福音的基调。"爱是永不止息：先知讲道之能，终必归于无有：说方言之能，终必停止，知识也终必归于无有。（《林》前第十三章八）"上帝就是爱；住在爱里面的，就是住在上帝里面，上帝也住在他里面。"（《约》壹第四章十六）这是说明爱之所以最大的理由，希伯来思想的精神大抵完成了；但是"不爱他所看见的兄弟，就不能爱没有看见的上帝。"（同上二十）正同柏拉图派所说不爱美形就无由爱美之自体（Autotoka lon）一样；再进一步，便可以归结说，不知道爱他自己，就不能爱他的兄弟：这样又和希腊思想相接触，可以归入人道主义的那一半的源泉里去了。

其次讲到形式的一方面，《圣书》与中国文学有一种特别重要的关系，这便因他有中国语译本的缘故。本来两国文学的接触，形质上自然的发生多少变化；不但思想丰富起来，就是文体也大受影响，譬如现在的新诗及短篇小说，都是因了外国文学的感化而发生的，倘照中国文学的自然发达的程序，还不知要到何时才能有呢。希伯来古文学里的那些优美的牧歌（Eidyllid＝Idylls）及恋爱诗等，在中国本很少见，当然可以希望他帮助中国的新兴文学，衍出一种新体。寓言书派的抒情诗，虽然在现今未必有发达的机会，但拿来和《离骚》等比较，也有许多可以参照发明的地方。这是从外国文学可以得来的共通的利益，并不限于《圣书》；至于中国语的全文译本，是他所独有的，因此便发生一种特别重要的关系了。我们看出欧洲圣书的翻译，都于他本国文艺的发展很有关系，如英国的微克列夫（Wyclif），德国的路得（Luther）的译本皆是。所以现今在中国也有同一的希望。欧洲《圣书》的译本助成各国国语的统一与发展，这动因原是宗教的，也是无意的;《圣书》在中国，时地及位置都与欧洲不同，当然不能有完全一致的结果，但在中国语及文学的改造上也必然可以得到许多帮助与便利，这是我所深信的不疑的：这个动因当是文学的，又是有意的。两三年来文学革命的主张在社会上已经占了优势，破坏之后应该建设了；但是这一方面成绩几乎没有；这是什么原故呢？思想未成熟，固然是一个原因，没有适当的言词可以表现思想，也是一个重大的障害。前代虽有几种语录说部杂剧流传到今，也可以备参考，但想用了来表现稍为优美精密的思想，还是不足。有人主张"文学的国语"，或主张欧化的白话，所说都很有理：只是这种理想的言语不是急切能够造成的，须经过多少研究与试验，才能约略成就一个基础；求"三年之艾"去救"七年之病"，本来也还算不得晚，不过我们总还想他好的快点。这个疗法，我近来在圣书译本里寻到，因为他真是经过多少研究与试验的欧化的文学的国语，可以供我们的参考与取法。十四五年前复古思想的时候，我对于《新约》的文言译本觉得不大满足，曾想将四福音重译一遍，不但改正钦定本的错处，还要使文章古雅，可以和佛经抗衡，这才适当。但是这件事终于还未着手；过了几年，看看文言及白话的译本，觉得也就可以适用了；不过想照《百喻经》的例，将耶稣的比喻重新翻译，提出来单行，在四五年前还有过这样的一个计划。到得现在，又觉得白话的译本实在很好，在文学上也有很大的价值；我们虽然不能决怎样是最好，指定一种尽美的模范，但可以说在现今是少见的好的白话文，这译本的目的本在宗教的一面，文学上未必有意的注重，然而因了他慎重诚实的译法，原作的文学趣味保存的很多，所以也使译文的文学价值增高了。我们且随便引几个例：

"我必向以色列如甘露，他必如百合花开放，如黎巴嫩的树本扎根；他的枝条必延长，他的荣华如橄榄树，他的香气如黎巴嫩的香柏树。"（《何西阿书》第四章五至六节）

"要给我们擒拿狐狸，就是毁坏葡萄园的小狐狸；因为我们的葡萄正在开花。"（《雅歌》第二章十五）

"天使对我说，'你为什么希奇呢？我要将这女人和驮着他的那七头十角兽的奥秘告诉你。你所看见的兽，先前有，如今没有；将要从无底坑里上来，又要归于沉沦。……'"（《启示录》第十七章七至八）

这几节都不是用了纯粹的说部的白话可以译得好的，现在能够译成这样信达的文章，实在已经很不容易了。还有一件，是标点符号的应用：人地名的单复线，句读的尖点圆点及小圈，在中国总算是原有的东西；引证话前后的双钩的引号，申明话前后的括弓的解号，都是新加入的记号。至于字旁小点的用法，那便更可佩服；他的用处据《圣书》的凡例上说，"是指明原文没有此字，必须加上才清楚，这都是要叫原文的意思更显明。"我们译书的时候，原不必同经典考释的那样的严密。使艺术的自由发展太受拘束，但是不可没有这样的慎重诚实的精神；在这一点上，我们可以从《圣书》译本得到一个极大的教训。我记得从前有人反对新文学，说这些文章并不能算新，因为都是从《马太福音》出来的；当时觉得他的话很是可笑，现在想起来反要佩服他的先觉：《马太福音》的确是中国最早的欧化的文学的国语，我又预计他与中国新文学的前途有极大极深的关系。

以上将我对于《圣书》与中国文学的意见，约略一说。实在据理讲来，凡有各国的思想在中国都应该介绍研究，与希伯来对立的希腊思想，与中国关系极深的印度思想等，尤为重要；现在因为有《圣书》译本的一层关系，所以我先将他提出来讲，希望引起研究的兴味，并不是因为看轻别种的思想。中国旧思想的弊病，在于有一个固定的中心，所以文化不能自由的发展；现在我们用了多种表面不同而于人生都是必要的思想，调剂下去，或可以得到一个中和的结果。希伯来思想与文艺，便是这多种思想中间，我们所期望的一种主要坚实的改造的势力。

（原载《小说月报》第 12 卷第 1 号，1921 年 1 月 10 日）

波兰近代文学泰斗显克微支（节选）

沈雁冰

十九世纪后半，世界文学界上忽然出现了两个面生的民族的文学，很震动一般人的耳目，——这就是波兰的新兴文学和犹太的新兴文学。

波兰和犹太——这两个老民族，欧罗巴的地图上早失却他们的位置了，然而在世界的学术史上，不但犹太人常常发挥他们民族的光辉，波兰人也不肯落人后；他们的努力的结果，常常是震惊一世的新学说、新理想，这是凡有常识的人类能言之，不用我多说的。不过欲使人人的超现实世界中重新有一个波兰有一个犹太存在，到底还靠这两个民族的文学家能用自己的文字表现自己民族的思想和生活。对于这一类的文学家，无论他的作品能否对于世界文学界尽多少贡献，我们都应该敬仰他，了解他；这是我作此篇文字的一点意思了。

*　　　*　　　*　　　*

至于对于亨利克·显克微支（Henryk Sienkiewicz），我却觉得他肩的有两重责任：他一面是新兴的民族文学的领袖，一面是世界文学推进者的一个。他的伟大，不在著作之多，也不在每部著作篇页之多（曾有人把这两项推重显克微支的），也并非因为他曾受一九〇五年的诺贝尔文学奖金，却在他能兼有浪漫主义和写实主义的精神，确确实实，而又很有理想地有主张地表现人类的生活，喊出人类的呼求。他的著作，不论是描写血肉横飞的战争，暗无天日的官吏乡绅土豪，在惨凄的表面的底下，一定有个面目完全不同的根本思想伏著：——这就是

"爱"，爱人类的"爱"；他自己曾说：爱是一切文学的基础；法国有名文学批评家格拉比博士（Dr.Glabisz）也说：显克微支汗牛充栋的著作只创造了一个字，就是"爱"。

* * * *

显克微支的文学作品初到世人面前的时候，大家都把他当作浪漫派的文学家看待，那知他在本国却是写实主义的冲锋人，谁认他是个浪漫文家？他的《波兰家庭》和《无偏见》实是波兰文中最早的写实小说，在波兰思想界发生的影响，不下于俄国海尔岑（Henrzen）的《少年日记》了。

但是显克微支的思想却又是基督教的思想，他很赞扬基督教的道德观念。《波兰家庭》这部书实是以基督教的道德观念做基础。他对于纯客观的写实主义不很赞同，他以为小说应当积积的帮助人生确立健全的人生观，不只是指摘人生的坏处，应当发挥描写人性善的方面，不只是恶的方面。他的《左拉论》的大意谓："我信文学是人类灵魂的急切呼求底反映，高声喊着要改变生活；惟其我是如此自信的，所以我就这样做，不管别人看了是喜欢呢是不喜欢。人们思想的时候，一定得依照着伦理学的律令。因为人们大家都是要活着的，所以在他们活着的时候，不可不有些安慰，有些期望。左拉派的文学家却只把些不解决的烦闷，给了人们，使人们失望，悲观，愈趋于黑暗。"

我们看了这些话，不禁想到俄国的托尔斯泰，若拿托尔斯泰和显克微支相比，有许多相像的地方：

（一）托尔斯泰的著作兼有浪漫和写实的精神，和显克微支仿佛。

（二）托尔斯泰战争小说如《战争与和平》又长又警策，也又是社会生活的反映而不专讲战争，和显克微支的《火与剑》也正相似；便如《婀娜传》也正如《波兰家庭》仿佛。

（三）托尔斯泰的道德——无抵抗主义——却正和显克微支的艰苦修炼人格说相似；两个人同是信着基督教道德，（自然托尔斯泰不信现在的所谓基督教道德）也很相似。

* * * *

显克微支不是一个很难了解的文学家，只是没有一些忍耐心，便

·不能看他的历史小说。有人称他是文学界的铁匠——诚然！显克微支是个伟大的著作家，著作既多，描写的范围也很广。但是显克微支的伟大处决不在此，那是我上文已经说过的了。

（原载《小说月报》第 12 卷第 2 号，1921 年 2 月 10 日）

文学上的俄国与中国

周作人

　　今天讲的这个题目。看去似太广大。不是我的力量所能及。我的本意。只是想说明俄国文学的背景有许多与中国相似。所以他的文学发达情形与思想的内容在中国也最可以注意研究。本来人类的思想是共通的。分不出什么远近轻重。但遗传与环境的影响也是事实。大同之中便不免有小异。一时代一民族的文学都有他们特殊的色彩。就是这个缘故。俄国在十九世纪。同别国一样的受着欧洲文艺思想的潮流。只因有特别的背景在那里。自然的造成了一种无派别的人生的文学。但我们要注意。这并不是将"特别国情"做权衡来容纳新思想。乃是将新思潮来批判这特别国情。来表现或是解释他。所以这结果是一种独创的文学。富有俄国特殊的色彩。而其情神却仍与欧洲现代的文学一致。

　　俄国的文学。在十八世纪方才发生。以前是很丰富的歌谣弹词。但只是民间口头传说。不曾见诸文字。大彼得改革字母以后。国语正式成立。洛摩诺梭夫（Lomonosov）苏玛洛科夫（Sumarokov）等诗人出来。模仿德法的古典派的作品。到加德林二世的时候。俄国运动改造的学会逐渐发生。凯兰仁（Karamzin）等感伤派的小说。也加入农奴问题的讨论了。十九世纪中间。欧洲文艺经过了传奇派与写实派两种变化。摆伦（Byron）与莫泊三（Maupassant）可以算是两边的代表。但俄国这一百年间的文学。却是一贯的。只有各期的社会情状反映在思想里。使他略现出差别来。并不成为派别上的问题。十九世纪的俄国正是光明与黑暗冲突的时期。改革与反动交互的进行。直到罗马诺夫朝的颠覆为止。在这时期里。一切的新思想映在这样的背景上。自然的都染着同样的彩色。譬如传奇时代摆伦的自由与反抗的呼声。固然很是适合。个人的不平却变了义愤了。写实时代莫泊三的科学的描写法。也很适于表现人生的实相。但那绝对客观的冷淡反变为主观的解释了。俄国近代的文学。可以称作理想的写实派的文学。文学的本领原来在于表现及解释人生。在这一点上俄国的文学可以不愧称为真的文学了。

　　这一世纪里的文学。可以依了政治的变迁。分作四个时期。第一期自一八〇一至四八年。可以称作黎明期。一八二五年十二月党失败以后。不免发生一种反动。少年的人虽有才力。在政治及社会上没有活动的地方。又因农奴制度的影响。经济上也不必劳心。便养成一种放恣为我的人。普式金（Pushkin）的阿涅庚（Evgeni Oniegn）。来尔孟多夫（Lermontov）的现代的英雄里的沛曲林（Petshorin）。就是这一流人的代表。也是社会的恶的具体化。一方面官僚政治的疾病与斯拉夫人的惰性。也在果戈尔（Gogol）的著作里暴露出来。一八四八年欧洲革命又起。俄国政府起了恐慌。厉行专制。至尼古拉一世死的那一年（一八五五）止。这是第二期。称作反动期。尼古拉一世时代的书报检查本是有名严厉的。到了此刻却更加了一倍。又兴了许多文字狱。一八四九年的彼得拉绥夫斯奇（Petrashevski）党人案件最是有名。他们所主张的解放农奴。改良裁判法。宽缓检查这三条件。后来亚力山大维新的时候都实行了。在这时代却说他是扰乱治安。定了重刑。这八年间。文学上差不多没有什么成绩。一八五五至八一年。是亚力山大二世在位的时代。政治较为开明。所以文学上是发达期。这是第三期。其中又可以分作三段。第一段自五五至六一年。思想言论比较的可以自由了。但是遗传的惰性与压迫的余力。还是存在。所以有理想而不能实行。屠盖涅夫（Turgenev）的路丁（Dmitri Rudin）冈伽洛夫（Gontsharov）的阿勃洛摩夫（Oblomov）都是写这个情形的。自六一至七〇年顷是第二段。唯心论已为唯物论所压倒。理想的社会主义之后也变为科学的社会主义了。所谓虚无主义就在此时发生。屠盖涅夫的父与子里的巴察洛夫（Bazarov）可以算是这派的一个代表。虚无主义实在只是科学的态度。对于无徵不信的世俗的宗教法律道德虽然一

律不承认。但科学与合于科学的试验的一切。仍是承认的。这不但并
非世俗所谓虚无党（据克鲁泡特金说。世间本无这样的一件东西）。而
且也与东方讲虚无的不同。陀思妥夫斯奇（Dostoyevski）做的罪与罚。
本想攻击这派思想。目的未能达到。却在别方面上成了一部伟大的书。
第三段自七〇至八一年。在社会改造上。多数的知识阶级觉得自上而
下的运动终是事倍功半的。于是起了"往民间去"（V Narod）的运动。
在文学上的民情派（Narodnishestvo）的势力也便发展起来。以前描写
农民生活的文学。多写他们的悲哀痛苦。证明农奴也有人性。引起人
的同情。到六一年农奴解放以后。这类著作可以无须了。于是转去描
写他们全体的生活。因为这时候觉得俄国改造的希望全在农民身上。
所以十分尊重。但因此不免有过于理想化的地方。同时利他主义的著
作也很是发达。陀思妥夫斯奇。托尔斯泰（Tolstoi）。伽尔洵（Garshin）。
科罗连珂（Korolenko）。邬斯本斯奇（Uspenski）等都是这时候的文人。
亚力山大二世的有始无终的改革终于不能满足国民的希望。遂有一八
八一年的暗杀。亚力山大三世即位。听了波比陀诺斯垂夫
（Pobiedonostsev）的政策。极力迫压。直到革命。是俄国文学的第四
期。可以称作第二反动期。这时候的"灰色的人生"可以在契诃夫
（Chekhov）与安特来夫（Andreyev）的著作中间历历的看出。一九〇
五年革命失败。国民的暴弃与绝望一时并发。亚勒支拔绥夫
（Artsybashev）的沙宁（Sanin）便是这样的一个人。这正是时代的产
物。并非由于安特来夫的写实主义过于颓丧的缘故。便是安特来夫的
颓丧。也是时代的反映。不是什么主义能够将他养成的。但一方面也
仍有希望未来的人。契诃夫晚年的戏曲很有这样倾向。库普林（Kuprin）
以写实著名。却也并重理想。他的重要著作如生命的河及决斗等都是
这样。戈里奇（Gorki）出身民间。是民情派的大家。但观察更为真实。
他的反抗的声调。在这黑暗时期里可算是一道引路的火光。最近的革
命诗人洛普洵（Ropshin）在灰色马里写出一个英雄。一半是死之天使。
一半还是有热的心肝的人。差不多已经表示革命的洪水的到来了。

　　以上将俄国近代文学的情形约略一说。我们可以看出他的特色。
是社会的人生的。俄国的文艺批评家自别林斯基（Bielinski）以至托尔
斯泰。多是主张人生的艺术。固然很有关系。但使他们的主张能够发

生效力。还由于俄国社会的特别情形。供给他一个适当的背景。这便是俄国特殊的宗教政治与制度（基督教。君主专制。阶级制度）。当时欧洲各国大抵也是如此。但俄国要更进一层（希腊正教。东方式的君主。农奴制度）。这是与别国不同的了。而且十九世纪后半。西欧各国都渐渐改造。有民主的倾向了。俄国却正在反动剧烈的时候。有这一个社会的大问题不解决。其余的事都无从说起。文艺思想之所以集中于这一点的缘故也就在此。在这一件事实上。中国的创造或研究新文学的人。可以得到一个大的教训。中国的特别国情与西欧稍异。与俄国却多相同的地方。所以我们相信中国将来的新兴文学。当然的又自然的也是社会的人生的文学。

就表面上看来。我们固然可以速断一句。说中俄两国的文学有共通的趋势。但因了这特别国情而发生的国民的精神。很有点不同。所以这期间便要有许多差异。第一宗教上。俄国的希腊正教虽然迫压思想很有害处。但那原始的基督教思想却也因此传布的很广。成为人道主义思想的一部分的根本。中国不曾得到同样的益处。儒道两派里的略好的思想。都不曾存活在国民的心里。第二政治上。俄国是阶级政治。有权者都是贵族。劳农都是被治的阶级。景况固然困苦。但因此思想也就免于统一的官僚化。中国早已没有固定的阶级。又自科举行了以后。平民都有接近政权的机会。农夫的儿子固然可以一旦飞腾。位至卿相。可是官僚思想也非常普及了。第三地势上。俄国是大陆的。人民也自然的有一种博大的精神。虽然看去也有像缓慢麻木的地方。但是那大平原一般的茫漠无际的气象。确是可以尊重的。第二种大陆的精神的特色。是"世界的"。俄国从前以侵略著名。但是非战的文学之多。还要推他为第一。所谓兽性的爱国主义在俄国是极少数。那斯拉夫派的主张复古。虽然太过。所说俄国文化不以征服为基础。却是很真实的。第三种气候的剧变。也是大陆的特色。所以俄国的思想又是极端的。有人批评托尔斯泰。说他好象是一只鹰。眼力很强。发见了一件东西。便一直奔去。再不回顾了。这个比喻颇能说明俄国思想的特色。无抵抗主义与恐怖手段会在同时流行的缘故。也是为此。中国也是大陆的国。却颇缺少这些精神。文学及社会的思想上。多讲非战。少说爱国。是确实的。但一面不能说没有排外的思想存在。妥协调和。又是中国处世的态度。没有什么急剧的改变能够发生。只是那博大的精神。或者未必全然没有。第四生活上。俄国人所过的是困苦的生活。所以文学里自民歌以至诗文都含着一种阴暗悲哀的气味。但这个结果并不使他们养成憎恶怨恨或降服的心思。却只培养成了对于人类的爱与同情。他们也并非没有反抗。但这反抗也正由于爱与同情。并不是因为个人的不平。俄国的文人都爱那些"被侮辱与损害的人"。因为——如安特来夫所说——"我们都是一样的不幸"。陀思妥夫斯奇。托尔斯泰。迦尔洵。科罗连珂。戈里奇。安特来夫都是如此。便是亚勒支拔绥夫以及厌世的梭罗古勃（Sologub）也不能说是例外。俄国人的生活与文学差不多是合而为一。有一种崇高的悲剧的气象。令人想起希腊的普洛美透斯（Prometheus）与耶稣的故事。中国的生活的苦痛。在文艺上只引起两种影响。一是赏玩。一是怨恨。喜欢表现残酷的情景那种病理的倾向。在被迫害的国如俄国波兰的文学中。原来也是常有的事。但中国的都是一种玩世的（Cynical）态度。这是民族衰老。习于苦痛的征候。怨恨本不能绝对的说是不好。但概括的怨恨实在与文学的根本有冲突的地方。英国福勒忒（Follett）说。"艺术之所以可贵。因为他是一切骄傲偏见憎恨的否定。因为他是社会化的。"俄国文人努力在湿漉漉的抹布中间。寻出他的永久的人性。中国容易一笔抹杀。将兵或官僚认作特殊的族类。这样的夸张的类型描写。固然很受旧剧旧小说的影响。但一方面也是由于思想狭隘与专制的缘故。第五。俄国文学上还有一种特色。便是富于自己谴责的精神。法国罗兰在超出战争之上这部书里。评论大日耳曼主义与俄国札尔主义的优劣。说还是俄国较好。因为他有许多文人攻击本国的坏处。不像德国的强辩。自克利米亚战争以来，反映在文学里的战争。几乎没有一次可以说是义战。描写国内社会情状的。其目的也不单在陈列丑恶。多含有忏悔的性质。在息契特林（Shtshedrin Saltykov）托尔斯泰的著作中。这个特色很是明显。在中国这自己谴责的精神。似乎极为缺乏。写社会的黑暗。好象攻讦别人的阴私。说自己的过去。又似乎炫耀好汉的行径了。这个缘因大抵由于旧文人的习气。以轻薄放诞为风流。流传至今没有改去。便变成这样的情形了。

以上关于中俄两国情形的比较。或者有人觉得其间说的太有高下。

但这也是当然的事实。第一。中国还没有新兴的文学。我们所看见的大抵是旧文学。其中的思想自然也多有乖谬的地方。要同俄国的新文学去并较。原是不可能的。这是一种的辩解。但第二层。我们要知道这些旧思想怎样的会流传而且还生存著。造成这旧思想的原因等等。都在过去。我们可以不必说了。但在现代何以还生存著呢。我想这是因为国民已经老了。他的背上压有几千年历史的重担。这是与俄国不同的第一要点。俄国好象是一个穷苦的少年。他所经过的许多患难。反养成他的坚忍与奋斗。与对于光明的希望。中国是一个落魄的老人。他一生里饱受了人世的艰辛。到后来更没有能够享受幸福的精力余留在他的身内。于是他不复相信也不情愿将来会有幸福到来。而且觉得从前的苦痛还是他真实的唯一的所有。反比别的更可宝爱了。老的民族与老人。一样的不能逃这自然的例。中国新兴文学的前途。因此不免渺茫。……但我们总还是老民族里的少年。我们还可以用个人的生力结聚起来反抗民族的气运。因为系统上的生命虽然老了。个体上的生命还是新的。只要能够设法增长他新的生力。未必没有再造的希望。我们看世界古国如印度希腊等。都能从老树的根株上长出新芽来。是一件可以乐观的事。他们的文艺复兴。大都由于新思想的激动。只看那些有名的作家多是受过新教育或留学外国的。便可知道。中国与他们正是事同一律。我们如能够容纳新思想。来表现及解释特别国情。也可望新文学的发生。还可由艺术界而影响于实生活。只是第一要注意。我们对于特别的背景。是奈何他不得。并不是侥幸有这样背景。以为可望生出俄国一样的文学。社会的背景反映在文学里面。因这文学的影响又同时的使这背景逐渐变化过去。这是我们所以尊重文学的缘故。倘使将特别国情看作国粹。想用文学来赞美或保存他。那是老人怀旧的态度。只可当作民族的挽歌罢了。

此篇本是周作人先生的演讲稿，在《新青年》上登过；我们因为这篇文章的价值便在这里重出也是有意思的，所以特转录了过来。（记者志）

（原载《小说月报》第 12 卷号外《俄国文学研究》，1921 年 9 月）

被损害民族的文学号 · 引言

记 者

一、为什么要研究被损害的民族的文学

一民族的文学是他民族性的表现，是他历史背景社会背景合时代思潮的混产品！我们要了解一民族之真正的内在的精神，从他的文学作品里就看得出——而且恐怕唯有从文学作品中去找，才找得出。

凡在地球上的民族都一样的是大地母亲的儿子；没有一个应该特别的强横些，没有一个配自称为"骄子"！所以一切民族的精神的结晶都应该视同珍宝，视为人类全体共有的珍宝！而况在艺术的天地内是没有贵贱不分尊卑的！

凡被损害的民族的求正义求公道的呼声是真的正义真的公道。在榨床里榨过留下来的人性方是真正可宝贵的人性，不带强者色彩的人性。他们中被损害而向下的灵魂感动我们，因为我们自己亦悲伤我们同是不合理的传统思想与制度的牺牲者；他们中被损害而仍旧向上的灵魂更感动我们，因为由此我们更确信人性的砂砾里有精金，更确信前途的黑暗背后就是光明！

因此，我们发刊这"被损害的民族的文学号"。

二、这些民族所用的语言文字

本号内共介绍八个民族的文学，这八个民族照人种归类可得五种，

但他们各有他们自己的语言文字，我们一项一项的说在下面：

甲、斯拉夫种〔包括波兰、捷克、塞尔维克罗西亚、乌克兰、勃尔加利亚（亦作保加利亚）等〕

斯拉夫人种据尼豆尔（L.Niederle）教授的说法：因为山脉河流的阻隔，使他们各自发展去适应特殊环境的文化，所以显然分出许多支派来了；其中西斯拉夫包括波兰（Poles）捷克（Czechs）斯拉伐克（Slovaks）温特（Wends）四族，南斯拉夫包括塞尔维·克罗西（Serbo-Croatians）保加利亚（Bulgarians）斯罗文（Slovens）三族，东斯拉夫包括大俄罗斯（Great Russians）小俄罗斯（Little Russians）白俄罗斯（White Rusians）三族。这东西南三个斯拉夫人种总算人数不过一五〇兆，但情形竟非常之复杂。至于所用语言文字，据道勃洛夫斯基（Dobrovsky）在一八二二年的调查，说有九种不同的文字；柴法夷克（Safařik）在一八四二年的调查，说有六种不同的文字，十三种不同的方言；斯乞勒乞（Schleicher）在一八六五年说有八种；著名的斯罗文学者弥克洛西（Miklosich）决定有九种；著名的克罗西学者却具克（Jagić）说有八种。这不同的缘故即在言语学者中间有以方言也算做一种不同文字的，所以出入就很多了。例如乌克兰（在小俄之内）的方言就有许多人不认他是一种独立的文字。

但一般的意见对于下面列的分法大概是满意的：

一、东部　大俄　小俄　（立陶宛，乌克兰，麦罗俄罗斯）
二、西部　波兰　捷克斯洛伐克　温特
三、南部　塞尔维　克罗西　斯罗文　保加利亚

上面的几种文字中，波兰、捷克、克罗西、温特这四族都用拉丁字母，而加种种圈号；其余的几族都用一种所谓 Cyrillic 字母（即俄文字母），譬如克罗亚和塞尔维两族的文字实际上只是所用字母的不同。但也要晓得，各族同用 Cyrillic 字母的，也有点小出入。俄罗斯、乌克兰、塞尔维、保加利亚所用的字母大致相同；小出入却也不免。

总而言之，斯拉夫文字的特点就是字的变化大概是相同的；例如动词变化便大家相同。

下面的一个表很可以显出斯拉夫族语言文字相像之处：

335

俄罗斯	波 兰	捷 克	塞尔维·克罗西	斯罗文
pólnye（满）	Pelny	Pln（ý）	Pun（i）	Poln（i）
Otyáts（父）	Ojciec	Otec	Otac	Otec
dyenn'（昼）	dzien	den	dan	den（dan）
byedá（不幸）	biada	bida	biéda	béda
dólgie（长）	dlugi	dlouhý	dug（i）	dolg（i）

上引的几个字已很能帮助人看出这几门文字中大体的相同了。斯拉夫人自己都喜欢过分说，他们的文字全是一样的，V.Hrbý 在他所著的《斯拉夫文字比较论》中说："时常有机会看见捷克波兰以及俄罗斯的工人用本地语言很流利的和克罗西的担卖小贩讲谈了几小时"，这话也许过当一些。

实在的情形是如此，虽然有许多相同的地方，却是每一族的文字有他特别的拼音和用语。还有一件可以注意的事，就是自从十九世纪前半期各民族文字复活的时候，引进许多外国的非斯拉夫的分子，如捷克与斯罗文两种文字便是如此的。

乙、新犹太 犹太人民现在没有祖国，只有自己的文字，这新犹太文字多杂德国文，唤做"Yeddish"本是莱因中部地方的一种方言，后来犹太侨民把这种语言作为他们的语言，还是十五十六世纪的事。作在文学上却是十九世纪初始有，到十九世纪末大盛。

丙、希腊 近代的希腊文字和古代的亦有不同。

丁、阿美尼亚 阿美尼亚古代文字属于印独日耳曼（Indo_Germanic）支，有些像古希腊文。现代的阿美尼亚文字已不和古代的一样，而且分有许多种的方言，视其所杂的土耳其字或波斯字之多少以为分别。

戊、芬兰 芬兰本用瑞典语与芬兰语两种。自本世纪以来的文学家大都是用芬兰文著作。

从上面说的看来，可知现在要介绍的几个被损害的民族大都有独立的语言；语言文字不过是一种工具而已，民族的文学之特质，实不在此。这里所讲到的几个民族因其环境与历史各不相同，所以他们的文学也各有异彩。南美的独立国如阿真廷他是用西班牙语的，但是阿真廷文学家摩纳诃（Maneo，S.）赫娄拉（Harera，L.B.）茄特尔（Gardel，J.S.）等人的作品和白桑（Bazán，E.P.）伊本讷兹（Ibáñez，V.B.）柴玛苏滑（Zamacois，E.）等人的作品决不能一样，虽然都是用西班牙文写的；又如，巴西他是用葡萄牙文字的，但巴西小说家阿伦哈（Aranha，G.）纳都（Netto，C.）班以克萨都（Peixeto，A.）特阿息斯（De Assis，M.）等人的作品和特阔亥洛支（de Queiroz，T.）列玛（Lima，S.M.）达尔曼提亚（d'Almeida，F.）达卡玛拉（Da Camara，D.J.）等人的作品决不能一样；这很可证明民族文学的特点，不在文字的不同了。这里详说各民族所用的语言，无非想多晓得一些他们的情形罢了。

（原载《小说月报》第 12 卷第 10 号，1921 年 10 月 10 日）

霍普德曼与尼采哲学

（译自 Anton Hellmann 著）

希　真

易卜生著作出世后，戏剧史上就有了个变动。他的中期的作品社会剧的进化仿佛是一块界石，标示近代剧从此而起。就是那些顽固派，痛骂易卜生的见解是激烈的，也不免要称赞易卜生确已创造出圆满无瑕的戏剧技术了。他用了精美的艺术手段，抉出社会的隐病；他用了毫无顾忌的残酷手段直透过表面而把个人的病的意志抉露出来。

虽然，易卜生又像是努力追求一物而未得的；这一物，尼采在《查拉图斯塔拉这样说》一书里说起过，在那部未完工的《向权力的意志》里或者是将要说得很明白的。

跟着易卜生，就来了一大批的人，他们都是认识了易卜生著作的重要，并且因为研究了易卜生的著作，遂得见了人生的新意义。他们比易卜生更有幸，得从尼采哲学挹取精义。在英国有萧伯纳，极受尼采思想的影响，做了一部《人及超人》的剧本，替尼采的"超人"说做注解，并在其他的著名剧本里，也写有超人式的人物。德国的苏德曼（H.Sudermann）的第一篇剧本《荣誉》（那是使苏德曼在德国文学史上占着重要的地位的杰作）也表示作者一定曾经对于尼采的《道德的宗派》和《善与恶之外》两部书有过深湛的研究。《荣誉》里的玛格达是苏德曼的有名的创造品，便有许多超人的德性。遍欧洲全感着这两种有力思想的领袖资格。在瑞典有斯德林褒格算得是首先把尼采哲学融化在剧本里的人。意大利有邓南遮（D.Annunzio），西班牙有依斯乞该莱

（J.E'schégeray），法国有白利欧（Brieux），奥国有显尼志勒（A.Schnitzler）。

那个伟大的比利时人梅德林克，总算是更透彻的把这些思潮和他自己的哲学思想调和起来，已经建立他自己的独立的哲学，但是他得力于那些偶像破坏的先驱者之处，究竟是很大的。始见于尼采的《一切唯人》和《一日之黎明》两书里的思想，一定不是对于梅德林克没有影响的。霍普德曼和梅德林克一样，不曾露出极多的尼采思想的效果。尼采所谓对于旧有价值的从新估定，或者在霍普德曼思想上的效果不及其他的现代各艺术家之甚，但是霍普德曼对于旧日道德信条和教会的态度，若不是直接的或间接的受着尼采思想的影响，也许是不会发生的。在同派中间，也许是霍普德曼比较的更秉奉原始基督教式的思想。他的那篇美丽的小"神话剧"《海伦升天》，就是他早有这些思想的明证。他早年所作的写实的社会剧里显然有易卜生的简洁的散文底神韵，而他的诗的梦剧里就见有尼采的阳刚的抒情诗的风格底影响。

查拉图斯忒拉既每日凝视太阳的辉光，从他的山顶下来。他那时满身充满了太阳的美与辉，他觉得他要把他的神感给与世界。他下山，来到大街口，这大街口，尼采用了他的华贵的比喻法，将他作为世界的象征。这位先知者，到了大街口，忽然遇到了并不全然出奇，却是异常地真实底屈辱。他被迫得让一个走绳索的卖技者上前而自己落后避开。群众都急忙地看走绳索的献本事，没有一个人睬那位先知者；但是后来，走绳索的力竭站不住，跌下来死于他（查拉图斯忒拉）的脚旁，他又被迫得背了这死尸走开。如果你到这世界，是想给人类带了些正经的使命来的，你立刻就知道世界不需要你，世界所喜欢的，是那些走绳索的，和那些轰然大声的铜钹，还有那些穿了外貌极其辉煌的装束的人们。现在，其实已经太晚了，世界方发现向来以为是真宝贝的，原来徒有其外貌，正派的人必须想一个法子使得事物复得其正。

在《基督的愚事》里，这是霍普德曼最近出版的一本小说，（此言最近，乃作者指他作此文的那时，即一九一三年秋）少年时代的伊玛内利在他的茅屋里读《新约》，满怀是耶稣的思想和精神，而且十分决定永远过那样的生活。他试想照基督和犹太人相处的样子，去和西勒西亚乡人相处。他觉得对于恶事无抵抗的教义在现今的基督教国内，是可怕而且不能实行的，正如不能行于二千年前的圣地。现在的人们和奢侈快乐太接近了，没有毅力去抵抗恶事。抵抗恶事要比不抵抗恶事容易得多。

若说《基督的愚事》直接受着尼采的《查拉图斯忒拉这样说》的兴感，或者也不免于过分附会。批评家对于每个作家的思想的来源，本毋须逐处细求，定要说某某人的思想出于某某人，究竟太勉强；虽然，尼采的哲学思想已经替现代大多数的艺术染了一层很浓的色彩，却是少可怀疑的。不论尼采的哲学是好是坏，他的锤确已击着近代世界的"心钟"，起了这样大的回声，使我们不能不听得。《基督的愚事》里，伊玛内利说："我在强暴人的屋子里诉之武力也算错么？或者你以为一个教士不是强暴人么？他们冒称是上帝的忠仆，实则他们巴不得马上就做天地间的主宰，不但想做人的主宰，并且想做上帝的主宰呢。"同书中又有一段说："人因受压迫或竟出于他自由意志而表见的忠实的数量，不一定就能证明他的灵魂是忠实。"这句话的情味，就很像查拉图斯忒拉论及"人样的谨饬"那篇诗里所说的话："谁不愿在人堆里渴死，他必须学会从各种杯子喝水的法子；谁愿意弄干净身子在人堆里走，他必须学会洗濯，甚至于拿污水洗。"我再从霍普德曼那本小说里选一段很可混在尼采的《反基督》中间的话："进化，国家，文明，这些都不是托根在不自私的。竞争与自寻出头之路，便是最有力的原动力。因为这虚伪的倾向，二千年来的基督教的治绩不过是极大的假善手段，与可畏的失败而已。世界所拥护者，是自私，民族是赖自私维持的，人与人间的一切往来，不论大小，都受自私心的驱使。教会宣言因上帝而救人，随即托上帝的名，要求别人的布施。贵族地主要谋地主及奴隶的幸福。奴隶亦要求奴隶及地主的幸福。在狂争利益的场里，没有一个人不是他自己的堡砦。然则他怎能不自私而任自己的堡砦毁为平地呢？我说，最无结果的学说就是不自私。因为无论何人若想把论理学上的结论而见之实行，无论何人若愿出任何代价以求得精神上的安静，他定将离开那舞台，那戏场，他定将自动的消灭他的生命。自杀应是真正的基督行为，是基督教教义唯一的最后的结论。"

你要灭绝自私，如果你竟没有别的法子去灭绝自私，那你就灭绝你自己罢。"爱生活的人将失了他的生活。恨生活的人将永保他的生活，我对你说。"

坐在上部恩加亭（Engadine）一块岩石底下，尼采就触发了"永久轮回"的观念。这"永久轮回"的观念和他的别一信仰——人非终极鹄的，乃是渡到超人的一座桥梁，——和他的"向权力的意志"的观念，成为这个"自拟是上帝"的德国人的哲学的根本思想。他的超人说已有明白解释了；由此理路再进而求"向权力的意志"的意义，当非甚难——"向权力的意志"之说实从超人说蜕化而来。著名的"尼采学"大家梅琪博士（Dr.M.Mügge）为超人说下一定义："真正的超人是威权中寓智慧，智慧中寓威权。"用这样少数的几个字去解释超人说的意义，而能比较的近于真义的，怕只有梅琪这一句罢。永久轮回的观念，据尼采自己说，完全由主观的直觉的悟得，颇难令人轻信，因此或者不能得到大多数的听者。由此可知他的超人说常常被文学界所引用，不是可异的。有人以为超人说不是尼采始创，在哥德的《浮士德》里已经见过这位人类家族中的新人。这话也许属实，但是尼采的超人的形成却是确定的，并且有一定不易的思想和特性。

《沉钟》是通常视为霍普德曼的杰作的，在这篇里，他把他的超人观表白得最为清楚。冶工亨立区注全力于他的艺术；他正铸成了一口最精奇的理想的钟——全村的钟，没有能比他再好的了，——钟的土型的浮面没有气泡，亦没有一茎稻草，——声音优美，犹如天使们的唱歌声。牧师说："这口搁在山顶摇起来，该怎样的好听咧。"于是悲剧起始了，亨立区的物质生活骤起了变化：他竭一生精力造成的那口钟毁失了，带着碎心的忧愁，他找见那口钟"将在深谷里鸣响，可不是在山顶。"这证明他的一切工作与希望都失败了。原来他们搬这钟到山顶的时候，车子出了毛病，钟滚下山去，一路上当当地响着失败之声，直到坠于湖底，被湖底的水莲的根所绊牢。在山顶的亨立区裂了心似的听那钟滚下山的声音，这好像是他的妻的鬼手所摇出来的，她因为忍不住他疏忽的过失，自沉于湖中死了。

罗丹特伦在山顶发见了亨立区。她是霍普德曼剧本里所有一切能使魔法的金红头发女郎中的最美丽而最温雅的一个。她是水母（水怪）山魅的姊妹；她是人间自然之声——向权力的意志——常使人向更高的目标与事，——到超人，这便是终点。

霍普德曼的冶钟匠很有些像浮士德的处所——霍普德曼原也和别的伟大德国人一般，曾经痛饮于哥德的井，——但是在这亨立区身上，尼采的分子要比哥德的多。亨立区离开他的妻与子，他接收他儿子带来的满盛了母亲的泪的钵。这是使人心痛的，但是他强自镇住；跟着山顶来的唤他的声音自去了。山顶用为象征，尼采是最喜欢的。亨立区依着罗丹特伦的命令，仍旧向前，但已自知，他不但有秃鹫的翼（能高飞），并且有鹫的爪，他亦知这爪不应该去抓一个小孩子的嫩脸颊——他亦自知，德性既已给他权力去呼吸山上的新鲜空气，便也使他厌恶深谷的重浊空气了。

他要不歇地工作，克制自己；他精力不会疲的，他诅咒那使他停工的夜。他说："在早晨，我们是王上，但到了夜里，我们只是乞丐了。"亨立区从来不曾听得"新生的光明底可喜的新福音。"后来他快死了，全剧也将结束了，即在此时我们听得那可喜的新闻："太阳来了"，但这太阳和阿尔文（按此是易卜生《群鬼》中的一个人物）所喊着而要的那个太阳，却是大不相同的了。（按阿尔文喊要太阳，见《群鬼》剧终）正像摩西死在碧施伽山一般，他不曾亲身达到目的，他只瞥眼看见那在山顶彼方的是什么东西罢了。

霍普德曼自己亦曾许我们把他的诗剧看作是象征的。这就是说，剧中的意义，任凭读者去猜；读者的性格有怎样的不同，便可有多少种不同的解释。爱读霍普德曼那篇梦想剧《毕伯跳舞了》的人，对于该剧做过许多分析的研究，但是没有两个人是相同的。研究霍普德曼最有心得而且最精到的美国人格鲁曼（Paul Grummann）对于《毕伯跳舞了》的见解，和霍普德曼自己当该剧初演于柏林时所宣布的意见，竟根本的不同。我在这里要引用尼采的思想去解释这篇迷人的《毕伯跳舞了》；或者这篇尼采派的解释觉得太牵强附会，但动人之处当亦不弱于其他各篇。

在《毕伯跳舞了》——或者这就是霍普德曼所有作品中最神秘的一篇——里，毕伯这人物该可以把来当作是代表一种理想或目的，洪是象征人的最低等的本能——是和理想相斗的兽性的格式。他永是那样蠢笨地相争，像一头熊扑蝴蝶，但是在别人看来，他虽然是愚蠢而可笑，而他的想和毕伯跳舞的热心，却也不弱于那些精神上比他高明了许多的人。海尔立格尔是个有变化的东西，一个生活在愉快里的诗人，——他是象征 Dëonysian 原子，象征超乎善恶之外的生活，——无理性的而又不安宁的，他拥抱着毕伯，显然因获得了她而快活极了，但又确实的把她和他的歌声他的"奥卡那"（乐器名）混杂了，分不清究竟为她而快乐呢，还是为歌声为"奥卡那"而快乐。他让她死在他的臂上，而不觉得她已经死。他太关心于生命之歌，生活之美，以至他竟跳舞而出，遗下他的理想物在后面了。和萧伯纳的《甘迪达》（Candide）里的诗人麦克朋克斯一般，他觉得百年以后和现在是一样。王是个超人，住在他的山顶，只有他的聋仆伴他。他已有许多智慧，但是他常常想要再高，他自知必须永久向上爬，爬过去，取得更大的权力。这篇《毕伯跳舞了》全剧的主要情绪就是这爬，爬过去，向一个目标。《毕伯跳舞了》是霍普德曼诸作中一篇最美丽可诵读的剧本；但是仅仅读脚本，有许多美处尚体会不到，因为这篇东西应该是排演在台上看的。剧中演那个画中人似的威尼斯女子（此即跳舞女子毕伯）夹在一大堆西勒西亚玻璃厂工人中间这一段景致，和王术士在他的茅屋里作法这一段景致，都是很悦目的。这篇剧本如果作为浪漫派的剧本看，便是极美的一篇创造品；如果作为含有具体理想的剧本看，亦一定不是霍普德曼所作此类剧本中唯一的一篇完全失败的作品。

在霍普德曼早年所作的写实派体裁的《孤独生活》里，有一个浮格拉忒，也是试想爬高些的。他又遇见了婀娜·玛尔。她激励他向理想目的而奋进。像《沉钟》里的罗丹特伦一般，婀娜·玛尔成为浮格拉忒的"自然之呼声"，并且注入他的灵魂，成为"向权力的意志"了。浮格拉忒居室里所挂的画片是有寓意的。在近代诸大学者中，特拣出海凯尔（Haeckel 德国生物学家）和达尔文两个人的画照挂起来。浮格拉忒谈话时提到他们（海凯尔与达尔文）的名儿，总表示敬意，像是敬重业师；但是仅只海凯尔和达尔文两个人不能形成浮格拉忒和婀娜的品性。尼采的哲学成为他们攻击旧信仰的教师。尼采取了"适者生存"说的表面意义；浮格拉忒亦然，而且想照样做。如果他见得定要践踏他最亲近的人的心，他的美貌的少妻和他的严厉的老父，他亦就试去践踏的。

当他的年青的妻到他那里，有些立待对付的家务琐事要他设法的时候，被他驱逐了；他并且说，他的工作，第一重要的是他的著作，他的灵魂的兴感，此外第二第三尚有许多事，最后若有余暇，然后可以谈到这些不重要的事。"你常常拣我正忙着发展我的灵魂，冥想宇宙间大事的时候，把家常的琐事来絮聒个不清"。有一次，他竟暴怒而至动武，因为她说，有些私事要避了别人和他商量，但是婀娜姑娘总和他在一处，不得空儿。他觉得他的自由有危险了，他是个受羁绊的天神。他唤他的妻和母为小灵魂的人。

浮格拉忒愿向上，却是能力不大。像易卜生的建筑师梭尔纳斯（按此乃易卜生杰作《建筑师》中的主人翁）一般，他能建造高塔，但是他不能爬上去。几千年前，一个无名的印度先知者说，眼能视物以前，一定也不会落眼泪，耳能听以前，一定也没有感觉。浮格拉忒也知道这些，却不是从东方学来，乃是从尼采学来的。但他的眼泪未曾枯，他的耳鼓亦不能漠然无觉于心之呼声。他要向前，即使必须涉过他的妻他的父母的眼泪所积成的小河，他还是要向前。他认知他达到"己之实现"的过道，在与精神的优越者婀娜连合。但是他的情绪到底是他肉体的大部分，这样的一大部，致使他不能达到他的理想生活。

最后，我再说一遍，以我看来，霍普德曼未曾多感得这新思想（即尼采哲学）所带来的对于人心的强压力；因为在哲学史上，尼采的思想尚是新的学说，不论那些憎恨尼采思想的人极力的反对和攻击，却是他们永不曾用心去找求他们的真意。伦理学者大多数怕极了尼采的哲学会扰乱固有的道德组织，竟不许有什么改变常规的一分一毫底举动。霍普德曼在他的神话剧与梦剧，例如"Elga"、《毕伯跳舞了》、《海伦升天》、《沉钟》等剧里面，含着他的极高的灵感。这些剧本，若在舞台上看见，将更增效力；他们都是极配在舞台上演的。霍普德曼的作品大都是很凄惨的，欧洲的近代剧几乎都是如此。这或者因为在他们看来，悲哀是人生的最常见的一面——因为经过了悲哀与泪，我们方更近于那遮盖着"无限"的一张幕。

霍普德曼的著作已经是很多的了，在短时间内一一列举，是不可能的。我希望我已经指出几点，在这几点上，我们能清晰的听得那位哲学家（尼采）的锤子的打击的声音；但是即使在这几点上，最显见尼采哲学之影响的，也是在未尽言的话里，未做完的事里。悲剧的战士的尼采的人形，巍巍然做了霍普德曼著作的背景。

（From 1913，Autumn，Poet Lore）

（原载《小说月报》第 13 卷第 6 号，1922 年 6 月 10 日）

自然主义的中国文学论

李之常

（一）

　　新时代曙光虽然透入中土，然而领受洗礼的人太少了；社会改造底呼声虽然发动，然影响所及，未免太小了！白话文学喷其火焰，虽然将不合理的旧有修辞，束缚思想的形式烧毁得完了，然而优美的成绩未免太少了，很多作品底感动力也未免太弱了！一面滥污作品依然盛行，肤浅作品，触目皆是！细推其故，除作者以游戏的态度挥毫，徒造罪孽，应当痛辟外，其主因为过于重视作者自己底个性，未曾注目中国今日作家应当奔赴的倾向；所以无修养的作者底作品堕于浅肤，有修养的作者底作品，虽然表现得比较优好，然而多不顾民众，使情田枯槁的民众少所感染，徒申展作者个性，然与时代少关连，与环境不适合，其结果不过成为雄丽的词句和玄幻的空想底结合而已，那能作时代底推进机，照沏社会底 X 光线，尽文学底使命呢？很多作者以为不如是，不能创作不可思议的高美作品，完成玄妙莫测的文学，实则不免有为世外桃源，社会活动底赘疣底危险呵！中国今日文学的寂寞，粗恶制作底纷纭，又何尝不是由于此呢？我们要是仍然不加反省，恐怕文学之花在中国难以吐苞了！

　　国人向来多持不计较主义，"优哉，游哉！"翻过了一大部分生命底书，军阀反一天比一天专横，官僚尽情罗掘，礼教施其毒焰！今日新思潮之兴起，无异乎说是计较的西方文化之替兴。独文学改用白话之后，任其自由消长，不加详细的计较，于是一般作者驰骋梦想，歌吟风月，以鸟梦，花魂，幻想之国，虚无之境作主要的材料，能使民众感得真切，兴奋吗？廿世纪我们努力底主潮是否社会组织和人间关系底改造？换一句话说今日底时代，就是战斗的时代，站在时代潮头上的人，就是火线上的战士，今日国人底正当人生观就是猛烈底向前要求底战斗底人生观，今日底文学，是否应当超然独立而不参与战斗呢？这不是我们应抱的殷忧吗？我们可以不树立正当的倾向，使我们共同奔赴，兼程而进吗？

今日要将中国彻底改造，则不可不有一大部分人格端正的人去努力运动，对于无产阶级，尤应与以充分刺戟和宣传。宣传是改造底利器，否则理想难实现了！要想有多数人努力运动，非大家具有充实的感情不可；要想大家具有充实的感情，则非文学不为功了。我在我底《支配社会底文学论》（文学旬刊上）中，已详言惟革命的文学——饱蓄热情和酸泪的文学——能负这个重任；因为中国是文学盘踞的古国，民众嗜好文学已有长期底历史；而且文学是感情底结晶，传达感情底利器，能使人觉悟而感情燃烧，况文学已在革命事业上收获了显著的成绩呢！

（二）

中国古典主义文学虽将泯灭，然而近来有一班青年顽固又大唱崇古之议，更加上《快活》，《礼拜六》，《星期》，《小说新报》，《半月》一流的滥污出版品，使今日底中国文坛溃败不堪！质言之，则古典主义余毒犹存，游戏主义的文学仍极充斥，若不大大提倡文学上今日应有的正当倾向，指引迷途，力挽颓波；反而一味高唱与环境无益之发挥个性说，极端自由说，则新文学底前途未免太令人悲观了！文学底烂漫之花怕也含苞而不舒吐哟！文学支配社会底切望怕也成为幻想哟！

在不顾时代环境的文学作品盛行的时候，大呼以革命为文学底倾向，固然有些好处，比较八面光的主张已好得多，倘无具体的建设仍难有好结果。民国元年，一般自称为革命元勋的人物一跃而登舞台，演奏"文明新戏"，毅然以担负社会教育自命，其结果则排演一些肤浅的戏剧，横插一些教训式的演说！文坛上傥仅有以革命为倾向的呼声，而无具体的建设，也有复蹈旧辙的危机哟！即有表现得好的，然未必能适于理智久被桎梏，感情久被抑制的国人，即或有些好处，又焉能普遍的尽量培养国人战斗底情绪，充分完成文学底使命呢？所以我觉得为新时代底促临计，为适应环境计，为扫除粗劣作品计，为完成文学今日底使命计，则今日底中国文学非西方化不可，非跳上世界文学底轨道不可，非提倡文学有主义不可。

　　西方各种文学主义底代兴，并不是偶然的，由一人任意一呼风靡一时的；而确是历史底产物，时代底馨宁，环境底产儿，唯物的，必然的。所以文学的内容是随时代环境变迁的，而文学底价值也是随时代环境消长的。欧洲十七、八世纪贵族专横，所以文学也成为"贵族文学"，赞美君主，欣慕古昔黄金时代，崇拜英雄，炫耀才华，尊重形式，故至十九世纪法之卢梭高呼"返自然！"思想即变，罗曼主义勃兴，热情倾泻，酿成法国底大革命，推翻古典主义，然蹈入幻梦，理想终不能美化实现。十九世纪中期，自然科学渐渐发达，遂成科学万能之局，唯物之论大昌，哲学上亦开实证主义之生面，更影响于艺术，于是近代文学之主潮，新时代之福音底自然主义以兴，再现自然，揭露社会与人生底病的真象，影响几个古国底再兴，俄国第四阶级革命亦赖之而成！近来文坛上虽有新罗曼主义底反响，象征主义，神秘主义，唯美主义以生，然各派错综，尚未一致。

　　欧洲文学既发百年支配于主义之下，收获过很多成绩，作品优美，并未因持主义而减色；中国文坛于今又蹈入混乱底迷途，那么，想起中国文学底沈疴，开新时代之门，则今日不可不毅然决然采用西方已经有成绩的过程！那么，还是从罗曼主义对呢？还是从自然主义对呢？还是从新罗曼主义对呢？据抱月所举：

$$
\text{罗曼主义}\begin{cases}
\text{情绪的}\\
\text{自然的}\\
\text{理想的}\\
\text{自我的}\\
\text{中古的}\\
\text{神秘的}
\end{cases}
$$

　　然时代已去，今日科学昌明，知幻梦无与现实，中世底崇拜热，英雄主义已不适宜，只好弃之而他适了。

　　新罗曼主义使人们张开灵之眼，使人们伸其灵之翼翱翔于天空。新罗曼主义与旧罗曼主义不同的就是前者经过自然主义之洗礼，而中国既未经过自然主义底过程，人民又醉生梦死，更导入梦想的黄金世界，则战斗潮难以有汹涌澎湃之一日了！托尔斯泰在他底《什么是艺术？》一书中谓"什么是'美'？"一基本问题，经过千百学者一百多年的讨论，依然是个谜语；那么，唯美主义使人们耗费心血，去表现不可确知的"美"，未免太不值得！况且现在人们衣食住底问题尚未解决，那有闲工夫来从事唯美主义底文学呢？

国人情田枯槁，今日非客观的描写现实底丑恶和病状，使国人明瞭现世，使他们兴奋不可；则我们拿自然主义来作革命文学底具体建设；以人生的，描写肉的，丑的，真切的，平浅易解的文学去培养人们个人解放和为社会而战底勇气，而且使人们由现实发见真理；还有什么可以异议呢？

（三）

自然主义和写实主义分别很小，不过是性质上的分别。自然主义是几种倾向风格底概括的称呼；自然主义底轮廓确乎是不易定，类别是很多。而且罗曼主义又含有"自然的"分子，卢梭，华芝渥斯都为两种主义底先进。据布兰兑斯所举的，有华芝渥斯底爱慕自然的自然主义，自然主义的罗曼主义，雪莱底根本的自然主义，司各得底历史的自然主义，和摆仑所显示的；然有同时又有罗曼主义的，但是与本文所推荐的佐拉等底自然主义有单复之别，这是不可不注意的。有人以为自然主义是罗曼主义底延长，那是误解，我们将两者底内容比较一下：

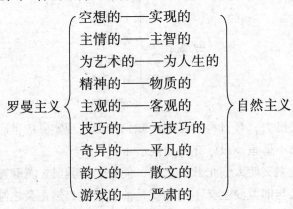

罗曼主义 ｛ 空想的——实现的
主情的——主智的
为艺术的——为人生的
精神的——物质的
主观的——客观的
技巧的——无技巧的
奇异的——平凡的
韵文的——散文的
游戏的——严肃的 ｝ 自然主义

照这个表看来，自然主义确是罗曼主义底反动，扫除破坏自然的成分，客观的表现自然。自佐拉建立自然主义后，内容愈形扩大，愈形复杂，演成抱月所作的构成论表。描写底目的题材为：

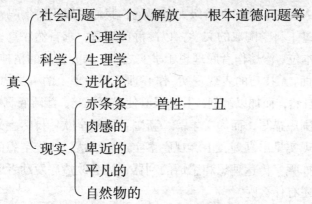

至于描写底方法态度，固然是客观的，然而两派彼此略异的地方：

一、纯客观的—写实的—本来自然主义

二、主观插入的—解释的—印象派的自然主义｛消极的态度 积极的态度｝统一

目的——真

本来的自然主义为佐拉所创，莫泊三，佛罗贝尔等人底作品属之；印象派的，为龚古尔三兄弟所创，先者以得纯客观的现实为目标，后者则表现从自然所得印象。两者虽然不同，然实际上也没有多大分别，不过是作者心境接收事物时，主观思念底态度强弱不同，虽然不同，而两者亦无冲突。佐拉自己也说，"艺术底作品是贯通气质所见的自然底一角。"

至于自然主义底文学作家能不能露出自己面目底问题，当然能不露面目还是不露，但露出自己面目来的时候，必须谨慎，不要丧失了客观的描写。佐拉、佛罗贝尔，莫泊三，史特林堡底作品中，都曾显过自己的面目；屠格涅夫，都德尤其很些。

（四）

要断定自然主义今日在中国是否全体相宜，不如分析的讨论一下，

或者能使读者有些生同一的感想。国内文坛作品近愈蹈入空想和教训，少有重视知觉和感觉，对于自然作冷静的观察的，描写甜蜜的恋爱的作品很多，忘记了人间底黑暗，痛楚，则新文学不过是一种新贵族文学，与多数国人无与，与第四阶级尤其隔绝！我们可以不警惕吗？然自然主义，经过了科学陶成的文学，以冷静的理智，求自然底真；以客观的事实为本位，渗熔作者底理想于事实之中，抛弃空想的精神界，而著重物质方面，无技巧的表现现实，作心理上与生理上的科学描写，所以注重观察自然，而加以解剖，其结果必使描写黑暗、龌龊底真象，注重个性与周围底描写，而为文学辟一新国，风靡全欧！自然主义底作品使人们由现实见出真理，由客观底事实产生感情，比较空想的和教训的作品何如呢？传达理想和感情的利器，社会改造底发动者舍自然主义底文学还有什么呢？

自然主义既著重真实，则文学与人生完全紧紧地拥抱了！今日文学底产床不是桃源而是人间！新文学中，除了少数素有修养的作家底作品稍有建白外，其余则满纸风花雪月，美丽的幻梦，世外的桃源，而近日仍有高唱为艺术底调子，真趋入迷途了！况且中国军阀专横，官吏害民，财阀显赫，国人困于水火之中，则制度改造，为目前不可缓之图，那么，以社会问题作材料底自然主义，不止可以化除一些不合时宜的滥污作品，而且无异乎是革命文学底建设论了。如易卜生底《社会柱石》，屠格涅夫底《猎人日记》，龚察霍夫底《奥蒲罗摩夫》，陀斯妥夫斯基底《罪与罚》和《贫困的人》，托尔斯泰底《战争与和平》，史特林堡底《结婚》，豪勃特曼底《日出之前》与《织工》等等。而且自然主义底效果，今后且方兴未艾呢！我们中国可以自绝于富有希望，在现实上发现真理，社会改造底冲锋队吗？反对提倡主义的人，不要忽视了社会眼前的问题，人们衣食住底问题，和国人没有闲工夫作不可捉摸的事情的现况！我不禁为困顿颠沛的国人请命了！

（五）

文学与历史、哲学、雄辩等科的分别，在乎是否创造的，文学为创造的，后者为非创造的，用不着是否美底表现来作分别底枢纽，"美"

与自然主义没有什么关系，自然主义所表现的，所视以为标语的是"真"，"真"是自然主义底生命，把人类外表的遮饰剥去，以极严肃的，极真实的态度去描写内部之真，就是人类底丑恶，社会底病状，所以自然主义底刺戟性最强，最有力。自然主义底目的是刺戟，兴奋，扩充人们底感情，表现人间实况，解放个人，支配社会，有作用的，有理想的；并不是自然底摄影，使人们娱乐消遣的，所以说，自然主义底生命是真，描写现实而超现实，渗着理想的具体结晶，实现希望的使者，并不是简单底东西呵！反对中国今日采用自然主义的人也不可不在此点上思量哟！

佐拉在他著的《酒店》底序上说，"我的作品会辩护我。我底书是'真'底书。""真"是文人不可忽视之点，自然主义底精神是真，不以主见去补削自然，自己不说在哭，而能使读者不自禁的哭，比较一些说假话的文豪，"无病呻吟"，伪哭伪笑好到什么田地了！佐拉以为真的书即能为他辩护，真的确！假哭不止不能引人哭，反使人失笑；假笑不止不使忘现实而愉快，反使减少战斗底勇气呵！

我说过文学是与时代环境一同蜕变的，比方佐拉底作品已有非物质的倾向，易卜生先作罗曼主义底作品，然后自然主义，后进而归新罗曼主义，经过三期：

第一期，罗曼主义——如《恋爱喜剧》。

第二期，自然主义——如《社会柱石》，《木偶的屋》，《群鬼》。

第三期，新罗曼主义——如《建筑师》，《海上夫人》，《我们苏生的时候》。

而且新罗曼主义是经过自然主义底熔化而产生的。日后时代变迁，中国现状改变，文学自然也要改变面目的，而且今日文学底内容依然时时常加进新的分子。中国今日应采用自然主义，是就中国需要上立言的，不是像仅盲从主观，而主张某某主义为至上的主义底不正确的话。而且很希望中国文坛能进化，使人们感得苦恼，觉悟到自然底现代精神，进而欢畅愉快呢！而且也不固拒文学别方面底发展呢？

要自然主义文学在中国能奏大功效，当然靠创作家底努力，翻译家努力，批评家努力。中国滥污作品和玄想文学充塞，混乱不堪，要想转移风尚，也不是容易的事，必须多多努力于翻译事业，方易使中国今日文学渐上正路，一方面当然是介绍自然主义和科学的文学批评底理论和历史，再对于滥污作品必须严重批评，否则颓流所荡，不知要沦陷多少国人啊！

（六）

中国文学批评坛未免太寂寞了，太少有人在这一条路努力了！中国今日文学批评论也没有具体的建设——欧洲文学批评差不多是与文学主义俱变的。欧洲往昔曾将批评专作"指摘"用过，后来便进化到运用同情，对于作品作严密公平的科学的批评。中国今日底文学批评底建设确是急需不可缓啊！

欧洲古典主义时代，批评者均以规范法则批评作品，以自己的偏见作准则而已。十九世纪，罗曼主义兴，文学批评亦因之焕然一新，以公平无私的态度，作同情底批评了。然十九世纪后半期，铁奴（Taine）继圣鲍（Sainte Boure）之后建立极有秩序的，科学的，纯客观的批评之帜！他和佐拉一样，从"决定论"出发，以科学的精神，应用到文学批评上去，他认为一国底文学是从一国底环境必然产出的，一人底文学也是从他底周围产生出来的。近又有"印象批评"，然是一种主观的批评，中国今日文学傥采用自然主义，则科学的，纯客观的批评今日互相需要而不可离了。

铁奴在他的英国文学史底序上主张作品是下面三个力必然产生出来的！

A，人种　作者先天的遗传性质，气质和体格底不同。

B，周围　由气候风土物质的与社会的周围而成的地方色彩。

C，时代　即从前历史上发达的文字，波及影响到新时代底文学，而且文学总是时代底产物。

想中国自然主义勃兴，想文学批评科学化，均非提倡纯客观批评不可。我们都要努力呀！

（原载《文学旬刊》第 46、47 期，上海《时事新报》
1922 年 8 月 11 日；8 月 21 日）

匈牙利爱国诗人裴都菲
的百年纪念（节选）

沈雁冰

　　四十年代（即自一八四〇年到一八五〇年）是匈牙利历史上极可纪念的时代；在政治方面有第二次革命军的崛起，在文学方面有抒情诗的复活！匈牙利民族精神苏醒的喊声充满于那时代的空间，由新希望产生的新活力在人人的血管里流动；而最足代表那时代的苏生精神的，就是大诗人裴都菲（Alexander Petöfi 1823—1849）了。

　　裴都菲是匈牙利的爱国诗人，是匈牙利的民族诗人；他的诗是非常的，他的人格和他的生活亦都是非常的！十八岁时他当兵，二十岁时他做漂荡的戏子，二十七岁时他成为伟大的诗人，同年七月，他为祖国而战，为自由而战，死于沙场！他的生命是极短促的，但他的生命力的表现却有绵延永久的寿命！他的一生，正当匈牙利的政治复活的时代，人人对于将来抱有无限的希望，他在这"新理想"时代的旋涡中，不但做了那时代苏生精神的记录者，并且做了指导者。

　　裴都菲的生涯全部是漂泊的生涯，他犹如波涛汹涌的大海里的一叶小船。他颠簸在恶浪的旋涡里，终于达到了旋涡的中心点；中心点是平静的，在那里，似乎风暴已经停止，海浪也稍和缓，觉得海水是绿而含笑的。裴都菲的生命的小船也曾到过这个中心点，他的美丽的抒情诗大都是此时期的产物。但是这个平静是暂时的，是小船将要倾覆的预兆！

　　………

　　裴都菲在匈牙利诗坛上的位置是容易定的。他是匈牙利最伟大的抒情诗人。他的诗歌是他的人格的自然的表现。一切他的感情——爱国心，友谊，恋爱，忿怒与政治的同情——都热烈地表白在他诗歌中。他自说："我的心就像那有回声的树林，对着叫喊一声，会生出千百个回音。"他决不想修正他的热情或遏抑他。他因心喜而快乐，因心忧而痛苦，非别人所能喻。他说："虽然地上满罩着雪，只要我能播下我的快乐精神的种子，便可有一林的玫瑰花照耀着冬天的阴郁。"

　　裴都菲是直诉情绪不加选择的。凡他所思想所感得的，他都倾吐出来，毫无隐藏。他告诉我们，他是饿了，冷了，一个钱也没有了，或是，他父亲打了他了，他的裤子破了。他又是第一个能用诗人眼光去观察自然的诗人。在他诗里的自然，常是新鲜活泼而露珠般美丽的自然。并且是有情感有精神的自然。在他诗里，山和谷都会发声，但不是教训，像在寓言里，却是说出他们自己的愉快或悲伤。

　　就是在他的叙事诗里，也充满了抒情的诗意。他是太主观的，不宜于毫无偏颇地叙述事实。他的叙事诗里的人物不论说什么话，都是从裴都菲的心里流出。他最有名的叙事诗 "Tános Vitéz" 是二十一岁时在一个小陋而黑暗的房里，仅两星期之力做成的。这篇叙事诗的根源是匈牙利通行的民间故事，主人公是一个年轻的农家的童子，一个牧羊童，后来又投了军的。裴都菲就照着这故事的流传的散文式子改作为诗，极自然而流利，合于俗歌的形式。

　　裴都菲最后所作伟大的叙事诗《使徒》是一串的事实描写，——虽是大胆的描写却微嫌夸张太甚。这里面的主人公是一个为平民谋幸福的人，怀抱高尚的理想而未得达，终于因谋刺某王而死。诗中叙这位主人公的恋爱颇有几分像是裴都菲自己的恋爱；叙主人公的天真则有几分像狄更司（Dickens）的小说；而那只鸟儿，在狱室窗前娱乐这位被囚的使徒的，似乎是从拜伦的诗里飞出来的。写主人翁的动心忍性，却又像拉马丁（Lamartine）的吉隆定司（Girondins）了。

　　裴都菲的世界观是托根在强烈的平民主义的信念。大概可以总结如下：人类是继续地在发展的。伟大的人物与理想有最大的影响在民族教育上，但是这教育是一切人的公共工作，各人必须尽他一部分的力。各个生命留些痕迹在这事业上。他说："一颗葡萄是小物，然而要他熟，须得一个夏天。一个世界自然还要多些。有多少日光曾射在一个果子上？几百万条日光是一个世界所需要的？帮助世界使成熟的光线就是人们的灵魂。每一个伟大的灵魂就是一条这种样的光线。"他那使徒接着说，"我觉得我是帮助世界使成熟的光线中的一条。"

裴都菲的诗是青年的诗。凡读了裴都菲的诗，无有不激发起青年的精神的。他是一个匈牙利的爱国诗人，但是读了他的诗，看不见爱匈牙利的他，只剩下一个爱人类爱自由的裴都菲了！

（原载《小说月报》第 14 卷第 1 号，1923 年 1 月 10 日）

太戈儿的思想与其诗歌的表象

王统照

思想为诗歌的源泉。

伟大的诗歌，即为伟大哲学的表象。

太戈儿之思想，与其诗歌的整体。

本文以论列便利，分为六段。兹先将每段题目列下：

（1）何为印度思想？

（2）古文明国思想的结晶——太戈儿的哲学。

（3）哲学家乎？诗人乎？

（4）太戈儿的思想与其诗歌的链锁。

（5）虚空世界里一个黎明的高歌者。

（6）"爱"之光的普照。

（1）何为印度思想？

我作此文，未入本题之先，就先碰到这个累千万言所不能尽的大问题。如果我们不想对于太戈儿作更深澈的了解与研究，这个第一必须先决的问题，可以置诸不论；但我们要将太戈儿思想与其作品的表象作一个整体而加以研索时，则不能不勉力去讨探他的思想的发源。一个文学的作家，并不只是现代的产儿，在纵的一方他是受有特殊历史，遗传，而尤为重要的是思想的渊源。而横的一方，乃与时代精神相合一。我们很明白所谓思想原是变化流转，不能恒在一种的范畴之内，但任其千变万化，总有其植根所在。譬如爱尔兰在高尔斯密司以前的文学与近代夏芝、山音基以后的文学，其中的风格趣味，主张，以及艺术的表白，变化得不可指计，然而其结果适成其为爱尔兰的文学；不但与他国他民族的文学全不相类，即与其地理，历史，人种，尤相接近的苏格兰的文学，已经显然相异。更说到我们中国的文学；以前还可说是闭关自守少与他国韵文学相触接，所以虽则有诗，词，曲形式上的改变，桐城派，南北调以及风韵，气势等风格上的纷争，然而究竟是中华民族想思的结晶，其间虽有几次国外或异族的文化之输入，也有影响到文学上面的，实则微之又微，而且后来终被自己的文学所同化，这是治中国文学史的所俱知的。就近时说：西洋文学的介绍与提倡，已可谓极迅剧而进步，但我们并不是愿意使中国的文学全无条件的去摹仿西洋文学；或者全为西洋文学所同化，只不过因材料，风格，与艺术的方法，在此时代有必需与西洋文学相沟通之处，所以才作此提倡。固然近几年来，我们的新文坛上，也没有许多新鲜的收获，但多数人以为我们完全去仿则西洋文学，有将失却中国文学之本质的忧虑，这是浅薄而且是神经过敏的惶恐。须知介绍，提倡，原是借鉴他人，互相观摩的意思，就让步说竭力去摹仿西洋文学，然究竟是一种痴人的虚望，因为风格可以摹仿，描写的方法可以摹仿，独有数千年的民族，其植根甚深入人心甚固的思想的来源，却如何能以摹仿。我以为中国近来的文坛，受了西洋文学的影响，我们绝不反对，若说完全成了西洋化，没有一点真纯的中国文学的骨子在内，那简直是呓语，且是在文字上面，思想上面，都有很清楚的受西洋文学影响的表示，是不可讳言的。

明白上面这一段的泛论，便知一种文学，绝不是偶然或突发而无根株的。著作者在文学作品中所寄托的生命的活动，完全在历史的界线之内，形式虽不一律，表现也非同等，而由历史上层层递嬗，源源集叠所赋予一个文学家内部或外部的变迁，总是有极大的潜在支配力。犹太的宗教思想，源自纪元前，"根深蒂固"，所以古代近代的作家，多数对于神之爱，仰慕，以及讨论生死的文学作品居多。如俄罗斯：黑暗的历史书页上，时时发青惨的幽光，憔悴的面貌中，人人有"与日偕亡"的痛想，而屠格涅夫的农奴解放，托尔斯秦的人道主义，阿米巴希甫的肉的慰足的伟大文学，全出于一个民族，一个国家之内。

由此可见历史下遗传的思想；与包围住作家的环境之势力，在文学上是不可掩藏的事实。莫尔顿分文学为外部的研究，及内部的研究，其分别以文学的历史 Literary History 为外部的研究；以文学的进化 Literary Evolution 为内部的研究，而他以各国家的文学为各国的历史之反映❶这实是有极坚确的证据的。

我们对于这段文的"楔子"，极然了然，然后可以来讨论印度的思想，——何为印度思想？

印度思想，渊源既久，而派别亦岐，以我这样对于哲学的研究既浅；对于佛乘又少有所得的去探求其本源，未免不自量而多错迕，但就大体上论去，以我平日的读书及思索所得论此问题，虽不敢说是能完全无误；但其思想的总源，或不至大相背谬。我们知道印度的思想，经近世东西洋学者的研究，方略有条理，佛法后出，而与佛法以前之诸宗，却有连接，互相明发的痕迹。印度最古的思想，不能不推尊吠陀，其《优盘尼塞》Upanishad 一书，为古时印度思想之结晶，且为近代研索印度哲学的唯一的秘籍，叔本华 Schopenhauer 一生服膺印度的古哲学，至推称此书至于极顶。❷其后又是许多支派，由吠陀中分出，有许多支派与之并立，在此不必详列。然派别虽多，皆属于出世论，且皆主张泛神论，盖以其主旨，在否认世间生活，而另觅解决之途术，其归根则注重于废灭，至佛 Buddha 则统合诸说，而别创义谛，处处以方便，解脱的方法而为人间世寻求一专执，去烦恼，去一切业，而用"真如"的工夫，深入于"常乐我净"的地位，将人生的五蕴——色，受，想，行，识，全数破却，在无漏界中与天地同参。以慧，勇的精神，而入世间，以实证其众生菩提之义谛。此其说与上古印度诸宗，已显有差别，其广大浩博，诚可谓集世界形而上学的大成。印度人以其特有的天性——宗教性，复受有诸大师学说的风靡，于是此与宇宙合一，生之不朽的意念，恒为他们惟一的思潮。然而于此反问一句，印度为甚么含有这等思想的产生？与这等思想的根本所在？我的意见，以为全是由于"爱"字上来的，因爱己力，（广义的）便爱人类，爱一切众生。而我，人类，众生，都是宇

❶ 参阅 The Modorn Study of Literature 的第二编。

❷ 参阅 M. Beer，M.A.所作之 Schopenhauer 的第一二章。

宙的个体，都是与宇宙相合融而不可分剖的，于是便以个体与宇宙是一是二，人类，众生，便是神的变体，宇宙无限，自我亦无限；宇宙恒存，个人亦恒存；花自常好；月自常圆，一切有情无情的东西，凡是存在于宇宙中的，都是自我之"爱"的象征物。印度的高尚思想，其微细处在此，其广大处亦在此。既以宇宙与自我相合，无差别相，无别相分，所以能圆成自相；能圆成实性；能实证真如。佛地经论曾说：

"若诸如来大念即是无分别智，由念安住真如理故。大慧即是后所得智，分别诸法真俗相故，或大念行；是自利行，内摄记故。大慧行是利他行，外分别故。"

必能非分别相，无分别智，而后方能得大慧行，换句时代的话：就是能实现自我与宇宙相合，抛去一切分别相，乃得真如理。

以上这些话，未免过于沈闷，陷入于抽象论，但须知太戈儿的人格的表现，以及其作品的骨髓，全根发于其哲学的思想——他的人生观；而他的人生观，又受了印度思想的感化，乃能光大发挥，用艺术在文字中表现出，那末；我们便不能不破点工夫来根究印度思想到底是一种甚么东西。

如上所述，简略已极，一因限于篇幅，二因题目及学力的关系，只好如此的略叙梗概，但我们有此一星的观念在胸，对于太戈儿的了解，或可容易得多了。

（2）古文明国思想的结晶——太戈尔的哲学

伟大的哲学家不出世，伟大的文学家也不出世，在同一国家同一民族之中，同是受了自历史上递嬗来的思想的培化，同是受了一样环境的包围。性情或未必相差甚远，而能有所表现者，则稀如晨星。这是天才缺少的关系。但设若在这一个国度，一个民族里能以有此不出世之天才出现，则必能将其历史递嬗而来的思想融化光大，使著闻于世界，为人类传导福音。

太戈儿的思想，为印度思想之结晶，这是世界异口同声所认可的。印度的宗教，不与其他宗教的性质相同。向来我们所下的宗教的定义，虽人各不同，但认为宗教带神秘性，同一宗教之下，不许有二种信仰，其归根则抑压个人之情感与其个性而绝对作主宰者（神）的服从。如摩哈默德，如耶稣，与其他宗教主而倡导的宗教，都含有此等重要的成分，独于印度的宗教，乃有异点。印度诸宗在最古时不信仰有全能全力之主宰者，又以信仰泛神论的原故，在对方并未曾承认有神的人格存在，更无所谓强纳人的情感，想象，必屈抑一尊之神的座下，至于佛教，博大精深，用方不一，随处破执，出世非出世，在大乘教义中固不成问题；而其辟"妄计最胜"，辟"妄计清净"，其所教化，任个人或一切众生思想至于何处，却只是在其中游行自在，对于屈压情感与其信仰者，更非佛教所许。由此等处看来：在印度所有的思想的大流中，绝没有如其他宗教所特具的泡沫，所以印度的思想系统；与其谓之为宗教的，毋宁谓之为哲学的；但哲学尚不能尽涵其义，宗教的哲学庶乎相近。他们所信为"神"的并非全能的主宰者，统于一尊而不容有个人情感与思想之发越的想像中的偶像，"神"即最高人格之表现，无仪式，无束缚，是大快乐大自在的对象，这是佛法的最高义谛。太戈儿独能见的真到，说的确切，而且能导流出自古迄今全印度思想之总源，以在普遍性的精神之光明中，而去完成个性，以自觉觉人。❶

太戈儿对于无限之生的崇拜，对于人生的了解，对于宗教的表现，以其诗中所给示的最多，如在《伽檀偈利》Gitanjoli：

我在这里唱你的歌曲，在你的客厅内我坐在一隅。

在这个世界里我无工可做；我无用的生命只能在调子中无目的的破出。

当时刻在夜半的黑森寺宇中鸣击，因为你的沈寂，命令我，我的主人，去立在你的前面唱出。

在清晨的空气中金色的竖琴调谐了，尊敬我，命我的出现。

我们在此世界中，一切皆由心造，斯歌，斯咏，斯陶，斯舞，以及颠倒妄想，贪，嗔，痴，慧，皆是以自我为出发点。但宇宙终古是含有普遍性的，我们真能了解此意，则人的人格终是活跃，而人的情感终是永流不息，如火之然，如泉之导。世界既建造于"爱"的基础之上，即须用此一点的简单概念，扩充至于无垠，去激动每个人原存储在心中的热情，去创造出宇宙中永久的普遍性。所以印度宗教的哲

---

❶ 参阅 Sādhāna 的首章 The Relation of the Individual to the Universe.

学原有此谛，而太戈儿却不仅是印度正统之宗教的实行者，并且为"爱"的哲学与创导者，"爱"的伟大的讴歌者。人生设使永久只是冷清清地，则苦闷而无趣味；精神发扬的生活不曾充实活跃，则人与人的灵魂，人与人的心意，便不能互相以同情的血液相灌注，而实现生之冲动。生命之跃动，诚然是没有目的，但须要诗歌般的柔软，音乐般的调谐，冰雪般的纯洁。人生诚然常是在黑越越的夜里，但须有破此不堪的沈寂，而唱出愉快的歌声。在大自然的一隅，其中着上一个我，诚然是微渺至不足比数，然少却一个星星，则星空，或失其美丽；少却一个音符，则全曲调或不能入耳移听，使人忘倦。自我是一个渺小的宇宙，宇宙是自我的展拓，我的一呼一吸与冥远的帝座或者相通；我的一颦一笑，与一滴清露，一片枯叶，或者有相联合的关系，由此可知有我乃有世界，无我则世界或即至于毁灭消亡。印度佛法，按哲学上的解析说来，在人生观上为无我论，在本体论上亦为无我论。❶然我在上面所说的自我的拓展，非主有我，亦非主无我；有我而我与宇宙为一，无我而我性常存，其实在佛法上，即退一步，让其所主张者为无我论，然"我"仅不存，而"大我"却不能破掉，有大我则自我自存。此我私见，而窃以为实属颠扑不破的至理。太戈儿的思想，根本上认为"我"是存在，然"我"又不仅是空空的存在，必与宇宙同化而后乃是真存在，《迷途之鸟》中，太戈儿有两句诗是：

谁逐出我向前去如命运一般呢？

这是我自己在我的背后走着。

但他又两句诗：

可能问于不可能道，"那里是你的住处？"

即随着答道，"在无能的梦里。"

我常臆断太戈儿是有光明之智而且有前进之勇的快乐的人格的人。证以前一诗，则可知他的自我的主张是如何的强烈；证以后面的两句，他又是如何去否定无能是为人生之卑屈。不过这等态度与思想，若据为西洋，或者中国的文学家，同一意念，或不是这种写法，但我们须记明印度宗教，哲学的思想的渊源。最先在吠陀时之颂扬梵天（即

---

❶ 梁漱冥先生有此主张，可参阅他的《印度哲学概论》。

婆罗门）Bramna，处处与梵天相合而为一体，而期证无明，然梵天为名色之所显依，欲证明无明之误认，必先求得此名色所在之本体。是以必须与梵天合为整体，然此等说法，并非不认自我的存在，有自我而后能感名色的薰习，太戈儿以宇宙与自我为一个，又常以健行不忽，求得"生如夏花之绚烂，死为秋叶之静美，"这种思想的根源，我想印度人古时对于梵是有影响的。不过我们须要认清太戈儿是一个创造者，而不是一个因袭者，他固然是印度思想的结晶体，然而由他的作品上看来，却是新光四射，另有一个熔化，混合的更鲜丽的经过他个人化的生命在内。因为他既合文学与哲学为一炉，更添上印度古宗教之思想的燃料，而后乃成熟了他的人格的表现，这绝非我们仅可用，他是"印度的一个哲学家"，或"他是印度的一个宗教讴歌者"所能包括的。

东亚的文明古国，在历史上的光辉，足以使我们为之赞叹惊奇，为艺术上的发现，思想上的精博，以其悠久的岁月，自最早时代，已创造出无穷尽的文明，以降福后人。印度为古文明国之一，他们的思想史，实是世界上无尽的宝藏，其对于世界之哲学的贡献，当然不下于孔子，柏拉图诸圣哲的遗泽。然而在从前所贡献的尚不出宗教的思想之特创一方面，自一八六一年诗哲太戈儿生于彭加尔 Bengal 之后，不但印度思想的结晶，为世界学者所了解，即印度人天赋的奇才，亦足以使欧西的人士，为之钦佩！这固然是太戈儿自身的荣誉，而也是古印度文明所产生的结晶。记得有一次我同几位友人谈起，有一位友人说设使太戈儿不是生在印度，他只不过是一个天才的诗人而已。这句话确有至理。文学与文学家能以创造出他自己特别的生命，必有其深远的背景，如研究文学史的所谓风俗，神话，相传的故事，民族的气质，先哲的思想，书籍，对于此一国度一民族的文学家，皆有重大的暗示。我在前面，已经说过。那末，如印度以地理，历史，及民族的气质关系，向来多产生宗教家，而太戈儿以天禀奇才，乃能认识印度哲学的根本观念，又扩充光大，适成就他自己伟大的人生观，又能用美妙的文字达出，脱去哲学家只知冥想的态度，为世人散布永远的使命，这是怎样不可及的工作呀！夏芝曾说：

"太戈儿如乔散耳 Chaucer 的先进一样，以他的文字写出音乐来，而且一个人能明了他在每一刹那顷，便知他是极丰饶，极自然，在他

的热情中是极勇敢，是极可警叹，因为他做过一些事而却曾不奇异，非自然，或者是在防御的行为之内。"❶

这几句话可见出太戈儿的人格，并且可以见出他那种醇化于自然的态度，我想这种态度，至少有一部分，不是仅仅从修养中得来的；从个人的觉悟中获得的，其受有古印度的思想的影响，于此可见，所以太戈儿的伟大的成就，我们不能不推尊他；尤不能不推尊印度思想所赐予他的许多的助力。

（3）哲学家乎？诗人乎？

文学与哲学，都是表现人生的，但方术不同，而其目的亦异。盖以文学的发源，由于人类情绪的挥发，用有韵或无韵的文字，用种种易于感动人的文字排列的形式，去抒发自己的情感，使他人由此可以得到安慰与了解。但哲学者却是要用理智的分析，剖解开人生的内面，去获求世界的真理，给人生一种理智上的明解。虽然这两方面对于人生的贡献，似乎各不相谋，其实是一件东西而用两种方术去寻求而已。所以希腊古哲阿里士多得既为哲士，而又为大文学家，盖在古时学问界限，分类不如后来的详且多，且那时的哲学研究，取材既少，又没有许多的限制，所以以用思的关系，同时合哲学文学，作一件事物而研究，同是代表思想；同是为人类内心所响的热望的挥发，这等例证，如中国的老庄以及印度的古诗歌者，皆有此同一倾向。本来人类之最高的热望，其表现出的文字，合灵感及智慧，感诸心者而笔于书，像这样的著作，我们又何从去分判它是哲学是文学呢？哲学如同抒情诗是一样，是反映的 Refleetion，不过其同于散文之处，因为哲学反映在一些事物上如事物之本体一般，这是其最要的区别。我们可以说近代的唯物哲学中，不能有诗的成分在内，其他稍偏于推尊理想与默思的哲学，多少要涵有诗意。这话似有点过当，其实这是近代学问分科的界限太清，学者太为机械的观念所束缚，遂致无此天才。能在宇宙间复杂的现象里，以诗人的讴歌，去引导出世界的真理。于此我们读过太戈儿的作品，对于这一点怀疑，便冰解，云散。太戈儿自己也曾说

❶ 见 W.B.Yeats 所作的 Introduction to "Gatanjali."

过:"一件事物对于我们是能欢愉的,它方完全属于我们自己所有。" **❶**
我们参透了这微如嚼火的真理,我们便可用多量的热情,心上光明的
火焰,去挥发赞叹,传布,我自己得到无上的快慰;同时使他人也能
由言语中文字中将他们欢慰的灵魂与自我相合。

在他的诗,歌,小说中,每一行里都有他对于人生之真实了解,
说明,与主张;而又绝没有教训主义与陈腐道德使人厌闻的,都是满
浮了音乐化的声调,娇花明星般的丽句,——尤其是诗歌——使人听过,
看过,只知其美,而又能将他所感的,嵌在其心灵深处的念头,意识,
企求,欲望,都渗化在无数读者的心里。我们不必强为分判它是属于
哲学,或属于文学的文字,其实能真正认识在思想全体中的真实的观
念,此灵才称之为伟大的哲学家,与伟大的诗人是一样的。想像
Imagination 与灵感 Insperation 二者皆为世界之内性的一个清明的反射
镜,诗人缺此原素,不能成为诗人。而超绝的哲学,也须经过此两重
阶段,了解"物"与"我"的真相的关系,然后能与外象 Appearnces
作真诚的接触,"想像是天才中的重要原素,而且想像须经过一种异常
阶段那是必需限制的。想像展延到超过真实的人类经验之限域,所以
艺术家能结构全梦境 Wholedream——完全的幻象——此全部梦境少少
的倾出,乃在他自己的真实自觉 Opperception 之中。" **❷**诗人的想像至
于此境,也是如同全部梦境的少少倾出,而哲学家能在众醉独醒之中,
以强烈的信仰,敏锐的观察,去发现真理真智,也何尝不是梦境的少
少倾出?不过有哲学上的强烈的信仰,敏锐的观察,再加上文学的高
永隽美的趣味,能将哲学之对象后面的"真的本体",用使人歌舞迴诵,
百读不厌的文字写出,则其所成就,比起枯干说理的哲学,浅薄无有
生力的作品,是易于深入人心的。

太戈儿的伟大成就,即在此点。诚令我们用公平的分判,绝对的
去区划,去说他的作品,只是哲学的表现,或只是以愉乐为目的的文
学作品,这不特是不可能,而且也失却他的著作的精义。

诗的本来目的,绝不是将哲学来教导我们,然诗的灵魂,却是人

---

❶ (原缺)

❷ 见 M.Beer, M.A.所作 Schopenhauer 的第三章,艺术篇中。此书刻已由我译出。

生观的艺术化。一切的艺术，所以有永存的价值的，全在于在美的表现中，涵有真理的启示的全体。实则哲学上各种抽象的问题，在诗中几尽数含括，不过不是用有条件与完全依据理智作系统的讨论罢了。哲学使人知，诗使人感，然其发源则相同。

Sneath 说："在诗的历史的兴趣之中，在此地位上去作心理学与哲学的讨究，绝非不重要的。"❶但我以为诗的兴趣，可以作心理学与哲学的探讨的，不止是在历史的方面；亚里士多得以为诗是一切文学中富有哲学的理想的，因为由诗人的幻想中，去创造出美的世界，理想的世界，使之久永相和谐，而哲学家的目的，亦正为此，所以真正伟大的诗歌，与伟大的哲学是不可分离的，其所以有可分判处，只不过形式不同而已。

太戈儿的《伽檀偈利》诗集，所表现的哲学思想——他的人生观与宇宙观的思想，每首皆有，即其他如《园丁集》，《新月集》虽是描绘自然，叙儿童之心情，然亦都有哲学观念在内充满着。他用艺术的文字，记述下他那热情的欲望，将其对于宇宙了澈的心灵，写下，使人读了有无量的感动，无量的欢忻，赞叹，且可增益上无量的"真知"。

由以上种种的论列之中，我们极难下武断的批评，说太戈儿止是一个诗人，或为一哲学家，但我们称之为诗哲，他总是可以受之无愧。

（4）太戈儿的思想与其诗歌的链锁

思想与个人的行为有关，而对于个人在精神的与物质的各种表现中，无不融合为一，而受其思力的支配。太戈儿在印度的哲学家中，他是信仰于个人的渐次完全之中，直至这种理想可以达到。而灵魂在能得到这个决胜标之前，已经过许多的生命。❷而欲经过这种境界，必须向无限而前趋，方可获得心灵中所企求盼祷的真理。我们的意志，欲望，品性，都由此得到一种观念的慰安。将现实世界，都赋予一种精神化，而在善与爱之中推广我们自己对于宇宙的意识，所以当我们

---

❶ 参阅 Sneath 的诗中的哲学 Philosophy in Poetry 第七章。

❷ 见 The Philosophy of Rabindranath Tagore.

感觉到自然与社会的真实兴趣，我们能引导我们去达到无限 To reach the infinite，能将他们找到。这种理想所以能得到，却非由感发世界的烦扰中逃出，而是将他们来精神化了。❶而优盘尼塞经亦说："你将由放弃中而获得，你不要贪求。" Thou shalt gain by giving away, Thou shalt not covet，因为我们在此富有兴趣及生命的世界之中，欲求获得更高的安慰与快乐，必有所毁弃，而后得完成，太戈儿的诗中阐明此义谛者极多。如《迷途之鸟》中说：

那些终止于枯竭之途的是"死亡"，但是完全的终止，却在无止境的地方。〔一一一首〕

世界以他的痛苦同我接吻，而要求歌声做报酬。〔一六七首〕

（上二首从郑振铎君的译文。）

又如《伽檀偈利》中的诗：

在白日里莲花开了，呵，我心迷惚，而我知它不是的。我的花篮，是空虚了，而是花所遗留的轻忽。

仅仅现在又一次，我充满了狂愉，而且由我的梦中跃起。觉得一种奇芬的甜蜜的香痕在南风里。

这种空濛的甜蜜使我心为欲望而痛楚，而它对于我似是夏日寻求的热望的呼吸因为它的完成。

我不知它是这样的近我，——它是我的，——而且这样完全甜蜜的已在我自己中心深处开放了。

如要详为引证其来，可谓指不胜计，但由上几首诗中，我们可以窥察出太戈儿的赞美"无限"，知世界是烦苦，然必须用"爱"去作慰籍，作报酬，如此"生"之兴趣，乃能亘古恒存在永久不朽的宇宙之中。甜蜜的事物，在此世界中到处可见，一切由意识界而造起，我们如能发现它，感觉得它，于是光明的星在我前面作引路者，芬芳的花，也在我心中开放。我在世界上轻如飘絮，小如飞尘，在这一方面说诚然是一个陌生的旅客。

游行过全世界，

我来到你的国土，

---

❶ 同上见 P.67。

我是个生客在你的门前呵！你的旅客。❶

但同时我们又从他的诗中知道：

因为我们有一次已同"死亡"少休，而仅仅由极少的芳香的时间中我们两已成了不朽了。❷

只要求"生"之安慰，只要求"生"之兴趣的满足，虽是一个孤另另地旅客，在此世界中仍然自有其不朽的存在。

人类受情感的支配，于是烦恼，快乐。互为乘除，而以人类的欲望，多缺陷而少满足，于是人人多感到烦恼的数量，比快乐的数量为多；于是人生的行程上乃感到障碍重重，而坦途窄狭，黑暗充满而光明藏匿，而太戈儿一方去认取自我的确认 Self assertive，一方却又赞美创造的联合 Creative unity，盖他是要用自我的强烈，去发掘到一种势力的约束——在喜悦中的一种精力 Energy❸与自然合一。太戈儿以为一个人不能使他与世界的关连实现，他乃是居于囹圄之中，有囹圄的墙为之障隔。❹所以悲观厌世，一切没有真澈见到世界的内性的人，只是凭了主观的感觉，去批评森罗万有，而不曾将其主观与精神上最高伟的经验相合，在有限的空间去寻求无限；在有涯之生里去企响无涯，只看到人生的一面：以为人生如飘风，如朝露，永久不会有一点根蒂，但如果拓展胸襟放开眼光，向此短促的人生中求久远的大调谐，则其信仰在生命的快悦之中，表现出浓烈与醇厚，悠久的"生"力，知道"生"是最伟大的；知道我与宇宙是一个本体；知道自身的神，是常在各个人的心里，如是生命的原来与其价值，意义，都可豁然了澈，不待外求，只是用强烈的意识，在大自然中努力地去扩大自我与天地合其大，与日月合其明，则其人的成就，与对于此世界的施与，已不可胜言了。

太戈儿的思想的大流，大致如上所说，他的颂神的诗，——《伽檀偈利》；抒情的诗——《园丁集》以及《新月集》,《迷途之鸟》等，无论他去狂歌男女之恋的秘密，儿童之欲望的欢忻，以及短句，零感，都是去挥抒他自己的人生观的。即如他的短篇小说，及其名剧《春之

---

❶❷　皆见 The Gardener。

❸　见 Rabindranath Tagore. By E.Rhys.

❹　见 Sādhāna 的首章。

循环》《暗室之王》《齐德拉》等，其《回忆录》My Reminiscences 及《人格论》Personality 也都是由同一根源上，发射出的火星。不过形式的表现不同而已。

我们如断定太戈儿的思想及其诗歌的链锁，就其论文及其诗歌中所考究得者，可以三句话来作归结，就是"自我的实现与宇宙相调和"，"精神的不朽与'生'之赞美"，"创造的'爱'与人生之'动'的价值"。后一句是前两句的手段，前两句是后一句证实的目的。《春之循环》中一首诗道：

我们是动呀，动呀，运动不息。

游客们的星照耀天空而消没的时候，我们运动不息。

又道：

我们不太好亦不太聪明，

那就是我们有的价值。

智慧之星最黑暗的时候，

不幸的一瞬中间我们出世了。

我们此生不敢希望甚么利益。

只往前运动，因为我们必要运动。❶

在《伽檀偈利》中一诗：

是呵，我知道甚么没有只有你的爱哦！我的被爱的心呵——这金黄色的光在树叶上跳动，这些嫩嫩的云，在天上泛行，这过去的冷风遗留下她的凉爽在我的额上。

晨光已汪溢于我的目——这是你的使命到我的心里。你的面从上下俯，你的目下视于我的目，而我的心已触于你的足。

（五十九首）

观于上二诗，则"爱"的赞美，与"动"的主张，不能不说是太戈儿的人生观洋溢于他那美丽的诗句里呵。

（5）虚空世界里一个黎明的高歌者

我发苍苍，既非因年龄，

---

❶ 从瞿世英君的译文。

又非变成白色在一夜里，

如人们由不意之恐怖中长成：

我手足已拳曲，虽非由于辛苦，

只是为邪恶损伤而失却灵机，

因为他们已有了牢窟的损腐，Dungeon's spoil❶

诗人悲苦的思想，同情于被损害者，如 Byron 的热血磅礴，此等作品，尤不一见。人生的悲苦，触目尽是，我们在 Dungeon 中的苦生活，只感到到处都是刀箭的伤痕，虎狼咆哮的声音、热火的灼炙在我们的身边，冷风的狂吹在我们的室外，人生是否为求幸福而来的，我们正自难解决，然在如此层层网缚，种种"矛盾"的现象中，不但时时来刺激，伤害我们的神经；而且直接来压迫我们的呼吸。我们的知识只有卑伏在意志的奴役中，而没有解脱的可能。微明的曙光，不曾将其明丽的色彩，照在我们惨淡的目光前面。世界究竟是虚空呵！人生之真值究竟何在？"吁嗟此转蓬，居世何独然！长去本根逝，夙夜无休间。……宕宕当何依，忽亡而忽存！飘飘周八泽，连翩历五山。流转无恒处，谁知我苦艰！"❷诗人的灵感，比常人为锐敏，然欢乐苦少忧患多，此进一步的观察，乃愈深一重郁郁的心绪！流转流转这样飘忽的人生，谁能超绝一切，独立遗世，不在生命中有内向的欲望与满足的冲突？所以古今东西的诗人，多半是 Sentimentalist；多半是不能忍受情感的支配，而对世界绝望，而怨诅人生，这是见之于作品，见之于行传中，诗人很普通的现象。

不过我们不能以此来规度太戈儿。他是诗人；但他不是对于现世界绝望的诗人，更不是用其郁勃悲伤的情绪，来怨诅人生的诗人。他的诗人的资格，却另有所在，并不曾建在此二重基石之上，而且他还很真诚很快乐地去唱反对的诗谛来破此"二执"。他也同叔本华讲人生的价值论一样，处处用广义的"爱"，与"同情"来作他的诗的哲学。他的高歌，在此混扰，烦苦的，无趣味的世界里，是有生命的节奏的，是与自然相调谐的，他想望世界终是满浮有快乐与光明的。良好的心

❶ 见摆仑诗集中的 The Prisoner of Chillon。

❷ 曹植的《吁嗟篇》。

灵，究竟可以使自我与一切的无限联为一体。他是向世界中寻求嘉果于荆棘丛中的旅客，而到终极却是要用广大的"爱"来笼罩住全世界。《齐德拉》的剧中：

> 齐德拉说："（上略）不，不，你不能忍受它呵。最好我还是保留着散布在我的周围所有的青年精美的玩具，而且耐着性等待你。如果你极快乐地回来，我将为你微笑着斟出欢乐的酒在我的娇美的身体的杯中。（下略）"
>
> 阿居那说："（上略）忘记了我所说的。在现在我是很足意的。可使美丽的一刹那来到对于我如同一个神秘的鸟从他的看不见的在黑暗的巢中出来而负有音乐的使命。（下略）"❶

青年的精美，是世界最可宝重的珍物"美"，与"音乐的使命"，是安慰人生，调谐宇宙的工具，那末，只要有此，我们便觉得世界上满浮有生命，光，与爱了，我前曾同几位朋友，谈到人生问题上，我的主张很简单，我说我们在此虚空的世界之中，本来是清冷而烦闷的，但只是要找到一点真实的兴趣——无论何等兴趣，我去信仰它，时时在心中保存着它，以我最大的爱力去爱它，且可以我弱小的生命寄托于此有一点兴趣的对象的全体，那末，"我"便可不算虚生了；我已经对于无限有真实的获得了，我的生命已赋有丰富的活力了。太戈儿说：

我不休息。我渴慕在远方的事物。

我的灵魂在欲望之中去接触着朦胧远隔的裙裾。

哦！伟大的那个地方呵！哦！你的笛声的唤出呵！

我忘了，我永忘了，我无翼去奋飞，我乃束缚于此一点之中。❷

因欲望的无尽，又不愿徒在欲望的空虚中度过，则不能不向渴慕的地方去企求着，远处的音乐在吹着；远处的幻光在闪烁着；远处的裙裾，发出神秘的芳香待我去接触嗅得。自来诗人对于此点，多对世

---

❶ 此剧前曾经瞿世英君译出，然我记得尚有他人译文，此处我又照原文自己译的。

❷ 见太戈儿的《园丁集》。

界的虚空而怨诅，失望，少有兴奋的热情去企望光明的到来。然人生的生活，究竟是我们——人类自己创造出的，所以我们虽日日在悲哀之网中过活，我们却不能只是低首下心作柔茌的屈服者，我们要从心灵的歌声中，唱出自我实现与宇宙调谐的曲调，扩张我们中心的蕲求，达到神——宇宙的全体——的完全意识的境界，将宇宙的无限，伟大，快乐充塞了我们的心腔，实现万物与我为一真正的实体，不可分剖，不可析解的精神。其结果虽说牺牲自我，然自我已扩大与奇伟的无限联合了。太戈儿的哲学立脚点在此，其诗歌与其他作品的最大表现亦在此，这便是他与其他诗人所以区别之处。

因为我们的理想，与我们实地的经验不相符合，而且时时相反，所以许多天才的诗人，都因此失望，怀疑，陷入于苦闷之境，其又一派则流于"人生忽如寄，寿无金石固。……不如饮美酒，被服纨与素"的物质上的享乐主义。总之就太戈儿的思想上看来，此等过犹不及的诗人的情感之畸形的发达，都没有寻求到人生的真谛，他的诗歌的表象，既在企求将自我与无限的生相联合，而又用"爱"与"动"的方法，去实现他的理想。诗的真功用不止是使人快乐，而且由其韵律及有节奏的文字，将理想的真理启示于读者。理想的光明，固然是虚幻的，然人类的创造力，究竟可以再搏再造，无所不可。诗歌并不只以将其美点贡献于人为满足，更必须将其美点中所涵有真实的内性——真实——传布到人人的心里。太戈儿的作品，关于此方面的成功，可谓开古今诗人未有的创例，从前也有这样概念的诗人，但其注意力与对此主张上热情的信仰，不如太戈儿那末明显与伟大。我们读过太戈儿的作品，不仅有辞句美丽，趣味深沉的感动，而且更给予我们对于生命，对于宇宙的许多新知，许多了解，由他的字句里，使我们对于冥想与神秘的观察，更有深澈的享受。虽是世界是虚无，是无兴趣，但我们在此沉寂黑暗的土牢中，自然用我们自己的精神，创造出一个更清新的生命，与宇宙相合一，这都是太戈儿的作品中给予我们的愉慰。

太戈儿实是不愧为一个虚空世界里的高歌者；且是黎明的高歌者。因为自他的歌声在高处传出，不但使屈伏于机械主义之下的欧洲人为之惊叹，即他所努力呼出的东方哲学的吼音，其反响也足以使我们反

省。"他的歌曲，是这样与候鸟 Birds of passage 相似。你读时，你在它
们中是惊奇，就是原始之流——如日之升起——是预定的流过全世界；
而真诚的诗人能够以他们的发愿的歌声，去使他们自己，以及他们的
著作的指示者到清澄的水流里。"❶必如此方不愧为有发愿的歌曲的诗
人，而在黎明时，能唱出生之无限的歌声，去拯得在此虚空中饥饿与
干枯的灵魂，正如阴沉的天气中忽睹到美丽的朝阳，溽暑如灼的日午
中，忽觅得清泉的慰渴。高歌者呵！在云霞中奏着的仙音，已足使我
们的聋耳暂明了，况且乐歌中的企求，也深深植在我们烦苦的心里！

（6）"爱"之光的普照

太戈儿虽不是一个主张甚么说甚么主义的哲学家，但他企求精神
的生活；努力于创造的动力，与欧根、柏格森的哲学上的主张，有几
许的相同之处。我们知道印度的哲学思想，经过太戈儿加以时代化的
融合，已多少有些变更，然其发源之处，则仍然是由印度的本身而非
由外铄。这是我在前几段中所再三提及的。

我的收束本文的末段里，想用一个简单的字义，将太戈儿思想及其
作品的全体表出，使我们容于去记忆。但是筹思好久，终未曾找到。后
来想还是一个"爱"字，还可能表示太戈儿的思想。诗人固然有一部分
是主张爱的，但范围多狭，而少有对于无限的生命也因此字所敷陈出的
意念，所宣布出的势力去弥纶万有，太戈儿的个人与宇宙的观察；自我
的实现；无限的赞美，其基本点所在只是"爱"。世界的主要联合 Essential
unity of world 就是我们的全人格的实现，而与宇宙统一，不过心灵和大
自然，其关系密接而神奇，我们如实去沟通，化合，使我们的内性，与
大自然的内性相调谐而绝无阻阂，则必须用"爱"——无限的爱力，去
联合宇宙的灵魂——神，去创出自我久远活跃的青春的生而与神相合。
如此则不惟人与人；人与物相了解，相合一，即无限的自然，以有我们
之自我的完全意识扩拓比附，则一切颠倒，悲苦，烦恼，俱同时烟消云
散，于是我们方能达到大欢乐的沈醉之境，方可使我的灵魂自由消歇于
大宇宙之中，而人类及一切乃有真正解脱之可言。

---

❶ 见 Rabindranth Tagore By E.Rhys P.153

但是这一切都是"爱"的主动。❶

在太戈儿的眼光看来，凡在世间的东西莫非有"生"，即莫非有善知识的器根；即莫不含有神的意义在，但我们如去完全觉悟过来，使世界内纤尘草芥的隔障都没有，只有最大欢乐，最大调谐时，在内的方面须经过默思感化的工夫，在外须有创造的冲动之健行不息，然合此两方面之总动力，又须以"爱"作根本，而后可将理想化为现实。他说："当我们明了两者之中的关系，我们乃看明两个在原质中如合而为一，我们乃感觉与真实现象相接近。"他所谓两者，是世界的二元，他根本上不曾承认世界上会有二元的生存，无论甚么，都是在宇宙的合和之下。没有相反的事实的。无论甚么事物，以调谐的力量，终能达于无差别相，而使其伟大的内在生命，可以扩充至于无垠的地位。那末，这便是"爱"的实现的终极目的。

太戈儿以诗人以哲学家的资格，作"爱"的宣传；思想的发扬，文字的贡献，其惟一的希望，就是此等"爱"的光普照到全世界，而且照彻在人人的心中，则有生之物，都可携手飞行于欢乐的自由之中，而世界逐成为如韵律般光明，色泽般的美丽与调谐了。

现在我们企望的"爱"的光，已由太戈儿从他那森林之印度，自己带到死气沈沈的我们的地方中来了。我们不要只是用应酬式的礼仪，去对待这位世界的诗哲，我们须切实了解他的人生观，——生之无限与爱的创造，——须知道他的伟大人格的表现的所在；须明白其思想的来源；须知他这次到我们这个扰乱冷酷的国度来，是带有甚么使命。我们应该怎样用清白的热诚去承领他的"爱"的光的来临呀！

在结束这篇文字之末，我还是引证他的一段诗歌作一个欢迎他的收场。

我不知你是怎样的一个歌者，我的主人呵！我常常听见在沉寂的欢乐里。

你的音乐的光明辉耀在世界上。你的音乐的生之呼吸从诸天中流出。你的音乐的圣洁之流破裂一切有石的阻障而前冲去。

我的心愿联合在你的歌中，但是虚空的奋力因为一个声音。我能

---

❶ 参阅 Sādhāna 的 Realisation in Love 章。

说——但是言语没在歌声中破裂出——而且呼出阻恼的音来。你已使得
我的心囚缚在你的音乐之无尽的纲目里。我的主人呵！ ❶

十二，七，十日完稿。

附言：因为太戈儿来华，已引起许多人的太戈儿研究的兴味，
所以月报在此时要出一太戈儿专号。我近来身体极瘦弱，又因他
务纷集，不能作长篇的文字。但振铎兄火速的催促，我自己也想
对于此诗哲之来中国要说几句关于他的思想的见解的话，因此在
烦热的窗前，用了一天半的工夫，草草作成。因《月报》急待付
印，也不及详加修正。其中引证的诗歌，多半是我在此短促的时
间中匆匆译出的。太戈儿的诗本来难译，况且急促从事，必有不
合之处。这是我很不惬意的，并望阅者原谅！

（原载《小说月报》第 14 卷第 9 号，1923 年 9 月 10 日）

---

❶ 见 Citanjali 中。

诗人拜伦的百年祭

西　谛

今年的四月十九日是英国诗人乔治·高登·拜伦（George Gordon Byron）的百年死忌。（拜伦生于一七八八年一月二十二日，死于一八二四年四月十九日。）我们对于这个光荣的诗人，似乎应该为之举行一次伟盛的百年祭——较世界上一切诗人都更伟盛的百年祭。

有许多人，常觉得为任何的一个古人，举行什么生祭，死祭，都是很"无聊"的举动；但我们却觉得人类除了自顾的、自私的情感以外，在他们的心灵上自有一种高洁的自然的对于古远的伟大天才的一种崇慕的情感。任是什么具着冰冷冷的心的人，任是什么自尊的蔑视一切的人，任是什么嫉妒的狭隘的人，他们的心底总是潜有这种对于他自己所觉得值得崇慕的人的自然的崇慕的情感的。不过这种情感，有的人愿意表露在外面，有的人愿意潜藏在心底而已。

我们现在愿为我们所崇慕的拜伦表白我们的崇慕之感。

伟大的诗人及伟大的历史上的人物，其足以使我们生崇慕之感是一样的。

当我们读伟大的诗人——及至伟大的小说家、戏剧家——的作品时，常觉得他们的全人格是潜隐在他们的作品中。我们读他们的作品，便似与他们同在，倾听他们在诉说、在表白他们的欢乐与悲苦，日常的生活与奇异的经历，温靡的情感与壮烈的热肠，如倾听一个极亲知的友朋，在诉说、在表白；甚至于他们的微微的，如游丝似的飘过心头的一缕恋感，他们的瞬刻间幻化万千光彩的，如斜阳照射于被晚霞轻荡着的碧绿的沥沥的湖面似的微思，以及一切为我们的极亲知的友朋所万难以言语表白出而只可以心灵相感应的，他们也都能曲尽的诉说出、表白出，使我们感得一种莫名的感动，使我们的心激动的急跳着，连呼吸都停止了，或使我们怡然的，穆静的感得一种步于仙岛上似的清谧，于是我们便不自禁的对于他们生了一种崇慕之感。

当我们读历史上伟大人物的事迹时，我们又觉得是在读着最感动的诗歌，戏剧与传奇；他们的高洁的人格，他们的伟大的心胸，他们的坦白的行动，他们的如炮火似的热情，如山泉如春雨似的言辞，他们的坚固不拔的意志，他们的勇迈直前、不顾一切的精神，他们的一切可动人的真实的经历，似都从文字中跃出，显示于我们之前，使我们感到了一种如夏午的太阳似的热力，一种如春晨的温风所带来的生气，使我们感兴而至于泪盈于目眶，使我们潜在心底的热情要爆跳出来，于是我们便也不自禁的对于他们生了一种崇慕之感。

我们对于拜伦的崇慕，却兼有了这两种的崇慕之感。我们不唯崇慕他的伟大的诗歌，并且崇慕他的伟大的豪爽的事迹。

拜伦的诗歌作品，虽然有时失之于粗豪；但我们如非专在文字音律上挑剔的批评家，则对于他的作品，没有不惊叹其雄伟的，无论在他的《恰罗特·哈罗特的行程》(Childe Harold's Pilgrimage)，他的《海盗》(The Corsair)，他的《曼弗雷特》(Manfred)，他的《该隐》(Cain)，他的《邓袭安》(Don Juan)，或在他的其他的作品里，无不明白的显出他的 "伟大的表现，豪爽的坦白"（批评家 M.Arnold 的话），他的撒坦的精神，他的对于个人威权，个人自由的强固不屈的主张与他的对于虚伪、庸俗、以礼教的假面具掩饰一切的社会的深绝痛恶。这种 "伟大的表现，豪爽的表现"，使他的作品不久便有了极大的影响；在俄国感动了普希金(Pushkin)与李门托夫(Lermoutov)，在德国，海涅(Heine)也受到了他的感兴，在波兰，在西班牙，在意大利，在法国，也有无量数的诗人受到他的感化。他的作品引起了文学界的绝大的海流。哥斯(Edmund Gosse)说，"欧洲各国，有欲反抗专制之政治或虚伪的礼俗者，此国文人皆能于拜伦诗中得其感兴。"是的，有多少的反抗者是读到拜伦的著作而不热血在沸腾，而眼眶为感动之泪所湿的！

至于他的生平，其足以使我们感兴，似较他的作品为尤甚；他之所以较别的诗人更为一般的人所崇慕，他的作品之所以更易使读者感动，其原因即在于他的豪爽的事迹。他是一个热情的人，一个坦白而真实的人；在他的一生无时不表白出他的为正义而战，为自由而战的精神，与对于虚伪、庸俗、以礼教的假面具掩饰一切的社会的厌恶与反抗。他如晶莹的镜之易受热气的感动一般，常为情感所激动，而至于双眼为泪雾所朦胧；他如"火药一样容易发火"，常为正义，为自由而发火。当他与裴曲丽（Guicioli）夫人恋爱时，有一天，他说道："我爱你，不能禁止着不爱你。"但当他的双眼如梦的凝注在她的美丽的花园中的一个喷泉的水，当他想到他的爱情会带给她以如何的不幸时，他竟呜咽的哭起来了。又有一天，拜伦与一个友人同读欧文（W.Irving）的《杂记》（Sketch Book）中的《心碎》（Broken Heart）一篇，当他友人读至最沉痛的一节时，拜伦泪盈于目，仰首回他的友人道："你看我哭了！我以为欧文撰此文时，必且哭且写，我的读者听者，如何能不哭！"当他少年时，第一次到东方去游历；有一天，他在街上看见几个土耳其兵背着一只装有一个少女的麻袋；因为她与一个基督教徒恋爱，所以他们预备把她抛到海里去。拜伦见了，即一面拔出手枪，一边用金钱，把那女子强迫的买来释放了。当他第二次到东方，参与希腊的独立战争时，有一次，他正在吃饭，忽听见几个工人被崩落的大土块埋压住了，立刻从饭桌跳起，飞快的跑出去救助他们。那些在掘土救人的工人，觉得自己地位的危险，便退缩起来，不肯再掘，说道："我们相信被埋的人都已被掘出了。"拜伦抢取了一把铲，立刻自己动手去掘土，迫得他们也不得去掘，结果又救出两个活的工人来。拜伦的这种精神，不唯用在救助个人，且亦用在救助国家与民族。他常说道："王政时代是要终止了！血将如水似的涌流着，眼泪将如雾似的洒着，但人民终将得最后的胜利。我不能活着看见这个情形，但我已预见着。"于是他便本其所信，躬与王政作战与暴君作战。当他寄居在意大利时，拿破仑已失败，神圣同盟方宰制全欧；意大利的形势亦一变，法国的改革的曙光完全为奥大利的黑云所蔽盖；国民呻吟于奥政府的虐政之下而无可如何。于是意大利的爱国者便有"烧炭党"的组织。拜伦也加入这个党，与他们共同计划，在党中占到很高的地位。拜伦的寓所，便是这班党人常常集会的所在。他的住屋内储存了许多军械；在必要

377

的时候，他可以把它变成了一座炮台以抵抗敌人。当一千八百二十三年的春天，拜伦的友人霍甫哈士（Hobhouse）对他谈起希腊的独立战争，并说，如果他要出来做些事，这件事是很值得他个人去帮助的。那时，起于一八二年的希腊独立军，其声势已渐渐不振，爱国者起了内哄，军需亦将耗尽，战事亦无大进步。但拜伦不顾这一切，经过略略的踌躇之后，便决意参加于独立军中，给他们以经济的与他个人的帮助。前些时候，他想回到英国去，行装都已预备好，决定当日要走了，却为裘曲丽夫人之故，终于临时不走；而这时，他竟为希腊之故，为一个古民族的自由之故，竟强制住他与夫人的离情，竟决然的走，竟走到东方，躬自参与于昔所梦想所吊凭的美丽的希腊的人民的独立军中而与土耳其的暴政相战了！他走的时候是一八二三年七月十四日。他雇了一只英国帆船，名为赫克尔士（Hercules）的，带了两尊炮及其他军械，五匹马，许多的药品，五万元的西班牙钱（有的是钞票，有的是现金）。他在希腊军不久，便到了美莎龙希（Missolonghi）地方，预备要统军攻击莱潘托（Lepanto）。不料到了一八二四年的四月间，他竟在美莎龙希得病，至四月十九日而病死，他虽不曾在希腊军中建立了什么勋绩，然而他所给于希腊人的帮助是如何的帮助呀！当军势将败，举世踟蹰，而不肯扶掖他们一下时，竟有一私人，倾私财而躬自加入他们的军中，与他们共同的为自由，为推倒暴政而战，他们希腊人，所得于拜伦的岂仅为区区物质上的帮助！他死后，希腊炮阵放了三十七响炮声，以纪念他，凡办公处均休息三天，耶苏的复活节也竟因此而移后举行。当他行葬礼时，兵士站列在街上，一队牧师跟在棺后，徐徐的走着，和唱着赞歌，棺上放了一柄剑，一身盔甲，一顶桂冠，这个诗人生前所骑的马，也跟随在后边。悲肃之感，充溢在观者的心上。到了希腊独立后，希腊人又为拜伦在美莎龙希建立了一个铜像，以为永久的纪念。然而一切的形式上的纪念，何足以纪念拜伦！拜伦是在希腊人的心上，是在近东各民族的心上，是在世界上一切被压迫民族的心上！

伟大的诗人拜伦，我们崇慕你！

（原载《小说月报》第 15 卷第 4 号，1924 年 4 月 10·日）

法国文学对于欧洲文学的影响

郑振铎　沈雁冰

法兰西之名

给我们一个名字，能够充满心灵以

引导人类的光明的思想，

学问的绚烂，与艺术的愉乐的，——

一个名字，能够叙述出一个光荣的参预，

在人类的长久的苦役与猛烈的战争里，

以期打开一条路，

从黑暗中走到

自由博爱平等的日子的，——

一个如明星似的名字，一个光彩辉耀的名字。

我给你们以法兰西！

——Henry Van Dyke 作

一、第一期——第十一、第十二及第十三世纪

克尔底（Celtic）及格拉柯·罗马（Graeco-Roman）的传说的史诗，经过了法国的媒介而转移成为德国的史诗。骑士的观念，从法国流传出去，在十二世纪德国的恋歌（The minnesongs）里表白出来。在这些恋歌里，读者可以见到他们所描写的贵族的人生的观念。那个时候的公众生活的基础，即建立于其上。

德国的《洛兰史莱特》（Rolandslied）差不多是直接模仿法国的《敞逊特洛兰》（Chanson de Roland）的。然而《敞逊特洛兰》里是充满了爱国的热情与对于甜蜜的法兰西与她的英雄的亲挚的热心的。她自己是一个法国的国家感情生长的美丽的证验。至于《洛兰史莱特》就与她不同了。《洛兰史莱特》所缺乏的是活气与热情。这是一般模仿的作品所具有的通病。

各地的抒情歌（Troubadour song）是恋歌的直接感发者。有了这些美丽的抒情歌，我们才会有那些丰富而音调充实的德国的抒情韵文，如恋歌之类，优美地表现出诗的与骑士的恋爱观。宫廷的史诗，如《尼拔龙勤莱特》（Nibelungen Lied）等，都是由骑士诗歌所产生的，而那些骑士诗歌则也是受法国的抒情歌所感发的。这些从外国传说里来的德国的史诗，其造成完全是由于要娱悦那些贵族里的妇人与男子，他们都是赞颂"勇敢"的。法国是骑士的家，勇敢的观念与诗的传说都是从她那里流传到德国去。在德国宫廷诗歌里，我们可以见到一种法国宫庭仪节的直接模仿，法国当时的各种流行的游戏也都包含在里面；所以我们可以断定法国是这些诗歌的首创者。

法国常常以她的知识特出一时。即在七百七十一年，当查理大帝（Charles the Great）做法国的王与西欧的帝时，他已在他的长柏尔宫（Aix-la-Chapelle）里设立了一个学院，他自己也在其中得一个地位，同时并引集了许多最著名的学者到那里来。那时的法国已是漂浮在知识的海上；她已经有了许多的书籍与许多的学者，同时的诸国，没有一个能够与她并肩的。她送了她的知识的水源到世界的各地去。德国的著名人物也到巴黎来讨论教育的问题。

十四世纪的教训的与叙事——禽兽故事——的诗歌也可以在法国寻到他们的泉源。这些诗歌在许多方面表明出他们是从恋歌里产生出来的。但他们却与宫廷的史诗不同；他们并不是写来娱悦宫庭中人的，乃是写来教导一般平民的。他们可以说是一种娱悦而带教训的讽刺人的性质与社会的诗歌。他们叙写人的性格，在日常的影响与经验下面发展的。

这些叙事的诗歌，在法国的文学里的，较之别的后起的模仿的作品更有活气，更能感人；这可证明他们原是法国所始创的。在这个地方，法国所给与欧洲的恩惠却不少；因为这些禽兽的叙事诗歌，乃是近代的写实小说的先驱者。在法国的这些叙事诗之一《莱尼克》（Reinike）里，我们可以找到许多地方，表示出社会的习俗的虚空；我们更可以找到许多地方，表白出对于无辜者与卑下者的同情，对于传说的威权的妒恨，且尊敬知慧甚于机警。这些都与近代的小说有同样的写实的倾向。

二、第二期（1273—1494 年）——文艺复兴

欧洲的文艺复兴，虽始于意大利，而实因法国的媒介，才能迅急的传布到西欧去。文艺复兴是一个伟大的独立的宣告。他破坏了朽旧的规律，回归到真的古典的艺术。在艺术一方面，她产生了拉菲尔（Raphael），安格洛（M.Angelo）及文西（Da Vinci）的杰作。在宗教一方面，她引导到宗教改革的路。在哲学一方面，她斥去了学院主义。在政治一方面，她倒翻了封建制度，引起了一种国家的感情与宪法政府的组织。意大利开始发见古典的艺术，而法国则把这个艺术带到德国，英国与西班牙去。她所以能极容易的做这种传播的工作，就因为她无论在商业上或在战争中，都与那些国家有最亲切的接触。德国是受宗教改革的影响最深的一国，然而在广义上，宗教改革实开始于法国。李弗尔（Jacques Lefevre of Etables）可以称为法国的新教之祖。他在路得（Luther）惊人的反对运动未起的五年之前，已发与他同样的议论。虽然法国的国会及大学反对这种思想自由的新教义，然而法兰昔斯第一（Francis I）却帮助他们，他选了李弗尔做了他孩子们的教师。克尔文（Calvin）和史文黎（Zwingli）是两个宗教改革运动中的大师。他们的重要著作，都是用法文写的。克尔文尤有很高的文学的价值。在哲学方面，法国也是领袖。文艺复兴所引起的批评精神，在法国独为强盛。法兰昔斯第一尤其对于文学与哲学有很深的兴趣。在政治方面，法国又是一个先进者。洛琪（Lodge）说，德国在一二七三至一三一三年，还是一群散漫的小国，至于法国则已把全国结合为一，成了一个强壮的国家的组织。在这些时候，法国全国建立了许多大学和其他学校。

拉柏莱士（Rabelais）是法国的文艺复兴时代的一个文字大师。他

用的字极多，增加了不少的艺术的与科学的专门名词给法国。他所用的语源，自希腊，腊丁以至所有在当时的法国所说的语言都有。他的二部重要著作是《Gargantua》和《Pantagruel》；许多国的人都读他们，在德国尤发生很大的影响。有一个批评家说，我们知道了拉柏莱士就是知道十六世纪的思想。

龙沙（Ronsard）是法国的一个大诗人。他深受了文艺复兴的影响，以为法国的诗歌的完美，仅能由模仿希腊及腊丁的名著而始可得来。龙沙为当时法国七星社的领袖，他们定下了作诗的格律。德国的诗人奥配兹（Opitz）也努力的模拟他们的作风，把他们的影响，带到了德国。

麦尔哈（Malherbe）曾被批评家称为完美的法国诗歌之父。他是当时最重要的领袖之一。他的自信力很坚，他喜欢文学的辩论，常常勇敢的断定：那是对的，或这是错的。他的诗所以被称为完美者，因为他是第一个诗人，他的诗里有完整的风格。他的用韵极正确，他的诗趣极高逸，他的诗的外形能与他的思想相和谐。这就是法国诗歌的格律，从他才规定下的原因。他写一首诗，每因一句一字而更易至一二十次而不止。有一个关于他的笑话。他的一个很好的朋友死了妻子，他想写一封信去安慰这位朋友。因为他想把这封信写得更完好些，直至他的朋友已经再娶了一位妻子，他的信尚未写好。

埃拉史摩（Desiderius Erasmus）虽生于荷兰而实受教育于法国，在实际上，可以说是法国人。他是一个最有力量的运输文艺复兴到欧洲北部去的人。他长于腊丁及其它文字。他是当时的一个最伟大的人文主义者，他把南方的文化与北方的力量联合起来。他在英国，尤有很大的影响，且曾到过牛津（Oxford）去讲学。

这时的法国可称为欧洲的知识的中心。法国的文学，其影响被于各地；各处的学者也都跑到法国来。法文是德国和英国的人常说的话。意大利文反远不如她。所以文艺复兴的精神，实可说是经由法国而始能光大的。

三、第三期——十七世纪

十七世纪的法国，其思想与文学之影响于欧洲者较前尤为显著。

麦尔哈使法国的诗格达到了完善之境。这种形式上的完美正是当时各处所热心寻求的。于是德国以及其他欧洲各国，便都随了法国的后尘努力求文艺的风格上的完整。

经过了文艺复兴，人文主义始显重要；经过了十七世纪，一种新的人文主义也显出头角。唯理主义及人文主义都可以从法国寻求他们的泉源。

狄客尔（Descartes）及福禄特尔（Voltaire）是这个新运动的主要人物。唯理主义是想用自然科学的工具，竟人文主义用文学去做的未竟的事业。她是外世界与内世界的一种在真理的最高判决之前的完全的实验。她引导人去求一种宇宙的真解。她是福禄特尔及百科全书派的知慧的怀疑主义的原因。这个运动给德国的知识阶级以很大的影响，在十八世纪时，她成了德国大学的流传的思想方式。狄客尔承认一切的真理的威权，只要她是从"我思想，所以我如此"的程序里出来的。人自己的心里，先有了分析的评判，于是把全个内与外的世界的组织放在一个坚固的基础上。如此，狄客尔把古人的哲学弃去，而引进了一种新的哲学，并且他还给我们一种新的世界的物质的解释与系统的思想。他的哲学，一世纪后才流行在德国。他的许多书都不能在法国出版，有的送到荷兰去印，有的送到德国去印。因此，法国的影响更迅速的传布出来，狄客尔的伟大作品也散播得更远。即在瑞典，也深受了狄客尔的唯理主义的影响。

柏克尔（Pascal）是最伟大的强辛（Jansenest）派的散文作家之一，在十七世纪的文学上，也有极大的影响。他是一个多方面的作家；有的人说，十七世纪的生活的各方面几乎没有不与他相接触。他研究数学，有许多发现，又做了许多著名的科学的考察。他的《Pensees》是法国文学上的名著之一。这部论宗教的大著作曾给莱辛（Lessing）以很大的影响。

这个时代的德国，受法国文学的影响更深。许多人说法文，同说本国文一样的好。所有的作品都以法国的名著为他们的著作的规范。他们把他们的灵魂与脑筋都沉浸在法国文学里。当时最著名的介绍法国文学的人有二，一个是前面已经叙过的奥配兹，一个是哥呼特（Gottsched）。

　　十七世纪后半——黄金时代

　　到了十七世纪后半，法国的文学已到了她的黄金时代；这时是路易十四的时代，法国的繁盛达了极点。法国的作家对于其他各国都有了极大的影响。伟大的永久的著作，如《Misanthrope》，《Le Tartuffe》，《Iphigenie》，《Atalie》，《L'Art Poetic》，《Le Telemaque》以及拉丰丹（Fontaine）的寓言，赛文夫人（Mme.Sevigne）的尺牍等等，都产生在此时。德国，英国及西班牙都深受她的感化，人人都学着法语，都要知道法国，都热心的读着法文的名著。

　　莫利哀（Moliere）在许多作家当中，势力尤大。他的《Le-Misanthrope》批评当时的社会；他的《Tartuffe》叙述宗教上的伪善者。他不仅是一个喜剧作家，而且是一个大哲学家。

　　康南（Corneille）的著名作品，如《Le Cid》《Hosace》，及《Pompee》等在这个时代也很重要。《Le Cid》尤为不朽的美丽的作品之一。在这个时代之末，莫利哀，康南及拉喜纳（Racine）诸人所著的法文戏曲，在德国剧场有绝大的势力，直至莱辛出来后，才把他们扫除了，而建立一个德国式的剧场。

　　拉丰丹（La Fontaine）的大成功，与莫利哀诸人不同，乃不在于戏曲，而在于寓言。他把什么事物都给与了一种愉快的与美丽的气象。他不仅是一个可赞美的自然与动物世界的绘画者，而且也是一个深沉的明白人的心灵与性格的作家。他的创造者在这些动物的小世界里所说的，所做的，都是人类在日常所说的，所做的。他的文体，简朴而动人；除了莫利哀以外，他可以说是当时最不受古典派影响的人。他的这些寓言，在别国的文学里，也曾印上了很大的影响。

　　法奈龙（Fenelon）的《Telemaque》曾被译为德文，而受全德国的欢迎。他做这部书完全是为了教育的目的。还有一部更重要的著作，名《Traite de l'educaion des filles》是关于妇女的。他的意见，以为女子须被教育而去完成她的生命上的使命，——即为一个贤妻与管理家政者。这部书在女子个人与在女学校里读者都极多。

　　鲍哇洛（Boileau）对于耶稣会徒的严厉攻击，使他在英国和德国知名。西班牙人读他的书的也很多，但他们对于他却是毁誉参半。批评家称他的功绩，以为他是把文学从天上带到地上来，从贵族那里带到平民那里来的。他的锐利的讥刺与绝顶的机警，我们都应该赞美。有的时候，他也被称为近代的何拉士（Horace）。他主张理智比之想象更为重要；他继承了马尔哈的事业，把韵文与散文合为一起。他的《Lutrin》曾被英国大诗人蒲伯（Pope）赞美，他的风格且被他模拟过。

拉喜纳（Racine）以他的丰富而和谐的韵文，他的戏曲结构的技能，及他的锐敏的感情的分析著名。他的美丽的故事《Esther》和《Athalie》曾译成了许多国的文字，直至现在，还是学校里的通行的书，不仅在法国，且在外国的学校里。但他的最著名的作品是一篇悲剧《Andromaque》。

赛文夫人（Madame de Sevigne）是路易十四时代最著名的人物之一。她用了尺牍的形式，创立了一种新的文学。她的尺牍无论在历史上或在文学上，都是极重要的东西；里边充满了情感与高尚的精神及愉快的机警。她和当时的宫廷很接近，所以关于路易十四的事迹与性格，在她的尺牍里可以得到不少材料。这些尺牍，到现在，许多国的学校里，还都取来当做法文范本。

在叙述了以上的几个重要作家之后，我们必须在此提及两个伟大的演说家，他们对于欧洲的文化都很有贡献；一个是报塞特（Bousset）一个是弗莱超（Flecher）。而报塞特尤为重要。报塞特在二十五岁时即得博士的学位，后来做了宫廷的宣讲者；成一个完善演说学家。他又是一个最大的古典学者。他的对于历史的著作，在法国文学里是一个好的作品，同时又发明一种新的历史，即历史的哲学。他的著作在英德二国影响很大，他的演说集则为后来演说家所取范。

这个黄金时代的法国文学，不仅影响及于北欧，且影响及于南欧的西班牙。西班牙的文学，此时正是衰落的时代。因为他们自己的文学作品停涩不进，所以他们天然的便向当时杰作蜂出的法国望着，很热切的去接受法国的出产，以为他们精神上与心灵上的粮食。这个趋势，因路易十四的孙子菲力第五与西班牙的宫廷的结为婚姻，而更为显著而且急进。法语成了西班牙宫廷中的言语。法文著作，迅速的流传入西班牙。这种现象，直经过十八及十九两个世纪。自此以后西班牙文学受法国文学的深刻的影响，至少在百年以上。在这些时期之内，西班牙作家所产生的作品几乎无一不是直接的或间接的受法国的影响的。

四、第四期——十八世纪

十八世纪法国文学对于世界的影响，可以分做前后两段来讲。第一段的主要人物是孟德斯鸠（Montesquieu）和福禄德尔（Voltaire）；第二段的主要人物是卢梭（Rousseau）。

孟德斯鸠虽是一个法学家，但他的"气候与环境对于民族性之影响极大"一说，却又在文学界得了新领土。那时德国的文学家如赫尔特尔（Herder）和哥德（Goethe）是最先接收孟德斯鸠这理论，而且把它发挥光大了的。赫尔特尔是文学史家，在一七九七年出版的德国《现代文学》一书中首先应用孟德斯鸠对于民族性的见解，去研究德国文学；他说文学是民族性之表现，并由此说明文学发达的公例。他以为文学艺术之最高形式并非全是创造出来的，他们是聚居于一地的人类（即一民族）所接所感之自然的结果。他相信凡在同一境遇同一环境下之人类，其所思所感，皆为整个民族性之一点一滴。孟德斯鸠分析各民族的政制而研究民族性，赫尔特尔则分析一民族的语言宗教文学而研究民族性；他确是受了孟德斯鸠的暗示的。

大诗人哥德对于文学的见解，也受了孟德斯鸠思想的暗示；他在《Dictung und Wharheit》里说道；"他教我们视作诗为全人类之普遍的天赋，而非几个富有学养的人们的私产。"

和孟德斯鸠同样地——或许更大——有影响于德国文学的，是福禄德尔。他是德国皇帝佛莱特立克大帝（Frederick the Great）的好朋友，他把法国的诗学教授大帝；他的著作充满于大帝的藏书室中。因为有大帝在上极力提倡，所以福禄德尔的唯理主义（Rationalism）在德国大大风行起来。那时的文风，亦舍想象而趋于理知。所谓十八世纪的写实主义——以要别于近代的写实主义或自然主义，亦称曰前期写实主义——可说是完全从福禄德尔的唯理论诱导出来的。那时的德国，不但接收了法国的文艺思潮，并且几乎要把法文作为第二国语。佛莱特立克大帝自己的法文程度就比德文好；宫廷的通行语是法语；一切上流人都以能说法语为得体；富家的保姆都用法人，教小孩子学法语。文学艺术都以法国式为贵，法国的文学作品成为德国文人的模范。那时法文在德国的势力真可注意，以致柏林学院曾出题悬赏，征求"法语通行的理由"。

福禄特尔是理性的写实的自由思想的诗人，但是继他而起的，且一样的有大影响于欧洲文学的法国人，却是那全情绪的卢梭（Rousseau 1712—1778）。在卢梭以前，文学作品以抒展情绪为大戒，即使是言情的作品，亦应以理智为归宿。卢梭既出，文风为之一变。他爱自然，憎人为，故对于抑情绪而重理智的文学，很反对的。他的《Nouvelle Heloise》和《Emile》实在是法国浪漫主义的先声。佛冷克（Francke）著德国文学史，说："没有卢梭的《Nouvelle Heloise》和《Emile》，德国的暴风雨时代（Sturm und Drang）大约不会起来的罢。暴风雨时代之根原即在卢梭的注重情绪的文学：这一句话，恐怕是难以否认的。"佛冷克这个断语是不错的，我们可以找出许多实例来证明他这句断定。西勒（Schiller）这位大诗人的作品就是深切地含著卢梭思想的。他的《Wilhelm Tell》里，有卢梭的民主主义和个性主义。凡卢梭所唱的复归自然，爱自由，尊正义，发展个性（智识的革命），改革与改造等等理想，在西勒的作品里，我们一一可见。

维莱（Wieland）——也是一位大作家——的小说《Agath-on》里也以卢梭思想作为骨干的。书中英雄是一位崇拜自然的人，相信意志是纯洁的贞美的自由的。

哥德的《Hermann und Dorothea》里的海阔天空的理想，显然也是受了卢梭的影响而发的。他的《Iphigenia》尤明白地表现著卢梭的自由思想的精神。Iphigenia 的天真烂漫，伊的对于真理的酷爱，以及伊的纯任自然冲动的天性，都使读者深切的感到结晶的卢梭思想。伊对 Thoas 说："不用踌躇：只要任你情感的指示而活动就是了。"伊坦然信仰人类的本性全是善的，以诚对人，亦必得著诚的报答。不但此也，卢梭的情绪奔放的作风，也似乎启发了哥德。在哥德的《少年维特的烦恼》（Die Leider der Jungen Werther），我们始见那热情奔放的灵魂的呼声的文学了。这部小说是属于暴风雨时代的，是梦幻的感情的一派；它对于德国当代文风和当代人心的影响，大到说不出。而这种梦幻的感情的作风，显然是卢梭开了端的。

德国果然是受了卢梭的影响，英国俄国西班牙亦无不受著卢梭的影响——不如说是法国浪漫主义的影响，更包举些，——而变了本国文坛的色彩。英国的爱理斯（Havelock Ellis）曾说：卢梭的势力是无往而不在的，后代文人如托尔斯泰（Tolstoi），爱默生（Emerson），乔治·伊利亚忒（George Eliot），都可说是卢梭的私淑弟子。欧洲文坛自文艺复兴期以来，作者竞注力要于古典中找求他们的题目；但自卢梭以后，忽然转向，作者竟于自然中找求他们的题材了。从古典的束缚中间挣扎出来，自己解放了自己，而力求以自然为归宿：这是近代文学对于古代文学的革命；卢梭是这革命军的先锋。在卢梭以前，所谓美，就以合于古典文学为标准；但在卢梭以后，大家都以合于自然作为美的标准了。绚烂的夕阳和美丽的小花，同样的启发了卢梭的灵感；卢梭有的是大而热的心，对于一切人都有温和的同情。爱理斯以为卢梭的魔力即于此。

俄国所受法国文学的影响也是极深的。一七二二年，彼得大帝（Peter the Great）游法，极慕法国的文化，归国时邀请了许多法国名人到俄国讲学，于是俄人多学法文；法国文学在俄国极为风行了。自经彼得大帝提倡以后，法国文学在俄国的势力，不亚于上述德国的情形。我们都知道俄国的民族文学到十九世纪初方始成立，算来不过一百多年。以前的俄国文人的著作，都是模仿外国的；这外国就是法国。所以当十八世纪的时候，法国文学在俄国有绝对的势力，是没有什么可怪的。

还有西班牙——他本来自己出产过几个名震世界的文学家的——到了十八世纪后半，也完全被法国文学所征服了。法文流行于西班牙的起点，乃在路易十四的孙子做西班牙国王的时候。自此以后，几乎有一百年之久，西班牙文人所写的全是法文。法国文学家的杰作，自然成为西班牙文人的模范；所以那时虽亦有少量的西班牙文学作品，但这些只能算是仿造品或翻译品而已。最著名的小说《Gil Blas》，称为西班牙小说的杰作，其实只是从法国译来的一本译本小说罢了。那时西班牙文人自称为"创作"的小说或戏曲，大半也是从法国文豪的作品节译来的，——至少，也是脱胎于法国。不模仿法国文学的西班牙作家自然也有几个，可是他们都碌碌无名。其中最著名的，如乔失·列洪（Jose Leon），曼息拉（Marnsilla），散洛（Maria del Cielo）和陆蒲（Gerado Lobo），等等，在当时也还有点名声，但不久亦就被忘却了。

　　但是受法国文学影响的西班牙文学家也不是竟没有出色人物的。因为仅仅模仿别国是不行的，而吸取别国文学的精神以滋溉自己，却是可行的；而且由此而成的创作也可以成为杰作。所以十八世纪西班牙文人之以法国文学精神为灵感的源泉的，也有了若干伟大的作家。例如罗让（Ignacio de Luzan）是鲍哇洛（Boileau）派的作家；他得益于鲍哇洛的著作实在不小，然而罗让的著作亦自有其生命，罗让还是罗让。格拉尼莫（Henito Geranimo）在当时极有声名，可惜他尚不脱模仿的束缚，所以他的著作不是独立的。莫腊丁（Nicolas Ferdinandez de Moratin）的戏曲是以拉喜纳（Racine）为规式的，而以其能神化，故亦不失为不朽之作。又如萨曼尼散哥（Samanicego）的寓言大都脱胎于拉丰登（La Fontaine）。西班牙十八世纪的文坛，幸赖此等作家，方不致十分冷落；而由此亦可见法国文学对于西班牙文坛的厚贶了。

　　直到十九世纪前半，法国文学还有极大的影响于西班牙文坛；但既非本节范围内事，我们只好略而不详了。

　　总之，十八世纪时，世界文坛上先起"要求理知"的呼声，继起了"复归自然"的呼声，二者激荡，乃成洋洋之十八世纪文学；现在我们知道这二种呼声都先从法国喊出，然后波及于全世界。全世界各民族的文学，于是多受了法国文学的影响，跟着而变色彩。就中德俄西班牙三国的文坛完全为法国文学所左右。这是十八世纪法国文学对于世界影响之大概；下面我们再讲十九世纪。

五、第五期——十九世纪

　　十九世纪欧洲文学界的两大思潮是浪漫主义和自然主义。二者都发源于法国而波及于全世界，使全世界文坛靡然风从。我们现在先讲浪漫主义时代最著名的几个法国文学家。

　　第一：斯坦尔夫人（Madame de Stael）　出身世家，有文学的遗传和环境；她是卢梭的热烈的崇拜者。一八○二年，她的小说《Delphine》出版；这是一部宣传卢梭思想的小说，书中的女英雄是一个出类拔萃的理想人物。同年，她旅行到德国，居于 Weimar，和当时德国的大文豪哥德，西勒等人时相往还。后又至 Geneva，在那边，又做了文坛的中心人物。一八〇五年著《Corrine》，这是她的最伟大的作品。

斯坦尔夫人因为反对拿破仑，亡命国外，足迹半天下；她到过维也纳，莫斯科，伦敦，常居于德国和意大利。她每到一处，就引起彼处文学界的注意；瞻慕她的丰采，领略她的议论，于是她的影响就扩布开去。她是革命的自由思想的战士，她的作风是热情充溢，气概高亢的；她是浪漫主义的先驱。

第二：夏朵波朗（Chateaubriand）十九世纪最伟大作家之一。浪漫派的中坚。他到过美洲，并在英国住过几时。居英的时候，从他研究法国文学的人很多，法国文学思潮由此广布于英国。他个人的作风在英国的势力也不小；拜伦派的诗风，是受了他的影响而引起的。

第三：曼德（Joseph Maitre）他的最著名的作品是几部富于风趣的小说。一八〇三年后，他做出使俄国的大使，他的作品就在俄国得到了许多读者。同时，法国其他几个浪漫派文家的作品也由他介绍到俄国，诱起了俄国的浪漫运动。

第四：嚣俄（Victor Hugo） 法国浪漫派文学到了嚣俄已盛到极点。法国的工整的戏剧，至此时犹有余威，然而嚣俄的《Hernani》上演之后，"工整派"的老根就在台下万人的鼓掌声中轻轻拔去了。至于小说方面，则在缪塞的时候，浪漫派已经获得全胜了。嚣俄继之，势焰更张，可说浪漫派文学的优点具备于嚣俄一身；——虽然，浪漫派的弱点亦至嚣俄而更显露。当时各国竞译嚣俄的著作；他的杰作《哀史》在本国和外国启发了不少新进作家的灵感。

浪漫主义虽然是从法国发源而渐渐影响到全世界的，但是我们亦可说各国浪漫文学之兴起亦并非全然直接受了法国的影响，至少，我们可说是并非完全从法国移植过去的；至于自然主义时代则法国完全是立于首倡者的地位。法国以外各国的自然主义文学完全是直接受了曹拉（Emile Zola）莫泊三（Maupassant）的影响，跟著起来的。各国的自然主义者大都很明显的揭著"曹拉主义"的大旗，在国内号召。这是可以从事实上证明的。

当一八七一年，曹拉的《罗康玛喀尔》（Les Rougon Maquarts）第一卷出版后，曹拉的自然主义的大旗正式在法国文坛上竖了起来。一八九四年后，《三都记》陆续发表，本世纪初，《四福音》前二卷出世；

于是曹拉主义叫彻于法国文坛，并且唤醒了其他各国的作者。

那时显然以曹拉主义在本国号召的，在意大利有浮尔茄（Gioranni Verga）和女小说家塞拉哇（Matilde Serao）。浮尔茄于一八四〇年生于雪息莱（Sicily）之喀太尼亚（Catania）；他开始著作时是取法浪漫派的，但在一八七四年到一八八一年之间，他的作风陡然大变，《玛拉伏列亚家族》（I Malavoglia）一书完全是想模仿曹拉的《罗康玛尔喀》的体裁的。由于他的天才与努力，意大利半岛上文艺的自然主义运动居然成功了，小说与戏曲两方面都新生了大批的自然主义者。女作家塞拉哇是最著名的一个。她也是私淑于曹拉的，但她的作风却近于印象的自然主义的都德（Daudet）。总之，意大利十九世纪末年的新文艺乃曹拉主义到后的结果：这是无可疑义的。

西班牙的文学，一向惟法国马首是瞻。法国自然主义在西班牙的代表是小说家柴玛古司（Eduardo Zamacois）和伊本纳兹（Ibanez）等人。柴玛古司的作品，在思想上极似曹拉——例如《他们的儿子》一篇以遗传为描写的主点，——在艺术方面有些象莫泊三；总而言之，他是一个纯粹的自然主义者。伊本纳兹早年的作品如《五月花》之类，是属于自然主义的；可是《启示录的四骑士》等作则颇近非战主义（Pacifism）——法国的又一文艺思潮，盛行于此次大战后，对于现代世界文坛，也有多少影响的。在戏曲方面，自然主义更是得势。从十九世纪末到本世纪初的几个大戏曲家都是属于自然主义的。首先把自然主义应用到舞台上的，是迪生泰（Dicenta）；茄尔度斯（Pérez Galdós）继之，愈益完善。新得诺贝尔文学奖金的倍那文德（Jacinto Benavente）有许多著作也是属于自然派的。西班牙是浪漫主义所剩最后的一块土，然而自从柴玛古司他们扬起曹拉主义的剑后，浪漫派也就瓦解了。

曹拉主义在南欧的影响既如上述，那么，在北欧如何呢？北欧是易卜生的写实主义的发源地，斯脱林褒格（A.Strindberg）卞尔生（B.Björnson）早在曹拉主义征服法国文坛以前，把北欧的浪漫派余迹扫除净尽了；所以后来没有高揭曹拉主义的人。但是后辈的作家如勃尔格司托姆（Hjalmar Bergström）——丹麦戏曲家——包以尔（Bojer）——脑威小说家——的著作，很有几篇明白地显露著自然主义的色彩。瑞典的拉绮尔洛孚（S.Lagerlöf）和荷兰的考泼洛斯（Louis Coperus）的著作虽然大部不是自然主义的，但也有自然主义的著作。所以老实说来，北欧的文学家纵使不曾象南欧的作家那样高揭曹拉主义而呼号，在实际上早已接受了曹拉们的理论了。

在德国提倡自然主义最热烈的是何尔兹（Arno Holz）和霍普德曼（Gerhart Hauptmann）；他们所倡导的，是一种新的所谓"彻底自然主义"。可是何尔兹这猛力提倡彻底自然主义者，实在先受到了曹拉主义的感化。他本是一个诗人——现在还以诗人著称，后来研究曹拉的论文，始作小说；他的处女作《黄金时代》就有著浓厚的曹拉主义的气味，不过后来他又以曹拉主义为不彻底，乃参加印象派自然主义之理论，而自创为彻底自然主义。霍普德曼这位戏曲家可说是个纯粹的自然派——只就他早年的作品而言。他的《日出之前》宛然是舞台上的曹拉主义；本来曹拉未曾得志于舞台，现在霍普德曼代他了此未竟之志了。

俄国也没有严格的自然主义的作家。但是俄国的作家几无不与自然主义接近。自郭果里（Gogol）杜尔格涅夫（Turgeneff）以至契诃夫（A.Tchechoff）阿尔志跋绥夫（Artsbasheff）等，没有一个不和自然主义接近。近代俄国文学正是新觉醒时代，俄国方将其伟大的文学天才贡献在世人眼前，所以多独到的创见，反使世界受其影响：这自然是不能不承认的。但是杜尔格涅夫等把西欧思想输到俄国使俄国思想界剧变，这也是事实，不能否认的。所以即使因为俄国民族性特异的缘故，使俄国没有纯粹的自然主义者，但自然主义对于俄国文学影响之大，终究不能抹杀。

只有英美文坛没有显著的自然派出现，似乎是例外了。但是色彩鲜明的自然派虽然没有，受自然主义的感化而极接近自然主义的作家，也是有的。卡尔斯胡斯（Galsworthy）是最著名的一个。哈提（Thomas Hardy）和梅莱迭司（George Meredith）也可称是近于自然主义的。美国则有被称为"美国的莫泊三"的哈尔忒（Bret Harte）；还有曲列散（Theodore Dreiser）和亨利·乾姆司（Henry James）都是受过自然主义的洗礼的。我们要看自然主义在美国的影响，只这数人，就是代表。

总之，法国文学思潮对于世界文坛的影响，再没有比自然主义那样普遍而且显明了。前此的古典主义及浪漫主义时代，法国虽然曾加世界以极大的影响，但总不能说是只有法国单独的发出那些思潮而使世界各国一一受其影响；独至自然主义时代可说是法国独立改换了全世界文坛的色彩，所以是尤可注意的事。

在自然主义以后，法国的堕废主义，新浪漫主义，以及大战后的非战文学等等，自然也有影响于各国文坛，但这些最近的文艺思潮，好象松林中雨后的松菌，各处都在怒苗，并非单独的产于法国，所以说到影响，也是交相影响，是双方面的，而非单方面的。因此，本篇也就略而不论了。

此篇根据 Emeline M.Fensen 博士的《The Influence of French Literature on Europe》作成，振铎作了前半篇后，因事中辍，不能续作，乃由我续完了后半篇。原书只说到十九世纪的浪漫派——嚣俄——为止，未言及自然派；我因为觉得自然主义在各国的影响很大，似乎不能不说一说，所以勉强加上了最后的几段：这是应该申明的。

（原载《小说月报》第 15 卷号外，《法国文学研究》1924 年 4 月）

阿志巴绥夫与《沙宁》

——沙宁的译序（节选）

西谛

　　《沙宁》（Sanin）的出版，使阿志巴绥夫（Micheal Artsybashev）在世界文坛上得到了不朽的地位。非尔甫（W.L.Phelps）说："在最近五年所出版的俄国小说中，阿志巴绥夫的《沙宁》，虽不是最伟大的，却是最'刺激的'。虽然在《沙宁》中，有两个男人自杀了，两个女子被毁坏了，然而它的刺激，却不在于事实方面，而在于它的思想。……自革命失败❶以来，俄国里便有一种显著的反动，反对那在不同的时间占据于俄国文学中的三种伟大的思想：屠格涅夫的宁静的悲观主义，托尔斯泰的基督教的无抵抗的宗教及最普通的俄国式的无意志的哲学。在革命之前，高尔基即已表白出那反抗的精神；……而实远在于阿志巴绥夫之后，阿志巴绥夫……在创造他的英雄沙宁上，已到达了道德的虚无主义的极边。"阿志巴绥夫的这种极边的道德的虚无主义，在俄国立刻引起了可惊怕的喧声，一部分的批评家觉得他的思想的危险，都极力的攻击他。然而因了这种喧声，却引起了俄国以外的不少的人的注意，最初是德国的读者热烈的欢迎了它，然后是法国，意大利，丹麦，匈牙利，以至日本都有了《沙宁》的译本了，然后，连最守旧的最中庸的英国人也在谈着它了。因为《沙宁的读者的众多，于是它的作者阿志巴绥夫的生平，便有许多人渴欲知道；这是实在的，

---

❶　这次的革命，即俄国京城的一千九百○五年的革命，其结果是失败。

一个读者对于一种作品发生兴趣时，未有不欲明白作者的生平的，尤其是《沙宁》的读者。当其读完了此书时，未有不掩卷想到："这种无畏的道德的虚无主义怎么会发生的呢？作者究竟是怎样的一个人呢？"（中略）

在他的许多作品里，如一线穿珠的红线似的把他们穿结在一处的，是他的无政府的个人思想与他的厌世思想。这两种思想都是因他的身体的虚弱与久病而产生出来的。他因为病弱之故，便发生了一种无端的忧闷，觉得人世于他是无可恋慕的，是毫无生气的，是毫无趣味的，因此便发生了他的厌世思想。同时，他又因此发生了反动，便是因他自己的病废，而梦想着壮健的超人，梦想着肉体的享乐；他们——趋人们以身体的健全与壮美，享受人世间的一切美、一切乐，而超出于一切平凡的人之上，蔑视人间的一切道德、习惯、法律、信仰以及其他束缚，而独往独来，凭着自己的本能，自己的愿望去做一切事；只要自己所欲做的，便不顾一切的直截的做去。但即在这超人的无政府的个人主义的思想里，他的灰色的憎厌人间的思想也还如浓浓的液体渗透在里面。他的英雄沙宁厌憎他同车的人，他想道："人是怎样一个卑鄙的东西呀！"他想离开他同车的人，离开火车中愚朦的空气，只要一瞬间也可以，于是毫不回想的双足站在月台踏板上，跳下车去。火车如雷似的冲过他的身边，他落在柔而湿的地上。他笑着，站了起来，车尾的红灯在远处闪耀着。他满足了，快活的笑叫道："那是好的!"这是沙宁，是他所创造的英雄！至于阿志巴绥夫他自己呢，他是病弱的；他即厌憎他同车的人，他周围的人，却不能如他的英雄沙宁似的自由的跳下车去；这使他更苦闷，同时使他更赞颂，更想慕他的理想的超人。

但在实际生活上，他虽不能追逐于他的英雄沙宁之后，而在他的作品里，他却直捷叙说出他所信的，他所感的，他所想慕的，他所梦到的一切；他以他的大胆无畏的精神，叙述出他的锐敏的感觉所见到，所想像到的残虐恐怖的影象，叙述出人类的最赤裸的性欲的本能，他运用他的纯熟的文字上的技能表白出他尖刻的观察与真切的想像。他是第一个用最坦白的态度去描写人的性欲冲动的，又是第一个用最感动人的，真切的文字去描写"革命党"与革命时代的。他的作品的新奇内容与动人的描写捉住了一切的读者，使他们惊骇的连呼吸都暂住了。他实是最深刻的写实主义的作家。

他如屠格涅甫之写出十九世纪中叶的俄国的时代思潮，写出了二十世纪最初的革命时代的俄国。他的《革命的故事》，《人间之潮流》及《工人绥惠略夫》都是"革命的故事"，而《沙宁》则反映了革命失败后的青年的热烈的个人思想与行动——虽然《沙宁》的写作在革命以前，而这种反映只是偶然的遇合。在这一方面，阿志巴绥夫的作品在俄国思想史上又有了极大的价值。而《沙宁》的重要尤有超于此者。

《沙宁》的重要在于：它是表白出人间的永久不熄的，且将永久继续的一种情欲的，是代表了永久而且永将占据于人类的心里的强烈的个人思想的。他自己说，"沙宁"不过是一种典型，"这一种典型，在纯粹的形态上虽然还新鲜而且希有，但这精神却寄宿在新俄国的各个新的、勇的、强的代表者之中。"❶实则这一种精神，岂但"寄宿在新俄国的各个新的、勇的、强的代表者之中"，实乃寄宿在全人类的各个新的、勇的、强的代表者之中。在这一面，《沙宁》便成了一部最好的表白无政府个人主义的书，而被列到"不朽之作"的里面去了。《沙宁》之能引起全世界的注意即在于此；我之所以译此书的大原因，也即在于此。

关于沙宁，阿志巴绥夫在上举的给他朋友的一封信也有几段话；作者自己的表白，自然是较别的人的一切批评更可注意：

"在这个时候，就是说在一九〇三年的时候，我写作了《沙宁》。这个事实为俄国的许多批评家顽固的隐蔽着；尤其甚的是，他们想劝诱公众，以为《沙宁》是一千九百〇七年的反动的出产物，我是跟随了现代俄国文学的流行的趋势的。但在实际上，这部小说早已在一千九百〇三年的时候给两个杂志的编辑者及许多著名的作家所读过。此书之所以不能在那时出版，又是因为检阅官的权力与出版家的怯懦。这是一件很有趣的事，这篇小说，因为它的意义而被《Sooreminny Mios》月刊所拒绝，而过了几年以后，这个同一的月刊又要求我把它给他们

---

❶　这一段文字，鲁迅君曾译出，现在借用他的译文。他的译文见《文学研究会丛书》的《工人绥惠略夫》中的译序上。

发表了。这样，《沙宁》的出现，便迟缓了五年。这对于它非常有害：在它出版的时候，文学被淫秽的，甚且讲同性爱的作品的川流所泛溢，我的小说不免与这些作品同受评判。

"这部小说，被青年人极有趣味的接受了，但许多批评家却反对它。这也许一部分用这部小说的思想趋向可以解释；但无疑的，他们是大大的受了我的扶助我们的文学后进，而同时又离开'文学的司令官们，而独自站立着的情境的影响，于是我渐渐的觉得我自己是反对所有有势力的文学团体的。我是一个顽固的写实主义者，一个托尔斯泰与杜思退益夫斯基派的信徒，然而今日呢，正是完全不熟悉的，所称为堕废派的在俄国占得了上风，但不是说与我反对。……后来革命终止了。社会冲跑到文学方面，而它，如果不在质上，即在量上，受到了一种新的激动力。那个曾拒绝我的《沙宁》的月刊的编辑者，记忆起它，便第一次把它发表出来。它激起了几乎是空前的辩论，如屠格涅夫的《父与子》出版的时候一样。有的人赞赏这部小说远过于它所应得的，有的人却痛斥它，以为它是诬谤青年的。但我可以不夸张的断言：没有一个人在俄国肯真实的去深求这部小说的意义。赞颂者与斥责者都同样的偏于一面。

"你也许很有兴趣知道我自己对于《沙宁》的意见，我要告诉你的是，我不以它为一部伦理的小说或一部青年时代的毁谤作品。《沙宁》是个人主义的辩解；小说中的这个英雄是一种典型。这一种典型，在纯粹的形态上虽然还新鲜而且希有，但这精神却寄在新俄国的各个新的、勇的、强的代表者之中。许多的模仿者并没有领会了我的意义，急急的把《沙宁》的成功，转成为他们自己的利益；他们大大的侮害我，他们充满文学界以淫秽的、龌龊的作品，因此，在读者的眼中，贬落我所要在《沙宁》中表白的意义。

"许多批评家硬要把我列在一班《沙宁》的第二等的模仿者之流——他们陈列了他们的市场上畅销的货物——说尽了一切的侮辱的话。直到了近来《沙宁》越过战线，而被译成德国，法国，意大利，波希米，保加利亚，丹麦的文字（日本也译了一部分）❶，于是在批评家中才能听到别的声音。俄国常常是屈服于外国的意见之前的。"

---

❶ 现在日本已有了《沙宁》的全译本，东京新潮社出版。

《沙宁》的重要的内容是如此：书中的英雄沙宁，青年时代就离了家庭而出与世界及人类相接触。没有一个人保护他或指导他；于是他的灵魂便完全自由，完全独立的发展起来，正如田野中的一株树一样。他的嘴角现着微微的讥笑的表现，对于一切人都以冷酷的，讥嘲的，淡漠的态度，无论是对于他母亲与他妹妹的热烈的欢迎，或是对于世俗以为任何重大的事，都是以这个态度与他们相周旋，使受之者莫知所措。他的美貌的妹妹名丽达（Lida），被一个庸俗的军官所毁坏。后来她发现她自己的怀孕，便羞愤不堪，要想自杀。这是世间一般妇女的最通行的处置这事的方法。但她兄沙宁讥笑的劝她道："但是你死了又有什么用呢？世界上繁华满目。阳光是普照的，逝去的水是长流的，你死了以后，世上人知道你受孕，便与你不相干了么？可见你不是为怀孕而死，乃是为怕世人的嘲辱而死。……并且你所怕也不过是几个亲近的人罢了，你所不认识的人，你不见得怕他。和你亲近的人听见这事，自然是要惊疑的；但他们说什么，不过是说你没有正式结婚就有了性交罢了。……你要知道，这班奴才们都是毫无知识的，只有贪酷卑污的心思……"于是她的生命便被他救了回来。沙宁对于这事，并不如世俗之人一样，因此便去恨那个官吏。他看得这种事很轻。世俗的议论，道德的束缚，社会的制裁又算得了什么！性交不过是人类最自然的本性之一，无所谓耻辱；至于与何人性交，更没有什么干系。于是他便想也与他妹妹相爱，他爱悦她的美丽。但是她始终是一个世俗的人，没有沙宁那样的勇气去把她自己在习惯道德的束缚底下解放了。后来，沙宁对于那个毁坏他妹妹的官吏，处处表示轻蔑。——这要再声明一下，他的轻蔑，乃由是看这军官是一个庸愚的俗人，并不因他妹妹的受侮之故。——这位军官，受了他的这样的轻蔑，便要与他决斗。这也是世俗处置这事的最流行的方法。两个军官受委托到沙宁那里去，告诉他要求决斗的话。在沙宁的人生哲学里，决斗也与宗教、道德、或其他坏的习惯一样的无聊的。于是他以坚决的冷淡的态度，拒绝这个要求。这样的拒绝决斗的事，是世俗所最以为不齿的，所最以为惊骇的。这两个使者惊异的无法可想；他们愤怒了，想对待他如一个无赖的人，但又无用。沙宁告诉他们说，他不欲决斗，因为他不愿取那位军官的生命，并且他自己的生命也不愿冒险；但如果那位军官要在街上对他行一点身体上的袭击时，他便要当场痛打他一顿。于是这两个使者被沙宁的"非习俗"的态度所迷惑，只得取消了决斗之约而回。其后，那位军官在街上遇见了沙宁，被沙宁冷静而轻蔑的眼光所激怒，伸出鞭子打过去，立刻他脸上受到沙宁的有力的可怕的打击。一个朋友把他送到他的寓所里，他在那里自杀了。从世俗的见解上看来，只有这条路是留给这位军官走的了。

《沙宁》中除了这位英雄以外，最可注意的人物便是裘里（Jurii）；他是一位典型的俄国人，受到高等教育而缺乏意志的青年。他同一切俄国人一样，犹疑不决；他想从书本中寻出一种人生的哲学，一种指导的原理，但是无效。他对于宗教已没有信仰了，他的以前的对于政治自由的热忱是冷却了，但是他没有一种指导的思想又不能生活。他的身体又虚弱。他妒忌，同时又轻蔑沙宁的喜跃的力量。最后，他不能逃出他自己思想的困惑，便自杀了。他的朋友们在他墓上举行葬礼，其中的一人蠢蠢的去请沙宁说几句话。沙宁呢，他是常常直说他所想到的话的，这时便走了出来，废去一切演说的俗例，只说了下面的一句话："现在世界上又少了一个庸愚的人了。"于是那些朋友们大怒，沙宁遂离了城市，坐了火车到乡间去。他在火车上，又厌憎同车的人，便走到月台（车上的月台），立在脚踏板上，跳下车去。现在环绕他的一切是如此的自由，如此的广漠。沙宁深深的呼吸了一下，于是他举步向曙光所出处前进；当东方的光明第一次射到他的视线上时，沙宁觉得他是在向前转运；向前去迎朝阳。

《沙宁》在此便告终止了。

《沙宁》的艺术，是很可赞美的，它可以代表阿志巴绥夫的艺术的成绩。在他平平淡淡的率直的写出的文字中，我们读到却感到一种婉曲的秀美的动人的描写；他是无所讳忌的描写人间的兽的方面的丑恶，却一点也不使读者起一种无理之感，读来极为自然。

有许多人说，这部小说中的英雄沙宁，不过是一种主义的"人格化"，不过是一种"典型"，正如屠格涅夫的《父与子》中的巴札洛甫一样，并不是一个生人，在这一方面，未免缺乏"真实"的精神。这一层缺陷，我们是不必为阿志巴绥夫讳言的。凡一切宣传什么理想，什么主义的文艺作品，差不多都有此病，固不仅《沙宁》为然。不过《沙宁》的叙写的艺术的精练，却能使我们忘记了这一个缺陷；读《沙宁》正如读阿志巴绥夫的其他的纯粹客观的写实作品《朝影》、《医生》等一样，固毫不觉得它的人物的牵强与不真实。其全部的叙写，更带着极深刻的写实精神。在这一方面，《沙宁》之介绍，对于现在中国的文艺界便又有了一层的必要；现在我们的文艺界正泛溢了无数的矫揉的非真实的叙写的作品；尖锐的写实作品的介绍实为这个病象的最好的药治品。

我译此书是随译随发表的；因为是这样的匆促的限于时日的翻译，自然不免有许多错处，只好一切都待出单行本时再校正。关于译文的错谬之点或不明晓之点的指教，我极喜欢接受。

我很希望这部小说能够引起多数读者的注意。阿志巴绥夫的《工人绥惠略夫》介绍到中国已三年，而注意之者似乎极少，这是很可悲的事！中国现在的创作的文艺作品，老实不客气的说，实在没有几篇很成熟可看的，无论在艺术上或在思想上。所以，任是文艺作家也好，任是一般的读者也好，对于翻译的作品，似乎都是应该特加以注意的，因为他们在思想上，在艺术上，对于大家都很有帮助。"轻译品而重创作"的空气，实应该打破！

这是闲话，读者不看也可以。下面还有几句最后的话。

我所译的这部小说，是根据 Percy Pinkerton 的英译本❶重译的，我的俄文程度几等于零，所以不能直接从阿志巴绥夫所写的原文中译出。这对于《沙宁》的艺术上的好处，也许是很有损害的。但我已请了两位朋友，耿济之先生与瞿秋白先生，来担负用俄文原本校改我的译文的责任。因此，我的译文，想不至与原文相差很远。

一九二三，五，二十，于上海

（原载《小说月报》第 15 卷第 5 号，1924 年 5 月 10 日）

---

❶ 我前译《灰色马》时，有许多读者曾写信来问它的英译文的出版公司的名字与地址。现在，为避除他们的询问之劳起见，特将 Percy Pinkerton 的英译本的《沙宁》的出版公司的名字地址列下：Martin Secker, Xvll Buckingham Street Adelphi, London

读者如欲看此英译本《沙宁》，直接写信到 "Marten Secker" 去买，或委托中国贩卖西书的书店，如商务印书馆，中美图书公司或伊文思公司（俱在上海），或日本东京的丸善书社，去代买，都可以。

浪漫派的红半臂（节选）

戈恬著　虚白译

　　从文艺复兴的潮流由意大利传布到了法国，古典派的势力占据住法国的文坛足足有两世纪之久。虽中间有提特洛，卢骚，服尔德等零零落落高唱着反抗的口号，然而这根深蒂固的古典派直到了十九世纪的开始，遇见了大批整齐严肃的青年将士的热烈搏战，才开始败露出它老迈无能的龙钟状态，掩旗息鼓的退到黑影里去了。这大批异军特起的青年将士的领袖就是嚣俄，跟著他旗帜勇猛地冲锋的大将就是威尼，拉马丁，缪塞，仲马父子，圣般福和戈恬几个人，尤其是戈恬（T.Gautier）——这篇记载的作者——是穿着红半臂，披着长头发的一员最令人注意的战将。

　　浪漫派革命的目的，在精神上是要推翻崇拜希罗的旧观念而提倡耶教的精神，解放一切理智上的束缚而尊重个性；在形式上打倒一切遗传的规律而引用通用的俗字创出抒情诗的格调，在戈恬的这篇记载里很可以看出当时的倾向。

　　嚣俄攻击古典派的第一炮是他二十三岁时印行的一本诗集，然而并没有多大的影响。他知道古典派的势力在剧场上最大，所以在一八二七年编成了《克林威尔》剧本来做他攻击的第二炮。或者因为这本剧本过于象了小说，所以没有公演过，然而剧前的序言，详述浪漫派的主义和精神，简直是新派对旧派的一通哀的美敦书，所以这剧本竟成了法国浪漫派的《圣经》。

　　到了一八三〇年《欧那尼》编成而公演的时候，嚣俄才放出他一击成功的第三炮。这里边充满着抒情诗热烈的感慨，袒露出作者的胸膛，直到内心最秘密的所在，用他心底的纤维，发出和观众共鸣的琴音；于是古典派骇怪而畏惧了，想用尽种种手段去破坏它，甚至于要求查尔斯第十下令禁止它的扮演。在这方面，嚣俄的同情者——爱好自由的青年文艺家——也集合成一个奋斗的团体，预备走上战场为主义，为潮流而死战。于是《欧那尼》开幕了，当时激战的情形，请看身亲其境的红半臂大将的记载——译者

（《欧那尼》有真美善书店出版，东亚病夫的华译本）

先前听了欧那尼的角声跟着他走上浪漫派峻峭的山坡勇敢地斗那古典派侮蔑的袭击的老兵现在剩不多几人了；就是剩下的这几个也象佩圣海伦那奖牌的人们一样，一天天的减少了。我当时侥倖也被选进了为主义，为诗律，为艺术的自由，鼓着现代人所不会感觉得到的热心，勇气同诚挚而奋斗的青年团体里边。光荣的领袖虽还象铜座上的铸象般矗立着，可是小兵们的纪念却早就消失了，所以曾经参预过这次文学的大军的人们应该有详述他们被人遗忘了战绩的责任。

当时一般人心理奋兴的情状确乎是现代人不容易体会得出的了。这是同文艺复兴相类的运动的实现。新生命的潜流沸腾地在流着；什么东西都在那里同时发芽，吐蕊而开花；醉人的香味弥漫在空间，直沁到人们的脑髓；抒情诗和艺术把人们熏醉了，正好象久失的大秘密得到重现；这就是，失去的真诗这才找到了。

当时的文学沉淀到无意味和无色彩的不可测度的深渊里了：绘画也遭遇了同样的厄运。达维特的末传弟子只会拿病态的色调去涂抹那老希罗呆饨的模型。古典派虽不绝口的赞美这些伟大作品，可是当他们赏玩的时候也止不住一声厌倦的长叹，虽然还不能象新派艺术家，他们所咒诅为拿着"沉醉的笤帚"乱画的那些"黥身的蛮人"一样的暴躁。这种咒诅也得着它相当的报复，这边说"蛮人"，那边报他个"木乃伊"，双方怨毒的深刻就可想见了。

那时候我还没有这文学做职业的决心，并且倘有人说我要变成个新闻学者还会引起我很大的骇怪，因为我以为这种前程于我没有多大的吸引力。我想做个画家，所以，挟着这种希望，我就进了在圣安东

尼街上靠近新教寺的廖德（Rioult）画会，因为这个会离我读书的莎拉孟大学很近，我喜欢它可以让我一壁读着书一壁学着画。可惜我不能遵照着这初意做，这是我终身的憾事。

一个人看见的只是他自己所成就的，并且事实，更严厉些，只拿他自己的真价值叫他认识；然而他却能幻想，以为假使做了创作者必定能做出更美丽，更伟大，更庄严的作品，倘然这本书上的字抹掉了重写，这张画片尚还是纯白没有一点儿色彩。当然没有人能阻止他的假设，正象巴尔萨克的《无名杰作》里边的法伦荷弗一样，只觉得那画片上照耀着个婀娜丝，就是铁汤的裸体妇人站在她旁边也只象些无形体的墨点。这是一种无邪的幻想，一种自爱心掩护自己短处的秘密的狡狯，并不害人却常常可以自慰，因为当一个人扔掉了画刷拿着笔的时候，总可以对自己说道："要是我继续画着会成就怎样伟大的作家！"这是个永久的慰藉。然而我希望读者不要跟着我表同情总应该鼓励我坚持着原定的目的。

当时画会里的人们都很喜欢读书。学生们都爱好文学，并且他们的专门训练引导他们跟自然有密切的契合，所以他们也就最适宜于欣赏那新诗的幻景和浓厚的色彩。古典派所最厌恶的真实和带画意的描写他们不反对，因为他们听惯了自己自由的谈话，充满着艺术的表现，这些鄙陋的字眼看着并不觉得异常。可是我说的只是年轻而热情的学生们，当然另外还有些驯良苦学的份子，抱着龚丕娄的字典和阿奇利斯的筋腱誓守忠贞的，他们是先生的得意高足教大家要学着的榜样；然而他们却一些儿也不能得同学的好感，常有轻蔑的眼光投到他们的调色板上，在那上面，既没有范龙纳的绿色，印度的黄色，史密纳的深红色，也没有大学院禁用的一切混淆的杂色。

却都勃朗可以算是法国浪漫派的始祖，或是，你要是喜欢，推他算个酋长。在他的《耶教的创世纪》里他恢复了高底克的艺术；在《那舍》里他把久与艺术隔绝的自然开放了；在《勒奈》里他创造了悲哀和近世的热情。可是，不幸他最富诗情的心灵却缺少了诗的翅膀——诗句。维克都嚣俄却有这翅膀，并且长满着丰盛的羽毛，盖遍了抒情诗的天界。他起来，凌霄直上，打着盘旋，挟着自由和威权横扫过去，正象那盘空的鹰鹫。

那是个多惊人的时期呀！华德司各德刚享受着成功的盛名；人们刚研究着歌德的《浮士德》的神秘，这本书，用那史丹哀夫人的话，是载着一切或是比一切更多些的东西；莎士比亚是在勒都纳删改的译本里发现了；还有拜伦的诗，《海贼》，《拉惹》，《回教的异端》，《贝蒲》，《童若望》等把尚未平常化的东方启示给我们了。一切都是这样的青年，这样的新，这样浓厚的色彩，这样怪异和醉人的香味，所以把我们的头都搅昏了，大家好象走进了不可捉摸的世界。在每一页上我们可以找着绘画的题材，赶紧偷偷地打着画稿，因为这种是不合先生的脾胃的，倘给看见了，脑瓜子上就免不掉他靠手杖很灵巧地一下。

这是我绘画时的心情，一壁还向着邻近画架前的同学低唱着《约翰王的骑战》或是《伴格莱府的围猎》。我虽还没有加入浪漫派，我的心却早已属于他们的了。《克伦威尔》的序文在我面前正象西奈山上法网表的发光，那里面的议论我觉得没有辩驳的余地。看了古典派的那些次等的报纸对于当时我就很正确地认为法国最大诗人的这个青年领袖横加侮蔑，我的胸臆里充满了暴烈的怒气。内心燃烧着只想跳出去，象摩尼克新画院里顾拔克的画片上的那些德国画家般，高纳留领着头，学着爱蒙的四个儿子，合跨着潘茄速驶，去征服那些老糊涂派的九头怪兽。然而，我却喜欢少古典派些的坐骑，比仿说，阿利斯都的驽马就行了。

当时《欧那尼》的试演已经在那里进行，从这出戏剧已经引起的兴奋看来，开演的时候一定有一番哄闹的。我最热烈的希望，最伟大的志愿，就是亲临这次的战场，伏在不论那个墙角里，为了正义隐蔽着奋斗；可是听说入场券，最少头三天，是制剧者自己支配的，想起要问他当面去索取却把我怔住了。一个画师画会里不认得的学生，这未免越出了厚脸的范围以外去了。

刚巧这时候，善拉特纳梵，我在莎拉孟大学结识的一个死生不渝的好友，来给我一个简短，意外的拜访；他的来正象熟识的燕子，从窗户里溜进了屋子，四周围打几个盘旋，嘴里呢喃地叫着，一忽儿又飞了出去了；因为他的轻捷，飞舞的天性，好象趁着风在那里飘扬，象海伦和浮士德的儿子欧福良一般，要是强制他不动就明显地感着痛苦，所以要同他讲话，最好的法子是伴着他走路。这时候他已经是个重要人物了；在学校里的时候他早就享着盛名。十七岁他就发表了本诗集，并且那位维麻的伟人看见了这个未成年少年的《浮士德》的译本很惊骇地说，虽是他自己的作品却没有这个青年了解得透彻。善拉是认得维克都嚣俄的，常到他家里去，并且很应分地享受着这位领袖的信任，因为再没人能比他更诚挚忠实的了。

善拉担负着为第一夜开演招集青年的责任，到那时一定是很哄闹的，怨恨的气焰已经是很高的了。青年反抗老年，长发反抗光头，热情反抗循旧，将来反抗过去，这不是很自然的吗？

他口袋里装满了书籍，旧钞本，散页，手簿——因为他一壁走一壁写的——比着《薄汉民生活》里的高林总还要多些，还有许多红纸的小方块，上面印着个神秘的签字：一个西班牙字 Hierro，它的解释就是"铁"，写在纸角上。这个格言，充满着加斯底尔的高傲，刚巧适合那欧那尼的性质，并且还包含着一个人在奋斗的中间应该坦白，勇敢而可恃象一把剑的深意。

我想我一生从没有经验过这样的快活象当善拉从一包里拣出六张红方纸，带着副严肃的态度交给我，并且嘱咐我只准招集可靠的朋友的那一忽儿的了。我拿生命来保证我这一个小团体，这一小队的司令权是交给我了。

在我画会里的同学中有两位暴烈的浪漫信徒，恨不得把大学院里的人一口吞下肚去，又在莎拉孟大学的同班生中有两位年轻的诗人正在秘密地练习着富丽的韵学，忠实的表情和那准确的比兴，可是时刻提心吊胆只怕这样荒唐举动要给父母出族的。我就招罗了这四位，还让他们鸣誓不肯放松那些斐利斯丁一步；再叫我们表兄补足了这一小队的余额，不待说，这一个团体的举动必定是很勇敢的了……

我的《欧那尼》的成绩，三十场大战，三十次风暴般的开演，差不多给予我可以面见那大领袖的权利了。这是很容易实行的：善拉特纳梵，或我新交的彼德罗鲍娄都可以领我到他家里去，可是想起我自己是充满着不可救药的懦怯，竟又怕这个悬盼的愿望的实现了。每当善拉或彼德罗给我布置好了进见的机会，只要发生了些事故把它阻止了的时候，我就感觉得一种重生的畅适，好象卸下了副重担，呼吸也复了自由。

维克都嚣俄，因为《欧那尼》开演的结果，引来了大队的客人，不得不放弃他在田野圣母院街，有丛树的花园后面的那所住宅，住到法伦西斯第一区里新辟的马路，叫做纯顾熊街上去，在那时，这条街上就只有这位诗人住的一所住宅呢。四周都是荒地，最适宜于漫步同沉思的了。

两次我慢慢地走上那楼梯——呀！这样的慢，正象我鞋跟上钉着铅哩。我不能呼吸，并且听见我的心在胸膛里别别地跳，同时冰冷的汗从我天灵盖里沁出来。走到门口，刚要拉那门铃，忽给一个惊骇怔住了。掉过身就往楼梯下窜，四级并做一步跳，我的朋友们跟在后边笑得腰多要断了。

第三次的鼓勇比较的有了些成效。我恳求我的同伴给我些时间好喘过气来，我就坐在楼梯上，因为我的腿竟不行了，象不愿意载我身体的重量；忽然在一阵光亮里那扇门竟开开了，好象斐勃思和阿普罗从曙光的大门里走出来的一般，那黑暗的梯头竟显现出维克都嚣俄在他一切荣光的中间。

我象欧斯脱在阿哈须罗斯的面前一样，差不多要昏晕了。嚣俄不能学着波斯国王伸出黄金的王杖授给美丽的犹太女般接待我，就只因为他并没有金杖在手里，这是我觉得失望的。他微笑，可是并不诧异，因为他习惯了遇见陌生人，当他往外边散步时，总要会几个兴奋得要昏晕的诗人，脸涨得通红或是急得死白的艺术学生，和那长成的人们也会说不出话或只能嗫嚅地挣出一两个字音。他用最秀美的体貌挽我起来，就放弃了散步的初意领着我们走进他的书室。

亨利区海纳说过，在预备去见歌德的以前，他心里不住演习着见面时该说的一节美妙的说辞，可是在被人家介绍到他面前的时候，他只会说："从苦那到维麻一路上的梅树结着好梅子真好解渴。"这位德国诗圣听了只是温和地微笑，也许这句神经病态的傻话倒比冷静地说着的颂辞动听得多。当时我自己的辩才也跳不出静默的范围，虽然我也常练习，当那沉寂的长夜，那些抒情诗的音节，预备第一次见维克都嚣俄来赞颂他的。

后来我逐渐地恢复了常态，也能够加入嚣俄，善拉，和彼德罗的谈话了。凡是神，国王，美女和大诗人都可以比别人自由些的瞪视着不至于引起他们的不快。所以我带着浓厚的欣羡看着嚣俄，他并不怪我。他认识这画家的眼光是在那里把这不愿忘的一种模样，一种外貌，和一个时刻永远地深记着。

浪漫派的团体里象意大利的军队般，没有别人只有青年。大半的兵士还没有成人，一群中最大的还算总司令自己，当时刚二十八岁，正是拿破仑的年纪，也就是我们见面时嚣俄的年纪。

记得我曾写过："一个诗人或一个艺术家很少有人能认识他第一次动人的色相。盛名到他身上总在晚年，到那时生命的疲劳，永续的奋斗和那热情的磨难已经改变了他本来的容颜。留在他身后的只是个破烂彫零的假面具，那上面被他忍受着的悲哀刻满了伤痕和皱纹，正象先圣遗体上刻着的圣痕。人家记忆着的就是他这最后的映象，当然也自有它的美丽。"我侥倖认识了近代丕勒耶特里所有的诗人，可是他们早年的色相，青年，美色，艳丽象鲜花般开放的时期，早给人家遗忘了。

维克都嚣俄最足令人注意的是罩在他严重，恬静的脸蛋上象白文石般的真可以传诸后世的额角。老实说，虽还不能象达维特唐善和别的艺术家想拿这诗人一脸的天才集中在额角上所雕成的那样匀称，可是它确实有超人的美丽和气息。伟大的思想显露在这上面，黄金的花圈和丹桂的花冠放在这上面正象放在天神或凯撒的顶上。这是威权的符号。四面围绕着又长又轻棕黄色的头发。他没有颊须，没有唇须，没有颔须，下唇上连一些儿须根也没有；脸上特殊地惨白，剃得很光。一双象鹞鹰般黄褐色的眼睛衬得整个儿脸盘发光；嘴唇是弯弯的，有弓形的角，坚强的曲线。当喜着笑时，露出耀眼洁白的齿。他的服装是一件黑礼服，灰色的裤子，翻出的衬衫领，一种最简单最正当的装束。再没有人会想到这个纯粹的绅士是那一群毛丛丛，长满胡子而为光脸市民所畏惧的少年的领袖。

这就是我们第一次见面时嚣俄显现在我面前的模样，也就是我记忆里不能抹去的一个映象。我永久注意地保守着他这张美丽，青年，微笑的画像，发着天才的光芒，围绕着荣耀的光圈……

红半臂的逸史

这件红半臂！我穿它是差不多在四十年前了，可是人们至今还在这里讲它，并且以后恐怕要永远地讲它，这色调的光芒这样深刻地钻进了群众的眼帘。假使在一个斐利斯丁的面前提起了刁斐尔戈恬的名字，就算他没有读过我散文或是韵文的一行，他会认识我就是《欧那尼》初演时穿红半臂的那个人，并带着些得意的神情说道："噢，不错。你说的就是那穿红半臂长头发的小子。"我就该这样传到了后世。我的书，我的诗，我的文，我的游纪都会遗亡，可是人们将永记着我的红半臂。这一个星火将要永久地发光，直等到我的别种东西早在长夜的黑暗中消失了，也会把我从跟我作品差不离的同代的人们堆里单提出来，只因为他们穿的是黝暗色彩的半臂。我不愁身后留下这种映象；这里面包含着冷酷的高傲，虽有些年轻人缺乏审美观念的弱点，却表示着蔑视群众心理和讥笑的可喜的心理。

凡是知道法国人性情的人总应该承认，在所谓"全巴黎"聚集的戏院子里，一个人留着跟阿勃杜雷差不多长的头发，穿着跟恩达罗夏斗中人用的兜布一样红的半臂，他的勇气和灵魂的力量比去冲击杀人的枪林还应该要大一些才行。因为每次战争有多少勇士不待人家督率就会做出这种简易的功绩，可是直到如今就只有一个法国人有这股勇气去把这块挑衅的，异常的，耀眼色彩的材料盖在胸膛上。从他所受观众眼光中射出来的沉默的轻蔑看来，只要他稍稍活动了些，第二次开演他就会改穿件桔黄色的来了。

群众的异常骇怪同那第一幕收场就应该消灭的映象所以能持久的理由，并不单在这件衣服眩眼的色彩，却在显露它的人的勇武的疯狂，对着妇女的讥笑，老年人的怜悯，漂亮人轻蔑的眼光，市民粗暴的狂笑，一样守着个完全镇静的态度。

我也曾试过想把牢粘在我皮肉上的这件纳须斯的半臂撕了去，可是终究不能，我就不再顾那些市民的幻想，承住了气穿着它，因为在他们的幻想中，虽然经过了长期的研究之后，无美感的文化发现了些中性的色调，象黑头色，铜绿色，棕赤色，铁灰色，烟黑色，伦敦烟色，钢灰色，烂橄榄色，坏酸果色等等做成的外套，却总以为我穿的没有别一种颜色。

我头发的情形也是这样。我已经把它剪短了，可是没用——人家总当它是长的；就是我在乐队厢里呈露出个没发，象牙色的头顶，象鸵鸟蛋般的发光，人们却还坚信那曼罗范夏式的发圈仍是纷披在我的双肩上。再神秘没有了罢！所以我也只能让留着这几根尽量地生长着。

我在这纪录的开始就把我在画会里怎样给善拉罗致到《欧那尼》的团体里，并且被委托为护持着 Hierro 口号一小队的司令的情形说过了。据我想，的确想的不错，这一宵是当代的一个重大的纪念日，因为它从旧秩序的垃圾堆里开创了自由的，青年的和新的思想；所以，我想用一种特别华丽的服装来表示这时机的隆重，用一种怪诞而艳丽的衣饰让我们的领袖，团体和戏剧加增了荣誉。在那时我还是艺术学生的性情胜过了诗人，所以心里只充满了色彩的兴味。我的目光里，以为世界上只分浮焰派与蠢人的两派，前者我所爱，后者我所恨。我要求的是光亮，动作，知行勇猛的复活，还到那文艺复兴期和真实的古代，所以我舍弃那昏淡的色调，薄的和干燥的画图，和那罗马帝国留传给重兴时期的那种只象一堆无精彩图案的组合物。

在文学上我心里也有同样的判别。提特罗是浮焰派，服尔德是蠢人，正象吕彭和浦杉也是同样的不同。可是除去这个以外，我还有一种特别的爱好，就是喜欢红色。我崇拜这尊贵的色彩，虽然它给政治的疯狂侮辱了，因为它是紫，血，生命，光，和热，并且同黄金白石能可爱地协调着。所以当时我见它从近代的生活中，甚至绘画上，竟消失了，就感觉到一种真切的悲哀。在一七八九年以前，一个人可以穿件绣着金线的红帔，可是现在，想要看这禁绝的颜色的一瞥，我只好守着那退班的瑞士守卫，或是在卖画片铺子的橱窗里看那打狐狸猎人的红衣了。那末，《欧那尼》不是供给一个最巧的机缘叫那红色恢复它不应该遗失的地位吗？一个年轻，狮子心的习画生徒是不是应该挺身去做那红色的保护者，就拿这颜色来嘲弄那灰色，和那一群反对诗歌的华美的古典派吗？我决心，这些中应得同时眼睛里看着红色，耳朵里听着嚣俄的诗句。

我不想来改正一节逸史，可是我不能不说，老实讲，这件半臂只是照着米伦圆胸铠和梵洛阿紧身做成的一件紧身上衣，在肚子上塔上钮扣，中心打着折纹。人家说我字识得极多，可是我竟没法描写当我说明了这件衣服的做法时那裁缝惊骇的样子。他一句话没有的站着，我想在勒勃龙表情的画室里也找不出一张脸有更睁大的眼睛，更抬得高的眉毛，更多的皱纹在额角的顶上，比我那可敬的高洛阿——这是他的名字——在这一刻的了。他想我疯了，可是我的家世他最敬重的，尊敬的心理阻止他发表这个意见；他只用畏惧的声音反对道：

"先生，可是这是不时行的。"

"那末，我穿了一次，这就变时行了。"我用的冷静态度足配给鲍勃吕梅，奈许，陶赛伯爵和别的漂亮人物齐驱哩。

"可是我真不会裁。这多半是件戏装不象城里人穿的衣服，只怕要给我弄糟了。"

"我可以用灰布给你做个样子，我自己画好，裁好，缝好了。你再套上去。它象圣西蒙派穿的半臂一样的背后钩上的，可是并没象征的意味。"

"很好，很好。我的同行都要笑我，可是我就照你做吧。那末，这件宝衣用甚么材料呢？"

我就从橱里抽出一块樱红色或是中国殊红色的绸子，凯胜地在我吓呆了的裁缝面前把它展开来，可是我沉静地满意的态度又把他想我是发疯的疑心重复引了起来。我要它显露着光暗的神秘，故意地把它折迭着，就在那折纹的起伏里，颤抖而闪烁的光芒把整块的材料满布了红色最温暖，最浓厚，最热烈，和最巧妙的色调。我要避掉穿九十三年不名誉的真红，所以在染料里加入了些紫色，因为我不愿人家疑心我有什么政治作用。我不象有几位朋友，自称为诗歌的山民，去崇拜那圣儒丝和麦西米伦罗勃斯边，我是个中古时代，包钢的封建主，预备在高兹逢贝利兴根的坚城里掘着豪沟防守那时代的侵袭，正象在当时维克都器俄的一页上写的，他在雪拉山上有他的堞楼。

虽有那可敬高洛阿很明显的反对，那件紧身衣到底做成了，并且在背上搭钩的，虽然全戏院颜色式样找不出第二件，我穿了却象件最时式的半臂一样合身。我其余的装束是一条极淡海青色的裤子，外腿缝钉上一条黑绒的带，一件很阔绒面的黑褂子，还有件深灰面衬着绿绸里子的外套。围着我脖子上系上一条绸带。那就同时算一条衬衫领又算一条领带。我应该承认，这套装束穿出来足够刺激和讥讽那些斐利斯丁了……

《欧那尼》的初演

　　一八三〇年，二月，二十五！这一天在我过去的历史里每个字冒着火焰：这就是《欧那尼》初次开演的日期。这一宵做定了我整个儿生命的模型。就在那时我感觉到至今还推着我向前的潜力，虽然已经过了这许多年了，并且我知道它还要催着我进趋，直到我事业的末日。日子虽已隔得远了，我仍旧感觉着眩目的美丽的快感；我青年的热情还未消亡，只须一听见那神秘的角声，就要耸起了双耳，象正老战马般预备重复冲进那战场。

　　我们的少年诗人，有高傲的胆量和自己天才的认识，并且，也希望成功的光荣，所以坚持拒绝那些成功戏剧所必需而且免除失败的危险的出钱雇用捧场者的帮忙。这些受人雇用的喝彩者也有他们的爱好，可是倾向于大学院的。普通讲，他们都是古典派，就是喝着嚣俄的彩也是不愿意的；当时他们的崇拜者是卡西米特拉维业和史克利勃，所以要是出了事情，嚣俄冒着在激烈搏战时被人舍弃的危险。那时的传言只说阴谋诡计正在秘密地进行，并且还说有陷阱布置着，想要把这出戏和整个儿的新派要一网打尽哩。文学的仇恨是比政治的仇恨热烈得，因为它挑拨起自尊心最灵敏的纤维在那里动作，并且对方的胜利就证明自己的愚蠢。所以在这种境遇里，世界上最可敬的人们也会使用最不名誉的手腕，大的或小的，一点儿没有迟疑。

　　《欧那尼》虽是勇敢，也不能让他单独走上战境去抵御那褊执而喧嚷的池位里的观众，和那包厢里外貌虽甚沉着，可是谦逊地隐藏着同样危险的仇恨，而在吁叱的声浪里冲出冷笑，最少，更明显地袭击的人们。所以浪漫派的青年，充满着热情并且给《克伦威尔》的叙文激成了疯狂，决心要扶助这一只"山鹰"。他们向领袖自荐，领袖接受了。当然这一堆火焰与热情是很危险的。凡是赞助的人各自组成小队，每个人带着写 Hierro 的小方纸块做入场券。这些详情大家都知道了，也不必再说。

　　……

　　这次新表现就是怀着恶意的人们也生了兴味。他们很注意地看着那出用大力创作的戏剧的情节，屡次他们舍弃了阻止或表示不满的快乐，因为要享受那听的快乐。很有几次这诗人的天才克服了群众爱好旧规律的心理和嫉妒的恶意，虽然他们反对一切向上的趋势并且自以为所崇拜的英雄很够数的了。

虽有嚣俄党人一群群的分布在院子里，他们特别的服装和凶横的脸色很容易给人家认出来，造成了一种吓人的空气，可是在全院兴奋的群众里仍发出一种低压的咆哮，正象海浪的吼声没法子叫它沉寂。这种压逼着的感情常要冲破出来显现成一声长叹。只须把观众周视一遍就知道这不是一个普通的演剧；这个两派，两党，两军队，两文化——这样说决不是过火——现在脸对了脸，充满了文学性的交互的深仇，只想挥拳痛打一阵。普遍的态度是仇敌；臂肘子都撑出着，最小的摩擦就会引起极大的爆烈，并且很明显地可以看出，那些长发的青年只把那些剃光的绅士看做傲慢的傻瓜，再也不肯抑制着不拿这个意思发表了。

实在说，小小的喧闹还不时的有，当卡洛王做着他浪漫式的消遣，当李谷梅用着阿维拉的圣约翰鸣誓，当引用《罗门塞罗》里的西班牙地方色彩时，可是真切与伟大的混合，欧那尼的英武，热情与怪癖，荷马式的复用法，引起了非嚣俄派人最深切的痛恨那是可以肯定的。

那句 De ta svit j'ensvis（跟着你——我真的！）在第一幕的末了，变成了，我也不必多说，光头派许多无尽的嘲笑；可是那一段独幕的诗句是这样地精妙，就是让那些傻瓜念着仍旧觉得不可及哩。

葛欧姑娘，后来成了奇拉亭夫人，在当时已是个有名的诗人，她的淡金色头发的美丽这一宵引起了普遍的注意。她很自然地有海孙给她画的那张图象里边的姿态和衣饰；一件白的衫子，兰的围巾，长的黄金发，膀子弯着，一只手指点在面颊上显露出一种注意着欣赏的态度。它是个妙史，好象在那里用心听着阿普洛的歌曲。拉马丁和嚣俄都是她的好友；她永远崇拜他们，直到死的时候杳才从她的手里掉下来。这一宵，这《欧那尼》第一次开演永远纪念日的一宵，她喝彩——象真实的生徒一般——那醉人的美丽，那天才的反抗。

（原载《小说月报》第 19 卷第 7 号，1928 年 7 月 10 日）

现代欧洲文学的革命与反动

英国 Calverton 著　　刘穆译

　　欧战期间和欧战以后所崛起的欧洲文学，与那时候以前的怪僻和颓丧的姿势都不一样。态度和外表既异，情绪腔调亦有不同，都显出一种矛盾，一方面破坏，一方面却饶有动力。旧的观念已经断而不可再续，信仰已变。陈腐的逻辑已动摇粉碎而不能安然存在。往日的小说和戏剧的浓厚的浪漫的色彩，今已变为没有诉动力的偏感。旧的遒劲单纯的结构和分析，比起那新的迷离变幻的繁复来，只可自惭形秽。生活的矛盾，冲突，谜一样的讽刺，不可避免的残酷和纷乱，特别是生活的不合理的悖谬，构成新的动机。可是这动机不是浸淫于叔本华或哈代的宇宙的悲观，而染着深浓的新教徒的失望的悲哀。在这些过去的悲观思想家的失望里头，却有一种象神明一样的淡漠和镇静，而且他们的心灵倒常象是姿乐于他们的悲哀之中。他们匍匐于生活的险恶之上，却不是它的一部分。一方面他们因生活的狞丑和痛苦而哀恸，一方面他们都活在花团锦簇之中，在现代的玩世主义的失望当中，一部分人都显有一种极活动的意味，他们的生活正是为前一派人所描摹阐释的境遇所苦恼摧残。他们的悲剧不是思想的悲剧而是行动的悲剧。为战争所震憾的世界已突向他们掩至，炮火之声，仍在耳鼓间回荡。和平，在往日是一件现实，今已成为虚幻。各国磨剑霍霍，声势汹汹，至今未已。崭新的破坏方法，正日在搜求之中。一方面各国为敌视竞争的缘故而如疯似狂地行险徼幸，帝国主义穷凶极恶，使人疑为舞台上的戏嬉而不敢信为实事，他方面，阶级斗争已成不可逃的现实。

现代是过渡的时期，称它做混乱的时期也未尝不确当。它所带来的种种现实，我们不能避免，我们必须加以控制。哲学已硬化了，科学已变成非人道的了。在资本主义之下，竞争的伦理已支配一切，往日的社会性，足以为中古时代哲学的特征，足以引起封建社会反对重利盘剥，反对割裂土地而分租于人，反对克减工资，足以使 Thomas Agirinas 有契约之利于两方面者始得谓为公平之语，足以使中古思想家 Bucer 声言凡基督教会以至基督教国不当任人损公而利私——这种社会性现在差不多全消灭了。今日的世界为个人主义的经济学和工业技术所驱策，渐陷入于讧争互竞之中。争竞的旋涡，当然会把我们卷入，而无从避免。在大战以前，这种现象还没有这样明显。群众的叛变，今已汹涌可怕。大战刚告完结的时候，暴动的火焰，便弥漫于欧洲。数年之内，叛乱的足迹走遍于各地，由一城以至别城，由一省以至别省，由一国以至别国，其爆发也如疾雷急电，不可预测。苏维埃共和国崛兴于狂热的火焰之中。在卢森堡，爱斯芬尼立，立维亚，立陶宛，匈牙利，布罗地，东加里西亚，苏维埃共和国倏起倏灭，疾如电光石火。在德国，奥国，土尔其和意大利，叛乱的潮流掀动如狂。在俄国则已创立革命的国家。虽说这种革命的狂飙在新近数年已归于沉静，而潜伏的斗争仍未消灭呢。全欧的革命政党活动犹昔，而且大战所产生的经济状况反足以加紧阶级的讧争。

于是这样的新世界便很奇异地轻巧地反映于现代文学之上。当人们正在五百里外肉搏相持的时候，即使霭里斯（H.Ellis）能够保持其恬静的心境，莳紫罗兰花于园中，一般青年人却不能够。在留在世上的青年人和那些长在大战期间的青年的心上，大战的印象永不能磨灭。大战以前，人们正各事其所事，或冀在学问事业上头有丰盛的收获，或深为灵感所动而怀无穷的希望，或为社会上所赞许的理想而致力。突然大战掩至了。一切一切都动摇破碎。事业落空，计划破坏，所谓灵感已变成凶残的喊杀之声。人们所努力的理想，在逐利者和娼妓的眼中，只是一种买卖罢！

青年的雄心热望都染着幻灭的悲哀了。

在巴黎城里，战争狂的淫乐，使舞台变为妓馆，剧中的言词，毫无意思，只不过是姿势动作的点缀。世界末日的心理，支配一切。因为死亡的临头，人们便极端纵欲。甚么都不管了！剧场自然起而适应这种需求。音乐会，酒馆，咖啡店。一切娱乐场，自大战一起，便都争趋于此。现在的剧场因为要娱悦那赴死的战士起见，转到色欲的疯狂去。《妇人的生活》一剧因此大得观众之欢迎，每夜开演而观者不稍减。保罗·威布尔（Paul V-eber）所著的 Lonte❶一剧尤博观众的热烈赞许。猥亵的东西，无地不流行，猥亵文学便是那时代的骄了。

战争告终，而这种趋势还未了。

欧洲的社会之失平衡既为势至骤，回复到平日的轨道上自属很难。归来的战士已经不是未赴战场前那样的人了。他们已经变成惴惴不安深感幻灭的悲哀了。战争的非人的恐怖，使这些人疯狂了，匆遽的休战那里能够使那大战所引起的情感冲动平息呢。旧的道德已经失掉它的势力和权威。在这些人的生活中，愤怒，仇恨已不是偶发的情感。他们已经目击他们那一代的"复灭"。正如主张疯狂的约翰·菲列民（John Freeman）在他攻击他父亲辈和前一代时所说的话：

> "你安眠于地下五年多了。你不知道我在说甚么。你已经忘记，我告诉你罢。……你那一代已经把我们拖累了。复灭它，于是盈千累万的人去掉了！倘若我们站在窗前，他们一个一个的走过，他们走几天几夜还走不尽。这是已死的人。死！为甚？"

形体虽已逝去，而影迹仍然不灭，这是多可怕的想象呵！

战后，在巴黎城里，人们跳舞。他们所跳舞的是男男女女们的狂痴梦呓的跳舞，他们必须抓得一些东西来寄托他们的狂情热意。往日的麻醉剂，只可引人入于酣睡和恬静的梦里，他们不再高兴要。人工的疲倦所给予苦恼的心灵的逃避，他们不愿寻求。他们所需要的一种逃避是积极的，动的，象电一样的。它必须是那一种能够兴奋人的逃避，由筋力俱竭而后休息的逃避。恬静的情绪却与这时代的潮流格格不相入呢。

战后即入欧洲文学的革命和反动，实际上是植根于现代文化的矛

---

❶ 见 Huntley Carter: The New Spirit in the European Theatre.

盾势力之中。它之所以以一种技巧诡异，实质怪僻的形式出之，不过是潜伏更深的心理动机的表现。无论在那一国，新的精神已入寇文学和生活的园地。旧理想的崇拜已经为世人所遗忘。旧的价值已为人所齿冷。旧时代对于道德伦理的挑战，在新时代的文学家视之，已无甚意义。譬如过去的戏剧家的义愤，一入新时代作者的眼中，竟成为可笑的玩世主义。战前的作家的乐观的信仰今已贻笑于人视同自骗者的迷梦。理想主义的怡然自得的幻想，今已成为可笑又复可鄙的失望后的悲哀。

倘若我们把旧日的戏剧家的作品为证，验验他们的精神和愤慨，我们就可以看出一种今已骤然成为陈旧的态度。在英国一地，大战前的时候精神，萧伯纳，高尔斯华绥和巴克尔（Barker）的戏剧最充分表出那时代的精神，虽然琼斯（Jones）平尼罗（Pinero）甚至宾那脱（Benett）和摩根（Maughan）的作品也不应当忘记。那时节，问题剧最为盛行。这些人——特别是萧伯纳和高尔斯华绥——受易卜生的影响，竭力使戏剧变成为带有社会意义和旨趣的一物。经济界和道德界的丑恶，他们力肆攻击，巧为讽刺。实在他们可以说是藉舞台以宣传其思想的社会改造家。他们是主张社会改造的信徒。在 Forsythe Saga 一诗中，高尔斯华绥的对于中等级阶的诈伪，空虚和迟钝如嘲似讽的刻划比起他的社会问题剧对于同样丑恶的抨击一样的有劲。《欢乐》、《银盒》、和《相鼠有皮》不过是他的针砭社会丑恶的戏剧中的几首最著者罢。《斗争》描写劳工运动的背景和动机。《群众》是描写大战的一首易卜生派的戏剧。它含有抗议的意味，赞颂个人智力而轻视群众的心理。他攻击那战争狂的社会对于个人的行为的强逼，因为这一种疯狂而不良经济制度遂以持续，后来的大战也由是发生。在萧伯纳的《华伦夫人的职业》一剧，视娼妓制度为经济的罪恶，社会制度不良的结果。华伦夫人无罪，而有罪者实为社会。只有新的社会才能消灭她的职业。Pygmation 一剧，讥刺资产阶级道德观的细琐和偏见，至足娱人。这种悖谬的伪善，一当资产阶级已失其支配者的地位，我们的社会不再为其伦理和经济统治的时候，便将粉碎。在《医生的两难》（The Doctor's Dillmma）一剧中，有一句这样的讥评"资产阶级的道德的要素在乎人人都怀疑他人也象自己那样非正式结婚，"活画出资产阶级的诈伪。在《玛加尔及其失去的天使》、《可敬的克莱顿》和《谭格瑞的续弦夫人》以至《胜过我们的人》（Our Betters）和《神圣与亵渎的爱》（Sacred&Profane Love）诸剧中，这种由讥刺而表现出改良主义的意味，与及由失望的对比和反衬以显出道德的真际的论调最为普遍。在法德的戏剧中，同样的为真理努力的热诚也可看见。若我们一翻苏德曼的《圣约翰诞日前夜的火》，霍普特曼的《沉钟》和《织工》，赫威欧（Paul Hervien）的《真理》（Truth）以至白里欧的《损坏的货品》（Dornaged Goods）或《红衫》，我们可以感觉到同样的夹着坚牢的道德信仰的社会热诚。他们献身于改造和革命。或主道德界的改善，或同情于经济界的变革。或痛恨那转善为恶的伪善，或深恶那侪本能于恶的道德的压逼。或厌忿那视公平为卖淫，重等级贵贱的社会经济制度。更或憎鄙那禁人坦白地谈及两性的虚矫。处处都可以看见他们对于其所抱伦理思想自信之坚和对于旧的迷信和陈腐的观念的捣击。

大战把这一切都改变过来了。大战把这一切的信仰和理想都摇撼了。在如醉的狂笑之中改造的见解消逝了，在雪一样的冷讽之中，热诚失陷了。世界上没有甚么可以信仰，没有甚么值得努力。一切都是纷乱，除了个人的逃避和合理化之外，生活都没有甚么希望。英国作家之能表现这时代者就是马里逊（Miles Malleson）丢克斯（Ashley Dukes）和达尔（Authony Dell）。萧伯纳和高尔斯华绥已变成时代的落伍者了。世界已赶到他们而且汹涌过前头了。他们的态度，从前视为新奇革命的，今已坦然不惊地被接纳了。事实上，他们反似渐趋于开倒车，而不前进。高尔斯华绥正在《逃避》中喋喋地描划犯人的进退两难的琐事，萧伯纳正向莫沙里尼致词。新时代有新的人替它说话了。新人的作品中的雄肆奋迅之态，在这时代旧派的作品中真是很难找得到。马里逊在他的作品《黑妖》（Black Ell）和《疯人》（Fanatics）里描写大战的真相，使肖伯纳的《心碎之屋》（Heartbreak House）望而却步。这些新人就不是身在战争的当中，便是稔知战争的情况，而老一代的人却永不能完备的感知或了解它。以购买自由的证券或战争的票据来妥协，不是一种必需的姿势而实是一种可憎的屈服。故此他们在今日只剩有冷笑的玩世主义了。

让我以马里逊为例，而看看今日英国戏剧的新态度罢。马里逊的对于人世的旧制度的诛贬不和以冷淡严肃的讥刺，不杂以轻巧俳谐的批评。它是一种无物不摧的抨击。过去旧的道德痛加斥绝。陈旧的宗教撕为碎片。还剩甚么呢？只有新时代的杂乱的呼声，渴求新社会的呼声。一切旧的已无商量或容忍的余地。只有攻击它。新的道德必须寻求出来。往日的两性关系其悖谬愚钝之处正如旧的经济和政治的标准一样。这一切都要弃去。恋爱而不须旧的绳索，结婚而不须旧的束缚。经济界而没有旧的竞争，政治舞台而脱离资本家的操纵。

虽然，这种革命是很杂乱的。倘若在新兴的人物中有一种信仰，那信仰大抵是建筑在极端的怀疑主义之上，而决不是坚牢固定。他们是对于感动他们的新时代的信仰，不如对于旧时代的鄙视那样厉害。

以法国论，赫威欧和白里欧已为罗曼士（Romans）和伦诺曼（Lenormand）所掩。赫威欧的《真理》今已成为时代错误的作品。往日的真理，现在很象是带有虚伪的回声。很自然的视为同那显然撒谎的所谓真理一样。《红衫》一剧太过严肃庄重了。它是以法律的改造为理论的根据。法律改造之在今日只是一种愚妄的论调。谁还希望改造它呢？希望也是一种讽刺。于是罗曼士便成为现代法国舞台的最风行的领袖了。我们若要欣赏他的作品和在这时代的位置，我们不要看他的 Lucienne，我们只须看他的戏剧 Dr.Knock 和 La Mariage de Ia Tronhadec。白里欧，象萧伯纳一样，同为伟大的社会改造家。在他们看来，戏剧是社会生活的表现。它是一种能够教育人感动人的艺术。它之攻击丑恶，因为它相信能够消灭它。在罗曼士那一方面看来，这种态度不过是毫无意味的偏感。它是一种可笑的哄骗。Romans 表现出冷笑的高傲比任何人都表现得好。他的心灵精密而鄙视一切的乌托邦和改造思想。他的老前辈的幻梦，不过是迷于伟大和优美的可笑的夸大狂。他们信仰人类而不鄙笑他们。大战插进来了。即使问题剧，在他看来，也已破产。在《医生的两难》一剧中，萧伯纳拿医生的职业开顽笑，还附带的希望医生们会觉悟到他们自己的愚钝，学习科学的诊断疗治之法而不务主观武断。罗曼士在他的 Dr.Knock 一剧中，不光是讥笑以医生为职业的全体，而且还讥笑全人类。在这里，没有象在《医生的两难》那里的对于医生们的夸大，诈伪，自信，自欺的蕴藉的讽刺。这里的嘲讽却针砭人类的单纯的轻信和愚鲁。人类对于战争的蠢笨行为的信仰，正如他的对于近代的医生的信仰一样的被他（罗曼士）暗地里讽刺。Dr.Knock 欺骗全个社会，使陷入疾病之中。他愚弄人们象猫一样的诡秘。他是欺骗的使徒。可是他不光是一个 Dr.Knock，他实是现代政治领袖的象征。他的势力是生于人们对其统治者的虚夸的降服。在政治，经济甚至医药界莫不如是。人们愿意受骗。大战就是最大的欺骗。可是他们仍渴求欺骗。人类是没有希望了。改造只是笑话。凡是信仰群众，信仰领袖或智力的人只博得一声冷笑。现在只有一样聪明的事值得做的便是冷声。冷笑一切——甚至自己。

生命已变成悲剧似的谬妄，可是我们必须冷笑这悲剧，嘲弄这的谬妄。而永不要当作它是一回事。

罗曼士两剧里头皆以 Tronhadec 那样的人物为主。同一样的态度和情调见于两剧之中。Tronhade 使其俳谐犀利的词锋讥讽一切世人视为严重的事物。凡是他一参与的事，都变成冷嘲热讽。他的成功正是一个满带讽刺的笑话。有他在里头，人们的怪相便变成滑稽。这世界成为冷酷的谐谑。凡是象 Tronhadecs 的人都奏凯而还。可是这又怎样呢？我们为甚么把事情看得这样严重而忧郁自伤呢？旧的一代竭尽它的力量来哀伤它，而抨击那构成此种现象的社会环境。这真是白费力气。接受它罢，嘲笑它罢。只有玩世主义是最深切有味的。

在伦诺曼的戏剧里头，这种谐谑的玩世主义化为疯狂似的失望。有些地方，竟发见有如 Heyesias 那样的自杀的动机。在伦诺曼的戏剧中，由冷笑进为揶揄。《失败》（Failures）和《时间是梦》（Time is a Dream）两剧便伏着失望的呼声。生命不过是没有希望的挣扎，难免于失败。理想是没用的。世界自己已使它（理想）变为悖谬。了解也是徒然。斗争无可逃避，随之而至的悲剧亦然。一切都是黑暗的矛盾。凶杀，自尽，迷惑是遍于人们的命运。即使叔本华式的借艺术的逃避也是等于虚言。我们把我们自己囚禁于一个满着痛苦和恐怖的宇宙之中。丑恶之追迹我们犹如恶魔之围攻我们一样。在《恶的影》（L'ondre du Mal）和《秘密生活》（Une Vie Secrete）与及心理分析剧 LeMangeur des Reves 中，丑恶在人们心性中和人生路上的支配力，极力描划出来，几达于狂热的程度。在《红齿》（La Dent Ronge）剧中个人之屈服于恶劣的环境之下，更充分的表现出来。年青的妻子的渴求解放的热诚，却为茫茫的世界所牺牲。冬天来了，一切冲动和欲求却陷于可怕的隔绝。勇气沦于轻信，古人的迷信传说噤赫青年夫妇们的狂热的暴动。野蛮战胜了。人类的抗议竟败于人类的虚浮。

在 Geraldy 的写两性幻梦的戏剧中柏拿德（Bernard）的静默而动人的热情剧中，以至沙尔芒德（J.Sarment）的浪漫剧中，也可以看见同样的精神而以不同的纡曲的形式表现出来。在 Robert Tet Marienne，Armer，Martine 诸剧里头，个人的悲惨困难都已换了新的式样。在这些戏剧中犹如罗曼士和伦诺曼的一样，战前戏剧所注重的高尚的社会改造的思想都已不见。所见的只是道德的病态，不康健的情绪，如在 Drien la Rochell 的《青年欧洲人》一书和 Montherlant 的 Aux Fontair du Desir 所见的一样。

恰与这时代作家的失望和玩世主义相反的有奇异的巴比塞的作品。他的作品之为大战的直接产物犹如立体主义和 jazz 音乐之为机械时代的直接产物一样。《在火线下》一剧与其说由个人的不如说就是战争自己写的。不过它仍是一个智力磅薄的人心目里所见的战争，他不甘于轻易退隐如罗曼罗兰所为，也不肯学步法兰斯的庸俗的玩世主义。在巴比塞的早期长篇小说 L'enfir 和 LesSuppliantes，与及 Nons Autres 短篇小说集和 Plerenses 诗集里头，见有忧郁，惨淡和灰心的色彩。悲观思想，满于字里行间。自从一九一四年八月九日他致函于《人道报》主笔之后，他显见态度之变更。他从前的视战争为社会的战争的信仰不久就摇撼了，他不象荷马，味吉尔，莎士比亚那样歌颂战争，而视为凶杀狂。初时还为威尔逊的虚伪词锋所动，同时与人发出参加战争的知识阶级的宣言，相信一种理想的自由主义。可是不久他就觉悟到今日和明日的战士之转趋于社会主义者将逐渐加多，而将来的希望完全落于民众身上。这种新的态度，在 Nons Aocusons La Revolution Russe et Le devoirdes Travailleurs 一书渐加显露出来。此后，从他所作《光明》（Clarte）一书中，和他在 L'Association Republicanne de Anciens Combatants 的活动中可见得他的社会的觉悟一天一天的明显。由退隐变为革命，由失望进为挑战。从前的《在火线下》终陷于失望的纷乱，这时候的《光明》归结到革命的倾心。在 Chains Jesuo 和 Fait Divers，他的革命的态度渐渐发展。巴比塞的作品渐渐在文学上表现出社会的潮流。他的人物所表现的不是个人的矛盾冲突，而是各种运动的不怕的趋势和力量。在这一方面巴比塞的社会的倾向和革命的观念超出其同时代者之前的。

一方面有病态的冷酷的玩世主义，中间却夹着一个迥然不同的巴比塞，他方面还有别样的情绪凝为一种特殊的态度。战后的悲观主义摇撼一切，西方文明的绝望深入人们的心中，他们眼看着西方的国家有时一天耗费二十万万元于军备之用，眼看着失业遍于世界，痛苦增加，于是有许多人移其视线于东方，以寻求灵感。而东方也似有一种玄妙的魔力，很能动人。在人们眼里看来，它是精神文明的神秘的试金石。它的静的自得有取西方的狂躁的贪欲而代之之势。不单是有斯宾格勒（Spengler）预呼西方文明的没落，在法国的文艺中，东方更特别的为人歌颂。急进派如罗曼罗兰为东方的符咒所迷惑西方是一个可怕的噩梦，冷酷，无情，而蹂躏一切。东方带着新的意象来了。温软，骀荡着柔嫩的欢悦，恬静得迷人，它给人们以新的希望了。

"我们欧洲人中，有些人已经不满于欧洲的文明，西方的精神，我们觉得局促于旧牢狱之中，而想转向亚洲去。"

这几句很露骨的话，出自罗曼罗兰的笔下，是至可寻味的。罗兰从前算是一个思想急进的人，现在也许还是一个急进的人，他自号他自己的思想为新的途径，然而他竟乞灵于东方的文化视为唯一的救星。另有一法国作家名马尔劳（Malrunx）者，赞颂东方文明，以为只有东方文明才有灵魂。就使穆杭（Paul Morand）在其新著的小说《活佛》一书中，也竭力颂扬东方。东方思想之迷惑法国的现代的作家更有许多地方可以表现。纵使哇莱荔在其新近的著作《论欧洲的颓废》一文中，不会逃归于东方的神秘主义，也不是因为他对于西方的热烈的拥护，或对于其思想有所冀恋。

罗兰的预言：

"印度和中国最后将会征服欧洲——灵魂的胜利呵！"

比起马西士（Massis）之在拥护西方，献身罗马教的论调中对它的热烈的攻击，一样的神秘茫渺，而不足动人，马西士的拥护西方论比起开撒灵（Keyserling）的虚渺的东方论来不见怎样的能取信于人，马西士之为近年来暴风狂潮所撞撼簸动，正如罗兰和马尔劳一样，马西士的对东方的捍卫，其神秘不可解之处，也犹之乎罗兰倾向东方的热诚。两人都为世界大战的奇灾所震撼。两人的逻辑都不能逃其影响。罗兰与好些同时代的作家的退却，是返于释迦和甘地的东方。马西士则返于罗马教的思想，视为拯救西方的唯一的神秘的新药。两人与及两人所代表的两派都是忧惧他们自己的文明。然而马西士思维的结果，只产生一种不实际的信仰，人们那里会为所动呢。所以马西士的罗马教主义，归纳起来，其无可救药之处正如罗兰之东方热，罗曼士的粗陋的玩世主义和伦诺曼的痴狂的失望一样。

在欧洲处处都可以见到有这种的革命和反动，而文学的园地自然也受其影响。斯宾格勒和开撤灵是德国的马西士和罗兰。华些曼（Wassermann）在他所作的长短篇小说中，也屡次复演这种态度。即使带有激烈倾向的作家如汉生克里发（Husenclever），佗勒（Toller）和华菲尔（Werfel）在他们的艺术中，也显出这种神秘的逃避的痕迹。The Goose Man 一书的结局，也带有一种象征的幻想，超越现实，而出之以虚幻的藐视的态度。前头的残酷的伤口，在结局时的恍惚的迷幻之中，温柔的包裹之中，都似消失了。华安莎夫（C.Wahnochaffe）在他的 The World's Illusur 中，热望歌唱，浸濡和藏躲和埋葬（他自己）于人类的生活之中——可是不是那活动的，社会的动物的人类，不是呻吟于经济势力之下，被自己所创造的事物摧残的人类，而是一种抽象的，灵化的，非肉身的人。

"我最先要做的——我要毁灭。"

只有这种幻灭，然后可以逃避。让我逃避生活，而到"胜利圆满之宫"，那里只有灵的崇拜。华些曼所作的小说极言旧思想旧制度的破产。人类的逃避必须走向那较富于灵的世界。大战争的恐怖留下孤零和隔绝的痕迹于 Faber 和其家庭的生命中。在别的家庭中更留下死亡和毁灭的深印。然而今日的欧洲连这个也不容人逃避。只有灵的国度里才有解除痛苦的可能。在汤姆士曼的作品中，一个肺痨似的世界变成魔术之山，在 Hasenclever 的艺术里头，它却产生"人"的运动（Mensch Movement）。人类忽变成纷乱的中心。他们把人类看得很高，一若苟有神秘的方法便可以从人类那里取出一种的要素，便马上可以转换这个宇宙，这种态度和热望，与刚才所说的一样痴狂和虚浮。"人"的运动竭力寻究事物的真因，暴露诈伪的人心，发现赤裸裸的灵魂，可是一方面却真的把现代式的悲剧的更深的根原忽略过去了。怕见现实的心理，可以从其鄙视政治，嗜恋灵的东西那里表现出来，一到问题临到面前，他们宁愿逃走，而不挣扎奋斗。他们的愤激不是社会的而是个人的。他们的态度不是革命的而只是如毁灭偶象者所取的一样。

现代德国文学虽然有些是这样，若我们由这种神秘主义转移到别的地方去，我们还可见较积极较进步的作品。战前在霍普特曼领导之下颇盛一时的社会问题剧，在战后当然改变其形相。

社会的生活和经济的势力现在不再以象照相那样的写实主义，绘画于文学之上，而是映现于各种象征主义之上，比旧的描写方法更能巧妙地显出深窨的思想。从前构成职工的革命的下层建筑的单纯的呆板的写实主义，今已化为 Capeh 所著的 R.U.R.❶的奇妙有力的象征主义，和佗勒所著的《人与群众》（Manand the Masses）与及华菲尔（Werfel）所著的《山羊歌》（Goat Song）的迷幻的表现主义。

德国现代戏剧的惊人的发展，是最近十年纷乱和激动的产物。在我们未谈到它以前，让我们先说说那构成新哲学的一部分的整个文学倾向的新态度的发展。我们可以浑含地称道新的态度为社会的，以别于那可称为个人主义的旧态度。它的最直接最明确的表现就是在所谓工人的戏剧和工人的文学上头，这种表现，我们又常常称为无产阶级的艺术。除了苏俄之外，在德国这种艺术这种文学比在那国都成熟得多。在这种新的文学范围之内，有一种特殊的光彩，没有它便只见那盛行的纷乱。我们所说的那种纷乱在这么些现代文学家的作品中是现出这样的神秘的色彩，更弥漫于德国的知识界中。只有在工人运动和它的文学中，然后可以寻出那时节最为希罕的一致性。

克罗斯曼（Klaus Mann）很能灵动地描绘出这种纷乱：

"这种纷乱使我感到可怕；差不多一切都可怀疑。我们中谁能够说他清楚地知道事物从那儿来，归何处去。可是各样事物之中，艺术变成最可怀疑的一样。"

---

❶ R.V.R.为 Rossom's Vniversal Rabots（Working men）的第一字母

"年青的剧员从扮演室出来——不是那些失败的惹人憎恶的剧员而是那些得人赞美的剧员——可是他们还要惨淡地丧气地讶问:为什么我们要做戏?为甚么我们要做这戏?就使我们竭尽我们的心神表现,还没有人根本地顾注到我们的艺术。在今日,艺术是甚么?年青的人跑去看拳术比赛汽车竞赛。当 Samson 和 Breitenstrater 角力的时候。因而兴奋者有一万六千人。可是当我们演歌德或 Berthold Brecht 的时候。有谁来看呢?舞台快要关门了,何况,做电影的明星入息还丰多呢。"

在后一段,他更露骨地说道:

"世界大战横梗在我们和我们父辈的中间,有如一种革命。神们已经把我们分隔了。"

在这两句话中,恰与我们在这篇论文中所指出所侧重之点相合。大战来了。一场世界的大战把两代隔绝。大战后的纷乱入寇各方面的生活中。信仰已完全抛弃。神秘主义,玩世主义,和纷乱的心理统御一切。现实见拒于人。在伦诺曼所著的《秘密的生活》的主角的话中表现出同样的心情:

"我创造而不自知。一当我知道的时候我便再没有信仰。于是在自然和我之间,便有一镜子横着,在那里我看见我自己,满着怀疑,悔恨和惶恐。我考验我自己。我是一个被践踏的人儿。"

这是一种反理智(anti-intellectual)的态度,也是这时代精神的一部分。在皮兰得娄(Pirandello)和伦诺曼的戏剧中都可以得到明证。理智,逻辑和科学只引我们到不幸的地方去。我们需要灵的,神秘的渴求实在就是想逃避这个艰苦的年头的纷乱的热望。即使那在大战中最能保持均衡恬静的态度的德国人,在近年的风涛澎湃之中,也不能不摇动颠倒。

与上次所提起的工人的戏剧有密切关系的一个明确的趋势,便是我们称为社会的美(social esthetic)的一种单纯的技巧。这社会的美用一种动的文学形式来表现出社会的态度的发展。在一九二四——二六年间在曼慝斯(Munich)舞台上,这种新的精神颇有显著的进步。

"我们在这儿所说的是一种理想的同叛理想的结集。正是这种形式和内容的联结的本能,这种空气,才能够用神秘的跃力,创造出那浓厚的最高点来,和决定内涵,时间和节奏——这些是革命的戏剧的真的特征，若使真有一种剧员，在他的时代成为伟大，是我们经验，我们情感，我们对艺术的意力的代表，他就可以在这儿作初期的发展。没有榜样，没有自觉的硬性，更不希望那些有势力的批评家马上发现我们的长处……这儿的倾向不是注重或培养明星，佳誉，或奇迹。而不过是象工具那样的表现的结集，隔离一切，而且几没有"人"的意味，只是字，动作，色和光的和合。把繁复的凝结为单纯。把戏剧最高点所惯用的力凝结为动的综合——就是这个舞台的贡献。然而，只当演剧者屈身于其工作之下，于其职业的严谨的命令之下，只当他忘记了他的野心的虚荣和他自己新近所重视的地位。然后这种贡献才成为可能。" ❶

曼愿斯剧院的抛弃个人主义和侧重社会的努力，新颖之处只在其表现的方法。很多人知道的斯丹尼斯拉夫斯基（Stanislavski）在一八九八年组织莫斯科艺术戏院的时候也曾有这种革命的企图。在一方面看来，曼愿斯剧场自然力求超过斯丹尼斯拉夫斯基。虽然它不一定是学梅雅荷尔的更极端的榜样，它的侧重社会之处，却比斯丹尼斯拉夫斯基更冒险更进步，和更现代化。曼愿斯剧场所表现的社会化戏剧，自然不过是超于这个方向的整运动的一部分而显露于今日德国舞台罢。即使在德国的青年运动中，我们也可看见这种倾向的暴露。在这儿，我们可以看见群众的诵诗，常常是带有无产阶级的论调，和革命的结论。有时他们以大跳舞的形式出之。动作是华丽的表演的一部，而幽野的自然却成为舞台。表现各时代的争斗而老年为青年所征服的象征戏剧，常常可以看见。青年人之反抗旧的理想，被剥削者之反抗剥削者，也每为这一班人演为戏剧。这种艺术虽然常不显其重要，然而它可以显出一种新的态度的进展，这态度在从前恐怕会为人所鄙，视为无意义而缺乏美感。

这样说来，我们可以从精神的纷乱之中，看见社会的美的显现了。这时代的凌乱将消融于新的生活态度之中。对于艺术的地位变迁和生长已开始有新的认识。在青年（Die Jungen）里头有这几句话显露出来的惶恐和狐疑：

425

---

❶ 见 Munich Stage，Der Zueibelfiset 1926.Vol.3-4

"在他们（青年）的心中，忧惧是笼罩一切，他们互相惶恐尖声地呼喊，失望地狂喊。——你是甚么？而所得的答案一律是：你是空虚。我们一切是空虚。"

那里又说道：

"我们父亲那一代的兴起，是满着庄严和自信……它有它的表现。于是可怕的最高点到了，血腥的燔祭——大战和它的磨折人的不安到了。于是发生这种纷乱，笼罩一代，整个时期……这种磨折人的不安只能够摧毁旧的，却不能创造新的。" ❶

这一切都能够表征现代的杂乱不定的态度，与及在纷扰迷人的生活中的呼声。

"我们的青年的呼声是到何处去，到何处去。" ❷

社会美的产生已经能解答这问题的一部分。社会的态度在艺术上的发展，是在这严酷紧张的时代中人类需要的回应。只有在那致力于社会的观念的诗中散文中，才见有光辉从黑漆一团的混乱中摸索出来。就使斯丹巴赫（Steinbach）和格里沙（Grisar）的诗没有丹尼尔（Dehuel）的那样的优美，这不是因为他们的意象没有象他们的前辈那样富于诗的神韵，也不是因为他们知道他们所想说没有前人那样清楚，而实因为他们较乏诗人的天才。这班工人阶级的诗家和戏剧家，对于剧和诗的作用有新的意象，视为社会的表现，因此文学界中就达到新的稳定了。在格里莎的《工厂》（The Factory）一诗和斯丹巴赫的《论妇人和革命》的诗中，我们可以看见这种动机用灵动的形式表现出来。柏剌生（Pretzang）的《劳动的女儿》一剧，技术虽粗，然也可看见同样的理想和目的的一致在戏剧中表现。皮士迦多（Piscator）的戏剧与及他的反抗所从出的独创的民众剧场（Volksbuhne），都是想在戏剧中造成这一种空气。戏剧变为贡献社会的东西。它要成为工人的戏剧而不是闲暇阶级的戏剧。在艺术上这是有社会目的新的观念，虽应用之法不同，而都可以显见这新的态度。

那末，现代的欧洲生活的惨酷的现象的结果产生有两种新的趋向：

---

❶ 见 Klaus Mann：Die Jungen

❷ 同上

一方面是陷入于神秘主义之中，视为逃避生活之最简便的途径，他方面却谨慎地投身于现实主义之中，欲极明了地了解现实。前一种趋向是极端个人的，而后一种却是极端社会的。现代艺术的奥妙之倾向，不论它是表现于斯塔拉文斯基（Stravinsky）的不和谐的音乐，或是酸堡（Schoenberg）的象烧爆竹那样的拗调的音乐，或是皮迦梭（Picasso）的立体主义，或是马林奈蒂（Marineti）的未来主义，或是佐斯（Joyce）和哥丹（Coctean）的奇异的表现主义，或是斯丹（Gertrude Stein）的犷粗的大大主义——这一切的表现都趋于个人主义。很快的把艺术变为不传之秘。这种倾向渐渐使艺术不象从前那样与民众接近，而远离民众。它便到艺术失掉深切的社会意义和重要。技巧达于极端，只有艺术的个人主义才能得到。发展到最高的结果，弄到艺术的目的，只有创造者自己才能了解。有时候，有好些轻浮的作品，真的弄到这样极端孤立。大大主义者差不多便是这样。若不经训练，这种趋势便会至于支离崩解。虽然它的形式和结构有动人之处，然终必不能得多人的拥护和欣赏。它是向内生长的而不是向外膨胀。它的诉动力是限于很窄的范围。它的影响不能深入人心。它的社会势力至为微小。总而言之，一句话，它是为艺术家的艺术。

艺术上的极端个人主义，自然会引起革命的诗人和戏剧家的极端社会的艺术的反动。在这儿，我们可以看见一种变艺术为纯社会的明确的企图。它的目的是在于感动群众，而不是在于感动艺术家。它的志愿，是想藉着映射和刺激的力来引起人们的热诚和欣赏，而不是靠脑海的怪想奇思和诡秘的技巧来炫惑人。比方在柏刺生（Pretzang）的《劳动的女儿》一剧。就可以看出表现形式之不同。虽然这剧的结构和内容颇为平常。不过它对资本主义的攻击和表现工人的生活至为有力。这一种戏剧一经认识便可引起回应，因它们情节的直接和易解，描写之绘声绘影，很容易使人发生热烈的情感。它是一种直接了当的戏剧，内容是革命的，而形式则不然。这是工人的戏剧的演进和一般社会的文学的发展的最明显的趋势。

在这两者之间，还有一种综合。我们已经看见，一方面有缤纷玄秘的个人主义，他方面又有赤裸裸的反个人主义；后一种也可以叫做现代艺术上文学上的社会主义。两者的综合，自然是并含两种趋势；

它既保留个人主义的趋势的破坏的技术，又尽量采用那社会主义趋势的革命质素。陀勒的《人与群众》很灵活地表现出这种倾向。华菲尔的《山羊歌》，Jaurez and Maximilian 和叔威格（Schwerger）美莎（Maiser）的 Die Koralle 和 Gas 的两部分都可以归入这一类。甚至汉生克里发（Hasenclever）的 Der soum，虽然奇怪反常，然也可称为这一类的作品。在这一切戏剧中，主观的显然与客观的打成一片。作者的人格反映出外界的事物。作者和他占一部分的，所欲表现的世界都不至失掉。

这一切作家的作品确是另翻新样，一方面他们的象征主义和表现主义代表技术的翻新，他们的内容代表社会生活的翻新。真的，我们在这个中间派或折衷派，可以寻出那支配现代文学，也许未来文学的大变革的锁钥。这一派的整个倾向——即使有时在有些作家的作品里头显带有神秘的色彩——是侧重于社会的。这是甚么意思？这有甚么重要？以现代的世界论它表示甚么？它证明文学的一般的趋势是视乎社会的态度而定，而不是个人的态度，和一种将来必然发生的变革之后，社会的倾向将支配一切。欲知这是否的确，和真实的程度如何，我们只须把这时代的文学细加考察便可。让我们以华菲尔和陀勒的戏剧为例证。比方在《山羊歌》，《人与群众》和《机器破坏者》（Machine Wreckers）诸剧里头，社会的动机最为明显。在华菲尔的戏剧中，瑰奇之处就在乎象征革命。每个人物之为社会的表现，比为个人的表现更明确，在 Jaurez and Maximilian 一剧，社会势力之斗争更为活跃。

在这一个表现一千八百六十年的墨西哥冲突的戏剧中，社会的哲学思想的纷拏斗争反映出来。当作它是一首悲剧看来，它没有《山羊歌》那样的规模伟大。但以表现哲学思想的冲突论，他却远超出平常的历史的戏剧之上。若想了解这剧，我们必须先知道华菲尔的过去和他的为人。他是深为大战所震撼的知识的资产阶级的一个。战前一代的理想已经摇动了。人道主义的乌托邦的幻想已经碎作微尘。心的纷乱成为自然的结束。旧的德性已失掉其动人的魔力。没有甚么可以支撑这年青人道主义者的信仰。这不光是华菲尔个人的心境，而是整个知识的资产阶级的心境。他们已经逼着要抛弃那陈旧的爱好和十九世纪时代的富于灵感的高超的理想，而痴狂似地寻求那新的，那冷酷无情的现实。他也象华些曼那样反抗旧的经济制度，然而对于新的倾向却还犹豫不定，容易感受那温柔软嫩的东西，而不能屈身接纳那硬的严酷的事物。他觉作革命的幻梦比起真的置身革命甜蜜许多。认革命为必要和接受它是截然不同的两件事。象柏刺生和高尔斯华绥那样，华菲尔承认革命的必要，却还没有倾身接受它。他的前半生的经验，使之寻求较温软较舒服的世界，不过他又和那在 The world's Illusion 所表现的华些曼不同，他不甘于隐退，和怀托尔斯泰那样忍服的理想。

在 Jaurez and Maximilian 一剧中，旧社会与新社会的竞争更表现得有力。Maximilian 是一个旧式社会物的残留，是一个仍然追求那渐已淡去的幻影的理想主义者。Jaurez 却是新式人物的化身，现实主义者，与现实争斗，以不屈不挠的手和它挣扎，变更它，扭绞它，若能征服它以利社会，虽牺牲所谓德性，理想亦所不惜。总而言之，Maximilian 是一个优美而不切实际的理想家的代表。他想藉仁慈的君主政体之力化墨西哥为良好的国家。他的理想主义给人利用了。他的一生竟成为仁慈的野心的牺牲者。他之所以殉身于其斗争之中，实由于他迷信幻想奢望。他是过去的回声，在未来的门外痴狂而无力的响着。他的渴想君主制度产生仁慈君主的希望已经死去，或者只有在古人的脑海中才留着罢。

"带亚士（Diaz）道：君主政体的基础就是呆钝和腐败。你知道 Hapsburg（哈普斯堡）公爵吗？可诅咒的呵！墨西米里安大公，你真是一个顶陌生的外客，来到这一个与你无关的地方。你甘心做拿破仑，和那喜欢流血以争得较多股票的工业家的工具。"

据带亚士说，"佐利斯（Jaurez）总不梦想。""佐利斯是一个不做梦的理智者。这种快要盖过墨西米里安和威尔逊一流人的新人物。在这剧里描摹尽致。看佐利斯我们的确可以看见列宁的影子。"

带亚士对墨西哥和柏布拉（Puebla）的大主教拉巴斯提达（Labastida）所说的话，也倒可寻味：

"带亚士道：凡是不是为社会的战争，我从不参预。暴力之使用只有这样才可想。我不是和那为家世和你的险恶所牺牲的墨西米里安战争。我是向那据高位以掩饰其罪恶的武力主义者，蓄奴者，食人肉者的全体宣战。我要把他们诛锄净尽，不留一点情。"

等到后来墨西米里安自承失败的时候，这剧的动机便毕露出来了！

"墨西米里安道：罪之大，不在人的行为，而失败为罪。我的建立进步的君主政体的理想是不真的。所以错过一定是在我自己。这即是罪。君主的时代已经过去了。整个特权阶级却在淹没的时代，可怜的小国君主自须消逝。逖克推多的时候已经到了，佐利斯。"

在他的小说《小资产阶级的死亡》一篇里头，他对于社会因素的分解也是很简直明晰的。小说中的主人翁 Herr Fiala 是一个不会死的小资产阶级。这个人物的生平是很简单而惹人注意。象征的方法很优美。Herr Fiala 是一个失业保险者，若他到六十五岁的时候，他就可以得大宗的保险费。与他共同过活的有他的妻子，和他妻子的姊妹——一个常抱怨言的老处女，和他的儿子——一个患羊癫病的人。这小说的全篇主脑在乎 Fiala 他非到六十五岁以前，赚得大宗保险费之后不想死。可是在他满六十五岁以前的几个月，他忽得重病。预料在十二月初旬，他就会去世。若果他想他的妻子收得保险费，他一定要活到正月五号。虽然预料如此，他竟不死。在这种求生存的挣扎里头，Fiala 不过是一种象征。他是象征含维也纳的小资产阶级。他们是在各方面都受压逼和榨取，可是他们仍在苦恼困逼中存活着。或者不如说，他们挣扎地活着。那小说里医生的评语很有意思：

"讨厌的事，干这个人的买卖，他竟不会死。"

在别的地方这个医生的论调也同样的值得注意：

"只有那资产阶级的俗物才死得这样不同。即使那最平凡的也是这样。凡是俗物都有他自己的抵拒死亡的方法。这因为他恐怕死亡而失掉了一些东西。污秽的银行的取款折，可贵的名誉，陈旧破败的安乐椅。一句话说破罢，所谓可敬重的国民不过是抱有秘密的一个人。"

这种象征方法之巧妙，自不用说。他的描写 Fiala 个人，和当他是一个象征的描写同样的透辟有力。在别的人物之中，我们看见侧重别样东西。发羊癫病的儿子 Frangl 是象征旧社会的衰败。他的羊癫病和精神错乱，是表示那已经蚀尽那旧的膏肓病。那喋喋好辩的妻妹也是象征那社会一般的衰败，旧资产阶级家庭的逝去的幸福，和它的理想的崩坏。在今日妻子之顺服，除了这种在陈腐家庭之外，也已变成古老不合时宜。她反衬出独立自强的现代妇人。

就使这一篇小说的象征方法，没有《山羊歌》那样的繁复，和没有 Jaurez and Maximilian 那样伟大磅薄，可是不见得没有他们那样优美精密。就使他缺乏力量，然也至为动人。它的秀美迷人之处，使人拒之不得。

若我们离去华发尔而转到陀勒去，我们在《人与群众》一剧中再可以看出那社会的因素而不是个人的因素。无名之人就是象征革命；妇人是和平主义的象征，而且代表那在战争和革命临头而犹力主和平的软心肠的偏感者。她不是一个个人，如 Bovary 夫人或 Henry Esmond 那样，她是一个社会的榜样，藉戏剧的形式表现出一种社会的态度。这戏剧，与其说是为革命辩护，不如说是为和平主义辩护——虽然有好些革命者曾误释为拥护革命的戏剧，而且当作是"革命"剧来用它。而且它的理想所带的无政府主义的色彩，尤深于共产主义。不过，它的社会的倾向却是很浓厚的。《机器破坏者》的内容也是社会的。它的人物 Jimmy 和 John Wibley 也是社会的象征而不是个人。这侧重群性而不侧重个性的倾向，在 R.U.R 一剧尤为明显。诚然，在现代文学好些方面中都有这种特点之存在。比方在迦勒曼（Kellerman）的《十一月九日》（November 9th），巴比塞的《锁链》（Chains），台斯（Theiss）的《人生之门路》（Gateway of Life），味革斯（Vergas）的 Mastro-don-Gesualdo，Kaiser 的《加里斯的市民》（Die Burger von Calais），Duhamel 的《被弃的人们》（Les Hommes abandonnes）和《文化》（Civilization），斯当亥姆（Sternheun）的 Burgher Schippel 和 Tabula Aasa——在现代欧洲各国的好些小说，戏剧和诗歌之中，这种反个人而趋于社会的运动正在活跃着。在实现社会的文学的努力中，同时有一种青年的呼声。在华菲尔的诗歌 Wir Sind 里头，他把这种青年的精神用简单的匀调表现出来："我仍是一青年。"这一切变革和纷乱之为过渡性，在凯撒的对于生活——他必须与之接触而且必须解释它的生活——的观察里头，显示出来：

"今日的人类必须抱有这种见解：当自己是现在人类和将来人类的过渡。"

凯撒，汉生克里发，华菲尔与陀勒尔的这种戏剧，虽然和霍普特曼派的戏剧不同，而同为过渡时代的戏剧则一。以大体而论，它的侧重点，在于社会的而不是个人的。这一点是很重要的。从某一方面看来，德国的戏剧比起现代欧洲别国的戏剧——俄国除外——都较进步，激烈，偏于表现主义，和富于革命性一点。皮斯迦多的新近的成功，虽然表面很迅速而且颇普及，已可显示出这种趋势的笼罩一切了。现在德国的冲突，胜利确是在于社会革命者那边，他们利用许多的表现主义的戏剧表演来把他们的理想现代化和活化。

戏剧之社会化与这时代的潮流密相契合。生活的社会化，社会势力的冲突的日渐加烈，使到群的生活和社会的斗争，比起个人的冲突和个人的作为更重要和更有意义。在文学的创作上头，个人已渐退居于无足轻重的地位。群的理想遮盖个人的理想。从前斯丹尼斯拉加斯基的反对个人的理想，在今日的新的作家笔下，已变成一种更明确清楚的态度，以新的和容易了解的革命观念为基础。在陀勒和华菲尔的作品中，若把它的人物，细加分析，我们就可看见他们是社会态度经济斗争的表现，有时常以灵的形式来说明之。在苏俄，这种趋势，发展得更为普及和复杂，以诗而论如布洛克的《十二个》和梅也哥夫斯基（Mayakovsky）的《一万五千万人》（150Million），以小说而论，如里伯丁斯基（Liebedinsky）的《一星期》（A Week），威耶剌沙耶夫（Vierresaev）的《死滞》（The Deadloch）、格拉得可夫（Glod-kov）的《水门汀》和伊凡诺夫的《美国人》（Americans）——差不多凡是现代俄国的小说和戏剧，除了象特生斯基（Tzensky）的 Transformation 那些残留的小说之外，都带着这种社会的态度。这是一件饶有历史意义的事实。它给予我们以一些比较和反衬，助我们了解和阐释这称为生活的力和生活表现的文学。试把所谓群众戏剧来比较一下子，就可显然见得文学中的分野。一个例子已经够了。比方在那伟大的群众戏剧《袭击冬官》一篇中，这种新的原素便惊人地显露出来。这戏剧表现的整个运动都是社会的。它是大规模表演的宏伟的成功。开场时有一千五百人表演，逐渐膨胀到有十万人，达到在最高点的时候积极活动。学生，农人，剧员，爱美剧员，陆军，海军——一切都团集于这大会之中，来表现这动的戏剧。一当列宁格勒冬宫前的广场的光景和形势变动的时候，映射的红色的和白色的灯光，也跟着移动，我们置身其中，觉其绘画之伟大和灵活，真算是群众戏剧的成功的作品。

由我们的研究的观点看来，群众戏剧之重要，在乎它与新的群众生活的关系——这种生活已经慢慢的在苏联创造出来。戏剧和文学在现在第一件算是生活——群众生活的一部分。它的目的，在乎为劳动者来把生活表现于戏剧，所以事实上戏剧将变成农工生活的在艺术上的人为的表现的一部分。这是想把艺术变成生活的积极的一部分，而不是生活的点缀品。它是想使到艺术对于群众有深固的意义，而不是成为少数人所垄断所自秘的东西。为实现这种根本变革起见，苏维埃政府遍设剧场于各地。现在农村也象城市那样有戏院之设立。窝耳瓦河有一县，戏院林立，其数目比起法国全国所有还多❶，随处都可以看见苏维埃政府对于戏剧事业的扶助。这种态度更足以促进苏联的社会艺术的发展。我们可以说，在苏联艺术的冲动已经和社会生活冶为一炉了。渐于社会化的世界产生社会的艺术。尊重群众而不轻藐群众环境产生群众的艺术，艺术成为表现群众生活的东西。社会艺术与社会生活的关系不是偶然的，随便说的，在历史上恰巧有同样的例子。中古时代，虽然是有阶级门第之分，和贵族剥削别人的存在。但比较上生活是社会化的群众戏剧与社会艺术很为活动。中古时代的戏剧，以全体论，或者特别以法国的滑稽剧论，都显现出这种趋势。这种戏剧和滑稽剧是那时民众的表现，在戏剧形式上的群的冲动的表现。这时候的社会生活，无论是在乡间或在城市，都比较上是合作的而不是竞争的。生产的敞地制度（open-field system）制定价格和工资的趋势，对于高利贷的反对，财富的制限，对于贪多务得者的制裁（上层阶级不在内）等等都是现出一种比现在的个人主义积产自丰的时代不同的现象。故那时代的戏剧是为群众而创造和为群众所表现的东西，从初期的罗马那斯（Romanus）的神秘剧以至法国的滑稽剧莫不如是。可是自从中古时代的社会性消灭之后，这种社会艺术，也跟着衰落和逝去了。这种个人主义的艺术，是在商业革命崛起和工业革命已在孕育中的文艺复兴时代产生的。社会艺术的影子已渐模糊下去。直至今日。对生活的社会态度复活，和群众再次积极参加纯经济以外的各种生活的时候，然后又见社会艺术的复活。工人今已成为较有组织的阶级，他的反叛已有更深的意义，他的对文学的影响正如对生活的影响一样，

---

❶　见 Huntly Carter：The New Theatre and Cinema of Soviet Russia

已日渐确定和明晰。已经有著作家从他的阶级中出来阐释他的斗争，更有出身别的阶级的作家，为他的悲剧所动，常献其才力——或者至少他的才力的一部分——来为他的斗争助声势。

从上头所说，我们已经看见，在战后的极端纷乱之中，却孕生一种新的态度和观念。它们在战前虽已隐约的露出来，然使它们得有发展和巩固的机会者，实是战后的混乱状态。那袭击现代的无目的的文学的轻巧和玩世主义的情绪，不过是这新态度的先驱。那忧郁神秘的态度，有时流于失望，有时以徒然的热望自慰，也不过是一种反动，所以表现出这时代精神的另一部分。在那现代的丑怪主义派 Gongorist 的矛盾诗中轻巧与神秘混合，合理的故意变为不合理的。绝世独立的狂热，和极端的个人主义或者是侵入现代艺术界的破坏主义的最奇怪的表现。末了，最为根深蒂固的不能不数到那文学的社会的趋向。这种趋势最能表现这个时代的呼声和挣扎。这种趋向有一种新的信仰，与现代生活的动力至有关连。它是超出于那不愿负责的现代作家的，玩世主义和轻巧的讽刺之上，它认那丑怪主义和纯粹表现主义者的淫巧为太过而是颓废的表征。可是，他不是象那神秘主义者那样作别一个星球的幻梦或愿寻求世外的桃源。它是向着生活前进，而不躲避生活。它所表现的是积极发展的态度而不是逃避不定的态度。它的志向在乎扩大艺术的范围，而不是缩窄它。它竭力把艺术社会化，使之会有更与人相近和更容易了解的意义。它要使艺术役于人，成为美的东西，而不是使艺术役人，成为逃避之所。这样子做可以把艺术革命化，同时也可以把生活革命化。

（原载《小说月报》第 20 卷第 7 号《现代世界文学号》，

1929 年 7 月 10 日）

文学及艺术底意义

——车勒芮绥夫司基底文学观

蒲力汗诺夫著　雪峰译

　　人类底智的进化，依车勒芮绥夫司基（Chernyshevsky）底意见，是作为历史运动底最深的源泉（spring）而有益用的。而文学，是诸国民底智的生活之表现。所以，也许车勒芮绥夫司基，会将文明史上的重要的任务，归于文学吧。但是，实际上并不如此。车勒芮绥夫司基没有将文明史上的主要的任务放在文学上，他将该任务放在科学上去了。关于这后者（科学），他曾说，——"静静地缓缓地创造着，它创造出一切。由它所创造成的知识，是横在人类底一切概念和一切行动底根柢里，给与人类底一切欲求以方向，人类底一切才能以力量的。" ❶ 文学不是这样。在历史的过程上的文学底任务未尝不是重要，但那是差不多常常第二义的。

　　例如，——车勒芮绥夫司基说，——"在古代世界里，我们就不曾知道有在文学底压倒的影响之下进行那历史的运动的，这样的一个时代。虽然希腊人对于诗是很偏爱的，但他们底生活底行程，并不是由文学的影响加以条件，却是由宗教的，种族的，及军事的欲求，其后是由此外的政治的及经济的问题，加以条件的。文学，和艺术同样，是较好的装饰。但只是装饰，却不是他们底生活之基本的源泉和原动力。罗马底生活是由军事的和政治的斗争，及法理的诸关系底决定而

---

　　❶　他底著作《莱心，他底时代，他底生活及事业》，参看全集，第三卷第五八五页。

发达的。文学对于罗马人，只是离去政治的行动时的高贵的休息。就在意大利底辉耀的时代，有了但丁（Dante），阿利渥斯妥（Ariosto）及塔梭（Tasso）的那时代，文学也不是生活底基本的原则；为这原则者乃是政党底斗争及经济的诸关系；——即是：并非从但丁底影响，而是这等的利益来决定了他底时代及在他之后的他底故国底运命的。在英吉利，在以基督教世界的最伟大的诗人们，及把别国的欧罗巴全部的文学联成一起也恐怕及不到的那样许多的一流的作家而夸耀着的英吉利，国民底运命也从未有系诸文学，却是由宗教的，政治的和经济的诸关系，议会底讨论，及新闻底论争所决定的；——即是：所谓文学，在这一国底历史的发达上，常常只是具有第二义的影响。文学底地位，在几乎一切的历史的国民里，都差不多常常如此的。"❶

　　车勒芮绥夫司基只知道他所说的一般的情况底极仅少的例外。在这仅少的例外之间占了最重要的一地位者，是十八世纪底后半及十九世纪底初头的德意志文学。——"从莱心（Lessing）底活动底开始至席勒（Schiller）底死为止的五十年之间，欧洲底最伟大的国民底一个发达——从波罗的海至地中海，莱因至奥得的诸国底未来，是由文学运动所决定。别的一切社会的势力及事件底参与，较之文学底影响，不能不说只是仅少的。无论什么东西，都没有帮助对于那时德意志国民底运命的那适好的作用；倒相反，生活所系悬着的那几乎一切的别的关系及条件，反是妨碍着国民底发达。只有文学，是一边和无限数的妨碍相斗战，一边使国民前进着。"❷

　　被车勒芮绥夫司基当作和这同样例外的地重要的东西来想者，是果戈里（Gogol）时代底俄罗斯文学底任务。在果戈里以前的俄罗斯文学，是还在也可称作它底发展底准备时代的时期里，——换言之，先行于他的那各时代，在其中，较之因了使那时代有了特征的文学的现象底无条件的价值，倒是因了准备了第二个时代的一事，有着它底意义，如要说明他这思想，则只要显示了他怎样地来理解我们文学底普希金（Pushkin）时代与果戈里时代底关系，就十分足够了。对于普希

---

❶ 同书，第五八六页。
❷ 同书，第五八六——五八七页。

金，他用了和培林斯基（Belinsky）在其活动底晚年所用完全同样的看法。他把普希金底诗，评价得非常高。但他是以将它当作形式的诗看待为主。完成的形式底创造，是我们文学课给普希金时代的历史的课题。这个课题被解决的时候，则在我们文学之中，便有一个新的时期开始了；文学底主要的工作，不是像在以前似的那形式，而是内容了，这是这时期底特征，这个时期是和果戈里底名字相联结的。这时期是，在果戈里时代之间，我们底文学成为它应该成为的东西，即国民的自己意识底表现了。在果戈里底影响之下，及在所谓自然派在俄国发生了的时候，文学也是向着这同一的方向而发达着的。车勒芮绥夫司基将在我们文学里的这个新的方向评价得极高。在他底《俄罗斯文学底果戈里时代》之中，他辩明着——"为使不发生说我们将旧的东西当作牺牲而赞美着新的东西的这种误解起见，可以在这里带便地说一说：俄罗斯文学底现时代，不管它底难以拥抱的价值，只因为它是最先地当作我们文学底将来发达底准备而有益用的缘故，而具有它底本质的意义。我们非常相信着好的将来，甚至以为即关于果戈里也能够毫无疑惑地说——'在俄国，他愈加优秀于他底先行者，则优秀于他的那样的作家也愈加会出来吧'这样的话。问题只在这时候是否即刻到来。倘若我们的一代人（generation）被注定了来迎接这好的将来的运命，那是幸喜。"❶

车勒芮绥夫司基，一边确言文学不可不是社会的自己意识底表现，一边说述着从德意志进到俄国来，自纳狄什进（Nadézhdin）及培林斯基的时代以来已经在我们文学批评上演了大大的角色的那个思想。但在他那儿，这思想是即刻获得了一切"启蒙"期里所特有的理性的性质了。实际上，于社会，或产生文学的社会底所与的层底自己意识之表现，无所用处的那样的文学，是没有的。连在所谓为艺术的艺术底理论紧紧地支配着，艺术家好像从那和社会的利害有某等关系的一切东西背过脸来那样的时代，文学也仍旧表现支配了那社会的，阶级底趣味，见解及欲求。其中，上记的理论握着主权的这一个事实，只不过证明在支配阶级里，或至少艺术家用以作为对象的它底一部分里，

❶ 全集，第二卷，第一七二页。

437

有对于伟大的社会的诸问题的无关心支配着而已。而且这种无关心，
只不过是社会的（或者阶级的，或者集团的）气氛，即意识之一变种
吧了。在这意思上，便是普希金时代，或加拉姆晋（Karamzin）时代，
我们的文学也仍表现着我们的社会意识，是无疑的事实。但据车勒芮
绥夫司基说来，则这是从果戈里时代才开始表现的。依据他底说话，
只有从这时代以后，我们的艺术家们才停止了专在作品底形式方面从
事，而开始给与作品底内容以意义。这是好像不对的。因为普希金，
对于例如他底《哀弗盖尼·奥耐根》底内容，不能以为是冷淡。但在
一方面《哀弗盖尼·奥耐根》和他方面《巡按》及《死的农奴》之间，
于对于被表现的现象的艺术家底态度上，却有着巨大的差异。普希金，
对于以那世俗的空虚，狭隘，利己主义等来非难他底主人公，是并不
反对的，但在他底《奥耐根》之中，却是连我们在果戈里底作品中看
到的（当然作者是不知道的），对于由他所表现的社会生活的那根本
的否定底暗示也没有。惟这旧社会秩序底否定底要素，才是在车勒芮
绥夫司基那儿被称为社会的自己意识底始原。倘若他是期待着，在将
来，——像我们现在所看见的一样，——会有像果戈里优秀于他底先
行者那般地优秀于果戈里的那样的作家之出现；那么这在他，是等于
这样说：与待共进，我们底伟大的艺术家们，在对于旧社会及家庭制
度的那否定的态度底意识性上，将遥远地驾凌着《死的农奴》底著者
吧。而文学批评底最主要的义务，照他底意见，便在使这意识性普及
在艺术家之间。这意识性愈加在俄罗斯的艺术家们之间普及着，则我
们的文学，倘据车勒芮绥夫司基底意见，便愈加为了在当时的过渡时
代里它不可不尽的那伟大的任务而成熟着。

后来皮沙列夫（Pisoreff）是说车勒芮绥夫司基具有想破坏美学的
企图的。他是错了。车勒芮绥夫司基与这样的企图怎样地不相干，那
是看他关于一八五四年出版的奥尔特芬司基底俄译的亚里斯多德底
《诗学》的论文（《祖国通信》，一八五四年，第九号）底下面的数行，
就可知道的。"说美学是死的科学！我们并不说没有比这更有生气的科
学。但我们如果就这等科学而加以思考，那可就好的吧。不，我们是
非常地称扬着只有很少的活的兴味的别的科学的。说美学是无益的科
学！当作这回答，我们要这样质问——我们还记得哥德（Goethe）或莱

心或席勒吗，还是他们自我们知道萨克莱（Thackeray）以后便失去了被我们记忆的权利呢？我们承认前世纪后半的德意志诗歌底价值吗？"❶

对美学底否定者们发了我们是否承认十七世纪后半的德意志诗歌底价值的这讽谕的质问，车勒芮绥夫司基便使他们想起了文学曾有完成了伟大的社会的任务的时代的一事了。而且那时代的德意志文学，对于美学的问题，决不是冷淡的。倒相反，文学在那时代是大大地从事着这件事的，而且正因为它大大地从事着这件事的缘故，它才能够完成了加到它上面来的伟大的任务。不可忘记，这时代底德意志文学底最优秀的活动家，照车勒芮绥夫司基底意思，是莱心，——"其后的一切最优秀的德意志作家们，甚至席勒，甚至哥德自己，在其活动底好的时代，都是他底弟子。"❷而且莱心，大要地讲来，是一个文学及艺术底理论家，他做事做得最多的领域又是美学底领域。

车勒芮绥夫司基说，——倘若诗歌，文学，艺术，是非常重要的对象，则文学理论底一般的诸问题，也应该具有巨大的兴味。"一句话说来，"——他附加说，——"我们以为那反对着美学的全部论争，好像都是根基于关于美学是什么，一般地一切的理论的科学是什么的一事的误解和错误的概念的。"❸

车勒芮绥夫司基向读者讯问，——"普希金和果戈里，照诸君底意见，那一个高些？"这个质问底解决，依据他底说话，是要看关于艺术底本质及意义的概念。而且这等概念是已经在亚里斯多德及柏拉图底著作之中，得到了正确的姿态的。惟这点，才正是车勒芮绥夫司基看出了有把这等思想家底美学说，介绍给读者的必要的所以然。为一个哲学的观念论之决定的反对者的我们底著者，不能同感于当作全体而收纳的柏拉图底哲学，是当然的。但这事并不妨害他以热烈的同感，去接待这个伟大的希腊底观念论者用以看艺术的那观点。

车勒芮绥夫司基说道，——"他对于科学及艺术，和对于别的一切同样，不是从学者的或艺术家的观点，而是从社会的及道德的观点

❶　全集，第一卷，第二八一二九页。

❷　全集，第三卷，第五八九页。

❸　全集，第一卷，第二八页。

来看的。人们，（如也包含亚里斯多德的许多伟大的哲学者所思考的那样）并不是为了要做艺术家或学者而生存，却是科学及艺术应该为了人们底幸福而服务。"❶

这观点，依我们的著者底说话，是使柏拉图，对于在那时代里，在从没有可做的事的情形而迷溺于多少有些淫荡的绘画或雕刻，陶醉于多少有些淫荡的诗的人们，是差不多无例外地作为美的，高贵的娱乐，总之作为娱乐而有用的那艺术，不能不持着否定的见解了。艺术底问题，在柏拉图，正是当作并非娱乐以上的什么东西的事实而被解决的。而且柏拉图在其中看见空虚的娱乐的时候，他是并不非难他的。当作这证明，车勒芮绥夫司基引用着"最真挚的诗人之一"，不用说对于艺术是并不取了敌对的态度的那席勒。据席勒底意见，则康德称艺术为游戏（das spiel），是完全正当的，因为只有在游戏时，人才是完全是人。

车勒芮绥夫司基看出了反对艺术的柏拉图底论证是极粗暴的。但他在那里面看见许多真实的东西。"柏拉图底严格的暴露，有许多"——他写着，——"便是对于现代底艺术也还是很对的，要证明这点并不困难。"❷对于严格的柏拉图的暴露的他底热烈的同感，可以据这事情被说明到极显著的程度，这是没有附加在这里的必要吧。

柏拉图所以反对艺术，是因为对于人类的艺术底无用。我们底著者，也和柏拉图同样地，不辞否定着对于人类无用的艺术。据他底意见，则那说艺术必须不是有用的东西，艺术不可不为它自身而存在的这种思想，"是和说'为了富的富'，'为科学的科学'等等，同样奇怪的思想。人类底一切事业，要使它不变成空虚的无用的东西，就非服务于人类底利益不可。就是，富是为了人们要使用它而存在，科学是为了做人们底指南车而存在的；艺术也不是为了无用的满足而存在，它非为了某等本质的利益而服务不可。"❸

然则，艺术所带来给人类的利益，是什么呢？

---

❶ 同书，第一三页。
❷ 同书，第三二页。
❸ 同书，第三三页。

通常是说，美的愉乐是柔和着心，提高着人类底心灵。车勒芮绥夫司基以为这思想是正当的。但是，他不欲引出艺术底这些认真的意义。当然，人们从美术馆或剧场走出来，至少在他还留有受来的美的印象的短的时间，感到自己是善良的好的人的事，车勒芮绥夫司基是同意的。但他注意到，饱满的人总比饥饿的人来得善良的。所以从这方面看来，则在艺术底影响，和人们底肉体的要求底满足所及到人们的那影响之间，并没有什么差异存在着。"艺术底作为艺术看的（即离那作品底某等内容而独立着的）有益的影响，"——车勒芮绥夫司基说道，——"是差不多完全存在在'艺术是愉快的东西'这一点之中。这种有益的性质，是属于为'好脸色'底原因的那一切别的愉快的工作，关系及对象的。健康的人便常常比多少有些焦燥着的不满的病人比较不利己主义得多，并且善良得多。好的住屋，也比濡湿的，暗黑的，冷的住屋更会把人们引到善良去。平静的人（即不在不愉快的状态里的人）是比愤怒的人更善良得多的，等等。"❶注意地想一下，则当作满足底源泉之一的艺术所带来的利益，固然是无疑的东西，但比之生活底别的适好的关系及条件，总之是极仅少的了。而且艺术底伟大的意义，并不是在这里边。那是在艺术于某等的意味上把多量的知识传播于对于艺术有兴味的人们的大众中，而且使他们知道由科学所准备着的那概念，这事之中的。但一边说着这事，一边车勒芮绥夫司基实在是把诗放在念头里的，——他称诗为艺术中底最认真的东西，——因为别的艺术，照他所记的说来，在这意味上是只做了极少的事的；无疑地，除出极少的文学者之外，不能以在自己底读者之间传播知识的一事为目的。但因为他们在教养上比他们底读者底大多数更高的缘故，所以读者能够从他们底作品里知道许多事情。车勒芮绥夫司基是确信着，即使最通俗的文学作品，也显著地将它底读者所获得着的知识底范围广大着的。诗便是一边使读者大众"快乐着"，一边在他们底智的发达上带来了利益。惟这点，才正是诗在这思想家底眼中，所以获得了认真的意义的原因。惟这点，才正是和柏拉图相反，诗便是在不关心到它的时候，也有着这意义的所以然。

---

❶ 同书，第三三页。

这样，车勒芮绥夫司基是一点也没有破坏美学。倒相反，他是为了要把要约在"由科学所准备着的那概念底传播"的一事上的艺术底伟大的意义，明示给艺术家们起见，而依据着美学的。换别的话来说，——我们的著者并不是破坏着美学，只不过根本地再检讨着那理论而已。在从他那儿听了对于艺术的柏拉图底见解之后，我们要理解为什么他当解决普希金和果戈里那一个高些这问题的时候，承认引用"美学的判决上的伟大的教师们"——柏拉图和亚里斯多德——是必要而且有用，是并不困难的。而且像下面似的几行，是一点也不使我们惊异，——"倘若艺术底本质，是真的像现在人们所说的那样，在理想化；倘若艺术底目的，是在于美的东西之甘甜的，昂扬着的感觉——那么在俄罗斯文学之中，可以和《波尔塔瓦》,《波里斯·戈道乌诺夫》,《青铜的骑士》,《石像之客》及这些一切的无限的芳烈的诗底著者（指普希金——译者注）相比较的诗人，是不存在的。然而如果向艺术要求着别的东西，则那时……"——车勒芮绥夫司基依据了下面似的疑问，以那被旧的美学的概念所捉去的读者之名，将这自己底句子切断了，——"但是，此外能在什么地方有着艺术底本质与意义吗？"照车勒芮绥夫司基底意见，则这本质与意义在什么地方，我们是知道的。而且我们自己就能够来补全这被切断的句子，——倘若艺术底目的不是单在给与美底甘甜的，昂扬着的感觉的一事之中，则《巡按》或《死的农奴》是比《石像之客》或《波尔塔瓦》更高，果戈里比普希金更高；而且，那以对于生活的他底态度底意识性来驾凌着果戈里的人，是又比果戈里更高。❶

关于在这里说述的见解，斯加皮采夫斯基（Skabichevsky）氏，后来在其《最近俄国文学史》之中，这样写着——

"惟这艺术与科学的同视，以及向艺术附加了当作科学的，哲学的，及政论的探求底图解看的从属的任务，才正是后来带来了极多的结果的，运命的谬误。首先第一，这是使批评从作为艺术作品底评价者最为本质的任务——在培林斯基时代，批评以那辉煌的成功所成就着的那任务离开去了。……但更有，因为科学与艺术的同视和对于前者的

---

❶ 同书，第二〇页。

后者底从属的任务的理论，是被年青的未熟的头脑所摄取的，所以这便从旁添了力，必然地要走到像我们在以皮沙列夫为头阵的'俄罗斯之声'底政论家之间看到似的，艺术底完全的否定了。"❶

把"科学与艺术的同视的理论"放在车勒芮绥夫司基底肩上，斯加皮采夫斯基氏便惊异地这样质问道，——"如果是这样，则所谓创造的构想（fantasy）是演着怎样的任务的呢？"❷诚然，"如果是这样"，则创造的构想将完全失去舞台吧，这是应该同意的。然而这个"如果是这样"，是由斯加皮采夫斯基氏自己想出来的东西。车勒芮绥夫司基决没有把艺术来和科学"同视"。为一个通晓黑格尔（Hegel）底美学的人的他，是和培林斯基同样地，十分知道学者藉论理的论证之助来发表他底思想，反之，艺术家是将他底思想具象化于形象之中，即依据着"创造的构想"，这一件事的。于是，倘斯加皮采夫斯基氏再略略多知道一点培林斯基或车勒芮绥夫司基所藉以摄取了他们底美学的见解的那哲学的典据，那么大约不犯这样的错误也能够的吧。

443

试举例看。小说《应该做什么？》是最好地宣传着那大部分是和论文《哲学上的人类学的原理》所说述的相同的思想。但在这小说里，这思想是被具象化于形象之中，而在论文中它便藉论理的论证之助被说明。所以，车勒芮绥夫司基一着手于小说的时候，他就非即刻走向这创造的构想不可，是分明的事。我们知道，照许多人底意见，车勒芮绥夫司基在这小说中是很少现露了创造的力的。但这是别的问题，是在这里没有关系的问题，带便地说，这是由读者底大多数所极轻率地决定了的问题，——车勒芮绥夫司基自己便宣言，他自己是没有什么艺术的才能的。而人们便过于容易地相信了这话了。其实他底小说，固然没有那么大的价值，却总具有或种的艺术的价值。其中有着诙谐（humour）和观察力。最后，这小说是由到了今日也还被人以大的兴味来读的那热烈的热诚（enthusiasm）所串贯着的。要像现在的，甚至"先锋的"的读者底大多数所做的那样，对这小说轻蔑地缩起肩来，则置基础于现在在俄国普及着的那在根本上错误了的美学说上的许多的偏

---

❶ 所引的书，第六五—六六页。

❷ 同书，第六五页。

见，是在所必要的。但是，重复地说，这是别的问题。车勒芮绥夫司基基于其小说上是诉诸自己底创造的力，于其论文上便诉诸自己底论理，总是无疑的事。于是，如果要在我们之前暴露斯加皮采夫斯基氏怎样地犯了朴素的谬误，则这一点已十分足够的了。

但是，再引用一个例吧。托尔斯泰在其《伊凡·伊立支底死》或《主与仆》似的作品里，说述着他在关于"人生底意义"的思考之中所达到的那他底见解，是毫无可疑的。但他说述着这些见解，乃是——像车勒芮绥夫司基在其小说上所做的一样——赖靠他底创造的构想，并非依据何等理论的论证。那么，怎样呢？有谁说，托尔斯泰在这等作品上没有十分地将他创造的力展开着吗？有谁不许将这等作品加入最优秀的艺术作品之中去吗？斯加皮采夫斯基氏是在连同视底影子也没有的地方，看见了同视。

说车勒芮绥夫司基底假的谬误，使批评从在培林斯基时代所演的那任务离开去了，这斯加皮采夫斯基氏底思想，因其极端的暖昧，是完全不能首肯的。培林斯基，实际上，是"艺术作品底评价者"。但车勒芮绥夫司基底美学说——以它自身而论——也决不是将这样的评价排除了的。说那支持着这见解的批评家们，因为把他们主要的注意集中于这等作品底观念上的缘故，常常忘记了关于他们所检讨的作品底艺术的价值的问题，这话是对的。还有，说在例如皮沙列夫那儿，车勒芮绥夫司基底美学说，便带起讽刺画（caricature）的形象来了，这也不错的。但是，这件事情可据那当时的社会的条件来说明，对于这，车勒芮绥夫司基完全没有责任，这是不待说的以它自身而论，他底美学说并没有排除去对于艺术作品之美学的价值的兴味。以这一点，已十分足以显示斯加皮采夫斯基氏怎样地拙笨地从事着他底批判的吧。

做了车勒芮绥夫司基底美学说底重要的特征之一者，是他以为艺术底内容不能由"美"所包尽的这思想。这思想是他在学位论文《艺术与现实底美学的关系》之中详细地展开着，也在《俄国文学底果戈里时代底概要》里不止一次地反复着的。

"在一切的人们底行为之中，"——他在学位论文之中说道，——

"是有人类底本性底一切欲求参加着的，——纵使关与着这事是以其中之一为主要。因此，艺术也不是依据对于美的抽象的欲求（美底观念）而作成，乃是依据活的。人底一切的力与能力底总体的行为而作成的。但是，因为在人底生活上，例如真实，爱，及日常生活底改良等底要求是比对于美的欲求更强得多多的缘故，所以艺术，到或一程度为止，常常不仅是当作这等要求（不但是美底观念）底表现而有益用的东西而已，那作品（不可忘记——即人类生活底作品）也是差不多常常在真实（理论的及实践的），爱，日常生活底优越的影响之下所创成的；由这缘故，对于美的欲求，不过是依从人类行动底自然的法则，作为对于人类本性底这等及别的强的要求的服务者而显现吧了。在其价值上很显著的一切的艺术底创作，都常常如此地作成的。从现实生活上被抽象了的欲求，是无力的；所以，倘若硬要使对于美的欲求，抽象地（即断绝了和人类本性底别的欲求底联系）行动着，那么便是在艺术的意味上也不能作出某等显著的东西吧。历史是不知道单依据美底观念所作成的那种艺术作品的，——如果在现在便有这种作品，而且在过去也有这种作品，那么它是惹不起同时代人底怎样的注意，而当作拙劣的东西，——当作连在艺术的意味上也是拙劣的东西，被历史忘却了的。" ❶

车勒芮绥夫司基底这思想，——纵令具有有些抽象的这缺点，——也是正当的。历史确然不知道单独依据美底观念而被表现的那样艺术的作品。依据这点，——带便地说，——说我们文学底普希金时代是依据单对于完全的形式的诗歌底努力而有了特性的这思想，也便可以反驳的了。但问题并不在这地方。科学的美学底任务，不是由艺术不单是美底"观念"，也表现着人类底别的欲求（对于真实，爱，等等的欲求）的这事实底确证所限定的。这任务，主要地是在暴露怎样地人类底这些欲求在这美底概念之中寻出自己底表现呢，又怎样地这些欲求在社会发达底过程之中自己变化着，同时又使美底"观念"变化着呢，这一事之中。于是例如，中世纪所特有的美底观念，——例如具象化在圣母像里的，——是像大家所知道的一样，被放在支配了在当时社

❶ 全集，第二卷，第二一三—二一八页。

会上演了巨大的角色的僧侣群的那诸种理想的影响之下的。在文艺复兴时代，具象化在这同一圣母像之中的美底"观念"，便获得了完全不同的性质，因为在这时它表现着具有完全不同的理想的新的社会层底欲求了。这件事，在现在是谁都知道的。而且车勒芮绥夫司基，当他在其学位论文之中把美定义为"生活"的时候，无疑地是将这事实放在念头里的。他写道，——"据我们底概念，则我们在其中看见应该如此才行的那样生活的那种存在，是美的。"❶但是，倘这是对的，——这当然是完全对的，——则问题成为怎样了呢？艺术便于一方面将我们底美底观念具象化，于他方面——而且像车勒芮绥夫司基所确言着似地，当作主要——表现着对于真实，善良，自己底日常生活底改良等等的我们底欲求吗？不，反而常常有相反的事情发生。关于美的我们底概念，它本身便是由这些欲求所串贯，它本身便表现着这些欲求。因此，我们没有把在现实上做着有机的全一的那种东西，分解为个个的要素的必要。然而车勒芮绥夫司基，由于一切"启蒙者"所特有的判断性的缘故，却屡屡把这有机的全一，分解为那个个的构成要素。❷这样，他犯着理论的谬误。于是他底这理论的谬误，实际上，有给与他底批评以片面的形象的危险，并且事实上，是常常给与了的。如果艺术作品是和美底观念一同，——因而和它分离独立地，——也表现着一定的道德的或实践的欲求，则批评家便有不将这些欲求在应该检讨的作品之中，可获得了它们底艺术的表现到怎样的程度呢的问题当作问题，而将他底主要的注意集中于这等欲求之上的权利。批评如此地行动着的时候，它必然地带起道德的性质来了。这样的罪，在俄国是皮沙列夫犯得最甚。不，不但在他那里。真是运命底讥刺，斯加皮采夫斯基氏

----

❶ 全集，第十卷，第二部，第八九页。

❷《艺术与现实底美学的关系》底第十七个 thèse（提要）这样说着，——"生活底再现——是那以此为其本质的艺术之一般的，性格的特征。艺术的作品也常常有着别的意义——那便是生活底说明。它常常具有关于生活底现象的判决底意义。"（全集，第十卷，第二部，第一篇，第一六四页）。然而全问题，是在这判决怎样地被表现着呢，于怎样的姿态上给与出这说明呢，——于艺术的形象的姿态上吗，还是于抽象的命题的姿态上呢？——的一事之中。或种抽象的命题纵使是怎样地真实的东西，但它们是不触到艺术底领域的，这在俄国底文献中，已有培林斯基优美地说明着了。

自己便不止一次地，狠狠地犯着和这同样的罪的。但这是，在通常因判断性底支配而有了特征的"启蒙"期底批评上所起来的事。应该为了辩解批评起见在这里说一说者，是在这样的时期里，判断性不独为批评家所固有，也是为艺术家所固有的一事。❶

在关于艺术作品的车勒芮绥夫司基底批评之中，常常有着非常多的判断性，是不能遮蔽的事。而且，我们读着他赏赞柏拉图的艺术非难的时候，我们是在自己底面前看见那当然会同感于为一切别的"启蒙"期之特长的对于艺术的态度的，一时代的"启蒙者"。❷在实际上，关于和柏拉图同时代的希腊艺术的车勒芮绥夫司基底批评，未必是正当的。诚然，第四世纪的希腊艺术，已经不表现着使波力克利塔斯（Polyclitus）或菲狄亚斯（Phidias）有了灵感的那男性的市民的理想；但总之，当车勒芮绥夫司基说当时的艺术家，除出多少有些甘美的绘画和诗和雕刻以外，便什么也没有贡献的时候，他是过于夸张着的。

我们，当车勒芮绥夫司基反驳着艺术是游戏，这被席勒取进去的康德底思想的时候，也不能和他同意。在车勒芮绥夫司基那儿，"游戏"这概念是被空虚的娱乐的概念所遮蔽了。然而这完全不是这样。在实际上，游戏是只在特定底条件之下，才成为空虚的娱乐的。"做着游戏"的不只是人类，动物也"做着游戏"。斯宾塞（H.Spencer）便已经正当地说过：从模拟的狩猎与模拟的斗争，成立了猛兽底游戏。这是这样的意思：在动物，游戏底内容，是由用以支持他们底存在的那行动所决定的。在小儿子那儿，我们也看见同样的事。依据同一的斯宾塞底正确的记述，则小儿子底游戏，无非是成人底各种行动之演剧的的演出。这件事，在小的野蛮人底游戏上，尤其十分地分明。一句话说来，正如冯特（Wilhelm Wundt）在他底《伦理学》中所优美地表现着的一

---

❶ 大卫特（Jacques-Louis David）曾如下似地说及他自己，——"je N'aime ni je ne sens le merveilleux：je ne puis Marchéà l'aise qu'avec le secours d'un fait réel."（Delecluze, L.David, sonécole et son temps.Paris1895，p.338.我底论文集《二十年间》第一四五页及以下参看）。这在大卫特所属着的那十八世纪法兰西"启业者"，是极其性格的。

❷ 为苏格拉底底弟子的柏拉图，于对于艺术的那判断上显示了当作典型的"启蒙者"的自己，这是差不多无须证明的。

样，游戏是劳动之子。❶于是，正因为它是劳动之子的缘故，所以它远非常常是空虚的娱乐。它成为空虚的娱乐者，只在没有一切劳动地生活着，所以在其"行为"上也是无为的那社会阶级或层里。不，连在这时候，游戏也是间接的的"劳动之子"似的东西；因为，只有在一定的生产关系底现存之下，在社会上才有委身于无为的那阶级或层底存在之可能。

倘若——如车勒芮绥夫司基所说的那样——艺术之本质的特征，是在生活底再现，那么艺术，不但在人类，便是在动物那里，也应该无条件地承认和再现着生活的那游戏是亲族的了。在游戏或艺术上的生活底再现，是具有巨大的社会学的意义的。人是依据在艺术作品之中再现着自己底生活的事，为了自己底社会生活而教育着自己，使自己适应于社会生活的。各种的社会阶级，有着各异的要求，生活着各异的生活。因此，他们底审美的趣味，也不是同一的。那委身于无为的阶级，在其艺术作品之中便表现着他们底生活底空虚。他们底艺术，实际上，不过是空虚的娱乐。但这并非因为它完全和游戏同样地是生活底再现，所以是空虚的娱乐，却是只因为它再现着空虚的生活，才所以如此的。问题不是在"游戏"之中，而在游戏底内容是怎样的东西呢的事之中的。由对于作为"劳动之子"的游戏的见解所补充着的，对于作为游戏的艺术的见解，是向艺术底本质和历史，投与了一股极明亮的光了。这初次允许从唯物论的观点来看艺术。我们知道，车勒芮绥夫斯基在其文学的活动底初始时，曾做了想把法耶尔巴哈（Ludwig Feurbach）底唯物论哲学应用到美学——以它自身而论是成功的尝试。对于他底这尝试，我们曾寄与了特别的论文了。❷所以在这里，我们只想说一说下面的事，——这尝试虽然以它自身而论是非常地成功着，但在那上面却反映着——和在车勒芮绥夫斯基底历史的见解上的完全同样——法耶尔巴哈哲学底基本的缺点，——即其历史的，或更严格地说，辩证法的方面底不充分。于是，正唯因为他所取进的哲学底这方面不充分的缘故，车勒芮绥夫斯基这才能够不注意到游戏底概念在艺

---

❶ 请参看在论文集《我们底批判者底批判》第三八〇—三九九页里的，我底论文《再论原始民族底艺术》。（有中译本，请参看鲁迅译——水沫书店版——的《艺术论》，——重译者。）

❷ 论文集《二十年间》中论文《车勒芮绥夫斯基底美学说》参看。

术之唯物论的解释是怎样地重要的一事。

但是，在车勒芮绥夫斯基底美学之中，——也和在他底历史的见解上的同样，——我们看见许多完全正确的对于对象的理解底端绪。倘举例，请看他怎样地美妙地说明着那由种种各异的社会阶级底生活条件的，美底概念底依据吧。我们从他底学位论文中，将那在这里有关系的，真实地美妙的地方，全部引用来。——

"好的生活，应该如此才对的生活，在单纯的民众那儿，是由吃得饱，有好的小屋住，能满足地睡眠等事所成立的；但和这一同，在农夫那儿，'生活'底概念是常常包含在工作底概念之中的，——没有工作，便不能生活着，生活便要无聊的吧。当作满足的生活底结果，在不到力底疲劳的大的工作的时候，年青的农夫或农村底少女，就有极新鲜的脸色，和颊全体现出红色来吧，——惟这个，才是由单纯的民众底解释的，美底第一条件。因为多多地工作着因而具有强健的体格的缘故，农村底少女，只要有满足的食物，肉姿便总十分地好的，——这也是农村美人底必要条件。上流底'空气一样地轻轻的美人'，在农夫看来，是决定的地'不恰好'的，甚至要给他们不愉快的印象；这是因为他们惯以为'瘦'是疾病或'悲伤的运命'底结果的缘故。但是，工作是不允许人长得肥满的，所以如果农村底少女长得很肥，那么这是病底一种，是'病弱的'体格底标志；民众是将大大的肥满，看作缺点的。在农村底少女，不能有小小的手和小小的足，因为她们是多多地工作着的；——关于这等美底属性，在俄国底歌谣中是连它底影子也没有的。一句话说来，在民谣里的美人底描写之中，不是当作遇到既非日日的笑谈，也非过度的工作时的满足的生活之结果的，华盛的健康和在有机体上的力底均衡之表现者，是没有。上流的美人却完全与这不同。已经几世代之间，她底祖先们手不做工作地生活过来了；当作没有工作的生活状态之结果，血是极端地仅少流动着的。一代一代地，手和足底筋肉渐渐弱下去，骨儿渐渐细起来，这一切的必然的结果，不能不现出小小的手和小小的足来了。这些——是在社会底上层阶级以为这才是生活的那种生活，没有肉体劳动的生活底征候；如果上流的妇人有了大的手和足，那么这是她具有坏的体子，或她不是出自旧的，好的名门的事底征候。依据同一的理由，上流的美人也非具有小小的耳朵不可。偏头痛，如大家都知道的一样，是有兴味的病；——然而这不是无原因的，——因为无为之故，血便留在中央底诸机关，流入脑部去的，神经系统是即使没有这个也因为在有机体上的全体的衰弱，已经在焦燥着的；这些一切底不可避的结果——便是永续的头痛与各种的神经的疾病。但如果这是我们所中意的生活形态底结果，那么疾病也是甚至愿望的，羡慕的了，所以没有法子的。诚然，健康在人类是永久地不会失去它底价值的，因为即使在满足或阔绰上，不健康地生活着，也是不好的。但是，病弱，不健康，虚弱，衰弱，一以为这些是阔绰的无为的生活形态之结果，在他们也便即刻具有美底价值了。苍白，衰弱，病弱，对于上流的人们更具有别的意义，——倘若农夫是要求着休息与安静，那么那没有物质的必要和肉体的疲劳，但因为无为和没有物质的忧虑之故却常常无聊的，教养社会底人们，是要求着'强烈的感觉，和欲望底激动'，由这而把色彩和多样性及魔力，给与那倘没有这些便单调而无色彩的上流生活的。但是，为了强烈的感觉或火似的欲望之故，人是即刻消耗着的，——这些如果是'生活了许多'的一事底证明，那么怎能不被美人底衰弱，苍白所魔惑呢？"❶

在艺术作品之中，表现着人们底关于美的概念。各种的社会阶级底关于美的概念，像我们所见的一样，是极其种种的，甚至常常对蹠的。在所与的时代里支配着社会的那阶级，在文学上和在艺术上，也是支配着的。他们在那里边带来了自己底见解和概念。而且一切所与的阶级都自有着它底历史的，——它发达着，达到繁荣与支配，而最后便向于没落。它底文学的见解，及美的概念，也和这一同地变化着。所以在历史上，我们逢见人类底种种不同的美的概念，——在一时代里支配着的见解与概念，在别时代便成了旧的东西。车勒芮绥夫斯基是认得人类底美的概念，于其最后的阶段上乃由他们底经济生活所决定的事的。这点是证明了他底见解底大的透澈性的东西。为了使自己底美学说立在坚固的唯物论的基础上起见，他便有详细地研究由他所认得的美学与经济的因果关系，而且至少通过人类底历史的发达底主要的阶段而追求着这关系的必要。藉此，他能做在美学史上的最大的

❶ 全集，第十卷，第二部，第一篇，第八九—九〇页。

变革吧。但是，第一，他在那研究上所依据的方法，于这种的理论的企图是不充足的。第二，他是为一个"启蒙者"，较之对于理论本身，还是对于和日常生活的实践有直接的关系的那几多的结论，更具有兴味。因此，他虽在关于在美学底领域上的意识与存在的关系的问题上投了极透澈的视线，却即刻从这理论的问题背过脸去，急于向自己底读者发理性的实践的忠告了。他说，——

> "有生气的新鲜的颜色，
> 　　青春底标志，是可爱的，
> 但是，褪为苍白了的颜色，哀伤底标志，
> 　　是更可爱。

"但是，倘若以苍白为对于病的美的陶醉，或趣味底人工的颓废底征候，那么一切真实地有教养的人，便应该感到真实的生活乃是智脑与心脏底生活了。这是在颜面底表情之中，尤其分明地在眼中印记着的。所以，在民谣之中极少地说到的颜面底表情，在支配着有教养的人们之间的美底概念之中，却获得了巨大的意义。而且，人还常常有只因为他具有美的表情的眼的缘故，便见得是美的人的事呢！" ❶

这也是正当的。但在这正当的记述之中，问题已经较之在它和种种的阶级底经济的状态，居在怎样的联系之中呢的美学上，倒是在它在"有教养的人们"那儿，应该是怎样的东西呢的事之中了的。关于应该的事的顾虑，在车勒芮绥夫斯基底学位论文之中，是比为什么常常有完全各异的事存在着呢的理论的兴味，更为优越的。于是只有依据这事，在这唯物论者底学位论文之中，却比在例如绝对的观念论者黑格尔底《美学》里，更少有关于艺术底历史的真实地唯物论的记述的，这一见不可思议的事实，才能被说明。 ❷

---

❶ 同书，第九〇页。

❷ 请看例如关于荷兰绘画史的黑格尔底记述，无论那一个现代底唯物论者辩证法论者，都差不多无条件地会同意这记述吧。（"Aesthetik" b, l-er Band, S.217, 218, B.II.S.217-223），同样的记述，也多多地散布在他底《美学》之中。

我们回到关于亚里斯多德底《诗学》的论文吧，——这论文恰如关于《艺术与现实底美学的关系》的研究底补足一样。依车勒芮绥夫斯基底意见，则亚里斯多德于他课给艺术的那要求底昂扬上，是劣于柏拉图的。关于音乐底意义的他底概念，像柏拉图底概念一样，不是示唆的，而且——像我们在以前说到车勒芮绥夫斯基与黑格尔底辩证法之关系的时候，曾带便地说明过的一样——常常有着琐末主义底缺点。我们底著者，当亚里斯多德由人类对于模仿的欲求来说明艺术底趣味的时候，是没有同意他的。但是，关于哲学和诗歌底关系的亚里斯多德底见解，却非常地中他底意。他说，——"从一般的观点来表现人类底生活，将生活上的——不是那偶然的，无意思的琐末事——本质的及性格的东西体现着的那诗歌，如同那亚里斯多德所想的一样，有着极多的哲学的价值。于这意味上，依他底意见，它是比那必须无选择地将无论重要的东西，不重要的东西，本质的及性格的东西，又没有什么内面的意义的偶然的事实，都记述着的历史，高得多多的。诗歌，是和历史必须没有什么内面的联系地，年代记风地，讲说相互间并没有共同之物的那种种的事实相反，于那内面的联系之中表现着一切；——于这意味上，也比历史高得多多。"❶

像大家都知道的一样，亚里斯多德底这见解，以同一的理由，也中了莱心底意的。——这给与出将在这二个"启蒙者"如此尊贵的那"生活底说明"，或——以更完全的正确的表现法——对于生活的"判决"底宣告底要求，课给诗歌的，这事底理论的可能。当然，在实际上，亚里斯多德底见解，是能够像黑格尔在其《美学》之中所给与，我们常常在触到这问题的培林斯基底断决之中所看见似的纯理论的意味上，来说明的。但车勒芮绥夫斯基，却和莱心一同，依从在"启蒙者"很尊贵的实践的方向，来解释它。❷

是一个以顾虑实践的结论为主，而且因此便不很关心这结论底理

---

❶ 全集，第一卷，第三六—三七页。

❷ 追忆一下关于历史的车勒芮绥夫斯基底下面似的说明，怕不是无益吧，——"但是，关于历史的亚里斯多德底意见，是需要说明的，——那是只能适用于他底时代所知道的历史底种类，——实际上那不是历史，而是年代记"。（全集，第一卷，第三七页）。

论的基础之全面的检讨的，"启蒙者"的车勒芮绥夫斯基，不能说能够常常将历史的正当，给与由他所批判着的美学说的。

车勒芮绥夫斯基，是和莱心一同，由于以它自身而论是完全地明白的原因，不曾爱"拟古典派底理论家"，——这件事，关于莱心是有梅林格（Franz Mehring）在其有名的著书《莱心传说》中很好地说明着的，——但将这事加以检讨，在这里是不会将我们引到很远去吧。他对这些理论家们，课加了实际上他们对于它是无罪的，而且这件事，只要略略地注意到领有着他的那美学的问题底历史的方面，便能够容易地确信的那样的罪。下面即其分明的例子。在柏拉图及亚里斯多德那儿，艺术被名作模仿的东西。关于这事，车勒芮绥夫斯基认为有将这等哲学者所说的"模仿"，和拟古典派在其中看见艺术之本质的那"自然底模仿"，只有极仅少的共同的东西的事，记着之必要。他说，"柏拉图及尤其为一切巴忒或波亚罗或荷拉谛乌斯底教师的亚里斯多德，说着模仿底理论的时候，是将艺术底本质，放在我们都惯于将它加以补充的这文句自然底模仿之中吗？在实际上，无论柏拉图或亚里斯多德，都以为艺术，尤其诗歌底真实的内容，决不是在自然之中，而是在人类底生活之中的。将那在他们之后只有莱心说着，他们底一切追随者都不能理解的东西，——看作艺术底主要的内容的这伟大的名誉，是属于他们的。在亚里斯多德底《诗学》中，一句也没有说到自然，——他说到人们，说到他们底行为，说到人们底事件，将这些当作诗歌底模仿底对象。补充说，——自然是只有在无力的，虚伪的描写诗及与它结合着的教说诗——被亚里斯多德从诗歌里驱逐出的种类——极其全盛的时候，才能取入《诗学》之中。自然底模仿是和真实的诗人不相干的，真实的诗人底主要的对象——是人类等等。"自然"是只有在风景诗里才被推出到第一的考案（plan），"自然底模仿"这文句，是初从画家底唇里听见的。" ❶

车勒芮绥夫斯基，更从普里尼亚斯底说话，说明这句话在怎样的状况之下发生，——有一次，里西雪波斯问画家蔼乌潘波斯，应该模仿伟大的艺术家中底何人的时候，这人便回答说：不是艺术家，是应

---

❶ 全集，第一卷，第三八—三九页。

该模仿自然。从这些说话里，我们底著者正当地下着这样的结论：可以做在艺术家的模范者，是活生生的现实一般，不是于狭的意思上的自然。但是，问题是在这点上："自然底模仿"这句话，也是由"拟古典派底理论家"们，在这意思上理解着的。当作这证明，引用一下车勒芮绥夫斯基将他加进于忘却人类的作家数里去的波亚罗吧。在他底"Art Poètique"底第三歌中，波亚罗向作者们给与了下面的忠告，——

Que la nature donc soit votre ètude unique,

Auteurs, quiprètendez aux honneure du comigue.

Quiconque voit bien l'homme, et, d'un esprit profond,

De tant de soeurs cachèe a pénétréle fond;

Que sait bien ce que c'est qu'un prodigue, un avare,

Un honnéte homme, un fat, un jaloux, un bizarre,

Sur une scéne heureuse il peut les étaler,

Et les faire à nos yeux vivre, agir et parter,

Présentez en partout les images maives;

Que chacam y soit peint des couleurs les plus vive

Ls nature, féconde en bizarres portraits,

Dans chaqueâme est marquée a de différents trait,

Un geste la découvre, un rien la fait paraître.

Mais tout esprit n'a pas des yeud pour les connaître.

在这里是最明白地，波亚罗正以"自然"这词句说着人类的。在下面的断片上也同样地明白，——

Aux dépens du bon sens gardez de plaisanter.

Jamais de la nrture il ne faut s'écerter.

Contemplez de quel air un père dans Térence

Vient d'un fils amoureux gourmander l'imprudence;

De quel air cet amant écoute ses lecons,

Et court chez sa maÎtresse oublier ses chansons.

Ce n'est pas un portrait, une imaze sem blable,

C'est un amant, un fils, nu père véritable.

波亚罗说无论有怎样的事也不可从自然脱离的时候，他底说话分

明地有不可不尽量儿正确地描写人类底本性的意思。波亚罗拿 Térence
（忒棱西）做例。忒棱西，依他底意见，是有作为巧妙地再现了人类——
父，儿子，爱人等等底本性的艺术家来模仿的价值。实际上，十七世
纪并不能将自然底表现，放在人类底生活底表现之上。十七世纪对于
这后者是过于具有兴味的了。而且这是将那几乎一切的注意都集中于
这里，连这世纪底风景画，也将自然推到背景里去的在法兰西，风景
画家从人类移向到自然去者，是在十九世纪二十年代底末叶的事。而
且这转换，并不是艺术家对自然比对人类更多地具起兴味来了的缘
故，乃是在以前只有仅少兴味的人类底精神生活底别一方面，现在却
开始惹起他们底兴味了的意思。❶但是，重复说，在作为"启蒙者"的
车勒芮绥夫斯基，这历史的详细并没有特别的意义。在他，那在他底
眼前具有巨大的实践的意义的东西，就是"将艺术称作现实之再现（将
没有好好地传达着希腊语 Mimêsis 底意义的"模仿"这语，代为那时
代底话语），是比将艺术看作在作品中实现着现实上不存在的那完全的
美底我们底观念的东西，更加正确的❷。这结论，才是重要的。车勒芮
绥夫斯基一边使自己底这思想发展，一边确言着：因为将人类生活底
再现为艺术底最高原理，便以为艺术将成为现实底粗杂的，卑俗的写
真，将拒斥一切的理想化，那是无益的。车勒芮绥夫斯基是承认理想
化的。不过，他与这概念以自己底定义。从被表现着的对象及性格底
所谓粉饰而成的理想化，是等于虚饰，夸张，虚伪的；——"唯一的
必要的理想化，应该从将那对于光景底完全不必的详细——无论那是
怎样的详细——从诗的作品上除去而成。"而且，不待说，这是无条件
地正当的。

对于车勒芮绥夫斯基关联亚里斯多德底《诗学》而说述的，在学
位论文中也反复地说着的，别一个的美学的见解，——当作在别的地
方我们已经检讨过的东西，——现在不去触到；我们单在另一事上再

---

❶　献给法兰西风景画的论文集 "Histoire du paysage en France" Paris1908，中诸论文参看。
请看在那儿的罗赞泰尔底讲义 "Lapaysage au temps du romantisme" 及沙勒尔·梭尼耶底论文 "Jean
Francois Millet"。还有，弗罗曼坦底 "Les maîtres d'antrefois.Belgique-Hollande" 8-e　édit.Paris 1896，
第二七一页及其下参看。
❷　全集，第一卷，第三九页。

停留一下吧。车勒芮绥夫斯基这样写着：亚里斯多德将悲剧作者放在荷马之上，发现了荷马底诗，于艺术的形式的意思上，是多大地不及索福克（Sophocles）或幼里披底（Enripides）的一事了。我们底著者是和希腊哲学者底这见解完全同意的，而且以为有从自己的方面加了一个注意文的必要。——他认为索福克或幼里披底底悲剧，不但由于那形式，并且由那内容，也是荷马底诗所不能比较一般地艺术的。于是他问道：这不是我们也应该依据亚里斯多德底例子，舍去虚伪底偏爱来看莎士比亚的时候吗？他说，莱心将这伟大的英吉利底剧作家，放在比曾在地上存在的一切诗人更高的地位上，是当然的。但现在，在已没有反对法兰西拟古典作家底非常地热心的模仿的必要，我们具有莱心，哥德，席勒，拜伦的时候，对于莎士比亚的批判的态度是可以允许的了。"不是哥德也承认改作《哈姆雷特》的必要吗？而且席勒纵和莎士比亚底《麦克白斯》同样地改作了拉幸（Jean Racine）底《斐特尔》，他恐怕决不因此而显示着趣味底粗杂吧。我们对于远的过去是没有偏爱的，——但我们为什么这样地踌躇于去承认近的过去是比远的过去更高的诗歌底发展的世纪呢？是说诗歌底发展，不是和教养及生活底发展并行着的吗？"❶

恰与能够，而且应该，以批评来对哥德，托尔斯泰或黑格尔，斯宾挪塞（Baruch Spinoza）的同样，对于莎士比亚也能够而且应该用批评，这是不待说的。但是，可否将莱心或席勒或拜伦放在莎士比亚之上，那是别一问题。我们在这里没有检讨这个的可能。但我们总之能够说：当作剧作家而论，莎士比亚是比由车勒芮绥夫斯基所指名着的作家更高得多多的。公平当然是一切的文学的判断所必要，但这还没有课给我们以承认"诗歌底成功常常和生活及教养底成功并行的"这思想的义务。不，决不是常常这样的。作为艺术家的柯奈耶（Pierre Corneille）及拉辛，是非福禄特尔（Voltaire）所可比较那般地高的。然而十八世纪底法兰西底教养与法兰西底生活，却遥远地驾凌着那前世纪底教养与生活。或者——倘取了在为一个法兰西底拟古典派底决定的反对者的车勒芮绥夫斯基更能会意的那样的例子，——则在莎士

---

❶ 同书，第四三页。

比亚时代的英吉利底演剧队是非在十八世纪的时代所可比较那般地高，不是明白的事吗？然而英吉利底教养与生活，在将这二时代互相区别着的过渡期里，却前进得极远的。一切国底"启蒙者"都容易地要以为：教育（"教养"）底成果，和国民底智的及社会的生活底别的一切方面底成功，常常成正比例。但这并非如此。在实际上，人类底历史的运动，是体现着这样的过程：一方面的成功不但不常常预定着别的一切方面底比例的成功，并且屡屡使有些方面底未发达或甚至颓废有了条件。这样，例如在西欧的经济生活底巨大的发展，由于决定着社会底富之生产者的阶级与其摄取者的阶级之间的相互关系的一事，便在十九世纪的后半，导到资产阶级底精神的颓废，以及表现着这阶级底道德的观念和社会的欲求的一切艺术与科学底没落去了。在十八世纪末的法兰西，资产阶级是还当作充满着智的及道德的精力的阶级而行动着；但这情势并不曾妨碍在这时代由他们所创成的诗歌，比之在以前社会生活还没有十分地发达的时代的诗歌，反而后退着的事。一般地，诗歌是难与判断性同栖的；但判断性却常常作为教养底必然的结果及忠实的表示者而显现。然而在为一个典型的"启蒙者"的车勒芮绥夫斯基，这种想头是完全无缘分的。

译者附记——这一篇就是蒲力汗诺夫（G.V.Plekhanov）底大著《车勒芮绥夫斯基》第一部第三篇《车勒芮绥夫斯基底文学观》底第一章，原题名也叫《文学及艺术底意义》，我是据藏原惟人底日译重译的。著者蒲力汗诺夫，想大家也都知道，是被称为俄国底科学的社会主义之父的，他底数多的著作，尼古拉·李宁说是"世界科学的社会主义文献中底精华"；但在中国现在尚还介绍得很少，据我所知，只有《史的一元论》（吴念慈译，南强书局出版），《科学的社会主义之根本问题》（江南书店出版），《艺术论》（鲁迅译，水沫书店出版）及我译的《艺术与社会生活》（水沫书店出版）四本。蒲力汗诺夫又是第一个以史的唯物观来研究艺术的人。至于车勒芮绥夫斯基（N.G.Chernyshevsky），是十九世纪俄国最大的思想家之一，于哲学，历史，文学，经济，政治等方面，均留下了优秀的著作；并且在他底思想底根底里横著法耶尔

457

巴哈底唯物论的哲学，所以有人说，恰如卡尔·马克思和 F·恩格尔从法耶尔巴哈底哲学出发的一样，俄国最大的二个科学的社会主义者——即蒲力汗诺夫和尼古拉·李宁——于其出发的当初，是直接间接地从车勒芮绥夫斯基那儿学得了许多东西的。蒲力汗诺夫底《车勒芮绥夫斯基》，便是一边涉及各部门地将车勒芮绥夫斯基底思想加以介绍和批判，一边展开着他（蒲力汗诺夫）自己底科学的社会主义的世界观，所以既可知道车勒芮绥夫新基底思想，也可知道蒲力汗诺夫思想。——论文学的部分，也当然如此。

（原载《小说月报》第 21 卷第 2 号，1930 年 2 月 10 日）

七、刊物与丛书

1. 刊物

①《小说月报》

小说新潮栏宣言

　　我国自从有翻译小说以来，说少也有二十年了。这二十年中，由西文译华的小说，何止千部；其中有价值的自然不少，没价值的却也居半。这诚然是一个缺点。

　　现在新思想一日千里，新思想是欲新文艺去替他宣传鼓吹的，所以一时间便觉得中国翻译的小说实在是都"不合时代"。况且西洋的小说已经由浪漫主义（Romanticism）进而为写实主义（Realism），表象主义（Symbolicism），新浪漫主义（New Romanticism），我国却还是停留在写实以前，这个又显然是步人后尘。所以新派小说的介绍，于今实在是很急切的了。

　　文学是思想一面的东西，这话是不错的。然而文学的构成，却全靠艺术。同是一个对象，自然派（Natural）去描摹便成自然主义的文学，神秘派去描摹便成神秘主义的文学；由此可知欲创造新文学，思想固然要紧，艺术更不容忽视。思想能够一日千里的猛进，艺术怕不是"探本穷源"便办不到。因为艺术都是根据旧张本而美化的。不探到了旧张本按次做去，冒冒失失"唯新是摹"，是立不住脚的。所以中国现在要介绍新派小说，应该先从写实派自然派介绍起。本栏的宗旨也就在此。

最新的不就是最美的最好的。凡是一个新，都是带着时代的色彩，适应于某时代的，在某时代便是新，唯独"美""好"不然。"美""好"是真实（Reality）。真实的价值不因时代而改变。旧文学也含有"美""好"的，不可一概抹煞。所以我们对于新旧文学并不歧视；我们相信现在创造中国的新文艺时，西洋文学和中国的旧文学都有几分的帮助。我们并不想仅求保守旧的而不求进步，我们是想把旧的做研究材料，提出他的特质，和西洋文学的特质结合，另创一种自有的新文学出来。我们现在辟这一栏，便本此意，不是徒然"慕欧"。这是希望大家明白，并希望大家本着这层意思猛力进行的。

一年以来，注意新文学的人渐渐多了。北欧的文学向来极没有人谈起的，近来几于人人晓得了。易卜生的杰作翻出的有五、六篇；白利欧萧伯讷的杰作也介绍过一两篇；其余短篇小说译出的更多。一年中的成绩不算坏了。

但是介绍尽管有人介绍，却微嫌有点杂乱；多译研究问题的文学果然是现社会的对症药，新思想宣传的急先锋，却未免单面；只拣新的译，却未免忽略了文学进化的痕迹。所以我们只好说一年来一般人文学上的常识确是增加了不少，若论由翻译而进于创造，那是终觉有些不够的。

治哲学的倘然不先看哲学史看古来大哲学家的著作，不晓得以前各家本体论的说头怎样，现在研究到怎样，价值论认识论又怎样，而只看现代最新的学说，则所得的仍只是常识，不算是研究。文学自然也是如此的。西洋古典主义的文学到卢骚方才打破，浪漫主义到易卜生告终，自然主义从佐拉起，表象主义是梅德林开起头来，一直到现在的新浪漫派；先是局促于前人的范围内，后来解放（卢骚是文学解放时代），注重主观的描写；从主观变到客观，又从客观变回主观，却已不是从前的主观：这其间进化的次序不是一步可以上天的。我们中国现在的文学只好说尚徘徊于"古典""浪漫"的中间，《儒林外史》和《官场现形记》之类虽然也曾描写到社会的腐败，却决不能就算是中国的写实小说；（黑幕小说更无论了）神秘表象唯美三者，不要说作才很少（作才本来不怕其少），最苦的是一般人还都领会不来。所以现在为欲人人能领会打算，为将来自己创造先做系统的研究打算，都该尽量把写实派自然派的文艺先行介绍（《新青年》六卷六号朱希祖先生译论后面的附说也是如此主张的），我们假定用一年的时间，大家一齐努力，也许能把这一段工程做完，因为一年的时间是极短促的，而写实派自然派的文学却浩如烟海，我们要急就，便不得不拣几人几种的著作尽先译出来，其余的只好从缓。我很想把我私下的意见和海内研究新文学的人一同讨论，也希望赞成我们这计划的人帮助我们一同做，下面的表便是计划的大概：

第一部

Björnson, B.Newly, Married Couple.(A Play) A.Gauntlet(A Play).

Strindberg, A.At the edge of the Sea. Miss Julia(A Play). The Father
(A Play).

Ibsen, H.The Wild Duck (A Play). League of the Youth (A Play). Lady from the sea (A Play).

Zola, Ê.La Debâcle(Downfall). Joy of life.L'allaque des Moulin(The Attack on the Mill).

Maupassant, Guyode, Une Vie.Pierre et Jean.

Gogal, N.V.Dead Soul.Cloak.

The Terrible Cossack.

Chekhov, A.The Duel.The Cherry Orchard (A Play). The Sea-Gull.
(A Play). Ivanoff (A Play). The three Sisters (A Play). Old Wives of Russia. The Chestunt Tree.

Turgeniev, G.S.Sportsman's Note Book. Father and Son.Virgin Soil.

Dastoevsky, F.A little Hero.Notes from Underground.The Idiot.

Gosky, M.Creatures That once were Man. Lower Depths (A Play)

Henryk Sienkievicz. Bartek the Conqueror. Adam Szymanski.Macij Mazur.

以上所举十二家的三十部著作，都是长的，短篇不再举名，以免噜哜，至于这十二位作家的择选，都是用严格的眼光，单注意于艺术方面，所以有许多重要的问题剧问题小说，都没有放进去，留在下面的表里，分别为第二部。自然也是希望能于一年中译完的。（托尔斯泰之 War and peace 归入第二部，而佐拉之 Downfall 则归进第一部，也只因佐拉之作，只描写战争的可怕，而托尔斯泰却已讲到战争是为什么，所以不归入第一部。陀思妥夫斯该的 Crime and Punishment 归入第二部，也是此意，斯德林倍格之 Atthe edge of the sea 是斯德林倍格的"超人主义"，放在第一部虽然不妥，搁在第二部也不大对，他是个艺术手段极高的人，他的东西总是如此，所以还是放在第一部。）

第二部

Tolstoi，War and Place

Dostoyevsky，Crime and Punishment

Hauptmann，G.Weavers.Drayman Henschel.

Gaslworthy，J.Strife，Mob.

Brieux，E.Woman on Her own.Red Robe.

Horzen.Whose Crime?

Bernard Shaw，G.Three Plays for Puritans

Wells，H G.Jean and Peter.

以上是八位著作家的著作十三篇，都是极长的。这八位中间的俄人 Horzen，算得是写实派，不过我举的一篇，带些问题性，所以我把他归入这第二部中。Hauptmann 的杰作实在不少，我单举这两种，不过取其作法刚巧相反罢了。Bernard Shaw 的著作是表示他的理想的，是做来给人读的，不是演给人看的，我以为中国人现在能领会的还少；特选这三篇，无非取他浅近些罢了。Wells 虽然是位科学小说家，但是这本 Jean and Peter（最近作）却是攻击现代教育的，所以我算他为问题小说，收入第二部。

这便是我对于介绍西洋文学的一点意见。第一部所取的，是纯粹的写实派自然派居多。第二部是问题著作居多。我以为总得先有了客观的艺术手段，然后做问题文学做得好，能动人，这便是我强分第一第二两部的一孔之见了。至于过渡时代的文学，如卢骚的 "Nouvelle Helöise"，Mme.de Staël 的 "Delphine" 和 "Corinne"，Goethe 的 "Faust"，Scheridan 的 "The School for Scandal"，Goldsmith 的 "She Stoops to Conquer"，A. S. Pushkin 的短论（如 The Queen of Spades）都也应该翻出来的。此外要紧的事情。就是要一部近代西洋文学思潮史。待这些阶段都已走完，然后我们创造自己的新文艺有了基础。

（原载《小说月报》第 11 卷第 1 号，1920 年 1 月 25 日）

小说月报征文广告

　　本志自十一卷一号起。改良体例。欢迎投稿。重订条例如下。

（一）小说新潮栏

　　不论译著。每篇以一、二千字至万言以内为限。

（二）编辑余谈

　　每则以千字以内为限。

（三）说丛

　　不论译著。亦不拘定文言白话。惟以短篇为限。长篇不收。

　　采用之稿。分三等酬报。（甲）每千字三元。（乙）每千字二元。（丙）每千字一元。不用者原稿立即寄还。其余瀛谈杂载等栏。亦可投稿。惟除特别之件。适用用上项酬报外。余均以书券为酬。

　　　　　　（原载《小说月报》第 11 卷第 1 号，1920 年 1 月 25 日）

本 社 启 事

　　本报自本号起，将"说丛"一栏删除，一律采用"小说新潮"栏之最新译著小说，以应文学之潮流，谋说部之改进。以后每号添列"社说"一栏，略如前数号"编辑余谈"之材料，凡有以（一）研究小说之作法，（二）欧美小说界之近闻，（三）关于小说讨论等稿见惠者，毋任欢迎。其酬例一如小说，每千字自一元起至三、四元止，惟小说只收短篇，过一万字之长篇，请勿见惠，特此预告，敬希公鉴。

小说月报社谨启

（原载《小说月报》第 11 卷第 10 号，1920 年 10 月 25 日）

本月刊特别启事一

　　爱读本月刊诸君子！本月刊自与诸君子相见，凡十一年矣；此十一年中，国内思想界屡呈变换，本月刊亦常顺应环境，步步改革，冀为我国文学界尽一分之力，此固常读本刊诸君子所稔知者也。

　　近年以来，新思想东渐，新文学已过其建设之第一幕而方谋充量发展，本月刊鉴于时机之既至，亦愿本介绍西洋文学之素志，勉为新文学前途尽提倡鼓吹之一分天职。自明年十二卷第一期起，本月刊将尽其能力，介绍西洋之新文学，并输进研究新文学应有之常识；面目既已一新，精神当亦不同，旧有门类，略有更改，兹分条具举如下：

　　（甲）论评　　发表个人对于新文学之主张。

　　（乙）研究　　介绍西洋文学思潮，输进文学常识。

　　（丙）译丛　　本刊前此所译，以西洋名家小说居多，今年已译剧本，自明年起，拟加译诗。三者皆选西洋最新派之名著迻译。

　　（丁）创作　　国人自作之新文学作品，不论长篇短著，择优汇集于此栏。

　　（戊）特载　　此门所收，皆最新之文艺思想及文艺作品，从此可以窥见西洋文艺将来之趋势。

　　（己）史传　　文学家传及西洋各国文学史均入此门，读者从此可以上窥西洋文艺发达之来源。

　　（庚）杂载　　此栏又分为三：

　　（子）文艺丛谈　　此为小品。

（丑）海外文坛消息。

（寅）书报评论。

以上各门之中，将来仍拟多载（丙）（丁）两门材料，而以渐输进文学常识，以避过形枯索之感。尚祈海内研究文学之君子有以教之。

本月刊特别启事二

　　本月刊自明年起大加刷新，改变体例，增加材料，已见特别启事一，兹本刊本年所登各长篇，尚有不能遽完者，均已于此期内登完，以作一结束。

本月刊特别启事五

本刊明年起更改体例，文学研究会诸先生允担任撰著敬列诸先生之台名如下：

周作人	瞿世英	叶绍钧	耿济之	蒋百里
郭梦良	许地山	郭绍虞	冰心女士	郑振铎
明　心	庐隐女士	孙伏园	王统照	沈雁冰

小说月报启事

　　小说月报自第十二卷第一号起。刷新内容。减少定价。并特约新文学名家多人任长期撰著。已见本志第十一卷十二号特别启事中。今特约言其内容。则有（一）论评（二）创作（三）译丛（四）特载（五）杂载五大门。除介绍西洋最新名家文学。发表国人创作佳篇外。兼讨论同人对于革新文学之意见。及研究西洋文学之材料。每期并附精印西洋名家画多幅。特请对于绘画艺术极有研究之人拣选材料详加说明。以为详细介绍西洋美术之初步。出版期提前为每月十号。定价减为二角。页数仍旧。材料加多。以副爱读本刊诸君惠顾之雅意。

上海商务印书馆编译所小说月报社谨启

　　（以上原载《小说月报》第 11 卷第 12 号，1920 年 12 月 25 日）

《小说月报》的改革宣言

　　小说月报行世以来，已十一年矣，今当第十二年之始，谋更新而扩充之，将于译述西洋名家小说而外，兼介绍世界文学界潮流之趋向，讨论中国文学革进之方法；旧有门类，略有改变，具举如下：

　　一、论评　同人观察所及愿提出与国人相讨论者，入于此门。

　　二、研究　同人认西洋文学变迁之过程有急须介绍与国人之必要，而中国文学变迁之过程则有急待整理之必要；此栏将以此两者为归。

　　三、译丛　译西洋名家著作，不限于一国，不限于一派；说部，剧本，诗，三者并包。

　　四、创作　同人以为国人新文学之创作虽尚在试验时期，然椎轮为大辂之始，同人对此，盖深愿与国人共勉，特辟此栏，以俟佳篇。

　　五、特载　同人深信文艺之进步全赖有不囿于传统思想之创造的精神；当其创造之初，固惊庸俗之耳目，迨及学派确立，民众始仰其真理。西洋专论文艺之杂志，常有 Modern form 一栏以容受此等作品；同人窃仿其意，特创此栏，以俟国人发表其创见，兼亦介绍西洋之新说，以为观摩之助。

　　六、杂载　此栏所包为：（一）文艺丛谈（小品），（二）文学家传，（三）海外文坛消息，（四）书评。

　　此外同人尚有二三意见将奉以与此刊同进行者，亦愿一言，以俟国人之教：

　　（一）同人以为研究文学哲理介绍文学流派虽为刻不容缓之事，而迻译西欧名著使读者得见某派面目之一斑，不起空中楼阁之憾，尤为重要；故材料之分配将偏多于（三）（四）两门，居过半有强。

（二）同人以为今日谈革新文学非徒事模仿西洋而已，实将创造中国之新文艺，对世界尽贡献之责任：夫将欲取远大之规模尽贡献之责任，则预备研究，愈久愈博愈广，结果愈佳，即不论如何相反之主义咸有研究之必要。故对于为艺术的艺术与为人生的艺术，两无所袒。必将忠实介绍，以为研究之材料。

（三）写实主义的文学，最近已见衰歇之象，就世界观之立点言之，似已不应多为介绍；然就国内文学界情形言之，则写实主义之真精神与写实主义之真杰作实未尝有其一二，故同人以为写实主义在今日尚有切实介绍之必要；而同时非写实的文学亦应充其量输入。以为进一层之预备。

（四）西洋文艺之兴盖与文学上之批评主义（Criticism）相辅而进；批评主义在文艺上有极大之威权，能左右一时代之文艺思想。新进文家初发表其创作，老批评家持批评主义以相绳，初无丝毫之容情，一言之毁誉，舆论翕然从之；如是，故能互相激励而至于至善。我国素无所谓批评主义，月旦既无不易之标准，故好恶多成于一人之私见；"必先有批评家，然后有真文学家"此亦为同人坚信之一端；同人不敏，将先介绍西洋之批评主义以为之导。然同人固皆极尊重自由的创造精神者也，虽力愿提倡批评主义，而不愿为主义之奴隶；并不愿国人皆奉西洋之批评主义为天经地义，而改杀自由创造之精神。

（五）同人等深信一国之文艺为一国国民性之反映，亦惟能表见国民性之文艺能有真价值，能在世界的文学中占一席地。对于此点，亦甚愿尽提倡之责任。

（六）中国旧有文学不仅在过去时代有相当之地位而已，即对于将来亦有几分之贡献，此则同人所敢确信者，故甚愿发表治旧文学者研究所得之见，俾得与国人相讨论。惟平常诗赋等项，恕不能收。

上述六条，同人将次第借此刊以实现，并与国人相讨论。虽然同人等仅国内最小一部分而已，甚望海内同道君子不吝表同情，可乎？

（原载《小说月报》第 12 卷第 1 号，1921 年 1 月 10 日）

小说月报第一次特别征文

题目　（一）对于本刊创作《超人》（本刊第四号），《命命鸟》（本刊第一号），《低能儿》（本刊第二号）的批评（字数限二千至三千）

（二）短篇小说或长诗（新体）:《风雨之下》（短篇小说字数限二千至三千）（长诗字数限一千）

期限　以本年七月十号为收稿截止期。

发表　在本月刊第十二卷第八号择优登载。

报酬　甲名十五元。乙名十元。丙名五元。丁名酬本馆书券。

附白　△来稿誊写请照本刊行格，并请填注详细通信地址。

△两题字数虽限三千，然诸君佳著如有逾此数者，敝社仍极欢迎。惟未满二千五百者，恕不能认为合格。

△应征各稿请于信封面注明"特别征文"字样。

△两题任择一题。

（原载《小说月报》第12卷第5号，1921年5月10日）

一年来的感想与明年的计划

记　者

　　革新后的本刊已经印出十二册了，我们一年来努力于此，于中国新文学的发展不能有多大贡献，很是惭愧。我们能力薄弱，固当任其咎；然而艺术这东西不是一无素养就能发皇兴盛的；以我国人历来对于艺术的态度而言，则一年短时期内的鼓吹，不能有多大成效，似乎是"理之当然"；再看年来国内一般情形，政治的扰乱，经济的恐慌，教育的搁浅，处处都呈不安，新文学前途之不能顺遂发展，更是理之当然，不足为奇；虽然如此，本刊自正月号出版以来，尚销数日增，在社会上些微有点影响，这不是本来应该悲观的，反倒成为可以乐观么？我觉得我中华民族虽然在既往的数千年中不曾造出一种有系统的丰饶的纯正艺术来，然而从今以后，既踏上了这条路，一定能发皇滋长，开了花，结了果实。我鉴于世界上许多被损害的民族，如犹太，如波兰，如捷克，虽曾失却政治上的独立，然而一个个都有不朽的人的艺术，使我敢确信中华民族那怕将来到了财政破产强国共管的厄境，也一定要有，而且必有，不朽的人的艺术！而且是这"艺术之花"滋养我再生我中华民族的精神，使他从衰老回到少壮，从颓丧回到奋发，从灰色转到鲜明，从枯朽里爆出新芽来！在国际——如果将来还有什么"国际"——抬出头来！我想这样确信的预想的乐观，抱者当不止我，故写出来和诸位印证。

　　这是工作一年后的我的感想之一。

　　我们一年来的努力较偏在于翻译方面——就是介绍方面。时有读者来信，说我们"蔑视创作"；他们重视创作的心理，我个人非常钦佩，然其对于文学作品功用的观察，则亦不敢苟同。我以为文学虽亦艺术的一种，然与绘画雕刻等艺术，功用上实不尽同。所以翻译文学作品不能与翻刻绘画摹造雕刻一例看承！文学家要在非常纷扰的人生中搜寻永久的人性。要了解别人，也要把自己表露出来使人了解，要消灭人与人间的沟渠，要齐一人与人间的愿欲；所以文学是人精神的粮食，他不但使人欣忭忘我，不但使人感激而下泪，不但使人精神上得相感通，而且使人精神向上，齐向一个更大的共同的灵魂。然而这是重大的工作，自古至今的文学家没有一个人曾经独立完成了这件大工作，必须合拢来，乃得稍近于完成；必得加上从今以后无量数的文学家努力的结果，乃得更近于完成。在这意义上，我觉得翻译文学作品和创作一般地重要，而在尚未有成熟的"人的文学"之邦像现在的我国，翻译尤为重要；否则，将以何者疗救灵魂的贫乏，修补人性的缺陷呢？我国旧日文人颇以为文学仅供欣赏兴感而已，此历史的负担，似乎至今尚有余威；一般人的观念，颇以为读外国文学犹之看一盆外国花，尝一种外国肴馔，所以要注意去种自己的花，做自己的肴馔；然而这未免缩小了文学对于人生的使命。我极盼望中国立刻产出许多创作家来分担世界创作家对于人类前途所负的责任，更盼望国内读文学的人们注意文学的重大使命，不要拿"吃番菜"的心理去读翻译的作品。

这是我的感想之二。

就文学与人生之关系的立点上申说我对于创作及翻译的意见，既如上述；若再就文学技术的立点而言，我又觉得当今之时，翻译的重要实不亚于创作。西洋人研究文学技术所得的成绩，我相信，我们很可以，或者一定要，采用。采用别人的方法——技巧——和徒事仿效不同。我们用了别人的方法，加上自己的想像情绪……，结果可得自己的好的创作。在这意义上看来，翻译就像是"手段"，由这手段可以达到我们的目的——自己的新文学。所谓文学描写的技术实是创作家天才的结晶，离了创作品便没有文学的技术可见，这自是不错；所以，如果说凡创作家一定也就是创出一些新的从未有过的文学上的技术的，这话自然也不错；但如因此而谓别人所成就的文学技术于自己创作时完全无影响无阻力，这就似乎未必能是了。反对以西洋的文学技术做我们的方法的，在这点上就失却依据了。把西洋文学进化的路径介绍过来，把西洋的含有文学技术的创作品介绍过来，这件重要的工作大概须得翻译者去做了。

这是我的感想之三。

只要是"人的文学"就好了，斤斤于什么主义，什么派别，未免无谓；这也是一年来常听得的话，而我的见解，亦正如此。然而却有一层不可不辨。奉什么主义为天经地义，以什么主义为唯一的"文宗"，这诚然有些无谓；但如果看见了现今国内文学界一般的缺点，适可以某种主义来补救校正，而暂时的多用些心力去研究那一种主义，则亦未可厚非。从来国人对于文学的观念，描写制作的方法，不用讳言，与现代的世界文学，相差甚远。以文学为游戏为消遣，这是国人历来对于文学的观念；但凭想当然，不求实地观察，这是国人历来相传的描写方法；这两者实是中国文学不能进步的主要原因。而要校正这两个毛病，自然主义文学的输进似乎是对症药。这不但对于读者方面可以改变他们的见解他们的口味，便是作者方面得了自然主义的洗炼，也有多少的助益。不论自然主义的文学有多少缺点，单就校正国人的两大病而言，实是利多害少。再说一句现成话，现代文艺都不免受过自然主义的洗礼，那么，就文学进化的通则而言，中国新文学的将来亦是免不得要经过这一步的。所以我觉得现在有注意自然主义文学的必要，现在再不注意，将来更没有时候！我们很想在这里多用一点力。但这当然的只就一般情形而言，并非说人人都该如此；在成熟的路上的创作家当然是例外。

这是我的感想之四。

这四者可说都是由一年来的经验得来的。更由这些经验出发，我们觉得明年的本刊的体例也有改变的必要，如今也在这里写下一些，略如左开各条：——

一　长篇及短篇小说　（创作与翻译都入此门）此门中长篇小说一种预定三期登完一篇，短篇小说除甚短者外，又拟每期登长约万字以上之短篇一种。

二　西洋小说史略　我们觉得现在一般读者对于西洋小说发达的情形尚不大明白，新出版物中亦没有这一类的书；所以从明年起按期登载这一种，预定六期登完，希望未曾研究过西洋小说的读者可以得些帮助。

三　诗歌及戏剧　（创作与翻译都入此门）我们今年虽有戏剧，诗歌却不多；明年起拟多登诗歌，所以特辟此门，所登的译诗又拟每期注重一人，多译一人的佳作，以免零碎介绍，不能给人以深刻的印象。再者，我们觉得各国的民歌也极重要，拟间一期译登一民族的民歌若干首，稍稍弄得有系统些。

四　文学家的研究　本刊今年本有史传一门，也介绍过几个西洋文学家；但世界闻名的文学家而用数千字一篇传去介绍他，总嫌太潦草，不能起人十分的兴味；所以明年起特立这一门，介绍一个文家，从各方面立论，多用几篇论文，希望可使读者对于该文家更能了解。因为国内还是读英文的人多，故更附一书名表列举英文著作的关于该文学家的书及译出的作品。

五　创作讨论　我们对于创作坛非常注意，又以为读者对于创作的意见无论如何总是与创作的发展有益的，所以特立此门以收容各方的意见；不论本刊所登或见于他处之创作，读者如有意见，我们都愿发表，尤欢迎短篇。

六　杂论　泛论文学之论文，入于此门。

七　海外文坛消息　此门仍如今年的形式。

八　通信　为便利大家自由讨论起见，明年起这一门每期一定有。而且地位也扩充些。

九　读者文坛　读者不弃，每以短篇作品论文等类见寄；我们为尊重读者精神产物起见，特辟此门，介绍海内读者互相见面。

十　最后一页　记者发表关于编辑方面的消息，老实说，就是记者的启事栏。

这上面所陈，都是体裁一方的事；尚有数语补说：我们仍是主张为人生的艺术，仍是想不颇不偏的普遍的介绍西洋文学，仍是把创作翻译二者看同一般重要。我们仍是公开的和国人研究，仍是极愿听批评。我们仍是希望本刊能促进国人的文学知识，努力想帮助未曾研究文学的人们由本刊跨上研究的第一步，而且不自量浅薄，更希望本刊也能给正在研究文学的同志们一些小小的参考或助益。但我们时常觉得我们的能力尚不足充分对付这样重大的工作，极望海内不识面的同志不吝赐教呵！

（原载《小说月报》第 12 卷第 12 号，1921 年 12 月 10 日）

小说月报第十五卷号外
中国文学研究号征文启事

　　我们前次出版过俄国文学研究及法国文学研究（将出版）两个号外，颇得读者的欢迎。明年为本报十五周年的纪念，除为爱读本报诸君预备一种纪念的廉价办法外，并拟再出版一个中国文学研究号。一方面以现代的文学批评的眼光，来重新估定中国古文学的价值，一方面以致密谨慎的态度去系统的研究中国自商周以迄现代的文艺的思想与艺术，近来整理国故的呼声甚高，对于中国古代哲学，科学，经济，思想及文艺都有斥去传袭的见解，而用一种新的眼光与新的文法来研究的倾向。我们很希望我们的中国文学研究号在这个潮流中能够有些贡献。惟我们自觉力量薄弱，难于独立担负这个巨大的工作，现在谨布征文简章于后，敬乞海内贤达，多多给我们以帮助！

　　（一）征文种类，拟分：

　　（甲）通论　泛论中国文学的研究方法，他的思想上与艺术上的特质与缺点，及其他。

　　（乙）专论

　　（一）时代的研究（如唐代文学的研究等类）

　　（二）分类的研究（如中国诗歌的研究等类）

　　（三）作家的评传（如陶潜评传李白评传等类）

　　（四）作品的研究（如红楼梦考证等类）

　　（丙）其他　一切读书杂记，目录，重要作品的文字上的校勘及其他。

（二）应征的文字，白话文言俱可。

（三）征文日期自登报之日起，至十三年，四月底止。

（四）如应征者能于征文期截止之前将他们拟作的文题示知，我们尤为欢迎。

（五）征文发表后，谨致五元至百元以上的酬金。

（六）应征的稿件，概不检还，惟黏有足额的邮票及已写好地址的信封者，则不登时当即寄还。

（七）本号的出版期约在民国十三年八月前后。

（八）征文函件请迳寄上海宝山路商务印书馆小说月报社收。

（原载《文学旬刊》第 94 期，上海
《时事新报》1923 年 10 月 29 日）

明年的小说月报

郑振铎

本报一九二一年改革以后，至今已届三年。这三年里虽然爱读者日益增加，我们对于新文学运动也略有些贡献，然而自己总觉得不能十分满意。自明年起，拟乘举行十五年纪念的机会，多约些撰稿者，将内容再加扩大，充实，精炼，务使本报能成为一个较好的纯文艺杂志。现在先在此将我们的计划宣布如下：

第一，文学史及文学概论一类的篇幅拟大加扩充。中国读者社会的文学常识的缺乏是无容讳言的；明年的本报拟刊载《文学大纲》一种，系《比较文学史》的性质，自上古以迄近代，自中国以至欧美、日本、阿拉伯各国的文学都有叙到，同时并拟逐期登载《诗歌概论》《戏曲概论》一类的文字，这一种稿子，至少总可以给一般读者及初次研究文学的人以很大的帮助。

第二，文学批评论及小说戏曲诗歌等的创作，都拟力求其能在文艺水平线上站立得住；我们虽愿意刊登粗枝大叶的伟大的感人的创作，却尤其希望能多刊实质与描写方法二者俱美的文字。

第三，翻译的作品，于选择最好的与最适宜于我们的以外，对于翻译的艺术也拟十分注意，至少想做到译文没有"看不懂"的所在。作者的生平及其他必要的说明也想多多的附注进去，并拟登一部长篇的翻译即俄国阿至巴绥夫（Artsbashev）的《沙宁》（Sanine），这部书的价值，想读者都已知道。

第四，增加许多很有实用的文字。如《现代世界文学名家小传》，

《中国文学者生卒考》及《读书录》《选录》之类，同时并拟汰除不很重要的文字，以期多容纳些这种较好的稿件。

第五，插图拟大行增加。所有画图都想选择与本报内容有联络的。《文学大纲》及《现代文学名家小传》都是有插图的，《海外文坛消息》一栏，也想时时附以必要的图画。至于著名画家的作品，则拟加以较详细的说明。

以上五端，为明年本报的重要变更，我们很希望国内外研究文学的同志及创作家能够常常帮助我们，使我们的这些愿望得以充分实现！

（原载北京《晨报副刊》，1923 年 12 月 24 日）

小说月报第十六卷的新计划

本报自一九二一年大改革以来，几乎年年都在前进。现在拟于第十六卷开始时，再为种种的改进计划，使内容更为扩大、充实、精粹，期以另一种的新面目与数万的老读者及无数的新读者相见。兹将此种新计划大略宣布于下：

一、封面改印极精美的三色版名画。这些名画都是与某一种世界文学名著有关的。在每期正文中另撰一篇很详细的文字以论此种名著。原有的三色及单色插图并尽量增加，插附于正文中最适当的地位。现代中国名画家的杰作并拟时时用影写机印出，原画的神采丝毫不失。

二、本报从前之介绍世界文学，其范围仅及于近代的，自第十六卷起，并拟扩大至于古代及中代，现已请傅东华君将希腊阿里斯多德（Aristotle）的名著《诗学》译出。此书为古典主义的批评的圣经，在欧洲文坛上影响极大。（傅君尚作《读诗学旁札》一文，详述《诗学》的版本及其时代背景与其引例的考略。）将来尚欲将希腊三大悲剧家的杰作，罗马黄金时代的诸作家的名著以及中世纪的诸大作品，陆续介绍进来。

三、同时，对于向来的介绍近代的及弱小民族的文学的特色仍继续的保存着。英、法、俄、德、日本、南北欧及新兴诸国文学的介绍，并拟各请几位熟悉他们的人专任之。此类译文，现已收到而值得预告的有：耿济之君译的《日出之前》，此为德国现代大作家赫卜特曼（Hauptmann）的大杰作；傅东华君译的《参情梦》（The Pierrot of the Minute），此为英国近代恋爱诗人陶孙（Ermest Dowson）的名著。此外，尚有敬隐渔君译的法国新死的大作家法朗士（A.France）的短篇小说集，及耿济之君译的《后灰色马》（Pale Horse），《后灰色马》亦为路卜洵所著，与郑振铎君前译的《灰色马》同一体裁，内容乃为叙俄国大革命前后的社会革命党的活动的。同时，对于《世界文坛消息》将更特约几个专撰此栏文稿的人，其中有的是住在国外的，自然更可将最新的消息报告给我们，使读者与现在的世界文坛刻刻联络着。又去年刊登的《现代世界文学者略传》，仍继续的刊登着，且更努力于叙列各种人名字典及百科全书所未载的重要作家，以供研究现代文艺者的参考。

四、创作小说，本报历年所刊载的，大都为有相当价值的。在第十六卷上将更竭力的搜集重要的创作发表出来。除特约现在最有力的诸作家外，并将尽量容纳新进作家的较好作品。

五、《文学评论》在现在的中国是一件极重要极需要的工作。第十六卷的本报上，将继续的译载英国蒲克（G.Buck）女士的《社会的文学批评论》一书。她的见解浅明而最适合于现在的我们的需要，可作为近代的文学批评的一个准的。

六、第十五卷本报上所刊载的长著《文学大纲》及《中国文学者生卒考》仍将在第十六卷上续登，此二种长著，甚为读者所欢迎，明年将把他们的内容更整炼过。还有关于中国文学的论著，我们也将时时的登载。

七、第十六卷的正月号，将为一个特大号，篇幅约增至三四百页之间，内容拟尽量的扩大。又明年的八月为童话大作家安徒生（H.C.Andersen）的五十年的死忌，我们亦将于这个月出一个特大号，名《童话专号》，去纪念他，篇幅约等于正月号。

尚有种种的改革计划，不能具述。总之，本报第十六卷的内容将使之更为充实。在版式的排列上亦大为改革，使之更合于阅读与美观。每期的出版期并将时时准确，不使延期。

此外，对于预定第十六卷的本报者，我们尚将供献他们以下列的几种特殊的权利：

一、本报号外《中国文学研究》的购买优待，这个号外较之《俄国文学研究》及《法国文学研究》两册，尤为巨大，且内容更为重要，凡研究文学者无不应人手一册，此书将于民国十四年内出版，定阅第十六卷的本报者均有享受半价购买此书的权利。

二、《小说月报丛刊》廉价券的奉上；这个丛刊共五集，凡六十册，系将大改革以来的本报的重要文章，加以整理，分类编纂而成者，欲读前数年的本报而不得者得此固足以慰之，即已读过者再备此书亦觉另有一番新色彩，不独便于检查而已。每集定价一元一角，民国十四年内五集可出齐。凡定阅十六卷本报者皆有取得购买此种丛刊的五折或六折的廉价券的权利。

（丛刊总目录及廉价办法见另一广告）

（原载《小说月报》第 15 卷第 11 号，1924 年 11 月 10 日）

卷头语（选辑）

岁岁开花，
没有同样的两朵。
年年结果，
没有同样的两颗。

　文艺的园无尽量，
正等着我们
　开新花，结新果呢
好好栽培自己罢！

——圣陶

（原载《小说月报》第 14 卷第 2 号，1923 年 2 月 10 日）

从此我不再仰眼看青天，
　不再低头看白水，
只谨慎着我双双的脚步；
我要一步步踏在土泥上，
　——打上深深的脚印！

——朱自清的《毁灭》

（原载《小说月报》第 14 卷第 4 号，1923 年 4 月 10 日）

"一本伟大的作品是从著者的脑和心里产生的；著者将他自己放在那书一页一页上面；这一页一页的书，都具有他的生命，都浸润着他的个性。"

"个人的经验是一切真的文学的基础。"

"一本真实伟大的著作的标帜就在：他所叙说的是新鲜的原创的东西，而且是用新鲜的独特的方法将他们叙说出来的。"

——我极恳挚的将 W.H.Hudson 的这些话贡献给一切努力于文艺的创作者。

——西谛

（原载《小说月报》第 14 卷第 5 号，1923 年 5 月 10 日）

创作的时候：

是"写作欲"如潮水似的汛涨着，如微飚似的吹拂着的时候；

是胸中凄然的重温着已逝去的幸福与悲哀的回忆的时候；

是可听见思想如大鸟之飞过心头的拍翼之声的时候；

是幻想在织着神秘的理想的网，以钓浮沉于现实之海中者的情思的时候；

是热血涌沸，大声疾呼着，欲以战鼓似的声势，催激着人们去奋斗，去为民众，为自由而战的时候。

——西谛一·一六·

（原载《小说月报》第 15 卷第 1 号，1924 年 1 月 10 日）

我们分别那好的文艺的作品，与那够不上称为文艺的作品，不能用理智的道德的标准，只要看他所表现的情绪是否真挚、恳切，他的表现的技术是否精密、美丽。任他是"恶之花"也好，"善之花"也好，任他歌颂上帝也好，歌颂萨坦也好，任他是抒写人生的欢愉与胜利，或抒写世间的绝望与残虐，只要他所表现的情绪是真挚的、恳切的，他的表现的技术又是精密的、美丽的，那末他便是一篇好的文艺作品了。

——西谛

（原载《小说月报》第 15 卷第 2 号，1924 年 2 月 10 日）

　　文艺作品之所以能感动读者，完全在他的叙写的真实。但所谓"真实"，并非谓文艺如人间史迹的记述，所述的事迹必须真实的，乃谓所叙写的事迹，不妨为想像的，幻想的，神奇的，而他的叙写却非真实的不可。如安徒生的童话，虽叙写小绿虫，蝴蝶，以及其他动物世界的事，而他的叙述却极为真实，能使读者如身历其境，这就是所谓"叙写的真实"。至于那种写未读过书的农夫的说话，而却用典故与"雅词"，写中国的事，而使人觉得"非中国的"，则即使其所写的事迹完全是真实也非所谓文艺上的"真实"，决不能感动读者。

——西谛

（原载《小说月报》第 15 卷第 5 号，1924 年 5 月 10 日）

　　我们所见的中国的小说，戏剧与诗歌，大多数都不过是些记帐式的叙述，干枯的对话，无聊的情绪的叙写，离开"艺术"二字真是远之又远。仅有极少数的作家能注意于他们作品的结构的紧练，叙述的劲洁，与描写的美丽与真切。

　　亲爱的作家，请不要太轻视了"艺术"二字！

　　每个人都具有情感，每个人都具有想像，每个人至少在一生中总经过或听闻过可为文学的最好题材的人间喜剧或悲剧，每个人至少在对着笼在晴光或雾雨中的山光水色或在心上温热着柔媚或凄楚的梦想时，总有些诗意，飘荡过心头，而每个人却不能皆成为不朽的诗人，小说家，或戏剧家，而仅能于读他们的作品时，觉得："这宛如我的经过，这正是我所想像的，我所感觉到的"者，其原因即在于每个人不都有诗人，小说家，或戏剧家的那样精湛的叙写与深刻的表现的能力。

——西谛

（原载《小说月报》第 15 卷第 6 号，1924 年 6 月 10 日）

　　文艺是热情的产品。必有真挚的热情，才能产生美丽而感人的文艺。所以我们不能以文艺为消遣的东西，同时，也难能以文艺为宣传某种主张的工具。我们说，今将作某文以娱同伴，或以怡悦所爱的人，但是心里却并没有跃跃想吐写出的题材，则这种以娱人为鹄的的作品是无生命的，不足道的。同样的，我们说，战争很可惨，我们须作一篇小说以反对它，然而心里却并不曾深切的感到战争的凄惨情况，不过欲以小说为表达反对战争的一种主张的工具而已。如此，则这篇小说也绝对的不会有生命，绝对的不会成为好的文艺。

——西谛

（原载《小说月报》第 16 卷第 3 号，1925 年 3 月 10 日）

重视"创作"而轻视"翻译"的结果，容易使出版界泛滥了无数的平庸、无聊的幼稚作品，且容易使读者社会养成了喜欢"易读"的记帐式的下等作品，而不喜欢高尚的纯文艺作品的习惯。

这些恶果现在已有些发见了。

我以为好的创作与天才的大作家，如绿油油的麦，垂丝拂地的柳一样，都是自然而然的，以潜在的能力，应时序的感召而产生，长成出来的。我们不能"拔苗而助之长"，更不能强欲将荒芜之地立刻变作麦浪起伏的沃土，所以我们不必过分的偏重及提倡"创作"。

并且，文艺是没有国界的。印度人的一首恋歌，被远在冰岛的人民读之，也如出于他们自己之口似的同样的受感动，北欧人作的一篇故事，不同种族不同俗尚的日本人，中国人读之，也如北欧人一般的能了解，能赞赏。我们已在许多世界的名著里，见到我们在我们自己的名著里所不能见到的美的情绪，沸腾着的热情，现代人的苦闷，以及伟大的思想了。

因此，我们觉得，我们现在应该分些创作的工夫，去注意到世界名著的介绍，不能视"创作"过高，而以"介绍"为不足注意。

——西谛

（原载《小说月报》第 16 卷第 4 号，1925 年 4 月 10 日）

中国小说数量之少，真使人惊诧；自宋人诸平话以来，至现代的新作品为止，历时至少在六七百年以上，好的坏的小说，统计之，决不上五六百种——其中好的可真少！大都一个人只做一种，做二三种小说以上的，不过几个人而已。即如李伯元，吴沃尧之以小说为职业者，综其一身所写作，也不过数种而已。

且看屠格涅夫一身重要的作品有多少，杜思退益夫斯基有多少，托尔斯泰有多少，佐拉，莫泊桑有多少，史格得，狄更司有多少，"质"的一方面姑不要说，就"量"的一方面而论，已经要使我们愧死了！

我们的作家，我们的新进作家，你们应该如何的努力！中国的文坛真是一片绝大的荒原，土地肥沃，而绝少开垦者。譬如一个喜猎者到了奇禽异兽遍野的山林，而驰骋于猎场者仅一二人而已。能不"见猎心喜"么？能不"见猎心喜"么？

——西谛

（原载《小说月报》第 17 卷第 7 号，1926 年 7 月 10 日）

我们有无数的珠宝，但我们自己不知道；我们天天说穷，一方面当然是真穷，一方面却也因有许多窖藏未被发现。

起初我们不注意我们的戏曲小说以及一切。后来，戏曲被发现了，接着，小说被发现了，然而还有许多许多我们先人所遗下来的财富未曾有人注意呢。近五六年来，许多人注意到民间的歌谣与故事了，然而还有别的更重要的东西未有人留心到；那便是为中国戏曲小说以及其他重要文艺作品之祖的宝卷，及弹词，鼓词之类。

宝卷支配了南方无数善男女的思想和生活，弹词也在二万万妇女的心上有一个坚固的地位，鼓词则是支配北方人民最有力的作品。这些作品里，真有不少好东西在呢。

有人说中国没有史诗，佛曲、弹词、鼓词便是中国的史诗一类的东西。

也许更有无数的资财在暗隅而未为我们所见呢。

——西谛

（原载《小说月报》第 17 卷第 8 号，1926 年 8 月 10 日）

古时，有两个武士相遇于一株大树之下。一个武士开口道："你看见树上挂的那面盾么？"别一个武士答道："看见的，那是银的盾。"前一个武士说道："不，不，你错了，这盾是金的。"后一个叫道："不，不，错的是你，明明白白是银的。"这二人始而斗口，继而各拔出刀来，为他所信的真理而战，结果各受了不很轻的伤，倒在地上不能动弹。但当他们倒下时，机会使他们见了这盾的真相，原来是一面金，一面银的。他们各只见了盾的一面，却自以为自己是对，别人是错，枉自斗了一场，受了重伤。

近来为中国文学而争论的先生们，不有类于这两个武士么？有的说，中国文学是如何的美好，那一国的作品有我们的这么精莹；有的说，我们的都是有毒的东西，会阻碍进步的，那里比得上人家，最好是一束一束的把他们倒在垃圾堆中。他们真的还没有见到这面盾的真相。这面盾原是比之武士们所见的金银盾，构成的元素更复杂，而且更具有种种迷人的色彩与图案的。

这是我们的区区愿望，要在这里，就力之所能及的范围内，把这面盾的真相显示给大家。我们的能力不大充裕，也许不能完全达到我们的愿望，也许要把它的小斑点，它的图案的一勾一勒遗漏了，或看错了，然而我们相信我们对于这面盾的全体图案与构造与色彩是不会有什么看错了的地方。

这是一个初步的工作，这是艰难而且伟大的工作；我们的只是一个引子，底下的大文章，当然不是我们这几个人所能以一手一足之能力写成了的。

——西谛

（原载《小说月报》第 17 卷号外·中国文学研究·上册，1927 年 6 月）

创作，创作，岂是随便弄着玩玩的事情，该有它的深的根底吧。

古今来好些作者曾指陈他们创作的根底，是这个，是那个，在这里，在那里。这自然是艺苑的宝藏，值得诵说且致尊崇的。

但是，如其我也是个作者，尤重要的乃在我自有我的深的根底。

枝叶繁滋，华实荣茂，只有联著在自己的根底上才可能。

　　这不定要组成有秩序的言辞表白出来，甚至不定要自觉地存在意念里。有莫从指点而又无乎不在的这么一种——一种什么呢，却无以名之——渗透全生活，正是最深最深的根底呢。

——记者

　　　　（原载《小说月报》第 18 卷第 7 号，1927 年 7 月 10 日）

最后一页（选辑）

△本刊今年改革，抱定两个方针：一是欲使本刊全体精神一致，始终保守一贯的主张；一是欲使一期有一期的特别色彩，没有雷同。匆匆已过了半年，因为人手不多和我们力量微弱的缘故，终觉得这两层不能完全照理想实现，这是最对不住读者的。现在从第七期起，更欲对于这两个方针认真做去，所以在此写下一点"做去"的计划，一是想帮助读者对于本刊更能了解，二是想和大家公开讨论。

（1）我们主张为人生的艺术，我们自己的作品自然不论创作译丛论文都照这个标准做去。但并不是欲勉强大家都如此，所以对于研究文学的同志们的作品，只问是文学否，不问是什么派什么主义。

（2）我们从第七期起欲特别注意于被屈辱民族的新兴文学和小民族的文学；每期至少有新犹太、波兰、爱尔兰、捷克斯拉夫等民族的文学译品一篇，还拟多介绍他们的文学史实。

（3）我们觉得国人对于德奥文学太冷淡了一点，从第七期起，我们特约许多精于那方面文学的朋友，切实介绍近代的德奥文学到中国来。

（4）我们屡接读者的信，希望我们能登长篇小说；所以从第七号起，开始登载鲁迅先生译的俄国现代大文豪阿尔支拔绥夫的长篇《工人绥惠略夫》，阿尔支拔绥夫的作品从肉的享乐里喊出现代人烦闷的呼声和对于新理想之坚信，曾赚了俄国青年无量眼泪的，现在译成中文来赚我们的眼泪了。

（5）以前几期译的西洋诗不多，从第七期起，我们注意于此，也特约朋友专供给这些材料，如第七期开始登的冯虚女士译的阿富汗恋歌便是。

（6）以前几期里创作栏中登诗颇少，从第七期起，也打算注意多登。所登的创作也想精选，以期为研究新文学者的模楷。

（7）我们承读者不弃，时常来信讨论质难；前几期因为一则登不下，二则记者少暇，所以不曾多登。从第七期起，将选可资大家讨论的来信复信一概登出，其有来问记者关于文学上的信，也在此详细解释答复。

（8）对于传记一栏，从第七期起，更欲特别注意；多登在西洋已是名震一时而中国尚未知晓的文家的评传。

（9）剧本短者决定一期登完，长者已登之《一个不重要的妇人》及《悭吝人》两篇则间期登载，以期省出篇幅多登短篇的一期登完的东西。

△承读者不弃，售罄的本刊第（一）（二）（三）三期，待到有机会便要再版；因为写信来问的人多，记此以代答复。

（原载《小说月报》第 12 卷第 6 号，1921 年 6 月 10 日》

△文学上自然主义经过的时间虽然很短，然而在文学技术上的影响却非常之重大。现在固然大家都觉得自然主义文学多少有点缺点，而且文坛上自然主义的旗帜也已竖不起来，但现代的大文学家——无论是新浪漫派，神秘派，象征派——那个能不受自然主义的洗礼过。中国国内创作到近来，比起前两年来，愈加"理想些"了，若不乘此把自然主义狠狠的提倡一番，怕"新文学"又要回原路呢！

△本刊第一次征文本定八号发表，现因时间关系，八号来不及发表了，移在九号发表，请诸君原谅。

（原载《小说月报》第 12 卷第 8 号，1921 年 8 月 10 日）

△我们觉得现在大多数看小说的人，缺乏欣赏艺术的能力，肤浅庸俗的作品奉为至宝，精妙深湛的作品以为平淡；我们又觉得现在大多数做小说的人，不免都走错了路，"迷恋骸骨"的人尚奉传统的法式

为天经地义，已经破弃旧信条的，又彷徨歧途，要努力亦无从努力；因为想少竭微力，补救这两层缺憾，从第七期起，我们将特辟"评论"一门。

△现在"保存国粹"之声又很热闹，但其中恐怕难免有许多被误认的"粹"；我们觉得若以"非粹"的东西误认为"粹"，其罪更甚于"不保存"，这一点，我们要请大家注意，特于七号起加辟《故书新评》一栏，发表同人的管见，并俟佳篇；兼以为小规模的"整理国故"的工夫。

△本刊自改革以来，最注重者是介绍西洋文学；关于西洋文坛最近的零碎消息，亦既有《海外文坛消息》一栏收容了，尚遗一件事未做，即是：报告欧美最近出版的文学书籍。从第七期起，我们将特设一《欧美最近出版的文学书籍》一栏，凡泛论文学之书。文学史、文学家传记、小说、诗歌、戏剧、属于最近出版或订正再版者，都一一列入，附举出版家店名，书价，以便读者购置；其原书内容有可以数语注释者，悉加注释，以便读者参考。

△自第七期起，我们更求材料的活动，分类多而每类的篇数少；除一二种长篇外，余皆一期登完。剧本除登长者，每期又必登独幕剧一篇。翻译的小说将更加精选，比较的平凡的作品，决不乱译以充篇幅。

（原载《小说月报》第 13 卷第 6 号，1922 年 6 月 10 日）

本期已经编辑好了。因为页数较平时增多三分之一以上之故，出版期恐怕要延搁几天。

我们很愿意在本期上登载国内的文坛消息，并多介绍最近出版的创作集，新诗集，翻译的小说，剧本，诗歌及关于文艺的定期刊物；但因在本期发最后一次的稿子时，各处寄给我们的消息还没有，出版物也只收到三四种。所以国内文坛消息本期暂缺。出版物介绍也极不完备。

近来接到《创作批评》极多。我们很高兴！这是大家渐知道注重创作及批评的表示，是国内文学界的一种好消息。但我们因为篇幅的关系，不能将这种稿件完全发表。现在拟增辟《读后感》一栏，专登载批评本报上所刊的创作的文字，每篇字数大约在三四百字以下。（因字数过多，则不能多登）。如有关于一个作家或一部创作集等的长篇批评文字，则作为评论，不另立《创作批评》的名目。这种《读后感》，希望读者能多多投寄给我们。

……

（原载《小说月报》第 14 卷第 1 号，1923 年 1 月 10 日）

我们把本期编辑好之后，很觉得抱歉，因为有几篇文字，前期已经报告给大家，而为了篇幅太少之故，竟不能在本期刊出。《选录》及《新书介绍》也因同样的原故，暂付缺如。

我们很愿意多量的发表创作的小说，剧本与诗歌。对于翻译的作品，则稍从严格。以后想于介绍翻译作品时，对于他的作者至少有些必要的说明。

《读后感》寄来的还不多。所以本期不能刊出。

我们因为时间太少，来稿收到时，多不能一一作复，从下月起，拟于收到稿件，即寄一信通知，以免作者有失落之疑。如有不便刊载，或积稿太多不能即刊之稿件，经作者要求寄还时，当即时奉还。但最好请作者于寄稿时即行声明要还与否，以免稿件搁置太久。

有许多朋友写信来要求我们改换名称。他们的盛意，我们非常感谢。但因种种原由，一时恐不能如命。

还有好些位朋友，写信问我们在有几篇稿子底下注的"留"字是什么意思。这个"留"字是表明这篇稿件，是"保留版权"的意思。因为同时有好几个人问，所以在此总答一下。

通信栏所占的篇幅太少，有许多通信都不能登出。对于写信给我们的诸位先生，实深抱歉。以后当将这栏篇幅稍加扩充。

三月号的稿件，已略定好。现在把较为重要的题目，先在此处告诉大家一下。

创作约有七八篇。爱罗先珂君为我们做了一篇《爱字的疮》（鲁迅君译），这是他从俄国回来后第一篇在杂志上发表的文字。朱自清君为我们做了一首长诗《毁灭》，他做这首诗经过半年以上的时间，到现在方才写定。此外还有叶绍钧君的小说《孤独》，顾一樵君的剧本《孤鸿》等等。

论文则有顾颉刚君的《诗经的厄运与幸运》，吴文祺君的《联绵字在文学上的价值》，及郑振铎君的《何谓罗曼主义？》。

以外尚有沈泽民译的《雪人》，刘延陵译的《不吉的月亮》，郑振铎的《关于诗经研究的重要书籍介绍》，等等。

（原载《小说月报》第 14 卷第 2 号，1923 年 2 月 10 日）

我们这几个月来，接到的投稿异常的多。大家肯这样热情的帮助，真使我们十分的高兴，十分的感谢！除了短诗以外，我们于接到一稿时，都已先有一明片奉复了。但我们的篇幅实在太少，要把这许多的稿件完全发表，是决不可能的事。所以只好略略的选择比较得合于我们的趣味，及艺术与内容较足引人注意的几篇登载出来，其余的只好割爱了。所有未登的稿子，我们当陆续的退还作者（惟短诗太多，不便退还），但因积稿太多，一时不能看完，恐怕退还得不能太快，这是要请大家原谅的。

最近有许多人写信来问，投稿要不要人介绍；又有许多人写信来问，我们的登载稿件，是否以熟人及朋友为限。我们现在在此慎重的告诉大家：本报是绝对的公开的投稿并不要什么人的介绍。我们极愿意在我们相识的人以外，尽量的尽先的发表未知名的新进作家的文学，如果有伟大的作家出来，我们是十二分的欢迎，十二分的希望他们能在本报上发表他们的处女作的。

承国内的许多杂志社，时常将他们的出版物寄来给我们，又承许多作家时常将他们最近出版的作品赠送给我们。他们都要我们介绍或批评。我们非常的感谢他们的这种厚意。我们俟下月的本报编好时，当陆续的把他们介绍给大家。至于批评，则因我们事务太忙，且因有许多不便之处，只好暂时方命不做了。

我们以限于篇幅，常有因得到一篇较好的作品，急要排入，致将已排好的文字临时抽出以容此篇之事。所以我们的预告，常不能实践。

以后拟极力免除这种爽约的举动。

五月号的本报，已在排印。现在略略的在此先把较重要的几篇文字，告诉大家一声。

论文有三篇都是关于近代文学的研究的。徐志摩君有一篇祭悼英国新近去世的女作家曼殊斐儿（Mansfield）的文字，很能使我们感动。同时并登有曼殊斐儿的作品《一个理想的家庭》一篇。创作有徐玉诺的《在摇篮里》，我们读了他，几如身历其境，觉其惨状有类于《扬州十日记》。其他还有叶绍钧，孙俍工，落华生诸君的作品，也都很能使人注意。

（原载《小说月报》第 14 卷第 4 号，1923 年 4 月 10 日）

我们现在每天都要费二个小时以上的工夫在寄还稿件的手续上。这似乎是太不经济了。我们拟从今以后，除了长诗及小说等以外，所有短诗与读后感之类的稿件，接到后都不通知，不用时也不退还。这种短篇文字，想大家都是有副稿留存的，寄还不寄还，似乎没有什么关系。在投稿诸君多写一、二张副稿，似不至十分困难，在我们则可省却许多时间。想大家不至于反对我们的这种变更的办法罢！

印度诗人太戈尔（R.Tagore）来华的事，已经确定。他在中国的时间，约有七八九等三个月。我们拟于本报八月号，出一关于太戈尔的专号。内容包括传记，论文及译丛等。大家如果肯以什么稿件帮助我们，我们是很感谢，很欢迎的。收稿的截止期是六月底。

近来有许多友人都以为本报发表的创作似乎不大严格。是的！我们是很想多量的登载创作的剧本与小说的。只要在"质"上有真挚的情感，在"形"上不十分堆饰"伪美"与"习见"的文句，在"量"上不见十分冗长的，我们都是很欢迎的，很愿意的把他们刊出的，我们原是不求本报上所登的创作每篇都是有永久的价值的；所以我们主张在不至流于太滥的范围以内，创作不妨尽量发表。现在因为论文及译稿过多，创作不能登得很多。以后拟至少留出二分之一以上的地位来刊登创作。希望新近的作家常常把他们的作品寄来。

凡寄稿给我们的时候，有一件事要请注意，便是，遇须寄还的稿件，请于稿后注明一下，不然恐怕我们忘记了，不能即时检出寄上。

六月号里的稿件，大部分都已定好。徐玉诺君有一篇《一只破鞋》，叙写河南匪乱惨状，极为真切动人。即我们没有身经其境的人读了，也不禁要颤惧起来。其他还有王统照君的《寒会之后》，庐隐女士的《丽石日记》，王思曾君的《小坟》，许杰君的《祈祷》等等。译文方面，也有许多篇很好的；如秋田雨雀的 "Asparagus" 及莫柏桑的《失业的人》都是极能使我们感动的。

（原载《小说月报》第 14 卷第 5 号，1923 年 5 月 10 日）

我们最先在此报告一个消息给读者。本报的九月号及本月号都刊登了好些关于太戈尔的文章。我们知道太戈尔将于今年十月左右到中国来。但最近我们又接到一个消息，太戈尔因为疾病与天冷之故，已改期于明年三月间来华。这个消息也许会使热望太戈尔东来的人微感着失望，而且也使我们觉得本报的《太戈尔号》似乎出版得太早些。但这些我们以为都是极不要紧的；使年龄已高的太戈尔在寒冷的冬晨，跋涉于沙漠似的北京与煤烟蔽空的上海等地，也是我们所最不愿意的，所以我们宁愿他迟几个月来，使他得与春的中国相见。

落华生与冰心女士诸位，已于今年八月间到美国去。他们在碧海青天，波涛灏莽的境地里，出产了不少的文学作品；在他们到了美国时，立刻便把他们的这些产品寄给本报。这些稿子共有十四篇，有的是诗，有的是小说，总名为《海啸》；落华生有《海世间》，《海角底孤星》，《醍醐天女及女人》，《我很爱你》四篇，冰心女士有《乡愁》，《惆怅》及《纸船》三篇。梁实秋君有《海啸》，《海鸟》，《梦及约翰》，《我对不起你》四篇，顾一樵君有《别泪》及《什么是爱》二篇，C·H·L·有《你说你爱》——一篇，全稿在十一号本报上发表。想读者一定要很愿意赶快的看见他们。

除了《海啸》以外，十一月号内还有好几篇值得预告的文字：周作人君译了日本武者小路实笃的《某夫妇》，徐志摩作了一篇创作《两姊妹》，这两篇都是很能使我们感动的；谢六逸的《日本的近代文学》，希和的《论翻译的文学书》，瞿秋白的《灰色马与俄国社会运动》三篇，对于研究文学的人都很有用处。今年是俄国大戏剧家阿史德洛夫斯基的百年生辰纪念；耿济之君特为本报译撰的两篇关于他的文字，也在十一号里发表。中篇小说《海滨故人》及倍那文德的剧本《热情之花》也都在那一号里可以登完。此外尚有刘延陵、耿济之诸君译的巴比塞，安徒生，屠格涅夫的小说与创作的诗歌及其他等许多篇。

（原载《小说月报》第 14 卷第 10 号，1923 年 10 月 10 日）

我们现在写的这一页是第十五卷的本报的最后一页。在这一年中，我们除了平常的九册本报外，又曾出了三册的特大号，第一册是正月特大号，第二册是《拜伦号》（四月），第三册是八月的一个特大号。《法国文学研究》的一册号外，也在今年之内出版了。八月的特大号，因受江浙战争的影响，竟迟了一个多月才出版，这是我们要对读者道歉的。

今年的本报曾登了好几篇长著。《旅途》是在本月号内完全结束了；登载了数年的《猎人日记》也于十一月号完全登毕了。拜伦的名著《曼弗雷特》（Manfred）曾全部译登于四月号，阿志巴绥夫的名著《朝影》，也全部译登于正二三月的三册本报内。此外未告结束的，有《文学大纲》、《世界现代文学者略传》、《中国文学者生卒考》、《修辞随录》、《沙宁》及《红笑》，《文学大纲》与《修辞随录》、《世界现代文学者略传》及《中国文学者生卒考》四种，仍将在明年的第十六卷本报内继续的登载下去。《沙宁》及《红笑》二种，因译者太忙，将来能续译下去否尚未可知，所以明年本报上也许竟不能将下面的译文再登出来。这实是一件非常抱憾的事！然而如果一有充足的时间，此二名作终是要译出来贡献于大家之前的。（本年的总目录，将附于明年正月号内送呈）。

把今年十二册的本报，通检了一下，我们殊觉得有许多欲做而我们的力量不足以实现之的计划，我们是异常的遗憾。这只好在明年的十二册内努力的求其实现罢！在三、四个月之前，我们已在筹备明年的一切新计划了。大约明年的十二册的本报，我们很自信，总可以在一般读者的面前，现出一副活泼而新鲜的可爱面目来。这种种的新计划如何，这里不必说明，大家看了本报的登于卷首的广告，便可约略的知道了。

中国文艺的前途，尚未能给我们以乐观。我们能有多少力量，便将这多少的力量耗在垦辟荒芜的中国的这一块文学地，这是我们所时时自勉励的。虽然我们的能力究竟有多少，所垦辟的究竟是一无所获的沙漠或是金粒满缀的沃土，我们并不能知道，然而我们是向前走着的，我们是专一的做我们的所欲做的工作的。作工的人太少，冷笑旁观的人太多，这是中国之所以陷于沉沦之渊边的大原因。我们是要痛革此病的！而本报便是我们的工作场！

（原载《小说月报》第 15 卷第 12 号，1924 年 12 月 10 日）

近一、二年来，我们的文坛似乎异常的冷落。几个努力的作家，他们好象都已搁起笔来，在策划些更重要的作品，新崛起的作家呢，却也未见有什么特创的作品表现出来。我们很希望今年能打破这个寂寞的空气，多产生些能激动大家的大作品出来。本志愿意留下大部分的篇幅，以待佳作。无论长短篇创作及诗歌，剧本短文，我们都极欢迎。除了很短的诗文杂记之外，一切的来稿，我们如果不登，都将一一奉还。（惟邮寄的失落，我们不能负责）。

作家不能不勇敢，却也不能不谨慎周密。要勇敢于发现新的领土，勇敢于铸造新的风格，新的词句，勇敢于打破一切新旧的束缚，自己创造一种独特的意境，如此才能写作有生命的东西。不管外国的，本国的大作品，我们都不抄袭他们的一句一节，力避人家所写过的所说过的话。我们不妨矫枉过正，不妨流于奇，流于怪，却断不可流于凡庸，抄袭。凡庸与抄袭是最不可救药的病症，至于结构，造句，用字等等，却不可不谨慎周密，不使之有费语，不使之有赘字，不使之前后不称，不使之用一个不适当的文句。文艺天然是艺术的，技巧的东西，虽不可过于雕饰，却不能不使之工整周密，一篇一句，毫无遗恨。正如北极的探险者，要有勇敢无畏的精神，同时足下却要一步步的走去，异常的谨慎，异常的注意。

在我们的中国，未经人垦植过的文学荒土，实在太多了；一切新生的人物，一切新旧的冲突，一切民间的黑暗，一切家庭的悲剧喜剧，一切可以造出无数 Romance 的兵灾匪祸，只要勇敢的有才能的作家肯去写，他们是不怕没有题材的。躺在我们前面的是无垠的沃土肥壤。一想起我们便要如何的喜悦呀！只要工作，收成便是你的了！

（原载《小说月报》第 17 卷第 1 号，1926 年 1 月 10 日）

无论做诗，做小说，做戏曲，或做论文，除了题材与结构之外，用字也是很要注意的。新奇巧雅的字，用得适当，可以使全文的气脉为之一振，可以使读者格外的感觉得一种新鲜的气息；譬如久窒闭于都会的寸室中的人，突然的到了春光明媚的大田野，呼吸着绿草野花的香味，见着种种的蝴蝶，蜜蜂，草虫以及野鸟野兽，那种的愉快是非身亲其境的人不能说得出的。然而如果用得不适当，则反成了蛇足，使读者觉得迷惘，觉得不舒适。而且这种"字"又不可用得太奇僻了。所谓新奇巧雅，并不是"惟僻是求"。尽管一个很通用的字，如果用在某一个句中或数字联为一词，用得好，也可以成了很新鲜的一个字或名词。如"心版"一个词，"心"字"版"字俱是极熟的字，然联在一处，便成新奇了。若如樊宗师之文，无字不求奇僻，无字不需解释，则不惟不足见其新鲜，且反足使人生厌。

有许多新鲜的字词，在某一个作家第一次用它之时，是觉得很新鲜可爱的，但以后经了许多人的习用，便失了它的新奇的美，反觉得讨厌了。如"心弦"，如"悲哀之网"，以及其他一切相类的"新词"，初用时自然觉得别饶趣味，到了现在，你也用，我也用，已成了"滥词"，已成了第一次使用它们的人所不肯再用的了。然而那些善于摹拟的作家还在很高兴的掇拾这些"滥词"以织入他们的诗与文中呢。

新鲜的字与词，使用的人最须注意，要第一个使用它，要自己去创造它；如果掇拾已流行，已通用的这些字与词用在诗文中，便不惟失了新鲜的趣味，而且易与陷入"腐"与"滥"的境界。这是不可救药的病。

自下期起，罗曼·罗兰的大著《若望·克利司朵夫》拟不再刊登下去。因为如此的长著，在杂志上刊载，一年半年决难结束，为了便利于读者起见，拟即排印单行本。其中《黎明》与《清晨》二卷，不日可以陆续出版。

（原载《小说月报》第 17 卷第 3 号，1926 年 3 月 10 日）

近来天才的人真不少；他们做诗，做小说，做戏剧，只要动笔一写就成功。有的时候，一篇作品写完后，自己连看也不再看一遍，便拿去发表了。往往的，连题目也没有，要编者代他去想一个，他们自己是不屑去想的；往往的，文中缺了几个字；往往的，他们写道："请你们去改改吧，也许文字有什么不妥的地方，我不高兴仔细的改了"。

这样的放荡不羁的作家，真可十足的表示出其为天才！

然而文艺的作品果可如此草率的产生么？如此草率的产生的作品果能成为很好的作品么？这却是很重要问题，不能不请天才的作家仔细想出一个答语来。

所谓上海的几个"职业的小说家"，常接受好几家日报馆的预约，为他们做长篇小说，一天写一点，今天写完了，明天的应如何写，他们简直可以不必问。所谓布局，所谓书中的主人翁等等的问题，他们连做梦也没有想到。这样的"每日随笔"，可以算做小说么？即使这些作家，有了十二分的天才，至多也不过成就了一部《官场现形记》，一部《二十年目睹的怪现状》而已。

我们的作家似乎应该换一条路走了。

文艺作品应该有热烈的情绪，应该一口气写下去，不错。然而于此之外，还应该注意于它的技术。最好的作家，没有一个不注意于技术的修养的。

我们很高兴，在此预告大家一声：下一期的本报上，将有几篇精心结构的作品刊出；朱湘君的《王娇》，为数年来文坛上未有之长诗，全诗将近千行；白薇女士的《访雯》，以《红楼梦》的一节故事为题材，写得真不坏；舒庆春君的《老张的哲学》是一部长篇小说，那样的讽刺的情调，是我们的作家们所尚未弹奏过的。这几篇作品的好处，至少是他们三位非常仔细的写下的。

（原载《小说月报》第 17 卷第 6 号，1926 年 6 月 10 日）

文艺作家既然是把人世间当做他的研究所的，既然是把人世间的生活与人类情绪及思想，当作他的研究的好材料的，那末，他所纪录的，他所写的，以及他所研究的结果，便都要密切的与人世间的生活及人类的情绪及思想有关系了。

我们读了他所写的作品，不管他是诗歌，是戏剧，是小说，或是随笔，便都会如看活动影片似的把人世间的种种不同的生活，把人类的各式各样的情绪与思想，重现在我们的面前了。他告诉我们以人类生活的经验，他对我们说出人的情思：他教训我们，虽然他并没有想到要教训，他重重的打动我们的心，虽然他也许并没有想去打动。我们跟了他而笑，而哭，而轻唱，而深叹，而满意的微笑，而切齿的愤怒；我们是跟了他而周历人类的情绪的王国，而遍尝人世间生活的苦厄与甜美了。我们在梦中，虽然梦境是一瞬间，我们却如已在梦中经历了一生；与此一样，他虽然只使我们低头读了一刻，一小时，或一天的书，却已把我们放进了一个悠久的时间，广漠的空间中了。

这是常常的，我们读了一部书而如入魔似的，舍不得放下了那个可宝贵的书本而去吃饭，直待到仆人或母亲催促了好几次；那时，我们正在游历于想像的"时"与"空"中呢。这也是常常的，我们读了一部书，而我们的思想与情绪突然的变更了，我们变得勇敢了，或变得温和可爱了，或简直另换了一个人；那时，我们正是深切的在受他的训话，他的鼓励呢。

他是一个多么伟大的人呢，他是一个多么可爱的人呢！他是我们的严师，有时且是我们的密友，可以于最困苦时寄托或告诉我们的愁情的。

（原载《小说月报》第 17 卷第 9 号，1926 年 9 月 10 日）

这一期是本报第十七卷的最后一期；不知不觉的，今年的一年又匆匆的过去了。我们很想把《奥德赛》登完，但因为篇幅的不够，及译者的无暇，仅登四卷而止，真是非常的抱歉，明年能续登与否，还未定呢。

今年所登的创作，《老张的哲学》特别的可以使我们注意。在半年之内，能够完全把它登完，这是我们很高兴的事。明年老舍先生还有一部《赵子曰》，一部比《老张的哲学》更重要更可爱的长篇，将在本报发表。

《文学大纲》连在本报上登载了好几年，颇受到一般读者的欢迎。现在单行本第一册已出版，全书亦可在明年四月内出全。明年本报正月号上拟登一篇《现代的文坛》，这乃是《文学大纲》的总结束。这部大作，除了其中补写的小部分外，其他每章都是首尾完全的刊在本报上的。（单行本却加上了不少的插图，并有不少补写及改正的地方。）

明年本报的内容如何，请读卷前的预告，这里不再多说。本报同人很想尽我们的能力为中国的新文坛，为本报的读者贡献一点新的东西，有用的东西。一方面对于世界文学的介绍，依了预定的步伐进行，一方面对于"创作"，颇想尽提倡之责。明年对于"创作"，更为注意，除了特约的几位作者外，希望新进作家能多给我们些稿子。

本期的本报上登有一篇王以仁君的《殂落》，这是他好久之前交来的。很不幸的，前两个月间，他忽以失踪闻。几个朋友，曾费了不少时间到各处去探问，去寻求，但都不见。他是受了很深的感触的，也许竟会有什么意外之变也难说。以仁是二、三年来我们新识的友人中的最可爱者，那样的谦和，那样的思想有条理，那样的努力于创作，我们都相信他是会有大成就的。如今，他在那里呢？在过着漂泊的生涯吧？在隐名的安居于某处吧？我们是希望，万分的希望，他是平安着。

（原载《小说月报》第 17 卷第 12 号，1926 年 12 月 10 日）

在这一期里，《二马》一开始便很不凡。我们不觉的将超出于预算的篇页去刊登它。因此，上月号预告中的几篇作品，蒙生君译的《袭击》，黎锦明君的《火焰》，向培良君的《在堤上》及高君箴女士的《莱因河黄金》都只好移到下一期登载了。

蒙生君的《文艺通讯》，我们想，读者们一定会对之发生很大的兴趣的。近来对于苏俄文坛消息的介绍，大都是由英日文中转贩而来的。像蒙生君的这末直接这末有系统的通讯，可以说是开了一个新纪元。他还答应我们每月或每二月寄一篇通讯来。我们颇盼望下个月也会有他的通讯。

茅盾君的长篇创作《虹》已经放在我们的桌上了。下月号里一定可以登出。作者给我们的信上说起过：

> 虹是一座桥，便是 Prose pine（春之女神）由此以出冥国，重到世间的那一座桥；虹又常见于傍晚，是黑夜前的幻美，然而易散；虹有迷人的魅力，然而本身是虚空的幻想。这些便是《虹》的命意；一个象征主义的题目。从这点，你尚可以想见《虹》在题材上，在思想上，都是《三部曲》以后将移转到新方向的过渡；所谓新方向，便是那凝思甚久而终于不敢贸然下笔的《霞》。

从这一段的短简中，我们或可以略略的明白《虹》的本意吧。这一部《三部曲》以后的新的创作，别的都不管，在艺术上也比《三部曲》有了显然的进步。

《苏俄十年间的文学论研究》的译稿又已陆续的寄来了。以后准可按期刊出。

《可敬的克莱登》将于六月号里完全登毕。接续于这个剧本之后的，或将刊登潘家洵君所译的易卜生的巨作《我们死人再醒时》。对这部剧本的如何伟大，研究易卜生的人都已是知道了的。

七月是本报出版到第二十年的一个纪念期；在这二十年中，本报曾有过什么影响与贡献，也不必我们自己叙说，凡熟悉本报的人一定都会知道的。我们颇想将这一个月出版的本报（七月号）作为出版到第二十年的一个纪念号；这个纪念号里的文章，都是崭新的。其全目在六月号上可以宣布。

（原载《小说月报》第 20 卷第 5 号，1929 年 5 月 10 日）

②《文学周报》(包括前身《文学旬刊》、《文学》周刊)、北京《晨报副刊·文学旬刊》

文学旬刊宣言

本刊同人

　　我们确信文学的重要与能力。我们以为文学不仅是一个时代，一个地方，或是一个人的反映，并且也是超于时与地与人的；是常常立在时代的前面，为人与地的改造的原动力的。在所有的人们的记录里，惟有他能曲曲的将人们的思想与感情，悲哀与喜乐，痛苦与愤怒，恋爱与怨憎，轻轻的在最感动最美丽的形式里传达而出；惟有他能有力的使异时异地的人们，深深的受作者的同化，把作者的情感重生在心里：作者笑，也笑；作者哭，也哭；作者飘飘而远思，也飘飘而远思，甚至连作者的一微呻，一蹙颦，也足以使他们也微呻，也蹙颦。

　　人们的最高精神的联锁，惟文学可以实现之。

　　无论世界上说那一种语言的人们，他们都有他们自己的文学，也同时有别的人们的最好的文学，就是，同时把自己的文学贡献给别人，同时也把别人的文学介绍来给自己。世界文学的联锁，就是人们的最高精神的联锁了。

　　我们很惭愧；惟有我们说中国话的人们，与世界的文学界相隔得最穷远；不惟无所与，而且也无所取。因此，不惟我们的最高精神不能使世界上说别种语言的人的了解，而我们也完全不能了解他们。与世界的文学界断绝关系，就是与人们的最高精神断绝关系了。这实在是我们的非常大的羞辱，与损失——我们全体的非常大的羞辱与损失！

以前在世界文学界中黯然无色的诸种民族，现在都渐渐的有复兴之望了。爱尔兰，日本，波兰，吐光芒于前，印度，犹太，匈牙利，露刃颖于后。惟有我们中国的人们还是长此酣睡，毫无贡献。我们实是不胜惭愧！

现在虽有一班人努力于创作，努力于介绍，但究竟是非常寂寞而且难闻回响。不要说创作之林，没有永久普遍的表现我们最高精神的作品，就是介绍也是取一漏万，如泰山之一石。

在此寂寞的文学墟坟中，我们愿意加入当代作者译者之林，为中国文学的再生而奋斗，一面努力介绍世界文学到中国，一面努力创造中国的文学，以贡献于世界的文学界中。虽然我们自知我们的能力非常薄弱，这个小小的旬刊，也决不能大有助于我们的目的；然而"登高自卑"，悬鹄自不能不远而且大。

总之，我们存在一天，我们总要继续奋斗一天。结果如何，是非我们所顾及的。如能因我们的努力，而中国的文学界能稍有一线的曙光露出，我们虽牺牲一切，——全部的心和身——也是不顾恤的！

（原载《文学旬刊》第 1 期，上海《时事新报》
1921 年 5 月 10 日）

文学旬刊体例

本刊体例略分左列各类

一、论文 凡讨论文学上的各问题，研究文学的原理，及评论世界及中国文坛之变迁与现状的论文，皆入此栏。

二、创作 我们的作品，无论是诗，是小说，是剧本，都列入此栏。现在我们的文学，正在创造的萌芽时代，为尽量的自由发表各人的作品起见，本栏所载，拟略取宽格。也许稍涉于滥，然而精神总必求其一致。

三、译丛 译世界各国的文学名著。因限于本刊篇幅之故，所译的东西，拟以短篇为尚。但间亦登长篇的译文。

四、传记 评述各国文学家的生平与其作品。

五、文学界消息 以介绍世界各国及中国之最新的有价值的文学作品之登于各杂志上的为主。文学界的其他一切消息，也略有记载。

六、文艺丛谈 随笔所写的文字，最足以表现其思想，也最足以感人。故本刊于此栏也甚注意。

以上六类都是本刊要常常登载的，尚有：

一、书评 批评新出或旧有的文学作品——包括翻译的与创作的。

二、特载 登载外间的来件。

二类，也间时录登。

（原载《文学旬刊》第 1 期，上海《时事新报》
1921 年 5 月 10 日）

今后之本刊

　　本刊已出版到一年了。虽然经过这悠久的时间，对于读者却没有什么贡献。这是我们非常自惭的。自三十七期起，依了文学研究会上海会员的决议，改归文学研究会编辑，作为本会定期出版物之一。内容较前略有变更，现在先大概的宣布一下：

　　（甲）注重于批评。

　　（乙）介绍文学上常识。

　　（丙）记载国外与国内的文坛消息。

　　（丁）努力于创作——诗与小说。

　　（戊）译文以短篇者为主。

详细的话，等下次再说。但有一层要特别声明。本刊虽归文学研究会编辑，却仍是绝对公开的；读者的来稿，仍是尽量的欢迎。

　　本刊的编辑通信处暂定：上海闸北宝通路七百八十三号。由时事新报转交也可以。

文学旬刊社　文学研究会同启

（原载《文学旬刊》第 36 期，上海《时事新报》
1922 年 5 月 1 日）

《最近的出产》栏的旨趣和态度

　　近年来国内的艺术运动总算不十分寂寞，在这块文艺的沙漠里，居然也长出几粒的萌芽来了。诗歌，小说，戏剧，无论是创作的或翻译的，都已有了些少的出品，虽然太薄的一点，但在这草创的短时期内，却很足以自夸了。所不幸的，目前的新文学运动，却伏着两种危机：第一是出版物太凌乱芜杂；第二是著作家和读书界隔离得太远。因为缺少健全的文学批评，所以创作坛和翻译坛不但不能显出一致的倾向，而且有许多走错了路头。文艺的发展，虽然是不妨并存各派的，但是我们总不能坐视着新文学作家重复走到反动的路上去，所以现在出版物的芜杂，实在是可忧的现象。除此以外，现在读书界，对于新出版物，似乎都太冷漠。著作家和读书社会之间，隔着一重又高又厚的障壁，——这障壁就是文艺的鉴赏力的薄弱了。我们虽然提倡平民文学，唱导为民众的文学，但是新文学的作品，除却极少数的青年外，谁也不能充分地领略。热心的著作家，滴尽了他们的同情的心血，嘶竭了他们的沉痛的呼声，但他们所最关心的一般民众，却只是瞠目结舌，不知道说的是什么。这种矛盾的现象，虽然很可悲痛，但却是不能讳匿的。这也莫怪，因为几千百年来没经过艺术生活的国民，对于纯正的文学作品的赏鉴，本来就不很容易。如果我们不能指导一般读书社会，使有阅读新诗新小说的能力，那就没有方法可以阻止他们去看《快活》和《礼拜六》了。如果我们不能使一般人民养成纯正的戏剧观念，那么也就只好让他们去看半开化状态的脸谱戏了。著作家和一般民众的隔膜，结果使新文学不能成为平民化，如果新诗和新小说只是供少数人阅读的，那便是新文学运动的破产宣告了。

《文学旬刊》特辟《最近的出产》的一栏，就是要想纠正这两个缺点。我们在一方面想对于国内的文艺的产物，加一番严密的审查，使粗制滥造的货品，不致充塞于市场：这种任务就是"批评"。再一方面我们更想竭力打破著作家和读书社会中间的障壁，引起一般人民阅读纯正作品的兴味，并培养阅读的能力，这种任务就是"介绍"。

所谓"批评"本来是含有两重使命的：在一方面是指导著作家使遵守正当的途程，在一方面是指导读者，使充分了解作品的真价值。近来国内杂志报章上的批评论文，大概偏重前者，所以多是些非难指摘的文字。我们对于不良作品，自然应该尽力的非难攻击，不必定要装作"伪学者"的态度，但是这不过是批评的消极的功能。批评家的积极的任务，却在于抉发纯正作品的真价值，分析作者的思想和性格，使读者对于纯正艺术有充分理解的机会。在现在的中国，我们觉得介绍优良作品，比攻击不良作品，更要紧得多，我们只消使大家能够嗅出面包和米饭的香味，还有谁愿意吃粪呢？

现在最糟的，就是一般读者，都没有嗅出面包和米饭的香气，而视粪尿为"天下之至味"。我们现在就想把米麦的芳香和甘味，指示些出来，使读书界自己去尝试一下。所以本栏注重在介绍，而不在消极的批评。所谓"介绍"更不是像普通报纸上"内容丰富印刷精良"这一类的不负责任的介绍，而是对于最近文艺出版物的负责任的忠实的介绍——就是指示作品的体格（Style），风味（Taste），艺术倾向，作者的性格，思想，和时代的影响，至作品里的弱点和缺陷，我们自然也愿意尽情指陈。而毫不讳饰的。

在本栏所提出的作品，都是我们所认为纯正艺术的作品。希望一般读者都能把原书细心披读一下。至对于读书界有恶影响的不纯正的作品，我们自然也认为有攻击的必要，但不在《最近的出产》栏发表。

所谓文艺的出产自然把本国产——创作文学——和外国产——翻译文学——都包括在内。我们把翻译看作和创作有同等的重要。所以我们也愿意尽力介绍有纯正艺术价值的翻译作品，并对于翻译方法的适当与否，加忠实的批评。

我们盼望国内的同志，能辅助我们。对于本栏的批评文字，有认为不满意的，更愿意读者详细讨论。此外我们更请求国内的出版家著作家，把新出的文艺作品无论书籍或杂志报章，都寄一份给我们，使我们能尽介绍的天职。（来件请邮寄上海宝通路文学旬刊社）

（原载《文学旬刊》第 37 期，上海《时事新报》
1922 年 5 月 11 日）

本 刊 启 事

本刊自创刊迄今，已经有五十七期了。深愧对于阅者，没有多大的贡献。现自本期起，将体例略加改订如次：

（一）短评　凡本社同人及社外同志，对于文艺有所评论发为短言，均揭此栏。

（二）论文　同人深感文学原理与问题，与及吾国文学之整理，在现在极为切要。故关于此种研究的，讨论的文学，拟多登载。

（三）研究资料　本刊历来多研究文艺本身之人，至于文艺与他学沟通之研究，尚形缺乏，此后拟将东西学者极精审之言，按期译载，以供吾人研究之资料。

（四）创作　包含诗歌、小说、戏剧等。

（五）翻译名著　凡域外作品有用本国文字介绍，有价值者，无论长篇短篇，何种何派，均当译载，以饷同好。

（六）最近的出产　意在批评或介绍国内文艺的出版物。（有愿本刊介绍者，请寄原书一册。）至于批评非文艺的出版物，倘立论根据学理，亦可代为揭载。

（七）杂谈　收容断片的或一时的感想。

（八）海外文坛　介绍海外最近的文艺消息，并文艺出版界。（读毕一书之后，即请将原书梗概，介绍阅者。）

（九）通讯

（十）文学家生卒表

以上各栏，系暂时规定，恐难完备，以后当逐渐改良，惟望阅者与本会同人，多多帮助。

又本刊拟于余白，加印戏画（Caricature），以助兴趣。倘阅者读毕一种作品后，将所得印象，随笔绘出；或为描摹文豪肖像，惠赐本刊，无在欢迎。

（原载《文学旬刊》第 57 期，上海《时事新报》
1922 年 12 月 1 日）

给 读 者

西 谛

"时间与潮水不等人"，本刊与读者诸君相见，不觉已有二年了。在此二年中，以读者的厚爱，时事新报诸君的帮助，与投稿者及同事诸君的努力，使本刊得继续出版，毫无间断，这是我们应该向大家致谢的！

当我们把以前七十二期的本刊取来，复阅一过时，我们殊觉得自愧。我们几个负责的编辑者，因为都有别的职务之故，对本刊未能以全力从事，所以我们有许多要说的话，都未能尽量的说出来，有许多想要实行的计划，也都未能实行出来。还有，本刊对于盲目的复古运动与投机的"反文学"运动，虽曾叠次加以热烈的攻击，却没有发生什么效果。到现在，盲目的复古派还自若的在进行着，下流的小说杂志在街头巷角也还盛况依然的在陈列着。这都是我们一想起便应当自愧的。

现在，我们觉得再不能不努力自振了。我们于原来的编辑人以外，又加入许多负责的撰稿者。我们仍旧继续的对一切愚顽的敌人，下热烈的攻击，我们相信莠草不除，嘉谷的收获是无望的；而于铲除莠草的工作以外，我们还想尽量的散播些嘉谷的种子，至少也想多下些肥料在我们文学的田园里。虽然我们的力量是太薄弱，但我们还是不怯的迈步向前途走去。

"我（们）不再仰眼看青天，

不再低头看白水，

只谨慎着我（们）双双的脚步；
我（们）要一步步踏在土泥上，
打上深深的脚印！"
这是我们的誓言，也是本刊永抱着的方略！

（原载《文学旬刊》第 73 期，上海《时事新报》
1923 年 5 月 12 日）

本刊改革宣言

西　谛

　　本刊自这一期起改为周刊了。这一次的改革，有两种原因：第一，本刊的特约的撰稿者渐渐加多，外来的稿件也很拥挤，不能不扩充篇幅，以容纳这些稿件；第二，有许多稿件及消息，往往带有时间性，时效一过，便觉得有丧失趣味或价值的地方，把旬刊改为周刊，则可以减少这种弊端。

　　本刊的态度与精神，仍与从前一样：我们低着头一步步的踏实的向前走去，同时并认清了我们的"敌"和"友"。以文艺为消遣品，以卑劣的思想与游戏的态度来侮蔑文艺，熏染青年的头脑的，我们则认他们为"敌"，以我们的力量，努力的把他们扫出文艺界以外；抱传统的文艺观，想闭塞我们文艺界的前进之路的，或想向后退走去的，我们则认他们为"敌"，以我们的力量，努力与他们奋斗。至于其他和我们在同路上走的人，即使他们的主张与态度和我们不同，我们还是认他们为"友"的。

　　对于"敌"，我们保持严正的批评态度，对于"友"，我们保持友谊的批评态度，我们竭力避免一切轻薄的非批评的态度。我们绝对不蹈以批评为工具，而用以发泄私愤或"嫉妒之心"的卑鄙的恶习。

　　我们除了批评的文字以外，对于文艺的创作，与世界作品的介绍，也愿意努力工作；对于浅近的"文学常识"的介绍，我们尤为注意。

　　我们自己有多少力量，便尽多少力量，而对于一切不同的主张，我们也都愿意容纳，一切在同道路上走着的作家，我们也都愿意与他们合作。

本刊正如一个小小的公开园地，谁愿意进来种植几株花草，我们都是开着大门欢迎的。

（原载《文学》第 81 期，上海《时事新报》1923 年 7 月 30 日）

本刊特约撰稿者

　　王伯祥、王统照、朱自清、余祥森、沈雁冰、沈泽民、周予同、周建人、俞平伯、柯一岑、胡哲谋、胡愈之、许地山、陈望道、徐玉诺、徐志摩、郭绍虞、叶绍钧、耿济之、郑振铎、刘延陵、谢六逸、瞿世英、瞿秋白、严既澄、顾颉刚。

　　（原载《文学》第 81 期，上海《时事新报》1923 年 7 月 30 日）

本刊的回顾与我们今后的希望

西　谛

本刊已出版至第一百期了！我们应该在此向与我们表同情的读者与帮助者表白恳挚的谢意，同时并写几句话叙述本刊的过去，及今后的希望以告读者，且以自励。

当本刊的第一号在民国十年五月十日出版时，中国文艺界里尚未曾发现过与本刊同性质的出版物。到了现在，不满二年的时间，文艺的刊物，已至少有百余种在各城镇的书店里陈列着了。文艺界能如此的显示长足的进步，实为我们所最足引以自慰者。

在本刊的自身，也略有些进步，最初在实际上担任撰稿者，仅沈雁冰，胡愈之，王剑三，唐性天，瞿菊农，耿济之及我几个人，到了现在，已有三十余人来同负这个责任了。最初在实际上负编辑之责者仅我一人，后来又由谢六逸君编辑了一时，到了现在，负这个编辑之责者已有十二人了。最初的本刊是每十日出版一次的，到了现在，已改为周刊了。最初的本刊，是附在时事新报分送的，后来可以另定，现在则除了附送外，且可以单独售卖了。但本刊的编辑与外形虽然时有变迁，而本刊的精神则始终如一。

本刊的出版，正当《礼拜六》复活之时，本刊以孤军与他们奋斗，自最初至现在，未曾一刻自懈。虽然当最初时并没有什么同性质的刊物与我们相为呼应，而许多的读者则常为我们的帮助者与鼓励者。后来南京的"学衡派"（？）出来，宣传复古的言论，我们又曾与他们辩论过许多次；在那许多次的辩论中，又有许多的读者给我们以不少的帮助与鼓励。

现在的情形，已与前不同的。同性质的刊物既多，有许多责任已不必我们单独肩担了。

今后，我们很希望这许多的同性质的刊物，大家都能够互相合作——至少要在扑灭盲目的复古运动与以文艺为游戏的礼拜六派的工作上合作。

我们更希望国内从文艺的同志，都能向上努力，不可因细故而互相倾轧。我们固不望大家都走上一条路，但至少总愿意在各路上同向文艺的园林走去的人，不要中途打起架来，为亲者所痛而为仇者所快。

至于我们自己呢，除了走自己的路以外，我们还愿意把本刊公开了，帮助一切为文艺而努力的人——只要他们是忠实的为文艺而努力的。

我们认定一切忠实的向文艺的路走去的人为友人，——我们无论如何决不以敌视之——虽然有时我们也许要做一个诤友。

至于本刊今后的体例与内容，则当尽我们的力量随时使他能较为完备，现在且不必在此先说。

（原载《文学》第 100 期纪念号，上海《时事新报》
1923 年 12 月 10 日）

杂　感

雁　冰

　　这个小小的文学定期刊物，由旬刊而改为周刊，勿焉已至百期；朋友们想替这"百周"的小朋友祝寿，——不呀，读者恕我想不出适当的字句以形容我们这番举动的本意；我们何敢遽以此小小刊物为已有寿而自喜呢，我们是想借这已成整数的机会，表示我们的乾惕，我们的希冀而已，——遂有特出纪念册《星海》之举。

　　约在一个月前，《文学》的负责编辑人集议这纪念册的内容的时候，大家都觉着这个纪念册的名儿十分难取，曾有许多的名儿提出来，旋又打消，几乎想把题名这件事暂时搁起，后来顾颉刚兄在大众沉思时静默的一刹那间，说出了"星海——长江发源于星海"的一个短句，环坐的朋友们像感受了电流似的齐声叫出了一声"赞成"！于是遂确定了纪念册的名儿。

　　一个名儿自然不能夸张地说是必有怎样重大的意义，可是一个名儿常常会引起无限的暗示。依稀的过去的影子，美丽的未来的憧憬，都在一瞬间跟着"星海"二字闪出在我们的眼前了；真的，我老实说，这两个可怪的字，给与我力，给与我神思。它带来了严厉的督促，带来了甜蜜的抚慰；而同时，使在兴奋的情绪中的我们，骤然自顾愧恶，油然而生益自策励之意。

　　我们这小小的刊物，在过去的百期中，实在薄弱的很；同人们因忙于谋生，连本来是微薄的一点学力都未能全数用在这上头，这是我们深自惭恨而又太息无可奈何的。我们谨坦白自忏，请罪于海内爱读者之前。然而我们自信亦会本良心的诏示，极其绵力，攻击那时文艺界中复活的"恶趣味"——就是上海流行的反文艺的白话小说，和突现的"反动思想"——就是所谓"学衡派"的反对近代文艺。我们很惭愧，我们不过有这个志愿，我们的工作不曾做得满意；而且我们本不敢自信对于这两项工作能够胜任愉快的。不过那时环顾国内，沉寂寂地竟毫无声音，所以我们也就不多谦让了。我们那时的情形，犹如孤军奋斗，既感孤独的寂寞的悲哀，也不免觉得疲惫，幸而亲爱的读者的来信勉励，尚足为我们怅惘失望时的指引的明星；还有极表同情于我们而又爱惜我们的读者，谆恳地劝我们犯不着独当其冲，做众怨之府，我们对于这种恳切的劝告，表示十二分的感激，但是我们又何敢自爱一身，又何敢学别人的"乖"，而停止我们的对于"恶趣味"与"反动思想"的抗议呢？我们诚知我们做的是"憨大"的行为，然而既行了己心之所安，"憨大"正是我们所乐意的。

读者恕我：我这样噜哕地细道过去的陈迹，并非敢夸我们曾经做过一些值得重提的事，我们是想借此忏悔昔日的粗糙的工作，自白三年以来学力浅薄的我们曾经怎样仓卒应敌而几次败北而已。

现在，我们这小小的刊物居然出到了一百期，而国内文坛的情形，亦大非昔比；我们已经有许多精壮勇敢的兄弟，在同一条路上向同一方向进行。我们不会再感孤独寂寞的悲哀了！而且我们相信，防御的战争已经终结，此后只要向前进取。呵！进取，进取！我们除自勉外，还以祝我们的许多不凡的兄弟！

（原载《文学》第 100 期纪念号，上海《时事新报》
1923 年 12 月 10 日）

本刊特别启事

——文学负责编辑者

王伯祥　余祥森　沈雁冰　周予同　俞平伯　胡哲谋
胡愈之　叶绍钧　郑振铎　谢六逸　瞿秋白　严既澄

（原载《文学》第 100 期纪念号，上海《时事新报》
1923 年 12 月 10 日）

《星海》发刊缘起

西 谛

　　《星海》是文学研究会会刊的第一册，同时又是《文学》百期纪念的刊物。

　　我们久想出版一种文学研究会会报，但因我们的时间与能力都忙不过来之故，延搁至今还未曾动手编辑——虽然在不少时候以前，已在征稿。

　　现在，我们因为文学研究会所出版的周刊《文学》，已经出版到百期，想为她刊行一个纪念的刊物，同时又想到会报尚延期未出，于是大家商量了一下，就把文学研究会会刊的第一册，作为《文学》的纪念刊物。后来又开了一次会，把这个刊物的名称定为《星海》。这便是《星海》产生的极简略的历史。

　　文学研究会会刊，将来尚拟出第二册，第三册以及无穷；但系不定期的，大约每三个月刊行一册。她的性质则拟每册各为一类。——除《星海》外——第二册拟为《欧洲十九世纪的文学》，第三册拟为《创作集》，第四册拟为《戏剧研究》。

　　《星海》的内容，则较为复杂，共包含四个部分：第一部分为《最近的世界文学》，第二部分为《最近的中国文学》，第三部分为创作，第四部分为杂文。

　　《星海》及其他各册里的作品，并不限于文学研究会会员所译著的。国内外的作家，如与我们表同情，而赐我们以帮助，我们是十分的欢迎的。

关于《星海》及其他各册会刊的一切通讯，请暂寄："上海宝山路
宝兴西里九号文学编辑部"。

（原载《文学》第 100 期纪念号，上海《时事新报》
1923 年 12 月 10 日 ）

《星海》要目预告

星海发刊缘起

【一】最近的世界文学

最近的英美文学　　　　　　　　　　　　　　　胡哲谋

最近的法国文学　　　　　　　　　　　　　　　雷晋笙

最近的德国文学　　　　　　　　　　　　　　　余祥森

最近的意大利文学　　　　　　　　　　　　　　沈泽民

最近的日本文学　　　　　　　　　　　　　　　谢六逸

最近的俄国文学问题　　　　　　　　　　　　　瞿秋白

最近的北欧文学　　　　　　　　　　　　　　　沈雁冰

最近的西班牙文学　　　　　　　　　　　　　　真　文

欧洲大战后的文艺思潮　　　　　　　　　　　　樊仲云

世界语文学　　　　　　　　　　　　　　　　　胡愈之

【二】最近的中国文学

最近的中国国语文学　　　　　　　　　　　　　黎锦晖

最近的中国小说　　　　　　　　　　　　　　　王统照

最近的中国诗歌　　　　　　　　　　　　　　　孙俍工

最近的中国戏曲　　　　　　　　　　　　　　　侯　曜

最近的中国文学评论   沈雁冰

最近的中国翻译界   郑振铎

最近文艺出版物编目   徐调孚

【三】创 作

霜痕   王统照

新的遮拦   庐 隐

入狱   孙俍工

得妻的喜悦   王任叔

光荣   王任叔

不遇   严既澄

雪夜   刘虎如

题未定   叶绍钧

题未定   西 谛

题未定   徐志摩

雪   俞平伯

题未定   谢六逸

题未定   任 重

题未定   瞿秋白

【四】杂 文

文艺之力   朱自清

文艺杂论   俞平伯

清代的词章学   严既澄

吴歈集序   顾颉刚

辛弃疾   王伯祥

题未定   陈望道

孟姜女故事的转变   吴立模

我的理想的诗人   顾彭年

致郑西谛先生论路曼尼亚民歌一斑书   朱 湘

附　录

文学研究会丛书编例
文学研究会已出版的丛书提要
文学研究会的过去与现在
百期以前的《文学》

（原载《文学》第 100 期纪念号，上海《时事新报》
1923 年 12 月 10 日）

郑振铎特别启事

　　我因事务太忙，已将关于《文学》一部分的事，移交给叶绍钧君经理，以后关于《文学》的一切来信，均请改寄"上海宝山路宝通路顺泰里一弄一号"为盼！！！

　　　　　　　　　　　　　（原载《文学》第 102 期，上海《时事新报》
　　　　　　　　　　　　　　　　　　　　　1923 年 12 月 14 日）

我们的杂记

蒲 梢

△《小说月报丛刊》

小说月报自从十二卷改革以来，对于提倡创作，介绍西洋新文学，整理中国旧文学……等等，努力从事，确有一部分成绩，很可算得国内最好的纯文艺刊物。每出版一期，差不多随即售尽，而因为是杂志，往往不再重版，以至读者方面，常有购买不齐的憾事。

该社现在为补此缺点起见，特选以前曾揭载过的作品，无论为论文，创作，翻译，诗歌，剧本，把他们另印一种汇刊本，每十二册为一集，现在第一集已编好，即将付排，将来出版后，拟廉价发售，以副爱读者的雅望，这一种丛书的名称定为《小说月报丛刊》。

△《星海》的消息

本刊的纪念刊物《星海》，久累爱读诸君的盼望了，然而因为篇幅的太多，以致印刷延迟，实在是无可如何的事啊！我们对于读者，只是深深的抱歉。

现在欲求出版的迅速，特分印成两册，上册大致要排齐了，当在最近的期间内，必可与爱读者相见。现在把已排好的上册的稿件，编一个目录在下：

文艺之力	朱自清
雪	俞平伯
辛弃疾的生平	王伯祥
回过头来	叶绍钧

孟姜女故事的转变　　　　　　　　　　　吴立模

欧洲最近文艺思潮的概观　　　　　　　　樊仲云

最近的俄国文学的问题　　　　　　　　　瞿秋白

最近的德国文学　　　　　　　　　　　　余祥生

最近的法国文学　　　　　　　　　　　　雷晋森

最近的中国小说　　　　　　　　　　　　王统照

最近的中国诗歌　　　　　　　　　　　　孙俍工

霜痕　　　　　　　　　　　　　　　　　王统照

新的遮拦　　　　　　　　　　　　　　庐隐女士

暮栈上　　　　　　　　　　　　　　　徐玉诺

夜忏　　　　　　　　　　　　　　　　刘燧元

太空　　　　　　　　　　　　　　　　梁宗岱

春水　　　　　　　　　　　　　　　　严敦易

最近文艺出版物编目　　　　　　　　　蒲　梢

（原载《文学》第 128 期，上海《时事新报》1924 年 6 月 30 日）

《文学周报》独立出版预告

自五月十日起完全脱离时事新报而独立发行

　　本报创刊于一九二一年五月，向附于时事新报发行，至今已有四年。现在本报同人决定由第一百七十二期起（五月十日出版）将它从时事新报收回，自行出版，版式及内容并与前大不相同。北京、上海及其他各处的一部份文学研究会会员，将以全力经营这个刊物，北京上海的执笔者为顾颉刚、俞平伯、潘家洵、王统照、谢六逸、胡哲谋、余祥森、陈望道、刘大白、丰子恺、胡愈之、王伯祥、郑振铎、叶绍钧、沈雁冰、樊仲云诸君。其他各地的执笔者为郭绍虞、耿济之、严敦易、傅东华、刘延陵、朱自清诸君，他们都将时时以最新鲜的文字贡献于读者。小说月报前曾登过的二章，俄国阿志巴绥夫的杰作《沙宁》，并将全部发表于本报上。每期更要附插富有诗意的漫画。

　　现在，我们在这里谢谢四年来时事新报馆所给与我们的帮助。

（原载《文学》第 171 期，上海《时事新报》1925 年 5 月 4 日）

上海文学周报出版预告

△五月十日起将脱离时事新报而自行出版△

本报向附于时事新报分送。在黑漆漆的上海，努力与卑劣的江湖派文人及顽固的守旧者争斗，至今已有四年。自一百七十二期起，将完全脱离时事新报而独立发行。版式及内容并与前大有不同。执笔者都为文学研究会会员：顾颉刚、俞平伯、王统照、潘介泉、谢六逸、叶绍钧、王伯祥、胡哲谋、余祥森、沈雁冰、郑振铎、胡愈之、郭绍虞、傅东华、耿济之、朱自清、刘延陵诸君尤将特别为本刊尽力。每期并附插丰子恺诸君的漫画一、二幅。读者诸君其欲与本刊相携手而与黑暗的文艺势力及思想抗争乎，请速来定阅本刊！定阅处：上海宝山路香山路仁余里二十八号文学周报社。北京总代售处：翠花胡同十二号北新书局。价目：每期二分（外加邮费半分），全年五十二期一元（外加邮费二角六分，国外一元），邮汇不通时，可以邮票代用，但以半分及一分者为限。

（原载《文学旬刊》第 69 期，北京《晨报·副刊》
1925 年 5 月 5 日）

今后的本刊

本刊与诸君相见已有四年了。我们常自觉我们能力的绵薄，且常自觉工作太忙，不能把我们的全力放在本刊上。这是我们所时时怅愧的。"日月出而爝火熄"；如果我们文坛的现象到现在已经较好，则我们甚愿把这一盏光焰如豆的小灯吹熄了，使我们得以暂时休息。然而阴霾益甚的中国，却使我们不能实践这个愿望，甚且有使我们不能不更益努力者。

文坛的现状，固未可乐观。"小报"在上海的蜂起，表示黑幕派作家的日益众多。而一般青年的文学观念，也有倒流之势。低头做介绍，创作的工作者少，而手执古装的《西厢记》以及李后主，纳兰容若之流的诗集而咿唔者日多；所谓批评界也依然戴着冷酷的，刻毒的面具，反以讥弹为职志。

一般民众却更无进步；到处都可见出混乱的，无常识的，无秩序的病象。他们所有的文艺是《包公案》，《施公案》，《济公传》，所崇拜的人物，是黄天霸，是济公活佛。同善社，悟善社等妖乱的结社的势力且日益益大。老实说，现代的中国民众，离开现代的世界的生活不知有多少里远呢。

在这种情形之下，我们能默然么？能安心的把这一盏小灯吹熄了么？不能的，不能的！它的光焰虽小，我们却不能不更注入些灯油，执着它向前觅路。

因为我们觉得本刊在日报发行的不方便，自本期起，便与上海《时事新报》完全脱离关系，独立出版。在这里，我们有了一个注入些灯油的机会。

从前的本刊是专致力于文学的，现在却要更论及其他诸事。

从前的本刊是略偏于研究的文字的，现在却更要与睡梦的，迷路的民众争斗。

总之，我们今后所要打破的是文艺界的诸恶魔。是迷古的倒流的思想；我们所要走的是清新的，活泼的生路。

（原载《文学周报》第 172 期，1925 年 5 月 10 日）

郑振铎启事

我于本月二十一日乘 Athos II 赴马赛。此次欧行，为时至促，亲友处多未及通知，告辞。万乞原谅！如有来信，乞寄英国伦敦中国公使馆（Mr.C.T.Cheng，C/o Chinese Legation，49Portland Place，W.I.London，England）转交。再关于《文学研究会丛书》事，已托胡愈之，徐调孚二君负责，关于《小说月报》事，乞直接与小说月报社接洽，但我虽在请假期内，仍当视力之所及，为《丛书》及《月报》负一点责任。

（原载《文学周报》第 271 期，1927 年 6 月 12 日）

第七卷的开始

赵景深

　　本报已经出到三百二十几期了，在性质相同的周刊，它是寿命最长的。回顾过去，与礼拜六派文丐挑战，也有过相当的成绩。一向都是偏重于批评与介绍，只是帮助我们的朋友太少，所以踽踽独行，颇有凄凉之感！本来这样小小的一个刊物，较长的创作是容纳不下的，只好登些短小精悍的评论。再说，出杂志总应该有些时间性，试看英美法各种杂志，如法国莫考莱伦敦莫考英国读书界美国读书界纽约时报书报评论 Dial，New Adelphi 等等，哪一种不是侧重于研究和书报批评呢？报到底是报，书到底是书，我们极想把文学周报弄成"报"，不想把它弄成"书"。

　　我们想请求各方面的帮助，很诚恳的希望着：

　　一，读者的帮助　有人来信说："听说你们所定的征稿条例是虚设的"，这实在是冤枉！我们欢迎来稿，有如大旱之望云霓，决不是虚设条例。不过诗稿太多，就是好稿子也难得有机会登出，这倒是实情。即如上卷李诵郴林汉达李建新楚狂叶德均石英朗山诸先生的论文，作者都是我们所不相识的朋友，可见我们并非专登自己人的作品了。所以我们在这儿诚恳的希望诸位不相识和相识的朋友们多多惠赐一些论文、批评、文艺杂感、文坛近讯，等等。从本号起，略有报酬，自然是很菲薄的，不过聊谢纸笔费而已。我们希望文学周报渐渐能改为纯批评的刊物。希望大家来织成这个梦境！这样，对于促进文学界的进步，和导引读书界的路径，大约总可以有些效力罢！

　　二，出版家和作家的帮助　希望各大出版家和作家将新出的著作长期的赠送给我们，以便批评。自然，受惠是感激的，但我们所作的批评并不一定是称赞，我们将说出心里所要说的话。不过只要不是过分腐败荒谬的，我们总只是按理说话，不加谩骂，也不说题外的事情。

　　惠寄稿件，赠送书籍，交换刊物等均请寄到上海宝山路宝山里七十号开明书店编译所转交文学周报社。

　　　　　（原载《文学周报》第 327 期，1928 年 7 月 22 日）

编　后

赵景深

　　奇怪！一个隐逸诗人也要出专号么？开倒车，开倒车！我想看这林和靖九百年纪念号的人一定要这样讲。我应该在这里申明，所以要出专号的缘故，只因为林和靖碰在这一年上，我们才替他做个纪念；我们只问他在文学史上有没有地位，不问其他。所以我们纪念林和靖的第一个意思，是趁他九百年死忌的机会，替他说明他在文学史上的地位。这只要看刘大白的《假隐士林逋》，便可知道我们并不是一定要捧林和靖。

　　再说林处士的遗迹都在杭州，放鹤亭，梅林等都成了名胜，只要稍读过书的人，没有不知道的。在这世纪末的现代，固然人们都是忙碌的；恐怕偶尔也想与大自然接触，使脑筋清醒清醒罢？所以我们除了请陆侃如和孙席珍撰稿以外，又特请在杭州的刘大白、许钦文、钟敬文、李宝琛诸先生做了几篇文字，纪念林和靖的第二个意思，便是将这本小书献给游览西湖的人们。

　　为了篇幅的关系，只好将李宝琛的《林处士的人生观》移在普通号中发表。本期的各篇是以来稿先后为次的。最后特别谢谢钟敬文先生，他对于这个专号帮忙最多。

（原载《文学周报》第 342 期）

文学周报社紧要启事二

　　本报同人数年来或奔走四方，或困于衣食，无暇为本报执笔，致将本报编辑撰稿之担负责之一、二人，同人等于心殊有未安。现同人多半复集于上海聚议之下，金欲重整旗鼓，分担责任，继续本报历年来在阴霾重雾之中与险恶势力奋斗的精神。因于第三百二十六期起，由耿济之，谢六逸，傅东华，李青崖、樊仲云，徐调孚，赵景深，郑振铎诸君同负编辑之责。内容较前略有增进，特别趋重于犀利的短评，及新颖的文坛消息。并有论述，随笔，逸话，创作，新兴艺术的介绍，书报评论等栏。总之，很想在尖利的打狗文章之外，插进些有趣味的文字与他处所不易见到的新颖消息。不过同人等力量有限，尚望同情于我们的工作的人，时加匡正，并赐文稿。幸甚。本报编辑部通信地址为上海闸北天通庵路三丰里六号转。

　　　　　　　　　　（原载《文学周报》第 350 期，1928 年 12 月 30 日）

本刊的缘起及主张

王统照

　　二、三年来国内新文学蓬勃发达的现状，日甚一日；虽然有好多力量薄弱的作品，与相反的辩难，但我们总以这是不可避免的事。其实这正是已由荒芜的时代，而入于收获的时代，究竟是很可乐观的。

　　我们相信文学为人类情感之流底不可阻遏的表现，而为人类潜在的欲望的要求。无论世界上那个民族，有其绵延的历史的，即有其与历史附丽而来的文学。由文学的趋势与表现中，可以看明这个民族思想的交点，这正如文学史家所谓凡有人类之处，即为文学的发源地。虽是表现的思想有高低，形式不一律，然由此可见人类的生命与文学之互相联锁的关系。春日的花烂漫的开了，莺儿便能奏着音乐般的歌子；秋来的霜叶陨了，蟋蟀儿便可凄凄哀啼，我想文学的动机，简单说来，只不过如此。然创作者虽在自然的陶醉郁烦之中，随意写出其所感受的思想与提到的印象，而能间接获得同情的赞美，由意想字句中，得到感应的效力。于是好的文学作品，便如燃起的火焰，由一个人的心灵中，传达到无量数的心灵中。文学的作者，固不必有何目的而究竟对于社会上生一种劳固的势力。

　　在中国的如居沙漠中的人心里，他们的思域被一切一切的东西阻限住了，他们的目光，被一切一切的东西隔障住了，他们的情感，被一切一切的东西僵死了。于是他们乃如傀儡，如雕像，如乱撞的蝇子，如深渊中的冰块，我们不是敢说除此外没有其他更好的方术可以使得他们展拓其思域，可以开解其目光，可以燃动他们的久已冷漠的无动无思的感情，但我们却相信惟有藉文学之花的灿烂，可以引动，感化他们，而年来新文学的萌发勃起，也正是为了这个时代所切实要求的。

但是督促文学日有进步的工具，助需要批评的精神。批评不止是对于作品负有解释说明的义务；而且更可以使读者对于作品有补充的见解与明瞭。有人说批评者是居于一种指导的地位，但我以为批评是为作者与读者中间的媒介；不过这种媒介是负有重大使命的，是对于作者读者两方有相当的责任的。文学不缺少正确明瞭的批评，不惟大多的民众，不知甄别文学作品的优劣，而作者亦少有借鉴。更进一步说：在中国新文学这样柔弱的时代，无聊的通俗文学，尚在社会潜传其毒菌，对于文学视等游戏的观念，尚没有除尽，想努力于文学的人，不应只在阅读，只在创作，更须壁垒森严，想去锄划莠草。因为这些传统，因袭游戏以文学为金钱化的观念不去，真的文学的根，总不能向人之心内苗生。

我们不敢潜居于批评者的地位；我们也不敢以我们的见地为完全无误，但我们所以要在此灰色围城之中办这个旬刊，却是愿同努力于文学的朋友提携，愿为中国新文学尽些微贡献的力量，这便是本刊的缘起。至于主张，助我们几个人对于文学上的各种派别，对于所争执问题，我们绝没有偏见与任何一方的倾向。主义是束缚天才的利器，也是一种桎梏，我们只能就所见到的说出我们所愿说的话，绝不带有何种色彩，虽然我们并不是天才。我们对于文学批评所持的态度，以商榷为主，虽是对于任何作品可以各抒所见，但我们敢自信是严重而光明的，即对于发表创作上，也一视其艺术的如何为准，绝不有所偏重。然对于反文学的作品，盲目的复古派与无聊的而有毒害社会的劣等通俗文学，我们却不能宽容，本来这些非文学的东西，可以不值得去攻打，但非进即退，而且任其殖生繁育，使社会日受其恶果，我们不能不去划除隙路的荆棘，好预备同大家向云霞烂烂的长途中并翼游翔。

在这狂风吹沙，干枯如智井底下生活的北京，我们偏要向此中去寻觅甘泉，这或者是我们空想中的奢望！不过希望爱助我们的，对于我们有相当的了解与助力，那末，在沙漠中，甘泉的源朗，或终被我们发见。

（原载《文学旬刊》第 1 号，北京《晨报副刊》1923 年 6 月 1 日）

545

本刊特别启事

　　本刊自发刊以来，亦已年余，人少事繁，不能办的十分精彩，我们觉得甚为抱歉！自去年冬天上海文学研究会同人要将文学改为文学周报的时候，我们便想将本刊与之合办，省得力量分散。及至今年四月，文学周报在上海改组发刊时，我们即决定将本刊停办，又因种种关系，未得实行，迄至本月底，我们便决定由此号后停止。所有余稿，皆在上海文学周报上陆续发表。我们在此一年半的岁月里，自问没有若何贡献，但此后如果有相当的机会来时，我们还想独立出版，再与读者相见。

　　再则本刊承晨报社代为发行印刷，这长久的日子，我们是非常感谢的！

（原载《文学旬刊》第 82 期，北京《晨报副刊》

1925 年 9 月 25 日）

王统照启事

　　本刊自十二年夏日经北京文学研究会决定即行时，当时公推举孙伏园君与我担任编辑。自去年十月起，由我单独负责。自本年六月至九月我因不在北京托人代为编稿，现在即决定停刊，所以我略叙本刊编辑的经过如此。

（原载《文学旬刊》第 82 期，北京《晨报副刊》

1925 年 9 月 25 日）

③《诗》

投稿诸君鉴

记 者

　　本刊系我们三数同志所办，只因前两期中没有申明投稿地点，所以以前惠稿诸君，有的所惠寄之稿我们并未收到，有的乃由中华书局编译所转折寄来，我们对于办事的疏忽非常抱歉！今请以后诸君惠稿，都寄苏州角直叶圣陶收，或杭州第一师范转刘延陵收。又本刊每期出版，中华书局都以数十册交同人分赠投稿诸君；同人所能报答诸君盛意者不过如此，这尤是同人所万分抱歉的！

　　　　　　　　　　（原载《诗》第 1 卷 3 号，1922 年 3 月 15 日）

编辑余谈（选辑）

Y.L

（一）

为读者底便利起见，本期将性质风格相似之诗聚在一齐。第一组是小诗；第二组是气味严肃一些的；第三组是清逸一些的。

（二）

本刊原定半年一卷，每卷五期；而因出版不能如期，遂常承读者督责。但现在这是无法的：因为出版底迟早须看稿件底多少而定，编辑人不能为多大的助力。因此所以我们很欢迎来稿；这一期里，并且将去秋本刊未出版之前在《学灯》所登的征稿之诗编在篇首。

（四）

因为本刊曾与中华书局约定每期以六十四页为限，故有几位先生底来稿本期未能全数登出，所余一部分须留为第五期之用。

（原载《诗》第 1 卷第 4 号，1922 年 4 月 15 日）

（六）

本刊底主要目的在于替时下较好的新诗作发表的场所，而不在讨论诗底问题与介绍外国的诗人与诗篇，讨论与介绍不过附带及之。我们因为单单登诗不免有些单调，所以我们自己常常做两篇文章上去；这绝不是因为自信做得好而做，也不是因为好动笔墨而做。我们觉得把一种杂志办得好些很为有趣，所以我们自己为本刊作文乃是满足兴趣，满足游戏的冲动，进一步说，就是我们（或者只是我）编辑本刊也是因为满足游戏的冲动，——虽然好唱高调的人曾反对以游戏的态度对待文学，但我则以为不当一概而论。

我们说出自己做文章的意思，一则希望读者对于我们的文章不能期望过深；二则希望读者将来注意诗篇甚于文章。因为若要多载文章为大规模的介绍与研究，这绝不是这本小册子所能做的事。

（七）

我们对于出版底愆期，前次曾有说明。我们因为事务很忙，觉得在最近的将来要半年编足五期很为费事。所以我个人曾经提议，改为每卷四期，每年两卷；但朋友们觉得不便。所以现在须明告读者：——

本刊"每卷五期"一句还是照旧；但"每年两卷"一句则暂时取消。然这并非出版无定期之意，大约现在每年可以出足八本，一至半年编辑两期可以办到之时，我们就立刻恢复"每年两卷"底旧章。

（原载《诗》第 1 卷第 5 号，1922 年 5 月 15 日）

2. 丛书

文学研究会丛书缘起

　　我们中国虽自命为文学国。但我们的文学作品。能在世界文学水平线上。占一个地位的。却是极少。数千年来。文学的运动寂寞而且无力。许多人。——诗人与文士与史学家。——对于文学。不是轻视。就是误解。他们以文学为贡媚之物。进身之阶。或是游戏消遣之品。永远没有人把他当作最高精神的表现的。也永远没有人以全个心灵沉浸在他的作品中。以他的微笑他的泪花来照耀来润湿他的诗歌与小说与戏剧的。所以我们中国文人的作品。多肤浅而不足感人。艳华雕饰而非人生的表现。

　　近十余年来。颇有人介绍些世界文学作品到中国来。但介绍的人。与读他的人。仍是用消遣主义的旧眼光来介绍他。或读他。对于文学的轻视与误解仍然未除。他们不是为文学界的联锁来介绍他。乃是因其新奇足资娱乐而介绍他。他们也不是以他为文学作品而读他。乃是因其新奇足资娱乐而读他。因此。他们所介绍的东西。多不甚精粹。所用以为介绍的方法。也不甚精粹。只要把原书的事实介绍过来就足了。原文的艺术。是毫不注意的。所以也有许多很好的文学作品。遭了删节与误会与失原意之祸患。

这种谬误与轻视的见解。如不根本划除。中国文学的新运动。是决不能有实现之一日的。

我们觉得文学是决不容轻视的。他的伟大与影响。是没有什么东西能够与之相并的。他是人生的镜子。能够以慈祥和蔼的光明。把人们的一切阶级。一切国种界。一切人我界。都融合在里面。用深沉的人道的心灵。轻轻的把一切隔阂扫除掉。惟有他。能够立在混乱屠杀的现世界中。呼唤出人类一体的福音。使得压迫人的阶级。也能深深的同情于被压迫的阶级。他是人们的最高精神与情绪的流通的介绍者。被许多层次的隔板所间断的人们。由他的介绍，始能复恢复这个最高精神情绪的流通。

文学也决不是消遣的东西。他有时虽也能微笑。也能减轻人生的负担。用他的轻快的活泼的笑声。然而他的任务却不止此。他的微笑。是慰安。不是给快乐。是同情。不是讥嘲。且在近代的残杀的环境中。他是哭泣多于笑语的，在他里头，充满着求解不得的郁闷。充满着悲悯慈爱的泪珠。充满着同情的祈祷的呼吁。以文学为娱乐品。真是不知文学为何物了。

我们在文学研究会的名义底下，出版这个丛书。就是一方面想打破这种对于文学的谬误与轻视的因袭的见解。一方面想介绍世界的文学。创造中国的新文学。以谋我们与人们全体的最高精神与情绪的流通。

我们在这个丛书中。有一部分是批评文学（LiterAry Criticism）与文学史的书籍。这种书籍。在中国是向来没有过的。我们把他们介绍来的原因。就是要使文学的基本知识。能够普遍于中国的文学界。乃至普通人的头脑中。这种文学的基本知识的普及。是很必要的。向来中国人对于文学轻视而且误解。大概都是原因于没有这种根本知识。

我们在这个丛书中。所介绍的世界文学作品。只限于近代的。并不是古代中代的作品。没有介绍的价值。乃是因为我们的出版力与人才。太觉缺乏。较量轻重。遂不得不暂置古代与中古的文学。而专译近代的作品。但近代的作品。也决不能包括一个大体。在此几十种的名目中。虽然有英、法、德、美、西班牙、瑞典、挪威、匈牙利、奥大利、俄罗斯、波兰、比利时、印度、新犹太、爱尔兰、日本等国的作品。然每国都不过十几种。乃至一、二种。只能略表现其面目。决不能代表其国的文学的全体。这也是因为我们能力太少的原故。在商酌目录的时候。不知有多少极好的作品。删落了不能列入。我们殊觉惭愧而无可如何。

这个丛书中。我们自己出产的作品。只有三数种。我们的创作力。实在也太薄弱了。但我们以为介绍的东西。可以计日而程功。创作的东西。是万万不能求速成的。永久的文学作品。只能自然产出不。能催促。也无所用其催促。

文学作品的介绍。现在的人。都太觉随便了。我们于这个丛书。一面力求与原文切合。一面力求翻译艺术的精进。我们很相信。我们的工作。不惟是介绍文学作品。并且也是求这种作品的译文。也能稍有文学上的价值。虽不敢望他们有什么永久的历史的价值。如路德译的圣经。克鲁洛夫（Krylov）译的伊索与勒封登（La Fontaine）的寓言一样。然而"文学还他文学"的话。我们是要极力奉行的。

我们这个丛书。只有以下所列的八十余种的书。我们实是非常自愧。但这也是为现在的出版力与介绍力与创造力所限的原故。如果以后出版品能继续下去。介绍力与创造力能够扩大。我们的这个丛书的书目。也许能增多至数千百种。乃至无数种的。

中国文学界方在垦殖之期。我们研究文学的人对于他的努力。是义不容辞的。如能一日有我们为中国文学界尽力的机会。我们是必要尽力的。

我们很感谢商务印书馆。他的好意的帮助。使我们得实现这个丛书的出版计划。

（原载《东方杂志》第 18 卷第 11 号，1921 年 6 月 10 日）

文学研究会丛书编例

第一条　本会为系统的介绍世界文学。并灌输文学知识。发表会员作品起见。刊行本丛书。

第二条　本丛书分为二类。

（甲）关于文学知识及会员作品者。其所包含约有四类。

（1）文学原理及批评文学之书。

（2）时别的地别的及种类别的文学史及文学概论。

（3）各作家之评传。个人的及集合的。

（4）本会会员之作品。

（乙）别名为世界文学丛书。其所包含。为所有在世界文学水平线上占有甚高之位置。有永久的普遍的性质之文学作品。

第三条　本会设丛书委员会一。办理一切关于丛书事务。并代表本会为对外之丛书代表人。

第四条　丛书委员会设委员五人。由会员互选之。

第五条　本丛书于未付印前。须经委员会委员一人以上。或会员或非会员一人以上之审查。并全体委员之同意。但委员外之审查员。须经委员会之同意。

第六条　审查员每审查一书毕。须签名负责。

第七条　本丛书之审查。为友谊的互助。不取审查费。惟著作者须以稿费百分之十。捐入本会为基金。

第八条　本丛书之取材。多近代之作品。因人材与出版力之关系。于古代中代之著作。盖多未遑顾及。

第九条　本丛书于文学作品之译述。偏重小说与戏剧。于小说尤略重短篇之作品。因诗歌至不易译。与其滥译。不如慎译。而篇幅过长之小说。费时日与出版力过多。亦难一时译出。

第十条　本丛书于应加注释之处。必详加注释。以便读者。于文学作品。尤注重于附述其作品之价值。与其地位与影响。及作者之传记。

（原载《东方杂志》第 18 卷第 11 号，1921 年 6 月 10 日）

《雪朝》短序

郑振铎

诗歌是人类的情绪的产品。我们心中有了强烈的感触，不管他是苦的，乐的，或是悲哀而愤懑的，总想把他发表出来；诗歌便是表示这种情绪的最好工具。

诗歌的声韵格律及其他种种形式上的束缚，我们要一概打破。因为情绪是不能受任何规律的束缚的；一受束缚，便要消沉或变性，至少也要减少他的原来的强度。

我们要求"真率"，有什么话便说什么话，不隐匿，也不虚冒。我们要求"质朴"，只是把我们心里所感到的坦白无饰地表现出来，雕斲与粉饰不过是"虚伪"的遁逃所，与"真率"的残害者。

虽然我们八个人在此所发表的诗，自己知道是很不成熟的，但总算是我们"真率"的情绪的表现；虽不能表现时代的精神，但也可以说是各个人的人格或个性的反映。

如果我们这些弱小的呼声，能够稍稍在同情的读者心中留下一个印象，引起他们的更高亢的回响，我们的愿望便十分满足了。

（原载《雪朝》，商务印书馆 1922 年 6 月初版）

《雪朝》再版序言

郑振铎

　　《雪朝》能于两月内再版，这是我们不得不感谢读者诸君的。现在趁这个再版的机会，我们把第一版里所能觉察到的错误都已改正过了。

　　我们很想再加几篇东西。但因时间关系，只好留到如有三版的机会时再说。

（原载《雪朝》，商务印书馆 1923 年 1 月再版）

八、文学研究会与其它社团、流派的关系

1. 与鸳鸯蝴蝶派和学衡派的斗争

思想的反流

西　谛

　　《礼拜六》的诸位作者的思想本来是纯粹中国旧式的。却也时时冒充新式，做几首游戏的新诗；在陈陈相因的小说中，砌上几个"解放"，"家庭问题"的现成名辞。同时却又大提倡"节""孝"。在他的第百十期上，有二篇小说：一篇是《父子》，说一个孝子的事；一篇是《赤城环节》，说一个节妇的事。在《父子》中，他描写一个理想的儿子，功课又好，运动又好，又是一个新派的学生；他父亲的打骂，他都能顺受不忤。后来他父亲给汽车碰伤了。医生说，流血过多，一定要人血灌入，方能救治。这个孝子听了，情愿杀身救父；叫医生把他自己的总血管割开，取出血来灌入他父亲的身里。他父亲活了，他却因总血管破裂死了。想不到翻译《红笑》，《社会柱石》的周瘦鹃先生，脑筋里竟还盘踞着这种思想。我虽没有医学知识，却没有听见过流血过多，可以用他人的血来补足他的。照他这样说，做孝子的可要危险了。小心你父亲受伤；他受伤了，你的总血管可要危险了。这真比"割股疗亲"还要不人道些。残忍的医生！自私的父亲！中国人的理想高妙到如此，真是玄之又玄了。《赤城环节》是极力摹仿归震川一班人的节妇墓志铭的"叔季之世。伦常失坠。坚烈如黄节妇。百世不易觏也。观其独居峻岭。筑茔建屋。以视飘流绝岛之鲁滨逊。正无多让。又岂特节烈已哉。于戏节妇。可以风矣。"如不砌上"鲁滨逊"三个字，这种按语，确是宋明以上的人的口吻；想不到在现在"叔季之世"，犹得闻此高论。

　　思想界是容不得蝙蝠的。旧的人物，你去做你的墓志铭，孝子传去吧。何苦来又要说什么"解放"，什么"问题"。

（原载《文学旬刊》第 4 期，上海《时事新报》
1921 年 6 月 10 日）

新旧文学的调和

西 谛

　　黄厚生君寄了一篇论文给我们，题目是《调和新旧文学谭》。他说："一般非议新文学，自命为保存国粹者和积极进行新文学的人都是想不亏国体，不失国魂，不过方法有些不同，实质上还是异道同归呀！"又说："我看现今新旧文学家都象是各走极端。你说文学不是消闲品，不是给人游戏的；他们偏要出什么《消闲钟》、《游戏杂志》。你们说文学是民众的；他们偏出什么唱和集。仿佛无形之中就起了无数的战争。"又说："如果他们知道新文学的目的在给各民族保存国粹，必定要觉悟了好些，不至同室操戈。"

　　厚生君这些话，我很不以为然。无论什么东西，如果极端相反的就没有调和的余地。中国古代的文学作品有许多是有文学上的价值的。但现在自命为国粹派的，却是连国粹也并不明白的。上海滑头文人所出的什么《消闲钟》、《礼拜六》，根本上就不知道什么是文学，又有什么可调和呢？况且文学是无国界的。他所反映是全体人们的精神，不是一国，一民族的。固然，也许因地方的不同，稍带些地方的色彩。然而在大体上总是有共通之点的。我们看文学应该以人类为观察点，不应该限于一国。新文学的目的，并不是给各民族保存国粹，乃是超越国界，"求人们的最高精神与情绪的流通的"。新与旧的攻击乃是自然的现象，欲求避而不可得的。除非新的人或旧的人舍弃了他们的主张，然后方可以互相牵合。然而我们又何忍出此。为贯彻我们的主张，旧派的人的批评与攻击，我们是不怕的，并且还是欢迎的。

　　讲起来可怜，我们现在虽要求批评与攻击，还不可得呢！他们只会站在黑暗的地方放几支冷箭；叫他们正正当当出来攻击几下，他们是不能办到的，懒疲与冷笑只是他们却敌的妙法。

　　热烈的辩难与攻击，也许可以变更一个人的思想。至于视责难如无闻；观批评而不理，则根本上已肝肠冰结，无可救药了。觉悟么？咳！我想他们是无望了。

（原载《文学旬刊》第 4 期，上海《时事新报》
1921 年 6 月 10 日）

侮辱人们的人

圣　陶

　　在最近的时期内，上海报纸上载一个使我伤心的广告，我想一定有许多人与我同感。这个广告几乎使我不自信其目，然而确确实实写的很大很清楚的字。他的语句是"宁可不娶小老妈，不可不看《礼拜六》"，以下便是《礼拜六》周刊的目录了。他们每一期的广告总有几句使人伤感而又非常可怜的开场白，这一次所见的不过是尤甚的罢了——不知以后更有尤甚的话想出来否。

　　这实在是一种侮辱，普遍的侮辱，他们侮辱自己，侮辱文学，更侮辱他人！我从不肯诅咒他们，但我不得不诅咒他们的举动——这一个举动。无论什么游戏的事总不至卑鄙到这样，游戏也要高尚和真诚的啊！如今既有写出这两句的人，社会上又很有容受的人，使类似的语句每星期见于报纸，这不仅是文学前途的渺茫和忧虑，竟是中国民族超升的渺茫和忧虑了。

　　然而我们有这么一个信念：人们最高精神的锁链，从无量数的弱小的心团结而为大心，是文学所独具的能力。他能揭破黑暗，迎接光明，使人们弃去其卑鄙和浅薄，趋向于高尚和精深。我们怎能任他的前途真剩渺茫和忧虑呢？

　　中国与文艺接触的人实在很少，我们的希望自然要求其逐渐增多。便是这少数的接触文艺的人他们又缺乏辨别的能力，不能明白他们所嗜好的东西的性质，我们的希望自然要求其具有辨别力，明白了解文艺的性质。但是现在的新文学运动能否影响到本不曾接触过文艺的人，又能否使迷途的人辨认他们正当的趋向？这实在不能不假思索地答一个"能"字。从不曾接触过文艺的且不要说。一部分入了迷途的，他们既曾接触而成嗜好，当然要继续地接触。好的正当的既是非常稀少，而且力量非常薄弱，坏的荒谬的自然乘机而起，以供需求了。好的正当的真是太少了，除了几种杂志和旧书而外，还有什么呢？

看了我上述的这等广告，我们不要徒然伤感，应得格外地努力。自然，我们先得着眼于曾和文艺接触的人：他们嗜好失当，曾不自觉认非为是，成为习惯，和我们所谓真的文艺往往不欲亲近。这一层阻碍我们当先事打破。于是我们宜窥测他们的可乘之点，猜知如何则他们自愿亲近，而后从事撰作。这并非迎合和揣摩，乃所谓"因势利导"，实与他们以猛烈的讽刺和正确的改正。他们接触了新的，既不觉其不习惯，便屡次接触，因而潜移默化，入于新的途径。这一层是我们现在亟须注意的。而从事文学的人也要尽量增多，才能扩大文艺界的范围，供给一般人的汲收。

我信我上述的这等广告总有绝迹的一天，时期的早晚，要看我们努力的程度如何了。

（原载《文学旬刊》第5号，上海《时事新报》
1921年6月20日）

消闲？！

西 谛

中国的"遗老""遗少"们都说："小说是供人茶余饭后的消闲的。"于是消闲的小说杂志就层出不穷，以应他们的要求。自"礼拜六"复话（？）以后，他们看看可以挣得许多钱，就更高兴的又组织了一个"半月"。对于这种无耻的"文丐"，我们却也不高兴十分责备。对于这班身心都将就木的遗老遗少，我们也不高兴十分责备。只是我们很奇怪：许许多多的青年的活泼泼的男女学生，不知道为什么也非常喜欢去买这种"消闲"的杂志。难道他们也想"消闲"么？

一天上五六点钟的课，还要自修好几点钟，那里还有"闲"工夫给他们"消"？况且在现在的时候，就是有"闲"，还有心去"消"么？

"商女不知亡国（？）恨，隔江犹唱后庭花。"我真不知这一班青年的头脑如何还这样麻木不仁？

已枯老了的蓬蒿，我们不管他，横直是不中用的。正在生长的生气勃勃的乔木，眼看他渐渐枯黄而死，我们总未免有些悲伤吧！

我敢极诚恳的忠告于一般青年，现在决不是大家"消闲"的时候；——本来，生就是动，无所谓闲，更无所谓消闲的——要做的事情正多呢。也应该振起精神，看看现在的人类，现在的中国了！

管理学校的人对于这件事也要负一点责任。

（原载《文学旬刊》第 9 期，上海《时事新报》
1921 年 7 月 30 日）

骸骨之迷恋

斯 提

假定诗的作用是批评人生表现人生，我要对于刊行南高日刊《诗学研究号》的诸先生说几句话。人生是不是固定的，还是变动不息，创进不已的？倘若是固定的，那么昔人怎么批评怎么表现，今人不妨并形和质一起照抄。倘若是变动不息，创进不已的，那么诗也应当有变迁和创新。这不必为高深的研究，即就我们日常生活而论，就有种种迁换扩张，所以可断言人生不是固定的。然则为什么有照抄以前的批评人生表现人生的诗学的研究呢？

冢墓里的骸骨曾经一度有生命。可是骸骨不就是生命。那些以前的生命或者留下些精神给后人。可是后人须认清，这是以前时代的精神，可以供我们参考，给我们研究，但决不是我们的精神；更有一层，决不能因尊重以前时代的精神，并珍重冢墓里的骸骨。

不幸《诗学研究号》却犯了我所说的反面。旧诗的生命，现在是消灭了。旧诗的精神存留在以前许多诗家的集子里。我们研究文学史的时候，这是很重要的材料。或者开卷讽诵也可得到精神的快慰。刊《诗学研究号》的先生们，并不做这两种工夫，却在那里讨论作法，刊布诗篇，我不得不很抱歉地说他们是骸骨之迷恋。

旧诗何以已成为骸骨？这不必详言，说的人多极了。（一）用死文字，（二）格律严重拘束，就是使旧诗降为骸骨的要因。要用他批评或表现现代的人生，是绝对不行的。

"生也有涯"，精神须耗于相当之地，不要迷恋骸骨罢。

（原载《文学旬刊》第 19 期上海《时事新报》1921 年 11 月 11 日）

评梅光迪之所评

郎　损

　　《学衡》第一第二两期登着梅光迪君的两篇文字，（一）评提倡新文化者，（二）评今人提倡学术之方法，中间有些讲到近代文学的话；梅君极力慕古，甚至说模仿古人"时亦得其神髓"，以此自满，所以我不想和他讨论古文学与今文学孰善的问题，只根据梅君批评近代文学那些话里的"不尽不实"之处，指出来，请大家明白一下。

　　文学嗜好，个人有绝对的自由：我笃信此言。故对于梅君之投头崇拜古人，不要深讥；但嗜好是嗜好，真理是真理，不能以一人之嗜好，抹煞普天下之真理；岂料梅君竟要以自己的嗜好抹煞西洋半世纪来评论界的"定评"，肆意而谈，很犯了颠倒系统，见一隅而不见全体的大毛病；在识者观之，原能一目了然，但"群众中幼稚分子，如中小学生之类"难免受其"盲聋"，所以不能不一评了。

　　何以见梅君之颠倒系统；梅君说："文学进化至难言者，西国名家（如英国十九世纪散文及文学评论大家韩士立 Hazhtt）多斥文学进化论为流俗之错误，而吾国人乃迷信之。"我们看了这一段，几乎要疑心梅君未曾看过一本一八四〇年以后出版的书！既然梅君斥文学进化论而举"西国名家"与韩士立为证，我就先和他论一论韩士立的文学批评的价值罢。我不要引"堕落派"的批评家的话，以惊梅君，只引一个出言并不惊人，思想带点守旧的 Saint Sbury 的话罢。珊氏批评韩士立的话，在他那《文学批评史》里就有一段："韩士立并非以发现一条任何的评论原理而成卓特……彼所卓特者乃在其评论之条鬯与丰润……

而此则能打击读者使发昏，不自知的乱赞赏起来……"珊氏这些话形容得极确；我从前读韩士立的 The spirit of the age 里论 Mord Worth 的一篇，也猛然受过他那一击，几乎发昏。想来梅君是久尝此味的，所以斥文学进化论就巴巴的引起韩士立来了；闲话少说，书归正传。梅君既然引韩士立以为文学进化论早为"西国名家"诟病的"人证"，那我们也就跟着来看看文学进化论罢！查文学进化论大别有两种解释：一是指文学的形式的进化，如叙事诗歌之于歌剧等等。一是把达尔文进化论的原理应用在文艺上，把文艺看作一个生物。这两说：前者由来已久，众说纷呶，现尚未有定论；（梅君文中只混指文学进化论，未曾分别言之，已觉太含糊。）梅君引韩士立为证，未免类乎"灯草撞钟"。因为韩士立逝世将及百年，这百年中，各大家对于文学进化论的研究，又精深了许多，梅君引百年前人对于当时文学进化论的批评以驳百年后的见解，非颠倒系统而何？若谓梅君所言乃指后者，那就更妙了！韩士立死于一八三○年，其时近代底生物观的文学进化论尚未出世；"文学底种类的进化论"的健将（也可说是主将者）Brunetiere 是一八四九年生的，去韩士立之死几乎二十年了！韩士立和上述之近代文学进化论简直风马牛不相及，安能硬拉来作"人证"呢？其实梅君要找个反对文学进化论的人，并不为难，只在梅君所痛骂的"堕落派"的批评家内一找，也就可以拉到一、二个，何至要拉个不相干的韩士立呢？梅君不是"束书不观……中乃空虚无有"的假学者，尚且不免于"所取尤谬"，岂因未尝"稍读西洋文学史。稍闻名家绪论"乎？抑因"以成见私意。强定事物。顾一时之便利。而不计久远之真理"，故一至于此耶？

何以见梅君之见一隅而不见全体；梅君于痛骂彼等"言西洋文学，则独取最晚出之短篇小说独幕剧及堕落派之著作，而于各派思想艺术发达变迁之历史与其比较之得失，则茫无所知。"并引钱斯德顿（G.K.Chesterton）之言为证。梅君既知言文学当研究"各派思想艺术发达变迁之历史"，而"比较其得失"，亦知钱斯德顿乃现代最有名的反对新思想的怪杰乎？梅君可引一极端的钱斯德顿以为痛骂新思想的"人证"，则他人亦可引克鲁泡特金之言以为西洋之无政府党，或引德国 George Kaiser 以为德国皆表现派；请问梅君能承认么？梅君有志批评西洋近代思潮，而引钱斯德顿，未免找错了人，未免陷于"见一隅而不见全体"的谬误！如果照这样子去寻极端的一隅的议论以概括全体，则反有许多西洋学者可以跳出来替梅君做"人证"，以反对近代思想，反对科学文明，反对宗教，反对自由，反对平等，尊崇强权，尊崇古典……但不知梅君有此胆量与否耳！

梅君既然找得了爱尔兰人的钱斯德顿，何不把近代的一伙爱尔兰人的思想都看一看？如果梅君做过了这番攻读工作，当然会晓得钱斯德顿的有力的，能"打昏人"的话，原来早有一个同是现代，同是爱尔兰产的肖伯纳的有名的能打昏人的话和他相抵消了！

"见一隅而不见全体"，想来总不是学者精神所应有的罢！

话已多了，就此止罢！至于梅君两文中"雅音"的谩骂，那是连"中小学生"也看得出来的，我更不用多讲了。

（原载《文学旬刊》第 29 期，上海《时事新报》
1922 年 2 月 21 日）

驳反对白话诗者

郎 损

现在有人主张诗应该有声调格律，反对没有声调（？）格律的白话诗，视白话诗若"洪水猛兽"。我以为文学上越多反对的声浪，便越见得文坛上热闹，有进步，能发展；故极欢迎听反对白话诗的声浪。但是我把反对者的议论一查考之后，不禁大失所望！

现在我先把反对者的议论列举如下：

一、因白话诗没有声调格律。因"不能运用声调格律以泽其思想，但感声调格律之拘束，复撷拾一般欧美所谓新诗人之唾余……"所以是不好。

二、因白话诗即拾自由诗的唾余，而欧美的自由又是早为"通人"所诟病。

三、因白话诗只为"少年"所喜，而提倡者实有"迎合少年心理"之意。

以上三条理由，我都以为不成理由，请分别驳之如下：

第一，反对白话诗者以为诗应该有"声调格律"，并进一步，谓应该"运用声调格律以泽其思想"。现在主张做白话诗者都说声调格律是拘束思想之自由发展的，所以反对者标作应该"运用声调格律以泽其思想"，可谓妙解！但是我要问：思想怎样可以运用声调格律来"泽"他？难道一有了声调格律，不好的思想就会变成好的么？难道这就称为"泽"么？"天地乃宇宙之乾坤。椿萱即二人之父母"，声调格律可谓妙极合格极了，能称他是有意思的么？能算他是好"古文"么？"太极圈儿大，先生帽子高"，声调格律亦非不佳也，请问能算他是好诗么？能算他是"泽"过的好思想么？我想来想去，简直不能明白"运用声调格律以泽其思想"一句话怎样通得过去！如果这句话不是这么讲，而是"运用声调格律而至神乎其神的地位者，也能不害其思想"的意思，那么，这岂不是等于说"匠石运斤成风而到神乎其神的地步者，也能削去郢人鼻上之石灰而不伤其鼻"，或等于说"变戏法者吞铁剑而神乎其神的地步者，也能不伤其喉咙"，或更等于说"带脚镣走路久而久之，而至于相忘于无有的地步者，也能不碍其行路"；试问这还成什么健全的理由么？试问天下岂有反以带惯脚镣而亦能走路更为合理于不带脚镣走路者乎？人类爱自设圈套自钻，而犹以会钻为得意，其此之谓乎！

第二，白话诗固与自由诗同，要破弃一切格律规式，但这并非拾取唾余，乃是见善而从。如谓此便是拾取唾余，然则效西人之重视文学而研究小说稗官野史荐绅先生羞道的东西，也是拾取唾余了！料想反对白话诗者未见得真有勇气连这个也认为"唾余"罢！至于"通人"之说尤漫无凭证，反对者亦知"自由诗"大家如范哈伦（Verharen），冈芒（Remy de Gonrmont）等人正为欧美"通人"所赞美乎？亦知近代欧美文学史上早已填满了这些自由诗作者的大名么？

第三，白话诗只为"少年"所喜，这句话倒大有研究的价值。白话诗何以为"少年"所喜？何以"只"为少年所喜？我且举冈芒的话请大家听听。冈芒说："人所以要写作，唯一的理由就是他要说明他自己，他要把那反射于他个人的镜子里的世界表现出来给别人看。他的唯一的理由就是他应是独创的。他必须说前人未说过的，而且用一种前人未用过的形式来说。"古人所立的规式格律，当然是古人为表现自己思想的方便而设，何能以之为诗的永久法式？如果古人有这思想，那么这便是专制的荒谬的思想，如果古人本未尝有此思想，而后人强要奉之，则后人便是奴隶的不自尊的思想了。真，善，美，不是附属于形式的啊！现在的少年要求得他自己，不屑徒为古人的格律规式的奴隶，那当然是喜欢白话诗啊！

我又连带想起一件事；我记得又有人说：现在白话诗中果然也有好的，但这是好的散文而已，不能称为诗！这话错在只认过去的某种

形式的为诗，而把诗之所以为诗的原意忘掉了！如果我们只认形式是诗，那么，

> 仄仄平平仄　　平平仄仄平
> 仄平平仄仄　　平仄平平平

便是极好的诗了！请问通么？推而言之，如果我们只认西施的脸是美脸的标准格式，而把其余不合于西施的脸之长短阔狭，五官位置的美脸都斥之为非美脸，请问通么？

（原载《文学旬刊》第 31 期，上海《时事新报》1922 年 3 月 11 日）

形式和实质

——对于近时文艺界的一个感想

化　鲁

艺术是什么？虽然难以寻得正确的回答。但是艺术是有生命的东西，是人类内心生活的表现：大概谁也不能否定罢。

如果文艺是有生命的，那么文艺的生命总不在于词章文句的形式而在于思想情感罢。如果文学是内心生活的表现，那么文学的要素也是从内心流露的东西而不是表面的躯壳罢。法国的文艺批评家 Remy de Gonrmont 在所著的文体的问题（Le Problime de styles）里说"没有坚实的思想，虽有美丽的文体也是不能存立的。无根基的形式与无思想的文体，是多么可怜啊！"

某君发明了一个"旧文化小说"的名字，这样的奇异的发明自然不是我们所能推想的，但是国人对于近几年新兴的文艺运动的误解和漠视，即此可见一般了。大多数人对于新文学和旧文学的分别，以为只是新文体和旧文体的分别，以为只是"古文章法"和"欧化字句"的分别。这样的误解虽然可笑的很，但却是很普通很寻常的。许多人对于新的作品，都加以"看不懂"三个字的批评，这是他们不能了解文学的实质的明证。因为他们心中以为新的作品也应该是除了词藻以外空无所有，所以他们不肯从思想情感上去鉴赏一种作品，单觉得满纸欧化的字句，看去不大顺当不大惯相就是了。

其实可也怪他们不得。有少数的新作家，对于作品的真价，似乎也欠有正确的了解，他们以为只要有了些浅薄的思想堆砌上许多"欧而不化"的字句，就算得了艺术的真谛了。他们的诗和小说，在文章的形式上做工夫的很多，至于思想一方面，除却写出些不关痛痒的社会事情，写出些浮浅肤泛的恋爱关系，写出些从书本上照抄下来的人生观，此外再没有什么了。这样的作品是容易使一般人引起误会，使一般人以为新文学是只有肉而无灵，只有形式而无实质的。

轰轰烈烈的新文艺运动已有四、五年的历史了。这四、五年中所得的最大的成绩，是许多青年自我的觉醒，传统的镣铐的摆脱，个人主义的唤起，思想界的消毒，个人与社会关系的确立。这几年来好多青年的内部生活，已引起剧烈的变化了，不但他们所写所读的和从前不同，便是所思想所感受的也不一样了。他们开始觉得人生的真价与责任了。这个却不能不归功于新文艺运动。此外语体文的流行，文学的形式的破坏，看去像是一件大事情，但比起精神的效果来，却算不得什么。

我们更应该知道旧式文人的破产，并不是由于"以震其艰深"一类的不通的文句，也不是由于"死文字"的不能存立，而是由于他们的思想的破产。要是现在真有"国故派"，和俄国的 Slavophile 那样，那我们也是欢迎的。因为"国故派"有国故的精神在里边，国故的精神就是他们的生命。但现在那些无聊文人，是没有生命的，他们除了假装的空洞的字句之外，是没有所谓精神生活的。换句话说，他们是只有形式而无实质的，就算形式变换了，也是不济事。

对于新文艺运动的先驱，我有一句话，请努力于思想的培养和人生的历练罢，休要干那鹦鹉派文人的营生。至于反动派——其实只是几个无聊派，算不得反动派——的诱惑，我们是不怕的。因为他们无生命，无生命的东西不能久存。

（原载《文学旬刊》第 53 期，上海《时事新报》
1922 年 10 月 10 日）

"写实小说之流弊"?

——请教吴宓君，黑幕派与礼拜六派是什么东西!

冰

吴宓君做了一篇《写实小说之流弊》，登在十月二十二日的中华新报；我对于这篇文章的内容，有好几点很不满意。像这种样的论调，当四、五年前《新青年》初提倡写实文学时就已见过，四、五年的时间，在中国简直不算一回事，现在又见这样的论调，当然不足为奇；我所奇怪的乃是这样的论调竟出于吴宓君之口!

吴宓君是东南大学的教授，又是研究西洋文学的。我认为他的议论不比坊间的"小说匠"，他的话，我认为 With Authority 的，然而愈看愈觉得他的话是 On his own authority，所以特提出我的意见，请他平心静气的想一想。

吴宓君原文的第一节说："吾国今日所最盛行者，写实小说也。细分之可得三派：（一）则翻译俄国之短篇小说，……（二）则上海风行之各种黑幕大观及广陵潮留东外史之类……（三）则为少年人所最爱读之各种小杂志，如礼拜六，快活，星期，半月，紫罗兰，红杂志之类。惟叙男女恋爱之事，然皆淫荡狎亵之意，游冶欢晏之乐，饮食征逐之豪，装饰衣裳之美，可谓之好色而无情，纵欲而忘德。"又曰"……是不啻于上言三派之劣作，亦承认其为文学之精华巨制也。"这两段文字里，显然含有两个意思：一是认定半月，礼拜六，星期，快活，等等定期刊物上所登的小说就是写实派文学；二是认定俄国的写实小说就等于中国的黑幕派和礼拜六派小说。我对于吴君这两层议论十二分的不满意；我以为吴君这两段议论，在理论上是错误的。（一）吴君既然反对西洋写实派，一定曾经研究过西洋写实派的作品（如果没有研究过，便不能反对），一定知道写实派的第一义是把人生看得非常严肃，第二义是对于作品里的描写非常认真，第三义是不受宗教上伦理上哲学上任何训条的拘束。敢问吴君：礼拜六，星期，半月等等定期刊物所登的小说是否有一篇合于这三个要义？非但不合，并且是相反的呢！吴君难道不见礼拜六，星期，半月里的小说常把人生的任何活动都作为笑谑的资料么？不见他们的"马车直达虎丘"等等的描写么？不见他们称赞张天师的符法，拥护孔圣人的礼教，崇拜社会上特权阶级的心理么？老实说，这些作品都是进不得"艺术之宫"的，而吴君却把他们比作西洋写实派的文学，实在是和他们开玩笑了。也许吴宓君实在没有把那许多"小杂志"里的作品细细看过，不过因为竭力反对西洋写实派，定要多找出些"流弊"的凭证，所以便把似是而非的"礼拜六派"小说也拉扯了上去罢？若然，我敢忠告吴宓君：要反对西洋写实小说，尽管从学理上反对，只引新浪漫派的理论已就足够；如今引"小杂志"上的作品去和写实派相比，不但唐突了西洋写实派，并且反要令人疑心吴君是没有眼光的呀。（二）吴君把中国黑幕派小说，礼拜六派小说和德国的写实小说相提并论，并且慨叹"吾国之新文学家""以写实小说为小说中之上乘"，"而不分别优劣，并言利弊"；是"不啻于上言三派之劣作，亦承认其为文学之精华巨制也"；这言外之意，明明是说俄国写实派小说就等于中国的"劣作"了。吴君这段"论断"，至少要引起别人三个怀疑：一是怀疑吴君实在不曾看过并且不懂俄国的写实文学；二是怀疑吴君实在没有看过中国"小杂志"上的作品；三是怀疑吴君子两者都不懂。否则，何至认坑厕为"七宝楼台"呵！"吾国之新文学家"是否竟认"写实为小说中之上乘"？他们的著作具在，看过的人一定知道，不用我多说。至于俄国的写实小说是不是"劣作"？世界的文学批评家也有定论。吴宓君只引安诺德批评托尔斯泰的《婀娜小传》为证，而把其余许多有权威的批评，概行抹煞，以见俄国写实小说之不满人意；这办法怕也不公平罢？

　　吴君原文第三节，分论写实小说的弊，有"以不健全之人生观示人也"一条。想来这一个罪名也是加给俄国的写实派的。人生观必如何而后可称为"健全"，本已没有定论。我们姑且让一步，从吴君之说，以能"养成抑郁沉闷之心境，颓废堕落之行事"者，称做不健全的人生观；那么，俄国写实小说恰巧不是如此的，吴君不免要反坐诬告之罪。俄国写实派大家最有名的是郭克里（Gogal），屠格涅甫，托尔斯太，陀思妥以夫斯基等四人，他们的作品都含有广大的爱，高洁的自己牺牲的精神；安得谓为"不健全的人生观"？西洋写实小说中，果然有使人抑郁沉闷的作品，但非所语于俄国的写实小说。（至于"导人为恶"，则是读者看反了，未明作者主意所致。）克鲁泡特金在《俄国文学的理想与实质》第三章末尾且有显明的解释；他反对佐拉等人的"丑恶描写"，说明俄国自郭克里以下的写实文学是"新"写实主义，和法国的是不同的。（Russian Literature Ideal and Realities P.90）吴君若以"引人悲观"为"下劣作品"之特征，那么，吴君所崇拜的浪漫文学大家德国人葛德所著的《少年维特的悲哀》却确实引起几个少年人的自杀，不知吴君亦斥葛德是下劣的作家否。

以上的意见，都是针对吴君原文第一节而发的；对于吴君原文的第二节，我也有几句话。

吴君在这一节里痛斥写实派"劣下之作，惟以抄袭实境为能事"；是呀，佐拉所谓 Human Documents 本非"死抄实境"之意；佛罗贝尔做《鲍美夫人》固有所"本"——其实也并非直抄——《简朴的心》却就没有底了。写实派作家所谓"实地观察"本来不是定取实事做小说材料的意思，中国提倡写实主义的人，似亦未曾主张过；吴君之言，不免近于无的放矢。然而把这话去针砭时下专做"此实事也"而其实不尽不实的"小说匠"，却是很有用的。

总之，吴君此文最大的谬点，在以坊间"新小说"上的作品比西洋写实小说，而把俄国写实小说混捉在一处。吴君批评"小杂志"上的小说是"好色而无情，纵欲而忘德"，原极不错，但不知何以忽混拉他们做写实小说？我以为中国不能有好的写实小说出世，实因这些"小说匠"以假混真所致。不谓吴宓君尚以为这就是"吾国今日之写实小说"，真要令人觉得"是可叹也"呵！

（原载《文学旬刊》第 54 期，上海《时事新报》
1922 年 11 月 1 日）

杂　谈

C.P

　　吴宓骂黑幕小说与礼拜六派小说，我们很赞成。但他竟把俄国小说也混在一起骂了，未免有些"盲目"。我想吴宓大概除了读过安诺德的《批评论文集》里论托尔斯泰的一篇外，竟完全没有看过俄国的伟大小说吧？

　　他以为写实小说家不作问题小说，"不行训诲主义"。此言尤为可诧可笑！我不知被中华新报记者称为"研究西洋文学，得其神髓"的吴宓君究竟曾研究过西洋文学没有？问题小说，惟于"写实主义"的小说中可以找得到。如易卜生的《诺拉》（即《偶象家庭》），史特林堡的《结婚集》等都是。Phelp 君也以为托尔斯泰的小说都带着各种问题。至于"训诲主义"，则为写实主义作家所最为主张者。托尔斯泰极力主张"人生的艺术"。杜蒲罗林薄夫且以为凡小说非为农民或为从事农民运动的人的需要，则不能谓之文学。不知吴宓君听什么人说，竟以为写实小说家为不作问题小说，不行（行字欠通）训诲主义？这种人也来谈西洋文学，而且俨然主什么大学的文学讲席，真不得不有"蜀中无大将，廖化作先锋"之叹了。

　　吴宓说："俄国之短篇小说，专写劳工贫民之苦况，愁惨黑暗，抑涉愤激，若看推翻社会中一切制度而（而字欠通）快者。"又以为写实主义家是"以不健全之人生观示人"，而以他们为"大盗不操戈矛者。"鸣呼！这种话是称为"人"者所能说得出口者耶？现在的社会制度，吴君尚以为不应推翻耶？俄国小说家。专写劳工贫民之苦况，吴君便以为他们犯了不赦之罪，为不操干戈之大盗。劳工贫民，终身受资本家，军阀，官吏之剥害，吴君以为他们受害尚不够，乃竟不许有人为之写其苦况，鸣其不平耶？乃竟以写其苦况，鸣不平者为大盗耶？我不知道吴君到底是不是有同情心的人？到底视劳工贫民为如何人，视军阀，资本家为如何人？

有人对我说，吴宓是在托庇于军阀与资本家的门下的某某大学里边的。他如不是歌颂当道贤明，盐商爱才的"杨子云""袁才子"，决不能在里边占得势力的。你们对廉耻丧尽的"杨""袁"，谈什么同情心，什么劳工苦况，简直是"对牛弹琴"。但我不忍相信这些话！

（原载《文学旬刊》第 54 期，上海《时事新报》
1922 年 11 月 1 日）

真有代表旧文化旧文艺的作品么？

雁 冰

这一年来，上海出版的定期"通俗"刊物，非常的多；这些小说，大都和我在《自然主义与中国现代小说》一文里说过的第三种小说相仿佛，思想方面技术方面，都是和新派小说相反的。因此，有些人以为他们所代表的是旧文化旧文学。

这种看法，实在是错误的！北京《晨报附刊》登着子严君的一段《杂感》，说得非常透彻：

"……这些'礼拜六'以下的出版物所代表的并不是什么旧文化旧文学，只是现代的恶趣味——污毁一切的玩世与纵欲的人生观，（？）这是从各面看来，都很重大而且可怕的事。

"'礼拜六'派（包括上海所有定期通俗刊物）的对于中国国民的毒害是趣味的恶化。如退一步说，这个责任也可以推给经济制度和旧教育去，因为他们把恶趣味拿去卖钱，实在可以说是社会之过，但我们就事论事，却不能这样的说。一个人得了结核病，是他自己的不幸，但把这病去传染给人，当然是他的责任，在恶趣味也是如此。中国国民最大的毛病，除了好古与自大以外，要算是没有坚实的人生观，对于生命没有热爱。现在所需要的便是一服兴奋剂，无论乐观也罢，悲观也罢，革命文学也罢，颓废派也罢，总之要使人把人生看得极严肃，饮食男女以及起居作息都要迫切的做去，才是真正的做人的道路。可惜中国多是那些变态的人，礼拜六派的文人便是他们的预言者：他们把人生当作游戏，玩弄，笑谑；他们并不想享乐人生，只把他百般揉搓使他污损以为快，在这地方尽够现出病理的状态来了（幸恕我举出狂人喜弄不洁的事来作例）。这样的下去，中国国民的生活不但将由人类的而入于完全动物的状态，且将更下而入于非生物的状态里去了。要说这是'杞忧'，或者也未始不可，但是从进化论善种学看来，这种反生物性的人生观的恶趣味，在人的前途上决不是一个好现象，英人戈斯德（Gorst）在《善种与教育》上称英国的坏人为'猿猴之不肖子'，这正是极切贴的话。我们为要防止中国人都变'猿猴之不肖子'的缘故，觉得有反抗这派的运动之必要；至于为文学前途计，倒还在其次，因为他们的运动在本质上不能够损及新文学发达的分毫。"

子严君以为此派小说在思想上为害尤大，我也有同感，但是他们在文学上的恶影响，似乎也不容忽视，至少也要使在历史上有相当价值的中国旧文艺蒙受意外的奇辱！我希望宝爱真正中国旧文学的人们起来辩正。

（原载《小说月报》第 13 卷第 11 号，1922 年 11 月 10 日）

反动?

雁 冰

胡寄尘君《给郑振铎的信》里有几句话："提倡新文学的人，意思要改造中国的文学；但是这几年来，不但没收效，而且有些反动。"何慧心君在九月二十三日的《学灯》反驳胡君，说胡君的"没收效"是武断。后来胡君又有答辩。他们的话很长，恕我不抄引了。我以为这"有效"与"没效"的问题，不用多辩论；倒是胡君说的"有些反动"一句话，很可研究。

胡君《给郑振铎的信》里，不曾明言这所谓"反动"是指那一种事实，但据胡君在别处的议论看来，这所谓反动，是指一年来上海定期通俗刊物（《礼拜六》及其他）的流行。但是在这里，我要告诉胡君，定期通俗刊物之流行决不是"反动"，却是潜伏在中国国民性里的病菌得了机会而作最后一次的——也许还不是最后一次——发泄罢了。

凡是一种反动，必有一定的目标，近来的通俗刊物大都专迎合社会心理，没有一定的目标。凡是反动，一定处处要和敌对的一方相反，近来的通俗刊物却模仿新文学，（虽然所得者只是皮毛）；新文学注意劳动问题，妇女问题，新旧思想冲突问题，通俗刊物也模仿，成了满纸"问题"；真有如何慧心君所说："青社里许多分子，在几年前，谁也不是做'红楼一角''某翁''某生'的小说的健将"那种情形了。天下有这种的反动么？所以"通俗刊物"之流行，决不是"反动"，却是潜伏在中国国民性里的病菌得了机会而作最后一次的发泄罢了。

这病菌就是"污毁一切的玩世的纵欲的人生观"（参看上一篇评论

里所引子严君的一大段话），生根在中国国民性里的；"新思潮"抨击这个病根，校正这些玩世而纵欲的人生观，在前几年是很致力的，又因为学生运动胜利，刺戟起向前走的精神来，所以那时很有点光明的气象。然而"新思潮"运动因为日子少，并未曾把这病毒连根拔去，不过压住他，使他一时不能动而已；这二三年，因为国内政治状况的变迁，革新运动的先锋，多注意了迫在眼前的政治问题，未免把抨击腐败旧人生观的工作少做了一点，外面的压力既然减轻，自然这病毒又要向外发泄了。治标不如治本，我们一方面固然要常常替可爱的青年指出"通俗刊物"里的误谬思想与浅薄技术，一方面亦要从根本努力，引青年走上人生的正路！

（原载《小说月报》第 13 卷第 11 号，1922 年 11 月 10 日）

文学界的反动运动

雁 冰

这一年来，中国处于反动政治的劫制之下，社会上各方面都现出反动的色彩来。在文学界中，这种反动运动酝酿已久，前年下半年已露笑兆，不过直到今年方始收了相当的效果，有了相当的声势。

和其他反动运动一样，文学上的反动运动的主要口号是"复古"。不论他们是反对白话，主张文言的，或是主张到故纸堆里寻求文学的意义的，他们的根本观念同是复古。他们自然不肯明明白白说自己是复古的，他们一定否认自己是反动的；他们有他们的一大套理由，说自己的主张是如何的合理：他们是这样的巧言如簧，乱人听闻的，所以我想一度的揭发是必要的。我明知时代先生的皮鞭落到中国人的脊梁上，必不容中国人不朝前进，人类历史的长途本来作曲线进行，反动之后必有反反动，反动运动的生命是不会长久的，可是我们万不能竟把这副担子交给时代先生，自己做个旁观者，我们要站在凶恶的反动潮流前面，尽力抵抗。

文学上反动运动的第一支是反对白话主张文言的。他们自己也研究西洋文学。他们似乎也承认中国旧书里对于文学的研究，不及西洋人那么精深；但是他们竭力反对白话。他们忘记了自己所钦仰的英美文学大家原来都是用白话做文章的；他们只觉得中国人抛弃了极美而有悠久历史的文言不用，反用那鄙倍的白话，是可气可恼，或者竟是极笨，可是他们竟忘记了自己所钦仰的西洋民族，其中如德，意，法等国，当初有一班人也为了要用白话做文章，揽上了许多麻烦，还有那希腊人——在西洋文学史上出过大风头的，现在正和我们一样，出力干那"抛弃极美而有悠久历史的文言而不用"，这种大笨事，原来"现代人作文须以现代语"这句话，也和民主主义一样，是举世所趋，不可抗的了。我们自然不认白话是新文学的目的；但是确认白话是建设新文学的必要的工具。不用白话做的文学作品，纵使经得起文学批评的绳墨，然而不能不说是一件假古董，本身就没有价值。平心论之，这一支反动势力不过无价值无立足点罢了，未便说他们直接做了多少罪恶，但是他们间接造成的罪恶却不小。这便是因为他们诱起了第二支的反动运动。

第二支的反动运动是于主张文言之外，再退后一步，要到中国古书——尤其是经里面去找求文学的意义。他们的标语仍旧是"六经以外无文"。他们以为经是文之极则，子史已不足观。他们牵强附会，说西洋人的文学观念是中国古书所已有的，故当捧出自己的宝贝来，排斥洋货，不要弄成"贫子忘己之珠"，这一等反动家，头脑陈腐，思想固陋，实在不值一驳；他们本不敢如此猖獗的，却因一则主张文言的一支反动派呶呶不休，引起了他们攘臂加入的热心，二则近年来"整理国故"的声浪大盛，"古书原来也有用处"，引得这班糊涂虫因风起波，居然高唱复古了。有他们这班人在中国向后的努力，虽然于新文学的发展一无所损害，但是群众的正当的文艺欣赏力，至少要迟十年始得养成。文艺的普遍发达，一要有作者，二要有读者；中国目下果然缺乏作者，而尤缺乏读者。中国的作者界就是读者界。"不过他们自己做这些东西的，买几本看看"，这句虽是反动派讥笑的话，但是颇有几分近乎实情。中国今日一般民众，毫无文艺的鉴赏力，所以新文学尚没有广大的读者界；要养成一般群众的正则的欣赏力，本来不是一朝一夕所可成功，或者要比产生一个大作家还困难。而况还有反动派作退后的运动呢？所以这等曾经的反动派，虽然不能阻碍新文学之发展，却能阻碍一般群众的正则的文艺欣赏力之养成；在这一点上，他们所做的罪恶，实在不小。

以上两种反动运动，现在已经到了最高潮，正像政治上的反动已经到了最高潮一样；我们不肯在时间上开倒车的人应该怎样呢？等他们自己被时代潮流所淘汰么？还是我们要用几分力，推进时代的轮机呢？我们应该立起一道联合战线，反抗这方来的反动恶潮！

（原载《文学》第 121 期，上海《时事新报》1924 年 5 月 12 日）

2. 与新文学其它社团及作家的关系

《创造》给我的印象

损

（一）

　　《创造》第一期第二栏"评论"里有一篇郁达夫君的《艺文私见》，开头说："文艺是天才的创造物，不可以规矩来测量的"：又说："文艺批评有真假的二种，真的文艺批评，是为常人而作的一种'天才的赞词'。因为天才的好处，我们凡人看不出来……"又说："目下中国青黄未发，新旧文艺闹作了一团，鬼怪横行，无奇不有。在这混沌的苦闷时代，若有一个批评大家出来叱咤叱咤，那些恶鬼，怕同见了太阳的毒雾一般，都要抱头逃命去呢！"又说："Arnold 也好，Pater 也好，……无论那一个，能生一个在我们目下的中国，我恐怕现在那些在新闻杂志上主持文艺的假批评家，都要到清水粪坑里去和蛆虫争食物去，那些被他们压下去的天才，都要从地狱里升到子午白洋宫里去呢！"郁君这一席话真痛快呀！我表万分的同情！我先得声明，我并不是"在新闻杂志上主持文艺的"人，当然不生"批评家"真假的问题，不过我现在却情愿让郁君骂是假批评家，骂是该"到清水粪坑里去和蛆虫争食物去"的假批评家，对于"创造"社诸君的"创造品"说几句类于"木斗"的话。不过我终不敢自居于"批评家"（不论真假），所以仅题本文曰"创造给我们的印象"，而不曰"评论"。

未入正文之前，我还要说几句空话：郁君举了几个人名，说无论那一个生在我们目下的中国，都是好的；我却以为不然。我记得英文本的托尔斯泰的 What is art？里说了法国大天才鲍特来尔（Baudelaire）一些不满意的话，托氏原非郁君所举，但是我想来他和郁君所保举的那个 Belinsky 臭味总还相同。若叫那位 B 先生批评鲍特来尔，恐怕亦未必满意，可知大批评家不一定和个个大天才如鱼如水呀！假使鲍特来尔的《游子》要经过 B 先生的检查，难保不被"压搁"下去呀！自来很少绝无主观的大批评家，现在中国"青黄未发"，若真如郁君所言，无论那一个生一个来，万一生了个象托氏一般的，岂不太屈枉了中国的"狄卡耽"的天才么？所以我敢说郁君这个请愿带些危险性，所以我不以为然。

但这是空话，我要从这空话里寻出一句象些正经的话，就是：一个真的批评家倒不一定因为屈枉了一个天才而就失其真的资格。中国现在并无所谓批评家，也不见大天才，这话当然是废话啦！

现在书归正传罢。

（二）

《创造》里几位作者的作品，我们有一大半是会面过的；郭沫若君的《女神》出版在二年前，郁达夫君的《沉沦》出版将一年，张资平君的《冲积期化石》出版将半年，田汉君的文章我们也常常读过，所以我们可说这几位作者我们都是素识。照理说，我们读素识的作者的新著，应该比读素不相识的作者的作品，更容易理会得；或者说，"评论"起来，亦较能少杂主观的偏见，而庶几可免于"木斗"之"误复"。这原是"理论上则然"，事实上并不一定如此。我固不敢自许为能为天才做"赞词"的"批评大家"或"真的批评家"，但我自信总还能不杂意气，客观的看一件作品，看一句说话。这是我对于一般读者的"自白"，并不是夸给诸位创作者听；或许我的话唐突了，被认为有意唐突天才，我亦没法，并且也不愿自辩。

我先说张资平君两篇小说给我的印象。

我最初看见张资平君的作品，是《学艺》杂志的《约檀河之水》，这篇东西，很使我感动；今年春看《冲积期化石》，觉得反差些，那中间原有几段极能动人，但是那回忆太长，结构上似乎嫌散漫些，颇有人看得嫌腻烦。如今第一号《创造》里张君的两篇，我也对于其一倾佩，而对于其一不以为佳。《她怅望着祖国的天野》一篇，我以为不如《上帝的儿女们》更好。前者是一篇短篇小说的长篇，即以字数而论，是篇短篇小说，但结构不是短篇小说的结构；照他那结构看来，每段该放长了些，作为一篇长篇小说。所以我读完了那篇，就有一种不快的感觉，一种未饱厌时的不快感。我觉得作者未曾畅意的描写，颇有些急就粗制的神气；好象是一个长篇的"节本"或 Outline 而不是长篇的本身；他的段数虽多，而且每段是一"转"，可是每一段里的情节，实在太直，太简，太无曲折；合此数因，就觉得全篇的结构有些板板儿不灵活了。万字以内的短篇大概只能抽出书中人物一生事实的一片来描写，借此显出前事，然后结构紧凑，描写时亦不会有地小不足供回旋之憾；"流水帐"似的记述，似乎更宜于长篇。《上帝的儿女们》只登了两段，吸引我的力量比《她怅望着祖国的天野》强了许多。第一第二段的描写法都是很好，书中人物的说话，各依着身分，尤其是 A 所长的那几句："你们用了一个多礼拜的智慧去想了，有什么有趣的方法告诉我们么？……"欧化的中国话，很传神。我大胆来卖张"预约卷"，这篇东西该是杰作。

至于上两篇的思想，第二篇未完，不要先猜，第一我是对于作者表敬意的；因为他肯费笔墨为这一个平常的不幸的女子鸣不平。看了秋儿信中"你当我作什么都可以，玩物也好，奴隶也好，只不要再爱上第二个人，来厌弃我。"那几句话谁能有勇气去笑秋儿是"不解放"，没志气呢？

（三）

田汉的《咖啡店之一夜》颇非"佯啼假笑"之类的作品；剧中

林泽奇的悲哀，也应是一般好青年的悲哀，不过与其说是国内一般青年的悲哀的心境，不如说是书本子上法国颓废派青年的悲哀的心境。我以为国内许多青年灵肉冲突的心境，简直是"出见裘马富贵而艳之，入闻夫子之言而又乐之"的状态。他们自然也有悲哀，不过这只是熊掌与鱼皆我所欲也，而"二者不可得兼"的悲哀；他们只是追求而未得，未尝觉得生之寂寞。至于女子中象白秋英那样人，更少了。所以我怕田君这篇东西未必能有怎样多的读者感受到真的趣味；或者竟至于被误会，以"打野鸡""拆白"为新式的名士风流派头；本无"悲哀"，而强要自寻花柳场中的痛苦，那真非田君始料所及罢！

《咖啡店之一夜》的"地""某都会"，文中又曾说"他在南开毕了业，便转到这儿来了。……他进了大学，他在大学什么科？"可知其所谓大都会是有大学的，并且有大旅馆做这咖啡店的紧邻，至少也要有上海那样热闹；但是剧末却又说"外面闻更声橐橐，之（？）与壁上钟机相和"，我觉得有点不合；因为象这样的大都会是没有打更的。或者田君以为这种地方，本不要紧，颓废派本可不拘拘于依照实在的描写罢？

（四）

《茫茫夜》的作者郁达夫君有过一篇小说《沉沦》，想来大家都看过；如今这篇《茫茫夜》里有两句话，"向善的焦躁与贪恶的苦闷"，我看很可以作为《沉沦》的"赞词"。《沉沦》描写上有没有缺陷，对于现代中国青年有没有因被误会而来的恶影响：这我都不愿多说；只就"向善的焦躁与贪恶的苦闷"这一点上，我觉得《沉沦》的主人翁是可爱的，应得受人同情的。除了是天生的大贤人或是那些"貌仁义而心蛇蝎"的"自命的贤人"，凡是现代的青年，谁也该觉着"向善的烦躁与贪恶的苦闷"罢？

新犹太小说家宾斯奇说："现在他方知道人的脆弱，而且人生路上四布的危险是怎样的众多呵！"于是他的嘴唇苦涩地自说道："住在下界的我们只是待保捍的囚犯罢了，一个'破戒'的网罩在一切的生存上面。"颇有人说《茫茫夜》里的于质夫决心要"戒酒戒烟戒女色"而终又不能实行，以为是不足道的意志薄弱的人，把这样的人做一篇小说的主人翁，于青年思想上很有妨碍；这话未必是的。或者说这话的老先生自己的意志的薄弱比《茫茫夜》里的主人翁还欲加甚，只是不肯承认罢了；肯自承认而且自知，我以为这就是《茫茫夜》的主人翁所以可爱的地方。除此点而外，若就命意说，这篇《茫茫夜》只是一段人生而已，只是一个人所经过的一片生活，及其当时的零碎感想而已，并没有怎样深湛的意义。似乎缺少了中心思想。但描写得很好，使人很乐意的看下去。

《棠棣之花》未曾完，单就所登的第二幕看来，作者似乎想借古事写出满腔的悲愤，但是直用现代人不更好么？不过此剧既未做完，也就不便乱猜。

成仿吾君的《一个流浪人的新年》，后面有一"评"，"志感"，和一"自语"；郁达夫君评道："……我们中国的读者阶级恐怕还不能够懂得，……"这句完全不是"木斗"而是真赞词的评语，已然肯定地这样说了，还有什么可说呢！中国的读者阶级或者还不能够懂得这种的"散文诗"，但是中国的作者阶级发表这样的"散文诗"，恐怕这不是"破题儿第一遭"罢。冰心女士的《笑》，动人之力，好象不在此篇之下。郑君伯奇志他的感，说"色彩的字眼，音乐的文章"，色彩或竟然矣，音乐则我和友人试过朗读，却没有音乐的同感。并且有些地方，看了得理会，听了却不解。这大概总是中了郁君的预言了。

此外也许我还有些感想，但现在来不及说了。却有一些题外的活，想说一说；中国现在青黄未发，真如郁君达夫所说，大家说"介绍"说"创造"，本也有两三年了，成绩却很少，大概是人手缺少的缘故。治文艺的尤其少，更是实情。人手少而事情不能少，自然难免有粗制之嫌。所以无论那本定期出产物，内容总不免蹶竭，我们只能存著"短中取长"的意思，不能认真讲，若一认真，只好什么都不讲了。创造社诸君的著作恐怕也不能竟说可与世界不朽作品比肩罢。所以我觉得现在与其多批评别人，不如自己多努力，而想当然的猜想别人是"党同伐异的劣等精神，和卑陋的政客者流不相上下"，更可不必。真的艺术家的心胸，无有不广大的呀。我极表同情于《创造》社诸君，所以更望他们努力！更望把天才两字写出在纸上，不要挂在嘴上。这话也许太唐突了，但我确有这感想，而且朋友们中也确有这些同样的感想，所以还是老老实实说出来罢。

（原载《文学旬刊》第 37、38、39 期，上海《时事新报》
1922 年 5 月 11 日、5 月 21 日、6 月 1 日）

介绍外国文学作品的目的

——兼答郭沫若君

雁 冰

"人尽可随一己的自由意志，去研究古今中外的一切文学作品，这是很明瞭的理论"，没有一个人不明白，而且不能不赞成。

"研究"既则然矣，介绍何独不然。人尽可随一己的自由意志，去介绍古今中外的一切文学作品；并且，人尽可随一己的自由意志，随个人所感得是切要的，对第三者说述，或竟宣传，他个人的"介绍外国文学作品"的"目的论"。

所以我现在想对大家说述我的介绍西洋文学作品观。

"翻译的动机"何在？郭沫若在七月十七日《学灯》发表的《论文学的研究与介绍》里说："我们试问，翻译作品是不是要有创作的精神寓在里面？这，我恐怕无论是若何强词夺理的人，对于这个问题，一定要答应一个'是'。那么我们又问，翻译家要他自己于翻译作品时候起创作的精神，是不是对于该作品应当有精深的研究，正确的理解，视该作品内的表现和内涵不啻如自己出，乃从而为迫不得已的移译？这个我想，无论若何强词夺理的人，也怕要说一个'是'。那么，翻译之于研究，到底还是一线的延长呢？还是切然划然，完完全全的两个事件呢？"郭君这段议论，解释主观一面的翻译动机，诚为详尽，但是我们再细细一想，就要问翻译的动机是否还有客观的一面？换句话说，我们翻译一件作品除主观的强烈爱好心而外，是否还有一个"适合一般人需要"，"足救时弊"等等观念做动机？有人专为个人强烈的爱好心而翻译，自是他个人的自由；有人专"为足救时弊"而翻译，也是他个人的自由。但翻译动机之不单限于主观的爱好心，岂不显然呢？况且一个人翻译一篇外国文学作品，于主观的爱好心而外，再加上一个"足救时弊"的观念，亦未始竟是不可能，不合理的事。

沫若君又据上述理由反诘"翻译之于研究"究竟是否完全不相同的两件事，驳我答万良濬君信中"个人研究与介绍给群众是完全不相同的两件事"一句话；我则以为沫若君于此不免稍稍疏忽，而生误解。就沫若君原文中"翻译的动机"，一段议论看来，（其实沫若君全篇议论是这样的）宁是解释一个人对于"某件"外国文学作品之翻译与研究的关系，——当然的，要翻译一件作品不能不有彻底的研究，尤其是世界名著——而非我所谓"个人研究"与"介绍给群众"之谓。以我想来，个人研究的作品，与介绍给群众的作品，可以不是同一的东西。个人研究或范围极广，而介绍或专注于一位作家；即如沫若君自己，所介绍者专注于歌德一人，难道沫若君研究亦止限于歌德一人吗？一定不然的！即按沫若君所主张的翻译动机为标准，按之于沫若君自身的例，亦可证明个人所研究与所介绍不是完全相同的。我所谓"个人研究"，所谓"介绍给群众"，便是此意，并非对于某件作品的翻译与介绍而言。（我说："个人研究固惟真理是求"，这句话我承认有点语病；但似亦无碍于全体的论调。）

以上辨研究与介绍的关系，在本文中原是枝节；以下径直说我对于介绍外国文学作品的意见。再者：我上面说过，翻译外国文学作品，在理论上可有客观的动机；我以"足救时弊"等字简单地说明这客观的动机底一种——当然只不过是一种而已——性质。现在我请读者恕我前面因为行文上的关系，不能详说，不要执定此四字字面上的意义以概括我的全议论；请听我下面的话。

对于文学的使命的解释，各人可有各人的自由意见；而且前人，同时代人，已有过不少的争论。我是倾向人生派的。我觉得文学作品除能给人欣赏而外，至少还须含有永存的人生，和对于理想世界的憧憬。我觉得一时代的文学是一时代缺陷与腐败的抗议或纠正。我觉得创作者若非是全然和他的社会隔离的，若果也有社会的同情的，他的创作自然而然不能不对于社会的腐败抗议。我觉得翻译家若果深恶自身所居的社会的腐败，人心的死寂，而想借外国文学作品来抗议，来刺激将死的人心，也是极应该而有益的事。我觉得，翻译者若果本此见解而发表他自己的意见，反对与己不同的主张，也是正当而且合于"自由"的事。

有些作家，尤其是空想的诗人，过富于超乎现实的精神，要与自然为伍，参鸿濛而究玄冥，扰攘的人事得失，视为蛮触之争，曾不值他的一顾，这种精神，我当然也很钦佩。但如果大部分的其余的人，对于扰攘的人事得失感着切身的痛苦，要求文学来做诅咒反抗的工具，我想谁也没有勇气去非笑他们。处中国现在这政局之下，这社会环境之内，我们有血的，但凡不曾闭了眼，聋了耳，怎能压住我们的血不沸腾？从自己热烈的憎恶现实的心境发出呼声，要求"血与泪"的文学，总该是正当而且合于"自由"的事。各人的性情容或有点不同；我是十二分的憎恶"猪一般的互相吞噬，而又怯弱昏迷，自己千千万万的聪明人赶入桌子底下去"的人类，所以我最喜欢诅咒那些人类的作品，所以我极力主张译现代的写实主义作品。我们的社会里，难道还少"猪一般的互相吞噬，而又怯弱昏迷，听人赶到桌子底下去"的人么？我们随处可以遇到的人，都是不能忍兄弟般的规劝而反能忍受强暴者的辱骂的卑怯昏迷的人！平常两个人在路上无心的碰一下，往往彼此不能相谅，立刻互相辱骂殴打，然而他们低了头一声不响忍受军阀恶吏的敲剥；这种样的人生，正是国内极普遍的人生！这还算什么人生！我们无可奈何乃希望文学来唤醒这些人；我们迷信文学有伟大的力量，故敢作此奢望。我以为在现在我们这样的社会里，最大的急务是改造人们使他们像个人。社会里充满了不像人样的人，醒着而住在里面的作家却宁愿装作不见，梦想他理想中的幻美，这是我所不能了解的。

翻译的效果如何？自然难言呀！但就处在这恶浊的社会里而又感情上不能自划于社会之外的我们而言，亦惟有这样做是我们心之所安而且力之所及的呢？

（原载《文学旬刊》第 45 期，上海《时事新报》1922 年 8 月 1 日）

附：论文学的研究与介绍

郭沫若

　　最近读小说月报十三卷七号，见通信栏中，有万良濬君把翻译浮士德，神曲，哈孟雷德，未免太不经济的旧话重提。万君以为"以上数种文学，虽产生较早，而有永久之价值者，正不妨介绍于国人"，他是赞成翻译的。沈雁冰君的答函，说是"翻译浮士德等书，……也不是现在切要的事。"他说："个人研究与介绍给群众是完全不相同的两件事"；"因为个人研究固能惟真理是求，而介绍给群众，则应该审度事势，分个缓急"。他话里还夹了一段笑谈，因为我不懂他是甚么意思，所以我也就不能涉及：总之沈君是不赞成翻译以上诸书的。

　　但丁的神曲，在国内的文学家中，究竟有没有人翻译，我不得而知。莎士比亚的哈孟雷德，田汉君在从事翻译，其译品已经在少年中国上发表过一部分了。歌德的浮士德，我早曾零星翻译过，前年六月，张东荪君函劝我从事全译（原函至今尚存），作为共学社丛书之一种。张君是认定浮士德有可译的价值的之一人，我也是认定为有可译的价值的，所以我当时也就慨然应命了。大概是因为有这两种事实，所以才生出经济不经济的问题出来。说翻译以上诸书是不经济的人，我记得是郑振铎君。郑君在去岁夏季的文学旬刊上，发表过一篇《盲目的翻译者》的一段杂谈，其中便说的是这么一回事。文学旬刊，我手中没有，并且把期数忘了，也不便查考，恕我在此不能把原话引出了。我当时读了他那段杂谈的时候，本以为是有讨论之必要的，不过郑君劈头便在骂人，所以我就隐忍着，直至今日尚不曾说过只词半语。

我们此刻且暂把事实问题丢开，先就我表题所标的来讨论罢。

第一，文学的研究

文学研究的成立，当然有两个因子：（一）是研究的对象——文学作品，（二）是研究的人。人尽可随一己的自由意志，去研究古今中外的一切文学作品，这是很明瞭的理论，可无庸赘说。

第二，文学的介绍

介绍文学比个人从事研究的当然会多生出一个因子来，便是（一）文学作品，（二）介绍家，（三）读者。但是，这三个因子之中，介绍家是顶主要的：因为他对于文学作品有选择的权能，对于读者有指导的责任。

介绍家，如就广义而言，则学校的教习，俳优，文学批评家，翻译家等等均能包括在内。他们的态度和手段，均不能一概从同；此处的问题只是翻译的问题，我们且专就翻译家上讨论。

要论翻译的事情，这其中有两种过程不能混而为一。其一便是翻译的动机，其二便是翻译的效果。

第一，翻译的动机

我们试问，翻译作品是不是要有创作的精神寓在里面？这我恐怕无论是若何强词夺理的人，对于这个问题，一定要答应一个"是"。那么我们又问，翻译家要他自己于翻译作品时涌起创作的精神，是不是对于该作品应当有精深的研究，正确的理解，视该作品的表现和内函，不啻如自己出，乃从而为迫不得已的移译？这个我想，无论若何强词夺理的人，也怕要说一个"是"。那么，翻译之于研究，到底还是一线的延长吗？还是切然划然，完完全全的两个事件呢？

第二，翻译的效果

这个是依前项的动机问题而定夺的。翻译家在他的译品里面，果如寓有创作的精神；他于移译之前，如果对于所译的作品下过精深的研究，有了正确的理解；并且在他译述之时，感受过一种迫不得已的冲动的时候；那他所产生出来的译品，当然能生莫大的效果，当然会引起一般读者的兴味。他以身作则，当然能尽他指导读者的义务，能使读者有所观感，更进而激起其研究文学的急切的要求。试问读者诸君，我说的这些话诸君以为是不是？如果是时，那么，这种翻译家的译品，无论在甚么时代都是切要的，无论对于何项读者都是经济的；为什么说到别人要翻译神曲，哈孟雷德，浮士德等书，便能预断其不经济，不切要，并且会盲了甚么目呢？——我如此说时，读者请莫误会，以为我们在夸讲我们所翻译的哈孟雷德，浮士德等书，定然寓有创作的精神，定然会生莫大的效果；不过我以为凡为批评家对于译品要下批评时，只能于译品成功之后，批评其动机之纯不纯，批评其译文之适不适，始能因而及其效果，绝不能预断其结果之不良，而阻遏人自由意志，这种是专擅君主的态度，这种批评超过批评家的本分太觉辽远了。至于雁冰君的论调，尤有个绝大的语病：他说："个人研究固能惟真理是求，介绍给群众，则当审度事势，分个缓急"，难道研究时可以探求真理，介绍时便可以把真理抹杀了吗？这句话我不能了解。

至于说到古代文学作品有无介绍价值的问题，这是关于文学本身上的问题，我对于神曲，哈孟雷德，还莫有充分的研究，我在此不敢乱说。歌德的浮士德，我也惭愧，我虽然研究了几年，但是我也还不敢说我有正确的理解。不过据我自家研究的结果，据我自家所能理解的程度，他确是一种超过时代的作品，他是确有可以介绍的价值的。我相信凡为真正的文学上的杰作，他是超过时代的影响，他是有永恒生命的。文学与科学不同，科学是由有限的经验所结成的"假说"上所发出的空幻之花，经验一长进，假说即随之而动摇，科学遂全然改换一次新面目，所以我们读一部科学史，可以看出许多时辰的分捕品，可以看出许多假说的死骸，极端地说时，更可以说科学史是这些死骸的坟墓；文学则不然。文学是精赤裸裸的人性的表现，是我们人性中一点灵明的情髓所吐放的光辉，人类不灭，人性是永恒存在的，真正的文学是永有生命的。我们能说一部国风是死文学么？我们能说一部楚辞是死文学么？——有人定要说时，我也把他没法。有人能说印度吠陀经典中许多庄严出邃的颂歌是死文学么？有人能说荷默的诗歌，希腊的悲剧，所罗门的雅歌是死文学么？——有人定要说，我也把他没法。文学的好坏，不能说是他古不古，只能说是他醇不醇，只能说是他真不真，不能说是十九世纪以后的文学通是好文学，通有可以介绍的价值，不能说是十九世纪以前的文学通是死文学，通莫有介绍的价值。文艺的青春化与原始化，正是同一的过程，近代欧西艺术家对于儿童的艺术，对于原始人的艺术，极力加以研究，正是教导我们以这个消息。诸君须知，我们要介绍西洋文艺，绝不是仅仅翻译几篇近代的作品，便算完事的呢。就是要介绍近代人的作品，纵则要对于古代思想的渊流，文潮代涨的波迹，横则要对于作者的人生，作者的性格，作者的环境，作品的思想，加以彻底的研究，然后才能无所咎负。即如太戈尔的诗，在一般人看来，就觉很能容易了解了，然而对于印度思想：如婆罗门的教义，优婆尼塞图（奥义书）的哲理，吠檀多派的学说，若是全无涉猎，终竟是存在着一层隔膜；就是印度的历史也还要有点研究，不然，会连他 Lovars Gift 诗集的第一首诗，我就包管读的人就不明其妙。据此看来，研究文学的人，不能有所偏枯，而文学的介绍与研究不是完全两事。

我在搁笔之前，再来谈几句私话。我译浮士德，在前年八月初间，第一部早已译成；第二部比较要难译些，因为我没有多的静谧的时间，所以我至今还寄放着没有译下去。浮士德是一部艰深的巨作，我也承认，不过唯其艰深，我觉得尤宜于翻译，尤值得翻译，翻译成本国的文字时，读的人总要比读难解的原文经济得许多。有人问我说，原作太难，恐怕译出来时，读的人太少，于销路上不能畅行，这个恐怕是个确切的预料；所以我的译稿，在最近一两年之内，如能完成时，我愿意自费出版。假如能得一素心人，读了我的译书，得以感觉得浮士德对于人生是切要之书，也还值得一读，不至于痛叹到不经济时，那我也就可以感受着无穷的寂悦了。

七月二十一日。

（原载上海《时事新报·学灯》，1922 年 7 月 27 日）

"中国文学史研究会"底提议（节选）

馥　泉

　　…………

　　以上为"提议"，以后为"附言"。

　　（一）所以组织"会"，最大的原因，果然是因为一部中国文学史，不是一个人干得了；但还有一个原因，便是互相督促，及提高兴味（不然，一个人去干一部分底事就足了）。

　　（二）文学研究会，创造社，明天社，青年文艺社，晨光社，湖畔诗社，北社，微波社，中国诗社，及其他，俱属研究文学的，中间定有许多研究中国文学的人，我们应该打破文学上的派别来共同从事，如其愿意的话！如文学研究会和创造社（但非全体）上回底打架：如其为个人要发发脾气，那也无可无不可；如其说为了文学，这实在太没趣了或者太有趣了！

　　现在又要说一段空话了。

　　他们起初太不接近，这实是最大的原因。文学研究会，太会拉人，所以把一个文学研究会弄得似政党一般，闹成文学阀：这种话，在朋友堆里是时常讲的，嘴里讲得，笔上也写得的罢，虽然很对不住文学研究会诸先生（但是一样的：即使没有讲没有写，当我怀了这一种意见，便是天地间有了这种意见。况且言语和文章，也只是无聊的消遣！）该会提倡自然主义（虽然只是一部分人）! 没有好创作。这三者是他们起初不能接近的最大原因。创造社后起，对于第一种现象，当然极抱反感（谁也要抱反感的）；该社底重要分子，很明白颓废派（有的虽然不倾向颓废派，如郭沫若兄，但他和郁达夫兄是好友，所以作一致的行动）（如田汉兄张资平先生等，虽亦属重要分子，但他们只管创作，不来批评与打架），瞧不起自然主义派（虽然没有这种话，但很有这倾向）。又该社底重要分子，俱会亲手来创作，自负为天才，（的确！）对于文学研究会没有好创作也是很瞧不起。况且文学研究会底翻译有极其蹩脚的，如《意门湖》（听说从前《小说月报》中的《一个不重要的妇人》，也译得很坏）文学研究会因为起初都是很斯文的，所以当《创造》未出以前，不曾听到什么意见。《创造》创刊号，郁达夫兄出来开了一炮，就是暗暗的意见变成亮亮的打架了。后来举行"《女神》周年纪念会"，有人很盼望两派妥协；——但事实上，这是一定不可能的。因为预先有了意见，大家难免要发脾气的。我且举二个实例。郁达夫兄疑心很重，沈雁冰兄在《小说月报》上发表的《自然主义与中国的小说》（？）据我看来，这全部是讲那些"礼拜六"式的小说的，郁达夫兄却说明明在骂他，举出"穿上袜，披上衣，洗脸……"（大意如此）这一段。又郁达夫兄常常故意别解，如文学研究会（所说的文学研究会，大概都指一部份人）所提倡的"血和泪的文学"（记得是振铎兄首创的），那提倡者的原意，我以为很有点意思的，但一件事都有善恶两面的，郁达夫兄却专从恶的方面（而且是"别解"的）去想，作小说《血和泪》去讥笑他们（这种当然算不来小说的）：这完全是闹脾气了。沈雁冰兄，我也觉得他很会闹脾气，如纪念会席上，当郁达夫兄代郑振铎兄等提出作家同盟会（？）的时候，沈雁冰兄以为是创造社方面提出的，故意捣乱（这种字眼，在咬文嚼字的人看来，实在太凶了，——但我是乱用的，望原谅！）郁兄这两件事，是他亲自和我说的，当然不会错误；至于沈兄这一件事，却是我和几个朋友猜想的，不知误否。

自《女神》纪念会后，两派不但不能妥协，反更仇视了。

我这一段话，只是想把我见到的听到的事实写出来，并没左祖那一边的意思。我对于这两派底会员或社员，都有几个认识，都是一样的朋友。我在文学上（我实在不配说到"在文学上"这四个字，因我绝没创作，翻译或批评等），很有归入于"颓废派"这一队的嫌疑；——但我现在要讲我在文学上不愿归入任何一派，因为归入任何一派都难免要做瘟生的（这种话，也许是颓废派的口吻。那我终于不能逃去左祖的嫌疑了。但是不，我的确没有左祖那一边呀）我对于自然派及颓废派，觉得都各有其问题，没有什么高下之别的。文学，只问好不好，不是什么派别，什么道德不道德，什么有用没有用的。

乱七八糟，那知写了这许多！

（三）组织"中国文学史研究会"的事，如其能成功，这在"中国文学史"本身这件正的大事业之外，定然可以发生两种副的大事业（这对于中国文学史讲，为副）：（一）"改变从前的文学观念"；（二）"新意义的考据运动"（新意义是对清代底考据运动而说的）。

（四）我们对于"新意义的考据运动"（注二）要特别提倡，因为文学以外的考据有所发明，对于中国文学史是很关系的。

> （注二）清代底考据运动，虽亦暗合科学的方法，但究属"不自觉的"，如今，是要使成于"自觉的"，那所得的成绩定会更好了（这层胡适之先生曾详细讲过）。

清代底考据家，虽则都敢大胆地怀疑，但究只得于书本上所记载去怀疑，对于古圣人是不敢道个不字的。例如对于五经，是站在承认五经为孔子所删的上面来考据的；又如对于唐虞是站在承认唐虞确为圣人的上面来考据的（因为孔子底《尚书》上曾记载的）。及其他。

上面所讲的，在考据运动上，实是大问题。我对于这问题所有的知识，极其零碎——太零碎，所以不愿意贸然写出来。望具有近代精神的考据家，如胡适之先生，梁启超先生等出来多多提倡，造成一种风气，那末中国底学术界可以大放一下光明哩！

造成一种风气，最是要紧！

（五）郭沫若郁达夫沈泽民郑振铎沈雁冰胡愈之曹聚仁（他虽不涉足文学界，我觉得他是很能有贡献的人）……等等诸兄：对于中国文学俱是有些兴味的，不知愿来共同从事否？泽民兄他愿意入"中国诗歌史组"；现在，连我总算有两个人了。就是完结了罢！

一九二二年十一月三日于苕溪东岸

馥泉兄此文中讲到"创造社"和"文学研究会"的交涉，我们敬谢他以第三者资格评论这件事。同时我亦愿以文学研究会一会员的资格来说几句话。

文学研究会不是政治上的团体，他的会员当然不是政治的结合，故无所谓团体主张；换言之，各个会员的议论主张，只是他个人负责，和团体无关。这一层，我们自以为不须解释的，所以总没有讲起，不料竟有此误会。

其次，文学研究会章程上虽有书记一职，然并不是以为对外负责代表全体之用。今年春，上海同志成立一个分会，举我做书记，虽曾在旬刊上登过消息，却不是申明我的议论是有全体会员做后盾的意思。外人见我赞成自然主义，而遂谓文学研究会主张自然主义；见我赞成人生的艺术而遂谓文学研究会主张人生艺术，未免误会。这一层，我亦自以为不必解释的，不料近来亲闻此等话甚多，如今乘馥泉兄提起这话的机会，也加以说明。

再次，要就我所知的范围内，说明"太会拉人"四字之纯为带有色眼镜者的偏面观察。照上面所说，文学研究会不是政团，不求会员间主张的一致，各人意见由各人自己负责，可知他实无多"拉会员"之必要。一切既都由各个人自己负责，则团体人数的多少，和各个人有何关系，而必出以"拉"？但文学研究会这个团体的人数，确乎比别的同性质的团体多些，那么，受人误会，或是也是罪有应得。不过我有一句话要告诉大家：有说我们"拉"的人，也有说我们"深闭固拒"的人呢！我这里确曾接到好许多信，责问我们章程上的"四个会员介绍"的限制是什么理由，并且骂我们是"不公开"呢！甚至有因此而迁怒及个人的。这本不算什么一回事，无公开之必要；但现在既遇这个机会，我就把外人也对于我们介绍会员的相反方面的意见，也说一说。（雁冰）

我对馥泉的提议，很表同情。但我总主张我们在现在用全力来研究中国文学，时期似乎是太早些。关于他下半篇的话，我向来没有注意到。我不知达夫一个很直爽的人却这样的会疑心。我要骂人便骂人。当面嘻嘻笑，背后却在讥骂，这种人我是不屑为的。如果是要骂人，索性连见面也不招呼，倒真是"直爽"！我虽是文学研究会的会员，但我对于创造社的诸位，向来是绝无恶感——我敢代我的一部分朋友说，他们对于创造社也是绝无恶感的。不知他们怎么会无端的猜疑起来？这真是令人"索解无从"了。

（振铎）

（原载《文学旬刊》第 55 期，上海《时事新报》1922 年 11 月 11 日）

创造社与文学研究会

成仿吾

　　第五十五期的文学旬刊上，馥泉君在《中国文学史研究会底提议》里，说及创造社与文学研究会的打架，雁冰君与振铎君也在后面排了许多的文章，我看了，觉得不仅于事实不合，并且有许多地方把两方面都冤枉了，所以我在这里想同馥泉君说说。

　　关于创造社与文学研究会的交涉史，馥泉君似乎没有听见说过，所以他所举出来的理由完全错了。我现在把他的错误一条条指点出来，除去一切的误解。

　　第一，馥泉君说："创造社后起"这确是错的。沫若与我，想约几个同志来出一种文艺上的东西，已经是三、四年以前的事。那时候胡适之才着手提倡国语的文学，文学研究会这团体还没有出世。我们的进行很缓，然一直等我们渐次积极进行的时候，文学研究会才如春笋一般，钻出了土。这谁先谁后的问题，本来无说及之必要，不过与下文有关，不得不从这里说起。

　　第二，馥泉君说："他们起初大不接近，这是最大的原因"这与事实恰恰相反。记得在东京时，有一天在田寿昌那里看见了文学研究会的一个人（郭绍虞君？叶绍钧君？沈泽民君？或别的什么人，我都记不清了）给寿昌的两封信。一封是求他转约沫若同入文学研究会的，一封是骂他为什么不回信的。骂他的那封信，厉害得很，寿昌为了那封信，好像很不好过。由我们旁观的人看起来，田寿昌接了人家的信，既不回答，也不转告郭君，使人家觉得他骄傲，也使人家疑到郭君也骄傲，在道德上说起来，实在是很不好的事，然而因为这一点，就大骂特骂起来，也不是绅士应取的态度。至于田君没有写回信，我想大约是因为他已经入了创造社的缘故。总而言之，我们由这地方看起来，可以知道馥泉君所说的不是事实，可以知道文学研究会也曾向我们社里拉人，也可以知道文学研究会与创造社打架的原因，不在起初不大接近，而在起初他们来拉人时，有了这么一个不幸的 prologue，也可以知道因为有了这么一个不幸的 prologue，文学研究会对于我们才不惜他们种种无聊的军事行动。他们对于我们所怀着的敌忾心，完全是发源于这一点。这种经过，达夫恐怕还是一点都不知道，沫若也是去年我才告诉他，资平更是一点都不知道的了。这些地方，因为与下文有关，要请馥泉君特别注意。

第三，馥泉君说："文学研究会提倡自然主义，创造社底重要分子，很明白颓废派。"文学研究会提倡自然主义，只要他们不挟多数来压迫他人，我们是不必出来反对的。至于创造社与颓废派的因缘，完全是馥泉君的误解。沫若在《创造》第二期的编辑余谈中，也曾说过，我们并不主张什么派什么主义，我们只须本着内心的要求，把我们微弱的努力，贡献于我们新文学的建设就是了。我们同人之中，有"狄卡丹"的嫌疑的，就只有郁达夫一人，其余都是很健全的罢，我们的取材，多关于两性问题的，这是因为我们都是一些求活的青年都还没有达到鼓吹严肃的教训的道德之高龄罢。并且"狄卡丹"这名称，原是旧派嘲笑新派时用的，译为废颓二字，本来就不好，郁达夫的小说也没有几多"狄卡丹"的气味，更说不到颓废了。他自己所描写的质夫，不过是一个青年的赤条条的自白罢；关于他的作品，一般的人都把他误解了，我在创造第三期内有致沫若的一函，关于这一点稍微说了几句，创造第三期不日可以出版，请馥泉君参考参考罢。

第四，馥泉君说："对于文学研究会没有好创作，也是很瞧不起。"文学研究会（只据他们的会章，莫论他们中一部分人的行事）总要算是我们的同志罢。我们希望他们有更好的创作出来，他们就没有好创作，只要他们诚心在那里创作，我们是决不会瞧他们不起的。馥泉君这几句话很有语病。好像我们创造社的同人也害了中国文人的遗传病——文人相轻——了。我们创造社的同人，最厌恶一般文人社会的种种劣迹，所以我们都怀有不靠文字吃饭的意志。（因为一靠文字吃饭，就难免不堕落了。）虽说是偶然的现象，我们同人中差不多各有各的专门科学，所以决不至于故意相轻，故意瞧他们不起。即如现在有许多人笑沈雁冰君只会批评别人，自己不能创作，我现在正在这里做一篇《批评家与创作家》，说明批评家自有他的职务，并不要同时是一个创作者。总而言之，我们只爱真理。也不自矜，也不记人家的旧恶。

第五，馥泉君说："创造创刊号郁达夫兄出来开了一炮，就是暗暗的意见变成亮亮的打架了。"据馥泉君这样说起来，似乎这场打架是衅自我开了，馥泉君大约把前后的事情忘记了罢。馥泉君！打开窗子来说亮话，由文学研究会的一部分人看起来，我们真的是一些闯入者（不瞒你说，有时候我们自己也觉得好笑得很。）他们觉得我们是一些可恶的闯入者，所以只等我们现出头来，他们就恶狠狠地要加我们以凶猛的打击。郁达夫是受他们的攻击最多的了，所以《创造》出世时，他也就开始了他的防御的炮击。达夫的这种行为，在当时或实在是忍无可忍，然而我想是可以不必的。我们的使命在把他们的大帝国打倒，我们的格言是"沉默"与"战胜"。

第六，馥泉君说："郁达夫疑心很重。"文学研究会的一部分人对于我们不怀好意，已经是隐无可隐，加之善于变化的沈雁冰君，实在那里指挥一切。这时候，假使馥泉君处了达夫的地位，不知馥泉君终能不怀疑否！？关于小说月报的那篇《自然主义与中国现代小说》我还没有听见达夫说过什么；不过我想馥泉君若真是达夫的好友，听达夫说了那样的话，便应当指出他的误解，使他不至于一误再误；即不然，也可不必告诉那些等着在的人，因为这不仅使两方面更加隔离，且活活地使达夫陷入了他们的陷井，更送给他们一个快心的话柄；并且他们也不是做不出那种事情的人呢！馥泉君怎的忘了达夫所处的地位，怎的把在他前面的敌人的种类也忘了？馥泉君既这般宣布出来了的时候，我倒要再多谈几句：入陷井的人是好人，是最后的胜利者！可怜的人们，你们的处心积虑，不过是对于胜利者的无益的反噬啊！

综合以上所说各条看起来，文学研究会的那一部分人，所以碰死碰命地与我们打架的原因，一是因为田寿昌没有理他们，所以疑及我们的全体，二是因为文学研究会成立的时候，气焰正盛，一见我们没有理会他们，很觉得我们是一些大胆的狂徒，无聊的闯入者，就想只等我们把头现出来，要加我们以凶狠的猛击。我们对于这种天外飞来的奇冤与无故相加的狂暴，据我一个人的意思，实在没有值得去理会的价值；不过郁达夫或者实在忍不下去了，才开始了我们的防御工事；而我们的行为，始终是防御的——正当的防御的。以后他们的攻击一天天加劲起来，达夫才有时候取了攻势的防御。本来防御自己是很正当的事情，并且在这种暗无天日的社会里，我们若不出来主张自己，盲目的人们，说不定不真的把我们当做了劣败者；然而我一个人始终不赞成这种行动，我认这种事情把宝贵的光阴可惜了。所以虽说他们与我们打架，其实还没有正式打过，我想也永不会有，因为他们只从黑暗里放冷箭，我们却要求他们到光明底地方来对打，一个不敢出来，一个不屑进去，热心观战的人们呀！恕我们不能如你们所希望！

馥泉君！你虽然也说了许多未经人道过的公道话，可惜你还是把他们对于我们的不正义 unjustice 与他们的卑鄙的战术忘记了。我们没有他们那么多的人数，与他们那么多的机关，但是我们随便到那里，都用我们的真名字，他们却今天用一个假名，明天又新造一个，这边放一枪，那边放一炮，馥泉君！这可说是绅士的行为吗？我们都是一些很真挚的青年，正义的面孔，道德的衣裳，一刻都不许我们取与他们同样卑鄙的态度。然而他们当面很笑嘻嘻的，转过脸皮，却又忙着去赶造假名，忙着去安排冷骂，馥泉君！不料文学研究会真被他们弄得似政党一般了！像那署名"损"的先生，如果有人说起就是小说月报的某君，我初听了一定不相信，一定以为是政潮中的一个老手，本来他真未免是大才小用了呢！

然而我很感谢馥泉君，我也替他们感谢，因为馥泉君把他们似政党，把他们没有好创作，把他们蹩脚的译本都揭出来了，可以使他们觉悟，可以使他们迁改。不过当《意门湖》被沫若驳得体无完肤的时候，"损"先生还在那里高吹他的"半斤八两"，可见这些人是已经不可救药了的；所以我个人倒希望馥泉君以第三者的资格，为以下的事情：

一，以第三者的资格要求他们用真姓名或一定的雅号。

二，以第三者的资格，忠告文学研究会早自振起，慎选几个能真为文学界出力的人来严校会员的翻译品，如《意门湖》之类的书，可以不必再出。

这里面的第二条若有涉及他们的内政之嫌疑，我情愿即刻取消，或负荆请罪，然而我觉得我们新文学的前途很暗淡，我们这个弟兄不大得力，别的人又没有我这般蠢，不肯出来做丑，说这样的话，所以我竟不及避什么嫌疑，在这里把我的希望写下了，馥泉君如能做到这两件事情，我相信他对于文学界的功劳，一定有可以大书特书的。

馥泉君不要以为我说了这些话，有什么矜高的意思。我们才是真的弱者，并且也很甘心是这样。他人对于我们所加的不正义，我们不能把一只眼睛来还一只眼睛，他人对于我们的欺侮，我们只好无言地忍受。一切不正义的行为，我们是被禁止了的。我们但愿我们有容人之雅，但愿我们有创作之能。此外只希望压迫我们忌妒我们的人，也早归正路，与我们一路唱着战胜的军歌前往。

关于创造社与文学研究会的交涉史，几回想要写出来，一方面告诉我们的同人，要他们以后原谅文学研究会会员诸君的误解，一方面也使文学研究会会员诸君，洞悉此中的真象，不要被几个好事的人播弄了；然而我至今没有写出来。我很感谢馥泉君给我一个绝好的机会。我还希望馥泉君恕我文中许多不妥当的话，恕我有许多地方唐突了他，恕我扯住他说了这许多的话。因为我只好同他谈谈，文学研究会的那一部分人，我实在怕了他们的人多，怕了他们的变装术，怕了他们的冷箭，一句话，我真望见了他们的背都有一点心寒，而且我也犯不着同他们说话。

关于我这些话，馥泉君或别的人有什么意见时，我都可以领教。只是文学研究会的那一部分人，若出来多言，纵有千万个"损"先生来辱骂，我是只以免战牌对付的。我是口直心直的人，恕我在这里先说明白了。

十一年十一月十二日

这篇东西是我看了馥泉君的文章，马上写好，想在报纸上发表的，最初我把他送到了时事新报学灯栏的柯一岑君那里，不料过了将近十天，柯君忽把他退了回来，说是我的误会。我又把他送到别的一家报馆，这一家的主笔竟说是"恶声必反，恐又引起文坛长时间的笔战"，也把他退回来了。这种经过，我在这里发表出来，我自己不仅不觉得有什么可耻，我还觉得不可不表示我的感激于这两位很亲切的主持笔政的先生。他们不仅只使用了他们自有的权利，他们还热心地把我所不曾知道的，社会的情形告诉我了。像我们这种才从学校门口跳了出来的，才在国外长大了回来的人，应得受一种切实的教训才是。而就我一个人说起来，关于我们的社会现形的知识，我简直是连一个小学程度都够不上，这回的事情，倒实在有屈他们两位先生为小学教员了。

然而我始终不承认我这篇东西是出于误解，我始终不承认他是恶声，所以我把他在这里发表了。我深信从此我们大家都可以除去以前的误会，可以明白是什么人在穿着黑衣激起风波。至于那些生就了色眼的人，我们大家也只听他们去瞎闹罢。

这篇东西虽然现在才登了出来，然而送到了柯君那里之后不久，那位善于变化的沈雁冰君居然就指定了"玄珠"二字的雅号，这是自动的行为也好，是他动的行为也好，我这篇东西的任务，算已完就了一部分，所以我现在就在这里把前面希望馥泉君做的两件事情撤回了罢。

我想在这里同馥泉君还说几句话。我觉得馥泉君说的话，未免太不注意了。不论关于什么事情说什么话，总要先把他调查清楚。若是没有查得清楚，最好是不说，就说也不要说某某兄长，某某兄短的，使人家看了以为是千真万真。馥泉君说话用什么字，固然有他的自由，然而因为他所用的字与所说的话，致伤及事情的真象，却断断乎不可。我此刻连馥泉君的贵姓，还没有知道的光荣，以后我们还要互相多知道一点才好。

最后我要在这里同我们创造社的朋友们说说。人生不是用蔷薇铺好了的广道，在我们中国的社会，尤其是荆棘多得很，像我们没有经过这种特别的锻工房考验过的人们，只有同"失败"结了婚，不则趋那孤竹君之二子的后尘罢。不论对于一种什么事情，能随时随地，把Cynicism，Machiavellism 等等尽量地发挥出来，像我们黄帝子孙的，是再没有的了。我们只要任意把社会的任意一角拿来查看，就可以知道他是政局的忠实的缩写。我们的文学界又安得不是一个政界的舞台？然而我们决不要为这种原因，先自短气了。纵令我们的前途，阳光还是很熹微的，这不仅不足使我们悲观，反益发可以鼓舞我们，使我们自己去创造些光明来，充满我们的前路。假使这是我们的命运啊，假使与恶魔死战，终究还归于失败，是我们的命运啊，我们却也不要由他逃避了。就让我们与"失败"姑娘成了百年的好事罢，就让我们与孤竹君之二子，结了万古的佳缘罢！

于我搁笔之先，我还要说几句很紧要的话。凤举兄教我"人家逼迫我们去打笔墨官司，是一件最不艺术的事，最不合算的事。有时候实在无法。然而我还望我们能够高超，能移这个和 Dilettante 和 Philistine 角力的时间到生产方面去。他们未免太够不上了。"这么一来，我未免又开了戒了。然而我决意使这回为最初的，同时又为最后的一回事。以后非有关于文艺本身上的事情，我决不再浪费我的纸笔，也决不再耗费我们的篇幅，致扰乱读者诸君的澄净的心境。但是以后遇有攻击我们的非文艺的文章，如果他说的不错，我们自己出来承认，出来感谢他，如果他说的不对，我们却决不牺牲宝贵的光阴，去与他理论，那时候大家不要以为我们认错了——这一点我要请亲爱的读者诸君牢牢记在心上。

一九二三，一，九日。

（原载《创造季刊》第 1 卷第 4 期，1923 年 2 月）

致《文学》编辑的一封信

郭沫若

编辑诸君：

诸君之中有许多人我认识的，如像郑振铎沈雁冰谢六逸诸君便是；但是也很有许多人我闻名而不认识的。得友人寄来一百二十五号的文学，我答梁俊青君一函，和成仿吾君致郑振铎君一函均蒙你们在贵刊上登出了，这是我很感谢的。你们在末尾还附了几节批语，署名是"编者"，我不知道是你们"编者"中哪一位负责任写的，我因为有几句想说的话，所以只能笼统地向你们作一个公函。

你们表示和我们是"同路"，并且还劝我们要"平心静气的与在同路者相见"，你们果然是出自诚心，这是我们非常欣幸，而且是我们非常感激的，你们还宣言能"爱一切同路走的人"，能"容忍一切同路走的人"，这更是救世的福音；中国人能办到这两步，中国怕会成为"地上的天国"了。不过言行一致是很难能的，贵刊的编者诸君想来也会同意罢。贵刊以前的态度，据我平心静气地说来，实在有些地方并未能实行到宣言的地步。不过往者不谏，我们深望贵编者同人诸君今后须以行为来做宣言的保证罢了。

关于编辑的责任问题，我觉得是非常重大的问题。中国人虽把杂志的编辑看得很轻，但这是时代错误的观念——或许也是编辑者多不负责任以至被社会轻视了。杂志的编辑是一国文化之活动态的表现，编辑杂志的人是把文化建设的责任加在双肩的。文化的建设在个人不外是自我的觉醒，在团体不外是有总体的统一中心之自觉，而唤醒这种自觉的人，构成这种统一中心的人，编辑杂志者要占一大部分。我们编辑杂志的人，应该觉悟到这种职责而尊重自己的事业。一国的杂志是一国的文化之各种体系之最新的水准。这种水准我们一方面对于国内要呈示出严正的楷模，一方面对于国外至少要求与同体系的最新水准得保其平衡。这种苦心凡是有责任的编辑者是应当饱尝过的，我想贵编者同人恐怕也是饱尝过的了。

我们现在且说到实际上来。我们中国的杂志无论关于何项体系都难令人满足。人材有限，门面过多，于是乎供不应求，常有稿荒之苦。这种现象是各种杂志报章等所共通的，而于文艺界我尤感觉得亲切。因为有上面的原因，更不得不生出下面的结果。其结果是：

（1）不负责任的翻译的横流，

（2）作家的粗制滥造的倾向，

（3）青年的幸进投机的心理。

有这种种结果生出，我们中国的杂志界，尤其是文艺界，有的简直闹得不成器皿了。而於这些结果的诱发上，除上面所列的共通原因之外，有一部分不自觉的编者常在无明无暗地推波助澜，他们的罪状，我在此且揭发几条罢：

第一　滥招党羽

"人多为王，势多为强"——这是我们中国人的处世金言。军阀们正因为他们的人多势众呢。不幸这种教训早为我们学艺界中人所实行，不管程度如何，能力如何，只图人多势众，大广招徕。於是乎粗识猫狗爹妈，也就成为翻译名手；粗识啊呀哦吧，也就成为文学天才。更从而濡湿嘘沫，吐雾兴云，瞎说妄评而目空一切了。有这济济多士逐臭而来，而编辑先生至少也就博得了一个"先生"的称号。

第二　徒广销路

"吃人钱财，与人消灾"——这也是我们中国人的处世金言。当兵的人，做政客奔走的人要四处捣乱，正是吃了人的钱财呢。在资本制下替人编辑杂志的人，对於主东的营利上，对于自己的名誉上，两都不能不求销路的推广。于是乎秘术横生，以青年幸进之心为钩钓读者之饵。多方百计想出些读者论坛，想出些读者杂感，极力贪求读者的欢心。有编辑者某君关于读者论坛栏一类之必要，曾经亲自对我说过，而他所说的必要的原因便是於销路上大有影响，这可见我国编辑者之堕落心理了。

第三　敷衍情面

"与人方便，大家方便"——这也是我们中国人的处世金言。青年人士，血气方刚，有求不遂，动辄反噬。善解此中奥妙的人，于是大开方便之门以事敷衍，於是乎"有求必应"，"灵感通神"的牌匾布满了编辑家的生祠，而编辑家也就成为了一尊泥像了。

第四　借刀杀人

最可伤心，最可痛恨的，莫过於这"借刀杀人"的罪恶。袁世凯杀了宋教仁又来杀赵秉钧，便是这一种秘策。不幸在上海方面有一部分最卑劣的编辑者，怀恨私仇而又不敢正正堂堂以直报怨，时常假名匿姓，暗刀伤人，於是犹未快时更怂恿少年徒党妄事攻击。白无意识的谗言蜚语，也堂堂皇皇地揭载於报端。易受暗示而道德观念薄弱的青年，便乘机思启以图幸进。於是两相利用，在编辑者得快私仇，在投稿者得遂一时的名欲。公道在所不论，是非在所不论，编辑者既非自己动力，投稿者又是青年无知的学子，於是乎两不负责而两得快意了。青年不足责，一些诡诈的编辑者徒快私心，使编辑道德沦亡，使文化水准堕落，使青年学子日趋浮薄，他们的罪过，真是万死不能尽赎呢！

以上种种罪过是我历年来在上海饱尝的经验。我们在谈"社会改造！社会改造！"我觉得社会改造事业须从我们自己做起呢！我说的这些话，在诸君之中或者有些会以为是"逆耳之言"，但诸君既以博爱宽容自居，想来当能"平心静气的与同路者相见"而不至"悻悻然欲与言者拼命"罢！

诸君说："编者的责任，只在于许多稿件选择文艺的技术不太差的，评论不太没有理由的，把他们发表出来。"在中国的目前，诸君只能取这样安逸的责任观，我们也能原谅。但是即此也就要费一番审慎的工夫了。譬如要晓得"评论不太没有理由"，也不是凭空便可以晓得的罢？不用征求旧例，即如梁俊青君此次对我的批评，诸君至今还在说"关于译文的究竟错不错，且让深通德文的先生们去下批评"，可见诸君对于德文是并不深通，对于梁君评论之有没有理由也还无从判别呢。一人的能力有限，要望一人通晓万国语言本是难事。然而集思广益的事情，这在一般的责任上与道德上总是应该做到的罢。据我所知道的，贵编者诸君大抵是商务印书馆的编辑。诸君即使不深通德文，商务印书馆编辑者中深通德文者殊不乏人，如切生君，如我的旧同学郑心南周颂久何公敢范允臧诸君都是深通德文的人，诸君何不先求他们审择一下呢？诸君对于"错不错"的批评都还办不到，诸君却在说"梁君的批评，较之近来流行的刻毒谩骂的批评（这样的批评我觉得贵刊物中有一位'小民'君批评过我的卷耳集的，便是一个适例）已高出百倍"；在事实上或许是这样，但在我们平心静气地看来，诸君要说出这句话的手续可惜还未办到，诸君恭维人恐怕也太不负责任了罢。

　　一切事业学问都要互相观摩才能进益的，梁君此次评我，我也并未"悻悻然欲与言者拼命"。人之欲善，谁不如容？我之想"爱一切同路走的人"，想"我容忍一切同路走的人"也不输于贵编者诸位呢！梁君此次评我的译文，我觉得他倒提出了一个可以值得考据的问题。这个问题便是 Stimme（声音）一字。这个字据梁君说在 Reclam 版上是 Stirne（额部），我前函断定为 Reclam 的误排，但我在很怀疑起来了。我前几天到书店里去翻阅了一本别家出版的《少年维特》的单行本，也是作的 Stirne，我转怕这个字是我所据的德文的《歌德全集》的误排了。《歌德全集》的德文本种类很多，但可惜在这儿的书店和图书馆里寻不出来。据文学一百念六号梁君的答函，知道他"已经查过歌德全集"，他也说 Reclam 本是误排，但不知道他所查过的《歌德全集》究竟和我所有的出版处是否同样。这种亥豕遗讹的地方，五州万国大都相同，同时对于考据家也提出许多有兴味的题目。譬如《浮士德》的原诗第二十一行

　　Mein Lied ertoent der UnbeKan nten Menge
　　（我的歌词唱给那未知的人群听）
头两字别一种刊本是作 Mein Leid（我的哀情），到现在也还未能划一，有的主张前者，有的主张后者。又如马克斯的唯物史观公式中之一句：

Mit der Veraenderung　der ocko nomischen Grundsaetze waeizt sich der gauze ungeheure Ueberb au laugsamer oder rasrher um——经济的原则变更后，它的上层建筑之全部或急或徐便随之而倒坏。这第六字的 Grundsaetze（原则）据考次克的校正本却为 Grundlage（基础）。

诸如此类的亥豕鲁鱼，便在外国也正举不胜举呢。梁君无心之中所揭出的一个差异，我觉得正是一种有趣的发见。倒底应该是 Stimme，还是应该是 Stirne，我现在不能十分决定了。要决定这个字究竟孰是误排，孰不是误排，有一个最后的方法，便是把我相（Ossian）的英文原诗查出来参核。但可惜我现在没有这本书，所以我在此补提出这个疑案，将来待我自己来解决，或者有有识者先替我解决，我都是很希望的呢。

以上是我对于诸君所想说的话，其中自不免有几句"逆耳之言"，但我自信还能"平心静气的与在同路者相见"。我望你们把我这封信札登在你们的贵刊物上，你们能平心静气的再教训我，我是非常愿听的。但我有两个无理的要求：

（1）你们教训我时，请把负责的编者姓名标示出来，使我知道感谢。

（2）你们教训我时，请把你的这教训文惠寄一份给我，使我早得拜
    领嘉惠——我觉得这是对于"同路者"应有的礼节。

末了祝你们努力。

郭沫若

七月二日

（原载《文学》第 131 期，上海《时事新报》1924 年 7 月 21 日）

附：沈雁冰、郑振铎的复信

　　郭沫若君这封信是七月二日自日本福冈挂号寄出，我们收到快有十天了，未能赶先在上期本报中刊出，实为抱歉！

　　对于这封信，我们应声明的是：

　　第一：上海出版的《文学》，由文学研究会上海社员十二人轮流编辑，言论共同负责；郭君要问百念五号《文学》所刊署名"编者"的按语，是"那一位负责任写的"，我们敬答郭君，就是文学编者全体十二人负责写的。

　　第二：《文学》百念五号里的按语，只不过是一个按语，并不是什么"宣言"；那按语里的意思也是本以前屡次说过，有三年以来的《文学》可以复按，我们历来的言行，是否一致，有社会的公论在，有我们三年来《文学》上的文章在，凡不带颜色眼镜的人们自有评论，我们不愿多所申辩，尤不愿对郭君作无谓之争辩。但郭君来信中一则曰"往者不谏"，再则曰"深望……今后须以行为来做宣言的保证"，倒好像百念五期《文学》所刊按语里的意思是我们第一回说起，这是颠倒事实，我们不能不声明一句。我们更要回郭君几句：言行一致是很难能的。郭君既然赞许"爱一切同路走的人，容忍一切同路走的人"是救世的福音，我们深望他也能把他们自己的创造周报创造季刊的旧文章翻出来"平心静气"的读几遍，反省一下。

　　第三：郭君"揭发"杂志编者罪状，意何所指，明眼人一见而知；郭君素来痛恨模糊影响之谭，素来主张要举事实证明，何以此次适得其反？我们深为郭君的"言行一致"可惜！"打开天窗说亮话"，我们认郭君这些话是隐射我们而发的，我们认为诬蔑我们的人格，我们要求郭君举事实来证明；在郭君举不出事实的证明之前，我们认郭君是发言不负责任，是故意淆乱社会的听闻！

第四：在梁俊青君批评郭君译文之后，而郭君有"借刀杀人"之谈，这就是郭君所言为隐指我们的明证。如果梁俊青君不是郭君的朋友，不是成仿吾君的朋友，我们的"借刀杀人"的嫌疑，真会成了"百口莫辩"；然而可惜事实上证明出来，梁君和郭君成君认识的程度，实在十倍于和我们中间任何人认识的程度。事实上证明梁君决不是我们可以利用来"杀人"的"刀"；不承认这个事实的，恐怕只有主观的郭君罢？

我们的声明，止于此了。但是我们还想乘此机会把我们所见近年来学艺的一种现象说一说，或者也是郭君所愿闻的？

我们记得有一段寓言说：有一个人遇见一位仙人；仙人给他两口袋，一个是装自己的过失的，别一个装别人的过失的。那人受了这两个袋，挂在身上，却把别人过失的袋儿挂在面前，把装自己过失的袋儿挂在背后；因此，这个人便只看见别人的过失，不见自己的过失了。

"只寻别人错头，忘记自己过失"；这是我们所见近年来学术界的一种现象。凡把装自己过失的袋儿挂在脑后的人们，每每对于同一事件，作两样的看法：譬如说杂志上收用稿件，他们自己报上刊登青年作家的作品是"提携青年作家"，然而别人报上刊登青年作品却便是"以青年幸进之心为钩钓读者之饵"了；又如互相批评，在他们自己骂人的时候，骂人便是"防御战"，是极正当的行为，然而别人若一回骂，可就成了"大逆不道"了。我们老老实实说罢，当我们想起这种现象时，每不禁连想到近二年来创造季刊与创造周报的言论。我们如果把创造周报创造季刊里的议论照年月日次序，排一张"年表"，就会看见一连串的"正"，"负"，"正"，"负"。我们知道郭君，还有成仿吾君，是感情热烈的人；感情热烈者每每昨日自己说的话，今天就会忘记，所以我们十分原谅他们。但是我们总以为"对同一事件而有两样说法：自己做的便是正当，别人做的便是罪恶"这种样的议论，实在是腐毒青年们的道德心，断乎要不得的，故敢于此对成君郭君略进忠告。

本刊同人与笔墨周旋，素限于学理范围以内；凡涉于事实方面的，同人皆不愿置辩，待第三者自取证于事实，所以成仿吾君屡次因辩论学理而大骂文学研究会排斥异己，广招党羽，我们都置而不辩，因为我们知道成君辩论是极没有意味的事。但是后来有人告诉我们：虚心考查事实这等的事，在现在是少有的；现在只是谁说得话多，谁喊得响，谁说得热情喷溢，谁就得了大多数的听者。我们不知道这位朋友的观察竟对不对，但我们今次聊且因郭君之质问而从事实上声明如右。可是这是第一次也就是最后一次的从事实上声明。郭君及成君等如以学理相质，我们自当执笔周旋，但若仍旧羌无左证谩骂快意，我们敬谢不敏，不再回答。

（编者）

（原载《文学》第 131 期，上海《时事新报》1924 年 7 月 21 日）

欢迎《太阳》!

方璧

最近我们的文艺界又多了一种定期刊物，便是《太阳月刊》。

《太阳》是一些从革命高潮里爆出来的青年文艺者的集团，他们的态度，在《卷头语》内有的说着：

> "弟兄们！向太阳，向着光明走！
> 我们也不要悲观，也不要徘徊，也不要惧怕，也不要落后。
> 我们相信黑夜终有黎明的时候，正义也将不终屈服于恶魔手。
> 我们只有奋斗，因为除开奋斗而外，我们没有出路。
> 倘若我们是勇敢的，那我们也要如太阳一样，将我们的光辉
> 照遍全宇宙。
> 太阳是我们的希望，太阳是我们的象征，——
> 让我们在太阳的光辉下，高张着胜利的歌喉：
> 我们要战胜一切，
> 　我们要征服一切，
> 　　我们要开辟新的园土，
> 　　　我们要栽种新的花木。"

《太阳》旗帜下的文学者，要求光明，要求新的人生；他们努力要创造出表现社会生活的新文艺。蒋光慈的《现代中国文学与社会生活》一文中，批评目前的新文坛，颇中肯要。他以为我们的文艺，比起我

们的社会来，已经太落后；社会已经生了剧烈的变化，而文学家不能跟上去，反映这大变动时期的色彩。他以为这是"因为中国的社会生活变化太迅速了！这是因为中国革命浪潮涌激得太紧急了！"在文学家尚未体认明白时，社会生活早已向前去了，早又变化了，所以文学者的作品永远是落后。

这个论断，对不对呢？

大体是对的。然而也有可以补充之点。我以为我们的文坛所以不能和我们这时代有极亲密的关系，除了蒋君所举的两点，还有个重大原因，便是文艺的创造者与时代的创造者没有极亲密的关系。文艺的创造者，没有站到十字街头去；他们不自觉地形成了文艺者之群，没有机会插进那掀动天地的活剧，得一些实感。而有实感的人们，虽然也不乏文学者，又苦于没有时间从容著作。可是我亦并不以为有了实感的人，一定可以写出代表时代的作品。要写一篇可看的文艺作品，究竟也须是对于文艺有素养的人们，才能得心应手。因此即使是亲历活剧的人物，也未必一时能有惊人的作品贡献给我们。因此我们的文坛呈现了暂时的空虚或落后。

是的，我觉得我们的文坛现时呈现了刹那间的空虚；我不大赞成"落后"的评语。是"空虚"，不是"落后"。蒋君以为填补这空虚的责任，似乎不是已有成绩的"旧文学家"所能胜任，因为他们缺乏实感，没有那些新材料。对于这一点，我也有异议。究竟文艺品的创造是全凭本身的经验呢？还是也可凭藉客观的观感？我以为总是凭藉客观的观察为合于通例。自然作者不能远远地躲在圈子外睖望，至少他是在圈子里亲切地体认，虽然他不一定也动手。"旧作家"何尝不能从他们的观察上产生新时代的作品？

再就眼前现成的事举例来说，《太阳》第一号上的几篇小说，一定是实感的描写了，可是我就觉得象那《女俘虏》，《冲突》，《蚁斗》中间的"实感"，好象并非别人一定没有或观察不到的。作者所贵乎"实感"，不在"实感"本身，而在他能从这里头得了新的发见、新的启示，因而有了新的作品。欧州大战的时候，知识界从军者何止千万，然而在战场上看见了别人所看不见的，只有巴比塞和拉兹古等三数人而已。所以我以为一个文艺者的题材之有无，倒不一定在实际材料的有无，而在他有否从那些实在材料内得到了新发见、新启示。如果惟实际材料是竟，而并不能从那里得一点新发见，那么，这些实际材料不过成为报章上未披露的新闻而已，不能转化为文艺作品。

我并不是轻蔑具有实感的由革命浪潮中涌出来的新作家，我是希望他们先把自己的实感来细细咀嚼，从那里边榨出些精英、灵魂，然后转变为文艺作品。不然，可爱的努力要朝太阳走的新作家，或许竟成了悲哀的 Pantheon 呢！

我很不客气说，《太阳》第一期中的几个短篇，使我不能满意；蒋光慈的《蚁斗》，也不见怎么出色的地方。钱杏邨的批评文《英兰的一生》却是一篇好的批评文，很不多见的作品。

最后，我还有几句话：

文艺是多方面的，正象社会生活是多方面的一样。革命文艺因之也是多方面的。我们不能说，惟有描写第四阶级生活的文学才是革命文学，犹之我们不能说只有农工群众生活的才是现代社会生活。也犹之战争文学不一定是描写战壕生活。而那些描写被战云笼罩的后方的文学也是战争文学。所以革命的后方也是好题材。所谓革命的后方，就是老社会受了革命的壮潮摧激后所起的变化，蒋光慈的论文，似乎不承认非农工群众对于革命高潮的感应——许竟是反革命的感应，也是革命文学的题材。我以为如果依蒋君之说，则我们的革命文学将进了一条极单调的仄狭的路，其非革命文学前途的福利，似乎也不容否认罢？

我敬祝《太阳》时时上升，四射他的辉光，我更郑重介绍他于一切祈求光明的人们：《太阳》月刊，上海北四川路奥迪安大戏院斜对面。春野书店出版，每册实价洋三角。

一九二八，一，五。

（原载《文学周报》第 5 卷第 23 号，1928 年 2 月）

附：论新旧作家与革命文学

——读了《文学周报》的《欢迎太阳》以后

华希理

一 感激与答辩

《太阳》出世后，很引起一般人的注意，有的并向我们表示着充分的同情，这实在是令我们要引以为快慰的事。最近《文学周报》上，有方璧君的一篇《欢迎太阳》，特地将《太阳》介绍于读者的面前，并敬祝《太阳》时时上升，四射他的辉光……我们对方君的这种诚意，实在要表示着无涯的感激。

不过我们一方面虽然向方君表示感激，但在别一方面，对于方君所提及的关于现代中国文学的问题，又不得不诚意地答辩几句。我们固然很感激方君对于我们的诚意，但是当我们觉着方君有许多意见是谬误的时候，为着实现真理起见，我们应当有所讨论，或者这种讨论，方君也以为是必要的。方君是我们的友人，当不会以我们的答辩为多事。

在过去的中国文坛上，只知道谩骂，攻击与捧场，而不知道有真理的辩论。这是一种俗恶的习惯，不长进的现象，无知识的行动，现在是不应当再继续下去了。因此，倘若我们现在对于方君有什么责问的地方，那只是为着诚意地对于真理的探求，并不是因为怀着什么恶意。方君是我们的友人，在友人的面前，不应有什么虚假的掩饰，或者方君也以为这种意见是对的。

这是闲话，我们且转入正文。

二 文艺的创造者与时代的创造者

在《现代中国文学与社会生活》一文中，光慈还有许多话没有说，致于引起了许多不必要的误会。关于现代中国文学对于社会生活落后之一问题，方君有所补充："我以为我们的文坛所以不能和我们这时代有极亲密的关系，除了蒋君所举的两点，还有个重大原因，便是文艺的创造者与时代的创造者没有极亲密的关系。……"这一层意思似乎是很对的，然而方君却不能更进一层地说："文艺的创造者仅仅只承认自己是文艺的创造者，而不承认自己也是时代的创造者，因此他们与时代的创造者永远地对立着，或互相避免，而不能发生密切的关系。这么一来，文艺的创造者与时代的创造者，永远是两种人类，没有接近的机会，就是接近，也总免除不了两者之间的隔膜。"

倘若方君的意思是这样的，那么我以为是对的了，然而方君似乎还未了解这一层，始终视文艺的创造者与时代的创造者，为两种不同的东西。倘若文艺的创造者与时代的创造者永远是对立着，倘若文艺的创造者不觉悟到自己同时也应该做时代的创造者，也应该追随着时代或立在时代前面，为光明，为正谊，为人类的幸福奋斗，那么就使他们跑到十字街头，与时代的创造者亲近一下，也是没有什么用处的。

所谓文艺的创造者应该同时做时代的创造者，这并不是说文艺的创造者应该拿起枪来，去到前敌打仗，或是直接参加革命运动，去领导革命的群众。倘若某一个文艺者有这样的精力，一方面为文艺的创作，一方面从事实际的工作，那的确是为我们所馨香祷祝的事情。但是在事实上，这恐怕是不可能的。

我们的意思是，文艺的创造者应认清自己的使命，应确定自己的目的，应把自己的文艺的工作，当做创造时代的工作的一部分。他应当知道自己的一支笔为着谁个书写，书写的结果与时代，与社会有什么关系。倘若一个从事实际运动的革命党人，当他拿手枪或写宣言的当儿，目的是在于为人类争自由，为被压迫群众求解放，那么我们的文艺者当拿起自己的笔来的时候，就应当认清自己的使命是同这位革命党人的一样。若如此，所谓实际的革命党人与文艺者，不过名称有点不同罢了，其实他们的作用有什么差异呢？所谓文艺的创造者与时代的创造者，这两个名词也就没有对立着的必要了。

然而我们的现代中国文坛的作家，有几个是这样想的呢？时代在咆哮着，呼喊着，震动着，而我们的文艺者却在象牙塔中漫谈趣味，低吟花月，似乎生在另一个时间和空间里，不但不觉悟到自己也应该负着创造时代的使命，而且对于创造时代的人们加以冷眼。这末一来，所谓文艺的创造者仅仅是文艺的创造者而已，永远为时代的废物。

这种现象当然是资产阶级的假唯美主义有以造成的。我们的旧的作家，因为受了这种假唯美主义的毒太深了，实在没有即刻改变过来的可能，有的或至死也不明白：为什么文艺的创造者同时要做时代的创造者呢？怎样做法呢？……因为不明白这个道理，所以他们永远不能走入十字街头，所以他们永远是落在时代的后面，连与时代的创造者发生密切的关系都不可能了。

但是所谓"从革命的浪潮里涌出来的新作家"，在对于自己的使命的观念上，那可就与旧作家大大地不同了。这一批新作家是革命的儿子，同时也就是革命的创造者，他们与时代有密切的关系。他们应当负着时代的使命，同时他们也就明白这种使命是如何地伟大，而应极力以求其实现。换而言之，他们插入文坛，是因为他们负有时代的使命，同时他们承认这种使命是与一般革命党人所负的使命一样。因此，他们一方面是文艺的创造者，同时也就是时代的创造者。唯有他们才真正地能表现现代中国社会的生活，捉住时代的心灵。他们以革命的忧乐为忧乐，革命与他们有连带的关系。但是我们的旧作家对于革命的态度是怎样的呢？……

三　客观呢，还是主观？

旧作家因为自己根本的观念是谬误的，不明白文艺对于时代的使命，所以他们与时代的生活隔离；因为隔离的原故，所以就缺乏实感，得不到新的材料。但是倘若一个作家缺乏对于时代生活的实感，那他无论如何，不会创造能够表现时代的作品来，因为艺术品的创作，虽然由于作家想象之力，但到底总还要有一点实际生活的根据。

所谓作家要有实感，并不是说艺术品的创作要完全凭本身的经验，因为这是不可能的，而且照这种理论做去，那艺术的范围将弄得太狭小了。若写强盗生活，自己一定要去当强盗；写娼妓生活，自己一定要去当娼妓；写死人临死的心理，自己也一定要去受死一番……那岂不是笑话吗？若如此，那么文艺这件东西可以说完全要消灭了，因为娼妓生活只有娼妓自己才能写，强盗生活只有强盗自己才能写……但是我们到现在还未见到娼妓或强盗写出的文学作品来。

这是当然的事情。无论谁个，倘若他不是呆子，都明白"文艺品的创造全凭本身的经验"是一种谬误的理论。

但是什么是实感呢？实感的意义可分三层：第一，作者对于某种材料要亲近，因为亲近才能有观察的机会；第二，作者要明白某种材料是什么东西；第三，有了上两层，作者应确定对于某种材料的态度。如我们的时代是光明与黑暗斗争极剧烈的时代，是革命浪潮极高涨的时代，在这个时代里，有黑暗势力对于光明运动的袭击，有军阀的荒淫无度，有资本家的虐待工人，有劳苦群众对于统治阶级的反抗，有革命党人的光荣的牺牲与奋斗……总之，在这个时代里，所谓材料的一层，是异常地富足而复杂。照理讲，这个时代的作家应当表现这个时代的生活。然而当我们的作家抱着旁观的态度，或者竟坐在象牙之塔的里面，根本不愿问这些事情，不但不用自己的心灵去参加社会的斗争，而且连旁观都不旁观一下，那么，试问他将从何处得到时代生活的实感？他将从什么地方得到新的材料？当他根本不承认文艺家应当参加社会运动时，那他将怎样能与这些社会运动的人物亲近？既然没有这种亲近的实感，便不能了解时代浪潮里所发生的现象，也就不能创造出能表现时代生活的文艺品来。因为这个原故，所以我以为旧作家已落在时代的后边了，无论如何不能担负表现时代生活的责任，而这种责任只得落在新作家的肩上，因为他们有时代生活的实感。

我们并不拒绝旧作家加入革命文学的战线，倘若他们能改变方向，那我们是极欢迎的。不过一个文学家要改变方向，却不是一件容易的事情。在理性方面，他们也许一时就能承认时代的要求，也许一时就能承认新的倾向，但是在情绪方面，在感觉方面，他们能即刻与旧的世界，和由这个世界所造成的观念，完完全全地脱离关系吗？这恐怕是一件很困难的事了罢？……

照方君的意思，文艺品的创造可以凭藉客观的观感，倘若旧作家能用他们的客观的观察，也是可以产生新时代的作品的。方君以为"总是凭藉客观的观察为合于通例"。这是旧的写实主义与自然主义的理论，在表面上似乎是很对的，其实倘若我们一仔细地研究起来，那我们就觉得所谓"纯客观的观察"是不可能的事情。

在《关于革命文学》的一文中，光慈曾说过：

"一个作家一定脱离不了社会的关系，在这一种社会的关系之中，他一定有他的经济的，阶级的，政治的地位，——在无形之中，他受这一种地位的关系之支配，而养成了一种阶级的心理。也许作家完全觉悟不到这一层，也许他自以为超乎一切，不受什么物质利益的束缚，但是在社会的关系上，他有意识地或无意识地，总是某一个社会团的代表。倘若这位作家是代表统治阶级的，那他的思想，他的情绪，以及他的行动，总都是反革命的，因之他所创造出来的作品也是如此。倘若这位作家是代表被压迫的，被剥削的群众的，那他的思想以及他的作品，将与前者适得其反，——他将歌咏革命，因为革命能够创造出自由和幸福来。"

倘若明白这个道理，那就可以知道所谓纯客观的观察是不可能的。一个作家既然是某一个社会团的代表，那他观察他的周遭的事物，一定用这个社会团的眼光来观察，虽然眼睛是生在他的头上。若把他当做与社会无关的分子去看，那他的观察，或者可以说是客观的；但是若我们把他当做某一个社会团的代表来看，那他的观察就成为主观的了。

因为作家所代表的社会心理之不同，所以他们观察事物的结果，也将无一致的可能。例如俄国革命本是一件东西，照理讲，（自然照着自然主义的理论而讲），各个作家对于它的观察，应当是一致的。但是在事实上，有些作家描写俄国革命时，把革命骂得一塌胡涂，视波尔雪委克为洪水猛兽；同时，有些作家把俄国革命当成人类社会改造的新纪元，视波尔雪委克为争自由的圣徒……这倒是些什么道理呢？为什么他们对于一件事物之观察的结果，有这样的悬隔呢？谁个是客观的观察者，谁个不是客观的观察者？谁个对，谁个不对？回答这个问题时，那也就要问回答者之属于哪一个社会团了。

诚然，一个作家应当静心地观察他周遭的事物，因为不观察，他将不了解事物的内容。但是同时我们应当知道，就是这种观察只是相对的"客观的"，而没有"纯客观的"的可能。我们不反对观察，但是我们要问一个作家当观察时，是用的那一种的眼光。

现在是革命浪潮极高涨的时代，谁个也没有权利来禁止旧作家用"客观的观察"，产生新时代的作品。但这不是重要的问题。重要的问题是：旧作家立在什么地位上用他的"客观的观察"？倘若他们还以为自己是某时代的人，还不承认自己应当参加被压迫群众解放的运动，还不曾认清楚革命的意义与要求，那么，我敢断定他们无论"客观的观察"观察到什么程度，而新时代的作品是永不会产生的！

我们也同方君一样，希望"旧作家从他们的观察上产生新时代的作品"。但是他们能不能产生新时代的作品呢？我们试拭目以待罢！

四　新的启示呢，还是神秘主义？

方君说，"《太阳》第一号的小说，一定是实感的描写了，可是我就觉得象那《女俘虏》，《冲突》，《蚁斗》中间的实感，好像并非别人一定没有或观察不到的。作者所贵乎实感，不在实感本身，而在他能从这里头得了新的发现，新的启示，因而有新的作品。欧洲大战的时候，知识界从军者何止千万，然而在战场上看见别人所看不见的，只有巴比塞和拉兹古等三数人而已。所以我以为一个文艺者的题材之有无，倒不一定在实际材料的有无，而在他有否从那些材料内得到了新发现，新启示。如果惟实际材料是竞，而并不能从那里得一点新发现，那么，这些实际材料不过成为报章上未披露的新闻而已，不能转化为文艺作品"。

方君的这一段话，倘若仅仅是泛论，而不将《太阳》上的几篇短篇小说，及巴比塞在欧战中的事情指将出来，那我们将要无从讨论起，或者没有讨论的可能。不过方君既将事实指出来了，那我们就不得不和方君说几句话。

方君以为《太阳》第一号的几篇小说中间的实感，都是为别人所有或观察得到的，而没有什么新的发现，新的启示，所以不见得有什么出色的地方。我们不知道方君心目中的新的发现和新的启示是一种什么东西。倘若方君的意思，以为只有别人没有或观察不到的才值得写，也只有这种作品才能给人以新的发现和新的启示，那么方君简直是文学上的神秘主义者了，因之方君所谓好的作品，那只是神秘主义的作品，而不是革命文学。因为只有神秘主义者的实感，才是为别人所没有或观察不到的，因之他们的作品才有新的启示和新的发现，不过这种所谓"新的"，只有作者自己能领会罢了。

我们所说的实感，丝毫没有什么神秘的意味，那是为人人所都能有，而且能观察到的，倘若他们愿意有，而且愿意观察。不过在实际上，不见得人人都愿意有或观察这种实感，就是有这种实感的人，也不见得有文艺的素养，而将这种实感转制成为文艺的作品。有些作家或者根本鄙弃这种实感，或者没有得着这种实感的机会，或者他们对之毫不注意。因之他们所写出来的作品，无论在题材或内容的启示方面也完全含着一种别的意义。

《女俘虏》与《冲突》，（关于《蚁斗》暂且不说，因为它不过是长篇小说《罪人》的第一章，现在我们还不能说它是好是坏。）在材料方面虽然是新的，然而究竟是人人所能观察得到的，不是奇异的西洋镜。象《女俘虏》那样的故事，就是现在在报章上都可以看得见。象《冲突》那样的故事，就是现在也可以在革命党人中找得许多。照方君的意思，这两篇小说实在没有什么特出的地方。但是在事实上，这两篇小说是不是如方君所说的呢？

我们给方君一个否定的回答：不！

第一，《女俘虏》和《冲突》这一类材料的本身，已经是一种很新的现象，在我们的旧作家中，没有谁个描写过这种材料。第二，这两篇小说的主人翁已经和旧作家的作品中的主人翁不同了。第三，这两篇小说在所谓启示方面，实在已经给了我们一点新的东西，这种新的东西是为旧作家所没有给我们的，恐怕他们将永远不会给我们。这种新的东西是什么呢？那就是在《女俘虏》中所指示的，一群为新生活而奋斗的女英雄，她们虽然是失败了，然而她们的精神、灵魂永远是高傲而不屈服的，永远是光荣而不忍受污辱的。那就是在《冲突》中所指示的，革命战胜了恋爱，集体生活征服了个人主义。倘若我们走马看花地，或抱着唯美主义的思想，来读这两篇小说，那这两篇小说实在没有什么希奇。但是倘若我们仔细思考一下，那就要知道这两篇小说对于时代的意义了。

我们不知道方君所说的新的发现与新的启示，到底是一种什么东西。方君若说这两篇小说的技巧方面，还未见得十分完善，那我们是可以承认的，但是倘若方君说这两篇小说没有给我们一点新的东西，那恐怕是一种错误了。方君是赞成革命文学的人，当然不是神秘主义者，但是方君的言论，照我们看来，似乎很带点神秘主义的意味。

就拿巴比塞来做例证罢！方君以为"欧洲大战的时候，知识界从军者何止千万，然而在战场上看见了别人所看不见的，只有巴比塞和拉兹古等三数人而已。……"这实在是一种误解！第一，知识界从军者何止千万，然而不见得每个人都是文艺家；也许也有一部分人看见了巴比塞等三数人所看见的东西，然而没有艺术的手腕把它表现出来。第二，也许从军者有很多的文艺家，然而因为他们的思想为资产阶级所麻醉了，就使他们也看见了巴比塞等所看见的东西，然而不愿将它描写出来，或对之毫不注意。第三，不但知识界从军者有一部分是反对战争的，而且恐怕有许多农民和工人从军者，是反对战争最激烈的人，同时恐怕还有许多社会主义者在战场上曾积极地做反对战争的运动；不过因为他们不是文艺家，没曾把自己的实感写将出来，结果，这一部著名的《火》，只得让巴比塞去写了。因为《火》的材料及它在内容方面的启示，是为一部分人所看得到的，《火》把他们心中所要说而又说不出的话说出来了，所以才受到很热烈的欢迎。若《火》的内容为别人所看不见的东西，那么读者又从何处来了解《火》的好处？既然不了解它的好处，那它又从何处来给与人们以新的启示？不错，巴比塞是一个伟大的作家，不过他的伟大不在于他发现了什么新的美洲，而是在于他能代表多数人说话，能把旧社会的黑暗痛快地指责出来，同时他指示人们应走哪一条道路。

我们的意见是如此，也许方君以为是不对的？……

五　光慈只承认描写第四阶级的文学吗？

有许多的误会，真是令人难以料到是因何而起的！在《现代中国文学与社会生活》一文中，光慈不过是泛论中国文坛的现势，并没有提到第四阶级文学的几个字，不但没有提到，而且在这一篇文中，他并没有露出一点"只承认描写第四阶级生活的文学"的意思。但是方君却说，"蒋光慈的论文，似乎不承认非农工群众对于革命高潮的感应——许竟是反革命的感应，也是革命文学的题材。我以为如果依蒋君之说，则我们的革命文学将进了一条极单调而仄狭的路，其非革命文学前途的福利，似乎也不容否认罢？"这一种论断，真是不知道方君何所根据而云然！这的确是一种莫名其妙的误会！

我们的意思也同方君一样，革命文学的范围很广，它的题材不仅只限于农工群众的生活，而且什么土豪劣绅，银行家，工厂主，四马路野鸡，会乐里长三，军阀走狗，贪官污吏……等等的生活，都可以做革命文学的题材。将一个革命党人的英勇表现出来，固然是革命文学，就是将一个反革命派的卑鄙龌龊描写出来，也何尝不是革命文学呢？问题不在于题材的种类，而在于作者用什么态度，用什么眼光，以何社会团做立足点，来描写这些种类不同的题材。倘若我们，作家，同情于被压迫群众，而且决定参加争自由的斗争，那我们不但要表现与我们同一战线的人的生活，而且要尽量地暴露敌人的罪恶，因为这也是于革命本身有利益的。倘若我们只承认描写农工群众的文学，那是要如方君所说，"则我们的革命文学将进了一条极单调而仄狭的路，其非革命前途的福利了。"

但是光慈并没有"只承认描写农工群众的文学"的意思，也从没曾发表过这样类似的言论，我们真不知道方君的论断是从什么地方得来的，实在是一桩怪事！

六　小　结

本篇论文的题目是《论新旧作家与革命文学》，现在临终结的时候，我且仍归到原题目罢。革命文学随着革命的潮流而高涨起来了。中国文坛已进入了一个新的时代。新的时代一定有新的时代的表现者，因为旧作家的力量已经来不及了。也许从旧作家的领域内，能够跳出来几个参加新的运动，但是已经衰颓了的树木，总不会重生出鲜艳的花朵和丰实的果实来。这又有什么办法呢？时代是这样地逼着！……

一九二八，三，十三。

（原载《太阳月刊》4 月号，1928 年 4 月 1 日）

读《倪焕之》（节选）

茅 盾

（四）

为什么伟大的"五四"不能产生表现时代的文学作品呢？如果以为这是因为"新文学"的初期尚未宜于产生成熟的作品，那就不是确论。单就作品之成熟与否而言，则上述诸作家何尝没有成熟的作品！问题不在这里。问题是在当时的文坛议论庞杂，散乱了作家的注意。更切实地说，实在是因为当时的文坛上发生了一派忽视文艺的时代性，反对文艺的社会化，而高唱"为艺术而艺术"的主张，这样的入了歧途！

在这里，应该略略提起当时的一番事情。

现在讲到文艺的时代性，社会化，等等话头，所谓革命的文学批评家便要作色而起，大呼是"太旧，太灰色"了；但想来大家也不曾忘记今日之革命的文学批评家在五六年前却就是出死力反对过文学的时代性和社会化的"要人"。这就是当时的创造社诸君。即使人们善忘，总还记得当时创造社诸君的中坚郭沫若和成仿吾曾经力诋和他们反对的被第三者称为"人生派"的文学研究会的一部分人的文学须有时代性和社会化的主张，为功利主义。在当时，创造社的主张是"为艺术的艺术"；说过"毒蕈虽有毒而美，诗人只赏鉴其美，俗人才记得有毒"这一类的话。感情主义和个人主义的调子，充满在他们那时候的作品。去年成仿吾所痛骂的一切，差不多全是当初他自己的过犯，是一种很有意味的新式的忏悔。当时创造社的主张颇有些从者。何以故？因为那时期正是"彷徨苦闷"的时期，因为那时候"五卅"的时代尚未到临，因为那时期创造社诸君是住在象牙塔里！因为"彷徨苦闷"的青年的变态心理是需要一些感情主义，个人主义，享乐主义，唯美主义，权当一醉。"五卅"时代的尚未到临，创造社诸君之尚住在象牙塔里，也说明了当时宣传着感情主义，个人主义，享乐主义，唯美主义的创造社诸君实在也是分有了当时的普遍的"彷徨苦闷"的心情。而当时他们的遁路却是拾起了他们今日所自咒诅的资产阶级文学的玩意儿以自娱，不但自娱，且企图在人海中拱出一个角儿。可是就在那时候，近在中国，则"五卅"的时代已在酝酿，远在西欧，则新兴的无产文艺已经成为国际文坛注目的焦点。（不过日本的无产文艺运动还是寂然。）假使当时成郭诸君跑出他们的霞飞路的"蜗居"，试参加那时的实际运动和地下工作，那么，他们或者不至于还拾起"资产阶级文艺的玩意儿"来自娱罢。再说得显明些，并且借用去年成仿吾的话语，如果那时候他们不要那么"不革命"，不要那么"小资产阶级性"，那或者成仿吾去年的雄赳赳的论调会早产生了几年罢。谁知道此中的机缘呢？怕只有"时代先生"罢哩！

我这一番话，并非是翻旧账簿，不过借此说明了时代对于人心的影响是如何之大，从而也指出了何以六年前板着面孔把守了"艺术的艺术之宫"的成仿吾会在六年后同样地板起了面孔来把守"革命的艺术之宫"，正自有其必然律，未必象有些人的不客气的猜度所说的竟是投机，是出风头。并且借此也说明了当时他们因为不曾参加实际运动和地下工作而错误地拾起了"资产阶级文艺的玩意儿"以自娱的影响，竟造成了"引人到迷途"，象他们今日所切齿诅咒别人的。所以"五四"期的没有反映时代——自然更说不到指导时代——的文学作品，决不是偶然的事。

试看当时"资产阶级文艺的玩意儿"把文坛推进了一个怎样的局面。想来大家还记得，感情主义，个人主义，享乐主义，唯美主义的"即兴小说"，充满了出版界；这些作品所反映的，只是个人的极狭小的环境，官能的刺戟，浮动的感情。而"非集团主义"的《少年维特的烦恼》也成为彷徨苦闷的青年的玩意儿，麻醉剂。在这灰色的迷雾中，文艺没有时代性，更谈不到社会化。

直到地下工作的第一次果实的"五卅"运动爆发时，这种迷雾还是使人窒息。但是时代的前进的轮子这一次却推动了象牙塔里的唯美主义者。大概是一年以后罢，创造社有了改变方向的宣言。记得去年春初，《太阳月刊》和《文化批判》（创造社的）还有些互相攻讦的文字，很不能讳饰地在互争"革命文学"的正统，或是"发见权"。健忘的成仿吾不但忘记了五年前的自己的艺术派时代的主张，（自然这个健忘是应该恭贺的，）却也忘记了昨天刚学得的辩证法的 A.B.C，正是人的思想乃受社会环境所支配，而社会环境乃受经济条件所支配，因而"正统"或"发见权"之争，实在是很无聊的。不用说，创造社的改变态度的宣言，并没忏悔以往的表示，而是一种"先驱"的，"灼见"的态度；这使得不健忘的人们颇觉忍俊不禁。但是我们也可以了解于从个人主义英雄主义唯心主义转变到集团主义唯物主义，原来不是一翻身之易，所以觉得他们宣言中留着一些旧渣滓的气味，也是不足深责的。

（五）

上面说了那些话，并不是想揭穿人家的"旧创疤"；不过借此证明了时代对于人心的势力之伟大，便是创造社也不是例外。在表面上看来，他们终竟觉悟了而且丢去了出死力拥护过的"资产阶级文艺的玩意儿"，而跟着"五卅"时代向前走了。他们是一个手头的现成的例。但是并没结会立社，只单身地跟着一个一个时代的潮流往前走的无名氏，正不知有多少呢！这些无名氏便凑合成了时代的社会的活力。描写这些活力，即使并没指引出什么显明的将来的路，至少也是不背于集团主义的作品。我常常想，"五四"时代是并没留下一些表现这时代的文学作品而过去了，现在如果来描写"五四"对于一个人有怎样的影响，并且他又怎样经过了"五卅"而到现在这所谓"第四期的前夜"，粗如上文所说创造社诸君的经历，那亦未必竟是无意义的作品罢。我这意见，最近在叶绍钧所作的长篇小说《倪焕之》，找得了同感了。

………

（原载《文学周报》第 8 卷第 20 号，1929 年 5 月 12 日）

上海文艺之一瞥

——八月十二日在社会科学研究会讲

鲁 迅

　　上海过去的文艺，开始的是《申报》。要讲《申报》，是必须追溯到六十年以前的，但这些事我不知道。我所能记得的，是三十年以前，那时的《申报》，还是用中国竹纸的，单面印，而在那里做文章的，则多是从别处跑来的"才子"。

　　那时的读书人，大概可以分他为两种，就是君子和才子。君子是只读四书五经，做八股，非常规矩的。而才子却此外还要看小说，例如《红楼梦》，还要做考试上用不着的古今体诗之类。这是说，才子是公开的看《红楼梦》的，但君子是否在背地里也看《红楼梦》，则我无从知道。有了上海的租界，——那时叫作"洋场"，也叫"夷场"，后来有怕犯讳的，便往往写作"彝场"——有些才子们便跑到上海来，因为才子是旷达的，那里都去；君子则对于外国人的东西总有点厌恶，而且正在想求正路的功名，所以决不轻易的乱跑。孔子曰，"道不行，乘桴浮于海"，从才子们看来，就是有点才子气的，所以君子们的行径，在才子就谓之"迂"。

　　才子原是多愁多病，要闻鸡生气，见月伤心的。一到上海，又遇见了婊子。去嫖的时候，可以叫十个二十个的年青姑娘聚集在一处，样子很有些象《红楼梦》，于是他就觉得自己好象贾宝玉；自己是才子，那么婊子当然是佳人，于是才子佳人的书就产生了。内容多半是，惟才子能怜这些风尘沦落的佳人，惟佳人能识坎坷不遇的才子，受尽千辛万苦之后，终于成了佳偶，或者是都成了神仙。

他们又帮申报馆印行些明清的小品书出售，自己也立文社，出灯谜，有入选的，就用这些书做赠品，所以那流通很广远。也有大部书，如《儒林外史》，《三宝太监西洋记》，《快心编》等。现在我们在旧书摊上，有时还看见第一页印有"上海申报馆仿聚珍板印"字样的小本子，那就都是的。

佳人才子的书盛行的好几年，后一辈的才子的心思就渐渐改变了。他们发见了佳人并非因为"爱才若渴"而做婊子的，佳人只为的是钱。然而佳人要才子的钱，是不应该的，才子于是想了种种制伏婊子的妙法，不但不上当，还占了她们的便宜，叙述这各种手段的小说就出现了，社会上也很风行，因为可以做嫖学教科书去读。这些书里面的主人公，不再是才子＋（加）呆子，而是在婊子那里得了胜利的英雄豪杰，是才子＋流氓。

在这之前，早已出现了一种画报，名目就叫《点石斋画报》，是吴友如主笔的，神仙人物，内外新闻，无所不画，但对于外国事情，他很不明白，例如画战舰罢，是一只商船，而舱面上摆着野战炮；画决斗则两个穿礼服的军人在客厅里拔长刀相击，至于将花瓶也打落跌碎。然而他画"老鸨虐妓"，"流氓拆梢"之类，却实在画得很好的，我想，这是因为他看得太多了的缘故；就是在现在，我们在上海也常常看到和他所画一般的脸孔。这画报的势力，当时是很大的，流行各省，算是要知道"时务"——这名称在那时就如现在之所谓"新学"——的人们的耳目。前几年又翻印了，叫作《吴友如墨宝》，而影响到后来也实在利害，小说上的绣像不必说了，就是在教科书的插画上，也常常看见所画的孩子大抵是歪戴帽，斜视眼，满脸横肉，一副流氓气。在现在，新的流氓画家又出了叶灵凤先生，叶先生的画是从英国的毕亚兹莱（Aubrey Beardsley）剥来的，毕亚兹莱是"为艺术的艺术"派，他的画极受日本的"浮世绘"（Ukiyoe）的影响。浮世绘虽是民间艺术，但所画的多是妓女和戏子，胖胖的身体，斜视的眼睛——Erotic（色情的）眼睛。不过毕亚兹莱画的人物却瘦瘦的，那是因为他是颓废派（Decadence）的缘故。颓废派的人们多是瘦削的，颓丧的，对于壮健的女人他有点惭愧，所以不喜欢。我们的叶先生的新斜眼画，正和吴友如的老斜眼画合流，那自然应该流行好几年。但他也并不只画流氓的，有一个时期也画过普罗列塔利亚，不过所画的工人也还是斜视眼，伸着特别大的拳头。但我以为画普罗列塔利亚应该是写实的，照工人原来的面貌，并不须画得拳头比脑袋还要大。

现在的中国电影，还在很受着这"才子＋流氓"式的影响，里面的英雄，作为"好人"的英雄，也都是油头滑脑的，和一些住惯了上海，晓得怎样"拆梢"，"揩油"，"吊膀子"的滑头少年一样。看了之后，令人觉得现在倘要做英雄，做好人，也必须是流氓。

才子＋流氓的小说，但也渐渐的衰退了。那原因，我想，一则因为总是这一套老调子——妓女要钱，嫖客用手段，原不会写不完的，二则因为所用的是苏白，如什么倪＝我，耐＝你，阿是＝是否之类，除了老上海和江浙的人们之外，谁也看不懂。

然而才子＋佳人的书，却又出了一本当时震动一时的小说，那就是从英文翻译过来的《迦茵小传》（H.R.Haggard：Joan Haste）。但只有上半本，据译者说，原本从旧书摊上得来，非常之好，可惜觅不到下册，无可奈何了。果然，这很打动了才子佳人们的芳心，流行得很广很广。后来还至于打动了林琴南先生，将全部译出。仍旧名为《迦茵小传》。而同时受了先译者的大骂，说他不该全译，使迦茵的价值降低，给读者以不快的。于是才知道先前之所以只有半部，实非原本残缺，乃是因为记着迦茵生了一个私生子，译者故意不译的。其实这样的一部并不很长的书，外国也不至于分印成两本。但是，即此一端，也很可以看出当时中国对于婚姻的见解了。

这时新的才子＋佳人小说便又流行起来，但佳人已是良家女子了，和才子相悦相恋，分拆不开，柳阴花下，象一对蝴蝶，一双鸳鸯一样，但有时因为严亲，或者因为薄命，也竟至于偶见悲剧的结局，不再都成神仙了，——这实在不能不说是一个大进步。到了近来是在制造兼可擦脸的牙粉了的天虚我生先生所编的月刊杂志《眉语》出现的时候，是这鸳鸯蝴蝶式文学的极盛时期。后来《眉语》虽遭禁止，势力却并不消退，直待《新青年》盛行起来，这才受了打击。这时有伊孛生的剧本的绍介和胡适之先生的《终身大事》的别一形式的出现，虽然并不是故意的，然而鸳鸯蝴蝶派作为命根的那婚姻问题，却也因此而诸拉（Nora）似的跑掉了。

这后来，就有新才子派的创造社的出现。创造社是尊贵天才的，为艺术而艺术的，专重自我的，崇创作，恶翻译，尤其憎恶重译的，与同时上海的文学研究会相对立。那出马的第一个广告上，说有人"垄断"着文坛，就是指着文学研究会。文学研究会却也正相反，是主张为人生的艺术的，是一面创作，一面也看重翻译的，是注意于绍介被压迫民族文学的，这些都是小国度，没有人懂得他们的文字，因此也几乎全都是重译的。并且因为曾经声援过《新青年》，新仇夹旧仇，所以文学研究会这时就受了三方面的攻击。一方面就是创造社，既然是天才的艺术，那么看那为人生的艺术的文学研究会自然就是多管闲事，不免有些"俗"气，而且还以为无能，所以倘被发见一处误译，有时竟至于特做一篇长长的专论。一方面是留学过美国的绅士派，他们以为文艺是专给老爷太太们看的，所以主角除老爷太太之外，只配有文人，学士，艺术家，教授，小姐等等，要会说 Yes，No，这才是绅士的庄严，那时吴宓先生就曾经发表过文章，说是真不懂为什么有些人竟喜欢描写下流社会。第三方面，则就是以前说过的鸳鸯蝴蝶派，我不知道他们用的是什么方法，到底使书店老板将编辑《小说月报》的一个文学研究会会员撤换，还出了《小说世界》，去流布他们的文章。这一种刊物，是到了去年才停刊的。

创造社的这一战，从表面看来，是胜利的。许多作品，既和当时的自命才子们的心情相合，加以出版者的帮助，势力雄厚起来了。势力一雄厚，就看见大商店如商务印书馆，也有创造社员的译著的出版，——这是说，郭沫若和张资平两位先生的稿件。这以来，据我所记得，是创造社也不再审查商务印书馆出版物的误译之处，来作专论了。这些地方，我想，是也有些才子＋流氓式的。然而，"新上海"是究竟敌不过"老上海"的，创造社员在凯歌声中，终于觉到了自己就在做自己们的出版者的商品，种种努力，在老板看来，就等于眼镜铺大玻璃窗里纸人的眨眼，不过是"以广招徕"。待到希图独立出版的时候，老板就给吃了一场官司，虽然也终于独立，说是一切书籍，大加改订，另行印刷，从新开张了，然而旧老板却还是永远用了旧版子，只是印，卖，而且年年是什么纪念的大廉价。

商品固然是做不下去的，独立也活不下去。创造社的人们的去路，自然是在较有希望的"革命策源地"的广东。在广东，于是也有"革命文学"这名词的出现，然而并无什么作品，在上海，则并且还没有这名词。

到了前年，"革命文学"这名目这才旺盛起来了，主张的是从"革命策源地"回来的几个创造社元老和若干新分子。革命文学之所以旺盛起来，自然是因为由于社会的背景，一般群众、青年有了这样的要求。当从广东开始北伐的时候，一般积极的青年都跑到实际工作去了，那时还没有什么显著的革命文学运动，到了政治环境突然改变，革命遭了挫折，阶级的分化非常显明，国民党以"清党"之名，大戮共产党及革命群众，而死剩的青年们再入于被压迫的境遇，于是革命文学在上海这才有了强烈的活动。所以这革命文学的旺盛起来，在表面上和别国不同，并非由于革命的高扬，而是因为革命的挫折；虽然其中也有些是旧文人解下指挥刀来重理笔墨的旧业，有些是几个青年被从实际工作排出，只好借此谋生，但因为实在具有社会的基础，所以在新分子里，是很有极坚实正确的人存在的。但那时的革命文学运动，据我的意见，是未经好好的计划，很有些错误之处的。例如，第一，他们对于中国社会，未曾加以细密的分析，便将在苏维埃政权之下才能运用的方法，来机械地运用了。再则他们，尤其是成仿吾先生，将革命使一般人理解为非常可怕的事，摆着一种极左倾的凶恶的面貌，好似革命一到，一切非革命者就都得死，令人对革命只抱着恐怖。其实革命是并非教人死而是教人活的。这种令人"知道点革命的厉害"，只图自己说得畅快的态度，也还是中了才子＋流氓的毒。

激烈得快的，也平和得快，甚至于也颓废得快。倘在文人，他总有一番辩护自己的变化的理由，引经据典。譬如说，要人帮忙时候用克鲁巴金的互助论，要和人争闹的时候就用达尔文的生存竞争说。无论古今，凡是没有一定的理论，或主张的变化并无线索可寻，而随时拿了各种各派的理论来作武器的人，都可以称之为流氓。例如上海的流氓，看见一男一女的乡下人在走路，他就说，"喂，你们这样子，有伤风化，你们犯了法了！"他用的是中国法。倘看见一个乡下人在路旁小便呢，他就说，"喂，这是不准的，你犯了法，该捉到捕房去！"这时所用的又是外国法。但结果是无所谓法不法，只要被他敲去了几个钱就都完事。

在中国，去年的革命文学者和前年很有点不同了。这固然由于境遇的改变，但有些"革命文学者"的本身里，还藏着容易犯到的病根。"革命"和"文学"，若断若续，好象两只靠近的船，一只是"革命"，一只是"文学"，而作者的每一只脚就站在每一只船上面。当环境较好的时候，作者就在革命这一只船上踏得重一点，分明是革命者，待到革命一被压迫，则在文学的船上踏得重一点，他变了不过是文学家了。所以前年的主张十分激烈，以为凡非革命文学，统得扫荡的人，去年却记得了列宁爱看冈却罗夫（I.A.Gontcharov）的作品的故事，觉得非革命文学，意义倒也十分深长；还有最彻底的革命文学家叶灵凤先生，他描写革命家，彻底到每次上茅厕时候都用我的《呐喊》去揩屁股，现在却竟会莫名其妙的跟在所谓民族主义文学家屁股后面了。

类似的例，还可以举出向培良先生来。在革命渐渐高扬的时候，他是很革命的；他在先前，还曾经说，青年人不但嗥叫，还要露出狼牙来。这自然也不坏，但也应该小心，因为狼是狗的祖宗，一到被人驯服的时候，是就要变而为狗的。向培良先生现在在提倡人类的艺术了，他反对有阶级的艺术的存在，而在人类中分出好人和坏人来，这艺术是"好坏斗争"的武器。狗也是将人分为两种的，豢养它的主人之类是好人，别的穷人和乞丐在它的眼里就是坏人，不是叫，便是咬。然而这也还不算坏，因为究竟还有一点野性，如果再一变而为吧儿狗。好象不管闲事，而其实在给主子尽职，那就正如现在的自称不问俗事的为艺术而艺术的名人们一样，只好去点缀大学教室了。

这样的翻着筋斗的小资产阶级，即使是在做革命文学家，写着革命文学的时候，也最容易将革命写歪；写歪了，反于革命有害，所以他们的转变，是毫不足惜的。当革命文学的运动勃兴时，许多小资产阶级的文学家忽然变过来了，那时用来解释这现象的，是突变之说。但我们知道，所谓突变者，是说 A 要变 B，几个条件已经完备，而独缺其一的时候，这一个条件一出现，于是就变成了 B。譬如水的结冰，温度须到零点，同时又须有空气的振动，倘没有这，则即便到了零点，也还是不结冰，这时空气一振动，这才突变而为冰了。所以外面虽然好象突变，其实是并非突然的事。倘没有应具的条件的，那就是即使自说已变，实际上却并没有变，所以有些忽然一天晚上自称突变过来的小资产阶级革命文学家，不久就又突变回去了。

去年左翼作家联盟在上海的成立，是一件重要的事实。因为这时已经输入了蒲力汗诺夫，卢那卡尔斯基等的理论，给大家能够互相切磋，更加坚实而有力，但也正因为更加坚实而有力了，就受到世界上古今所少有的压迫和摧残，因为有了这样的压迫和摧残，就使那时以为左翼文学将大出风头，作家就要吃劳动者供献上来的黄油面包了的所谓革命文学家立刻现出原形，有的写悔过书，有的是反转来攻击左联，以显出他今年的见识又进了一步。这虽然并非左联直接的自动，然而也是一种扫荡，这些作者，是无论变与不变，总写不出好的作品来的。

但现存的左翼作家，能写出好的无产阶级文学来么？我想，也很难。这是因为现在的左翼作家还都是读书人——智识阶级，他们要写出革命的实际来，是很不容易的缘故。日本的厨川白村（H.Kuriyakawa）曾经提出过一个问题，说：作家之所描写，必得是自己经验过的么？他自答道，不必，因为他能够体察。所以要写偷，他不必亲自去做贼，要写通奸，他不必亲自去私通。但我以为这是因为作家生长在旧社会里，熟悉了旧社会的情形，看惯了旧社会的人物的缘故，所以他能够体察；对于和他向来没有关系的无产阶级的情形和人物，他就会无能，或者弄成错误的描写了。所以革命文学家，至少是必须和革命共同着生命，或深切地感受着革命的脉搏的。（最近左联的提出了"作家的无产阶级化"的口号，就是对于这一点的很正确的理解。）

在现在中国这样的社会中，最容易希望出现的，是反叛的小资产阶级的反抗的，或暴露的作品。因为他生长在这正在灭亡着的阶级中，所以他有甚深的了解，甚大的憎恶，而向这刺下去的刀也最为致命与有力。固然，有些貌似革命的作品，也并非要将本阶级或资产阶级推翻，倒在憎恨或失望于他们的不能改良，不能较长久的保持地位，所以从无产阶级的见地看来，不过是"兄弟阋于墙"，两方一样是敌对。但是，那结果，却也能在革命的潮流中，成为一粒泡沫的。对于这些的作品，我以为实在无须称之为无产阶级文学，作者也无须为了将来的名誉起见，自称为无产阶级的作家的。

但是，虽是仅仅攻击旧社会的作品，倘若知不清缺点，看不透病根，也就于革命有害，但可惜的是现在的作家，连革命的作家和批评家，也往往不能，或不敢正视现社会，知道它的底细，尤其是认为敌人的底细。随手举一个例罢，先前的《列宁青年》上，有一篇评论中国文学界的文章，将这分为三派，首先是创造社，作为无产阶级文学派，讲得很长，其次是语丝社，作为小资产阶级文学派，可就说得短了，第三是新月社，作为资产阶级文学派，却说得更短，到不了一页。这就在表明：这位青年批评家对于愈认为敌人的，就愈是无话可说，也就是愈没有细看。自然，我们看书，倘看反对的东西，总不如看同派的东西的舒服，爽快，有益，但倘是一个战斗者，我以为，在了解革命和敌人上，倒是必须更多的去解剖当面的敌人的。要写文学作品也一样，不但应该知道革命的实际，也必须深知敌人的情形，现在的各方面的状况，再去断定革命的前途。惟有明白旧的，看到新的，了解过去，推断将来，我们的文学的发展才有希望。我想，这是在现在环境下的作家，只要努力，还可以做得到的。

在现在，如先前所说，文艺是在受着少有的压迫与摧残，广泛地现出了饥馑状态。文艺不但是革命的，连那略带些不平色彩的，不但是指摘现状的，连那些攻击旧来积弊的，也往往就受迫害。这情形，即在说明至今为止的统治阶级的革命，不过是争夺一把旧椅子。去推的时候，好象这椅子很可恨，一夺到手，就又觉得是宝贝了，而同时也自觉得自己正和这"旧的"一气。二十多年前，都说朱元璋（明太祖）是民族的革命者，其实是并不然的，他做了皇帝以后，称蒙古朝为"大元"，杀汉人比蒙古人还利害。奴才做了主人，是决不肯废去"老爷"的称呼的，他的摆架子，恐怕比他的主人还十足，还可笑。这正如上海的工人赚了几文钱，开起小小的工厂来，对付工人反而凶到绝顶一样。

在一部旧的笔记小说——我忘了它的书名了——上，曾经载有一个故事，说明朝有一个武官叫说书人讲故事，他便对他讲檀道济——晋朝的一个将军，讲完之后，那武官就吩咐打说书人一顿，人问他什么缘故，他说道："他既然对我讲檀道济，那么，对檀道济是一定去讲

我的了。"现在的统治者也神经衰弱到象这武官一样，什么他都怕，因
而在出版界上也布置了比先前更进步的流氓，令人看不出流氓的形式
而却用着更厉害的流氓手段：用广告，用诬陷，用恐吓；甚至于有几
个文学者还拜了流氓做老子，以图得到安稳和利益。因此革命的文学
者，就不但应该留心迎面的敌人，还必须防备自己一面的三翻四复的
暗探了，较之简单地用着文艺的斗争，就非常费力，而因此也就影响
到文艺上面来。(下略)

（原载 1931 年 7 月 27 日和 8 月 3 日出版的《文艺新闻》
第 20 期和 21 期，后经作者修改收入《二心集》）

读《呐喊》

雁 冰

一九一八年四月的《新青年》上登载了一篇小说模样的文章，它的题目，体裁，风格，乃至里面的思想，都是极新奇可怪的：这便是鲁迅君的第一篇创作《狂人日记》，现在编在这《呐喊》里的。那时《新青年》方在提倡"文学革命"，方在无情地猛攻中国的传统思想，在一般社会看来，那一百多面的一本《新青年》几乎是无句不狂，有字皆怪的，所以可怪的《狂人日记》夹在里面，便也不见得怎样怪，而曾未能邀国粹家之一斥。前无古人的文艺作品《狂人日记》于是遂悄悄地闪了过去，不曾在"文坛"上掀起了显著的风波。

但是鲁迅君的名字以后再在《新青年》上出现时，便每每令人回忆到《狂人日记》了；至少，总会想起"这就是《狂人日记》的作者"罢。别人我不知道，我自己确在这样的心理下，读了鲁迅君的许多《随感录》和以后的创作。

那时我对于这古怪的《狂人日记》起了怎样的感想呢，现在已经不大记得了；大概当时亦未必发生了如何明确的印象，只觉得受着一种痛快的刺戟，犹如久处黑暗的人们骤然看见了绚绝的阳光。这奇文中冷隽的句子，挺峭的文调，对照着那含蓄半吐的意义，和淡淡的象征主义的色彩，便构成了异样的风格，使人一见就感着不可言喻的悲哀的愉快。这种快感正象爱吃辣子的人所感到的"愈辣愈爽快"的感觉。我想当日如果竟有若干国粹派读者把这《狂人日记》反复读至五六遍之多，那我就敢断定他们（国粹派）一定不会默默的看它（《狂人日记》)产生，而要把恶骂来欢迎它（《狂人日记》）的生辰了。因为这篇文章，除了古怪而不足为训的体式外，还颇有些"离经叛道"的思想。传统的旧礼教，在这里受着最刻薄的攻击，蒙上了"吃人"的罪名了。在下列的几句话里：

> 凡事总须研究，才会明白。古来时常吃人，我也还记得，可是不甚清楚。我翻开历史一查，这历史没有年代，歪歪斜斜的每叶上都写着"仁义道德"几个字。我横竖睡不着，仔细看了半夜，才从字缝里看出字来，满本都写着两个字是"吃人"！

中国人一向自诩的精神文明第一次受到了最"无赖"的怒骂；然而当时未闻国粹家惶骇相告，大概总是因为《狂人日记》只是一篇不通的小说未曾注意，始终没有看见罢了。

至于在青年方面，《狂人日记》的最大影响却在体裁上；因为这分明给青年们一个暗示，使他们抛弃了"旧酒瓶"，努力用新形式，来表现自己的思想。

继《狂人日记》来的，是笑中含泪的短篇讽刺《孔乙己》；于此，我们第一次遇到了鲁迅君爱用的背景——鲁镇和咸亨酒店。这和《药》，《明天》，《风波》，《阿Q正传》等篇，都是旧中国的灰色人生的写照。尤其是出世在后的长篇《阿Q正传》给读者以难磨灭的印象。现在差不多没有一个爱好文艺的青年口里不曾说过"阿Q"这两个字。我们几乎到处应用这两个字，在接触灰色的人物的时候，或听得了他们的什么"故事"的时候，《阿Q正传》里的片段的图画，便浮现在脑前了。我们不断的在社会的各方面遇见"阿Q相"的人物，我们有时自己反省，常常疑惑自己身中也免不了带着一些"阿Q相"的分子。但或者是由于嘲减饰非的心理，我又觉得"阿Q相"未必全然是中国民族所特具，似乎这也是人类的普通弱点的一种。至少，在"色厉而内荏"这一点上，作者写出了人性的普遍弱点来了。

中国历史上的一件大事，辛亥革命，反映在《阿Q正传》里的，是怎样的叫人短气呀！乐观的读者，或不免要非难作者的形容过甚，近乎故意轻薄"神圣的革命"，但是谁曾亲身在"县里"遇到这大事的，一定觉得《阿Q正传》里的描写是写实的。我们现在看了这里的七八两章，大概会仿佛醒悟似的知道十二年来政乱的根因罢！鲁迅君或者是个悲观主义者，在《自序》内，他对劝他做文章的朋友说道：

> "假如一间铁屋子，是绝无窗户而万难破毁的，里面有许多熟睡的人们，不久都要闷死了，然而是从昏睡入死灭，并不感到就死的悲哀。现在你大嚷起来，惊起了较为清醒的几个人，使这不幸的少数者来受无可挽救的临终的苦楚，你倒以为对得起他们么？
>
> "朋友回答他道：'然而几个人既然起来，你不能说决没有毁坏这铁屋的希望。'"

因为"说到希望，是不能抹杀的"，所以鲁迅君便答应他朋友做文章了，这便是最初的一篇《狂人日记》。但是他的悲观以后似乎并不消灭，在《头发的故事》里，他又说：

> "现在你们这些理想家，又在那里嚷什么女子剪发了，又要造出许多毫无所得而痛苦的人！
>
> "现在不是已经有剪掉头发的女人，因此考不进学校去，或者被学校除了名么？
>
> "改革么，武器在那里？工读么，工厂在那里？
>
> "仍然留起，嫁给人家做媳妇去；忘却了一切还是幸福，倘使伊记着些平等自由的话，便要苦痛一生世！
>
> "我要借了阿尔志跋绥夫的话问你们：你们将黄金时代的出现预约给这些人们的子孙了，但有什么给这些人们自己呢？"

这不是和《自序》中铁屋之喻是一样悲观而沉痛的话么？后来，在《故乡》中，他又明白地说出他对于"希望"的怀疑：

> "我想到希望，忽然害怕起来了。闰土要香炉和烛台的时候，我暗地里笑他，以为他总是崇拜偶像，什么时候都不忘却。现在我所谓希望，不也是我自己手制的偶像么？只是他的愿望切近，

我的愿望茫远罢了。

"我在朦胧中，眼前展开一片海边碧绿的沙地来，上面深蓝的天空中挂着一轮金黄的圆月。我想；希望是本无所谓有，无所谓无的。这正如地上的路；其实地上本没有路，走的人多了，也便成了路。"

至于比较的隐藏的悲观，是在《端午节》里。"差不多说"就是作者所以始终悲观的根由。而且他对于"希望"的怀疑也更深了一层。"

但是《阿Q正传》对于辛亥革命之侧面的讽刺，我觉得并不是因为作者是抱悲观主义的缘故。这正是一幅极忠实的写照，极准确的依着当时的印象写出来的。作者不曾把最近的感想加进他的回忆里去，他决不是因为感慨目前的时局而带了悲观主义的眼镜去写他的回忆；作者的主意，似乎只在刻画出隐伏在中华民族骨髓里的不长进的性质，——"阿Q相"，我以为这就是《阿Q正传》之所以可贵，恐怕也就是《阿Q正传》流行极广的主要原因。不过同时也不免有许多人因为刻划"阿Q相"过甚而不满意这篇小说，这正如俄国人之非难梭罗古勃的《小鬼》里的"丕垒陀诺夫相"，不足为盛名之累。

在中国新文坛上，鲁迅君常常是创造"新形式"的先锋；《呐喊》里的十多篇小说几乎一篇有一篇新形式，而这些新形式又莫不给青年作者以极大的影响，必然有多数人跟上去试验。丹麦的大批评家布兰兑斯曾说："有天才的人，应该也有勇气。他必须敢于自信他的灵感，他必须自信，凡在他脑膜上闪过的幻想都是健全的，而那些自然而然来到的形式，即使是新形式，都有要求被承认的权利。"这位大批评家这几句话，我们在《呐喊》中得了具体的证明。除了欣赏惊叹而外，我们对于鲁迅的作品，还有什么可说呢？

（原载《文学》第91期，上海《时事新报》1923年10月8日）

闲谈《呐喊》

西　谛

　　《呐喊》是最近数年来中国文坛上少见之作，那样的讥诮而沉挚，那样的描写深刻，似乎一个字一个字都是用刀刻在木上的。中国的讽刺作品，自古就没有；所谓《何典》，不过是陈腐的传奇，穿上了鬼之衣而已，《捉鬼传》较好，却也不深刻，《儒林外史》更不是一部讽刺的书，《官场现形记》之流却是破口大骂了；求有蕴蓄之情趣的讽刺作品，几乎不见一部。自鲁迅先生出来后，才第一次用他的笔锋去写几篇"自古未有"的讽刺小说。那是一个新辟的天地，那是他独自创出的国土，如果他的作品并不是什么"不朽"的作品，那末，他的在这一方面的成绩，至少是不朽的。

　　对《呐喊》加以赞誉的人不在少数，原不必我再来"画蛇添足"。但观近来出版的英译本的《阿Q正传》却不由得要引起了对这书说几句话的兴趣。

　　《阿Q正传》确是《呐喊》中最出色之作。这个阿Q，许多人都以为就是中国人的缩影；还有许多人，颇以为自己也多少的具有阿Q的气质。如果大家都欲努力的摆脱了阿Q的气质，那末，这篇东西在中国的影响与功绩将有类于龚察洛夫（Gontscharow）的《阿蒲洛莫夫》（Oblomov）与屠格涅夫的《路丁》（Rodin）之在俄国了。

　　这篇东西值得大家如此的注意，原不是无因的。但也有几点值得商榷的，如最后"大团圆"的一幕，我在《晨报》上初读此作之时，即不以为然，至今也还不以为然。似乎作者对于阿Q之收局太匆促了；

他不欲再往下写了，便如此随意的给他以一个"大团圆"。象阿Q那样的一个人，终于要做起革命党来，终于受到那样大团圆的结局，似乎连作者他自己在最初写作时也是料不到的。至少在人格上似乎是两个。

但《阿Q正传》在中国近来文坛上的地位却是无比的；将来恐也将成世界最熟知的中国现代的代表作了。法文译本有敬隐渔君在译，俄文译本有华西里夫（B.A.Vassiliev）在译，而英文译本，则已由梁社乾君（George Kin Leung）译出了（商务印书馆出版）。梁君就是曼殊大师《断鸿零雁记》的译者。他的译笔颇不坏；只可惜《阿Q正传》是太难译了，所以许多有特殊的口语及最好的几节，俱未能同样美好的在英文中传达出。

这部译本还有一个小错处，就是把鲁迅当作了周作人的笔名。其实鲁迅乃是周作人的哥哥，名树人的是。这是大家都知道的，不知梁君何以把他们混而为一。再版时希望他能改正一下。

（原载《文学周报》第251期，1926年11月21日）

沈雁冰、郑振铎致周作人书信（摘抄）

沈雁冰致周作人

启明先生：今日得振铎兄信，始知先生患肋膜炎，卧病；听了这话，好生焦忧，深望先生的病能早一日痊好！

医生说须得将息一个月，我一面很望医生的话不中，先生的病立刻就会好，但一面又深望先生能休息一个月多，免得什么的肋膜炎再来讨厌。二号《小说月报》少了先生的一篇《日本的诗》，真是我们和读者的大不幸；第三号俄国文学号相差只有一月，想来先生那时精神未必就能大好，而且我也深望先生能多将息些日子，不过一个俄国文学专号里若没有先生的文，那真是不了的事；所以我再三想，还是把这专号移到第四号中，再把来分为上下两期——本来稿子加倍，差不多有二期多的稿子——如此一本，既可多有一月的间隔，而且先生五文之中尽可移三篇登在专号的下期，便可有两个月的间隔。先生在四期的稿子，三月中寄不迟，五月的稿四月寄，不知那时成否，然我总是深信医生的话往前。先生不久即健，敢以此慰先生，并以自慰。

我又不顾先生在病中，多说话了，请恕稚气。

此请　痊安

沈雁冰〔一九二一年〕元月七日

沈雁冰致周作人

启明先生：

　　十六日函敬悉。承允寄波兰小说，甚感。Benecke 的《波兰小说集》及《续集》，弟处有之，现在想译其中短者。二星期前（即在写给先生那封六日的信之次日）寄到了一本巴尔干短篇小说集，"Short Stories From the Balkans，Tr.by Edna Worthiey Underwood" 此书一九一九年出版，去年春间见了告白去定，因错了出版家（现在的是 Marchall Jones Co.），往返两次信，始于今月接到。这本书里有短篇十四篇，其中波希米亚作者三位，（1）Jan Neruda（有短篇二）（2）S.Čech（作品一）（3）Y.Urchlicky，（作品一）塞尔维亚作家一位 Lazar K.Lazarevic（作品一）匈牙利一位 Koloman Mikszath（作品二）（以上原书皆附小传）及罗马尼亚，Croatia 作家各一，都不附小传。波希米亚三作者，（2）（3）皆见 Lüzow 之《波希米亚文学》中提起，独（1）不见。而据此书上附的小传则谓 Neruda 是六十年代的著作家，比（2）（3）为早，不知何以反不提起了。现在我已译了 Neruda 的一篇，其余两篇都想按次译出。又 Poet Lore 一九二〇年冬季只有捷克现存作家 Alois Tirasek（即海外文坛消息第五十五介绍消息内之一人）的一篇长剧，我看也很可以翻译。上次我想起一些计画，正想请教先生，乘如今便写：

　　《小说月报》在十月号拟出一个"被压迫民族文学号"（名儿不妥，请改一个好的）里头除登小说外，也登介绍这些小民族文学的论文。现在拟的论文题目是：

　　1. 波兰文学概观（如此类之名而已）

　　2. 波兰文学之特质（早稻田文学上日原文，已请人译出）

　　3. 捷克文学概观

　　4. 犹太新兴文学概观

　　5. 芬兰文学概观

　　6. 塞尔维亚文学概观

其中除（2）是译，余并拟做。（1）（3）两篇定请先生做，（4）（5）

（6）三篇中拟请先生择一为之，关于（4）的，大概德文中很多，鲁迅先生肯担任一篇否？（5）我只见《十九世纪及其后》一九〇四年十一月份上一篇的《芬兰文学》（Kermione Ramsden 著），似乎译出也还可用，但这是万一无人做的说法，如果先生能做更好了。（6）也只见 Chodo Mijatovich 著的《塞尔维亚论》中《文学》一章，略长些，如无人做，也只好把这个节译出来了。但不知先生精神适于作长文否？十月出版，离今尚有一月。日子拟乎还宽，请先生酌示。此外译的小说拟

1. 芬兰　哀禾　先生已译
2. 塞尔维亚　即用巴尔干短篇小说集中之一，如无好的
3. 波兰　先生已译
4. 犹太　阿布诺维支剧（在《六犹太剧》中）
5. 捷克
6. 罗马尼亚等

上次鲁迅先生来信允为《小说月报》译巴尔干小国之短篇，那么罗马尼亚等国的东西，他一定可以赐一二篇了。如今不另写信给鲁迅先生，即请先生转达为感。

先生对于人地名译音主用注音字母，我也以为注音字母比汉字好；惟现今注音字母尚未普遍，一时行不出。但照现在推行注音字母的努力看来，普遍这事，也不远了。可决定三五年后，凡读书人总认得注音字母；振铎兄拟统一，弟亦极赞成人地名之统一，外国地名听说本已有一个会，设已多年，但不见成绩。译外国人地名，我最怕，一则地名不熟，现成的也要记不得；二则俄人波兰人捷克……等等，竟不知如何读，只有乱写一个，很想在这上头研究研究，不知可有什么方法，也请先生便示。我想不知如何读的人，一定也很多，因此愈觉得译音是必要了。

望道先生日内仍在沪，听说不久就要到杭州去。

此颂

　　健康

　　　　　　　　　　　弟　雁冰　白〔一九二一年〕七月廿日

沈雁冰致周作人

启明先生：

顷得卅日手示敬悉。刘半农先生稿件即请先生寄下王尔德散文诗。不知此外还有何项佳作可以给《说报》，请先生酌寄。刘先生法国常住否？

落华生即许地山先生的别字，他这篇比其余的好，因为这就是写他自己的事。他的妻去年亡故，现留一女，在沪上其兄寓中，不过仅只三四岁，比承欢等小得多了。但因全篇的情绪总是真实的，所以就好了。

《说报》每月收到外间投稿（大抵不相识者）总在五十份以上，长篇短制都有。但好的竟很难得；觉得他们都有几个缺点是共同的：（一）是描写的事境，本身初未尝有过经验，（二）是要创作然后创作，并不是印象深了有不能不言之概，然后写出来，（三）是不能用客观的观察法做底子，（四）是只注重了人物便忽略了境地，只注重了境地便忽略了人物，一篇中的境地和人物生关系的很少，不能使读者看后想到：这境地才会生出这种人。虽然有些先生们偶然投一二篇来，却写得实在很好，但大多数创作先生们是不很好的。弟觉得这些普遍的毛病惟有自然主义可以疗之，近来我觉得自然主义在中国应有一年以上的提倡和研究，庶几将来的创作不至于复回旧日"风花雪月"的老调里去。先生对于这意见以为对否？

《说报》中长篇都有结束，惟《妇人镇》一篇之第二幕至今未续，一则无此一大篇幅，二则泽民尚未译出，但今年内总想登他出来。

新希腊小说已请人译出一篇，其余尚有多篇，拟择短者译之，今附上目录，先生已译的 Ephtaliotis 短篇请即寄下备十号用如何？因新希腊短篇集内的几篇，大概寓意不很好也。

欧化国语讨论拟在九号上辑集各方议论，先生的信便于此时一并登出。

卅日寄上一信言十月号筹备事，想已寄到，捷克与波兰两篇论文，务请先生担任。余后白，即颂

健康

沈雁冰　〔一九二一年〕八月三日

再有一事渎神：舍弟本拟于下半年进上海之同济预料，现在听说此科并非专为预备德文而设，乃为预备入同济本科而设，故其中有物理化学算术等科，仍很注重。泽民只在读文字，进去不上算。故拟改入北大的德文班。不知此班能否旁听？每星期科目如何？敢请先生便示一二，至为感激。

又 顿

沈雁冰致周作人

启明先生：

前日快信亮蒙鉴矣。今得七日手书，敬悉一是。舍弟德文一无程度，大概不能入德文系旁听，只可先入英文系，随后再到德文系旁听（如此办法，应否先向顾孟余先生一说否，请先生酌示）。唯文凭一层颇为难，因舍弟从未正式读完一个学校，河海工程只差三个月，故亦没有毕业文凭；不知能否通融。大概下半年总得进个学堂，强制的振振精神。

刘半农先生所云勃洛克的《十二个》，想系俄国诗人 Alexander Blokc 的《十二个》一篇。此篇长诗英译有《自由人》杂志（Freeman）去年九月号载过，虽有三页之多，但不算甚长，刘先生之书价六先令，想来所载不止此书，或有一长序也。《自由人》上所载，不著译者姓名，后记得于他处见此诗单印本之广告，下有译者名，但已记不起，且并此广告亦无法觅矣。

《十二个》刘先生译得如寄来时，也请先生寄下。

文学研究会分子只限对于文学有研究者，实际似狭一点；先生拟设一会之办法，极端赞成；财力不怕不足，就只怕少人。我想北京一定可以先举办一个讲演会（北京人也多些），就把讲演稿作为讲义，分发远处，似尚易行。《小说月报》投稿者亦常便问种种文学上的常识话头，又有特写信来问有什么中文本书可看者，弟本思于七号起提出一段工夫来专写这些信，即在《说报》通讯栏中答复。现在工夫既没有，《说报》篇幅亦不够，已成泡影了。如北京能成立文学讲演会，则讲义印刷一事，商务定可办到。上海举行此会，很不容易，因上海谩骂之报纸太多，《晶报》常与《小说月报》开玩笑，我们要办他事，更成功少而笑骂多；且上海同人太少，力量亦不及。

捷克材料缺乏，只好付缺。先生所云 Mizatovitch 之书乃塞尔维亚。我前信误写，前日记起，急函先生说明，故有"仍请先生任之"一语；今当从先生之说不如缺之。鲁迅先生说"象文学史上的一页，未必有益于国人"，真痛快，彻底讲来，自是小说有影响于人心，文学史仅仅为研究者参考，但总觉这"聋子的耳朵"，不能忍得舍去。据实说，《小说月报》读者一千人中至少有九百人不欲看论文。（他们来信骂的亦骂论文，说不能供他们消遣了！）

祝先生健康

雁　冰　〔一九二一年〕八月十一日

沈雁冰致周作人

启明先生：

两信奉悉。《伊伯拉辛》一篇之后即排《在希腊诸岛》而低一字；本想托人把法文杂志中一个《希腊文学近信》译出，也放进这号里，但如今已来不及，又兼稿子已足，可以敷衍过去了。逖先先生译的《生田长江》两个小本如肯发表，最好不过；如今人反对新文学，未必全是看不懂欧化的语体文之故，实在恐怕也因为未明近代思想大概情形的缘故。从前看《小说月报》者大抵是老秀才，新旧幕友，及自附于"风雅"之商人，思想是什么东西，他们不会想到；他们看《说报》，一则可以消闲，二则可以学点滥调，新近有个定《小说月报》而大失所望（今年起）的"老先生"来信痛骂今年的报，说从前第十卷第九卷时真堪为中学教科书，如今实是废纸，原来这九、十两卷便是滥调文字最多的两卷也。更有一位老先生（？）巴巴的从云南寄一封信来痛骂，他说当今国家危亡之秋，那有心情看小说消遣，印小说已是不经济的事，何况印这些看不懂的小说，叫人看一页要费半天工夫，真是更不经济。这位先生以"大义"来责我们，我实在惶恐，怪他不得，中国本来的小说委实配受他老先生那样的痛骂的。这些信我都一一保存，想细细回答，发表出来，学学从前《新青年》的样，只不骂，而专辩。但照现在那样唱"独脚戏"，无论如何没有工夫干复信的事。

《小说月报》出了八期，一点好影响没有，却引起了特别的意外的反动，发生许多对于个人的无谓的攻击，最想来好笑的是因为第一号出后有两家报纸来称赞而引起同是一般的工人的嫉妒；我是自私心极重的，本来今年搅了这捞什子，没有充分时间念书，难过得很，又加上这些乌子夹搭的事，对于现在手头的事件觉得很无意味了。我这里已提出辞职，到年底为止，明年不管。从明年起想出空身子，做四件事：（一）看点中国书，因为我有个研究中国文学的痴心梦想；（二）收集各种专讲各国民情风俗的书看一点；（三）试再读一种外国语；（四）寻着我自己的白话文。〔整理者按：原信手稿以下部分被裁掉〕

〔一九二一年九月〕二十一日

657

沈雁冰致周作人

启明先生：

前信想已达览矣。仲甫先生已出，并闻法公堂有十九日公讯之说，大概什么事都可用律师解决了。

《新时代丛书》已交两稿，一为高畠素之的《社会主义与进化论》，一为堺利彦的《女性中心说》，此外没有了。先生的两部不知已着手否？何日可以望成？函祈示知。建人先生已当面和他说了。

关于《小说月报》编辑一事，自向总编辑部辞职后，梦旦先生和我谈过，他对于改革很有决心，对于新很信，所以我也决意再来试一年。但明年体例，究竟如何，我没了主意。请先生开示一些意见！前天见仲甫先生，他说可以放得普通（通俗）一些，望道劝我仿《文章俱乐部》办法，多收创作而别以"读者文艺"一栏收容之。我觉得这两者都是应当的。先生意见以为怎样？译件自然不可无，我以为译剧或者不妨少些。一切都盼先生尽情指教。

雁 冰〔一九二一年十月〕十二日

鲁迅先生均此

再者：李石曾君明年接办《教育杂志》，他想弄一篇教育小说或剧本登一登。我想译 Wed Kind 的《春醒》，但此书没有，不知先生有否？想和一借。再此剧尚嫌其长，先生想得起有其他短篇可译，尚望指示。

又　顿

沈雁冰致周作人

启明先生：

六月二日手示奉悉。《书报介绍》（英文的杂志我常看看，亦想抄几个名字）乃指旧出之书的介绍，读者来信要求的，亦是此种；故如先生稍抽暇时，每书作二三千言之介绍，便已嘉惠初学不浅。用是仍恳先生拨冗写二三种。别的译文既已蒙见语，无论何时赐下都不妨。

潘训君等稿都已收到。其中《沉默》一篇或者要稍缓发表，大约在九号，因为八号中想登五篇匈牙利人的东西也。Loulon 既经译出，请便中寄下，弟可校读一过。

鲁迅先生如有创作，极盼其赐下。《月报》中最缺创作，他人最不满意于《月报》之处亦在不多登创作，其实我们不是不愿意多登，只是少好的，没有法子。所以务请鲁迅先生能替《月报》做一篇。专此即颂
健康

沈雁冰〔1922 年〕6 月 6 日

（以上信件原载《鲁迅研究动态》1981 年第 3 期）

郑振铎致周作人

启明先生：

二、二八和三、二的两封来信都收到了。

《日本文学史》极希望先生能着手编著。

限制会员资格实是必要的事，我们的会，现在已有四十八人，如更加多，不惟于精神上显得散漫——这是必然的事——就是我印刷通告，份数愈多，手也要更累了。我想以后如有新会员加入，非（一）本人对于文学极有研究，（二）全体会员都略略看过他的作品或知道他的人的，决不介绍，先生以为如何，在下次开会时这个问题是必须讨论的。

陆尚功的信，似乎只好不复他。潘垂统兄的稿费，已写信问雁冰要了，大约是因为只有一短篇，钱太少，所以没有寄来。

今天寄上《小说月报》（二号）一册，想已收到。

郑振铎〔一九二一年〕三、三

郑振铎致周作人

启明先生：

有两个多月没有同先生通信了，今天接到先生的来信，真是非常快活！

先生的病已痊愈，极慰！但还须静养，不可多工作。何时回北京？学潮已平，下半年听说要提前上课。

《文学旬刊》本为文学会一部分人所发起，用私人名义，与《时事新报》接洽的，等到接洽好，稿子却来得极少，只好在上海请几个人时常做些东西，所以内容非常不好。现在另封寄《旬刊》七张，尚有一与八期的，俟找到后即寄。尚希望先生常常赐些零碎稿子来。

《学灯》我把它答应下来编辑，实是大大的失计，许多有党见的人都尽力的来攻击，这种举动，真使我吃惊而且悲哀。我是刚入世做事的，对于他们这种行为真有些不解。人类到现在还是没有觉悟，国界种界的界限已经把人类隔离到如此，还要再用党界来隔离自己，真是可以痛哭不已！我因此痛苦了好几天，打算把它辞掉不干，后来想想还是干下去，我只尽我的能力，本我的良心做去，别人的能够了解不能了解，可以不用管他，我也不愿意同他们作无谓的辩论，无论他们是如何的人，趋向总是相同的。我们要注全力来对付近来的反动，——《礼拜六》一流人的反动——呢，自己打架，不惟给他们笑，而且也减少效力不少。

《新文学的非难》一文已读过，现在这种口批评而手不动的人实在太多。宋春舫的信，我们想回复他（用上海会员名义），因没有空，到现在还没有复。

《说报》上近来不常做东西，因一则太忙，二则想多留时间读书；把所有时间都费在翻译和写字上，实在是太不值得，但有暇总想译一二篇短小说给他。

丛书版权证，已印好，现在附函寄上几张请先生看看。

郑振铎　上〔一九二一年〕八、四

郑振铎致周作人

启明先生：

两次来信并稿子一篇均拜读了。十七日的信竟至与二十二日发的信同时接到，可见现在京沪邮便往来的迟缓了。

《小学校里的文学》一书，是我要借的，因为编《儿童世界》（一种儿童文学的杂志）要参考，便时请先生检出寄下。

《文学旬刊》不得不尽力从攻击方面做去，《小说月报》出版太迟缓，不便多发表攻击的文章，而现在迷惑的人太多，又急需这种激烈的药品，所以我们都想把《旬刊》如此的做去，但同志做文的人太少，奋斗的力量总觉得不充足。

上海现在黑幕书愈出愈多，专做黑幕生意的书铺又开了几间，新文学运动的效果未见，而中国人的堕落程度愈溺愈深，真是可叹，但这种反动完全是由中国人的惰性上发生出来的。其实也不可称为反动；这种以小说为消遣的习惯，不知已相袭有多少年了，前一二年的黑幕书的沈寂，不过是暂时的现象，现在我们提倡文学的重要，他们更乘机复活起来了，他们无论做什么事情本来是没有目的的，他们的目的便是金钱，译安特来夫与作艳体小说，消遣的黑幕的小说是一样的，所以他们的反动（？）决不足异，不过看见小说的销路很好，所以复活罢了。决非有目的的反动可比。

这种人除了攻击外，没有什么话可以同他说，其实我们也并非攻击他们的个人，只是攻击他，不使后来者再受其恶影响而已。

至于欢迎他们这种小说（？）的青年，自然是堕落的人，不过我们却应该可怜他，不应该过分的责骂，因为他们还是徬徨于歧路之中，而没有作恶的目的的。如果学校教育好了，他们这种以黑幕小说为消遣的习惯，自然可以除掉。办教育的人似乎不应该弃之不顾，而当设法以救其已失的灵魂。但我们也应该有一部分的责任，就是指导迷途，供给滋养品。

在现在黑雾弥漫的时候，走一条路的人自然应当结合坚固，共同奋斗，察现在的形势，却谈不到此，简直没有法子去联合他们，真是极可痛心。我想，对于走一条路的人，如果意见稍有不同，只应讨论，而不应谩骂。

近来创作界出产品虽多，好的却极少，鲁迅君的《故乡》可以算是最好的作品，其余如冰心、圣陶，似乎都稍不如前。圣陶作品最近转入讥讽一流，我劝他变更方向，他也以为然。冰心太纤巧，太造作，在《晨报》上的浪漫谈，更显出雕凿的斧痕，远不如她初作的动人。日人某君，在《读卖新闻》上，有一篇批评中国创作的文字，骂得很利害，尽力讥笑中国现在的创作是平凡的，做作的，不是写实的，能动人的。可见这种观察是人人所同了。先生"从外边涂上去"的话，对极！

这种趋向似乎不可不变改一下。提倡修改的自然主义，实在必要，好的作品，所叙述总是极真切，浮光掠影的叙述，永远不会成好作品，现在大部分的作品所欠缺的就是真字也。

Gibson 据一岑兄说是美人，因为他的书都在美国出版，但这个理由极脆薄。我没有关于他的书，请先生再查一查告知。

弟振铎谨上
〔一九二一年〕九、三

郑振铎致周作人

启明先生：

九、二七和十、四的来信都收到了，因为回福州去了一个多月，所以先生的信到现在才接到。因此，便迟复了。

文学小丛书，我总想能积极进行，雁冰兄说，可以归入《新时代

《丛书》出版，我想这倒不生问题。只要有书出成，无论用什么名义都可以，不过做此种丛书的人恐怕太少了，北京方面能找到几个人？上海只有雁冰，愈之，泽民同我几个人，在中国买书不易，真是大痛苦事，又没有一个大图书馆，要参考什么书，真是难极了。以后，大家如果能努力，"文学馆"的创设，似乎是很要紧的。

得济之兄来信，北京文学会同志似乎稍散慢，会报编辑已举伏园东华二兄，而出版尚无期，丛书付印者也只有四五种，各地会员也不大通音问，如此现象，殊为可悲，即比之破碎之少年中国学会恐亦有不及。如果我们的文学会也是虎头鼠尾，陷入中国人办会通例的阱中，那真是大可痛哭的事了！上海会员尚团结，最好北京方面亦能如此，将来会报出版后，"通讯"一栏，必须特别注意。如此，始可以互相砥砺也。

Gibson 的籍贯，俟《每日的面包》付印时，当改正。

郭沫若、田汉登的《创造》的广告，实未免太为可笑了。郭君人极诚实，究不知此广告为何人所做。先生对于他们的举动，真是慨乎言之！他们似乎过于神秘了，我以为就是新浪漫派，也应以实写的精神作骨子。他们于写实的精神，太为缺乏，无怪其只倾倒 Gothe，Schiller，Tennyson 诸诗人也。但此尚且趋向稍差耳。现在青年之倾倒于礼拜六体的烂污文言，较崇拜他们的作品尤多数十倍。南高师日刊近出一号"诗学研究号"，所登的都是旧诗，且也有几个做新诗的人，如吴江冷等，也在里面大做其诗话和七言绝。想不到复古的陈人在现在还有如此之多，而青年之绝无宗旨，时新时旧，尤足令人浩叹。圣陶、雁冰同我几个人正想在《文学旬刊》上大骂他们一顿，以代表东南文明之大学，而思想如此陈旧，不可不大呼以促其反省也。写至此，觉得国内尚遍地皆敌，新文学之前途绝难乐观，不可不加倍奋斗也。

郑振铎　上〔一九二一年〕十一、三

郑振铎致周作人

启明先生：

八、三十一来示敬悉。上海方面，极为龌龊，礼拜六派的势力，甚为盛大，差不多没有一个卖日报的人没有不带卖礼拜六等，其他火车轮船埠站，及各烟纸店，小书摊，亦皆有他们的踪迹。商务近来亦拟出一种小说周刊，做稿的人，亦为他们一流。我们当初很想防止这种举动，但他们似乎不大领悟，现在也只好随他们去做，但以商务而做这种事，为害恐要更大了。等他出版后，我们想在上海攻击一下。先生在北京方面，也应该给他们些教训才好。与国故派攻击，尚是正正堂堂的，若他们，则附会影射，无所不为，且也标名文学，也提倡白话，而其内容则误解新思想，以至诲淫诲盗之作无所不有，真可为深叹！

　　文学会报，尚未付印。先生最好能为作一文寄下。至盼！

郑振铎〔一九二二年〕十、三

郑振铎致周作人

启明先生：

　　《创造周报》已出版，太会骂人了，现在附上一册，我们原无与他们敌对之意，而他们却愈逼愈紧，骂到无所不骂。难道我们竟忍到无可复忍之地步而还要忍受下去吗？乞北京同人商量一下，应如何对待他们？

　　《文学》（？）刊，附在《晨报》出版，极好，最好是周刊，旬刊似乎太久了些。

振铎　上〔一九二三年〕五、十九

（以上原载《中国现代文艺资料丛刊》第5辑，"左联"成立
五十周年纪念特辑。上海文艺出版社，1980年4月）

郑振铎致周作人

启明先生：

　　来示敬悉，先生之病，谅已稍愈，《小说》稿如不能有，亦是无法，当即转函知雁冰兄，又先生处有 Sologub❶的短篇小说集否？可否借来一译——或请伏园译——因第三期要用。

文学会❷开成立会，如先生可以风❸，务请必至，时间为一月四日，地点在中央公园来今雨轩，——请注意，不在水榭——

郑振铎〔一九二一年〕一、二

郑振铎致周作人

启明先生：久未问候你了。兹奉上"文学"广告一份，乞登《语丝》。并请即将《语丝》广告赐下，以便刊入第一期。"文学"在四年中，结了不少仇敌，文丐之流及学衡派的人切齿于我们无论矣，即自命为创造派的几位也怒目相对，此实至为痛心者。然而我们终要努力（最恨的是不做事）做去，以与这些人周旋。上海之黑暗，为外面人所万不能知，将来恐未免受他们的暗中伤害。然而我们不怕。近来，我们的态度完全趋向于积极的。

《小说月报》的八月号为《安徒生纪念号》，乞千万拨冗赐一稿！

商务杂志，近来销路都极好，《东方》❹印三万五千（已较《申报》多），《小说》❺印一万四千，如欲鼓吹什么，倒是很好的地盘。

振铎　上
〔一九二五年〕四、二十五

（以上信件原载《鲁迅研究资料》（4）
北京鲁迅博物馆鲁迅研究室编，
天津人民出版社 1980 年 1 月第 1 版）

---

❶ Sologub　即梭罗古勃（一八六三——一九二七），俄国颓废派、象征派代表。主要作品有长篇小说《小鬼》、《死人的魔力》等。

❷ 文学会　即文学研究会。

❸ 信中询问周作人的病"谅已稍愈"，这里又说"如先生可以风"，意思是病愈后可否外出活动。这封信说明文学研究会系一九二一年一月四日在北京开成立会。

❹《东方》即《东方杂志》。

❺《小说》即《小说月报》。

49

文学研究会资料（下）

中国社会科学院
文学研究所 总纂

中国文学史
资料全编

WENXUEYANJIUHUI ZILIAO

贾植芳 苏兴良 刘裕莲 周春东 李玉珍 编

现代卷

知识产权出版社

内容提要：

文学研究会是五四新文化运动中最早成立的文学社团，其成员多、影响大，在流派发展上具有鲜明突出的特色，成为新文学运动中最为重要的一个文学社团。本书上册收录了文学研究会成立宣言、章程，组织机构，文学主张，与其他社团关系；下册收录了有关文学研究会的评介、回忆文章，大事记，刊物、丛书目录，及相关研究资料索引，全面反映了文学研究会的历史面貌。

责任编辑：马　岳　　　　　**责任校对：**董志英
装帧设计：段维东　　　　　**责任出版：**卢运霞

图书在版编目（CIP）数据

文学研究会资料 / 贾植芳等编. —北京：知识产权出版社，2010.1
（中国文学史资料全编·现代卷）

ISBN 978-7-80247-612-7

Ⅰ．文…　Ⅱ．贾…　Ⅲ．文学研究会—史料　Ⅳ．I209.6

中国版本图书馆 CIP 数据核字（2009）第 201642 号

中国文学史资料全编·现代卷

文学研究会资料（下）

贾植芳　苏兴良　刘裕莲　周春东　李玉珍　编

出版发行：知识产权出版社

社　　址：北京市海淀区马甸南村 1 号　　　　　邮　　编：100088
网　　址：http://www.ipph.cn　　　　　　　　邮　　箱：bjb@cnipr.com
发行电话：010-82000860 转 8101/8102　　　　传　　真：010-82005070/82000893
责编电话：010-82000860 转 8171　　　　　　责编邮箱：mayue@cnipr.com
印　　刷：北京市凯鑫印刷有限公司　　　　　经　　销：新华书店及相关销售网点
开　　本：720mm×960mm　1/16　　　　　　印　　张：76.75
版　　次：2010 年 1 月第一版　　　　　　　　印　　次：2010 年 1 月第一次印刷
字　　数：1140 千字　　　　　　　　　　　　定　　价：154.00 元（上、下）

ISBN 978-7-80247-612-7 / I·103（2736）

九、有关文学研究会评介、研究文章选辑

介绍《小说月报》并批评（节选）

石岑

顷接到商务印书馆寄来《小说月报》第十二卷第一号，披阅之下，欣喜欲狂。其中佳著固多，其尤使余喜入心脾者，为冬芬君所译《新结婚的一对》名剧。叹为该卷中压卷之作。冬芬君译笔，何其体贴人情，恰到好处，至于如是。兹译虽尚未完，但余欲简述其中事略，以晓阅者，并摘出冬芬君所译数段，以表余激赏之处。剧中人物，一父；一母；一女，名罗拉；一婿，即女之夫，名阿克尔；一客，即女之友，名麦昔尔特。阿克尔深识爱之真谛，故其出言举事，不类平常。……

次于《新结婚的一对》者，为周作人君所译之《乡愁》，亦使余阅之俯仰不置。默坐冥思者移时，余始以为不如改题为"无母之悲"，更足以增读者之深感，继思此文主意，固在怀故，因失母之幼孩，其眷念群孩，因而及于共戏时之里门益笃耳，惟念芳姑儿之身世，一若鞏儿之凄然感人者，终觉"无母之悲"一题，较《乡愁》含意尤哀。不知周君以为何如？原著布局立意，均有可取，周君特选兹篇，渊哉其用心也。

复次为王统照君之《沉思》，亦耐人寻味之作。王君殆别有伤心者乎，女优琼逸果被何罪，而为他人颠倒簸弄至是乎？以我一身之故，而官吏，而画师，而吾心髓之爱人，皆一变其最初之生活，琼逸之百感萦胸，殆有情者所难堪也。王君以《沉思》颜其篇，篇之始为画师之沉思，篇之终为琼逸之沉思，殆皆各擅沉思之能事矣。王君是篇之命意，尤强于遣词，使末幅以沉痛流丽之笔出之。其价值或未必不可与《乡愁》争伯仲也。

许地山君《命命鸟》一篇，虽属佳构，然余阅至中幅，即伴有阅石头记贾宝玉游太虚幻境一段之感想，迨阅至末幅加陵愿随明敏同往，又起模造贾宝玉随空空道人而去一段故事之怀疑。惟铎君附注，乃谓许君幼在缅甸所目击之事，是殆天造奇缘也欤？命命鸟足以箴今世之滥言恋爱者，复足以慰失恋之人，用意良非浅人所易窥见。叶绍钧君《母》，似含反对儿童公育之意。冰心女士《笑》，则有和光同尘之思，皆创作数篇中足发人深省者也。

《疯人日记》原著，疑是刺俄国官吏之阘茸，与夫阶级之森立，全为寓意小说。《邻人之爱》，用意深远，不易捉摸，不敢轻断，雁冰君谓象征色彩甚浓，诚如其言。愚以为就我国目前社会状态，宜多介绍般生易卜生一类小说。易卜生我国知之者甚多，般生则鲜能道其姓字者。此后小说月报能办一般生号，或每期介绍般生名作，似皆为亟亟之图。迩来俄法小说名剧，我国争相介绍，而英美诸国，似多未及之者，亦一小说译述界之缺憾。创作与译著，固宜并重，惟创作须有一种新文学的新生命伏于其中，不可一味模制，亦不可无病而呻。此创作与译著均须略加慎审之处也。

小说月报，今岁主其事者，为沈君雁冰。沈君性嗜文艺，复能寝馈其中，又得文学研究会诸贤之助，其所供献于社会者，必匪浅鲜。海外文坛消息一栏，所以裨新文学研究者尤大，亦自非沈君莫办。则沈君所负责任之重大，于此可见。故愚谨为今岁之小说月报珍重介绍之也。

（原载《时事新报·学灯》，1921 年 1 月 31 日、2 月 1 日）

附：沈雁冰致石岑信

石岑先生：在学灯栏拜读先生《介绍小说月报并批评》一文，深感激先生提倡新文学的热情；而批评之警切独到，尤所佩服。小说月报今年改革，虽然表面上是我做了编辑，而实在这个杂志已不是一人编辑的私物，而成了文学研究会的代用月刊，正惟是如此，所以我也觉得小说月报对于新文学的创造一定很有贡献；否则，以我那样浅识，怎能希望小说月报有怎样起色呢？先生奖许我的话，我实在万分惭愧。不过我想，中国的新文艺正在萌芽时代，我们以现在的精神继续做去，眼光注在将来，不做小买卖，或者七年八年之后有点影响出来。现在的小说月报只是纯而正罢了，我们都很觉自惭，不能十二分完善。先生称赞它好，是出于鼓励大家的意思，——以先生的眼光，宁有不洞嘱小说月报之脆弱不完善——我个人一方面极感先生的厚意，一方面却请先生对于每期小说月报要切实的不容情的批评，当小说月报是英国的 Athenaeum 美国的 Dial 或是法国的 Mercure de France，要于他的长中寻短，下犀利的批评，则一方可使我们得改善之机，一方也可提高社会上一般人的眼光。我相信先生对于这意见一定赞同的。

　　我很知道在中国现时的小说界中，今年的小说月报总能算是出人一头地了；但我——自然不独是我，凡有思想的人大家同的——相信在中国现时的小说界中出一头地的，便是到世界的文学界中没有一个位置。我敢代国内有志文学的人宣言：我们的最终目的是要在世界文学界中争个地位，并尽我们民族对于将来文明的贡献，所以愈看愈觉得小说月报不完全。我相信合我们现在同志的力量不难办到我们的希望，只是我们要用力，要自知其缺点，加之以十年八年的功夫，希望总在将来啊！而我们最希望一个助我们前进的他力，就是先生的批评了。以美学的眼光来批评，以艺术的极则来绳正，这是极希望于先生的。先生不腻烦么，我们正是不胜欢喜！先生指点我们应出一个般生号和多介绍英美文学，我们都打算极力办去。现在已拟定的专号，除四五号为俄国文学号外，七号已定为戏曲研究号，十一号亦定为专号，此外六七号之间，并拟出个非战文学号。对于英美文学，除每期多迻译，并当多做论文。近来北欧及俄国文学，翻译者极多，大率亦为名家，惟英美文学则翻译者少，而且所译的也大都不是第一流的作家。美国最大的文学家如 Mark Twain 如 Howells 如 Henry James，英国的如 Hardy 如 Galsworthy 如 Gilbut Caunon 如 morgau 如 Stevenson 曾无人说起，这是极可惜的事；此后小说月报自当竭力把真的介绍过来。

海外文坛消息一栏，我满意想做得很出色，然而自量识浅，空负先生奖借。从第二期起，已扩充为八面；第三期尚拟扩为十四面。而一面要精选创作材料，不患少而患不精。并切盼先生之指教。

唠唠叨叨说得太多了，先生莫笑，并请指教。

沈雁冰启

（原载《时事新报·学灯》，1921 年 2 月 3 日）

介绍《小说月报》十二卷一号

晓 风

　　《小说月报》，从十二卷一号起，已经换了一副面目，虽然是第十二卷一号，我们不妨将伊看作一卷一号。凡是一种杂志的一卷一号，我们例应介绍或批评；介绍使读者认知，批评使作者反省。但《小说月报》却更有这样的需要：因为伊已经在污泥里过了一半的少年期了，伊现今虽然换了个灵魂，却仍然容易被人蔑视。因为这关系，所以我也要郑重地替伊从新通名，介绍，——虽然伊是已经伐毛洗髓，容光焕发，不烦奖誉的伊了。

　　这号里，有两篇很重要的评论：一篇是周作人先生底《圣书与中国文学》，一篇是沈雁冰先生底《文学与人的关系及中国古来对于文学者身份的误认》。这两篇内容很重要：那一篇指示我们注意什么思潮底大流（希伯来）和语言底范本（圣书），在建设新文学积极的这一面很有重大的意义和价值；这一篇指示出几种谬误，在新文学建设消极的这一面，也很有周到的教导和暗示。形式是周先生的简练，沈先生的流畅，也都各显他们底本色。

　　我常说：文学重在创造，与其多译名作，驱人走入机械的模仿一途，无宁多著、多译论文，指出一条往创造一途的路，给与有志于文学的人们。在这意义上，这两篇便是第一重要的读物了。

　　创作方面，依我看来，冰心女士底《笑》，可以算是一篇压卷的作品。但在"社会的"意义上，却不如叶绍钧先生底《母》，而且现今中国人底理解，似乎也是叶绍钧先生这篇更为合拍，在"国民的"这一点上，自然也要算这篇最为合选了。

其余创作，也都各有特长。只是那篇《沉思》，不可以稍为洗练点么？

译作一栏，我最爱读周作人先生底《乡愁》和冬芬先生底《新结婚的一对》。周作人先生底文字善于写愁，如他所译《齿痛》底跋语（《新青年》七卷一号），感人之深，真是不易追及；这篇虽没有那样恰好，但也不是新手所能仿佛。冬芬先生的文字，我平常不曾注意，但就这篇看来，是很有希望的。

最后，我希望他们将"文学丛谈"扩充，"文坛消息"添入"海内"一门。这理由很明显，贤明的主任当能了解这一层意义。

一九二一年二月一日在上海

（原载《民国日报·觉悟》，1921 年 2 月 3 日）

介绍《小说月报》号外《俄国文学研究》

晓　风

《俄国文学研究》一巨册，是革新后的《小说月报》底第一次的号外。内容：著译论文，二十四篇；译作，二十九篇；插画，四幅；摄影，十一个，共四百多页，约有三十余万字。今已出版，实价每册一元二角。

我们对于这册，约有下列感想，所以特为郑重介绍：

（一）这几年来各种杂志，虽然出过种种的特别号，如礼教号、人口号、易卜生号、劳动号、罗素号、尼采号、国语号等等。但其量从不曾有这么多。这是一种可以满意的处所。

（二）小说月报革新后，总不免受伪保守者（真保守者似也不该看旧小说的月报）底执拗的抗议。但他们在这中间却还能奋发，刊行这样的号外，可见他们革新实有一种诚意。这是我们第二个满意的处所。

（三）中国几年前的小说等等，技术略乎可观的并非没有；只是态度，多是晦暗，千分之九百九十九，不脱戏作的态度。最近，虽有异军崛起，也因人手和事务的关系，还不能十分有所建设。在这时候，最简捷的救急的方法，便算到介绍了。但介绍一人或一派的除外，介绍一国的，却要算俄国是第一个适当的国。因为俄国底近代文学史，几乎全部充塞着人生的喊声，与中国习俗适成反比，最能医中国顽劣的作家底头脑。今先介绍这国，这是我们第三个满意的处所。

总之，这个号外，要算在这各面消沉中的唯一慰藉者了。

至于内容批评，我愿一任读者。

（原载《民国日报·觉悟》，1921 年 10 月 18 日）

介绍小说月报《被损害民族的文学号》

C

"我的田园，我的田园" 呵，我的田园，

我的田园！

犁你的是我的枯骨，

耙你的是我的胸肋，

浇溉你的是我的赤血，

我心坎我腑脏的血！

对我说哟，我的田园，

到何年何月才是我小康的时节？

我的田园，呵，我的田园！

我祖我父传你下来，

如何到我手里，

你不能把我养活？

我千辛万苦的操作，

我的血已经渍透了你的黑土。

你呵你，我禁不住心里的酸苦！

——乌克兰民谣——

这一首歌是小说月报十二卷十号，《被损害民族文学号》拿来当作卷首语的。这凄凉悲惨的歌声，实可以代表全部译文的痛苦的悲鸣。我把这本杂志翻了一翻，不禁全心灵都紧缩了。因为篇幅的关系，不能逐篇详细的批评，在这个地方，只能大略的说一说。

由痛苦中发出来的呼声，实较在欢愉中的歌舞尤足以感动人。因为这种呼声实是被侮辱、被损害的人们的血泪的哀号。听病者之转辗呻吟于床榻，凡稍有同情的人谁能不蹙额痛心呢？人类本是绝对平等的。谁也不是谁的奴隶。一个民族压伏在别一个民族的足下，实较劳动者压伏于资本家的座下的境遇，尤为可悲。凡是听他们的哀诉的，虽是极强暴的人，也要心肝为摧罢！何况我们也是屡受损害的民族呢？

我们看见他们的精神的向上奋斗，与慷慨激昂的歌声，觉得自己应该惭愧万分！我们之受压迫，也已甚了，但是精神的堕落依然，血和泪的文学犹绝对的不曾产生。

我所以愿意十分慎重的介绍这本《被损害民族文学号》给大家。

读者啊！夏芙夏伐支之诗有言："但是，唉，我的老祖国呀，你也能立刻再开新花么？"我们虽不是国家主义者，但是我们又何愿使"祖国"（？）的花凋落啊！

675

（原载《时事新报·学灯》，1921 年 11 月 9 日）

评《小说汇刊》

玄

　　这本《小说汇刊》乃文学研究会会员的小说十六篇的合集；大部分曾在《小说月报》上发表过。选这十六篇的用意，并非说这十六篇是最好的小说，也不是说这十六篇是作者的最好作品；他的本意不过是要说将"情调"和"风格"不同的小说收集在一处罢了。

　　中国一般人看小说的目的，一向是在看点"情节"，到现在还是如此；"情调"和"风格"，一向被群众忽视，现在仍被大多数人忽视。这是极不好的现象。我觉得若非把这个现象改革，中国一般读者赏鉴小说的程度，终难提高。这本小说集若能在这方面引起人注意，那就是莫大的成功了。

　　这十六篇中，就我看来，《别》是一篇极好的小说，但一般人或许要说他"平淡"；大悲君的两篇，也特具风格；这两篇都充分地表示作者的个性的。其余各篇，各有一个面目，这里且不多说，让读者自去找觅罢。

　　上海一隅，近来充斥着灰色的"小说匠"；因为一般口味低劣的群众正要求着腐烂的腥膻的东西，灰色的"小说匠"乃加工赶制，"粗制品"触目皆是。这些东西如果仅仅是制作粗疏倒也罢了，不幸又都是象北京路的"西式木器"，实在是粗劣，而外貌还要翻翻新样，迎合社会心理，骗骗不生眼睛的"猪头三"！所以什么"家庭问题"咧，"离婚问题"咧，"社会问题"咧，等等名词，也居然冠之于他们那些灰色"小说匠"的制品上了。他们以为只要篇中讲到几个工人，就是劳动问题的小说了！这真不成话！

在如此汹涌的"灰色海"中，这本《小说汇刊》真乃如"沧海之一粟"，然而这点"如豆之光"将要照到什么人的眼前，尽他的光的天职；但我尚怕这一点"如豆之光"在久居黑暗的人们的眼前，还嫌太亮，耀得他们睁不开眼！

（原载《文学旬刊》第 43 期，上海《时事新报》
1922 年 7 月 11 日）

读《小说汇刊》（节选）

陈炜谟

（一）

一年前，《小说月报》发起一个创作讨论，加入的人共有九位，所发表的论文差不多都是对于后来小说创作界很有影响的。就中叶圣陶先生的《创作的要素》与郑西谛先生的《平凡与纤巧》最能道出当时小说界的缺点。

叶先生说当时的小说界采取材料太随便，并且专描事情的外相，质和形都非常单调。郑先生所说，亦和这个差不多。他说当时的作者缺乏个性，思想单调，太没有独创的性质。事实限于极小范围，布局也陈陈相因，用字也陈陈相因。这些话真能道出当时小说界的缺点。但最使我生感想的是他所说的"聚许多不同的人的作品于一起而读之，并不觉得是不同的人所做的"那两句话。

这是一年前的事了。时代的变迁是很快的，小说界的进步亦是很可惊的。就今日普通的小说界而论，固不免为郑、叶二君所讥笑。但就几位成功的很尽忠于艺术的人说。郑君的话却不适用，——早已不适用了。我近读《小说汇刊》，感想潮涌，觉得中国的小说，不管数量怎样的少，前途总是乐观的。

我做这篇文字，最使我感困难的，是在文字的组织上。《小说汇刊》是七个人的作品收集在一起的。要想在短短一篇文字里，把七个人都说清楚，实在困难。并且集内所收都是短篇，若仅仅用几个"沉郁""凄婉"的字眼，似搔不着痒处。因此举例不能不稍多些，说明不能不稍长些。这并非故意铺张，实有不得已的隐情在内，还望读者原谅。

我做这篇文字的目的，在说明各人有各人的思想，艺术和文字，以促那些专门抄书的小说匠觉悟。篇中所说某人的思想怎样，艺术怎样，都是从他在此集里所有的小说中窥出来的。有时为明白清楚起见，亦间引同一作家在他处所发表的作品来做说明。不过这种做法，因为研究的对象太少，只能窥见大略，不能包括整个的作家。

……

万雷萨夫说："看了郭克里，托尔斯泰，陀思妥以夫斯奇，或柴霍甫的小说中的十行，你就可以决定谁是这十行的作者。"我虽没有看十行就能决定作者的能力，但我仔细读过《小说汇刊》中的各篇小说，觉得他们都有个性的区别，事实自然不消说了，就是情调，风格等，各人都是不同的。就中圣陶，佩弦，庐隐，大悲诸君是最显著的。其余之常，地山，序之诸君亦可以从作品中窥出其个性。就这点说，这本书亦很可供世人的传诵了。

文艺批评是不容易的。朱晦庵说："《楚辞》不皆是怨君，被后人多说成怨君。"这话真可以当作文艺批评家的座右铭，尤其是在现今的中国社会里。我们戴上人道主义的镜子，来看一切的作家，自然都不免要着点人道的色彩。我虽处处撇掉成见，但能否扫除干净，自己实无把握。这一篇不过是我自己的 Book Review，算不了什么正式的 Literary Cricitism，他人读了也许没有这样的感想，也许觉得我所说的都是错的。但我要借郎损先生的话来作自己的声明："批评一篇作品，不过是一个心地直率的读者喊出他从某作品所得的印象而已，算不了什么大事，用不着严格取缔。"诸君要晓得：这一篇原不过是我自己的 Apprentice Work 呢！

一九二二，十，七。于北京大学

（原载《小说月报》第 13 卷第 12 号，1922 年 12 月 10 日）

关于"文学研究会"

茅盾

（一）

虽则《现代》杂志社指明了要的是"文学研究会小史"，可是我写不出来。我以为此项小史，如果请郑振铎先生或者别位先生来担任，那才是最适宜的。我曾经把这意思告诉施蛰存先生，也告诉了郑先生。施先生是同意的；并且《现代》杂志也久矣渴望郑先生做文章，而今有这题目，正是"拉稿"的好机会了。（自然我也帮着拉一下。）然而郑先生因为教课编书太忙，五月以前，简直抽不出工夫来，而《现代》杂志也因出版关系，三月底一定要稿，于是本来居间帮着拉的我，只好权代郑先生了此文债；"小史"不能写，我就记下一点感想罢！

不过写"小史"的责任还在郑先生肩上，读者诸君固然渴望，施蛰存先生也未必肯放松，请读者诸君耐心等一下，至迟六月。

（二）

文学研究会发起的时候，有"缘起"（可以说就是宣言），有"章程"，后来各地有"分会"，有机关报似的"定期刊"（各地分会也有定期刊），又曾印过一次"会员录"，——这种种，都叫人看了就会认定它是一个有组织的文学团体，而且像要"包办"文坛。事实上，也曾引起严重的误会，冤冤枉枉地顶过"把持文坛"的罪名。究竟文学研究会是怎样的一个集团呢？好像还没有过详细的解释。

　　就我所知，文学研究会是一个非常散漫的文学集团。文学研究会发起诸人，什么"企图"，什么"野心"，都没有的；对于文艺的意见，大家也不一致——并且未尝求其一致；如果有所谓"一致"的话，那亦无非是"将文艺当作高兴时的游戏或失意时的消遣的时候，现在已经过去了，"这一基本的态度。现在想起来，这一基本的态度，虽则好像平淡无奇，而在当时，却是文学研究会所以能成立的主要原因，并且也是成立以后就"锋芒毕露"地成立了几个地方分会而地方分会又出版定期刊的主要原因。假使我们说文学研究会是应了"要校正那游戏的消遣的文学观"之客观的必要而产生的，光景也没有什么错误罢？假如我们再想到此所谓"游戏的消遣的文学观"在当时如何根深蒂固，光景也就可以了解文学研究会同人在上海，北京，以及其他各地出版定期刊物，也是为了客观的必要，绝非想要"包办"或"把持"。说一句好像吹牛的话：当时文学研究会同人在反对游戏的消遣的文艺观这一点上，颇有点战斗的精神！

　　而当时这种"战斗"的精神及其表现，也是自然发生的。文学研究会发起时的"缘起"上并没有明显地表示这种纲领。文学研究会既成立后，也没有任何"工作计划"一类的决议。外边人看见文学研究会除以《小说月报》作为代用机关报外，又有许多周刊旬刊附在各地日报内，而这些周刊旬刊又标明了某处文学研究会分会主编的字样，遂以为凡诸一切都是文学研究会总会在那里有计划地进行，——这样的猜想，并不一定是恶意。但事实上恰正相反。这一切都是文学研究会同人"各自的行动"，并没有什么总机关在那里有计划地布置（当时各种刊物亦不过互相交换而已，文稿都是各地自己负担，且亦未尝交互讨论过编辑方针）。这是"人自为战"！而所以有此"人自为战"的情形，当然不是想"包办"新文坛，而是要打破旧文学观念的包围。

　　我以为应该这样去理解：为什么本身组织非常散漫的文学研究会却表现了那样很有组织似的对旧文学观念的斗争。

（三）

有过一个时候，文学研究会被目为提倡着"为人生的艺术"。特别是在创造社成立以后，许多人把创造社看作"艺术派"，和"人生派"的文学研究会对立。创造社当时确曾提倡过"艺术至上主义"，而且是一种集团的活动。但文学研究会同人（依我所知）除了上述的那个对于文学的"基本态度"而外，并没有什么"集团"的主张。文学研究会会员中间有几位曾经热心地提倡了"为人生的艺术"，而且在文学研究会主编的刊物上（例如上海出版的《文学周报》）发表论文，这是事实；但这些论文，只是个人的主张，并非集团的。当时信仰"人生的艺术"的文学研究会会员从未在书面上或口头上表示那是集团的主张，反之，他们曾经因为当时反对者的论调太奇怪，（离开了文学思潮上的讨论，）而郑重声明过他们只以个人资格发表意见，并没有任何集团的名义，更无假借集团名义的意思，不过因为文学研究会主编的周刊或旬刊原来是公开的，而他们又是负责撰稿者，所以就在那些刊物上发表罢了。

但是外边人总把文学研究会看作"人生派"。一九二六年春间，我到广州去了一趟，那边的青年尚以此事为询，并且说："现在文学研究会为什么不提倡人生派艺术？现在文学研究会主张什么？"我记得当时我的回话是这么几句："文学研究会这团体并未主张过什么，但文学研究会会员个人却主张过很多，如果你要问我个人对于文学的意见，我是愿意说说的。"听了这样回答的青年就表示了有点不满意和惊讶；他们在一九二六年春间广州环境中当然以为任何集团必得有个"主张"，没有集团主张的集团是他们所不了解的。"那么，文学研究会这团体是代表着什么呀？"他们中间有一位又问了。"代表了文学研究会丛书！"我这样回答。

现在看来，文学研究会这团体虽然任何"纲领"也没有，但文学研究会多数会员有一点"为人生的艺术"的倾向，却是事实。而文学研究会同人中没有"英雄"想给这集团立一种什么纲领，却也是事实。虽然所谓"为人生的艺术"本质上不是极坏的东西，但在一般人既把这顶帽子硬放在文学研究会的头上以后，说起文学研究会是"人生派"时便好像有点讪笑的意味了。这讪笑的意味在当时是这样的：文学研究会提倡"人生派"艺术，却并没做出成绩来呀！用一句上海俗语，便是"戤牌头"而已！一九二八年以后，仍旧把文学研究会当作"人生派"的文学集团的人们却又把那讪笑转换了方向了；这就是我们常听得的一句革命歌诀："什么人生派艺术，无非是小布尔乔亚的意识形态！"

我以为这两个态度都不免冤枉了文学研究会这集团。因为名为文艺集团的文学研究会除了反对"把文学当作高兴时的游戏或失意时的消遣"这一基本的而且共同的态度以外，就没有任何主张呀！也许有人以为这是大大的缺点。可是我们也不妨说，正因为它没有什么纲领，所以在"五四"以后新文学运动萌芽时期能够形成一个虽然很散漫但是很广大的组织，因而在反对游戏的和消遣的文学观这方面尽了微薄的贡献。

（四）

前些时偶然碰见了一位旧朋友（他不是文艺界中的人），倾箱倒箧地说完了阔别七、八年的陈话以后，这位朋友突然又问道："文学研究会这团体，究竟现在还存在不？"这位朋友是研究建筑学的，他知道七、八年来建筑术已经有了多少变迁，可是他不知道文学界的风雨表曾经起过怎样的变化；所以他郑重其事的问起了"究竟现在还存在不？"这样老实的问题，青年人就不会提出来。我当时就觉得这位天天和水泥钢骨做伴的朋友实在连思想性情也变硬了——硬到无法"转变"。然而他的眼睛钉住了我的面孔，好像不得回答决不罢休，于是我只好说了三个字："不存在"。那里知道我这位朋友偏偏不肯相信，正像十年前有人决不肯相信文学研究会没有"包办文坛"的阴谋一般。我没有办法，只好再多说几句了："那么，称他是存在罢！这个团体，自始就非常奇怪。说它只是一个空名目么？事实上不然。说它是有组织的集团么？却又不然。办杂志的人有两句经验之谈：起初是人办杂志，后来是杂志办人。文学研究会这团体也好像如此。起初是人办文学研究会，后来是文学研究会办人了！凡属文学研究会会员而住在上海的，都被它办过。它是什么呢？文学研究会丛书是也！"我的朋友还是不能满意，但是我不让他再问了。

　　我说的这位学建筑的朋友"顽固到不可救药"，就因为他听说文学研究会"不存在"就好像很可惜似的。虽则我说明了这团体在最近十年来早就是不死不活的"存在"，他还是不满足。他为什么有这种感情，我不知道，我也不向他打听。我总觉得他是"顽固"罢了。因为据说，经过了一九二七年"革命高潮"，小资产阶级知识分子只有两条路：革命或反革命。申言之，若不革命，即属反革命。以此例推，假使今日而犹有十年前那样的文学研究会存在，并且只想抗拒文艺界中的游戏消遣态度而拿不出簇新的集团的主张，那当然是"反革命"的集团了。所以我敢断定文学研究会之有若无的存在未始非它本身之幸。除了那位学建筑的"顽固"朋友，试问现在急进革命的青年或半青年有几个还觉得文学研究会在今日能够对新文学运动尽一份力量呢？不过这不在本文范围之内，恕不絮絮。

（原载《现代》第 3 卷第 1 期，1933 年 5 月 1 日）

中国新文艺运动及其统制政策（节选）

贺玉波

一、文艺运动与社会（略）

二、白话文的勃兴（略）

三、文学研究会

　　自新文艺运动发轫之后，没有几年，研究文艺的团体便如雨后春笋般地产生出来。当时前后产生的团体，在南方的有文学研究会，创造社；在北方的有语丝社，晨报副刊社。其他比较小的文艺团体还有很多，不过，因无多大成绩，不关重要，所以只好把它们抛开不谈。

　　现在，我们先从文学研究会说起，对于这个团体负责任的，有沈雁冰，郑振铎，赵景深，傅东华，谢六逸等。他们的机关杂志，是文学周报。这小刊物起初是由他们自办的，后来才改由开明书店出版，最终又归远东图书公司出版，均由赵景深主编。等到该公司歇业的时候，文学周报也随之而停刊了。还有沈雁冰主编的《小说月报》（商务印书馆发行），也可说是他们的半机关杂志。因为该杂志的撰稿者，大都是属于文学研究会，即在文学周报上作稿的人。为那种杂志撰稿的，除上述的那几个人之外，还有：李青崖，谢冰心，王以仁，汪静之，朱湘（已故），黎锦明，彭家煌（已故），徐调孚，钟敬文，徐霞村，朱自清，顾均正，罗黑芷（已故），许杰等。他们所撰的文学，以短小的文艺理论，短篇小说，小品文，诗，书评，杂志，译品等为多。

　　除了上述两种杂志之外，他们还出版了大批"文学研究会丛书"；那些丛书的作者不外是那杂志上的撰稿者。所出版的书大部分由商务印书馆印行；其种类有：新诗，小说，戏剧，世界名著译品等。

　　总之，文学研究会这个团体，在组织方面说：是严密而牢固的；在成绩方面说，是美满而丰富的；在主义方面说，却是比较保守的。但无论怎样，他们的热心和努力，是可钦佩的；而他们所给与后来者的功效，也是不可磨灭的。

　　四、创造社和革命文学（略）

　　五、语丝社（略）

　　六、晨报副刊社和为艺术的艺术（略）

　　七、现代评论社（略）

　　八、平淡的新月社（略）

　　九、一般杂志社（略）

　　十、昙花一现的普罗文艺运动（略）

　　十一、初期的民族主义文艺运动（略）

　　十二、民族主义文艺运动之复兴（略）

　　十三、趣味文艺及其他（略）

　　十四、文艺统制政策（略）

　　　　　　　　　（原载《前途》第 2 卷第 8 期，1934 年 8 月 1 日）

文学研究会的前前后后

王丰园

　　一九二〇年（民国九年）十一月，郑振铎、耿济之等，打算在北平出版一种文学杂志，藉以发表文学创作，介绍外国作品，并且也可以担负整理国故的责任；但因经费难筹，故当时未克实现。后来经商务印书馆负责人张菊生、高梦旦两先生之赞助，准在该馆所印行之《小说月报》上，发表新文学作品。不久《小说月报》的编辑王西神先生辞职，由沈雁冰先生继续负责。沈为文学研究会重要角色，受编辑主任聘约后，打算彻底改革《小说月报》的内容，尽量登载同人的新文学作品。当时在北平的会员，正式发出宣言，表明他们的意思，兹将其宣言原文录之于左：

　　文学研究会宣言

　　……

　　这个宣言发出后，参加的人很多，他们在一九二一年（民国十年）一月四日，在北平中山公园来今雨轩开正式成立大会。会后并网罗国内新文学作家，努力于研究，创作及翻译的工作，主张"为人生而艺术"的文学，于是文学研究会遂成为国内人才济济的文学团体。除北平外，上海、广州等处也有分会的设立。

　　文学研究会是继《新青年》而起的一个文学团体，当时在文坛上有名的作家，差不多都参加了。因此无论在创作上、翻译上都有惊人的成绩。在小说方面，有鲁迅、王统照、许地山（落花生）、冰心等，诗歌方面有俞平伯、冰心等，散文方面有周作人、鲁迅、郑振铎等，翻译方面有傅东华、沈雁冰、郑振铎等。关于旧文学的整理，以郑为最努力。

文学研究会的代表刊物，第一当然是《小说月报》，其努力的方向是：（一）翻译西洋名著，（二）介绍被压迫民族的文学，（三）提倡写实主义，他们以为中国的文学，向来太游戏太消遣化了，所以他们把文学严重起来，反对空想的文学，反对茶余饭后的文学，他们主张文学作品的产生，须得选择题材，实地观察，注重结构。并且他们主张为人生而文学，文学的对象，应该为被压迫被欺侮的血与泪的文学，反对"文以载道"，反对中国旧派文人游戏的态度（《小说月报》从十二卷起出至二十二卷）。其次他们的代表刊物，便是《文学周报》，出了四百多期，起初附于上海《时事新报》，与《小说月报》的内容差不多，曾讨论旧诗等问题。当时东南大学几个人提倡五七律的诗，因为《骸骨之迷恋》，曾打了一场大官司。除了《文学周报》而外，还有《诗》，不过只出了七期，就停刊了。此外尚出了会刊《星海》及数十种文学丛书，其贡献十分伟大。

文学研究会的反对派，最极端的要算创造社同人了。创造社骂"人生派"的作者太大张自我的口号，并且骂文学研究会包办中国文坛，据吴文琪先生说：这两个文学团体，不能合作的原因有二：（一）文学研究会在筹备时期，该会某君曾给在日本留学的田汉（寿昌）写信，请他转请郭沫若、郁达夫等入会。田汉不但没有把信转给郭、郁看，连回信也没有写。后来文学研究会直接邀请郭、郁等加入，也被辞谢，因此在很早就种下了嫌隙的种子。（二）郁达夫在日本留学时，做了一篇稿子，投给《时事新报》的《学灯》，不料半年后才发表出来，达夫气的不得了，后来在《创造月刊》上挖苦沈雁冰、郑振铎。由此这两个文学团体，在创作与翻译上，发生了许多争辩（可参考《小说月报》十三卷十二期的《今年纪念的几个文学家》）。

其次，文学研究会的反对派，要算《礼拜六》派了。当沈雁冰主编《小说月报》时，上海《礼拜六》派的文人，出了几种下流刊物，如《红玫瑰》、《紫罗兰》等，文学研究会的人常常做文章大肆攻击，这种攻击的文章，大都在《小说月报》上发表。因此引起《礼拜六》派文人的反对。后来上海"书业联合会"攻击沈雁冰。沈遂他去，由郑振铎负责主编《小说月报》，但《小说月报》的内容却未因之改变。

"五卅"以后，文学研究会的人，多向外发展，另起炉灶。鲁迅、周作人等于民国十四年组织《语丝》，胡适、徐志摩等组织《新月》。"一·二八"战后，《小说月报》停刊，文学研究会的人，越发散漫了，到现在已无明确的主张，只剩下郑振铎、沈雁冰在那里撑持门面，《文学季刊》算是他们现在的代表刊物。

（节录自《新文学运动述评》，新新学社，1935 年 9 月出版）

中国新文学大系·小说一集·导言（节选）

茅 盾

（六）

　　当时文学研究会被称为文艺上的"人生派"。文学研究会这集团并未有过这样的主张。但文学研究会名下的许多作家——在当时文坛上颇有力的作家，大都有这倾向，却也是事实。

　　冰心最初的作品例如选在这里的《斯人独憔悴》，是"问题小说"。《冰心小说集》共收二十八篇，大部分作于一九一九到一九二三年，而且大部分即使不是很显明的"问题小说"，也是把"人生究竟是什么"在研究探索的。《超人》发表于一九二一年，立刻引起了热烈的注意，而且引起了摹仿（刘纲的《冷冰冰的心》，见《小说月报》十三卷三号），并不是偶然的事。因为"人生究竟是什么"？支配人生的，是"爱"呢，还是"憎"？在当时一般青年的心理，正是一个极大的问题。冰心在《超人》中间的回答是：世界上人"都是互相牵连，不是互相遗弃的"。她把小说题名了《超人》，但是主人公的何彬实在并不是"超人"。冰心她不相信世上有"超人"。隔了一年多，冰心又发表了《超人》的姊妹篇或补充——《悟》。在这一篇里，冰心更近一层，说："地层如何生成，星辰如何运转，霜露如何凝结，植物如何开花，如何结果……这一切，只为着'爱'!"然而《悟》发表的当时，对于青年方面的影响，或者说，青年方面来的反应，却反不及《超人》那样多。这原因，倘从《悟》的本身上去找，是找不到的。这是因为《悟》与《超人》中间虽然只隔开一年多，然而中国青年对于"人生问题"已经起了很大的变化，一部分的青年已经不愿再拿这个问题来自苦，而另一部分的青年则已认明了这问题的解答靠了抽象的"爱"或"憎"到底不成。❶

在庐隐的作品中，我们也看见了同样的对于"人生问题"的苦索。不过她是穿了恋爱的衣裳。最好的例就是她的《海滨故人》。

庐隐最早的作品也是"问题小说"。例如《一封信》写农家女的悲剧（《海滨故人》集页二），《两个小学生》写请愿运动（同上书页二二），《灵魂可以卖么》写纱厂女工生活（同上书页三二）。然而从《或人的悲哀》（《小说月报》十三卷十二号，一九二一年十二月），到《丽石的日记》，"人生是什么"的焦灼而苦闷的呼问在她的作品中就成了主调。她和冰心差不多同时发问，然而冰心的生活环境使冰心回答道：是"爱"不是"憎"，庐隐的生活环境却使得庐隐的回答全然两样。在《海滨故人》这四万字左右的中篇小说里，我们看见所有的"人物"几乎全是一些"追求人生意义"的热情的然而空想的青年在那里苦闷徘徊，或是一些负荷着几千年传统思想束缚的青年在狂叫着"自我发展"，然而他们的脆弱的心灵却又动辄多所顾忌。这些"人物"中间的一个说："我心仿徨得很呵！往那条路上去呢？……我还是游戏人间罢!"（《或人的悲哀》）这是那时候（一九二一年顷）苦闷彷徨的青年人心中有的话语！那时他们只在心里想着，后来不久就见于行动。所以，在反映了当时苦闷彷徨的站在享乐主义的边缘上的青年心理这一点看来，《海滨故人》及其姊妹篇（《或人的悲哀》和《丽石的日记》）是应该给予较高的评价的。❷

---

❶ 冰心的小说有北新出版的《冰心全集》中的《冰心小说集》一册，内除最后的三四篇以外，全是一九二六年以前的作品。

❷ 庐隐的作品有《海滨故人》（短篇集，商务），《曼丽》（短篇集），《灵海潮汐》（短篇集，开明），《玫瑰的刺》（中华），《女人的心》（长篇，四社），《象牙戒指》（长篇，商务）；除《海滨故人》及《曼丽》外，余皆为一九二六年以后的作品。

同样的心情，我们在孙俍工的《前途》里也看到了。这一篇借火车开行前旅客们的忙乱，焦灼，拥挤，以及火车开行后旅客们的"到了么？""几时才到？""能不能平安无事的到？"——种种期望的心情，来说明"人生的旅路"上那渺茫不可知的"前途"。在《前途》的篇首，作者引了庄子《天运篇》的几句话："天其运乎？地其处乎？日月其争于所乎？孰主张是？孰纲维是？孰居无事，推而行是？意者其有机缄而不得已耶？意者其运转而不能自止耶？……敢问何故？"作者已经把自己的题旨说得非常明白。

然而跟庐隐不同的，孙俍工抑住了主观的热情的呼号，努力想用理知的光来探索宇宙人生的"何故"。倘使我们说他的《命运》（《小说月报》十三卷十二号，民国十一年十二月）表示了他的探索的半途，那么，他的《海的渴慕者》（《小说月报》十四卷三号）就表示了他的探索的终点了。不过这"终点"并不是"前途"中提出的"何故"的答复，而是跨过了"何故"这一关的一种对于人生问题的主张——"我们应当怎样做"！

这就是他的"安那其思想"。这在《几篇不重要的演说词》（《小说月报》十三卷十号）已经露了端倪，可是到了《海的渴慕者》（这两篇的时间前后相差半年光景），他以"安那其思想"的说教者的姿态出现了。在《几篇不重要的演说词》内，他借了几个青年的嘴巴分析了当时青年们思想上的分野，他也企图说明这些"分野"所以形成的原因（他这说明并不十分成功），他把一个代表他的正面思想的"重要的人物庞人俊"藏在"幕后"不使上场，直到篇末，这才为"补足这个缺陷的缘故，把他的三则日记抄在这里，作为……结论"。而这"重要的人物庞人俊"就被作为"安那其思想"的代表。然而虽则如此，他还有点动摇不定，《命运》这一篇（比《几篇不重要的演说词》后两个月发表）就表示了他在"半途"时——动摇不定时无心流露的悲哀的叹息。这一篇写觉悟的女性之终于成为"家庭的奴隶"，最后只能承认了"不可幸免的命运"，而且说"隐忍着苦痛挨过这无聊的生命罢"！作者在《命运》中也企图分析那终于要把女子造成"家庭的奴隶"之根本的原因，但是他的唯心论的眼光使他得不到真实的根本原因，于是在自己的不正确的观照下他茫然若失，发了悲哀的结论。

可是作者并不是安于半途的人，虽然他缺乏透视的目光和全般地对于人生的理解，他对于人生的态度是严肃的，他有倔强的专注一面的个性。所以他不久就完全跳过了"敢问何故"这一阶段，他就直接痛快地选取了他认为合理的"我们应该怎样做"。

《海的渴慕者》的主人公就是这样一个人。这第三人称的"他"虽然有时近于虚无主义者，但大体上还没有走到"虚无主义"而是一个"安那其"。"他"不满于世间的诈伪，卑劣和不平等，"他"到处看见了诈伪，卑劣，不平等，"他"愤激到发狂，然而他并没有终止那一切诈伪，卑劣，以及不平等的方案，他也不信有任何完善的方案，更不信有任何人可以被委托去执行。那么"他"没有憧憬的对象吗？倒也不然。"他"有的。那就是"海"。"海"代表了他理想中的"自由"——绝对的自由。"海"是茫茫然阔大无边的，这固然说明了"他"所寻求的是至广至大自由的"人生"，但也说明了"他"所寻求者只是象"海"那样茫茫阔大而没有分明界说的"自由"。"海"的渴慕者的"他"狂热地叫着什么都不要了，只要"海"，然而如何使他主观地"不要"的东西客观上成为没有，他却是想也没有想到的。

这一种"安那其思想"的痕迹，在孙俍工后期的作品里又渐渐淡了起来。他渐渐从"一切都要不得"变到"人道主义"了。在《隔绝的世界》(《小说月报》十四卷五号)，他慨叹于梦想"美"的艺术家不知道"灵"的风景的背后有一幕悲剧；在《家风》(《小说月报》十六卷九号)里，他用了感伤的调子写那老年的节妇的心灵上的寂寞；而在《归家》(《小说月报》十四卷十号十一号)这中篇内，他对于当前的社会变动也不深求其光明面与黑暗面的所以然，而"为人类的前途忧虑着战慄着"了。

一九二六年以后，他似乎已经绝念于创作。❶

（七）

冷静地谛视人生，客观的，写实的，描写着灰色的卑琐人生的，

---

❶ 孙俍工的作品有短篇集《海的渴慕者》和《生命的伤痕》(皆民智书局出版)：前者包含小说十八篇，后者包含小说三篇，剧本二篇。这些都是一九二六年以前的作品。

是叶绍钧。他的初期的作品（小说集《隔膜》）大都有点问题小说的倾向，例如《一个朋友》，《苦菜》，和《隔膜》。可是当他的技巧更加圆熟了时，他那客观的写实的色彩便更加浓厚。短篇集《线下》和《城中》（一九二三到二六年上半年的作品）是这一方面的代表。

要是有人问道：第一个"十年"中反映着小市民知识分子的灰色生活的，是哪一位作家的作品呢？我的回答是叶绍钧！

他的"人物"写得最好的，是小镇里的醉生梦死的灰色人，如《晨》内的赵太爷和黄老太这一伙（短篇集《城中》页九十七），是一些心脏麻木的然而却又张皇敏感的怯弱者，如《潘先生在难中》的潘先生以及他的同事（短篇集《线下》页一九五），他们在虚惊来了时最先张皇失措，而在略感得安全的时候他们又是最先哈哈地笑的；是一些没有勇气和环境抗争，揉揉肚子就把他的"理想"折扣成为零的妥协者，如《校长》中的小学校长叔雅本想换掉三个坏教员，但结果因为鬼迷似地面允了三个中间的一个仍旧"蝉联"，于是索兴把三个一齐都留任下去了（《线下》页八一）；又如《祖父的心》中的西医杜明辉夫妇（短篇集《火灾》页一三一），没有勇气违反"祖母"，却也没有勇气完全丢开自己的"理想"，结果只能悲哀地望着自己的"理想"出神；是圆滑到几乎连自己都没有，然而又颇喜欢出风头的所谓"学者"，如《演讲》中的主人公"他"（《城中》页四一）；是神经衰弱的很会幻想的，然而在失恋后连哭一场的热情都没有的惫懒人，如《一个青年》中的连山（《线下》页一二一）。❶

然而在最初期（说是《隔膜》的时期吧，民国八年到十年的作品），叶绍钧对于人生是抱着一个"理想"的，——他不是那么"客观"的。他在那时期，虽然也写了"灰色的人生"，例如《一个朋友》（短篇集《隔膜》页三九），可是最多的却是"灰色"上点缀着一两点"光明"的理想的作品。他以为"美"（自然）和"爱"（心和心相印的了解）是人生的最大的意义，而且是"灰色"的人生转化为"光明"的必要

---

❶ 叶绍钧的作品在一九二六年以前发表的，有短篇小说集四本：《隔膜》（商务，民国十一年），《火灾》（商务，民国十二年），《线下》（商务，民国十四年），《城中》（开明，民国十五年）；又有《未厌集》（商务，民国十七年），其中共十篇，前五篇也是一九二六年的作品。

条件。"美"和"爱"就是他的对于生活的理想。这是唯心的去看人生时必然会达到的结论。

在"发展"的过程上跟叶绍钧很相近的，是王统照。他的初期的作品比叶绍钧更加强调着"美"和"爱"。但是他所说"爱"和"美"又是一件东西的两面。他的"美"和"爱"的观念也跟叶绍钧的稍稍不同。他以为高超的纯洁的"爱"（包括性爱在内）便是"美"；而且由于此两者的"交相融而交相成"，然后"普遍于地球"的"烦闷混扰"的人类能够"乐其生"而"得正当之归宿"。《沉思》是从反面来说明这个"理想"的（短篇集《春雨之夜》页八）。画家韩叔云自然和那个"五十多岁的官吏"完全是两种人，然而韩叔云之不懂得"美"与"爱"的真谛，实在和那蠢俗的"五十多岁的官吏"差不多。做模特儿的女子琼逸是作者理想的"美"与"爱"的象征，她本来是通过艺术的媒介给人生快乐光明的，但是因为摧残"美"与"爱"的"五十多岁的官吏"——他是"功利"，"权势"等等的化身，既然只知道自私的占有，而那个自命为能形象地创造了"爱"与"美"的画家韩叔云也对她不了解，于是结果她只好"怎么也不到韩叔云画室里去作裸体模型了，也不到戏院里去扮演了，在春日的黄昏，一个人儿跑出城外，在暖雾幕住的亭子里，独自沉思！"（短篇集《春雨之夜》页一六）

王统照又从正面写了"爱"与"美"之伟大的力量；这就是《微笑》（《春雨之夜》页一一九）。一个青年的小偷，被捕后关在牢房里，有一会却因无意中得到了一个女犯人的微笑，就胡思乱想起来；后来他由同监的老犯人嘴里知道了那女犯人的身世，并且悟得她那温和的微笑不是"留恋的，不是爱慕的，……更不是如情人第一次具有深重感动的诱引的笑容"，而是广博的爱人类爱一切的慈祥的微笑，于是这年轻的犯人便得了"深沉与自己不可分解的感触，仿佛诗人在第一次觅得诗趣，却说不出是甚么来一样。"终于他被这"微笑"超度了，在一年刑期满后出狱便成为一个勤苦的工人。"神秘的不可理解的微笑，或者果然是有魔力的，自那个微笑在他脑中留下了印象之后，他也有些变幻了。直到出了那个可怕的，如张开妖怪之口的铁门以后，他到了现在，居然成了个有些知识的工人"（《春雨之夜》页一四四）：这是他工作中自觉的意识。但是超度了他的那"微笑"的本身却是"终身监禁", 在这里, 作者又象征地说明了因为"爱"与"灵"的化身尚未有"自由", 所以人生的真善的境地, 还不能实现。

《春雨之夜》(王统照的第一短篇集, 民国十年到十二年的作品)所收的二十个短篇就有这样一种"理想的"基础。从这理想的诗的境界走到《山雨》那样的现实人生的认识, 当然是长长的一条路。这路中间的里程碑就是这里所选录的《车中》以及稍后的《漫天风雪扰牢骚》(曾见《小说月报》不记何卷何号)等等, 数量并不多。他的长篇《一叶》和《黄昏》大体上也是属于他这"路"的中段。然而也正象他的初期的作品比叶绍钧的更"理想", 他的第二期的"客观"的作品也没有叶作的那样冷冷地静观。诗人气质的王统照始终有他的热情! ❶

和叶王二人同时在民国十年到十二年的文坛上尽了很大的贡献的, 还有落华生。

他的作品从《命命鸟》到《枯杨生花》, 在"人生观"这一点上说来, 是那时候独树一帜的。(他的题材也是独树一帜的)他不象冰心, 叶绍钧、王统照他们似的憧憬着"美"和"爱"的理想的和谐的王国, 更不象庐隐那样苦闷彷徨焦灼, 他是脚踏实地的。他在他的每一篇作品里, 都试要放进一个他所认为合理的人生观。他并不建造了什么理想的象牙塔。他有点怀疑于人生的终极的意义(《空山灵雨》页十七,《蜜蜂和农人》), 然而他不悲观, 他也不赞成空想; 他在《缀网劳蛛》里写了一个"不信自己这样的命运不甚好, 也不信史夫人用定命论的解释来安慰她, 就可以使她满足"的女子尚洁, 然而这尚洁并不麻木的, 她有她的人生观, 她说:"我象蜘蛛, 命运就是我的网。蜘蛛把一切有毒无毒的昆虫吃入肚里, 回头把网组织起来。它第一次放出来的游丝, 不晓得要被风吹到多么远; 可是等到粘着别的东西的时候, 他的网便成了。他不晓得那网什么时候会破, 和怎样破法。一旦破了, 他还暂时安安然然地藏起来; 等有机会再结一个好的。人和他的命运又何常不是这样? 所有的网都是自己组织得来, 或完或缺, 只能听其

---

❶ 王统照的作品已有单行本者为《春雨之夜》(商务),《霜痕》(新中国), ——以上皆短篇;《一叶》和《黄昏》(皆长篇, 商务)。一九二六年以后他搁笔了多时, 所作极少, 最近二三年他又写得多些了, 长篇《山雨》就是前年发表的。

自然罢了。"（短篇集《缀网劳蛛》页一三五——六）同样的思想，在《商人妇》里也很力强地表现着（《缀网劳蛛》页四七）。

这便是落华生的人生观。他这人生观是二重性的。一方面是积极的昂扬意识的表征（这是"五四"初期的），另一方面却又是消极的退婴的意识（这是他创作当时普遍于知识界的），所以尚洁并没确定的生活目的，《商人妇》里的惜官也没有；作者在他的一篇《散记》里更加明白地说："在一切的海里，遇着这样的光景，谁也没有带着主意下来，谁也脱不了在上面泛来泛去，我们尽管划罢。"（《空山灵雨》页三五）

落华生是反映了当时第三种对于人生的态度的。❶

在作品形式方面，落华生的，也多少有点二重性。他的《命命鸟》，《商人妇》，《换巢鸾凤》，《缀网劳蛛》，乃至《醍醐天女》与《枯杨生花》，都有浓厚的"异域情调"，这是浪漫主义的；然而同时我们在加陵和敏明的情死中（《命命鸟》），在尚洁或惜官的颠沛生活中，在和鸾和祖凤的恋爱中（《换巢鸾凤》），我们觉得这些又是写实主义的。他这形式上的二重性，也可以跟他"思想上的二重性"一同来解答。浪漫主义的成分是昂扬的积极的"五四"初期的市民意识的产物，而写实主义的成分则是"五四"的风暴过后觉得依然满眼是平凡灰色的迷惘心理的产物。

（八）

这一时期，描写农村生活的作家有徐玉诺，潘训，彭家煌，许杰。

徐玉诺是一个有才能的作者，然而他在尚未充分发展之前，就从文坛上退隐了。他在一九二三——二四年顷，创作力颇旺，一九二六年起，就没有看见他（我不知道他是否尚在人间）。这一位《将来之花园》（诗集）的作者正象叶绍钧在短篇小说《火灾》内所写，一方面是热情的，带点原始性的粗犷的，另一方面却是个 Diana 型的梦想者（《火灾》内的言信君就是徐玉诺）；前者的表现是他的小说，后者的是他的诗。不过在诗一方面他的成就比在小说方面似乎要高些。他留给我们

---

❶ 落华生在一九二六以前的作品收在短篇集《缀网劳蛛》和散文集《空山灵雨》（商务）。

的小说只有很少的几篇，而且处处表示了他只是刚刚在开步。

然而从这少数的篇幅中我们看见他有向更高阶段发展的基本的美质。这在《一只破鞋》和《祖父的故事》中很觉明显。第一，他的对话是活生生的口语；第二，他的人物描写全没有观念的抽象的毛病；第三，他写"动作"是紧张的，但亦自然，并且他也不是不能够描写心灵上的轻淡的可是发自深处的波动（例如《祖父的故事》）。

不过在这一切优点之外，他的小说有一个大毛病就是没有组织。诗人气分很浓厚的他提起写小说的笔时，只是将他所有的印象单纯地再现，没有经过组织分解，抽出"典型的"什么来。不然，照他那样丰富热烈的生活（他是河南人，他的故乡的特殊生活他是一个实际参加者，叶绍钧的《火灾》内有一部分的描写），他应当给我们更多些。❶

潘训的《乡心》在《小说月报》十三卷七号（十一年七月）发表的时候，他大概还在浙江第一师范读书。那时候，描写农民生活的小说还是很少，《乡心》的出现，是应得特书的。

这一篇小说虽然并没写到正面的农村生活，可是它喊出了农村衰败的第一声悲叹。主人公阿贵是抱着"黄金的梦"从农村跑到都市去的第一批的代表。阿贵是好胜的青年木匠，他的离开农村到都市，虽然一方面由于"好胜"，但他和"千里做官只为钱"的"投机者"的心理是不同的；隐藏在他"好胜心"背后的，是债务的压迫。这一点，《乡心》里写得很明白。然而到了都市的阿贵也仅仅能够生活："出乡来，也总如此住住，究竟有什么好呢"倔强好胜的阿贵也终于这样悲叹。我们从这青年农村木匠的故事看到了近年来农民从农村破产下逃到都市而仍不免饿肚子的大悲剧的前奏曲。

作者后来在他的小说集❷的自序里说："《晚上》等四篇，都以作者故乡的农人为题材。我的故乡的生活，是一味朴素的生活。在物质的

❶ 徐玉诺的小说没有单行本。在《小说月报》上发表的，有《在摇篮里》二篇（十四卷五号及七号），《一只破鞋》、《寂寞》、《灰色人》（后二者只可算是速写，皆见十四卷六号），《到何处去》（十四卷八号），《祖父的故事》（十四卷十二号），《往事一闪》（十五卷一号）。诗集《将来的花园》（商务出版）。

❷ 潘训在一九二五以后没有创作。他虽然开始创作很早，可是他写得不多；他好象是只有收在《雨点集》内的九篇，这集子用了"田言"的笔名，民国十八年亚东出版。

生活的鞭迫下，被'命生定的'一句格言所卖，单独地艰苦地挣扎着。这四篇小说中，便都是这种人物。"

这一段作者自己的话；在《人间》(《小说月报》十四卷八号)，《牧生和他的笛》(十五卷十号)，以及《晚上》各篇内，也许恰合（尤其是《人间》内的主人公火咤司是"命生定"论者的代表）。但在《乡心》中，阿贵这倔强者正是对"生定"的"命"在抗争，虽然好象终于要失败。《乡心》之所以比《人间》等三篇更为杰出，就为的《乡心》写了农村人物的两种典型："命生定"论者的阿贵的父母，以及对"生定"的"命"挣扎的阿贵。然而阿贵的挣扎也还是盲目的。因此他的本性的倔强虽然使他不肯屈伏（回到他家乡去），但他掩不了心中的悲哀。在我们面前的阿贵的姿态，不是坚定的，挺起胸膛朝前面看的，而是盲目的，悲哀的，低头着，忍住了眼泪苦笑的。

在这里，我们应当连带讲一讲王任叔的《疲惫者》（已经选在本书里了，原见《小说月报》十六卷十一号）。这一篇的主人公运秩驼背也是一个倔强汉，也曾离开了他的故乡到"下三府"（指旧时的杭、嘉、湖三府）去想"发财"，然而五十多岁回来时，他毫无所得，只留下个本性的倔强。少年的梦已经过去了，他变成一个"闲汉"。他不在想和"生定"的"命"挣扎了，可是他在"命"前低头的时候，还是要说几句强话的。我们在这运秩驼背身上看见了盲目挣扎者的后半世的下场。他已经没有悲哀，他有的是冷笑，有的是对于阿三那种趋炎附势者的憎恨和蔑视。他虽然时时几天没有饭吃，然而他不肯偷，不肯拍马屁，他是保持着高贵的胜利者的姿态的。

用了更繁杂的人物和动作把农村生活的另一面给我们看的，是彭家煌和许杰。这两位的初期的作品（他们开始创作差不多是同时的）有一些共同点：两个都是纯客观的态度，两个都着眼在"地方色彩"，两个都写了农民的无知，被播弄。（不过在彭家煌的悲喜剧《怂恿》内，播弄的主动者是"人"，而在许杰的悲剧的《惨雾》内却是农民们自己的原始性的强悍和传统的恶劣的风俗。）

彭家煌的独特的作风在《怂恿》里就已经很圆熟。这时候他的态度是纯客观的。（他不久就抛弃了这纯客观的观点。）在这几乎称得是中篇的《怂恿》内，他写出朴质善良而无知的一对夫妇夹在"土财主"

和"破靴党"之间，怎样被播弄而串了一出悲喜剧。浓厚的"地方色彩"，活泼的带着土音的"对话"，紧张的"动作"，多样的"人物"，错综的故事的发展，——都使得这一篇小说成为那时期最好的农民小说之一。❶

和《怂恿》同样富有"地方色彩"的，是《活鬼》（短篇集《怂恿》页八三）。在这一篇的诙谐的表面下，有作者对于宗法社会的不良习俗的讽刺。富农某，因为财旺丁不旺，就放任他的寡媳和女儿去偷汉，可是"她们没有成绩报销出来，老农可不能不预备身后了"，他赶紧给他的十三四岁的孙儿荷生娶了个年龄只比荷生大十来岁的老婆，这才一无牵挂的溘然长逝。这个孩子新郎的大新娘自然会接受她婆婆的衣钵的。过不了一年，荷生的家里就常常闹鬼了。荷生不知道他所怕的"鬼"正是他的大了十来岁的老婆所招来而且欢迎的。他去请了他在小学校读书时的好朋友——校里的厨子，出名是有家传的驱鬼符的，——到他家里住宿，帮同赶鬼。这个"赶鬼人"就宿在荷生的房里，跟荷生一床，荷生的老婆睡了同房的另一床。第一二夜，的确还有鬼响，但是被"赶鬼人"一声嚷骂，就没有了。后来半个月里简直再没有鬼在窗外闹响了，"赶鬼人"也只好自回他当差的学校里。然而"赶鬼人"一去，"鬼"又来了。这一夜没有月光，荷生一听得石子在屋顶上响，就抖抖地起来拿了猎枪朝窗外放了一枪。枪声过后，窗外起了一阵脚步声，跑入竹林去了。荷生第二天到小学校里找他的好朋友"赶鬼人"，那知不在。后来这"赶鬼人"就从此不见。

彭家煌早期的都市生活的描写，收在短篇集《怂恿》内的，例如这里选录的《Dismeryer 先生》以及另外的几篇（《到游艺园去》，《军事》，《势力范围》），也还多少有点纯客观的态度，至少是他对于当面的现实还没有确定的见解。这是他前期的作品和后期的不同的地方。

他不幸无寿，所以他留给我们的作品也不很多。

许杰却是个生产丰富的作家。他写了很多的农村小说，而且大部

---

❶ 彭家煌的作品已有单行本者，为《怂恿》（开明），内八篇，皆一九二六年前所作）；此后的作品，有短篇集《喜讯》（现代），《皮克的情书》（现代），及《在潮神庙》（良友）。他死于一九三三年。

分是一九二四——二六这三年中的作品❶。最近四五年来，他几乎没有什么新作。

许杰开始创作大概在一九二三年下半年。他最初的两年光景，一气里给了我们十多篇农村生活的小说，其中长的如《惨雾》，有三万多字，短的亦常在一万字以上。在那时候，他是成绩最多的描写农民生活的作家。他是浙江台州人，他的题材多取自他的故乡。一九二五年起，他转了方向，写都市中流浪的青年群的生活了；《火山口》内十个短篇全是这一类的作品。但在一九二四年他专注于农村生活的时候，他亦有过一篇流浪青年的描写，就是收在短篇集《惨雾》内的《醉人的湖风》。

正象他的题材是两方面的，他的作风也有两个面目。他的农村生活的作品几乎全是客观的写实主义的，而他的都市中流浪青年生活的作品却是热情的感伤的，多少还有点颓废的倾向。这，他在短篇集《火山口》的自序内有一段诚恳的自白。

他的农村生活的小说是一幅广大的背景，浓密地点缀着特殊的野蛮的习俗（如《惨雾》中的械斗，《赌徒吉顺》中的典妻），拥挤着许多农村中的典型的人物。他常常能够提出典型的人物来，可是他不能够常常写得好。他只有一两个是写得相当成功的，例如《赌徒吉顺》中的主人公吉顺，《大白纸》中的大白纸；但这些都是畸形的人物，他们在转形期的社会中是一些被生活的飞轮抛出来的渣滓，我们只有从反面去看时，这才能够在他们身上认出社会的意义。自然，我们这位作家也写另一方面的人物，——在生活河里冲波激浪的人儿，例如《隐匿》中的善金，可是写到这一类人物的时候，作者就常常失败。就拿《隐匿》来说，居于主人公地位的善金，我们只看见一个侧影，而且这侧影在小说中出现的时候已经是"一个没有灵魂的躯壳"，是生活中的败将，也快要成为生活的飞轮抛出来的渣滓了。

但是除开这一些不讲，那么，最长的《惨雾》是那时候一篇杰出的作品。这一篇里，人物描写并不见得成功，但结构很整密。也有些

---

❶ 许杰的短篇小说集有《惨雾》（商务），内七篇，《漂浮》（南京书局），内六篇，以上为一九二六年以前所作。《火山口》（乐华），内十篇，据作者自序，大半作于一九二五到一九二六年，《椰子与榴梿》（现代），内十篇，《暮春》（光华），内二篇。

地方不简洁，但全篇的气魄是雄壮的。

《赌徒吉顺》（在短篇集《惨雾》中，页二五九）是颇为细腻的心理描写。吉顺的落在赌的魔手中，一方面固然由于都市的罪恶伸展到农村，而另一方面也由于农村的衰败和不安引起了人心的迷惘苦闷，于是要求刺激，梦想发财的捷径了。在堕落中的吉顺，只奉一个上帝，就是金钱。他第一次拒绝了典妻，就因为他刚刚赢了钱；第二次他在"名誉"和"金钱"二者之间挣扎了片刻，终于还是金钱得胜，他决定了要典妻了。然而因为代价不象他所希望的那么多，于是在"名誉"的辩解下，他觉得典妻这事到底不好。这辩解是他失败（典妻不成）后的自欺。主宰他的，到底还是金钱，不是什么抽象的名誉。

假使我们说《惨雾》所表现的是一个原始性的宗法的农村（在这里，个人主义是被宗法思想压住的），那么，《赌徒吉顺》所表现的就是一个经济势力超于封建思想以上的变形期的乡镇，而这经济力却不是生产的，是消费的，破坏的。

（九）

因为这一篇"导言"的目的，只想说明新文学第一个"十年"里创作小说发展的概况，以及这一时期文学上几个主要的倾向，所以我不打算再噜嗦地把上面不曾讲到过的作家一一讲几句了。这几位没有讲到的作家，虽然或者是所作不多，或者是他在新文学小说以外的部门贡献得更大，或者是应当放在第二个"十年"里，但是他们在这一时期的贡献有它的历史的价值，并且给当时的青年作者以很多技术上的榜样。为要指出过去这十年中曾经有多少作家从各方面把我们这小说一部门装点得花团锦簇，我们这本书里一定不能够缺少了他们的作品，然而我请读者自己去欣赏吧，我不再噜嗦地讲我的感想了。❶

---

❶ 这里介绍他们已经出版的单行本：郑振铎，《家庭的故事》（开明，大多数是一九二六年以后的作品）。罗黑芷，《醉里》（商务），《春日》（开明，有一九二六年的作品）。黎烈文，《舟中》（泰东）。赵景深，《栀子花球》（北新）。敬隐渔，《玛丽》（商务）。许志行，《孤坟》（亚东）。李劼人，《同情》（中华）。徐志摩，《轮盘》（中华）。王任叔《殉》（泰东），《监狱》，《阿贵流浪记》，《在没落中》（乐华），《破屋》（新学）。

但在结束本文以前，我要再请读者注意，因为本书的范围限于文学研究会的各位小说作家，所以这篇"导言"的论述也不得不以此为范围。在这一时期的文学上的重要倾向中，我没有讲到创造社以及其它文学团体。不用说，创造社以及其它文学团体是代表了这一时期整个文坛上的几个最大的倾向的，但是我这里却包括不进去，这要请读者去读本丛书的《小说二集》和三集。还有文艺理论，诗，戏曲，散文等专辑。

三月十日，一九三五。

（选自《中国新文学大系·小说一集》，
上海良友图书印刷公司出版，
1935 年 5 月 15 日初版）

中国新文学大系·文学论争集·导言（节选）

郑振铎

（四）

　　文学研究会活跃的时期的开始是一九二〇年的春天。这时候，《小说月报》，一个已经有了十几年的历史的文学刊物，在文学研究会的会员们的支持之下，全部革新了；几乎变成了另一种全新的面目。和《小说月报》相呼应着的有附刊在上海《时事新报》的《文学旬刊》，这旬刊由郑振铎主编，后来刊行到四百余期方才停刊。这两个刊物都是鼓吹着为人生的艺术，标示着写实主义的文学的；他们反抗无病呻吟的旧文学；反抗以文学为游戏的鸳鸯蝴蝶派的"海派"文人们。他们是比《新青年》派更进一步的揭起了写实主义的文学革命的旗帜的。他们不仅推翻传统的恶习，也力拯青年们于流俗的陷溺与沉迷之中，而使之走上纯正的文学大道。

　　他们排斥旧诗旧词，他们打倒鸳鸯蝴蝶派的代表"礼拜六"派的文士们。

　　他们翻译俄国，法国及北欧的名著，他们介绍托尔斯泰，屠格涅夫，高尔基，安特列夫，易卜生以及莫泊桑等人的作品。

　　他们提倡血与泪的文学，主张文人们必须和时代的呼号相应答，必须敏感着苦难的社会而为之写作。文人们不是住在象牙塔里面的，他们乃是人世间的"人物"，更较一般人深切的感到国家社会的苦痛与灾难的。

关于这一类的言论，他们在《文学旬刊》以及后来的《文学周报》（即《旬刊》的后身）上发表得最多。可惜这几种初期的刊物，经过了一·二八的战役，几已散失无遗，很难得在这里把他们搜集起来。

沈雁冰在《什么是文学》里把他们的主张说明了一部分：

> "名士派重疏狂脱略，愈随便愈见得他的名士风流；他们更蔑视写真，譬如见人家做一篇咏陶然亭的诗，自己便以诗和之，名胜古迹，如苏小小墓，岳武穆墓，虽未至其地，也喜欢空浮的写几句，如比干之坟，实在并没有的，而偏要胡说，这真所谓有其文，不必有其事了（这两句便是他们不注重真的供词）。所以他们诗文中所引用的禽鸟草木之名，更加可以只顾行文之便，不必核实了。新文学的写实主义，于材料上最注重精密严肃，描写一定要忠实；譬如讲余山必须至少去过一次，必不能放无的之矢。

> "名士派毫不注意文学于社会的价值，他们的作品，重个人而不重社会；所以拿消遣来做目的，假文学骂人，假文学媚人，发自己的牢骚。新文学的作品，大都是社会的；即使有抒写个人情感的作品，那一定是全人类共有的真情感的一部分，一定能和人共鸣的，决不像名士派之一味无病呻吟可比。新文学作品重在读者所受的影响，对于社会的影响，不将个人意见显出自己文才。新文学中也有主张表现个性，但和名士派的绝对不同，名士派只是些假情感或是无病呻吟，新文学是普遍的真感情，和社会同情不悖的。新文学和名士派中还有很不同的地方，新文学是积极的，名士派是消极的。新文学描写社会黑暗，用分析的方法来解决问题；诗中多抒个人情感，其效用使人读后，得社会的同情，安慰和烦闷。名士派呢，面上看来，确似达观，把人间一切事务，都看得无足重轻，其实这种达观不过是懒的结晶而已。"

所谓"描写社会黑暗，用分析的方法来解决问题"便正是写实主义者的描写的手法。沈雁冰又有一篇《大转变时期何时来呢》，对于文学的"积极性"尤加以发挥：

> "所以近来论坛上对于那些吟风弄月的，'醉罢美呀'的所谓唯美文学的攻击，是物腐虫生的自然的趋势。这种攻击的论调，并不单单是消极的；他们有他们的积极的主张：提倡激励民气的文艺。

> "我自然不赞成托尔斯泰所主张的极端的'人生的艺术'，但是我们决然反对那些全然脱离人生的而且滥调的中国式的唯美的文学作品。我们相信文学不仅是供给烦闷的人们去解闷，逃避现实的人们去陶醉；文学是有激励人心的积极性的。尤其在我们这时代，我们希望文学能够担当唤醒民众而给他们力量的重大责任，我们希望国内的文艺的青年，再不要闭了眼睛冥想他们梦中的七宝楼台，而忘记了自身实在是住在猪圈里，我们尤其决然反对青年们闭了眼睛忘记自己身上带着镣锁，而又肆意讥笑别的努力想脱除镣锁的人们，阿Q式的'精神上胜利'的方法是可耻的！

> "巴比塞说：'和现实人生脱离关系的悬空的文学，现在已经成为死的东西；现代的活文学一定是附着于现实人生的，以促进眼前的人生为目的了。'国内文艺的青年呀，我请你们再三的忖量巴比塞这句话！我希望从此以后就是国内文坛的大转变时期。"

沈雁冰又在《小说月报》上发表了《自然主义与中国现代小说》及《社会背景与创作》，把那主张更阐发得明白。

"文学是时代的反映"，这是他们的共同的见解。"我觉得表现社会生活的文学是真文学，是于人类有关系的文学，在被迫害的国里更应该注意这社会背景"（《社会背景与创作》）。"注意社会问题，爱被损害者与被侮辱者"（《自然主义与中国现代小说》），这便是他们的宣言。

他们曾在《小说月报》上出过《俄国文学专号》及《被压迫民族文学专号》（？）。并且他们在创作上也曾多少的实现过他们的主张。

　　不久，北平的一部分文学研究会会员也在《晨报》上附刊一种《文学旬刊》，广州的一部分文学研究会会员也出版一种广州《文学旬刊》。叶绍钧，俞平伯，朱自清等又在上海创办《诗》杂志及《我们》。但他们的主张便没有那末鲜明了。

　　和文学研究会立于反对地位的是创造社。创造社在一九二〇年的五月，刊行《创造季刊》，后又刊行《创造周刊》，又在上海《中华日报》附刊《创造日》。

　　创造社所树立的是浪漫主义的旗帜；而其批评主张，且纯然是持着唯美派的一种见解的。成仿吾在《新文学之使命》里说道：

　　　"所谓艺术的艺术派便是这般。他们以为文学自有它内在的意义，不能长把它打在功利主义的算盘里，它的对象不论是美的追求，或是极端的享乐，我们专诚去追从它，总不是叫我们后悔无益之事……

　　　"艺术派的主张不必皆对，然而至少总有一部分的真理。不是对于艺术有兴趣的人，决不能理解为什么一个画家肯在酷热严寒里工作，为什么一个诗人肯废寝忘餐去冥想。我们对于艺术派不能理解，也许与一般对于艺术没有兴趣的人不能理解艺术家同是一辙。

　　　"至少我觉得除去一切功利的打算，专求文学的全 Perfection 与美 Beauty 有值得我们终身从事的价值之可能性。而且一种美的文学，纵或它没有什么可以教我们，而它所给我们的美的快感与慰安，这些美的快感与安慰对于我们日常生活的更新的效果，我们是不能不承认的。

　　　"而且文学也不是对于我们没有一点积极的利益的。我们的时代对于我们的智与意的作用赋税太重了。我们的生活已经到了干燥的尽处。我们渴望着有美的文学来培养我们的优美的感情，把我们的生活洗刷了。文学是我们的精神生活的粮食，我们由文学可以感到多少生的欢喜！可以感到多少生的跳跃！

　　　"我们要追求文学的全！我们要实现文学的美！"

他是反对文学的"功利主义"的。他以为文学对于我们的"一点积极的利益的"乃是由于这种"精神生活的粮食"使我们可以"感到多少生的欢喜，可以感到多少生的跳跃"。

但浪漫主义者究竟热情的，他们也往往便是旧社会的反抗者。在郭沫若的诗集《女神》里，这种反抗的精神是充分的表现着的。他有一篇《我们的文学新运动》：

> "中国的政治生涯几乎到了破产的地位。野兽般的武人之专横，没廉耻的政客之蠢动，贪婪的外来资本家之压迫，把我们中华民族的血泪排抑成黄河、扬子江一样的赤流。

> "我们暴露于战乱的惨祸之下，我们受着资本主义这条毒龙的巨爪的蹂弄。我们渴望着和平，我们景慕着理想，我们喘求着生命之泉。

> "但是，让自然做我们的先生罢！在霜雪的严威之下新的生命发酵，一切草木，一切飞潜蠕匐，不久便将齐唱凯旋之歌，欢迎阳春之归至。

> "更让历史做我们的先生罢！凡受着物质的苦厄之民族必见惠于精神的富裕，产生但丁的意大利，产生歌德许雷的日耳曼，在当时是决未曾膺受物质的惠恩。

> "所以我们浩叹，我们懊悔，但是我们决不悲观，决不失望！我们的眼泪会成新生命之流泉，我们的病苦会成分娩时之产痛，我们的确信是如此。

> "我们现在于任何方面都要激起一种新的运动，我们于文学事业中也正是不能满足于现状，要打破从来因袭的样式而求新的生命之新的表现。"

这却是"血与泪的文学"的同群了。成仿吾在一九二四年也写了一篇《艺术之社会的意义》，已不复囿于"唯美"的主张；虽然也还是说道："既是真的艺术，必有它的社会的价值；它至少有给我们的美感"。但紧接着便自白道："我们自己知道我们是社会的一个分子，我们自己知道我们在热爱人类——绝不论他的善恶妍丑。我们以前是不是把人类社会忘记了，可不必说，我们以后只当更用了十二分的意识把我们的热爱表白一番。"这便是创造社后来转变为革命文学的集团的开始。

在这个时候，他们的主张和文学研究会的主张已是没有什么实质上的不同了。

（五）

文学研究会对复古派和鸳鸯蝴蝶派攻击得最厉害。当然也召致了他们的激烈的反攻。

复古派在南京，受了胡先骕，梅光迪们的影响，仿佛自有一个小天地；自在地在写着"金陵王气暗沈销"一类的无病呻吟的诗。胡先骕们原是最反对新文学运动的。他对胡适的《尝试集》曾有极厉害的攻击。又写了一篇《中国文学改良论》。梅光迪也写了一篇《评提倡新文化者》。他们的同道吴宓，也写着《论新文化运动》一文。他们当时都在南京的东南大学教书。仿佛是要和北京大学形成对抗的局势。林琴南们对于新文学的攻击，是纯然的出于卫道的热忱，是站在传统的立场上来说话的。但胡梅辈却站在"古典派"的立场来说话了。他们引致了好些西洋的文艺理论来做护身符。声势当然和林琴南，张厚载们有些不同。但终于"时势已非"，他们是来得太晚了一些。新文学运动已成了燎原之势，决非他们的书生的微力所能撼动其万一的了。

然而在南京的青年们竟也有一小部分是信从着他们的主张。

他们在一个刊物上，刊出一个"诗学专号"所载的几全是旧诗。《文学旬刊》便给他们以极严正的攻击。这招致了好几个月的关于诗的论争。这场论争的结果便是扑灭了许多想做遗少的青年人们的"名士风流"的幻想。同时也更确切的建立了关于新诗的理论。

鸳鸯蝴蝶派的大本营是在上海。他们对于文学的态度，完全是抱着游戏的态度的。那时盛行着的"集锦小说"——即一人写一段，集合十余人写成一篇的小说——便是最好的一个例子。他们对于人生也便是抱着这样的游戏态度的。他们对于国家大事乃至小小的琐故，全是以冷嘲的态度出之。他们没有一点的热情，没有一点的同情心。只是迎合着当时社会的一时的下流嗜好，在喋喋的闲谈着，在装小丑，说笑话，在写着大量的黑幕小说，以及鸳鸯蝴蝶派的小说来维持他们的"花天酒地"的颓废的生活。几有不知"人间何世"的样子。恰和林琴南辈的道貌俨然是相反。有人谥之曰"文丐"，实在不是委屈了他们。

但当《小说月报》初改革的时间，他们却也感觉到自己的危机的到临，曾夺其酒色淘空了的精神，作最后的挣扎。他们在他们势力所及的一个圈子里，对《小说月报》下总攻击令。冷嘲热骂，延长到好几个月还未已。可惜这一类的文字，现在也搜集不到，不能将他们重刊于此。《文学旬刊》对于他们也曾以全力对付过。几乎大部分的文字都是针对了他们而发的。却都是以严正的理论来对付不大上流的诬蔑的话。

但过了一时，他们便也自动的收了场。《礼拜六》，《游戏杂志》一类的刊物，便也因读者们的逐渐减少而停刊了。然而在各日报的副刊上，他们的势力还相当的大。他们的精灵也还复活在所谓"海派"者的躯壳里，直到于今而未全灭。

（选自《中国新文学大系·文学论争集》，

上海良友图书印刷公司出版，

1935 年 10 月 15 日）

五四运动与文学革命（节选）

吴文祺

　　五四时期，提倡文学革命者，在反封建反文言的目标下，步调是一致的，战线是统一的。到了五四以后，破坏的工作已告了一个段落，进一步要从事于新文学的建设。因了对于创作的主张上的不同，遂分化为二派：一是写实派，以文学研究会为代表；一是浪漫派，以创造社为代表。

　　写实主义暴露现实，浪漫主义理想未来。其取径不同，但其反抗封建的文学则并无二致。故在中国的新文学运动中，同时发生了这二派，也是不足为奇的。

　　代表这二派的二个文学团体——文学研究会与创造社，对于新文学的建设上，都尽了相当的力量；对于后来的作家，都发生了相当的影响。我们不能不详细地讲一讲。

　　先讲文学研究会。

　　民国九年，郑振铎、耿济之等在北平计划组织一个文学团体，出版一种文学杂志，发表创作，介绍西洋文学，整理旧文学。适商务编译所长高梦旦北来，郑、耿等在蒋百里处和他谈及此事，高也颇赞成。后商务董事长张菊生也北来，又谈了一次话，才决定将商务所出版的《小说月报》改组，尽量登载新文学的作品，但名称则不改。同年十一月二十九日在北平开第一次文学研究会筹备会，讨论组织办法，公推郑振铎起草文学研究会会章。十二月四日在耿济之家开第二次筹备会，公推周作人起草宣言。发起人周作人、郑振铎、沈雁冰、郭绍虞、朱希祖、瞿世英、蒋百里、孙伏园、耿济之、王统照、叶绍钧、许地山等十二人共同列名。至十年一月四日，在中山公园来今雨轩开正式成立大会，这是文学研究会成立的经过。

商务的《小说月报》改组后，由文学研究会会员沈雁冰主编，郑振铎则为他在北平方面集稿。

文学研究会在根本上，主张为人生的文学；在技巧上，提倡写实主义的手法，郑振铎作了一篇《新文学观的建设》，略谓"文学是人生的自然的呼声，人类情绪流泄于文字中的。因此我们反对文以载道，同时也反对将文艺当作高兴时的游戏或失意时的消遣。文艺的对象，应该是被侮辱与被践踏者的血和泪。"沈雁冰曾说：

> 真的文学也只是反映时代的文学。我们现在的社会背景是怎样的社会背景，应该产生怎样的创作。由浅处看来现在社会内兵荒屡见，人人感着生活不安的苦痛，真可以说就是乱世了。反映这时代的创作应该怎样的悲惨动人呀！如再进一层观察，顽固守旧的老人和向新进取的青年，思想上冲突极利害，应该有易卜生的《少年社会党》和屠格涅夫的《父与子》一样的作品来表现他。……这样的反映时代的创作，现在还不能看见。不特大成功的没有，便连试作这企图的作品也少概见：在这一点上看来，似乎现在的创作家太忽略了眼前的社会背景了。……总之，我觉得表现社会生活的文学是真文学，是于人类有关系的文学，在被迫害的国里更应该注意这社会的背景。……（《社会背景与创作》）

叶绍钧说：

> 试想天下的事物，人类的情思是何等的繁多，即单就黑暗方面而言，也是不可数计。在这不可数计之中，取出一件事物一个情思来，著为文字，要使人人都能感动，随着文字里的笑啼歌哭而笑啼歌哭，当然要选择其中最精警、最扼要的一件一个，更从其中选择最精警、最扼要的一段或数段，才能满足这个愿望。……
>
> 作品单摹外相的，无论如何工致精密，不过如照片一样，终不能成为具有生命的东西。这个理由极为简单：性格的表现于画幅，在于将最能传神的部分充分挥写，而不重要的部分竟可弃去

不写，这并非疏略，正以见创造的艺术的手腕，所以能成其为具有生命的画幅。……

要表显出一个情意，须要适度的材料。要使这材料具有生命，入人之心，须要用最适切于表现这个材料的一种方式。……

综观以上的意思，知现时的创作家须注意的是：

（一）要取精当的材料；（二）要表现一切的内在的实际；（三）要使质和形都是和谐的自由的。(《创作的要素》)

总之，他们以为文学应该是为人生的，因而作小说应该采取有意义的社会题材，不该写一些身边琐事；应该是用苦工做的，不是凭着灵感随笔挥洒的。

文学研究会的作家很多，较重要的，有周作人、沈雁冰、郑振铎、叶绍钧、冰心、许地山、朱自清、俞平伯、徐志摩等。鲁迅虽然没有正式入会，但他的主张，和文学研究会的主张相近；他的作品，也常在文学研究会所主编的《小说月报》上发表。这十余年来许多重要的作家（除了创造社的作家外），差不多都和《小说月报》发生过关系，——虽然不一定加入文学研究会。

文学研究会在当时提倡为人生的艺术，虽然得到许多青年的拥护，同时，却遭受了三支军马的围剿：一是创造社，在下面再说；二是留过学的绅士派；三是礼拜六派。

留过学的绅士派以为文学是供绅士淑女消遣之用的，对于"被压迫者的血和泪"这一个口号，不但觉得有失文学的尊严，并且还觉得有些恐惧——恐惧它将"引人误入歧途"。那时吴宓就做过文章，说是真不懂为什么有些人竟喜欢描写下流社会。

《礼拜六》派可说是封建文艺的代表。凡是《红玫瑰》、《红杂志》、《半月》、《紫罗兰》都属于这一派。《礼拜六》的资格最老，故以《礼拜六》为代表。这种杂志上所登载的小说，约有三类：一是黑幕小说，专以揭发他人阴私为主。二是鸳鸯蝴蝶派的小说，以骈四俪六的文章，叙述红男绿女的爱情。三是千篇一律的笔记小说，文字完全模仿《聊斋志异》，不但内容千篇一律，并且形式也没有什么变化。《小说月报》上常常登载攻击《礼拜六》派的文章，于是专出这类杂志的书坊老板，在书业公会开会时，曾对商务提出了严重的质问。于是商务当局就把沈雁冰调到了国文部去，继任者是郑振铎。对于《礼拜六》派还是继续抨击，他们也无可如何，只得听之而已。

文学研究会在当时并无什么严密的组织，凡是赞成新文学、反对旧文学者，差不多都可加入为会员，故能形成一个虽然散漫却很广大的组织。到后来思想上渐渐分化，俞平伯、周作人等组织语丝社，提倡"趣味主义"，后称语丝派；徐志摩则成了新月派的台柱；只剩下了几个主干的人物如郑振铎、沈雁冰、叶绍钧等，来维持这团体的生命。

再说创造社。

……

《创造季刊》一出版，对于文学研究会即采取了挑战的态度。他们指斥文学研究会垄断文坛。其实这是冤枉的。茅盾（沈雁冰笔名）曾说："外边人看见文学研究会除以《小说月报》为代用机关报外，又有许多周刊旬刊附在各地日报内，而这些周刊旬刊又标明了某处文学研究会分会主编的字样，遂以为凡诸一切都是文学研究会在那里有计划地进行。……但事实上恰正相反。这一切都是文学研究会同人各自的行动，并没有总机关在那里有计划地布置。这是人自为战；而所以有此人自为战的情形，当然不是想包办新文坛，而是要打破旧文学观念的包围。"（《现代》，三卷一期《关于文学研究会》）文学研究会颇注意介绍被压迫民族的文学，这些都是小国度，没有人懂得他们的文字，因此差不多全是重译的，而创造社则重视创作，轻视翻译，以为创作是处女，翻译不过是媒婆，尤其憎恶重译。若是在文学研究会的译本中发见了一、二处误译，即特做一篇长文来指摘。郁达夫曾做过一篇小说——《血与泪》，讥笑文学研究会的提倡血与泪的文学；郭沫若曾说："不一定在纸上写一个水旁戾，才算是泪的文学；不一定要拿身上的血来写的文字，才是血的文字。"大约也是暗射文学研究会的。

其实创造社与文学研究会在反封建文学这一点上是一致的。创造社之所以攻击文学研究会，诚如郭沫若所云："只是封建社会下培养成的旧式文人气习之相轻，更具体的说，便是行帮意识的表现而已。"（《文艺讲座》第一册《文学革命的回顾》，署名麦克昂）

创造社的影响，较之文学研究会更大。推其原因：第一，文学研究会所提倡的血与泪的文学，一般稳健的绅士们，正在慄慄危惧；而一般青年则被个人主义的狂潮煽动了他们的血，"自我表现"的口号正合了他们的胃口。况且创造社的人讲天才，讲灵感，而一般预备做作家的青年们，俨然以天才自命。身边的琐事，即可做小说的题材，这是自我表现；随笔挥洒，即成小说，这是天才与灵感。于是创造社的文学主张自然成了他们的金科玉律了。第二，五四以后，一般青年刚从旧礼教下面解放出来，对于恋爱问题，特别地觉得亲切有味；这是张资平的小说所以风行之故。第三，那时的青年受了新思潮的洗礼，处处感到旧社会旧家庭的压迫，勇敢一点的和他们奋斗，怯懦一点的便走到感伤颓废的路上去。因此，郁达夫的小说，遂为他们所欢迎。又青年往往富于热情，浪漫的气氛很重，郭沫若的热情奔放的笔调，自然是投其所好了。

在五卅以后，因了环境的变迁，创造社的重要分子转变了方向。他们骂浪漫主义，骂天才，不惜以今日之我与昨日之我战。同时，他们的前期的作品已失去了时代的意义，渐渐为一般青年所忘却了。

从五卅到现在，文坛上的变化更多了，以不在本篇范围以内，不赘述。

新文学的历史，不过二十年。然而这短短的二十年，却抵得西洋几个世纪。文学上的各种派别，同时并兴。这是不足为奇的，文学是社会的反映，这复杂的社会背景，自然造成了这派别分歧花样繁多的文坛！

最后，我还有一点感想。这百年来的文艺思想，变迁得真快。时光老人是残酷的，戊戌辛亥时期的新人物，到了五四时期都成了老顽固；五四时期的先驱者，到了现在，有一部分又已成了落伍者。"后之视今，犹今之视昔。"陈大齐说得好：

> 进化无止境者也。今日以是为善，而明日更有较善之事出现。吾人若但以获得现代之思想为满足，而不知随世人以俱进，则不出数年，又将为古人也矣。(《近代思想序》)

我们若不愿意做"今之古人"，便应该认清时代而奋步迈进！

二十九年十二月二十二日写毕

原作者注：本节系就余昔年在燕京大学及北平师大之讲稿加以增删而成。近人李何林君所编之《近二十年中国文艺思潮论》，其第一编颇采余说。本节间有与李书词意相同者，职是之故。读者鉴之。

（原载《学林》第 3 辑，1941 年 1 月）

文学研究会的现实主义思想

田仲济

（一）

文学研究会是中国现代文学史上出现早、历史长、影响大的文学社团。它一直被认为是属于现实主义流派，主张"为人生的艺术"的。但其中主要的成员茅盾却说，"文学研究会这团体并未主张过什么，但文学研究会会员个人却主张过很多。"❶在同一文章中茅盾又说，"文学研究会是一个非常散漫的文学团体。""对于文艺的意见，大家也不一致——并且未尝求其一致！"惟一的一点共同的主张就是在缘起上标出的，"将文艺当作高兴时的游戏或失意时的消遣的时候，现在已经过去了。"

文学研究会主要的刊物是从第十二卷第一期起进行改革了的《小说月报》和开始附在上海《时事新报》以后独立出版的《文学旬刊》（以后改为《文学周报》）。在这些刊物上发表了不少的文学研究会主要成员的提倡"为人生的艺术"的文章。茅盾在同一篇文章中也曾说，"文学研究会会员中间有几位曾经热心地提倡了"为人生的艺术"，而且在文学研究会主编的刊物上（例如上海出版的《文学周报》）发表论文，这是事实；但这些论文，只是个人的主张，并非集团的。当时信

---

❶ 茅盾：《关于"文学研究会"》。

仰"人生的艺术"的文学研究会会员从未在书面上或口头上表示那是集团的主张，反之，他们曾经因为当时反对者的论调太奇怪（离开了文学思潮上的讨论），而郑重声明过他们只以个人资格发表意见，并没有任何集团的名义，更无假借集团名义的意思。"

文学研究会没曾以集团的名义提出现实主义的主张，固然是事实，但也并不是没曾提出"为人生"的主张，例如在《文学研究会丛书缘起》中曾说，"我们觉得文学是决不容轻视的。它的伟大与影响，是没有什么东西能够与之相并的。它是人生的镜子，能够以慈祥和蔼的光明，把人们的一切阶级，一切国种界，一切人我界，都融和在里面，用深沉的，人道的心灵，轻轻的把一切隔阂扫除掉，唯有它，能够立在混乱屠杀的现世界中，呼唤出人类一体的福音，使得压迫人的阶级，也能深深的同情于被压迫的阶级。它是人们的最高精神与情绪的流通的介绍者。被许多层次的隔板所间断的人们，由它的介绍，始能恢复这个最高精神的流通。"这人性论的观点也正是批判现实主义所常具的。在《文学旬刊·宣言》中一开始便说，"我们确信文学的重要与能力。我们以为文学不仅是一个时代，一个地方，或是一个人的反映，并且也是超与时与地与人的；是常常立在时代的前面，为人与地改造的原动力。"

这种反映人生改造人生，实际上就是当时现实主义者的人生派的主要主张，因而也就很难说文学研究会并没曾以集团的名义提出过现实主义的文学主张，何况就是缘起上那句话，"将文艺当作高兴时的游戏或失意时的消遣的时候，现在已经过去了，"象茅盾说的，"在当时是被理解作'文学应该反映社会的现象，表现并且讨论一些有关人生一般的问题'。这个态度，在冰心，庐隐，王统照，叶绍钧，落华生，以及其他许多被目为文学研究会派的作品里，很明显地可以看出来。"❶那就更无法否认一般人对文学研究会目为现实主义派的根据了。

其次，尽管文学研究会的成员"对于文艺的意见，大家也不一致——并且未尝求其一致"，但在现实主义主要问题上，大家还是相同的，而这些相同的意见又是发表在当时文学研究会的主要刊物上，即

❶ 茅盾：《中国新文学大系·小说（一）导言》。

使确曾声明这些都是个人的主张，但很难使人不理解实际上也代表了文学究研会的主张，因为这都是文学研究会的主要成员，他们在理论和创作实践上，倾向又大致相似。这种观点在差不多卅年以前郑振铎也存在着，无怪乎一般非文学研究会会员都更那末看了。郑振铎在《中国新文学大系·文学论争集·导言》中提到《小说月报》和《文学周报》时说，"这两个刊物都是鼓吹着为人生的艺术，标示着写实主义的文学的；他们反抗无病呻吟的文学；反抗以文学为游戏的鸳鸯蝴蝶派的'海派'文人们。他们是比《新青年》派更进一步的揭起了写实主义的文学革命的旗帜的。他们不仅推翻传统的恶习，也力拯青年于流俗的陷溺与沉迷之中，而使之走上纯正的文学大道。"到稍后一些时候，在上海的一部分文学研究会的成员更进一步提倡血与泪的文学，主张"文人们必须和时代的呼号相应答，必须敏感着苦难的社会而为之写作。文人们不是住在象牙塔里面的，他们乃是人世间的'人物'，更较一般人深切的感到国家社会的苦痛与灾难的。"❶

基于这种理由，我们把文学研究会以集团名义或其刊物以杂志的名义发表的主张是可以理解为现实主义的主张的。文学研究会主要成员的文学主张和他们的创作倾向，文学研究会主要刊物的倾向，是可以理解为反映或代表了文学研究会的主张或倾向的。因为文学研究会的活动，主要的就是依靠了这些人，而这些人的主张和倾向，又基本上是相同，所缺少的仅是以集团的名义提出一个完整的统一的主张或纲领罢了。

（二）

现实主义，特别是欧洲十九世纪初期的批判现实主义，揭露了封建制度和资本主义社会的黑暗和腐朽，真实、生动地塑造了很多具有典型意义的贵族、资产阶级人物形象，表现了当时社会风俗的历史。文学研究会受他们的影响极大，一开始便介绍现实主义的理论，翻译托尔斯泰、屠格涅夫、莫泊桑、易卜生等人的作品。作为文学研究会

---

❶ 郑振铎：《中国新文学大系·文学论争集导言》。

的理论家的沈雁冰，仅在《小说月报》第十二卷一号中就陆续写了《脑威写实主义前驱般生》、《波兰近代文学泰斗显克微支》、《西班牙写实文学的代表者伊本纳兹》、《脑威现存的大文豪鲍具尔》、《纪念佛罗贝尔的百年生日》等，并在《社会背景与创作》、《自然主义与中国现代小说》、《大转变时期何时来呢》等文章中提出"文学是时代的反映"，认为"文学是有激励人心的积极性的。尤其在我们这时代，我们希望文学能够担当唤醒民众而给他们力量的重大责任，"且进而提出"注意社会问题，爱被损害者与被侮辱者"。在《小说月报·被损害民族文学专号引言》中并说被损害民族的呼声是真正的公道的。

1918 年 12 月《新青年》第 5 卷第 6 期上的《人的文学》和更迟些的《平民文学》，曾被人们认为是较早地提出了较系统的文艺主张的文章。在《人的文学》中强调了关于"人"的真理的发现的重要性，提倡"个人主义的人间本位主义"；说欧洲对于"人"的真理的发现，第一次出现了宗教改革和文艺复兴，第二次出现了法国大革命，说人的理想生活是应改变彼此的关系，"如人类中有了我"故要"爱人类"。用这种资产阶级人道主义对人生问题加以研究的便是人的文学。作者并将非人的文学列为十类，将《封神传》、《西游记》等归入"迷信的鬼神分类"，将《聊斋志异》、《子不语》等归入"妖怪分类"，将《水浒》、《七侠五义》、《施公案》等归入"强盗分类"而加以否定。

五四运动最突出的特点便是彻底地反对封建主义和彻底地反对帝国主义。而"五四"时代背景的特征也正是使人感到窒息的长期的封建统治的压迫。我们历史上有不少进步的文学作品和民间故事，歌颂了"路见不平，拔刀相助"，"除暴安良"，或专于惩治贪官污吏的英雄豪杰或剑客侠士。关羽成了正义的化身，诸葛亮则成了人民聪明智慧的化身。这些作品和典型形象和欧洲现实主义文学的形象和暴露反动社会的腐朽和黑暗成了文学研究会作家们的楷模。封建压迫泯灭了人的个性，这在婚姻问题上表现得最为明显，子女是不被承认作为独立的人的，他们不过是父母福气的材料，所以子女的结婚也不是为了他们个人的幸福，而是为父母的福气，而是为传宗接代。从而要求个性解放成为反封建主义的主要内容之一。易卜生的《娜拉》成为一时最流行的剧本，娜拉成为女子争取解放的典型。娜拉认为在家中做父母的玩偶，出嫁后做丈夫的玩偶，以至奴隶，丈夫是完全自私自利的，假道德，假仁义，并不拿她做人对待，所以实际上她还没做过独立的人，所以最后她对她丈夫说："我相信第一我是一个人正同你一样——无论如何，我务必努力做一个人。"争取做一个人，是"五四"时期响亮的口号之一，也是文学研究会作家们重要的创作主题之一，这是所谓"个人主义的人间本位主义"的主要内容。在当时认为最切身的最束缚个人自由发展的是婚姻问题，所以通过婚姻问题进行反封建主义成了当时文学创作最流行的主题。据 1921 年 8 月《小说月报》所刊郎损的《评四五六月的创作》，分析了三个月中所发表的约 120 篇小说的题材和思想：

> "属于男女恋爱关系的，最多，共得七十余篇；
> 农村生活的，只有八篇；
> 城市劳动者生活的，更少了，只得三篇；
> 家庭生活的，也不过十九篇；
> 学校生活的五篇；
> 一般社会生活（小市民生活），约二十篇。"

但是，写一般社会生活的二十篇，大多数是写恋爱的，描写家庭生活的十九篇，也是写的男女关系。所以实际上描写男女恋爱的小说占了全数百分之九十八。值得我们注意的是这些作者一般都是通过恋爱问题而对封建主义进行斗争，象落华生的《命命鸟》、《商人妇》、《换巢鸾凤》等，都反映了作者新的宇宙观和人生观。

（三）

文学研究会的作家们是怎样理解文学反映时代、反映人生并改善人生呢？这需要对其主要的成员的理论和创作作进一步的探讨。在《新文学观的建设》中郑振铎说："他的使命，他的伟大的价值，就在于通人类的感情之邮。诗人把他的锐敏的观察，强烈的感觉，热烘烘的同情，用文字表示出来，读者便也会同样的发生出这种情绪来。"在几篇文章中郑振铎都强调文学的情绪的感化力。在《文学的使命》中他说：

"文学中最重要的元素是情绪，……文学之所以能感动人，能使人歌哭忘形，心人其中，而受其溶化的，完全是情绪感化力。"他认为文学的使命就是，"表现个人对于环境的情绪感觉，欲以作者的欢愉与忧闷，引起读者同样的感觉。或以高尚飘逸的情绪与理想，来慰藉或提高读者的干枯无泽的精神与卑鄙实利的心境。"在《文学与革命》中，他进一步认为只有感情才能使革命的火复燃："革命天然是感情的事，一方面是为要求光明的热望所鼓励，一方面是为厌恶憎恨旧来的黑暗的感情所驱使。"而"这种引起一般青年的憎厌旧秽的感情的任务"，他认为"只有文学"。叶绍钧在《创作的要素》中说，"现代的作家，人生观在水平线以上的，撰著的作品可以说有一个一致普遍的倾向，就是对于黑暗势力的反抗。最多见的是写出家庭的惨状，社会的悲剧，和兵乱的灾难，而表示反抗的意思，这确是现时非常急需和重要的。"沈雁冰在《大转变时期何时来呢》中提出，"尤其在我们这时代，我们希望文学能够担当唤醒民众而给他们力量的重大责任，……我们尤其决然反对青年们闭了眼睛忘记自己身上带着镣锁，而又肆意讥笑别的努力想脱除镣锁的人们。"在《小说月报》第 12 卷第 7 期中他写了两篇文章，《创作的前途》和《社会背景与创作》，在《社会背景与创作》中说，"正因为是乱世，所以文学的色调就成了怨以怒，是怨以怒的社会背景产生出怨以怒的文学。"并说，"凡被迫害的民族的文学总是多表现残酷怨怒等等病理的思想。"在《创作的前途》中认为文学"或隐或显必然含有对于当时代罪恶反抗的意思和对于未来光明的信仰。"并说中国社会是"经济困难，内政窳败，兵祸，天灾……"人们的生活是"'混乱'与'烦闷'"，他主张文学"应该把光明的路，指导给烦闷者，使新信仰与新理想重复在他们心中震荡起来。"庐隐在《创作的我见》中主张创作家应对于社会的悲剧"应用热烈的同情，沉痛的语调描写出来，使身受痛苦的人一方面得到同情绝大的慰藉，一方面引起其自觉心，努力奋斗，从黑暗中得到光明。"并认为作品"不可过趋向绝望的一途"，"若描写过于使人丧胆短气，必弄成唆使人们自杀的结果，所以必于悲苦之中寓生路。"

在创作实践中是不是和这些理论一致呢？若就叶绍钧、王统照、落华生、冰心、庐隐等人的作品来看，反映了当时社会的黑暗，人生的烦恼。多数作家热衷于暴露社会问题，追求人生的意义，"问题小说"曾盛极一时。但对人生的看法，对将来的希望，却并不完全一致，甚而多半有些渺茫。叶绍钧主要的写了小市民的灰色的生活，他们既没有勇气反对别人的主张，尽管这主张是妨害他们的幸福的，也没有决心抛弃自己的理想，尽管这理想是不合理的。叶绍钧鞭挞了这些灰色的人生，他没看出这样的人生有什么希望和将来，因而也就没法赋予他们什么理想，除了少数的象倪焕之以外。王统照以为"美"和"爱"能使"烦闷混扰"的人生"得正当之归宿"。可是理想在现实中是难以实现的，《雪后》中天真的美丽的理想被现实的暴力践踏得狼藉污秽，盖作者也意识到现实的罪恶实际上"美"与"爱"是难以为力的，于是他更着意反映人生的苦痛：农村的破产，农民的流浪，终于在《山雨》中看见了革命的"风满楼"。落华生的《缀网劳蛛》明显地反映了他的人生观，既不悲观，也不乐观，是随遇而安的。庐隐的作品也不象她所说的，"必于悲苦之中寓生路"，在《海滨故人》、《或人的悲哀》中的一些青年们热情地追求人生，然而只有苦闷徘徊。

　　以上的例证说明了文学研究会的作家们，在理论上和创作实践上，基本上是一致的。不过创作实践不少的未能象理论所提出的，显示出前途的光明和希望。象沈雁冰在《创作的前途》中所说的，"描写出在'水深火热'之下的青年，不惟不因受了挫折而致颓丧，反把他的意志愈炼愈坚，信仰愈磨愈固，拿不求近功信托真理的精神，去和黑暗奋斗。"

（四）

　　应当特别指出的是在理论和创作实践上，文学研究会作家们都染有欧洲现实主义的色彩。批评家也常常以欧洲现实主义作品来要求当时的创作，如沈雁冰说："顽固守旧的老人和向新进取的青年，思想上冲突极厉害，应该有易卜生的《少年社会》和屠格涅夫的《父与子》一样的作品来表现他；迟缓而惰性的国民性应该有龚察洛甫（A.Contcharov）的'Oblomov'一般的小说表现他；教育界的蠹虫就应该有象梭罗古勃的《小鬼》里的披雷道诺夫来描写他；乡民的愚拙正直可怜和'坏秀才'的舞文横霸，就应该有象显克微支的《炭画》

一样的小说来描写。"他认为"这样的反映时代的创作"在中国当时还没能看见。事实上，文学研究会的作家们，在每个人身上都可以找到某个或某些欧洲作家给他的影响，而易卜生的问题剧更在许多作家间发生了影响，产生了流行一时的问题小说。

在文艺主张方面，所谓"全民"立场是现实主义的主要的标志，所以有"全人类"、"人性"、"人类爱"等等的论点。文学研究会的理论家们基本上也都具有这些论点。例如沈雁冰曾说："文学的背景是全人类的背景，所诉的情感自是全人类共通的情感。"它的使命是，"使那无形中还受着历史束缚的现代人的情感能够互相沟通，使人与人中间的无形的界线渐渐泯灭。"❶他又说，"新文学的作品，大都是社会的；即使有抒写个人情感的作品，那一定是全人类共有的真情感的部分，一定能和人共鸣的。"❷郑振铎说，文学的"伟大的价值，就在于通人类的感情之邮。"❸这样的思想在作品中反映也较比明显，冰心认为"爱"可以解决人生一切问题，提出了"爱的哲学"，她说，"地层如何生成，星辰如何运转，霜露如何凝结，植物如何开花，如何结果……这一切，只为着'爱'。"❹她说世界上"都是互相牵连，不是互相遗弃的。""美"和"爱"也曾一度成为叶绍钧、王统照等的生活的理想。王统照认为"美"和"爱"是"交相融而交相成"，其力量之大，既可以改变人生，也可以改变世界。在《微笑》中，一个青年小偷在牢房中偶然得到了女犯人的微笑，这"美"与"爱"的象征终于超度这个青年人，在他刑满出狱后，成了一个勤苦的工人。

其次，超社会超政治的观点，也是欧洲现实主义重要的标志，在文学研究会作家中也或多或少地具备着。郑振铎曾说："文学就是文学；不是为娱乐的目的而作之，而读之，也不是为宣传，教训的目的而作之，而读之。作者不过把自己的观察的，感觉的情绪自然的写了出来。读者自然的会受他的同化，受它的感动。不必，而且也不能，故意的

---

❶ 沈雁冰：《创作的前途》。

❷ 沈雁冰：《什么是文学》。

❸ 郑振铎：《新文学观的建设》。

❹ 冰心：《悟》。

在文学中去灌输什么教训。更不能故意做作以娱悦读者。"❶冰心曾说，"'真'的文学，是心里有什么，笔下写什么，此时此地只有'我'——或者连'我'都没有——前无古人，后无来者，宇宙啊，万物啊，除了在那一刹那顷融在我脑中的印象以外，无论是过去的，现在的，将来的都屏绝弃置，付与云烟。只听凭着此时此地的思潮，自由奔放，从脑中流到指上，从指上落到笔尖。微笑也好，深愁也好。洒洒落落自自然然的画在纸上。这时节，纵然所写是童话是疯言，是无理由，是不思索，然而其中已经充满了'真'。"❷

仅从这两种论点已可说明文学研究会作家们是接受和在宣传欧洲现实主义文艺思想，虽然当时曾提出"平民文学"或"民众文学"，并且沈雁冰还曾说过中国过去的作品"把忠厚善良的老百姓，都描写成愚骇可厌的蠢物，令人诽笑，不令人起同情。"❸并也提到当时的作家由于"未曾在第四阶级社会内有过经验，象高尔基做过饼师，陀斯妥夫斯基之流放过西伯利亚。"❹因而描写不能逼真，反映痛苦社会生活的小说不能产生。但主要的还是全民的立场和观点，很少提出工农群众是文学创作或服务的主要对象。而且当时"平民文学"或"民众文学"的涵义是"市民文学"，或者是就"贵族文学"提出的对立的口号。民众或平民的范围又极广，俞平伯说，"我们所谓民众，实在包含得很广大，从仅识文字的，农人，工人，贵妇人们直到那些自命文采风流的老先生。"❺朱自清则以为除了达官、贵绅、通人、名士以外，凡是乡村的农夫、农妇，城市的工人、店伙、佣仆、妇女，以及兵士，中小学学生，商店及公司的办事人，各种机关的低级人员都属于民众范围内。若再就"人的文学"的内容连《水浒传》也斥为非人的文学，则更可说明所谓"全人类"立场实际上就是资产阶级立场了。而"民众文学"的讨论，目的不过是与当时的章回小说争取阵地。象叶圣陶说的，在种种境遇里最容易看见社会各类的人，常常拿了一本石印细

---

❶ 郑振铎：《新文学观的建设》。

❷ 冰心：《发挥个性表现自己》。

❸ 沈雁冰：《创作的前途》。

❹ 沈雁冰：《社会背景与创作》。

❺ 俞平伯、叶圣陶等：《民众文学的讨论》。

字的小册子在那里阅读。这种小册子又比不论什么高文典册都流传得普遍。穷乡僻壤，可以买不到小学教科书，但这类小册子可在庙场的小摊上，市头的墙角边随处有发卖的。叶圣陶提出的希望就是，"那一天石印小本子换了灵魂，而依然流行于火车小汽船航船铺子工场之中如今日一样，这才是我们的骄傲呢!" ❶

（五）

约在一九二二年，文学研究会的代机关杂志《小说月报》曾提倡自然主义，所谓"立了自然主义的旗帜"。茅盾在《从牯岭到东京》中也曾说，"我曾经热心地——虽然无效地而且很受误会和反对，鼓吹过左拉的自然主义。"所以要提倡自然主义，是为了要"以自然主义的技术药中国现代创作界的毛病。"❷所说现代创作界的毛病主要是指鸳鸯蝴蝶派以至遗老遗少的脱离现实，脱离社会的倾向。沈雁冰曾指出旧派小说在技术方面有最大的共同的错误二，在思想方面有最大的共同的错误一。技术上的错误是"记帐式"的叙述和"主观地向壁虚造"，思想上的错误是"游戏的消遣的金钱主义的文学观念。"接着他说，"这三层错误，十余年来给与社会的暗示，不论在读者方面在作者方面，无形中已经养成一股极大的势力。我们若要从根本铲除这股黑暗势力，必先排去这三层错误观念，而要排去这三层错误观念，我以为须得提倡文学上的自然主义。"❸为什么自然主义能够纠正这个毛病，是由于"自然主义者最大的目标是'真'；在他们看来，不真的就不会美，不算善。他们以为文学的作用，一方要表现全体人生的真的普遍性，一方也要表现各个人生的真的特殊性，……若求严格的'真'，必须事事实地观察。这事事必先实地观察便是自然主义者共同信仰的主张。……曹拉等人主张把所观察的照实描写出来，……这种描写法，最大的好处是真实与细致。……这恰巧和上面说过的中国现代小说的描写法正

---

❶ 俞平伯、叶圣陶等：《民众文学的讨论》。

❷ 周志伊、雁冰：《自然主义的怀疑与解答》。

❸ 沈雁冰：《自然主义与中国现代小说》。

相反对。专记连续的许多动作的'记帐式'的作法，和不合情理的描写法，只有用这种严格的客观描写法方能慢慢校正。"**❶**所以，提倡自然主义或立自然主义的旗帜，目的并不是将西方的自然主义照样的搬来，而是想借西方自然主义的方法，实地观察和客观描写的方法，来救正当时中国的记帐式的叙述和向壁虚造的作风。

文学研究会的人们并不认为自然主义是十全十美的，但今日文学的产床不是桃源，而是人间。"人间世既有这些丑恶存在着，那便是人性的缺点；……要改正缺点，……先该睁开眼把这缺点认识。"**❷**浪漫主义文学所具有的"思想自由，勇于创造的精神，到万世之后，尚是有价值，永为文学进化之原素"，自然主义文学的"批评精神和平民化的精神，我也敢决言永为文学中添出新气象的。"**❸**"近代的自然主义文学所以能竞夺旧浪漫主义文学的威势，原因即在理想化了的表面，终有一日要拉破，绣花枕里的败絮终有一日要露出来，事实如此，无法否认；旧浪漫文学描写人间的英雄气概的处所，徒然使人觉得虚伪罢了。"**❹**但自然主义并不是没有缺点，"它把社会上各种问题一件一件分析开来看，尽量揭穿他的黑幕，这一番发聋振聩的手段，原自不可菲薄；但是徒是批评而不出主观的见解，便使读者感着沉闷烦忧的痛苦，终至失望。"**❺**甚而有人在《文学旬刊》上直指自然主义的缺点："他的眼中并没有看见一个完全的活人。人是有心灵的么？有意识的么？有精神作用的么？这些问题都不是自然主义的文学家所注意的。他只触着人生的轮廓，便算做完他的任务了。如这样地忽视人生的内蕴，完全不深入人生的中心，我们能承认他已尽了文学的使命么？即按照他们——自然主义者——自己所下的文学的定义，只拿'人生的批评'来括尽文学的使命，我们能承认他们已批评尽人生的全部么？我们究竟不肯做一个纯粹的，肉人——物质的人——于是乎我们的文学便不能不走到超自然主义的路上去了。"**❻**于是他们得出结论说，文

---

❶ 沈雁冰：《自然主义与中国现代小说》。

❷❹ 《自然主义的论战》。

❸❺ 雁冰：《文学上的古典主义浪漫主义和写实主义》。

❻ 既澄：《自然与神秘》。

学永远不会自绝其生命而寄生于科学的身上。文学经过了自然主义而后，终究不能不走到新浪漫主义的路上。因此，文学研究会的提倡自然主义并不是以为自然主义是最好的道路，不过是认为中国当时适宜于提倡自然主义，而且又认为自然主义是必经的途径，是不能跨越的一个阶段。

所谓救药当时的弊病，所谓要经过这不可跨越的阶段，实际上还是要在中国现代文学中采用自然主义的创作方法，不然便无从救药，也无所谓必经的途径了。所以在创作实践上也曾提倡客观地描写日常的琐事，平淡的人生，不过究竟时代不同，社会条件不同，象茅盾说的，尽管曾热心地鼓吹左拉的自然主义，可是"无效"的。

（六）

无产阶级革命文学的倡导，我们一直以为最早提出的是创造社或太阳社，例如一九二三年五月，郭沫若在《创造周报》第三期上发表了一篇《我们的文学新运动》，提出"我们的运动要在文学之中爆发出无产阶级的精神，精赤裸裸的人性。我们的目的要以这生命的炸弹来打破这毒龙的魔宫。"在同一期《创造周报》上还有郁达夫的《文学上的阶级斗争》，喊出，"世界上受苦的无产阶级者，在文学上社会上被压迫的同志，凡对有权有产阶级的走狗对敌的文人，我们大家不可不团结起来。"蒋光赤在一九二四年八月《新青年》季刊第三期上发表过《无产阶级革命与文化》，一九二四年办《春雷周刊》，专门提倡革命文学。文学研究会的提倡无产阶级革命文学，好象就很少有人提及了。实际上，在一九二二年四月，就有人提出，"第四阶级者要想扭断这条铁索，非将现在底经济组织推翻不可，非将无产阶级者联合起来，革第三阶级的命不可。"❶从而提倡血泪的、革命的、自然主义的文学，以这样的文学来推动进行俄国式的革命。从一九二五年五月《文学周报》一七二期起连载的沈雁冰的《论无产阶级艺术》肯定了高尔基"是第一个把无产阶级所受的痛苦真切地写出来，第一个把无产阶级灵魂

---

❶ 之常：《支配社会的文学论》。

的伟大无伪饰无夸张的表现出来，第一个把无产阶级所负的巨大的使命明白地指出来给全世界人看!"

在这篇长约一万多字的文章中，从史的发展的角度考察了无产阶级革命文学的发生，认为左拉的《劳动者》是较早的取材于无产阶级生活的创作，罗曼罗兰曾称它为"民众艺术"，但并未曾表现无产阶级的灵魂和无产阶级自己的呼声，所以究其极不过是有产阶级知识界的一种乌托邦思想罢了。开始表现出无产阶级的灵魂的不能不推高尔基，继高尔基以后产生了苏联的无产阶级文艺。接着，作者就资产阶级文艺和无产阶级文艺进行了比较的分析，而提出了无产阶级文艺的看法，认为："无产阶级艺术决非仅仅描写无产阶级生活即算了事，应以无产阶级精神为中心而创造一种适应于新世界（就是无产阶级居于治者地位的世界）的艺术。无产阶级的精神是集体主义的，反家族主义的，非宗教的。……无产阶级所坚决反对的，是居于此世界中治者地位并且成为世界战争的主动人的资产阶级。"

到一九二八年初《文学周报》在《欢迎〈太阳〉》题下的一篇文章又提出了文学创作所以不能和时代密切地结合的原因，作者指出那是，"文艺的创造者与时代的创造者没有极亲密的关系。文艺的创造者，没有站到十字街头去；他们不自觉的形成了文艺者之群，没有机会插进那掀动天地的活剧，得一些实感。"❶接着作者又提出了思想水平、分析能力，也就是世界观在创作过程中的重要性，他说，"作者所贵乎'实感'，不在'实感'本身，而在他能从这里头得到新的发现，新的启示，因而有了新的作品。……所以我以为一个文艺者的题材之有无，倒不一定在实际材料的有无，而在他有否从那些实在材料内得到了新发现，新启示。"❷对于无产阶级革命文学的题材范围，作者对蒋光赤的意见提出了不同的看法："蒋光赤的论文，似乎不承认非农工群众对于革命高潮的感应——许竟是反革命的感应，也是革命文学的题材。"❸

（原载《教学研究》（社会科学版）1979年第1期）

---

❶❷❸　方壁：《欢迎〈太阳〉》。

文学研究会对外国文学的译介

吴锦濂　姚春树　陈钟英

　　文学研究会是中国现代文学史上最早出现、存在较久、影响很大的文艺社团。对这个重要文艺社团的研究，许多现代文学研究者做了大量有益的工作。但他们多是从文艺思想斗争和文艺创作的建树上去估价和总结文学研究会在中国新文学运动中的历史功绩和可贵经验的；而对于文学研究会的外国文学译介工作则所论甚少，这不能不说是一个缺陷。中国现代文学史说明，以"五四"为发端的中国新文学运动，是同持续地猛烈批判复古排外倾向，广泛而自觉地吸收外来先进思潮和借鉴外国优秀文艺分不开的；而文学研究会也同"五四""以后出现的著名文艺社团如创造社、未名社、沉钟社等一样，不仅是个重要的文艺创作社团，也是个有影响的外国文学译介团体。因此，考察文学研究会在这一方面的工作，就能较全面地估价它在中国新文学运动中的历史功绩，总结借鉴其译介外国文学工作的可贵经验。

（一）

　　文学研究会是在中国新文学运动从"向旧文学的进攻"转"向新文学的建设"❶的转换期中诞生和积极活动的。它提倡写实的为人生的

---

　　❶　郭沫若：《文学革命之回顾》，见《中国现代出版史料》甲编132页。另《沫若文集》第1卷373页的"团体的从事文学运动的开始应该以一九二〇年五月一号创造季刊的出版为纪元。"其中"一九二〇"系误，应改作"一九二二"。

艺术，反对封建复古主义，反对鸳鸯蝴蝶派文艺，反对资产阶级颓废主义和唯美主义文艺，是当时新文学战线上出现的一支生力军。但其组织比较涣散，会员基本上是一批倾向革命的小资产阶级作家，在我国新文学运动从"文学革命"向"革命文学"的伟大飞跃中，因时代潮流的激荡而分化了。其中有的为当时无产阶级革命文学的倡导作出自己的贡献；有的坚持早期的进步文学主张，迈着坚定的步伐跟随革命一道前进；个别如周作人则逐步蜕化、反动了。然而无论是在我国新文学运动从"向旧文学的进攻"转向"新文学的建设"，还是从"文学革命"到"革命文学"的飞跃中，文学研究会始终是一个既是"作者"又是"译者"的文艺团体，始终从这互相联系的两个方面对中国新文学运动作出了贡献。有两段话最能概括当年文学研究会成员译介外国文学的目的和态度；沈雁冰在《新文学研究者的责任与努力》一文中说："介绍西洋文学的目的，一半果是欲介绍他们的文学艺术来，一半也为的是欲介绍世界的现代思想——而且这应该是更注意些的目的"；一九二一年五月上海的《文学旬刊·宣言》也说，"在此寂寞的文学墟坟中，我们愿意加入当代作者译者之林，为中国文学的再生而奋斗，一面努力介绍世界文学到中国，一面努力创造中国的文学，以贡献于世界的文学界。"这清楚表明了，他们译介外国文学的目的是：介绍世界进步潮流为当时的民族民主革命服务，译介外国优秀文艺，为建设中国新文学和提高自己的文艺创作水平服务。正是在这种崇高的爱国主义精神鼓舞下，文学研究会的绝大多数成员，既当作者，又当译者，写评论，编杂志，出丛书，倾注了全部心血，为中国新文学的建设和发展作出了很大的贡献。据我们初步统计，仅翻译介绍外国文学一项，《小说月报》从改革后的十二卷到终刊二十二卷，共译介了三十九个国家的三百零四位作家及其作品八百零四篇（包括长篇小说和多幕剧)；《文学周报》(及其前身《文学旬刊》和百期纪念刊《星海》)一至七卷共译介外国文学作品二百八十二篇；《诗》月刊译介了日、德、美、法等国诗歌八十二首；《小说月报丛刊》五集，涉及十二个国家的十五位作家及其作品；《文学研究会丛书》中翻译了小说、戏剧、文艺理论、诗歌、童话等七十一种；北京文学研究会在《晨报副刊》上编辑《文学旬刊》，共八十二期，译介了十五个国家的文学作品一百一十一篇。此外，广州文学研究会会员，也在当地的报纸上创办副刊，从事外国文学的译介工作。

（二）

文学研究会成员从译介外国文学为我国的民族民主革命和建设我国的新文学这一目的出发，他们在译介工作上切实做到了几个"注重"，这就是：

第一，注重被压迫民族和弱小国家的文学。文学研究会主张文学要"注重社会问题，爱被损害者与被侮辱者。"❶十分注重"把被压迫民族的苦痛直喊出来"的捷克、波兰、芬兰、犹太等国家的文学。❷一九二一年十月，由沈雁冰主编的《小说月报》，刊行了"被损害民族的文学"专号，这在当时是一个很有影响的创举。鲁迅虽然不是文学研究会会员，但大力支持他们的文学活动。仅在这个专号上就发表了《近代捷克文学概况》等四篇译著，介绍了捷克、小俄罗斯、芬兰和保加利亚的文学。沈雁冰在这个"专号"上介绍了芬兰、新犹太、捷克、波兰、阿美尼亚、塞尔维亚等国的文学，并在"专号"《引言》中指出："他们中被损害而向下的灵魂感动我们，因为我们自己亦悲伤我们同是不合理的传统思想与制度的牺牲者；他们中被损害而仍旧向上的灵魂更感动我们，因为由此我们更确信人性的砂砾里有精金，更确信前途的黑暗背后就是光明。"❸这就是要借被压迫被损害民族文学这面镜子，照一照我们的面影，促使人们觉醒、感奋，行动起来，参加民族民主革命，追求光明。

第二，注重十九世纪的俄罗斯文学和苏联文学。文学研究会为了建设"为人生"的现实主义的新文学，曾热情地从俄罗斯文学吸取营养。早在一九二〇年，沈雁冰就在《俄国近代文学杂谈》中肯定俄国文学"为人生"的观点，认为它那种"表现人生"、"有用于人生"的

---

❶ 雁冰：《自然主义与中国现代小说》。
❷ 见《小说月报》12卷6号、7号。
❸ 见《小说月报》12卷10号。

精神，可供建设我国的新文学的借鉴。一九二一年九月，《小说月报》出版了特大的"俄国文学研究"专号，发表了作家研究的译著二十四篇，作品翻译二十九篇，比较全面地介绍了俄罗斯文学的产生和发展概况。鲁迅和文学研究会的骨干沈雁冰、郑振铎、耿济之、瞿秋白、沈泽民、王统照、周建人、陈望道等撰译了许多有价值的文章。这个专号上第一次刊登了译成中文的《国际歌》（当时译为《第三国际党的颂歌》译者 C.T 即郑振铎）。这篇歌词的译文虽然比较粗糙，但它出现在党诞生后的第三个月，却确是难能可贵的。

　　由沈雁冰、郑振铎、叶圣陶和徐调孚先后担任主编的《小说月报》，先后译介了普希金、托尔斯泰、契诃夫、屠格涅夫、安特列夫、阿尔志跋绥夫、陀思妥也夫斯基、果戈里、爱罗先珂、高尔基和马雅柯夫斯基等三十八位进步、革命作家，翻译了他们的作品或评介文章一百五十五篇。俄罗斯、苏联文学被大量介绍进来、传播开去的主要原因在于："五四"运动是在十月革命的影响下发生的，对于反映俄罗斯人民生活的作品引起人们的广泛注意；还由于作品中所反映的内容，中国的读者容易理解，"中国有许多事情和十月革命以前的俄国相同，或者近似"。❶人们从俄国文学中知道了变革、战斗的历程，从苏联文学中又知道了建设的艰辛和成功的欢乐，从而看到了中国应该走的道路。

　　文学研究会的成员几乎都译介过俄国、苏联文学，其中成绩最显著的要推耿济之。他精通俄文，先后从原文翻译了托尔斯泰、果戈里、屠格涅夫、契诃夫、A.奥斯特洛夫斯基、安特列夫等人的作品。他还写了《俄国诗坛的昨日今日和明日》、《〈猎人日记〉研究》等重要译著。耿济之还是托尔斯泰作品的主要中译者。据一九二九年一月《文学周报》第七卷上一篇文章的统计，当时译成中文的托尔斯泰短篇小说有四个集子（包括文言译本，下同），短篇的童话、故事三十四篇，长篇的小说、剧本、儿童文学和文艺论著十六种。其中耿济之和瞿秋白合译的短篇小说集一种，耿济之单独译了短篇的故事、童话十一种，长篇的《复活》、《黑暗之势力》、《艺术论》三种。❷

---

❶ 毛泽东：《论人民民主专政》。

❷ 参看赵景深《汉译托尔斯泰著作编目》。

文学研究会很注意苏联建国初期的文坛。在"海外文坛消息"、"现在文坛杂话"栏里经常介绍苏联文艺政策和文坛近况，例如《小说月报》十二卷四号上，推荐了德国 Konstantin Umanskig 博士著的《俄国的新艺术》，说该书"最有趣的一章是评述行政机关保护艺术家及艺术品的竭力"，驳斥了所谓苏维埃政府破坏艺术、不要艺术家的烂言。《文学家对劳农俄国的论调一束》，批评了英国剧曲家琼斯的反苏论调，赞扬肖伯纳敢于公开对列宁表示敬意。当时十四个帝国主义国家围攻苏联，我国不少人还不了解苏联的真相，文学研究会的介绍产生了很好的影响。

文学研究会注重译介俄罗斯和苏联文学，赞扬列宁领导下的苏维埃政权，反映了党对新文学阵营的影响日益深化，也反映了新文学家向俄国、苏联文学寻找精神力量的迫切心情以及他们思想的转变。例如沈雁冰，他早期更多的是从建设新文学的角度向俄罗斯文学学习的，一九二一年他加入了共产主义小组，并以主编《小说月报》作掩护，担任了党中央的联络员❶，使他有机会接受党的教育，了解苏联建国初期的真实情况，并且更明确地认识到中国革命在政治上和文学上，都要走俄国人的道路。这样，他的译介工作就自觉地同革命事业密切联系起来了。当时，在马克思主义广泛传播的影响下，陈望道翻译了《共产党宣言》，王统照翻译了列宁著作，这些都表现了文学研究会成员的进步倾向和对共产主义的向往。

第三，注重现代和当代的外国文学。文学研究会译介了四十余个国家的作家作品，输入各种文学流派。但是，他们尤其注重译介现代和当代的外国文学。《文学研究会丛书缘起》就明确告诉读者："我们在这个丛书中，所介绍的世界文学作品，只限于近代的。并不是古代中古的作品没有介绍的价值，乃是因为我们的出版力与人力，太觉缺乏，较量轻重，遂不得不暂置古代与中古的文学，而专译近代的作品。"这里说的是一个原因，即人力物力有限；还有另一个原因，即根据"介绍给群众"的实际需要，分清先后缓急。沈雁冰在《小说月报》十三卷第六号"通信栏"里，还公开表示了个人的偏爱："我是一个迷信'文

---

❶ 参看茅盾《复杂而紧张的生活、学习与斗争》。

学者社会之反影'的人；我爱听现代人的呼痛声诉冤声，不大爱听古代人的假笑伴啼，无病呻吟，烟视媚行的不自然动作"。这说明了文学研究会注重译介现、当代的外国文学，是同他们的"文人们必须和时代的呼声相应答，必须敏感着苦难的社会而为之写作"（郑振铎：《中国新文学大系·文学论争集·导言》）的文学主张，同他们面对现实、脚踏实地的工作作风，都是一致的；进一步说，同他们译介的崇高目的——创造中国的新文学，为世界文学的进步发展作贡献——也是一致的。

文学研究会译介现、当代的外国文学，采取了编写简明消息、出版专号等方式，对某些文学流派和作家作品还扼要指出他们的消极作用。

在《小说月报》第十二卷到十七卷里，沈雁冰根据当时欧美的报刊资料，编译了二百余条的"海外文坛消息"；十三卷七号起增辟了"欧美最近出版的文艺书籍"栏；十八卷到二十二卷则由赵景深等编译了"现代文坛杂话"近四百条；十九卷上还有钱杏邨的"文学漫评"十余条……这些简明的文坛消息和作品述评，及时地介绍了世界各国文坛的近况，无异于给尘封的黑屋子开了一口天窗，大大开拓了我国文学青年的眼界。

编辑出版专号和专栏，也是文学研究会集中译介现、当代外国文学的另一重要方式。为了欢迎印度诗人太戈尔访华，《小说月报》出过两期"专号"，比较全面地介绍了太戈尔的生平、思想及其在文艺上的贡献。同类性质的还有"罗曼·罗兰"专号、"霍普德曼"研究专栏等。尤其值得注意的是《小说月报》第二十卷第七号的"现代的世界文学"专号和《文学周报》百期纪念刊《星海》，译述介绍了欧美各国和日本现、当代的文学概况，为建设我国新文学提供了有益的借鉴。

文学研究会广泛地介绍了现、当代世界各种流派的文学作品，除了大量翻译俄国、法国和北欧的现实主义名著以外，还介绍了象征派先驱法国波德莱尔的作品（他的《腐尸》曾在北京《晨报副刊》的《文学旬刊》上登过三次不同的译文），象征派布洛克的《十二个》，唯美派王尔德的《莎乐美》，表现派尤金·奥尼尔的剧作，以及德国的"雾飘运动"和勃伦纳尔的"绝对诗"……在大胆介绍这些流派和作品时，译者或编者都作了简明的评述，指出其消极作用，引导读者取其精华，弃其糟粕。例如沈泽民在《王尔德评传》中写道："正当欧洲文学日渐与人生接近的时候，他独倡为艺术的艺术而主张把艺术分离人生。""王尔德的著作在艺术一方面，他那种华美的文彩，丰富的想象是有不朽的价值的；至于他在文字中所表现的享乐主义的倾向和艺术无上主义的僻见，对于世道人心及文学本质上的影响却很有讨论的余地。"（见《小说月报》十二卷五号）

　　文学研究会在积极译介现、当代的外国文学中，也存在一些弱点。例如，沈雁冰"企图运用西欧资本主义国家在十九世纪末到二十世纪初流行的一些理论，如泰纳的艺术社会学和佐拉的自然主义理论，来解决文坛上的一些问题。"[1]他曾经把法国文艺批评家泰纳的理论作为文艺批评的标准，认为泰纳的纯客观批评法，"虽然有缺点，然而是正当的方法。"他还提倡自然主义来克服当时中国文学界的缺点，即"消闲的观点，和不忠实的描写"[2]。这些出发点还是好的。但他曾经把自然主义和现实主义混同起来，说"文学上的自然主义与写实主义实为一物"[3]，还认为自然主义是新文学发展的必由之路，说"现代文艺都不免受过自然主义的洗礼，那么，就文学进化的通则而言，中国新文学的将来亦是免不得要经过这一步的。"[4]这种说法是不恰当的。其次，文学研究会的成员十分重视文学的地位和作用，但过分夸大文学的功能，认为文学的"伟大与影响，是没有什么东西能够与之相并的。"[5]，它"常常立在时代的前面，为人与地的改造的原动力"[6]，这种提法显然也是不恰当的。存在这些问题并不奇怪，因为当时在西欧近百年来活动过的各种文学思潮纷至沓来地流入中国，文学研究会的成员不能不受到影响。基于他们革命民主主义者、民主主义者的立场，建设新文学的愿望，认为只要是反抗旧传统、旧文学的，他们就拿来当武器；并且针对当时轻视文学的倾向，矫枉过正，抬高文学的地位。这些弱

---

[1] 叶子铭：《论茅盾四十年的文学道路》。

[2] 《自然主义与现代小说》。

[3] 见《小说月报》13 卷 6 号。

[4] 见《一年来的感想》。

[5] 见《文学研究会丛书缘起》。

[6] 见上海《文学旬刊》宣言。

点，比起他们译介外国文学的重大成就，只是白璧微瑕。

文学研究会对外国文学的译介，在内容上注重被压迫民族文学、俄罗斯文学和现、当代世界文学的同时，还认真进行翻译理论的探讨，曾经在《小说月报》、《文学周报》上开展了译文学书的讨论，涉及翻译的目的、内容、态度以及文学名辞的译法等。这次讨论延续了两年多，提出了许多有价值的建设性意见。

文学研究会的成员，一边认真探讨翻译理论，一边努力实践，使当时的翻译界出现了新的面貌。

（三）

文学研究会成员本身的创作和翻译，互相影响，相得益彰。沈雁冰在进步文学主张指导下从事译介，作为创作的借鉴。他回忆说："我开始写小说的凭借还是以前读过的一些外国小说。"（茅盾：《印象·感想·回忆》）"我爱佐拉，我亦爱托尔斯泰；我曾经热心地——虽然无效地而且很受误会和反对，鼓吹过佐拉的自然主义，可是到我自己来试作小说的时候，我却更近于托尔斯泰了。"（《从牯岭到东京》）例如他在创作优秀的长篇小说《子夜》时，前后写过三回大纲，这种写作方法，"颇得益于巴尔扎克，尤其得益于托尔斯泰。托氏写《战争与和平》，就曾几易其大纲。"（苏姗娜·贝尔纳：《走访茅盾》）当《子夜》问世时，瞿秋白同志就写了文章，称誉"这是中国第一部写实主义的成功的长篇小说。"一方面，它"带着明显的左拉的影响（左拉的"Largent"——金钱）"；另一方面，"茅盾不是左拉，他至少已经没有左拉那种蒲鲁东主义的蠢话"，而是"应用真正的社会科学，在文艺上表现中国的社会关系和阶级关系"，并取得了"很大的成绩。"（《"子夜"和国货年》）叶绍钧在"五四"运动前受了华盛顿·欧文《见闻录》的影响，写了《穷愁》、《博徒之儿》等文言小说。文学研究会成立后，他成了该会代表作家，不少短篇小说直接描写了下层社会被侮辱被损害人们的命运，寄予深切的同情。作者那种关注社会人生的态度，客观冷净的手法，严谨周密的结构，细致入微的心理刻划，纯朴明畅的语言，带有契诃夫、显克微支作品的痕迹，又能自成风格。《皇帝的新衣》吸取了安徒生童话的精华，又有新的发展，喊出了"撕掉你的空虚的衣裳!"具有强烈的战斗性。与沈、叶不同，朱自清、冰心以散文和诗见长。朱自清的"一步步踏在泥土上，打上深深的脚印"，最足以代表文学研究会不断进取、实事求是的作风，在文坛上起过很好的作用。他的散文吸取了中外优秀散文的精华，具有英国随笔的"幽默和雍容"，中国古典散文的"漂亮和缜密"❶，形成了"风华从朴素出来，幽默从忠厚出来，腴厚从平淡出来"❷的独特风格。冰心虽以"问题小说"步上文坛，但"冰心体的诗和散文"影响更大。她那深受太戈尔诗歌影响的《春水》《繁星》，当时获得了广大的读者和模仿者。王鲁彦是个认真、严肃从事创作和翻译的作家。他翻译了果戈里、显克微支以及保加利亚、犹太等弱小民族的文学，这些作家作品也影响了他的创作，形成了用冷峻笔触客观地描绘现实生活的风格。许地山研究过佛教哲学，翻泽过印度文学，受了它们的影响，他早期的小说往往故事曲折，富有传奇色彩和浪漫气息。短篇《命命鸟》写一对青年男女由于得不到婚姻自由而自杀，但他们是手携手相偕投水，去寻找"极乐净土"的，反映了作者涅槃归真的佛教思想。《缀网劳蛛》中女主人公对自己的不幸遭遇泰然处之，以为人就象蜘蛛补破网一样，"听其自然罢了。"这又表现了"达观"临世的佛教教义。这些特色在文学研究会同人作品中显得很突出。不过他那脍炙人口的散文《落花生》，却与同人的格调一致，真挚朴素，感人至深。

文学研究会的主张和译介，对"五四"以后的戏剧运动和创作也产生了很大的影响。一九二一年五月，由沈雁冰、郑振铎、陈大悲、欧阳予倩等十三人发起的民众戏剧社，提出要向西洋的现实主义戏剧学习。宣言说："肖伯纳曾说：'剧场是宣传主义的地方'，这句话虽然不能一定是，但我们至少可以说一句：当看戏是消遣的时代现在已经过去了，戏院在现代社会中确是占着重要的地位，是推动社会使前进的一个轮子，又是搜寻社会病根的 X 光镜。"❸这个宣言，几乎可以说

---

❶ 鲁迅：《小品文的危机》。

❷ 杨振声：《朱自清先生与现代散文》。

❸ 《民众戏剧社宣言》。

是文学研究会宣言的姐妹篇，文学主张是一致的。沈泽民曾经代替沈雁冰写了《民众戏院的意义与目的》，提出了戏剧"给观众以正当娱乐"的主张，"后来差不多就成为民众戏剧社的共同信条"❶，至今仍有其正确的一面。文学研究会会员的欧阳予倩主张，"要打破因袭的观念"，"从戏剧里面认识人生"；"要扩大研究范围"，"虚心接受世界的理想"，"注重写实主义的欧洲戏剧。"❷这些主张，对我国现代话剧运动和创作，都产生了积极的影响。

　　总之，文学研究会的译介工作，不仅在五十多年前启迪、引导文学青年走上正道，对我国的无产阶级文学的发生、发展起过积极的推动作用，而且在今天，他们译介工作中的许多方面，诸如译介为革命服务，为建设中国新文学服务，为提高自己的创作水平服务；注重译介被压迫民族文学，俄罗斯、苏联文学，世界现、当代文学；进行翻译理论的探讨，在翻译中提倡精益求精；编刊物，出丛书，辟专题，编辑外国文坛消息、杂话等等。这都是我们为繁荣社会主义文学而批判吸收外国文学时应该继承发扬的优秀传统。

（原载《福建师大学报》1980 年第 2 期）

---

❶ 洪深：《中国新文学大系·戏剧集导言》。
❷ 见《予倩论剧、戏剧改革之理论与实际》。

读新发表的郑振铎信件

——兼谈文学研究会与鲁迅

苏 茵

　　《鲁迅研究资料》第四辑和《中国现代文艺资料丛刊》第五辑分别发表了一批郑振铎信件。这些信，写于一九二一年至一九二五年间，此时恰为文学研究会成立的最初几年。有关文学研究会的情况，在郑振铎这个主要会员的信件里，是作为重要内容被大量地反映出来的。

　　从这组信件中，我们可以看出文学研究会从事文学活动的部分情况与内容；了解到他们同"学衡派"、"鸳鸯蝴蝶派"乃至"创造社"进行斗争和笔战的侧面；也能窥见该会从成立到发展以至逐步走向无形解体的大致过程；还可看到鲁迅给予文学研究会的强有力的支持。这批书信的发表，为我们提供了文学研究会及其与鲁迅关系的第一手资料。

　　郑振铎的信，首先为我们提供了文学研究会成立的时间与地点的可靠左证。一九二一年一月二日他在给周作人的信中说："文学会开成立会，如先生可以风（按：原信如此，疑笔误），务请必至，时间为一月四日，地点在中央公园来今雨轩"。

　　文学研究会成立的时候，正是我国"五四"运动以后的一两年间。当时，我国一部分小资产阶级知识分子，在"五四"新文化运动大好形势的鼓舞下，愈来愈看到了文学的重要性，他们企图以文学为武器，改造社会，推动社会向前发展。于是各种文学团体雨后春笋般大量涌现。这时，北京的郑振铎、叶绍钧，上海的沈雁冰等十二人，遂酝酿组织文学团体，以灌输文学常识，发表个人创作，介绍外国文学。经过几十天的准备，终于决定于一九二一年一月四日在北京召开成立大会。郑振铎这封信，就写在开会的前两天，是通知周作人去参加大会的。

文学研究会成立的宗旨是明确的。该会在自己的成立宣言中明确指出："文学是一种工作，而且又是于人生很切要的一种工作。"它反对将文艺当作"高兴时的游戏"或"失意时的消遣"，主张"为人生而艺术"。

文学研究会这种主张，在我国二十年代初期，是有进步作用的。当时，中国革命形势急剧发展，新文学阵营随之产生了分化。知识分子中"有的高升，有的退隐，有的前进"，有的和敌人妥协了。腐朽反动的封建文化也借机抬头，向新文化运动发起反扑，以文学为"游戏"或"消遣"的所谓"黑幕小说"一时风靡文坛，专门描写资产阶级颓废情调与色情生活的文艺刊物也接踵而出，这种文艺，就象裹着蜜糖的毒药，吸引和毒害了不少青少年。文学研究会的成立和"为人生而艺术"的主张，就象平地一声春雷，炸开了文学界这种龌龊而陈腐的空气，给文学界带来了新的生机。因而不少人纷纷加入文学研究会，郑振铎一九二一年三月三日的信告诉我们，仅仅两个月，会员就发展到四十八人。

文学研究会成立后，做了大量的工作。首先，改革了控制在"鸳鸯蝴蝶派"手里的《小说月报》，用来作为发表创作和翻译、介绍和研究的阵地。

《小说月报》介绍了英国、法国、德国、日本以及芬兰、塞尔维亚、乌克兰等几十个国家与民族的作家，翻译过他们的上百部作品，编印了十几种文学研究专号，介绍了世界文坛的各种消息……。

文学研究会还在北京、上海、广州等地创办《文学旬刊》、《诗》月刊，《时事新报》的副刊《文学周报》，作为推行新文艺，对抗"游戏文学"、"消遣文学"以及"复古文学"的阵地。此外，还出版《小说月报丛刊》、《文学研究会丛书》，系统介绍世界文学，传播文学知识，编印作家专集。

在这些卓著成效的活动中，文学研究会在注意介绍、翻译大作家和名作品的同时，特别重视弱小国家和弱小民族的作家与作品，尤其对于被压迫、被损害的弱小国家与民族，寄予了更大的同情。

从郑振铎的信中可知，文学研究会从事上述文学活动，困难是很多的。该会的一些主要成员如郑振铎、沈雁冰等人，常常需要亲自写稿、约稿、改稿；需要亲自翻译、编辑和校对，甚至亲自卖书和算帐。一九二二年十二月七日郑振铎的信，谈到了一些这方面情况："《小说月报》稿，好者极少，创作稿虽多，而佳者寥寥，至于翻译，则连投稿也不多，最多的只有诗歌一类的稿子，而又最坏。所以要把《月报》办得好，非赖北京上海同人的努力不可，上海方面，人太少，时间又有限，只能尽一部分的力，总望北京同人能多做稿子。"

尽管困难重重，前进路上荆棘丛生，他们还是铲除杂草，觅寻滋补社会的甘泉。文学研究会的进步主张以及他们的努力，对于中国新文化运动，无疑起了很大的推动作用。

好事多磨。世界上任何新生事物都是在和腐朽反动事物的斗争中艰难成长的，也是在和保守落后以及各种不喜欢、不习惯新生事物的错误思想斗争中壮大的。文学研究会从一成立，就受到了来自多方面的压力，有来自敌人的诽谤，也有来自朋友的责难。鲁迅先生在《上海文艺之一瞥》中做过具体分析，他说："文学研究会这时就受了三方面的攻击。一方面就是创造社，既然是天才的艺术，那么看那为人生的艺术的文学研究会自然就是多管闲事，不免有些'俗'气，而且还以为无能，所以倘被发见一处误译，有时竟至于特做一篇长长的专论。一方面是留学过美国的绅士派，他们以为文艺是专给老爷太太们看的，所以主角除老爷太太之外，只配有文人，学士，艺术家，教授，小姐等等，……第三方面，则就是以前说过的'鸳鸯蝴蝶派'，……。"这里，鲁迅先生采取阶级分析的方法，指出了三方面势力对于文学研究会攻击的不同性质，这在郑振铎的书信中，也有鲜明的反映。

郑振铎在一九二五年四月二十五日信中说："《文学》在四年中，结了不少仇敌，文丐之流及'学衡派'的人切齿于我们无论矣，……然而我们终要努力（最恨的是不做事）做去，以与这些人周旋。上海之黑暗，为外面人所万不能知，将来恐未免受他们的暗中伤害。然而我们不怕。"

这里所说"学衡派"，即鲁迅所说"留学过美国的绅士派"，以胡先骕、梅光迪、吴宓等为代表。他们出版《学衡》杂志，拚命攻击新文化与新文学，他们是封建主义文化与资产阶级文化合流的代表。他们宣扬所谓"凡夙昔尊崇孔孟之道者，必肆力于柏拉图，亚里士多德之哲理"，"凡读西洋之名贤作者，则日见国粹之可爱"。这种将封资杂糅的论调同进步的新文化运动存在着不可调和的矛盾，对于同情人民疾苦和支持被压迫民族的文学研究会，当然恨之入骨，坚决反对。这是他们与文学研究会根本不同的阶级利益所决定的。然而，"学衡派"的攻击，文学研究会并不怕，反而更加"努力做去"。在鲁迅和文学研究会以及当时其他进步人士的共同批驳下，"学衡派"的反动理论越来越臭不可闻了。

"礼拜六派"，是一帮专以描写低级趣味为能事的无聊文人，商务印书馆出版的《小说月报》，过去一向控制在这帮人手里。一经改革，他们就感到这是重大威胁，于是就对《小说月报》实行攻击，文学研究会给予他们以强烈的反击。一九二一年八月四日，郑振铎在信中说："我们要注全力来对付近来的反动——《礼拜六》一流人的反动"。

在《礼拜六》专门以低级趣味迎合小市民所好，吸引和毒害了不少青少年读者的时候，郑振铎曾在信中感慨地说："现在青年之倾倒于'礼拜六'体的烂污文言，较崇拜他们的作品尤多数十倍。""想不到复古的陈人在现在还有如此之多，而青年之绝无宗旨，时新时旧，尤足令人浩叹。圣陶、雁冰同我几个人正想在《文学旬刊》上大骂他们一顿，……不可不加倍奋斗也。"（见一九二一年十一月三日信）郑振铎等文学研究会成员同"礼拜六派"进行了不调和的斗争。然而，斗争是十分艰难的，"礼拜六派"对文学研究会发起了疯狂的反扑，他们的刊物《长青》、《红》、《快活》等纷纷出笼，诲淫诲盗之作铺天盖地而来。郑振铎一九二二年十月三日的信告诉我们："'礼拜六派'的势力，甚为盛大，差不多没有一个卖日报的人，没有不带卖《礼拜六》等，其他火车轮船埠站，及各烟纸店，小书摊，亦皆有他们的踪迹。商务近来亦拟出一种小说周刊，做稿的人，亦为他们一流。"在这种四面包围的强大攻势下，文学研究会的成员互相勉励，顽强斗争，北京上海，协同作战。因而《小说月报》、《文学旬刊》、《文学周报》等都成了同"鸳鸯蝴蝶派"进行笔战的阵地。

743

与文学研究会几乎同时成立的创造社，也是提倡新文化运动的进步文艺团体。两个组织无根本利害冲突，大方向也是一致的。但是，由于当时文艺观点有分歧，创造社"尊重自我的，崇创作，恶翻译"（鲁迅：《上海文艺之一瞥》），又一度追求艺术上的"全"与"美"，主张为艺术而艺术，就和把创作、翻译同时看重并主张艺术为人生的文学研究会对立起来。他们对不符合自己主张的作品及翻译，指责挑剔较多，鼓励支持较少，甚至出现一些讽刺和谩骂的文章。在"学衡派"、"鸳鸯蝴蝶派"攻击文学研究会的同时，创造社一些人的这种作法，给文学研究会带来了更大的困难。因此文学研究会很想消除矛盾，一致对敌。郑振铎在一九二一年九月三日信中谈到了这种想法："在现在黑雾弥漫的时候，走一条路的人自然应当结合坚实，共同奋斗"，"对于走一条路的人，如果意见稍有不同，只应讨论而不应谩骂"，因为他们在斗争中，确实感到"自己打架，不惟给他们笑，而且也减少效力不少"（见一九二一年八月四日信）。但是，愿望终究不是现实，由于时代的局限，双方都不可能用马克思主义态度对待这种关系，使得矛盾越来越大。当一九二三年五月，《创造周报》有文章谩骂讥讽文学研究会成员的作品时，郑振铎便气愤地说："《创造周报》已出版，太会骂人了，……我们原无与他们敌对之意，而他们却越逼越紧，骂到无所不骂，难道我们竟忍到无可复忍之地步而还要忍受下去么？！……"（见一九二三年五月十九日信）直到一九二五年四月二十五日，郑振铎的信中还有"创造派的几位也怒目相对，此实至为痛心者"等语。这种文艺队伍内部由文艺主张不同而引起的种种分歧意见，完全是正常现象。通过讨论，不是不能解决，或者达到求大同存小异的目的。然而，说来容易，做起来却难。创造社中某些人，确实表现出盛气凌人，不可一世，容不得不同意见存在，而文学研究会又不甘愿受打击而提笔应战，如此你枪我剑，持续了三、四年之久。最后还是由文学研究会首先挂出了"免战牌"，声明对于没有根据的谩骂文章"敬谢不敏，不再回答"，才逐步结束了这场论战。这说明，当时的小资产阶级知识分子，虽然经受了"五四"运动的洗礼，开始接受马克思主义，但还不能用以指导实践，因而一遇问题，便有时糊涂起来，不分敌友，不辨是非了。而创造社中一些人，表现得就更为突出。

鲁迅自始至终是文学研究会的强有力的支持者。

一九二一年，鲁迅任教育部佥事，据说当时有个"文官法"，规定凡政府工作人员不得参加社会上任何团体。所以鲁迅未能参加文学研究会。但是，他与文学研究会却有着千丝万缕的联系，他无时不在关怀着文学研究会的成长，不断提供其成长的"营养"和精神食粮，他象园丁，用自己的辛勤劳动的汗水，默默地浇灌着新文学运动之花。

早在一九二〇年，当文学研究会还在酝酿之中，鲁迅先生就以极大的热忱欢迎和支持了这一新生事物，他参加了文学研究会宣言的起草工作，不但提出重要意见，而且与其他人一起推敲，共同修改。但是，鉴于当时"文官法"的规定，发表时不便用鲁迅的名字。

鲁迅先生为文学研究会的刊物花费过大量的心血。仅在一九二一年一年中，他就为《小说月报》翻译了五篇论文与小说，写了四篇译后附记。此外，文学研究会曾把鲁迅的小说《社戏》、《在酒楼上》和译作《工人绥惠略夫》、《一个青年的梦》、《世界的火灾》、《爱罗先珂童话集》等，编入《小说月报丛刊》、《文学研究会丛书》中出版。在后来的《文学》月刊上，鲁迅也发表过作品。郑振铎在一九二二年十二月七日信中曾说："鲁迅先生的创作小说，……上海方面喜欢读的人极多。"因此，非常希望鲁迅多为他们写稿。

在《小说月报》第十二卷第十号的"被损害民族的文学"专号里，凝聚着鲁迅先生的大量汗水。他一方面积极推荐其他人的好作品，另方面，在这期专号里，他一下子发表了《近代捷克文学概观》、《小俄罗斯文学略说》、《战争中的威尔珂》、《疯姑娘》等四篇翻译的作品及其译后附记。在炎热的夏季，鲁迅为了翻译上述文学作品，搞得头晕脑胀，辛苦得很。一九二一年八月二十九日鲁迅在给周作人的信中曾说："我大为捷克所害，'黄胖捣年糕''头里或萝卜'。"意思是说，翻译《近代捷克文学概观》等困难重重，十分吃力，就象害黄胖病的人，在石臼里捣年糕，费力而不讨好。

为了搞好这期专号，鲁迅不仅翻译了上述几篇作品，而且还承担了一些抄写、改稿、校对以及查找资料等辛苦而琐碎的工作。以周作人名义发表的《近代波兰文学概况》和芬兰哀禾作品《父亲拿洋灯回来的时候》，就是鲁迅为之查阅和提供了很多材料后写成的。后一篇在发表之前，鲁迅不仅帮助校对和修改译稿，而且在"译者说明"中所引的德国勃劳绥威德尔的《北方各家小说》中的一大段文字，就是鲁迅查出并抄在信上寄给周作人的（当时周作人正在北京西山养病）。如此工作还有许多，这里不再多举。但从上面介绍可以看出，鲁迅给予《小说月报》的支持，有公开的，署名的，也有默默无闻和从未被人知道的。他所给予"被损害民族的文学"专号的无限热忱和大力支持，充分表现了他同情被压迫民族和阶级，仇恨一切强暴和压迫者，支持一切正义斗争，这里闪烁着一个伟大的共产主义者早年的思想光芒。

鲁迅对于文学研究会更重要的支持是，当文学研究会受到来自多方面的攻击时，鲁迅态度鲜明地站在文学研究会一边，同各种反动势力进行了针锋相对的斗争。

就在"学衡派"这股欧化的守旧势力，仇恨文学研究会等进步文化团体，多次对新文化运动进行反扑时，鲁迅写了有名的《估"学衡"》一文。鲁迅采取以子之矛，攻子之盾的方法，有力地揭露了"学衡派"一些人不学无术的假学究面孔，说他们"实不过聚在'聚宝之门'左近的几个假古董所放的假毫光，虽然自称为'衡'，而本身的秤星尚且未曾钉好，更何论于他所衡的轻重的是非。"此外，鲁迅还写了《以震其艰深》、《所谓"国学"》、《"一是之学说"》、《不懂的音译》、《对于批评家的希望》等文章，都给了"学衡派"以沉重的打击。

当"鸳鸯蝴蝶派"向文学研究会大举进攻，甚至挤进商务印书馆，出版《小说世界》去流布他们的影响，同《小说月报》争夺阵地时，鲁迅写了《关于〈小说世界〉》，对《小说世界》的出笼，进行辛辣的讽刺和有力的抨击。他说："凡当中国的自身烂着的时候，倘有什么新的进来，旧的便照例有一种异样的挣扎。"的确如此，一些反动势力在它行将灭亡的时候，总要同进步势力进行最后的较量。当包括文学研究会在内的新文化运动兴起时，做为腐朽没落文化的"鸳鸯蝴蝶派"同样要进行挣扎。鲁迅把"鸳鸯蝴蝶派"的挣扎（指《小说世界》的出现），比作是偷了佛经造道经而反过来又骂佛经并且用下流方法害和尚的道士，形象而生动地揭露了"鸳鸯蝴蝶派"借用白话，向青年灌输毒素，妄图扑灭新文化运动的罪恶目的。此外，鲁迅还写了《儿歌的反动》等一系列的文章，回击了"鸳鸯蝴蝶派"的反扑。

鲁迅对于"学衡派"和"鸳鸯蝴蝶派"的抨击，给了文学研究会以有力的声援，直接或间接地支持了文学研究会的斗争。这些匕首投枪式的杂文，表现了"五四"运动初期，伟大的鲁迅先生反帝反封建的坚定立场和鲜明态度，显示了他投身于新文学革命运动的光辉战绩，对于推动"五四"新文化运动，起了巨大的作用。

综上所述，文学研究会是我国二十年代一个影响较大的进步文学团体，它积极介绍和翻译世界各国文学，同情弱小民族，关心人民疾苦，主张艺术为人生，这在当时起到了揭露旧社会黑暗，促进社会改革的进步作用，对于推动新文化运动，作出了宝贵的贡献。

但是，它又不可避免地有着自身的弱点。从郑振铎一组信件中可以看出，文学研究会是个散漫而软弱的组织。它尽管开过几次会，发表了宣言，但缺乏统一的指导思想与行动纲领，除几个主要成员外，大部分会员都是各行其是，互不通声气。因而同人之间，主张不同，步调不齐，力量分散，捏不成拳头，影响了战斗力。从郑振铎一九二一年三月三日的信可知，文学研究会刚刚成立两个月，就出现了"精神上显得散漫"的苗头，他们曾试图加以纠正，但只想从限制会员资格入手，显然是不行的。因而到同年十一月，郑振铎的信表现了更大的忧虑和不安，他说："各地会员也不大通音问，如此现象，殊为可悲，即比之破碎之'少年中国学会'恐亦有不及。如果我们的文学会也是虎头鼠尾，陷入中国人办事通例的阱中，那真是大可痛苦的事了！"（见一九二一年十一月三日信）

文学研究会的另一弱点是，它所宣扬的文学主张，就其性质，仍属资产阶级文艺观的范畴。上海《文学旬刊》宣言在解释文学的概念时说："文学不仅是一个时代，一个地方或一个人的反映，并且也是超于时与地与人的，是常常立在时代的前面，为人与地的改造的原动力的。……惟有它能有力的使异时异地的人们，深深地受作者的同化，把作者的感情重生在心里。……人们最高的精神的联锁，惟文学可以实现之。"这种文学观实际上是把文学看成了超阶级、超时代的东西，因而文学研究会所从事的文学活动也就蒙上了小资产阶级民主主义的色彩。他们尽管同情被损害与被污辱者，而且翻译和介绍了不少弱小国家和民族的作品以及作家；尽管主张文学要反映现实，揭露社会黑暗，反对将文艺当作"游戏"或"消遣"（这些在当时都是积极的，进步的），但它的基本出发点，不过是反对歧视，反对压迫，主张民主平等，对被损害与被污辱者和一些弱小国家与民族，寄予一定的同情心，却不能站在无产阶级的高度，给一切反动腐朽文化以最彻底的打击。

然而，我们决不能苛求前人，文学研究会尽管有上述弱点，而它的历史功绩却是不可磨灭的。它在遭受种种攻击，面临重重困难的情况下，仍然坚持了十一年之久，直到一九三二年上海"一·二八"战争时，才因商务印书馆被炸毁而无形解体。

今天，我们在研究文学研究会及其与鲁迅关系时，这组新发表的信件，为我们提供了新的材料和很好的历史见证，有利于我们对文学研究会和鲁迅给予它的支持，进行更加深入的研究，做出更加符合历史本来面目的结论。

（原载《鲁迅研究资料（6）》，

天津人民出版社 1980 年 10 月第 1 版）

十、回忆文章选辑

记小说月报第二十三卷新年号

徐调孚

　　语堂先生出了一个题目来，要我为《宇宙风》新年号做这么一篇东西。我想尽了过去好几个的新年，觉得实在没有什么可说。每逢阳历新年，老是这样过去的，而每逢阴历新年，又是那样过去的。一年虽有两个新年，过去的方法又虽各不同，不过年年一样，却是无可讳言的。

　　《宇宙风》上我最爱读老舍先生的《老牛破车》，因为我很荣幸的是他前五部著作的原稿阅读者，所以阅读他的叙述写作经过的文章，分外觉得有味。在第五期上读了他的"我怎样写《大明湖》"，使我想起了只有我一个人读过的毁于兵火的《小说月报》第二十三卷的新年号了。

　　对于"新年"，我无"旧"可"怀"，对于这本"未经世面"的"新年号"小说月报，却不禁"感慨系之"，我就来"怀"他一怀罢。虽非"新年"之"旧"，语堂先生或者也不致科我"假借名义"之罪罢。

　　《小说月报》第二十三卷新年号依理是在二十一年一月十日出版，为了历年脱期延误的缘故，所以这期直到一月二十七日方才从印刷架上印毕最后的一页，一面由装订部送来装订成书的第一本。我再三叮嘱印刷所，这本新年号务须在一月份内送到发行所发售，不能挨到二月一日的。岂知在二十八日的晚上，战事就发生了，这本三、四百面厚的"新年号"就此失去了生机，成了只有我一个人通读过的纪念物了（因为这年郑振铎先生请假赴平，其时方从北平返沪，还未见到这册"珍本"杂志）。

　　在这卷《小说月报》上，预备同时发表三个长篇创作，一是逃墨馆主的《夕阳》，一是老舍的《大明湖》，一是巴金的《新生》。在这新年号上，各登了二万字左右。"逃墨馆主"是茅盾的另一笔名，那时为了某种关系，"茅盾"两个字不能在商务印书馆的刊物上出现，所以他题了这么一个笔名，又恐防"文坛消息家"来做索引，随意的乱猜，因此在广告上特意说明是"一位新的作家的处女作"。其实这都是我弄的玄虚；现在事过境迁，不妨在这里自己揭穿这黑幕。这三部长篇创作同烬于火，遭到了似乎是同样的结果，然而实际是不然的。《夕阳》其时还没有写完，交到《小说月报》社里来的只是首二期的稿子，并且交来的又是经过誊写的复稿，所以在二十二年的新年里，得更换了《子夜》的书名，在开明书店出版。《新生》则不然，稿子是完全的，底稿可不留。不过在《东方杂志》复活时，胡愈之先生要我帮助他编辑文艺栏，我就逼着巴金先生，要求他把《新生》再写出来给我刊登，巴金毕竟是巴金，他终于使《新生》新生了。惟有《大明湖》，既没有副稿，老舍先生又不肯"默写"（引用他自己的话），所以终于不能和世人见面。郑振铎先生大概是看完的罢，我却还只读过前半部，现在很懊悔当时不把它一口气念完。在这部作品里，对话还是那么样的漂亮，幽默的句语确乎没有了；它不再以人物的行动态度来显示给人家，而以心理的刻划来代替了。

　　这本新年号的其他稿件，现在还可借着刊登在二十二卷十二号上的广告来知道一些。短篇的创作，据预告说是一共五篇：蓬子的《喜剧》，施蛰存的《残秋的下弦月》，穆时英的《夜》，张天翼的《蜜蜂》，沉樱的《时间与空间》。然而实际上，《时间与空间》一篇已在十二月号上刊登。我还记得，在十二月号上，我本来排入一篇穆时英先生的《都市的 Fox-trot》，但是给公司当局的检查所抽去，我没有办法，只好临时把本来预备刊登在新年号上的这篇《时间与空间》补入。至于新年号上拿什么东西来替补这篇，我现在记不得了。这几篇短篇，似乎后来都曾在别的刊物，像《现代》等上刊出，没有完全的毁去。

　　关于创作方面，除了长短篇小说外，有戏剧一篇，熊式式的《财神》，是独幕的喜剧，我还记得。随笔若干篇，作者是丰子恺等，诗若干篇，作者是戴望舒等。

论文方面，有俞平伯的《诗的神秘》，方光寿的《文学批评之诸问题》（似乎是译日本片上伸的作品），刘穆的《战后法国文学的问题》（似乎也是译文），萧祖震的《到诗人拉马丁的屋》（这篇文章是萧君迢迢地远从海外寄来的，还附有插图十余幅，我把这些图制成影写版，附订在文章的前面），夏丏尊译的谷崎润一郎《与佐藤春夫谈过去半生书》（这篇原文登在二十年十二月号的《中央公论》上，其时他们刚玩过了"换妻"的把戏），和许地山的《作曲家摩萨的爱恋生活》。

翻译方面，有陈瑜译的日本前田河广一郎的剧本《北美三部曲》（在新年号上，登了第一部。"陈瑜"是田汉先生的笔名，在今日已是无人不知的了，在那时，恐怕还是初次应用罢），郑振铎译的《魔术家》（俄国契里珂夫著），叶启芳译的《枪手》（英国奥弗拉赫德著），傅东华译的《树林中的死》（美国安特生著），段可情译的《菲洛琳卡》（德国施笃谟著），马宗融译的《锐波里底忏悔》（法国米尔博著），徐霞村译的《十六世纪的西班牙》（西班牙阿左林著），穆木天译的《七个铜板》（匈牙利莫力子著），陈君涵译的《未锁之门》（意大利戴丽黛著）等。

最后，我还要提起那张封面，是钱君匋先生的手笔。后来，这图案应用在光华书局出版的《文学月报》上，不过印刷似乎太差了。

关于"新年号"，我能记到的就是这一些。第二号也已全部编好，本来预备要在二月十五日左右出版的，内容也已忘记，只记得第一篇是茅盾先生的《徐志摩论》。我特从邵洵美先生那里借到一张很好的徐先生遗照，从郑振铎先生的抽屉里检出几封徐先生的遗扎，预备一并印在卷首。这篇《徐志摩论》，作者也没有留着原稿，后来重写了发表在《现代》上，不过内容已经不同了。

第三号是"歌德专号"，已收到文章不少，我只记得在这些文章中有宗白华、范存忠和梅川三位先生的各一篇。梅川先生其时正在德国，他知道了我要出《歌德专号》，感谢他的好意，特为把一本印刷得极精美的关于《歌德》的画册借给我，让我复制一些印在专号的卷首。结果，这本画册同许多文章，还有梅川先生的通信地址，一并葬送在炮火之下。自从通信地址烧去了以后，直到今天，我还不曾和梅川先生通一次信，我的心里是怎样的难过呀！不知梅川先生现在已否回到中国来。

（原载《宇宙风》半月刊第 8 期，1936 年 1 月 1 日。该文个别
文句经作者略加删改，被收入《中国出版史料补编》，
中华书局 1957 年 5 月第 1 版。此据《宇宙风》
半月刊第 8 期印文收录。——编者）

现代作家生年籍贯秘录
——文学研究会会员录

赵景深

　　文学研究会是中国新文学运动史一个最早且亦最大最光荣的文学团体。它的会员经过正式登记的只有一百七十二位。曾经用仿宋字印过一本道林纸的会员录，计会员一百三十一人。可惜这本簿子，我保留的一份，被一位朋友借去，替我遗失了。记得我自己大约是七十多号，与李青崖的名字在一起，换一句话说，我们这两个短篇小说的译者入会已经不算太早。

　　第一百三十二号以后，我却留了一个底子，这些都不曾印行，我是从入会志愿书上抄下来的。我选择一部分写在下面，相信读者们一定会感到兴趣：

134	顾德隆	仲彝	浙江嘉兴	英法	二二	（民十三）
136	隋廷玫	玉薇	山东		二四	
137	金满成		四川峨嵋	英法	二五	
139	欧阳予倩					
140	汪仲贤	优游	安徽婺源	英	三八	（民十四）
141	苏兆骧	跃云	江苏盐城	英	二三	
142	谢位鼎	小虞	湖南湘乡	日法英德		
144	徐蔚南		江苏吴江	法日	二五	
147	黎烈文		湖南湘潭	英	二〇	
148	陆侃	侃如	江苏海门	英	二三	

149	李金发		广东梅县	英法德意	二五	
150	游国恩	泽承	江西临川	英	二七	
153	徐嘉瑞		云南昆明	英日	二九	
155	吴文祺		浙江海宁	英	二五	
156	罗象陶	黑芷	江西武宁	英日		
160	王世颖	新甫	福建闽侯		二五	（民十五）
162	蹇先艾	萧然	贵州遵义	英	一九	
163	李健吾	仲刚	山西安邑	英	一九	
167	舒庆春	舍予	京兆北京	英		
168	朱应鹏		浙江杭县	英	三〇	
169	贺昌群		四川马边	英日	二三	（民十六）
170	彭家煌	韫松	湖南湘阴	英	三〇	
172	俞剑华		山东历城	英日	三四	（民十七）

在四十一个名字中，我选录了二十三个名字。读法请以一三四号顾德隆为例，字仲彝，浙江嘉兴人，擅英法两国文字，民国十三年加入文学研究会，当时他是二十二岁，照此推算起来，他比民国大九岁，民国三十五年他是四十四岁。现在大家都知道他叫顾仲彝，但他曾用顾德隆这名字译过《相鼠有皮》等书列入文学研究会丛书，却很少有人知道了。

隋玉薇是一位女作家，在小说月报上发表过很美丽的童话剧，当时她还在北京女子师范文科里念书。

金满成以翻译法国文学著名。

汪仲贤在小说月报号外中国文学研究上写过一篇《宣和遗事考证》，写得很精细。他大约是民国二十六年去世的。

苏兆骧是与苏兆龙同在英文杂志和英语周刊写稿著名的。他好像在文学周报上连载过英国宾那脱（Arnold Bennett）的《文学的趣味》（Literary Taste）。

谢位鼎这名字也许有些人不人想得起来了。他曾经在小说月报上译过莫泊桑的小说理论。

徐蔚南大家都知道，无须介绍。他现任民国日报觉悟主编、大晚报上海通主编、通志馆编辑。

黎烈文以编申报自由谈著名，也是大家所熟知的。他的小说《舟中》，散文《崇高的母性》知道的人较少。

陆侃如曾与他的妻子合写过一部纪念碑式的《中国诗史》。我们不知道他的名字却叫陆侃。

李金髮是象征派诗人。据说他本来名叫金发，带有发黄金财的意思。后来他觉得这名字难听，便改成现在这样的名字。

游国恩与陆侃如都是北京大学国学系的研究生，同出于梁启超等人的名下。他著有《楚辞概论》。

徐嘉瑞现任昆明云南大学教授。他新著《金元戏曲方言考》一书，有罗常培序。又曾著有《云南民谣研究》、《云南农村戏曲研究》等。他最初的一部《中古文学概论》销路极佳，后来又有一部《近古文学概论》由北新出版。

吴文祺曾任燕京大学教授，现任暨南大学中文系教授。他对于作文法和修辞，有论文在文学季刊上发表。

罗黑芷早已去世。我们因为他住在湖南长沙，便以为是湖南人，不知道他却是江西武宁人。

王世颖似乎合作研究更出名，但他却与徐蔚南合写过《龙山梦痕》。绍兴省立第五中学我接他与蔚南的后任。学生们谈起，蔚南上课时常讲一点希腊和北欧的神话，世颖则大鼓唱得极好。

蹇先艾最近有一篇《谈小说标题》在春秋上发表。李健吾最近在《怀王统照》一文中也提到他。

李健吾，这名字凡住在上海爱看话剧的人都知道，有不少人看过他演自己的剧本《这不过是春天》和杨绛的《称心如意》。但谁也不知道他号叫仲刚。他是山西人，也许有人知道，但不能确说他是山西安邑人，今年他还不过三十九岁，与蹇先艾同年。他的文章是很漂亮的国语，修辞的工夫用了不少，简单的一句话每每不肯直率平凡的说出来，因此造成他那卓异的风格。

舒庆春就是老舍。好多人以为他是旗人，现在有他自己填的履历表，我们知道他实是北平人。

朱应鹏是艺术家，曾在田汉办的南国艺术学院里任教授。过去绘画爱用晦暗的色彩。

贺昌群写过一本《元曲概论》。

彭家煌去世得也很早。

最后一位文学研究会会员是俞剑华。他也是艺术家，似乎曾任新华艺术专科学校的校长。

我相信，这部分不全的文学研究会会员录对于编辑《现代中国名人录》、《中国文艺家辞典》的人会有一些用处。同时，这也是《中国新文学运动史》的重要资料。

（《文坛忆旧》，北新书局1948年4月初版）

《小说月报》话旧

徐调孚

《文艺报》编辑部同志要我回忆一下过去编辑《小说月报》等刊物的情况，想要从中吸取一些经验，以便更好地掌握"百花齐放"和"百家争鸣"的方针。

当然我可以尽可能地回忆一下，只是想要从中吸取什么经验以改进工作，怕不容易吧！因为我总认为过去的编辑方法很少在今天还有可取之处。

一九二一年，商务印书馆的资本家受了"五四"运动的影响，把他们出版的已有十一年历史的《小说月报》，改请沈雁冰同志编辑，从旧的形式和内容中解放出来，成为新文学的第一个大型刊物。可是编辑却只有他一个人，另外一个是搞事务工作的人员，整个杂志社内仅此两人。

这时候，社会上和商务印书馆内部反对新文学的力量还很强大，《小说月报》受到了顽固分子的攻击。资本家认识不清受攻击的本质，以为是沈雁冰同志编辑得不好所致，于是从一九二三年起改请郑振铎同志担任编辑。当然仍旧是他一个人。

在这期间，除了每月要编辑出版一本约有十二、三万字的期刊外，三年中还编辑出版了两本号外（《俄国文学研究》和《法国文学研究》，每一本都有三、四十万字），这任务是非常重的。

一九二四年，郑振铎同志一个人实在忙不过来，于是介绍我加入工作，从这时候起，算是有了两个编辑了。一九二七年，郑振铎同志为了同情于革命，遭受迫害，无法再留在上海而出国，由叶圣陶同志代替他工作（约计一年余），仍旧是两个编辑。所以直到一九三二年《小说月报》社被毁于战火为止，这个杂志的工作人员始终是三个人。我们两个人的工作都是一揽子的，凡是组稿、阅稿、编辑、校对、通讯等等，什么都要做，有时还要干杂志社以外的编辑工作。

在一九二四年的最后一、二个月内，就要打算明年度的编辑方针，用现在的话讲，就是定好明年的编辑计划。计划的重点，是下列几项：一、分栏的增减；二、长篇连载；三、第一期特大号内容；四、专号或特辑。这个计划也许就是编好一本杂志的关键所在。

《小说月报》的分栏是每年在变动的，大致初期分栏细，后期比较综合，这样似乎显得活泼一些。在初期，创作和翻译，以及小说、诗、散文、戏剧都有一定次序的。

长篇稿件同时可以有几个并载，但性质是不能相同的，譬如说，有一篇论文，一篇创作小说，一篇翻译戏剧，三个长篇同时并载，读者还不致讨厌。否则就觉得沉闷了。一个好的长篇，读者是十分欢迎的，茅盾的"幻灭"、"动摇"、"追求"接连着刊登时，《小说月报》确乎哄动了一下。

《小说月报》每一期大约十二、三万字，但每年的第一期往往加多字数，加多的字数，没有一定；记得最多的一个"新年号"似乎有四十万字吧。杂志加多字数，零售的加价，定户不加价，这虽是资本主义经营方式，目的在于预收大量的现金，但对于读者有一定的利益，所以编辑部门也欢迎这办法，尽量设法使第一期的内容格外丰富；当然这并不等于说，其他各期尽可以编得差一些。

杂志的专号或特辑，根据我们过去的经验，读者是很喜欢的。《小说月报》过去出过不少专号和特辑，其内容有的是纪念性的，如"拜仑号"、"太戈尔号"、"安徒生号"等等；也有是非纪念性的，如"非战文学号"、"被损害民族的文学特辑"等等；也有本来没有预定计划，有时候某一类文稿刚巧很多，或者突然发生了什么事情，就临时来一个专号或特辑，如"创作号"、"五卅运动特辑"、"芥川龙之介专号"（日本文学家芥川龙之介自杀）等等。

除了这四项外，还得注意两件事：一、插图的取材；二、封面的设计。关于插图，初期大都偏重于美术作品，后期偏重于和文字有关的图片。封面是每年一换型式，设计的人也时常在变换。

《小说月报》每期除了长篇连载和固定的专栏（如"现代文坛杂话"之类）外，其余是每期变化的。这里边有论文、小说、散文、戏剧、诗等等，还有创作的和翻译的区别，最好是各门都要有一点，那才显得"杂"。但要齐备是不容易的，小说似乎是这个杂志的主体，每期必得有几篇，创作的和翻译的都要，不可缺少。同志们，请您计算一下，每期可能容纳的某一门类的稿件，是怎样的有限度啊！可是来稿的情况呢，恰恰相反，每天至少有十件左右要收到。在这些来稿中，最多的也自然是小说，其次是诗，其他的就比较少了，并且又几乎全是创作的，翻译的也比较少。明了了这样的情况，也可以推想到所谓"遗珠"之憾是怎样也难以避免了。

过去读者（也就是投稿者）对《小说月报》最大的不满意，是说《小说月报》的编者只看作家的名字，不看稿子，成名的作家就登，无名的作家不登；有名人介绍的就登，自己送上门去的不登；并且无中生有地说，凡是普通的投稿，编者看都不看，一古脑儿捺在字纸篓里。说得有声有色，仿佛他每天在我们的身边，亲眼看见我们是这样干的。

以极少的人力来对付不能作为比例的稿件，确是很困难的。但作为一个编者，他象觅宝似地在到处寻找可用的稿件，岂肯把送上门来的连着都不看就捺进字纸篓里去！我们不妨在这里叙述一下，现在已有国际声誉的丁玲同志，她的处女作短篇小说《梦珂》，是由叶圣陶同志从一大堆来稿中挑选出来刊登在《小说月报》上的。她既不请人介绍，当然更说不到有名声，在那时候连这位作者是男性或女性都还不知道呢。直到很久以后，她从北京到上海，大家见了面，方才知道她是一位女作家。

丁玲同志的作品，当然有一定的水平，在当时这种情况的确不多，但也不是绝无仅有。可惜的是大部分投稿，实在太幼稚了，连最起码的水平都不能达到，如何能刊登呢。在一期"创作号"（一九二七年七月出版）的"最后一页"（即编者的话）上曾经有过这样的几句："编者决不是一架天平。天平能把东西称量得一丝一毫没有差错，而编者岂其伦呢。但编者对于许多文篇，除了不能解悟的及质料同技很次的，也曾勉力减轻关于习染、癖好等种种障蔽，只求它完成或近于完成就行。"这决不是凭空写出来欺骗投稿者的。

同志们还要记得，《小说月报》是在一个资本主义企业的书店里出版的，他们办杂志的目的是攫取利润。所以请您不必质问编者，为什么不肯做一些培养新生力量的工作。您要知道，这不是他们的力量所能办到的。对于这许多创作欲极旺盛的作者，和水平过低的作品，杂志的编者心中非常难过，不能给予什么东西，仅能说一句老话："爱莫能助"。

投稿中既少合用的作品，那么怎样编出杂志来呢？只好把重点放在组稿上。组稿的对象那当然是成名作家了。组来了稿子，一看不能用，也经常会碰到。有时只好付出了稿费，把稿子留下来。当然，这样做资本家是不愿意的，因此在稿子实在困难的情况下，也会取出来凑一下数，一方面也是可以借此减少积压着的稿费。

不用的稿件，有一部分是依照各杂志社的通例，退还给投稿者；在退稿时，经常很简单地提一个意见。当然，这意见仅是编者个人的意见，不会没有不正确的地方，投稿者对此有反应，那是理所当然的事，可是有的投稿者常要反问，他这篇被退还的稿子，跟我们某一期上发表的某一篇作品，有什么及不到的地方；就是说，他的这篇小说比已发表的某一篇好。对于这样的提问题，编者最觉得难于答复。第一，"编者决不是一架天平"，这是千真万确的。第二，更主要的，还是一个时间问题，这互相评比的两篇作品，编辑部不是在一个时间内处理的。譬如说，当编辑上一期时，需要四篇创作短篇小说，可是手头存在着的不足数，只好把比较次一些的一篇硬塞进去，否则杂志要编不成了。到了编另外一期的时候，"佳作如林"，那自然把较次的都留下来，甚至要退还给作者了，即使比过去刊登的几篇水平要高得多，那又有什么办法呢！

我再说一遍，《小说月报》是资本主义企业所办的刊物，办杂志的目的是推广他们出版的书籍，也就是获取更大的利润。因此它需要"八面玲珑"、"面面俱到"，最忌的是得罪人，任何一个人；略带战斗性的文字便不能在刊物上发表了。如果您要从《小说月报》上去找比较尖锐的批评文章，那您准得失望。抗战前出版的《中国新文学大系》中，有一本叫《文学论争集》，这里所收载的文章，几乎没有是从《小说月报》上选录的，就是这个缘故吧。

维护封建道德，也是这个企业的非正式任务之一。封建社会里，"藏垢纳污"，只要不公开讲是无所谓的，假如要剥去这假面具，加以分析明辨，那就有损尊严，不能允许了。《小说月报》第十七卷号外上有两篇文章，题目是：《民歌研究的片面》和《中国文学内的性欲描写》，书已经印成在发售了，企业里一位有强大特权的人物发见了这两篇东西，认为这是极大的罪孽，赶忙把没有售出的存书抽去这两篇，重印目录，再送到市场上去。因此，现在您可以从旧书铺子里找到不同的两种版本，虽则版次是相同的。这两篇文章的内容，可以说都是学术性的。前一篇中引证了许多例子，这些例子中有一部分是近乎猥亵的，但文章的基本论点还是正确的。后一篇内根本没有例子，只是研究了一下中国文学中为什么会有许多不健康的性欲描写；我们猜想另外有一个更大的理由是，这篇文章的作者不幸得很是沈雁冰同志，那时候（一九二七年六月）他是没有发表文字的自由的。

这或者可说是当时《小说月报》的清规戒律，但很明显，这不是编辑人员所制订，并且愿意执行的。可是为了要使这个刊物有可能依照它的比较优良的传统编印下去，编者于是也不企图取消这些清规戒律了。

因为主持《小说月报》的编辑者是文学研究会会员，改革后早期的主要撰稿人也大都是文学研究会会员，于是大家都误认《小说月报》是文学研究会的机关刊物，一部分不属于文学研究会的作家便不肯给这个刊物写稿。这是一个缺憾。

拉拉杂杂地我回忆了这些，因为已是二、三十年前的事了，所以很不全面，可能还有错误，在我个人这是没有办法补救的了。

（原载《文艺报》1956 年第 15 期，1956 年 8 月 15 日）

略叙文学研究会

叶圣陶

　　五四时期，我国期刊的出版空前繁荣。

　　当时的知识分子看到国内的现实和国际的形势，知道我国非变不可。怎么样变，走什么道路，大家都不甚明白，可是《新青年》所提倡的民主和科学，是得到多数人赞同的两个目标。根据这两个目标，大家向各个方面探索，政治，经济，道德，学术，文艺，劳工问题，妇女问题，家庭问题，什么都触及到。探索一阵之后自然有所见，有所见自然要写下来贡献给社会，于是期刊和副刊纷纷创刊，种数之多，读者之广，远远超过清朝戊戌政变时期。这许多刊物里，《新青年》从一九二〇年成为中国共产党上海发起组的机关刊物，就宣传马克思列宁主义，其他各种，大部分有反封建主义反帝国主义的倾向。

　　这许多刊物里，没有专门关于文学的。按当时的情况，很有办这么一种刊物的需要。

　　文学革命的口号是《新青年》提出的，主要反对以文学为宣传封建主义思想的工具。鲁迅的《狂人日记》发表在一九一八年五月出版的《新青年》上，震动了当时的思想界。鲁迅的实践使文学直接为反封建主义的思想斗争服务，叫人明确地认识到文学革命是怎么一回事。一九一九年，鲁迅又发表《孔乙己》和《药》，一九二〇年，发表《风波》，都在《新青年》上。同时的好些期刊和副刊也都登载创作小说，虽然质量有高有低，创作的态度可大半是严肃的。就是说，大半不把创作看作无聊消遣，玩弄笔墨，而是认认真真地把作者探索得来的东西写下来，希望对思想界有点儿贡献，起点儿作用的。还有新诗和剧本，情形跟小说一样。这些作品全都用白话写，没有用文言的。提倡白话，反对文言，也是文学革命的内容之一。当时各种刊物还登载好些翻译作品，俄国的居多，弱小国家和被压迫民族的也不少，此外英美德法等国的都有。总括地说，在这种情况之下，无论作者或读者，对于文学的观点都有所改变，研究文学和享受文学逐渐成为多数人的欲望。于是，期刊和副刊用少量的篇幅登载些作品和有关文学的文章，就觉得不能满足需要了，要有一种专门关于文学的刊物才好。

文学研究会就因为要办一种文学杂志而组织起来的。

文学研究会的第一份会务报告里记载发起的经过，大要如下：一九二〇年十一月间，北京的几个朋友相信文学的重要，想办一种文学杂志，"以灌输文学常识，介绍世界文学，整理中国旧文学，并发表个人的创作。"跟上海的出版家接洽出版，没有得到成议。于是有人提议，不如先办一个文学会，杂志由文学会办，基础可以稳固些，跟出版家接洽也容易些。这个提议得到大家的赞成。隔了不久，沈雁冰从上海寄信到北京，说商务印书馆请他担任《小说月报》的编辑，并约大家加入月报社，月报内容可以彻底改革，名称还仍其旧。北京同人经过商议，决定发起组织文学会，以《小说月报》为文学杂志的代用刊物，大家以个人名义给《小说月报》撰稿。一九二一年一月四日，文学研究会在中山公园来今雨轩开成立会，到会者二十一人。

《文学研究会宣言》登载在《小说月报》第十二卷第一号和《新青年》第八卷第五号（都是一九二一年一月出版），北京的好几种日报和杂志也登载。宣言说了发起这个会的三点意思。第一点是联络感情，第二点是增进知识，第三点是建立著作工会的基础。这第三点意思很可以注意。用"著作工会"这个名词，非常特别，所说的意思很新鲜。"将文艺当作高兴时的游戏或失意时的消遣的时候，现在已经过去了。我们相信文学是一种工作，而且又是于人生很切要的一种工作。治文学的人也当以这事为他终身的事业，正同劳农一样。所以我们发起本会，希望不但成为普通的一个文学会，还是著作同业的联合的基本，谋文学工作的发达与巩固：这虽然是将来的事，但也是我们的一个重要的希望。"要不是受到马克思主义思潮的影响，宣言里决不会用"著作工会"这个名词。要不是把文学工作看成关系群众的共同事业而不仅是个人的劳动，宣言里也不会提到什么"著作同业的联合"和"谋文学工作的发达与巩固"。说第三点意思很可以注意，理由在此。

在宣言和会章后面署名为发起人的有十二人。到现在，永远离开我们的有六位，他们是朱希祖，蒋百里，许地山，耿济之，王统照，郑振铎。其中郑振铎是最初的发起人，各方面联络接洽，他费力最多，成立会上，他当选为书记干事，以后一直由他经管会务。这位爽直，慷慨，热情，乐观，坚持正义，爱憎分明的可敬的朋友，去年十月间忽然传来噩耗，因为遇到恶劣的气候，在出国飞航的途中丧了命！怀念他追悼他的不限于国人，国外的文化界也表示深切的悼念。

文学研究会既然以《小说月报》为文学杂志的代用刊物，这里该约略谈一谈《小说月报》。月报的革新从第十二卷开始，第一号登载《改革宣言》，提出创作、批评、介绍、研究并重的方针，说革新文学的目的在创造中国的新文艺，文艺是国民性的反映，惟有能表现国民性的文艺才有真价值。第二号里有沈雁冰给郑振铎的信的摘录。"发表创作，宜取极端的严格主义，差不多非可为人模范者不登，这才可以表现我们创作一栏的精神。一面，我们要辟一栏'国内新作汇观'批评别人的创作，则自己所登的创作更不可以随便。朋友中我们相识的，乃至极熟的，大家开诚相见，批评批评，弟敢信都是互助的精神。批评和艺术的进步，相激励相攻错而成。苟其完全脱离感情作用而用文学批评的眼光来批评的，虽其评为失当，我们亦应认其有价值，极愿闻之。所以弟意对于创作，应经三四人之商量推敲，而后决定其发表与否……如此办法，自然麻烦，但弟以为如欲求创作之真为创作，并为发挥我们会里的真精神起见，应得如此办。"从这里，可以见到当时文学研究会对于文学工作的设想，可以想见沈雁冰主编月报对于发表创作的认真。在今天，熟悉编辑部的情况的人都知道，一篇稿子的选用与否，没有不经过多数同志的共同审读和反复讨论的，而沈雁冰在前此三十八年就那么认真，他的忠于文学工作的精神，叫人感佩无已。第十二卷月报出到第四号，就登载一篇《春季创作坛漫评》，实现了"辟一栏

'国内新作汇观'"的预期。从各报各杂志上搜罗了短篇小说六十七篇，长篇小说两篇，剧本八篇，逐篇看过，加以研究批评。在这些作品里，认为思想不深入，表现手段也低，可是有读一读的价值的，计有二十四篇。作者给个总评说："我对于上面的二十四位作家，表示非常的敬意，因为他们著作中的呼声都是表示对于罪恶的反抗和对于被损害者的同情。虽然他们的作品不怎样完全，这是不关紧要的。"作者认为比较好的，计有二十篇，对这二十篇分别提出了意见，或详或略地指明优点和缺点。此外搁下不提的三十三篇，属于以下两类。一类是，写小说的人把小说当作私人的礼物，一己的留声机，如什么"订婚日记"之类，作者不承认这样的人有创作的资格。又一类是，把西洋通俗杂志上的无聊小说改头换面写成的，作者认为这也失掉了创作的资格。从这一篇《春季创作坛漫评》，可以见到当时文学研究会同人评衡作品所取的标准和《小说月报》推进创作提高创作的愿望。

文学研究会同人又在上海《时事新报》附出一种《文学旬刊》。这个旬刊登作品也登论文和短小精悍的随笔。现在没有资料可查，约略记得当时的一些论文和随笔大多是反对复古派和鸳鸯蝴蝶派的。复古派在南京出一种杂志叫《学衡》，反对新文学运动，引了好些西洋的文艺理论来做护身符。曾经出一期《诗学专号》，登载些无病呻吟的徒具形式的旧体诗，仿佛想对提倡新诗的人给点儿颜色看似的。《文学旬刊》就严正地攻击他们，关于诗的论争连续了好几个月。鸳鸯蝴蝶派的大本营在上海，他们以游戏的态度对待文艺，迎合当时社会的低级趣味，写些消遣性的东西。要是写有关爱情的小说或是诗，就免不了"鸳鸯"呀"蝴蝶"呀来上一大套，"鸳鸯蝴蝶派"这个名称就是这样来的。《小说月报》一改革，他们感到自己的危机来临了，就在他们势力所及的范围里，纷纷写些不体面的冷嘲热讽的文章来对付《小说月报》。《文学旬刊》给他们强烈的反击，可不跟他们一般见识，用现在的话来说，采取的是"摆事实，讲道理"的方式。

《文学旬刊》的编辑，发稿，往报馆校对排样，经常由郑振铎担任。每期旬刊出版，报馆把添印的若干份交来，一批朋友就聚在一起，一张一张折起来，插进大家分担写好了订阅人姓名地址的信封里，然后扎成几捆，送往邮局。这时候，大家感到共同劳动的愉快，同时感到仿佛跟订阅人心连心了。

　　文学研究会成立之后就作出版丛书的计划，这也应该提及。丛书以翻译外国作品为主。五四时期，各种刊物翻译外国作品很不少，别的团体翻译外国作品出版的也有。但是拟目所收之广，实际出版种数之多，要数文学研究会丛书。即使说不上系统地介绍外国文学，总可以说在这方面开了个端。

　　（原载《文学评论》1959 年第 2 期，1959 年 4 月 25 日出版）

五 四 忆 往

——谈《诗》杂志

俞平伯

　　五四到现在，恰好四十年。那时我才二十岁，还是个小孩子，对于这伟大、具有深长意义的青年运动，虽然也碰着一点点边缘，当时的认识却非常幼稚，且几乎没有认识，不过模糊地憧憬着光明，向往着民主而已。在现今看来，反帝反封建原是十分明确的，在那时却有"身在此山中，云深不知处"的感觉。

　　伴着它兴起的有新文学运动，在五四稍前，主流的活动，应当说更在以后。我初次学做一些新诗和白话文。记得第一篇白话文，自己还不会标点，请了朋友来帮忙。第一首新诗，描写学校所在地的北河沿，现在小河已填平，改为马路了。仿佛有这样的句子："双鹅拍拍水中游，众人缓缓桥上走，都道春来了，真是好气候。"以后更胡诌了许多，结成一集曰《冬夜》。这第一首诗当然不好，却也不是顶坏，不知怎的，被我删掉了。北大毕业后到南方，更认识了一些做诗的朋友，如朱佩弦、叶圣陶、郑振铎等，兴致也就高起来，曾出过八个人的诗选集，叫《雪朝》（1922 年商务版），这里有振铎作品在内。日前我看到谈郑先生遗著的文章，似乎把它漏却，大约这诗集近来也很少见了。

　　在 1921 年（五四后二年）有《诗》杂志的编辑，中华书局出版。这杂志原定每半年一卷，每卷五期，却只出了一卷五期（1922 年 1 月到 5 月）。前三期编辑者为"中国新诗社"，其实并没有真正组织起来，不过这么写着罢了。后面两期，改为文学研究会的定期刊物，还贴着会中的版权印花。实际上负编辑责任的是叶圣陶和刘延陵。这杂志办得很有生气，不知怎么，后来就停刊了。

在这杂志发表诗篇的朋友们，有些已下世了，如半农、漠华、佩弦、统照、振铎诸君；有些虽还健在，写诗也很少，我自己正是其中的一个。这里的诗篇，好的不少，自无须，也不能在本文一一引录。其时小诗很流行，我的《忆游杂诗》，全袭旧体诗的格调，不值得提起；佩弦的小诗，有如："风沙卷了，先驱者远了。"语简意长，以少许胜多许。

郑振铎在第二号上，有一首《赠圣陶》的诗："我们不过是穷乏的小孩子。偶然想假装富有，脸便先红了。"只短短的两句，就把他的天真的性格和神情都给活画出了。大约他的老朋友会有同感罢。他自然有激烈悲壮的另一面，如《死者》一诗，载第五号，末句道："多着呢，多着呢，我们的血——"这已经近似革命者的宣言了。

在第四号上登着叶圣陶《诗的泉源》一文。这短文的论点和风格，就圣陶来说，也可以说是有代表性的。例如：

> 充实的生活就是诗。……我尝这么妄想：一个耕田的农妇或是一个悲苦的矿工的生活，比较一个绅士先生的或者充实得多，因而诗的泉也比较的丰盈。我又想，这或者不是妄想吧？

他积年的梦想，目前早已成为现实了。

说到我自己，当时很热心于诗，也发表了一堆乱七八糟的作品，现在却怕去翻检它。这刊物原意重在创作，论文比较少。第一期上却登载了我的一篇长文，叫做《诗底进化的还原论》。以现在看来，论点当然不妥当，但老实说，在我的关于诗歌的各种论文随笔里，它要算比较进步的。如在第一段里说："好的诗底效用是能深刻地感多数人向善的，"可惜这里所谓"善"，没有具体的、正确的含义，但文学面向着人民大众，总该说是对的。又如第二段主张"艺术本来是平民的"，而且应当回到平民。还有一段揣测未来的话：

> 在实际上虽不见得人人能做诗，但人人至少都有做诗人底可能性。故依我底揣测，将来专家的诗人必渐渐地少了，且渐渐不

为社会所推崇；民间底非专业的诗人，必应着需要而兴起。……
他们相信文艺始终应为一种专门的职业，是迷误于现在底特殊状
况，却忘了将来底正当趋势。

现在劳动人民都在热烈地创作诗歌，我的梦想的实现，正和上引圣陶《诗
的泉源》，差不多有类似的情形。当然这里也可能有不一定恰当的话。
　　在这篇下文我又说到怎样去破坏特殊阶级（当时指贵族阶级）的
艺术，需要制度的改造和文学本身的改造：

　　　　制度底改造，使社会定稳建设在民众底基础上面。有了什么
　　社会，才有什么文学。……到社会改造以后，一般人底生活可以
　　改善，有暇去接近艺术了；教育充分普及了，扫去思想和文字底
　　障碍；文学家自己也是个劳动者，当然能充分表现出平民的生
　　活。……我们要做平民的诗，最要紧的是实现平民的生活。

这些说话，以现在来看，大体上还好。但这篇文章，却被我丢开了，一
直没有收到文集里面去，似乎曾被佩弦注意过，或者在《新文学大系》
里面有罢。我一直不能够在行动中去实践，也没有在文学理论上去进修，
反而有时钻到象牙塔里去，或者牛角尖里去。走错的路，在自己已无由
挽回；这个教训，如能为今日的青年引作前车之鉴，也就是我的厚望了。
　　当全国热烈地纪念"五四"的时候，我提起这些往事，不由得感
到十分的惭愧。在那文中，也未尝没有消极说错的话，例如：
　　古人说："俟河之清，人寿几何！"我们也正有这种感想。却想不
到"河清"真被咱们等着了。在当时自然万万想不到，也无怪我失言
了。因之，我虽有很多的惭愧，却怀着多得多的兴奋。"五四"运动的
发源地在北京，于今四十年，我还住在这个城里，有如同昨日之感。
想到这里，仿佛自己还是个青年。再说，能够参加在青年的队伍里，
劳动人民的队伍里，那就更加觉得年青了。

一九五九、四、十四北京

（原载《文学知识》1959年第5号，1959年5月8日出版）

革新《小说月报》的前后（节选）

矛 盾

……

大约在我担任《四部丛刊》的"总校对"一个月后，即当年十一月初，身兼《小说月报》与《妇女杂志》主编的王莼农忽然找我，说是《小说月报》明年起将用三分之一的篇幅提倡新文学，拟名为"小说新潮"栏，请我主持这一栏的实际编辑事务。我问他：是看稿子，并决定取去么？回答是：也要出题目。我又问：出什么题目？回答是：例如要翻译什么作家的什么作品。我又问：创作如何？他答：这个小说新潮栏专登翻译的西洋小说或剧本。我这才弄明白他的真意所在。因为《小说月报》第十卷内的"创作"栏就有什么《藕丝缘弹词》，也有什么《东方福尔摩斯探案》（这是中国人"创作"的侦探小说，故名为东方福尔摩斯）。这些"创作"，他当然不愿我去过问的。我摸清了来意，就推托说：手里的事太多，抽不出时间帮忙。王莼农却答道：他和孙毓修商量过了，我可以不管《四部丛刊》的事了。我又说：我在《学生杂志》也还有点事。王却答道：也和朱元善商量过，请你分心照顾我这里一下。我不好再推，只好答应。

王莼农，名蕴章，别号西神，南社（清末的爱国民主派文人的组织，但不纯，柳亚子是其领袖）社员，善骈文、词曲，无锡人。有人说他曾为某省巡抚衙门的幕僚。他亦懂英文。他不是鸳鸯蝴蝶派，但他属于当时封建思想的旧文人一类，则从他的诗、词与杂纂掌故之书，可以断定。他曾在《小说月报》上连载的《燃脂馀韵》，是搜罗清代闺秀诗文、词曲、歌赋铭诔，并详述这些女作者的遗闻轶事。写这本书，他化了些工夫。这本书也有点史料价值，但终不免于"玩物丧志"之讥。

我同孙毓修、朱元善谈这件事，他们都承认"有过商量"，而且暗示：王是不得已而为之，半革新的决定来自上面。

为了排印时间关系，我在两星期内写出两篇文章，一篇题名为《小说新潮栏宣言》，署名记者，此文提出急须翻译的外国文学名著共二十位作家的作品四十三部，分为第一部与第二部，略表循序渐进之意。这四十三部作品都是长篇。另一篇题名《新旧文学平议之评议》，署名"冰"，这篇文章提出了文学应当"表现人生并指导人生"，"重思想内容，不重形式"等论点。后来又加两篇介绍性质的文章，一是《俄国近代文学杂谈》（上），一是《安得列夫死耗》。

《小说月报》的半革新从一九二〇年一月出版那期开始，亦即《小说月报》第十一卷开始。这说明：十年之久的一个顽固派堡垒终于打开缺口而决定了它的最终结局，即第十二卷起的全部革新。

我偶然地被选为打开缺口的人，又偶然地被选为进行全部革新的人，然而因此同顽固派结成不解的深仇。这顽固派就是当时以小型刊物《礼拜六》为代表的所谓鸳鸯蝴蝶派文人；鸳鸯蝴蝶派是封建思想和买办意识的混血儿，在当时的小市民阶层中有相当影响。

王莼农又请我为他兼主编的《妇女杂志》写文章，说：也要谈谈妇女解放等问题。我写了和译了《现在妇女所要求的是什么？》，《英国女子在工业上的情况》，《读〈少年中国〉妇女号》，《妇女解放问题的建设方面》，《历史上的妇人》，《强迫的婚姻》等共八篇（用四珍、佩韦等笔名），刊登于《妇女杂志》第六卷第一期（一九二〇年）。这意味着有五年之久的提倡贤妻良母主义的《妇女杂志》，在时代洪流的冲击下，也不得不改弦易辙了。以后《妇女杂志》每期都有我写的或译的文章。

现在回过来，再谈半革新的《小说月报》。半革新的第一期"小说新潮"栏内，除了我写的四篇文章，只有周瘦鹃译的法国 G.伏兰（Gabruel Volland）的短篇小说《畸人》。译者写的关于 G.伏兰的简介说：伏兰是"后起之秀，巴黎新闻纸和杂志中，常有他的短篇小说。他最擅长的，就是描写人生的痛苦。"云云。还说 G.伏兰难道不是未来的莫泊桑么？推崇备至。老实说，我不欣赏这位法兰西小说界的"后起之秀"。在资

773

本主义国家都有些"时髦"作者，他们的作品能投合当时以读小说为消遣的小市民的脾胃，但是这些作品经不起时间的考验。《畸人》之被周瘦鹃选中而且加以吹嘘，正因为其内容是"礼拜六派"一向所喜爱的所谓"奇情加苦情的小说"（"礼拜六派"喜欢把描写男女关系的小说分类为艳情、奇情、苦情等等，以期吸引一般以读小说为消遣的小市民的注意）。

值得注意的，这个"小说新潮"栏引起了读者的反应。第四期所登黄厚生的《读〈小说新潮栏宣言〉的感想》，就是空谷足音。黄厚生所提的五点意见，不尽正确，这在我写的《答黄厚生的感想》中已经——剖析，这里不多说了。但是他反对以小说为消遣品，而认为"小说是改良社会、振兴国家，在教育上所占的位置，在文学上所占的价值，均能算括括叫的第一等"，却针对"礼拜六派"而发。

第十一卷第五期的"小说新潮"栏有西神（即王莼农）译的太戈尔的小说《放假日子到了》，他的小序里说："太戈尔是印度的诗圣，又是一位大小说家，……这篇《放假日子到了》，描写母子的天性，真是蔼然仁者之言。我读了觉着现在有许多人提倡儿童公育，还有人倡非孝论的，看了此文，不知感想若何呢。名家著作，必须包罗万象，将社会全副情况，一齐写出。如此篇主要目的，虽只叙母子二人，而村童的顽皮，白史海般的家庭，加尔各答的风景——警察，无不跃然纸上。近时的新小说，每仅著眼于一点，所叙无非此事。即大名家如托尔斯泰等，亦每犯此病。一读其书，常生一种恶感。其原因约有数端，（一）片面的，（二）消极的，（三）太无情节，似一篇哲学家言。"这里论及"近时的新小说"乃至托尔斯泰的作品一段文字，真叫人看了不知所云。但由此也可见王莼农心目中所谓好小说还是"礼拜六派"的情节离奇、逗人笑乐的作品。

第五期的"小说新潮"栏又登了新诗（白话诗）。这是译诗三首，创作诗三首。创作诗中，胡怀琛的《燕子》很有意思，抄录如下：

> 一丝丝的雨儿，一阵阵的风，
> 一个两个燕子，飞到西，飞到东。
> 我怎能变个燕子，自由自在的飞去？
> 燕子说：你自己束缚了自己，怎能望人家解放你？

胡怀琛在此诗下，附长段按语："案新体诗我本来怀疑，我早做过好几篇文章说明了，但是我也要亲自做过，方知道他的内容是怎样，原不敢毫无研究，一味乱说，这一首便是我试做的成绩了。我做过之后，知道新体诗决不易做，不是脱不了词曲的旧套，便是变了白话文，都不能叫新体诗。像我上面一首，前半段还是新体诗，后半段便是白话文了。再有天然音节，也是很难。譬如前面一首，第一行里的一个'儿'字，似乎可以不要，岂知不要他便不谐。因为'儿'字上的'雨'字和'儿'字下的'一'字，同是一声，读快了便分不清，读慢些又觉得吃力，所以用个'儿'字分开，读了'雨'字之后，稍停的时候，顺便读个'儿'字，毫不费力，且觉得自然好听，这也是天然音节的一斑，不懂这个，新体诗便做不好。"

胡怀琛这番话，有积极意义。第一，他承认如要反对新体诗，必须自己做过新体诗；第二，自己做过以后，才知道新体诗决不易做，不是脱不了词曲的旧套，便是变了白话文，都不叫新体诗。第三，他又提出天然音节问题，承认是"很难"。胡怀琛是做旧体诗词的，在当时的旧体诗词中，他的作品只能算是第二、三流。但我们不以人废言，应该承认他在彼时彼地提出的对新诗三条意见，不但是当时新诗人所要解决的问题，甚至在六十年后的今日，也还没有完全彻底解决。胡怀琛的《燕子》诗最后一句"燕子说：你自己束缚了自己，怎能望人家解放你？"意味深长，是这首诗的警句。但我们研究胡怀琛之为人及其诗文，觉得《燕子》诗这个警句实在为他自己写照。胡怀琛自己束缚自己，思想越来越"不解放"；但他又喜欢发议论、创"新"说，闹了一些"笑话"，例如他后来"考证"墨翟是印度人。

同期"小说新潮"栏又登载了谢六逸的《文学上的表象主义（象征主义）是什么？》这大概是见了第二期我写的《我们现在可以提倡表象主义的文学么？》引出来的。谢六逸当时尚在日本，可见这局促一隅的"小说新潮"栏竟也引起身居海外者的注意。

"小说新潮"栏以外的《小说月报》也在不知不觉发生变化。第十一卷第六期的《小说月报》登了署名佩之的《红楼梦新评》。佩之，不知其为何许人，但他这篇论文的立场和观点，同《小说月报》的基本撰稿人（"礼拜六派"）的立场、观点，完全相反。这篇论文（连登两期）在简略地回顾了从前各派"红学"以后（其中也提到蔡元培的论点），就提出一部《红楼梦》只是"批评社会"四个大字的论断，并从而展开讨论：第一，"书里所描写的，原只有社会的一部分，是一个巨大的家族。但是吾国的社会，本是家族的集合体，……描写家族的情形，便是描写全社会的情形。虽然里面写贵族的家庭多，贫苦的家庭，却也不是完全不写。其余社会上各种阶级的人，也都带着一些。可知这书确是批评社会的书了。"第二，《红楼梦》所批评的虽是清初的社会情形，然而，"清初的社会情形与现在的社会情形，简直没有什么分别，……所以这书隔了几百年，还像新的一般。作者所提起的几个重要的社会问题，统统没有解决。"第三，《红楼梦》的作法，就是西洋文学上的写实主义。西洋文学的潮流，先是古典主义，然后是浪漫主义，到现在是写实主义；《红楼梦》的写实主义比西洋早了二百年。第四，这篇《新评》又从《红楼梦》的结构、人物描写、文学语言三方面来分析这部写实主义巨著的文学价值。

这篇论文的立场、观点，与"礼拜六派"完全相反。这篇论文对《红楼梦》的分析，简明扼要，精辟新颖，在当时可说是空前的。王莼农居然中意，而且不刊在"小说新潮"栏，猜想起来，他是要表示整个《小说月报》也在顺应潮流。他这意图，到了第十一卷第十号更加明显。在这一期内，"小说新潮"栏取消了，而将《小说月报》原有"说丛"栏亦废除，而用"短篇小说"、"长篇小说"分类（创作与翻译混合编排）。但"长篇小说"中除翻译外，所谓"创作"实际上只有赡庐的《新旧家庭》，此已连载数期，作者是"礼拜六派"。这一号还登了"本社启事"，略谓"自本号起，将'说丛'一栏删除，一律采用'小说新潮'栏之最新译著小说，以应文学之潮流，谋说部之改进。以后每号添列'社说'一栏，凡有以（一）研究小说之作法，（二）欧美小说界之近闻，（三）关于小说讨论等稿见惠者，毋任欢迎。"

王莼农说，他这样做，是冒了风险的。他对我表白：他对新旧文学并无成见，他觉得应该顺应潮流；他又自辩，他不是"礼拜六派"，但因《小说月报》一向是"礼拜六派"的地盘，他亦只好用他们的稿子；他现在这样改革，会惹恼"礼拜六派"，所以他是冒了风险的。这番话，是真是假，我不去猜度。事实上，这半年来，《小说月报》的销数步步下降，到第十号时，只印二千册。这在资本家看来，是不够"血本"的。王莼农之所以有上述之"应文学之潮流，谋说部之改进"的意图，还不是想增加销路么？然而，冶新旧于一炉，势必两面不讨好。当时新旧思想斗争之剧烈，不容许有两面派。果然像王莼农自己所说，他得罪了"礼拜六派"，然而亦未能取悦于思想觉悟的青年。而况还有不肯亏"血本"的商务当局的压力。王莼农最怕惹麻烦，而且他也无意恋此"鸡肋"，结果他向商务当局提出辞职。

大约是十一月下旬，高梦旦约我在会客室谈话。在座还有陈慎侯（承泽）。高谈话大意如下：王莼农辞职，《小说月报》与《妇女杂志》都要换主编，馆方以为我这一年来帮助这两个杂志革新，写了不少文章，现在拟请我担任这两个杂志的主编，问我有什么意见。我听说连《妇女杂志》也要我主编，就说我只能担任《小说月报》，不能兼顾《妇女杂志》。高梦旦似乎还想劝我兼任，但听陈慎侯用福建话说了几句以后，也就不勉强我了，只问：全部改革《小说月报》具体办法如何？我回答说：让我先了解《小说月报》存稿情况以后，再提办法。高、陈都说很好，要我立刻办。

后来我才知道，张菊生和高梦旦十一月初旬到过北京，就和郑振铎他们见过面，郑等要求商务出版一个文学杂志，而由他们主编（如《学艺杂志》之例），张、高不愿出版新杂志，但表示可以改组《小说月报》，于是郑等就转而主张先成立一个文学会，然后再办刊物。张、高回上海后即选定我改组《小说月报》（详见文学研究会会务报告第一次——《小说月报》一九二一年第二期附录）。

我和王莼农一谈，才知道他那里已经买下而尚未刊出的稿子足够一年之用，全是"礼拜六派"的稿子。此外，已经买下的林译小说也有数十万字之多。于是我向高梦旦提出意见，一是现存稿子（包括林译）都不能用，二是全部改用五号字（原来的《小说月报》全是四号字），三是馆方应当给我全权办事，不能干涉我的编辑方针。高梦旦与陈慎侯用福建话交谈以后，对我的三条意见全部接受，只是提醒我：明年一月号的稿子，两星期后必须开始发排，四十天内结束，一月号才能准期出版。他们大概有点担心，旧稿既然完全封存，仓卒间何能弄到新稿？但他们也知道我一年来既常为《东方杂志》写稿，又在《时事新报》的《学灯》,《解放与改造》, 还有《新青年》, 经常投稿, 外边熟人已多, 想来是有办法的。

我当时自己估计: 完全革新后的《小说月报》第一期的稿子, 论文和翻译, 我有把握; 只有创作, 在上海的熟人中没有从事创作的, 但第一期以后预计会有投稿。我又想到十一卷第十号刊登王剑三的《湖中的夜月》, 虽未见如何精采, 但风格是新颖的,《小说月报》社中有此人通讯址, 是在北京, 似乎可以去信告以《小说月报》即将完全革新, 由我主编, 并请他写稿并约熟人写稿。我当时不知道王剑三就是王统照。我发了快信, 不多几天, 却得了郑振铎 (当时我不但不认识他, 并且不知道有这样一位搞文学而活动能力又很大的人) 的来信, 大意说他和王剑三是好朋友, 我的信他和他的朋友们都看到了, 大家愿意供给稿子, 并说他们正想组织一个团体, 名为 "文学研究会", 发起人为周作人等, 邀我参加云云。这封信给我极大鼓舞, 我即拟写了《本月刊特别启事》五则, 第一则除说明十二卷一号 (即一九二一年一月) 起将完全革新外, 又说 "旧有门类, 略有更改", 计分七类, 最后一类为 (一) 文艺丛谈 (此为小品), (二) 海外文坛消息, (三) 书报评论。海外文坛消息, 我打算自己写, 因为我订阅了不少欧美的报刊, 例如《泰晤士报》的《星期文艺副刊》,《纽约时报》的《每周书报评论》等等, 其中尽有这类消息。这是新门类, 大概会受人欢迎。启事第五则是排版后临时加上去的, 这里宣布: "本刊明年起更改体例, 文学研究会诸先生允担任撰著, 敬列诸先生之台名如下: 周作人, 瞿世英, 叶绍钧, 耿济之, 蒋百里, 郭梦良, 许地山, 郭绍虞, 冰心女士, 郑振铎, 明心, 庐隐女士, 孙伏园, 王统照, 沈雁冰。" 这里的明心, 是我的化名, 曾用此化名在《时事新报》的副刊《学灯》及《东方杂志》发表过文章。

在《小说月报》十一卷十二号付印时, "文学研究会" 发起人名单及宣言、章程等尚在酝酿中。

"文学研究会" 的宣言、简章、发起人名单是在当年十二月中旬方由郑振铎寄来, 刚刚赶上十二卷第一期最后一批发稿, 就以 "附录" 形式全部刊出。

郑振铎当时又寄来冰心、叶绍钧、许地山、瞿世英、王统照的创作，再加我刚收到的投稿两篇，凑成了创作栏的七篇。郑寄来的还有周作人的《圣书与中国文学》，耿济之等人的翻译。我写了《改革宣言》、《文学与人的关系及中国古来对于文学者身份的误认》，又翻译了挪威般生（比昂逊）的话剧《新结婚的一对》，写了般生评传，泽民译了俄国安得列夫的剧本《邻人之爱》，再加上《海外文坛消息》六则，这第一期算是拼凑出来了。只看第一期，便知道这是"百家争鸣"的局面，周作人的论文提出的意见，只代表一个人；我与大多数文学研究会同人并不赞成，不过他是"名教授"，所以把此文排在前面，表示"尊重"而已。这篇《圣书与中国文学》究竟提出什么主张呢？不能不费点篇幅略为说明。概括起来，此文要点如下：（一）此所谓《圣书与中国文学》，实指"古代希伯来文学的精神及形式与中国新文学的关系。新旧约的内容正和中国的四书五经相似，在教义上是经典，一面也是国民文学。"（二）文学与宗教本来很密切，艺术大半起源于宗教仪式，当其是宗教仪式时，参加者全神倾注于祷祝，"没有鉴赏的余暇；后来有旁观的人用了赏鉴的态度来看它，……于是仪式也便转为艺术了。从表面上看来变成艺术之后便与仪式完全不同，但是根本上有一个共通点，永久没有改变的，这是神人合一，物我无间的体验。"（三）圣经的"白话的译本实在很好，在文学上有很大的价值；我们虽然不能决定怎样是最好，指定一种尽美的模范，但可以说在现今是少见的好的白话文"。"我记得从前有人反对新文学，说这些文学并不能算新，因为都是从《马太福音》出来的；当时觉得他的话很是可笑，现在想起来反要佩服他的先觉：《马太福音》的确是中国最早的欧化的文学的国语，我又预计他与中国新文学的前途有极大极深的关系。"由此可见，《圣书与中国文学》在同期的三篇论文中显得何等的"特殊"。

我写的《改革宣言》中却提出（一）"一国文艺为一国国民性之反映，亦惟能表见国民性之文艺能有真价值，能在世界的文学中占一席地"；（二）"中国旧有文学不仅在过去时代有相当之地位而已，即对于将来亦有几分之贡献"；（三）主张广泛介绍欧洲各派文艺思潮以为借鉴，"对于为艺术的艺术与为人生的艺术，两无所袒"。这个改革宣言不署名，文中屡言同人，亦即表示代表文学研究会大多数的意见。我署名的《文学与人的关系及中国古来对于文学者身份的误认》一文，则于文章后半着重说明"文学的目的是综合地表现人生",要有"时代的特色"。又说,"文学者表现的人生应该是全人类的生活",文学作品中的人物的"思想和情感一定确是属于民众的,属于全人类的,而不是作者个人的"。这里,民众一词不须解释,"全人类"一词太含糊,但"人类"一词在当时习惯上是指全世界的民众。

故就第一期的三篇论文而言,步调并不相同。也就是说,改组后的《小说月报》一开始就自己说明它并非同人杂志。它只是出版商的刊物。我任主编也是在演"独脚戏",稿件去取,只我一人负责。事实上,所谓"小说月报社"只是我和一个校对(兼管稿件登记)而已,这位校对是"小说月报社"的旧人,年龄比我大,人倒老实,可是能力有限,他校过的东西,我必须再校对一遍,因此,我也就够忙了。

《小说月报》自从我任主编后,稿件大部分为文学研究会会员所撰译,因而外间遂称《小说月报》为文学研究会的代用机关刊物。事实上,它始终是商务印书馆的刊物;如果《小说月报》的言论为商务印书馆董事会中的守旧派所不能容忍时,商务当局就要横加干涉。我编了两年《小说月报》后,即因商务当局违背了上述我所提出"不干涉我的编辑方针"而辞职。同时接编《妇女杂志》之章锡琛编了三、四年后,也因商务当局干涉其编务而辞职。

上文讲过,当时商务当局要我兼编《妇女杂志》,如王莼农之所为,我不同意。商务当局改请章锡琛,乃因钱经宇(智修)之推荐,钱与章(还有胡愈之)同为《东方杂志》编辑,钱是《东方杂志》改换主编后之实际负责人。《东方杂志》改换主编,事在一九二〇年,原主编为杜西泉,新主编为陶惺存(陶曾留学日本,与张元济有渊源,陶父曾为清朝的两广总督)。

"文学研究会"发起人共十二人,名单如下:周作人、朱希祖、耿济之、郑振铎、瞿世英、王统照、沈雁冰、蒋百里、叶绍钧、郭绍虞、孙伏园、许地山。此十二人中,只我在上海,而且除了朱希祖、蒋百里,我都无一面之缘。朱希祖是我在浙江省立第二中学(嘉兴)读半年书时的教员。他当时教周官考工记,以及阮元车制考(按:《周礼》分天官、地官、春官、夏官、秋官、冬官六个部门,故亦称周官。但冬官一编在汉河间献王呈送此书给皇帝时业已残缺,仅存《考工记》;

《考工记》中有详述车之制造的篇章，阮元因之作《车制考》，阮元是清朝有名的经学家）。蒋百里也是浙江人，我在北京大学预科念书时，有个同学是蒋的小同乡兼亲戚，曾带我到蒋百里京寓去过二、三次，蒋本军人，为袁世凯所忌，以闲职羁縻之，实际上是软禁。

文学研究会的宣言，据郑振铎说，是周作人起草而经鲁迅看过的。鲁迅为什么不做文学研究会发起人甚至也不算是会员呢？据说，当时北洋政府有所谓文官法，禁止各部官员参加社会上的各种社团；鲁迅那时还在北洋政府教育部任佥事，因此不便参加文学研究会。

从文学研究会的宣言和简章中，可以看出，文学研究会并没打出什么旗号作为会员们思想上、行动上共同的目标。在当代文学流派中，它没有说自己是倾向于那一派的。在当时，文学研究会的会员确有一大部分是主张"为人生的艺术"（我在成为文学研究会发起人之前就有文学为人生的主张，以后在编《小说月报》时也是这样主张的），但是，宣言及简章中并没半句话可以认为是提倡"为人生的艺术"。尽管当时治文学的人都知道"为人生的艺术"是当代世界文艺的一大流派。与"为人生的艺术"对立的另一大流派就是"为艺术的艺术"，后来早期创造社是明确而且坚决地这样标榜的。

至于简章所说要办的事业（组织读书会，设立通信图书馆，刊行会报，编辑丛书），除了会报和丛书二项，其余的都没有办。《小说月报》不能算会刊，因此，我们办了《文学旬刊》，附在《时事新报》出版，后来改为《文学周报》，自己发行至二百五十期，然后改归开明书局代理发行，直到停刊（第三七五期终刊，时为一九二九年六月）。丛书由商务印书馆出版，出了多少，我弄不清楚了。

简章第三条"有会员二人以上之介绍，经多数会员之承认者得为会员"，后来成为"文学研究会"太会"拉人"之证据。而第九条"本会会址设于北京，其京外各地有会员五人以上者得设一分会"，后来事实上成为北京并无会址（因为发起人大都离京，在京者对会的兴趣差了），而上海这个分会变成实际上的总会，郑振铎与我被视为"把头"，亦成为攻击文学研究会者放冷箭的"靶子"。而且因为有设立"分会"的规定，而事实上也确有几个分会，这又成为文学研究会"独霸文坛"的罪状。这些事，留在后面再说。

第一期出版后，主编《时事新报》的《学灯》的李石岑就作文介绍。现在摘抄其主要内容如下："其中佳著固多，其尤使余喜入心脾者，为冬芬君所译《新结婚的一对》（下略介绍此剧之主要内容），周作人君所译之《乡愁》（按：是日本加藤武雄的短篇小说），亦使余阅之俯仰不置，默坐冥思者移时（下略介绍此短篇小说之内容），复次为王统照之《沉思》，亦耐人寻味之作。"此外，他又提到了许地山的《命命鸟》，果戈里的《疯人日记》（耿济之译），《邻人之爱》（俄国安得列夫剧本），都有评语。最后李石岑谓："迩来俄、法小说名剧，我国争相介绍，而英、美诸国，似多未及之者，亦一小说译述界之缺憾。"提到海外文坛消息一栏，则谓"裨益文学研究者尤大"。（载一九二一年一月三十一日《时事新报》的《学灯》评坛栏。）我写了答李石岑的信，也登在《学灯》，除谢谢他的赞美外，略谓："中国的新文艺还在萌芽时代，我们以现在的精神继续做去，眼光注在将来，不做小买卖，或者七年八年之后有点影响出来。现在的《小说月报》只是纯而正罢了，我们都很觉自惭，不能十二分完善。……请对于每期《小说月报》要切实的不容情的批评，当《小说月报》是英国的 Atheneum，美国的 Dial，或是法国的 Mercure de France，要于它（指《小说月报》）的长中寻短，下犀利的批评，则一方面可使我们得到改善之机，一方面也可提高社会上一般人的眼光。……在中国现时的小说界中，今年的《小说月报》总能算是出人一头地了，但我相信：在中国现时的小说界中出一头地的，便是到世界的文学界中没有一个位置。我敢代国内有志文学的人宣言：我们的最终目的是要在世界文学中争个地位，并作出我们民族对于将来文明的贡献。"信的最后，表示要增加对于英美文学的翻译工作，举了马克·吐温，亨利·詹姆士，高尔思华绥等人的名字，打算尽先介绍他们的作品。

我借回答李石岑的机会，表示了我们（文学研究会）的抱负，而同时也间接地回答了商务当局中的顽固派。因为就在我答李石岑之前，编译所茶房送到"小说月报社"的许多书、刊、信件之中，有一本新出第一期的《小说月报》，显然是退回来的，受信人是陈叔通。这本《小说月报》尚未拆封，显而易见，受信人并没看内容就退回了。这表示他对于《小说月报》的革新这件事本身是十二分的不满意。我当时不知陈叔通为谁何，可是有人告诉我，这位陈先生是商务印书馆总管理处权力很大的一个大人物呢！我当时付之一笑。

这位权力很大的商务当权派也只能以退回照例送给他的《小说月报》以表示"抗议"，因为大势所趋，当时商务当局中的进步派居于优势。而且，特别重要的，改组的《小说月报》第一期印了五千册，马上销完，各处分馆纷纷来电要求下期多发，于是第二期印了七千，到第一卷末期，已印一万。顽固派对于新思想的憎恶终竟屈服于他们的拜金主义势力之下。

（原载《新文学史料》第 3 辑，1979 年 5 月）

复杂而紧张的生活、学习与斗争（节选）

茅 盾

......

　　大家都知道，一九二一年至二二年，我和其他文学研究会在上海的成员（其中主要是郑振铎），不得不同时应付三方面的论战。此所谓三方面：一是鸳鸯蝴蝶派，这原是意料中的事；二是创造社，这却是十二分的意外，是我以及当时在上海的文学研究会同人所极不愿意，是被迫而应战的；三是南京的学衡派，这也是意外，但我以及文学研究会在上海的同人都认为这些留学欧美回来的东南大学的教授们向新文学的进攻，必须予以坚决的还击。

　　但在讲到这些论战之前，应当简要地说一说当时我的复杂的生活，以及商务印书馆编译所内部发生的新的变化。

　　自从渔阳里二号被搜查，陈独秀被捕旋又释放后，就另外租房子作为党中央包括组织、宣传等各部的秘密办公地点。陈独秀仍住渔阳里二号，仍然客人很多，以此来迷惑法捕房的包探。此时，各省的党组织也次第建立，党中央与各省党组织之间的信件和人员的来往日渐频繁。党中央因为我在商务印书馆编辑《小说月报》是个很好的掩护，就派我为直属中央的联络员，暂时我就编入中央工作人员的一个支部。外地给中央的信件都寄给我，外封面写我的名字，另有内封则写"锺英"（中央之谐音），我则每日汇总送到中央。外地有人来上海找中央，也先来找我，对过暗号后，我问明来人住什么旅馆，就叫他回去静候，我则把来人姓名住址报告中央。因此，我就必须每日都到商务编译所办公，为的是怕外地有人来找我时两不相值。

一九二一年春，郑振铎毕业于交通部铁路管理专科学校，分发到上海西站当见习。不久，郑振铎担任了《时事新报·学灯》的编辑，从此他和铁路断了关系。同年五月十一日，郑振铎进了商务印书馆编译所，仍兼《学灯》编辑。他进商务编译所是为筹办《儿童世界》周刊。这是中国第一个专供儿童阅读的定期刊物，于一九二二年一月创刊。

郑振铎之进商务编译所减轻了我的负担。他那时虽然不是《小说月报》的编辑，却在拉稿方面出了最大的力。我因为担任中共联络员，跑路的时间多，就没有时间写信拉稿了。

同时又因他担任《学灯》的编辑，我们创办了《文学旬刊》，附在《时事新报》发行。《小说月报》是商务印书馆出版的刊物，却因我担任主编，文学研究会会员以个人身份投稿，外间却误以为《小说月报》是文学研究会的代用机关刊，发生不必要的误会。也因《小说月报》是商务印书馆出版的刊物，而商务的老板们最怕得罪人，我们对有些文艺上的问题，就不便在《小说月报》上畅所欲言。《文学旬刊》创刊时曾公开说是文学研究会的会刊，我们在它上面发表文章就不必存什么顾忌了。首先，我们对于鸳鸯蝴蝶派就可以正面攻击。

俗语"树大招风"。此时的文学研究会表面看来，确是"大树"。它不但据有《小说月报》，还在《时事新报》附设《文学旬刊》。上海变成文学研究会的总部，北京、广州、宁波还有分会，这些分会的成员，或为当地有名报纸的副刊编辑，或自办小型的周刊，或如《文学旬刊》那样在当地报纸上附设旬刊或周刊。然而这棵"大树"只是假象。但在外人看来，此是文学研究会极盛时期，而且以我为其代表。

大概是有了这个虚名，因此招来了一件意外之事，成为我那时复杂忙碌生活中的又一插曲。事情是由《时事新报》的副刊《青光》的主编柯一岑受人之托来同我商量，说要发起一个戏剧社，名尚未定，希望我参加"以资号召"。我问柯一岑，何以忽有此奇想。柯说发动此议者是九亩地新舞台的著名演员汪优游。柯拉我到新舞台，刚好上演《阎瑞生》（阎是拆白党，是巧取豪夺妇女金钱首饰的老手，某次作案时为巡捕追捕，阎赴水逃命，但终于被捕，当时上海各报登载此事，轰动一时）。台上装有水池，贮水数百加仑，饰阎之汪优游，正演阎赴水逃命，当场表演其游泳技术，博得观众大声喝彩。柯谓此种新式布景之设计者即为汪优游。我读过许多西洋剧本，见其布景说明，常有"花园一角"右侧有小池，水波微动"等语，真不料在新舞台却亲见此等舞台布景，而且真正有水，剧中人真在水中游泳。于是我渴要与汪优游一谈，订期在次日黄昏，汪上台表演之前。晤谈后始知汪本名仲贤，安徽人，早年曾在南京水师学堂（此为清朝培养海军干部之学校）求学，与周作人为同学。毕业后他却弃海军而演文明戏（即仅有幕表，粗具剧情，而无固定台词，演员各自认定演某角色，上台后自由发挥，其故事大都反映当前之政治事件或社会情况）。后来文明戏没落了，汪乃与夏月润、夏月珊等人在新舞台专演海派新戏，以"机关布景，九音联弹"为号召，有灯光变换、实物上台（例如假火车、铁轨及《阎瑞生》中之水池）。海派新戏有唱有白，则似传统之京戏和地方戏，但有布景，则又似后来之话剧。汪仲贤受"五四"新文化运动之影响，思想大变，求以戏剧为工具，引导观众注意社会问题。汪懂英文，读过外国戏剧家所作的剧本以及外国名演员所写之"经验谈"。

我与汪谈过后，真想不到这位被上海市民称为"风流小生"的汪老板竟有如此进步的思想和抱负。当时汪请我为他办的剧社取个名称并推我为发起人之一。我想到当时罗曼·罗兰在法国倡导的"民众戏院"，就说竟用"民众戏剧社"这个名字罢，并且商定先出《戏剧》杂志，以广宣传。这是"五四"以后第一个专门讨论"新戏"运动的月刊。在此月刊第一期就刊登了泽民写的《民众戏院的意义与目的》，这是根据罗曼·罗兰的原著，提出娱乐、能力、知识三项，谓"娱乐二字之意义，就是要使得辛苦一天的劳工们能得道德上与体力上的休息"，能力，就是要使"他们的精力能够再旺盛起来"，知识，就是要"帮助劳工们能自己观察事物自己下断语"。这篇文章虽转述罗曼·罗兰的见解，但登在杂志第一期，列为第一篇，就等于是"民众戏剧社"的纲领。民众戏剧社的宣言中说得更具体，它说"戏剧在现代社会中确实占着重要的地位，是推动社会使其前进的一个轮子，又是搜寻社会病根的 X 光镜"。未来的新戏要指导社会，改造社会，戏剧家要立在社会之前，负指导社会的责任。这个月刊由中华书局发行，事实是汪仲贤出钱印刷，并每月写了许多文章。《戏剧》月刊公布的"民众戏剧社"的发起人除我而外有柯一岑、陈大悲、徐丰梅、张聿光、汪仲贤、沈冰血、滕若渠。

汪仲贤认为他在新舞台演的海派新戏本无艺术价值，但要从京戏夺取观众，则不失为一种手段。"五四"以后，接受新文化的知识分子，大都鄙视京戏，此为历史和时代的局限性。汪仲贤又认为要实现民众戏院，不能靠营利性的戏院，应组织业余剧团，大中学生是主要演员。《戏剧》月刊出了六期，就停刊了，至于想象中的非职业性的剧团，则始终未曾实现。

"五四"新文化运动的浪潮，又推动了上海的中西女塾的学生们。中西女塾创办于一八九二年，是美国教会办的，校长也是美国人，历任校长都是女的。学生都来自"高贵华人"家庭，是一个贵族化的女校。课程方面，名为中西并重，其实是专重英文。此外又教西洋音乐、舞蹈。还有一个家事实验室，教学生如何组织家庭，如何在家中和公共场所招待宾客，开茶会、宴会、舞会，并制西菜及西式点心。还有选修的表演课，排演西方剧本的片段。每届毕业生的表演大会，在上海的外国人和"高贵华人"中，是极有名的。就是这样一个洋化、贵族化的学校，它的学生却受"五四"运动的影响，全校活跃起来。学生罢课，一部分参加游行，捐款给其他学校的学生成立学生会，不参加游行的学生也画卡片、绣手帕，卖钱来资助学生运动。中西女塾也成立了学生会，成为当时上海学生联合会中的一个有力的单位。这是因为中西女塾的学生出身于资产阶级，她们的爱国活动影响了她们的父母。

现在她们在《戏剧》创刊后一个月，公开演出梅德林克的六幕长剧《青鸟》（她们译为《翠鸟》），这并不是偶然的。选中这个剧，表明了她们求光明的渴望。《青鸟》的象征意义就在须先自己牺牲然后可得幸福；到光明之路是曲折的，必须自己奋斗。这种象征意义和教会学校最注重的宗教教义是格格不入的。演出用英语。我曾因朋友的怂恿，看过这戏的第三次演出，听出她们大概是用了 D.Maltos 的英译本而把长的对话加以删节。剧中情节，也有删改，除"树林中"一景全删外，其余零星删改处也不少。至于化妆和布景，梅德林克对剧中拟人之物，如火、水、牛乳、面包的化妆，本有说明，只要照样做就可以了，但

是中西女塾学生们演的拟人化的面包却穿一件中国式箭衣,看去有点
不伦不类。布景太简单,树林的布景只有一张,有的布景与原剧所注
不符。照明也太呆笨,只能照到舞台的某一点,不能转动,而且全剧
从头到底,灯光一无变换。虽然有这些演出技巧上的毛病,当时却受
人注视,有二三人写了评语,我也写了一篇《看了中西女塾的〈翠鸟〉
以后》,登在一九二一年六月十日上海《民国日报》的副刊《觉悟》上。

总之,《翠鸟》大概是中国戏剧史上所曾演出的第一个外国话剧,
比神州女校学生排演果戈理的《钦差大臣》早了几年。而此后上海大
学生在三十年代所组织的业余话剧团,竟可以说是实现了十年前的民
众戏剧社发起人的梦想。

现在再回到正文。一九二二年七月,我在《小说月报》十三卷七
号上发表了《自然主义与中国现代小说》一文,从正面批判了鸳鸯蝴
蝶派。这是在他们攻击我及《小说月报》一年多以后我在《小说月报》
上作出的答覆。

在这里,我想加一点解释。我以为在“五四”以前,“鸳鸯蝴蝶”
这名称对这一派人是适用的。(何以称之为“鸳鸯蝴蝶”,据说是他们
写的“爱情”小说,常用“三十六鸳鸯同命鸟,一双蝴蝶可怜虫”这
个滥调之故。)但在“五四”以后,这一派中有不少人也来“赶潮流”
了,他们不再老是某生某女,而居然写家庭冲突,甚至写劳动人民的
悲惨生活了,因此,如果用他们那一派最老的刊物《礼拜六》来称呼
他们,较为合式。也正因《礼拜六》派中有人在“赶潮流”,足以迷惑
一般的小市民,故而其毒害性更大。

《自然主义与中国现代小说》谈到几个方面,这里只提批判《礼拜
六》派的部分。文中引用《礼拜六》第一百零八期上所登的名为《留
声机片》的一个短篇小说(未点作者的姓名),作为例子,用严正的态
度,从思想内容以至描写方法,作了千把字的分析,然后下了判断:
“作者自己既然没有确定的人生观,又没有观察人生的一付深炯眼光和
冷静头脑,所以他们虽然也做了人道主义的小说,也做描写无产阶级
穷困的小说,而其结果,人道主义反成了浅薄的慈善主义,描写无产
阶级的穷困反成了讥剌无产阶级的粗陋与可厌了。”又批评他们写得最
多的恋爱小说或家庭小说的中心思想,无非是封建思想的“书中自有

黄金屋，书中有女颜如玉"的各色各样的翻版而已。

这篇文章，义正词严，不作人身攻击，比之称他们为文丐，文娼，或马路文人者实在客气得多。但也许正因为是词严义正的批判，不作谩骂，必将引起《礼拜六》派小说读者的注意，以及同情于此派小说者的深思，故《礼拜六》派恨之更甚。他们就对商务当局施加压力，这且留在下边再说罢。

文章的结论认为《礼拜六》派今天对小市民仍有广泛影响，成为当前以文学为先锋的新文化运动的前进道路上最大的障碍，非先"铲除这股黑暗势力"不可；而要使新文学能发展，使其读者除青年学生外，也吸引小市民阶层，则提倡自然主义，在当前是必要的。在说明这必要时，举出当前新文学的创作者的弱点是社会经验不足，对劳动人民的生活更不了解，因而题材范围十分狭小，大都取身边琐事，作主观的描写；他们写恋爱及因此而来的苦闷，但思想性不深，不能象屠格涅夫那样从恋爱问题的表面剖析到青年的政治倾向和人生观。这一段是泛泛而谈，并不专指谁何，不料引起了当时异军蹶起、主要倾向是为艺术而艺术的创造社的误会。此是后话，留在下文再谈。

现在先补叙早在一九二一年夏季发生的商务编译所的一个关系重大的人事变动。

编译所所长高梦旦因为自己不懂外文，在"五四"新潮流时代主持那样庞大而复杂的编译所事务，深感力不从心。他征得张元济的同意，亲自到北京请胡适来做编译所所长。胡适允于北京大学放暑假的时候到上海，了解商务印书馆编译所的情况，然后再作决定。大约是当年（一九二一年）七月，胡适来了。他把编译所的一间会客室作为办公地点，轮流"召见"编译所的高等编辑和各杂志的主编，提出问题，了解情况。我也是被"召见"的一个。我从没见过胡适，但早从陈独秀挟《新青年》到上海来编辑、发行那时，就知道在北京大学的教授中，胡适是保守势力的头子。我只回答他的询问（那都是琐屑的事），不想多谈。我只觉得这位大教授的服装有点奇特。他穿的是绸长衫、西式裤、黑丝袜、黄皮鞋。当时我确实没有见过这样中西合璧的打扮。我想：这倒象征了胡适之为人。（七、八年以后，十里洋场的阔少爷也很多这样打扮的，是不是从胡适学来，那可不得而知。）

胡适如此了解了一个多月，终于不干，却推荐了他的老师王云五以自代。胡适早年曾在上海中国公学读书，王云五是英文教员。据说他当时对商务当局说：他是个书呆子，不善于应付人事关系，王云五则既有学问，也有办事才能，比他强得多。我们当时猜想，胡适在来编译所了解情况以前，不会不知道堂堂编译所长除了制订编述翻译书籍的方针、计划而外，必然还有人事关系。他之所以答应来了解情况，原有"俯就"之意，因为中国最大出版机构的编译所长，论收入比一个大学教授高出几倍，论权力也比一个大学的文学院长大得多，他可以网罗海内人才，或抛出夹袋中物。可是了解情况以后，还是不干而推荐王云五，他一方面既可以仍然是中国最高学府的名教授，门墙桃李，此中大可物色党羽，而另一方面则可以遥控商务印书馆编译所，成为王云五的幕后操纵者。胡适深知王云五是个官僚与市侩的混合物，谈不上什么学问，是他可以操纵的。

王云五在当时学术界，可以说是"名不见经传"。但商务当局由于胡适的郑重推荐，还是不敢怠慢。高梦旦亲自拜访了"隐居"在上海的王云五。高梦旦带了郑贞文同去。郑贞文（心南），留日学生，福建人，专业化学。据郑贞文说：王云五藏书不少，有日文、英文、德文的书籍，其中有不少科学书。有德国化学学会出版的专门化学月刊，从首卷到第一次世界大战前，整套齐全；这种杂志，郑贞文在日本理科大学图书馆内曾见过，回国后却不曾见过，不料王云五却有之。经过询问，王云五只得直说是从同济大学医学院德国化学教师那里买来的，这位教师因欧战而回国。王云五所藏的外文书籍，极大多数是乘欧战既起许多外国人回国的机会，廉价买来的。

王云五也说要先了解情况，以三个月为期。三个月后他决定上台，于一九二二年一月正式就任商务编译所所长。他带来了几个私人。这几个人实在是他的耳目。这几个人为王云五吹嘘，说他兼通理、工科，善英、法、德、日四国文字，《大英百科全书》从头到底读过一遍。但这些肥皂泡不久就破了。编译所中通英、德、法、日这四国文字，留学回来，专业为理、工的人，少说也还有一打左右，他们向这位新所长"请教"一番，就匿笑而退。

商务当局中的保守派很中意王云五。他们借口《自然主义与中国现代小说》文中点到《礼拜六》杂志，对我施加压力，说什么风闻《礼拜六》将提出诉讼，告《小说月报》破坏它的名誉，要我在《小说月报》上再写一篇短文，表示对《礼拜六》道歉。我断然拒绝，并且指出，是《礼拜六》派先骂《小说月报》和我个人，足足有半年之久，我才从文艺思想的角度批评了《礼拜六》派，如果说要打官司，倒是商务印书馆早就应该控告《礼拜六》派；况且文艺思想问题，北洋军阀还不敢来干涉，《礼拜六》派是什么东西，敢做北洋军阀还不敢做的事情。我又对王云五派来对我施加压力的那个人（这是王带来的私人，姓李）说：我要把这件事原原本本，包括商务的态度，用公开信的形式，登在《新青年》以及上海、北京四大副刊上（指上海《时事新报》的副刊《学灯》，上海《民国日报》的副刊《觉悟》，北京《晨报》及北京《京报》的副刊），唤起全国的舆论，看《礼拜六》派还敢不敢打官司。这一下，可把王云五派来的走狗吓坏了，他连说，"不可闹大"，就灰溜溜走了。但是他们不死心，他们改换了方法，对《小说月报》发排的稿子，实行检查。当这件事被我发觉了以后，我就正式向王云五提出抗议，指出当初我接编《小说月报》时曾有条件是馆方不干涉我的编辑方针，现在商务既然背约，只有两个办法，一是馆方取消内部检查，二是我辞职。商务当局经过研究，允辞《小说月报》主编之职，但又坚决挽留我仍在编译所工作，做什么事，请我自己提出，商务方面一定尊重我的意见，而且除我自己提出的愿做的事，决不用别的编辑事务打扰我。至于《小说月报》主编将由郑振铎接替，从明年一月号起。我编完十三卷十二号。郑亦文学研究会人，商务借此对外表示《小说月报》虽换了主编，宗旨不变。

当时我实在不想再在商务编译所工作，而且我猜想商务之所以坚决挽留我，是怕我离了商务另办一个杂志。可是陈独秀知道此事后，劝我仍留商务编译所，理由是我若离开商务，中央要另找联络员，暂时尚无合式的人。

于是我又提出，在我仍任主编的《小说月报》第十三卷内任何一期的内容，馆方不能干涉，馆方不能用"内部审查"的方式抽去或删改任何一篇。否则，我仍将在上海与北京的四大报纸副刊上用公开信揭发商务当局的背信弃义，及其反对新文学的顽固态度。王云五无奈，只得同意。

为此，我在《小说月报》十三卷十一号的社评栏内登了署名雁冰的短评，题名《真有代表旧文化旧文艺的作品么？》现在摘抄要点如下："北京《晨报》副刊登着子严君的一段《杂感》说：这些《礼拜六》以下的出版物所代表的并不是什么旧文化旧文学，只是现代的恶趣味——污毁一切的玩世与纵欲的人生观，（？）这是从各方面看来，都很重大而且可怕的事。""《礼拜六》派（包括上海所有定期通俗读物）对于中国国民的毒害，是趣味的恶化。""《礼拜六》派的文人把人生当作游戏，玩弄，笑谑；他们并不想享乐人生，只把它百般揉搓使它污损以为快，……这样的下去，中国国民的生活不但将由人类的而入于完全动物的状态，且将更下而入于非生物的状态去了。""英人戈斯德在《善种与教育》上称英国的坏人为'猿猴之不肖子'。""我们为要防止中国人都变为'猿猴之不肖子'……，有反抗《礼拜六》派运动之必要；至于为文学前途计，倒还在其次，因为他们的运动在本质上不能够损及新文学发达的分毫。"

这篇《杂感》抨击《礼拜六》派比我那篇《自然主义与中国现代小说》尖锐得多；然而王云五及其负内部审查之责的亲信，只好让它登出来。

同期的《社评》栏内还有我写的一篇《反动？》也是批判《礼拜六》派的，也登出来了。同一期的《小说月报》接连两篇《社评》都正面抨击《礼拜六》派，可以说是我在离职以前对王云五及商务当权者中间的顽固派一份最后的"礼物"。

但是王云五心里，总觉《小说月报》仍旧掌握在"文学研究会"的手里（郑振铎继我为主编），是对不起他自己的反动本性的。他从他的市侩哲学出发，从走江湖的草头郎中那里偷来了"说真方，卖假药"的伎俩。早在一九二二年夏初，王云五对我和郑振铎说，他们（指他及商务当权者中间的死硬顽固派）想办一种通俗刊物，名《小说》；并郑重声明：《小说月报》方针不错，万无改回来之理，但《小说月报》有很多学术性的文章，一般人看不懂，现在他们要办个通俗性的《小说》，一面是要吸引爱看《礼拜六》一类刊物的读者，为扫除这些刊物作釜底抽薪之计，一面也要给《小说月报》做个梯子，使一般看不懂

《小说月报》的读者由此而渐渐能够看懂。王云五并要求我及常在《小说月报》写小说的朋友给他们计划中的新刊物写点稿子，以便"开张大吉"。我和郑振铎听了，觉得他的话也还有理，而且在和周作人的通信中，周作人早就说过，打倒《礼拜六》派，不能靠在《文学旬刊》上的口诛笔伐，最好是集合同人，办一个少说学理、文字浅近些，而有真正文学精神的小杂志，既可以慢慢提高民众思想，也可以把那些恶劣刊物的读者吸引过来，可惜我们忙不过来，眼前无法办这样的小刊物。周作人的话，我们当时认为很对，现在听了王云五一番话，与周如合符契，觉得可以让商务一试，所以并不反对。王云五又催我们给他稿子，我就把手头的一篇王统照的《夜读》给了他，又说我自己或者可以译一点。不多几日，王云五的亲信李某又来催促，我就把两篇译稿（记不起来是译匈牙利什么人的作品了）交给他了。但此后一直未见新刊出来，我们也把这件事忘记了。直到《小说世界》出刊前两个月（第一期于一九二三年一月出版），郑振铎先听到一些消息，说商务将出《礼拜六》一样性质的刊物。郑振铎当即询问王云五，王还矢口否认。等到《小说世界》在市面上发行，我们才知道这里面有包天笑、李涵秋（黑幕小说《广陵潮》的作者）、林琴南、卓呆、赵苕狂的"大作"，我们大吃一惊，这才知道王云五及其同伙之卑劣无耻，有如此者！不用说，半年前经由我的手给他们的王统照的《夜读》及我的译文，也在《小说世界》第一期中出现，正如王云五当年说的以图"开张大吉"。

这件事，王云五他们做得非常机密。料想他们一定在商务当局面前自吹他们"化无用为有用"，把我在接手主编《小说月报》时封存的许多《礼拜六》派的来稿和林琴南的译稿都利用上了，为商务省下一笔钱；他们一定自鸣得意，然而也充分暴露了他们比两面三刀的军阀和政客还不如！我们为把此等黑暗伎俩暴露于光天化日之下，就把王统照的《答疑古君》和给我的信，我给王统照的覆信，以及原登在北京晨报副刊上的疑古的《〈小说世界〉与新文学者》，小题为《"出人意表之外"之事》，全都登载在一九二三年一月十五日的《时事新报》《学灯》栏。疑古这篇文章，不但把《小说世界》第一期出现的那些牛鬼蛇神，骂了个狗血喷头，也把商务当局冷嘲热讽，看得一文不值，说他们刚做了几件象人做的事，就不舒服了，"天下竟有不敢一心向善，非同时兼做一些恶事不可的人！"这一手，大概是王云五他们所想不到的。然而他们又奈何我们不得。他们是老板，有权力解雇我们，然而他们又不敢，他们怕我们出去，就办个刊物专门对付他们，甚至还怕我们学当年陆费伯鸿的样子，自立门户，也来办个出版机构。虽然我们与陆费伯鸿的立场是不同的。

一九二二年十一月十日的《文学旬刊》上登载了汪馥泉的一篇文章，题目是《"中国文学史研究会"底提议》，这篇文章有一个很长的"附言"，专门讲了当时正进行得火热的文学研究会与创造社的论战。汪馥泉是以第三者的面目出现想来充当和事老的，在他看来，这场论战主要是门户之见和意气用事。当然，汪的"调解"没有结果。后来，对于这场论战还有其他各种说法，譬如说，这是为人生的艺术和为艺术的艺术两种文艺思潮的论争，或者说，这是现实主义与浪漫主义两种创作方法的争论，等等。究竟是什么？还是留待研究中国现代文学史的专家们去解决罢，我在这里只是回顾一下当时的经历和感受。由于我是论战的一方，回忆往事，免不了有片面性，加之事隔太久，挂一漏万也势所难免，这要请读者见谅，也要请了解当时情况的同志补充、纠正。我的目的只是通过回忆保存一部分史料。

文学研究会与创造社的论战是在一九二二年初夏，我们正与"礼拜六"派进行激烈的论战，接着又与"学衡派"进行论战的时候突然发生的，说它"突然"，是因为我们确实没有想到会同创造社发生冲突；当时我和郑振铎对创造社诸君，尤其郭沫若是很敬佩的。

……

正因为我和文学研究会的同人（主要是郑振铎）对郭沫若的诗有这样深刻的印象，所以还在文学研究会发起之时，郑振铎就曾写信给在东京的田寿昌（田汉），邀他和郭沫若一同加入发起人之列，但田汉没有答复。一九二一年五月初，我和郑振铎听说郭沫若到了上海，就由郑振铎发了请柬，由《时事新报》副刊《青光》的编辑柯一岑先容，请郭沫若在半淞园便饭。

那时郑振铎从北京来到上海不久，才接编《时事新报》副刊《学灯》，他曾和我商议，打算办一个文学研究会的会刊，叫《文学旬刊》，附在《时事新报》上。此事已与张东荪说好，准备在五月中旬创刊。因为《小说月报》虽由文学研究会的人主编，毕竟要受商务当局的掣肘，办会刊又是文学研究会成立时就确定了的。我们约请郭沫若，除慕名想一见外，就是想当面邀他加入文学研究会，以便把《文学旬刊》办得更有声色。我们还商定，由郑振铎出面谈这件事，因为在交际方面他比我能干得多。

现在上海中年以下的人，恐怕都不知道半淞园了，在二十年代，这半淞园还是上海很出名的休憩游乐场所。园址在南市郊区，脱离了都市的喧嚣。园内有池塘，有亭子，有假山，草木葱茏；还有茶座、饭店以及零星摊贩，供游客方便。我们约定在半淞园门口见面，因为我们中间只有柯一岑认识郭沫若。九时，我们先到，不一会郭沫若也来了。这天，郑振铎和我都穿长衫，柯一岑是一身当时时新的学生装，就是郭沫若穿了笔挺的西装，气宇不凡。我们在园内边走边谈，无非触景生情，天南地北地闲聊，有时也在道旁的长椅上坐一坐。午饭就在园内的一家餐馆里用，餐厅紧临池塘，从窗口望出去能见到一池荷花。饭后，我和柯一岑在一边饮茶，郑振铎就和郭沫若走到池塘边去谈话。事后郑振铎告诉我，郭沫若答应给《文学旬刊》写点文章，但对于加入文学研究会却婉词拒绝了，理由是：他昨天才从成仿吾那里知道，半年前田寿昌曾收到郑振铎的一封信，邀请田和郭沫若一同加入文学研究会，但田寿昌没有把信转给郭，也未答复，显然是他没有合作的意思。现在郭沫若又来加入，觉得对不起朋友。郭表示愿意在会外帮助。当时我和郑振铎都认为郭沫若既如此表示，就不便再劝驾了。不加入团体，也可以合作，这是郭沫若当时回答郑的话，我们也以为是这样。那时候我们不知道郭沫若他们正在酝酿成立另一个文学团体。六月上旬郭沫若回到日本，七月初就在东京成立了创造社。

半淞园会面时，文学研究会成立还不到半年，知道的人不多；到了一九二二年春成立一周年时，不少地方都成立了文学研究会的分会，它的"名气"才大起来。于是就有人在背后说文学研究会"太会拉人"，成了"文学阀"了等等（我是从汪馥泉的文章里才知道的）。其实，这些分会都是各地一些有志于新文学的青年、学生自行组织的，他们给《文学旬刊》寄来一封信，表示愿意成为某地的分会，如此而已。他们的活动，总会是从来不管的，也管不着。我们"名气"扩大的另一个原因是得力于商务印书馆和《时事新报》遍及全国的发行网，老板要赚钱，也就连带替我们扩大了影响。在这半年多时间里，《小说月报》和《文学旬刊》上陆续登了一些评论文章，宣传我们的主张，如提倡"为人生的艺术"，提倡写实主义（自然主义），郑振铎还提出写"血与泪的文学"。我们还引导读者对作品进行讨论，我自己就写过几篇评论创作的文章，又以编者身份经常在《小说月报》、《文学旬刊》的"通信"栏内发表意见，例如上文提到的对《女神之再生》的介绍。记得在一则"通信"中我说过这样的话："做小说犹之学画学唱，不先试去，不知道自己究竟能不能的；试而失败，也不算什么一会事。但是试之前，先须具备一个条件：就是的确已经从现实人生中看见了一些含有重大意义的事。'某生'体小说之所以要不得，（一）因为技术是因袭的模仿的，（二）因为思想是肤浮而守旧的；一篇小说若犯了这两层缺陷，不论用文言写，用白话写，总一样的要不得。"又说："主观的描写常要流于夸诞，不如客观的描写来得妥当。我们现在试创作，第一，要实地精密观察现实人生，入其秘奥，第二，用客观态度去分析描写。至于成功之大小，那就关系于个人的天才，莫能勉强；不过有一句话我们要明白，历来成功的文学家并非人人都是大天才。"我又在另一则"通信"中评论过郁达夫的《沉沦》和鲁迅的《阿 Q 正传》，对《沉沦》我指出其长处，也表示了自己的不满意；对《阿 Q 正传》（当时尚未发表完，署名巴人）则认为是一部杰作。那时候我还没有搞过创作，一个没有创作经验的人来评论创作，受人讥笑也是难免，可是，真正的创作家们都是埋头创作不屑于写评论文章的，而读者与现实又需要，所以我只好"毛遂自荐"了。上述种种情况，会引起"礼拜六"派或"学衡"派的攻击，原在我们意料之中，我们也准备他们进攻时加以迎头痛击；却万没想到反对之声会来自另一方，——我们曾力争与之合作的创造社。

一九二二年五月一日出版的《创造季刊》创刊号刊登了郁达夫的《艺文私见》和郭沫若的《海外归鸿》。郁达夫的文章大意是："文艺是天才的创造物"，而"天才的作品……以常人的眼光来看，终究是不能理解的"，只有"大批评家"才能看出其好处。然而中国"现在那些在新闻杂志上主持文艺的"却是些"假批评家"，他们是"伏在（天才这颗）明珠上面的木斗"，只有把他们送"到清水粪坑里去和蛆虫争食物去"，"那些被他们压下的天才"，才能"从地狱里升到子午白羊宫里去"。郭沫若那篇文章是谈的歌德的诗，可是中间却夹了这样一段："我国的批评家——或许可以说是没有——也太无聊，党同伐异的劣等精神，和卑陋的政客者流不相上下，是自家人的做作译品，或出版物，总是极力捧场，简直视文艺批评为广告用具；团体外的作品或与他们偏颇的先入之见不相契合的作品，便一概加以冷遇而不理。他们爱以死板的主义规范活体的人心，甚么自然主义啦，甚么人道主义啦，要拿一种主义来整齐天下的作家，简直可以说是狂妄了。"

我和郑振铎见到这两篇文章，实在吃惊！我们想，一年来我们努力提倡新文学，反对鸳鸯蝴蝶派，介绍外国进步文艺，结果却落得个"党同伐异"和压制"天才"的罪名，实在使人不能心服。而且，直到此时，无论《小说月报》或《文学旬刊》都没有收到创造社诸公来稿而被"压制"。那时我们都是二十来岁的青年，血气方刚，受不得委屈，也就站起来答辩。

为了表示我们并不是对创造社"一概加以冷遇和不理"，就由我以"损"的笔名在《文学旬刊》第三十七期（一九二二年五月十一日出版）上写了《"创造"给我的印象》。文章开头，针对郁达夫的文章，我举出托尔斯泰不满意"法国大天才鲍特莱耳"的事，证明"大批评家不一定和个个大天才如鱼得水"，"自来很少绝无主观的大批评家"，因而天才"难保不被'压搁'下去"，"一个真正的批评家倒不一定因为屈枉了一个天才而就失其真的资格"。不过中国现在既然"并无所谓批评家，也不见大天才"，所以我也就"情愿让郁君骂是假批评家，骂是该'到清水粪坑里去和蛆虫争食物去'的假批评家"，也要"对于创造社诸君的'创造品'说几句类乎'木斗'的话"。接着我就尽可能客观地逐篇谈了我对《创造季刊》创刊号上登的其他各篇文章的"印象"，指出它们的长处和不足。当然，我不认为这些作品是天才的作品，所以贬词看来用得多了一些。我在文章最后说："中国现在青黄未发，真如郁达夫君所说；大家说'介绍'，说'创造'，本也有两三年了，成绩却很少，大概是人手缺少的缘故。治文艺的尤其少，更是实情。人手少而事情不能少，自然难免有粗制之缺。所以无论那本定期刊物，内容总不免蹶竭，我们只能存着'短中取长'的意思，不能认真讲，若一认真，只好什么都不讲了。创造社诸君的著作恐怕也不能竟说可与世界不朽的作品比肩罢。所以我觉得现在与其多批评别人，不如自己多努力，而想当然的猜想别人是'党同伐异的劣等精神，和卑陋的政客者流不相上下'，更可不必。真的艺术家的心胸，无有不广大的呀。我极表同情于创造社诸君，所以更望他们努力！更望把天才两字写出在纸上，不要挂在嘴上。这话也许太唐突了，但我确有这感想，而且朋友们中也确有这些同样的感想，所以还是老老实实说出来罢。"

这篇《"创造"给我的印象》大概冒犯了创造社主要人物的自尊心。我应当表示遗憾。但当时也是箭在弦上，不得不发。

郁达夫的《艺文私见》，本属随笔之类，还不能说就是创造社的文艺理论，直到八月四日的《时事新报》副刊《学灯》上登出了郭沫若的《论国内的评坛及我对于创作上的态度》，才比较详细地提出了创造社的文艺理论。文章开头说："我国的批评界中，我觉得有一种极不好的习气充溢着。批评家每每藏在一个匿名之下，谈几句笼统活脱的俏皮话来骂人，我觉得这真不是一种好习气。"这是指我以"损"署名的《"创造"给我的印象》一文。其实"损"本是我的一个公开的化名，当时我们又规定《文学旬刊》的编辑在旬刊上写文章都用化名。可是他不提他们自己那一大堆骂人的话，而说我用俏皮话来"骂"人了。接着就用了千把字极力论证用化名之为不好习气。然后说他自己是一个偏于主观的人，"想象力比观察力强；又是一个冲动性的人，回顾自己所走过了的半生行路，都是一任自己的冲动在那里奔驰。"然后又说他"对于艺术上的见解，终觉不当是反射的，应当是创造的。前者是纯由感官的接受，经脑筋的作用，反射地直接表现出来，就譬如照相的一样。后者是由无数感官的材料，储积在脑筋中，更经过一道过滤作用，酝酿作用，综合地表现了出来，就譬如蜜蜂采取无数的花汁酿成蜂蜜一样。所以锻炼客观性的结果，也还是归于培养主观性，真正的艺术品当然是由于纯粹的主观产出。"类似的观点在郭沫若当时的其他文章中也有，例如在一九二三年五月写的《文艺之社会使命》中说："艺术本身无所谓目的"，"文艺也如春日之花草，乃艺术家内心之智慧的表现。诗人写出一篇诗，音乐家谱出一个曲，画家绘成一幅画，都是他们天才的自然流露：如一阵春风吹过池面所生的微波，是无所谓目的。"在《论国内的评坛及我对于创作上的态度》中又论及"艺术上的功利主义"，这是创造社诸君第一次攻击艺术上的功利主义。他说："假使创作家纯以功利主义为前提从事创作，上之想借文艺为宣传的利器，下之想借文艺为糊口的饭碗，这个我敢断定一句，都是文艺的堕落，隔离文艺的精神太远了。"但是下文就有更惊人的话："这种功利主义的动机说，从前我也曾怀抱过来；有时在诗歌之中借披件社会主义的皮毛，漫作驴鸣犬吠"，"但是我在此处如实地告白：我是完全忏悔了。"在这里，郭沫若自己否定了《女神》。郭沫若"以今日之我，反对昨日之我"，真正出人意外。最后，他又说："总之我对艺术上的功利主义的动机说，是不承认他有成立的可能性的。我这种主张或者有人会说我是甚么艺术派的艺术家的，说我尽他说，我更是不承认艺术中会划分出甚么人生派与艺术派的人。这些空漠的术语，都是些无聊的批评家——不消说我是在说西洋的——虚构出来的东西。"郭沫若此时还有唯美主义的观点，虽然不过偶尔一现。例如《创造季刊》第四期有他的《曼衍言之二》，全文如下："毒草的彩色也有美的价值存在，何况不是毒草。人们重腹不重目，毒草不为满足人们的饕餮而减其毒性。'自然'亦不为人们有误服毒草而致死者遂不生毒草。'自然'不是浅薄的功利主义者，毒草不是矫谲媚世的伪善者。"

后来，成仿吾在《创造周报》第二号上发表了《新文学之使命》（作于一九二三年五月九日，即在上述郭文发表之后约一年光景），在《创造周报》第五号上发表了《写实主义与庸俗主义》，都是引申或发挥郭沫若的文学无目的论和反对文艺上的功利主义的论点的。应得说明一下："文艺上的功利主义"是创造社诸公的用语，翻译为我们现在通行的用语，就是："文艺作品应当是社会生活的反映，创作是要为人生为社会服务的。"而反对文艺上的功利主义翻译为我们通用的话，就是："文艺作品应当是作家主观思想意识的表现，创作是无目的无功利的。"

正如郭沫若"以今日之我反对昨日之我"，成仿吾这两篇文章都是以后半篇反对前半篇的；前半篇赞美功利主义的文艺观，后半篇则从纯艺术、有时是唯美的观点反对亦即取消了前半篇的论点。有原文可以查考，我在这里就不再详细论述这两篇文章了。

全面研究创造社诸公当时的理论和实践，总觉得他们在理论上尽管强调非功利的主观创造（他们从没说过反映社会现实），但在实践上，张资平当时的小说反映了部分现实，固不待言；田汉的剧作，郁达夫的小说，也都从各种角度，反映了社会现实。即如郭沫若，在宣告"完全忏悔"以后，他的诗和戏剧难道当真没有人间烟火味么？作品具在，可以覆按。因为既然不是隐居深山，与世隔绝，就不能绝对高蹈，忘情于社会现实。不过表现的手法有时间接，有时直接，有时明显，有时隐晦而已。

但是，到了一九二三年下半年，郭沫若的观点又有了改变。《创造周报》第十八号有郭写的短评《艺术家与革命家》，其中有这样的句子："艺术家把他的艺术来宣传革命，我们不能议论他宣传革命的可不可，我们只能论他所借以宣传的是不是艺术。"写此文这一年，中国的工人运动大为高涨，其中二月七日的京汉铁路大罢工震撼了全中国，也震撼了世界。革命形势的迅速发展，大概也影响了郭沫若的文艺观，特别是革命与艺术的关系。

相距不久，成仿吾在《创造周报》第四十号发表了《艺术之社会的意义》一文，其中说：现在"为艺术的艺术""尤为研究社会问题的人所集矢"，这不能说是公允的，因为"它至少有给我们的美感。我们不能因为它的社会的价值低微便责备它"。又说："我们以前是不是把人类社会忘记了，可不必说，我们以后只当更用了十二分的意识把我们的热爱表白一番"。"我们不是怕见血的懦夫，……我们来，来恢复我们的社会意识"！"至关于艺术之根本的意义，……我们就暂且怀疑，待我们从怀疑之中证出新的信仰"。此文写于一九二四年二月二十日，已经不谈功利主义是艺术的死敌，而开始承认"为艺术的艺术"社会价值低微，提出要"恢复我们的社会意识"，并且对于自己旧信仰的艺术观也表示要"暂且怀疑"，以便证出新的信仰了。

文学研究会与创造社论战的"第一个回合"——也是主要的方面，就如上述。

"第二个回合"是我与郭沫若关于如何介绍欧洲文学的讨论。问题起因于读者万良浚在《小说月报》第十三卷七号（一九二二年七月一日出版）的"通信栏"中，提出现在可以翻译《浮士德》、《神曲》、《哈孟雷德》等"虽产生较早，而有永久之价值"的著作，他不同意认为这样做是不经济的。我在答覆中表示："翻译浮士德等书，在我看来，也不是现在切要的事；因为个人研究固能惟真理是求，而介绍给群众，则应该审度事势，分个缓急。"我的这个观点，实际上在《小说月报》上已经实行多时了，譬如着重介绍十九世纪的俄国文学，被压迫民族的文学，以及十九世纪各国的批判现实主义作家的作品。而对于其他外国的古典名著只作一般的介绍。不料我这个简单的答覆，却引来了郭沫若的一篇长文。

郭的文章即发表在同年七月二十七日《时事新报》副刊《学灯》上的《论文学的研究与介绍》。郭文先引了我答万良浚的话，然后说：《神曲》有没有人翻译过，他不知道，（他似乎没有看到《小说月报》第十二卷第九期登过钱稻孙翻译的《神曲一脔》，这是从意大利文直接译出，而且按原诗的三三用韵法的。）至于《哈孟雷德》，田汉君正在翻译，已发表过一部分，《浮士德》呢，他曾零星翻译过，而张东荪又在不久前劝他全译出来。接着说："说翻译以上诸书是不经济的人，我记得是郑振铎君。郑君在去岁夏季的《文学旬刊》上，发表过一篇《盲目的翻译者》的一段杂谈，其中便说的是这么一回事。"（这里郭沫若忘记了"去岁夏季"正是半淞园约会之后，也是他与郑振铎关系最好之时。参见《创造十年》。）以下，郭沫若就"文学的研究"与"文学的介绍"两个问题发表他的意见，大致谓"文学研究"不论研究作品或研究作家，都属于个人的自由；至于"文学的介绍"当然比个人从事研究，"多生出三个因子来，便是（一）文学作品，（二）介绍家，（三）读者。但在这三个因子之中，介绍家是顶主要的。因为他对于文学作品有选择之权能，对于读者有指导的责任。"然后，郭沫若就介绍家（翻译家）的态度论述了"翻译的动机"和"翻译的效果"，认为如果翻译家对于自己要译的作品能涌起创作的精神，有精深的研究和正确的理解，"视该作品的表现和内涵，不啻若自己出，乃从而为迫不得已的移译"，那么，"他所产生出来的译品，当然能生莫大的效果，当然会引起一般读者的兴味。他以身作则，当然能尽他指导读者的义务，能使读者有所观感，更进而激起其研究文学的急切的要求。……这种翻译家的译品，无论在什么时代都是切要的，无论对于何项读者都是经济的，为什么说到别人要翻译神曲、哈孟雷德、浮士德等书，便能预断其不经济，不切要，并且会盲了甚么目呢？"又说："文学的好坏，不能说它古不古，只能说它醇不醇，只能说它真不真，不能说十九世纪以后的文学通是好文学，通有可以介绍的价值"等等。

在同年八月一日出版的《文学旬刊》第四十五期上，我对郭文作了答覆，文章名曰《介绍外国文学作品的目的》。

此文开头先说，研究古今中外的一切文艺作品，人人有其自由，人人也有自由去介绍古今中外的一切文学作品，"并且，人尽可随一己的自由意志，随个人所感得是切要的，对第三者说述，或竟宣传他个人的介绍外国文学作品的目的论。"其次，就郭文所说，翻译要有创作的精神等一段议论，表示同意。然后申说："郭君这段议论，解释主观一面的翻译动机，诚为详尽，但是我们再细细一想，就要问翻译的动机是否还有客观的一面？换句话说，我们翻译一件作品除主观的强烈爱好心而外，是否还有'适合一般人需要'，'足救时弊'等等观念做动机？"有人纯依主观爱好而翻译，是他的自由，但有人为适合一般人需要，足救时弊而翻译，也是他的自由。"对于文学的使命的解释，各人可有各人的自由意见，而且前人，同时代人，已有过不少的争论。我是倾向人生派的。我觉得文学作品除能给人欣赏外，至少还须含有永久的人性和对于理想世界的憧憬。我觉得一时代的文学是一时代缺陷与腐败的抗议或纠正。我觉得创作者若非全然和他的社会隔离的，若果也有社会的同情的，他的创作自然而然不能不对社会的腐败抗议。我觉得翻译家若果深恶自身所居的社会的腐败，人心的死寂，而想借外国文学作品来抗议，来刺激将死的人心，也是极应该而有益的事。我觉得，翻译者若果本此见解而发表他自己的意见，反对与己不同的主张，也是正当而且合于'自由'的事。有些作家，尤其是空想的诗人，……对扰攘的人事得失，视为蛮触之争，曾不值他的一顾。这种精神，我当然也很佩服。但如果大部分的其余的人，对于扰攘的人事得失感着切身的痛苦，要求文学来做诅咒反抗的工具，我想谁也没有勇气去非笑他们。处中国现在这政局之下，这社会环境之内，我们有血的，但凡不曾闭了眼，聋了耳，怎能压住我们的血不沸腾？从自己热烈地憎恶现实的心境发出呼声，要求'血与泪'的文学，总该是正当而且合于'自由'的事。""我以为现在我们这样的社会里，最大的急务是改造人们使他们像个人。社会里充满了不像人样的人，醒着而住在里面的作家宁愿装作不见，梦想他理想中的幻美，这是我所不能了解的。"

当时，同样使我们不能理解的一件事，是创造社诸君的大多数对于鸳鸯蝴蝶派十分吝惜笔墨，从来不放一枪。也有一个例外，就是成仿吾在《创造季刊》第二期上曾写了一篇《歧路》，对"礼拜六"派狠狠地开了一炮。不过在《编辑余谈》中他承认"这是我个人的紧急的独断的一弹，关于这一方面的行动，我还不曾与同志商量，然而我深信他们一定会承认我这一弹是很得当的。"他又说："对于我们前面的妖魔，也应当援助同志们，……固然不免可惜了我们很贵重的弹药。"从这里可以见到，创造社诸君是憎恶"礼拜六"派的，他们见到了我们与"礼拜六"派的斗争，认为我们是"同志"，但是，他们却不想"援助"我们（除了成仿吾个人的紧急独断行动）。为什么呢？想必是创造社诸君认为围剿"礼拜六"派也是文艺上功利主义的一种表现，所以不屑去做，免得变成了浅薄的艺术家，又浪费了贵重的弹药。

文学研究会与创造社的论战，还反映在创作评论上。曾由创造社加给文学研究会的各种罪名，如"党同伐异"，"自家人的做作译品，或出版物，总是极力捧场"，"团体外的作品……便一概加以冷遇"等，不久就由创造社本身表现了出来。创造社的批评家和理论家是成仿吾，所以他也就成了这方面的代表，以至得了个雅号"黑旋风"。我这里不能一一叙述当时的论争，只谈一谈成仿吾的《〈呐喊〉的评论》。此文写于一九二三年十二月，发表在《创造季刊》第二卷第二期上。

对于鲁迅的创作，我也写过几篇评论文章，就在成仿吾发表《〈呐喊〉的评论》之前，我正好也写了一篇《读〈呐喊〉》，发表在《文学》周刊第九十一期上，所以成仿吾的文章一发表，就引起了我的注意。但看过以后，很觉失望。下面就抄录《〈呐喊〉的评论》的几段原文："共计十五篇的作品之中，我以为前面的九篇与后面的六篇，不论内容与作风，都不是一样。……如果我们用简单的文字把这不同的两部标明，那么，前九篇是'再现的'，后六篇是'表现的'。""前期的作品都有一种共通的颜色，那便是再现的记述，不仅《狂人日记》、《孔乙己》、《头发的故事》、《阿Q正传》是如此，即别的几篇也不外是一些记述。这些记述的目的，差不多全部在筑成各样的典型的性格；作者的努力似乎不在他所记述的世界，而在这世界的住民的典型；所以这一个个典型筑成了，而他们所住居的世界反是很模糊。世人盛称作者成功的原因是因为他的典型筑成了，然而不知作者的失败，也便是在此处。作者太急了，太急于再现他的典型了，我以为作者若能不这样急于追求'典型的'，他总还可以寻到一点'普遍的'出来。我们看这些典型在他们的世界不住地盲动，犹如我们跑到了一个未曾到过的国家，看见了各样奇形怪状的人在无意识地行动，没有与我们相同的地方可以猜出他们的心理的状态，而作者偏偏好像非如此不足以再现他的典型的样子，关于这一点，作者所急于筑成的典型本身固然负责任，然而作者所取的再现的方法也是不能不负责任的。"这一段议论，实在奇怪，我不想多说，因为关于典型塑造的理论，从事创作者都能言之。

成仿吾此文下面具体批评各篇："《狂人日记》为自然派所主张的纪录，固不待说，《孔乙己》、《阿Q正传》为浅薄的纪实的传记，亦不待说；即前期中最好的《风波》亦不外是事实的记录，所以这前期的几篇，可以概括为自然主义的作品。"又说："前期的作品之中，《狂人日记》很平凡；《阿Q正传》的描写虽佳，而结构极坏；《孔乙己》，《药》,《明天》皆未免庸俗；《一件小事》是一篇拙劣的随笔；《头发的故事》亦是随笔体；惟《风波》与《故乡》实不可多得的作品。"又说："作者描写的手腕高妙，然而文艺的标语到底是'表现'而不是'描写'，描写终不过是文学家的末技。而且我以为作者只顾发挥描写的手腕，正是他失败的地方。"我想不必再抄下去了。因为，只看他对于《狂人日记》和《阿Q正传》的评价，就知道他的眼光是与众不同的。此下，他又讲到后面的六篇："我读了《端午节》，才觉得我们的作者已再向我们归来，他是复活了，而且充满了更新的生命。""作者由他那想表现自我的努力，与我们接近了。"又说：《白光》一篇使我联想到达夫的《银灰色的死》，可惜表现实在不足，薄弱得很。"又说：《不周山》"是全集中第一篇杰作"，"作者由这一篇可谓表示了他不甘拘守着写实的门户，他要进而入纯文艺的宫庭。这种有意识的转变，是我为作者最欣喜的一件事。"这两段文字，叫人莫名其妙。无怪当时鲁迅读了这篇评论后，劝我们不要写文章与之辩论，因为如果辩论，也不过是聋子对话。

附带说一句，成仿吾是个直性子人，有什么想法，肚里搁不住，就直说出来。但他也是个正直的人，他与鲁迅打过不少笔墨官司，但一九三六年他在延安听到鲁迅逝世的消息后，特地写了一篇悼念文章，千里迢迢地寄给在上海的我，要我想办法发表（后发表在一九三九年一月二十五日上海出版的《鲁迅风》第二期），表达了对鲁迅深深的怀念、敬佩和沉痛的哀悼。

与创造社论战的另一个内容是关于翻译错误问题，这类问题量最大，占了论战的大部分时间。其中直接与郭沫若有关的就有《意门湖》（茵梦湖）的错译和《少年维特之烦恼》的错译问题。中国用白话文翻译介绍外国文学作品，始于一九一九年五四运动以后，到论战发生的一九二二年才只三年。翻译家们的幼稚，水平不高，经验不足，自不待言，因而译品中有错译、误译、死译等也不足为奇。善意地交换意见，互相帮助、探讨、批评，是完全应该的，而且是提高翻译质量的重要方法。可是，关于翻译问题的论战却夹进了太多的意气和成见，以至成了一场护自己之短，揭他人之痂，讽刺、挖苦乃至骂人的混战，徒伤了感情。而且，郭译《茵梦湖》也有错误，朱偰的《漪溟湖》（这是原书的第三种从德文译出的译本）逐条指出错译十多处。可惜创造社诸公丈八灯台只照见了别人。

一九二四年七月郭沫若因《文学》周报登载了梁俊青对他译的《少年维特之烦恼》译文的批评，给《文学》周报编辑部写了一封长信，指责我们是"借刀杀人"等等。我和郑振铎以编者的名义作了答覆（见《文学周报》第一三一期），其中有一段论及当时学术界的现象，原文如下："我们记得有一段寓言说：有一个人遇见一位仙人；仙人给他两口袋，一个是装自己的过失的，别一个装别人的过失的。那人受了这两个袋，挂在身上，却把别人过失的袋儿挂在前面，把装自己过失的袋儿挂在背后；因此，这个人便只看见别人的过失，不见自己的过失了。'只寻别人错头，忘记自己过失'，这是我们所见近年来学术界的一种现象。凡把装自己过失的袋儿挂在脑后的人们，每每对于同一事件，作两样的看法：譬如说杂志上收用稿件，他们自己报上刊登青年作家的作品是'提携青年作家'，然而别人报上刊登青年作品却便是'以青年幸进之心为钩钓读者之饵'了；又如互相批评，在他们自己骂人的时候，骂人便是'防御战'，是极正当的行为，然而别人若一回骂，可就成了'大逆不道'了。我们老老实实说罢，当我们想起这种现象时，每不禁连想到近二年来《创造季刊》与《创造周报》的言论。"最后，我们说："本刊同人与笔墨周旋，素限于学理范围以内，凡涉于事实方面，同人皆不愿置辩，待第三者自取证于事实。"今后"郭君及成君等如以学理相质，我们自当执笔周旋，但若仍旧羌无左证谩骂快意，我们敬谢不敏，不再回答。"

由于我们挂出了"免战牌"，持续三年的文学研究会与创造社的论战，也就结束了。

这里再插一段涉及我个人的事。一九二二年十二月我在《小说月报》上以佩韦的笔名写了一篇《今年纪念的几个文学家》，其中在介绍雪莱的一段文字中错译了一个哲学名词。到了一九二三年七月，承蒙成仿吾在《创造季刊》上发表长篇文章来订正，而且备加嘲笑。对于成的嘲笑，我没有答覆，我想：读者自会衡量轻重，辨明是非，不会因为错译了一个字就否定整篇文章，更不会因之否定我这个人。而且那时我已经不编《小说月报》，大量的社会活动使我无暇也无意再去打这种笔墨官司。

关于翻译问题论战的其他情节，我就不再讲了，因为这是整个论战中最无积极意义的一部分。当然，它在客观上也还是起了一点作用，例如刺激了大家去学好外文，去努力提高译品的质量等。我及商务编译所的几个同事，就因此而发愤自学日、德、法三种外文。学日本文，是想能够读德日文对照、注释完备的《茵梦湖》一类的书。读德、法文，是因为创造社诸公常说编译外文书必须从原本，不能依靠转译。当时，我们找到了教师，每星期有三次学习，时间都在晚上。我学日、德两种文字（法文呢，我在北大预科时学过三年，此时尚未还给先生），可惜后来别的社会活动多了，不能坚持。但同时学习之人，有一位唐敬杲，日文学得很好，此人现尚健在。另有一位郑太朴，德文学得好，后来留学德国，专攻数学，一九二七年后回国，参加过当时谭平山组织的第三党。

在与创造社论战的时候，我们同时又对南京的"学衡派"展开了论战。

文学研究会与创造社论战的原因，主要是对文学与社会的关系有不同的看法。换言之，我们所争的是：作品是作家主观思想意识的表现呢，还是社会生活的反映？创作是无目的无功利的，还是要为人生为社会服务？我们认为，文学研究会和创造社是一条路上走的人，应当互相扶助，互相容忍；但是，创造社却先说文学研究会"垄断文坛"，以打擂台的姿势出现，文学研究会在上海的会员（主要是郑振铎和我）也就被迫而应战。

但是，对于"学衡派"却不同。我们与它毫无共同之处。"学衡派"反对新文学，提倡复古，是当时的时代思潮中的一股逆流。"学衡派"是南京东南大学的几个教授，有胡先骕、梅光迪、吴宓等人，以出版《学衡杂志》而得名。他们都是留学生，是穿洋服、说洋话的复古派。他们标榜"国粹"，攻击白话文和新文化运动，却又镀上一层西洋的金装，说什么"凡昔尊崇孔孟之道者，必肆力于柏拉图、亚里士多德之哲理"，"凡读西洋之名贤杰作者，则日见国粹之可爱。"其实他们对西欧文化是一窍不通。他们的主要论点是：反对文学进化论，白话不能代替文言，言文不应合一，主张摹仿古人等。他们从一九二一年开始活动，到一九二四年达到了高峰。造成这种局势当然主要是反动的军政界和文艺界的旧势力联合起来进行反攻，形成"四面八方的反对白话声"，但也由于新文艺界内部的分化和混乱。我在《文学》周报第一二二期上发表的《进一步退两步》中，就谈到这种情形，即有些"做白话文的朋友自己先怀疑白话文是否能独力担负发表意见抒写情绪的重任"，有些"做白话文的朋友又……埋头在故纸堆中，做他们的所谓'整理国故'。"这后者就是早年曾经提倡白话文的胡适一伙。

鲁迅坚决投入了对"学衡派"的反击，他写了《估学衡》，说"学衡派"自己还没有弄通古文，却自谓肩负捍卫古文的重任来教训新文学者，这是不知羞耻。他说："夫所谓'学衡'者，据我看来，实不过聚在'聚宝之门'左近的几个假古董所放的假毫光；虽然自称为'衡'，而本身的称星尚且未曾钉好，更何论于他所衡的轻重的是非。所以，决用不着较准，只要估一估就明白了。"

文学研究会的同人也积极参加了这场战斗。我先后写过七八篇文章。因为"学衡派"的特点是"中西合璧"，喜欢卖弄洋"典故"来论证其复古理论，我的有些文章就着重揭露他们对西欧文学的无知和妄说。梅光迪的《评提倡新文化者》是一篇反对文学进化论的长文章，其立论的外国根据，是所谓"英国文学评论大家韩士立多斥文学进化论为流俗之错误，而吾国人乃迷信之。"我在《评梅光迪之所评》（见一九二二年二月二十一日出版的《文学旬刊》第二十九期）中指出：韩士立已死了一百年，在这一百年间，西欧文学评论界早就否定了韩的观点，对韩的定评是"并非以发见一条任何的评论原理而成卓特"。此外，西欧的"文学底种类的进化论"的兴起，还在韩士立死了以后。所以梅光迪是"颠倒系统"，企图"以一人之嗜好，抹煞普天下之真理"。但这种伎俩只能骗骗"幼稚的中小学生"。

"学衡派"在反对白话文，主张言文不应合一上，也搜寻外国的"根据"。胡先骕就说："诗家必不尽用白话，征诸中外皆然"，"欧西文言，何尝合一，其他无论矣。"他们还举出希腊古文学的重大价值来驳难主张白话者。其实这只能暴露他们对西洋文学史的无知。我在一九二四年春写了一篇《文学界的反动运动》（登在《文学》周报第一二一期），驳斥了他们的胡说。我说，"学衡派"都是留洋生，"他们自己也研究西洋文学"，难道"他们忘记自己所钦仰的英美文学大家原来都是用白话做文章的？"他们只觉得中国人"抛弃了极美而有悠久历史的文言不用"，是"可气可恼，或者竟是极笨"。"可是他们竟忘记了自己所钦仰的西洋民族，其中如德、意、法等国，当初有一班人也为了要用白话做文章，揽上了许多麻烦。"还有"在西洋文学史出过大风头的"希腊人，现在正和我们一样，在抛弃他们那"极美而有悠久历史的文言"（即古希腊文）。我在另两篇登载在《文学旬刊》上的《杂感》中，也谈到希腊的"文白之争"，指出在希腊"有过最光荣历史的文言，也只好让路给白话了。"历史证明，"'现代人作文须以现代语'这句话，也和民主主义一样，是举世所趋，不可抗的了。"

"学衡派"的吴宓，在反对白话文中，还把矛头指向了新文学中的写实主义。为此我写了一篇《写实主义之流弊？》（刊登于一九二二年十一月一日出版之《文学旬刊》第五十四期），文中驳斥他把欧洲的写实小说同中国的黑幕派小说和"礼拜六"派小说相提并论。事实上，吴宓对于欧洲的写实主义小说并没作全面的研究，只把帝俄时代的写实派大师如托尔斯泰、果戈里、屠格涅夫拿来作例子，这足以证明他对于托尔斯泰等等是毫无所知的。吴宓又说，读了托尔斯泰等人的作品，"引人悲观"；然而吴宓所崇拜的歌德的《少年维特之烦恼》，在中国实际上已经引起一些青年人的悲观，难道吴宓不知道么？

参加对"学衡派"的反击的还有泽民。泽民于一九二一年去日本后，一面学日文，一面继续翻译和写作。一九二二年张闻天去美国，他就回到上海，由我介绍加入了共产党，也参加了文学研究会。从此他就彻底放弃了水利工程学，从事党的工作和文学活动。他写过几篇反击"学衡派"的文章，其中一篇题为《文言白话之争底根本问题及其美丑》（刊于一九二三年三月二十九日《民国日报》副刊《觉悟》）。文章简明而深刻地阐明了以白话代替文言、言文合一的必要性和必然性，他说："因为文字是传达国民思想情感的工具，所以必须包具几个要点：一、是与日常生活最密切的；因而二、是容易普遍、容易为全体国民所了解的；因而三、是最适宜表出现代的思想和情感的。就这三点看来，文字就有采用日常用语之必要。所以我们主张废止文言改用白话。"

此外，郑振铎也在《文学旬刊》上用《新与旧》、《杂谈》为题，对"学衡派"的谬论加以驳斥。兹不备载。

"学衡派"在新文学工作者的反击下，也就噤若寒蝉，不久即告彻底垮台了。

一九七九年八月四日写毕

（原载《新文学史料》第4、5辑，1979年8月、11月）

影印本《小说月报》序

茅 盾

　　商务印书馆的《小说月报》创刊于一九一〇年七月，到一九三二年"一·二八"，因商务印书馆遭战火而停刊，算来有二十一年。然而《小说月报》在社会上发生广泛影响，却只有十一年，即一九二一到三一年。

　　一九二一年，我接编并全部革新了《小说月报》，两年后由郑振铎接编，直到终刊。这十一年中，全国的作家和翻译家，以及中国文学和外国文学的研究者，都把他们的辛勤劳动的果实投给《小说月报》。可以说，"五四"以来的老一代著名作家，都与《小说月报》有过密切的关系，象鲁迅、叶圣陶、冰心、王统照、郑振铎、胡愈之、俞平伯、徐志摩、朱自清、许地山等，以及二十年代后期的巴金、老舍、丁玲、沈从文等。值得提到的是，巴金、老舍、丁玲的处女作都是在《小说月报》上首先发表的；我的第一篇小说《幻灭》也是登在《小说月报》上。十一年中，《小说月报》记录了我国老一代文学家艰辛跋涉的足迹，也成为老一代文学家在那黑暗的年代里吮吸滋养的园地。

　　这十一年中，《小说月报》广泛地介绍了世界各国的文学，首先是介绍了俄国文学和世界弱小民族的文学，也介绍了西欧、北欧、南欧的以及曾为西班牙殖民地的拉丁美洲一些国家的文学。

　　这一时期，《小说月报》的编辑方针是：兼收并蓄，不论观点、风格之各异，只是不收玩世不恭的鸳鸯蝴蝶派的作品。也可以说是百花齐放，百家争鸣。

也许，这一些就是革新后的《小说月报》之所以在当年产生广泛影响的原因。

当年在《小说月报》上各显身手的作家、翻译家、中国和外国的古典文学和现代文学的研究家，有不少今尚健在；但十年浩劫中也有不幸而逝世的。我觉得最令人遗憾的，是在《小说月报》这文艺园地上辛勤劳动九年的园丁郑振铎却在一九五八年因飞机失事而去世。他是中国文学史的研究者，中国民间文学的研究者，也翻译、也创作。他若健在，这篇《序》该归他写。至于我，适逢其会，革新了《小说月报》，只是一个清道夫，谈不上什么贡献。

今当四化之年，文艺界空前活跃，新人辈出，大小刊物，灿如繁星。现在，书目文献出版社要重新影印革新后的第十二卷至二十二卷《小说月报》，此亦保存史料、推广史料之一道，是有意义的。事物是发展的，鉴往以知来。从这重印《小说月报》一事，可以看到凡对文学有涓滴贡献的，在社会主义的中国是不会被遗忘的。也可预料，今后的文坛必将日益更新发展，满足十亿人民对精神粮食的需要。

一九八一年元月十五日

（原载《文献》第 7 辑，书目文献出版社 1981 年 3 月）

羊城北望祭茅公（节选）

思 慕

　　永别了，茅公！敬爱的雁冰同志，让我还是这样称呼你吧。你在我国革命文坛的丰功伟绩，在世界文坛的崇高声誉和广泛影响，你对我国革命事业和进步文化事业的卓越贡献，历史已有了定论，党也已给你作了极高的恰如其份的评价。党中央根据你弥留时的请求和你一生的表现，恢复你的共产党党籍，党龄从一九二一年算起。这是党给你的莫大荣誉。你侪于最早的一批中国共产党党员之列，侪于鲁迅、郭老两颗巨星之列，而各有千秋。茅公，你虽与世长辞，你的杰出的文学作品是不朽的，你的光辉将永远照耀人间。

＊　　　　＊　　　　＊

　　说到茅公同我个人的关系，他不仅是我五十多年的故交，而且是我在文艺方面的向导和栽培者。早在一九二六年，当茅公以"左派国民党"代表的身份从上海到广州来出席改组了的国民党二大的时候，我第一次同他结识。那时，我正在岭南大学读文科，受了五四新文化运动的薰陶，开始爱好新文学，也试写新诗，并同教会大、中学中近十位对文学有兴趣的老师和同学，如陈受颐、叶启芳、梁宗岱、潘启芳等，创建"广州文学研究会"，出版了一个《文学》旬刊，附在报上发行。我们当时对于以上海为基地的全国性新文艺团体"文学研究会"的主要成员鲁迅、沈雁冰、郑振铎（西谛）、许地山（落华生）、谢冰心等都十分仰慕，把他们的作品当作自己写作的楷模；对于"文学研究会"也有"高攀"之意，便由叶启芳修书给他比较熟识的上海朋友郑振铎，要求联系。不久，郑复信告诉我们："文研"趁沈雁冰去广州开国民党二大之便，委托他同我们洽谈。第一次约晤是在雁冰的旅舍，后来我们还"罗汉请观音"，醵资在惠爱东路文德路口一家小酒楼上宴请过他一次。他给我们最初的印象是：和蔼而潇洒，谦逊而直爽，没有一点架子。他操着带有上海腔的普通话，谈吐饶有风趣，耐人寻味，他已读过我们的几期会刊，从我们的谈话中又了解到我们在文艺方面的志趣、倾向。他如数家珍地、有的放矢地谈论起当时文坛的流派、动向，含蓄地给我们启发，热情地给我们奖掖。通过这两次交谈，通过雁冰的积极支持，我们的文艺小团体与"文学研究会"挂上钩了：作为团体会员加入这个全国性组织，并改称"文学研究会广州分会"。此后，我有时也寄稿给雁冰主编的《小说月报》，经过他的润色，刊登了出来。这使我深受鼓舞。这是我朝着为人生的现实主义的方向，从事诗和散文创作的道路迈出的第一步，而茅公可说是我的引路人。

大革命失败，我从莫斯科回到国内，多少有点"幻灭"之感。那时我们的广州文艺小团体早已风流云散，大多数会员也分道扬镳，各奔自己的"前程"。一九二九年，我在上海短期滞留，虽不能与逃亡日本的茅公见面，但当豪爽而好客的西谛邀集在沪"文研"同人在他家里"小叙"时，我也"叨陪末座"，因而与叶圣陶、王统照、靳以、王鲁彦等名作家也熟识起来。那时，茅公最早的中篇小说名著《三部曲》（《幻灭》、《动摇》、《追求》）已陆续出版。读了之后，我深受吸引，抱同感，起共鸣。经过一番的观望，思量，我决定暂时脱离现实的政治斗争，于一九三二年跑到欧洲马克思、恩格斯的故乡，想从书本上探索革命真理。这也算是一种"追求"吧。可是，偏偏碰着希特勒在法西斯黑潮中登了台，世界革命遭受了不小的挫折，到头来我还是两手空空，失望归来。到了上海，我带着类似《三部曲》的心情写了一首题为《流转》的长诗，想以新诗的形式体现出李义山、龚自珍那种一唱三叹、回肠荡气的韵味，同时也隐隐约约地透露了自己当年徬徨、摸索的小资产阶级伤感情调。现在回想起来，茅盾的《三部曲》和《虹》中的人物，确是当年投奔过革命的小资产阶级知识分子的集体写照。

……

敬爱的茅公，我最初结识你是在广州，不料现在我含泪执笔写这篇小文章，向你遥祭，也是在广州，并且在离当年第一次同你小酌的酒楼旧址很近的旅舍里，但我已不能再同你见面了！天南地北，连向你遗体告别的最后机会也错过了。此时此地，想到这里，我的心情十分沉痛，盈眶热泪禁不住淌下来了……

一九八一年四月十三日于广州旅舍

（原载《羊城晚报》1981 年 4 月 20 日）

十一、访问记

按：在汇编文学研究会资料的工作中，我们走访了目前健在的文学研究会的部分会员。现选辑七篇访问记录如下。巴金、丁玲两位先生虽然不是文学研究会的会员，但与文学研究会的机关刊物关系密切，故将访问他们的记录附列于后。

访问人苏兴良、刘裕莲。访问记录由苏兴良整理，均已经本人审定。

编者

一九八三. 五.

访问叶圣陶

〔叶老是文学研究会的发起人之一和主要成员，曾先后担任过文学研究会刊物《诗》、《文学周报》和《小说月报》的编辑工作，是文学研究会团体中最有影响的作家之一。为此，我们于一九八〇年六月二十九日到叶老的北京寓所走访了他。访问时在座的还有叶老的长子、中国少年儿童出版社副社长叶至善同志和中国民间文学研究会副主席贾芝同志。我们向叶老说明来意之后，拿出"文学研究会成立会摄影"给他看，并就有关问题向他请教，叶老热情地作了回答〕

这张照片（指"文学研究会成立会摄影"）很珍贵。当时我在苏州乡下，没有参加这次拍照。

照片中的江小鹣是我在苏州时的中学同学，比我小两岁。他会画画，而且画得很好。我不知道他是文学研究会的会员。

郭梦良这个人，我是知道的。他是黄庐隐的丈夫，后来死了。郭梦良是文学研究会会员，今天我才第一次知道。

余祥森是我在"商务"时的同事，我还记得他的名字。

胡哲谋这个人是有的，好象也是"商务"的同事。

文学研究会没有什么严密的组织，我参加文学研究会没有填过什么表。它也没有什么专门的机构。（叶至善同志插话：记得在我小时候，文学研究会的蓝底白字的搪瓷牌子，就挂在我家的门口，出售过文学研究会发行的外国作家明信片。人家把钱寄来，我们就把明信片寄出去。我家在上海住在顺泰里和仁余里的时候，门上都挂过文学研究会的牌子。）

《诗》月刊是几个人发起的，由上海中华书局出版。当时中华书局编辑部的负责人是左舜生。周作人对这个刊物很起劲，作过好几篇文章；刘延陵、俞平伯和我都作过文章。这个《诗》刊的名字是随便定出来的，也从来没有研究过，没有开过什么会。记得封面画得很好，是许地山的哥哥许敦谷画的；这位先生还在，住在云南。关良是许敦谷留学日本时候的同学。去年关良到北京来，说许敦谷还在云南。《诗》刊当初是少数几个人搞的，我经手的，后来好象也归到文学研究会。发表的新诗很多，也有论文，共出了七期，后来不知为什么不出了。（叶至善同志插话：《诗》刊当时有两个通信处；一个是刘延陵先生的，一个是我父亲的住址。）

《文学研究会丛书》大概是郑振铎先生管的。郑先生接替沈雁冰先生编《小说月报》。一九二七年郑先生到欧洲去了，我代他编。他去了一年多一点儿，我代他编了一年半的样子。当时沈雁冰先生从武汉回到上海，他不出面，别人不知道。他开始写小说《幻灭》，是我编辑《小说月报》的时期发表的。人们很注意，问究竟是谁写的？有人说就是叶圣陶，我说不是我；那么是谁呢？我说不能奉告。沈先生写小说，最早就是《幻灭》。丁玲的第一篇小说《梦珂》，寄到《小说月报》来，我看了叫她修改一个地方，什么地方我已经记不清了。她改了以后寄来，就登出来了。人们说这篇小说很有特点，后来还有《莎菲女士的日记》。《莎菲女士的日记》人家看了也觉得很新鲜，当时我也觉得很新鲜，就登出来了。巴金写第一篇小说《灭亡》时，正在法国，他把稿子寄给一个朋友，叫索非。索非把他的稿子交给我，我就登出来了。我当时不认识巴金，他姓李，我是以后才知道的。在编《小说月报》以前，我对老舍也不熟悉。郑先生在北京就认识他了。他的东西在《小说月报》上登得还早些，第一篇好象是《老张的哲学》，还有《赵子曰》、《二马》。后来他到上海，我跟他才认识，在郑先生家看到他的。我编《小说月报》时，常投稿的还有王鲁彦、王任叔、戴望舒一些人，时间都差不多。

我到上海的时间记不得了。（叶至善同志插话：搬到上海时我六岁，是一九二四年。）我到上海时，文学研究会活动不多了。记得有一次四个人——我、郑先生、沈先生，还有他的弟弟沈泽民先生，到半淞园玩了半天，拍了一张照片，就是这个活动。

我跟郭绍虞认识最早，是小时候六、七岁时一起玩的朋友。第二个是顾颉刚，是读私塾时的同学，同在一个老先生那里读书。后来他进了中学，我还在私塾，他比我大一岁半。俞平伯是浙江人，住在苏州，我们不是同学。他比我小一点，后来在二十多岁光景才认识的。

我不在北京而成为文学研究会的发起人，这个道理很简单。因为我在北京《新潮》上登了几篇小说，大家认为这个人是能写小说的。郑振铎先生就打听到我在苏州乡下，就寄信来，我就跟他通信了。当时跟我通信的有十几个人，周作人也是靠通信认识的。他在《新青年》上发表文章，我就写信给他。开始郑先生跟沈先生也不认识，也是靠通信。耿济之先生，瞿秋白先生当时都在俄文专修馆，还有个叫沈颖的，这个人也在俄文专修馆；后来这个人我也认识了，我在出版总署时，他是出版总署的一个老翻译家，译了许多俄国剧本。这几个人都是学俄语的，郑先生跟他们熟悉，还办过刊物，后来就搞起了文学研究会。

（1980.6.29）

访问郭绍虞

　　我虽然是文学研究会的发起人之一，但文学研究会正式成立时，我已去山东济南第一师范学校教书。半年后又去福州协和大学（教会学校）教书。当时，这个学校也受到"五四"运动的影响，不要原来思想守旧的人教书，就到北京邀请搞新文学的人去执教。胡适、顾颉刚就推荐我去，于是我就去了。

　　一九二一年春，郑振铎由北京来上海后，文学研究会的会务也移到上海。那时沈雁冰先生主持《小说月报》，文学研究会会员的文章大都借《小说月报》发表。当时我也有好几篇文章，如《谚语研究》、《中国文学批评史上的"神""气"说》等都是在《小说月报》上发表的。我还与郑振铎、朱自清等人合编了文学研究会的新诗集，书名叫《雪朝》，集中有我十六首新诗。我虽然身在外地，但和文学研究会的联系未曾中断过，主要是靠通信与上海的主要成员协商会务，他们也按期寄来会刊《文学旬刊》。

　　我在福州教了三年书之后，又去河南开封中州大学任教两年半。一九二七年春天，沈雁冰先生介绍我到武昌第四中山大学任国文系主任兼教授。当时正是北伐军到达武汉的大革命高潮时期，我碰到不少文学研究会的熟人，如傅东华、唐性天、孙伏园等人，又一起组织了"上游社"，发行刊物，但时间只有半年，我就到上海了。不久，北平燕京大学托人聘我去任教，我到燕大之后，又介绍了郑振铎先生到校任教，大家彼此仍保持联系，出了不少刊物。

　　一九四二年太平洋战争发生，日本人占领北平，燕大就停办了。

日本人办伪北大，我没有去任教，而在私立的中国大学教书近两年。一九四三年到上海开明书店当编辑，暑假时有些从外地迁到上海的大学，苏州东吴大学、杭州之江大学等学校都在上海办了分校，我也曾去兼些课。抗战胜利后，同济大学要办文法学院，当时聘我任文学院院长兼国文系主任。解放初同济大学文法学院并到复旦大学以后，我任复旦大学中文系主任。

　　我一直在教书，搞中国文学批评史研究。一九三四年出了《中国文学批评史》上册，一九四七年出了《中国文学批评史》下册之一、之二，均由商务印书馆出版，是大学丛书之一，另有其它著述多种。

（1979.11.14）

访问赵景深

一、关于文学研究会会员录

文学研究会当年曾印过一个会员录，我也有一份，在抗战前被人借去，替我丢失了。《文坛忆旧》一书中的文学研究会部分会员名单，是在郑振铎主编的《小说月报》办公室（设在商务印书馆）内，由助编徐调孚从该室一只抽屉里取出来借给我摘抄的；这些名单都是后来加入的会员，编了号。空下的名单号码是该人虽为会员，但不写或极少写作文学作品者。现在在《新文学史料》第三辑刊登的《文学研究会会员录（部分）》，是上海师范学院徐恭时先生从我这里整理而成，提供给王仲源的。

二、《文学周报》和《星海》

《文学周报》原先叫《文学旬刊》，从一九二一年五月到一九二三年七月，共出八十期，以后改名《文学》。从第一期到一百七十一期，都附在上海《时事新报》发行。一九二五年发行到一百七十二期时才改名为《文学周报》，并按卷分期计数。第四卷起由开明书店出版；第五、六、七卷，由我编辑，时间是一九二八、二九年。第八卷改由上海远东图书公司出版，编委有八人，是四胖四瘦。四胖：谢六逸、李青崖、耿济之和我；四瘦：郑振铎、徐调孚、傅东华和樊仲云。

《文学周报》第八卷编完，远东图书公司就关门了，以后可能出了

四、五期就自动停刊了。

《星海》是《文学》百期纪念刊，徐调孚编的，只出了上册，作为《文学研究会丛书》由商务印书馆出版发行。

三、我与文学研究会的关系

我是一九二三年在湖南长沙参加文学研究会的，介绍人是郑振铎和徐调孚。那时，郑振铎接编《小说月报》，徐调孚当郑振铎的助编。李青崖当时也在湖南，他和我入会时间差不多。我在长沙岳云中学教一年书，在湖南第一师范教一年书，一九二五年来到上海，在上海大学（每月薪金十元）、景贤女子中学、立达学园教书。在立达学园教书时，学校照顾我的生活，特别给我月薪二十元，别人一般都不拿薪金，倒贴钱的人很多。

一九二五年我到上海后，曾跟文学研究会会员拍过一次照，参加拍照的会员可能是《新文学史料》第三辑中的会员录上没有名字的，现在记得的有刘虎如和黎锦晖。

我到上海景贤女子中学高中部教书是杨贤江叫我去的。杨贤江跟文学研究会的人关系密切，思想进步。三十年代他是马克思主义理论家。他还先在松江办过景贤女子中学初中部。我在这个学校教过半年书，课程是"小说作法"，每月五元薪金。

我于一九二六年春去绍兴，二七年到广东海丰中学教了一学期，下半年回上海到开明书店当第一任编辑，接着编了两年《文学周报》，同时翻译《柴霍甫短篇杰作集》共八卷约一百万字，搞了两年。同时，在田汉办的南国艺术学院兼课。

一九三〇年起我在北新书局当编辑，直至一九四二年。这段时间，我也在复旦大学教书，还在上海法政学院、华光戏剧学院兼过课。一九四二年日本侵占上海租界时，我实行"三不主义"：不教书，不写文章，不到各校演讲。一九四四年离开上海到安徽学院做中文系主任，抗战胜利后回到上海在新闻专科学校教课。一九四六年到一九五一年仍在复旦大学教书并在北新书局当编辑，五一年以后只在复旦大学任教授至今。

（1979.10.25）

访 问 许 杰

　　我是一九二三年同王以仁一起加入文学研究会的。王以仁是我的同乡，都是浙江天台人。文学研究会的组织并不象今天的一些组织那样严密。我们入会不是自己要求的，没有填表，也没有找介绍人。入会的主要原因，是因为我们给《小说月报》投稿有了一点成绩。我们给《小说月报》投稿在沈雁冰编的时候就开始了，等到郑振铎接编后还在继续投稿。我一开始投三五百字的读后感，以后自己也写一点东西。我的第一篇引人注意的小说《惨雾》就是发表在《小说月报》上的。我那时投稿总是自己亲自把稿件送去面交的，这样就认识了郑振铎、徐调孚。以后每次送稿子总要找他们闲聊一会，话题大致是什么小说好，什么小说不好之类，这样有一两年时间。后来他们征求我们的意见，说是加入文学研究会好不好？我们当然答应。以后就把我和王以仁的名字印上第一次编就的会员录了。倘若填表和找介绍人是会章所规定的，那么我想我们的介绍人一是郑振铎，表也是他为我们代填的。入会不久，我拿到一份会员的名册。这名册是编号的，即在姓名上面，写上一号码。我的号码是什么，现在也记不清楚了，大概是一百三十几。而名册最后面的一个人，则是高君箴的名字。入会以后，我也没有参加过聚餐会之类的集会。

　　文学研究会抽版税和稿费是有这么回事。我的《惨雾》印出来后就抽了百分之十五。这笔款子除作活动基金外，郑振铎还有一个想法，就是到杭州西湖建所房子，搞个"作家之家"似的东西。以后打仗了，此事就搁了起来。

我先在一个中学教书。一九二七年"四·一二"以后不久，国民党把我当作共产党抓了起来。保释出来以后，改名张子三，继续写文章。我的《明日的文学》和其它一些文章，也用这个署名发表。我的《惨雾》列为《文学研究会丛书》之一，其后，又出版了《许杰短篇小说集》（分上、中、下三册），亦列为《文学研究会创作丛书》出版的。

关于文学研究会的会员，我也记不得了。看了赵景深的会员录，才又想起来。有些会员我当时并不知道他们是会员，象周予同、吴文祺，后来才知道他们也是会员。

柯一岑也叫郭一岑。他翻译了很多东西，以后到德国搞心理学去了。

杨贤江可能不是会员，他当时是《学生杂志》的编辑。

张毓桂，他并不怎么写文章，曾在安徽大学任过教。

关于王以仁，我在他失踪以后，写过一篇《王以仁的幻灭》，记述了王以仁一生的经历。此文是在赵景深编辑的《文学周报》上发表的。

（1979.11.28）

访问刘思慕

一、关于文学研究会广州分会的成立和活动情况

文学研究会广州分会成立时，我正在岭南大学文科念书。广州分会的成员大都是岭大的师生。他们都喜欢新文学，受到文学研究会老会员沈雁冰、郑振铎、叶圣陶、许地山、王统照、冰心等人作品的影响，喜欢写些散文、诗词，同时也喜欢阅读外国文学作品，如莎士比亚、歌德、拜伦、雪莱、济慈、雨果等人的作品，并进行了翻译。一九二三年秋，我们在岭南大学成立了广州文学研究会，并在当地一家报纸附刊《文学旬刊》，作为会刊，主要编辑人是汤澄波。当时我们对于上海的全国性文学团体文学研究会有"高攀"之意，便由会员叶启芳出面，写信给他比较熟识的上海朋友郑振铎要求联系。不久，郑振铎复信表示同意。我们的文艺小团体与上海文学研究会挂上钩了，作为团体会员加入这个全国性组织，并改称文学研究会广州分会。一九二五年"五卅惨案"以后，我、甘乃光、汤澄波等都参加了政治运动；"沙基惨案"时，我也参加了示威游行，差点受了伤。接着我和一部份会员与廖承志、李少石（当时是岭大学生）策动岭大职工要求改善待遇的罢工运动，因而受到岭大的歧视。一九二六年初，我离开了岭大，同年秋去莫斯科中山大学学习，兼任东方研究室翻译。

在广州《文学旬刊》上发表文章的，基本上都是广州分会的成员。后因成员的政治态度不一，一九二五年以后就分化了，广州分会的活

动也基本上停止了。

二、文学研究会广州分会的成员

文学研究会广州分会会员共九人，除我之外，他们是：

梁宗岱　曾留学瑞士、法国，对法国文学研究有素，精通英、法、德语，有不少著译。现任广州外国语学院教授，正在翻译《浮士德》，上卷已交稿印刷，正在赶译下卷。他在岭南大学时与我同班同学。

叶启芳　曾在北京燕京大学肄业。当时是广州培英教会中学的教师，解放后在广州中山大学中文系任教授。现已故。

陈荣捷　当时是岭南大学学生，比梁宗岱和我高两届，毕业后留校。现在美国某大学任教，最近曾来中国访问。

陈受颐　当时是岭南大学文学院的中国文学副教授，是清末著名学者陈沣的孙子。解放前去美国任教，现已故。

潘启芳　当时岭南大学学生，与我同级。"文革"前在香港，现已故。

司徒宽　当时岭南大学学生，与陈荣捷同级，毕业后留校。现已故。

汤澄波　当时岭南大学刚毕业留校的助教。现已故。

甘乃光　当时是岭南大学经济学的讲师。现已故。

三、有关情况

日本现代诗人草野心平，当年曾在岭南大学教日文，学汉语，也曾在广州《文学旬刊》上发表诗作，但他不是会员。草野心平现健在。一九八〇年他在日本杂志《新潮》四月号发表了一篇散文《茫茫半世纪》，回忆了当年文学研究会广州分会情况，记叙了战前与我在日本时的友谊，以及解放后他来中国访问的观感。

（1980.6.10）

访问巴金

我不是文学研究会的会员，但跟文学研究会的联系还是早的。一九二二年我在成都读书时，就给《文学旬刊》写过小诗。这些小诗计有十多首，是用佩竿这个笔名发表的，还用芾甘署名给《文学旬刊》的编者写过一封信。另外，在商务印书馆发行的《妇女杂志》上也发表过小诗，时间在一九二二、二三年吧。那时的稿子，大都是直接寄给郑振铎先生的。

一九二三年以后有较长一段时间，就再没有写什么。

一九二七年我到法国去，在巴黎和外地写完了长篇小说《灭亡》，寄给在上海的朋友索非（姓周，笔名 A、A，Sofio），他送给叶圣陶先生看，叶先生当时是《小说月报》的代理主编，就在《小说月报》上发表了它。这部小说在《小说月报》第二十卷第一至四期连载时，我已由法国回到上海。

一九三一年，我在上海又写了部长篇小说《新生》，交给《小说月报》，还未发行就毁于"一·二八"战火；后来出版的那本《新生》，是我重新补写的。

一九三六年商务印书馆出版的《文学研究会丛书》中有我两本书：《沉落》和《生之忏悔》。《沉落》一书在初版时，商务印书馆把书名印错为《沦落》（三十二开本），后来收到小说集时更正为《沉落集》。商务印书馆还把这本书的第三版编入《初中文库》（王云五主编的小丛书）。《生之忏悔》是四十八开的小本书，是本散文集。

三十年代以后，我跟郑振铎的关系就很熟了，一起编过杂志。

（1980.5.17）

访 问 丁 玲

　　我对文学研究会的情况不了解，没有参加过他们的什么活动。《小说月报》发表我的第一篇小说《梦珂》时，我还在北京。那时文艺刊物很少，我就投稿给《小说月报》。叶圣陶先生那时正在编《小说月报》，很赏识我，给发表的。以后十来篇作品也都是直接寄给叶圣陶先生，在《小说月报》上发表的。我于一九二八年到上海，不清楚那时文学研究会有什么活动。我跟文学研究会没有什么关系，仅跟叶圣陶先生很熟识，曾到他家里看望过他。后来，我就参加左联了。

　　　　　　　　　　　　　　　　　　　　　　（1980.6.26）

十二、大事记

引　言

　　文学研究会成立于一九二一年一月四日。它是我国现代新文学运动中成立最早的著名新文学团体。由周作人、朱希祖、耿济之、郑振铎、瞿世英、王统照、沈雁冰、蒋百里、叶绍钧、郭绍虞、孙伏园、许地山等十二人发起。它发扬"五四"文学革命的精神，提倡为人生而艺术，主张反映人生，关心人民痛苦的现实主义文学原则，反对把文学当做高兴时的游戏和失意时的消遣的封建旧文学，宣传革命民主主义思想，对我国新文学运动和社会改革，都起了重大的促进作用。

　　文学研究会的成立，是"五四"文学革命运动深入发展的结果。早在一九一九年十一月，在北京读书的瞿秋白、郑振铎、耿济之、许地山、瞿世英等人，在新文化运动的激励下，创办了进步文化思想刊物《新社会》，对社会改造、妇女解放及劳动等问题进行探讨。该刊出至一九二〇年五月第十九期时被军阀当局查禁。他们不灰心，又于一九二〇年八月五日创刊了另一种月刊《人道》。因受政治压迫，仅出一期旋即停刊。在文学革命深入发展的情势下，他们相信文学的社会作用，企图创办一种新文学杂志，借以改造社会，便与当时来北京的上海商务印书馆经理张元济和编译所主任高梦旦商谈出版事宜，因馆方只同意改组《小说月报》而没有达成协议。于是，他们决定先成立一个文学会，再由该会出版杂志。经过初步酝酿，一九二〇年十一月二十九日，借北京大学图书馆主任李大钊工作室召开第一次筹备会，讨论成立文学研究会的办法，公推郑振铎起草会章；十二月四日，在耿济之家开第二次筹备会，讨论并通过会章，确定十二人共同列名为发起人，并推周作人起草文学研究会宣言书；十二月三十日，在耿济之家开第三次筹备会，通过了新加入的会员名单，决议于一九二一年一月四日在北京中央公园来今雨轩召开成立会。

文学研究会的最初代用机关刊物是《小说月报》。该杂志创刊于一九一〇年，由商务印书馆印行，原为鸳鸯蝴蝶派文人所把持，专门刊登文言说部和旧体诗词等。由于"五四"新文化运动的冲击，这个旧式文学刊物的流布市场日益缩小，以至商务印书馆的老板也想到要做些改革。他们便瞩目于在本馆服务的、年轻而又闪露才华的沈雁冰来编这个刊物。从一九二〇年开始半革新，沈雁冰先参加《小说月报》的"小说新潮栏"的编辑事务，专门在第十一卷第一号上发表了《小说新潮栏宣言》和《新旧文学平议之评议》等四篇文章，提出文学应该"表现人生并指导人生"，"重思想内容，不重形式"等主张；强调"现在创造中国的新文艺时，西洋文学和中国的旧文学都有几分的帮助"，并开列外国二十名作家的四十三部著作，提供给新文学爱好者进行翻译和介绍。同年十一月，沈雁冰接任《小说月报》主编，着手进行全面革新，并写信与北京的郑振铎、王统照等人联系，邀请文学研究会同人供稿。一九二一年一月十日，经过革新的《小说月报》第十二卷第一号以崭新的面目出现在中国文坛，成为倡导现实主义新文学的重要阵地，并做为文学研究会的代用机关刊物。此后，文学研究会又相继创办了《文学旬刊》(先后改名《文学》周刊、《文学周报》)、《诗》月刊，编印了《文学研究会丛书》、《文学研究会创作丛书》、《文学周报社丛书》、《文学研究会·世界文学名著丛书》、《文学研究会·通俗戏剧丛书》和《小说月报丛刊》等六类丛书近三百种。北京、广州等地也分别建立了分会，出版过《文学旬刊》等机关刊物。这些刊物和丛书的发行，对发展新文学创作，促进外国文学的译介，开展中国古典文学、民间文学的整理研究，以及文艺批评等项工作，都做出了很大的贡献。

文学研究会在中国现代文坛存在达十一年之久，经过正式登记的会员有一百七十二人。一九三二年因商务印书馆编译所毁于"一·二八事变"战火，《小说月报》停刊，文学研究会则无形解散。但它的《丛书》仍继续出版，直至一九四一年为止，它的成员继续为我国现代文学的发展，贡献了各自的努力；三十年代出版的《文学》（傅东华、王统照先后任主编）、《文学季刊》（郑振铎主编），都可以说是文学研究会活动的继续，但已经是它的余波了。

一九二一年

一月四日 文学研究会成立会在北京中央公园来今雨轩举行，到会者二十一人，会上推蒋百里为主席，由郑振铎报告发起经过。接着讨论会章、工作进行方法，并选举职员：郑振铎为书记干事，耿济之为会计干事。会间，成立会参加者合影留念，计二十人：易家钺、瞿世英、王统照、黄英、杨伟业、郭梦良、蒋百里、朱希祖、范用余、许光迪、白镛、江小鹣、孙伏园、耿济之、苏宗武、李晋、许地山、宋介、郑振铎、王星汉。到会者尚有一人没有参加合影，姓名待查。

一月十日 由沈雁冰主编、经过全面革新的《小说月报》第十二卷第一号正式出版。该号除了发表新文学创作、评论和翻译作品外，还刊登了《改革宣言》，附载了《文学研究会宣言》和《文学研究会简章》。由周作人起草的《文学研究会宣言》宣称，文学研究会的宗旨有三："一是联络感情"，"二是增进知识"，"三是建立著作工会的基础"；并认为，"将文艺当作高兴时的游戏或失意时的消遣的时候，现在已经过去了。我们相信文学是一种工作，而且又是于人生很切要的一种工作；治文学的人也当以这事为他终身的事业，正同劳农一样。"郑振铎起草的《文学研究会简章》则进一步明确提出："本会以研究介绍世界文学、整理中国旧文学、创造新文学为宗旨。"沈雁冰在他执笔的《改革宣言》中声明改革后的《小说月报》的任务，是"将于译述西洋名家小说而外，兼介绍世界文学界潮流之趋向，讨论中国文学改进之方法。"

同日 《小说月报》第十二卷第一号由沈雁冰撰写的《海外文坛消息》（一），介绍了一九二〇年诺贝尔文学奖金获得者挪威文学家汉姆生（1859—1952）的文学创作情况。又，在《海外文坛消息》（六）内，作者热情赞扬列宁领导下的苏维埃政府"很注意于文学和艺术的发展"，"劳农俄国现在对于文艺的注意，简直要比俄皇时代加上万万倍。"

二月十日 《小说月报》第十二卷第二号刊登《文学研究会读书会

简章》和《文学研究会会务报告》，记述文学研究会发起成立读书会及其分组、活动情况。同期《小说月报》的"通讯"栏，刊登周作人与沈雁冰的通信，开展"翻译文学书的讨论"；《小说月报》第十二卷第三至五号刊登多篇文章，继续对这个问题进行讨论。

同日　沈雁冰在《小说月报》第十二卷第二号发表评论《波兰近代文学泰斗显克微支》，介绍一九〇五年诺贝尔文学奖金获得者显克微支（1846—1916），称他"一面是新兴的民族文学的领袖，一面是世界文学推进者的一个，……他能兼有浪漫主义和写实主义的精神，确确实实，而又很有理想地有主张地表现人类的生活，喊出人类的吁求。"

三月三日　郑振铎致函周作人，报告文学研究会会员"已有四十八人"，认为"限制会员资格实是必要的事"，"以后如有新会员加入，非（一）本人对于文学极有研究，（二）全体会员都略略看过他的作品或知道他的人的，决不介绍。"

三月二十一日　文学研究会在北京石达子庙欧美同学会大堂召开临时会。郑振铎报告会员丛书编辑事项。因郑振铎即将离开北京，会上改选瞿世英任书记干事。

三月　叶绍钧（圣陶）到上海闸北鸿兴坊第一次访问沈雁冰，并约刚来上海的郑振铎同游半淞园。

三月　从本月起，鸳鸯蝴蝶派的刊物《礼拜六》、《红玫瑰》等开始攻击革新后的《小说月报》。

四月十日　沈雁冰以"郎损"署名，在《小说月报》第十二卷第四号上发表评论《春季创作坛漫评》，详细评述一九二一年春季新文学创作的情况。

四月十一日　鲁迅收到沈雁冰为《小说月报》约稿信。从此，二人开始了频繁的通信往来。

五月初　沈雁冰、郑振铎在上海第一次会见郭沫若，同游半淞园。郑振铎再次邀请郭沫若加入文学研究会，郭沫若婉词拒绝。在此之前，文学研究会在酝酿期间郑振铎即写信邀请当时旅居日本的郭沫若和田汉参加该会而没有得到答复。

五月十日　文学研究会会刊《文学旬刊》创刊。附上海《时事新报》发行，由郑振铎主编。郑振铎在创刊号的《宣言》中重申文学研究会的宗旨："为中国文学的再生而奋斗，一面努力介绍世界文学到中国，一面努力创造中国的文学，以贡献于世界的文学界中。"

同日 《小说月报》第十二卷第五号刊登《小说月报第一次特别征文》启示。征求对该刊发表的短篇小说《超人》、《命命鸟》、《低能儿》的评论，和以《风雨之下》为题创作的短篇小说或长诗。此次征文，在读者中引起热烈的响应。同卷第九号刊登了这次征文当选者名单，并于同号起陆续发表这些当选的征文。

同日 沈泽民在《小说月报》第十二卷第五号发表评论《王尔德评传》，介绍英国唯美派作家王尔德（1856—1900）的文学生涯。指出，"正当欧洲文学日渐与人生接近的时候，他独倡为艺术的艺术而主张把艺术分离人生。"文章最后概括王尔德的一生为："艺术是他人格的主调，装饰是他一生的享乐。"王尔德的剧作《一个不重要的妇人》、《莎乐美》等，在《小说月报》第十二卷上均有译载。

五月十一日 郑振铎离开上海铁路西站，经沈雁冰推荐进商务印书馆编译所，筹办《儿童世界》周刊，并负责编辑《文学研究会丛书》。

五月 沈雁冰、陈大悲、柯一岑、汪仲贤、滕若渠等十三人在上海发起组织"民众戏剧社"，创办戏剧杂志《戏剧》月刊，倡导爱美剧，对当时戏剧界有相当影响。《戏剧》由中华书局印行，共出六期，一九二二年停刊。

六月八日 酝酿已久的创造社在日本东京第二改盛馆郁达夫寓所正式成立，会议议定出版刊物，并定名为《创造》，暂出季刊。主要发起人有郭沫若、郁达夫、成仿吾、张资平、郑伯奇、田汉等。创造社在初期倾向浪漫主义和唯美主义，重视天才和自我表现，对文学创作有重要贡献。前期发行刊物有《创造》季刊、《创造周报》、《创造日》等，并出版《创造丛书》多种。

六月十日 《小说月报》第十二卷第六号刊登《文学研究会读书会各组名单》。据载读书会分小说、诗歌、戏剧、批评文学和杂文等五组，组员共三十四人。

六月 《小说月报》第十二卷第六号刊登了沈雁冰、郑振铎的"文艺丛谈"各一则，开始对语体文欧化的问题进行讨论，题目均为《语体文欧化之我见》，都是主张语体文欧化的。沈文认为，要"改良中国

几千年来习惯上沿用的文法。……所以对于采用西洋文法的语体文我
是赞成的。"郑文也表示,"中国的旧文体太陈旧而且成滥调了。……
所以为求文学艺术的精进起见,我极赞成语体文的欧化。"在《曙光》
第二卷第三号上,王统照也发表了《语体文欧化的商榷》一文,对沈、
郑的主张极表赞同。六月三十日的《京报》上刊登了傅东华的一篇《语
体文欧化》的讨论文章;沈、郑见了傅文,又做了两篇文章与之讨论。
为此,七月十日出版的《文学旬刊》第七期,将上述六篇文章集中刊
登,冠以《语体文欧化的讨论》总标题,以期引起进一步讨论。此后,
《小说月报》第十二卷第九、十二号,第十三卷第二至四号也相继刊登
多篇讨论文章。

六月 叶绍钧应邀到上海中国公学中学部教国文,初识朱自清、
刘延陵、周予同等人,始与陈望道往来。

七月十日 《小说月报》第十二卷第七号开辟"创作讨论"栏,刊
登九篇讨论文章。其中有叶圣陶的《创作的要素》,郎损(沈雁冰)的
《社会背景与创作》,郑振铎的《平凡与纤巧》,说难(胡愈之)的《我
对于创作家的希望》等文章,对新文学创作,尤其是小说创作问题进
行广泛深入的讨论。

同日 鲁迅翻译的俄国阿尔志跋绥夫的长篇小说《工人绥惠略夫》
开始在《小说月报》连载(第十二卷第七至十二号)。一九二二年五月,
该书作为《文学研究会丛书》由商务印书馆出版。阿尔志跋绥夫的长
篇小说《沙宁》和短篇小说集《血痕》,也先后由郑振铎、胡愈之、鲁
迅翻译出版。

七月二十三至三十一日 中国共产党第一次全国代表大会在上海
召开,宣告中国共产党的成立。

八月十日 《小说月报》第十二卷第八号刊登《文学研究会丛书编
例》和《文学研究会丛书目录》。据载《丛书》包括创作和翻译两大类,
共计八十三种。又,该号《小说月报》发表了郎损的《评四五六月的
创作》一文,对当时文坛专注创作恋爱小说的倾向提出批评,表示了
作家应该"到民间去"的意见。

八月 郭沫若的第一本诗集《女神》出版。这是五四新文学运动
中影响最大的新诗集之一。

八月　瞿秋白开始在北京《晨报》连载《旅俄通讯》。瞿秋白是一九二〇年十月任《晨报》驻莫斯科记者离京去苏俄的。

九月　《小说月报》第十二卷号外《俄国文学研究》专号出版。专号分论文和译丛两栏，论文有《俄国文学的启源时代》、《十九世纪俄国文学的背景》、《近代俄国文学的主潮》、《俄国四大文学家合传》等；译丛则译载了普希金、果戈里、莱蒙托夫、屠格涅夫、陀思妥耶夫斯基、柴霍甫、高尔基、阿尔志跋绥夫、梭罗古勃、安特列夫、柯罗连科、蒲宁、库普林等人的作品二十九篇，比较系统地介绍了俄国文学的历史发展情况。专号上还刊登了我国第一次译成中文的《国际歌》（当时译为《第三国际党的颂歌》），译者 C.T 和 C.Z，即郑振铎和耿济之。

十月十日　《小说月报》第十二卷第十号《被损害民族的文学号》出版。该号集中发表了北欧、东欧诸国弱小民族的文学作品。鲁迅大力支持它的出版，在上面发表了《近代捷克文学概观》等四篇译文，介绍了捷克、小俄罗斯、芬兰和保加利亚的文学。沈雁冰则介绍了芬兰、新犹太、捷克、波兰、阿美尼亚、塞尔维亚等国的文学，并在"专号"《引言》中说明编辑该号的意图："他们中被损害而向下的灵魂感动我们，因为我们自己亦悲伤同是不合理的传统思想与制度的牺牲者；他们中被损害而仍旧向上的灵魂更感动我们，因为由此我们更确信人性的砂砾里有精金，更确信前途的黑暗背后有光明。"

十月十二日　孙伏园主编的北京《晨报》第七版宣言独立，改出四开单张，由鲁迅命名为《晨报附刊》。文学研究会会员经常为该刊撰稿。

十月　郁达夫的第一本小说集《沉沦》，由上海泰东图书局初版印行。这是我国现代最早出版的白话短篇小说集。

十一月十一日　《文学旬刊》第十九期刊登郑振铎的评论《陀思妥耶夫斯基的百年纪念》，纪念俄国作家陀思妥耶夫斯基（1821—1881）诞生一百周年。文章说，"在俄国的作家中，最富平民精神，博爱思想，人道主义的，就是陀思妥耶夫斯基。他的爱人类的心肠，实在是广漠无边的。"《小说月报》第十三卷第一号在"陀思妥耶夫斯基研究"栏也发表四篇纪念评论文章，对陀思妥耶夫斯基的生平思想、创作等进行了较全面的评介。

　　十一月　俄国盲诗人爱罗先珂从日本来到上海，应文学研究会邀请在环球中国学生会发表题为《现代的忧虑》的演讲。

　　十一月　《国立东南大学南京高师日刊》出版一张《诗学研究号》，集中刊登古文的论著讨论、诗话和旧体诗。叶圣陶遂以"斯提"笔名在《文学旬刊》第十九期发表《骸骨之迷恋》一文，对这种复古行为进行抨击。十一月十三日，《诗学研究号》编辑者薛鸿猷投稿《文学旬刊》，题为《一条疯狗》，对斯提文章进行反扑和谩骂。为此，十二月一日出版的《文学旬刊》第二十一期发表了《一条疯狗》的全文和四篇批驳文章。这场对复兴旧体诗文的斗争一直持续到一九二二年二月。

　　十一月　《文学旬刊》第十九期发表俞平伯的《与佩弦讨论"民众文学"》一文，开始了"民众文学"问题的讨论。《文学旬刊》第二十六、二十九期集中刊登文章，深入讨论"民众文学"问题。

　　十二月四日　鲁迅名作《阿Q正传》以"巴人"笔名，开始在北京《晨报附刊》连载。共刊九期，至一九二二年二月十二日载完。

　　十二月十日　沈雁冰在《小说月报》第十二卷第十二号发表《纪念佛罗贝尔的百年生日》一文，介绍法国自然派作家福楼拜（1821—1880）的生平著作。文章最后说："我们如今恭敬地纪念他的百年生日，对于国内的将来不免有了两层希望：一是希望把佛罗贝尔的科学的描写态度介绍过来，校正国内几千年来文人们'想当然'描写的积习；二是希望佛罗贝尔的'视文学如视宗教'的虔敬严肃的文学观在国内普遍起来，校正数千年来文人玩视文学的心理。"

　　同日　《小说月报》第十二卷第十二号的《海外文坛消息》内，介绍了俄国象征派诗人布洛克和德国狂飙运动先锋、诗人勃伦纳尔的生平和创作。认为布洛克是"属于'新派'（Moðernist）的诗人，兼有唯美与颓废的气氛。他企图暂时的把极大的悲哀忘却，在虚幻的'美'中求安慰。"至于勃伦纳尔的诗，"诗的字是他自造的，无意的，不识的；他的主要目的在于音节，自然不要字的意义。"

　　本年　商务印书馆编译所发生重大人事变化。原所主任高梦旦因不懂外文请辞，拟请胡适接任。七月，胡适来馆考查月余，不就，遂荐王云五。王云五于一九二二年一月正式就任编译所主任。

　　本年　法国小说家法朗士（1844—1924）获得一九二一年诺贝尔

文学奖金。《小说月报》第十三卷第五号的"文学家研究"栏刊登了陈小航、罗稷南评介法朗士的三篇文章，对法朗士的生平思想、文学创作情况均有颇详的介绍。另外，《小说月报》还刊登过李金发的评论《法朗士之始末》（第十七卷第一号）、敬隐渔的翻译《李俐特的女儿》（第十六卷第一号）等文章。

一九二二年

一月十日　沈雁冰在《小说月报》第十三卷第一号"通讯"栏复朱湘的信中说明："《小说月报》自十二卷一号起，本已照文学杂志办理，一面请北京文学研究会中会员帮撰，作为非正式之文学研究会代用的月刊。"

一月十五日　我国第一份专刊新诗和诗评的杂志——《诗》月刊在上海刊行。叶绍钧、刘延陵负责编辑工作。经常撰稿人有周作人、郑振铎、沈雁冰、俞平伯、朱自清、王统照、郭绍虞、徐玉诺等名家和湖畔诗社的青年诗人。最初以"中国新诗社"名义，由中华书局印行。第四期起编者改为"文学研究会"，成为文学研究会定期刊物之一。后因稿件短缺，编者分散，出至第二卷第二期（总第七期）自动停刊。

一月　郑振铎主编的《儿童世界》创刊。这是中国最早专供儿童阅读的定期刊物。叶圣陶的童话大都在该刊发表。

一月　南京东南大学教授胡先骕、梅光迪、吴宓等人创办《学衡》杂志，宣传复古，标榜国粹，攻击白话文和新文化运动，世称"学衡派"。

二月十日　沈雁冰在《小说月报》第十三卷第二号答复读者的《通信》中，初评鲁迅小说《阿Q正传》，"虽只刊登到第四章，但以我看来，实是一部杰作。"

同日　《小说月报》刊登一则"本刊文稿担任者"名单，即该刊的基本撰稿人，共十七名：鲁迅、冰心、庐隐、王统照、许地山、周作人、耿济之、叶绍钧、蒋百里、郭绍虞、瞿世英、郑振铎、晓风（陈望道）、孙伏园、朱自清、谢六逸、沈雁冰。除鲁迅外，其余皆为文学研究会成员，由此可见鲁迅与文学研究会的密切关系。

同日　为迎接印度诗人泰戈尔来华访问，《小说月报》第十三卷第二号在"文学家研究"栏，刊登六篇评介文章，向中国读者介绍印度诗人泰戈尔。

二月二十一日　沈雁冰在《文学旬刊》第二十九期发表评论《评梅光迪之所评》，开始对学衡派进行批判。此后，郑振铎、沈泽民等人都相继发表文章，对学衡派反对新文化的谬论加以批驳。

二月二十四日　叶绍钧、郑振铎陪伴俄国盲诗人爱罗先珂由上海到达北京。叶绍钧应北京大学校长蔡元培聘请任北大预科讲师，因故月余即南归。郑振铎、耿济之送爱罗先珂暂住鲁迅的八道湾寓所。从此，鲁迅与爱罗先珂交往甚密，曾译有他的作品《桃色的云》等多篇，并写了以爱氏在北京生活为题材的短篇小说《鸭的喜剧》。

三月　叶绍钧的第一个短篇小说集《隔膜》，作为《文学研究会丛书》由商务印书馆出版。后来陆续出版的小说集《火灾》、《线下》、《未厌集》，均列入《文学研究会丛书》。这些小说大都描写作者所熟悉的教育界知识分子和市民的灰色生活，充分体现文艺为人生的倾向，在当时有较大影响。

三月　湖畔诗社在杭州成立。主要成员有潘漠华、冯雪峰、汪静之、应修人等。

四月二十一日　《文学旬刊》第三十五期刊登之常（李之常）的评论《支配社会底文学论》。该文提倡"革命的自然主义的文学"，并认为"革命的自然主义的文学"应是"为人生的，为民众的，使人哭和怒的，支配社会的，革命的"。

五月一日　创造社的《创造》季刊第一卷第一期出版。该期刊登的郁达夫的《艺文私见》和郭沫若的《海外归鸿》两篇评论，指责中国文艺批评家是些"假批评家"、"木斗"，"太无聊，党同伐异的劣等精神，和卑陋的政客者流不相上下，……他们爱以死板的主义规范活体的人心，甚么自然主义啦，甚么人道主义啦，要拿一种主义来整齐天下的作家，简直可以说是狂妄了。"这种对新文学"批评家"的过火指责，引起文学研究会同人的不满和反驳，开始了文学研究会与创造社之间的论争。

五月十日　沈雁冰在《小说月报》第十三卷第五号发表关于"自然主义论战"的《通信》，后又在第十三卷第六、七号"自然主义论战"

栏发表多篇文章，提倡自然主义，并展开广泛讨论。

五月十一日 沈雁冰在《文学旬刊》第三十七至三十九期上，以"损"的署名发表《〈创造〉给我的印象》一文。对《创造》季刊第一期上各篇作品逐一加以评论，最后指出"创造社诸君的著作恐怕也不可能与世界不朽的作品比肩罢。所以我觉得现在与其多评论别人，不如自己多努力，而想当然的猜想别人是'党同伐异的劣等精神，和卑陋的政客者流不相上下'，更可不必。真的艺术家的心胸，无有不广大的呀。"

同日 《文学旬刊》第三十七期刊登《文学研究会特别启事》，正式声明《文学旬刊》从本期起依照文学研究会上海会员决议，改归文学研究会编辑，作为文学研究会的定期出版物之一。

五月 文学研究会成员的短篇小说创作集《小说汇刊》，由商务印书馆出版。收叶绍钧、佩弦、庐隐、大悲、白序之、李之常、许地山等七人的小说十六篇。沈雁冰在《评〈小说汇刊〉》（载《文学旬刊》第四十三期）一文中说："并非说这十六篇是最好的小说，也不是说这十六篇是作者的最好的作品；他的本意不过是要将'情调'和'风格'不同的小说收集在一处罢了。"

六月一日 《文学旬刊》第三十九期刊登文学研究会会员胡天月病故的消息。胡天月（1891—1922）是五月十五日在常熟病逝的。《文学旬刊》第四十期刊有胡愈之写的《胡天月传》。

六月十日 《小说月报》第十三卷第六号在"霍普德曼研究"栏刊登了希真（沈雁冰）的《霍普德曼的自然主义作品》、《霍普德曼的象征主义作品》、《霍普德曼与尼采哲学》等四篇评论和翻译文章，介绍德国自然主义戏剧家、小说家霍普德曼（1862—1946）的生平和创作。

六月 文学研究会成员的新诗合集《雪朝》，由商务印书馆出版。诗集选辑了朱自清、周作人、俞平伯、徐玉诺、郭绍虞、叶圣陶、刘延陵、郑振铎等八人新诗一八三首。郑振铎在他所作的《短序》中说："虽然我们八个人在此所发表的诗，自己知道是很不成熟的，但总算是我们'真率'的情绪的表现；虽不能表现时代的精神，但也可以说是各个人的人格或个性的反映。"

七月七日 文学研究会在上海一品香召开南方会员年会，讨论会务及其它重要问题，并欢送俞平伯赴美留学。到会的有十九人：耿济之、郑振铎、严既澄、朱自清、俞平伯、顾颉刚、乐嗣炳、沈雁冰、沈泽民、胡愈之、周建人、潘家洵、金兆梓、谢六逸、周予同、柯一岑、胡哲谋、刘延陵、叶圣陶。

七月十日 沈雁冰在《小说月报》第十三卷第七号发表长篇评论《自然主义与中国现代小说》，批判鸳鸯蝴蝶派，认为他们是新文化运动前进道路上的最大障碍，必先"铲除这股黑暗势力。"作者认为自然主义能够担当起"铲除这股黑暗势力"的"重任"，它"对于专以小说为'发牢骚'，'自解嘲'，'风流自赏'的工具的中国小说家，真是清毒药；对于浸在旧观念里不能自拔的读者，也是绝妙的兴奋剂。"文章并号召文学作者"应该学习自然派作家，把科学上发见的原理应用到小说里。"

七月十日 郑振铎翻译的俄国作家路卜洵（1880—1925）的长篇小说《灰色马》开始在《小说月报》连载（第十三卷第七至十二号）。瞿秋白在评论《灰色马与社会运动》（载《小说月报》第十四卷第十一号）中，对社会革命党人路卜洵（萨文柯夫）的《灰色马》在俄国社会思想史中的作用，作了具体的评价，说"他确确实实能代表俄国社会思想史——文学史里一时代一流派的社会情绪"。

同日 《小说月报》从第十三卷第七号起，增辟"欧洲最近出版的文艺书籍"栏，加强了对西方文艺发展现状的介绍。

七月二十一日 巴金以"佩竿"笔名在《文学旬刊》第四十四期发表新诗《被虐者底哭声》。巴金还在《文学旬刊》上发表了他的第一篇短篇小说《可爱的人》（第五十四期），以及新诗十七首，致编者信一封（第四十九期）。巴金在信中批判了鸳鸯蝴蝶派文学，主张新文学"最好一面做建设的工作，一面做破坏的工作"，那么，"将来中国文学便可以立足于世界文学之间，并能大放光明"。

八月四日 郭沫若在上海《时事新报》副刊《学灯》发表评论《论国内的评坛及我对于创作上的态度》，比较具体地阐述了创造社的文艺理论主张，并对沈雁冰的《〈创造〉给我的印象》一文提出反批评。

八月五日 创造社由郁达夫发起一次"女神会"，纪念郭沫若诗集《女神》出版一周年。除创造社的骨干外，文学研究会的郑振铎、沈雁冰、谢六逸、庐隐诸人也应邀出席。

八月 徐玉诺的诗集《将来之花园》作为《文学研究会丛书》由商务印书馆出版。收诗一一四首。郑振铎作《案头语》，集末附叶圣陶的评论《玉诺的诗》。

九月 瞿秋白的《饿乡纪程》(《新俄国游记》)作为《文学研究会丛书》之一，由商务印书馆出版。

十一月一日 沈雁冰在《文学旬刊》第五十四期发表《写实小说之流弊？》一文，驳斥了学衡派的梅光迪对俄国现实主义文学的诬蔑。梅氏将当时流行的《半月》、《礼拜六》、《星期》、《快活》等鸳鸯蝴蝶派杂志上的作品称之为写实派作品；把俄国现实主义文学作品说成和中国的黑幕小说、礼拜六派作品是一样的"劣作"。沈文驳斥了这种对写实主义、俄国文学的诬蔑，认为梅有"反坐诬告之罪"。同月，沈雁冰还在《小说月报》第十三卷第十一号发表《真有代表旧文化旧文艺的作品么？》、《反动？》等文章，对学衡派继续进行批判。

十一月二十一日 《文学旬刊》第五十六期刊登《本刊特别启事》："本刊自下星期起，依了上海文学研究会各会员的决议，特请谢六逸先生为主任编辑。"

十二月十日 沈雁冰在接编《小说月报》两周年之时，在《小说月报》第十三卷第十二号的《最后一页》中声明："本刊自明年起，改由郑振铎君编辑；并此附告。"因商务印书馆保守势力对《小说月报》改革不满，沈雁冰辞去主编职务，转到国文部编注古典文学作品。

十二月二十一日 郑振铎在《文学旬刊》第五十九期刊登《西谛启事》，声明已不负《文学旬刊》和《儿童世界》的编辑之责。

十二月 瞿秋白自苏联回国。

本年 以周瘦鹃、王纯根为代表的鸳鸯蝴蝶派，将一九一六年停刊的《礼拜六》复刊，与新文学相对阵。

本年 本年的诺贝尔文学奖金由西班牙写实派戏曲家贝纳文特获得。沈雁冰在《倍那文德的作风》(载《小说月报》第十四卷第二号)一文中，对贝纳文特的戏剧创作曾有具体介绍。贝纳文特的《热情之花》一剧亦由张闻天翻译，发表在《小说月报》第十四卷第七、八、十二号。张闻天在《译者序言》中对贝纳文特的思想倾向、艺术风格也作了概括介绍。

一九二三年

一月十日 由郑振铎接编的《小说月报》第十四卷第一号出版。该号增辟"整理国故与新文学运动"栏，刊登了郑振铎、顾颉刚、王伯祥、余祥森、严既澄、玄珠（沈雁冰）等人六篇论文，以科学的态度就中国古典文学研究问题进行讨论，以实践《文学研究会简章》上所规定的"整理中国旧文学"的宗旨。

同日 为纪念匈牙利诗人裴多菲（1823—1849）一百周年诞辰，沈雁冰在《小说月报》发表纪念文章《匈牙利爱国诗人裴多菲的百年纪念》。

一月 自本月起郑振铎接编《小说月报》。沈雁冰仍为《小说月报》的"海外文坛消息"栏撰稿，从一九二一年一月至一九二四年夏结束这个栏时，共写了二〇六条外国文坛动态的消息。

一月 冰心的诗集《繁星》由商务印书馆出版，被列为《文学研究会丛书》之一。

一月 在王云五策划下，商务印书馆又出版一种《小说世界》月刊，专门刊登鸳鸯蝴蝶派的作品，与新文学运动对垒。商务印书馆同时出版两种性质完全相反的文学月刊，反映了馆内革新力量和保守势力的激烈斗争。

二月十日 《小说月报》自第十四卷第二号起，增设"国内文坛消息"栏，及时报告国内新文学运动动态。本号栏内报告了文学研究会成立二年来的发展情况：会员"现在已增加至七十余人。定期刊物有两种。一为《文学旬刊》，一为《诗》。会报不久也将出版。丛书已出版者十六种，在印刷中者还有十多种。"

三月一日 《文学旬刊》第六十六期刊登《北京文学研究会总会启事》，决定于当年三月十日以前为通讯选举职员日期，请该会会员速即选定书记一人及会计一人。

三月十日 朱自清的长诗《毁灭》，在《小说月报》第十四卷第三号发表。

三月 叶圣陶应邀到商务印书馆国文部当编辑，直到一九三〇年十二月辞职。

三月　郭沫若在日本九州帝国大学毕业，回到上海。

三月　新月社在北京成立。先是聚餐会，后来发展成为有固定社址的俱乐部，经常参加活动者有胡适、徐志摩、梁启超、王庚、陆小曼、丁文江等人。

三月　林如稷、陈翔鹤、陈炜谟等人组织成立浅草社，并创办《浅草》文艺季刊。

五月十二日　《文学旬刊》自第七十三期起，改由王伯祥、余祥森、沈雁冰、周予同、俞平伯、胡哲谋、胡愈之、叶绍钧、郑振铎、谢六逸、严既澄、顾颉刚等十二人负责编辑。

五月　文学研究会北京会员召开常会，改选王统照为书记干事，唐性天为会计干事。

五月　冰心的短篇小说集《超人》和谢六逸的《西洋小说发达史》，均作为《文学研究会丛书》由商务印书馆出版。

六月一日　文学研究会北京会员创办机关刊物（北京）《文学旬刊》，附《晨报副刊》发行，由王统照主编。第一期载有《文学研究会启事》及王统照执笔的《本刊的缘起及主张》，表示"愿意同努力于文学的朋友提携，愿为中国新文学尽些微贡献的力量。"

六月十日　中国共产党在广州举行第三次全国代表大会，讨论与国民党合作问题，通过了相应的宣言和决议。

七月三十日　文学研究会会刊《文学旬刊》自第八十一期起改为《文学》周刊，仍附《时事新报》发行。郑振铎在《本刊改革宣言》中说明改成周刊的原因，重申该刊态度与精神不变。

八月六日　文学研究会广州分会在广州成立。有会员九人：汤澄波、梁宗岱、刘思慕、叶启芳、陈荣捷、除受颐、潘启芳、司徒宽、甘乃光。其中汤澄波、梁宗岱为干事，陈荣捷为会刊（广州）《文学旬刊》的主任编辑。通讯处设在岭南大学。

八月十七日　冰心乘船赴美留学。她在美国期间专攻文学研究，同时把在途中和异邦见闻写成散文寄回国内发表，后结集为《寄小读者》印行。

八月　赴美留学的文学研究会会员尚有许地山、顾一樵、李之常；

赴法留学的有柯一岑。

八月　鲁迅第一部小说集《呐喊》由北京新潮社出版。

九月十日　《小说月报》第十四卷第九、十号，分别为《泰戈尔号》（上）、（下），刊登评介文章、译作共三十七篇，以欢迎即将来华访问的印度诗人泰戈尔。

十月八日　沈雁冰在《文学》周刊第九十一期发表《评〈呐喊〉》一文。高度评价鲁迅及其创作："在中国新文坛上，鲁迅君常常是创造'新形式'的先锋；《呐喊》里的十多篇小说几乎一篇有一篇新形式，而这些新形式又莫不给青年作者以极大的影响，必然有多数人跟上去试验。"

十月十日　庐隐的小说《海滨故人》开始在《小说月报》连载（第十四卷第十、十一号）。这篇小说在恋爱问题的外衣下，发出对恶浊社会和悲惨人生的诅咒。

同日　文学研究会广州分会会刊（广州）《文学旬刊》第一期出版，附广州《越华报》发行。

十一月　我国现代第一本童话集叶圣陶的《稻草人》由商务印书馆出版，被列为《文学研究会丛书》之一。郑振铎作《序》，许敦谷插图。

十一月　孙中山接受中国共产党建议，在中国共产党帮助下，改组国民党，确定"联俄、联共、扶助农工"的三大政策。

十二月十日　《文学》周刊的《文学第100期纪念号》出版。本期刊登的《启事》中的"文学负责编辑者"和"文学特约撰稿者"名单均列有瞿秋白。

十二月二十四　《文学》周刊自第一〇二期起，改由叶圣陶主编，直至一九二七年七月十日。

十二月三十一日　沈雁冰在《文学》周刊第一〇三期发表论文《大转变时期何时来呢？》，批判文坛上唯美主义文学，主张"文学能够担当唤醒民众而给他们力量的重大责任。"

十二月　叶圣陶全家由苏州迁居到上海宝山路顺泰里一弄一号，与王伯祥、傅东华同住一幢房子，负责处理文学研究会的日常事务及信件往来，家门口挂着蓝底白字的"文学研究会"的搪瓷牌子。

本年　陈毅入北京中法大学学习。由王统照介绍，参加文学研究会。

本年　本年诺贝尔文学奖金授予爱尔兰诗人夏芝（通译叶芝，1865—1939）。《小说月报》第十四卷第七号曾刊登《夏芝著作年表》和《夏芝的传记及关于他的批评论文》等两篇文章。郑振铎也在《小说月报》第十四卷第十二号发表《一九二三年诺贝尔奖金者夏芝评传》一文，认为夏芝"是一个多方面的作家，诗歌，戏剧，小说，论文，无一方面不显出他的重要。然而最足以确定他在爱尔兰文艺界者则为诗歌"。

一九二四年

一月十日　《小说月报》自第十五卷第一号起开始刊登《现代世界文学者略传》和《中国文学者生卒考》，对中外文学家生平贡献大量史料。

一月二十一日　伟大的无产阶级革命导师列宁（1870—1924）逝世。

一月二十至三十日　在孙中山的主持下，中国国民党在广州举行有共产党人参加的第一次全国代表大会。通过"联俄、联共、扶助农工"的三大政策。李大钊、毛泽东等九人以共产党员身份被选入国民党中央委员会。

一月二十五日　商务印书馆发行的《东方杂志》第二十一卷第二号为《东方杂志》出版二十周年纪念号（下），实为文艺专号，刊登了各类文艺论文、文学作品共二十五篇，其中有文学研究会会员的作品八篇，主要有：王统照的评论《夏芝的生平及其作品》，朱自清和俞平伯的同名散文《桨声灯影里的秦淮河》，夏丏尊的翻译小说《爱的教育》，徐志摩的评论《汤麦司哈代的诗》等。

四月十二日　印度诗人泰戈尔（1861—1941）来华访问抵上海。文学研究会的徐志摩（亦为新月社的主要成员）、瞿世英、郑振铎等人以及上海青年会、江苏省教育会、时事新报馆均有代表到汇山码头迎候。文学研究会为泰戈尔第一次登上中国陆地摄影留念，并编印《欢迎泰戈尔先生临时增刊》，附《小说月报》第十五卷第四号发行。

四月十三日　文学研究会等团体在闸北寺中举行泰戈尔欢迎会。泰戈尔在中国访问期间，由徐志摩、瞿世英、王统照等人陪同，先后在上海、杭州、南京、济南、北京等地作了六次讲演，所到之处受到热烈欢迎。

四月十九日　英国诗人拜伦（1788—1824）逝世一百周年。《小说月报》第十五卷第四号为《拜伦纪念号》，刊登纪念文章二十八篇，其中有张闻天的译文《勃兰兑斯的拜伦论》，王统照的论文《拜伦的思想及其诗歌的评论》，蒲梢（徐调孚）的《关于拜伦的重要著作介绍》等。

四月　《小说月报》第十五卷号外《法国文学研究》专号出版。该号分论文和译丛两栏：论文部分介绍了法国的浪漫主义、自然主义、写实主义戏剧和近代文学；译丛部分介绍了巴尔扎克、乔治桑、莫泊桑、菲利普、法朗士、包尔都、缪塞等作家的作品。该号还附刊法国文学家照片三十一幅。

五月十日　张闻天的中篇小说《旅途》开始在《小说月报》连载（第十五卷第五至十二号）。小说生动反映了"五四"运动退潮时期青年知识分子从苦闷、彷徨中振作起来，继续为改造中国而英勇奋斗的历程。一九二五年十二月，该书作为《文学研究会丛书》，由商务印书馆出版。张闻天的译著列为《文学研究会丛书》的还有《狱中记》（英国王尔德著，一九二五年与汪馥泉合译），《狗的跳舞》（俄国安特列夫著，一九二三年译），《倍那文德戏剧集》（西班牙倍那文特著，一九二五年与沈雁冰合译）。

五月二十日　泰戈尔离开中国乘船去日本。徐志摩随同前往，至暑期回国。

六月十日　瞿秋白在《小说月报》第十五卷第六期发表《赤俄新文艺时代的第一燕》一文，赞颂"俄罗斯革命不但开世界史的新时代，而且辟出人类文化的新道路"。文章称俄国无产阶级诗人菲独·嘉里宁和柏塞勒夸为"无产阶级文化的'第一燕'"，具体介绍了这两位诗人对苏俄文学的杰出贡献。

六月　瞿秋白记述他到莫斯科的见闻与感想的散文集《赤都心史》，作为《文学研究会丛书》由商务印书馆出版。

七月二十一日　《文学》周刊第一三一期同时刊登郭沫若《致〈文学〉编辑部的一封信》和沈雁冰与郑振铎以编者名义作的答复。两信就创造社与文学研究会在误译问题上进行争辩。沈、郑两人在复信最末表示以后对于不正确的批评"敬谢不敏，不再回答"，从而结束两社持续三年之久的论争。

七月 叶圣陶迁居到上海闸北香山路仁余里二十八号，门口仍挂"文学研究会"牌子。

八月二日 第一次世界大战十周年纪念日。《小说月报》第十五卷第七、八号分别为《非战文学号》（上）、（下），共刊登各类反战文学作品四十九篇。其中沈雁冰的《欧洲大战与文学》一文，对第一次世界大战后欧洲文学发展演变情况的介绍颇详。

八月 文学研究会会刊第一册——《文学》百期纪念创作集《星海》（上卷）出版，收各类文章十八篇。文学研究会会刊尚拟出第二册《欧洲十九世纪的文学》，第三册《创作集》，第四册《戏剧研究》，因故均未出版。

十月九日 近代文学家林琴南（1852—1924）逝世。

十月十日 王鲁彦的早期代表作《柚子》在《小说月报》第十五卷第十号发表。

十月 江浙军阀齐燮元、卢永祥在江苏宜兴一带混战结束。叶圣陶、王伯祥、周予同等到浏河战场调查。

十一月十七日 鲁迅等发起组织的语丝社在北京成立，并创办《语丝》周刊，由孙伏园主编。

十二月五日 孙伏园开始主编《京报副刊》。孙伏园原任《晨报副刊》主编，因受排挤，愤而辞职；进步报人邵飘萍立即邀请孙伏园编辑《京报副刊》，在鲁迅支持鼓励下，该报迅速与读者见了面。

十二月十三日 《现代评论》周刊在北京创刊。主要撰稿人有胡适、陈西滢、徐志摩等人，世称"现代评论派"。

十二月 朱自清的诗文集《踪迹》出版。王统照的小说集《春雨之夜》，作为《文学研究会丛书》由商务印书馆出版。

本年 徐调孚经郑振铎介绍，参加《小说月报》的编辑工作，直至一九三二年一月《小说月报》停刊。

本年夏 舒庆春（老舍）赴英国，在伦敦大学东方学院任华语教员。其间，结识许地山，在许地山鼓励下写出长篇小说《老张的哲学》，并加入文学研究会。

本年 商务印书馆建立东方图书馆。该馆藏书五十一万册，图片五千余种，为国内图书馆藏书之最，一九三二年毁于"一·二八"战火。

本年　徐志摩的第一本诗集《志摩的诗》，由中华书局出版。该书共收诗五十二首。

本年秋　由王任叔主编的《文学》周刊在宁波创刊，附《四明日报》发行。

本年　本年诺贝尔文学奖金由波兰小说家莱蒙特（1867—1925）获得。徐调孚在《小说月报》第十五卷第十二号发表评论《本年诺贝尔奖金获得者莱芒氏》，介绍了莱蒙特的生平和创作。莱蒙特的代表著作是长篇小说《农民》，共四部，当时译成中文的有该书的第一部《秋天》；另有短篇小说《播种人》、《审判》被译载在《小说月报》第十六卷第二号上。

一九二五年

一月十日　叶圣陶的短篇小说《潘先生在难中》在《小说月报》第十六卷第一号发表。小说以军阀混战为背景，成功地刻划了一个苟且偷安的小学教员潘先生的艺术形象，是作者描写小资产阶级知识分子灰色生活的代表作。

一月　朱湘的第一本诗集《夏天》和许地山的第一本小说集《缀网劳蛛》，均作为《文学研究会丛书》由商务印书馆出版。

一月　中国共产党在上海举行第四次全国代表大会，讨论党如何加强对日益高涨的革命运动领导的问题。

一月　北京中法大学西山学院学生组织的西山文学社成立。北京《文学旬刊》第六十六期刊登《西山文学社成立通讯》，介绍该社成立宗旨及成立情况。陈毅、金满成、成绍宗等均为该社成员。

二月　由文学研究会编辑的《小说月报丛刊》第一、二集出版。后来又相继出版第三、四、五集。《小说月报》改革后所刊登的重要文章除已出单行本者之外，大都选编在这个《丛刊》中。

二月　郑振铎和高君箴合编的童话集《天鹅》，作为《文学研究会丛书》由商务印书馆出版。共收童话三十余篇，并附许敦谷等人作的插图约百幅。

三月十二日　中国民主革命的先行者孙中山（1866—1925）在北京逝世。

同日　上海江湾立达学园组织的立达学会成立。该会先后创办了《立达季刊》和《一般》月刊。文学研究会主要成员夏丏尊、叶圣陶、郑振铎、朱自清、胡愈之、周建人、丰子恺、周予同、王伯祥、徐调孚等人均系《一般》的经常撰稿人。

三月二十五日　陈毅加入文学研究会后，开始以"曲秋"笔名，在北京《文学旬刊》上发表文章。计有论文《室中旅行法》（第六十五至六十七期），译诗《译米赛诗二首》（第六十八期），白话诗《西山埋葬》（第七十三期）、《夜雨读法国诗人拉马丁林的默想集》，译小说《失掉了的孩子》（第八十一期）。

三月　王统照的诗集《童心》和梁宗岱的诗集《晚祷》出版，均列为《文学研究会丛书》，由商务印书馆出版。

四月　鲁迅支持的莽原社在北京成立，创办《莽原》周刊。

五月十日　文学研究会会刊《文学》周刊，自第一七二期起改名为《文学周报》，并脱离《时事新报》独立发行。编者在《今后的本刊》中表示："我们所要打破的是文学界的诸恶魔，是迷古的倒流的旧思想，所要走的是新鲜的活泼的生路。"

同日　沈雁冰的长篇论文《论无产阶级艺术》开始在《文学周报》连载（第一七二、一七三、一七五、一九六期）。该文清理了作者过去的文学艺术观点，用"无产阶级的艺术"来充实和修正"为人生的艺术"的观点，初步表达了作者的无产阶级文学主张。

五月三十日　在上海发生了震惊中外的"五卅惨案"。上海市民举行罢工、罢课、罢市，全国各地掀起反帝斗争怒潮。

六月二日　文学研究会等十二个团体发表了《上海学术团体对外联合会宣言》，抗议帝国主义的暴行。

同日　郑振铎、沈雁冰、胡愈之、叶圣陶等人对上海报纸不能据实报导"五卅惨案"真相，表示愤慨，遂通宵筹办编辑《公理日报》。该报以"上海学术团体对外联合会"名义主办，由商务印书馆内文学研究会成员编辑。发行所设在郑振铎家中。该报揭露和抨击英日帝国主义的暴行，受到上海各界爱国群众的资助和欢迎。因政治环境险恶，出到六月二十四日第二十二号被迫停刊。

六月二十一日 商务印书馆成立工会。随后在共产党的领导下，又成立了罢工中央执行委员会，陈云被选为委员长，沈雁冰、郑振铎等人均为委员。罢工委员会积极领导了商务印书馆工人的罢工斗争。

六月 《文学周报》自第一七七期起，大量刊登记述"五卅惨案"的文章，诸如沈雁冰的随感《五月三十日的下午》（第一七七期）、散文《暴风雨》（第一八〇期）、杂论《街头的一幕》（第一八二期），圣陶的诗《五月三十日》（第一七七期）、《五月三十一日急雨中》（第一七九期），佩弦的诗《给死者》（第一七九期）和西谛的杂感《街血洗去后》（第一七九期）、《迂缓与麻木》（第一八〇期），等等，都真实报导了帝国主义屠杀中国人民的事件真相。《小说月报》第十六卷第七号也出版"五卅惨案"特刊，刊登了西谛、朱自清、叶圣陶、焦菊隐、燕志隽等人有关"五卅惨案"的各类文学作品十二篇，充分抒发了中国人民对帝国主义暴行的无比愤慨和斗争决心。

八月十日 《小说月报》第十六卷第八、九号，分别为《安徒生号》（上）、（下），纪念丹麦童话家安徒生（1805—1875）逝世五十周年。该号刊登了顾均正的《安徒生传》、郑振铎的《安徒生的作品介绍》、赵景深的《安徒生童话的艺术》等论文和译文共三十五篇，图片十七幅。又，同月十六日出版的《文学周报》第一八六期也刊登了五篇介绍安徒生的文章。

九月二十五日 北京《文学旬刊》发行至第八十二期自动停刊。终刊号载有《本刊特别启事》和《王统照启事》，说明停刊是为了合力办好上海已独立发行的《文学周报》，"省得力量分散"。

九月 中国共产党领导的革命团体中国济难会在上海成立。由恽代英、张闻天、沈泽民、杨贤江、沈雁冰、郭沫若等人联合发起，总会设在上海，全国各重要省市设有分会。主要任务是保护和营救受迫害的革命者及赈济革命烈士家属。一九二九年十二月改名中国革命互济会。曾办《济难月刊》、《光明》、《牺牲》、《白华》等刊物，叶圣陶曾受杨贤江委托主编《光明》半月刊，因被反动当局指为"赤化"，"有特殊作用"，出至第六期被迫停刊。

十二月六日 文学研究会在上海天津路报本堂内设奠公祭郭梦

良。梦郭良是文学研究会早期会员、女作家庐隐的丈夫，曾参加文学研究会的成立会。他是一九二五年十一月二十二日在上海病故的。

本年　本年诺贝尔文学奖金由爱尔兰作家肖伯纳（1856—1950）获得。肖伯纳的名剧《华伦夫人之职业》和《英雄与美人》，分别由潘家洵和中暇翻译，作为《文学研究会丛书》由商务印书馆出版。傅东华在《文学周报》第四卷第十七、二十四期上译载了肖伯纳的论文《文学的精神》和《理想主义之根源》，介绍了肖伯纳的文学思想。

一九二六年

一月一至十九日　国民党第二次代表大会在广州举行。沈雁冰以左派国民党党员的身份参加了这次大会。会后，留在广州任国民党中央宣传部秘书，成为当时担任代理宣传部长毛泽东的助手，编辑《政治周报》。

一月　沈雁冰应邀去岭南大学会见文学研究会广州分会同人刘思慕、陈荣捷、叶启芳、汤澄波等人。会见时，作简短发言，对分会的工作表示鼓励和支持。

一月　丰子恺的《子恺漫画》集，作为《文学周报丛书》由开明书店出版。该书收漫画六十余幅。书前有郑振铎、夏丏尊、丁衍镛、朱自清、方光焘、刘薰宇等六人作的《序》，书末附俞平伯手书的《跋》。

三月十八日　北京发生"三·一八惨案"。段祺瑞执政府对北京爱国民众进行血腥屠杀，死伤二百余人。

三月二十五日　因蒋介石阴谋策划中山舰事件，排斥共产党，沈雁冰离开广州回上海。

三月二十六日　《文学周报》第二一八期刊登了叶圣陶的《致死伤的同胞》、郑振铎的《春的中国》、W生（王任叔）的《谁是凶手》、徐蔚南的《生命的火焰》等文章，抗议帝国主义及其走狗军阀政府制造"三·一八惨案"，屠杀中国人民的罪行，对北京爱国民众的正义斗争表示声援。

三月　创造社广州分部成立。郁达夫在上海主编的《创造月刊》创刊。该刊出至一九二九年一月停刊。

四月一日 闻一多、徐志摩、朱湘等人在《晨报副刊》创办《诗镌》，并对新诗提出"创格"、注重"新格式与新音节"等探索意见。

四月十二日 沈雁冰正式辞去商务印书馆编辑职务，担任国民党上海交通局主任，从事革命宣传工作。

六月十日 《小说月报》第十七卷第六号为《罗曼罗兰号》，刊登了马宗融的《罗曼罗兰传》、张若谷的《音乐方面的罗曼罗兰》等评论和李劼人的翻译《彼德与露西》共六篇，以纪念法国作家罗曼·罗兰（1866—1944）六十生辰。

六月 《小说月报》第十七卷号外《中国文学研究》专号出版。共上、下两大册，刊登郑振铎、郭绍虞、刘大白、陈垣、许地山等三十五人研究论文六十三篇，图片十五幅。内容从先秦文学，到魏晋六朝文学、唐诗、宋词、元曲、明清小说，以及民间的通俗文学，无不择优介绍。这期专号原载有沈雁冰的《中国文学内的性欲描写》一文，出版后为商务印书馆老板发现，责令抽去该文另行装订发行。

七月一日 广东国民政府发表北伐宣言。九日，誓师北伐。

七月十日 老舍的第一部长篇小说《老张的哲学》开始在《小说月报》连载（第十七卷第七至十二号）。该书作为《文学研究会丛书》，一九二八年一月由商务印书馆出版。

七月二十七日 冰心从美国留学回国抵达上海。回国后在燕京大学、清华大学女子文理学院任教。

八月二十六日 鲁迅离开北京南下赴厦门。三十日路过上海时会晤了郑振铎、沈雁冰、胡愈之、朱自清、叶圣陶、陈望道、周予同、夏丏尊、王伯祥等文学研究会人士。

八月 鲁迅的第二本小说集《彷徨》由北新书店出版。

八月 章锡琛、章锡珊在上海宝山路宝山里六十号创办开明书店。该书店与文学研究会同人关系密切。曾出版《文学周报丛书》二十六种；文学研究会主要成员叶圣陶、夏丏尊、周予同、赵景深等人先后均主持该店编辑、经营事务；沈雁冰、叶圣陶、冰心、郑振铎、朱自清等人的著译，该店亦为主要出版者之一。

九月二日 鲁迅抵厦门，在厦门大学中文系任教授。同年十二月辞职赴广州。

九月 王以仁由于失恋跳海自杀。他的《孤雁》一书，曾作为《文学研究会丛书》由商务印书馆出版。一九二八年，他的挚友许杰将其遗作编成《王以仁的幻灭》一书，由上海明日书店出版。

十月 许地山离开英国。归国途中到印度罗奈印大学研究梵文及佛学，次年抵北京，任教于燕京大学。

十月 许杰的第一本小说集《惨雾》，作为《文学研究会丛书》由商务印书馆出版。

本年 本年诺贝尔文学奖金由意大利女作家黛丽达（1871—1936）获得。《小说月报》第十八卷第十二号刊登了赵景深翻译的黛丽达的短篇小说《两男一女》和肯那特的评论《黛丽达》，对黛丽达的生平和创作作了介绍。

一九二七年

一月一日 广东国民政府从广州迁到武汉。

一月十八日 鲁迅抵广州。任中山大学文学系主任兼教务主任。同年四月因抗议国民党反动派屠杀革命群众提出辞职。

一月 沈雁冰受中共中央委派去武汉中央军事政治学校工作，不久担任左派喉舌汉口《民国日报》主编。

二月十六日 郑振铎、叶圣陶、胡愈之等上海文化人组织的"上海著作人公会"正式成立。《文学周报》第二六二、二六三期合刊上登载的《上海著作人公会缘起》宣称："我们将自由的搬开压着我们的顽石，改善我们自身的生活，同时，自可毫无拘牵的竭尽忠诚于我们的文化。"

三月十日 老舍的第二本长篇小说《赵子曰》开始在《小说月报》连载（第十八卷第三至八号）。

三月二十一日 中国共产党领导上海工人举行的第三次武装起义取得成功，解放上海。起义总指挥部设在商务印书馆，该馆许多印刷工人参加了这次武装起义。

三月 胡适、徐志摩、邵洵美等在上海创办新月书店。胡适任董事长，张禹九任经理。书店主要印行新月社成员著作。

四月六日　中国共产党创始人之一李大钊（1889—1927）在北京被张作霖警察厅逮捕，二十九日英勇就义。

四月十二日　蒋介石在帝国主义支持下，在上海发动反革命政变，疯狂屠杀共产党人和革命人民，查封上海总工会，宣布反共。

四月十四日　郑振铎、胡愈之、周予同、章锡琛等人协商，用他们名义拟了一道给蔡元培、吴稚晖、李石曾的电报，抗议"四·一二"反革命大屠杀。电文刊登于十五日《时事新报》新闻版。

四月二十七日　中国共产党第五次全国代表大会在武汉召开，批判了陈独秀的右倾机会主义错误。

五月二十一日　上海白色恐怖严重，郑振铎被迫离沪赴欧游学。同行者有魏兆淇、袁中道、陈学昭、徐元度等四人。文学研究会的叶圣陶、徐调孚、周予同、王伯祥、高君箴等到码头送行。郑振铎离沪前，将《文学研究会丛书》委托给胡愈之、徐调孚负责编辑，请叶圣陶代为主编《小说月报》。

六月二日　著名学者王国维（1876—1927）在北京昆明湖投水自杀。《文学周报》第二七六、二七七期合刊出版《悼念王国维专号》，刊登了顾颉刚、周予同等人八篇悼念、评论文章。

七月八日　沈雁冰为汉口《民国日报》写了最后一篇社论《讨蒋与团结革命势力》，并辞去主编职务，转入地下。不久，由武汉去牯岭。

七月十日　《小说月报》第十八卷第七号为《创作号》，共刊登小说、小品、诗歌等作品二十七篇（首）及札记五则。编者在该号《最后一页》中写道："这一本里所收各篇，态度同情调几乎各色各样，殊不同趋"，编辑这个专号，就是"希望作者们更益修炼，更益精进"。

七月十五日　汪精卫召开"分共会议"，宣布与共产党决裂，在武汉地区开始屠杀共产党人和革命人民。

七月　赵景深任开明书店编辑，并接编《文学周报》，为《小说月报》的"现代文坛杂话"、"国外文坛消息"栏撰稿近四百条。

七月　王云五辞去商务印书馆编译所主任职务，就任商务印书馆总经理。

八月一日　中国共产党领导了"八一"南昌起义，打响了武装反对国民党反动派的第一枪。

八月七日　中国共产党中央在武汉召开紧急会议，清算陈独秀右倾投降主义路线，改选瞿秋白为中共中央书记。

八月　沈雁冰从牯岭回到上海，隐居在景云里十九号三楼寓所，着手写作中篇小说《幻灭》。

九月九日　毛泽东在湖南领导了秋收起义。十月底率起义部队到达井岗山，建立了第一个农村革命根据地。

九月十日　沈雁冰的第一部中篇小说《幻灭》开始在《小说月报》连载（第十八卷第九、十号）。首次使用"茅盾"这个笔名，标志他的文学活动进入了新的时期。

同日　《小说月报》第十八卷第九号集中刊登了有关芥川龙之介的评论和翻译文章十八篇，以悼念他的逝世。芥川龙之介（1892—1927）是日本新思潮派作家，于七月二十四日服毒自杀。他的作品《鼻》、《罗生门》，最早由鲁迅翻译，收入周作人编的《现代日本小说集》。

十月三日　鲁迅与许广平由广州乘船抵达上海。八日，住进上海闸北景云里二十三号。当时，住在景云里的尚有沈雁冰、周建人、叶圣陶等人。

十月十八日　鲁迅应章锡琛宴请，席间会晤了叶圣陶、胡愈之、赵景深、樊仲云等文学研究会同人。

十一月十日　沈雁冰以"方璧"署名，在《小说月报》第十八卷第十一号发表评论《鲁迅论》，对鲁迅及其小说、杂文作了高度评价，尤其充分肯定鲁迅杂文"反抗一切的压迫，剥去一切的虚伪"的反帝反封建的战斗精神。

十一月　十一个国家的三十多位代表，在庆祝苏联十月革命节时，响应"拉普"（即苏俄无产阶级作家同盟）的号召，齐集莫斯科，召开国际无产阶级作家大会，组成世界革命文学国际局。

十二月十日　丁玲的处女作《梦珂》，在《小说月报》第十八卷第十二号的头条位置发表。

本年冬　冯乃超、李初梨等由日本归国，展开后期创造社活动；钱杏邨、蒋光慈等筹备成立太阳社；后洪灵菲、戴平万等成立我们社。他们都倡导革命文学，推动了革命文学运动的深入发展。

本年　本年诺贝尔文学奖金由法国哲学家柏格森（1859—1941）

获得。《小说月报》第二十卷第一号刊登了柏格森像一幅；赵景深在该号的文坛消息《诺贝尔奖金消息一束》一文中说，柏格森"在法国学术界的影响，非常之大"，"是现代法国学术界的泰斗"。

一九二八年

一月一日　《文学周报》第二九七期《新年特大号》出版。该号刊登了鲁迅、赵景深等的各类文章十三篇。

同日　太阳社创办的《太阳月刊》出版，积极鼓吹无产阶级革命文学。

一月八日　茅盾在《文学周报》第二九八期发表《欢迎〈太阳〉！》一文，欢迎《太阳月刊》的发刊，对如何创作革命文学谈了自己看法。

一月十日　茅盾的中篇小说《动摇》，开始在《小说月报》连载（第十九卷第一至三号）。

同日　钱杏邨开始给《小说月报》撰写西方国家文学漫评，诸如《俄罗斯文学漫评》（第十九卷第一号）、《德国文学漫评》（第十九卷第三号）、《英国文学漫评》（第十九卷第五号）等。

一月十五日　《文学周报》第二九九期《世界民间故事专号》出版。

同日　创造社后期理论刊物《文化批判》创刊。该刊第一、二号刊登了冯乃超的《艺术与社会生活》、李初梨的《怎样地建设革命文学》等文章，提出作家"转换方向"和"建设无产阶级文学"的主张，并批评鲁迅、叶圣陶、郁达夫等人，从而引起了革命文学队伍内部创造社与鲁迅之间的一场关于"革命文学"的论争。

一月二十日　叶圣陶的长篇小说《倪焕之》，开始在《教育杂志》连载（第二十卷第一至十二号）。

一月二十九日　《文学周报》第三〇一期为《罗黑芷追掉号》。罗黑芷于一九二五年加入文学研究会，一九二七年十一月十八日病逝。他的小说多是反映贫穷灰色人生的，后都收入《醉里》和《春日》两本短篇集子里，分别作为《文学研究会丛书》和《文学周报社丛书》出版。

二月十日　丁玲的早期代表作短篇小说《莎菲女士的日记》，在《小说月报》第十九卷第二号发表。以后，她又在《小说月报》上陆续发表了《暑假中》、《阿毛姑娘》、《一个男人与一个女人》和《韦护》、《一九三〇年春上海》等十余篇小说。

三月十日 《新月》月刊在上海创刊。编辑为徐志摩、梁实秋、叶公超、闻一多、潘光旦、饶孟侃等人，该刊以谈文学为主，兼谈政治。徐志摩在他撰写的发刊词《〈新月〉的态度》，提出所谓"健康"与"尊严"的原则，与无产阶级革命文学公开对立。

四月一日 蒋光慈以"华西理"署名在《太阳月刊》第四期发表评论《论新旧作家与革命文学——读了〈文学周报〉的〈欢迎太阳〉以后》，与鲁迅、茅盾就革命文学问题展开论争。

六月十日 茅盾的中篇小说《追求》，开始在《小说月报》连载（第十九卷第六至九号）。

六月十八日 中国共产党第六次全国代表大会在莫斯科召开。大会分析了中国革命的性质和形势，规定党的斗争任务和策略。其间，瞿秋白代表中共出席了共产国际第六次代表大会，被选为共产国际执委和主席团委员。会后，留苏参加国际工作，担任中共驻共产国际代表。

六月二十日 鲁迅与郁达夫合编的《奔流》月刊出版。以刊登翻译和评论为主，也刊登创作。

七月初 茅盾东渡日本。先住东京，后迁京都，客居期间从事写作活动。

八月十日 《创造月刊》第二卷第一期出版。该期刊登郭沫若以"杜荃"署名的杂文《文艺战线上的封建余孽——批评鲁迅的〈我的态度气量和年纪〉》，无端指斥鲁迅"是资本主义以前的一个封建余孽"，"二重反革命"。

九月二十五日 冯雪峰以"画室"署名在《无轨列车》第二期发表《革命与知识阶级》一文，正确肯定鲁迅杂文的反封建意义，批评了创造社对鲁迅的错误态度。

十月十日 茅盾在《小说月报》第十九卷第十号发表论文《从牯岭到东京》。具体回顾《蚀》三部曲（《幻灭》《动摇》《追求》）的创作过程，对当时兴起的无产阶级革命文学运动阐述了自己的观点。文章发表后，引起创造社和太阳社的批评。

十月　郑振铎回国抵达上海。仍在商务印书馆任编辑。次年一月起，接回《小说月报》的编辑工作，直至一九三〇年底。

十二月十日　《创造月刊》第二卷第五期刊登克兴的论文《小资产阶级文艺理论之谬误——评茅盾君底〈从牯岭到东京〉》。创造社编辑委员会在克兴的文章末尾附言："茅盾的《从牯岭到东京》这篇文章，虽然与普罗列塔利亚文学尖锐的对立着，我们对于他的意见，应该从各方面去批评分析。"创造社、太阳社以后还发表了多篇批评文章。

十二月三十日　进步团体中国著作者协会正式成立。出席成立大会的有九十余人，选举郑伯奇、沈端先、李初梨、彭康、郑振铎、周予同、樊仲云、潘梓年、章锡琛等九人为执行委员，钱杏邨、冯乃超、王独清、潘汉年等五人为监察委员。成立《宣言》表示："我们是知识的劳动者，中国文化之发扬与建设，其责任实在我们的两肩。我们为完成此重大的使命，敢结合中国著作界同志，成立中国著作者协会。"

同日　《文学周报》第三四八期为《王以仁失踪两周年纪念号》，刊登了许杰的评论《王以仁的幻灭》及王以仁的遗作三篇。

本年　本年诺贝尔文学奖金由挪威女作家温赛特（原译安达士，1882—1949）获得。仲云（樊仲云）在《文学周报》第二〇九期发表评论《挪威文坛的新星——一九二八年得诺贝尔文艺奖的女作家》。文章说，"安达士，她是一个把全生活都贡献于妇女研究的第一人"，"她把自己用为活体解剖的东西，于是由自己所感的说不出的苦痛而推想到他人的，她这样发见了此苦痛的主因之所在。"又，《小说月报》第二十卷第二号刊登了温赛特的照片三幅和王了一所译的温赛特的小说《贫之初遇》。

一九二九年

一月八日　《文学周报》自第三五一期起，改由耿济之、谢六逸、傅东华、李青崖、樊仲云、徐调孚、赵景深、郑振铎等八人共同负责编辑。

一月十日　巴金的第一部长篇小说《灭亡》，开始在《小说月报》连载（第二十卷第一至四号）。

一月十三日　《文学周报》第三五三期《梅兰芳专号》出版，刊登评论十三篇。编者在《小引》中说明出版《专号》，是"为了救全社会的真正的艺术观，为了救救孩子，使他们不要再牺牲下去，我们却不能不对于他们有一番的规训。"

一月十九日　近代学者梁启超（1873—1929）在北平逝世。《小说月报》第二十卷第二号刊登了梁启超遗照三幅和郑振铎的长篇评论《梁任公先生》，以及《梁任公先生年表》，对梁启超一生在学术上的成就作了具体评价。

一月　丁玲、胡也频、沈从文同办红黑出版社、创刊了《红黑》（月刊）杂志，并出版丛书数种。

三月三日　《文学周报》第三六〇期为《茅盾三部曲批评号》。共刊登评论文章四篇：罗美的《关于幻灭》，张眠月的《幻灭的时代描写》，林樾的《动摇和追求》、辛夷的《追求中的章秋柳》。

三月十日　陈雪帆（陈望道）的长篇翻译《苏俄十年间的文学论研究》（日本冈泽秀虎著），开始在《小说月报》连载（第二十卷第三至九号）。七月十日，他又在《小说月报》第二十卷第七号译载了《新俄文学》一文，介绍苏联的文学和文艺界斗争情况。

四月二十八日　《文学周报》第三六四至三六八期的合刊《苏俄小说专号》出版。共刊登了叶圣陶、郑振铎、耿济之、刘思慕、赵景深等人的评论和翻译作品十三篇，译介了苏联小说家白倍尔、涅维洛夫、罗曼诺夫、赛甫琳娜、谢景琳、谢西珂夫、费尔可夫、左琴科、左祝梨等人的生平及其作品。

五月四日　茅盾在《文学周报》第三七〇期发表评论《读〈倪焕之〉》。称赞叶绍钧的长篇小说《倪焕之》为"扛鼎"之作，并回顾了五四以来的文学发展道路，对创造社的批评作了答复。

六月十日　茅盾在日本创作的长篇小说《虹》，开始在《小说月报》连载（第二十卷第五至七号）。

七月十日　《小说月报》第二十卷第七、八号，分别为《现代世界文学号》（上）、（下），共刊登评论、翻译文章十五篇，外国作家照片七十九幅。比较系统地介绍了苏联、英国、法国、德国、意大利、波兰、西班牙、美国、日本、斯洛伐克等国家近二十年来的文学创作和文艺运动发展情况。其中，刘穆（刘思慕）的译文《现代欧洲文学的革命与反动》（英国 Calverton 著），更对欧洲第一次世界大战后的各种文学流派发展演变、消长沉浮，有颇详的评述。

八月 叶圣陶的长篇小说《倪焕之》，由开明书店出版。全书共三十章，卷首有夏丏尊作的《关于〈倪焕之〉》，卷末附茅盾的《读〈倪焕之〉》和作者的《作者的自记》。

十二月二十二日 《文学周报》第三八〇期（即第九卷第五期）出版。《文学周报》出至本期自动停刊。

本年 本年的诺贝尔文学奖金获得者为德国小说家托马斯·曼（1875—1955）。《小说月报》第二十卷第十二号刊登了赵景深的《托马斯·曼——一九二九年诺贝尔文学奖金的得者》，对托马斯·曼的生平创作，都作了具体评介。同号《小说月报》还刊登了托马斯·曼的两篇翻译小说《对镜》、《衣橱》，及托马斯·曼画像一幅。

<h2 style="text-align:center">一九三〇年</h2>

一月 由鲁迅和冯雪峰等人共同创办的《萌芽月刊》创刊。内容重视社会、文化批判，兼顾艺术评论。自第一卷第三期起成为左联的机关刊物，出至第一卷第六期被禁。

二月十六日 鲁迅、沈端先、冯雪峰、冯乃超、钱杏邨等十二人召开左联筹备会，以"清算过去"和"确定目前文学运动底任务"为题进行讨论，并成立筹备委员会筹建左联。

二月二十四日 沈端先、冯乃超等人再次访问鲁迅，研究左联纲领、成员及组织机构事宜。

二月 老舍从国外归来，到达上海；不久回到北平。

三月二日 中国左翼作家联盟（简称"左联"）在上海成立。鲁迅在成立会上作了《对于左翼作家联盟的意见》的著名演讲。

四月五日 茅盾从日本回国抵上海。当晚回到景云里家中，并看望了叶圣陶、鲁迅，第一次与冯雪峰相见。

四月十四日 苏联著名诗人马雅可夫斯基（1893—1930）逝世。《小说月报》第二十一卷第五号的《现代文坛杂话》报告了马雅可夫斯基自杀的消息。据载马雅可夫斯基在遗书中写道："我实验诗剧，受了打击，无法逃脱，所以决定自杀。"《小说月报》第二十一卷第十二号集中刊登了戴望舒的评论《诗人马雅可夫斯基的死》、赵景深的译文《马雅可夫斯基评传》、余能的译文《马雅可夫斯基》等三篇文章，以及马雅可夫斯基像片五幅，对这位诗人的不幸逝世表示悼念。

五月　冯乃超代表左联会晤茅盾。茅盾应邀参加了左联。

六月一日　国民党文人朱应鹏、王平陵、傅彦长等发表《民族主义文艺运动宣言》，鼓吹法西斯主义"民族主义文学"，先后出版《前锋周报》、《前锋月刊》等反动刊物。

七月　由国民党文人王平陵、钟天心等把持的中国文艺社在南京成立，鼓吹"三民主义文艺"。

八月　瞿秋白、杨之华从莫斯科回到上海，茅盾前去拜访。

十二月　叶圣陶辞去商务印书馆编辑职务，应章锡琛聘请任开明书店编辑。

本年　本年诺贝尔文学奖金获得者为美国小说家刘易士（1885—1951）。刘易士善于描写美国资产阶级的庸俗生活，刻划典型的市侩形象。《小说月报》第二十二卷第七号刊登了赵景深的译文《刘易士的小传》（英国何尔特著）及刘易士像片四幅。

一九三一年

一月十七日　左联作家柔石、殷夫、胡也频、李伟森、冯铿被国民党反动派逮捕。同年二月七日被秘密杀害。

五月下旬　茅盾开始担任左联行政书记。不久，瞿秋白也参加了左联的领导工作。他们与鲁迅合作，使左联工作有很大进展。

六月　茅盾的中篇小说《三人行》开始在《中学生》杂志连载（第十六至二十期）。同年十二月，由开明书店出版。

八月五日　茅盾以"丙申"署名在《文学导报》第一卷第二期发表论文《"五四"运动的检讨》，对"五四"以来新文学运动进行初步总结。

九月十三日　《文学导报》第一卷第四期刊登史铁儿（瞿秋白）的

《青年的九月》、石萌（茅盾）的《"民族主义文艺"的现形》两篇文章，批判民族主义文学运动。

九月十八日　"九·一八事变"发生，日本帝国主义开始武装侵略中国。

九月二十日　丁玲主编的左联机关刊物《北斗》创刊。创刊号上发表文章的不仅有左联的作家，也有冰心、叶圣陶、郑振铎、徐志摩等非左联的作家，在当时文坛引起很大的震动。该刊出至第七期即被查封。

九月二十八日　《文艺新闻》第二十九期出版。该号第二版在"日本占领东三省屠杀中国民众！！！"的通栏标题下，以《文化界的观察与意见》为题，发表了鲁迅、陈望道、夏丏尊、胡愈之、叶绍钧、郑伯奇、郁达夫等人的文章，抗议日本侵略军侵占东北三省。

十一月十九日　诗人徐志摩（1896—1931）由南京飞往北平途中因飞机失事遇难。

十二月十九日　上海文化界夏丏尊、周建人、胡愈之、傅东华、叶圣陶、郁达夫、丁玲等二十余人集会，发起组织文化界反帝抗日同盟。大会通过七条纲领，决定同盟的任务是"团结全国文化界，作反帝抗日之文化运动及联络国际反帝组织"。

十二月二十八日　文化界反帝抗日联盟第一届执行委员会举行首次会议，决议八条，胡愈之、傅东华任常委。

本年　本年的诺贝尔文学奖金由瑞典新浪漫主义抒情诗人卡尔弗尔特（1864—1931）获得。卡尔弗尔特善于描写故乡自然景色，农民的生活和风俗习尚，写有《林地和爱情之歌》等诗集。沈雁冰在《北欧文学一瞥》一文中对他曾有介绍。

一九三二年

一月二十日　《北斗》第二卷第一期出版。该期上有郁达夫、叶圣陶、鲁迅、茅盾、郑伯奇、张天翼等二十一人应征作文，讨论"创作不振之原因及其出路"。

一月二十八日　日本帝国主义侵犯上海，"一·二八事变"爆发。

一月 《小说月报》第二十三卷第一号（《新年号》）刚印刷完毕，即因"一·二八事变"商务印书馆编译所、印刷厂等处被炸而毁于战火。该号预备同时连载三个长篇小说创作：一是逃墨馆主（茅盾）的《夕阳》（即《子夜》），二是老舍的《大明湖》，三是巴金的《新生》。另外还刊登了五个短篇小说以及散文诗歌等作品，内容十分丰富，但已荡然无存。"一·二八事变"后，商务印书馆发行的《东方杂志》、《教育杂志》等刊物陆续恢复出版，惟有《小说月报》不予复刊。文学研究会虽有《丛书》继续印行，但由于没有机关刊物为发表作品的阵地，作为文学团体也就无形消散了。

（苏兴良执笔）

十三、刊物目录

1. 小说月报

第十一卷　第一号

（1920 年 1 月 25 日）

说　丛

伊罗埋心记　　　〔法〕小仲马著

　　闽县林纾、侯官王庆通同译

素郎 Solange　大仲马著　张毅汉译

鞋缘　　　　　　　　　延　陵

世界珍闻（杂文）

　　黑狱红鸳　　　　瘦　鹃

　　世界末日之新推测　杏　一

　　德前皇寄子书　　　周　郎

　　同是罪人　　　　贼　菌

　　梨园小识　　　　窃九生

　　新旧家庭　　　　程瞻庐

玉面张飞　　　　　王梅瘦

　　第一回　运材料空中建楼阁

　　　　　搬是非门外道家常

　　第二回　失家教纵容幼女

　　　　　闯乡邻邂逅虔婆

危机　　　　　　　碧梧译

言情小说·星期六晚之狂热

　　　　　　　　　慧子著

隅屋（续 10 卷 12 号）　瞿宣颖译

名人趣史（杂文）　　窃九生

东方福尔摩斯探案·倭刀记（续 10

卷 12 号）　　　　程小青著

弹　词

藕丝缘弹词（续 10 卷 12 号）　第

十七回　告哀　　　程瞻庐

文　苑

文

　　清故光禄大夫奉天交涉使许

　　君墓志铭　　　义宁陈三立撰

　　故清四川蒲江知县亡弟馨研传

　　　　　　　澧县司马澍啸柳

诗十五首　　石甫　老兰　几庵

　　　　　前人　啬翁　晦俺　陈薰

　　　　　傅熊湘　金天翮　高燮

词二首　　　　　次公　筑农

　　轩渠新语（杂文）　兆　龙

瀛谈

空前之大飞行　自欧至美——横
渡大西洋三千五百哩
　　——一百〇八时未尝下降
　　　　　　　　　　谢九香

游记

滴水岩纪游　　　　　　蒋维乔

小说新潮

小说新潮栏宣言
畸人　〔法〕伏兰氏著　瘦鹃译

编辑余谈

俄国近代文学杂谈上（冰）　新旧
文学平议之评议（冰）
安的列夫死耗（冰）

小说俱乐部

小说俱乐部第六次征文新题
　（一）小说题画　（二）小说
　补残　（三）游戏文·梅雪争
　春之判决书

第十一卷　第二号
（1920 年 2 月 25 日）

说丛

伊罗埋心记（续）〔法〕小仲马著
　　闽县林纾、侯官王庆通同译
石像记卷上　　　　　　延陵
小言录（杂文）　　　蝇须馆主
科学小说·再生术
　　〔美〕屈兰因著　慧子译
归 Le Retour　　　　张毅汉译

世界珍闻（杂文）　　　小青
　世界最大之影戏幕　驾羊新谈
三丁奇案　　　　　　　独笑
新旧家庭（续）　　　　程瞻庐
　第三回　洒痛泪孝女伤心
　　　　　造谣言媒婆嚼舌
　第四回　起冲突小姐骂街
　　　　　听歌谣英姑谏父
言情小说·星期六晚之狂热（续）
　　　　　　　　　　慧子著
危机（续）　　　　　　碧梧译
隅屋（续）　　　　　瞿宣颖译
东方福尔摩斯探案·倭刀记（续）
　　　　　　　　　　程小青著

弹词

藕丝缘弹词（续）第十八回　游山
　　　　　　　　　　程瞻庐

文苑

文
　　淞社公祭缪蓺风先生文
　　　　　　　扬州兴化李详撰
诗十六首　程十发　晦闻　苏戡
词十首　　　　　　　　鹤亭

瀛谈

泰其亚宫闱秘史　　　西神残客

小说新潮

两个小的兵
　　〔法〕毛柏桑著　泽民译
报复〔俄〕Anton Chekhov 著　羽译
黄叶〔法〕盎利梅尔伊著　瘦鹃译

872

编辑余谈

俄国近代文学杂谈下（雁冰） 我们现在可以提倡表象主义的文学么？（雁冰）

小说俱乐部

小说俱乐部第六次征文新题

　　（一）小说题画 （二）小说补残 （三）游戏文·梅雪争春之判决书

小说月报征文广告

第十一卷　第三号

（1920 年 3 月 25 日）

说　丛

球房纪事

　　Count Lev Nicolaevich Tolstoy 原著

　　　闽县林纾、静海陈家麟同译

野史一班（杂文）

石像记（续）　　　　　延　陵

一顾之恩　　　　　　　西　神

抚宁狱　　　　　　　　秋山外史

古银币　　　　　　　　慧子译

言情小说·今之吴郭　　指　严

记阿稀　　　　　　　　王梅癯

鸳鸯佳运　　　　　　　寒　蕾

新旧家庭（续）　　　　瞻　庐

　　第五回　赵玉麟忽闻狮吼

　　　　　　李梦生议续鸾弦

　　第六回　变宗旨妙论驳平权

　　　　　　述理由闺人下褒奖

东方福尔摩斯探案·倭刀记（续）

　　　　　　　　　程小青著

联语撷华（杂文）

弹　词

藕丝缘弹词（续）第十九回　让壻

　　　　　　　　　程瞻庐

海天谈屑（杂文）　　九　香

文　苑

文

　　潘朴庵先生家传

　　　　　　　　东台　胡先庚

　　　书武光璧　　　胡先庚

　　　瘗鹳鹆铭并引　吴保初

诗十一首

　　　　　太夷　瘿公　前人　公约

　　　　　百衲　高步瀛　陈去病

词三首　　　　　　倦鹤　高梧

瀛　谈

泰其亚宫闱秘史（续）　西神残客

苗族小史　译西人历撒得牧师笔记

　　　　　　　　　　芝　轩

游　记

晋祠游记　　　　　　我　一

小说新潮

名家剧本·社会柱石

　　〔脑威〕易卜生著　瘦鹃译

伊是谁　〔俄〕柴霍甫著　云舫译

一个乡下的女子　　　石　民

文学新潮

追忆有感（诗）

　　By Oscar Wilde 刘凤生译　附记

小说月报征文广告

第十一卷　第四号

（1920 年 4 月 25 日）

说　丛

乐师雅路白忒遗事

〔俄〕托尔斯泰著

闽县林纾、静海陈家麟同译

石像记（续完）　　　　　延　陵

射湖双侠　　　　　　　　西　神

萍花劫　　　　　　　　　王梅癯

寂寞　　　By Francis Buzzell 著

张毅汉译

兰篠瀛舲（杂文）　　　　瘦　鹃

鸳鸯佳运（续）　　　　　寒　蕾

茶余偶谈——叶芸士　伶谑　诗钟

沧县　解　弢

新旧家庭（续）　　　　　瞻　庐

第七回　背讲义跪伏蒲团

索茶点乱蹋楼板

第八回　夸手段大套小套

谈心事你知我知

最短之小说·杉

〔德〕Johan Wolfgang Goethe 著

仲辉译

东方福尔摩斯探案·倭刀记（续）

程小青著

弹　词

藕丝缘弹词（续）　　　　程瞻庐

第二十回　了缘

文　苑

文

北溪老人传　　余杭　鲁宝清

诗二十一首　　　程颂万　啬公

圣遗　冷芸　西神

词二首　　　　范君博　莼农

瀛　谈

餐樱佳话

Violet M.Methley 原著译

The Home Magazine　西神译

小说俱乐部第五次征文复选揭晓

游　记

庐山游记　　　　　　　　我　一

小说新潮

名剧·社会柱石（续）

〔脑威〕易卜生著　瘦鹃译

我的侄儿约瑟

〔法〕Helevy 著　种因译

戏言　〔俄〕柴霍甫著　济之译

欧梅夫人〔法〕毛柏霜著　瘦鹃译

小说俱乐部

小说俱乐部第六次征文初选

小说题画　树犹如此　瞻　庐

小说题画　美人黄土　烟　桥

小说补残　以德报怨　观　钦

小说补残　糟糠之妾　植　士

编辑余谈

读《小说新潮宣言》的感想　黄厚生

答黄君厚生《读小说新潮栏宣言的

感想》　　　　　　　　　冰

小说月报征文广告

第十一卷　第五号

（1920 年 5 月 25 日）

说　丛

高加索之囚

〔俄〕托尔斯泰著

闽县林纾、静海陈家麟同译

一星期的救国热　　蜷庐　苏翘

瀛闻志异——各国食物奇谈

译自伦敦日日新闻

上海的押店主人　　　逸　岑

烟波眷属　　　　　王梅瘟

六百零六　　　　　贼菌

爱国小说·不憾　西巫、时用译

社会小说·马牛

〔美〕司丹楠著　慧子译

说小说（杂文）　　小　青

新旧家庭（续）　　瞻　庐

第九回　有口无心培卿款客

说长道短王妈梳头

第十回　雕笼内百灵弄舌

侧厢里病母酸心

弹　词

铁血美人弹词　　泾县胡寄尘

第一回　辞家

第二回　入狱

文　苑

文

丁修甫小槐簃联存序　徐　珂

诗十四首

秋岳　汪兰皋　大觉　莼农

词六首　　赵叔雍　君博　莼农

杂　载

餐樱庑词话　临桂　况周颐　夔笙

名人趣史（杂文）　　窃九生

瀛　谈

模范丈夫的产地　　君　柔

海天零简（杂文）　　窃九生

小说新潮

理性与爱情

〔美〕毛脱雷女士著　种因译

放假日子到了

〔印〕台莪尔著　西神译

父　〔脑威〕敦乔森著　冰岩译

蜚语　〔俄〕柴霍甫著　云舫译

社会柱石（续）

〔脑威〕易卜生著　瘦鹃译

文学新潮

新体诗

沈闷的一晚

〔德〕Lenau 氏作　麟生译

悲哀

〔德〕Lenau 氏作　麟生译

赋别

〔印〕太谷儿著　凤生译附注

看花有感　　　　云　舫

燕子　　　　　胡怀琛

明月　　　　　胡怀琛

编辑余谈

文学上的表象主义是什么？（谢六逸辑）

书家逸事（杂文）

小说月报征文广告

第十一卷　第六号
（1920 年 6 月 25 日）

说　丛

磨坊之役
　　〔法〕Emile Zola 著　延陵译
长十八　　　　　　　　王梅癯
翠恨　〔英〕William Ie Queux 著
　　　　　　　　　　　麟生译
书秦选　　　　　　　　许茹香
模范村农　　　　　　　贼菌
欧战轶话（杂文）　　　小青辑译
实事小说·异国栖流记
　　　　　南武徐慧子译；附志
一星期的救国热（续）蜷庐　苏翘
新旧家庭（续）　　　　瞻庐
　　第十一回　充司礼醋甏喝鞠躬
　　　　　　　认晚爷油瓶称强项
　　第十二回　俏皮话结婚嘲曲脚
　　　　　　　泼辣货当众出风头
解颐新语（杂文）　　　西　神

弹　词

铁血美人弹词（续）　　胡怀琛
　　第三回　誓墓
　　第四回　越狱

文　苑

文
　　题影岫楼图　　　　子　久
诗十四首　　师愚　映盦　兰史
　　　　　　　蔬农　朱灵修

杂　载

餐樱庑词话（续）（况周颐）　红

楼梦新评（佩之）

瀛　谈

白宫秘史
　　节译 Everybody's Magazine
　及 The Boy Scouts Magazine 西神译
黑奴解放之动机
　　译 America's Shadow Man
　原文见 My Magazine　西神译

小说新潮

社会柱石（续）
　　〔脑威〕易卜生著　瘦鹃译
一见
　　〔法〕Jeaw Rameaw 著　瘦鹃译
父亲的手
　〔美〕George Humphrey 著　西神译
神经过敏　〔俄〕柴霍甫著　凤生译
拉车夫　　　　　　　　竹　生

文学新潮

新体诗
　　名誉　　　　　　　陈建雷
　　游西子湖　　　　　小　侣

编辑余谈

文学上的表象主义是什么？（续）
　　　　　　　　　　谢六逸辑
小说月报征文广告

第十一卷　第七号
（1920 年 7 月 25 日）

说　丛

磨坊之役（续）
　　〔法〕佐治原著　延陵译

解颐新语（杂文）　　　（无署名）

一七一三　　　　　　　　何简斋

峄山僧话　　　　　　　　王梅癯

谁的罪　　　　　　　　　烟　桥

红粉　　　　　　　　　俞牖云

异国栖流记（续）　　　　慧子译

一星期的救国热（二续）

　　　　　　　蜷庐　苏翘

新旧家庭（续）　　　　　瞻　庐

　　第十三回　李梦生新房惊好梦

　　　　　　　陆镜蓉烟榻训亲儿

　　第十四回　侦探家实地调查

　　　　　　　贤淑女吁天怨痛

弹　词

铁血美人弹词（续）　泾县胡寄尘

　　第五回　隐居　第六回　鸾歌

文　苑

文

　　跋成恭恪临庙堂碑　　冯　煦

诗十九首　寐叟　潜道人　诸贞壮

　　　　　　散原　老兰　佩忍

词二十首　　　况周颐　赵叔雍

　　　　　　何诗孙　朱疆村

　　　　　王静安　老兰　莼农

留佳草堂诗梦录（杂文）　西　神

杂　载

餐樱庑词话（二续）（况周颐）

红楼梦新评（续）（佩之）

瀛　谈

战地烟云录　　　　　　　西　神

小说新潮

名家剧本·社会柱石（续）

　　　〔脑威〕易卜生著　瘦鹃译

犯罪　　〔俄〕柴霍甫著　济之译

法文课　〔俄〕柴霍甫著　凤生译

纽约的扒手　　　　　西巫　时用

收租　　　　　　　　　　子　之

文学新潮

新体诗

　　小星（原名 Little Star）

　　　　　　　洪年译；附言

　　雨后到园里　　　　洪　年

　　我的故乡　四季的风景　溪　民

编辑余谈

最近法国的小说　　　　　瞿　桓

小说月报征文广告　　　（无署名）

第十一卷　第八号

（1920 年 8 月 25 日）

说　丛

亡妻之墓　原名 The Dead Mistress

　　〔法〕莫泊桑著　容斋译

盲听　　　　　　　　　　西　神

盗捕盗　　　　　　　　　痴　云

臂　　　　　　　　　　　何简斋

侠骨柔情　　　　　　　　双　成

金车　　　　　　　　　　碧梧译

责任　　　　　　　　　　卓　呆

侦探小说·猎狐

　　　　　　麦克兰著　慧子译

百龄女郎　　　　　　　　玄甫　伯南

新旧家庭（续）　　　　　　　瞻庐

　　第十五回　捧遗像真面失庐山
　　　　　　　进谗言沸油浇烈火

　　第十六回　薄命女痛遭屈打
　　　　　　　娘子军力破重围

弹　词

铁血美人弹词（续）　　　胡怀琛

　　第七回　投湖　第八回　变志

文　苑

文

　　虚阁遗稿序　　　　　　冯煦

诗十首　　　　　　拔可　兰皋

词十二首　　　　　　　　况夔笙

杂　载

餐樱庑词话（续）（况周颐）　郯
城春影（去疾）

瀛　谈

战地烟云录（续）　　　　西　神

小说新潮

名家剧本·社会柱石（续）

　　〔脑威〕易卜生著　瘦鹃译

命令　Ninosvili 著　李妃白译

短篇名著·命与信 Life and Letter

　　〔俄〕N.shulgonsky 著　毅夫译

决斗　　〔法〕莫泊桑著　今且译

编辑余谈

俄国之民众小说家　　　　谢六逸

补　白

茶余偶谈（解骏）　世界珍闻（茧
翁、一琦）　讽刺画·欧美各国之

婚姻现状（无署名）　野史拾遗（西
神）　解颐新语（无署名）　灵魂
照相谈（窈九生）　楹联录隽（徽
州鲍鸿）　诗钟录隽（分咏格）
小说月报征文广告　　（无署名）

第十一卷　第九号
（1920 年 9 月 25 日）

说　丛

短篇小说·赌胜

　　〔俄〕柴霍甫著　济之译

金刚菩萨 Napoleon and Pope Pius VII
　　　by Alfred de Vigny　张毅汉译

最后之一吻　　　　　　张枕绿

死后的爱情　Rudolph De Cordova 著
　　　　　　　　　　　万良浚译

玛利琼西自述
　　译自〔美〕Hearst's 著　龚钺译

长篇小说·想夫怜
　　　　　　〔美〕克雷女士著
　　　闽县林纾、吴县毛文钟同译

新旧家庭（续）　　　　　瞻庐

　　第十七回　陪小心低头服礼
　　　　　　　挑重担败兴归家

　　第十八回　凑现成先享口福
　　　　　　　瞧热闹大斗眼锋

侦探小说·猎狐（续）
　　　　麦克兰原著　慧子译

百龄女郎（续）　　　玄甫　伯南

878

弹 词

铁血美人弹词（续）　　　胡怀琛

　　第九回　哭母　第十回　事仇

文 苑

文

　　涛园诗集序　　　　　　寐叟

　　诗五首　　　　秦臻　汤宝荣

　　　　　　　　　樊山　君博

　　词一首　　　　　　　　夔笙

杂 载

餐樱庑诗话（续）（临桂况周颐）

绎志离胜录（胡先庚）

游 记

莫干山纪游　　　　　　　蒋维乔

小说新潮

报复　　〔法〕毛泊桑著　瘦鹃译

他的外褂（原名 His Coat）

　　　　　　〔英〕Violer Hunr 著

　　　　　　　　西亚、瘦铁译

荣耀

　　〔法〕毛泊桑著　凤云女士译

编辑余谈

短篇小说是什么——两个原素

　　　　　　　　　　张毅汉译

补 白

西神客话（西神）　小说小说（张

枕绿）　欧洲大战后战场之所见

（无署名）　新家庭之一席话（无

署名）

小说月报征文广告　　（无署名）

第十一卷　第十号
（1920 年 10 月 25 日）

短篇小说

补椅人（原名 Chair Mender）

　　　　〔法〕莫泊桑著　伯卫译

湖中的夜月　　　　　　　王剑三

二十年　　　　　　西亚、时用

失足　　　　　　　　　　张毅汉

母校的事　李维司著　徐慧子译述

真伪自有天知 God Sees the Truth,

But Wait

　　〔俄〕托尔斯泰著　国译；附识

药懦　　　　　　　　　　卓民

顽童　〔俄〕柴霍甫著　梁治华译

长篇小说

想夫怜（续）　〔美〕克雷女士著

　　　闽县林纾、吴县毛文钟同译

新旧家庭（续）　　　　　瞻庐

　　第十九回　吟艳诗搜肠索肚

　　　　　　　唱哭调合节应弦

　　第二十回　守孝幔抢地呼天

　　　　　　　上楼梯改头换面

咖啡魔（上卷）

　　〔美〕Charles Cald well Doble 著

　　　　　　　　蜷庐、苏翘译

猎狐（续）　麦克兰著　慧子译述

剧 本

名家剧本·社会柱石（续）

　　　　〔琦威〕易卜生著　瘦鹃译

弹　词
铁血美人（续）　　　　　　胡怀琛
　　第十一回　劫花
　　第十二回　跳舞
文　苑
文
　　求放心斋文集序　　　　　伯　严
诗
后扬州杂诗六首　　　　　　石　遗
李娘歌　　　　　　　　　　天　放
次韵天放李娘篇即嘲天放　　环　天
次韵和天放李娘歌　　　　　垒　空
次韵离怀四首　　　　　　　恉　园
我团者砚歌咏春风时时相见　颐　琐
鹧鸪天　题复盦觅句图　　　夔　笙
齐天乐　寿梅兰芳大母　　　夔　笙
杂　载
餐樱庑词话（续）　临桂况颐夔笙
补　白
波兰之现状（讽世画）（窃九生）
天春楼琐语（秀道人）
文学新潮·新体诗
俄国的宫城
　　Igory·Chanuris Anopolsky 著
　　　　　张枕绿　沈松泉译
诗界潮音
快乐的家庭
　　　J·H.Puyne 著陈继日译
西神客话一、二、三　　　西　神
本社启事　　　　　　（无署名）

第十一卷　第十一号
（1920 年 11 月 25 日）

社　说
自然派小说　　　　　　　　谢六逸
世界最短底短篇小说　　　　衣　水
小说新潮
一元纸币
〔美〕安黎士 Anries 威廉士 Willi-
　　　　　ams 著　毅夫译
一段故事
　　Newbold Noyes 著　延陵译
一片　　　〔英〕Mrs·Ntisy 著
　　　　　　西巫、瘦铁译
一个初学的罪人
　　　　〔美〕J·F·Demerit 著
　　　　　　徐时用译
一转念间　　　　　　　　　枕　绿
一桶白兰地酒
　　〔比〕Elin Pelin 著　胡天月译
一笑　　　落迦苛兰著　徐慧子译
想夫怜（续）　〔美〕克雷女士著
　　　闽县林纾、吴县毛文钟同译
新旧家庭（续）　　　　　　瞻　庐
　　第二十一回　开园门淑女失踪
　　　　　　　　走备衖旁人饶舌
　　第二十二回　失首饰只形其诈
　　　　　　　　论泪珠姑信为真
奈他士传（原名 Nanatas）
　　　　〔法〕佐拉著　瘦鹃译

咖啡魔

〔美〕Charles Caldwell Doble 著

蜷庐、苏翘译

侦探小说·猎狐　麦克兰著　慧子译

弹　词

铁血美人（续）　　　泾县胡寄尘

第十三回　复仇

第十四回　决战

杂　载

餐樱庑词话（续）　临桂况周颐

补　白

讽刺画·爱情的黑幕　改造之真

谛（无署名）天春楼琐语（秀盦）

西神客话（西神）　哑剧·举杯

（双成）

第十一卷　第十二号

（1920 年 12 月 25 日）

专　件

本月刊特别启事———一—五

（无署名）

小说新潮

在柏林　　　　　　　延　陵

执旗的兵〔法〕宝德著　梁实秋译

快乐的过新年（原名 Conte Pour

Commencer gainnet I'aunee）

亚那多而法兰西著　介珈译

想夫怜（续）　〔美〕克雷女士著

闽县林纾、吴县毛文钟同译

新旧家庭　　　　　　瞻　庐

第二十三回　停针箫青灯说梦

报消息黑夜敲门

第二十四回　设毒计婆子贪财

堕奸谋英姑跳水

奈他士传（续）

〔法〕佐拉著　瘦鹃译

咖啡魔

〔美〕Charles Cald well Doble　著

蜷庐、苏翘译

弹　词

铁血美人（完）　　　泾县胡寄尘

第十五回　情话

第十六回　渔隐

剧　本

社会柱石（完）

〔琋威〕易卜生著　瘦鹃译

笔　记

紫晶印　　　　　　　梅　瘦

杂　载

餐樱庑词话（完）　临桂况周颐

补　白

天春楼琐语（秀盦）　春灯谈虎录

（窃九生）　古语集句（窃九生）

第十二卷　第一号

（1921 年 1 月 10 日）

一、改革宣言　　　（无署名）

二、圣书与中国文学（论丛）

周作人

三、文学与人的关系及中国古来对

于文学者身分的误认（论丛）

　　　　　　　　　沈雁冰

四、创作

　笑（小说）　　　冰心女士

　母（小说）　叶绍钧；雁冰注

　命命鸟（小说）　　许地山

　不幸的人（小说）　　慕　之

　一个确实的消息（小说）

　　　　　　　　　潘垂统

　荷瓣（小说）　　　瞿世英

　沈思（小说）　　　王统照

五、译丛

　疯人日记（小说）

　　〔俄〕郭克里著　耿济之译

　乡愁（小说）

　　〔日〕加藤武雄著　周作人译

　熊猎（小说）

　　〔俄〕托尔斯泰著　孙伏园译

　农夫（小说）

　　〔波〕高米里克基著　王剑三译

　忍心（小说）

　　〔爱尔兰〕夏芝著　王剑三译

　新结婚的一对（剧本）

　　　〔脑威〕般生著　冬芬译

　邻人之爱（剧本）

　　〔俄〕安得列夫著　沈泽民译

　杂译太戈尔诗（云与波、对举、

　同情）　　　　　郑振铎译

六、脑威写实主义前驱般生——要

真懂的某文学家的著作，必先明白

他的生平（论丛）　　沈雁冰

七、书报介绍　　　郑振铎

莫尔顿的《文学的近代研究》（介绍）

八、海外文坛消息（六则）沈雁冰

　（1）脑威文豪哈姆生（Ham-

　sun）获得一九二〇年的诺贝尔

　文学奖金　（2）安得列夫（An-

　dreyev）最后的著作　（3）研

　究犹太新文学的三种新出英译

　本　（4）惠尔斯（H·G·wells）

　的《人类史要》(The Outline of

　History）　（5）罗兰（Romain

　Rolland）的近作　（6）劳农

　俄国治下的文艺生活

九、文艺丛谈（五则）振铎　雁冰

十、附录　　文学研究会宣言　文

学研究会简章

　　　第十二卷　第二号

　　（1921年2月10日）

一、新文学研究者的责任与努力

（论丛）　　　　　郎　损

二、新文学与创作（论丛）愈　之

三、谚语的研究（论丛）郭绍虞

四、创作

　一个朋友（小说）　　叶绍钧

　低能儿（小说）　　　叶绍钧

　一个著作家（小说）庐隐女士

五、译丛

　侯爵夫人（小说）

　　〔俄〕柴霍甫著　济之译

木筏之上（小说）
　　〔俄〕高尔基著　郑振铎译
审判（小说）
　　〔波〕莱芒著　仲持译
名节保全了（小说）
　〔法〕考贝著　真常译；雁冰附识
名剧　妇人镇（剧本）
　　〔西〕阿尔伐昆戴罗斯兄弟著
　　　　沈泽民译；雁冰附注
六、波兰近代文学泰斗显克微支
（论丛）　　沈雁冰；记者附白
七、海外文坛消息　　　沈雁冰
　　（7）又是一个斯干的那维亚的
　　文学家得了诺贝尔文学奖金
　　（8）文学家与社会问题　（9）
　　肖伯纳最近的著作　（10）巴
　　西文学家的一本小说　（11）
　　波兰剧场与 Kobiety　（12）
　　克勒满沙的文学著作　（13）
　　脑威文学家将到美演讲
　　（14）美国著名女著作家的新
　　作　（15）哈姆生生平的余闻
　　（16）哈姆生的《饿者》　（17）
　　哈姆生的"Pan"　（18）再志
　　劳农俄国的文艺生活
八、通讯
　　翻译文学书的讨论：
　　　　周作人致雁冰先生　沈
　　　　雁冰致启明先生
　　讨论创作致郑振铎先生信中
　　的一段　　　　　　　沈雁冰

九、附录
　　文学研究会读书会简章
　　　　　　　　　（无署名）
　　文学研究会会务报告（第一次）
　　　　　　　　　（无署名）
　　记者附白　本月刊特别启事

　　　　第十二卷　第三号
　　　（1921 年 3 月 10 日）

一、译文学书的三个问题（论丛）
　　　　　　　　　　郑振铎
二、谚语的研究（续）　郭绍虞
三、创作
　　恐怖的夜（小说）　叶绍钧
　　遗音（小说）　　　王统照
　　萌芽（小说）　　　叶绍钧
　　新诗——感觉　成功的喜悦
　　锁闭的生活　　　　叶圣陶
四、译丛
　　猎人日记（小说）
　　　〔俄〕屠格涅甫著　耿济之译
　　一个英雄的死（小说）
　　　　〔匈〕拉兹古著　沈雁冰译
　　名剧·婀拉亭与巴罗米德
　　　　〔比国〕梅德林著　伧叟译
　　名剧·新结婚的一对（续一号）
　　　　〔脑威〕般生著　冬芬译
五、西班牙写实文学的代表者伊本
　　讷兹（论丛）　　　沈雁冰
六、史蒂芬孙评传（论丛）郑振铎

七、海外文坛消息　　　　沈雁冰
（19）再志瑞士诗人斯劈脱尔
（20）英文学家威尔士在美的
行踪（21）印度文家泰戈尔的
行踪　（22）巴比塞的社会主
义谈　（23）俄文豪高尔该被
逐的消息　（24）侨美波兰女
著作家的近作　（25）丹麦作
家奈苏的一本英译　（26）美
国文艺学会的新会员　（27）
最近在伦敦举行的文学辩论
会　（28）脑威现代作家鲍具
尔　（29）将有专研究诗的月
刊出版　（30）奥国文家梅勒
的剧本　（31）惠特曼在法国
（32）日本文家之赴法热
八、文艺丛谈（三则）　百里　振铎

第十二卷　第四号
（1921 年 4 月 10 日）

一、译文学书方法的讨论（论丛）
沈雁冰
二、日本文坛之现状（论丛）
〔日〕宫岛新三著　李达译
三、谚语的研究（续）　郭绍虞
四、创作
超人（小说）　　　冰心女士
烟突（小说）　　　易家钺
苦菜（小说）　　　叶圣陶
商人妇（小说）　　落华生

五、春季创作坛漫评（论丛）
郎　损
六、译丛
到网走去（小说）
〔日〕志贺直哉著　周作人译
猎人日记（小说）
〔俄〕屠格涅甫著　耿济之译
代替者（小说）
〔法〕考贝著　子缨译；芬附注
祈祷（小说）
〔俄〕托尔斯泰著　邓演存译
人间世历史之一片（小说）
〔瑞典〕史特林褒格著
沈雁冰译；注
在加尔各答途中（小说）
〔印〕太戈尔著　许地山译；跋
名剧·婀拉亭与巴罗米德（续）
〔比国〕梅德林著　伦叟译
名剧·印度短剧
〔印〕Meric Chakatika 著
许光迪译
杂译泰戈尔诗（续一号）
郑振铎译
七、脑威现存的大文豪鲍具尔
（论丛）　　　　　沈雁冰
八、海外文坛消息　　　沈雁冰
（33）研究斯干的那维亚文学
的一本自修书　（34）神秘剧
的热心试验者　（35）罗兰的
最近著作　（36）阿真廷文
（Argentime）的剧本　（37）英

文学家威尔士的剧本 （38）
倍奈德的新作 （39）法人的
史蒂芬孙评 （40）俄国文学
出版界在国外之活跃 （41）
文学家对于劳农俄国的论调
一束 （42）邓南遮将军劳乎
（43）梅莱（Murry）的文学批
评 （44）美国的研究脑威文
学热 （45）爱尔兰文学家唐
珊南被捕的消息 （46）一本
详论劳农俄国国内艺术的书
（47）高尔基被逐的消息不确
（48）西班牙诗选
九、文艺丛谈（三则）
　　　　百里　冰心女士

　　第十二卷　第五号
　　（1921 年 5 月 10 日）

卷头辞　百年纪念祭的济慈 沈雁冰
一、日本的诗歌（论丛）周作人
二、译文学书三问题的讨论（论丛）
　　　　　　　　　沈泽民
三、创　作
　换巢鸾凤（小说）　落华生
　第一次恋爱（小说）　胡怀琛
　站长（小说）　　　王荣桂
四、译丛
　微笑（小说）
　〔俄〕梭罗古勃著　周建人译
　猎人日记（续）

〔俄〕屠格涅夫著　耿济之译
　汀泥（小说）
　〔俄〕柴霍甫著　耿式之译
　豽豹人的一个故事（小说）
〔美〕贾克伦敦著　理白译；附识
　一诺（小说）
〔法〕Frederic Boutet 著　一樵译
　只要一句话！（小说）
　〔德〕L・E・Meier 著
　　　　胡天月译；附注
　名剧・一个不重要的妇人
　〔英〕王尔德著　耿式之译
　名剧・齐德拉
　〔印〕泰戈尔著　瞿世英译
五、王尔德评传（论丛）沈泽民
六、海外文坛消息　　沈雁冰
（49）爱尔兰文坛现状之一斑
（50）瑞典大诗人佛罗亭的十
年忌 （51）到日本讲学的英
国文学家之西洋文化批评
（52）征求威尔士大著《人类
史要》的批评 （53）霍夫曼
柴尔的裴多芬评 （54）梅德
林旧情人的行踪和言论
（55）捷克斯拉夫对于脑贝尔
奖金的热心 （56）哈姆生最
近作的《井旁妇人》 （57）
俄文豪古卜林的近作《苏罗芒
的星》 （58）美国科学艺术
协会给予一九二○年份最好的
短篇小说的奖金 （59）阿失

西蒙思近刊的戏曲集　（60）
变态"性格"研究的剧本
七、小说月报第一次特别征文

第十二卷　第六号
（1921 年 6 月 10 日）

一、雾飚运动（论丛）
　　〔日〕黑田礼二著　海镜译
二、审定文学上名辞的提议（论丛）
　　　　　郑振铎；沈雁冰附注
呼吁？咒诅？"Art is Stained
With Blood"（诗）（无署名）
三、特载
幻呢真（小说）　　　直　民
这是怎么一回事？（小说）
　　　　　　　　　　天　石
救命呀（小说）　　　缩　飞
完卵（小说）　　　　普　生
人间地狱（小说）　　陶雪峰
一个兵士底忏悔（小说）
　　　　　　　　　　范鸿劬
四、创作
春雨之夜（小说）　　王统照
一封信（小说）　　　庐隐女士
黯淡底秋夜（小说）　绮琴女士
堕落（小说）　　　　洪白苹
幸事（小说）　　　　伯　颜
五、译丛
一个冬天的晚上（小说）
　　　　〔法〕美而暴著　六珈译

淑拉克和波拉尼（小说）
〔新犹太〕范尔道孚著　沈泽民译
我们二十六个和一个女的
（小说）
　　　〔俄〕高尔基著　孙伏园译
弃妇（小说）
　　〔匈〕亚丹尔摩范男爵夫人著
　　　　　　　　　　胡天月译
名剧·悭吝人
　　　〔法〕毛里哀著　真常译
名剧·一个不重要的妇人（续）
　　　〔英〕王尔德著　耿式之译
译泰戈尔诗　　　　　郑振铎译
六、现代的斯干底那维亚文学（论
丛）
　　　　〔日〕生田春月著
　　　李达译；雁冰按、注、再誌
十九世纪末丹麦大文豪约柯
伯生（论丛）　　　　沈雁冰
七、海外文坛消息　　　沈雁冰
（61）神仙故事集汇志——捷克
斯拉夫波兰印度爱尔兰等处的
神话　（62）西班牙的诗与散
文　（63）哈姆生的《土之生
长》　（64）肖伯讷又有新作
（65）西班牙文学家方布纳的作
品　（66）德国文学家加尔霍
德曼逝世消息　（67）《推敲》
的第一期　（68）伦敦举行济
慈百年纪念展览会的盛况
（69）一九二〇年最好的短篇
小说　（70）英国三大文豪的

一九二一年希望 （71）新爱
尔兰文坛上失一明星 （72）
捷克斯拉夫短篇小说集
（73）英译的《五月花》 （74）
安得列夫的最后剧本 （75）
德国的无产阶级诗与剧本
八、书报介绍 美国的一个文学杂
志"The Dial"（介绍） 郑振铎
九、附录 （无署名）
文学研究会会务报告（三月二
十一日的临时会）
文学研究会读书会各组名单
最后一页 （无署名）

文艺丛谈
语体文欧化之我观（一） 雁　冰
语体文欧化之我观（二） 振　铎

第十二卷　第七号
（1921 年 7 月 10 日）

创作讨论
创作与哲学 瞿世英
创作的要素 叶绍钧
社会背景与创作 郎　损
创作的我见 庐隐女士
平凡与纤巧 郑振铎
怎样去创作 王世瑛女士
创作底三宝和鉴赏底四依 许地山
我对于创作家的希望 说　难
创作的前途 沈雁冰

创　作
爱的实现（小说） 冰心女士
月影（小说） 王统照
别（小说） 朱自清
快乐之神（小说） 孙梦雷
死后二十日（小说） 孙梦雷
黄昏后（小说） 落华生
红玫瑰（小说） 庐隐女士
恳亲会（剧本） 叶绍钧

译　丛
禁食节（小说）
　　　　〔新犹太〕潘莱士著
　　　　　　沈雁冰译，后记
印第安墨水画（小说）
　　〔瑞典〕苏特尔褒格著　沈雁冰译
鸳巢（小说）
　　　　〔脑威〕般生著　蒋百里译
猎人日记（续）（小说）
　　　　〔俄〕屠格涅夫著　耿济之译
生欤死欤？（小说）
　　　　〔美〕马托温著
　　　　　　一樵译，雁冰附注
工人绥惠略夫（附：译了工人绥惠
略夫之后）（小说）
　　〔俄〕阿尔志跋绥夫著　鲁迅译
悭吝人（剧本）
　　　　〔法〕毛里哀著　真常译
阿富汗的恋爱歌（从 E·Rowys
Mahero 英译本译出） 冯虚女士译
杂译太戈尔诗 郑振铎译
屠格涅夫散文诗 海峰译

犹太文学与宾斯奇（论丛）

〔日〕千叶龟雄著

厂晶译，雁冰按

后期印象派与表现派（论丛）

海 镜

海外文坛消息 沈雁冰

（76）两本研究罗曼罗兰的书
（77）新希腊诗人的新希腊主
义 （78）爱尔兰葛雷古夫人
的新著 （79）战后德国文学
的第一部杰作 （80）俄国批
评家对于威尔士的俄事观的
批评 （81）波兰文家莱芒的
沉痛话 （82）丹麦和奥国的
两个文家的英译 （83）罗马
尼亚短篇小说集 （84）意大
利戏曲家唐南遮的近作
（85）阿尔克斯·托尔斯泰的
近作 （86）卡西尔的新作

第十二卷 第八号

（1921年8月10日）

创 作

两个小学生（小说） 庐隐女士
两个乞丐（小说） 刘 纲
死之天使（诗） 沈松泉
天亮了（诗） 洪白苹
儿时的恐怖（小说） 赵荣鼎

诗

旅路 朱自清

人间 朱自清
慰死者 梦雷；附志
印象 光 典
爱情 沈松泉
离别 乌 群
评四五六月的创作（论丛）

郎 损

德国文学研究

近代德国文学的主潮

〔日〕山岸光宣著 海镜译
"最年青的德意志"的艺术运动

〔日〕金子筑水著 厂晶译
大战与德国国民性及其文化文艺

〔日〕片山孤村著 李达译
德国表现主义的戏曲

〔日〕山岸光宣著

程裕青译；记者注

译 丛

红蛋（小说） 〔法〕法郎士原著

六珈译；记者附注
猎人日记（续）（小说）

〔俄〕屠格涅夫著 耿济之译
燕子与蝴蝶（小说）

〔波〕戈木列支奇著 周作人译
影（小说）

〔波〕普路斯著 周作人译
愚笨的裘纳（小说）

〔捷克斯洛伐克（波希米亚）〕

南罗达原著 沈雁冰译
美尼（剧本） 〔犹太〕宾斯奇原著

冬芬译；雁冰附记

工人绥惠略夫（续）（小说）

　〔俄〕阿尔志跋绥夫著　鲁迅译
一个不重要的妇人（续）（小说）

　〔英〕王尔德著　耿式之译
罗曼罗兰评传（论丛）

　Anna Nussbaum 原著　孔常译
海外文坛消息　　　　　　　沈雁冰

　（87）荷兰文坛之现状　（88）

　德国文坛文现状　（89）劳

　农俄国的诗坛之现状　（90）

　爱尔兰文坛之现状
最后一页　　　　　　　　　无署名

通　讯
订正四号内《印度短剧》上的错字

　　　　　许光迪致沈雁冰
最近的法文学界

　　　　松年致雁冰；沈雁冰答
安那其主义者的声明

　　　上海安那其主义者；雁冰答
批评创作

　　　　张维祺致郎损；郎损答

附　录
文学研究会丛书编例　文学研究
会丛书目录

第十二卷　第九号
（1921 年 9 月 10 日）

创　作
一个不重要的伴侣（小说）　徐玉诺
被幸福忘却的人们（小说）　子　耕

征文当选（第一次披露）
风雨之下（小说）　　　　　高　歌
风雨之下（小说）　　　　　王思玷

檀德六百周年纪念
神曲一脔　　　　　　　钱稻孙译诠

译　丛
二草原（小说）〔波〕显克微支著

　　　　　　周作人译；附记
犹太人（小说）

　　　　〔波〕式曼斯奇著

　　　　周建人译；附周作人记
旅行到别一世界（小说）

　　　　〔匈〕弥克柴斯著

　　　　　沈雁冰译；附后记
安琪立加（小说）

　　〔新希腊〕蔼夫达利阿谛思著

　　　　　　　　　孔常译
冬（剧本）　　　〔犹太〕阿胥著

　　　　　沈雁冰译；附后记
工人绥惠略夫（续）（小说）

　　〔俄〕阿尔志跋绥夫著　鲁迅译
悭吝人（续）（剧本）

　　　〔法〕毛里哀著　真常译
海外文坛消息　　　　　　　沈雁冰

　（91）第一期的“罗斯卡夷克

　倪茄”　（92）几本斯干底那

　维亚的英译　（93）瑞士文坛

　近状之一斑　（94）德国女文

　学家中最有名的两个　（95）

　匈牙利戏曲家莫奈尔的新作

通 讯

语体文欧化讨论（一、二、三）

　　周作人致记者；某先生来信摘录

　　　　李宗武致记者；记者答

本刊第一次征文当选者（无署名）

　　第十二卷　第十号

（1921 年 10 月 10 日）

被损害民族的文学号周

乌克兰的民谣　　　　　　　无署名

引言　　　　　　　　　　　记　者

被损害民族的文学背景的缩图

　　　　　　　　　　　　　无署名

近代波兰文学概观

　　〔波〕诃勒温斯奇著

　　　　　　周作人译；附记

近代捷克文学概观

　　〔捷克〕凯拉绥克著

　　　　　　唐俟译；附记

塞尔维亚文学概观

　〔塞尔维亚〕Chedo Mijatovich 著

　　　　　　沈泽民译；附记

芬兰的文学

　　　　Hermione Ramsden 原著

　　　　　　沈雁冰译；后记

新犹太文学概观　　沈雁冰；附注

小俄罗斯文学略说

　　〔德〕凯尔沛来斯著　唐俟译

新兴小国文学述略　　胡天月译述

附启　　　　　　　　（无署名）

译 丛

我的姑母（小说）

　　〔波〕科诺布涅支加著

　　　　　　周作人译；附记

伊伯拉亨（小说）

　　〔新希腊〕蔼夫达利阿谛思著

　　　　　　周作人译；附记

　　附：在希腊诸岛

　　〔英〕劳斯著　周作人译；附记

父亲擎洋灯回来的时候（小说）

　　〔芬〕哀禾著　周作人译；附记

疯姑娘（小说）

　　〔芬〕明娜·亢德著

　　　　　　鲁迅译；附记

战争中的威尔珂（小说）

　　〔勃尔格利亚〕跋佐夫著

　　　　　　鲁迅译；附记

贝诺思亥尔思来的人（小说）

　　〔新犹太〕拉比诺维奇著

　　　　　　沈雁冰译；后记

茄具客（小说）

　　〔克罗西亚〕森陀卡尔斯基著

　　　　　　沈雁冰译；后记

旅程（小说）

　　〔捷克（波希米亚）〕具克著

　　　　　　冬芬译；雁冰注

强盗（小说）　〔塞〕Lazarevic 著

　　　　　　沈泽民重译；附志

巴比伦的俘虏（剧本）

　　〔乌〕Lésya Ukrainka 著

　　　　　　沈雁冰译；附注

杂译小民族诗　　沈雁冰译；附记
与死有关的
　　　〔阿美尼亚〕土尔苛阑支著
无题
　　　〔阿美尼亚〕伊萨诃庚著
春　　〔乔具亚〕夏芙夏伐支著
亡命者之歌
　　　　　　〔乌〕洛顿斯奇著
狱中感想
　　　　　〔乌〕西芙支钦科著
最大的喜悦
　　　　〔塞〕斯坦芳诺维支著
梦　　　〔捷克〕散尔复维支著
坑中做的工人
　　　　　〔捷克〕白鲁支著
今王　　〔波〕柯诺普尼斯卡著
无限　　　〔波〕阿斯尼克著

　　第十二卷　第十一号
　　（1921 年 11 月 10 日）

创　作

最后的使者（小说）　　冰心女士
离家的一年（小说）
　　　　　　冰心女士；菊农附记
灵魂可以卖么（小说）　庐隐女士
看禾（小说）　　　　　俍　工
命运（小说）　　　　　易家钺
一瞥（小说）　　　　　沈松泉

征文当选

风雨之下（小说）　　　孙梦雷

对于超人命命鸟低能儿的批评
（论丛）　　　　　　潘垂统
新希腊文学的近况（论丛）
　　　〔法〕Astèriotis 著　汉俊译
日本文坛最近状况（论丛）晓　风
民众艺术底理论和实际（论丛）
　　　〔日〕平林初之辅著　海晶译

译　丛

女王玛勃的面网（小说）
　　　　〔尼加拉瓜〕达利哇著
　　　　　冯虚译；雁冰附注
美术家的神秘（小说）
　　　　　　〔南非〕须林娜著
　　　　　　张镜轩译；附注
娱他的妻（小说）
　　　〔英〕哈提著　理白译；附识
工人绥惠略夫（续）（小说）
　　〔俄〕阿尔志跋绥夫著　鲁迅译
悭吝人（续）（剧本）
　　　　〔法〕毛里哀著　真常译
王尔德的散文诗五首
　　　　　　刘复译；周作人记
日本诗人一茶的诗　周作人；附记
海外文坛消息　　　　　沈雁冰
　（96）塞尔维亚文学批评家拉
　　夫令的陀斯妥以夫斯基评
　（97）澳洲的四个现代诗人
　（98）介绍美国女作家辛克拉
　　的新作——"威克的惠林顿先
　　生"　（99）俄国文坛现状一
　　斑——寓言小说之风行（100）

略志匈牙利戏曲家莫尔纳的
生平及其著作 （101）高尔
基的"童年"生活

第十二卷 第十二号
（1921 年 12 月 10 日）

纪念佛罗贝尔的百年生日 沈雁冰
文艺上的自然主义
〔日〕岛村抱月著
晓风译；记者附注
创 作
云翳（小说） 叶绍钧
思潮（小说） 庐隐女士
和平的死（小说） 负 生
招牌（小说） 梁存仁
半小时的痴（小说） 吴江冷
征文当选
风雨之下（小说） 褐之甫
风雨之下（小说） 俞文元
风雨之下（小说） 周志伊
译 丛
归来（小说）
〔法〕莫泊桑著 沈泽民译；附识
女难（小说）〔日〕国木田独步著
丏尊译；附记；晓风注
工人绥惠略夫（续）（小说）
〔俄〕阿尔志跋绥夫著 鲁迅译
一个不重要的妇人（续）（剧本）
〔英〕王尔德著 耿式之译
一年来的感想与明年的计划（论丛）

记 者
意国文学家邓南遮（论丛）
〔日〕村松正俊著 海镜译
海外文坛消息 沈雁冰
（102）俄国诗人布洛克死耗
（103）意大利文坛近状
（104）德国文坛近状 （105）
雾飓诗人勃伦纳尔的绝对诗
（106）华波尔与高士华绥的同
方面的新作 （107）从来没
有英译本的易卜生的三篇戏曲
通 讯
语体文欧化讨论（四、五、六）
胡天月致记者；记者答 王砥
之致记者；记者答 何霭人致
记者

俄国文学研究（第十二卷号外）
（1921 年 9 月）

一、论文
1. 俄国文学的启源时代 郑振铎
2. 十九世纪俄国文学的背景
〔俄〕沙洛维甫著 耿济之译
3. 近代俄罗斯文学底主潮
〔日〕升曙梦著 陈望道译
4. 俄国四大文学家合传——
耿济之 郭克里 托尔斯泰
屠格涅夫 道司托也夫斯基
5. 近代俄国文学家三十人合传
沈雁冰

6．俄国乡村文学家伯得洛柏夫洛斯基　　　　　　　　　耿济之

7．阿里鲍甫略传　　　耿济之

8．兹腊托夫拉斯基略传　静观

9．菲陀尔·梭罗古勃

〔英〕约翰·科尔诺斯著
周建人译

10．阿尔志跋绥夫　　　鲁迅

11．俄国美论与其文艺　郭绍虞

12．俄国的批评文学

〔俄〕克鲁泡特金著　沈泽民译

13．托尔斯泰的艺术观　张闻天

14．俄国的叙事诗歌　　沈泽民

15．俄国的农民歌

〔英〕拉哀脱著　沈泽民译

16．俄国底诗坛

〔日〕白鸟省吾著　夏丏尊译

17．俄国底童话文学

〔日〕西川勉著　夏丏尊译

18．俄罗斯的美术——绘画怎样发达
胡根天

19．俄罗斯文学里托尔斯泰底地位

〔日〕升曙梦著　灵光译

20．阿蒲罗摩夫主义

〔俄〕克鲁泡特金著　夏丏尊重译

二、译丛

1．帕拉什卡人（小说）

〔俄〕伯得洛柏夫洛斯基著
鹤征译

2．外套（小说）

〔俄〕郭克里著　毕庶敏译

3．旷野的秋夜（小说）

〔俄〕列维托夫著　叶毅、王锡锌译

4．活骸（小说）

〔俄〕屠格涅夫著　王统照译

5．高原夜话（小说）

〔俄〕高尔基著　沈泽民译

6．异邦（小说）

〔俄〕柴霍甫著　王统照译

7．一夕谈（小说）

〔俄〕柴霍甫著　邓演存译

8．鹭（小说）

〔俄〕高尔基著　胡根天译

9．一桩事件（小说）

〔俄〕安得列夫著　耿济之译

10．痴子（小说）

〔俄〕兹腊托夫拉斯基著　瞿秋白译

11．可怕的字（小说）

〔俄〕阿里鲍甫著　瞿秋白译

12．尺素书（小说）

〔俄〕屠格涅夫著　耿济之译

13．贼（小说）

〔俄〕杜思退益夫斯基著
陈大悲译

14．医生（小说）

〔俄〕阿尔志跋绥夫著　鲁迅译

15．白母亲（小说）

〔俄〕梭罗古勃著　周建人译

16．旧金山来的绅士（小说）

〔俄〕蒲英著　沈泽民译

17．林语（小说）

〔俄〕克洛林科著　郑振铎译

18. 压碎的花（小说）

〔俄〕安得列夫著 叔衡译

19. 失去的良心（小说）

〔俄〕薛特林著 冬芬译

20. 看新娘（小说）

〔俄〕乌斯潘斯基著 冬芬译

21. 蠢人（小说）

〔俄〕列斯考夫著 冬芬译

22. 杀人者（小说）

〔俄〕库普林著 冬芬译

23. 莫萨特与沙莱里（剧本）

〔俄〕普斯金著 郑振铎译

24. 伏尔加与村人的儿子米苦拉
（俄国叙事诗之一） 冬芬译

25. 孟罗的农民英雄以利亚和英雄
斯维亚多哥尔（俄国叙事诗之二）

冬芬译

26. 赤色的诗歌（第三国际党的颂
歌） CZ CT 同译；CT 附注

27. 赤俄小说三篇（记者"说明"）
盖屋的人

〔俄〕M·Michels 著 振亚译
四人的故事

Gregory Sannikoff 著 振亚译
死的救星

〔俄〕Arkady Averchenko 著

小柳译

三、附录

1. 文学上的俄国与中国（转录《新
青年》）（论丛） 周作人

2. 克鲁泡特金的俄国文学论（论丛）

沈泽民

3. 布兰兑斯的俄国印象记（论丛）

沈泽民

4. 俄罗斯文艺家录（传记）

明 心

第十三卷 第一号
（1922 年 1 月 10 日）

专 著

世界的火灾（童话）

〔俄〕爱罗先珂著

鲁迅译；记者附记

西洋小说发达史（论丛） 谢六逸

一、绪言

短篇及长篇小说

烦闷（小说） 冰心女士

乐园（小说） 叶绍钧

猎人日记（续）（小说）

〔俄〕屠格涅甫著 耿济之译

拉比阿契巴的诱惑（小说）

〔犹太〕宾斯奇著 希真译；附记

简单的心（小说）

〔法〕佛罗贝尔著 沈泽民译

海洋（小说）

〔俄〕安特列夫著 耿式之译

诗歌及戏剧

马兰公主（剧本）

〔比〕梅德林著 徐炳昶、乔曾劬译

祈祷者（散文诗）

〔阿美尼亚〕西曼佗著 沈雁冰译

少妇的梦（散文诗）

〔阿美尼亚〕西曼佗著　沈雁冰译

湖上（诗）　　　　　　　朱自清

狱中的人（诗）　　　　　徐蔚南

失望（诗）　　　　　　　梁宗岱

废园（诗）　　　　　　　朱湘

心头的月光（诗）　　　　沈松泉

D字样的月光　孤苦的小和尚（诗）

　　　　　　　　　　　　汪静之

永久（诗）

　　　〔瑞典〕泰伊纳著　希真译

季候鸟（诗）

　　　〔瑞典〕泰伊纳著　希真译

辞别我的七弦竖琴（诗）

　　　〔瑞典〕泰伊纳著　希真译

杂译太戈尔诗（《采果集》第二十
三首—二十五首）　郑振铎译

"假如我是个诗人"（诗）

　　　〔瑞典〕巴士著　冯虚译

文学家研究

陀斯妥以夫斯基的思想（论丛）

　　　　　　　　　　　　沈雁冰

陀斯妥以夫斯基传略（传记）

　　　　　　　　　　　　小　航

陀斯妥以夫斯基在俄国文学史上
的地位（论丛）　　　　郎　损

关于陀斯妥以夫斯基的英文书
（介绍）　　　　　　（无署名）

海外文坛消息　　　　　　沈雁冰

　　（108）最近俄国文坛的各方面

　　（109）再志布洛克　（110）

最近德国文坛杂讯

读者文坛

一个瀑布（诗）　（何霭人）　黑
夜（小说）　（李鸿梁）　穷汉日
记（小说）　（黄厚生）　一句没
说出的话（散文）（陆尚功）　阿
爹（小说）　（勒生）　邮差　伊
的我（诗）　（誓清）　艺术底目
的（散文）（洪白苹）　早雨（小
说）（凯士）

通　信

语体文欧化问题

　　　　　梁绳禕致记者；记者答

　　　　　赵若耶致雁冰；雁冰答

英文译的俄文学书

　　　　　朱湘致雁冰；雁冰答

　　　　　陈静观致记者；记者答

最后一页　　　　　　（无署名）

第十三卷　第二号

（1922年2月10日）

短篇及长篇小说

西山小品　①一个乡民的死　②卖
汽水的人（杂文）　　　　周作人

猎人日记（续）（小说）

　　　〔俄〕屠格涅甫著　耿济之译

简单的心（续）（小说）

　　　〔法〕佛罗贝尔著　沈泽民译

缀网劳蛛（小说）　　　　落华生

汤原通信（小说）

〔日〕国木田独步著
美子译；附记
树林中的圣诞夜（小说）
〔波〕善辛齐尔著　耿式之译
一栏之隔（小说）　　　王统照
锁钥（寓言）
〔俄〕Sologub 著　郑振铎译
海洋（小说）
〔俄〕安特列夫著　耿式之译
独立之树叶（寓言）
〔俄〕Sologub 著　郑振铎译
西洋小说发达史（论丛）　谢六逸
二、小说发达之经过
诗歌及戏剧
马兰公主（剧本）〔比〕梅德林著
徐炳昶、乔曾劬译
平等（寓言）〔俄〕梭罗古勃著
郑振铎译
勃来克　微笑（诗）　　徐蔚南
夜静了　心上的箭痕（诗）王统照
伊和他（诗）　　　　　　佩　蘅
荷叶（诗）　　　　　　　朱　湘
星（诗）　　　　　　　　汪静之
自制（诗）　　　　　　　邰光典
东方的梦（诗）
〔葡〕特·琨台尔著　希真译
什么东西的眼泪（诗）
〔葡〕特·琨台尔著　希真译
在上帝的手里（诗）
〔葡〕特·琨台尔著
希真译；雁冰附注

浴的孩子（诗）
〔瑞典〕廖特倍格著　希真译
你的忧悒是你自己的（诗）
〔瑞典〕廖特倍格著　希真译
天鹅梭鱼与螃蟹（诗）
〔俄〕克鲁洛夫著　郑振铎译
箱子（诗）　　〔俄〕克鲁洛夫著
郑振铎译；记者附记
文学家研究
太戈尔传（传记）　　　郑振铎
太戈尔的人生观与世界观（论丛）
瞿世英
太戈尔的艺术观（论丛）郑振铎
太戈尔之"诗与哲学"观（论丛）
张闻天
太戈尔的妇女观（论丛）张闻天
太戈尔对于印度和世界的使命
（论丛）　　　　　　　张闻天
海外文坛消息　　　　　沈雁冰
（111）哥萨克作家克拉斯诺夫
（112）保加利亚大诗人跋佐夫
逝世消息　（113）去年（一
九二一年）诺贝尔文学奖金的
得者
通　信
语体文欧化问题
吕冕韶致记者；记者答
文学作品有主义与无主义的讨论
周赞襄致雁冰；雁冰答
蒄蘅致先生；雁冰答
谭国棠致记者；雁冰答

最后一页　　　　　　（无署名）

第十三卷　第三号
（1922 年 3 月 10 日）

短篇及长篇小说

旅路的伴侣（小说）　　　叶绍钧
冷冰冰的心（小说）　　　刘　纲
埂子上的一夜（小说）　　李开先
你是谁？（小说）
　　〔俄〕梭罗古勃著　郑振铎译
幸福（小说）
　　〔俄〕契诃夫著　耿勉之译
简单的心（续完）（小说）
　　〔法〕佛罗贝尔著　沈泽民译
古埃及的传说（小说）
　　　　　　〔波〕普洛士著
　　　　耿式之译；记者附注
西洋小说发达史（论丛）　谢六逸
　　三、罗曼主义时代

诗歌与戏剧

马兰公主（剧本）〔比〕梅德林著
　　　　　　徐炳昶、乔曾劬译
记事二则（散文诗）
　　〔瑞典〕赫滕斯顿著　沈泽民译
窗（散文诗）
　　　〔法〕波特来耳著　仲密译
星火（诗）　　　　　　　朱自清
丐者（诗）　　　　　　　徐玉诺
小诗——期待　堕落　淘汰　倦息
咒诅　心意　休息　温存　郭绍虞

烦闷（诗）　　　　　　　梁宗岱
无名与不朽（诗）
　　〔瑞典〕赫滕斯顿著　沈泽民译
孤寂时的思想——火星　名誉　服
　从　牢笼（诗）
　　〔瑞典〕赫滕斯顿著　沈泽民译
一个男子的临终语（诗）
　　〔瑞典〕赫滕斯顿著　沈泽民译
睡着的姊姊（诗）
　　〔瑞典〕赫滕斯顿著　沈泽民译
最难行的路（诗）
　　〔瑞典〕赫滕斯顿著　沈泽民译
孤独地在湖边（诗）
　　〔瑞典〕赫滕斯顿著　沈泽民译
月光（诗）
　　〔瑞典〕赫滕斯顿著　沈泽民译
我的生命（诗）
　　〔瑞典〕赫滕斯顿著　沈泽民译
翻船遇难的人（诗）
　　〔瑞典〕赫滕斯顿著　沈泽民译
在火的围绕中祷告（诗）
　　〔瑞典〕赫滕斯顿著　沈泽民译
珍宝（诗）
　　〔瑞典〕赫滕斯顿著　沈泽民译
骡子与夜莺（诗）
　　〔俄〕克鲁洛夫著　郑振铎译
瑞典大诗人赫滕斯顿（论丛）
　　　　　　　沈泽民；附记

文学家研究

屠格涅夫传略（传记）　　谢六逸
猎人日记研究（论丛）　　耿济之

关于屠格涅甫的英文书（无署名）

海外文坛消息　　　　　沈雁冰

　（114）俄国戏院的近状

（115）瑞典诗人卡尔佛尔脱与

诺贝尔文学奖金　（116）意大

利文坛最近之面面观　（117）

波兰的戏剧　（118）斯罗伐

克大诗人奥斯柴支之死

通讯

为什么中国今日没有好小说出现

　　　　　汪敬熙致记者；雁冰答

语体文欧化的讨论

　　　　　吕一鸣致记者；雁冰答

　　　　黄祖诉致雁冰；雁冰答

小说月报的名称

　　　　　姚天寅致记者；雁冰答

“反动力怎样帮忙？”（内附式芬

“评尝试集”匡谬）

　　　　管毅甫致记者；雁冰复毅甫

　　　　冯蕴平致记者；雁冰答

最后一页　　　　　　　无署名

第十三卷　第四号

（1922 年 4 月 10 日）

短篇及长篇小说

卡利奥森在天上（小说）

〔脑威〕包以尔著　冬芬译；附记

空山灵雨（小说）　　　　落华生

疯人笔记（小说）　　　　冰心女士

被残的萌芽（小说）　　　　汪静之

争自由的波浪（小说）

　　〔俄〕高尔基著　董秋芳译

猎人日记（续）（小说）

　　〔俄〕屠格涅甫著　耿济之译

海洋（续）（小说）

　　〔俄〕安特列夫著　耿式之译

诗歌与戏剧

一日里的一休和尚（剧本）

　　〔日〕武者小路实笃著

　　　　　　　　　周作人译

马兰公主（剧本）〔比〕梅德林著

　　　　　徐炳昶、乔曾劬译

没有恒心的人（散文诗）

　　〔瑞典〕赫滕斯顿著　沈泽民译

冷淡（诗）　　　　　　　朱自清

台州杂诗——笑声　灯光　朱自清

歧路（诗）　　　　　　　仲　密

忧闷（诗）　　　　　　　郑振铎

一篮花　跛足的狗（诗）　徐　雉

七月的风（诗）　　　　　汪静之

荒港风雪（诗）　　　　　徐蔚南

荒芜了的花园（散文诗）　郑振铎

十二个（诗）

　　〔俄〕布洛克著　饶了一译

十二个（诗）　〔英〕史罗康伯著

　　　　　饶了一著；附识

唯一的念头（诗）

　　〔匈〕裴都菲著　沈泽民译

文学家研究

包以尔传（传记）

　　〔脑威〕卡特著　沈泽民译

包以尔著作中的人物（论丛）
　　〔脑威〕卡特著　沈泽民译
包以尔的人生观（附：包以尔著作英译已出版者一览表）（论丛）
　　　　　　　　　　沈雁冰
海外文坛消息　　　　沈雁冰
　（119）比利时文坛近况
　（120）最近的冰地文学家
　（121）新犹太戏剧之发展
　（122）荷兰诗坛近状

读者文坛

一碗虾仁（小说）（徐蒁蘅）　黑暗（诗）（赵荣鼎）　烛光（诗）（王晋鑫）　穷汉日记（续）（小说）（黄厚生）　贼——不幸的人（小说）（勒生）　风夜车啼（诗）（阮有秋）
落月（诗）（阮有秋）　必然之夜（诗）（阮有秋）

通　信

语体文欧化问题和文学主义问题的讨论　徐秋冲致记者；雁冰答
　　　　王晋鑫致郎损；雁冰答
　　　　王强男致雁冰；雁冰答
最后一页　　　　　　（无署名）

第十三卷　第五号
（1922 年 5 月 10 日）

短篇及长篇小说

医院里的故事（小说）　孙俍工
空山灵雨（小说）（续）　落华生

莫斯科处女街的风俗（小说）
　　〔俄〕列维托夫著　济之译
东方圣人的礼物（小说）
　　〔美〕欧亨利著　郑振铎译
海洋（续）（小说）
　　〔俄〕安特列夫著　耿式之译
西洋小说发达史（论丛）　谢六逸
四、自然主义时代（上）

诗歌及戏剧

马兰公主（剧本）〔比〕梅德林著
　　　　　　徐炳昶、乔曾劬译
滴滴的流泉（诗）　　孙守拙
诗人的心　帐顶（诗）　宇　众
红叶（诗）　　　　　高仰愈
忘情（诗）　　　　　野　枝
拒绝　醉（诗）　　　张维祺
夜鹃　高兴（诗）　　梁宗岱
英雄包尔（诗）
　　〔匈〕亚拉奈著　冬芬译；附记
鸟与雏（诗）
　　〔匈〕桐伯著　沈泽民译；附记
我那亲爱的将军（诗）
　　〔匈〕茍莱著　沈泽民译；附记
门槛（散文诗）〔俄〕屠格涅甫著
　　　　　　沈性仁译；附识

文学家研究

法朗士传（传记）　　陈小航
布兰兑斯的法朗士论（论丛）
　　　　　　　　　　陈小航
法朗士著作编目　依出版年代为序（资料）　　　　陈小航

海外文坛消息　　　　　沈雁冰
　（123）黑族小说家得了一九二
一年的龚古尔奖金　（124）
美国文坛近状　（125）近代
马来文学的一斑
　　　　　读者文坛
一个……底模型（小说）（之槐）
晚上十点钟的时候（小说）（周志
伊）　批评落华生的三篇创作（论
丛）（吴守中）　肉神的启示（诗）
（无署名）　魔力诗——小说（诗）
（C·S）
　　　　　通　信
自然主义的论战
　　周赞襄致雁冰，附白；雁冰答
　　　　　　　　　长虹致雁冰
　　汤在新致雁冰；雁冰答汤在新
　　徐绳祖致雁冰；雁冰答
　　郭国勋致记者；六逸答国勋
　　黄祖诉致雁冰；雁冰答
　　史子芬致雁冰；雁冰答
　　朱晨轩致雁冰；雁冰答
　　周子光致雁冰；雁冰答
　　刘晋芸致雁冰；雁冰答
最后一页　　　　　　（无署名）

　　　第十三卷　第六号
　　　（1922 年 6 月 10 日）

　　　　短篇及长篇小说
遗书（小说）　　　　　冰心女士

前途（小说）　　　　　俍　工
余泪（小说）　　　　　庐隐女士
三天劳工底自述（小说）　利　民
空山灵雨（续）（小说）　落华生
一阵狂病（小说）
　　　〔俄〕柴霍甫著　耿式之译
西洋小说发达史（论丛）　谢六逸
　五、自然主义时代（中）
　　　　　诗歌及戏剧
死之胜利（剧本）　　　王统照
游子（散文诗）
　　　〔法〕波特来耳作　仲密译
自白（诗）　　　　　　朱自清
春之歌（诗）　　　　　李之常
蝶（诗）　　　　　　　徐玉诺
无言　工作之后　蚁之争　觉感
湖边（诗）　　　　　　郑振铎
暮气　调和（诗）　　　郭绍虞
森严的夜（诗）　　　　梁宗岱
盘门路上　回忆的惆怅（诗）
　　　　　　　　　　　刘廷藩
残废者——瞎子　跛足者　哑子
聋子（诗）　　　　　　徐　雉
青年的悲哀（诗）　　　徐　雉
被污了的灵魂（散文诗）徐　雉
　　　　　文学家研究
霍普德曼传（传记）　　希　真
霍普德曼的自然主义作品　霍普德
曼的象征主义作品（论丛）希　真
霍普德曼与尼采哲学（论丛）
　　译自 Anton Hellmann 著　希真译

海外文坛消息　　　　　沈雁冰

（126）捷克文坛最近状况

（127）法国艺术的新运动

（128）西班牙文坛近况

（129）芬兰的一个新进作家

（130）纪念意大利的自然派作

家浮尔茄

通　信

译名统一与整理旧籍

陈德征致雁冰；雁冰答

自然主义的怀疑与解答

周志伊致雁冰；雁冰答

王锴鸣致记者；六逸答；

雁冰附志

吕苇南致雁冰；雁冰答

批评创作的六封信

黄绍衡致雁冰；雁冰答

陈友荀致雁冰；雁冰答

许美埙致记者；雁冰答

李秀贞致雁冰；雁

冰答　徐雉致记者；雁冰答

谢立民致雁冰；雁冰答

最后一页　　　　（无署名）

第十三卷　第七号

（1922 年 7 月 10 日）

评　论

自然主义与中国现代小说　沈雁冰

短篇小说

祖母的心　　　　　　　叶绍钧

横笛　〔捷克〕符耳赫列支奇著

周建人译

乡心　　　　　　　　　潘　训

飞鸟集选译　太戈尔著　郑振铎译

小说的研究　　　　　　瞿世英

长篇小说

灰色马译者引言　　　　郑振铎

灰色马

〔俄〕路卜洵著　郑振铎译

故书新评

后三十回的红楼梦　　　俞平伯

诗歌及戏剧

盛筵（独幕剧）

〔匈〕莫尔奈著　冬芬译

死之胜利（剧本）（续）　王统照

战慄之夜（诗）　　　　李之常

死　地丁（诗）　　　　朱　湘

烛光（诗）　　　　　　丁　容

枕上　离情　微笑（诗）　黄洁如

小诗（诗）　　　　　侍鸥女士

长途的倦客（诗）　　　潘漠华

雨后的蚯蚓（诗）　　　伴　耕

可羡的小儿（诗）　　　刘先隼

西洋小说发达史（续）（论丛）

谢六逸

六、自然主义时代（下）

专　论

波兰文学的特性（论丛）

〔日〕千叶龟雄著　海镜译

海外文坛消息　　　　　沈雁冰

（131）脑威现代文学的精神

（132）意大利的女小说家
（133）捷克三个作家的新著
（134）伊芙莱诺夫的新作
欧美最近出版文学书籍表（介绍）
　　　　　　　　　（无署名）
通信　　　汪敬熙致雁冰；雁冰答
　　　　　万良溆致雁冰；雁冰答
　　　　　齐志仁（鲁侗）致雁冰；
　　　　　雁冰答　阅者致记者；
　　　　　雁冰答　啸云致雁冰；
　　　　　雁冰答　吴溥致雁冰；
　　　　　雁冰答　汤在新致雁冰；
　　　　　　　　　　　　雁冰答
最后一页　　　　　　（无署名）

第十三卷　第八号
（1922年8月10日）

社　评
青年的疲倦　　　　　　　雁　冰
文学批评管见一　　　　　郎　损
"直译"与"死译"　　　雁　冰
评　论
文学的统一观　　　　　郑振铎
短篇小说
自然　　　　　　　　　王统照
雪后　　　　　　　　　李开先
甘死　〔法〕考贝著　李劼人译
秋天　　〔波〕西洛什夫斯基著
　　　　　　　　　　　李开先译
空山灵雨（续）　　　　落华生

创作批评
评冰心女士底三篇小说　佩　蘅
读冰心底作品志感　　　直　民
读了冰心女士的《离家的一年》
以后　　　　　　　　张友仁
小说的研究（中篇）（论丛）
　　　　　　　　　　瞿世英
诗歌及戏剧
路意斯（独幕剧）
　　〔荷〕斯宾霍夫著　冬芬译
良夜歌（诗）　　　　王统照
夜　晚眺（诗）　　　侍鸥女士
小溪（诗）　　　　　梁宗岱
泪　旁观者　哭（诗）　徐　雉
春（诗）　　　　　　　朱　湘
故书新评
高作红楼梦后四十回评（论丛）
　　　　　　　　　　俞平伯
长篇小说
灰色马（续）
　　〔俄〕路卜洵著　郑振铎译
猎人日记（续）
　　〔俄〕屠格涅甫著　耿济之译
战后文艺新潮
新德国文学（论丛）
　　A·Filippov原著　希真译
新俄艺术的趋势（论丛）
　　〔法〕Jacques Mesnil原著
　　　　　　　　　　泽民译
纯文艺定期出版物与民众　雁　冰
海外文坛消息　　　　　沈雁冰

（135）希伯来文译本的世界文学名著　（136）陀思妥以夫斯基的新研究　（137）英国文坛近况　（138）卡斯胡善在丹麦的言论

欧美最近出版文学书籍表（介绍）

（无署名）

通　信

怎样提高民众的文学鉴赏力？

张侃致雁冰；雁冰答

王砥之致雁冰；雁冰答

王桂荣致雁冰；雁冰答

对于本刊的名称与体例的讨论

谷新农致雁冰　张戴华致雁冰

蒋用宏致雁冰　周尚文致雁冰

雁冰按

创作质疑

禹平致雁冰　程代新致雁冰

雁冰答禹平、代新

最后一页　　　　　（无署名）

第十三卷　第九号

（1922 年 9 月 10 日）

社　评

文学与政治社会　　　　　雁　冰

自由创作与尊重个性　　　雁　冰

主义……　　　　　　　　雁　冰

译　论

甚么是作文学家必须的条件（论丛）

〔俄〕万雷萨夫著　耿济之译

智利的诗

Willis K·Jones 著　万良濬译

短篇小说

端午节　　　　　　　　　鲁　迅

寂莫　　　　　　　　　冰心女士

却绮　　〔亚美尼亚〕阿哈洛垠著

沈雁冰译

微笑　　　　　　　　　　王统照

穿白衣的人

〔法〕法朗士著　匀锐译

人道主义的失败　　　　　高　歌

创作批评

附记　　　　　　　　　　记　者

论冰心的超人与疯人笔记　剑　三

评冰心女士的遗书　　　　斳　厓

商人妇与缀网劳蜘的批评　方　兴

小说的研究（续）（论丛）　瞿世英

战后文艺新潮

法兰西文学之新趋势（论丛）

Georges Lechartier 著　济澂译

不规则的诗派（论丛）

〔日〕川路柳虹著　馥泉译

诗歌及戏剧

波兰——一九一九年（独幕剧）

〔犹太〕宾斯奇著　希真译

小舱中的现代（诗）　　　朱自清

酬答　不眠（诗）　　　　王统照

一切都不是她的（诗）　　徐　雉

长篇小说

猎人日记（十、十一）（续）（小说）

〔俄〕屠格涅夫著　耿济之译

海外文坛消息　　　　　　沈雁冰

（139）保加利亚杂讯（140）

英文坛与美文坛（141）法

国的"文学奖金"风潮

欧美最近出版文学书籍表

（无署名）

通信　　邵立人致雁冰；雁冰答

吴溥致雁冰；

雁冰答顾效梁致雁冰；雁冰答

最后一页　　　　（无署名）

第十三卷　第十号

（1922 年 10 月 10 日）

评　论

旧书中的新诗　　　　　　唐　钺

译　论

圣经之文学的研究

〔英〕Prof W.H.Hudson 著

汤澄波　叶启芳译

短篇小说

往事　　　　　　　　冰心女士

安乐村　　　　　　　　刘　纲

月下的回忆　　　　　庐隐女士

偷煤贼

〔匈〕莫尔纳著　沈泽民重译

几篇不重要的演说辞　　　很　工

战后文艺新潮

未来派文学之现势（论丛）雁　冰

现代捷克文学概略（论丛）佩　韦

诗歌及戏剧

常恋（独幕剧）

〔英〕汉更著　沈性仁译

路玛尼亚民歌（诗）　　朱湘译

漫漫的长夜（诗）　　　晋　芳

乡下的媳妇（诗）　　　胡　文

永久的青年（诗）　　　高仰愈

风篁（诗）　　　　　　鲁　侗

小雨后（诗）　　　　　张文昌

人间（诗）　　　　　馥清女士

礼物（诗）　　　　　　罗青留

爱（诗）　　　　　　　张廷灏

长篇小说

灰色马（续）（小说）

〔俄〕路卜洵著　郑振铎译

读者文坛

觉悟（小说）　（朱畏轩）怀疑

（小说）（之槐）星星（诗）（黄

驾白）小星（诗）　（葛有华）

离婚的好机会（小说）　（陈钧）

热呵（诗）（黄驾白）山峰（诗）

（葛有华）

海外文坛消息　　　　　　沈雁冰

（142）古巴现代文学的一斑

（143）捷贝克的虫豸的生活

（144）荷兰作家蔼丹的宗教观

（145）日本未来派诗人逝世

通信　　　朱畏轩致雁冰；雁冰答

查士骥致雁冰；雁冰答

允明致记者；雁冰答

李抡元致雁冰　冯瑾致雁冰；雁冰答

汤逸庐致雁冰；雁冰答

张友鹤致雁冰；雁冰答

最后一页 （无署名）

第十三卷 第十一号

（1922 年 11 月 10 日）

社 评

文学家的环境 雁 冰

真有代表旧文化旧文艺的作品么？

雁 冰

反动？ 雁 冰

短篇小说

冥土旅行

〔古希腊〕路吉亚诺思作

周作人译

他死了 刘 纲

伤痕 陈无我

茜佳 〔荷〕谟尔泰都里著

沈泽民重译

偏枯 王思玷

两孝子 朴 园

创作批评

附记 记 者

评叶绍钧的《祖母的心》 超 常

读冰心女士作品的感想 赤 子

读《最后的使者》后之推测

式 岑

对于寂寞的观察 敦 易

诗歌及戏剧

爸爸和妈妈（独幕剧）

〔智利〕巴僚斯著 冬芬译

飞（三幕剧） 王成组；附志

同情的寻觅（诗） 王统照

三月二十四和小佛游城南公园（诗）

李渺世

石路（诗） 徐 雉

少女的烦闷（诗） 失 名

孤独（诗） 周得寿

诗意（诗） 前 人

夜（诗） 殷 钺

小诗 微痕（诗） C P

琴声（诗） 刘以炎

战后文艺新潮

欧战给与匈牙利文学的影响（论丛）

Béla Zolnai 著 元枚译；附注

脑威现代文学（论丛）

Johan Bojer 著 佩韦译；附记

赤俄的诗坛（论丛）

D.C.Mirski 著 玄瑛译；附记

西洋小说发达史（续完）（论丛）

谢六逸

七、自然主义以后

长篇小说

灰色马（续）（小说）

〔俄〕路卜洵著 郑振铎译

海外文坛消息 沈雁冰

（146）英文坛与美文坛（二）

（147）南美杂讯 （148）罗

马尼亚的两大作家 （149）

犹太文学家逝世

欧美最近出版文学书籍表（无署名）

通信　　　陈介侯致记者；雁冰答

　　　　　吕兆棠致雁冰；雁冰答

　　　郭锡光致雁冰　毛邦达致雁冰

　　　　　谢采江致雁冰；雁冰答

　　　　　关芷萍致雁冰；雁冰答

　　　　　王志刚致雁冰；雁冰答

　　　　　黄绍衡致雁冰；雁冰答

　　　　　马静观致雁冰；雁冰答

　　　　　马鸿轩致雁冰；雁冰答

　　　　　洪振周致雁冰

　　　　　张蓬洲致雁冰；雁冰答

　　　　　姚天寅致雁冰；雁冰答

　　　　　胡镒伦致雁冰；雁冰答

　　　　　徐爱蝶致雁冰；雁冰答

最后一页　　　　　（无署名）

第十三卷　第十二号
（1922 年 12 月 10 日）

短篇小说

社戏　　　　　　　　　鲁　迅

或人的悲哀　　　　　　庐隐女士

命运　　　　　　　　　俍　工

钟声　　　　　　　　　王统照

我的旅伴

　　　〔芬〕批太理·配伐林泰著

　　　　　　　　　　　泽民译

暑假中　　　　　　　　文化震

创作批评

附记　　　　　　　　　记　者

读《小说汇刊》　　　　陈炜谟

诗歌及戏剧

上帝的手指（独幕剧）

　　〔美〕淮尔特著　沈性仁译

斜阳人语（独幕剧）

　〔法〕鲁意士著　李劼人译；附注

山中志感　　　　　　　汪敬熙

路玛尼亚民歌（诗）　　朱湘译

沙上（诗）　　　　　　孙　褰

新生　感受（诗）　　　梁宗岱

战后文艺新潮

欧战与意大利文学（论丛）　洪　丹

新德国文学的新倾向（论丛）

　　　　　　　　　　　元枚译

巴西文坛最近的新趋势（论丛）

　　　　　　　　　　　佩韦译

保加利亚诗里的乡村生活（论丛）

　　　　　　　　　　　方易译

今年纪念的几个文学家——

　　　莫利哀　雪莱　霍夫曼

　　　格利古洛维支　大龚古尔

　　　安诺尔特（论丛）佩韦

长篇小说

灰色马（续）

　　〔俄〕路卜洵著　郑振铎译

读者文坛

回忆（小说）（焕斗）　绿波（小
说）（严敦易）　父亲的狂怒（小
说）（何慧心）　忆（小说）（蒨苕）

海外文坛消息　　　　　沈雁冰

　（150）意大利杂讯　（151）一
九二二年的诺贝尔文学奖金

（152）智利的小说

来件

南通文艺共进社通信（无署
名） A.成立以前 B.成立会
记事 文艺共进社宣言 文
艺共进社社章 晨光社简章
潘训致雁冰

通信 许美埙致雁冰

陈哲君致记者

林文渊（仙渟）致雁冰；

雁冰致仙渟 衍孔致雁冰

CMC 致雁冰；雁冰致 CMC

最后一页 （无署名）

第十四卷 第一号
（1923 年 1 月 10 日）

卷头语 圣 陶
读毛诗序（论丛） 郑振铎
火灾（小说） 叶绍钧
失去的晚间（小说）

〔保〕跋佐夫作
胡愈之译；附记

彷徨（小说） 庐隐女士
故乡（小说） 李勋刚
一封信（小说） 蕴 是
酥碎之岩（小说） 王任叔
原是死了（小说） 王任叔
王四嫂（小说） 王任叔
自杀（小说） 王任叔
密意（小说） 钱江春

研究文学的方法（一）

〔英〕W.Π.Hudson 著
邓演存译；西谛附记

政变的一幕（小说）

〔法〕莫泊桑著 李青崖译
经理处——猎人日记之十二（小说）

〔俄〕屠格涅夫著 耿济之译
一个医生的出诊（小说）

〔俄〕柴霍甫著 耿勉之译
匈牙利爱国诗人裴都菲百年纪念
（传记） 沈雁冰
黄昏（长篇小说） 王统照

整理国故与新文学运动

附记 西 谛
新文学之建设与国故之新研究
（论丛） 郑振铎
我们对于国故应取的态度（论丛）

顾颉刚
国故的地位（论丛） 王伯祥
整理国故与新文学运动（论丛）

余祥森
韵文及诗歌之整理（论丛）

严既澄
心理上的障碍（论丛） 玄 珠

诗 歌

山居杂诗六首（诗） 王任叔
火灾（诗） 徐玉诺
小诗（诗） 张应彪
途遇（诗） 梁宗岱
诗情（诗） 黄驾白
心之回来（诗） 刘绍先

月夜 小诗四首（诗） 黄驾白
洪水世界 泪湖七首（诗） 仲 言
从早晨到夜半（剧本）
　〔德〕G·Kaiser 著 陈小航译
海外文坛消息 沈雁冰
　（153）北欧杂讯 （154）法
　国文坛杂讯 （155）奥国的
　女青年作家乌尔本涅支格
关于文学原理的重要书籍介绍
（介绍） 西 谛

选 录

到青龙桥去（小说） 冰心女士
时光老人（小说）
　　爱罗先珂著 鲁迅译
石川啄木的短歌（诗） 周作人译
波斯诗人莪默伽亚谟（诗）
　　　　郭沫若译

读书杂记

碧鸡漫志（西谛） 孔雀东南飞（西
谛） 李后主词（西谛） 读书杂
识二则（颉刚） 诗声（颉刚） 札
记一则 读诗随笔（颉刚） 诗考
（颉刚） 曲录二则（西谛） 葬
花词（西谛） 纳兰容若（西谛）
步韵诗（西谛） 予同札纪一则
（予同）

通信 施章致记者；振铎答
　　　　旭光致雁冰； 振铎答
　　　　史本直致雁冰；振铎答
最后一页 （无署名）

第十四卷 第二号
（1923 年 2 月 10 日）

卷头语 圣 陶
何谓古典主义？（论丛）
　　　　郑振铎
两样（小说） 叶绍钧
归宿（小说） 叶绍钧
搬后（小说） 李渺世
鸿鹄（小说） 鸣 唐
好先生（小说） 伍介石
落伍（小说） 张维祺
刘并（小说） 王思玷
研究文学的方法（二）（论丛）
　〔英〕Hudson 著 邓演存译
教父（小说）
　新希腊 G.Drosines 著 潘家洵译
绿林好汉包旭（小说）
　　Eftimim 原著 沈泽民译
床边的协定（小说）
　〔法〕莫柏桑著 李青崖译
两田主（小说）
　〔俄〕屠格涅甫著 耿济之译

文学上名辞译法的讨论

发端 西 谛
标准译名问题 沈雁冰
翻译名词——一个无办法的办法
　　　　胡愈之
文学上名辞的音译问题 郑振铎
关于诗歌名辞的译例
　　　　吴致觉；西谛附记

太子的旅行（剧本）

　　〔西〕倍那文德著　冬芬译

倍那文德的作风（论丛）　沈雁冰

诗　歌

呓语（三首）　　　　　俞平伯

河边的笑话儿（四首）　刘廷蔚

处女的烦闷（八首）　　徐　雉

昨夜（九首）　　　　　王统照

烦恼的夜里　　　　　　张鹤群

黄昏（长篇小说）　　　王统照

海外文坛消息　　　　　沈雁冰

　　（156）芬兰近讯　（157）阿
真廷现代的大诗人　（158）
比利时文坛近状　（159）新
死的两个法国小说家　（160）
爱尔文的近作船

国内文坛消息　　　　　记　者

　　一、文学研究会　二、曦社

欧美主要文学杂志介绍　沈雁冰

读书杂记

唐诗（西谛）　渔父（予同）　庄
暗香（颉刚）　郑厚（西谛）　韩
退之与卫退之（予同）　全本戏（颉
刚）　诗沈（颉刚）　周易（予同）

王若虚的文学评论（西谛）

通信　　陈宽致沈雁冰；振铎答

　　　　鹃外女士致本刊；振铎答

　　　　润生致本刊；振铎答

最后一页　　　　　（无署名）

第十四卷　第三号

（1923 年 3 月 10 日）

卷头语　　　　　　　　圣　陶

爱字的疮（小说）

　　　　爱罗先珂著　鲁迅译

诗经的厄运与幸运（论丛）　顾颉刚

毁灭（散文诗）　　　　朱自清

不吉的小月亮（小说）

　　　　　〔法〕巴比塞著

　　　　刘延陵译；记者附记

雪人（小说）

　　　〔匈〕莫尔纳著　沈泽民译

孤独（小说）　　　　　叶绍钧

一夕（小说）　　　　　柳　建

信之魔力（小说）　　　鸣　唐

海的渴慕者（小说）　　俍　工

孤鸿（剧本）　　　　　顾一樵

研究文学的方法（三）（论丛）

　　　〔英〕Hudson 著　邓演存译

莱北强——猎人日记之十四（小说）

　　　〔俄〕屠格涅甫著　耿济之译

诗　歌

呓语（诗）　　　　　　俞平伯

恐怖（诗）　　　　　　梁宗岱

你真迷惑了　钟声（诗）　张鹤群

日出（诗）　　　　　　孟　雄

感　母爱围中（诗）　　渺世

桂（诗）　　　　　　　李少白

受了伤的野草和野花（诗）　陈建雷

落花和洞箫（诗）　　　赤　话

破寨之后（诗）　　　　　周仿溪
谢辞（诗）　　　　　　　黄驾白
那里去寻（诗）　　　　　史子芬
树下（诗）　　　　　　　张　鹤
黄昏（长篇小说）　　　　王统照
联绵字在文学上的价值（选录）
（论丛）　　　　　　　　吴文祺
国内文坛消息　　　　　　记　者
　　　　　读后感
叶绍钧君的《火灾》（周仿溪）　叶
绍钧君的《火灾》（徐调孚）　王
统照君的《黄昏》（张子倬）　王
成组君的《飞》（许杰）　徐玉诺
君的《火灾》（周仿溪）　庐隐女
士的《仿徨》（方卓）
　　　　　读书杂记
几部词集（西谛）　刘晖吉女戏（颉
刚）　李清照（西谛）　及时雨（颉
刚）　刺诗（颉刚）　铁冠图（颉
刚）　钱镠的歌（颉刚）
海外文坛消息　　　　　　沈雁冰
　（161）斯干底那维亚文坛杂讯
　（162）德国近讯　（163）英
　国文坛杂讯　（164）最近法
　国文学奖金的消息
关于诗经研究的重要书籍介绍
　　　　　　　　　　　　郑振铎
通信　吴文祺致郑振铎；振铎答
　　　陈宜福致振铎；振铎答
　　　彭新民致雁冰；振铎答
　　　杨鸿杰致雁冰；振铎答

　　　　　　　　　　　咏琼致振铎
最后一页　　　　　　（无署名）

　　　　第十四卷　第四号
　　　　（1923年4月10日）

卷头语　　　（朱自清的《毁灭》）
无法投递之邮件（小说）　落华生
文艺杂论（论丛）　　　　俞平伯
小铜匠（小说）　　　　　叶绍钧
旧痕（小说）　　　　　　梁宗岱
肉色的沙塔（散文诗）　　王任叔
淡漠（小说）　　　　　　西　谛
梅脱灵与青鸟——青鸟的译序
（论丛）　　　　　　　　傅东华
诗经的厄运与幸运（续）（论丛）
　　　　　　　　　　　　顾颉刚
爱与憎（小说）　　　　　兰烂生
毕业后（小说）　　　　　孙梦雷
梦（选录）（小说）　　　冰心女士
奥国的现代文学（文学史）
　　　　John E.Jacoby 作　韦兴译
南斯拉夫的近代文学（文学史）
　　Milivoy.S.Stanoyevich 原著
　　　　　　　　　　　　佩韦译
丹麦现代批评家勃兰特传（传记）
　　　　　　　　　　　　郑振铎
　　　　　　诗　歌
银灰色的月（十四首）（诗）王任叔
诗人的心（诗）　　　　　陈开铭
淡霞（诗）　　　　　　　杨鸿杰

泪之祈祷（诗）　　　　　　徐　雉
中夜　冬天（诗）　　　　　陈叔扉
英雄（诗）　　　　　　　　周仿溪
小诗（三首）　　　　　　　王学通
心理（诗）　　　　　　　　渺　世
落花　野外（诗）　　　　　葛有华
交易（小说）
　　〔波希米亚〕捷克著　沈泽民译
星期日（小说）　　　　　　刘师仪
初恋（小说）
　　〔法〕巴比塞著　　C.F.女士译
达姬娜与其姪——猎人日记之十
五（小说）　　〔俄〕屠格涅甫著
　　　　　　　　　　　　　耿济之译
黄昏（长篇小说）　　　　　王统照
国内文坛消息　　　　　　　记　者
遗失物（小说）　　　　　　肖　纯

读 后 感

叶绍钧君的《归宿》（顾均正）
顾一樵君的《孤鸿》（张鹤群）
顾一樵君的《孤鸿》（梁俊青）
鸣唐君的《信之魔力》（龚登朝）
海外文坛消息　　　　　　　沈雁冰
　　（165）曼殊斐儿　　（166）西班
　　牙文坛近况　　（167）爱尔兰文
　　学的新机运　　（168）捷克杂讯

读 书 杂 记

何与底（予同）　合生（颉刚）　玉
函山房辑佚书（西谛）　乐府（颉
刚）　硕人（颉刚）　史记南越尉
佗传赞（予同）　中国戏曲集（西

谛）　道情诗（颉刚）　诗序（调孚）
通信　　　　　　　　胡适致颉刚
　　宋春舫致振铎　顾泽培致记者
最后一页　　　　　　　（无署名）

第十四卷　第五号
（1923 年 5 月 10 日）

卷头语　　　　　　　　　　西　谛
曼殊斐儿（论丛）
　　　　　　　　徐志摩；西谛附记
一个理想的家庭（小说）
　　〔英〕曼殊斐儿著　徐志摩译
在摇篮里（其一）（小说）　徐玉诺
平常的故事（小说）　　　　叶绍钧
无法投递的邮件（小说）　落华生
诗经的厄运与幸运（续）（论丛）
　　　　　　　　　　　　　顾颉刚
隔绝的世界（小说）　　　　俍　工
最后一掷（小说）
　　〔巴〕阿赛凡度著　　沈雁冰译
死——猎人日记之十六（小说）
　　〔俄〕屠格涅甫著　耿济之译
现代的希伯莱诗（文学史）
　　Joseph T · Shipley 原著　赤城译
归来（小说）　　　　　　　王思玷
死（小说）　　　　　　　　陈中舫
研究文学的方法（四）（论丛）
　　W · H · Hudson 著　邓演存译
西班牙现代小说家巴洛伽（传记）
　　　　　　　　　　　　　沈雁冰

国内文坛消息　　　　记　者
缝针（小说）
　　〔丹〕安徒生著　高君箴译
呓语（诗）　　　　　俞平伯
黄昏（长篇小说）　　王统照
热烈的想（诗）　　　听　雨
俄国文学史略（上）（文学史）
　　　　　　　　　　郑振铎

诗　歌

我的诗歌　假若我不是一个弱者
（诗）　　　　　　　徐玉诺
兄去后十日　春夜　过去　燕子
小溪　迟疑的心　清明的早晨
（诗）　　　　　　　陈　宽
我要死了（诗）　　　张鹤群
快乐之日（诗）　　　王宝民
还是（诗）　　　　　朱枕薪

读后感

叶绍钧君的《两样》（潘家洵）　朱
自清君的《毁灭》（陈中舫）　孙
俍工君的《海的渴慕者》田晓天
海外文坛消息　　　　（沈雁冰）
　　（169）南欧杂讯　（170）斯
　　干的那维亚杂讯　（171）哈
　　立孙　（172）威尔斯的新作
　　《天神一般的人》
通信　钱玄同致颉刚；顾颉刚附记
　陈胜标致振铎　蔡觉心致振铎；
　　　　　振铎致胜标、觉心
　W·C·Ching致振铎；振铎
　　　　　　　致W·C·Ching

读书杂记
文赋（西谛）　金圣叹的势力（颉
刚）　诗与对仗（圣陶）　中国的
诗歌总集（西谛）
启事　　　　　　　　顾颉刚
最后一页　　　　　　（无署名）

第十四卷　第六号
（1923年6月10日）

卷头语（爱罗先珂的《爱字的疮》）
一只破鞋（小说）　　徐玉诺
丽石的日记（小说）　庐隐女士
Asparagus（喜剧）
　　〔日〕秋田雨雀著
　　　　　杨敬慈译；附记
葡萄牙的近代文学（文学史）
　　A·Bell著　玄珠译；附记
寒会之后（小说）　　王统照
寂寞（小说）　　　　徐玉诺
别后（诗）　　　　　徐玉诺
歌者——猎人日记之十七（小说）
　　〔俄〕屠格涅夫著　耿济之译
怀念（诗）　　　　　苏宗武
恋爱（诗）　　　　　甘乃光
十字勋章（小说）
　　〔法〕巴比塞著　刘延陵译
祈祷（小说）　　　　许　杰
研究文学的方法（五）（论丛）
　　W·H·Hudsou著　邓演存译
小坟（小说）　　　　王希曾

一个失业的人（小说）

　　〔法〕莫泊桑著　李青崖译

鸡鸣（读书杂记）　　　　王伯祥

黄昏（长篇小说）　　　　王统照

灰色人（小说）　　　　　徐玉诺

笑的历史（小说）　　　　朱自清

国内文坛消息　　　　　　记　者

诗　歌

小诗（二首）　　　　　　徐玉诺

蝇梦的人生（诗）　　　　卢景楷

忆（诗）　　　　　　　　俞平伯

輓歌（诗）　　　　　　　刘熥元

狗的哭声（诗）　　　　　崔真吾

我要（诗）　　　　　　　朱仲琴

名誉　落花（诗）　　　　肖　思

山行（诗）　　　　　　　李玉瑶

小诗（二首）　　　　　　唐守谦

小孩子（诗）　　　　　　唐守谦

俄国文学史略（二）（文学史）

　　　　　　　　　　　郑振铎

读 后 感

爱罗先珂君的《爱字的疮》（刘莽
稻）　爱罗先珂君的《爱字的疮》
（赵保光）孙俍工君的《海的渴慕
者》（华开）　张维祺君的《落伍》
（余虞廷）　朱自清君的《毁灭》（周
志伊）

海外文坛消息　　　　　　沈雁冰

　　（173）俄国革命的小说　（174）

　　两部美国小说　（175）一九
二二年最好的短篇小说

通信　　　　　　严既澄致振铎

　　　　　石泉致振铎；振铎答

　　　　　陈震致西谛；振铎答

　　　　　寒冰致振铎；振铎答

　　　陈宽致振铎　周建人致陈宽

最后一页　　　　　　（无署名）

第十四卷　第七号
（1923 年 7 月 10 日）

卷头语 Lowell, Commemoration Ode

红的花——La Printempa Sim-
fonio——致北京

大学的学生

　　〔俄〕爱罗先珂著　鲁迅译

在摇篮里（其二）（小说）徐玉诺

技艺（小说）　　　　　　王统照

红肿的手（小说）　　　　赵景深

俄国诗坛的昨日今日和明日——革
命后五年来（1917——1922）的俄
国诗坛略况（论丛）

　　〔俄〕布利乌沙夫著　耿济之译

太好的一个梦（小说）

〔法〕巴比塞著　刘延陵译；附注

卡拉泰也去——猎人日记之十八
（小说）　　　〔俄〕屠格涅夫著

　　　　　　　　　　　耿济之译

失恋后（小说）　　　　　徐　雉

热情之花（附译者序言）（剧本）

　　〔西〕倍那文德著　张闻天重译

农家（独幕剧）　　　　　朴　园

失去的小羊（小说）　　玉薇女士

上海不可以久留（诗）　　浑　沌

明日（小说）　　陈趾青

奥文满垒狄斯的诗（诗）　徐志摩译

诗　歌

梦归　　　　　　　　　梁宗岱

永在的真实　　　　　　徐玉诺

杂译太戈尔诗　　　　郑振铎译

为什么　　　　　　　　徐玉诺

小诗（三首）　　　　　徐玉诺

池旁　　　　　　　　　顾彭年

致 Y（二首）　　　　　　　H

接吻　　　　　　　　　朱枕薪

深夜的烦闷（三首）　　顾仲起

海外文坛消息　　　　　沈雁冰

　　（176）法国杂讯　　（177）美

　　国的短篇小说　　（178）西班

　　牙戏曲家 Sierra

读 后 感

叶绍钧君的《两样》（褚保时）　西

谛君的《淡漠》（志点）　俞平伯

君的《文艺杂论》（步洲）　柳建

君的《一夕》（HC）　孙梦雷君的

《毕业后》（余虞廷）

俄国文学史略（三）（论丛）

　　　　　　　　　　郑振铎

通信　刘真如致振铎；振铎答

　　　郭子雄致振铎；振铎答

　　　舒蕉女士致振铎；振铎答

　　　李炘延致振铎；振铎答

最后一页　　　　（无署名）

读书杂记

举子与才子（颉刚）　关于中国戏

曲研究的书籍（西谛）

　　　第十四卷　第八号

　　　（1923 年 8 月 10 日）

卷头语（太戈尔的《飞鸟集》）

到何处去——在摇篮里之三（小说）

　　　　　　　　　　　徐玉诺

人间（小说）　　　　　潘　训

古诗与乐歌（读书杂记）　颉　刚

最后的一封信（小说）

　　　　　　　仲起；西谛附记

猫鸣声中（小说）　　　吴立模

元曲演奏的形式（读书杂记）

　　　　　　　　　　　颉　刚

读毁灭（论丛）　　　　俞平伯

恋爱戏（读书杂记）　　颉　刚

门茄洛斯　Mangalos（小说）

　　〔新希腊〕才那卜洛司著

　　　　　　　　　　潘家洵译

著作家（诗）

　　〔印〕太戈尔著　郑振铎译

拇指林娜（小说）

　　〔丹〕安徒生著　CF 女士译

近代的丹麦文学——布兰兑斯底

前后（文学史）

　　亨利·可达·侣赤著　沈泽民译

旦儿（读书杂记）　　　颉　刚

游泳（小说）　　　　　叶绍钧

诗 歌

她　　　　　　　　　　　张耀南

冷光　杂诗　　　　　　　郭云奇

杂感　　　　　　　　　　李圣华

失去的光明　　　　　　　刘真如

春的漫画　　　　　　　　张人权

晨风里的人儿　　　　　王幼虞女士

最甜蜜的一瞬　爱　　　　欧阳兰

眷顾　可恨明亮的月　　　周仿溪

衙前之别　　　　　　　　李宗武

热情之花（续）（剧本）

　　〔西〕倍那文德著　张闻天重译

会晤——猎人日记之十九（小说）

　　〔俄〕屠格涅夫著　耿济之译

园丁集选译

　　〔印〕太戈尔著　陈竹影译

俄国文学史略（四）（文学史）

　　　　　　　　　　　　郑振铎

读 后 感

朱自清君的《笑的历史》（渭川）

徐玉诺君的《在摇篮里》（张树德）

徐玉诺君的《一只破鞋》（施讷）

叶绍钧君的《平常的故事》（余虞

廷）　徐志摩君的《曼殊斐儿》（胡

文）　李劻刚君的《故乡》（渺世）

孙梦雷君的《毕业后》（建中）

关于俄国文学研究的重要书籍介绍

　　　　　　　　　　　　西　谛

国内文坛消息　　　　　　记　者

通信　　耿济之、宗岱致振铎；

　　　　　振铎答　周宛英致振铎；

　　　　　振铎答　子苇致记者

　　　何玉盦致振铎；振铎答

　　　丁鱼裳致西谛；振铎答

　　　王嘉权致振铎；振铎答

本报本期撰稿者住址及其他

　　　　　　　　　　　　无署名

介绍文学研究会出版之《文学》

　　　　　　　　　　　　记　者

最后一页　　　　　　　　无署名

第十四卷第九号　太戈尔号（上）

　　　　（1923 年 9 月 10 日）

卷头语（太戈尔《飞鸟集》，夏芝

W·B·Yeats 的《吉檀迦利》序，

太戈尔《新月集》）

（一）太戈尔及其著作

欢迎太戈尔（论丛）　　　郑振铎

泰山日出（论丛）　　　　徐志摩

太戈尔来华（论丛）　　　徐志摩

微思（诗）　　　　　　郑振铎译

幻想（诗）　　　　　　徐志摩译

太戈尔传（传记）　　　　郑振铎

《岐路》选译（诗）

　　　　　　沈雁冰、郑振铎译

太戈尔的思想与其诗歌的表象

（论丛）　　　　　　　　王统照

《吉檀迦利》选译（诗）郑振铎译

给我力量……（论丛）　周越然

《爱者之赠遗》选译（诗）

　　　　　　　　　　　郑振铎译

太戈尔与托尔斯泰（论丛）

　　　　　宫岛新三郎原著

　　　　　仲云译，附后注

夏芝的太戈尔观——太戈尔吉檀迦利集序

〔爱尔兰〕夏芝 W·B·Yeats 原著

　　　　　高滋译；附记

太戈尔的戏剧与舞台（论丛）

　　　　武田丰四郎原著　仲云译

关于太戈尔研究的四部书（介绍）

　　　　　　　　西谛

《新月集》选译（诗）　郑振铎译

偷睡眠者　审判官　玩具　金色花　雨天　花的学校　职业　恶邮差　告别　榕树

太戈尔与音乐教育

　　　　吉田弦二郎原著　仲云译

诗人的宗教（论丛）

　　　　太戈尔著　愈之译

孩童之道（诗）　太戈尔著　西谛译

隐迷　The Riddle Solved（小说）

　　　　太戈尔著　邓演存译

幻想（小说）　太戈尔著　褚保时译

拉加和拉妮 Raja and Rani（小说）

　　　　太戈尔著　如音译

我的美邻（小说）

　　　　太戈尔著　白序之译

《园丁集》选译（四首）（诗）

　　　　　　　徐培德译

卖果人 The Cabuliwallah（小说）

　　　　太戈尔著　朱枕薪译

马丽妮（剧本）　太戈尔著　高滋译

太戈尔的重要著作介绍（介绍）

　　　　　　　徐调孚

文学研究会出版之《文学》（介绍）

　　　　　　（无署名）

（二）创作

桥上（小说）　　　　叶绍钧

三天（小说）　　　　刘师仪

认清我们的敌人（小说）　徐玉诺

小诗（诗）　　　　梁宗岱

光流（小说）　　　　徐玉诺

秋声（选录）（诗）　　赵吟秋

家风（小说）　　　　俍工

归来（小说）　　　　顾仲起

（三）其他

齐格洛夫县的汉姆烈——猎人日记之二十　〔俄〕屠格涅夫著

　　　　　　　耿济之译

读 后 感

顾仲起君的《最后的一封信》（褚保时）　顾仲起君的《最后的一封信》（昌英）　徐玉诺君的《到何处去》（学斌）　庐隐女士的《丽石的日记》（浣尘）　庐隐女士的《丽石的日记》（音奇）　王统照君的《黄昏》（补碎）

俄国文学史略（五）（文学史）

　　　　　　　郑振铎

国内文坛消息　　　　记者

关于俄国文学的两则杂记（读书杂记）　　　　西谛

916

俄国文学年表（文学史）　西　谛
海外文坛消息　　　　　　　沈雁冰
　（178）希腊文坛近状　（179）
　英国近讯　（180）捷克剧坛
　近讯　（181）法德杂讯
通信　　　　　　　　南屏致西谛
　　陈修工致记者；振铎答
　　史子芬致振铎；振铎答
　　毓良致振铎；振铎答
　　吴作致振铎；记者答
　　王涤生致西谛；振铎答
　　中豪致记者；朴园答
　　金毅夫致记者；振铎答
　　　　　　　吕振铎致记者
　　沈兆瀛致西谛；记者答
　　王仲鲁致振铎；振铎答
　　文倩致振铎；振铎答
　　陈斌、施文星致振铎；记者答
最后一页　　　　　（无署名）

第十四卷第十号　太戈尔号(下)
　（1923 年 10 月 10 日）

卷头语（太戈尔《跟随着光明》）
（一）太戈尔及其著作
　西方的国家主义（论丛）
　　　　太戈尔著　陈建明译
　太戈尔传（续）（传记）
　　　　　　　　　　郑振铎
　太戈尔来华的确期（杂文）
　　　　　　　　　　徐志摩

《爱者之贻》选译（诗）
　　　　　　　　郑振铎译
太戈尔的家乘（传记）得　一
《园丁集》选译（诗）
　　　　　　　　郑振铎译
欧行通信（杂文）
　　　　太戈尔著　樊仲云译
音乐家的太戈尔（论丛）
　　　　　　　　　樊仲云
世纪末日（诗）
　　　　太戈尔著　郑振铎译
牺牲（Sacrifice）（剧本）
　　　　太戈尔著　高滋译
《采果集》选译（诗）
　　　　　　　　赵景深译
（二）创作
　校长（小说）　　　叶绍钧
　哭与笑（小说）　　陈　箸
　懵懂（小说）　　　孙梦雷
　一个月的前后（小说）严既澄
　海滨故人（小说）　庐隐女士
　经与文的隔绝（读书杂记）
　　　　　　　　　　颉　刚
　血泊里的心（诗）　黄运初
　永久的赠品（散文诗）徐　雉
　微风（诗）　　　　谭正璧
　散步之影（诗）　　李宗武
（三）其他
　跋灰色马（论丛）　俞平伯
　太阳与月亮
　〔英〕曼殊斐儿著　西滢译

917

呓语（诗）　　　　　　俞平伯

柴尔道布哈诺夫和涅道蒲司
金——猎人日记之二十一

〔俄〕屠格涅甫著　耿济之译

小说创作与作者（论丛）

孙俍工

读 后 感

朱自清君的《笑的历史》（翳蒲）

朱自清君的《笑的历史》（镜如）

赵景深君的《红肿的手》（如苗）

顾仲起君的《最后的一封信》（翰
苓）　徐玉诺君的《到何处去》（阜
邑）　徐玉诺君的《到何处去》（何
植三）　玉薇女士的《失去的小
羊》（LP）　叶绍钧君的《归宿》
（洪振周）

海外文坛消息　　　　　　沈雁冰

（182）西班牙近讯　（183）
奥国现代作家　（184）巴比
尼的《野蛮人的字典》（185）
José M·del Hogar　（186）
两本英国书（187）新死的南
北欧两文学家

�花歌的译文（读书杂记）颉刚

国内文坛消息　　　　　　记者

文学第八十一期至九十四期的要目

（无署名）

通信　　鸣涛致振铎；雁冰答
　　　　朱立人致西谛；雁冰代答
　　　　张锦致振铎；记者答
　　　　思顺致编辑先生；记者答

孙一影致振铎；记者答
吴守中致振铎；振铎答
凄损致振铎；振铎答

最后一页　　　　　（无署名）

第十四卷　第十一号
（1923 年 11 月 10 日）

卷头语　　　　　　　　克　娜

某夫妇（小说）

〔日〕武者小路实笃著
周作人译，附记

两姊妹（小说）　　　　徐志摩

郑樵对于歌词与故事的见解（读书
杂记）　　　　　　　颉　刚

近代日本文学（上）（文学史）

谢六逸

海啸（诗十四篇）　　　梁实秋

乡愁——示 H·H 女士（诗）

冰心女士

海世间（诗）　　　　　落华生

海鸟（诗）　　　　　　梁实秋

别泪（小说）　　　　　一　樵

梦（诗）　　　　　　　梁实秋

海角底孤星　　　　　　落华生

惆怅（诗）　　　　　　冰心女士

醍醐天女（小说）　　　落华生

纸船——寄母亲（诗）　冰心女士

女人我很爱你（诗）　　落华生

约翰我对不起你（诗）

C·G·Rossetti 作　梁实秋试译

你说你爱（诗）

　　　　J・Keats 作　C.H.L.译

什么是爱?《Victoria》节译（诗）

　　　　Knut Hamsus 著　一樵译

灰色马与俄国社会运动（论丛）

　　　　　　　　　　瞿秋白

蝴蝶（小说）　　　　〔丹〕安徒生著

　　　　徐均正　徐名骥译

兄弟（小说）

　　　　〔法〕巴比塞著　刘延陵译

阿史德洛夫斯基评传——译 Ovsian-
iko-Kulikovsky 主撰的《十九世纪
俄国文学史》第三卷第十章第二段
（传记）　　　　　　耿济之译

阿史德洛夫斯基生平及著作年表
（传记）　　　　　　耿济之

　　　　　　诗

沪杭道中　　　　　　　　徐志摩

她的名字 Her Initials

　　　　〔英〕哈代著　徐志摩译

窥镜 I Look into my Glass

　　　　〔英〕哈代著　徐志摩译

恶花　　　　　　　　　　徐玉诺

在我们家里的中秋月　　　刘永安

园丁集选译　　　　　　　郑振铎译

埋葬的“爱”　　　　　　鹤群

游某花园——梦中作　　　徐曼华

小诗二首　　　　　　　　胡柯夫

呓语　　　　　　　　　　平伯

月夜游湖　　　　　　　　顾彭年

回去罢　　　　　　　　　刘虎如

论翻译的文学书（论丛）

　　〔美〕Royal Case Nemian 著　希和译

红楼梦杂记（读书杂记）　严敦易

　　　　　读后感

叶绍钧君的《桥上》（赵睿）　徐

玉诺君的《到何处去》（国章）　徐

玉诺君的《到何处去》（鸣波）　吴

立模君的《猫鸣声中》（梦兰）

海外文坛消息　　　　　　沈雁冰

　（188）美国的小说　（189）

　法国的 Paciflsm（反对侵略式
　的战争）文学　（190）斯拉
　夫族新失两个文人

国内文坛消息　　　　（无署名）

《文学》第八十一期至九十六期要目

　　　　　　　　　　记　者

通信　　朱鸿寿致振铎；顾颉刚答

　　　　严敦易致振铎；振铎答

　　　　儿匡致振铎；振铎答

　　　　孙百吉致振铎；振铎答

　　　　徐文台致振铎；振铎答

　　　　　　刘觉我致振铎

　　　　胡凤翔致西谛；振铎答

最后一页　　　　　　（无署名）

　　　第十四卷　第十二号
　　　（1923 年 12 月 10 日）

卷头语　威廉・夏芝 W・B・Yeats

现代德奥两国的文学（文学史）

　　〔日〕生田春月作　无明译

崔述硕人诗解（读书杂记）

　　　　　　　　　　　颉　刚

祖父的故事——在摇篮里之二

（小说）　　　　　　　徐玉诺

赌博（小说）　　　　　张维祺

引弟（小说）　　　　　曹元杰

近代日本文学（下）（文学史）

　　　　　　　　　　　谢六逸

瘟疫（小说）　　　　　王思玷

风波之一片（小说）　　顾仲起

套中人（小说）

　　〔俄〕柴霍甫著　赵熙章译

侄儿（小说）　　　　　任　叔

诗　歌

伤痕 The Wound

　　　　T·Hardy 作　徐志摩译

分离 The Division

　　　　T·Hardy 作　徐志摩译

伤逝 Aune jeune morte

　　　　龙沙（P·Ronsard）作

　　　　　　　　　　　侯佩尹译

恋歌 Chansan de Fatunio

　　　　宓遽（A·Muset）作

　　　　　　　　　　　侯佩尹译

山中杂诗　　　　　　　李渺世

你的魂呵！　　　　　　甘乃光

四月　　　　　　　　　赤　话

湖上秋晓　　　　　　　顾彭年

海滨故人（续）（小说）庐　隐

热情之花（完）（剧本）

　　〔西〕倍那文德著　张闻天重译

赠诗（读书杂记）　　　颉　刚

一九二三年得诺贝尔奖金者夏芝

评传（传记）　　　　　西　谛

夏芝著作年表　　　　　C.M.

夏芝的传记及关于他的批评论文

　　　　　　　　　　　记　者

读 后 感

庐隐女士的《丽石的日记》（天锡）

顾仲起君的《归来》（昌英）　徐玉

诺君的《到何处去》（振光）　吴立

模君的《猫鸣声中》（盛和）　叶绍

钧君的《游泳》（迅波）　朱自清君

的《笑的历史》（善行）

海外文坛消息　　　　　沈雁冰

　（191）苏俄的三个小说家

　（192）汛系主义与意大利现代

　文学

国内文坛消息　　　　　记　者

介绍新文化辞书（介绍）记　者

小说月报第十四卷总目录（无署名）

通信　　　陈炎南致振铎；振铎答

　　　　　　趾青致振铎；振铎答

　　　　　王兴刚致记者；记者答

　　　　　崔维炳致振铎；振铎答

　　　　　金毅夫致振铎；振铎答

　　　　　　吴健致振铎；振铎答

　　　　　　海鳌致振铎；振铎答

　　　　　施讷谨致振铎；振铎答

　　　　　王子钊致编辑；记者答

最后一页

第十五卷 第一号
（1924 年 1 月 10 日）

卷头语　　　　　　　　　　西谛
文艺的真实性（论丛）佩弦；附注
诚实的自己的话（论丛）　叶圣陶
文学大纲（一）（论丛）　郑振铎
　　叙言　第一章　世界的古籍
　　第二章　荷马
老李的惨史（小说）　　　徐志摩
生与死的一行列（小说）　王统照
三个死的客人（诗）　　　　长虹
肖伯讷的"生而上学"（评他的新
剧本《回到麦素西腊》的中心思想）
（论丛）　　　　　　　　江绍原
中秋夜（小说）　　　　　　高歌
邻居（小说）　　　　　　严既澄
碧海青天（小说）　　　　顾仲起
介绍文学研究会出版之周刊《文学》
　　　　　　　　　　　（无署名）
群盲（剧本）
Maurice Maeterlinck 原著　六珈译
杨惠之的塑像（一）（杂文）
　　　　　　　　　　　顾颉刚录
杨惠之的塑像（二）（杂文）
　　　　　　　　　　　顾颉刚记
诗的原理（论丛）
　　〔英〕阿兰波著　林孖译

儿童文学

牧羊儿　　　　　　　　　叶绍钧
灯蛾的胜利　　　　　　　严既澄

虫之乐队（童话剧）　　　许敦谷
燕儿曲（诗）
　　〔德〕史托姆著　伴君译
读《近代文学》（读书录）　仲云
关于"读书录"　　　　　记者
往事一闪（小说）　　　　徐玉诺
磨坊主人（小说）　　　　梦雷
晚晴（诗）　　　　　　　刘燧元
苦水（诗）　　　　　　　梁宗岱
现代世界文学者略传（一）（论丛）
　　　　　　　沈雁冰　郑振铎
现代的法国文学者：
　　法朗士（一八四四—）　拉
　　夫丹（一八五九—）　白利
　　欧（一八五八—）　伯桑（一
　　八五三—）　克罗但尔（一
　　八六八—）　波儿席（一八
　　五二—）　莱尼蔼（一八六
　　四—）　雪里芳（一八六四—）
　　梅列尔（一八六八—）　福尔
　　（一八七二—）　夏姆（一八六
　　八—）　巴　兰（一八六二—）
好人（小说）
　　〔俄〕柴霍甫著　瞿秋白译
失意的等待——为小朋友连诗（诗）
　　　　　　　　　　　　肖思
我的父亲（诗）　　　　　徐善行
絮语（五十首）（诗）　　梁宗岱
圣诞节的礼物（小说）
　　〔美〕Richmal Crompton 原著
　　　　　　　　　　　胡哲谋译

柴尔道布哈诺夫的末途（猎人日记
之二十二）（小说）
　　〔俄〕屠格涅夫著　耿济之译
亚美尼亚诗选（九首）（诗）
　　　菩兰葛薇儿女士英译
　　　陈铸重重译；附记
中国文学者生卒考（附传略）（一）
（论丛）　　　　　　　　西　谛
　　贾谊　公孙宏　晁错　枚乘
　　主父偃　司马相如　刘安
　　刘彻　李陵　苏武　刘向
　　刘歆　扬雄　桓谭　班彪
　　贾逵　杜笃　崔骃　班固
　　王充　班昭　崔瑗　张衡
　　马融　朱穆　郑玄　何休
　　李尤　王延寿　荀爽　蔡邕
　　赵岐　荀悦　郦炎　孔融
　　曹操　荀彧　虞翻　潘勖
　　祢衡　阮瑀　路粹　刘桢
　　陈琳　应玚　徐干
朝影（上）（小说）
　　　〔俄〕阿志巴绥夫著
　　　　　　　　沈泽民重译
海外文坛消息　　　　沈雁冰
（193）最近的儿童文学
（194）德国近讯　（195）考
泼洛斯的绝笔　（196）现代
四个冰地的作家
中国文学研究的重要书籍介绍
（介绍）　　　　　　　子　汶
国内文坛消息　　　　记　者

最后一页　　　　　（无署名）

　　　第十五卷　第二号
　　　（1924年2月10日）

卷头语　　　　　　　西　谛
一个青年（小说）　　叶绍钧
旅舍夜话（小说）　　王统照
早晨（小说）　　　　柳　建
午梦（小说）　　　　王希曾
兵士的妻（小说）　　荒　生
逃（诗）　　　　　　周仿溪
炸裂（诗）　　　　　许　杰
莫泊桑研究（论丛）　谢位鼎
莫泊桑逸事（杂文）　雁　冰
离婚（小说）
　　　〔法〕莫泊桑著　李青崖译
决斗（小说）
　　　〔法〕莫泊桑著　陈嘏译
母亲（小说）
　　　〔法〕莫泊桑著　高真常译
文学大纲（二）（论丛）　郑振铎
　　第三章　圣经的故事
关于中国文学者生卒考的两封通
信（通信）
　郑振铎致王鉴；郑振铎致北京K
一个不知名的战士（小说）
　　　〔美〕波孚著　胡哲谋译；附识
自然与人生（诗）　　徐志摩
寻常的泪（小说）　　济　明
讨债（小说）　　　　潘垂统

白瓷大士像（小说）　　　　白采

小诗（诗）　　　　　　　　燕志俊

读文艺思潮论（读书录）　　诵虞

眷回（诗）　　　　　　　　严敦易

梦里的姑娘（诗）　　　　　张耀南

儿童文学

白雪女郎　　　　　　　　　高君箴

蜘蛛与草花

　　　〔日〕小川未明著　晓天译

现代世界文学者略传（二）（论丛）

　　　　　　　沈雁冰　郑振铎

现代的法国文学者：

　　罗曼·罗兰（一八六六一）　巴

　　比塞（一八七四一）　杜哈默

　　尔（一八八二一）　鲁意斯（一

　　八七〇一）　梅脱灵（一八

　　六二一）　玛伦（一八八九一）

小诗　　　　　　　　　　　燕志俊

东山小曲（诗）　　　　　　徐志摩

梦（诗）　　　　　　　　　唐守谦

小诗（诗）　　　　　　　　苏宗武

中国文学者生卒考（附传略）（二）

（论丛）　　　　　　　　　郑振铎

　　杨修　王粲　繁钦　仲长统

　　刘虞　诸葛亮　荀纬　缪袭

　　曹丕　应璩　曹植　王肃

　　何曾　谯周　薛综　韦曜

　　薛莹　山涛　阮籍　皇甫谧

　　傅玄　羊祜　杜预　嵇康

　　钟会　王弼　应贞　成公绥

　　赵至　荀勖　孙楚　张华

　　陈寿　傅咸　索靖　夏侯湛

　　王湛　石崇　潘岳　何劭

　　贺循　陆机　陆云　枣据

　　褚陶　江统　张翰　孔衍

　　刘琨　孙绰　郭璞　卢谌

　　庾亮　葛洪　谢安　王羲之

朝影（二）（小说）

　　〔俄〕阿志巴绥夫著　沈泽民重译

海外文坛消息　　　　　　　沈雁冰

　　（197）斯干底那维亚近讯

　　（198）三个德国小说家

看我（诗）　　　　　　　　落华生

国内文坛消息　　　　　　　记者

最后一页　　　　　　　（无署名）

第十五卷　第三号
（1924年3月10日）

卷头语　　　　　　　　　　西谛

悟（小说）　　　　　　　　冰心女士

我自己的歌（诗）

　　〔美〕惠得曼著　徐志摩译

枯杨生花（小说）　　　　　落华生

相识者（小说）　　　　　　王统照

优婆尼沙昙之哲学及其在文学上

之地位（上）（论丛）　　瞿世英

桃源过客（小说）〔美〕奥亨利作

　　　　　　　傅东华译；附记

老残游记之作者（读书杂记）

　　　　　　　　　　　　　顾颉刚

采桑娘（读书杂记）　　　　顾颉刚

迟疑（小说）　　　　　　　CK

三柏院（小说）　　　　　钦　文

一封信（诗）　　　　　徐志摩

批评与批评家（杂文）　　　M

堕塔的温雅（小说）　　　白　采

暴风雨里（小说）

　　　　〔犹太〕宾斯奇作　陈嘏译

文学大纲（三）（论丛）　第四章

希腊的神话　　　　　　郑振铎

儿童文学

兄妹　　　　　　　　　高君箴

熊与鹿　　　　　　　　高君箴

停着呀，停着呀，可爱的水

　Mrs·Eliza Lee Fellen 作　西谛译

现代世界文学者略传（三）（论丛）

　　　　　沈雁冰　郑振铎

现代犹太文学者：

　宾斯奇（一八七二—）　考白

　林（一八七二—）　海雪屏

　（一八八二—）　阿胥（一八

　八○—）

现代匈牙利文学者：

　莫尔奈（一八七八—）　海尔

　齐格（一八六三—）

征译诗启（杂文）

　　　　　徐志摩；郑振铎附注

情书（诗）　　　　　　落华生

邮筒（诗）　　　　　　落华生

中国文学者生卒考（附传略）（三）

（论丛）　　　　　　郑振铎

　束皙　庾阐　袁宏　韩伯

范宁　王献之　罗含　顾恺
之　徐邈　殷仲文　徐广
傅亮　周续之　郑鲜之　陶
潜　何承天　裴松之　宗炳
颜延之　谢瞻　谢灵运　许
谦　崔宏　高允　崔浩　游
雅　谢惠连　范晔　刘义庆
袁淑　颜竣　沈怀文　鲍照
臧荣绪　伏曼容　谢庄　陆
澄　褚渊　高闾　谢朏　沈
约　江淹　张融　何胤　孔
稚珪　刘祥　刘沼　范云
王俭　诸葛璩　陶弘景　谢
朓　何思澄　何朗　严植之
任昉　刘峻　邱迟　萧衍
王僧儒　王融　吴均　周兴嗣

做诗（诗）　　　　　　落华生

朝影（下）（小说）

〔俄〕阿志巴绥夫著　沈泽民重译

海外文坛消息　　　　　沈雁冰

　（199）波兰文坛近况　（200）

　奥国文坛近况　（201）法国

　的得奖小说

关于中国文学者生卒考的几则怀

疑的解答（论丛）　　　西谛

　（一）读淦女士的《淘沙》

　（二）复王鉴君的信　（三）

　复翦遂如、刘承休诸君的信

国内文坛消息　　　　　记　者

最后一页　　　　　（无署名）

第十五卷　第四号
（1924 年 4 月 10 日）

卷头语　　　　　　　　西　谛
诗人拜伦的百年祭（论丛）西　谛
拜伦与 Pietro Gamba（杂文）C M
诗人拜伦的百年纪念（论丛）

　　　　　　　　　　　樊仲云
Song from Corsair（诗）

　　　　　拜伦作　徐志摩译
拜伦的时代及拜伦的作品（论丛）

　　　　　　　　　　　汤澄波
烦忧（诗）　拜伦作　黄正铭译
拜伦及其作品（论丛）　希　和
我见你哭泣（诗）

　　　　　拜伦作　顾彭年译
勃兰兑斯的拜伦论（论丛）

　　　　　　　　　张闻天译述
拜伦的思想及其诗歌的评论（论丛）

　　　　　　　　　　　王统照
拜伦在诗坛上的位置（论丛）

　　R·H·Bowles 著　顾彭年译
曼弗雷特（剧本）

　　　　　拜伦作　傅东华译
致某妇（诗）

　　拜伦作　傅东华译；附按语
评拜伦（论丛）

　　〔日〕小泉八云原著　陈铸译
拜伦的个性（论丛）

　　R·H·Bowles 著　顾彭年译
拜伦的浪漫性（论丛）　甘乃光

日记中的拜伦（论丛）　子　贻
唉当为他们流涕（诗）

　　　　　拜伦作　顾彭年译
拜伦对于俄国文学的影响（论丛）

　　　　　　　　　　　耿济之
拜伦的快乐主义（论丛）

　　〔日〕木村鹰太郎著　仲云译
别雅典女郎（诗）

　　　　　拜伦作　赵景深译
拜伦评传（论丛）

　　　　　Long 著　赵景深译
拜伦（选录）（论丛）　徐志摩
拜伦百年纪念（选录）（论丛）

　　　　　　　　　　　沈雁冰
拜伦年谱（论丛）　　　诵　虞
没有一个美神的女儿（诗）

　　　　　拜伦作　赵景深译
赠渥盖斯泰（诗）

　　　　　拜伦作　赵景深译
拜伦名著述略（介绍）　诵　虞
关于拜伦的重要著作介绍（介绍）

　　　　　　　　　　　蒲　梢
一切为爱（诗）

　　　　　拜伦作　徐调孚译
文学大纲（四）（论丛）　郑振铎
　　第五章　东方的圣经
沦落（小说）　　　　　庐隐女士
诗一首（诗）　　　　　徐志摩
夜的舞蹈（诗）　　　　焦菊隐
现代世界文学者略传（四）（论丛）

　　　　　　沈雁冰　郑振铎

925

南斯拉夫：

　　柯苏尔（一八七九—）　科洛

　　维支（一八七五—）

波兰：

　　布什比绥夫斯基（一八六一—）

　　莱蒙脱（一八六八—）　推忒

　　玛耶尔（一八六五—）

修辞随录　　　　　　　　陈望道

主妇——马兰孟德

　　　〔美〕David Freedman 作

　　　　　　　　　　胡哲谋译

中国文学者生卒考（附传略）（四）

（论丛）　　　　　　　　郑振铎

　　贺瑒　裴子野　陆倕　陆厥

　　张率　庾仲容　到溉　到洽

　　到沆　刘之遴　阮孝绪　刘

　　显　刘孝绰　王筠　刘苞

　　刘孺　刘潜　刘孝威　刘杳

　　皇侃　肖子范　肖子显　肖

　　子云　张缅　江革　刘遵

　　孔子祛　颜协　苏绰　张缵

　　沈重　谢征　肖统　肖纲

　　魏收　徐陵　杜之伟　颜晃

　　庾持　肖绎　江德藻　陆云

　　公　庾信　王褒　郑灼　徐

　　伯阳　许亨　沈洙　沈不害

　　戚衮　岑之敬　顾野王　江

　　总　刘臻　褚介　颜之推

　　颜之仪　何之元　姚察　陆

　　琼　傅縡　陆琰　陆玠

海外文坛消息　　　　　　沈雁冰

（202）希腊新文学　（203）

俄国的新写实主义及其他

（204）意大利小说家亚伯泰齐

诗与史（读书杂记）　　　顾　刚

欢迎泰戈尔（临时增刊）

　　欢迎太戈尔先生（论丛）

　　　　　　　　　　　　记　者

　　印度诗人太戈尔略传（论丛）

　　　　　　　　　　　　诵　虞

　　太戈尔到华的第一次记事

　　（杂文）　　　　　　记　者

　　研究太戈尔的书籍提要（介绍）

　　　　　　　　　　　　调　孚

国内文坛消息　　　　　　记　者

最后一页　　　　　　（无署名）

第十五卷号外（法国文学研究）

　　　　　　　（1924 年 4 月）

法国文学对于欧洲文学的影响

（论丛）　　　　郑振铎　沈雁冰

中产阶级胜利时代的法国文学

（论丛）　　　　V·M·vritche 著

　　　　　　耿济之译附志；又记

法文之起源与法国文学之发展

（论丛）　　　　　　　　胡梦华

法国战时的几个文学家（论丛）

　　　　　　　　　　　　王　靖

十九世纪法国文学概观（论丛）

　　　　　　　　　　　　刘延陵

法兰西近代文学（译自《日本近代

文艺十二讲》）（论丛）
　　　　　谢六逸译；附注
法国的浪漫运动（论丛）
　　　G·L·Strachey 原著　希孟译
法国的自然主义文艺（论丛）
　　〔日〕相马御风著　汪馥泉译
近代法国写实派戏剧（论丛）
　　　L·Lewislon 原著　胡愈之译
大战前与大战中的法国戏剧（论丛）
　　　　　　　　　　王统照
法国近代诗概观（论丛）　君　彦
巴尔扎克底作风（论丛）　佩　蘅
波特来耳研究（论丛）
　　　　　Sturm 著　闻天译
罗曼·罗兰传（传记）　沈泽民
文学批评家圣佩韦评传（论丛）
　　　　　　　　　　俊　仁
佛罗贝尔（论丛）　　　雁　冰
四个人的故事（小说）
　　　　巴比塞著　CF 女士译
比勃里斯（小说）
　　　鲁意著　周建人译
马丹埃士果里野的非常奇遇（小说）
　　　鲁意著　李劼人译
斯摩伦的日记（小说）
　　蒲勒浮斯特著　李劼人译；附言
信箱里的鸟（小说）
　　　　伯盛著　鲍志惠译
三个播种者（小说）
　　　　孟代著　CF 女士译
生命是为别人的（小说）
　　　　包尔都著　徐蔚南译
归来（小说）
　　　菲利普著　仲持译；附记
旅行（小说）　莫泊三著　润余译
刽子手（小说）
　　　　巴尔扎克著　仲持译
侯爵夫人（小说）
　　　　乔治桑著　泽民译
柯华西斯（小说）　缪塞著　展和译
穿面包鞋的小孩子（小说）
　　　　哥底著　斐成译
永世（戏曲）　拉夫丹著　雷晋笙译
哑妻（剧本）　法朗士著　沈性仁译
法国文艺家录（传记）　明　心

第十五卷　第五号
（1924 年 5 月 10 日）

卷头语　　　　　　　　　西　谛
在酒楼上（小说）　　　　鲁　迅
读芝兰与茉莉因而想及我底祖母
（小说）　　　　　　　落华生
秦腔（读书杂记）　　　　颉　刚
火灾（小说）
　　〔法〕Töppfer 著　徽州人译
旧稿（小说）　　　　　庐隐女士
论诗的根本概念与功能（论丛）
　　　　　　　　希和；附识
《感伤之春》选译（诗）
　〔日〕生田春月著　谢位鼎译；附记
月泪（诗）　　　　　　　落华生

悼陆蒂文（论丛）

〔法〕波儿蒂著　冯璘　吴山译

伤痕（小说）　　　　　　渺世

一日（诗）　　　　　　玉薇女士

梦中（诗）　　　　　　玉薇女士

孤坟（小说）　　　　　　许志行

文学大纲（五）（论丛）　第六章

印度的史诗　　　　　　郑振铎

三次的访问（散文诗）　　徐雉

关于莫泊桑卒年的一封通讯（论丛）

　　　　　　　　　　　谢位鼎

影（小说）　　　　　　张维祺

修辞随录（二）（论丛）　陈望道

急变（独幕剧）

　　　Dana Burnet 著　思还译

旅途（一）（小说）　　　张闻天

阿志巴绥夫与《沙宁》（附：阿志

巴绥夫的重要作品表）

　　——《沙宁》的译序　西谛

现代世界文学者略传（五）（论丛）

　　　　　　　沈雁冰　郑振铎

现代的捷克文学者：

　　白士洛支（一八六七—）　白

　　息那（一八六八—）　斯拉梅

　　克（一八七七—）　马哈（一

　　八六四—）　齐拉散克（一八

　　五一—）　沙伐（一八六四—）

　　捷贝克（一八四七—）

主妇——马兰孟德（续）（小说）

　　〔美〕法里曼作　胡哲谋译

中国文学者生卒考（附传略）（五）

（论丛）　　　　　　　郑振铎

陆瑜　李德林　诸葛颖　明

克让　魏澹　陆爽　薛道衡

卢思道　柳晋　刘焯　刘炫

陈叔宝　牛弘　杨素　傅奕

欧阳询　许善心　褚亮　贺

德仁　王胄　肖德言　虞世

基　姚思廉　虞世南　虞绰

李百药　杨广　陈叔达　孔

颖达　温彦博　房玄龄　魏征

杜正伦　颜师古　令狐德棻

王通　于志宁　许敬宗　薛

收　岑文本　褚遂良　刘洎

马周　来济　李义府　上官

仪　庾抱　蔡允恭　袁朗

谢偃　王绩　李敬玄　张昌

龄　裴行俭　崔行功　薛元

超　孟利贞　刘祎之　郭正

一　苏环　李峤　卢照邻

骆宾王　杨炯　魏知古　王勃

国内文坛消息　　　　　记者

最后一页　　　　　　（无署名）

　　　第十五卷　第六号

　　　（1924 年 6 月 10 日）

卷头语　　　　　　　　西谛

一个文学革命家的供状（论丛）

　　〔印〕泰戈尔讲　徐志摩译

今年纪念的几个文学家（论丛）

　　　　　　　　　　　调孚

可交的蝙蝠和伶俐的金丝鸟（儿童
文学）　　　　　　　落华生译
楚词（读书杂记）　　　　　颉刚
明清戏价（读书杂记）　　　颉刚
六一姊（小说）　　　　冰心女士
前尘（小说）　　　　　庐隐女士
沙宁（一）（小说）
　　〔俄〕阿志巴绥夫著　西谛译
别后（诗）　　　　　　　朱自清
赤俄新文艺时代的第一燕（论丛）
　　　　　　　　　　　　瞿秋白
桃色女郎（剧本）
　　〔日〕武者小路实笃著
　　　　　樊仲云译；附后注
官场现形记之作者（读书杂记）
　　　　　　　　　　　　颉刚
买死的（小说）　　　　　　渺世
春意及其他诗歌（诗）　玉薇女士

儿童文学

种种的花（童话）
　　〔日〕小川未明著　晓天译
懒惰老人的来世（童话）
　　〔日〕小川未明著　晓天译
修辞随录（三）（论丛）　陈望道
陌生的游客（诗）　　　　梁宗岱
主妇——马兰孟德（续）（小说）
　　〔美〕法里曼作　胡哲谋译
思想（诗）　　　　　　　燕志俊
中国文学者生卒考（附传略）（六）
（论丛）　　　　　　　郑振铎
　　杜审言　宋之问　阎朝隐

沈佺期　苏味道　姚崇　李
贤　王无竞　崔融　李善
陈子昂　元行冲　贺知章
徐坚　刘子玄　李适　宋璟
上官婉儿　刘宪　卢藏用
徐彦伯　员半千　许景元
张说　吴竞　崔湜　崔液
苏颋　贾曾　张九龄　李邕
孟浩然　元德秀　王昌龄
崔颢　房琯　王维　李白
孙逖　高适　吴筠　徐浩
肖颖士　李华　陆据　颜真
卿　杜甫　贾至　刘太真
柳浑　李泌　顾况　元结
韩滉　常衮　贾耽
旅途（二）（小说）　　张闻天
愚丐（诗）　　　　　　张鹤群
文学大纲（六）（论丛）　郑振铎
　　第七章　诗经与楚辞
　　第八章　最初的历史家与哲
　　学家
海外文坛消息　　　　　沈雁冰
　　（205）匈牙利小说　（206）
　　加拿大文学
国内文坛消息　　　　　　记者
最后一页　　　　　　（无署名）

第十五卷　第七号

（1924 年 7 月 10 日）

卷头语　　　　　　　　　　西谛

929

虚惊（小说）　　　　　　钦　文
投军（小说）　　　　　　渺　世
枪声（小说）　　　　　　赵景深
红笑（小说）
　　〔俄〕安特列夫著　郑振铎译
佛陀的战争（儿童文学）
　　〔日〕秋田雨雀著　晓天译
凶恶的国王（儿童文学）
　　〔丹〕安徒生著　顾均正译
踯躅中之一幕（诗）　　　张维祺
淮军义冢（诗）　　　　　焦菊隐
一粒子弹（小说）　　　　王思玷
不安静的匪人（小说）　　燕志俊
胆怯的人（小说）
　　〔俄〕迦尔洵著　耿济之译
战争（诗）
　　　Chief Joseph 著　调孚译
几本谈大战的法国小说（介绍）
　　　　　　　　　　　李青崖
战争（诗）　　　　　　　周仿溪
战慄（小说）
　　〔法〕莫泊桑著　李青崖译
一个农夫的话（小说）　　叶伯和
某画家与村长（剧本）
　　〔日〕武者小路实笃著
　　　　　　　陈蝦译；附注
给九吋口径的一尊炮（诗）
　　　P·F·Mc Carthy 著　调孚译
兵匪蹂躏后的乡土（旅途末页的补
白）（诗）　　　　　　　张耀南
往事（其二）（小说）

　　　　　　　　冰心女士；附注
文学大纲（七）（论丛）　郑振铎
　　第九章　希腊与罗马
被抚恤者（小说）
　　〔英〕William Caine 作　胡哲谋译
旅途（三）（小说）　　　张闻天
来函：悟悟社　　　　　（无署名）
国内文坛消息　　　　　　沈雁冰
最后一页　　　　　　　（无署名）

　　　　第十五卷　第八号
　　　　（1924 年 8 月 10 日）

卷头语——录李白的《战城南》、
录杜甫的《兵车行》
欧洲大战与文学——为欧战十年
纪念而作（论丛）　　　　沈雁冰
睁眼看罢（讽刺画）　　　　　孚
欧战中的牺牲者（杂文）　　　孚
"忒罗亚的妇女"（介绍）　周作人
非战文学碎锦（介绍）　　傅东华
几封用 S 署名的信（小说）王思玷
途中（小说）　　　　　　静　农
人类的运命书（小说）
　　〔德〕摩桑著　胡愈之译
谁哭（小说）　　　　　　渺　世
炮火之花——破城之夜　战后　战
场的鬼歌　炮火之花　夜的女王
大兵过境时的饮泣声　归家（诗）
　　　　　　　　　　　周仿溪
一个逃兵（小说）　　　　俍　工

惨雾（小说）　　　　　许　杰

龟头桥上（小说）　　　王任叔

梅岭上的云烟（小说）　蒋用宏

流弹（诗）　　　　　　郝笃祐

廊门（小说）

　　　〔法〕巴比塞著　李青崖译

欧洲大战与文学（续前）（论丛）

　　　　　　　　　　　沈雁冰

太平景象——江南即景（诗）

　　　　　　　　　　　徐志摩

虎去狼来（剧本）　　　大　悲

一个兵士（诗）　　　　张耀南

伊本纳兹的《默示录的四骑士》

　　——近代非战文学的代表作

　（介绍）　　　　　　从　予

得胜了（小说）

　　　〔法〕朵尔惹雷司著　李青崖译

战争的一幕（小说）　　冯西冷

某日的事（剧本）

　　　〔日〕武者小路实笃著　仲云译

四骑士（杂文）　　　　从　予

将收服的匪（诗）　　　王郁青

虎去狼来（续前）（剧本）大　悲

反对战争的文学（论丛）　徐调孚

兵士的梦（诗）

　　　T·Campbell 著　汪延高译

告别辞——五月二十二，上海慕尔

鸣路三十七号的园会

　　　太戈尔讲　徐志摩译；附志

第一次的谈话（选录）——四月十

三日上海慕尔鸣路三十七号的园会

　　　太戈尔讲　徐志摩译

风（炮火之花末页的补白诗）

　　　　　　　　　　　张耀南

　　　第十五卷　第九号

　　（·1924 年 9 月 10 日）

小赌婆儿的大话（儿童文学）

　　　　　　　　　　　徐志摩

小仲马百岁纪念（1824—1895）

（论丛）　　　　　　　吴　山

别后（小说）　　　　　冰心女士

牺牲（小说）　　　　　希　华

窃（小说）　　　　　　严敦易

金鱼（小说）　　　　　曹元杰

真的傀儡之家——和易卜生的娜拉

本人的一段谈话（论丛）

　　　Xiane 著　褚保时译

沈檀之燃（诗）　　　　敦　易

目的达了？（小说）　　白　采

葬曲（小说）

　　　〔法〕巴比塞著　刘延陵译

牺牲（小说）

　　　〔俄〕柴霍甫著　陈蝦译

活骸——猎人日记之二十三（小说）

　　　〔俄〕屠格涅夫著　耿济之译

红楼梦杂记　老爷的称谓（读书

札记）　　　　　　　　敦　易

旅途（四）（小说）　　张闻天

文学大纲（论丛）　　　郑振铎

　　　第十章　汉之赋家历史家及

931

论文家　第十一章　曹植与
　　陶潜

诗　选

春雪后的早晨（诗）　　　朱　湘
北地早春雨霁（诗）　　　朱　湘
杂诗　　　雪莱作　顾彭年译
夕阳（诗）　　　　　　　葛有华
寄西谛（诗）　　　　　　慎　抱
破寨之夜（诗）　　　　　周仿溪
修辞随录（四）（论丛）　陈望道
关于修辞随录的通信
　　施江淹致陈望道
　　陈望道致郑振铎
现代世界文学者略传（六）（论丛）
　　　　　　　沈雁冰　郑振铎
　　乌拉圭：左列拉·马丁（一八
　　五七年—）
　　潘莱支·配蒂式（一八七一
　　年—）
　　秘鲁：旭卡诺（一八七五年—）
　　墨西哥：甘波（一八六四年—）
Töppfer 生平的大略（论丛）
　　　　　　　　　　　　季志仁
中国文学者生卒考（附传略）（七）
（论丛）　　　　　　　　郑振铎
　　杜佑　独孤及　郑余庆　孟
　　郊　陆贽　权德舆　令狐楚
　　李观　韩愈　李益　刘禹锡
　　白居易　柳宗元　王仲舒
　　崔咸　韦处厚　段文昌　柳
　　公权　元稹　李德裕　贾岛

　　皇甫铺　李贺　杜牧　李商
　　隐　陆龟蒙　罗隐　司空图
　　李晔　杨凝式　王仁裕　冯
　　道　李存勖　张隽　王衍
　　刘昫
国内文坛消息　　　　　　记　者
最后一页　　　　　　（无署名）

第十五卷　第十号
（1924 年 10 月 10 日）

康拉特评传——纪念这个新死的
英国大作家而作（论丛）　樊仲云
洛绮思的问题（小说）　　陈衡哲
清华讲演——五月一日，一九二四
年在清华学校
　　　　太戈尔讲　徐志摩译；附注
逃亡者（小说）　　　　　张闻天
初别（小说）　　　　　　褚东郊
牧生和他的笛（小说）　　潘　训
柚子（小说）　　　　　　鲁　彦
宣传与创作（论丛）
　　〔日〕厨川白村著　任白涛译
卫推克君的退股（小说）
　　　　〔英〕怀特著　朱湘译
补不了的过（小说）　　　严既澄
旅途（五）（小说）　　　张闻天
莱森的寓言〔德〕莱森著　西谛译
　　驴与赛跑的马　夜莺与孔雀
　　狼在死榻上　狮与驴　二狗
　　与羊　狐　荆棘　夜莺与百

灵鸟　梭罗门的鬼魂　伊索
与驴　弓手　有益的东西
象棋中的武士　盲鸡　铜像
群兽争长

诗　选

柳堤夜步（诗）　　　　张耀南
凝视（诗）　　　　　　张耀南
她（诗）　　　　　　　徐玉诺
夏夜（诗）〔英〕谈尼孙著　朱湘译
异域思乡（诗）

　　〔英〕白朗宁著　朱湘译
云（诗）〔英〕雪莱著　顾彭年译
文学大纲（九）（论丛）　郑振铎
　第十二章　中世纪的欧洲文学
天鹅（儿童文学）

　　〔丹〕安徒生著　高君箴译
山中杂记——遥寄小朋友（选录）

　　　　　　　　　　冰心女士
法朗士逝矣（论丛）　　沈雁冰
击着呢——猎人日记之二十四（小
说）〔俄〕屠格涅夫著　耿济之译
国内文坛消息　　　　　记　者
最后一页　　　　　　（无署名）

　　　第十五卷　第十一号
　　　（1924 年 11 月 10 日）

印度寓言（上）　　西谛；附记
　猴与镜　群兽的大宴　蓝狐
　蛇与鹦鹉　井中的盲龟　剑
　与剃刀及皮磨　二愚人与鼓

体质好的与体质坏的　狐与
蟹　象与猴　麻雀与鹰　鼓
与兵士　狐与熊　聪明人与他
的两个学生　猫头鹰与乌鸦
乌鸦与牛群　孔雀鹅与火鸡
铁店　虎与兔　隐士与他的一
块布　孔雀与狐狸

林琴南先生（论丛）　　郑振铎
浏河战场（诗）　　　　叶绍钧
河沿的秋夜（小说）　　王统照
云雨（寓言）

　　〔俄〕克鲁洛夫著　西谛译
杜鹃鸟（寓言）

　　〔俄〕克鲁洛夫著　西谛译
神游病者（小说）　　　王以仁
祖母之死（小说）　　　顾一樵
失眠　思亲　夜行　沉醉（诗）

　　　　　　　　　　玉薇女士
古英文民歌概说（论丛）　汤澄波
漠视的悲哀——一篇笔记（小说）

　　　　　　　　　　　渺　世
牧神与羊群（童话剧）

　　〔日〕秋田雨雀著　张晓天译
文学大纲（十）（论丛）　郑振铎
　第十三章　中世纪的中国诗
　　人（上）

你何必啼呢（诗）　　　朱　湘
世界的漂泊者（诗）

　Percy·B·shelley 作　顾彭年译
泉边（小说）

〔波〕显克微支著　鲁彦译；附记

树林与旷野——猎人日记之二十
五（小说）

〔俄〕屠格涅夫著 耿济之译

双卿（读书杂记）　　　颉　刚

旅途（六）（小说）　　张闻天

我怎样告诉她（诗）　　徐玉诺

除夕（诗）　　　　　　严敦易

米兰士与他的名画"慈悲"——封
面插图说明　　　　　调　孚

最后一页　　　　（无署名）

第十五卷　第十二号
（1924 年 12 月 10 日）

金耳环（小说）　　　　叶绍钧

"纪梦"（小说）　　　王统照

孤雁（小说）　　　　　王以仁

萤姊（两幕剧）　　　　翼女士

本年诺贝尔文学奖金的得者——
又落在一个波兰文学家的手里
　　——《乡民》的著者莱芒氏
（论丛）　　　　　　　孚

这里的世界——一篇笔记（小说）
　　　　　　　　　　李渺世

卜留沙夫（论丛）　　　从　予

戏剧概论（论丛）　　　汪馥泉

不遇（小说）　　　　　严既澄

马克汉（小说）

〔英〕史蒂文生著　朱湘译

诗　选

秋晨　秋晚　　　　　燕志俊

秋雨　　　　　　　　朱　湘

卧浸会操场坟旁　　　王任叔

悲哀　　　　　　　　周仿溪

文学大纲（十一）（论丛）郑振铎

第十四章　中世纪的中国诗
人（下）

修辞随录（五）（论丛）　陈望道

印度寓言（下）　　　　西　谛

富人与乐师　聪明的首相
幸运仙与不幸仙　猫头鹰与
他的学校　虫与太阳　鸢与
乌鸦及狐狸　猫头鹰与回声
骡与看门狗　海与狐狸及狼
狮与少狮　群猪与圣者　四
只猫头鹰　狮及说故事的狐
狸　国王与滑稽者　伐树人
与森林　狼与山羊　主人与
轿夫　公羊与母羊及狼　圣者
与禽兽　乌鸦与蛇　兽与鱼
农夫与狐狸　幸运的人与努力
的人　鹭鸶与蟹及鱼　愚人
与热病　莲花与蜜蜂及蛙
狮与象

林琴南一生所译作的字数（杂文）
　　　　　　　　　　　　M

旅途（七）（完）（小说）张闻天

叶曼与他的名画《王子亚搭尔和黑
伯特》——封面
　　插图说明（杂文）　　孚

选　录

苍蝇（杂文）　　周作人；附记

祭日致辞（杂文）　　　　魏金枝
国内文坛消息　　　　　　记　者
最后一页　　　　　　（无署名）

第十六卷　第一号
（1925 年 1 月 10 日）

卷头语
录自莫泊桑的 "Pierre et Jeau" 序
中国神话的研究（论丛）　沈雁冰
诗学（上）（论丛）
　（希腊）亚里斯多德著　傅东华译
亚里斯多德（论丛）　　　调　孚
潘先生在难中（小说）　　叶绍钧
致辞（杂文）　　　　　　梁宗岱
丹麦的民歌（饰图六幅）　郑振铎译
古董的自杀（小说）　　　滕　固
小鸟儿说些什么（诗）
　（英）丁尼生著　调孚译
父亲（小说）　　　　　庐隐女士
太戈尔书简零拾（杂文）顾均正译
前途（小说）　　　　　李劬刚
石川啄木底歌（诗）　　汪馥泉译
文艺底研究与鉴赏（论丛）
　　　　　　　　任白涛；附注
旧痕（诗）　　　　　　蹇先艾
记西湖雷峰塔发见的塔砖与藏经
（论丛）　　　　　　俞平伯
黄妃辨（论丛）　　　　陈乃乾
感伤之梦（诗）　　　　梁宗岱
西万提司评传（论丛）　傅东华

《魔侠传》（选录）（论丛）周作人
西班牙剧坛的将星（论丛）
　〔日〕厨川白村著　鲁迅译；附识
最近的西班牙剧坛（论丛）从　予
幸运（小说）　　　　　严敦易
病中夜起登楼（诗）　　燕志俊
落魄（小说）　　　　　王以仁
小泉八云论诗（论丛）　从予译
醉人的湖风（小说）　　许　杰
麻雀（诗）
　〔俄〕屠格涅夫著　西谛译
伯奶特保姆（小说）
　〔法〕巴赞著　金满成译
无情的女郎（诗）
　〔英〕济慈著　朱湘译
李俐特的女儿（小说）
　〔法〕法郎士著　敬隐渔译
虫（小说）
　〔法〕马尔格利特著　李劼人译
小仲马的祖宗（杂文）　从　予
小孩们（小说）
　〔俄〕柴霍甫著　陈嘏译
啼（诗）　　　　　　　黄运初
小泉八云（论丛）　　　樊仲云
小泉八云逸闻（杂文）　从　予

儿童文学
蜗牛与蔷薇丛
　（丹麦）安徒生著　桂裕译
奇异的礼物（北欧神话）高君箴译
教师与儿童
　〔日〕小川未明著　晓天译

935

春天的归去　　　　　　　严既澄

现代德奥文学者略传（一）（论丛）

　　　　　　　　　　　　沈雁冰

　　霍普德曼（一八六二—）　苏

　　德曼（一八五七—）

往日之歌（诗）

　　〔英〕弗尔基洛著　朱湘译

前信译文（杂文）　　　敬隐渔译

各国文学史介绍（论丛）　郑振铎

文学大纲（论丛）　　　　郑振铎

　　第十五章　中国戏曲的第一期

文坛杂讯　　　　　　　　　记者

最后一页　　　　　　　（无署名）

本报第十五卷总目录（附录）

　　　　第十六卷　第二号

　　　　（1925年2月10日）

卷头语（录陆机《文赋》）

一个饿人的故事（小说）

〔犹太〕宾斯奇著　陈嘏译；附志

济慈的夜莺歌（论丛）　　徐志摩

夜莺歌原文　　　　　　　济　慈

前穿后补（小说）　　　　王统照

你为什么不在这里呢？（杂文）

　　　　　　　　　　　　顾德隆

台下的喜剧（小说）　　　许　杰

到河西去（小说）　　　　严敦易

灰芙蓉（小说）　　　　　　E.C

斯尉夫特的劝仆奇文（杂文）

　　　　　　　　　　　　顾德隆

未寄的一封信（小说）　　含　星

游伴（小说）　　　　　　梁宗岱

诗学（下）（论丛）

　　〔希〕亚里斯多德著　傅东华译

读诗学旁札目录　　　（无署名）

播种人（小说）　　〔波〕莱芒著

　　　　　　顾德隆译；编者附记

梦（小说）

　　〔日〕夏目漱石著　陈箸译

薤露之歌（小说）　　　　黄　中

文学大纲（论丛）　　　　郑振铎

　　第十五章　中国小说的第一期

天真的沙珊（一）（儿童文学）

　　　　　　　　　　　　高君箴译

文坛杂讯　　　　　　　　　记者

最后一页　　　　　　　（无署名）

　　　　第十六卷　第三号

　　　　（1925年3月10日）

卷头语　　　　　　　　　西　谛

宁娜（小说）

　　〔俄〕阿志巴绥夫著　沈泽民译

渔阳曲（诗）　　　　　　闻一多

夜深时（小说）

　　〔英〕曼殊斐儿著　徐志摩译

再说一说曼殊斐儿（论丛）　徐志摩

园丁集选译（诗）

　　〔印〕泰戈尔著　西谛译

人物的研究（小说研究之一）（论丛）

　　　　　　　　　　　　沈雁冰

读《诗学》旁札（上）（论丛）
　　　　　　　　　　傅东华
伊本纳兹雕像被毁了（杂文）
　　　　　　　　　　从　予
四季（小说）　　　　黎锦明
介绍文学家明信片第二辑（介绍）
许是不至于罢（小说）　鲁　彦
菜芽与小牛（小说）　　许　杰
小泉八云逸闻（杂文）　从　予
秋天（诗）　　　　　　蹇先艾
玖君（小说）　　　　杨袁昌英
天真的沙珊（二）（儿童文学）
　　　　　　　　　　高君箴译
　　第二章　恶耗
　　第三章　沙珊的火鸡
莱森的寓言（四则）　　西谛译
前途（小说）　　　　　叶绍钧
白薇曲（诗）　　　　　梁宗岱
文学大纲（论丛）　　　郑振铎
　　第十七章　欧洲文艺复兴时
　　代的文学
文坛杂讯　　　　　　　记　者
最后一页　　　　　　（无署名）

　　　第十六卷　第四号
　　（1925 年 4 月 10 日）

卷头语　　　　　　　　西　谛
我的旅伴（小说）
　　〔俄〕高尔基著　耿式之译
小说之评论（论丛）

　　〔法〕莫泊桑著　金满成译
在别一世界里（小说）
　　〔保〕Elinpelin 著　胡愈之译
邮局长的信（小说）
　　〔匈〕Julio ktudy 著　胡愈之译
宙斯的裁判（小说）
　　〔波〕显克微支著　鲁彦译
和平之国（小说）
　　〔德〕卡门·栖尔法著　余祥森译
海的坟墓（小说）
　　〔荷〕H·Blokhuizen 著　胡愈之译
黯澹（小说）
　　〔捷克斯洛伐克〕Vikova Kuneti-
　　　　eka 著　胡伯恩译
为什么熊是短尾的（挪威民间故事）
　　　　　　　　　　徐调孚译
哑的神判（小说）
　　〔英〕加涅忒著　朱湘译
十字路（儿童文学）
　　〔冰岛〕阿那森著　徐调孚译
飞箱（儿童文学）
　　〔丹〕安徒生著　顾均正译
莱森的寓言　　　　　　西谛译
　　狮与兔　周比特与马　凤鸟
　　夜莺与鹰　麻雀　猫头鹰与
　　觅宝者　米洛甫士　赫克里
　　士　驴与狮　羊　仙人的赠品
日出之前（剧本）
　　〔德〕赫卜特曼著　耿济之译
天真的沙珊（三）（儿童文学）
　　　　　　　　　　高君箴译

第四章　沙珊到礼拜堂去

文学大纲（论丛）　　　　　郑振铎

　　第十八章　十七世纪的英国
文学　第十九章　十七世纪
的法国文学

文坛杂讯　　　　　　　　　记　者

最后一页　　　　　　　（无署名）

　　　第十六卷　第五号
　　（1925 年 5 月 10 日）

卷头语（厨川白村的《苦闷的象征》）

葬礼（小说）　　　　　　　滕　固

恋爱了（小说）　　　　　　张闻天

病的性欲与文学（论丛）

　　　〔日〕厨川白村著　仲云译

流露　无题　苦的期想（诗）

　　　　　　　　　　　　　李渺世

离婚之后（小说）

　　　　〔法〕马尔格利特著

　　　　李劼人译；附志

蔡老普底烟袋（小说）　　　李勖刚

斜阳（诗）　　　　　　　　燕志俊

月歌（儿童文学）

　　　马利曼造著　落华生译

梨花与海棠（小说）　　　　赵景深

金哥（小说）　　　　　　　浑　沌

法国文学界对于巴兰的评论（论丛）

　　　　　　　　　冯璘　吴山

招魂与大招（读书杂记）　　颉　刚

读诗学旁札（下）（论丛）　傅东华

诗与史　希腊戏剧启源考略
诗学引例考略

假若（安南民歌）　　　　黄运初译

幽弦（小说）　　　　　　庐隐女士

介绍文学周报（介绍）　　　记　者

日出之前（二）（剧本）

　　　〔德〕赫卜特曼著　耿济之译

园居爽醒　不睡（诗）　　　燕志俊

文学大纲（论丛）　　　　　郑振铎

　　第二十章　十八世纪的英国
文学

天真的沙珊（四）（儿童文学）

　　　　　　　　　　　　　高君箴

　　第五章　沙珊的爱羊

介绍鉴赏周刊（介绍）　　　记　者

秋夜　睡思（诗）　　　　　燕志俊

文坛杂讯　　　　　　　　　记　者

最后一页　　　　　　　（无署名）

　　　第十六卷　第六号
　　（1925 年 6 月 10 日）

卷头语（宗岱译自 Journal Intime：
Henri-Frédéric Amiel）

蝴蝶的文学（论丛）　　　　西　谛

社会的文学批评论（一）（论丛）

　　　〔美〕蒲克著　傅东华译

　　第一章　批评学说之一团纷纠

胜利之后（小说）　　　　庐隐女士

青松之下（小说）　　　　王统照

夜莺（儿童文学）　　　　　燕志俊

乌鸦与天鹅（儿童文学）　燕志俊
论劳动文学（论丛）
　　〔日〕厨川白村著　仲云译
介绍两种周报（一、文学周刊　二、
鉴赏周刊）　　　　　　记　者
小草（小说）　　　　　许　杰
春风（小说）　　　　　严敦易
乌林侯的女儿（诗）
　　〔英〕T·Campbell著
　　　　　　　　　　傅东华译
D君（小说）　　　　　何植三
接吻（诗）　　　　　　燕志俊
泪痕的狼藉（小说）　　王以仁
马额的羽饰（剧本）
　　〔匈〕莫尔奈著　沈雁冰译
爱恋，信仰与愿望（小说）
　　〔俄〕安特列夫著　耿济之译
日出之前（三）（剧本）
　　〔德〕赫卜特曼著　耿济之译
凄凄的心魄（诗）　　　燕志俊
印度寓言　　　　　　　西谛译
　　雇请陶器匠·斫树取果　治
　　秃　毡与驼皮　仆人守门
　　五人共使一婢　乐工
高加索寓言　　　　　　西谛译
　　被骗的狐　狐与鹭鸶
天真的沙珊（五）（儿童文学）
　　　　　　　　　　高君箴译
　　第六章　盲琴师
文坛杂讯　　　　　　　记　者

第十六卷　第七号
（1925 年 7 月 10 日）

卷头语　　　　　　　　西　谛
血歌——为五卅惨剧作（诗）
　　　　　　　　　　　朱自清
为中国（诗）　　　　　西　谛
街血洗去后（杂文）　　西　谛
五月卅一日急雨中（杂文）叶圣陶
介绍《文学周报》（介绍）记　者
墙角的创痕（诗）　　　西　谛
枪口的故事（杂文）　　燕志俊
我们的中国（诗）　　　西　谛
泥泽（诗）　　　　　　西　谛
我的祖国（诗）　　　　焦菊隐
被枪射的人——我的哭悼诗　我
只哭着他们的痛苦（诗）燕志俊
人类史上的惨杀案（论丛）何炳松
娘娜（小说）　　　　　敬隐渔
摩托车的鬼（小说）　　滕　固
社会的文学批评论（二）（论丛）
　　〔美〕蒲克著　傅东华译
中国文学所受的印度伊兰文学底
影响（通讯）　许地山　振铎
文艺与性欲（论丛）
　　〔日〕厨川白村著　仲云译
湖中旧画（小说）　　　李劼人
校长（小说）　　　　　蓼　南
日出之前（四）（剧本）
　　〔德〕赫卜特曼著　耿济之译
无聊（诗）　　　　　　周仿溪

落花时节（小说）　　　　卢冀野
现代德奥文学者略传（二）（论丛）
　　　　　　　　　　　　沈雁冰
　　法兰生　维也贝　汤麦士漫
炮战（小说）　　〔法〕巴比塞著
　罗黑芷　李青崖合译；青崖附识
文坛杂讯　　　　　　　　记　者
最后一页　　　　　　（无署名）

第十六卷　第八号
安徒生号（上）
（1925 年 8 月 10 日）

卷头语　　　　　　　　　西谛
安徒生传（论丛）　　　顾均正
我作童话的来源和经过（论丛）
　　　〔丹〕安徒生著　赵景深译
安徒生逸事（四则）（杂文）赵景深
安徒生评传（论丛）
　　　〔丹〕博益生著　张友松译
火绒箱　　　安徒生著　徐调孚译
幸福的套鞋　安徒生著　傅东华译
豌豆上的公主 安徒生著　赵景深译
牧豕人　　　安徒生著　徐调孚译
牧羊女郎和打扫烟囱者
　　　　　　安徒生著　赵景深译
锁眼阿来　　安徒生著　赵景深译
孩子们的闲谈　安徒生著　西谛译
小绿虫　　　安徒生著　岑麒祥译
老人做的总不错
　　　　　　安徒生著　顾均正译

烛　　　　　安徒生著　赵景深译
安徒生的作品及关于安徒生的参
考书籍（论丛）　　　　　西谛
介绍《文学周报》和《鉴赏周刊》
（介绍）　　　　　　　　记　者
天鹅（童话剧）　赵景深；附记
列那狐的历史（儿童文学）
　　　　　　　　　　　文基译述
文坛杂讯　　　　　　　　记　者
最后一页　　　　　　（无署名）

第十六卷　第九号
安徒生号（下）
（1925 年 9 月 10 日）

卷头语　　　　　　　　　西谛
安徒生及其生地奥顿瑟（论丛）
　〔丹〕C.M.R.Petersen 著　后觉译
安徒生的童年（安徒生《我的一生
的童话》的第一章）（论丛）
　　　　　　　　　　　焦菊隐译
安徒生童话的艺术（勃兰特的《安
徒生论》第一章）（论丛）
　　〔丹〕勃兰特著　赵景深译
即兴诗人（论丛）　　　顾均正
安徒生童话的来源和系统——他
自己的记载 安徒生著　张友松译
践踏在面包上的女孩子
　　　　　　安徒生著　胡愈之译
茶壶　　　　安徒生著　樊仲云译
乐园 安徒生著　顾均正译；附注

扑满　　　　　　安徒生著　西谛译

千年之后　　　　安徒生著　西谛译

七曜日　　　　　安徒生著　顾均正译

一个大悲哀　　　安徒生著　顾均正译

雪人　　　　　　安徒生著　沈志坚译

红鞋　　　　　　安徒生著　梁指南译

妖山　　　　　　安徒生著　季赞育译

安徒生年谱（论丛）

　　　　　　　　顾均正　徐调孚

凤鸟　　　　　　安徒生著　西谛译

列那狐的历史（二）（儿童文学）

　　　　　　　　　　文基译述

文坛杂讯　　　　　　记　者

最后一页　　　　　（无署名）

　　　　第十六卷　第十号

　　　　（1925 年 10 月 10 日）

卷头语　　　　　　　　西　谛

参情梦（歌剧）（剧本）

　〔英〕陶孙著　傅东华译；附记

鬼影（小说）　　　　　王统照

秦教授的失败（小说）　庐隐女士

星儿在右边（诗）　　　李金发

猫诰（诗）　　　　　　朱　湘

社会的文学批评论（三）（论丛）

　　〔美〕蒲克著　傅东华译

循环争斗（儿童文学）

　　〔日〕益田甫著　苏仪贞译

　　第一幕　苍蝇和蜘蛛　第二

　　幕　蜘蛛和蚂蚁　第三幕

蜉蝣幼虫　第四幕　蜉蝣和

苍蝇

印度寓言　愚人与牛乳　愚人食

盐（儿童文学）　　　　西谛译

茶花女本事（论丛）　　樊仲云

雪夜（诗）　　　　　　欧阳兰

归家（上）（小说）　　孙俍工

蛇郎（儿童文学）　　　徐蔚南

妖精的恋歌（儿童文学）燕志俊

列那狐的历史（三）（儿童文学）

　　　　　　　　　　文基译述

文坛杂讯　　　　　　记　者

最后一页　　　　　（无署名）

　　　　第十六卷　第十一号

　　　　（1925 年 11 月 10 日）

卷头语　　　　　　　　西　谛

一个白衣素冠之客——奈克弱索

夫和他的诗（论丛）　　刘延陵

消夏杂记（小说）　　　翼女士

　　睡　雾　人之一生　暗夜

　　月下的故事　独芳幽谷　静

　　谷中的爱　沈沈的回忆　雨

　　声中　消闲　飞鸟投林　别

　　青山的一晚

阿龙索与伊木真（诗）

　　〔英〕M·G·Lewis 著　傅东华译

疲惫者（小说）　　　　王任叔

我想到你（诗）　　　　李金发

儿时回忆（小说）　　　金满成

王桂枝　活泼道人　外婆家

打鸠的祷祝（诗）　　　　　燕志俊

社会的文学批评论（四）（论丛）

　　　　〔美〕蒲克著　傅东华译

与夜莺（诗）

　　　　〔英〕密尔顿著　傅东华译

兔儿的衣服（儿童文学）

　　　　〔日〕木村小川著　秋芸译

小的红花（儿童文学）

　　　　〔日〕小川未明著　张晓天译

归家（下）（小说）　　　　孙俍工

你闭了你的眼（诗）　　　　燕志俊

文学大纲（论丛）　　　　　郑振铎

　　第二十一章　十八世纪的法
　　　国文学

花卉已无人理　　　　　　　于赓虞

蝴蝶的家（儿童文学）　　　燕志俊

漫画浅说（论丛）　　　　　丰子恺

子恺漫画集序（杂文）　　　郑振铎

列那狐的历史（四）（儿童文学）

　　　　　　　　　　　　　文基译述

文坛杂讯　　　　　　　　　记　者

最后一页　　　　　　　（无署名）

　　　　第十六卷　第十二号
　　　　（1925 年 12 月 10 日）

卷头语　　　　　　　　　　西谛

四库全书述略（论丛）　　　王伯祥

隐匿（小说）　　　　　　　许　杰

两封信（小说）　　　　　　谢位鼎

诱（小说）　　　　　　　　含　星

危机（小说）　　　　　　　庐隐女士

犹太文学与考白林（论丛）

　　　　L.Blumenfeld 著　海镜译

狐狸和葡萄（拉封登的寓言）

　　　　　　　　　　　　　调孚译

鱼与天鹅（儿童文学）

　　　　〔日〕小川未明著　晓天译

日出之前（五）（剧本）

　　　　〔德〕赫卜特曼著　耿济之译

文艺界的国际联盟（杂文）从　予

秋曲（诗）〔英〕济慈著　朱湘译

有一座坟墓　歌　答梦（诗）

　　　　　　　　　　　　　朱　湘

多妲（诗）

　　　　〔英〕丁尼生著　傅东华译

珠儿的祖母（小说）　　　　胡云翼

素书（小说）　　　　　　　俍　工

文学大纲（论丛）　　　　　郑振铎

　　第二十二章　十八世纪的德
　　　国文学

列那狐的历史（五）（儿童文学）

　　　　　　　　　　　　　文基译述

文坛杂讯　　　　　　　　　记　者

最后一页　　　　　　　（无署名）

小说月报第十六卷总目录（无署名）

　　　　第十七卷　第一号
　　　　（1926 年 1 月 10 日）

卷头语　　　　　　　　　　西谛

文学之近代研究（一）（论丛）

　　　莫尔顿著　傅东华译

　　导言·近代研究的主要观念

若望·克利司朵夫（小说）

　　〔法〕罗曼·罗兰著　敬隐渔译

蕾芒湖畔（杂文）　　　　敬隐渔

奥德赛（一）（诗）　　　傅东华译

法朗士之始末（论丛）　　李金发

剧后（小说）　　　　　　冰心女士

失去的兔（小说）　　　　西　谛

罪恶（小说）

　　〔俄〕柴霍甫著　赵景深译

岩石（诗）

　　〔俄〕烈尔蒙托夫著　陆秋人译

打弹子（小说）　　　　　朱　湘

嘉尔曼（一）（小说）

　　〔法〕梅礼美著　樊仲云译

魔术（小说）　　　　　　滕　固

拉风歹纳寓言　二友人　雄鸡与

愚人　　　　　　　　　张若谷译

一束红笺（小说）　周仿溪；附识

评徐君《志摩的诗》（论丛）朱　湘

世界是如此其小（小说）　李金发

列宁与俄皇的故事（小说）

　　〔苏联〕赛甫里娜著　胡愈之译

浮士德（小说）

　　〔俄〕契利加夫著　郁之译

苏斐（剧本）　　　　　　素如女士

孤哭的鸠（诗）　　　　　燕志俊

歌　秋夜（诗）　　　　　朱　湘

赌牌（诗）〔英〕黎理著　朱湘译

恳求（诗）〔英〕薛悝著　朱湘译

文学大纲（论丛）　　　　郑振铎

　　第二十三章　十八世纪的南

　　欧与北欧

儿童文学

讲道　　　　　　　　　　顾德隆

皇太子　　　　　　　　　敬隐渔

玫瑰与麻雀

　　〔丹〕安徒生著　樊仲云译

寓言二则　二位批评家　猪与羊

　　　　　　　　　　　　燕志俊

乞丐（高加索民间故事之一）

　　　　　　　　　　　　西谛译

恶汉乐斯和三个火堆

　　M·H·Wade 著　纫秋女士译

世界童话名著介绍（一）　顾均正

　　一、莽丛集（英　吉卜林

　　R·Kipling 著）

　　二、镜里世界（英　加乐尔

　　L·Carroll 著）

文坛杂讯　　　　　　　　记　者

最后一页　　　　　　　（无署名）

　　　第十七卷　第二号

　　　（1926年2月10日）

卷头语　　　　　　　　　西　谛

　晨（小说）　　　　　　叶绍钧

双十节（小说）　　　　　章克标

寓言的寓言（小说）

　　〔俄〕Vlas Doroŝevic 著　胡愈之译

好心肠（小说）

　　〔英〕高斯华绥著　顾德隆译

拉风歹纳寓言　　　　　张若谷译

　　猫与黄狼及野兔　狼变成牧

　　童　牧童与羊群

生命与国家（剧本）　　玉薇女士

文学之近代研究（二）（论丛）

　　　　莫尔顿著　傅东华译

　　第二章　文体元素的混杂

嘉尔曼（二）（小说）

　　　　梅礼美著　樊仲云译

诗神（诗）　　　　　　李金发

奥德赛（二）（诗）　　傅东华译

若望·克利斯朵夫（二）（小说）

　　　罗曼·罗兰著　敬隐渔译

巴黎之夜景（诗）

　　　〔法〕Paul　Verlaine 著

　　　　　　　　　　李金发译

行乐——欧洲中古时代某君诗英

译（诗）　　　　　　朱湘译

摇篮歌（诗）　　　　　朱　湘

文学大纲（论丛）　　　郑振铎

　　第二十四章　中国小说的第

　　二期

儿童文学

渔夫的儿子——高加索民间故事

之一　　　　　　　　西谛译

世界童话名著介绍（二）　顾均正

　　（三）彼得班恩（英　巴莱

S·T·M·Barnie）

　　（四）猿儿及其他（英　伊温

夫人 Ewing）

文坛杂讯　　　　　　　记　者

最后一页　　　　　　（无署名）

　　　第十七卷　第三号

　　（1926 年 3 月 10 日）

卷头语　　　　　　　　西　谛

微波（小说）　　　　　叶绍钧

将这个献给我的妻房（小说）

　　　　　　　　　　罗黑芷

辛八先生（小说）　　　罗黑芷

从前有一位瞎眼的先生（小说）

　　　　　　　　　　焦菊隐

还乡（小说）　　　　　王以仁

絮语散文（论丛）　　　胡梦华

文学之近代研究（三）（论丛）

　　　　莫尔顿著　傅东华译

首领的威信（小说）

　　〔西〕伐尔音克兰著　沈雁冰重译

若望·克利司朵夫（三）（小说）

　　〔法〕罗曼·罗兰著　敬隐渔译

残灰（诗）　　　　　　朱　湘

微思（诗）　　　　　　西　谛

嘉尔曼（三）（小说）

　　〔法〕梅礼美著　樊仲云译

自立（小说）　　　　　鲁　彦

文学大纲（论丛）　　　郑振铎

　　第二十五章　中国戏曲的第

　　二期

944

儿童文学

朝露	西谛
喜鹊教造窠	褚东郊
世界童话名著介绍（三）	顾均正

（五）钟为什么响（英 阿尔登 R·M·Alden）

（六）匹诺契奥的奇遇（意大利 科罗狄 C·Collodi）

拉风歹纳寓言	张若谷译

山生子 苏格腊底的话 牡牛与蛙

文坛杂讯	记者
最后一页	（无署名）

第十七卷 第四号
（1926 年 4 月 10 日）

卷头语	西谛
芥川龙之介氏的中国观（杂文）	
	夏丏尊译

第一瞥 上海城内 戏台 章炳麟氏 郑孝胥氏 南国的美人 沪杭车中 西湖 苏州 南京 芜湖 北京雍和宫 辜鸿铭先生 十刹海

胡胖子请客（小说）	罗黑芷
海的图画（小说）	罗黑芷
悒郁（小说）	
	〔俄〕柴霍甫著 赵景深译
玉箫明月（诗）	易家钺

拉风歹纳寓言 狮出征 死神与

穷汉	张若谷译
赫三怎样落下了裤子（小说）	
	〔俄〕Vlas Doroŝeviĉ 著
	胡愈之译
文学者与世界语（杂文）	无署名
破晓（小说）	于成泽
生命的伤痕（小说）	俍工

暴风雨的夜 把他倒挂在树上吧 雪里 孪生 更向何处去逃生呢 生命的伤痕

嘉尔曼（四）（小说）	
	〔法〕梅礼美著 樊仲云译
文学大纲（论丛）	郑振铎

第二十六章 十八世纪的中国文学

儿童文学

用功	顾德隆
七星	西谛
文坛杂讯	记者
最后一页	（无署名）

第十七卷 第五号
（1926 年 5 月 10 日）

卷头语	西谛
二男（小说）	罗黑芷
灵感（小说）	罗黑芷
怯弱者（小说）	夏丏尊
还乡（诗）	朱湘
夜猫（小说）	饶孟侃

拉风歹纳寓言 鸢与黄莺 狂与

爱　溪流与河水　　　　张若谷译

毛线袜（小说）　　　　　钦　文

沉缅（小说）　　　　　　王以仁

评闻君一多的诗（论丛）　朱　湘

五言诗发生时期之疑问（论丛）

　　　〔日〕铃木虎雄著　陈延杰译

文学之近代研究（四）（论丛）

　　　　莫尔顿著　傅东华译

奥德赛（三）（诗）　　傅东华译

嘉尔曼（五）（小说）

　　　〔法〕梅礼美著　樊仲云译

文学大纲（论丛）　　　郑振铎

　　第二十七章　十九世纪的英
　　国诗歌

世界童话名著介绍（四）　顾均正

　　（七）空想的故事（美　斯托
　　克顿 F·R·Stocton）

文坛杂讯　　　　　　　记　者

最后一页　　　　　　（无署名）

　　　　第十七卷　第六号
　　　　（1926 年 6 月 10 日）

卷头语（罗曼罗兰的贝多芬传）

　　　　　　　　徐蔚南译

罗曼罗兰传略（论丛）　马宗融

音乐方面的罗曼罗兰（论丛）

　　　　　　　　张若谷

彼得与露西（上）（小说）

　　　〔法〕罗曼罗兰著　李劼人译

拉风歹纳寓言　　　　　张若谷译

雏鸡与猫及幼鼠　牝狗与她
同伴　约诺与孔雀　兔与鹧鸪

罗曼罗兰著作表　　（无署名）

华工的信（小说）　　　李金发

复仇者（小说）

　　　〔俄〕柴霍甫著　赵景深译

医生（小说）　　　　　罗黑芷

归来的儿子（小说）　　曲　秋

在伊尔蒂希（Ivtysh）河岸上

　　　　　　　　蓼　南

师弟（小说）　　　　　许志行

　　　　　诗　选

夏夜　雨前　诀别　美（诗）

　　　　　　　　朱　湘

多西（诗）

　〔英〕郎德尔（Landor）著　朱湘译

终（诗）

　　〔英〕郎德尔（Landor）著

　　　　　　　　朱湘译

归来（诗）

　　〔英〕夏士陂（Shakespeare）著

　　　　　　　　朱湘译

海挽歌（诗）

　　〔英〕夏士陂（Shakespeare）著

　　　　　　　　朱湘译

爱（诗）〔英〕薛悷（Shelley）著

　　　　　　　　朱湘译

文学大纲（论丛）　第二十八章

十九世纪的英国小说　郑振铎

世界童话名著介绍（五）　顾均正

　　（八）仙女莫泊萨（英　印泽

罗 Jean Ingelow）

介绍"列那狐的历史"（介绍）

　　　　　　　　　　记　者

文坛杂讯　　　　　　　记　者

最后一页　　　　　（无署名）

　　　　第十七卷　第七号
　　　　（1926 年 7 月 10 日）

卷头语　　　　　　　　西　谛

老张的哲学（小说）　　舒庆春

王娇（诗）　　　　　　朱　湘

访雯（剧本）　　　　　白薇女士

茉莉曲（诗）　　　　　滕　固

烟袋（小说）

　　〔苏〕爱伦堡著　曹靖华译

彼得与露西（下）（小说）

　　〔法〕罗曼罗兰著　李劼人译

拉风歹纳寓言　橡树与荻芦　遣

往亚历山大的兽群　　　张若谷译

文学大纲（论丛）　　　郑振铎

　　第二十九章　十九世纪的英
　　国批评家及其他

　　第三十章　十九世纪的法国
　　小说

世界童话名著介绍（六）　顾均正

　　（九）自然的喻言（英　盖替
　　夫人）

介绍《城中》（叶绍钧著）（介绍）

　　　　　　　　　（无署名）

文坛杂讯　　　　　　　记　者

最后一页　　　　　（无署名）

　　　　第十七卷　第八号
　　　　（1926 年 8 月 10 日）

卷头语　　　　　　　　西　谛

低低地弯下身去（小说）　罗黑芷

拉风歹纳寓言　　　　　张若谷译

　　狮子老了　狼狐聚讼于猴前
　　象与周比特的猴子

无题（诗）　　　　　　刘梦苇

龙华道上（小说）　　　滕　固

谷润（小说）　　　　　徐蔚南

文学之近代研究（五）（论丛）

　　　莫尔顿著　傅东华译

丽西·爱尔彩·爱丽沙白（小说）

　　匈牙利 F·Herczeg 著　鲁彦译

神话与民间故事（论丛）

　　〔英〕哈特兰德著　赵景深译

奇事的天使（小说）

　　〔美〕爱伦坡著　傅东华译

震动的一环（小说）　　长　虹

炉边（小说）　　　　　岳　焕

老张的哲学（二）（小说）老　舍

文学大纲（论丛）　　　郑振铎

　　第三十一章　十九世纪的法
　　国诗歌

　　第三十二章　十九世纪的法
　　国戏剧与批评

世界童话名著介绍（七）　顾均正

　　（十）鹅母亲故事（法　贝洛尔）

文坛杂讯　　　　　　　记　者
最后一页　　　　　　　（无署名）

第十七卷　第九号
（1926 年 9 月 10 日）

卷头语　　　　　　　　圣　陶
狐仙（剧本）　　　　　落华生
夏夜（小说）　　　　　叶绍钧
北海纪游（杂文）　　　朱　湘
哭城（诗）　　　　　　朱　湘
末路（小说）　　　　　许　杰
拉风丏纳寓言　死神与临死人
大言不惭的游历家　　张若谷译
一个神秘的悲剧（剧本）长　虹
小泉八云的文学讲义（论丛）
　　　　　　　　　　　滕固译
一　关于文学的读者　二　文章
论略　三　文学与舆论
草书纪年（杂文）　　　长　虹
　　一次胜利　平凡的普通　蒙
　　昧　夜的占领　从他的叶到他
　　的根　一个艺术家　古训
　　被压迫者的心理　传统　民
　　间的损失　红的分类　调和
　　等待　生与死
老张的哲学（三）（小说）老　舍
文学大纲（论丛）　　　郑振铎
　　第三十三章　十九世纪的德
　　国文学
　　第三十四章　十九世纪的俄

国文学
世界童话名著介绍（八）顾均正
　　（十一）美人与野兽（法　微
　　拉绥夫人）
文坛杂讯　　　　　　　记　者
最后一页　　　　　　　（无署名）

第十七卷　第十号
（1926 年 10 月 10 日）

卷头语　　　　　　　　西　谛
克鲁泡特金的柴霍甫论（论丛）
　　　　　　　　　　　陈著译
柴霍甫（论丛）
　　〔俄〕蒲宁著　赵景深译
笛声（小说）
　　〔俄〕柴霍甫著　张友松译
爱（小说）
　　〔俄〕柴霍甫著　张友松译
拉风丏纳寓言　蝉与蚁　妇女与
秘密　二鸽　　　　张若谷译
柴霍甫的零简——给高尔基（书信）
　　　　　　　　　　　志摩译
香滨酒——一个旅客的自述（小
说）〔俄〕柴霍甫著　赵景深译
牛津大学公园早行（诗）落华生
一篇没有题目的故事（小说）
　　〔俄〕柴霍甫著　效洵译
暖昧的性情（小说）
　　〔俄〕柴霍甫著　效洵译
老张的哲学（四）（小说）老　舍

草书纪年（杂文）　　　　长　虹
　　现实的现实　老战士和他的
　　老马　历史的势力　爱的沉
　　默　艺术与悲哀
表现的鉴赏论（克罗伊兼的学说）
（论丛）　　　　　　　　胡梦华
剩落大伯（小说）　　　　许钦文
给——（诗）　　　　　　长　虹
寄天涯一孤鸿（小说）　庐隐女士
文学大纲（论丛）　　　　郑振铎
　　第三十五章　十九世纪的波
　　兰文学
　　第三十六章　十九世纪的斯
　　坎德那维亚文学
文坛杂讯　　　　　　　　记　者
最后一页　　　　　　（无署名）

　　　　第十七卷　第十一号
　　　　（1926 年 11 月 10 日）

卷头语　　　　　　　　　西　谛
车中（小说）　　　　　　王统照
灵海潮汐致梅姊（小说）　庐隐女士
拉风夗纳寓言　不忠实的受托人
　　　　　　　　　　　张若谷译
扫墓（小说）　　　　　　林守庄
四月（诗）　　　　　　　燕志俊
落日愁（小说）　　　　　渺　世
阿圆和尚（小说）　　　　浑　沌
给——（诗）　　　　　　长　虹
介绍《爱的教育》　　　（无署名）

一个小小的牺牲者——哭亡女绢
（小说）　　　　　　　　黄　中
母亲（小说）
　　　　〔日〕人见克著　苏仪贞译
老张的哲学（五）（小说）老　舍
爱情（诗）　　　　　　　燕志俊
文学大纲（论丛）　　　　郑振铎
　　第三十七章　十九世纪的南
　　欧文学　第三十八章　十九
　　世纪的荷兰与比利时　第三
　　十九章　爱尔兰的文艺复兴
答周仿溪君（通讯）　　　郑振铎
世界童话名著介绍（九）　顾均正
　　（十二）挪威民间故事（挪威
　　阿斯皮尔、孙摩伊合著）
文坛杂讯　　　　　　　　记　者
最后一页　　　　　　（无署名）

　　　　第十七卷　第十二号
　　　　（1926 年 12 月 10 日）

卷头语　　　　　　　　　西　谛
寂莫（小说）　　　　　　庐隐女士
死之胜利——为杨子惠作（诗）
　　　　　　　　　　　　朱　湘
上帝保佑下的一员（小诗）章克标
两个头颅的摇动（小说）　王统照
殂落（小说）　　　　　　王以仁
爱与愁（小说）　　　　　胡云翼
老张的哲学（续完）（小说）老　舍
奥德赛（四）（诗）　　傅东华译

文学大纲（论丛）　　　　　郑振铎
　　第四十章　美国的文学　第
　　四十一章　十九世纪的中国
　　文学
文坛杂讯　　　　　　　　　　记　者
最后一页　　　　　　　　（无署名）

第十七卷号外
中国文学研究（上）
（1927 年 6 月）

卷头语　　　　　　　　　　　西　谛
研究中国文学的新途径　　　郑振铎
中国文学演进之趋势　　　　郭绍虞
诗与诗体　　　　　　　　　　唐　钺
从学理上论中国诗　　　　　潘力山
赋在中国文学史上的位置　　郭绍虞
三百篇中的私情诗　　　　　　朱　湘
释四诗名义　　　　　　　　梁启超
读诗札记　　　　　　　　　俞平伯
宋玉评传　　　　　　　　　陆侃如
武松与其妻贾氏　　　　　　　西　谛
宋玉赋辨伪　　　　　　　　刘大白
中山狼故事之变异　　　　　　西　谛
李笠翁十种曲　　　　　　　　朱　湘
魏晋诗研究　　　　　　　　陈延杰
中世人的苦闷与游仙的文学　滕　固
谢朓年谱　　　　　　　　　伍叔傥
古代的民歌　　　　　　　　　朱　湘
五绝中的女子　　　　　　　　朱　湘
颓废派之文人李白　　　　　徐嘉瑞
王维　　　　　　　　　　　　朱　湘

王昌龄的诗　　　　　　　　　施　章
岑参　　　　　　　　　　　徐嘉瑞
宋诗之派别　　　　　　　　陈延杰
宋初词人　　　　　　　　　台静农
螺壳中之女郎　　　　　　　　西　谛
论北宋慢词　　　　　　　　张友仁
纳兰容若　　　　　　　　　　滕　固
中国旧诗篇中的声调问题　　刘大白
说中国诗篇中的次第律——外形
　律之一　　　　　　　　　刘大白
中国民众文艺之一斑——歌谣
　　　　　　　　　　　　　刘经庵
民歌研究的片面　　　　　　汪馥泉
宋人词话　　　　　　　　　　西　谛
中国儿歌的研究　　　　　　褚东郊
鲁智深的家庭　　　　　　　　西　谛

中国文学研究（下）

梵剧体例及其在汉剧上底点点滴滴
　　　　　　　　　　　　　许地山
元剧略说　　　　　　　　　吴瞿安
郑氏影印之杂剧传奇　　（无署名）
救风尘　　　　　　　　　　　朱　湘
西厢的批评与考证　　　　　张友鸾
吟风阁　　　　　　　　　　　朱　湘
西厢记的考证问题　　　　　谢　康
明代之短篇平话小说　　　　　西　谛
"目莲救母行孝戏文"研究
　〔日〕仓石武四郎著　汪馥泉译
蒋士铨　　　　　　　　　　　朱　湘
谈二黄戏　　　　　　　　　欧阳予倩

中国戏曲的选本　　　　　郑振铎

中国小说概论

　　　〔日〕盐谷温著　君左译

今古奇观之来源　　　　　记　者

明清小说论　　　　　　　谢无量

水浒传之研究　　　　　　潘力山

中国文学内的性欲描写　　沈雁冰

日本最近发见之中国小说　西　谛

宣和遗事考证　　　　　　汪仲贤

韵文与骈体文　　　　　　严既澄

散体文正名　　　　　　　陈　衍

哥德与中国文化　　　　　卫礼贤

十四世纪南俄人之汉文学　陈　垣

金源的文圃　　　　　　　许文玉

肖统评传　　　　　　　　谢　康

文学批评家刘彦和评传　　梁绳祎

文学批评家李笠翁　　　　胡梦华

徐霞客游记　　　　　　　丁文江

文学革命家的先驱者——王静庵

先生　　　　　　　　　　吴文祺

佛曲叙录　　　　　　　　郑振铎

西谛所藏弹词目录　　　　西　谛

中国民众文艺一斑——滩簧 徐傅霖

中国蛋民文学一脔　　　　钟敬文

中国文学年表　　　　　　郑振铎

　　　　第十八卷　第一号

　　　（1927 年 1 月 10 日）

卷头语　　　　　　　　　西　谛

音乐与文学的握手（论丛） 丰子恺

插图之话（论丛）　　　　郑振铎

词选序（论丛）　　　　　胡　适

鬻命（小说）　　　　　　汪静之

一包东西（小说）　　　　叶绍钧

蓝田的忏悔录（小说）庐隐女士

雪风（小说）

　　〔俄〕皮涅克著　向培良译

龚枯儿兄弟（文坛逸话）　宏　徒

两封遗书（小说）　　　　行　余

文豪所得的稿费（文坛逸话）

　　　　　　　　　　　　宏　徒

泪影（小说）　　　　　　刘大杰

几段无系统的思想（小说）李金发

拉风歹纳寓言　百头龙与百尾龙

雄鸡与狐　　　　　　　张若谷译

老仆人（小说）

　　　〔波〕显克微支著

　　　　　鲁彦译；附记

小坟屋（剧本）

　　〔英〕G·Caldron 著　沈性仁译

木偶的奇遇（童话）

　　　　　〔意〕科洛提著

　　　　　徐调孚译述；附记

现代文坛杂话　　　　　　樊仲云

　文明与野蛮　威尔斯痛骂大

　学教育　左拉与法朗士　勃

　兰特的杜斯传　关于诺贝尔

　文艺奖的诸家意见

近代名著百种

　一　沉钟　（霍普特曼著

　G·Hauptmann）　　　谢六逸

951

二　伊凡泽林　（美朗弗罗著
　　H·W·Longfellow）　徐调孚
正月文艺家生卒表　　　　西　谛
文学大纲（论丛）　　　　郑振铎
　　第四十二章　新世纪的文学
上月份收到之刊物（介绍）无署名
最后一页　　　　　　　　无署名

　　　　第十八卷　第二号
　　　　（1927 年 2 月 10 日）

卷头语　　　　　　　　　西　谛
文学进化论（论丛）
　　　　莫尔顿著　傅东华译
《熬波图》（论丛）　　　佩　弦
普希金的决斗（文坛逸话）宏　徒
山鸭（小说）
　　〔日〕芥川龙之介著　汤鹤逸译
临谷（小说）
　　〔俄〕皮涅克著　向培良译
改嫁（小说）　　　　　　许　杰
"司令"（小说）　　　　王统照
友谊（小说）　　　　　　李金发
托尔斯泰与二十八（杂文）宏　徒
何处是归程（小说）　　庐隐女士
鬻命（续完）（小说）　　汪静之
马克吐温的领带（杂文）　宏　徒
死的舞曲（诗）　　　　　长　虹
小儿的啼声（杂文）　　　宏　徒
我底病人（诗）　　　　　落华生
木偶的奇遇（二）（童话）

　　〔意〕科洛提著　徐调孚译述
近代名著百种
　　三　复活（托尔斯泰著）
　　　　　　　　　　　　谢六逸
二月文艺家生卒表　　　　西　谛
最后半页　　　　　　　（无署名）

　　　　第十八卷　第三号
　　　　（1927 年 3 月 10 日）

卷头语　　　　　　　　　西　谛
乐圣裴德芬底生涯及其艺术（论丛）
　　　　　　　　　　　　丰子恺
介绍《艺术界周刊》　　（无署名）
裴德芬谈话三则（论丛）　子　恺
阿那托尔·法郎士不受人拍（杂文）
　　　　　　　　　　　　宏　徒
赵子曰（小说）　　　　　老　舍
金丸药与纸丸药（杂文）　宏　徒
小点缀（小说）　　　　　渺　世
纪念碑的奠礼（小说）　　许　杰
以诺阿登（诗）
　　　　丁尼生作　傅东华译
兰勃兄妹的苦运（杂文）　宏　徒
离婚（剧本）　　　　　　向培良
木偶的奇遇（三）（童话）
　　〔意〕科洛提著　徐调孚译述
近代名著百种
　　四、红与黑（法国　斯当达
尔著）　　　　　　　　　马宗融
　　五、约婚夫妇（意大利　曼苏

尼著）　　　　　　　徐调孚

三月文艺家生卒表　西谛　调孚

诗人雪莱（杂文）　　宏　徒

第十八卷　第四号
（1927 年 4 月 10 日）

卷头语　　　　　　　F·Hebbel

日本传说十种　附解说（论丛）

　　　　　　　　　　　谢六逸

文学进化论（二）（论丛）

　　　　莫尔顿著　傅东华译

十四夜间（小说）　　焕乎

赵子曰（二）（小说）　老舍

希腊人之哀歌（论丛）　张水淇

暴虐狂与受虐狂（杂文）　宏　徒

群众（小说）

　　　〔法〕米尔博著　修匀译

雪人（小说）　　　　林守庄

农夫马尔来（小说）

　　〔俄〕杜斯退益夫斯基著

　　　　　　　　　　杨彦劬译

死刑台上的杜思退益夫斯基（杂文）

　　　　　　　　　　宏　徒

十一封信（小说）　　潘垂统

离婚（二）（剧本）　向培良

贫穷问答歌（自万叶集）（诗）

　　　　　谢六逸译；附记

Mars 的恩惠（诗）　赵景深

献给自然的女儿（之一）（诗）

　　　　　　　　　　长　虹

流泪（诗）　　　　　林守庄

木偶的奇遇（四）（童话）

　　〔意〕科洛提著　徐调孚译述

四月文艺家生卒表　西谛　调孚

十返舍·一九之滑稽（杂文）

　　　　　　　　　　宏　徒

第十八卷　第五号
（1927 年 5 月 10 日）

卷头语（蒲宁述柴霍甫语）

怀柴霍甫（论丛）

　　〔俄〕科布林著　赵景深译

"安娜套在颈子上"（小说）

　　〔俄〕柴霍甫著　赵景深译

头等搭客（小说）

　　〔俄〕柴霍甫著　云裳译

鲍特莱尔的奇癖（杂文）　宏　徒

不幸（小说）

　　〔俄〕柴霍甫著　露明译

小病（小说）　　　　桂　山

苦闷的灵魂（小说）　含　星

屠格涅夫的轶事（杂文）　宏　徒

赵子曰（三）（小说）　老舍

南方熊楠这人（杂文）　宏　徒

日本狂言（剧本）　　谢六逸译

　　自杀　鬼的义儿

诗　选

放翁的老年　　　　　赵景深

午时的乡野　　　　　渺世

献给自然的女儿（之二）　长　虹

寂寥　　　　　　　　　寒先艾
离婚（三）（剧本）　　　向培良
木偶的奇遇（五）（童话）
　　　〔意〕科洛提著　徐调孚译述
五月文艺家生卒表　西谛　调孚

　　　第十八卷　第六号
　　（1927 年 6 月 10 日）

郑振铎启事
卷头语厨（川白村《苦闷的象征》
鲁迅译）
出嫁的前夜（小说）　　　许　杰
勃兰特（杂文）　　　　　宏　徒
小妹妹（小说）　　　　　孟　言
贼（小说）　　　　　　　彭家煌
痛骂男女关系者（杂文）　宏　徒
罗马人的行迹选译　　　谢六逸译
迭更司唱"莲花落"（杂文）宏　徒
小品　　　　　　　　　　丰子恺
　　忆儿时　华瞻的日记
文学进化论（三）（论丛）
　　　　莫尔顿著　傅东华译
史特林堡与妇人（杂文）　宏　徒
赵子曰（四）（小说）　　老　舍
十一封信（续完）（小说）潘垂统
醉汉（小说）
　　　〔法〕莫伯桑著　董家溎译
介绍《文学周报》王国维先生追悼
专号（介绍）　　　（无署名）
婴孩（小说）

　　　〔法〕米尔博著　马宗融译
　　　　　　诗
哀与愁　　　　　　　　　寒先艾
给——　　　　　　　　　霜　华
暴风雨的一夜　最后的心愿　土　人
飘流者的梦　　　　　　　冉崇实
现代文坛杂话　　　　　　景　深
　　须莱纳尔的遗著　老当益壮
　的补尔惹　纽约时报痛骂宾
　那脱　罗曼罗兰的《摇荡的灵
　魂》　辜律勒已的新研究
近代名著百种
　　六、世界游记（英·达尔文著）
　　　　　　　　　　　　周建人
　　七、童话全集（丹麦·安徒
　生著）　　　　　　　徐调孚
文坛消息　　　　　　　　徐霞村
　　法国浪漫运动百周纪念　保
　罗哇莱希进法兰西学院
六月文艺家生卒表　西谛　调孚
最后半页　　　　　　（无署名）

　　　第十八卷　第七号
　　（1927 年 7 月 10 日）

卷头语　　　　　　　　　记　者
　　　　　　小　说
黄金　　　　　　　　　　鲁　彦
牧场上　　　　　　　　　胡也频
烟灯旁的故事　　　　　　徐元度
斗　　　　　　　　　　　刘一梦

954

王榆　　　　　　　　　西　谛
葡萄　　　　　　　　　何　燕
栀子花球　　　　　　　赵景深
三姑燕娟与三姑丈　　　西　谛
春天的消息　　　　　　高　歌
幸福真谛　　　　　　　锦　明
赵子曰（五）　　　　　老　舍
小品　　　　　　　　　子　恺
　　闲居　从孩子得到的启示
　　天的文学　东京某晚的事
　　楼板　姓
荷塘月色　　　　　　　佩　弦
海塘上　　　　　　　　戴菊农
　　　　　诗
喝酒　　　　　　　　　梁　州
我是一只镂金的陶瓶　微吟　雁
声中　一个乞丐的死　　刘　枝
灵魂　　　　　　　　　寒先艾
我愿　　　　　　　　　观　云
献给自然的女儿　　　　长　虹
　　　　随　笔
读《柚子》（秉丞）　完成（秉丞）
爽然（梁州）　毫不（秉丞）　法
度（秉丞）
七月文艺家生卒表　　西谛　调孚
最后一页　　　　　（无署名）

　　　　第十八卷　第八号
　　　　（1927年8月10日）

卷头语　　　　　　F·Hebbel

子卿先生（小说）　　　许　杰
华盛顿·欧文的家（杂文）宏　徒
失名的故事（小说）　　黎君亮
巴尔扎克的想像力（杂文）宏　徒
柴玛萨斯评传（论丛）　沈　余
他们的儿子（小说）
　　〔西〕柴玛萨斯著　沈余译
一女侍（小说）
　　〔英〕乔其·麻亚著　郁达夫译
哥德的晚年（杂文）　　宏　徒
被弃的（小说）　　　　志　行
五老爹（小说）　　　　西　谛
巴尔扎克的收入计划（杂文）
　　　　　　　　　　　宏　徒
英国大诗人勃莱克百年纪念（论丛）
　　　　　　　　　　　赵景深
我的美丽蔷薇（诗）
　　　　勃莱克著　赵景深译
一个神秘的诗人的百年祭（杂文）
　　　　　　　　　　　徐霞村
关于勃莱克的研究书目（介绍）
　　　　　　　　　　（无署名）
文学进化论（四）（论丛）
　　　　莫尔顿著　傅东华译
眠月——呈未会一面的亡友白采
君（随笔）　　　　　俞平伯
雪晚归船（随笔）　俞平伯；附记
我的邻（随笔）　　　　懋　琳
艺术三昧（随笔）　　　丰子恺
介绍新月书店新书（介绍）
　　　　　　　　　　（无署名）

赵子曰（六）（小说）　　　老　舍

诗人与小鸟（杂文）　　　　宏　徒

木偶的奇偶（六）（童话）

　　　〔意〕科洛提著　徐调孚译述

现代文坛杂话

爱伦坡交了好运　肖伯纳重视女
性　第五福音　别开生面的嘉尔
曼新序　法朗士与阿曼夫人（景
深）　英国人与犯罪文学　今年的
霍桑奖金　西班牙小说家米罗　国
家文学奖金　巴比塞替法朗士辩
护（霞村）

八月文艺家生卒表　　西谛　调孚

最后一页　　　　　　（无署名）

　　　第十八卷　第九号
　　　（1927 年 9 月 10 日）

幻灭（小说）　　　　　　　茅　盾

毒药（小说）　　　　　　　鲁　彦

春兰与秋菊（小说）　　　　西　谛

芥川龙之介（论丛）　　　　郑心南

芥川龙之介年表　　　　（无署名）

芥川氏创作十篇

地狱变相　　　　　　江炼百译

开化的杀人　　郑心南　梁希杰译

影　　　　　　　　　顾寿白译

阿富的贞操　　　谢六逸译；附注

龙　　　　　　　　　胡可章译

开通的丈夫　　　　　周颂久译

奇谭　　　　　　　　夏韫玉译

湖南的扇子　　　夏丏尊译；附志

南京的基督　　　　　郑心南译

河童　　　　　黎烈文译；附解题

介绍《介川龙之介集》（介绍）

　　　　　　　　　　（无署名）

芥川氏小品四篇　　　谢六逸译

　尾生的信　女体　英雄之器
　黄粱梦

芥川氏杂著两种

小说作法十则　　　　切生译

隽语集　　　　　　　宏徒译

九月文艺家生卒表　　西谛　调孚

　　　第十八卷　第十号
　　　（1927 年 10 月 10 日）

夜（小说）　　　　　　　　桂　山

一个危险的人物（小说）　鲁　彦

病室（小说）　　　　　　　西　谛

幻灭（续完）（小说）　　　茅　盾

赵子曰（七）（小说）　　　老　舍

他们的儿子（续完）（小说）

　　〔西〕柴玛萨斯著　沈余译

河童（续完）（小说）

　　〔日〕芥川龙之介著　黎烈文译

近代名著百种

　　八　陶林格莱之肖像（英·王
尔德著）　　　　　　　赵家璧

　　九　莎乐美（英·王尔德著）

　　　　　　　　　　　徐调孚

海外文坛杂话　　　　赵景深

最详细的康拉特传　罗伟尔
最后的遗著　韦尔斯世界史
纲之劲敌　伊本纳兹的贫民
巴尔扎克创作的豪兴　八十
五岁的诗人哈代
木偶的奇遇（七）（童话）
　　〔意〕科洛提著　徐调孚译述
十月文艺家生卒表　西谛　调孚

第十八卷　第十一号
（1927 年 11 月 10 日）

巴黎国家图书馆中之中国小说与
戏曲（论丛）　　　　郑振铎
沉船（小说）　　　　王统照
箱子（小说）　　　　顾仲起
鲁迅论（论丛）　　　方　璧
小岔儿的世界（小说）　锦　明
九叔（小说）　　　　西　谛
　　　　　随　笔
诸葛莱（一萼）　月下老人祠下（俞
平伯）　阿难（子恺）　晨梦（子恺）
嗅妻房的男人　〔日〕薄田泣董著
　　　　　谢六逸译；附记
一条狗的死（小说）
　　〔法〕米尔博著　马宗融译
春天的一个晚晌（小说）
　　〔法〕莫泊桑著　董家漳译
《英语周刊》特别启事
　　　　　（无署名）
赵子曰（八）（小说）　老　舍

现代文坛杂话　　　　徐霞村
哈登论德国文坛　肖伯纳的
谈话　克尔渥德逝世　三本
比利时的新书　伊兰德文坛
近讯　法国学者对于小说式
的传记的意见
木偶的奇遇（八）
　　〔意〕科洛提著　徐调孚译述
十一月文艺家生卒表　西谛　调孚

第十八卷　第十二号
（1927 年 12 月 10 日）

纯粹的诗（论丛）
　　　詹姆生著　佩弦译；附记
梦珂（小说）　　　　丁　玲
接吻（小说）
　　〔日〕加藤武雄著　谢六逸译
二诗人（小说）　郁达夫；附记
两男一女（小说）
　　　戴丽黛著　赵景深译
戴丽黛——一九二六年诺贝尔奖
金的得者　　　肯那特 Joseph
Spencer Kpenuard 著
　　　　　赵景深译；附注
英雄（小说）　　　　徐元度
世界语文学——为世界语产生四
十周年纪念而作　　　愈　之
世界语在中国（杂文）　鲁　
柏心哥夫（小说）
　　〔俄〕屠格涅夫著　张迪虚译

近代名著百种述略　　　　　马宗融
　　十　巴黎圣母院（法国雨果著）
木偶的奇遇（九）
　　〔意〕科洛提著　徐调孚译述
十二月文艺家生卒表　西谛　调孚
附录　小说月报第十八卷全目

　　　第十九卷　第一号
　　（1928 年 1 月 10 日）

动摇（一至五）（小说）　茅　盾
"歌曲之王"修佩尔德（论丛）
　　　　　　　　　　　　丰子恺
爱犬故事（小说）
　　〔日〕加藤武雄著　谢六逸译
烦躁（小说）　　　　　　罗黑芷
绢子（小说）　　　　　　施蛰存
卢勃克和伊里纳的后来（论丛）
　　〔日〕有岛武郎著　鲁迅译
古尔达（小说）
　　　　　　普鲁士著　鲁彦译
在私塾（小说）　　　　　沈从文
罗亭（一至六）（小说）
　　〔俄〕屠格涅夫著　赵景深译
中国文学批评史上之"神""气"
说（论丛）　　　　　　　郭绍虞
桃园（小说）　　　　　　废　名
茸芷缭衡室读诗杂说——邶风谷
风（论丛）　　　　　　　俞平伯
奔丧（小说）　　　　　　彭家煌
骑卫兵曲韦里（小说）

　　　　　　杜哈美尔著　济之译
王鲁彦论（论丛）　　　　方　璧
归后（剧本）　　　　　　景　廉
雨前（随笔）　　　　　　罗黑芷
猫的墓（随笔）
　　〔日〕夏目漱石著　谢六逸译
火钵（随笔）
　　〔日〕夏目漱石著　谢六逸译
俄罗斯文学漫评　　　　　钱杏邨
现代文坛杂话　　　　　　赵景深
　　曼殊斐儿日记　丹农雪乌全
集　雪莱不是美丽天使　"海
涅那个人"　自然的骄子莎留

　　　第十九卷　第二号
　　（1928 年 2 月 10 日）

莎菲女士的日记（小说）　丁　玲
文学及艺术之技术革命（论丛）
　　〔日〕平林初之辅著　陈望道译
动摇（六至九）（小说）　茅　盾
谈中国小说（论丛）　　　俞平伯
烟纹（小说）　　　　　　林守庄
罗亭（四至六）（小说）
　　〔俄〕屠格涅甫著　赵景深译
小五放牛（小说）　　　　废　名
我也不知道（剧本）
　　〔日〕武者小路实笃著
　　　　　　谢六逸译；附记
现代文坛杂话　　　　　　赵景深
　　再谈谈戴丽黛　杜哈美尔的

俄国观　显尼志劳的《破晓》
哈代伊本纳兹相继逝世　肖
伯纳不慌不忙

第十九卷　第三号
（1928 年 3 月 10 日）

或人的太太（小说）　　甲　辰
海得加勃勒（第一幕）（剧本）
　　易卜生著　潘家洵译；附序言
动摇（十至十二）（小说）
　　　　　　　　　　茅　盾
人间词话未刊稿及其他（论丛）
　　王国维著　赵万里辑
罗亭（七至十）（小说）
　　〔俄〕屠格涅甫著　赵景深译
到家（小说）　　　　许　杰
富美子的脚（小说）
　　〔日〕谷崎润一郎著　沈端先译
希腊罗马神话传说中的恋爱故事
　　　　　　　　　　西　谛
德国文坛漫评　　　　钱杏邨
现代文坛杂话　　　　赵景深
　　巴蕾家乡的访问　巴林的补
　　锅匠的箔叶　巴比塞的耶稣
　　像　包一得调侃古今文人
　　新译波特莱耳书简　哈代的
　　葬仪　哈代逝世后的怀念与
　　评论　琵亚词侣是个胆怯者
　　奥奈尔的近作

第十九卷　第四号
（1928 年 4 月 10 日）

批评家泰纳（论丛）
　　布轮退耳著　陈鸿译；附记
泰纳重要著作梗概（论丛）陈　鸿
三个时代（诗）　　　　浑　沌
不要来在这样的冬夜呵我爱（诗）
泛泛（诗）　Serenade（诗）琵
琶行（诗）　　　　　　鹤　西
孤独者的歌（诗）　我如今参透了生
命的奥微（诗）　泪（诗）寒先艾
想（诗）　　　　　　　甲　辰
咫尺（诗）　　　　　　白　晖
假如我的头儿悬挂在街头（诗）
　　　　　　　　　　霜　华
睡眠（诗）　　　　　　符竹英
人肉（小说）　　　　　汪静之
海得加勃勒（第二幕）（剧本）
　　易卜生著　潘家洵译
论水浒传七十回古本之有无（论丛）
　　　　　　　　　　俞平伯
玛珊（小说）　　　　　锦　明
罗亭（十一至十四）（小说）
　　〔俄〕屠格涅甫著　赵景深译
布雨多阿（小说）
　　法朗士著　马宗融译
希腊罗马神话传说中的恋爱故事
　　　　　　　　　　西　谛
现代文坛杂话　　　　赵景深
　　科学小说之父百年纪念　德

国诗人列尔克　唐珊南美丽
的文笔　挪威女作家新讯
法兰西诗坛近况

第十九卷　第五号
（1928 年 5 月 10 日）

暑假中（小说）　　　　丁　玲
弱者（小说）　　　　　日　生
伊本纳兹（论丛）　　　孙春霆
良夜幽情曲（小说）
　　　　伊本纳兹著　杜衡译
唱（小说）　　　　　徐元度
海得加勃勒（第三幕第四幕）（剧本）
　　　　易卜生著　潘家洵译
诗人罗赛谛百年纪念（论丛）
　　　　　　　　　　赵景深
赴戏园途中（小说）
　　　　爱佛钦古著　汪倜然译
意外之事（小说）
　　　　爱佛钦古著　汪倜然译
希腊罗马神话传说中的恋爱故事
　　　　　　　　　西　谛
英国文学漫评　　　　钱杏邨
　　高斯华绥与劳动问题　肖伯
　　纳与职业问题

第十九卷　第六号
（1928 年 6 月 10 日）

追求（一至二）（小说）　茅　盾

帕拉玛兹评传（论丛）　　沈　余
一个人的死（一至二）（小说）
　　　　帕拉玛兹著　沈余译
还魂草（小说）　　　　杜　衡
拉·巴尔纳斯·阿姆菩兰（小说）
　　　　森鸥外著　S·F译
致骏祥（诗）　一个牧童的故事
（诗）　　　　　　　鹤　西
别离之曲（诗）　秋感（诗）
　　　　　　　　　　刘　枝
矛盾（诗）　　　　　滕沁华
乞丐的哀歌——为薜华作（诗）
　　　　　　　　　　玉　华
大自然与灵魂的对话（随笔）
　　　　　　　　李奥柏特著
　　　　　丰子恺译；附序言
大地与月的对话（随笔）
　　　　李奥柏特著　丰子恺译
"曾经为人的动物"——为高尔基
创作三十五周年纪念作
　　　　　　钱杏邨；附记
希腊罗马神话传说中的恋爱故事
（续）　　　　　　　西　谛
现代文坛杂话　　　　赵景深
　　最难读的书——有趣味的征
　　求　又是显尼支劳　一盘甜
　　菜　爱尔兰文坛近讯　哥德
　　以后的大诗人　戏剧式的哈
　　代访问记　马克吐温的母亲

第十九卷 第七号
（1928 年 7 月 10 日）

阿毛姑娘（小说） 丁 玲
浪漫派的红半臂（论丛）
戈恬著 虚白译；附记
追求（三至四）（小说） 茅 盾
一个人的死（三至四）（小说）
帕拉玛兹著 沈余译
艺术家（剧本） 熊佛西
过去（小说）
斯泰马托夫著 钟宪民译
你莫再爱我（诗） 浑 沌
我们等到冬天看（诗） 我底眠歌
（诗） 她底眠歌（诗） 鹤 西
歇司底里亚（诗） 露 明
拿起钢刀在手（诗） 程少怀
海伦葛瑞（诗）
〔英〕罗赛谛女士著 鹤西译
在林中（诗）
〔瑞〕奥立佛著 戴望舒译
百鸟颂（随笔）
李奥柏特著 丰子恺译
希腊罗马神话传说中的恋爱故事
（续） 西 谛
现代文坛杂话 赵景深
拉绮尔洛孚的将军指环 诗
人 A·E·的事情 约翰沁孤
之死 夏芝的《塔》 新的茄
茶的诺华

第十九卷 第八号
（1928 年 8 月 10 日）

菊子夫人（一至十）（小说）
绿谛著 徐霞村译；附记
最近之高尔基（论丛）
升曙梦著 李可译
柏子（小说） 甲 辰
苦恼（小说） 侍 桁
希腊神话与北欧神话（论丛）
沈玄英
追求（五至六）（小说） 茅 盾
诗六首（诗） 戴望舒
只是一个人（一至三）（小说）
尤利勃海著 钟宪民译；附识
希腊罗马神话传说中的恋爱故事
（续） 西 谛
《牢狱的五月祭》 钱杏邨
现代文坛杂话 赵景深
霍普特曼的新史诗 霍威尔
投稿被拒 南斯拉夫文坛新讯

第十九卷 第九号
（1928 年 9 月 10 日）

某城纪事（小说） 桂 山
自杀（小说） 茅 盾
大小雅研究——中国诗史第三篇
第三章初稿（论丛） 陆侃如
爱人（小说） 徐元度
雨后（小说） 甲 辰

追求（七至八）（小说）　茅　盾
菊子夫人（十一至三十）（小说）
　　　　　　绿谛著　徐霞村译
只是一个人（四至五）（小说）
　　　　尤利勃海著　钟宪民译
希腊罗马神话传说中的恋爱故事
（续）　　　　　　　西　谛
《饥饿》　　　　　　钱杏邨
现代文坛杂话　　　　赵景深
　　有名的显克微支传　莱美莎
　　夫独创作风　十五卷的小说
　　巨制　柴霍夫想做长篇小说
　　罗兰斯的两性描写

　　　　第十九卷　第十号
　　　（1927年10月10日）

从牯岭到东京（论丛）　茅　盾
诱拒（小说）　　　　　甲　辰
巴札洛夫与沙宁——关于两种虚
无主义（论丛）
　　伏洛夫司基著　雪峰译；附记
儿女（随笔）
　　一　　　　　　　　自　清
　　二　　　　　　　　子　恺
　　　　　　　诗
幽灵　最后　　　　　　鹤　西
飘洋船　　　　　　　　钱君匋
与少女们
　　海立克著　鹤西译；附注
菊子夫人（三十一至四十五）（小说）

　　　　　绿谛著　徐霞村译
介绍爱的系念（介绍）　水　仙
消磨（小说）　　　　　胡也频
"悲多芬"先生（小说）　徐元度
往那儿去呢（小说）　　黎君亮
住居二楼的人（剧本）
　　辛克莱著　顾均正译；附识
希腊罗马神话传说中的恋爱故事
（续）　　　　　　　西　谛
现代文坛杂话　　　　赵景深
　　戈斯逝世　德国的巴比塞温
　　鲁　路柴诺夫的宗教观　托
　　尔斯泰的秘密日记　瑞典文
　　坛新讯　威尔斯的新小说

　　　　第十九卷　第十一号
　　　（1928年11月10日）

一个女性（小说）　　　茅　盾
在费总理的客厅里（小说）落华生
第一次作男人的那个人（小说）
　　　　　　　　　　甲　辰
一个青年（小说）　　　志　行
实验室（小说）
　　〔日〕有岛武郎著　金溟若译
欧美名人的爱恋生活（杂文）
　　　　　　　许地山辑译
一条雨中的小狗（随笔）蔚　真
菊子夫人（四十六至五十六）（小说）
　　　　　绿谛著　徐霞村译
希腊罗马神话传说中的恋爱故事

（续）　　　　　　　西　谛
《血痕》（阿志巴绥夫的短篇小说评）
　　　　　　　钱杏邨；附注
　　一、宁娜　二、血痕
现代文坛杂话　　　　　赵景深
　　散芝葆理论戈斯　今年的霍
桑奖金　黑人的诗　瑞典文
坛续志　倪可师的神秘小说

　　　第十九卷　第十二号
　　　（1928 年 12 月 10 日）

一个男人和一个女人（小说）
　　　　　　　　　丁　玲
雨夜（小说）　　　庐隐女士
张妈（小说）　　　米星如
胡子阿五（小说）　　姚方仁
伊（小说）　　　　　志　行
托尔斯泰论（论丛）
　　　　劳伯慈著　赵景深译
阿尔背特（小说）
　　　　托尔斯泰著　王春埜译
托尔斯泰的情史——几封致女友
的书信（杂文）　　济之；附志
欧美名人底爱恋生活（杂文）
　　　　　　　许地山辑译
希腊罗马神话传说中的恋爱故事
（续）　　　　　　　西　谛
《织工》　　　钱杏邨；附志
现代文坛杂话　　　　　赵景深
　　伦敦纪念托尔斯泰　悲惨的

西班牙人　高尔斯华绥大著
完成　巴比尼论米西盎则罗
补尔惹又有小说问世　显尼
志劳写灰色小说
附本卷总目录

　　　第二十卷　第一号
　　　（1929 年 1 月 1 日）

论所谓"国学"（论丛）
　　　　　　何炳松；郑振铎附记
且慢谈所谓"国学"（论丛）
　　　　　　　　　郑振铎
治学的方法与材料（选录）（论丛）
　　　　　　　胡适；郑振铎附记
保罗哇莱荔评传（论丛）　梁宗岱
水仙辞（诗）
　　〔法〕哇莱荔著　梁宗岱译
通过了十字街头——今后文艺思
想的进路（论丛）　　仲　云
特洛哀的陷落（读书杂记）西　谛
文气的辨析（论丛）　　郭绍虞
关于三宝太监下西洋的几种资料
（论丛）　　　　觉明；附注
汉唐间外国音乐的输入（论丛）
　　　　　　　　　贺昌群
荷马系的小史诗（读书杂记）
　　　　　　　　　西　谛
苏俄革命在戏剧上的反应（论丛）
　　〔俄〕白克许著　刘穆译

随　笔

附记（西谛）　随笔（孙福熙）　艺术家（孙福熙）　　坐关（孙福熙）自然颂（丰子恺）　趣味（包罗多）装饰（包罗多）　西方人所见的东方（西谛）　讲谈（谢六逸）　洋务职业指南（穆罗茶）　"乡地"闻异音有感（莆君）叩门（M.D）竖琴（小说）

〔俄〕理定原作　鲁迅重译；附记英雄与美人（剧本）

〔英〕肖伯纳著　中眠译警世通言（读书杂记）　　西　谛黄昏的故事（小说）

〔德〕支魏格著　耿济之译；附记红的笑（小说）

〔俄〕安特列夫著　梅川译丛书书目汇编（读书杂记）西　谛诗话丛话（一至九）（论丛）

郭绍虞阿志巴绥夫与《沙宁》——《沙宁》的译序（论丛）　　　　西　谛沙宁（小说）

〔俄〕阿志巴绥夫著　西谛译涡旋（小说）　　　　章克标弘治本三国志演义的发见（读书杂记）　　　　　　　西　谛云萝姑娘（小说）　　　庐　隐关汉卿绯衣梦的发见（读书杂记）

西　谛"搅天风雪梦牢骚"（小说）王统照

西游记杂剧（读书杂记）　西　谛勃豵（小说）　　　　彭家煌挂枝儿（读书杂记）　　西　谛灭亡（一——六）（小说）巴　金现代文坛杂话　　　　赵景深

柴霍甫与高尔基　俄国工人与俄国文学　高尔基论谋杀农民诗人与俄国　匈牙利的女小说家梅丽　又是威尔斯现代澳大利亚文学

德俄文学家相继逝世　蒲　梢苏俄文人的职业组合　樊仲云诺贝尔奖金消息一束　彭补拙最后一页　　　　　　记　者

第二十卷　第二号
（1929 年 2 月 10 日）

梁任公先生　（附录：梁任公先生年表）（论丛）　　　郑振铎长恨歌及长恨歌传的质疑（论丛）

俞平伯；附记诗话丛话（十至十八）（论丛）

郭绍虞

随　笔

一月不见（孙福熙）　小姐少爷们（孙福熙）　卖豆腐的哨子（MD）雾（MD）三等车（谢六逸）　颜面（子恺）　海葬（穆罗茶）　交响曲（穆罗茶）　自己笑的笑话（穆罗茶）

资本家（小说）
　　　　〔美〕李特著　傅东华译
贫之初遇（小说）
　　　　〔意〕安达西著　王了一译
说故事人的故事（小说）　沈从文
山口喜美子（小说）　　　尹希
少年孟德的失眠（小说）　胡也频
黑暗中的红光（戏剧）　　向培良
沙宁（三至五）（小说）
　　　　〔俄〕阿志巴绥夫著　西谛译
灭亡（七至十）（小说）　巴金
现代文坛杂话　　　　　　赵景深
　　小说家的爱因斯坦　哈姆生与
　　哈代　吉百龄开倒车　美国文
　　学家的信念　罗兰斯翻译魏
　　尔嘉　肖伯纳沟通英瑞文学
　　自相矛盾的海涅　赫克胥黎
　　的针锋相对　杜哈美儿完成
　　三部曲　辛克莱的波士顿出
　　版　琼斯死了　新俄小说家
　　吴礼甫　奥尼尔的奇怪的插曲
读书杂记　　　　　　　　西谛
　　榨牛奶的女郎　元代的动物
　　虐待禁例　元刊本琵琶记
　　秦桧之功
最后一页　　　　　　　　记者

　　　第二十卷　第三号
　　（1929年3月10日）

敦煌的俗文学（论丛）　郑振铎

苏俄十年间的文学论研究（一、二）
（论丛）　　　　〔日〕冈泽秀虎著
　　　　　　陈雪帆译；附记
可敬的克莱登（第一幕）（剧本）
　　　　〔英〕巴蕾著　熊适逸译

随　笔

虹（M.D）　红叶（M.D）　身边
杂事（章克标）　去戴顶子的人（穆
罗茶）　热辣辣的政治（孙福熙）
故国与故乡（孙福熙）　夜航船中
（孙福熙）
恫吓（小说）
　　　　〔西〕皮康著　傅东华译
拉绮洛孚七十岁纪念（论丛）
　　　　　　　　　　　赵景深
他走后（小说）　　　　丁玲
在一个晚上（小说）　　胡也频
第三夜（小说）　　　　穆罗茶
沙宁（六至十）小说
　　　　〔俄〕阿志巴绥夫著　西谛译
灭亡（十一至十六）（小说）巴金
现代文坛杂话　　　　　赵景深
　　同性恋爱小说的查禁　倍那
　　文德的幸运与厄运　诺霭伊
　　夫人传　哇莱荔论诗的艺术
　　安达西续出历史小说　琼斯
　　的遗书与遗憾　巴比塞写军
　　人生活　马洛伊士的两本新
　　著　龚古尔奖给与维叶　来
　　因赫特的花园剧场　水门汀
　　译成英文　意大利文坛杂讯

读书杂记　　　　　　　　西　谛
佛曲与俗文变文　书目长篇　蔚
蓝的城
最后一页　　　　　　　　　记　者

第二十卷　第四号
（1929 年 4 月 10 日）

词的启源（论丛）　　　　郑振铎
诗的唯物解释（论丛）
　　　　〔俄〕波格达诺夫著
　　　　　　　　刘穆译；附识
泥泞（小说）　　　　　　丙　生
人形灾（小说）　　　　　章克标
女人（小说）　　　　　　叔　华
书记晓岩（小说）　　　　祝秀侠
随　笔
速写（一）、（二）（M.D）　黄昏
的观前街（西谛）　男女勾搭（孙
福熙）　油盐糖醋（孙福熙）　身
边杂事（章克标）
诗话丛话（十九至二十七）（论丛）
　　　　　　　　　　　　郭绍虞
谣言的发生（小说）
　　〔日〕菊池宽著　侍桁译；附记
乞援泉（小说）
　　〔俄〕伊凡诺夫著　耿济之译
可敬的克莱登（第二幕）剧本
　　　　〔英〕巴蕾著　熊适逸译
沙宁（十一至十四）（小说）
　　〔俄〕阿志巴绥夫著　西谛译

灭亡（十七至二十二）（完）（小说）
　　　　　　　　　　　　巴　金
现代文坛杂话　　　　　　赵景深
　霍普特曼创造魔女　孟代与
爱伦坡　新俄大学生日记
全世界文学产品统计　全世
界图书数目统计　亚洲北部
的平民　文学德国美术家受
罚　乌克兰国的文学
　　　　　　　　　　　　补　拙
读书杂记　　　　　　　　西　谛
　投笔记　幻影　卖胭脂　韩
湘子
最后一页　　　　　　　　　记　者

第二十卷　第五号
（1929 年 5 月 10 日）

二马（小说）　　　　　　老　舍
婚前（小说）　　　　　　蹇先艾
社会的定货问题——俄国通讯之一
　　　　　　　　　　　　蒙　生
五代文学（论丛）　　　　郑振铎
随　笔
大账簿（丰子恺）　身边杂事（章
克标）　没落之前（俞平伯）
苏俄十年间的文学论研究（三）
（论丛）　　　〔日〕冈泽秀虎著
　　　　　　　　　　　陈雪帆译
可敬的克莱登（第三幕）（剧本）
　　　　〔英〕巴蕾著　熊适逸译

沙宁（十五至十八）（小说）

　　〔俄〕阿志巴绥夫著　西谛译

现代文坛杂话　　　　　　赵景深

　　哈姆生大发脾气　穆杭的蛮

　　荒描写　英国两个老翁的消

　　息　威尔斯也编电影剧本

　　从华垒斯说到英国出版界

　　奥奈尔开始三部曲　爱尔兰

　　小说家奥弗拉赫德

老虎婆婆（读书杂记）　　西　谛

最后一页　　　　　　　　记　者

　　　第二十卷　第六号

　　　（1929 年 6 月 10 日）

虹（一至二）（小说）　　茅　盾

二马（第三段之一至六）（小说）

　　　　　　　　　　　　老　舍

冷泉岩（小说）　　　　　田　言

在堤上（小说）　　　　　向培良

火焰（小说）　　　　　　黎锦明

京本通俗小说与清平山堂（论丛）

　　〔日〕长泽规矩也著　东生译

　　　　　随　笔

说话（佩弦）　寄安娜（霞村）　南

京通讯（宓汝卓）　缘（丰子恺）

苏俄十年间的文学论研究（四）

（论丛）　　　〔日〕冈泽秀虎著

　　　　　　　　　　　陈雪帆译

可敬的克莱登（第四幕）（完）（剧

本）　　　〔英〕巴蕾著　熊适逸译

沙宁（二十至二十四）（小说）

　　〔俄〕阿志巴绥夫著　西谛译

现代文坛杂话

　　最近俄国的文学批评　再谈

　　巴蕾　玛丽卫勃的诗　英国

　　文坛杂讯　　　　　　赵景深

　　托尔斯泰的活尸一剧摄成电

　　影　德国剧院统计　彭补拙

最后一页　　　　　　　　记　者

　　　第二十卷　第七号

　　现代世界文学号（上）

　　（1929 年 7 月 10 日）

新俄的文学（论丛）

　　〔俄〕A・Lesjnev 著　蒙生译

二十年来的英国诗坛（论丛）

　　　　　　　　　　　　傅东华

二十年来的波兰文学（论丛）

　　　　　　　　　　　　沈　余

二十年来的意大利文学（论丛）

　　　　　　　　　　　　徐霞村

二十年来的西班牙文学（论丛）

　　　　　　　　　　　　徐霞村

二十年来的日本文学（论丛）

　　　　　　　　　　　　谢六逸

现代欧洲文学的革命与反动（论

丛）　〔英〕Calverton 著　刘穆译

现代文坛杂话　　　　　　赵景深

　　现代保加利亚文坛　现代波

　　兰文坛　现代加拿大文坛

最近的丹麦文坛　最近的挪
威文坛　最近的德意志文坛
现代美国诗坛
虹（三）（小说）　　　茅盾
二马（第三段之七—十一）（小说）
　　　　　　　　　　老舍
沙宁（二十五—二十七）（小说）
　〔俄〕阿志巴绥夫著　西谛译
最后一页　　　　　　记者

第二十卷　第八号
现代世界文学号（下）
（1929 年 8 月 10 日）

现代法国文坛的鸟瞰（论丛）
　　　　　　　　　李青崖
二十年来的英国小说（论丛）
　　　　　　　　　赵景深
二十年来的美国小说（论丛）
　　　　　　　　　赵景深
二十年来的德意志文学（论丛）
　　　　　　　　　余祥森
现代的斯堪的那维亚文学（论丛）
　　　　　　　　　西谛
现代斯罗伐克文学（论丛）赵景深
海外文学者会见记（论丛）画室译
　肖底席谈（市川又彦），访巴
　罗哈翁于村庄（笠井镇夫），
　和伊凡诺夫会面（米川正夫），
　同高尔基谈话（昇曙梦）
介绍叶绍钧君新作品两种《未厌

集》、《倪焕之》　　（无署名）
现代文坛杂话　　　　赵景深
　保加利亚文坛续志　最近德
　国的小说界　英吉利的德国
　小说热　英国文坛杂话　最
　近的瑞士文坛　斯堪德那维
　亚文坛杂讯　最近法国的诗
　坛　法国戏剧家顾尔特林逝世
　支魏格的三本传记　夜的艺术
苏俄十年间的文学论研究（五）
（论丛）　〔日〕冈泽秀虎著
　　　　　　　　　陈雪帆译
二马（第三段之十二—十五）（小说）
　　　　　　　　　老舍
沙宁（二十八至三十一）（小说）
　〔俄〕阿志巴绥夫著　西谛译
最后一页　　　　　　记者

第二十卷　第九号
（1929 年 9 月 10 日）

水浒传的演化（论丛）
　　　　　　　郑振铎；附识
水浒传新考——百二十回本忠义
水浒全书序（论丛）　　胡适
妻（小说）　　　　　小铃
会明（小说）　　　　沈从文
康斯坦丹·维叶——法国通讯
　　　　　　　　　补拙
苏俄十年间的文学论研究（六）（论
丛）〔日〕冈泽秀虎著　陈雪帆译

二马（第四段一——四）（小说）

　　　　　　　　　　老　舍

沙宁（三十二—三十四）（小说）

　〔俄〕阿志巴绥夫著　西谛译

现代文坛杂话　　　　赵景深

　　爱尔兰文学与朱士　刘易士

　　及其多池威士　康拉特的后

　　继者纪得　卜勒浮斯特的新

　　作　乔治桑的秘密日记　托

　　勒的画像　奥国和夫曼兹塔

　　尔逝世　意大利潘基尼的新作

最后一页　　　　　　记　者

　　　第二十卷　第十号

　　（1929 年 10 月 10 日）

三国志演义的演化（论丛）郑振铎

论唐代佛曲（论丛）　觉明；附记

苏俄的文学杂志——俄国通讯之二

　　　　　　　　　　蒙　生

我们死人再醒时（第一幕）（剧本）

　〔挪〕易卜生著　潘家洵译并序

菜园（小说）　　　　沈从文

火和铁的世界（小说）孙席珍

地狱的佟玄（剧本）

　　　　　　〔日〕菊池宽著

　　　　罗江译；附译者序

　　　　随　笔

秋（丰子恺）　书相国寺摄景后甲

（安华）　书相国寺摄景后　乙（安

华）　剪头发（岂凡）　洗澡（岂凡）

二马（第四段五—七）（小说）

　　　　　　　　　　老　舍

沙宁（三十五—三十七）（小说）

　〔俄〕阿志巴绥夫著　西谛译

现代文坛杂话　　　　赵景深

　　新俄剧作家想到五十年后

　　法雷耳写三角恋爱　新的夫

　　人学堂　纸上的人变成活人

　　邦坦贝利的新作

　　德国最近出版的两部欧战小说

　　　　　　　　　　张维廉

最后一页　　　　　　记　者

　　　第二十卷　第十一号

　　（1929 年 11 月 10 日）

北宋词人（论丛）　　郑振铎

童年的悲哀（小说）　鲁　彦

夫妇（小说）　　沈从文；附记

美赛日——法国通讯　季志仁

到思想——文化之路的暗号（小说）

　〔美〕高尔特著　刘穆译；附记

一个"伊达哥"（小说）

　〔西〕阿左林著　徐霞村译

苏俄艺术运动谈片（论丛）王西征

　　　　　随　笔

伯豪之死（子恺）　叫卖（挺岫）　海

天闷（孙福熙）　中国的纸老虎（孙

福熙）　新加坡的茶点（孙福熙）　是

不是一个贼（孙福熙）　闹嘴（孙

福熙）　古文明的消失（孙福熙）

莱茵河黄金（童话）　　　　高君箴
我们死人再醒时（第二幕）（剧本）
　　　〔挪〕易卜生著　潘家洵译
二马（第四段八—十一）（小说）
　　　　　　　　　　　　　老　舍
沙宁（三十八—四十）（小说）
　　　〔俄〕阿志巴绥夫著　西谛译
现代文坛杂话　　　　　　　赵景深
　　　小托尔斯泰与皮涅克　霍普
　　　特曼自己的话　英国文人在
　　　意大利　捷克的诗　亨利曼
　　　的讽刺　夫蓝克的喜剧　毕
　　　尔邦画像　再谈挪威作家杜
　　　恩　奥弗拉赫德的短篇
再谈谈顾尔特林　法国文学批评
家苏德作古　　　　　　　　彭补拙
托尔斯泰全集　　　　　　　寿　丁
最后一页　　　　　　　　　记　者

　　　　第二十卷　第十二号
　　　　（1929 年 12 月 10 日）

南宋词人（论丛）　　　　　郑振铎
小说与唯物史观（论丛）
　　　〔法〕Ichowicz 著　戴望舒译
同志的烟斗故事（小说）　　沈从文
妹妹（小说）　　　　　　　紫　燕
哈姆生七十岁纪念（论丛）　赵景深
柴霍甫的革命性——柴霍甫逝世
二十五周年纪念（论丛）
　　　〔俄〕乾尔孟著　洛生译

托马斯·曼——一九二九年诺贝尔
奖金的得者（论丛）　　　　赵景深
对镜——托马斯·曼的自传（传记）
　　　〔德〕托马斯·曼著　江思译
衣橱（小说）
　　　〔德〕托马斯·曼著　段白菇译
"嘴上生着花的人"（剧本）
　　　〔意〕皮兰得娄著　徐霞村译
我们死人再醒时（第三幕）（完）（剧
本）　〔挪〕易卜生著　潘家洵译
二马（第五段）（完）（小说）
　　　　　　　　　　　　　老　舍
沙宁（四十一—四十七）（完）（小
说）　　〔俄〕阿志巴绥夫著
　　　　　　　　　　　　　西谛译
现代文坛杂话　　　　　　　赵景深
　　　皮兰得娄创造有声电影　冰
　　　洲诗人先驱逝世　高尔基新
　　　作三部曲　英国文坛杂讯
　　　五个德国新作家　法国文坛
　　　杂讯
　　　柴霍甫逝世二十五周年　彭补拙
　　　德国诗人何尔兹逝世　孙传铭
黑人的新诗　　　　　　　　张威廉
最后一页　　　　　　　　　记　者
附二十卷总目录

　　　　第二十一卷　第一号
　　　　（1930 年 1 月 10 日）

杂剧的转变（论丛）　　　　郑振铎

政治底价值与艺术的价值——马克思主义文学理论之商榷（论丛）
　　〔日〕平林初之辅著　胡秋原译
苏俄文艺概论（论丛）
　　〔苏〕凡伊斯白罗特著　洛生译
韦护（小说）　　　　　　丁　玲
幸福的哀歌（小说）　　　鲁　彦
三年（小说）　　　　　　冰　心
丽琳（小说）　　　　　　若　渠
房东太太（小说）　　　　巴　金
萧萧（小说）　　　　　　沈从文
从蛟桥到乐化（小说）　　孙席珍
友人之妻（小说）　　　　金满成
黑色马（小说）
　　〔俄〕路卜洵著　映波译
袭击（小说）
　　〔苏〕赛甫琳娜著　蒙生译
自杀俱乐部（小说）
　　〔英〕史蒂文生著　丰子恺译
失了面子（小说）
　　〔美〕贾克·伦敦著　张梦麟译
可怜的衬衣匠（小说）
　　〔法〕拉鲍著　徐霞村译
过客之花（剧本）
　　〔意〕亚米契斯著　巴金译
相反的灵魂（小说）
　　〔西〕皮康著　徐调孚译
火烧的城（小说）
　　〔瑞〕苏特堡著　徐调孚译
当沙尔堡回家时（小说）
　　〔挪〕伊格著　徐调孚译；附记

新年（小说）
　　〔波〕普鲁士著　鲁彦译
伊丽耐（小说）
　　〔罗〕迭迭莱夫郎西著　杨彦劭译
消夜会（小说）
　　〔保〕伐拉夷柯夫著　鲁彦译
沉默的人（小说）
　　〔新犹太〕潘莱士著　汪倜然译
恩怨之外（小说）
　　〔日〕菊池宽著　郑心南译
希腊罗马神话传说中的英雄传说
　　　　　　　　西　谛
　　前言　人类的创造　第一部：
底赛莱的传说　一、发端
二、爱洛依士的儿子　三、沙
尔莫尼斯　四、西西发士
五、皮里洛芳　六、亚莎马士
七、克里西士
元曲叙录　　　　　　　宾　芬
　　关汉卿　关汉卿作品全目
钱大尹智宠谢天香杂剧　温
太真玉镜台杂剧　赵盼儿风
月救风尘杂剧　包待制智斩
鲁斋郎杂剧　杜蕊娘智赏金
线池杂剧　感天动地窦娥冤
杂剧　望江亭中秋切鲙杂剧
关大王单刀会杂剧　关张双
赴西蜀梦杂剧　闺怨佳人拜
月亭杂剧　钱大尹智勘绯衣梦
现代文坛杂话　　　　赵景深
　　最近的俄国文坛　最近的德

国文坛　最近的斯干的那维
亚文坛　最近的捷克文坛
最近的美国文坛　最近的西
班牙文坛　最近的英国文坛
现代南非洲文学
现代爱沙尼亚文学　　补　拙
邓南遮的面相　　　　寿　丁

　　　第二十一卷　第二号
　　　（1930 年 2 月 10 日）

陀螺（小说）　　　　未　名
祝福（小说）　　　　鲁　彦
血（小说）　　　　　沈从文
韦护（第二章一至九）（小说）
　　　　　　　　　　丁　玲
文学及艺术的意义——车勒芮绥
夫司基底文学观（论丛）
　　　〔苏〕蒲力汗诺夫著
　　　　　雪峰译；附记
苏俄文艺概论（第五章至第七章
完）（论丛）
　　　〔苏〕凡伊斯白罗特著
　　　　　洛生译；附记
尼克·加特的死（小说）
　　　〔法〕苏保著　徐霞村译；附记
一个结局（小说）
　　　〔日〕片冈铁兵著　章克标译
黑色马（二）（小说）
　　　〔俄〕路卜洵著　映波译
希腊罗马神话传说中的英雄传说

　　　　　　　　　　西　谛
八、金羊毛（上）
元曲叙录　　　　　　宾　芬
　诈妮子调风月杂剧　破幽梦
　孤雁汉宫秋杂剧　半夜雷轰
　荐福碑杂剧　吕洞宾三醉岳
　阳楼杂剧　西华山陈抟高卧
　杂剧　邯郸道省悟黄粱梦杂剧
现代文坛杂话　　　　赵景深
　德国的普罗诗人　两本德国小
　说的英译　显尼志劳的短篇
　小说集　安达西的在旷野中
　哈姆生的最后一章　挪威伊
　格描写农家女　史蒂芬士的诗
　歌杀人　舞台剧社的今昔　魏
　丝特的怪小说　杜哈美尔的新
　小说　梅特林克在尼斯　意大
　利现代文学史　皮蓝得娄的厄
　运　屠格涅夫趣味的转换

　　　第二十一卷　第三号
　　　（1930 年 3 月 10 日）

现代文学中的性的解放（论丛）
　　　〔美〕开尔浮登著　刘穆译
二百年来西洋乐坛之盛况（论丛）
　　　　　　　　　　丰子恺
春天坐了马车（小说）
　　　〔日〕横光利一著　章克标译
指纹（小说）
　　　〔日〕佐藤春夫著　金溟若译

黑色马（三）（完）（小说）
　　〔俄〕路卜洵著　映波译
韦护（第二章十至十四）（小说）
　　　　　　　　　　丁　玲
楼居（小说）　　　　沈从文
偕奔（小说）　　　　靳　以
希腊罗马神话传说中的英雄传说
　　　　　　　　　　西　谛
　　八、金羊毛（下）
元曲叙录　　　　　　宾　芬
　　江州司马青衫泪（元马致远
　　撰）　马丹阳三度任风子（元
　　马致远撰）
现代文坛杂话　　　　赵景深
　　瑞典诗人佛罗亭新传　柯洛
　　支搜集席赛尔遗著　意大利
　　斯维福派小说　意大利青年
　　作家的兴起　巴尔丁尼的新
　　作　荷兰女作家白露琴　艾
　　尔丝及其银河　英国两种著
　　名刊物停刊　英国的三本新
　　小说　奥尼尔与得利赛　花
　　尔藤写穷作家　霍普特曼写
　　三角恋爱　安达西描写现代
　　生活　一个兵士诗人的回忆

　　　第二十一卷　第四号
　　　（1930 年 4 月 10 日）

传奇的繁兴（上）（论丛）郑振铎
唯物史观与文艺（论丛）　仲　云

诗　选

檐溜　　　　　　　　刘延陵
雨声里　旅程　悒郁　邵冠华
寄给我死了的儿女　　霜　华
随便什么时候都是我可以死的死
时辰　　　　　　　　陈伯吹
骑士的死　　郑振铎译；附记
丈夫（小说）　　　　沈从文
魔障（小说）　　　　黎叔翊
韦护（第三章一至四）（小说）
　　　　　　　　　　丁　玲
火（小说）
　　〔苏〕卡泰也夫著　胡愈之译
彩色鸟（小说）
　　〔德〕哈尔特列本著　段白菇译
克利士陶佛生（小说）
　　〔英〕基星著　侍桁译
百合子的幸运（小说）
　　〔日〕林房雄著　适夷译
希腊罗马神话传说中的英雄传说
　　　　　　　　　　西　谛
　　第二部：安哥斯系的传说
　　一、狄尼士的女儿们
现代文坛杂话　　　　赵景深
　　最近的新俄小说　爱莲堡的
　　恋爱小说　俄国的通俗文学
　　库卜林写卖淫妇　斯干底那
　　维亚文坛杂讯　格来塞尔在
　　巴黎　士图垦与叔尔次　龚
　　古尔奖金赠与阿兰德　匈牙
　　利三本新小说　辛克莱的山

城 英国小说家罗兰斯逝世
佛罗贝尔的信 一位历史家
的雕像 非洲语源的发现
　　　　　　　　　寿 丁
轻捷兔儿——巴黎文艺家的
摇篮　　　　　　　补 拙
元曲叙录　　　　　　宾 芬
　张君瑞闹道场（元王实甫著）
　崔莺莺夜听琴（元王实甫著）
　张君瑞害相思（元王实甫著）
　草桥店梦莺莺（元王实甫著）
　张君瑞庆团圞（元王实甫著）
　四丞相高会丽春堂（元大都王
　实甫著）

　　　第二十一卷　第五号
　　　（1930 年 5 月 10 日）

波尔西底恶梦（小说）　酉 微
现代法国文学鸟瞰（第四节 小
说）（论丛）　　　　李青崖
现代美国诗概论（论丛）　朱 复
珠江上（小说）　　　祝秀侠
水浒传诸本（论丛）

　　〔日〕神山闰次著 张梓生译
韦护（第三章五至八）（完）（小说）
　　　　　　　　　丁 玲
希腊罗马神话传说中的英雄传说
　　　　　　　　　西 谛
　二、杀果甘者波修士 三、米
　兰甫士

现代文坛杂话　　　　赵景深
　玛耶阔夫司基自杀 柴霍甫
　未刊的戏剧 法国文坛杂讯
　美国文坛在俄国 威甫尔改
　变作风 最近的托马斯曼
　意大利文坛杂讯 斯维福写
　老作家
元曲叙录　　　　　　宾 芬
　裴少俊墙头马上（元白仁甫
　撰） 唐明皇秋夜梧桐雨（元
　白仁甫撰）

　　　第二十一卷　第六号
　　　（1930 年 6 月 10 日）

文学研究法——最近德国文艺学
的诸倾向（论丛）
　　　　　〔日〕高桥祯二著
　　　　　张我军译；附记
荡（小说）　　　　　金 魁
年前的一天（小说）　丁 玲
微波（小说）　　　　沈从文
　　　　　诗 选
一个秋晨 黄浦滩边的和平神像
　　　　　　　　　刘延陵
八重子 我的素描　　戴望舒
雨里的歌声在一起一落 邵冠华
在寂寥　　　　　　　蕙 叶
脱列思丹（小说）
　　　　　〔德〕托马斯·曼著
　　　　　施蛰存译；附记

神童（小说）

　　〔德〕托马斯·曼著　段白菀译

到坟园之路（小说）

　　〔德〕托马斯·曼著　段白菀译

希腊罗马神话传说中的英雄传说

　　　　　　　　　　　西谛

　　第三部：战神爱莱士系的英雄

　　一、亚斯克里辟士　二、忘恩

　　的依克西安　三、玛披莎的结

　　婚　　四、马里格的行猎

现代文坛杂话　　　　　　赵景深

　　皮蓝得娄新剧本上演　现代

　　南斯拉夫文学　现代西班牙

　　文学　现代新西兰文学　佛

　　罗贝尔未刊的情书　厄特斯

　　密写拜伦　德国青年作家的

　　一群　奥弗拉赫德的新著

　　穆杭与哇莱荔　拉绮洛孚与

　　有声电影

元曲叙录　　　　　　　　宾芬

　　黑旋风双献功（元高文秀撰）

　　须贾大夫谇范叔（元高文秀撰）

　　　第二十一卷　第七号

　　　（1930 年 7 月 10 日）

古代艺术之社会的意义（论丛）

　　〔美〕开尔浮登著　傅东华译

哥儿（小说）

　　〔日〕夏目漱石著　章克标译

关于夏目漱石（论丛）　　章克标

没有樱花（小说）

　　〔苏〕罗曼诺夫著　闻侣鹤译

那个问题（小说）　〔法〕项伯著

　　李青崖　吴且冈译；青崖附记

间米米吉氏底铜像（小说）

　　〔日〕林房雄著　赵冷译

介绍世界语汉译小丛书（介绍）

　　　　　　　　（无署名）

逃的前一天（小说）　　　沈从文

洛伯尔先生（小说）　　　巴金

音乐之泪（小说）　　　　黄仲苏

巴黎捞针（随笔）　　　　春苔

希腊罗马神话传说中的英雄传说

　　　　　　　　　　　西谛

　　第四部：底比斯的建立者

　　一、卡特莫士　二、奥摩菲安

　　与谢助士　三、国王奥狄甫

现代文坛杂话　　　　　　赵景深

　　意大利的青年作家　法兑耶

　　夫的十九个　高尔基的旁观

　　者　北欧小说的两种英译

　　罗马尼亚的新文豪　桂冠诗

　　人白礼齐士逝世最近朱士的

　　生涯

最近刊布的乔治桑遗札　　式微

日本文坛又弱两个　　　　宏徒

元曲叙录　　　　　　　　宾芬

　　包龙图智勘后庭花（元郑廷玉

　　撰）　楚昭公疏者下船（元

　　郑廷玉撰）

第二十一卷 第八号
（1930 年 8 月 10 日）

豹子头林冲（小说）　　　　蒲　牢
自由的意味（小说）　　　　万　曼
丝棉被头（小说）　　　　　钱公侠
血（小说）　　　　　　　　黄仲苏
什么是亚浦洛摩夫式的生活（论丛）
　　　〔俄〕杜布柔留薄夫著
　　　　　程鹤西译；附记
苏俄十年间的文学论研究（七、八）
（论丛）　　〔日〕冈泽秀虎著
　　　　　　　　陈雪帆译
愚劣的中学校（小说）
　　〔日〕村山知义著　秦觉译
幸运（小说）
　　〔苏〕高尔基著　周久荣译
哥儿（五—八）（小说）
　　〔日〕夏目漱石著　章克标译
写完后再定题目——在巴黎写
（随笔）　　　　　　孙福熙
希腊罗马神话传说中的英雄传说
　　　　　　　　　　西　谛
　　四、奥狄甫士在科洛纳斯
现代文坛杂话　　　　　赵景深
　　瑞典三个文学家　桂冠诗人
　　麦斯斐尔　英国文坛杂讯
　　美国文坛杂讯
元曲叙录
　　布袋和尚忍字记（元郑廷玉撰）
　　　　　　　　　　宾　芬

第二十一卷 第九号
（1930 年 9 月 10 日）

石碣（小说）　　　　　　　蒲　牢
一九三〇年春上海（之一）（小说）
　　　　　　　　　　丁　玲
介绍安徒生童话集（介绍）
　　　　　　　　　（无署名）
薄寒（小说）　　　　　　　沈从文
沉落（小说）　　　　　　　靳　以
罗兰斯（论丛）　　　　　　杜　衡
蕙赛儿（小说）　〔英〕罗兰斯著
　　　　　　施蛰存译；附记
自巴黎西行（随笔）　　　　伏　园
哥儿（九至十一）（小说）
　　〔日〕夏目漱石著　章克标译
希腊罗马神话与传说中的英雄传说
　　　　　　　　　　西　谛
　　五、七雄攻打底比斯
现代文坛杂话　　　　　赵景深
　　最近的爱尔兰文坛　王尔德
　　未写的戏剧　法国青年作家
　　洛瑟尔　德国人眼中的哈姆
　　生　二百五十卷的德国文学史
　　挪威小说的英译　西班牙作
　　家赛尔纳　现代土耳其文学
　　亨利曼与雅宁斯
元曲叙录　　　　　　　　宾　芬
　　看钱奴买冤家债主（元郑廷玉
　　撰）　崔府君断冤家债主（元
　　郑廷玉撰）　张天师断风花雪

月（元吴昌龄撰）　花间四友
东坡梦（元吴昌龄撰）　西游
记（元吴昌龄撰）　汉高祖濯
足气英布（元尚仲贤撰）

仲贤撰）　散家财天锡老生儿
（元武汉臣撰）　李素兰风月
玉壶春（元武汉臣撰）　包待
制智赚生金阁（元武汉臣撰）

第二十一卷　第十号
（1930 年 10 月 10 日）

大泽乡（小说）　　　　蒲　牢
将军的头（小说）　　　施蛰存
猫（小说）　　　　　　何家槐
艺术的起源（论丛）
〔德〕格劳赛著　武思茂译；附记
向那里去（小说）
　〔日〕正宗白鸟著　方光焘译
半个钟头——为巴蕾七十岁纪念
而译（剧本）　　　〔英〕巴蕾著
　　　　　　　　　　　熊式弌译
七位女客（剧本）
　　〔英〕巴蕾著　熊式弌译
谈谈"三湖游记"（随笔）曾仲鸣
希腊罗马神话传说中的英雄传说
　　　　　　　　　　　西　谛
　六、安蒂歌妮
现代文坛杂话　　　　　赵景深
　我们歌唱的力量　新群众及
　其作家　美国作家怀尔道　哥
　尔德与库尼茨的论战
元曲叙录　　　　　　　宾　芬
　尉迟恭单鞭夺槊（元尚仲贤
　撰）　洞庭湖柳毅传书（元尚

第二十一卷　第十一号
（1930 年 11 月 10 日）

富有近代精神的诗人魏琪尔（论丛）
　　　　　欧斯根著　傅东华译
魏琪尔与伊泥易德（论丛）
　　　　　加德耳著　叶启芳译
魏琪尔之牧歌（论丛）　施蛰存
魏琪尔之田功诗（论丛）施蛰存
第四牧歌（诗）
　　　　　魏琪尔著　傅东华译
伊泥易德（卷一）（诗）
　　　　　魏琪尔著　傅东华译
一九三〇年春上海之二（一——五）
（小说）　　　　　　　丁　玲
太阳不注意的故事（小说）万　曼
裸体（剧本）　　　　　熊佛西
旅途随笔　　　　　　　缪崇群
向那里去（六—十）（小说）
　〔日〕正宗白鸟著　方光焘译
希腊罗马神话传说中的英雄传说
　　　　　　　　　　　西　谛
　第五部：赫克里士的生与死
　一、赫克里士的出生　二、十
　二件工作　三、赫克里士的
　选择

现代文坛杂话　　　　　赵景深
　　巴比塞与俄国　曼殊斐儿的
　　文学批评　小评论编者的自
　　传　托马斯·曼近讯　三本德
　　国小说　新犹太作家那底尔
　　犹太阿胥的三幕悲剧　摩尔
　　赛里及其遗著　意大利文坛
　　杂讯　法国文坛杂讯　英国
　　文坛杂讯
　　今年法国学术院的大奖金
　　　　　　　　　　　式　微

元曲叙录　　　　　　　　宾芬
　　梁山泊李逵负荆（元康进之撰）
　　同乐院燕青博鱼（元李文蔚撰）

第二十一卷　第十二号
（1930 年 12 月 10 日）

爱的摧残（小说）　　　　巴　金
变（小说）　　　　　　　靳　以
山道中（小说）　　　　　沈从文
牺牲（小说）　　　　　　胡一平
一九三〇年春上海的二（六—十
一）（小说）　　　　　　丁　玲
玛耶阔夫斯基评传（论丛）
　　　　　　特拉克著　赵景深译
诗人玛耶阔夫斯基的死（论丛）
　　　　　　　　　　　　戴望舒
玛耶阔夫斯基（论丛）
　　　　　　曼吉尔著　余能译
圣诞节夜（小说）

　　　　　　禾达娄著　鲁彦译
在镜中（小说）
　　　　　勃留骚夫著　由稚吾译
向那里去（十一——十四）（小说）
　　　〔日〕正宗白鸟著　方光焘译
希腊罗马神话传说中的英雄传说
　　　　　　　　　　　　西　谛
　　四、亚尔克丝蒂丝的被救
　　五、漫游的英雄　六、赫克里
　　士的死
现代文坛杂话　　　　　　赵景深
　　美国文学论战的结束　邦坦
　　贝利又有新作　墨西哥诗人
　　涅尔服　女诗人席璟尔　嘲
　　笑欧美的爱莲堡　波兰小说
　　家阿尔堪逝世　捷克小说家
　　吉拉塞克逝世　英国文坛杂
　　讯　屠格涅夫新作的发现
　　一九三〇年的诺贝尔奖金
元曲叙录　　　　　　　　宾芬
　　赵氏孤儿大报仇（元纪君祥撰）
附二十一卷总目录

第二十二卷　第一号
（1931 年 1 月 10 日）

风格论（论丛）　　　　　傅东华
最近法国文坛对美国的批判（论丛）
　　　　　　　　　　　　谢　康
小坡的生日（一至六）（小说）
　　　　　　　　　　　　老　舍

祸水（小说）　　　　　　溜　子
水仙辞（诗）
　〔法〕保罗·梵乐希著　梁宗岱译

诗　选

秋天的梦　老之将至　　　戴望舒
海宁潮　　　　　　　　　李金发
北风　旧都之春　　　　　毕桓武
夜之荒野　空虚　　　　　蕙　叶
明知　　　　　　　　　　章　依
红色的夏天　　　　　　　邵冠华
旧日的美目　　　　　　　青　主
最后的呈献——在莽华姑娘足下
　　　　　　　　　　　　霜　华
你莫要有　　　　　　　　陈伯吹
病中　会见　何忍别去　　李同愈
主人，把我的琵琶拿去罢
　〔印〕太戈尔著　落华生译
嫉妒　供认　二元论
　　〔法〕Géraldy著　式微译
南北极（小说）　　　　　穆时英
父亲（小说）　　　　　　陈　涓
骚动（小说）　　　　　　张稚庐
离合（小说）　　　　　　陈建民
模特儿（剧本）　　　　　熊佛西
我们上太太们那儿去吗？（剧本）
　　　（英）巴蕾著　　熊式弌译
哑了的三弦琴（小说）　　巴　金
半天玩儿（小说）
　〔英〕赫胥黎著　徐志摩译
在狱中（小说）
　〔俄〕契里珂夫著　鲁彦译

信（小说）
　〔俄〕佐理契著　建南译
汽笛（小说）
　〔日〕平林夕卜著　秦觉译
托尔斯泰孙女回忆录
　〔俄〕安娜·托尔斯泰著
　　　　　　　　　　耿济之译
乐圣裴德芬的恋爱故事（一）（杂文）
　　　　　　　　　　　梦印
乐圣裴德芬的恋爱故事（二）（杂文）
　　　　　　　　　　许地山
希腊罗马神话传说中的英雄传说
　　　　　　　　　　　西　谛
第六部：雅典系的传说　一、雅西娜与普赛顿的比赛　普赛顿与雅西娜（附录）　二、雅典的诸王　法松驱日车（附录）　三、柏绿克妮与斐绿美娅
国外文坛消息　　　　　　赵景深
四本俄国小说的英译　斯干底那维亚文坛短讯　英国文坛短讯　美国文坛短讯　奥弗拉赫德的两年　西姬薇克与父女错综　马撒列克总统论文学　巴罗哈论海洋小说　皮兰得娄离欧赴美　戴丽黛女士的新著
法兰西诗话　　　　　　　王维克
拉马丁初出茅庐　一个梦　七盏灯　大作家是多方面的　恶魔诗人波特莱尔　诗人的

坟墓　唯美派的标语和口号　诗人气概　诗人的谦逊　海滨独坐　有此母有此子　伏尔太自比于蛇

元曲叙录　　　　　　　宾芬

说鱄诸伍员吹箫（元李寿庆撰）　月明和尚度柳翠（元李寿庆撰）　沙门岛张生煮海（元李好古撰）　临江驿潇湘秋夜雨（元杨显之撰）　郑孔目风雪酷寒亭（元杨显之撰）　救孝子贤母不认尸（元王仲文撰）

第二十二卷　第二号
（1931年2月10日）

石秀（小说）　　　　　施蛰存
小坡的生日（七至十）（小说）
　　　　　　　　　　　老　舍

诗　选

单恋者　　　　　　　　戴望舒
秋雨　　　　　　　　　蕙　叶
中夏的风　　　　　　　甘永柏
夜之烦扰　　　　　　　王剑三
无题　　　　　　　　　毕桓武
当我爬上悲哀的最高峰时　邵冠华
半年　嘱托　翘首　　　李同愈
神经　疑问　试验
　　　〔法〕Géraldy著　式微译
异国的悲哀（小说）　　李同愈
给那五位先生（小说）

　　　〔英〕巴蕾著　熊式式译
潘彼得（第一幕）（剧本）
　　　〔英〕巴蕾著　熊式式译
丑的美（小说）　　　　青　主
苏拉德的咖啡店（小说）
　　　〔俄〕托尔斯泰著　祝枕江译
母亲（小说）
　　　〔俄〕左祝里著　高滔译
希腊罗马神话传说中的英雄传说
　　　　　　　　　　　西　谛
四、依安与他的母亲　米诺士的身世与子孙（附录）　五、狄达洛士与其子依卡洛士

国外文坛消息　　　　　赵景深
最近的巴勒英克朗　刘易士得诺贝尔奖的奥论　新群众作家近讯　两本儿童诗集　安达西的复仇的儿子　俄国的儿童文学　高尔斯华绥续写大著

元曲叙录　　　　　　　宾芬
谢金莲诗酒红梨花（元张寿卿撰）　便宜行事虎头牌（元李直夫撰）　秦修然竹坞听琴（元石子章撰）　陶学士醉写风光好（元戴善夫撰）

第二十二卷　第三号
（1931年3月10日）

一九三〇年的法国文坛（评论）
　　　〔法〕第波德著　颜歆译

戏剧之基本原理（评论） 向培良

在黄昏里（诗） 鹤 西

所见（诗） 黄运初

在医院里（小说） 柳 月

重逢之夜（小说） 陈白尘

钱（剧本）

〔美〕高尔特著 周起应译

剪头发（小说） 杨润余

小坡的生日（十一至十四）（小说）

老 舍

约佐祖父在望着（小说）

〔保〕跋佐夫著 北冈译

寂莫（小说）

〔德〕爱斯特著 段白菰译

拉拉的利益（小说）

〔俄〕英倍尔著 建南译

老人（小说）

〔日〕志贺直哉著 冯厚生译

潘彼得（第二幕）（剧本）

〔英〕巴蕾著 熊式弌译

希腊罗马神话传说中的英雄传说

西 谛

六、时修士

国外文坛消息 赵景深

苏博尔的异象 王尔德未刊

的书简 夫蓝克写兄妹错综

四卷未刊的柴霍甫底作品

卢世延

新俄文坛消息一束 张铁弦

元曲叙录 宾 芬

张孔目智勘魔合罗（元孟汉卿

撰） 吕洞宾度铁拐李岳（元

岳伯川撰）

第二十二卷 第四号
（1931 年 4 月 4 日）

小小的心（小说） 鲁 彦

主仆（小说） 沉 樱

汾河湾（剧本） 陈白尘

医院里的丧偶诗人（小说） 李青崖

别（小说） 谢冰季

小坡的生日（十五至十八）（小说）

老 舍

杜思退益夫斯基的五十年纪念（评

论） 〔俄〕普时纳著 许德佑译

杜思退益夫斯基论（论丛）

〔俄〕罗迦乞夫斯基著

建南译；附记

彼得堡之梦（小说）

〔俄〕杜思退益夫斯基著

许德佑译；附译者的话

潘彼得（第三幕）（剧本）

〔英〕巴蕾著 熊式弌译

腮边（小说） 〔德〕霍尔茶孟著

段白菰译；附说明

希腊罗马神话传说中的英雄传说

西 谛

第七部：辟洛甫士系的传说

一、依菲琪妮亚在奥里斯

国外文坛消息 赵景深

最近的匈牙利文坛 最近的

意大利文坛　最近的挪威小
说　德奥的五种戏剧　龚古
尔奖金的得者
元曲叙录　　　　　　　宾　芬
河南府张鼎勘头巾（元孙仲
章撰）

　　第二十二卷　第五号
　　（1931 年 5 月 10 日）

敦煌取经记（论丛）
　　〔匈〕斯坦因著　贺昌群译
一个人底死（小说）　　　蓬　子
苹果烂了（小说）　　　　庐　隐
当男女懊悔的时候（小说）李金发
一个男人给他妻子的信（小说）
　　　　　　　　　　　王家槭
弱者（小说）　　　　　钱公侠
家庭教师（小说）
　　〔匈〕拉可西著　沈来秋译
草原的狼人（小说）
　　〔俄〕卜里西文著　高滔译
家具（小说）
　　〔英〕高尔娜著　叶启芳译
潘彼得（第四幕）（剧本）
　　〔英〕巴蕾著　熊式弋译
书谈（论丛）　　　　　周越然
　　一、抄本——愧郯录
希腊罗马神话传说中的英雄传说
　　　　　　　　　　　西　谛
　　二、亚加米农的死　三、奥莱

斯托士的归来
国外文坛消息　　　　　赵景深
荷兰女作家的家庭小说　土耳
其最后的行吟诗人　法兑耶夫
与欧德白格　受歧视的瑞士文
人　斯干底那维亚文坛杂讯
元曲叙录　　　　　　　宾　芬
死生交范张鸡黍（元宫大用撰）
李亚仙花酒曲江池（元石君宝
撰）　鲁大夫秋胡戏妻（元石
君宝撰）

　　第二十二卷　第六号
　　（1931 年 6 月 10 日）

象牙戒指（一至三）（小说）庐　隐
归途（小说）　　　　　落华生
母亲（小说）　　　　　迅　鸠
终究要到这条路（小说）黄萍荪
格列姆兄弟传——论童话及童话
之研究（论丛）
　　〔德〕倭尔加斯特著　魏以新译
雪的皇冠（剧本）
　　〔美〕来斯著　顾仲彝译
小偷（小说）
　　〔俄〕契列珂夫著　紫薇译
齿痛（小说）
　　〔捷克〕凯贝克著　孙用译
潘彼得（第五幕）（剧本）
　　〔英〕巴蕾著　熊式弋译
书谈（论丛）　　　　　周越然

二、稿本——蟫巢日记等
希腊罗马神话传说中的英雄传说
　　　　　　　　　　西　谛
　四、奥莱斯托士的被释
　五、依菲琪妮亚在杜林斯
国外文坛消息　　　　赵景深
　英国小说家宾那脱逝世　威
　甫尔赞美阿胥　民众主义与
　席莱夫　最近的意大利文坛
元曲叙录　　　　　　宾　芬
　相国寺公孙合汗衫（元张国宾
　撰）　薛仁贵荣归故里（元张
　国宾撰）

第二十二卷　第七号
（1931 年 7 月 10 日）

田家冲（小说）　　　丁　玲
莼羹（小说）　　　　施蛰存
元荫嫂的墓前（小说）　西　谛
象牙戒指（四—七）（小说）庐　隐
倍尔纳与沉默派戏剧（论丛）
　　　　　　　　　　黎烈文
亚尔维的秘密（剧本）
　　〔法〕倍尔纳著　黎烈文译
明清二代平话集（上）（论丛）
　　　　　　　　　　郑振铎
刘易士的小说（论丛）
〔英〕何尔特著　赵景深译；附记
新娘之梦（小说）
〔英〕费尔坡兹著　叶启芳译；附记

"克罗波摩尔"（小说）
　　〔俄〕英培尔著　建南译
书谈（论丛）　　　　周越然
　三、套印书
国外文坛消息　　　　赵景深
　现代西南部美洲文学　根那
　生与冰洲文学　包以尔的永
　久挣扎　巴比尼的讽刺　大战
　后的德国青年作家　托勒的
　自叙传　苏俄刊行日本古典
　文学集
元曲叙录　　　　　　宾　芬
　陈季卿误上竹叶舟（元范子安
　撰）　包待制智赚灰阑记（元
　李行道撰）

第二十二卷　第八号
（1931 年 8 月 10 日）

小小的生命的始终（小说）章克标
他们恋爱了（小说）　　鲁　彦
在巴黎大戏院（小说）　施蛰存
医生（小说）　　　　　沈从文
象牙戒指（八—九）（小说）
　　　　　　　　　　庐　隐
诗歌及音乐的起源（论丛）
　　　　　布赫尔著　武思茂译
明清二代的平话集（下）（论丛）
　　　　　　　　　　郑振铎
橡树（小说）
　　〔俄〕格台新斯基著　宁英译

一个人的出生（小说）

〔俄〕高尔基著 建南译

中国的苦力（论丛）

〔波〕谢洛随斯基著

许念曾 徐位译

外国文坛消息 赵景深

波兰文学家沛顺斯奇逝世

文学批评家维尔西克逝世

宾那脱之死及其祭礼 高尔

基续作三部曲 西班牙阿亚

拉全集出版

俄国文坛零讯 张铁弦

第二十二卷 第九号

（1931 年 9 月 10 日）

狗（小说） 巴 金

一篇抄袭的恋爱故事（小说）

鲁 彦

一天（小说） 丁 玲

魔道（小说） 施蛰存

侏儒（小说） 何家槐

象牙戒指（十一—十一）（小说）

庐 隐

博克门（第一幕）（剧本）

〔挪〕易卜生著 潘家洵译

葛劳德逝世 附 葛劳德著作年表

（论丛）〔英〕海登著 赵景深译

宋乐与朝鲜乐之关系（论丛）

〔日〕内藤虎次郎著 林大椿译

裴多菲诗七篇（诗） 孙用译

波里史柴采夫评传（论丛） 适 夷

静寂的黎明（小说）

〔俄〕柴采夫著 适夷译

一件不要人相信的故事（小说）

〔德〕克洛格尔著 段可情译

一个坏女人（小说）

〔美〕贾克伦敦著 陈虎生译

老茶房（小说）

〔日〕村山知义著 秦觉译

国外文坛消息 赵景深

托尔斯泰未刊的作品 未来主

义的菜 巴比尼最近的态度

最近的德国小说 高歌脱的随

笔 穆杭的两部著作 新群众

作家续讯 宾那脱逝世后的怀

念 撒克薇儿偎丝特的新作

高尔斯华绥自述创作过程

元曲叙录 宾芬

王月英元夜留鞋记（元曾瑞卿

著） 杜牧之诗酒扬州梦（元

乔梦符撰） 玉箫女两世姻缘

（元乔梦符撰） 㑇梅香骗翰

林风月（元郑德辉撰） 醉思

乡王粲登楼（元郑德辉撰）

第二十二卷 第十号

（1931 年 10 月 10 日）

虎雏（小说） 沈从文

小彼得（小说） 张天翼

好人（小说） 巴 金

诗六篇（诗）　　　　　戴望舒

我也只好伴你消灭于这一切的黑
暗中了（小说）　　　　袁昌英

战线（一——五）——呈给还活在髑
髅塔下跳跃着的人们（小说）
　　　　　　　　　　　黑　炎

比利时一百年来的法语文学（论丛）
　　　　　　　　　　　式微译

当我是一个托钵僧时（小说）
　　〔俄〕伊凡诺夫著　高滔译

雏（小说）
　　〔罗〕勒拉太斯古著　孙用译

磨坊旁（小说）
　　〔保〕伊林潘林著　北冈译

博克门（第二幕）（剧本）
　　〔挪〕易卜生著　潘家洵译

国外文坛消息　　　　　赵景深
　　吉洛杜写个人主义者　穆杭
　　最近的言论　郁斯特的新作
　　爱尔兰奥顿涅尔的新作　四
　　本英国新小说　西班牙作家
　　与革命　瑞典卡尔弗尔逝世
　　最近俄国诗人侧面剪影

元曲叙述　　　　　　　宾　芬
　　罗李郎大闹相国寺（元张国
　　宾撰）

　　　第二十二卷　第十一号
　　　（1931 年 11 月 10 日）

血腥的风（诗）　　　　蓬　子

我说这是最后一次的眼泪了（诗）
　　　　　　　　　　　巴　金

我们（小说）　　　　　巴　金

新西班牙的新兴作家（论丛）
　　　　　　　　　　　许德佑
　　往日的作家和新兴作家——
　　巴勒英克朗，阿佐林的反抗狄
　　克推多——从虚无主义到希
　　望——新兴文学的趋势

十二镑的尊容（剧本）
　　〔英〕巴蕾著　熊式弌译

也许是这样的（小说）　李青崖

清算（小说）　　　　　冰　莹

晨课（小说）　　　　　何　平

"五女兴唐传"（小说）　朴　园

象牙戒指（十二——十三）（小说）
　　　　　　　　　　　庐　隐

战线（六——十）（小说）黑　炎

安琪玲（小说）
　　〔法〕左拉著　李青崖译；附记

诗和散文（小说）
　〔捷克〕符尔克力次基著　孙用译

博克门（第三幕）（剧本）
　　〔挪〕易卜生著　潘家洵译

国外文坛消息　　　　　赵景深
　　现代蒙大拿文学　新希腊文坛
　　一瞥　一九三〇年的霍爽屯奖
　　金曼氏兄弟与父子　塞意斯完
　　成四部曲　瑞典的小说与文评
　　挪威文坛杂讯　罗曼诺夫的三
　　只丝袜子　莱渥诺夫的贼

第二十二卷　第十二号

（1931 年 12 月 10 日）

时间与空间（小说）　　　沉　樱

奴隶底心（小说）　　　　巴　金

遗嘱（剧本）

　　〔英〕巴蕾著　熊式戈译

今日的法兰西戏剧运动（论丛）

　　　　　　　　　　许德佑

一封最初亦即最后的信（小说）

　　　　　　　　　　冰　莹

战线（十一—十四）（完）（小说）

　　　　　　　　　　黑　炎

Sommertanz（诗）

　　〔瑞典〕卡尔弗尔特著　梅川译

病后对话（剧本）〔意〕邓南遮著

　　　　　　颜歆译；附译者的话

第七号地窖（小说）

　　〔法〕盖塞尔著　李青谷译

博克门（第四幕）（完）（剧本）

　　〔挪〕易卜生著　潘家洵译

象牙戒指（十四—十七）（小说）

　　　　　　　　　　庐　隐

国外文坛消息　　　　赵景深

　　一九三一年的诺贝尔文学奖

　　金　捷克诗人第克逝世　杜思

　　退益夫斯基与新俄　德国文

　　坛新讯　格雷哥莱夫人的新作

　　俄国文坛新讯

　　显尼志劳逝世　　　卢　罗

　　未发表的般生的剧本　梅　川

附二十二卷总目录

2. 文学周报（包括前身《文学旬刊》、《文学》,附刊上海《时事新报》）

文学旬刊　第1号
（1921年5月10日）

宣言　　　　　　　　本刊同人
体例
文学的定义　　　　　西　谛
中国文学不发达的原因　玄　珠
小病（1921.3.26）　　谌　陶
仁善的小孩　〔意〕阿美村司原著
　　　　　（Amuchnce）张晋译
文学界消息　　　　　玄　珠

文学旬刊　第2号
（1921年5月20日）

读晨报小说第一集　　静　观
离情（二〇,二,二。北京）
　　　　　　　　　李之常
上帝　　　　　　　　绍　虞

西喇叙事诗（Schilcrs Ballade）
　　　　　　　　　性　天
匈牙利短喜剧：审判
瞿西（S·Guthi）博士著　胡天月译
　自世界语（九,五,一九二〇）
杂谈：（一）翻译与创作天才（西
谛）（二）集锦小说（西谛）（三）
复活（西谛）
文学界消息　　　　　玄　珠
通信：西谛分别复仁君、玉麟君、
黄厚生君、柳钟文君、赵光荣君玄
珠复近代法国文学概论作者

文学旬刊　第3号
（1921年5月29日）

文学的特质　　　　　世　农
杂谈：（四）奇异的剿袭法（西谛）
（五）系统介绍与取巧（来红）

（六）什么叫系统的研究（来红）

（七）创作坛的新倾向（蠢才）

（八）恋爱文学（蠢才）　　（九）

处女的尊重（蠢才）

诗：春梦的灵魂　　　　　　　剑

西喇叙事诗（Schllcrs Ballade）

　　　　　　　　　　　　性天译

　　一、手套（续）　二、姊妹爱

　　三、担保

小说：影

　　〔波〕薛洛士（B·Prus）著

　　　　　　　　　　　　妃白译

论文：小说的小经验　　　　　隐

书报评论：（一）巡按（戏曲）（二）

雷雨（戏曲）　　　　　　　西　谛

文学旬刊　第4号
（1921年6月10日）

世界文学中的德国文学　　唐性天

杂谈：（十）思想的反流（西谛）

（十一）处女与媒婆（西谛）　（十

二）新旧文学的调和（西谛）　（十

三）悬赏征文的疑问（西谛）　（十

四）独创的精神（蠢才）　（十五）

文学事业的堕落（蠢才）

心境　　　　　　　　　　　王世瑛

下午十点钟（问题剧）

　　〔美〕Mary Aldis 原著　汪仲贤译

西喇叙事诗（Schilcrs Ballade）

　　　　　　　　　　　　性　天

（三）担保（续）

文学界消息（五则）　　　　　玄　珠

通信：西谛分复戴召伯君、张友人

君、曾雪楼君、黄厚生君、张国人

君、潘训君　寿昌致玄珠，玄珠复

寿昌

文学旬刊　第5号
（1921年6月20日）

文学的使命　　　　　　　西　谛

杂谈：（十六）侮辱人们的人（圣

陶）　（十七）文学名辞的审定（鸿

声）　（十八）文学中所表现的人

生问题（西谛）

不快之感　　　　　　　　　叶圣陶

生命的谜　　　　　　　　　柳钟文

情曲（未完）

　　〔德〕海涅原著　李之常译

答西谛君　　　　　　　　　沈雁冰

通讯：罗迪先致玄珠（一九二一，

六，一一）罗迪先致寿昌（一九二

一，六，一一。杭州）

文学旬刊　第6号
（1921年6月30日）

现在中国创作界的两件病　世　农

杂谈：（十九）研究民间传说歌谣

的必要（蠢才）　（二十）童话与

神异故事（蠢才）　（二十一）调

和新旧文学进一解（厚生）　（二十二）新旧文学果可调和吗？（西谛）　（二十三）血和泪的文学（西谛）　　　（二十四）盲目的翻译家（西谛）

一个病人　　　　　　　　庐　隐

情曲（续）

〔德〕海涅原著　李之常译

书报评论:《海鸥》　　　鸿　声

通讯:郭沫若致西谛（六月十四日）矢二致雁冰　沈雁冰、西谛复矢二

文学旬刊　第7号

（1921年7月10日）

语体文欧化的讨论　　编者附言

语体文欧化之我观（一）　雁　冰

语体文欧化之我观（二）　振　铎

语体文欧化的商榷　　　　剑　三

语体文欧化　　　　　　傅冻莠

语体文欧化问题与东华先生讨论

　　　　　　　　　　　郑振铎

"语体文欧化"答冻莠君　沈雁冰

杂谈:（二十五）中国创作界的四件病（张友仁）　（二十六）文学名辞的审定（厚生）

归程　　　　　　　　　　吕　澂

伴死人的一夜　　　　　　剑　三

近代文学

　　〔日〕伊达源一郎著　赵光荣译

情曲（续）

〔德〕海涅原作　李之常译

通讯:田汉（寿昌）致玄珠;玄珠附笔

文学旬刊　第8号

（1921年7月20日）

文学家的责任（一九二一，七，六晚北京）　　　　　　李开中

"不全则无"　　　　　王世瑛女士

生命之火燃了!（在学灯见振铎兄此诗也用同题作了一首）　王剑三

情曲（续）

〔德〕海涅原著　李之常译

近代文学（续）

〔日〕伊达源一郎著　赵光荣译

文学旬刊　第9号

（1921年7月30日）

文学与革命　　　　　　西　谛

杂谈:（二十七）这也有功于世道么？（玄）　　（二十八）棒与狗声（玄）　　（二十九）肉欲横行的中国（西）　（三十）消闲？!（西）　（三十一）问汉胄君（西）　（三十二）整理旧文学与创造新文学（庐隐）

儿和影子　　　　　　　　叶圣陶

拜菩萨　　　　　　　　　叶圣陶

冲动（一九二一，四，十六晨）

　　　　　　　　　　　　徐玉诺

月夜里的箫声　　　　　　　　庐　隐
情曲（续）
　　　〔德〕海涅原著　李之常译
近代文学（续）
　　　〔日〕伊达源一郎著　赵光荣译

文学旬刊　第 10 号
（1921 年 8 月 10 日）

中国文人（？）对于文学的根本
误解　　　　　　　　　　　　西　谛
杂谈：打破应酬品的文学（春）
二百元　　　　　　　　　　　王世瑛
"作甚么？"　　　　　　　　　庐　隐
砍柴的女儿（诗）　　　　　　　　隐
一个问题（剧本）　　　　　　陈逖先
近代文学（续）
　　　〔日〕伊达源一郎著　赵光荣译
宋春舫致文学研究会书（7·13）
　　　　　　　　　　　　　　宋春舫
文学研究会答宋春舫信
　　　　　　　　　文学研究会上海同人

文学旬刊　第 11 号
（1921 年 8 月 20 日）

儿童文学的翻译问题　　　　　　　春
答女儿（小说）　　　　　　　王世瑛
一个问题（剧本）（续）　　　陈逖先
寂寞的城
　　　Rieha d Dshmsl 原作蒋复璁译

情曲（续）〔德〕海涅著　李之常译
近代文学（续）
　　　〔日〕伊达源一郎著　赵光荣译
通讯：孙祖基致文学周刊社诸君
（"周刊"为"旬刊"之误，编者注）

文学旬刊　第 12 号
（1921 年 8 月 30 日）

遗民（小说）（十年八月十二日）
　　　　　　　　　　　　　　玉　诺
出洋热（小说）　　　　　　一星女士
微光（诗）（十，八，二四。上海）
　　　　　　　　　　　　　郑振铎
生命（诗）（1921.8.16）　　玉　诺
秋晚（1921.8.20）　　　　　玉　诺
一个问题（剧本，续完）（1920.4.15）
　　　　　　　　　　　　　陈逖先
京汉车中杂吟（诗）　　　　　李之常
近代文学（续）
　　　〔日〕伊达源一郎著　赵光荣译
通讯：胡怀琛致文学旬刊社诸君
（8.21）

文学旬刊　第 13 号
（1921 年 9 月 10 日）

故事　　　　〔波〕推忒玛耶尔作
　　　　　　　仲密译（八、十九）
夜（小说）（一九二一，九，五）
　　　　　　　　　　　　　沈松泉

哀音（小说）　　　　　　　　庐　隐
玛丽亥耐　　　　　　　　王统照译
近代文学（续）
　　〔日〕伊达源一郎著　赵光荣译
通讯：记者致宋云彬　文学旬刊社
附启

　　　文学旬刊　第 14 号
　　（1921 年 9 月 20 日）

高尔士委士的短篇小说《觉悟》的
评赏　　　　　　　　　　　王　靖
失望（诗）（一九二一，九，八）
　　　　　　　　　　　　　斯　提
烦恼（诗）　　　　　　　　李之常
秋心（诗）（一九二一，九，十六
日晨）　　　　　　　　　沈松泉
通讯：胡嘉致西谛（一九二一，八，
二八。于丹阳）　　　　　许澄远
致文学旬刊；西谛复澄远

　　　文学旬刊　第 15 号
　　（1921 年 10 月 1 日）

茵梦湖的序引（一九二一，七，
二一日，午后书于日本东京之函
馆旅馆）　　　　　　　　郁达夫
"情曲"的引词　　　　　李之常译
花园（诗）（九月十七晨）玉　诺
蛋　　〔法〕Guy de maupassant 著
　　　妃白译（文后附：一九二○，
　　　　一○，二○。译者注）

通讯：李之常给胡嘉的信（一九二
一，九，二四。于武昌）

　　　文学旬刊　第 16 号
　　（1921 年 10 月 11 日）

小说作法　　　　　　　　　六　逸
独幕剧本·王裁缝底（三十节）
　　　　　　　　　　　　　陈大悲编
琴声（诗）　　　　　　　　刘延陵
归〔法〕Charles-Louis Philippe 作
　　　　　　　　　　　　Y.L.译
杂谈：文学批评（张友仁）　语体
文欧化平议（张友仁）

991

　　　文学旬刊　第 17 号
　　（1921 年 10 月 21 日）

小说作法（续）（九，十二，十五）
　　　　　　　　　　　　　六　逸
三浦右卫门的最后（小说）
　　　〔日〕菊池宽作　鲁迅译
（文后附译者记，一九二一年六月
　　　　　　　　　三十日记）
琴声（续）　　　　　　　　刘延陵
近代文学（续）　　　　　赵光荣译

　　　文学旬刊　第 18 号
　　（1921 年 11 月 1 日）

杂谈：就是这样了么？（斯提）
盼望　论诗（YL）

义儿（一九二一、十、二九）

叶绍钧

（一）对月（诗）歌德著　性天译

（二一，四，二二）

（二）游客夜歌（诗）

歌德著　性天译

（二一，五，十日）

（三）所得（诗）歌德著　许震寰译

琴声（续）　　　　　　　刘延陵

近代文学（续）　　　　赵光荣译

文学旬刊　第 19 号

（1921 年 11 月 11 日）

陀思妥以夫斯基的百年纪念 西　谛

陀思妥以夫斯基年谱　　愈　之

陀思妥以夫斯基带了些什么东西

给俄国？　　　　　　　　冰

与佩弦讨论"民众文学"（二一，

十一，七。在杭州）　俞平伯

杂谈：骸骨之迷恋（斯提）

文学与呻吟（十年、深秋、朝。）

严慎予

二十年后

〔美〕O·Henry（阿亨利）著

一樵译

琴声（续）（一九二一，六，一五，

杭州）　　　　　　　刘延陵

通讯：孙祖基致西谛（十月四日）

西谛复祖基（十月二十日）

文学旬刊　第 20 期

（1921 年 11 月 21 日）

爱尔兰诗人夏芝（10.11.2.记于东

京白山之上）　　　　　滕　固

陀思妥以夫斯基作品一览　　C

破袜　　　　　　　　　　汝　卓

双十节悲歌（十，十，十于武昌）

李之常

对于鹦鹉的箴言　　　　斯　提

通讯：薛鸿猷致西谛（11.13）　编

者附记

文学旬刊　第 21 号

（1921 年 12 月 1 日）

对于"一条疯狗的"答辩　守　廷

一条疯狗！（十一月十三日于南高）

薛鸿猷

诗坛底逆流（十二，二十六）

卜　向

看南京日刊里的"七言时文"　东

由"一条疯狗"而来的感想　赤

骆驼家　　　　　　　　　玉　诺

文学旬刊　第 22 号

（1921 年 12 月 11 日）

旁观者言　　缪凤林；编者附志

猘狮　　〔匈加利〕海尔兹格著

（Francisks Herczeg）胡天月译

骆驼家（续）（一九二一，四，一日）
玉 诺
通讯（三则）：欧阳薷致守廷（十二月二日）；守廷复欧阳薷编者致薛鸿猷
更正（一则）

文学旬刊 第23号
（1921年12月21日）

论散文诗（文后有西谛附言）
YL
读"旁观者言"（一九二一，十，十三晚于北京） 静农投稿
尸（二一年十一月二十四日夜）
玉 诺
小试（诗） 郭绍虞
世界与人类（十，十一，二十三夜，北京） 梦 雷
最后的尝试（十，十一，二十三夜，北京） 梦 雷
对于旧体诗的我见（十，十二，六，在碳石答校） 吴文祺
为新诗家进一言 王警涛
近代诗杂译
丧钟 天使与神秘
呆弗司作 王剑三译
近代文学（续） 赵光荣译
通讯（二则）：薛鸿猷致编辑（十二月十六日） 宓汝卓致西谛（十二月十一日）

文学旬刊 第24号
（1922年1月1日）

论散文诗 西 谛
葛拜耳诗杂译 王剑三译
黑暗的人 王剑三
观察与幻想 汝 卓
没什么（诗）（二十一年十二月十日）
信
又一旁观者言 幼南投稿
通讯（二则）：郑重民致西谛；西谛复重民

文学旬刊 第25号
（1922年1月11日）

驳"旁观者言"（十，十二，三十一，碳石） 吴文祺
我的诗说 郑重民
读了"论散文诗"以后（十一，一，二，于溧阳女校） 王平陵
近代文学（续） 赵光荣译
通讯（四则）：敷德致西谛（一九二二，一，五）；西谛复敷德 西谛致凤林、幼南；凤林、幼南复西谛（一月五日）
本刊特别启事

文学旬刊 第26期
（1922年1月21日）

民众文学的讨论

（前言）　　　　　西谛
一　（一九二一，十二，三十，
杭州）　　　　　　俞平伯
二　（十一，一，一。十一，
一，二）　　　　　许昂若
三　（一九二一，一，一五）
　　　　　　　　　叶圣陶
四　　　　　　　　朱自清

文学旬刊　第27期
（1922年2月1日）

论散文诗　　　　　滕　固
民众文学底讨论（续）（二二，一，
一八，杭州）　　　朱自清
更正（一九二二，一，二十六，杭
州）　　　　　　　俞平伯
古希伯来诗底特质（一月十二日）
　　　　　　　　　地　山

文学旬刊　第28期
（1922年2月11日）

"又一旁观者言"的批评（一九二
二，一，九。在碛石）　吴文祺
平民诗人惠特曼　　　六　逸
文学上的贵族与民众（十一，一，
二七，杭州）　　　许昂若
野中之风　　　　　剑　三
少年的梦　　　　　剑　三

文学旬刊　第29期
（1922年2月21日）

评梅光迪之所评　　　郎　损
文学与民众　　　　　路　易
一个女教员　　　　　庐隐女士
杂谈：批评者之精神（佷）　介绍
与创作（西谛）　什么叫介绍（东
莱）　逆流（小森）

文学旬刊　第30期
（1922年3月1日）

近代文明与近代文学　　郎　损
一个女教员（续）（一九二一，十
一，二十二，北京）　庐隐女士
泪（自草叶集）　惠特曼著　东莱译
毁谤（自新月集）
　　　　太戈尔著　徐培德译
太戈尔诗（园丁集第六十七首）
　　　　TAGORE著　佷译
杂谈：爱与文学（劳人）
近代文学（续）　　　赵光荣译
文豪纪念录（三月）　（无署名）

文学旬刊　第31期
（1922年3月11日）

驳反对白话诗者　　　郎　损
寻求者　　　　　　　R·M
战争罪恶史之一页（十，十一，五，

北京）　　　　　　　　孙梦雷
打不断的念头　　　　　　徐玉诺
疯子院的一角　　　　　　徐玉诺
无题　〔日〕千家元磨著　东莱译
幸福（散文诗）
　　　〔日〕白鸟省吾著　劳人译
自由（小曲）　　　　　　前　人
火车里一个乡下佬　　　　耿式之
哈姆生传　Knut Hamsum　海　峰

　　　文学旬刊　第 32 期
　　　（1922 年 3 月 21 日）

我为什么创作呢?
〔日〕长与善郎著　谢六逸译；附记
朵思退益夫斯基与其作品　　CP
山道之侧　　　　　　　　王统照
山（诗）　母亲（诗）　　徐玉诺

　　　文学旬刊　第 33 期
　　　（1922 年 4 月 1 日）

　　　　创作坛杂评
（一）一般的倾向　　　　玄　珠
驳郎损君《驳反对白话诗者》
　　　　　　　　　　　　钱鹅湖
答钱鹅湖君（文后有西谛附言）
　　　　　　　　　　　　郎　损
朵思退益夫斯基与其作品（续）CP
题《影鸾草》　　　　　　俞平伯
题《影鸾草》　　　　　　郑振铎

火车里一个乡下佬（续）　耿式之
懊恼（一九二二，三，一二，晨，
浦东）　　　　　　　　修　人
晓（一九二二，三，一九，晓，梵
王渡道上）　　　　　　修　人
或者（一九二二，三，一二，晨，
浦东）　　　　　　　　修　人
小诗（一九二二，三，二五，商大）
　　　　　　　　　演存；附注
杂谈：一、大路　二、假学者（PT）

　　　文学旬刊　第 34 期
　　　（1922 年 4 月 11 日）

创作坛杂评　　　　　　　资　平
（二）致读《女神》者（一九二二，
一，一九夜，于东京郊外旅舍）
匆匆（二二，三，二八，台州）
　　　　　　　　　　　　朱自清
一条路（十月十三日）　　司省之
火车里一个乡下佬（续）　耿式之
雪天的咒诅　　　　　　　李之常
洪山，卓刀泉记游（二二，四，二，
于武昌）　　　　　　　李之常
朵思退益夫斯基与其作品（续）
　　　　　　　　　　　　　CP

　　　文学旬刊　第 35 期
　　　（1922 年 4 月 21 日）

支配社会底文学论（公历二二，四，

十二）　　　　　　　　　　之　常
隔膜集书后（二二，四，十八，记
于杭州）　　　　　　　　佚　名
他的现在　　　　　　　　徐玉诺
生活与性灵　　　　　　　徐玉诺
人生的现实　　　　　　　徐玉诺
独唱六首　　　　　　　　滕　固
异端者之忏悔　　　　　　滕　固
朵思退益夫斯基及其作品（续）
　　　　　　　　　　　　CP
醉（十一，四，十六）　　素
杂谈：一、什么话（CP）　二、复
辟派的反动（玉）　三、投机派的
提倡文言者（玉）
新刊介绍（六则）

　　　　文学旬刊　第36期
　　　　（1922年5月1日）

今后之本刊
　　文学旬刊社　文学研究会同启
教育与文艺的争斗　　　　邹　谦
悲鸣之鸟（一九二二，四，二十四，
夜）　　　　　　　　　　西　谛
复活（二二，四，二七，海门上海
船中）　　　　　　　　　朱自清
哀慧真（二一，一，一三，于广州
培正学校）　　　　　　　梁宗岱
杂谈：（一）文学与常识（玄）
（二）悲观（西）
新刊介绍（四则）　　　　（C）

出版预告（二则）

　　　　文学旬刊　第37期
　　　　（1922年5月11日）

新文学观的建设　　　　　西　谛
对于一个散文诗作者表一些敬意！
（一九二二，五，二，灯下）（文后
有西谛附言）　　　　　　王任叔
文学之要素（上）　　　　路　易
微笑（诗）　　　　　　　俞平伯
梦（诗）（二二，四，三十，杭州）
　　　　　　　　　　　　俞平伯
"创造"给我的印象一　　　损
·最近的出产·——本栏的旨趣和
态度
杂谈：一、对于新诗的诤言　二、他
们的理想　（CP）
文学研究会特别启事

　　　　文学旬刊　第38期
　　　　（1922年5月21日）

·最近的出产·
（一）隔膜（化鲁）　（二）邵雍
的自由诗（郭绍虞）
'创造"给我的印象二　　　损
读了一种小诗集以后（诗）西　谛
静境（诗）　　　　　　　王剑三
俄顷（诗）　　　　　　　前　人
忆（二二，四，杭州）（诗）　平

泪之流（诗） 西谛

小诗（一九二，二，一八，开封）
造我

杂谈：一、著作的态度（CP） 二、私怨与贿赂（CP） 三、丑恶描写（CP） 四、白话文与作恶者（CP）

通讯：汝卓致振铎（五月八日） 振铎复汝卓（五，十八）

文学研究会启事

文学旬刊 第 39 期
（1922 年 6 月 1 日）

玉诺的诗 圣陶

本会会员胡天月病逝讣告（十一，五，二五） 文学研究会

"创造"给我的印象三 损

亡友胡天月传 愈之

杂谈：一、憎厌之歌（西谛） 二、人生的艺术（CP）

通讯：王任叔致西谛

文学旬刊 第 40 期
（1922 年 6 月 11 日）

·最近的出产·

（一）读《湖畔》诗集（二二，五，一八，杭州）（自清） （二）读小说月报第十三卷第六号（真）

胡天月传（续）（一九二二，五，三，在上海） 愈之

遣闷 王任叔

杂谈（四则） 西谛、冰、CP

通讯：西谛复任叔（五，三十）

文学研究会启事（二则）

文学旬刊 第 41 期
（1922 年 6 月 21 日）

评读诗底进化的还原论（二二，六，七） 蘋初

一个中国的田野化底诗人——范成大（十一，六，一日北京）
王统照

杂诗 王任叔

杂谈（四则） 西谛

通讯：张厌如致西谛（于一九二二，六，一三）；西谛复厌如

文学旬刊 第 42 期
（1922 年 7 月 1 日）

·最近的出产·《戏剧》第四号 新中华戏剧协社出版 （玄） 会议通知（一则） 文学研究会上海分会

·讨论· 小说的"做"的问题
宓汝卓

如环的一以书代序（诗）（二二，五，六，夜半） 俞平伯
（诗前附序，二二，五，十一，平伯记）

给歌者 西谛

寒夜的啼声（诗）　　　　剑　三
是？（诗）　　　　　　　剑　三
杂谈（五则）
　　　化鲁（二则）、西谛（三则）
通讯：中华书局丛书编辑部致西谛
（十一，六，二一）　王任叔致西
谛（十，十一，三）

文学旬刊　第 43 期
（1922 年 7 月 11 日）

最近的出产：评"小说汇刊"
　　　　　　　　　　　（玄）
小说的"做"的问题（续）（十一，
五，二十日）　　　　　宓汝卓
小说：战夜的谈话（十一，五，十
三脱于北京）　　　　　王剑三
泥墙之下（一九二二，五，五，杭
州）　　　　　　　　　周辅仁
杂谈：一则（玄）
文学研究会记事　文学研究会特
别启事

文学旬刊　第 44 期
（1922 年 7 月 21 日）

中国的报纸文学　　　　化　鲁
《灰色马》的引言（转录《小说月
报》第 13 卷第 7 期）　（一九二
二，六，十九，译者）　郑振铎
微笑（十一，劳动节）　宓汝卓

杂谈（七则）　　　　　西　谛
文艺界小新闻（五则）　　玄
被虐者底哭声（诗）　　佩　竿
本刊特别启事

文学旬刊　第 45 期
（1922 年 8 月 1 日）

论短诗——英诗坛上的短诗——
（一九二二，六，晦稿）　滕　固
介绍外国文学作品的目的——兼
答郭沫若君　　　　　　雁　冰
三爱　　　　　　　　　耿式之
《阿那托尔》序言　　　郑振铎
杂谈（三则）　　　　　化　鲁

文学旬刊　第 46 期
（1922 年 8 月 11 日）

中国的报纸文学（续）　化　鲁
本刊特别启事
自然主义的今日文学论　李之常
三爱（续）　　　　　　式　之
灵魂的伤痕　　　　　　庐　隐
小诗　　　　　　　　　演　存
杂谈　　　　　　　　　西　谛

文学旬刊　第 47 期
（1922 年 8 月 21 日）

中国的报纸文学（续）　化　鲁

自然主义的中国文学论（续）

　　　　　　　　　李之常

本刊特别启事

母亲（一九二二，八，风雨之夜）

　　　　　　　　　王任叔

悠悠的心　　　　　庐　隐

祈祷（诗）　　　　慎　吾

我（诗）　　　　　慎　吾

杂谈　　　　　　　西　谛

通讯：玄致林取

　　　文学旬刊　第48期
　　　（1922年9月1日）

译诗的一个意见——《太戈尔诗选》
的叙言（译者一九二二，八，二六）
　　　　　　　　　西　谛

读工人绥惠略夫后（一九二二，八，
十一，上午，于上海）　孔　生

呈某友　　　　　　剑　三

街头的片影　　　　剑　三

东游得来的礼物　　庐　隐

早晨　　　　　　　谢茂傅

"半斤" VS "八两"　　损

杂谈（一则）　　　之　常

通讯：雁冰致沫若　西谛致沫若

　　　文学旬刊　第49期
　　　（1922年9月11日）

我的一个要求　　　西　谛

与现代的基督徒　　徐玉诺

华严泷下　　　　　庐　隐

十五年后　　　　　王统照

路上所见　　　　　佩　竿

杂诗　　　　　　　曾广勋

杂谈（五则）　CP、西谛、CS、S

通讯：李芾甘致记者（八月二十三
日）；记者复芾甘

　　　文学旬刊　第50期
　　　（1922年9月21日）

评 H.A.Giles 的《中国文学史》
　　　　　　　　　西　谛

"曹拉主义"的危险性　郎　损

海边上的谈话（一九二二年在横
滨）　　　　　　　庐　隐

十五年后（续）　　王统照

杂诗（四首）　　　谢传茂

杂谈（八则）　　　西谛、鲁

文学研究会启事　更正（一则）

　　　文学旬刊　第51期
　　　（1922年10月1日）

整理中国文学的提议　西　谛

"文艺批评"杂说　　佩　苇

十五年后（续）　　王统照

他们期望的太平　　厌　夫

杂谈（三则）　　　玄

什么话！　　　　（无署名）

文学旬刊　第52期
（1922年10月10日双十增刊）

翻译问题（译诗的一些意见）
　　　　　　　　　　　玄　珠
我的最后　　　　　　　徐玉诺
吃惊的心　　　　　　　王任叔
给英国人
　　　　〔英〕Shelley 作　西谛译
一夕话——谈日本文学　太　郎
最后的光荣　　　　　　庐　隐
小诗　　　　　　　　　西　谛
形式和实质——对于近时文艺界
的一个感想　　　　　　化　鲁
圣皮韦（Sainte Beuve）的自然主义
批评论（十一，十，一）　西　谛
读工人绥惠略夫　　　　仲　持
大树　　　　　　　　　王任叔
偶然记下来的　　　　　玄　珠
十月中文学家生卒表（上）
杂谈（六则）　　　西谛、鸿声

文学旬刊　第53期
（1922年10月21日）

整理中国古代诗歌的意见及其他
（一九二二年十月十一日夜十一
时，在乌龙潭畔）　　　馥　泉
十五年后（续）　　　　王统照
杂谈（七则）　　　CP、M、冰

文学旬刊　第54期
（1922年11月1日）

写实小说之流弊　　　　　　冰
种植园里的小诗（一九二二，五，
廿九与一鸣弟同游）　　赵景深
十五年后（续）　　　　王统照
可爱的人（一九二二，九，三，夜）
　　　　　　　　　　　佩　竿
中秋月夜八首——怀ZS（中秋夜，
于清凉山麓。十月二十六日，寄自
西子湖滨）　　　　　　馥
杂谈（三则）　　　　CP、冰
十月中文学家生卒表（下）　十一
月中文学家生卒表
通讯：馥泉致记者（一九二二年十
月二十二日夜十时在乌龙潭畔）

文学旬刊　第55期
（1922年11月11日）

诗人与非诗人之区别
　　　　　　Blias 著傅东华译
月下　　　　　　　　　庐　隐
圣水　　　　　　　　　徐玉诺
命运的猴子　　　　　　徐玉诺
夜（此首一九二〇，四，家乡原作）
　　　　　　　　　　　徐玉诺
《中国文学史研究会》底提议
　　　　　　　　　　　馥　泉
杂谈（五则）　　　　　西　谛

通讯：雁冰致馥泉

文学旬刊　第 56 期
（1922 年 11 月 21 日）

本刊特别启事
诗与诗人　　　　　　　M·T·
荣归　　　　　　　　　杨鸿杰
山花　诗意　落花（十，二八，巩
邑）　　　　　　　　　赤　波
无聊　　　　　　　　　陈　震
东京行　　　　　　　一星女士
梦　疯人　惭愧　丧家的孩子
　　　　　　　　　　　佩　竿
杂谈（二则）　　　　（西谛）
我们的启事

文学旬刊　第 57 期
（1922 年 12 月 1 日）

本刊启事
文学之力
乐观的文学　　　　　　玄　珠
·研究资料·
精神分析学与文艺（一）
　　　〔日〕文学博士松村武雄著
　　　　　　　　　　　　路易译
贵人底侍者与磨坊女
　　　〔德〕歌德作　耿济之译
（一九二二，九，六，唐山）
秋　别离　〔日〕泽柳健作　谭槐译

一个恳挚的主妇
　　　〔美〕新诗人 Helene Mullius
　　　　　　女士作　黄希纯直译
损失　　　　　　　　　前　人
东京行（续）　　　　一星女士
无聊（续）　　　　　　陈　震
兔唇的男子（一九二二，九，二十
五）　　　　　　　　苏兆骧
杂谈　　　　　　　　　西　谛

文学旬刊　第 58 期
（1922 年 12 月 11 日）

韩愈的诗　　　　　　　王任叔
游西湖泊舟于丁家山下　夜泛舟
平湖秋月　虚伪　　　　剑　三
·研究资料·
精神分析学与文艺（二）
未来　　　　　　　　　洪瑞钊
在什么地方他失了他自己？　PY
微笑　　　晓鸟敏作　谭槐译
少女底梦　生田春月作　谭槐译
误排　　　　　　　　　前　人
双蝶底别离　北村透谷作　谭槐译
十二月文学家生卒表

文学旬刊　第 59 期
（1922 年 12 月 21 日）

韩愈的诗（续前）　　　王任叔
·研究资料·

精神分析学与文艺（三）

复活给我的印象　　　　　　梅　生

杂谈（二则）　　　　　　　许秀湖

西谛启事

文学旬刊　第60期

（1923年1月1日）

唐六如与林黛玉　　　　　　俞平伯

韩愈的诗（续）　　　　　　王任叔

·研究资料·

精神分析学与文艺（四）

小诗（五首）　　　　　　　馥　泉

小诗（一九二二年九月九日上午六

时二十七分）　　　　　　馥　泉

洗巾（一九二二年十一月十三日

早，白沙堤车上占）　　　馥　泉

燕底一群　　今井白杨作　谭槐译

·最近的出产·

读《长子》之后　　　　　　张汉林

文学旬刊　第61期

（1923年1月11日）

文学之分类　　　　　　　　路　易

寂寞的心　　　　　　　　　陈　震

悲哀的起原　　　　　　　　鸿　杰

·研究资料·

精神分析学与文艺（五）

春的使命（一九二二，十二，十八，

南通）　　　　　　　　　陈无我

暮春　　　　　　　　　　　金　枝

诗　　　　　　　　　　　　黄希纯

杂谈：最可怕的（YD）　真正的

敌人（YD）　卑劣作品（何宏图）

文豪纪念录（一月）

通讯：六逸致张其琛、陈建我等六

人　严刚中致记者；六逸复刚中

文学旬刊　第62期

（1923年1月21日）

关于《小说世界》的话（一月十九

日）　　　　　　　　　　华秉丞

秋的心（一九二三，一，七在上海

美专）　梦里　秋风　　倪贻德

告聪明人　　　　　　　　　弱　者

·研究资料·

精神分析学与文艺（六）

悲哀之网　　　　　　　　　朱畏轩

通信：严敦易致六逸（十二，一，

一日）；六逸复敦易

文学旬刊　第63期

（1923年2月1日）

评《毛诗复古录》　　　　　王统照

评《寂寞的心》与《春的使命》（一

九二三，一，一四，于南通师范）

　　　　　　　　　　　　咏　琼

送给上帝的礼物（散文诗）徐　雉

别后　　　　　　　　　　　太　郎

欢乐之晨　　　　　　　　倪贻德
悲哀之网（下）（一九二二，〇九，
二九，南通金沙）　　　　朱畏轩
杂谈：现在需要的小说杂志（谢路
易）对于文艺上新说应取的态度（冰）
介绍新刊（二则）　　　　（路）
通信：六逸致沈振环、魏赤波、赵
景深、粲希　振铎致吴文祺

文学旬刊　第 64 期
（1923 年 2 月 11 日）

读《毛诗复古录》（续）　王统照
怅惘（一九二三，二，九）西　谛
小诗（一九二三，二，九）西　谛
毒龙之国（一九二三，二，九）
　　　　　　　　　　　　西　谛
·研究资料·
精神分析学与文艺（七）
寒钟（十二，一，三日于无锡）
　　　　　　　　　　　　沈振环
杂谈：读《心潮》里底五篇小说（稿
于南京暨南学校）　　（许秀湖）
文豪纪念录（二月）
介绍新刊　小说月报第十四卷第
一号　心潮　　　　　　（路）

文学旬刊　第 65 期
（1923 年 2 月 21 日）

读《毛诗复古录》（三续）王统照

普希金评传（译自克洛泡特金著俄
国文学论）　　　　　　K·H
凤鸟不至　　　　　　　鸿　杰
杂谈（四则）　　　　　　冰
通讯：W·T 的来函（二，十五）；
六逸复 W·T
介绍新刊　虹纹、阳光、朝霞

文学旬刊　第 66 期
（1923 年 3 月 1 日）

读《毛诗复古录》（四续）王统照
北京文学研究会总会启事
　　　　　　唐性天　许地山同启
雉的心（诗后有附注）（一九二三，
二，二二，于东吴大学）徐　雉
·研究资料·
精神分析学与文艺（八）
想思　　　　　　　　　旦　如
小姑娘　　　　　　　　迅　波
恋　　　　　　　　　　　旦
普希金评传（续）　　　K·H
游子的心　　　　　　　迅　波
杂谈（二则）　　　　　路　易
屈原生年志疑　　　　　鸿　杰

文学旬刊　第 67 期
（1923 年 3 月 11 日）

战争与文学　　　　　　路易译
歌德五首　　　　　　　孙铭传译

读《毛诗复古录》（五续）（十二，一，二十四，北京） 王统照

娄蒙妥夫 Lermontoff 评传 K·H

归去 倪贻德

回忆 前 人

文坛消息

文学旬刊 第 68 期
（1923 年 3 月 21 日）

屈原生年考证 陆侃如

声明 刘延陵致六逸兄

·研究资料·

精神分析学与文艺（九）

离开东京的前一天 庐隐女士

我的人格诗（一九二三，一，二一，于天津） 赵景深

娄蒙托夫（Lermontoff）评传 K·M

通信：严敦易致六逸（三，十一）；六逸复敦易 吕泽甘的来函（十二，三，五，于新会）；记者复泽甘 马静沉的来函：记者复马静沉

文学旬刊 第 69 期
（1923 年 4 月 2 日）

最近英国诗坛人物 S 生

两样 叶绍钧

余波 王任叔

读《心潮》后（十二年三月于钟山精舍）

通讯：崔樵笙致六逸（三，二八）逸复肖明新 逸 复 戴 宗平、陈校方、卢海珊、陈世我、徐玮诸先生

文坛消息 《诗》二卷一号出版予告 小说月报社启事 浅草社消息（一九二三，三，十七）

文学旬刊 第 70 期
（1923 年 4 月 12 日）

杂感 雁 冰

雨后的小雀（三，十一）

馀波（续） 王任叔

杂诗二首

两样（二） 叶绍钧

杂谈 六 逸

文坛消息 介绍托尔斯泰的《战争与和平》

文学旬刊 第 71 期
（1923 年 4 月 22 日）

批评家"卡莱尔"（Thomas Carlyle）
六 逸

明太祖的白话诗 顾颉刚

·研究资料·

精神分析学与文艺（十，完）
译者路易（四月十九日）

文坛消息 《文学艺术大纲》The Outline of literature and Art（路）

《菊园》出版

本刊启事 〔现因印刷方面的关系，本刊改为每月二日，十二日，二十二日出版，有劳阅者来函垂询，特此声明〕

文学旬刊　第 72 期
（1923 年 5 月 2 日）

自动文艺刊物的需要　　　雁　冰
Cliftnn Pack 中的话（二二，八，二二）　　　　　　　　　　俞平伯
竹箫声里的西湖（二二，六，七）　　　　　　　　　　　　俞平伯
幻想的装饰
　　　〔英〕王尔德作　赵景深译
兵　　　　　　　　　　　余祥森
一个解甲归来者（二二，九，一五在北大）　　　　　　苏宗武
歧途　　　　　　　　　陈开铭
两样（三）（一九二二，一二，一七）　　　　　　　　　叶绍钧
我们的杂记（一）　　　　西　谛
预告·小说月报第十四卷第四号要目

文学旬刊　第 73 期
（1923 年 5 月 12 日）

给读者　　　　　　　　　西　谛
本刊的负责编辑人（名单）
元曲选叙录　　　　　　顾颉刚

《世界文学》　　　　　　西　谛
知识之神（一九二三年四月十三日夜）　　　　　　　　波　云
小诗三首　　　　　　　苏宗武
·最近的出产·评繁星　　化　鲁
呈汉瑞　　　　　　　　孙守拙
兵（续）　　　　　　　余祥森
杂谈　　　　　　　　　雁　冰
我们的杂记　　　　　　西　谛
本刊特别启事

文学旬刊　第 74 期
（1923 年 5 月 22 日）

元曲选叙录　　　　　　顾颉刚
《各国文学史》　　　　　雁　冰
与胡适之先生谈谈文学史上的"大"和"小"　　　　　　　既　澄
亭居笔记　　　　　　　圣　陶
兵（续）　　　　　　　余祥森
杂感（二则）　　　　　雁　冰
《诗》二卷二号出版预告

文学旬刊　第 75 期
（1923 年 6 月 2 日）

文学和人生　　　　　　子　贻
亭居笔记　　　　　　　圣　陶
黎明馆旅客底话　　　　平　伯
春日小品　　爱罗先珂作　愈之译
诗（三首）　　　　　　子　贻

兵（续）　　　　　　　　余祥森

元曲选叙录　　　　　　　王伯祥

杂感（四则）　　　雁冰、何宏图

我们的杂记　　　　　　　西　谛

文学旬刊　第 76 期
（1923 年 6 月 12 日）

文艺上的魔道（十二，六，九）
　　　　　　　　　　　　既　澄

无画的画贴（Bilderbuch Ohne
Bilder）
　　〔丹〕安德生（H·C·Ander-
　　　　　sen）著　余祥森译

春日小品（续）
　　　　　　爱罗先珂作　愈之译

论孙君铭传译歌德诗的谬误（草于
同德医专五月二十七日）　梁俊青

元曲选叙录　　　　　　　王伯祥

兵（续）　　　　　　　　余祥森

杂感（四则）　　　　雁冰、子贻

我们的杂记　　　　　　　西　谛

文学旬刊　第 77 期
（1923 年 6 月 22 日）

自然与神秘（十二，六，十九）
　　　　　　　　　　　　既　澄

文学的艺术的表现论（Joel Elias
Spingarn 作）　　　　赵景深译

无画的画贴（续）　　　余祥森译

最近的出产·评《华伦夫人之职业
（剧本）》　　　　　　　雁　冰

醒后的歌吟（一九二三，五，十九
于苏州一师）　　　　　丁炯培

小诗　　　　　　　　　赵荫棠

兵（续）　　　　　　　余祥森

杂感（三则）　　　K·H、切生

我们的杂记　　　　　　西　谛

通讯：谷凤田致雁冰（一九二三，
六，六寄于济宁七中）

小说月报第十四卷第六号要目

文学旬刊　第 78 期
（1923 年 7 月 2 日）

翻译与创作　　　　　　西　谛

给一个妇人的书（小说）　任　重

一瞥（独幕剧）　　　　切　生

元曲选叙录　　　　　　顾颉刚

烦闷（一九二三，六，三，晚十时
于江华船中）　　　　　菱湖生

一段的回忆　　　　　　李承谷

落花　　　　　　　　　刘虎如

蜉蝣　　　　　　　　　刘虎如

妻之肖像　　　　　　　刘虎如

我们的杂记　高尔基的新著　红
的花　　　　　　　　　西　谛

《无画的画帖》译误更正（六月二
十八日）　　　　　　　祥　森

出版预告　小说月报十四卷第七号
要目　最近出版之文学研究会丛书

文学旬刊　第 79 期

（1923 年 7 月 12 日）

读《飞鸟集》　　　　　　赵荫棠

论《飞鸟集》的译文——答赵荫

棠君　　　　　　　　　　西　谛

·最近的出产·

（一）屈原（陆侃如著）　　　澄

（二）西洋小说发达史（谢六逸编）

　　　　　　　　　　　　化　鲁

"佛罗杭司" Florence 的日光

　　　　　　　　　　　　华　林

白云（诗）　　　　　　　泽　民

杂感　　　　　　　　　　　YP

通讯：文学旬刊社致孙铭传

　　　　　　　　文学旬刊社启

新刊介绍　　　　　　　　记　者

文学旬刊　第 80 期

（1923 年 7 月 22 日）

再论《飞鸟集》译文——答梁实秋

君　　　　　　　　　　　西　谛

波花——论译《牧羊人的悲哀》并

答梁君　　　　　　　　孙铭传

美　　　　　　　　　　　樨　云

烦恼　　　　　　　　　　樨　云

忘了罢　　　　　　　　　索　非

相思（十二，七，十一于武昌商专

校）　　　　　　　　　邓镜环

茸芷缭衡室杂记之一　　　平　伯

文学（原名《文学旬刊》）

第 81 期

（1923 年 7 月 30 日）

本刊改革宣言　　　　　　西　谛

如其我是个作者（七月二十七日作）

　　　　　　　　　　　　圣　陶

文学批评

　　　〔美〕Erle E·Clippinger 著

　　　　　　　　　贺自昭译并附注

一个诗人的死　　　　　　徐玉诺

太戈尔诗一首　　　　　郑振铎译

欣赏力的培养　　　　　　道　明

暮霭（二十三，五，二十三越南中

法中学校）　　　　　　黄运初

研究近代剧的一个简略书目　沈雁冰

不过是自己的声音（一九二三，六，

一）　　　　　　　　　丁炯培

狼的国　　　　　　　　　西　谛

茸芷缭衡室杂记之一（续）（二二，

五，二十八）　　　　　平　伯

本刊特约撰稿者　本刊特别启事

文学　第 82 期

（1923 年 8 月 6 日）

语体文之提高和普及　　　严既澄

读者的话（八月二日作）　叶圣陶

文学的分类　　　　　　　西　谛

"石虎胡同七号" 赠骞季常先生（巧

日）　　　　　　　　　徐志摩

我并不寂寞　　　　　　徐玉诺

太戈尔诗三首　　　　　郑振铎译

研究近代剧的一个简略书目（续）

　　　　　　　　　　　沈雁冰

新刊介绍·爱罗先珂的新著二种

　　　　　　　　　　　　化鲁

（一）桃色的云　（二）一个寂寞
底灵魂的呻吟

本刊特别启事

文学　第83期
（1923年8月13日）

诗歌之力（十二，八，九，于上海）

　　　　　　　　　　　西谛

读乐府诗集　　　　　　王伯祥

太戈尔诗三首　　　　　郑振铎译

人生之谜　　　　　　　祥拙

小百姓　　　　　　　胡子贻作

谈戏剧　　　　　　　　路易

东与西的两个消息　　　化鲁

　　（一）法国名小说家鲁第死了
　　（二）太谷尔的国际大学

文学　第84期
（1923年8月20日）

何谓诗？（一九二三，八，十五，
上海）　　　　　　　　西谛

弟一口的蜜（八月十四日作）

　　　　　　　　　　　叶圣陶

涴漫的狱中日记　　　　瞿秋白

新秋的一夜（十二，八，十二）

　　　　　　　　　　　严既澄

小百姓（续）（独幕剧）　胡子贻

杂感（二三，八，四于广州）

　　　　　　　　　　　梁宗岱

几个消息　　　　　　　玄珠

文学　第85期
（1923年8月27日）

诗歌的分类　　　　　　西谛

夜的诗人（诗）　　　　徐玉诺

新的宇宙（一九二三年八月十三日）

　　　　　　　　　　　瞿秋白

时钟　〔德〕里涟克伦作　愈之译

两个西班牙文人（塞范忒司·特伐
加；倍那文德）　　　　雁冰

小百姓（续）　　　　　胡子贻

太戈尔新月集选译序（十二，八，
二十二）　　　　　　　郑振铎

文学　第86期
（1923年9月3日）

抒情诗　　　　　　　　西谛

没有秋虫的地方　　　　圣陶

文艺界的联合战线　　　化鲁

H与其友人　　　　　　路易

圣的愚者（寓言）

　〔阿〕Kablil Gibran 作　雁冰译

小百姓（续） 胡子贻
曹雪芹与恶劣文学——红楼梦杂记
严敦易
通讯：西谛致吉林某君 大勋致文
学旬刊社；化鲁复大勋
文学研究会会员消息

文学 第 87 期
（1923 年 9 月 10 日）

诗一首 刘延陵
文学的环境 王伯祥
史诗 西 谛
藕与莼菜（九月七日作） 圣 陶
沉默的恋爱（诗）
〔英〕王尔德作 赵景深译
地球母亲的颤动 济 诚
盛衰 切 生

文学 第 88 期
（1923 年 9 月 17 日）

阿剌伯 K·Gibran 的小品文字
雁冰译
将离（九月十二日作） 王 钧
H 与其友人（续八十六期）（九，
十三，夜） 路 易
人之一生（序耿济之译的安特列夫
的《人之一生》）（十二，九，六）
西 谛
盛衰（续） 切 生

小百姓（续八十六期）（剧本）
胡子贻
通讯：熊仲笙致郑振铎；郑振铎复
仲笙

文学 第 89 期
（1923 年 9 月 24 日）

文学与地域 王伯祥
春狗怕老婆的故事 任重习作
血的记忆（十二，九，二十一）
严既澄
改革文字的必要（文学家与文字家
的区别） 切 生
乌克兰的结婚歌 沈雁冰译
小百姓（续） 胡子贻
通讯:徐奎致文学编辑部诸先生(十
二，九，九，永嘉)；玄珠致徐奎

文学 第 90 期
（1923 年 10 月 1 日）

亚谷和人类的故事
〔俄〕E·Zozula 著 蠡才译
读《音乐界》（十二，九，二十八）
王伯祥
元曲选叙录 顾颉刚
小百姓（续） 胡子贻
杂感（四则） 玄
通讯 鑫龄九致文学诸编辑先生
（九，一二，一九二三，长沙一师）；

玄珠复鑫龄九

小说月报第十四卷九号"太戈尔号"（上）要目

文学　第91期
（1923年10月8日）

客语（十月一日作完）　　王　钧
读《呐喊》（鲁迅著　北京大学新潮社出版）　　　　　　　雁冰
读华尔脱配德的名著两种（上）（四日十月一九二三年）　　子　贻
亚谷和人类的故事（续）
　　〔俄〕E·Zozula 著　蠹才译
野心（十二，十，五）　　既澄

文学　第92期
（1923年10月15日）

《稻草人》序（十二，九，五夜）
　　　　　　　　　　　郑振铎
葺芷缭衡室读诗杂记　　　平
亚谷和人类的故事（续）
　　〔俄〕E·zozula 著　蠹才译
铁花　　　　　　　　瞿秋白
闪耀之光（八月二十三日）　那边
（八月二十四日）　　徐蔚南
劳动的汗（俄国文学家郭里奇 M.Gorky 小说集故事之十三）
　　　　　　　　　　瞿秋白译
文艺刊物介绍　前期正误

文学　第93期
（1923年10月22日）

《火灾》序（一九二三，三，念五）
　　　　　　　　　　顾颉刚
太戈尔诗选译　　　　郑振铎
十页卷耳集的赞词　　小　民
亚谷和人类的故事
　　〔俄〕E·Zozula 著　蠹才译
朋友是我的小灯　　　贺自贻译
真正的文学家与真正的文学作品
　　　　　　　　　　切　生
一夕话（十二，九）　王统照
葺芷缭衡室读诗杂记（续）　平
通讯：谷凤田致雁冰（一九二三，八，三〇）；雁冰复谷凤田

文学　第94期
（1923年10月29日）

太戈尔来华的确期（改期明年三月来华）（十月，二十一日，西湖）
　　　　　　　　　　徐志摩
太戈尔诗选译　　　　郑振铎
近代批评丛话　　　佩弦试译
拟重印浮生六记序（一九二三，十，二十）　　　　　平　伯
亚谷和人类的故事
　　〔俄〕E·Zozula 著　蠹才译
千里红　　　　　　　行　云
杂谈　　　　　　　　路　译

小说月报第十五卷号外中国文学研究号征文启事

文学 第 95 期
（1923 年 11 月 5 日）

郑译《灰色马》序（一九二三年十月于上海） 沈雁冰
杂译太戈尔诗 郑振铎
读雪莱诗后 S.
亚谷和人类的故事
〔俄〕E·Zozula 著 蠢才译
五更调与五更转（十二年十月二十七日在上海） 吴立模
千里红（续） 行 云
文学编辑部特别启事一 文学编辑部特别启事二

文学 第 96 期
（1923 年 11 月 12 日）

俄国文学与革命（Ida Treat Oneil 原著） 沈雁冰译；附注
芳年 严既澄
慰安的哲学 〔意〕Carlo Dossi 著 切生译
（十二年十一月十日注于上海）
杂译太戈尔诗 郑振铎
与春（诗） 巴来克作 王统照译
外化的句和新用的字 C·P
茸芷缭衡室杂记 环

文学研究会丛书介绍 （一）青鸟,（二）太戈尔戏曲集（一），（三）新月集
通讯 胡愈之致一芬（十一月十日）

文学 第 97 期
（1923 年 11 月 19 日）

得一九二三年诺贝尔奖金者夏芝（一九二三，十一，十七，于上海） 西谛
评渡河 黄景柏
文艺作品的分类法（十一，十五夜，上海） 仲云
弟弟的信（一九二三年十月二十八日） 瞿秋白
会（诗）
George Crabbe 作 王统照译
通讯 慈谿致文学诸编辑；记者复慈谿 记者复蒋仙一
小说月报第十四卷十号"太戈尔号"（下）要目
本刊编辑部特别启事

文学 第 98 期
（1923 年 11 月 26 日）

二百四五十年前的平民文学家贾凫西 王伯祥
祈求 杨幸人

评渡河（续）　　　　　黄景柏
外化的句和新用的字（续）（十二，
二，五完稿）　　　　　　C·P
通讯：刘政同致郑振铎（十二，十
一，十二）；郑振铎答政同（十一，
二十四）
《文学》编辑部特别启事一、二、
三、四

文学　第 99 期
（1923 年 12 月 3 日）

夏芝和爱尔兰的文艺复兴运动
　　　　　　　　　　仲　云
祝故乡的花　　　　　　严既澄
泰果尔批评（文前附编者附言）
　　　　　　　　　　闻一多
醒后（十二，十一，二十九上海）
　　　　　　　　　　吴立模
读华尔脱配德的名著两种（下）
　　　　　　　　　　子　贻
树下　家乡与宿站　希望　王思玷
杂感　　　　　　　　　雁　冰
小说月报十四卷十一号要目　本
刊编辑部特别启事一、二

文学　第 100 期（一百期纪念号）
（1923 年 12 月 10 日）

本刊的回顾与我们今后的希望
　　　　　　　　　　西　谛

星火（文后附译者附言）
　〔俄〕V·Korolenko 作　愈之译
谈猎　　　　　　　　　王任叔
童谣二首　一、破褴的玩偶
（Gohnson 作）　二、瞧不见的风
　C·G·Rossetti 作　谢六逸译
乌鸦（诗）（诗后有译者附记）
　〔美〕亚仑坡著　子岩译
小羊　　　　　　　　　徐玉诺
染了嗜好的人　　　　　讱　生
专制魔王（译后附注）
　Stephen Southworld 著　仲云译
韵·节及自由诗——久不决的战争
（文中附编者附注）
　　　　　金兆梓　傅东华译
怀弟（一九二一，十二，四）
　　　　　　　　　　徐玉诺
蘋华室诗见——周南、卷耳（十二，
十，二十九夜作于上海大学）
　　　　　　　　　　施蛰存
我于《卷耳》的臆说——敬质俞平
伯先生（于日本之静冈茶业部一，
一一，二三）　　　　　胡浩川
再论卷耳（十一、五）　俞平伯
杂感　　　　　　　　　雁　冰
《星海》发刊缘起　　　西　谛
星海要目预告
文学第八十一期至第一百期总目录
通讯　郑文南宋海若致六逸振铎
（十一，廿七）；记者复文南海若
文学特约撰稿者　文学编辑部特

别启事 本刊经理部特别启事

文学 第 101 期
（1923 年 12 月 17 日）

中国文学者生卒考序（一九二三，
十二，十五） 西谛
雪光的反映（一九二三，十二，七）
赵景深
一局的台球（九，十一） 严敦易
人生底旅路 张维祺
发薪（十二，十二，十二上海）
切 生
杂感 雁冰；附注
平湖歌谣录·独头经 调 孚
小说月报第十四卷第十二号要目
本刊经理部特别启事、声明

文学 第 102 期
（1923 年 12 月 24 日）

文艺思潮论
〔日〕厨川白村著 樊仲云译
我也来谈《卷耳》 蒋钟泽
无题（石林一九二三，十二，十二
作于硖石） 陈校方
人生底旅路（续）（一九二三，九，
二五完成于金陵清凉山下）
张维祺
一个银币（十二，五，二八）
白 采

平湖歌谣录（续） 调 孚
新刊介绍 公
通讯：贺自昭请西谛转告耀彩
郑振铎特别启事 第十五卷的小
说月报预告

文学 第 103 期
（1923 年 12 月 31 日）

"大转变时期"何时来呢 雁 冰
《雪》之小引 平 伯
文艺思潮论（二）
厨川白村著 樊仲云
小品六章 伧 工
红叶（一九二三，十，二五） 桂
树底祈祷（一九二三，十，二六）
劳工之神（一九二三，十，二八苏
宁车上） 钢靶疯妇（一） 疯妇
（二）（一九二三，十一，三）
献给可爱的妈妈们（诗） 李健吾
重担（小品） 王佐才
战争（戏剧） 刘虎如
平湖歌谣录（三） 调 孚
文学编辑部经理部通告

文学 第 104 期
（1924 年 1 月 7 日）

文艺思潮论（三）
厨川白村著 樊仲云译
杂感（一月五日） 六 逸

病夫（小说）（一九二三，六，二六）

郢

老园丁（诗）（一九二三，十二，

二五在长沙朱家花园）　　赵景深

死丐（小品）　　　　　刘虎如

生命（诗）

　　〔英〕Galsworthy 著　仲云译

恋爱的悲哀（诗）

　　〔爱尔兰〕Yeats 著　仲云译

苦痛（诗）

　　〔爱尔兰〕A·E 著　仲云译

落伍者（诗）　　　　　王一沙

文学经理部启事

文学　第 105 期
（1924 年 1 月 14 日）

途遇（诗）　　　　　王任叔

三个奥薄伦人与邪魔（小品）

　　　夏芝作　王统照译

古镇　　　夏芝作　王统照译

声音　　　夏芝作　王统照译

文艺思潮论（四）

　　　厨川白村著　樊仲云译

乡梦（诗）　　　　　葛有华

愚虔者（小说）

　　〔阿〕K·Gilran 著　泽民译

美和幻想（诗）　坐北门草地上

（诗）　　　　　　王任叔

女人鱼（童话）　〔丹〕安徒生著

　　　徐名骥、顾均正合译

杂感：美不美（雁冰）

新刊介绍

文学　第 106 期
（1924 年 1 月 21 日）

文艺思潮论（五）

　　　厨川白村著　樊仲云译

到纽约后初次西寄（诗）　　平

梦（诗）　　　　　　平

给怀疑无韵诗的人们（一九二四，

一，七在长沙）　　　赵景深

女人鱼（一续）　〔丹〕安徒生著

　　　徐名骥、顾均正合译

文学　第 107 期
（1924 年 1 月 28 日）

文艺思潮论（六）

　　　厨川白村著　樊仲云译

一天（小说）　　　　C·H·

零残者（诗）　一夜（诗）（十三，

一，六）　　　　　杨幸人

女人鱼（二续）　〔丹〕安徒生著

　　　徐名骥、顾均正合译

文学经理部启事（一月二十六日）

文学　第 108 期
（1924 年 2 月 11 日）

文艺思潮论（七）　厨川白村著

樊仲云译

一件老故事

　　〔俄〕阿尔志拔绥夫著　P译

研究童话的途径　　　　　赵景深

孤人杂记　　　　　　　　金溟若

女人鱼（三续）〔丹〕安徒生著

　　　　徐名骥、顾均正合译

请雁冰转致吴立模书（一九二三，

十二，二十二，巴黎）　刘　复

　　　文学　第 109 期

　　（1924 年 2 月 18 日）

研究文学的青年与古文（一九二

四，一，一八长沙岳云中学）

　　　　　　　　　　赵景深

文艺思潮论（八）

　　　厨川白村著　樊仲云译

太湖放歌（一九二一，一，四）

　　　　　　　　　　　　平

小船中（一九二一，十一，三）

　　　　　　　　　　林　憾

老妈妈的歌

　　〔爱尔兰〕夏芝作　赵景深译

一件老故事（续）

　　〔俄〕阿尔志拔绥夫著　P译

夜莺之巢

　　〔法〕Theophile Gansier 著

　　　　　　C·F 女士译

心影、残莲（小品）　　严敦易

杂感　　　　　　　　　雁　冰

　　　文学　第 110 期

　　（1924 年 2 月 25 日）

文艺思潮论（九）　厨川白村著

　　　　　　　　　樊仲云译

机会（小说）　　　　　素　我

一件老故事（续）

　　〔俄〕阿尔志拔绥夫著　p译

夜莺之巢（续）

　　〔法〕Theophile Gansier 著

　　　　　　C·F 女士译

短诗二首（一、蜂与蔷薇，二、萤

火）　　　　　　　　　王佐才

从狭的笼中逃出来的囚人（诗）

　　　　　　　　　　王任叔

告研究红楼梦者　　　　朱　顼

答刘复书——五更调研究（二月十

八日上海龙华）　　　　吴立模

　　　文学　第 111 期

　　（1924 年 3 月 3 日）

文艺思潮论（十）

　　　厨川白村著　樊仲云译

读《火灾》（一九二四，二，八在

长沙）　　　　　　　　赵景深

血痕（小说）　　　　　刘虎如

孤人杂记（续 108 期）　金溟若

石人　〔法〕巴比塞作　赵景深译

从狭的笼中逃出来的囚人（续）

　　　　　　　　　　王任叔

文学　第112期
（1924年3月10日）

别托尔斯泰
　　Theodoze Von Hoffeberg 原著
　　　　　　　　　　　　林幽译
文艺思潮论（十一）
　　　　　厨川白村著　仲云译
蜃气里的婚礼（小说）（一九二四，
一，十七）　　　　　赵景深
山路上骡车中（诗）（一九二二，
十二，二十四晨五时）　霭　人
第一遍的春风来了（诗）（二，十九）
　　　　　　　　　　　严敦易
我爱的那个人（小说）（一九二二，
七，二一）　　　　　白　采
答雁冰先生（一九二四，二，二六）
　　　　　　　　　　　赵景深

文学　第113期
（1924年3月17日）

阿波罗与妲芬希腊神话之一西　谛
文艺思潮论（十二）
　　　　　厨川白村著　仲云译
译太戈儿采果集两首（诗）赵景深
一件老故事（续三）
　　〔俄〕阿尔志拔绥夫著　P译
天津的文学界（一九一九——九二
三）　　　　　　　　赵景深
文学经理部启事

文学　第114期
（1924年3月24日）

策问式的国故　　　　　　　H
文艺思潮论（十三）
　　　　　厨川白村著　仲云译
有死者　　仓田百三著　溟若译
杂诗　　　　　　　　杨幸人
诗三首　　　　　　　黄运初
一件老故事（续四）
　　〔俄〕阿尔志拔绥夫著　P译
天津的文学界（续）　赵景深
通信　日本不二社致记者

文学　第115期
（1924年3月30日）

中国今后的韵文　　　　傅东华
文艺思潮论（十四）
　　　　　厨川白村著　仲云译
恐怖之夜（小说）　　　张圣才
国故大家应负的责任　　李茂生
杂谈(四则)：尊孔读经(仲侯)　尊
经校长(栋文)　国故(栋文)　笑
话（史凯）

文学　第116期
（1924年4月7日）

《梅花》的序（一九二四，二，二
三于温州）　　　　　朱自清

瞑目（小说）　　　　　　　东　郊
红楼梦水浒儒林外史的奇辱 沈雁冰
天津的文学界（续）　　　赵景深
石人（续）（一九二四，一，一五
在长沙）　　　　　　　赵景深译
杂谈（三则）　　　　　　　栋　文

文学　第 117 期
（1924 年 4 月 14 日）

中国今后韵文讨论答崔鸿雁 傅东华
国故与人生　　　　　　　严既澄
诗四首（我竟想不起来了；赤裸裸
的话；劫；等着）
　　　　　　易卜生作　刘复译
瞑目（续）　　　　　　　　东　郊
杂谈：一、很妙的《短篇小说之研
究》（毅）

文学　第 118 期
（1924 年 4 月 21 日）

东方文明的危机——太戈尔先生
在上海各团体欢迎会讲　记　者
诗六首　　　　　　　　　刘　复
在墨兰的海洋深处（一九二三，七，
四）　梦（一九二三，六，二九）
七月六日　夜（一九二〇，秋）病
中与病后（一九二一，春）　仅管
是……（一九二三，七，九）
太戈尔的我观　　　　　　诵　虞

太戈尔的新著介绍——春之降临
　　　　　　　　　　　　诵　虞
太戈尔过缅甸时的演说、华侨欢迎
词（一九二四，三，二十六）
天津的文学界（续）　　　赵景深
杂感（二则）：太戈尔来华（澄）日
本文学家的恋爱狂（毅）　严既澄
启事

文学　第 119 期
（1924 年 4 月 28 日）

国故与人生（续）　　　　严既澄
泰因的拜伦论　　　　　　诵虞译
中国今后韵文问题最后答崔鸿雁
君（二四，四，一九二四，于上海）
　　　　　　　　　　　　傅东华
莱多尼亚的民歌二首　　　鲁彦译
立陶宛的民歌　　　　　　鲁彦译
文艺思潮论（十五）
　　　　　　厨川白村著　仲云译
匈牙利文学史略　　　　　玄珠译
天津的文学界（续）　　（一九二
四，一，二〇草于长沙岳云中学）
　　　　　　　　　　　　赵景深

文学　第 120 期
（1924 年 5 月 5 日）

文艺思潮论（一六）
　　　〔日〕厨川白村著　仲云译

梦父归（诗）（一，五，一九二四）
　　　　　　　　　　　冻骲
长沙的市街（诗）　　赵景深
匈牙利文学史略　　　玄珠译
自歌德至现代

　加藤美仑著　溟若译；译者附识
跳舞——为友人填歌谱（诗）（一，
五，一九二四）　　　冻骲
湖上赠 S（诗）（二四，四，五，在
西湖，环湖旅馆）　　周乐山
快乐的家庭（童话）

　〔丹〕安徒生著　岑麒祥译
（十三，三，九号，于广州）
杭州的文学界　　　　凤　云

文学　第 121 期
（1924 年 5 月 12 日）

文学界的反动运动　　雁　冰
是谁？（诗）（一九二四，三，十
二夜越南中法学校）　黄运初
在客舍里（诗）（一九二四，三，
十六作于越南中法学校）黄运初
评郭沫若译的《少年维特之烦恼》
（十三年清明日原稿脱于同德医校）
　　　　　　　　　　梁俊青
治古文之意义与价值（讨论）（十
三，二，二十一，于南站大同大学）
　　　　　　　佚名致记者先生
问题……解决（小说）（无署名）
春画的梅庵（诗）（十三，三，二

十一，）　　　　　　胡伯玄
长途的旅客（诗）（二四，三，八，
于苏州东吴）　　　　王佐才
匈牙利文学史略（续）　玄　珠
一个小钱的战争（独幕剧）
　　　　　　　　　　潘垂统

文学　第 122 期
（1924 年 5 月 19 日）

进一步退两步　　　　雁　冰
到吴淞（散文）（五月十七日作）
　　　　　　　　　　郢
伯爵的裤子〔匈〕Fugen Heltar 著
　　愈之译（从世界语中译出）
风筝（小品）　　　　严敦易
自歌德至现代（续 120 期）
　　　加藤美仑著　金溟若译
一个小钱的战争（续）（三月二十
九日，东南大学）　　潘垂统
中夜（诗）　　　　　严敦易
从狭的笼中逃出来的囚人（续）
（诗）　　　　　　　王任叔
杂谈三则　　　　　　芳　谷
来信：梁俊青致雁冰；雁冰附言

文学　第 123 期
（1934 年 5 月 26 日）

五月雨的诗趣
　〔日〕近松秋江著　六逸译

批评文艺的标准是什么？　卢自杰

小品两首：（一）小妹妹，（二）

圆环　　　　　　　　　张维祺

田鼠的牺牲（戏剧）　　　味　辛

情书（小说）（一九二四，二，四）

　　　　　　　　　　　赵景深

孤人杂记（续 111 期）（一九二四，

二，二九，于浙江十中）　淏　若

宁波的文学界　　　　　　张天一

文学　第 124 期

（1934 年 6 月 2 日）

一种研究文学史的新方法　仲　云

泰戈尔（十二日在真光讲）徐志摩

金鱼（小品）（五月二十四日夜半）

　　　　　　　　　　　张维祺

夜哭（诗）　　　　　　　焦菊隐

一、夜哭（一九二四，五，十二夜）

二、母亲的病（一九二四，五，十

一夜）　三，早晨的愁云（一九

二四，五，十三晨）

田鼠的牺牲（续前期）　　何味辛

侮辱（小说）（一九二三，一，一

九，夜于汉口）　　　　白　采

雨（诗）（一九二四，三，十八夜

作于越南中法学校）　　黄运初

湮没（诗）（作于越南中法学校）

　　　　　　　　　　　黄运初

中夜（诗）（一九二四，三，十三

夜越南堤岸八里桥）　　黄运初

忆念（诗）　　　　　　　　　VG

杂感：有许多青年（玄珠）

文学　第 125 期

（1924 年 6 月 9 日）

一种研究文学史的新方法（续）（一

九二四，六，七）　　　仲　云

"春水"（五、一六、一三）——读

冰心女士的春水，心中有感，成此

篇（诗）　　　　　　　鱼　常

烦念辞（诗）（六月四日）严敦易

田鼠的牺牲（续前）　　　何味辛

我们的杂记　　　　　　　调　孚

真的娜拉　一九二四文学家周年纪

念日　"一个文学革命家的供状"

通信：郭沫若与梁俊青　成仿吾与

郑振铎

编者附言

文学　第 126 期

（1924 年 6 月 16 日）

虹的桥（童话）　　　　　何味辛

田鼠的牺牲（续）　　　　何味辛

杂感三则：一、一九二四年的"王

敬轩"！（既澄）　二、"平贵文学"

（诵虞）　三、妙文一窝（宏图）

通信：一、梁俊青致郑振铎（六月

十三日）　二、梁俊青致郭沫若（六

月九日，在上海同德医校）　三、

梁俊青致成仿吾（六月九日）

文学 第 127 期
（1924 年 6 月 23 日）

"文与文学"（？） 栋 文
虹的桥（童话）（续上期）（一三，
六，九脱稿） 何味辛
田鼠的牺牲（三幕剧）（续）
何味辛
酒后（小品）（六月四日）张维祺
威尔士的新著"梦" 均 正
杂感：一、四面八方的反对白话声
（玄珠） 二、一九二四年之"王
敬轩"！（续）（既澄）
通信：成仿吾答梁俊青（六月十
八日）

文学 第 128 期
（1924 年 6 月 30 日）

文艺创作论
〔日〕厨川白村著 仲云译
醉鬼（小说） 庐隐女士
散步〔法〕莫泊桑原著 雷晋笙译
孤寂的小星、人的秋深间 王任叔
田鼠的牺牲（续前） 何味辛
我们的杂记 蒲梢
一、法郎士八十岁诞日 二、近代
最好的十本书 三、"小说月报丛
刊" 四、"星海"的消息

文学 第 129 期
（1924 年 7 月 7 日）

文艺创作论（二）
〔日〕厨川白村著 仲云译
介绍一部讲革命故事的书 化 鲁
神底玩意儿 唐珊南著 顾均正译
散步（续）
〔法〕莫泊桑原著 雷晋笙译
诗人和芙蓉（诗） 王任叔
赤脚的儿童 （The Bare Foot Boy
John Green Leaf Whittier 作
鱼常译；文后有"译者附识"
田鼠的牺牲（续） 何味辛
杂谈：一、"革命文学"（七月五
日作）（秉丞） 二、开倒车与准
游魂（H）
通信：梁俊青致成仿吾（七月四日）
本社启事

文学 第 130 期
（1924 年 7 月 14 日）

苏维埃俄罗斯的革命诗人——玛
霞考夫斯基（Mayakovsky）
玄 珠
毒皇后 〔俄〕普希金著
冯省三译；鲁附言
隔阂（小说） 敦 易
夜哭（诗） 焦菊隐
四、小朋友（念亡友陈厉准）（1924.

6.7 晚） 五、昨夜（给 SY 姊）(1924.
5. 20 下午五时） 六、死的美丽
（1924.6.1 黄昏） 七、时之罪恶
（1924.6.5 黄昏） 八、犬吠（1924.
6. 5 黄昏） 九、幻想的波澜
（1924.6.16 夜读景深的《幻象》后）
喷泉（The Fountain）（诗）

　　J·R·Lowell 作　鱼常译
枭（T he O we）（诗）

　　Alfred Tennyson 作　鱼常译
旅行杂记　　　　　　　　P·S

　　　　文学　第 131 期
　　　（1924 年 7 月 21 日）

顽童（小说）　　　　　　行　云
月夜（诗）（七月十六夜）　従　予
丛墓的人间（散文）　　　　　郢
通信 郭沫若致编辑诸君；编者公
开答复信

　　　　文学　第 132 期
　　　（1924 年 7 月 28 日）

修辞学在中国的使命
　　陈望道在浙江四中师范部讲；
　　　　　　　　　　　杨光燊记
文学批评论（新文学概论后半部）
　　〔日〕本间久雄著　章锡琛译
解脱（诗）（一九二四，七，二一，
夜）　　　　　　　　　陈醉云

毒皇后〔俄〕普希金著　冯省三译
丛墓的人间（小品）（续）（七月十
九日作）　　　　　　　　郢

　　　　文学　第 133 期
　　　（1924 年 8 月 4 日）

欧战十年纪念　　　　　　雁 冰
文学批评论（一续）
　　〔日〕本间久雄著　章锡琛译
残喘（诗）（一九二四，七，三十，
夜）　　　　　　　　　陈醉云
过去残影之片片（小品）　　　H.
毒皇后（小说）（续）
　　〔俄〕普希金著　冯省三译
我对于郭沫若致"文学"编辑一封
信的意见　　　　　　　梁俊青

　　　　文学　第 134 期
　　　（1924 年 8 月 11 日）

新近去世的海洋文学家——康拉特
　　　　　　　　　　　诵　虞
文学批评论（续）
　　〔日〕本间久雄著　章锡琛译
纤手（小品）
　　　　Francis Bickley 作仲云译
月夜底一幕（诗）　　　　程　菀
山楼微感（诗）　　　　　程　菀
毒皇后（续）
　　〔俄〕普希金著　冯省三译

旅行杂记（续第 130 期）　　P.S

　　　文学　第 135 期
　　（1924 年 8 月 18 日）

文学批评论（续）
　　〔日〕本间久雄著　章锡琛译
《浮生六记》新序（一九二四，二，
二十七杭州城头巷）　　俞平伯
毒皇后（小说）（续）
　　〔俄〕普希金著　冯省三译
幸福（犹太民间故事）　化鲁译
雏菊（童话）
　　〔丹〕安徒生著　调孚译
骨牌声（八月十六日作）　　郢

　　　文学　第 136 期
　　（1924 年 8 月 25 日）

新与旧　　　　　　　西谛
文学批评论（续）　　章锡琛译
幸福（犹太民间故事）　化鲁译
雏菊（童话）（续）
　　〔丹〕安徒生著　调孚译
非战文学杂谈（一）　　雁冰
卖白果（感想）（八月二十二日作）
　　　　　　　　　　　　郢

　　　文学　第 137 期
　　（1924 年 9 月 1 日）

孟姜女　　　　　　　西谛

"十日谭"（八月二十七日）
　　　　　　　　六　逸
爱情（诗）
　　伊思顿（Dorothy Easton）著
　　　　　　　　调孚译
苍蝇（感想）（八月二十九日作）
深夜的食品（感想）（八月二十六
日作）　　　　　　　　郢
非战文学杂谈（二）　　雁冰

　　　文学　第 138 期
　　（1924 年 9 月 8 日）

文学批评论（续）　　　章锡琛译
认清你们的敌人（诗）（十三，九，
六晨于逃避一空的闸北）　罗明
文艺创作论（诗）（续 129 期）（三）
　　　　　　　　　　仲云译
小雨（小说）　　　　严敦易
两串的人（感想）（九月四日作）
　　　　　　　　　　　郢

　　　文学　第 139 期
　　（1924 年 9 月 14 日）

"义战"（九月五日作）　　一　公
回现（诗）（二四，三，念一）
　　　　　　　　　陈开铭
小雨（续完）　　　　严敦易
恐怖的空气与麻痹症（感想）（十
三，九，十一）　　　　　H

文学　第 140 期
（1924 年 9 月 22 日）

抢回来了（诗）（九月二十日作）郢
文学批评论（续）
　　　　本间久雄著　章锡琛译
"我打死的他"
　　　　Thomas Hardy 著　志摩译
聊斋（二，二六，一十三）严敦易
落叶（诗）（——在越南中法学校
一）　白云（诗）（——一九二四，
九，二在越南——）　黄运初
牵牛和织女的故事　　万　曼

文学　第 141 期
（1924 年 9 月 29 日）

在战争中（诗）　　　蒋光赤
文学批评论（论文）（续）
　　　　本间久雄著　章锡琛译
苦力（从上海的通讯）　蠢才译
两个卖花人（小说）（一九二四，
七，二二嘉兴）　　查士骥
复归故乡（小说）
　　　〔匈〕拉慈古著　玄译
牵牛和织女的故事（童话）（续）
　　　　　　　　　万　曼

文学　第 142 期
（1924 年 10 月 6 日）

桌话 Table Talk　　　天　用

（一）兰默的 "博图夫人关于哑牌的
见解"　（二）"统一局"　（三）吹
求的与法官式的文艺批评
惆怅（诗）（在越南堤岸）　弱柳
（诗）（在越南左关）　爱人的赠品
（诗）（在越南中法）　夜思（诗）
（一九二四，九，一夜在越南中法）
　　　　　　　　　黄运初
我好像要作什么工作似的（诗）
　　　　　　　　　张耀南
文学批评论（续）
　　　　本间久雄著　章锡琛译

文学　第 143 期
（1924 年 10 月 13 日）

法郎士逝了！　　　雁　冰
白旗（诗）（十月十一日作）　郢
波特莱耳的散文诗　一、月亮眷顾
二、那一个是真的？　苏兆龙译
小法人和他水下底土地
　　　〔美〕莫利斯（Morris）著
　　　　　　　　顾均正译

文学　第 144 期
（1924 年 10 月 20 日）

桌话（续）　　　　　天　用
（四）"红烛"　（五）小溪
地依的沙滩
　　　〔英〕金斯雷著　朱湘译
亭子楼下　　　　　管容德

小法人和他水下底土地（续）

〔美〕莫利斯著 顾均正译

介绍"大风集" （无署名）

文学 第 145 期
（1924 年 10 月 27 日）

"死的蕴藉"（诗） 徐玉诺

洲月（散文） 严敦易

卓话（书评） 天 用
（六）《呐喊》

小法人和他水下底土地（续）

〔美〕莫利斯 Morris 著 顾均正译

亭子楼下（续） 管容德

文学 第 146 期
（1924 年 11 月 3 日）

光明（散文） 严敦易

苦力（续）（上海通信） 蠢才译

燐火的向导（小说）

Mrs.Gatty 著 苏兆骧译

亭子楼下（续） 管容德

文学 第 147 期
（1924 年 11 月 10 日）

童心（儿童诗歌）（十一月七日）

谢六逸

不响的笛子（小品）

〔日〕水谷胜著 逸译

光明（续）（十三，五，十四日）

严敦易

文学 第 148 期
（1924 年 11 月 17 日）

大战后德国的新诗 梁俊青

读曲漫录（一）（七月十七日）

敦 易

亭子楼下（续） 管容德

迷幻（诗）（四，十四） 严敦易

文学 第 149 期
（1924 年 11 月 24 日）

残梦（小品） 引言，星光

王以仁

园中的茉莉（诗） 王任叔

倚装之倾（小说） 陈开铭

（注：文中标题下面署陈休白）

文学 第 150 期
（1924 年 12 月 1 日）

桌话（续） 天 用
（七）《流云》

倚装之倾（续）（十三，九，七，
夜半） 陈开铭

天鹅序（十一月二十日作）

叶绍钧

贼崽（小说） 石 清

文学　第151期
（1924年12月8日）

回家（独幕剧）　　　　　顾德隆
贼崽（续）　　　　　　　石　青

文学　第152期
（1924年12月15日）

戏剧协社的三出独幕剧　　　雪
剑鞘序（一九二四年十一月平伯
记）　　　　　　　　　俞平伯
贼崽（续）　　　　　　　石　清
不敢透露的心曲（小说）　潘垂统

文学　第153期
（1924年12月22日）

家（感想）（十二月二十日作）郢
童心（诗）　　　　　　　王统照
密尔敦二百五十年纪念（论文）
　　　　　　　　　　　梁指南
不敢透露的心曲　　　　　潘垂统
复归故乡（小说）（续141期）
　　　〔匈〕拉慈古著　玄译

文学　第154期
（1924年12月29日）

密尔敦二百五十年纪念（续）
　　　　　　　　　　　梁指南

不敢透露的心曲（续）　　潘垂统

文学　第155期
（1925年1月5日）

波兰的伟大农民小说家莱芒忒
　　　　　　　　　　　雁冰
生活的艺术（一九二五年元旦夜）
　　　　　　　　　　　仲云
"万方多离欲何之"（感想）（一月
二日作）　　　　　　　郢
印度寓言　　　　　　　西谛译
杂感三则　　仲明、雍文、蒲梢
关于"欧洲文学入门"的通信：
曹谦致郑振铎（十二月念日于金华
第七中学）；郑振铎复曹谦（正月
二日）

文学　第156期
（1925年1月12日）

记车站所见（随笔）
　　　　　小泉八云著　仲云译
再谈谈波兰小说家莱芒忒的作品
　　　　　　　　　　　化鲁
守不住的秘密　　　　　　调孚
印度寓言（续）　　　　　西谛译
不敢透露的心曲（续）（记者附言）
　　　　　　　　　　　潘垂统

文学　第 157 期
（1925 年 1 月 19 日）

加尔曼的爱（上）　　　　谢六逸
印度寓言（续）　　　　　西谛译
树叶（Henry Ward Beecher 的寓言）
　　　　　　　　　　　徐调孚译
洲月（续第 145 期）　　　严敦易
文艺瞭望台（五则消息）　沈 鸿
杂感　　　　　　　　　　　　Z

文学　第 158 期
（1925 年 2 月 2 日）

中国的家族主义与社会　王伯祥
加尔曼的爱（中）　　　　谢六逸
太戈尔诗杂译　　　　　　西 谛

文学　第 159 期
（1925 年 2 月 9 日）

卜鲁沙夫的诗（文前有"译者志"）
　　　　　　　　　　　　化鲁译
（一）与诗人　（二）泥水匠　（三）
劳动
加尔曼的爱（下）（译一九二五,
二, 七夜）　　　　　　　谢六逸
太戈尔诗杂译　　　　　　西 谛
热病后的炉边（小说）　　辟 玉
文艺瞭望台（二）　　　　沈 鸿

文学　第 160 期
（1925 年 2 月 16 日）

希望（一月二十三日作）　　郢
诗人之思（小说）　　　　王统照
太戈尔诗杂译　　　　　　西 谛
文艺瞭望台（二）（三则消息）
　　　　　　　　　　　　沈 鸿
陈醉云启事（一九二五, 二, 一二）

文学　第 161 期
（1925 年 2 月 23 日）

最近法兰西的战争文学　玄 珠
无谓的界线　　　　　　　　郢
太戈尔诗杂译　　　　　　西 谛
诗人之思（续）　　　　　王统照

文学　第 162 期
（1925 年 3 月 2 日）

论科学哲学与文艺　　　从 予
读书（感想）（二月二十七日作）郢
异哉所谓"小说学"者!　蒲 君
无谓的界线（续）（二月十九日作）
　　　　　　　　　　　　　郢

文学　第 163 期
（1925 年 3 月 9 日）

"打弹弓"（民谣）　　　　玄 珠

太戈尔诗杂译　　　　　　西谛
民国官吏可以向人家称臣吗（杂
感）（十四，二，二十八）　　H
诗人之思（续）　　　　王统照

明人浪漫风气的一斑　　　　　H
给《小说世界》编辑者的一封公开
信（三月六日）　　马芝瑞女士

文学　第 164 期
（1925 年 3 月 16 日）

文学　第 166 期
（1925 年 3 月 30 日）

现成的希望　　　　　　　玄　珠
园丁集选译
　　〔印〕太戈尔著　西谛译
画猫的孩子
　　〔日〕小泉八云著　徐调孚译
诗人之思（续）　　　　　王统照
文艺瞭望台（五则消息）　德　鸿

"文学的美"——读 Paffer 的《美之
心理学》　　　　　　　　佩　弦
纯乎其纯（感想）（三月二十三日
作）　　　　　　　　　　　郢
"何处是人间"（小说）　徐调孚
明人浪漫风气的一斑（续）　　H

文学　第 165 期
（1925 年 3 月 23 日）

文学　第 167 期
（1925 年 4 月 6 日）

"双双的脚步"（感想）（三月十九
日作）　　　　　　　　　　郢
"文学家明信片"第二辑出版了！
一个青年的信札　　　　　玄　珠
　　（一）你的老朋友涵虚，十九
　　日。　　（二）你的老友涵虚，
　　二十二日。　　（三）老友涵虚，
　　二十五日。　　（四）涵虚，二
　　十九日。　　（五）你的老友涵
　　虚，二日。　　（六）你的老朋
　　友涵虚，四日。　　（七）你的
　　老友涵虚，九日。

"现代生活的艺术价值"　近　藤
赤鱼与小孩（小说）
　　〔日〕小川未明原著　姜景苔译
"何处是人间"（续）（一九二五，
三，十九晨）　　　　　徐调孚

文学　第 168 期
（1925 年 4 月 13 日）

我与你……（小品）（一九二五之
初春）　　　　　　　　绿藻女士
赤鱼与小孩（续）（小说）
　　〔日〕小川未明原著　姜景苔译
　　　　（三月六日，青岛医院）

介绍《中国文词学研究》　　　鲁

变心（独幕剧）

　　　　革特鲁德洛宾兹原著

　　（Geltrude Rbins）　顾德隆译

琴碎了（小说）（十四，一，九，

白鹤洞）　　　　　　　李圣华

文学　第 169 期
（1925 年 4 月 20 日）

克司台凯莱的盲女（诗）

　　　　朗弗楼作　王统照译

　　〔诗后附有译者介绍朗弗

　　楼的诗（十二，五月）〕

楼头有感（诗）（春日登楼作）　秋

感（诗）　　　　　　施江淹

文学　第 170 期
（1925 年 4 月 27 日）

玛鲁森珈的婚礼（乌克兰）玄　译

恐怖的夜（小说）　　　章焕文

病中（诗）（一九二五，四，十四，

午，燕京）　　　　　焦菊隐

变心（续）　　　　　顾德隆

文学　第 171 期
（1925 年 5 月 4 日）

《文学周报》独立出版预告

结婚之夜　　〔葡〕谭达斯原著

　　　　　　　　　路易重译

死的故事（散文）（十三，泰安）

　　　　　　　　　　燕志俊

恐怖的夜（续）　　　章焕文

李安娜

　　Edgar Allan Poe 原著　马挺中译

早起（十四，越南）　　施江淹

《鉴赏》出版预告

文学周报
（上海文学研究会编辑、出版）
第 172 期
（1925 年 5 月 10 日）

今后的本刊

论无产阶级艺术（一）　　沈雁冰

古希腊菲洛狄摩士的恋歌（诗）

　　　　　　　　　　　西谛译

　一、散苏　二、待合所　三、

秘密　四、对话　五、菲拉

尼司记在清宫所见朱元璋的

谕旨（四月十三日记）

　　　　　　　　　平　伯

一件烂棉袄　　　　　郢　生

安分　　　　　　　　C.K.

短话　　　　　　　　西　谛

　注:《文学》从本期起改为《文

学周报》。

文学周报　第 173 期
（1925 年 5 月 17 日）

论无产阶级艺术（二）　　沈雁冰

风化的伤痕等于零（二四，七，二八，西湖）　　　　　　Y.P.
八病订误　　　　　　刘大白
短话　　　　　　　　西谛

　　　文学周报　第 174 期
　　（1925 年 5 月 24 日）

圣林　　A.France 作　朱佩弦译
花冠（诗）（乌克兰结婚歌）
　　　　　　　　　　雁冰译
魔法　　　　　　　　圣陶
软性读物与硬性读物　沈雁冰
折骨行（德国古情歌）　梁俊青译
官（五，十九）　　　调孚
毛诗底用纽　　　　　刘大白

　　　文学周报　第 175 期
　　（1925 年 5 月 31 日）

X 市的狗（小说）（二四，五，一九）
　　　　　　　　　　愈之
论无产阶级艺术（三）　沈雁冰
心钟（小说）（一九二五年五月十二日，在江湾）　　大白
文体杂话（杂论）　　王任叔

　　　文学周报　第 176 期
　　（1925 年 6 月 7 日）

"谴责小说"（杂论）（十四，五，

二十六，夜）　　　西谛
《万叶集》（书评）（五月二十六日记）　　　　　　谢六逸
太平之歌（诗）　　　圣陶
谈谈《傀儡之家》（剧评）（五月廿五日夜）　　　　沈雁冰

　　　文学周报　第 177 期
　　（1925 年 6 月 14 日）

上海学术团体对外联合会宣言
　　　　　　　文学研究会等
五月三十日的下午（随想）（五月三十夜于上海）　　沈雁冰
五月三十日（诗）　　圣陶
我底恸哭（诗）　　　大白
"谨防利用"——一个会场的速记（杂论）　　　　　大白

　　　文学周报　第 178 期
　　（1925 年 6 月 21 日）

可悲的中国文学界（论说）仲云
晚境（小说）　　　敬隐渔
演讲（小说）（五月二十九日作）
　　　　　　　　　　圣陶

　　　文学周报　第 179 期
　　（1925 年 6 月 28 日）

给死者（诗）　　　　佩弦

五月卅一日急雨中（散文）　圣　陶
街血洗去后（散文）　　　　西　谛
编辑室的风波（十四年四月脱稿）
　　　　　　　　　　　　　李劼人
印度抒情小诗
　〔印〕女诗人 Laurence Hope 作
　　　　　　　　　　　　　东华译

　　　文学周报　第 180 期
　　（1925 年 7 月 5 日）

暴风雨（散文）　　　　　　沈雁冰
迁缓与麻木（六，二十六，追记）
　　　　　　　　　　　　　西　谛
《认清敌人》（杂论）　　　圣　陶
白种人——上帝的骄子！　（六月
十九夜）　　　　　　　　　佩　弦
杂谈　　　　　　　　　　　西　谛

　　　文学周报　第 181 期
　　（1925 年 7 月 12 日）

论寓言——《印度寓言》序（十四
年七月二日）　　　　　　　西　谛
六月一日（七，三，追记）　西　谛
毛诗以后的停身韵　　　　　刘大白

　　　文学周报　第 182 期
　　（1925 年 7 月 19 日）

街角的一幕　　　　　　　　沈雁冰

表决（漫画）　　　　　　　子　恺
在消夏别墅——一篇“幽默”的恋
爱故事〔俄〕柴霍甫作　赵景深译
万叶集选译　柿本人磨妻死后作歌
　　　　　　谢六逸（七月九日记）
印度抒情小诗
　〔印〕女诗人 Laurence Hope 作
　　郢生、西谛、得一、东华译

　　　文学周报　第 183 期
　　（1925 年 7 月 26 日）

为中国（诗）　　　　　　　西　谛
诸相（杂论）　　　　　　　郢　生
寓言的复兴（十四，七，十六）
　　　　　　　　　　　　　西　谛
路卜洵坠楼自杀　　　　　　仲　云
矛盾的古诗音节论　　　　　大　白
杂谈　　　　　　　　守中、惠之

　　　文学周报　第 184 期
　　（1925 年 8 月 2 日）

文学与政治及舆论　　　　　仲　云
我所闻见的徐文长故事　　　刘大白

　　　文学周报　第 185 期
　　（1925 年 8 月 9 日）

叙拳乱的两部传记（书评）西　谛
三位一体（杂论）　　　　　W　生

立陶宛的民歌（一首）　褚东郊译
乌克兰结婚歌（二首）　沈雁冰译
半身小像（小说）
　〔法〕高贝原著　徐蔚南译

　　文学周报　第 186 期
　　（1925 年 8 月 16 日）

"哥哥，安徒生是谁？"
——供献给我们亲爱的小弟弟，
并纪念这位老孩子的五十周年
祭！（作于八月四日的朝晨）
　　　　　　　　　　　徐调孚
安徒生的恋爱故事　　　顾均正
安徒生童话里的思想（一九二五，
七，八，在上海）　　　赵景深
安徒生的处女作　　　　徐调孚
文艺的新生命（布兰特斯《安徒生
论》第一节的大意）　沈雁冰译

　　文学周报　第 187 期
　　（1925 年 8 月 23 日）

"太平"洋（诗）
　〔苏联〕特米扬·勃特尼作
　　　　　　愈之译；附注
起兴（《吴歌甲集写歌杂记》之八）
　　　　　　　　　　　顾颉刚
盛夏漫笔（八月四日，一九二五）
　　　　　　　　　　　谢六逸
批评"羸疾者的爱"的一封信（十

三年四月十二日，自西湖俞楼寄）
　　　　　　　　　　　平　伯

　　文学周报　第 188 期
　　（1925 年 8 月 30 日）

评《天方诗经》　　　　张若谷
吴歌甲集自序（十四，六，十七日）
　　　　　　　　　　　顾颉刚
作品与作家　　　　　　仲　云
现代的一位诗人（诗）　刘延陵
荷马墓里的一朵玫瑰花
　〔丹〕安徒生著　顾均正译
杂谈　　　　　　　　　得　一

　　文学周报　第 189 期
　　（1925 年 9 月 6 日）

止水的下层　　　　　　西　谛
杀恋歌（德国古情歌）　梁俊青译
三老太的一生（小说）（一九二四
年感恩节，剑桥）　　　顾一樵
慵懒（散文诗）　　　　焦菊隐
　一、慵懒（五，二十三，晨）
　二、林中（五，二十三，晨）
扭捏　　　　　　　　　晏　始

　　文学周报　第 190 期
　　（1925 年 9 月 13 日）

文学者的新使命　　　　沈雁冰

《龙山梦痕》序（一九二五年九月
二日在江湾）　　　　刘大白
跳舞非我所喜（法国著名的民歌）
　　　　　　　　　　李劼人译
万叶集选译（柿本人磨别妻时作歌
附反歌）　　　　　　谢六逸
荷花（诗）（一九二五，八，一七
游秀山公园后）　　　赵景深
病中（散文诗）（一九二五，四，
十四，午）　　　　　焦菊隐
篇末　　　　　　　　X.Y.Z

文学周报　第191期
（1925年9月20日）

黑暗时代法庭之一幕（一九二五，
九，十一夜，于上海）　希　圣
法国著名的民歌　　李劼人选译
疲倦　　　　　　　　沈雁冰

文学周报　第192期
（1925年9月27日）

小说的创作
　　〔西〕鲍罗耶著　仲云译
复活后的土拨鼠（小说）　沈雁冰
与佩弦　　　　　　　圣　陶
红鞋人——在Cafe所见（诗）
　　　　　　　　　　李金发
死狗文论　　　　　　望　道

文学周报　第193期
（1925年10月4日）

他们又用那绞桩了
　〔犹太〕I.L.Perec 作　化鲁译
高原夜语（诗）（六月，柏林）
　　　　　　　　　　李金发
小说的创作（续前期）
　　　　鲍罗耶著　仲云译
宛转（诗）　　　　　敦　易

文学周报　第194期
（1925年10月11日）

大时代中一个无名小卒的杂记（一
九二五，十，四上海）　沈雁冰
诗二首（海浴、春）　李金发
《吴稚晖先生文存》（九月在北京）
　　　　　　　　　　佩　弦
一封讨论《天方诗经》的信（十四，
九，十八）　　　　　傅彦长

文学周报　第195期
（1925年10月18日）

关于"烈夫"的（通信）（一九二
三年七月，罗皮纳，于莫斯科）
　　　　　　　沈雁冰译；附记
小桥（诗）　　　　　刘延陵
论《吠陀》经（十四，九，十三夜，
初稿）　　　　　　　张若谷

别人的话（一，照旧，二，东西）
　　　　　　　　　　　郢　生

　　　文学周报　第 196 期
　　（1925 年 10 月 25 日）

秋晨（九场戏）　　　　　西　谛
论无产阶级艺术（四）（十月十六
日，雁冰）　　　　　　　沈雁冰
枕上听雨（诗）（六，三夜半）易
英国恋歌（诗）　　　　　褚东郊
杂记："储秀官"（一公）

　　　文学周报　第 197 期
　　（1925 年 11 月 1 日）

《茂娜凡娜》（剧评）（十四，十，
二十四，于上海）　　　西　谛
介绍苏联女作家赛甫里娜 愈 之
昨夜——挪威恋歌　　　东郊译
幸亏得——一个佣妇所说（诗）
　　　　　　　　　　　圣　陶
花与少年（小说）
　　〔日〕小川未明著　姜景苫译

　　　文学周报　第 198 期
　　（1925 年 11 月 8 日）

序子恺的漫画集（一九二五年十月
二十八日夜在奉化江畔远寺曙钟
声中）　　　　　　　　　丏　尊

归元寺中的一席闲谈（寄西瑜而
作）——偶然的断片八之一（散文）
　　　　　　　　　　　李青崖
诗人凝视（诗）　　　　　李金发
《陀螺》（书评）　　　　　无　逸
朝露（散文）（九，一五，一九二
四。美国麻省理工学院）顾一樵

　　　文学周报　第 199 期
　　（1925 年 11 月 15 日）

猫（散文）（十四，十一，七，于
上海）　　　　　　　　　西　谛
敦煌发见佛曲俗文时代之推定
　　　　　　　　　　　徐嘉瑞
古代埃及的《幻异记》　沈雁冰
土匪走后——寨破后之一幕（诗）
（一九二五，十，七）　李景阳

　　　文学周报　第 200 期
　　（1925 年 11 月 22 日）

背影（散文）（十月在北京）
　　　　　　　　　　　佩　弦
《霓裳羽衣曲》与扬子江　徐嘉瑞
童话的分系　　　　　　赵景深
双影（小说）（一九二五，一一，
一二）　　　　　　　　圣　陶
亚里士多芬的和平运动　仲　云
创作的意义　　　　　　金满成
堵色爱斯迭儿（Douce Esther）（小

说）〔法〕阿尔夫（Pierre Wolf）作
　　　　　　　　　　李劫人译
太阳姑娘和月亮嫂子（童话）（一
九二五，十月十二日，在江湾）
　　　　　　　　　　刘大白

　　　　文学周报　第 201 期
　　　（1925 年 11 月 29 日）

我友之书　　法朗士著　徐蔚南译
　　（十四，十一月十四日）；附序
做一桩买卖吧——波兰恋歌一首
　　　　　　　　　　褚东郊译
　　（译于台州六中，三十夜，月明
　　如画，改于台州北固山之八仙岩
　　畔。十四年十月十六日）
古代埃及的《幻异记》（续）
　　　　　　　　　　沈雁冰
我所闻见的徐文长故事（故事）
　　　　　　　　　　大　白
篇末　　　　　　　　守　文

　　　　文学周报　第 202 期
　　　（1925 年 12 月 6 日）

白衣妇人（小说）
　　　〔法〕法朗士著　徐蔚南译
牛鉴　　　　　　　　志　伊
公祭郭君梦良

　　　　文学周报　第 203 期
　　　（1925 年 12 月 13 日）

"同胞"的枪弹（十二月六夜）
　　　　　　　　　　圣　陶
谈《马哥孛罗游记》——参看鉴真
周刊第廿一廿三期（十四，十一，
在徐汇藏书楼）　　张若谷
我给您这朵蔷薇花（小说）
　　　　　　法朗士著　徐蔚南译

　　　　文学周报　第 204 期
　　　（1925 年 12 月 20 日）

恋爱——一个恋人的日记
　　〔丹〕维特作　沈雁冰重译附记
失名者　　　　　　　罗黑芷
花瓣（诗）（柯斯麻斯开时于白马
湖）　　　　　　　　三　昧
黄昏（诗）（一九二五，一一，一
七晚）　　　　　　　罗黑芷
爱多亚的孩子们（小说）
　　　　　　法朗士著　徐蔚南译

　　　　文学周报　第 205 期
　　　（1925 年 12 月 27 日）

风波（小说）　　　　西　谛
一串葡萄（小说）
　　　　　　法朗士著　徐蔚南译
莫斯科通信　　　　　泽　民

旅中（诗）（十四，十，三十夜，作于江新翰上）　　　　西谛

文学周报　第 206 期
（1926 年 1 月 3 日）

书之幸运　　　　　　　　西谛
胡适之流毒无穷　　　　　大白
雨夜悠思（诗）（二五，十一，十二雨夜，吴淞）　　　　周乐山

文学周报　第 207 期
（1926 年 1 月 10 日）

拉风歹纳寓言序（十四年岁暮前四晚）　　　　　　　张若谷
国庆日（小说）（十四年国庆日夜）
　　　　　　　　　　　　金满成
工愁的诗人（诗）　　　　李金发
我怎能离卿——德国恋歌（十四年欧战和平纪念日译于台州六中第一院）　　　　　　　　褚东郊译
仙中 Clement shorter 夫人著徐蔚南译
花的故事（一九二五，一二，一〇夜，于汕美港，文亭）　　静闻
篇末　　　　　　　　　　守文

文学周报　第 208 期
（1926 年 1 月 17 日）

童话的印度来源说　　　　赵景深

北方（诗）（二三年柏林）李金发
金眼睛的马山勒（小说）
　　　　法朗士著　徐蔚南译
曙光里写就的附注
　　　　法朗士著　徐蔚南译
忆（第二十）（诗）　　　平伯
通讯（李青崖写给金满成关于《羊脂球》出版）　　　　　李青崖

文学周报　第 209 期
（1926 年 1 月 24 日）

诺威文坛的新星——一九二五年得诺倍尔文艺奖的女作家　仲云
错投了胎（小说）
　　〔匈〕莫列兹琼伽著　仲持译
万古愁底作者问题　　　　大白
在故乡（诗）　　　　　　景苔

文学周报　第 210 期
（1926 年 1 月 31 日）

《文学之近代研究》译序（一九二五年五月，于杭州）　　傅东华
村舍　〔俄〕柴霍甫作　赵景深译
寄 Y（诗）（一九二六，一，二〇）
　　　　　　　　　　　　云裳
南行通信（一）（一九二六一，八日，于浙闽洋面之交）　玄珠
病里听隔院的佛号（散文诗）（一九二五，中秋夜）　　于成泽

文学周报　第 211 期
（1926 年 2 月 7 日）

从酒楼里出来（小说）（一九二五，
一二，二八）　　　　罗黑芷
妻子死后（小说）（北京华大）
　　　　　　　　　　章焕文
遗嘱（诗）　　　　　李金发
结婚（小说）（十五年一月）
　　　　　　　　　　燕志俊
你已变了心么? 爱友! （小说）（一
五，一，一二晨，构思于 H.山之上）
　　　　　　　　　アーム乂ㄣ
小鸟报恩的故事——民间寓言（一
五，一，一一，述者附志）敬　文
许獬童年的故事　　　施江淹

文学周报　第 212 期
（1926 年 2 月 14 日）

耶稣的吩咐（上）（小说）汪静之
恋歌（诗）　　　　　刘延陵
我的供状——致不识面的友人的
一封信（一，二七夜作毕于上海旅
次）　　　　　　　　王以仁

文学周报　第 213、214 期合刊
（1926 年 2 月 28 日）

男友（小说）　　　　叶鼎洛
耶稣的吩咐（续）（小说）汪静之

拉绮洛孚的《雪地》（书评）
　　　　　　　　　　赵景深

文学周报　第 215 期
（1926 年 3 月 7 日）

耶稣的吩咐（续）（小说）（一九二
五，一〇，五，写毕，上海）
　　　　　　　　　　汪静之

文学周报　第 216 期
（1926 年 3 月 14 日）

论无产阶级的文化与艺术
　　〔俄〕脱洛斯基著　仲云译
给母亲（诗）　　　　李金发
可恶的话　　　　　　李劼人

文学周报　第 217 期
（1926 年 3 月 21 日）

论无产阶级的文化与艺术（续）
　　〔俄〕脱洛斯基著　仲云译
黄鹤楼上（诗）、我若是一片火石
（诗）　　　　　　　汪静之
乡愁（小说）　　　　罗黑芷

文学周报　第 218 期
（1926 年 3 月 28 日）

致死伤的同胞　　　　圣　陶

谁是凶手？　　　　　　　　W 生
春的中国（剧本）　　　　　西 谛
生命的火焰——哀悼三月十八日
为救国而牺牲的男女英雄　徐蔚南
篇末　　　　　　　　　　　得 文

文学周报　第 219 期
（1926 年 4 月 4 日）

论无产阶级的文化与艺术（续）
　　〔俄〕脱洛斯基著　仲云译
女丝工曲（诗）（一九二六，二，八）
　　　　　　　　　　　赵景深
灰色马（诗）　　　　　　汪静之
圆脸（小说）　　　　　　罗黑芷
杂感　　　　　　　　　　西 谛

文学周报　第 220 期
（1926 年 4 月 11 日）

甲子第一天（三幕悲剧）　熊佛西
妹妹（诗）（一九二六，三，二五）
　　　　　　　　　　　赵景深
杂感：一、归队　二、左右　三、
赤化　　　　　　　　　　仲 云

文学周报　第 221 期
（1926 年 4 月 18 日）

甲子第一天（续）　　　　熊佛西
关于参情梦的翻译（一九二六年四

月六日）　　　　　　　傅东华
奇文欣赏录　　　　　　　一 君

文学周报　第 222 期
（1926 年 4 月 25 日）

青年的自杀　　　　　　　西 谛
这是梦么（诗）　　　　　赵景深
甲子第一天（续）　　　　熊佛西

文学周报　第 223 期
（1926 年 5 月 2 日）

自己动手（散文）　　　　愈 之
甲子第一天（续）　　　　熊佛西
杂感（散文）　　　　　　仲 云
街车随笔（散文）　　　　施蛰存
本社特别启事

文学周报　第 224 期
（1926 年 5 月 9 日）

五月（诗）　　　　　　　圣 陶
现代生活的学术价值　　　佩 弦
历史的"中国文学批评论著"
　　　　　　　　　　　王伯祥
斯脱剌斯蒲尔的宣誓——法兰西
古代文残简　　　　　　　张若谷
猥谈　　　　　　　　　　谢六逸
死的对付　　　　　　　　志 隽
月夜（散文）　　　　　　王以仁

我亦来谈谈徐文长的故事　楚　狂

土地祠里　　　　　　　　王任叔

狐与玫瑰　　　　　　　　西　谛

文学周报　第 225 期
（1926 年 5 月 16 日）

《谜的书》选译
　　　　〔保〕籁诺甫作　愈之译

《耶稣的吩咐》自序　　　汪静之

天鸿的泪（散文）　　　　弱　苇

诗两首　我只有憎恶　生之矿

　　　　　　　　　　　　汪静之

印象（散文诗）　　　　　李金发

文学周报　第 226 期
（1926 年 5 月 23 日）

国故与现代生活——和佩弦先生
谈谈　　　　　　　　　　曹聚仁

《西特》与《皮奥伏尔夫》　西　谛

醉里　　　　　　　　　　罗黑芷

诗两首　夜乐　一枝
　　　　〔法〕范伦纳作　李金发译

哀中国　　　　　　　　　醉　云

文学周报　第 227 期
（1926 年 5 月 30 日）

向光明走去　　　　　　　西　谛

深夜的血　　　　　　　　许　杰

安纳克郎短歌四首　　　　蛰存译

失散（小说）（上）　　　赵景深

文学周报　第 228 期
（1926 年 6 月 6 日）

国故研究者　　　　　　　圣　陶

关于“女儿国”的考证　张若谷

失散（续前期）　　　　　赵景深

文学周报　第 229 期
（1926 年 6 月 13 日）

梅子——S 君初恋的谈话（小说）
　　　　　　　　　　　　徐蔚南

我的歌（诗）　　　　　　燕志俊

南京路上（散文）　　　　许　杰

失散（三）　　　　　　　赵景深

文学周报　第 230 期
（1926 年 6 月 20 日）

《波纳尔之罪》的汉译本的引言
　　　　　　　　　　　　李青崖

白日的梦（散文）　　　　许　杰

致妻（散文）　　　　　　燕志俊

悼生胡子——致友人（散文）
　　　　　　　　　　　　燕志俊

诗两首　四季　坟墓　　　燕志俊

失散（续完）　　　　　　赵景深

文学周报　第 231 期
（1926 年 6 月 27 日）

中国戏剧起源之我观——《中国文
学史草创》之一节　　　刘大白
阿姊（散文）　　　　　穆罗茶
节制（小说）　　　　　燕志俊
太戈尔诗杂译　　　　　郑振铎
杂感　　　　　　　　　伊　凡

文学周报　第 232 期
（1926 年 7 月 4 日）

介绍来华游历之苏俄文学家皮涅克
　　　　　　　　　　　蒋光赤
死的故事（诗）　　　　燕志俊
决绝（小说）　　　　　罗黑芷
读《飘浮》（书评）　　王任叔
杂感　　　　　　　　　守　文

文学周报　第 233 期
（1926 年 7 月 11 日）

顾著古史辨的读后感　　周予同
中国旧画家赴日与日本新剧家来华
　　　　　　　　　　　伏　园

文学周报　第 234 期
（1926 年 7 月 18 日）

老牛（小说）

〔保〕潘林作　沈雁冰重译
游山（散文）　　　　　燕志俊
牵歌集序　　　　　　　静　闻
一个艺术家的供状（散文）若　谷
无聊（诗）　　　　　　守　庄
我所闻的徐文长故事　　大　白
介绍《维廉退尔》　　　西　谛

文学周报　第 235 期
（1926 年 7 月 25 日）

艺术三家言序　　　　　徐蔚南
哑爱（小说）
　　〔苏联〕左祝梨著　曹靖华译

文学周报　第 236 期
（1926 年 8 月 1 日）

飘零（散文）　　　　　佩　弦
武者小路实笃氏的话　　丏尊译
山中通信（散文）　　　西　谛
忆（诗）　　　　　　　罗黑芷
握足（故乡杂谈之一）　志　俊

文学周报　第 237 期
（1926 年 8 月 8 日）

小木匠（散文）　　　　穆罗茶
再现国故与现代生活——兼致意
圣陶予同两先生　　　　曹聚仁
夏芝的民间故事分类法　赵景深

《一般》的诞生（对话）

　　　文学周报　第 238 期
　　（1926 年 8 月 15 日）

记白采　　　　　　　　赵景深
哭白采　　　　　　　　周乐山
甚么叫作艺术　　　　　金满成
忆我的梦田（散文）　　燕志俊

　　　文学周报　第 239 期
　　（1926 年 8 月 20 日）

序《青年李兰亭》　　　黎锦明
甚么叫作艺术（续）　　金满成
诗二首　给母亲　兄弟五个 燕志俊
胡诌　恭维　偷会的趣味　土匪
小政府　生活的希望　　燕志俊

　　　文学周报　第 240 期
　　（1926 年 9 月 5 日）

避暑会——山中杂记之一　西　谛
异地的来客（小说）　　葛有华
忘余录　（一）二等车　秉　丞

　　　文学周报　第 241 期
　　（1926 年 9 月 12 日）

三死——山中杂记之二（十五，九，
六，追记）　　　　　　西　谛

爱之神（诗）　　　　　李金发
马赛歌（诗）（十五年八月二十夜译）
　　　　　　　　　　　若谷译
她的话　女人吃苦　　　燕志俊
忘余录　　　　　　　　秉　丞
（二）"怎么能……"　（九月一日
写）　（三）同归（九月七日写）

　　　文学周报　第 242 期
　　（1926 年 9 月 19 日）

月夜之话——山中杂记之三 西　谛
冯九先生的谷（小说）　黎锦明
"不合作主义"　　"非暴力主义"
"晓霞山上的幽囚"
介绍我自己　　　　　　志　俊
景　　　　　　　　　　志　俊

　　　文学周报　第 243 期
　　（1926 年 9 月 26 日）

山中的历日——山中杂记之四
　　　　　　　　　　　西　谛
雨（小说）
　　俄国 Vlas Dorochevitz 作
　　　　　　　　　胡愈之译
冯九先生的谷（继上期）　"重返
故乡"　　　　　　　　黎锦明
寄畅园（诗）　　　　　赵景深

1040

文学周报　第 244 期
（1926 年 10 月 3 日）

秋虫诗　　　　　　　　　仲云译
塔山公园——山中杂记之五（十
五，九，三十，追记）　西谛
哀刘梦苇君（十七，九，一九二六）
　　　　　　　　　　　黎锦明
诗人遗像（诗）（九，六，深夜）
　　　　　　　　　　　赵景深
忆意坚（散文）（于汶岸）燕志俊

文学周报　第 245、246 期合刊
（1926 年 10 月 17 日）

"移鼠"（十五，九，廿九日）
　　　　　　　　　　　穆罗茶
国手（剧本）（民国十三年国庆纪
念日前十九日）　　顾一樵
伤心的祈祷（小说）（一九二五，
八，二八，于北京）　汪静之
万县惨案周　　　　　　　玄珠
杂感　　　　　　　　　　德懿

文学周报　第 247、248 期合刊
（1926 年 10 月 31 日）

一种悲哀（散文）　　　罗黑芷
暮霞（小说）（一九二五，八，十
三，于北京）　　　汪静之
丽拉（剧本）（取材于 Gluck 之 Orfes）

徐嘉瑞
小龙报恩和狗猫鼠仇杀的故事
（小说）　　　　　　静闻

文学周报　第 249、250 期合刊
（1926 年 11 月 14 日）

记肖伯纳七十岁　　　　独逸
邮局里的邂逅（小说）　汪静之
恋爱逢春季　我守夜的时候（德国
民间恋歌）　　　东郊重译
天伦之乐（小说）　　　䅉望
小龙报恩和狗猫鼠仇杀的故事（续）
　　　　　　　　　　　静闻
饿的故事　　　　　　　燕志俊
"自己动手"的最后一次　西谛

文学周报　第 251 期
（1926 年 11 月 21 日）

中国文学不能健全发展之原因
（论文）　　　　　　雁冰
心是分别不开的（小说）（十一月
七日作）　　　　　圣陶
蝉与纺织娘——山中杂记之六（散
文）（十一月八日夜补记）西谛
畸零人日记（小说）
　　　屠格涅夫著　仲云译
骑士杰珊明和公主爱格兰丁（三幕
傀儡剧）
　〔法〕保罗缪塞著　顾均正译

1041

喜马拉雅民间故事（童话）调孚译

闲谈：一、呐喊　　　西谛

文学周报　第252期

（1926年11月28日）

在澹霭里（小说）（十五年四月二
十八日）　　　罗黑芷

苦鸦子——山中杂记之七（散文）
（十一月十二夜追记）　西谛

畸零人日记（小说）

　　　屠格涅夫著　仲云译

喜马拉雅民间故事（童话）调孚译

闲谈：（十一，二十夜）　二、夸
大狂　　　西谛

我的日记（小说）　　燕志俊

文学周报　第253期

（1926年12月5日）

新文艺的建设（论文）　仲云

两个跋（一九二六年十一月十日，
朱自清，在北京）　佩弦

　　（一）《萍因遗稿》跋　（二）
《子恺画集跋》

吁我把她杀了！（诗）　金发

畸零人日记（三）（小说）

　　　屠格涅夫著　仲云译

反常的妇人——挪威民间故事（童
话）　　　均正译

缀白裘索引（杂文）（十五，十二，

二十七）　　　西谛

闲谈：三、江绍原君的工作　秉丞

文学周报　第254期

（1926年12月12日）

给志摩书（通信）　　适之

　　一、（适之八月二十七日）

　　二、（适之十月四日）　西谛

　　附记（十五，十二，五，夜）

不速之客——山中杂记之八（十五，
十一，二十八夜追记）　西谛

小小的乡愁（散文）　萬有华

缀白裘索引（续）（杂文）西谛

你将知我底爱情这样真——德国
民间恋歌（诗歌）　东郊重译

闲谈：四、文学大纲　　调孚

文学周报　第255期

（1926年12月19日）

中国文学在世界上的地位（论文）
（十五，十二，七日晨二时）

　　　傅彦长

山市——山中杂记之九（散文）（十
五，十一，二十八夜追记）

　　　西谛

畸零人日记（四）（小说）

　　　屠格涅夫著　仲云译

一个广告——世界少年文学丛刊

　　　调孚

重编粤风引言（一九二五，一一，
七，敬文记于广州珠江南岸）
　　　　　　　　　　　钟敬文

　　　文学周报　第 256 期
　　　（1926 年 12 月 26 日）

给我的孩子们——自题画集卷首
（一九二六年耶降诞节，病起，作
于炉边）　　　　　　　子　恺
货贩（小说）　　　　　罗黑芷
畸零人日记（五）（小说）
　　　屠格涅夫著　仲云译
龚果尔的《女郎爱里沙》原序
　　　　　　　　　　李劼人译
　　（中华民国十四年十月一日）
巴巴阿拉来——英吉利民间恋歌
　　　　　　　　　　　东郊译
　　（十五年十月十一日上海）
秋夜怀以仁（散文）（十二月八日
夜呵冻书）　　　　　　许　杰
割头的错误（通信）燕志俊致记者

　　　文学周报　第 257 期
　　　（1927 年 1 月 9 日）

回家（小说）（十五，十二，十九日）
　　　　　　　　　　　穆罗茶
守夜人（小说）　　　　燕志俊
无聊（小说）　　　　　罗黑芷
闲谈：五、疲倦　　　　希　良

正月文艺家生卒表（杂文）西　谛
本志特别启事

　　　文学周报　第 258 期
　　　（1927 年 1 月 16 日）

宴之趣（散文）（十六，一，十）
　　　　　　　　　　　西　谛
上海话应该是文学之用语的说明
（论文）（十六，一，六日）傅彦长
元明杂剧传奇与京戏本事的比较
（论文）　　　　　　　贺昌群
古希腊恋歌引言（十二月卅日）
　　　　　　　　　　　金　发
残荷（小说）（九月十六日，记于
法国公园）　　　　　　许　杰
《风先生和雨太太》序　均正译
诗人之恋爱——威尔士民间恋歌
（十五年十月六日上海）　东郊译

　　　文学周报　第 259 期
　　　（1927 年 1 月 23 日）

童话与相像（论文）　　均　正
元明杂剧传奇与京戏本事的比较
（续）　　　　　　　　贺昌群
一个老女王和一个少年乡女底故
事——凡列龙（Fenélon）底寓言（童
话）　　　　　　　　　何小旭译
《鸭绿江上》——蒋光慈第二小说
集（书评）

（一九二六，一二，二四夜）
　　　　　　　　　　　　钱杏邨
母亲的遗迹（散文）　　　守　庄
我底露茜——瑞士民间恋歌（诗歌）
　　　　　　　　　　　东郊重译
〔（留）十五年十月十三日上海〕

　　　文学周报　第 260 期
　　　（1927 年 1 月 30 日）

童话的起源（论文）　　　均　正
孩子（戏剧）
　　Wilfrid Wilson Gibson 著
　　　　　　　　　　　苏兆龙译
势力范围（小说）　　　彭家煌
闲谈：六、"良辰入奇怀"　秉　丞
伤风的狐（荷兰故事）　何小旭译

　　　文学周报　第 261 期
　　　（1927 年 2 月 13 日）

民间故事的探讨（论文）
　〔英〕麦苟劳克（Maculloch）著
　　　　　　　　　　　赵景深译
万古愁底作者问题（二）（论文）
　　　　　　　　　　　　大　白
向死神请求（诗歌）（16.1.15.武昌）
　　　　　　　　　　　符竹英
纵酒（小说）　　　　　燕志俊

　　　文学周报
第 262、263 期《上海生活问题号》
　　　（1927 年 2 月 27 日）

上海的居宅问题（十五，十二，二
十九夜）　　　　　　郑振铎
上海照相半打——小事件中的大
问题　　　　　　　　孙福熙
上海之公园问题（十五，十二，二
八夜）　　　　　　　郑振铎
所谓中国影片　　　　陈君清
影戏院与"舞台"　　　西　谛
杂感　　　　　　　　宏徒等
行路难（小说）（一九二七，二，
二四）　　　　　　　赵景深
狐狸做牧童——挪威民间故事（童
话）　　　　　　　　均正译
闲谈：七、高鹗续作《红楼梦》的
新发现　　　　　　　露　明
给林守庄先生（十一，一，一九二
七，于汕头南澳）（通信）黎锦明
上海著作人公会缘起（该会已于二
月十六日正式宣告成立，通信处为
上海宝山路三德里十六号）

　　　文学周报　第 264 期
　　　（1927 年 3 月 6 日）

《文学之近代研究》原序
　　　　　　理查·格林·摩顿尔
　　　　　（Richar Green Moulton）

（一九一五年七月）傅东华译

洗澡（小说）

〔法〕左拉著　徐霞村译

（十五年十一月八日译于北京）

永久的睡床（诗歌）（16.1.17 于武昌）　　　　　　　　符竹英

烧饼（小说）（一九二七，一，三）　　　　　　　　　　刘　明

写于《烈火》出版之后（一九，二，一九一七于 HF）　　黎锦明

文学周报　第 265 期
（1927 年 3 月 13 日）

皮奥胡尔夫（童话）　　　西　谛

《岭东恋歌》序（一九二六，上海）　　　　　　　　　李金发

地球上的砖（童话）　　　汪静之

黯然魂消——北京生活回想记之一（散文）　　　　　　锦　江

葡萄牙的短歌（诗）万曼译；附志

闲谈：八、《回家》　　　调　孚

文学周报　第 266 期
（1927 年 3 月 20 日）

戏剧庸言（论文）

　　　高尔斯华绥著　傅东华译

怀以仁（诗歌）（一月廿九夜一时写）　　　　　　　　王任叔

太早了（小说）

〔俄〕柴霍甫著　赵景深译；附记

生与死（童话）（二五年冬于上海）　　　　　　　　　汪静之

夜之艰难（诗歌）（十六，一月，泰安颜张）　　　　　燕志俊

先生与他的学生——高加索民间故事　　　　　　　　西　谛

文学周报　第 267 期
（1927 年 3 月 27 日）

"诚"与文学（论文）

　　〔英〕W.L.George 著　傅东华译

　　　　　（译自 Literary Chapter）

今昔（小说）　　　　　　彭家煌

劳工歌（诗歌）　　　　　汪静之

自己的子女最美丽——挪威民间故事　　　　　　　　顾均正译

通讯（一，一四）　王任叔致振铎

文学周报　第 268 期
（1927 年 4 月 3 日）

文学的新精神（论文）

　　　　　肖伯纳著　傅东华译

秋风歌（诗）（一九二五，八，八，北京）　　　　　　汪静之

居特龙　　德国史诗述略　西　谛

天鹅的哀歌（诗）（十五年，十二月，于北京）　　　　徐霞村

《荔枝小品》题记（十六年 "黄花节"

次日，记于珠江南岸）　　钟敬文
附录：我们的海涛社

文学周报　第269期
（1927年4月10日）

保护的秘密（论文）
　　　　法朗士著　傅东华译
尼泊龙琪歌（童话）
　　　　德国史诗述略　西谛
狼人情歌（诗歌）
　　　　钟敬文、刘潜初合译

文学周报　第270期
（1927年5月22日）

形式与实质（论文）
〔法〕古尔芒（Remyde Gourmont）
　　　　著　傅东华译
尼泊龙琪歌（二）（童话）西谛
普希金诗三首　　孙衣我译
　一、给诗人〔一九二七，三，
一二于哈尔滨（译）〕　二、无
题〔一九二七，三，一二，改
稿（译）〕　三、一朵花〔一九
二七，三，一二，于哈尔滨（译）〕
一朵美丽的青花（小说）　何定生

文学周报　第271期
（1927年6月12日）

我们在Athos号上——一篇小小的

序文　（离开上海后的第三天）
　　　　　　　　　西谛
法行杂简（一九二七，五，二十一
夜深。Athos船中；一九二七，五，
廿二日晚Athos船中）　　学昭
游子之音（十六，五，廿三，你的
游子卓治于舟中；四时又志）
　　　　　　　　　魏兆淇
离别（五月二十三日下午在Athos
船上）　　　　　　西谛
船上的小朋友（五月廿三日晚）
　　　　　　　　　徐霞村

文学周报　第272期
（1927年6月19日）

批评家的职务（论文）
〔美〕门肯（H.L.Mencken）著
　傅东华译（译自Prejudices）
压迫（小说）（十五年十二月二十日）
　　　　　　　　　罗黑芷
忆北京（散文）（一九二六年，一
一，一五）　　　　学昭
尼泊龙琪歌（三）（童话）西谛

文学周报　第273期
（1927年6月26日）

海燕（小说）　　　　西谛
"英国人的乐园"（五月二十七日于
阿多斯）　　　　　徐元度
香港风景　　　　　袁中道绘

寄吾母（诗）　（一九二七，五，二十三日午后，Athos 的饭厅里）

学　昭

法行短简（三）、（一九二七，五，二三晚）（四）、（一九二七，五，二六日午前）（五）、（一九二七，五，二七晚船停西贡）　学　昭

游子之音（十六，五，二七，晨于舟中）

卓　治

启事：报道王国维先生于六月二日投颐和园昆明湖自杀，及本报最近出专号纪念，由顾颉刚、周予同，陆侃如、徐中舒、王伯祥，陈乃乾、贺昌群、陈彬和先生撰文。

文学周报　第 274 期
（1927 年 7 月 3 日）

"A la Mer!"（六，四，记）　西　谛

赶马车的老人（一九二七，六，五于印度洋）

徐元度

法行杂简　（六）、（一九二七，五，二九夜）（七）、调孚（八）（一九二七，六，四端午节之晚倚榻写）

学　昭

一个午餐（十六年端五节于印度洋）

元　度

游子之音（十六，六，五于印度洋舟中）

卓　治

安南人休矣（六月六日于 Athos 船上）

袁中道

文学周报　第 275 期
（1927 年 7 月 10 日）

理想主义之根源（论文）

肖伯纳著　傅东华译

郎歌巴系传说（童话）　　西　谛

闲谈：九、鲁迅的《祝福》景　深

夕阳之下（散文）　　　　黎烈文

缥渺的心灵（诗）（一九二七，六，八夜，病中）

梅　谷

文学周报　第 276、277 期合刊
（1927 年 8 月 7 日）

悼王静安先生（论文）（十六，六，十三，草于上海新旅社。七，六写清于杭州马坡巷）

顾颉刚

静安先生与古文字学（论文）（先生逝世后一月又四日脱稿）　徐中舒

追悼一个文字学的革命者——王静安先生（论文）

周予同

王国维先生整理中国戏曲的成绩——及其文艺批评（论文）（一九二七，六，十六）

贺昌群

关于王静庵先生逝世的史料（论文）

陈乃乾

追忆王静安先生（论文）　徐中舒

王静庵先生致死的真因（论文）（十六，七，二十）

史　达

关于王静安先生的死（论文）（十六，六，三一，侃如记）　陆侃如

文学周报 第 278 期
（1927 年 8 月 21 日）

关于国木田独步——国木田独步
小说集代序（论文）（十六年七月
译者） 夏丏尊
扰乱（小说）
〔俄〕柴霍甫作 赵景深译
论体裁描写与中国新文艺（论文）
（十九，七，一九二七，于上海）
锦 明
教学话（散文）（一九二六，八，
二六。） 林守庄
悦子的心（小说）（一六，六，一
五夜半于久坚町奥村方） 黎烈文
恋歌两首（诗歌） 燕志俊

文学周报 第 279 期
（1927 年 8 月 28 日）

海上哀音——闻芥川龙之介之死
（论文） 黎烈文
（一九二七，七，二七于日本
伊东海岸）
蜘蛛之丝（小说）
〔日〕芥川龙之介作 黎烈文译
（一九，五，一九二七，于东京）
山径（小说）（二七，三，十四，
上海） 许 杰
阿米林人（童话） 西 谛
吉伯兰寓言选译（散文）

〔亚剌伯〕吉伯兰
（Kahlll Gibran）作 赵景深译
若是你来了（诗） 燕志俊

文学周报 第 280 期
（1927 年 9 月 4 日）

大佛寺（散文）（十六年六月十三
日在 Athos 上） 西 谛
一个兜风（散文）（一九二七年六
月九日） 徐元度
法行杂简（散文）（九）、（一
九二七，六，九，印度洋中）
（十）、（一九二七，六，一三，
晨非洲沙漠边的印度洋）
陈学昭
游子之音（散文）（十六，六，十
晚舟中；十六，六，十二于印度洋
舟中） 卓 治
印度洋的浪 中道绘
阿多斯号上的人物（散文）（一九
二七年六月十三日） 徐元度
杨梅（小说） 大米修（小说）
〔法〕左拉著 徐霞村译

文学周报 第 281 期
（1927 年 9 月 11 日）

阿剌伯人（散文）（六月十八日在
"阿托士"上作） 西 谛
法行杂简（散文）（一九二七，六，

一八）　　　　　　　　学　昭

亚丁的上岸（散文）　　徐元度

游子之音（散文）（卓治于红海写完，十六，六，十八）　　卓　治

红海月（诗）（一九二七，六，一七，夜）　　　　　　学　昭

我的邻人雅各（小说）

　　〔法〕左拉著　徐霞村译

　　文学周报　第 282 期
　　（1927 年 9 月 18 日）

同舟者（散文）（六，二十四，下午在 Athos 船上）　　西　谛

别同行的军官（散文）（一九二七，六，廿三）　　　　徐元度

要到马赛了！（散文）（十六，六，廿三于地中海上）　　卓　治

法行杂简（散文）（一九二七，六，二一）　　　　　　学　昭

铁匠（小说）

　　〔法〕左拉著　徐霞村译

　　文学周报　第 283 期
　　（1927 年 9 月 25 日）

短篇小说的结构——在新华艺术大学讲演（论文）（一九二七年八月）　　　　　　　赵景深

《古代人的人》序（论文）（一九七二年，八月，廿六，于上海）

　　　　　　　　　　郁达夫

论文艺上的夸大性（论文）（十八，七，一九二七于闸北）　　黎锦明

寂静的古刹（诗歌）　　汤　铭

教训（小说）　　　　彭家煌

谈谈兴诗（论文）（一九二七，五，二八，在广州，东山）　　钟敬文

旗（诗）（二七年八月十五夜，作于 N 城）　　　　　周乐山

　　文学周报　第 284 期
　　（1927 年 10 月 2 日）

关于文学大纲（论文）（一九二七，九月）　　　　　　谢六逸

打错了屁股（小说）

　　〔俄〕陀罗雪维支（Vlas Dorosevic）作　胡愈之译

林中（小说）（一九二七，六，二二于东京）　　　　黎烈文

挣扎杂帖（散文）　　万　曼

给瑟妮亚姑娘（诗）

　　〔英〕琼斯（BenJonson）作

　　　　　　　　　赵景深译

　　文学周报　第 285 期
　　（1927 年 10 月 9 日）

介绍苏俄诗人叶赛宁（论文）（一九二七，三，一五）　　孙衣我

泛海（诗）　　　　　朱　湘

弄笛者之争讼（论文）

　　〔法〕法朗士著　傅东华译

给儿童（散文）

　　　岛崎藤村作　黎烈文译

（一九二七，五，七国耻日于东京）

我失却了一件宝贝（诗）（一九二七，

十，一，密室，上海）　　索　非

桃色的香粉——"钩沈"之一（散

文）（十六，八，二十八晚于白川屋）

　　　　　　　　　　钱君匋

关于诗经中章段复叠之诗篇的一

点意见（论文）　（一六，五，二

八，脱稿于广州）　　钟敬文

　　文学周报　第 286、287 期

　　　（1927 年 10 月 16 日）

五六年来创作生活的回顾（论文）

　　　　　　　　　　郁达夫

　　（一九二七年八月三十一日

　　　午前四时于上海之寓居）

两条血痕后记（论文）　周作人

侯爵夫人的肩膀（小说）

　　〔法〕左拉著　徐霞村译

死美人（诗）　　　　刘　枝

　　幽会、梦中的拜访、女人的坟

　　墓、情人的哀悼者

喜期（小说）　　　　彭家煌

沙漠之雨（散文）

　　〔日〕国木田独步作　黎烈文译

（一九二七年五月译于东京）

乡亲（小说）　　　　黄汉瑞

烦愁之歌（诗）　　　左天锡

一个好吃的人登龙山（诗）（一九

二六，四，一一，绍兴旧作）

　　　　　　　　　　赵景深

　　文学周报　第 288 期

　　　（1927 年 10 月 30 日）

英国诗人勃莱克百年纪念——解

释叙事诗《彭威廉》（诗评）

赵景深（一九二七，一〇，一九）

各民族的神话何以多相似（论文）

　　　　　　　　　　玄　珠

蔷薇——"钩沈"之二（散文）（十

六，八，三十一晨于白川屋）

　　　　　　　　　　钱君匋

冷眼与热汗（小说）（二七，七，

二八日下午）　　　　许　杰

　　文学周报　第 289 期

　　　（1927 年 11 月 6 日）

民间故事专家哈特兰德逝世——

呈江绍原先生（一九二七，一〇，

二五）　　　　　　　赵景深

看了真美善创刊号以后，（论文）

（十一，四，上海）　方　璧

诗歌与想象（论文）　汪静之

布衫行（诗）

　　〔英〕Thomas Hcod 作　傅东华译

（一九一五年九月译于西湖）

关于《烈火》（论文）（于四，十一，
一九二七）
　　　　　　　　　　黎锦明

　　　文学周报　第 290 期
　　（1927 年 11 月 13 日）

畸零人日记（小说）（续第 256 期）
　〔俄〕屠格涅甫作　樊仲云译
　（按：文前有编者写"给新读
　者"的话）
说译诗（论文）　　　　朱　湘
洋（诗）（八月廿七日）　朱　湘
中西童话的比较——《广东民间文
艺集》付印题记（一九二七，一一，
八于开明书店编辑室）　赵景深
夏夜（小说）　　　　　许　杰
老鸦狐狸与蛇（童话）（印度披尔
派寓言）　　　　　　顾均正译
雨中（小说）　　　　　陶哲盦

　　　文学周报　第 291 期
　　（1927 年 11 月 20 日）

谈龙集序（论文）（民国十六年十
一月八日，周作人于北京苦雨斋）
　　　　　　　　　　周作人
理发店前的囚禁——"钩沈"之三
（散文）（十六，九，一，于白川屋）
　　　　　　　　　　钱君匋
歌（诗）（一九二七，十一，一，
改作）　　　　　　　　索　非

畸零人日记（续）（小说）
　〔俄〕屠格涅甫作　樊仲云译
初雪（诗）
　〔美〕罗伟尔（J.R.Lowell）作
　　　　　　　　　　傅东华译
　（一九二五年九月译于西湖）
焦急（诗）（十六，十一，二八，
于扁七室）　　　　　金　岛

　　　文学周报　第 292 期
　　（1927 年 11 月 27 日）

文纲与文学——《东方寓言集》序
（论文）（译者一九二七，一一，二
四，于上海）　　　　胡愈之
惨雾的描写方法及其作风（论文）
　　　　　　　　　　李圣悦
篮（小说）　　　　　成　朴
法行杂简（散文）（一九二七，六，
二日）　　　　　　　陈学昭

　　　文学周报　第 293 期
　　（1927 年 12 月 4 日）

春桃（小说）（二六，十一，十六。
在长江轮中）　　　　周乐山
暑假（小说）　　　　哲　夫
我们在月光底下缓步（诗）（一九
二七，八，九）　　　　玄　珠

文学周报　第 294 期
（1927 年 12 月 11 日）

罗马尼亚实事（小说）

　　〔法〕巴比塞作　万灭译
（一九二七，十一，十九）
安家的果品——"钩沈"之四（散
文）（十六，十二，十八于扁七室）
　　　　　　　　　　　钱君匋
畸零人日记（续）（小说）

　　〔俄〕屠格涅甫作　樊仲云译
在海上（散文）

　　Antcni Wyslouch（魏斯乐奇）著
　　　　　　　　　　钟宪民译
放歌（诗）（一九二五年八月）

　　　　　　　　　　　万　曼

文学周报　第 295 期
（1927 年 12 月 18 日）

马旦氏的中国童话集（论文）（一
九二七，一一，二六）　赵景深
报酬（小说）　　　　　吴立朴
明月的哀愁（诗）

　　〔法〕波特来耳作　徐蔚南译
畸零人日记（续完）

　　〔俄〕屠格涅夫作　樊仲云译
四季（诗）（一九二七，十一，十
一，夜，上海）　　　　索　非

文学周报　第 296 期
（1927 年 12 月 25 日）

今年得诺贝尔奖金的戴丽黛（论
文）（一九二七，一，二五）

　　　　　　　　　　　赵景深
父子也（小说）　　　　成　朴
禁食（小说）

　　〔法〕左拉著　徐霞村译
记得（诗）（一九二七，十一，十
三，索居，上海）　　　索　非
朋友的死（散文）（一九二七，十
一月）　　　　　　　　而　化
软语（诗）　　　　　　常　健

文学周报　《新年特别号》
第 297 期
（1928 年 1 月 1 日）

中国现代两诗人对于"穷"　（论
文）（一九二七年十二月九日作）

　　　　　　　　　　　颜　如
自己经验与自画像（论文）（四，
九，一九二七）　　　　言　返
《尘影》（书评）（一九二七年十二
月七日，鲁迅记于上海）　鲁　迅
太阳神话研究（论文）（一九二七，
一二，一三深夜）　　　赵景深
文艺与社会（论文）　　诈　傸
诗人李长吉（论文）　　万　曼
宋代民歌一斑——读京本通俗小

说（论文） 钟敬文

号声（小说）（十六，十，二五）
王统照

别——"钩沈"之五（散文）（十六，十二，十四于扁七室） 钱君匋

故国（散文）（一九二七，一，一〇夜，攻瑰村） 陈学昭

桃树下——肉的颂歌之一（诗）（一九二三年春末，杭州） 汪静之

小妹（小说）（一九二六，九，一四）
赵景深

古井（诗） 常　健

文学周报　第298期
（1928年1月8日）

欢迎《太阳》！（论文）（一九二八，一，五） 方　璧

实验主义者的理想（论文）均　量

读《出阁》（书评） 周煦良

归来（小说） 黎烈文

无题（诗）（十，廿七，一九二五）
万　曼

小村子（小说）
〔法〕左拉著　徐霞村译

"ALLEZ！"
〔俄〕库普林原著　杜衡译

关于草莽集（论文）（弟，湘。十一月十四日） 朱　湘

文学周报　第299期
（1928年1月15日）
《世界民间故事专号》

白璧尔的儿子——喜马拉雅民间故事 徐调孚译

巴古齐汗——高加索民间故事
西谛译

盖留梭——意大利民间故事
赵景深译

富农的妻子——挪威民间故事
顾均正译

神奇的头发——塞尔维亚民间故事
徐蔚南

青鸟——法国南部民间故事 徐蔚南

狐医生——俄国民间故事 黎烈文译

最后半页 赵景深

文学周报　第300期
（1928年1月22日）

介绍歧路灯（论文）（一七，一，二五） 郭绍虞

愁春（小说）
今年逝世的西班牙伊本纳兹
（V.Blasco-Ibanez）原著
戴望舒译

小树胶园主（小说）（十六，十二，十九日于榄屿韩江学校）饶白迎

沉思（诗）〔英〕勃莱克（William Blake）作　孙昆泉译

1053

文学周报　第 301 期
罗黑芷追悼号
（1928 年 1 月 29 日）

罗黑芷死了（论文）（一九二七，
十二，二九，在南京劳工局）
　　　　　　　　　　黄　醒

予所知于罗君黑芷者（论文）（十
六年十二月二十九日写于汉口）
　　　　　　　　　　李青崖

罗黑芷的小说（论文）（一九二七，
一二，七）　　　　　黎锦明

罗黑芷的散文小品（论文）（一九
二七，除夕）　　　　赵景深

遁逃——献给这篇内的主人翁（小
说）（一九二七，三月廿八夜写毕）
　　　　　　　　　　罗黑芷

或人的日记（小说）（一九二七，
四月）　　　　　　　罗黑芷

歌呜呜（诗）　　　　罗黑芷

文学周报　第 302 期
（1928 年 2 月 5 日）

哈代逝世以后（论文）　赵景深
诗歌与情感（论文）　　汪静之
留香（诗）（一九二七，一〇）
　　　　　　　　　　傅东华

严霜下的梦（散文）（一，二二，
一九二八，于荷叶地）　茅　盾
两根洋火（散文）

〔英〕史提文生作　方光焘译
天使在流云（诗歌）　　于庚虞
永无衰老之日（诗）（十五，十二，
十四，上海）　　　　钱君匋
在校订莫泊桑短篇小说集（一）以
后（论文）　　　　　李青崖
（十六年十二月三十日记于汉口）

文学周报　第 303 期
（1928 年 2 月 12 日）

文学作品与人生观察（论文）
　　　宾那脱（A.Bennett）作
　　　　　　　　　　赵景深译
鞋匠变成星命家——阿拉伯民间
故事　　　　　　　　唐锡光译
海角雁音（小说）（你的竞业，十
一月六日）　　　　　何竞业
啊——女郎（诗）（一九二七，十
二，五，上海）　　　索　非
奇罐——丹麦民间故事　姜书丹译

文学周报　第 304 期
（1928 年 2 月 19 日）

芥川龙之介集不用的序　一九二
七年，十二月，二十二日，章锡琛
写于开明书店的柜上（论文）
　　　　　　　　　　章锡琛
陈四爹的牛（小说）（一六，一二，
七日深夜）　　　　　彭家煌

飘荡的衣裙（小说）（十六年十二月十二夜十一时写毕） 周乐山

新声（诗） 程少怀

怅触（诗） 滕沁华

喜剧的悲剧（诗）（十七年二十日晨） 顾均正

文学周报 第305期
（1928年2月26日）

读最后的幸福（论文） 李诵邺
读春水（论文） 燕志俊
别字先生黄药眠（论文） 博 董
关于出嫁的前夜及其作者（论文）
了因致许杰
春日（小说）（一九二七，三月十六日） 罗黑芷
秋途（诗） 于庚虞
烦闷（小说）（十二月十六日，一九二七） 而 化
没有隐秘的斯芬克斯
〔英〕王尔德作 杜衡译

文学周报 第307期
（1928年3月11日）

中国印欧民间故事之相似（论文）
（二八，一，五，广州） 钟敬文
街之底（小说）
〔日〕横光利一作 梁希杰译
龙灯（散文）（十六，十二，二十四日） 罗懋德
在坟墓里（小说）
〔保〕斯泰马托夫著
钟宪民译；附识
（四，一十，二十五，于南洋中学）
勃莱克是象征主义者么（论文）
博 董

文学周报 第306期
（1928年3月4日）

江西山歌与倒青山风俗（论文）（一九二八，二，十六，写于中央日报社编辑室） 王礼锡
同居（小说） 陶哲盦
诀世之歌（剧本）
〔俄〕柴霍甫作 万曼译
质问（诗）（一九二七，五，十七夜于越南） 黄运初

文学周报 第308期
（1928年3月18日）

楚辞与中国神话（论文） 玄 珠
谈谈茶花女剧本（论文）（十七，三，九，明中） 林汉达
完了（小说）
〔法〕莫泊桑作 介如译
（一九二七，一二，一一，
译于煤烟弥漫的吉林城）
墓上歌（诗） 顾诗灵

文学周报　第 309 期
（1928 年 3 月 25 日）

李清照词的标点（论文）　施蛰存
一天——"钩沈"之六（散文）（十
七，二，二二，追记于扁七室）
　　　　　　　　　　　　钱君匋
马路上的沙尘（小说）　（一九二
六，一，一，夜在越南中法学校）
　　　　　　　　　　　　黄运初
寺钟（诗）　　　　　　刘　枝
告读者——生活的血迹自序（论文）
　　　　　　　　　　　　顾仲起

文学周报　第 310 期
（1928 年 4 月 1 日）

追忆罗黑芷先生（论文）　陈子展
不相识者（小说）
　〔意〕Matilde Serao 女士著
　　　　　　　　　　　戴望舒译
"常有好容颜"（小说）（十七年元
旦草）　　　　　　　　滕沁华
死之榻（诗）
　　〔英〕勃莱克作　孙昆泉译
给一个老鼠（诗）
　　〔英〕彭思（R.Burns）作
　　　　　　　　　　　李健吾译
山居读诗（论文）　　　李建新
读《耶稣的吩咐》（论文）
　　　　　　　　　　　　楚　狂

向郁达夫先生声明（论文）（弟，
言返于离郑前二日）　　言　返

文学周报　第 311 期
（1928 年 4 月 8 日）

最近文艺偶笔（论文）　　博　董
浅薄得可笑的哈哪（论文）
　　　　　　　　　　　　博　董
译了《三公主》以后——相同故事
的转变与各自发生说（论文）（十
七，四，十二）　　　顾均正
关于拙著中国文学小史——奉答
唐圭璋先生（论文）　赵景深
孤松（小说）（十六，九，二十）
　　　　　　　　　　　戴菊农

文学周报　第 312 期
（1928 年 4 月 15 日）

诗歌与真理（论文）　　汪静之
发的革命与头的革命（散文）
　　　　　　　　　　　　Ｙ 生
驴马似的人（小说）
　〔日〕吉田弦二郎作　黎烈文译；
　　附记（一九二七年七月九日译
　　　　　　　　　　毕于东京）
离京（散文）（一九二八，一，二
五，上海）　　　　　贺玉波
感旧（诗）　　　　　万　曼

文学周报　第 313 期

（1928 年 4 月 22 日）

皮短褐（小说）

　　〔苏〕皮涅克（Boris Pilnyak）作

　　　　　　　　傅东华译；附序

中国神话的美丽想像（论文）（弟，

子沆。三月十二日）　　　朱　湘

翻云覆雨（小说）

　　〔俄〕柴霍甫作　李青崖译

　　　　　（青崖志，十五年三月

　　　　　　　十五日在长沙）

赌红宝（小说）（十七年一月十六

日）　　　　　　　　　　念　生

梦魂中的金陵（散文）（十七，三，

八，安庆）　　　　　　徐实君

民间文艺的分类（论文）（一九二

八，一，六）　　　　　叶德均

文学周报　第 314 期

（1928 年 4 月 29 日）

哈代死后琐记（论文）　朗　山

村戏（小说）

　　〔苏〕Vyacheslav Shishkov 作

　　　　　　　　　傅东华译

我的两个朋友（小说）　滕沁华

杜鹃（诗）（十六年冬试译于羊城）

　　Michael Bruce 作　钟敬文译

小说史中谈到诗人（论文）

　　　　　　　　　　　赵景深

吻痕（诗）（一九二八，三，七）

　　　　　　　　　　　霜　华

题画（诗歌）　　　　　万　曼

文学周报　第 315、316 期

（1928 年 5 月 13 日）

中国神话的保存（论文）　玄　珠

村戏（续完）

　　〔苏〕Vyacheslav Shishkov 作

　　　　　　　　　傅东华译

丽丽（小说）

　　　〔法〕左拉著　徐霞村译

下乡（诗）　　　　　　万　曼

不规则三角形（小说）（一九二五，

七，十二）　　　　　　焦菊隐

生命被孤寂的霉菌侵蚀了（诗）

　　　　　　　　　　　于庚虞

文学周报　第 317 期

（1928 年 5 月 20 日）

飞腿儿奥西普（小说）

　　〔苏〕Ivan kasatkin 作　傅东华译

缅想到中世纪的行吟诗人——《屋

卜珊和尼各莱特》译本序（十六年

十二月）　　　　　　　施蛰存

养鸟（散文）（十七年二月一日）

　　　　　　　　　　　念　生

糊涂浆子冷水君（论文）　博　董

文学周报　第 318 期
（1928 年 5 月 27 日）

童话与短篇小说——就小说的观
点论童话（论文）　　　顾均正
给江绍原先生（论文）（弟，钟敬
文。一七，四，一六，广州）
　　　　　　　　　　　钟敬文
黄药眠的译诗（论文）　博　董
小说与艺术（论文）（一九二八，
二，一八）　　　　　　暗　天
岭上（诗）（一五，四，六，于苧
萝山麓）　　　　　　　钱君匋

文学周报　第 319 期
（1928 年 6 月 3 日）

人类学派神话起源的解释（论文）
　　　　　　　　　　　玄　珠
海滨别墅（小说）（自世界语译出）
　　　　　　　　　　　钟宪民
改革（小说）（一七，三，一八，
于上海）　　　　　　　彭家煌
誓辞（诗）　　　　　　程少怀

文学周报　第 320 期
（1928 年 6 月 10 日）

最近的法国小说界（论文）
　　　　　　　　　　　徐霞村
评《寂寞的国》（论文）（弟，朱湘，

五月七日）　　　　　　朱　湘
小梅尺牍（一）（散文）（小梅，一
月二十二日）　　　　　小　梅
疤（小说）　　　　　　爱　弟
寂寞之地狱（诗）　　　于庚虞

文学周报　第 321 期
（1928 年 6 月 17 日）

罗亭型与俄国思想家（论文）（一
九二八，五，四）　　　赵景深
文学与宣传（论文）
〔美〕Isaac Goldberg 著　莫索译
祈望（诗）　　　　　　滕沁华
特制曲尺（小说）　　　王任叔
暴风急雨里狂歌（诗）　程少怀
小梅尺牍（二）（散文）（一，二九，
夜十一时半）　　　　　小　梅
恐怖之夜（诗）　　　　汤　铭
中国需要怎样的创作（论文）
　　　　　　　　　　　戴行轺

文学周报　第 322 期
（1928 年 6 月 24 日）

神话的意义与类别（论文）
　　　　　　　　　　　玄　珠
夏之夜（诗）　　　　　万　曼
三论勃莱克（论文）　　博　董
牛形里的故事（小说）　而　化

文学周报　第323期
（1928年7月1日）

芥川龙之介氏与河童（论文）
　　〔日〕永见德太郎著　黎烈文译
　　（一九二七年十二月廿七日译
　　　　　　毕于巴黎金星旅馆）
越南之游——献给黄运初先生及
在越南的友人们（散文）
　　（1928.4.4在Porthos号甲板上）
　　　　　　　　　　　　胡愈之
不知为什么（诗）（一九二六，四月）
　　　　　　　　　　　　傅东华
艺者之家（小说）（一九二八，二，
一八，夜）　　　　　　　陈学昭
柴霍甫与安徒生（论文）　赵景深
爱——呈先艾健吾二兄（诗）
　　　　　　　　　　　　滕沁华

文学周报　第324期
（1928年7月8日）

文学家之富兰克林（论文）
　　　　　　〔美〕Long作　露明
哈哪的译诗（论文）　　　博　董
秋雨（小说）　　　　　　王家械
银鸽与诗人（散文）（十七，一，
六，开封）　　　　　　　张　源
再抄一点书赠给哈哪（论文）
　　　　　　　　　　　　博　董
绍兴的帝王传说（论文）（薛英，

六，一三）　　　　　薛英致景深
关于从民间来（论文）
　　　　　　　　　　阎心铭致百嵅

文学周报　第325期
（1928年7月15日）

勃莱克确是浪漫主义者——示可
怜的哈哪（论文）　　　　博　董
苍山夜望（诗）　　　　　于庚虞
小梅尺牍（三）（续第321期）（散
文）　　　　　　　　　　小　梅
记得（诗）　　　　　　　索　非
《平凡的死》（论文）（五，二四于
苏州）　　　　　　　　　石　英
文坛近讯　　　　　　　　编　者

文学周报　第326期
（1928年7月22日）

第七卷的开始　　　　　　赵景深
最近的俄国小说界（论文）（一九
二八，七，三〇）　　　　赵景深
北欧神话的保存（论文）　玄　珠
无隅之死（散文）（十七年五月，
国耻纪念日。北京清华园）
　　　　　　　　　　　　朱自清
梦狱（诗）　　　　　　　于庚虞
关于唤名收魂的传说——致《文学
周报》记者（十七，七，五日）
　　　　　　　　　　　　贺昌群

不幸的躯体（小说）

　　〔爱尔兰〕唐珊南作　戴望舒译

凄咽的夜宴（小说）（十七年六月
六夜，九江）　　　　　　周乐山

无题（诗）

　　〔英〕济慈（John Keats）作

　　　　　　　　　　　梁指南译

雨天（诗）

　　〔美〕朗弗落（Longfellow）作

　　　　　　　　　　　滕沁华译

　　　　文学周报　第 327 期

　　　　（1928 年 7 月 29 日）

评广州儿歌甲集（论文）（八月一
日早）　　　　　　　　　招勉之

哭泣——《笑与死》的序（感想）
（一九二八，六，七，上海）

　　　　　　　　　　　顾仲起

圣者与酒徒（诗）　　　　于庚虞

红的鱼（小说）　　　　　张　源

顾实文学史的估价（书评）博　董

文坛近讯（五则）　　　　编　者

　　　　文学周报　第 328 期

　　　　（1928 年 8 月 5 日）

小泉八云谈中国鬼（论文）（八，
二）　　　　　　　　　　赵景深

关于维特剧本（书评）（一九二八，
七，一四，上海）　　　　庐剑波

铁塔篇的时间错误（感想）（一九
二八，六，十，于芜湖）　张眠月

春塚（诗）　　　　　　　于庚虞

为生活（小说）（五卅纪念日九江）

　　　　　　　　　　　周乐山

　　　　文学周报　第 329 期

　　　　（1928 年 8 月 12 日）

戴万叶的翻译小说（书评）博　董

《发须爪》（书评）　　　赵景深

我写诗的经过——《海滨的二月》
自叙（论文）　　　　　　钟敬文

印度半蛮族的神话（民俗）孙席珍

骚动（小说）（十七，六，十三，
于慈谿）　　　　　　　　魏友琴

小梅尺牍（四）（续第 325 期）（散
文）（小梅二月十日下午九时）

　　　　　　　　　　　小　梅

沙滩上的鲤鱼（小说）　　张　源

绍兴的鹦哥戏宣卷等（感想）（薛
英。六，二八）　　　　　薛　英

　　　　文学周报　第 330 期

　　　　（1928 年 8 月 19 日）

小品（民俗）（十七年八月三日）

　　　　　　　　　　　江绍原

小小的田鸡（诗）（十六，五月）

　　　　　　　　　　　李健吾

别离（小说）　　　　　　葛有华

小梅尺牍（五）（小说）（梅二月二
十四日下午六时）　　　小　梅
文学随笔（感想）　　　赵景深
　　安徒生的玻璃鞋　长虹的真
　　面目
宋代的民间趣事集（感想）
　　　　　万曼致景深

　　　文学周报　第 331 期
　　　（1928 年 8 月 26 日）

读 "荷花"（书评）（八月五日，一
九二八）　　　孙席珍
银影（小说）（一九二八暮春）
　　　　　王家械
小梅尺牍（六）（小说）（梅二月二
十六日下午六时）　　　小　梅
文学随笔（感想）　谁都免不了
有错　　　赵景深
文坛近讯　　　编者

　　　文学周报　第 332 期
　　　（1928 年 9 月 2 日）

革命文学运动的观察（论文）（七，
八，一九二八于神户）　李作宾
我也有创作集么——《栀子花球》
序（感想）
（一九二八，八，一五，深夜）
　　　　　赵景深
剪发的故事（小说）　洪北平

家教（小说）　　　孙席珍
阿达兰达底竞赛（诗）（六二三纪
念日在香港）
　　〔美〕汤姆生作　梁指南译
小梅尺牍（七）（小说）（梅二月二
十七日下午八时）　　　小　梅

　　　文学周报　第 333、334 期
　　　（1928 年 9 月 9 日）
　　《托尔斯泰百年纪念专号》

一、论文
　　怀托尔斯泰
　　　　〔俄〕蒲宁著　徐霞村译
　　　　（如果是俄历就是托尔斯泰
　　　　的生日的那天译于上海）
　　托尔斯泰论——节译《俄国小
　　说家论》
　　　　　尼克拉涅灵著　故剑译
　　托尔斯泰小说论
　　〔美〕费尔普司（W.L.Phelps）著
　　　　　　　赵景深译
　　托尔斯泰童话论　顾均正
　　读托尔斯泰的复活（一九二
　　八，八，二九写于俭德楼）
　　　　　　　司　君
二、介绍
　　记梦（一九〇六年十一月十三
　　日在尧司那，鲍略娜作）
　　　　托尔斯泰著　耿济之译
　　工作死亡与疾病

托尔斯泰著　雪君译

托尔斯泰的短篇代表作

　　　　　　　　杜衡译

托尔斯泰日　　托尔斯泰编

三、感想

　杂谈托尔斯泰（八月三十日）

　　　　　　　　老　汪

　汉译托尔斯泰著作编目

　　　　　　　　赵景深

　缠不清的托尔斯泰　　博　董

　　　文学周报　第 335 期

　　　（1928 年 9 月 16 日）

暂且题一个"自剖"罢（论文）（弟，

黎锦明。九，八）　黎锦明致学林

刘梦苇与新诗形式运动（感想）（七

月七日，美国）　　　　朱　湘

瞌睡来了（小说）」

　　〔俄〕柴霍甫作　赵景深译

醉汉笔记（小说）　　　洪北平

文学随笔（感想）　　　赵景深

答狮吼半月刊评荷花　栀子花球

不用的序

美国通信（感想）

　　朱湘致景深；子沅致莫索

　　　文学周报　第 336 期

　　　（1928 年 9 月 23 日）

希腊罗马神话的保存（论文）

　　　　　　　　　　玄　珠

文学漫谈（遗著）（感想）罗黑芷

住持捉奸——Decameron 第九天第

二个故事（小说）

　〔意〕鲍嘉学（Giovanni Boccac-

　　　cio）著　罗皑岚译

仅存的阴加人（诗）

　　〔南美洲科隆比亚国〕嘉罗

　　（J.E.Caro）作　朱湘自英文重译

四八头脑（小说）（——作于洞庭

湖畔）　　　　　　孙席珍

文坛近讯　　　　　　编　者

　　　文学周报　第 337 期

　　　（1928 年 9 月 30 日）

埃及印度神话的保存（论文）

　　　　　　　　　　玄　珠

论地方传说——《两广地方传说》

序（论文）（十七，八，卅一）

　　　　　　　　　顾颉刚

凄暗的时间（诗）

　　〔比〕梅特林克作　戴望舒译

小梅尺牍（八）（小说）（梅三月三

日下午十一时）　　　小　梅

老大的喜期（小说）　张直觉

文学随笔（感想）　　赵景深

　济慈的夜莺歌　俄国民间故

　事研究　西洋文学的汉译

中国宝贝的回声之回声（感想）（写

于西湖罗苑）　　　　李金发

文坛近讯　　　　编　者

文学周报　第 338 期
（1928 年 10 月 7 日）

民间医药卫生学若干条（民俗）
　　燕志俊、叶德均、樊缤、
　　华泽之、江绍原
诗三首　在你面上　新丧　雪夜
　　　　　　　　　　　蓬　子
女人底急智——Decameron 第七天
第六个故事（小说）
　　〔意〕鲍嘉学著　罗皑岚译
小梅尺牍（九）（梅三月六日下午
六时；梅三月七日下午六时）
　　　　　　　　　　　小　梅
逃学（小说）（七月十八日夜，古
之北京）　　　　　　孙学泂
关于几个中国鬼（感想）（戈宝权，
九，二十二，大夏）
　　　　　　戈宝权致赵景深

文学周报　第 339 期
（1928 年 10 月 14 日）

少年主人公的文学（论文）
　　〔日〕小川未明作　高明译
（十七年九月四日于水户追赶室）
《花束》（书评）（一九二八，九，
二〇，于杭州）　　钟敬文
《白痴》（书评）　　赵景深

文艺与时代（论文）（一九二六，九，
二二，上海湖州会馆）　姚方仁
读了"中国宝贝"以后（感想）（十
月一日写于剃头店里）　拔　毛
易卜生语录抄（感想）　潘修桐译
九月份新出文学书目录　编　者

文学周报　第 340 期
（1928 年 10 月 21 日）

骗钱的《小说学大纲》（书评）
　　　　　　　　　　　博　董
《高加索民间故事》（书评）赵景深
《荷花》（书评）（九月十五日，九
江三女中）　　　　周乐山
命名的信仰（民俗）（一七，九，
十一，病后）　　　清　水
牧童坡（Le Saut de Berger）（小说）
　　〔法〕莫泊桑著　李青崖译
打鱼（散文）　　　　念　生
照抄的文章（小说）　彭家煌
男性的悲哀（小说）（一七，九，
三〇）　　　　　　左幹臣
某胖子（小说）（九月十九夜，江）
　　　　　　　　　　　周乐山

文学周报　第 341 期
（1928 年 10 月 28 日）

某殖民地某日发生的事变（小说）
　　〔日〕麻生久著　谢六逸译

（一九二八，双十节后一日）

质陈钟凡先生（感想（九月廿五日）
　　　　　　　　　　　　　　汪静之

刘半农译品的一斑（书评）　全　农

史记中之人物描写（感想）（十七
年九月三十日，在九江）　周乐山

文坛近讯（七则）　　　　　编　者

文学周报　第 342 期
（1928 年 11 月 4 日）

关于书籍与读书的杂感（论文）
　〔英〕阑姆（Charles Lamb）作
　　　　　　　　　　　　梁遇春译

黎锦明的《雹》（书评）　赵景深

冬日的希望（诗）
　〔比〕梅特林克作　戴望舒译
　　　　　（自 Serres Chaudes）

断片
　一、卓文君与莎乐美（露明）
　二、基督徒的误会（邹士英）
　三、幻灭中的强惟力（云裳）

局外人（小说）　　　　孙席珍

海行日述（散文）（深夜，船将开
行时）　　　　　　　钟敬文

文学周报　第 343.344 期
纪念林处士九百年专号
（1928 年 11 月）

林和靖的诗（论文）　　陆侃如

假隐士林逋（大白，九，二七）
　　　　　　　　　　　　刘大白

变态性欲的林和靖（论文）孙席珍

怀林和靖（散文）（一七，一〇，
七，于杭州，高商）　　钟敬文

梅和鹤（小说）　　　　许钦文

编后　　　　　　　　　赵景深

文学周报　第 345 期
（1928 年 11 月 26 日）

论现代中国的小品散文（论文）
（一九二六年，七月卅一日，北平
清华园）　　　　　　朱自清

野鸭与野鸡（书评）（一九二八，
一〇，二〇）　　　　　博　董

公文程式化的大著作（感想）
　　　　　　　　　　　　开　脱

《杂拌儿》（书评）（一七，一〇，
一七，夜，杭州）　　钟敬文

林处士的人生观（论文）（一九二
八，一〇，一六，西湖）　李宝琛

草莽集的音调与形式（弟，子沅。
九月二十九日）　　朱湘致景深

文坛近讯（四则）　　　编　者

文学周报　第 346 期
（1928 年 12 月 2 日）

传奇杂剧排刊体例改革议（论文）
　　　　　　　　　　　　傅东华

断片

　　四、陈钟凡抄书都错（冷眼）

　　五、郭沫若与王实甫（露明）

　　六、文艺辞典的小错误（王

　　小维）　七、专家与资格（赵

　　景深）

海行日述（二）（散文）　钟敬文

文坛近讯（六则）　　　　编　者

　　　文学周报　第 347 期

　　（1928 年 12 月 9 日）

对于文学的三种态度（论文）

　　　　　　　　　　谢位鼎

《翡冷翠的一夜》（书评）朱　湘

《花之寺》（书评）（十七，十，四

于杭州）　　　　　　　弋　灵

高尔基著作年表　　　　博　董

海行日述（三）　　　　钟敬文

　　　文学周报　第 348 期

　　（1928 年 12 月 16 日）

驴背诗人李长吉（论文）　王礼锡

三卷新的创作（书评）（一九二八，

一〇，一九晚匆匆草此）滕沁华

　　一、蹇先艾君的朝雾　二、李

　　健吾君的西山之云　三、赵景

　　深君的荷花

《巧舌妇的故事》（书评）（一七，

十，二八在吴淞）　　　樊　缤

《绍兴歌谣》（书评）（一九二八，

一〇，二三，于淮安）　叶德均

就这样放开手罢（诗）

　　　　　　钟敬文；附记

英国恋歌两首（诗歌）邱文藻译

寄北平岂明老人——《西湖拾零》

之一（钟敬文，一七，一〇，六，

于杭州；次日附写）　　钟敬文

海行日述（四）（散文）（晨，八句

余钟）　　　　　　　　钟敬文

十月份新出文学书目录　文坛近

讯（十三则）　　　　　编　者

　　　文学周报　第 349 期

　　（1928 年 12 月 23 日）

两种作家——自己生活的再现者

与艺术家　　　　　　　黎锦明

试谈小品文（一七，一〇，一六，

夜）　　　　　　　　　钟敬文

茅盾的三部曲（书评）（一九二八，

一〇，二七，松江）　　复　三

《安徒生传》（书评）（一七，一〇，

一六，于杭州）　　　　钟敬文

《绍兴歌谣》（书评）（一九，一〇，

一九二八）　　　　　　孙席珍

吻（小说）　〔犹太〕沙比若著

　　　　　　　　康嗣群重译

　　（一九二八，八，一七译毕）

无题（诗）（一七，六，一，夜，

于羊城）　　　　　　　钟敬文

目莲戏中小丑的自白——王阿兴
的自述（子匡于宁波）　娄子匡
指甲上的星（五，八）　王任叔
昏绝（一九二八，七，九）陈翰仪
太戈尔最近的小诗　余世鹏
海行日述（续完）（散文）钟敬文

　　文学周报　第350期
　　（1928年12月30日）
《王以仁失踪两周年纪念号》

王以仁的幻灭　　　许　杰
枇杷（一九二五，五，二一，杭州）
　　　　　　　　　王以仁
暮春时节（十四，六，二十九，脱
稿于杭州工校）　　王以仁
楚渔（十四，八，十二。脱稿于台
州六中）　　　　　王以仁
《雨后》（书评）（一一，二六，一
九二八）　　　　　季　叔
处女的疯（诗）　　钱君匋
滁州西涧（散文）　朱锦江
荷马史诗里的罗托斯（感想）
　　　　　　朱湘、赵景深
关于民间医药卫生学三篇（民俗）
　　　　　　　　　若水等
　　一、仲兆槐（十七，十一，六，
　　复旦）　二、严中平（一〇，
　　二八于南京中学）　三、若水
　　（十一月十二日在广州中大）
十一月份新出文学书目录　编　者

　　文学周报　第351期
　　（1929年1月1日）

经书的效用（论文）（十七，十二，
十五）　　　　　　郑振铎
一九二八年世界文坛大事记（论文）
　　　　　　　徐调孚；附识
　　一、几颗文坛明星的陨落
　　二、几位文学家的百年祭
　　三、高尔基六十寿诞　四、诺
　　贝尔文学奖金的得者　五、几
　　部顶重要的出版物
一九二八年的日本文学界（论文）
（1928.12.15.稿）　　谢六逸
断片
　　一、学做唐诗的黄华诗社（雨谷）
　　二、《女作家专号》（静因）

　　文学周报　第352期
　　（1929年1月8日）

关于游仙窟（论文）（十七年十二
月十八日在上海）　郑振铎
游仙窟解题（论文）（大正十五年
十二月六日）　〔日〕山田孝雄作
　　　　　谢六逸译；附后记
挪威女作家安达西（论文）赵景深
日本文艺家协会对于各杂志社提出
最低稿费的要求（论文）　宏　徒
断片
　　三、"复活"的狮吼　东　生

东邻消息（论文）　　　宏　徒

文学周报　第 353 期

（1929 年 1 月 15 日）

小引

打倒男扮女装的旦角——打
倒旦角的代表人梅兰芳（感想）
（十七，十二，卅一，在苏州）
　　　　　　　　西　源
反常社会的产物（感想）

　　　　　　　　影　忆
梅兰芳扬名海外之一考察（感
想）（十八年一月一日前一时在
江湾）　　　　　岂　凡
断片

四、救救国际上的名誉吧（蒲
水）　五、梅讯（白云）　六、
除日有怀梅兰芳（九芝）　七、
男扮女装的梅兰芳（雨穀）
八、工具（倒霉）　九、倒梅
运动之先决问题（掘根）　十、
没落中的皮黄剧（西源）　十
一、梅兰芳的分析（佩英）　十
二、神秘的艺术（韫松）

文学周报　第 354 期

（1929 年 1 月 22 日）

托尔斯泰未刊行的作品（论文）

　　　　　　　　耿济之

现代英美小说的趋势（论文）

John Carruthers 原著　赵景深译
马尔德茵（小说）

　　　莫泊桑作　李青崖作

文学周报　第 355 期

（1929 年 1 月 28 日）

美国的书评事业（现代文艺论丛之
一）（论文）　　　甘培作

　　　　　　　　傅东华译
英国戏剧家琼斯死了（论文）（十
八，一，廿一，于上海）　西　谛
苏德曼逝世（论文）　　赵景深
朝诣（小说）　〔日〕葛西善藏作

　　　谢六逸译；附记
亚当氏的中国童话集（杂志）

　　　　　　　　赵景深
断片

一三、告申报的璋君（静因）
一四、"梅××专号"（静因）

文学周报　第 356 期

（1929 年 2 月 3 日）

一篇由银幕上说到笔底下的闲
话——由《儿女英雄》说到《启示
录的四骑士》（论文）（十七年十二
月十六日写于虎丘）　　李青崖
忏悔（诗）　　　　　璧　儿
英国文学界两场笔墨官司（论文）

赵景深
白礼齐士不配做挂冠诗人么
罗意士重估天路历程
没落中的苏州（感想）　东　生
断片
　一五、陈恭禄君的日本全史
　（毅纯）
关于自杀的顾仲起（论文）（十八，
一，八，故乡）
　　　　　　　　张钦珮

　　文学周报　第357期
　　（1929年2月10日）

墨子与穆勒是否中国人的问题（感
想）（十八，二，二，于上海）
　　　　　　　　静　因
挂枝儿（随笔）　　　西　谛
读《宗教学ABC》（随笔）江绍原
白朗的中国童话集（随笔）（一九
二九，一，二○）
　　　　　　　　赵景深
容旁观者说几句公道话么（断片）
　　　　　　　　季　通
断片
　一六、香喷喷的玩意儿（景深）
　一七、介绍东西小说发达史
　（景深）

　　文学周报　第358期
　　（1929年2月17日）

封建势力在报纸上（论文）　东　生

严东关的进化（小说）　　璧　儿
郑振锦的"家庭的故事"（书评）
（二，一九，一九二九）　孙席珍
断片
　一八、胡寄尘为印度人辨（墨
　翟）　一九、对申报本埠增刊
　的声明（"编者"）
时贤言行录（感想）　　启蒙生

　　文学周报　第359期
　　（1929年2月24日）

一篇稿子（小说）
　　　　加藤武雄作　宏徒译
狂飙下的落叶——一封写给亡友
罗黑芷君的信（论文）（一九二
八，除夕，素丝附记）　素　丝
父与女序（答陈钟凡之流）（论文）
（一九二九年二月七日于临平）
　　　　　　　　汪静之
读了季通先生的公道话以后（十
八，二，二写于俭德储蓄会四楼）
　　　　　　　　章铁民
断片
　二○、哈代信托的翻译（芟叔）
关于《兴之》（断片）（十七年十月
十八日）　　胡浩川致静之
　注：文后附汪静之1月14日
　给《文学周报》编辑的简语建
　议发表胡浩川给汪静之的信。

文学周报　第360期
（1929年3月3日）

关于《幻灭》——茅盾收到的一封
信（论文）　　　　　罗　美
《幻灭》的时代描写（论文）（一
九二八年十一月十九日眠月志于
芜湖）　　　　　　　张眠月
《动摇》和《追求》（论文）林　樾
追求中的章秋柳（论文）辛　夷

文学周报　第361期
（1929年3月10日）

小品而已（杂感）江绍原　高植
（四二八）"月光能力的发见"
（十七年八月十九日）　（四
二九）女人秽物也（十八年三
月十六日于南京）（高植）
（四三〇）怪产为什么任人观
看（十八年三月）
小品补遗——给江绍原先生（杂文）
　　　　　　　　　　清　水
一、白芨补肺的实验（《小品》
二九六）　二、移病移过（《小
品》一七七）　三、津液的功
能（《小品》一九一）　四、
采药（《小品》一八八）　五、
焚殇（《小品》一九二）　六、
名（《小品》一五二——一六九）
广东求雨的风俗与歌谣　（杂文）

（一九二八年十一月十五日，于高
明县三洲第二小校）　　林　樾
《再和我接个吻》（论文）瘦　柏
断片
　　二一、著作界的吸血鬼（毅纯）
　　二二、我希望胡适之先生更正
　　一个错误（一八年二月一八日
　　写于虞山的月小山高之室）
　　（澹果孙）
关于中国韵文通论（论文）（一九
二九，二，二，于南京）　段庵旋
吃米的起源（杂文）　　　邹长庚

文学周报　第362期
（1929年3月17日）

研究民歌的两条大路——《岭东情
歌集》序（论文）　　　郑振铎
爱丝苔尔（小说）
　　　〔法〕斐恩尔兄弟著
　　　　　徐霞村译；附注
四游记杂识（论文）（一九二九，
四，五）　　　　　　赵景深
短笔头（论文）（清明节后三日写
于西湖清华旅馆）　　　系　子
断片
　　二三、介绍世界名著提要（墨
　　翟）
新坟（诗）幻景低迷里的小河（诗）
　　　　　　　　　　万　曼
关于胡寄尘是印度人问题的一封

通信　　　　　　　　　胡怀琛

文学周报　第363期
（1929年3月24日）

评上海各日报的编辑法（论文）（一八，四，二三，写毕）　　西源
柴霍甫作品的来源（论文）
　　　柴霍甫的亲兄 Mlchael
P.Chehov 著　赵景深译
上海与南京（感想）　　　东生

文学周报　第364至368期
（1929年4月28日）
《苏俄小说专号》

新俄文坛最近的趋势——《蔚蓝之城》小说集的序言（论文）
　Joshna Kunitz 原著　刘穆译
俄国的未来主义 "Smithy"
派　新的散文 "文艺警卫军"
"The Literary Guard"　党与
"同路人"　新文学
书信（小说）白倍尔著　徐调孚译
马利亚（小说）
　　捏维洛夫著　叶绍钧译
大家庭（小说）
　　罗曼诺夫著　映波译
老太婆（小说）
　　赛甫琳娜著　郑振铎译
三架织布机（小说）

　　谢景琳著　赵景深译
鹤（小说）（四，六，二九译竣）
　　谢西珂夫著　刘穆译
奇迹（小说）
　　弗尔可夫著　樊仲云译
爱情（小说）
　　曹西钦珂著　耿济之译
不过一点儿小事（小说）
　　左祝梨著　傅东华译
苏俄的教育人民委员长——阿拉德里·鲁纳却尔斯基（论文）
　　　　　　　　　谢六逸
本号苏俄小说作者传略（论文）
　　　　　　　　　编者甲
一、白倍尔（Babel 1894—）
二、捏维洛夫（Alexander Neverov 1886—1923）三、罗曼诺夫（Panteleimon Romanov 1884—）四、赛甫琳娜（Lydia Seifullina 1889—）五、谢景琳（Marietta Shaginian 1888—）
六、谢西珂夫（Viacheslav Shishkov）七、弗尔可夫（Mikhail Volkov1886—）八、曹西钦珂（Mikhail Zoshchenko 1895—）九、左祝梨（Zozulya 1891—）
中译苏俄小说编目　编者乙
编校后记　　　　编者丙

文学周报　第 369 期
（1929 年 5 月 6 日）

鲁迅与柴霍甫——在复旦大学讲
演（论文）　　　　　　赵景深
关于哈代的翻译——并致《人生小
讽刺》的译者虚白君（书评）
（一九二九年四月四日夜十二时）
　　　　　　　　　　　钱歌川
胡大人及其他（杂文）
　　　叶镜铭、叶德钧、江绍原
胡大人与脑膜炎（《小品》四
三一）（一八年五月二日，杭
州下板儿巷 15 号）　民国十
四年的一种怪传单（《小品》
四三二）（一八年五月廿日）
《查学龄》——民众对于它的
反应（《小品》四三三）（十八，
五，廿）
出版界的黑幕——关于《世界名著
提要》的声明（通信）
　　　　　　査士骥　査士元

文学周报　第 370 期
（1929 年 5 月 13 日）

读《倪焕之》（论文）（一九二九年
五月四日）　　　　　　茅　盾
《文学中性的表现》（论文）
　　　　　　　　　　　刘　穆
支小品（呈江绍原先生）（论文）（一

八，四，廿九于吴淞）　　樊　缤

文学周报　第 371 期
（1929 年 5 月 20 日）

中西民间故事的进化（序刘万章的
《广州民间故事》）（论文）
（一九二九，六，廿）　赵景深
街头（诗）（十七年十一月十三日
天津）　　　　　　　　万　曼
一夜（小说）
　　〔比〕卫哈林（Verhaeren）著
　　　　　　　　　　　徐霞村译
访问（小说）
　　〔法〕腓力普（C.L.Philippe）作
　　　　　　　　　　　钱歌川译

文学周报　第 372 期
（1929 年 5 月 27 日）

三位朋友（小说）
　　〔比〕卫哈林（Verhaeren）著
　　　　　　　　　　　徐霞村译
炉边小品（散文）　　　刘　穆
上海各报社会栏记者养成所学则
（感想）（名正肖，己巳年端阳节后
一日）　　　　　　　　宏　徒
　　附"上海各报社会栏记者养成
所'学则'"
《西哈诺》译文商酌（书评）
　　　　　　　　　　　戴望舒

我听过二万元的数目么（剧本）
　　班起莱（Robert Benchley）作
　　　　赵景深译
人话文与鬼话文（通信）（大白，
十八年二月九日）　　刘大白
献辞（诗）　　　　　周乐山

　　文学周报　第 373 期
　　（1929 年 6 月 2 日）

《一亿两千万》
　　Michael Gold 著　刘穆译
死牢里的樊赛蒂——一篇独话
（诗）　　〔美〕歌尔德作
　　　　刘穆译；附注
奥普多普的马市（小说）
　　〔比〕卫哈林（Verhaeren）著
　　　　徐霞村译
龙王的女儿序（论文）（一九二九，
七，三）　　　　赵景深

　　文学周报　第 374 期
　　（1929 年 6 月 9 日）

清教徒的女性观（诗）　傅东华
《痴人之爱》（书评）　祝秀侠
《银铃》（书评）（一九二九，七，
一二）　　　　保　尔
《草莽集》（书评）（一八，四，二
九，病中草于清华医院）念　生
断片

二四、复师鸠先生（十八年七
月一日写于枫泾）（澹果孙）

　　文学周报　第 375 期
　　（1929 年 6 月 16 日）

某兄弟（剧本）
　　〔日〕菊池宽著　陈庆雄译
红死之假面（小说）
　　〔美〕爱伦坡（Edgar Allan Poe）作
　　　　钱歌川译

　　文学周报　第 376 期
　　（1929 年 11 月 24 日）

岳传的演化　　　　郑振铎
《古国的人们》　　赵景深
《人生鉴》译本的卷头语　傅东华
民间故事杂抄　　　赵景深
《文学周报》社优待定户特别启事
　　　　本　社

　　文学周报　第 377 期
　　（1929 年 12 月 1 日）

再论封建势力在报纸上　东　生
巴比赛的檄文　　　　刘　穆
今年得诺贝尔文学奖金的德国小
说家托马斯曼　　　赵景深
《文学周报》社优待定户特别启事
　　　　本　社

1072

文学周报　第 378 期

（1929 年 12 月 8 日）

《水浒传》的续书　　　　　郑振铎

猥谈　　　　　　　　　　　XYZ

俄国艺术学者傅理契之死　　汪馥泉

曾仲鸣译的《法郎士》　　　金满成

百年以后的英国小说家　　　赵景深

《文学周报》社优待定户特别启事

　　　　　　　　　　　　　本　社

文学周报　第 379 期

（1929 年 12 月 15 日）

《万花楼》　　　　　　　　郑振铎

菲利克司先生

　　　　　　顾尔特林作　黎烈文译

断片

　　二五、诺贝尔文学奖金（陈庆雄）

《文学周报》社优待定户特别启事

　　　　　　　　　　　　　本　社

文学周报　第 380 期

（1929 年 12 月 22 日）

浪漫主义与基督教　　　　　赵景深

毛贼　　　　　　　　　　　圣　陶

巴尔扎克的结婚

　　　　　〔法〕葛尔孟作　金满成译

《文学周报》社优待定户特别启事

　　　　　　　　　　　　　本　社

3. 文学旬刊（北京《晨报·副刊》）

《文学旬刊》 第 1 号
（1923 年 6 月 1 日）

本刊的缘起及主张（评论）王统照
艺术与道德（绿洲之十二，评论）
　　　　　　　　　　周作人
最后的命运（散文）　　庐　隐
牝牛（德国赫勃尔 Hebbel 著）
　　　　　　　　　唐天性译
小诗（三首）　　　　　玉　诺
编辑余谈　　　　　　　记　者
文学研究会启事

《文学旬刊》 第 2 号
（1923 年 6 月 11 日）

文学批评的我见（评论）
　　　王统照（十二，六，八日）
"国际著作者协社"　　徐志摩
月色与诗人（评论）
　　　庐隐（五月二十一日脱稿）

"破庙"（诗）　　　　徐志摩
海前（保加利亚玛尔斯作）鲁彦译
杂谈：究竟还是玩视　追记爱罗先
珂的话　　　　　　　剑　三
国内文坛消息（五则）

《文学旬刊》 第 3 号
（1923 年 6 月 21 日）

纯散文（评论）　　　　剑　三
中国小说史略（神话传说时期两汉
六朝小说）　　　　　庐　隐
儿童的书（绿洲之十五　评论）
　　　　　　　　　　周作人
金丝雀（曼殊斐儿 Mansfield 著）
　　　　　　　　　徐志摩译
忆绍虞（诗）
　　　玉诺（1923.5.27.吉林）
失了的情丝（诗）　　　前　人
中国新诗的将来（评论）李勔刚
通信（三则）（剑三）　新刊介绍

（三则）（记者） 编辑余谈

（二则）（记者）

《文学旬刊》 第 4 号

（1923 年 7 月 1 日）

诗人太戈尔（评论） S（农）

中国小说史略（续六朝小说）

庐 隐

红叶（小品） 上 沅

最后一封信（小品） 白序之

A Prayer（诗） 徐志摩

《英雄与美人》悲剧的我见（评论）

唐性天（十二，五，廿五）

《文学旬刊》 第 5 号

（1923 年 7 月 11 日）

文学的作品与自然（评论）

王统照（十二，七，六）

希腊的小诗（评论） 周作人

中国小说史略（唐代小说） 庐 隐

"一家古怪的店铺"（诗） 志 摩

杂谈 文学的趣味（七月二十一日）

剑 三

《文学旬刊》 第 6 号

（1923 年 7 月 21 日）

"梦"（绿洲之十七 ＣＦ女士译须

莱纳尔 Olive Schreiner 小说集序）

周作人

中国小说史略（续唐代小说）

庐 隐

日观峰上的夕照（诗三首）（十二，

六，卅） 王统照

无可奈何吟并序（诗九首） 废 然

给我的亲爱的（诗） 鲁 彦

柘榴（小品）（一九二三，六，廿六）

焦菊隐

《文学旬刊》 第 7 号

（1923 年 8 月 1 日）

介绍《文学大纲》 菊 农

中国小说史略（宋代小说） 庐 隐

莺哥儿（小品） 川 岛

寻路的人（赠徐玉诺君 诗）

作 人

我的神（诗）（一九二三，四，廿，

长春） 玉 诺

波斯文坛近讯（自 Mercure de

France Ler Juin，1923） 志仁译

余载：自己的园地序（1923 年 7

月 25 日在北京） 周作人

《文学旬刊》 第 8 号

（1923 年 8 月 11 日）

西欧的小说荒（评论 有剑三附记）

济 之

中国小说史略（元代的小说）庐 隐

片云（小说《跌交》《债》，有作者前记）　王统照（十二，八，二）
日落之后（芬兰法斯配尔著）
　　　　鲁彦译（1923.5.20）
我的神（诗）　　　　　玉诺
泰山下宾馆中之一夜（诗）（12.6.26·夜不眠不寐早四时写）
　　　　　　　　　　王统照

《文学旬刊》　第9号
（1923年8月21日）

呐喊自序（附记者按语）
　　　　鲁迅（1922.12.3.北京）
中国小说史略（明代的小说）
　　　　　　　　　　庐　隐
司提拉司堡的一夕（法国 Hebbel 著）
　　　　　　　　　　晋韩译
太戈儿诗杂译　自园丁集　王统照
"期望"（诗）（12.8.5）　王统照
恋痕（诗）　　　　　汤鹤逸
杂谈　天才与经验　　剑　三
文坛消息（三则）　　（剑）

《文学旬刊》　第10号
（1923年9月1日）

太谷儿的思想及其诗（有剑三前记）
　　　　瞿菊农讲　于守璐记
中国小说史略（清代小说）庐　隐
片云（小说《"补椅人"类的故事》）

　　　　　　　　　　王统照

《文学旬刊》　第11号
（1923年9月11日）

文学观念的进化及文学创作的要点
　　　　王剑三讲　于守璐记
中国小说史略（续清代小说）
　　　　　　　　　　庐　隐

《文学旬刊》　第12号
（1923年9月21日）

近来的创作界（评论）　剑　三
她微笑了（德国 H.Sudermann 原著）
　　　　　　　　　　晋韩译
秋菊（诗）（12.9.12）　庐　隐
无端（诗）　　　　　秀屵女士
晚钟（诗二首）朗弗楼作　F.C 译
回忆（诗十首）　　　丁叔言
文坛杂记（二则）　　记　者
读书琐记（半叠句）　　　T.C
通信（四则）
　　　　谷凤田、星星文学社、
　　　　　　　记者、王剑三

《文学旬刊》　第13号
（1923年10月1日）

园丁的变像（散文诗）（1923.6.21）
　　　　　　　　　　赵景深

白云的讴歌（诗）（12.7.26.上海）
　　　　　　　　　　严敦易
介绍新英译的神曲　　　王统照
春雨之夜序文（王统照作品集的序
文）　　　　　　　　瞿世英
流星（散文《第一次的忏悔》、《小
伤痕》、《母亲的死》）　庐　隐
月夜偕ＨＦ二姊见心斋荡舟（诗）
（6.25.1923.于香山园）　圣　希
一朵白玫瑰（诗 John Boyle O'reilly
著）　　　　　　伍剑禅译
到乐园去（诗五首）（1923.5.27.）
　　　　　　　　　　滕沁华
太戈儿的来函
通信（五则）
　　严敦易、刘政同、王剑三

　　《文学旬刊》　第14号
　　（1923 年 10 月 11 日）

在薄红色的网中（诗）（十二，十
月七日）　　　　　王统照
雷锋塔（诗）　　　　志　摩
片云（小说《初恋》）　王统照
流星（散文《固执的人们》）
　　　　　　　　　　庐　隐
重来杂撷（散文）　萍霞女士
离京（诗）（1923.8.北京归舟，一星）
　　　　　　　　　一星女士
自嘲（诗）（1923.9.15）　昏朦的
夜里（诗五首）

（1923.8.15）　　　ＪＣ女士
绿荫下的杂记（小品）　　云
杂谈（二则）　　　　Ｆ 剑
新刊介绍（记者）　通信

　　《文学旬刊》　第15号
　　（1923 年 10 月 21 日）

太戈儿研究最需要的两本书（介绍）
　　　　　　　　　　王统照
琐记（土耳其　赛扎意著）济之译
繁花零瓣（诗）　　　严敦易
梦中（诗）　　　　玉薇女士
流星（散文《她的信》《惆怅》《微
笑》《一片很美丽的图画》）
　　　　　　　　　　庐　隐
重来杂撷（续　散文）（1923.9.23）
　　　　　　　　　萍霞女士
人（诗 Sir John Pavies 著）
　　　　　　　　伍剑禅译
假若我是个弱者（诗）（1923.6.15）
　　　　　　　　　　焦菊隐
平安之夜（诗）　劫中小诗（四首）
　　　　　　　　　　周仿溪
通信（剑三致仿溪）　文坛消息

　　《文学旬刊》　第16号
　　（1923 年 11 月 1 日）

饥饿（诗二首）（1923.10.30）
　　　　　　　　　　朱大枏

重来杂撷（续 散文）（1923.9.23）
　　　　　　　　萍霞女士
米纳女民剧（德国雷兴作）
　　　　　　　　王少明译
兵去未？（散文）（10.26）拉　因
回忆（诗 六首）　　丁叔言
悲歌（英国 Shelley 原著）
　　　　　　　　欧阳兰译
杂谈（二则）（剑）、（云）　文坛
消息（四则）　通信（二则）（志
摩、记者）
来件　小说月报第１５卷号外中国
文学研究号征文启事

　　《文学旬刊》　第 17 号
　　（1923 年 11 月 11 日）

常州天宁寺闻礼忏声（散文诗）
（十、廿六）　　　徐志摩
介绍 L.Lewisohn 的近代批评杂话
　　　　　　　　王统照
古希伯来诗韵研究（古希伯来文学
研究之一）　　　叶启芳
重来杂撷（续 散文）（1923.9.27）
　　　　　　　　萍霞女士
灵魂（诗 Robert Bridges 著）
　　　　　　　　伍剑禅译
花畦（诗）——自遣并寄席珍
　　　　　　　　寒先艾
枫叶赠与谁人？（诗）（十一，六）
　　　　　　　　钟天心

米纳女民剧（续）（德国雷兴作）
　　　　　　　　王少明译
通信（四则）　谷凤田、剑三

　　《文学旬刊》　第 18 号
　　（1923 年 11 月 21 日）

悔——悲——爱（散文诗）玉　诺
海咏（诗 卡本德著）　志摩译
流星（散文《猜疑》《受了小朋友
的责罚》）　　　　庐　隐
古希伯来诗韵研究（古希伯来文学
研究之一）　　　叶启芳
读隐迷（随笔）　　萍霞女士
园丁集之第九（太戈儿作）云渠译
园丁集之第三十六（太戈儿作）
　　　　　　　　云渠译
窗外（诗）（1923.10.26）ＪＣ女士
北海夜游（诗三首）（1923.10.2）
　　　　　　　　寒先艾
同情的歌者（诗）　刘永安
文坛消息（四则）　记　者

　　《文学旬刊》　第 19 号
　　（1923 年 12 月 1 日）

对于"创作者"的两种希望（评论）
（十二，十一，廿六）　王统照
"夜"（长诗）（1922.7 康桥）
　　　　　　　　志　摩
重来杂撷（续 散文）（二三，九，

二十七）　　　　　　　萍霞女士
月亮的恩惠（散文诗法国波特来尔著）（十一月八日晚）　焦菊隐译
倘若（诗）（九月二八，北京）
　　　　　　　　　　　　灵　我
我的梦境（诗）（一九二三，十一月，北京）　　　　　天　烈
缩小（诗）　　　　　　张芳轩
通信　记者致丁叔言、欧阳兰、杨晶华、严敦易诸先生　剑三致周仿溪
介绍新刊（六则）　正误（三条）（剑三）

《文学旬刊》　第 20 号
（1923 年 12 月 11 日）

何为文学的"创作者"？（评论）
　　　　　　　　　　　　王统照
玛尔哥谣（俄国柯勒基著）
　　　　　　　　　　　　济之译
传令卒（法国莫巴桑著）（十二，九，七于北大）　　郭告辰译
"先生！先生！"（诗）（十一月十八日）　　　　　　志　摩
水上（诗）（十二，十一，十三日）
　　　　　　　　　　　　严敦易
将我的苦恼埋葬（诗）（十二，十一，十三北京）　　庐　隐
采果集第六十四首（太戈儿作）
　　　　　　　　　　　　云渠译

米纳女民剧（续）（德国雷兴作）
　　　　　　　　　　　　王少明译
通信（三则）记者，评梅女士　记者致欧阳兰　记者致朱大枬

《文学旬刊》　第 21 号
（1923 年 12 月 21 日）

谁能安眠（散文）　　　王统照
流星（续《海棠树下》）　庐　隐
隐秘的间隔（小说）（一九二二，十，六）　　　　　陈　铸
米纳女民剧（续）（德国雷兴作）
　　　　　　　　　　　　王少明译

《文学旬刊》　第 22 号
（1924 年 1 月 5 日）

夏芝思想的一斑（评论）（十二，十二，二十五日）　王统照
夏芝与爱尔兰文艺复兴的诗（评论）
　　　　　　　　　　　　和
导引（诗）（十二，十一，十九日）
　　　　　　　　　　　　严敦易
歧路选译（诗　印度太戈尔著）
　　　　　　　　　　　　欧阳兰译
《火灾》的漫论（评论）（十二，二十六）　　　　　　云
杂谈（三则）（D·记者）　文坛消息（四则）

《文学旬刊》 第23号
（1924 年 1 月 11 日）

雪夜祭故人（迷途之羊之一 诗）
（一九二三，十二，四夜） 于赓虞
曾祖母和狼（小说）（一九二三，十
二月，十八晚，健吾草） 李健吾
寄一星（诗） 庐 隐
美术的忠诚（叙情剧 德国希烈著）
王心译；附识
处女的哀歌（诗 朗弗洛作）
丛芜译
飞去的燕儿（诗）（一九二三，十
二，三，北京） 评 梅
通信（五则）（记者与张镜海、严
敦易、王少明、于赓虞）
新刊介绍（二则）

《文学旬刊》 第24号
（1924 年 1 月 21 日）

英国论文的社会关系 修云译
前途（散文诗）（一九二三，十二，
十七） 凌 冰
漂流者的晚歌（诗）
〔德〕哥德著 抱蔬译
诗二首（俄国梭罗古普著）（附志
一月十一日） 素园译
幻想（诗）（十一，二十七，早三时）
章洪熙
市声（诗二首） 傅东华

金刚石（独幕剧） 欧阳兰
文坛消息（二则） 启事（二则）
（剑三）

《文学旬刊》 第25号
（1924 年 2 月 1 日）

微光集选译（夏芝原著）
王统照译
爱之箭（独幕诗剧）（一九二四，
一，七，北大） 欧阳兰
爱之洗礼（诗）（十一月一日夜）
焦菊隐
米纳女民剧（续） （德雷国兴作）
王少明译

《文学旬刊》 第26号
（1924 年 2 月 21 日）

散文的分类（评论） 王统照
采果集第五十七首（诗 太戈儿作）
于守璐译
生命（诗 Barbauld 作）（一九二三，
十一，四，北大） 欧阳兰译
倘若爱我（诗 美国苏菲尔特作）
丛芜译
米纳女民剧（续） （德国雷兴作）
王少明译
重来杂撷（续 散文） 萍霞女士
杂谈（三则） 剑，T C

《文学旬刊》 第27号
（1924年3月1日）

散文的分类（续）（十三，一，二十八日） 王统照

爱人（小说）（一八，一二，一九二三，师大） 仲雍

米纳女民剧（续）（德国雷兴作） 王少明译

《文学旬刊》 第28号
（1924年3月11日）

诗经逸诗篇名及逸句表（论文） 伍剑禅
（十三年二月二十四夜草于东寓之一爱室）

山中来函（书信） 志摩
新刊介绍（六则） 记者
通信（四则） 记者、焦菊隐、于赓虞、素园、国钧、叶维等
更正（一条） 王统照

《文学旬刊》 第29号
（1924年3月21日）

给抱怨生活干燥的朋友（长诗）（二月二十六日） 志摩
俄国的颓废派（评论） 素园
一位妇人的爱情——一封信——（小说） 李健吾

东山小曲（诗）（一月二十日） 徐志摩

秋（诗 By R.Tagore 作）孙席珍译
那个真呢？（法国波特莱尔原著 散文诗之二） 焦菊隐
《灰色马》的运气（评论）（一九二四，一六） 增恺
文坛消息（二则） 记者

《文学旬刊》 第30号
（1924年4月1日）

鬼话（散文） 志摩
黄金时代（微光集选译）（夏芝著） 王统照
怅惘（诗）（十三，十四日晚八时） 严敦易
病中呓语（诗） 蹇先艾
生命之树下（诗） 安娜
寄墓中的思永（诗） 静农
通讯（五则） 施湘岑、剑三 严敦易、剑 记者、王少明 记者、周仿溪、张芳轩
文坛消息：春社宣言 勘误（伍剑禅）

《文学旬刊》 第31号
（1924年4月11日）

深夜的星（诗）（十二，三，三十夜二点） 王统照

"新婚与旧鬼"（露薜提作）志摩译

白翼的飘浮　一封信（小品）　翼

读《桃色的云》（爱罗先珂作）（一

九二四，一，三十，北京）国　钧

告父母（诗）（二三，十二，六夜，

天津）　　　　　　　　于赓虞

花（诗　丁尼孙作）　滕沁华译

杜鹃的悲哀（散文诗）（三，三，

一九二四，北大）　　　杨晶华

新刊介绍　摆仑号的要目

　　　《文学旬刊》　第 32 号
　　　　《摆仑记念号上》
　　　（1924 年 4 月 21 日）

摆仑　　　　　　　　　徐志摩

Deep in my soul that tsJxbot tender

secret dwells　　　　　徐志摩译

　　（译自摆仑的 The Corsair）

摆仑诗选译

　　闻乐（伍剑禅）　别离（欧阳
　　兰）　杂诗二首（廖仲潜）

摆仑传略的片段（于苏州一师）

　　　　　　　　　　　刘润生

　　　《文学旬刊》　第 33 号
　　　　《摆仑纪念号下》
　　　（1924 年 4 月 28 日）

摆仑在诗中的色觉（评论）（十三，

四，十日完）　　　　　王统照

译摆仑诗两首　　　　　叶　维

赠克罗莱仁（Lord Byron）（一九二

四，三，十九，北大）　欧阳兰

怀念 Byron（二四，清明节，积水

潭前）　　　　　　　　张友鸾

　　　《文学旬刊》　第 34 号
　　　（1924 年 5 月 8 日）

寄全国文学界的青年（一九二四，

四，三十，北京）　　　焦菊隐

余痕（散文）　　　　　王统照

蛇之草原（诗）（一九二二，七，

九，在北京）　　　　　顾羡季

（吊摆仑诗）（四，十九，一九二四，

北京）　　　　　　　　孙席珍

梦之迷离（诗）（四月二十九日，

积水潭前）　　　　　　周灵均

当我卑贱的时候（（Lord Byron）

（一九二四，三，十九，北大）

　　　　　　　　　　　欧阳兰

杂诗一首　赠玛丽（摆仑作）

　　　　　　　　　　　叶维译

双方视线以外（太戈尔的欢迎与反

对）　　　　　郭增恺；记者附记

新刊介绍　童话评论、卿云、青年

文艺季刊、白杨文坛、湖光

本刊启事三则

补录（《摆仑在诗中的色觉》的

附注）

《文学旬刊》 第35号
（1924年5月11日）

摆仑在文学上之位置与其特点（评论） 叶维

梭罗古勃诗二首（与本刊24号所刊的二首衔接） 素园译

散发（诗） 严敦易

盲触与爱的共果（读冰心女士作《悟》后言）（四月二十九日）
郭增恺

摆仑的母亲（通信）（一九二四，五，四日） 姜公伟、记者

《文学旬刊》 第36号
（1924年5月21日）

刀子的故事（童话）（一九二四，五，一日） 翼

诗经字句篇章之多寡异同（读诗札记之二）（十三，四，二十七，北京）
伍剑禅

我情愿为你跌死于昆仑之巅（诗）（十三，一，一） 钟天心

被弃的吉仆绥人歌（从 Le Hope: Indias, Love Lyrics 中译出） 丛芜译

《春雨之夜》所激动的（五，十一，一九二三） 蹇先艾

文坛消息（四则） 孙席珍

蔷薇花、微笑及诗园、彩红、箴篥补录

《文学旬刊》 第37号
（1924年6月1日）

勃劳宁研究（Robert Browning）
和

"在火车中一次心软"（诗）
志摩

逃婚者（小说）（一九二四，五，十晚） 焦菊隐

惆怅——呈父亲（诗）（十三年清明前二日于女高师） 晶清

太戈尔诗三首（吉檀迦利第二十首）
叶维译

文坛消息：绿波社近讯（五月十一日） 焦菊隐给剑三通信

新刊介绍：《中古文学概论》

《文学旬刊》 第38号
（1924年6月11日）

蛟龙吞蚀不了的心痕（诗）
剑三

枕上（诗）（五，三日夜十二时）
严敦易

"神游"（诗） 林憾

工人（独幕剧）（十三年，三月一日，晚十时） 李健吾

通信 赓虞致剑三（二四，五，十七）

文坛消息：曦社与天津绿波社合并

《文学旬刊》 第 39 号
（1924 年 6 月 21 日）

泰戈尔在汉口辅德中学校之讲演
（十三年，五月，二十五日讲）
　　　　　　　　王鸿文记
北戴河海滨的幻想（散文诗）
　　　　　　　　徐志摩
鸡鸣寺看月出（诗）（十三，四，
二十）　　　　　陈衡哲
珰生 E.Dowson 诗选译　王统照
春的微语（诗）（四，十，北京）
　　　　　　　　评　梅
处女的悲歌（朗弗洛作）（十三，
一，二二。译者附志）　钟无试译
填表（小说）　　　玉　薇
通信（严郭易致剑三）　新刊介绍
（四则）　征译广告

《文学旬刊》 第 40 号
（1924 年 7 月 1 日）

隐秘的蔷薇选译　春的心（夏芝
著）　　　　　　叶维译
遥望天海（迷途之羊之一　诗）（一
九二四，一，九日病中于天津）
　　　　　　　　于赓虞
怀爱者（诗）　　　孙席珍
珍秘（小说）（四月，二十五，北京）
　　　　　　　　郭增恺
霉天的雨（诗）（六，二十一日）

　　　　　　　　敦　易
杂谈四则　　　　　霍岿禾

《文学旬刊》 第 41 号
（1924 年 7 月 11 日）

阴雨的夏日之晨（散文）（七月二
日晨雨中）　　　剑　三
田园杂诗（六首）（十一，七，一
九二三，于北大）　杨晶华
春之留恋（诗）　　忏因女士
夜半松风（诗）　　徐志摩
太戈尔诗二首（采果集第四十九首）
　　　　　　　　雪纹译
感（诗）（三十，三，一九二四）
　　　　　　　　冰　叔
给爱好文艺的青年（评论）岿　禾
文学书介绍（三则）《纺轮的故事》
（法国孟代作，ＣＦ女士译）
《中国小说史略》下册（鲁迅著）《呐
喊》（鲁迅著）

《文学旬刊》 第 42 号
（1924 年 7 月 21 日）

祷告（诗）（十三年六月于北京师
大）　　　　　　吴竹仙
宝剑赠与英雄（诗）（一九二四，
一，一四，北京梅窠）　评　梅
傍晚（诗）（一九二四，三，二三，
晚）　　　　　　冰　季

不堪回首（小说）　　　　阐　真
孤寂（诗）　　　　　　　兰　馨
父亲的爱（戏曲　第一幕）磐　石
夜游（迷途之羊之一　诗）（一九二
四，六，十三夜于天津）　于赓虞
挽歌（诗）（一九二三，十二，二四）
　　　　　　　　　　　　于赓虞
杂谈二则　　　　　　　　　　T

　　　《文学旬刊》　第 43 号
　　　（1924 年 8 月 1 日）

家庭访问（小说）（六，二十二，
一九二四）　　　　　　　寒先艾
微笑（诗）（一九二四，七，二十
二，平定山城）　　　　　评　梅
几页残稿（小说）　　　　蕙　影
父亲的爱（戏曲　第二幕　完）
（六，七，十三，女附中）磐　石
江上怀 S 姊（诗）　（——南京城
外）　　　　　　　　　　孙席珍
杂谈三则　　　　　T・剑・T

　　　《文学旬刊》　第 44 号
　　　（1924 年 8 月 11 日）

考试（小说）（一九二四，七，十
二，午。于北大西斋）　　梅　子
断肠的回忆（诗）（一九二四，七，
三十，北京）　　　　　泪珠女士
不寐（散文）（一九二四，七，十，
子夜）　　　　　　　　　焦菊隐

白鸟（诗　夏芝作）　　　叶维译
一个被弃的诗人（诗）　　竹　仙
新刊介绍　月夜（川岛的小品集）

　　　《文学旬刊》　第 45 号
　　　（1924 年 8 月 21 日）

长夜（小说）（一九二四，七，二
七，于西山）　　　　　　成　美
一只麋鹿（诗）（八月十二夜，北京）
　　　　　　　　　　　　潘　训
到棉蓝去（小说）（一九二二，一，
十，夜十一时半，棉蓝）萍　霞
杂感三则　　　　　　　　　　和
一封趣味的信（七月二十八日）
　　　　　　　　　　敦易致剑三

　　　《文学旬刊》　第 46 号
　　　（1924 年 9 月 1 日）

沈——沈的回忆（散文）　　翼
雨中的草木（诗）　　　　衡　哲
柳木匣中（小说）（八月十八日）
　　　　　　　　　　　　李健吾
三个希望（德国 Hebel 著）觉止译
高架索小曲（俄国列尔蒙托甫著）
　　　　　　　　　　　陆士钰译
北河沿的一个夏之晨（散文诗）
（十三年牛女渡河之夕于北京）
　　　　　　　　　　　　杨晶华
恋痕（诗）（一九二四，秋，北京）
　　　　　　　　　　　　江震亚

文坛消息二则（记者）　本刊特别
启事

　　《文学旬刊》　第 47 号
　　（1924 年 9 月 11 日）

雨声中（翠微峰上消夏日记之一
散文）（七月八日）　　　　翼
哨探兵（小说）（四月二十日）
　　　　　　　　　　　李健吾
老人与酒瓮的故事（小说）（一九
二四，八月二十七）　王　衡
杂谈　　　　　　　　　　剑

　　《文学旬刊》　第 48 号
　　（1924 年 9 月 21 日）

文学与战争（评论）（九，十八日）
　　　　　　　　　　　剑　三
中国诗学大纲（自序）（一九二四，
四，二十记于北京）　杨鸿烈
到家的晚上（小说）（九，十，一
九二四）　　　　　　蹇先艾
通信二则　于守璐致剑三及剑三
的复信

　　《文学旬刊》　第 49 号
　　（1924 年 10 月 5 日）

中国诗学大纲（第一章　未完）
　　　　　　　　　　　杨鸿烈

如此的（古寺后的梦谈之一　散
文）（一九二四，九，十八）
　　　　　　　　　　　王统照
一首不成形的诗　咒诅的忏悔的
想望的（九月底北京）　徐志摩
舍伦的故事（希腊神话 Seiren）（九
月二十八日）　　　　开　明
昨夜入梦（诗）（一九二四，七，
十八，天津）　　　　于赓虞

　　《文学旬刊》　第 50 号
　　（1924 年 10 月 15 日）

文学批评与编辑中国文学史（评论）
　　　　　　　　　　　　和
中国诗学大纲（第一章　续）
　　　　　　　　　　　杨鸿烈
白杨树上（诗）　　　　徐志摩
我故乡的父老呵！（诗）　何植三

　　《文学旬刊》　第 51 号
　　（1924 年 10 月 25 日）
　　（纪念法郎士特号）

法郎士之死（（Anatole France）（十
月二二）　　　　　　王统照
法郎士的生平及其思想（评论　未
完）　　　　　　　　金满成
阿伯衣女　　　〔法郎士（Anatole
France）著〕（未完　续登在
26 日副刊）金满成译

《文学旬刊》　第 52 号
（1924 年 11 月 5 日）

法郎士的生平及其思想（评论　续）
　　　　　　　　　　金满成
希腊小说断片（朗戈思 Longos 著）
　　　　　　　　　　开明译
中间（诗）（一九二四，仲春）
　　　　　　　　　　王统照
秋虫与蝴蝶（诗）　　衡　哲
中国诗学大纲（第一章　续）
　　　　　　　　　　杨鸿烈

《文学旬刊》　第 53 号
（1924 年 11 月 15 日）

中国诗学大纲（第一章　续）
　　　　　　　　　　杨鸿烈
偶象（古诗后的梦谈之二　散文）
　　　　　　　　　　王统照
饶恕（小说）（一九二四，十，八日）
　　　　　　　　　　李健吾
他们的晚餐（诗）　　何植三
文学的匀整（评论）（十，十四，
一九二四，北大）　　欧阳兰
新刊介绍

《文学旬刊》　第 54 号
（1924 年 11 月 25 日）

文学与人生的关系（小泉八云著）

靳又陵译
闲？（古寺后的梦谈之三　散文）
（一九二四，十，一日）　王统照
"盖上几张油纸"（诗）　徐志摩
杂诗（十三，一，廿六日）严敦易
中国诗学大纲（第一章　完）
　　　　　　　　　　杨鸿烈

《文学旬刊》　第 55 号
（1924 年 12 月 5 日）

神话的趣味
　　周作人讲　姜华、伍剑禅笔记
庐山小诗两首（《朝雾里的小草
花》、《山中大雾看景》）　志　摩
生命的象征（散文）（一九二四中夏）
　　　　　　　　　　玉薇女士
植物园内之隐居生活（法郎士著）
　　　　　　　　　　金满成译
惨闻（小说　未完）　宫天民
怀——琴台少女（诗）　蒲　侬
新刊介绍二则（语丝、安徒生童话
集）　本刊启事

《文学旬刊》　第 56 号
（1924 年 12 月 15 日）

中国诗学大纲（第二章　未完）
　　　　　　　　　　杨鸿烈
皮叶诺犬（原名 Pierrot　莫泊三作）
（二十七，八月，十三年，西山）

金满成译

终条山的传说（小说）　李健吾

"在那山道旁"（诗）　　徐志摩

通信二则　周作人致剑三，十二月

九日　剑三致启明，十二月十一日

《文学旬刊》　第57号

（1924 年 12 月 25 日）

道旁（诗）（一九二四，十一，二

二夜中）　　　　　　王统照

尸体（波特来耳 Baudelaire 作）

金满成译

（八，十二，十三，译于西山）

中国诗学大纲（第二章　完）

杨鸿烈

珠儿的死（小说）（十，十二，一

九二四）　　　　　　蹇先艾

文坛消息二则

《文学旬刊》　第58号

（1925 年 1 月 5 日）

记吴泰然君之死（十二年除夕）

王统照

中国诗学大纲（第三章）　杨鸿烈

无题（一九二四，北大）　　E E

余波　　　　　　　　　王衡

别我爹娘　　　　　　周灵均

爱之力　　　　　　　刘永安

《文学旬刊》　第59号

（1925 年 1 月 15 日）

"残诗一首"　　　　　徐志摩

腐尸　　　　　　　张人权译

中国诗学大纲（续）　　杨鸿烈

雪　　　　　于成泽；记者附言

林间（O.Wilde 著）　　克威译

廊下的回忆　　　　　　　和

《文学旬刊》　第60号

（1925 年 2 月 5 日）

安得（原名 Andre 法郎士著）

金满成译

自然与人生（正月五日再稿）

徐志摩

仙人（古爱尔兰歌）　王统照译

狐狸的墓穴（日本古代喜剧）

亚薇译，附注

归梦　　　　　　　　罗学濂

《文学旬刊》　第61号

（1925 年 2 月 15 日）

沈沈　　　　　　　　王统照

法国最近文坛（记者附注）金满成

偷去的小孩（夏芝作）　叶维译

哥德小传　　　　　陈声树译

中国诗学大纲（续）　　杨鸿烈

《文学旬刊》 第 62 号
（1925 年 2 月 25 日）

批评家之天才（附记；北京，十四，二，二十） 金满成

睡美人（By Tennyson） Ｙ Ｗ 译

生命的雕像（George Washington Doane 作） 王宗璠译

中国诗学大纲（续） 杨鸿烈

杂谈 王统照

自春至冬（O.Wilde 著） 克威译

通讯 王宗璠致剑三 剑三复王宗璠 启事（剑三）

《文学旬刊》 第 63 号
（1925 年 3 月 5 日）

大阪妇女欢迎会讲词（太戈尔讲） 徐志摩译；剑三附记

旧侣 玉薇女士

更何从？ 剑 三

九女山之麓（1924.12.11.写于西市故里） 于赓虞

中国诗学大纲（续） 杨鸿烈

文坛消息（四则）

《文学旬刊》 第 64 号
（1925 年 3 月 15 日）

爱德美或恰当的慈善（法郎士著） 金满成译；附记

大阪女子欢迎会（太戈尔讲） 徐志摩译

小珑 翼

落叶（记者附言）（一九二三，十，二十九） 萍霞女士

中国诗学大纲（续） 杨鸿烈

新刊介绍（三则）

《文学旬刊》 第 65 号
（1925 年 3 月 25 日）

室中旅行法（未完）（法人 Exavier de maistre） 曲 秋

对于《玉君》的我见（三月十八日午后） TC

那一点神明的火焰 徐志摩

旧侣（续） 玉薇女士

大鼓师 闻一多

文坛消息

《文学旬刊》 第 66 号
（1925 年 4 月 5 日）

道旁的默感——中山先生移柩日所想（四月二日下午） 王统照

室中旅行法（续） 曲 秋

闺中曲（诗） 闻一多

艺术家的态度（论及易卜生）（十四，三，三十西山宋氏别墅） 金满成

中国诗学大纲（续） 杨鸿烈

来件：西山文社成立通讯
　　　　　　　西山文社同人
文坛消息

　　《文学旬刊》　第 67 号
　　　（1925 年 4 月 15 日）

唐琼与海（摆仑作）　　志摩译
室中旅行法（续完）　　曲　秋
野鬼（1924，12 写于西平故里之山
麓）　　　　　　　　于赓虞
一夜　　　　　　　　先　艾
中国诗学大纲（续）　　杨鸿烈
文坛消息

　　《文学旬刊》　第 68 号
　　　（1925 年 4 月 25 日）

这样"生"下去！　　王统照
她怕他说出口　　　　徐志摩
多事的兄弟　　　　　李仲刚
译米塞诗两首（1. 歌；2. 愁）
　　　　　　　曲秋；附注
中国诗学大纲（续）　　杨鸿烈
湖影　　　　　　　　过　西

　　《文学旬刊》　第 69 号
　　　（1925 年 5 月 5 日）

领带（法郎士作）　　金满成译
你是那悬崖下的风轮　王统照

选择 Blake 的抒情诗　　克　威
旱魃　　　　　　　　黎锦明
结婚礼　　　　　　　于成泽
文坛消息

　　《文学旬刊》　第 70 号
　　　（1925 年 5 月 15 日）

丹农雪马的作品　　　徐志摩
闲人　　　　　　　　李健吾
长城之巅　　　　　　王统照
出西便门见路旁双塚　剑　禅
到娱乐场去　　　　　FOU
关于译诗的答复　　　王统照
迷途之羊　　　　　　于赓虞
介绍文学周报——文学研究会出
版物之一

　　《文学旬刊》　第 71 号
　　　（1925 年 5 月 25 日）

艺术的普遍性（论文）（十四，二，
二九，西山）　　　　金满成
旧情（小说）　　　　焦菊隐
爱歌集选译（诗　一、礼物　二、
四月的晚上）
　　　Sara Teasada 作　旦如译
中国诗学大纲（续）　　杨鸿烈
杂谈　　　　　　　　王统照
介绍第四号的小说月报

《文学旬刊》　第72号
（1925年6月5日）

说是一个男子（On Being a Man-
D.H.Lawrenc'e 著）　徐志摩译
夜（Lanuit 小说）

　　　　　莫泊桑著　吴江译
吻后（诗）　　　　　亦蘧
忆从前……（诗）（一九二五年五
月）　　　　　　　　肖然
中国诗学大纲（续）　杨鸿烈
杂谈三则（剑）　文坛消息

《文学旬刊》　第73号
（1925年6月25日）

生命（诗）（法国莫丽雅作）吴江译
西山埋葬（小说）（十四年，五月
二十七日重稿）　　　曲秋
昔日（Jadis）（结婚与恋爱问题）
　　　　法国莫泊桑作　吴江译
一个参将的故事（小说）
　　　　欧·亨利作　黎锦明译
　　　　（十五，六，一九二五）
中国诗学大纲（续）　　杨鸿烈
杂谈（剑）　文坛消息

《文学旬刊》　第74号
（1925年7月5日）

丹农雪乌的戏剧　　　徐志摩

亲密（莫泊桑著）　　吴江译
小诗　　　　　　　　宫天民
落花小品　　　　　　黎锦明
夜雨读法国诗人拉马丁林的默想集
　　　　　　　　　　曲秋
安慰　　　　　　　　焦菊隐

《文学旬刊》　第75号
（1925年7月15日）

俄罗斯文学中的感伤主义及浪漫
主义　萨渥特尼克著　吕漱林译
《一条金色的光痕》（碛石土白）
　　　　　　　　　　徐志摩译
夫妇（上）　　　　　于成泽
黄昏　　　　　　　　留春女士
小诗　　　　　　　　萍霞
恋歌（Blake 作）　　克威译

《文学旬刊》　第76号
（1925年7月25日）

俄罗斯文学中的感伤主义及浪漫
主义（续）　　　萨渥特尼克著
　　　　　　　　　　吕漱林译
我们的书信（莫泊桑著）　吴江译
邻花　　　　　　　　李健吾
黑暗之夜　　　　　　萍霞
仿佛孤帆在烟波里　　于赓虞
杂谈（三则）　　　　TC、剑

《文学旬刊》 第77号
（1925年8月5日）

"一宿有话"	徐志摩
地户的悲哀	宫天民
西山夜雨	金满成
献酒	戴敦智

《文学旬刊》 第78号
（1925年8月15日）

浪漫主义——文艺史概要之第二章	
	资 平
终身恨（独幕剧）	王少明
两个美丽的孩子——法郎士红百	
合诗一首	吴江译
译葛德四行诗	徐志摩
猜问〔美〕欧·亨利作	黎锦明译
什刹海的月夜	于成泽
余烬	沈从文

《文学旬刊》 第79号
（1925年8月25日）

翡冷翠山居闲话	徐志摩
烈妇李门周氏之墓	李遇安
到北海去	沈从文
蹰躇〔美〕欧·亨利作	黎锦明译
妹妹	姜 华

《文学旬刊》 第80号
（1925年9月5日）

死城	丹农雪乌作	徐志摩译
漫谈		毕树棠
用 A 字记下来的事		沈从文
"奶奶"		闻国新
寥落		周灵均

《文学旬刊》 第81号
（1925年9月15日）

死城（续）	丹农雪乌著	徐志摩译
失掉了的孩子		
	法朗要哥伯著	曲秋译
白丁		则 迷
月夜忆"小人儿"		闻国新
哀故乡		寒先艾

《文学旬刊》 第82号
（1925年9月25日）

决战	焦菊隐
慈慧殿	于成泽
影子——赠嵩高	金满城
斜阳中的漫歌	叶 维
忆祖母	闻国新
本刊特别启事	
王统照启事	

4. 诗（中国新诗社）

《诗》月刊　第 1 卷第 1 号
（1922.1.15 出版）

诗十六首　　　　　　　俞平伯
　小劫（车君，见楚词，迎日之
歌。一九二一，十，二十，杭
州）　归路（一九二一，十一，
二，杭州）　忆游杂诗（有序
共二篇十四首 I. 山阴三日篇
八首，一九二〇，五，一一三
在绍兴；II. 京口三山篇六首，
一九二一，八，十在镇江，一
九二一，十，二十二，杭州）
无题（梦中作）（二一，九，十，
巴黎）（刘复）　小诗（二一，九，
一六，巴黎）（刘复）　母的心（二
一，七，二，巴黎）（刘复）　小
诗（二一，九，一七，巴黎）（刘
复）　巴黎的秋夜（二一，八，二
〇）（刘复）　小诗（二一，九，
一九）（刘复）　我们俩（二一，

八，一二）（刘复）　农村的歌（徐
玉诺）　跟随者（徐玉诺）　泪膜
（徐玉诺）　落英（王统照）　未
来的阴影（王统照）　转眼（二一，
六）（朱自清）　杂诗三首（有序，
二一，一一，上海）（朱自清）　冬
天（自清跋，二一，一一，七在上
海）（失名）　追回春罢（《春的西
湖》十一首之一）（一九二一，五，
十七于西子湖）（汪静之）　蕙的
风（一九二一，九，三于杭州第一
师校）（汪静之）　疑问（一九二
一，十一）（汪静之）　杂诗二首
（汪静之）　祷告（二一，一一，
二二，夜于枕上）（汪静之）　蝴
蝶哥哥（儿歌，二一，一一，二二，
夜于枕上）（汪静之）　小诗六首
〔一（二一，一一，二〇）二、三、
四、五、（21.11.21 夜）　六、
（21.11.22）〕（潘四）　诗人的欢喜
（陈南士）　走路（陈南士）　感

谢（1921.11.20杭州）（ＶＧ）　雨后（10年6月）（健鹏）　静默（郭绍虞）　绍兴城外底夜色（4月20日夜间8时至9时）（程憬）　路（21.9.25）（叶绍钧）　温柔之光（西谛）　姊弟之歌（刘延陵）　夕阳与蔷薇（刘延陵）　水手（刘延陵）诗底进化的还原论（1921.10.28杭州城头巷）　　　　俞平伯

儿童的世界（论童谣）

　　　　　日本·柳泽健原著
　　　　　周作人译；附后记
荫思飞林的住持（一个吉阑奈（一）的传说）

　　　　爱尔兰·威廉爱灵亥姆原著
　　　　　　　　　王统照译
微光之声

　　　　爱尔兰·威廉爱灵亥姆原著
　　　　　　　　　王统照译
池中的四鸭

　　　　爱尔兰·威廉爱灵亥姆原著
　　　　　王统照译；附后记
二部曲　乌克兰·繁特科微支原著
　　　　　沈雁冰译；附后记
一、神圣的前夕　二、在教堂里

诗—第1卷第2号
（1922.2.15出版、5月再版）

柳（郑振铎）　雁荡山之顶（郑振铎）　死了的小弟弟（郑振铎）　夜

游三潭印月（郑振铎）　成人之哭（郑振铎）　Ｊ君的话（郑振铎）　赤子之心（郑振铎）　一勺水啊（1921.11.2杭州）（俞平伯）　打铁（1921.10.28.杭州）（俞平伯）　引诱（俞平伯）　将别（21.11.29.沪宁道中）（俞平伯）　　山东底晓（1921.11.30.津浦道中）（俞平伯）两年之后（21.12.19.去北京，津浦道中作）（俞平伯）　日本俗歌四十首（周作人译；附注）　我们的双生日（胡适）　晨星篇（送叔永莎菲往南京，10.12.18）（胡适）　诗兴（徐玉诺）　人生之秘密（徐玉诺）　谜（徐玉诺）　黑色斑点（徐玉诺）　自从（21.10）（朱自清）　除夜（21，除夕）（朱自清）　美国的新诗运动（刘延陵）　春雨之夜（1920.2）（顾颉刚）　旧迹（王统照）　希望（郭绍虞）　健跃（郭绍虞）　心田的雪（郭绍虞）　梦歌（陈南士）

杂译诗二十首　陈南士译，附记并注
爱的哲理（英国雪莉原作）
小诗（英国雪莉原作；附雪莉简历）　黄昏（美国郎法罗原作；附郎法罗简历）　歌（美国罗威尔夫人原作；附罗威尔夫人简历）　痛苦是一个铁匠（德国O.J.Bierbaum原作）　圣母画像（德国A.Geiger原作）

黍田中的死（德国 Liliencron 原作） 请愿（德国 A.Mombert 原作） 睡的生命（德国 Stern 原作） 忧郁的小鸟（德国 Morgenstern 原作） 泪珠的布（德国 Wertheimer 原作） 我们的眼睛这样绝望（德国 Dauthendey 原作） 忠心到他的死（德国 Lachmann 原作） 罪过（德国 Flaischlen 原作） 园丁集第九首（印度太谷尔原作） 园丁集第六十六首（印度太谷尔原作） 偈檀伽利第三首（印度太谷尔原作） 偈檀伽利第十一首（印度太谷尔原作） 偈檀伽利第三十一首（印度太谷尔原作） 偈檀伽利第三十五首（印度太谷尔原作）

他有了个我了（陈学乾） 影子（21.12.22）（陈学乾） 一顾（1922.元旦）（陈学乾） 无聊（1922.1.5）（陈学乾） 送平伯（1922.1.19）（陈学乾） 末路（1921.11.20.晨）（汪静之） 谢绝（1921.12.8）（汪静之） 杂诗（二首）（一）（1922.新年第一日）（二）（1922.1.5）（汪静之） 竹影（1922.1.2）（汪静之） 小诗（1921.11.21.杭州）（冯雪峰） 桃树下（1922.1.3）（冯雪峰） 不眠（22.2.1）（叶绍钧） 黑夜

（22.2.2）（叶绍钧）
国内诗坛消息

诗　第 1 卷第 3 号
（1922.3.15 日出版；
1922 年 5 月再版）

小评坛　　　　　　云菱
　（一）去向民间　（二）诗与诗的　（三）论译诗　（四）小诗的流行
法国的俳谐诗　周作人译；附记
　约翰保朗二首　勒纳莫勃朗六首　亚尔倍耳彭桑一首　莫列思戈朋一首　保罗蔼吕耶尔二首　约翰布耳敦二首　约翰理查勃洛克五首　彼得亚尔倍耳比罗一首　乔治撒比隆一首　儒理安伏亢斯一首　保罗路易古修五首
现代的平民诗人买丝翡耳（刘延陵）　对于诗坛批评者的我见（王统照）　诗泉灌溉的花（刘延陵）　烦激的心啊（王统照）　我不醉又将如何（王统照）　记忆的边缘（王统照）　心悸（21.3.13.杭州）（朱自清）　痛苦（郑振铎）　漂泊者（郑振铎）　无酬报的工作（郑振铎）　自由（郑振铎）　空虚之心（郑振铎）　旧历年的最后一夜（1921.2.2 日在棉兰）（侠意）　秋

雨（子耕）　希望（10.12.3）（子耕）　春寒（22.2.11）（俞平伯）夜雨六首（22.2.26.杭州）（俞平伯）　也值得？（王统照）　盆中的蒲花（王统照）　大风和玉兰花（1922.3.24.上海）（V.V）　意外（程憬）　风——竹（陈学乾）　伊远了（3.8）（陈学乾）　归家（漠华）　杂诗（潘训）　一点（3·23夜）（陈乃棠）　落花（1922.3.10.杭州）（冯雪峰）　独自（22.3.22.台州）（朱自清）　母亲（1922.3.22于杭州）（汪静之）　游子（12.2.21.杭州）（潘谟华）　黑狗（维祺）　归家（在绩豁）（程憬）　定情花（1921年11月27日，于杭州一师）（汪静之）　牛（刘延陵）　梅雨之夜（刘延陵）　等他回来（刘延陵）竹（刘延陵）　杂诗（十五首）（徐玉诺）　小诗（徐玉诺）　小诗（徐玉诺）

妹嫁　　　　　馥泉；附序
　　（一）——（十三）（3月10（阴历2月12日），妹嫁日）（十四）——（二十六）（3月11日（阴历2月13日）妹回门日）（二十七）——（二十九）（3月18日，离家前一日，枕上）
通信　振声给平伯信（1921年12月15日）　平伯给金甫（22.2.18）

诗　第1卷第4号
　（文学研究会出版）
（1922年4月15日出版）

读者赐览
诗的泉源（1922.5.17）（叶绍钧）狂（叶善枝）　小诗（陈开铭）　一瞬的印象（张拾遗）　法国诗之象征主义与自由诗（刘延陵）　归来（陈乃棠）　诗意（周得寿）　雨后（郭绍虞）　矛盾（前人）　江边（前人）　撒下的种子（张近芬）拾取（修人）　春寒（陈学乾）　牧童（汪静之）　小树（许誉鸾）　小诗（前人）　小诗（崔真吾）　小诗（维祺）　小诗（6.10，杭州）（红舟）　家居（十一年冬假）（魏金枝）　小诗（张拾遗）　宴罢（台州所感，作于杭州，1922年5月记）（朱自清）　受洗（李之常）　一样（王统照）　一个小小的消息（王统照）　童心（王统照）　花影（王统照）　分离（王统照）　同情的寻觅（王统照）　静境（王统照）俄顷（王统照）　生所遇着的（22.2.7）（俞平伯）　银痕（22.4.3）（前人）　盛年（22.3.26）（前人）枫叶（郑振铎）　同了E君（郑振铎）　下午的园林（郑振铎）　智者的成绩（郑振铎）　辛苦（郑振铎）　读者（徐玉诺）　小诗（徐玉诺） 杂诗（徐玉诺） 杂诗（徐玉诺） 走路（徐玉诺） 瘦削的小孩子（徐玉诺） 摇撼着（徐玉诺） 小鼠（徐玉诺） 蝶（前人） 梦中（1919.3.某日。22.4.8.后记）（顾颉刚）

玛德密露 John Grenleaf Whittier 著 C.E 女士译

小评坛

短诗与长诗（佩弦） 前期与后期（延陵）

诗

接到一件浪漫事底尾声之后（刘延陵） 旧梦（刘延陵） 海客底故事（刘延陵） 立在街头吹箫的浪子（漠华） 鸟儿叫着（冯雪峰）

通信 周作人给平伯信（3 月 27 日）平伯给启明信（22.3.31.杭州）

编辑余谈

诗 第 1 卷第 5 号
（1922.5.15.出版）

诗

伴侣（陈南士） 一映（陈昌标） 杂诗（张守白） 流浪者之歌（朱以书） 铜像底冷静（刘延陵） 现代的恋歌（刘延陵） 石川啄木的短歌（1922 年 6 月 20 日记，文后附有啄木的诗二一首）（周作人）

诗

小学教师的叹息（何植三） 旧迹（五首）（周得寿） 小诗（施章） 偶成（王梓音） 无心（吴俊升） 我的心（葛有华） 沉思后（葛有华） 无题（张拾遗） 笑（蘅魂） 父亲（陈乃棠） 蚊子（陈乃棠） 为何（六，六，杭州）（陈乃棠） 杂诗〔文前有作者附识；（一）风雨之夜；（二）无题；（三）；（四）僵蚕；（五）琵琶；（六）；（七）；（八）；（九）；（十）昏夜的萤火；（十一）蚊子；（十二）；（十三）丐语；（十四）质上帝〕（陈斯白） 一笑（叶善枝） 假若（失名） 死者（郑振铎） 思（郑振铎）往事（郑振铎） 小诗（徐玉诺）

编辑余谈 Y·L

诗 第 2 卷第 1 号
（1923.4.15 出版）

诗

赠棠棠的"明月"（22.11.14.夜于京）（芳信） 祈祷（8 月 14 日家中）（潘训） 将别（9 月 22 日杭州）（潘训） 爱神的矢（1922.5.3—27广东汕头。内有：梦中语 她的赠品假使 不诚实的情人 神秘 向那边去罢——忏情之作 人类才是无情的动物）（冯西冷） 熄了的心灵之微光（徐雉） 黄金和石头（1922.10.28 于东吴大学）（徐雉） 失恋（1922.10.9 于东吴大学）（徐雉） 痛苦（张鹤群） 爱的伤痕（王佐才） 迷途底鸟底赞颂（散文，1922.6.19）（俞平伯） 日本的小诗（论文）（周作人）

诗

睛（王怡庵） 春意（王怡庵） 天使（王怡庵） 夜雨的舟中（王怡庵） 天河（王怡庵） 江边夜步（王怡庵） 秋的小诗（王怡庵） 春来了（王怡庵） 泊大佛岩（王怡庵） 短诗二首（22.5.11.于南昌）（周得寿） 小诗（11.12.20 沪江）（崔真吾） 我的心（郭理同） 落叶（何植三） 在百官埠头所见（何植三） 短诗（周得名） 海水（11.12.29.沪江）（崔真吾） 灯蛾（崔小立） 小诗（崔小立） 你是有望的人儿呵（崔小立） 洋烛（王祺） 小诗二首（夏爱白） 杂诗七首（冯文炳）

醉着罢

　　法国 Baudelaire 作　平伯译

无论那儿出这世界之外罢

　　法国 Charles Baudelaire 作

　　　　　　平伯译

在湿地 Jm Bruch

　　Frich Muesam 原著

　　李宝梁译；附记

湖歌

　　美国近代女诗人 Jean Starr
　　　Unterneyer（1886—）作
　　　　　　张鹤群译

多雨之日

　　Longfellow（1807—1882）著
　　　　　　C.F.女士译

虹　Wordsworth（1770—1850）著
　　　　　　C.F 女士译

鸟儿　英国勃莱克著　C.F.女士译

没有我底份儿　　　　俞平伯

招引　 人家…… 眼光的流痛（11.5月） 人生的领受（11，6月）
　　　　　　王统照

秋晨之风 秋夜　　　　玉 薇

杂诗九首 星之赞美者（11.9）
　　　　　　陈南士

秋意（1922.9.6） 一片红叶——答谢亚蘅的寄赠（1922.9.1）
　　　　　　赵景深

心乐篇　 新晴 骤雨 早浴 晚歌　　　　　　叶伯和

泪之想像（后有自识）寄一朵秋花来了　　　　　　张拾遗

致悲哀的朋友（1922.7.18.美国卜枝利）　　　　　康白情

苦闷 哀求（1922.10.23） 去年的今日（1922.仲秋）　　徐玉诺

呵，父亲!（1922.10.10） 徐玉诺

编辑余谈　 文艺杂志介绍

诗 第 2 卷第 2 号

（1923.5.15 出版）

诗 徐玉诺

日落之后 老年人 美人的微笑 偶像 我的世界 黑暗别

《忆》序（散文诗）（22.3.27.杭州）

俞平伯

诗

有夫之妇（1922.9.30 于东吴大学）（徐雉） 自你死了之后（东吴大学 23.1.14 日）（张鹤群） 南斯拉夫民间恋歌 一离别；二新妹丽花；三织女；四幽会（雁冰译） 译诗两首（文前有平伯记于美国 22 年 10 月。德国 Heinrich Heine 原作）（俞平伯）

乞丐（散文诗）（1922.11.12.于东吴大学）

徐雉

诗 冯西泠

春的大自然（1922.4.7 日于江西赣州） 野渡书所见一瞥 笑 寂寞的香气 静

夏芝的诗（诗评）（11.10.28.北京）

王统照

诗

大风之夜（1923.4.17.夜，上海）（周得寿） 小诗二首（林文渊） 山居杂诗 深谷 阴天 蝉鸣（孙睿） 小诗二首 一、登蛇山望乡；二、

旅舍（柳野青） 深夜（成绍宗） 不敢（成绍宗） 小诗二首（潘振武） 你想想我的前途吧（张渭泾） 知己（倪文亚） 相思（何植三） 折花（1923.5.1.上海）（朱忱新） 深林之梦（11.8.14.高安）（陈南士） 晚步（11.11.12.南昌）（陈南士） 小诗（陈南士） 寂寞（四，十八）（陈南士） 赠未知的朋友 （4.20.南京）（陈南士） 鸟声（葛有华） 窗下（葛有华） 慈母（葛有华） 山中去（葛有华） 寂寞（葛有华） 心琴（曹世森） 激刺（曹世森） 无聊（曹世森） 期待的心（于苏州一师）（曹世森） 赠然子（1923.10.6 晨，岭南大学）（甘乃光） 爱（1923.4.29.夜）（西谛） 云与月——寄 M（1923.4.29.夜）（西谛） 一笑（1922.7.31.北京）（刘碧溪） 清明底思念（23.4.6）（潘训） 假使（23.4.6）（潘训） 愿（1923.4.30 日于苏州东吴）（张鹤群） 草地上（1923.4.29 日于苏州东吴）（张鹤群） 花间的蝶——赠钢弟（程宪钊） 在柔和的风里睡了（查士元） 自慰（梦苇） 小诗四首（王剑三） 赠玉诺（王剑三） 小诗（徐玉诺） 杂诗（冯文炳） 磨面的儿子（冯文炳） 洋车夫的儿子（冯文炳） 投落（罗青留）

编辑余谈 文艺杂志介绍

十四、丛书目录

1. 文学研究会丛书

说　明

　　1. 关于"文学研究会丛书"目录，在当时的《小说月报》（第十二卷第八号，1921 年 8 月 10 日）、《东方杂志》（第十八卷第十一号，1921 年 6 月 10 日）、《时事新报》（1921 年）等报刊上及一些书后的广告栏里，都有登载（书目数量不等，书名也不尽相同）。在查阅核实《丛书》的过程中，根据徐恭时先生录，赵景深先生转抄的"文学研究会丛书"目录和上海图书馆编的《中国近代现代丛书目录》（1979 年 9 月初版），又经向叶圣陶、俞平伯、潘家洵、李健吾、胡愈之等先生了解，弄清楚这些书目只是当时初步拟定的创作、编译计划，实际上因种种原因，最后只完成了"计划"中的一部分。目前能够见到书，确实是属于"文学研究会丛书"的，计一百零柒种。

　　2.《倪焕之》叶绍钧著，1929 年 8 月初版。有的目录，如徐恭时、赵景深两位老先生提供的书目，把《倪焕之》列为"文学研究会丛书"，但经多方查找，特别是广西师范学院中文系有关同志为我们提供证明说，他们系确实有 1929 年 8 月出版的《倪焕之》，但不是商务印书馆版，而是上海开明书店版，不是"文学研究会丛书"。

　　3.《艺术论》〔俄〕L.托尔斯泰著，耿济之译，1921 年 3 月商务印书馆初版，全书 269 页。《初期新文艺出版物编目》（原载《星海》〔上〕为《最近文艺出版物编目》，文学研究会编。）把本书列为"文学研究会丛书"，经查找，实际上它不是"文学研究会丛书"，而是"共学社丛书"。

4.《一个不重要的妇人》、《艺术家及思想家之托尔斯泰》和《梅》，时事新报（民国十年十二月廿八日）曾登载这三本书为"已付印"的"文学研究会丛书"，但经多方查找，至今未见该书。

（1）春之循环 〔印〕太戈尔（R.Tagore）著 瞿世英译，郑振铎校 1921年10月商务印书馆初版 1924年5月商务印书馆四版 32开本，《序一》3页，《序二》1页，《著作一览》2页，正文85页，《文学研究会丛书缘起》5页，《丛书编例》2页。

目次：序一（郑振铎作于1921年9月12日） 序二（瞿世英作）太戈尔著作一览 春之循环（The Cycle of Spring）文学研究会丛书缘起 文学研究会丛书编例

（2）长子（三幕剧）〔英〕高尔斯华绥（John Galsworthy）著 邓演存译 1922年1月商务印书馆初版 1933年1月商务印书馆国难后第一版 32开本，全剧115页。

（3）意门湖（短篇小说）〔德〕斯托尔姆（Theodor Storm）著 唐性天译 1922年1月商务印书馆初版 1923年12月商务印书馆三版 32开本，《序》1页，正文及《斯托尔姆》75页。

目次：序（译者识于5月31日） 意门湖（1921年4月9日）斯托尔姆（德国北部的小说家兼诗家传）（一） 略传（二）斯托尔姆的抒情诗 （三）斯托尔姆的短篇小说（唐性天作于1921年5月23日）

（4）隔膜（短篇小说创作集）叶绍钧著 1922年3月商务印书馆初版 1926年12月商务印书馆7版 32开本，《序》17页，目次2页，正文160页。

目次：序（顾颉刚作于民国10年7月10日上午一时） 一生（1919.2.14） 春游（1919.3.19）两封回信（1920.5.16） 欢迎（1920.7.2） 不快之感（1920.7.21）母（1920.10.2.夜） 伊和他（1920.8.12） 一个朋友（1920.12.14） 低能儿（1920.12.20） 萌芽（1921.1.8） 恐怖的夜（1921.1.25）苦菜（1921.2.6） 隔膜（1921.2.27）阿凤（1921.3.1） 绿衣（1921.3.11）小病（1921.3.26） 寒晓的琴歌（1921.3.31） 疑（1921.4.10） 潜隐的爱（1921.4.19） 一课（1921.4.30）

（5）小说汇刊（短篇小说集）叶绍钧等著 1922年5月商务印书馆初版 1926年10月商务印书

馆 5 版　32 开本，目录 2 页，正文 142 页

　　目录：云翳（叶绍钧）　义儿（前人）　饭（前人）　别（朱自清）　一个月夜里的印象（庐隐女士）　邮差（前人）　傍晚的来客（前人）　一个快乐的村庄（前人）　金丹（李之常）　一对相爱的（前人）　这么小一个洋车夫（陈大悲）　马路上底一幕戏（前人）　哭中的笑声（前人）　命命鸟（许地山）　爱之谜（白序之）　幻影（前人）

　　（6）工人绥惠略夫　〔俄〕阿志跋绥夫（M.Artsybashev）著　鲁迅译　1922 年 5 月商务印书馆初版　1924 年 6 月商务印书馆再版　32 开本，《译了工人绥惠略夫之后》和正文共 202 页。

　　译了工人绥惠略夫之后（鲁迅于 1921 年 4 月 15 日记）　全文分十五个部分。正文前有《路加福音》第十三章一至三节引文。

　　（7）阿那托尔（七幕剧）〔奥〕显尼志劳（Arthur Schnitzler）著　郭绍虞译　1922 年 5 月商务印书馆初版　1933 年 3 月商务印书馆国难后第 1 版　32 开本，《序》5 页，目次 2 页，正文 122 页。

　　目次：序（郑振铎作于（民国）11 年 3 月 25 日）　阿那托尔：第

一幕、问命　第二幕、圣诞买礼物　第三幕、闲话　第四幕、宝石　第五幕、离筵　第六幕、生离　第七幕、阿那托尔的婚旦

　　（8）史特林堡戏剧集　〔瑞典〕史特林堡（Johan August Strindberg）著　张毓桂译　1922 年 6 月商务印书馆初版　32 开本，《弁言》1 页，目录 1 页，正文 163 页。

　　目次：弁言（译者作于 1921 年 11 月 2 日）　一、母亲的爱（六幕剧）　二、幽丽女士（独幕剧）　三、债主（八幕剧）

　　（9）雪朝（新诗集）　朱自清、周作人等著　1922 年 6 月商务印书馆初版　1923 年 7 月商务印书馆 3 版　32 开本，目次 2 页，《短序》1 页，《再版序言》1 页，第一集目录 1 页，　正文 157 页。

　　目次：〈第一集〉（朱自清作）诗十九首："睡罢，小小的人"（——19.2.29 北京）　煤（——20.1.9 北京）　小草（——20.3.18.北京）　北河沿底夜（——20.北京）　不足之感（——20.10.3.杭州）　黑暗（——21.11.7.杭州）　静（——21.12.22.杭州城隍山四景园）　冷淡（——21.2.22.杭州）　心悸（——21.3.13.杭州）　旅路（——21.4.25.杭州）人间（——21.5.杭州）　转眼（——）自从（——21.10.吴淞）　杂诗三首

（——21.11.上海） 依恋（——21.2.18.沪杭车中） 睁眼（——21.12 杭州） 星火（——21.12.22）〈第二集〉（周作人作） 诗二十七首：两个扫雪的人（1919 年 1 月 13 日在北京） 小河（1919 年 1 月 24 日） 背枪的人（1919 年 3 月 7 日） 画家（1919 年 9 月 21 日） 爱与憎（1919 年 10 月 1 日） 荆棘（1920 年 2 月 7 日） 所见（1920 年 10 月 20 日） 儿歌（　） 慈姑的盆（1920 年 10 月 21 日） 秋风（1920 年 11 月 4 日） 梦想者的悲哀（1921 年 3 月 2 日病后） 过去的生命（1921 年 4 月 4 日在病院中） 中国人的悲哀（1921 年 4 月 6 日） 歧路（1921 年 4 月 16 日） 苍蝇（1921 年 4 月 18 日） 小孩（1921 年 4 月 20 日） 小孩二首（1921 年 5 月 4 日） 山居杂诗七首（1921 年 6 月 10 日——6 月 25 日） 对于小孩的祈祷（1921 年 8 月 28 日在西山作） 小孩（1922 年 1 月 18 日） 〈第三集〉（俞平伯作） 诗十五首：胜利者（——22.1.5 沪杭道中） 山居杂诗（1922.1.6——8.杭州山中） 愚底海（——22.1.10.上海） 听了胡琴之后（——22.1.11.上海） 断鸢（——22.1.12.沪杭道中） 他（——22.1.21.杭州） 暮萍（　） 我与诗（——

22.2.3.杭州湖上） 冬夜付印题记（　） 偶成两首（——22.2.7.杭州） 春底一回头时（——22.2.9.杭州） 薄恋（——22.2.9.杭州） 春寒（——22.2.11.杭州） 〈第四集〉（徐玉诺作） 诗四十八首：杂诗十五首 没什么 农村的歌 跟随者 泪膜 在黑暗里 能够到天堂的一件事 小诗五首 路上 疯人的浓笑 生命 秋晚 黑色斑点 教师 人生之秘密 谜 歌者（1921 年 12 月 6 日记） 杂诗十三首 〈第五集〉（郭绍虞作） 诗十六首：期待 坠落 淘汰 倦怠 咒诅 会后 心意 休息 温存 上帝 送信者 静默 心的象征 哭后 希望健跃 〈第六集〉（叶绍钧作） 诗十五首：悲语（——20.9.26） 夜（——20.10.12） 儿和影子（——20.11.7） 感觉（——20.11.7） 拜菩萨（——20.11.9） 锁闭的生活（——20.11.17） 小虎刺（——21.8.10） 扁豆（——21.8.10） 小鱼（——21.8.31） 江滨（——21.8.31） 两个孩子（——21.9.7） 损害（——21.9.8） 路（——21.9.25） 不眠（——1922.2.1.） 黑夜（1922.2.1） 〈第七集〉（刘延陵作） 诗十三首：河边 悲哀 新月 姊弟之歌 秋风 新年 落叶夕阳与蔷薇

梅雨之夜　等她回来　水手　竹姊妹底归思〈第八集〉（郑振铎作）诗三十四首：祈祷　在电车上　柳雁荡山之顶　死了的小弟弟　夜游三潭印月　成人之哭　J君的话社会　小鱼　赤子之心——赠圣陶　母亲　荆棘　一株梨树　旅程　回忆　静　忘了　鼓声　本性　脆弱之心　鸡　有卫兵的车侮辱　灰色的兵丁　小孩子　安慰　燕子　雪　痛苦漂泊者　无报酬的工作　自由　空虚之心

短序（郑振铎作于 1922 年 1 月 13 日）再版序言（郑振铎作于 1922 年 10 月 17 日）

（10）一个青年的梦（四幕剧）〔日〕武者小路实笃著　鲁迅译1922 年 7 月商务印书馆初版1923 年 10 月商务印书馆再版　32开本，《与支那未知的友人》3 页，《自序》4 页，正文 232 页。

目次：与支那未知的友人（一九一九年十二月九日，武者小路实笃）自序（一九一六年十二月二十三日，武者小路实笃）一个青年的梦　序幕　第一幕第二幕　第三幕　第四幕　后记（一九二一年十二月十九日，鲁迅记于北京）

（11）爱罗先珂童话集〔俄〕爱罗先珂著　鲁迅译　1922 年 7

月商务印书馆初版　1927 年 3 月商务印书馆 6 版　32 开本，目次 2页，《序》2 页，《自叙传》及正文227 页。

目次：序（1922 年 1 月 28日鲁迅记）我的学校生活的一断片——自叙传（愈之译）童话狭的笼　鱼的悲哀　池边雕的心春夜的梦　古怪的猫　两个小小的死　为人类　虹之国（馥泉译）世界的火灾　为跌下而造的塔（愈之译）

（12）将来之花园（新诗集）徐玉诺著　1922 年 8 月商务印书馆初版　1933 年 2 月商务印书馆国难后第一版　32 开本，目次 1页，《卷头语》2 页，正文 134 页。

目次：一、卷头语（西谛）二、海鸥　三、将来之花园　四、玉诺的诗（叶绍钧，5 月 22 日）

（13）新俄国游记　瞿秋白著1922 年 9 月商务印书馆初版 1924年 5 月商务印书馆 3 版　32 开本，全文 131 页。

目次：绪言（作者作于 1920年 11 月 4 日哈尔滨）1——16 个部分　跋（1921 年 10 月稿竟）又：1921 年 11 月 23 日瞿秋白志于莫斯科 Knyaji Dvor 病榻

（14）一叶　王统照著　1922年 10 月商务印书馆初版　1923 年

8月商务印书馆再版 1924年4月商务印书馆三版 1927年8月商务印书馆五版 1931年1月商务印书馆六版 32开本，《诗序》3页，正文上篇105页，正文下篇89页。

目次：诗序（一九二二年五月十日于北京） 一叶 上篇（一——十六） 下篇（一——十二）（民国十一年五月三日）

（15）飞鸟集（太戈尔诗选一）〔印〕太戈尔（R.Tagore）著 郑振铎译 1922年10月商务印书馆初版 32开本，"太戈尔诗选总目"1页，例言6页，《太戈尔传》10页，《序》2页，正文88页。

目次：太戈尔诗选总目：一、飞鸟集 二、新月集 三、园丁集 四、爱者之赠与 五、迦檀吉利 六、采果集 例言（译者作子1922年6月26日） 太戈尔传 序（译者作于1922年6月26日） 此集包含小诗三百二十六首

（16）小人物的忏悔 〔俄〕安特列夫（L.Andereev）著 耿式之译 1922年11月商务印书馆初版 1923年12月商务印书馆再版 32开本，《序》3页，正文155页。

目次：序（一九二一，八，二十八.瞿世英于北京） 大时代中小人物的忏悔（全文分上、中、下三卷）（安特列夫于一九一六年正月二十七日著毕）

（17）狱中记 〔英〕王尔德（Oscar Wilde）著 汪馥泉、张闻天、沈泽民同译 1922年12月商务印书馆初版 32开本，目次及"Helas"2页，《田汉序》6页，《王尔德介绍》66页，《序》3页，《狱中记》正文78页，《莱顿监狱的歌》70页。

目次：田汉序（致张闻天兄书——序他和汪馥泉君译的王尔德狱中记）1922年6月2日1时田汉序于东京之月印精舍 王尔德介绍——为介绍《狱中记》而作——1922年4月25日闻天、馥泉作于上海 序（罗勃脱·洛士（Robert Ross）作） 狱中记——一名《从深处出》——王尔德于1897年作，闻天、馥泉合译于1922年 莱顿监狱的歌 弁言（1922年6月6日，泽民作）目次一页的反面有诗"Helas"一首（王尔德作，沈泽民译）

（18）悭吝人（趣剧集） 〔法〕毛里哀（Moliére）著高真常译 1923年2月商务印书馆初版 1933年2月商务印书馆国难后第1版 32开本，《小传》8页，《悭吝人》正文130页，《装腔作势》正文47页。

目次：毛里哀小传（译者识，1922年8月29日于上海） 悭吝

人（五幕剧） 装腔作势（Les Preeiouses Ridicules）（独幕趣剧）本剧正文前有译者于 1921 年 5 月 23 日作的附识

（19）繁星（诗集） 冰心女士著 1923 年 4 月商冬印书馆初版 32 开本，正文 90 页，"最后一页" 1 页。

全诗分为 164 节。

（20）西洋小说发达史 谢六逸编 1923 年 5 月商务印书馆初版 1924 年 3 月商务印书馆再版 32 开本，《编例》2 页，目次 2 页，正文 160 页。

目次：编例（1922 年 12 月 1 日编者志） 一、绪言 二、小说发达之经过 三、罗曼主义时代 甲、罗曼主义在法国 乙、罗曼主义在英国 丙、罗曼主义在德国 丁、罗曼主义在俄国 戊、罗曼主义在斯干底那维亚半岛 己、罗曼主义在南欧各国 四、自然主义时代（上） 五、自然主义时代（中） 甲、自然派之先驱 六、自然主义时代（下） 乙、自然主义在法国 丙、自然主义在德国 丁、自然主义在俄国 戊、自然主义在英美 七、自然主义以后 甲、新罗曼主义在法国 乙、新罗曼主义在俄国 丙、新罗曼主义在英国 丁、新罗曼主义在南欧

八、结论

（21）超人（创作集·短篇小说集） 冰心女士著 1923 年 5 月商务印书馆初版 1928 年 7 月商务印书馆 7 版 32 开本，目次 1 页，正文 149 页。

目次：笑 超人 爱的实现 最后的使者 离家的一年烦闷 疯人笔记 遗书 寂寞（1922.7.24） 往事（1922.7.31）

（22）新月集（The Crescent Moon）（太戈尔诗选二）〔印〕太戈尔（Rabindranath Tagore）著 郑振铎译 1923 年 9 月商务印书馆初版 32 开本，目录 3 页，《序》4 页，正文 53 页。

目录：序 海边 来源 孩童之道 孩童的世界 偷睡眠者 责备 审判官 玩具 天文家 云与波 金色花 雨天 纸船 对岸 花的学校 商人 职业 长者 同情 小大人 著作家 恶邮差 告别 追唤 第一次的茉莉 榕树 祝福 赠品 孩提之天使 我的歌 最后的契约 译者自序（郑振铎作于 1923 年 8 月 22 日）

（23）太戈尔戏曲集（一）〔印〕太戈尔著 瞿世英、邓演存译 1923 年 9 月商务印书馆初版 1924 年 7 月商务印书馆再版 32

开本,《序》3 页,目录 1 页,正文 79 页。

目录:序(郑振铎作于 1923 年 8 月 7 日) 齐德拉(独幕剧)(瞿世英译) 邮局(二幕剧)(邓演存译) 《齐德拉》原序及"本剧人物" 译者附志

(24)青鸟(六幕剧) 〔比〕梅脱灵(Maeterlinck)著 傅东华译 1923 年 10 月商务印书馆初版 1932 年 10 月商务印书馆国难后第一版 32 开本,《序》6 页, 《服装表》4 页,《登场人物表》2 页,目次 2 页,正文 181 页。

目次:序(傅东华作于 1922 年 12 月 12 日北京)服装表登场人物表 第一幕 樵夫之茅屋 第二幕 第一场:仙官 第二场:记忆之土 第三幕 第一场:夜之宫 第二场:树林 第四幕第一场:幕前 第二场:幸福之宫 第五幕 第一场:幕前 第二场:坟地 第三场:未来之国 第六幕 第一场:别离 第二场:醒寤

(25)人之一生 〔俄〕L.安特列夫(Leonid Andereev)著 耿济之译 1923 年 11 月商务印书馆初版 1924 年 4 月商务印书馆再版 1931 年 4 月商务印书馆四版 1932 年 11 月商务印书馆国难后第一版 32 开本,《序》4 页,目次 1

页,正文 146 页。

目次:序(郑振铎作于十二,九,六) 引子 第一幕 人之生与母亲之痛苦 第二幕 爱情与贫穷 第三幕 人家之跳舞会 第四幕 人之逆运 第五幕 人之死(一九〇六年九月二十三日完稿)(附录)人之死(第五幕的修正稿)著者叙言(一九〇八年二月二十日)

(26)稻草人(童话集) 叶绍钧著 1923 年 11 月商务印书馆初版 32 开本,《序》14 页,正文 312 页。

目次:序(郑振铎作于 1923 年 9 月 5 日夜) 小白船(1921.11.15) 傻子(1921.11.16) 燕子(1921.11.17) 一粒种子(1921.11.20) 地球(1921.12.25) 芳儿的梦(1921.12.26) 新的表(1921.12.27) 梧桐子 大喉咙(1921.12.30) 旅行家(1922.1.4) 富翁 鲤鱼的遇险(1922.1.14)眼泪(1922.3.19) 画眉鸟(1922.3.24) 玫瑰和金鱼(1922.3.26)花园之外(1922.3.27) 祥哥的胡琴(1922.4.3) 瞎子和聋子(1922.4.10) 克宜的经历(1922.4.12)跛乞丐(1922.4.14) 快乐的人(1922.5.24) 小黄猫的恋爱故事(1922.5.27) 稻草人(1922.6.7)

(27)火灾(短篇小说集) 叶

绍钧著　1923 年 11 月商务印书馆初版　1933 年 1 月商务印书馆国难后第一版　1939 年 7 月商务印书馆国难后第三版　32 开本,扉页俞平伯诗句 1 页,《序》7 页,目次 2 页,正文 197 页。

目次:序(顾颉刚作于 1923 年 3 月 25 日)　晓行(1921.6.11)　悲哀的重载(1921.6.26)　先驱者(1921.7.25)　脆弱的心(1921.8.9)　饭(1921.9.24)　义儿(1921.10.29)　云翳(1921.11.2)　乐园(1921.11.22)　地动(1921.12.9)　旅路的伴侣(1921.12.19)　风潮(1921.12.21)　被忘却的(1922.2.10)　醉后(1922.3.14)　祖母的心(1922.5.15)　小蚬的回家(1922.5.21)　啼声(1922.5.23)　火灾(1922.12.2)　小铜匠(1922.12.10)　两样(1922.12.17)　归宿(1923.1.14)

(28)诗之研究　〔英〕勃利司潘莱(Bliss Perry)著　傅东华、金兆梓译述　1923 年 11 月商务印书馆初版　1924 年 4 月商务印书馆再版　32 开本,《引言》2 页,目次 4 页,正文 194 页。

目次:引言(郑振铎作于 1922 年 6 月 8 日)　第一章　诗之背景　一、诗的研究及美学的研究　二、艺术的冲动　三、艺术的形式及意义　四、艺术家与艺术作品　第二章　诗之范围　一、关于阿尔孚斯及欧芮狄西的神话　二、诗之特别范围　三、威廉詹姆士之说明　四、诗人与非诗人之区别　第三章　诗人的想像　一、感情与想像　二、创作的想像及艺术的想像　三、诗之想像　四、有文字的想像　五、影像之选择与支配　六、影像派的诗　七、天才与灵机　八、结论　第四章　诗人之文字　一、耳与目　二、文字怎样传达感情　三、文字是通用货币　四、文字是一种不完备的媒介　五、主要的情调　六、特殊的音色　七、词藻　八、诗情得文字而成恒定的形体　第五章　声调及格律　一、声调之性质　二、声调之审度　三、音与义之冲突与妥协　四、散文之声调　五、音量强弱及节音　六、用耳朵解决声调　七、拟音乐的声调论　八、声调之研究及享乐　第六章　韵节及自由诗　一、久久不决的战争　二、韵是声调的一种形式　三、论诗节　四、自由诗　五、发明与翻新

(29)莫泊桑短篇小说集(一)〔法〕莫泊桑(Guy de Mau passant)著　李青崖译　1923 年 11 月商务印书馆初版 1932 年 12 月商务印书馆国难后第 1 版　32 开本,《序》3 页,目录 2 页,正文 209 页。

目次：杨序（杨树达序于（民国）11 年 7 月 14 日长沙） 一个疯子 我的舒尔叔父 保护者 散步 拔荔士夫人 雨伞 隐者 旅行中 孤儿 勋章到手了 杀人者 押发长针 疯婆子父亲 饮者 珠宝

（30）遗产（长篇小说）〔法〕莫泊桑（Guy de Maupassant）著 耿济之译 1923 年 11 月商务印书馆初版 1924 年 5 月商务印书馆再版 32 开本，全文 116 页。

全文为 1—8 个部分

（31）狗的跳舞（四幕剧）〔俄〕安特列夫著张闻天译 1923 年 12 月商务印书馆初版 1927 年 1 月商务印书馆再版 32 开本，《序》6 页,《剧中人》1 页，正文 110 页。

目次：译者序言（张闻天作于 1923 年 2 月 12 日美国加利福尼亚） 剧中人 第一幕 第二幕 第三幕 第四幕

（32）芝兰与茉莉 顾一樵著 1923 年 12 月商务印书馆初版 1927 年 1 月商务印书馆四版 32 开本,《序》4 页,《小引》6 页，正文前篇 68 页，正文后篇 62 页。

目次：序（瞿毅夫作于 5 月 11 日，清华园） 小引 芝兰与茉莉前编 芝兰与茉莉后编

（33）梅脱灵戏曲集 〔比〕

梅脱灵著 汤澄波译 1923 年 12 月商务印书馆初版 1933 年 1 月商务印书馆国难后第一版 32 开本，目次一页,《导言》6 页，正文 170 页。

目次：译者导言（1923 年 3 月 23 日，汤澄波于广州岭南大学） 闯人者（独幕剧） 群盲（独幕剧） 七公主（独幕剧） 丁泰琪之死（五幕剧）

（34）灰色马 〔俄〕路卜洵（Ropshin）著 郑振铎译 1924 年 1 月商务印书馆初版 1924 年 7 月商务印书馆再版 32 开本，目录 1 页,《郑译灰色马序》30 页,《译者引言》10 页，正文 208 页,《跋灰色马译本》17 页。

目录：郑译灰色马序（瞿秋白著） 郑译灰色马序（1923 年 10 月沈雁冰著于上海） 译者引言（译者作于 1922 年 6 月 19 日） 本文上卷 本文中卷 本文下卷 跋灰色马译本（俞平伯著于 1923 年 7 月 1 日）

（35）春雨之夜（短篇小说集）王统照著 1924 年 1 月商务印书馆初版 1927 年 8 月商务印书馆 4 版 32 开本,《序》3 页,《弁言》1 页，目次 2 页，正文 257 页。

目次：序（瞿世英作） 弁言（作者于（民国）12.7.18 日记） 雪后（9.11 月） 沉思（9.12 月） 鞭

痕（10.2 月） 遗音（10.3 月） 春雨之夜（10.3 月） 月影（10.4.10 日夜 11 时） 伴死人的一夜（10.5 月） 醉后（10.12 月） 一栏之隔（11.1 月） 警钟守（11.2 月） 山道之侧（11.4 月） 微笑（11.6.1 日北京） 自然（11.6.5 日） 十五年后（11.7 月） 在剧场中（11.8.27 日） 湖畔儿话（11.8 月） 钟声（11.11.5 日于北京） 雨夕（12.1.1 日夕） 寒会之后（12.4.10 日） 技艺（12.5.1 日）

（36）路曼尼亚民歌一斑 朱湘译 1924 年 3 月商务印书馆初版 32 开本，《序》2 页，正文 64 页。

目录：序 采集人小传 民歌

本文：无儿 母亲悼子歌 花孩儿 孤女 咒语 干姊妹相和歌 纺纱歌 月亮 吉卜西的歌 军人的歌 疯 独居 被诅咒的歌 未亡人 注 重译人跋

（37）旧 梦（诗集） 刘大白著 1924 年 3 月商务印书馆初版 开本，《卷头自题》1 页，《序》、《付印自记》等 19 页，总目录 12 页，正文 449 页。

目录：旧梦卷头自题（1922 年 8 月 10 日大白在萧山题） 序（1923 年 4 月 8 日周作人在北京作） 序（1923 年 4 月 13 日陈望道在上海作） 题旧梦和旧梦以外（1923 年 3 月 27 日玄庐衙前题） 旧梦付印自记（1922 年 10 月 16 日大白在杭州记） 总目录 〈旧梦〉旧梦（1922.2.6.在萧山） 小鸟（1922.3.18.在白马湖） 泪痕（1922.5.7.在杭州写毕） 花间的露珠（1922.5.7.在杭州） 流萤（1922.5.30.在白马湖） 看月（1922.6.24 日在白马湖） 秋之泪（1922.8.15.在杭州写毕） 落叶（1922.8.27.在萧山写毕） 快乐之船（1922.11.29.在萧山写毕） 春底复活（1923.2.5.在萧山） 〈风云〉风云（1919.6.10.在杭州） 盼月（1919.6.19 在杭州） 救命（1919.8.1.在杭州） 可怕的历史（1919.10.3.在杭州） 雪（1919.12.25 在杭州） 陶汰来了（1919.12.30.在杭州） 这沈吟……为甚（1920.5.2 5.在杭州） 双瞳（1920.5.28.在杭州） 爱一怕（1920.5.28.在杭州） 寄大悲（1920.5.29.在杭州） 燕子去了（1920.5.31.在杭州） 月夜（1920.6.1.在杭州） 真的我（1920.6.3.在杭州） 舟行晚霁所见（1920.6.3.在绍兴曹娥道中） 对镜（一）（1920.7.26.在杭州） 对镜（二）（1920.9.22.在杭州）附：读大白底对镜（玄庐著） 一颗月（一）（1920.7.26.在杭州） 一颗月（二）

（1920.9.22.在杭州）附：读大白底
一颗月（玄庐著） 立秋日病里口
占（1920.8.8.在杭州） 问西风
（1920.8.14.在杭州） 促织
（1920.9.15.在浙江病院） 爱
（1920.10.1.在杭州） 心印
（1920.10.2.在杭州） 丁宁（一）
（1920.10.11.在杭州） 丁宁（二）
（1920.10.12.在杭州） 秋深了
（1920.10.13.在杭州） 病院里雨后
看吴山（1920.10.30.在浙江病院）
一座大山（1920.11.5.在杭州） 黄
昏（1920.11.22.在杭州） "两个
老鼠抬了一个梦"（一）（1920.11.29.
在杭州） "两个老鼠抬了一个
梦"（二）（1920.11.29.在杭州） 姻
缘——爱（1920.12.17.在杭州） 夜
坐忆故乡老梅（1921.1.19.在上海）
一样的鸡叫（1921.1.21.在上海）
看牡丹底唐花（1921.1.25.在上海）
看盆栽的千叶红梅（1921.1.25.在上
海） 寂寞（一）（1921.1.27.在上
海） 寂寞（二）（1921.1.28.在上
海） 寂寞（三）（1921.1.29.在上
海） 寂寞（四）（1921.1.30.在上
海） 读胡适之先生的醉与爱
（1921.1.31.在上海）附：醉与爱（胡
适著） 送灶（1921.1.31.在上海）
车中人语（1921.2.5.在沪杭车上）
捉迷藏（1921.2.9.在杭州） 一幅
神秘的画图（1921.2.12.在杭州）

在湖滨公园看人放轻气泡儿
（1921.2.14.在杭州） 愁和忧的新
领土（1921.2.17.在杭州） 春问
（一）（1921.2.19.在杭州） 春问
（二）（1921.2.20.在杭州） 春问
（三）（1921.2.21.在杭州） 春问
（四）（1921.3.9.在杭州） 一颗露
珠儿（1921.2.23.在杭州） 我愿
（1921.2.24.在杭州） 春风吹鬓影
（1921.2.25.在杭州） 泪泉之井
（1921.2.25.在杭州） 生命底箭
（1921.3.3.在杭州） 龟（1921.3.4
在杭州） 生和死底话（1921.3.4.
在杭州） 包车的杭州城（1921.3.7.
在杭州） 春雪（1921.3.7.在杭州）
"送花是表示爱情"（1921.3.8.在杭
州） 祝"戏剧"出世（1921.3.12.
在杭州） 失恋的东风（1921.3.18.
在杭州） 一丝丝的相思（1921.
3.19.在杭州） 夜宿海日楼望月
（1921.3.19.在杭州） 明日春分了
（1921.3.20.在杭州） 梦短疑夜长
（1921.3.20.在杭州） 春意
（1921.4.4.在杭州） 拔痛牙
（1921.4.5.在杭州） 一个伊底话
（1921.4.15.在杭州） 雨里过钱塘
江（1921.4.27.在钱塘江舟中） 西
渡钱塘江遇雨（1921.5.3在钱塘江
舟中） 再造（1921.5.6.在杭州）
陷井（1921.5.30.在杭州） 梦
（1921.5.31.在杭州） 未知的星

（1921.6.1.在杭州） 钱塘江上的一瞬（1921.6.2.在.钱塘江舟中） 爱底根和核（1921.6.4.在杭州） 为什么？（1921.6.17.在杭州） 为什么？（附一）（肖舫女士著） 为什么？（附二）（晓风著） 为什么？（附三）（楚伧著） 为什么？（附四）（苏兆骧著） 爱（1921.6.17.在杭州） 附：爱（楚伧著） 罢了（1921.6.17.在杭州） 露底一生（1921.6.17.在杭州） "一知半解"（1921.6.18.在杭州） 罗曼的我（1921.6.18.在杭州） 秘密之夜（1921.6.20.在杭州） 吊易沙白（1921.6.28.在杭州） 车中的一瞥（1921.7.1.在沪杭车上） 月和相思（1921.7.10.在杭州） 涌金门外（1921.7.11.在杭州） 心里的相思（1921.7.13.在杭州） 题裸体女像（1921.7.15.在杭州） 自然的微笑（1921.7.18.在杭州） 无端的悲愤（1921.7.19.在杭州） 石下的松实（1921.8.2.在杭州） 秋意（1921.8.9.在杭州） 西湖的山水（1921.8.11.在杭州） 新秋杂感（1921.8.16.在杭州） 秋扇（1921.8.9.在杭州） 月儿又清减了（1921.8.27.在上海） 哀乐（1921.8.9.在上海） 邻居的夫妇（1921.8.29.在上海白尔路三益里） 秋夜湖心独居（1921.9.16.在杭州） 争光（1921.9.17.在杭州）

国庆（1921.10.10.在杭州）将来的人生（1921.10.23.在杭州） 明知（1921.11.2.在杭州） 是谁把？（1921.11.3.在杭州） 湖滨之夜（1921.11.9.在杭州） 地图（1921.12.6.在杭州） 黄金（一）（1921.12.6.在杭州）附：黄金——读黄金赠吾友大白先生（平沙著） 黄金（二）——答吾友平沙先生（1921.12.15.在杭州） 雪后隔江山（1922.1.21.在杭州江干） 旦晚（1922.1.26.在萧山） 压岁钱（1922.1.27 在萧山） 春底消息（1922.1.31.在萧山） 热（1922.2.10.在萧山） 春雨（1922.2.14.在萧山） 梦底交通（1922.2.20.在杭州） 迟了（1922.3.11.在杭州） 一闪（1922.3.17.在白马湖） 心上的写真（1922.3.21.在白马湖） 我悔了（1922.3.21.在白马湖） 读《慰安》（1922.3.24.在白马湖）附：慰安——谢楚伧先生底诗·俍工肃文先生底信（玄庐著 1922.3.12 衢前） 桃花几瓣（1922.3.27.在白马湖） 别后（1922.4.19.在杭州） 春尽了（1922.5.5.在杭州） 别（一）（1922.5.5.在杭州） 别（二）（1922.6.3.在白马湖） 伊不该给我呵（1922.5.8.在杭州） "不要倒霉"（1922.5.23.在萧山衢前白屋） 想、望（1922.5.23.在萧山） 谢梦中救我的女神（1922.5.30.在白马湖）　霞底讴歌（1922.6.1.在白马湖）　〈花间〉花间（1922.4.10.在白马湖）　不住的住（1922.8.14.在萧山舟中）　西湖秋泛（一）（1922.8.16.在杭州）　西湖秋泛（二）（1922.8.16.在杭州）　秋燕（1922.8.16.在杭州）　斜阳（1922.8.17.在杭州）　归梦（1922.8.22在杭州）　答恶石先生底读"秋之泪"（1922.9.1.在萧山）　洪水（1922.9.14.在萧山）　如此（1922.9.15.在萧山）　秋之别（1922.9.20.在萧山）　债（1922.9.24.在萧山）　土馒头（1922.9.24.在萧山）　冬夜所给与我的（1922.9.28.在绍兴）　汽船中的亲疏（1922.9.28.在萧绍汽船中）　整片的寂寥（1922.9.28.在绍兴）　包车上的奇迹（1922.9.29.在绍兴）　腰有一匕首（1922.9.29.在绍兴）　九年前的今夜（1922.10.15.在杭州）　谢 H·T 的信（1922.11.2.在白马湖）　红树（1922.11.3.在白马湖）　月下的相思（1922.11.3.在白马湖）　雪（1922.12.6.在萧山）　时代错误（1922.12.12.在杭州）　不肖的一九二三年（1922.12.31.在萧山）　白天底蜡烛（1923.1.12.在杭州）　成虎不死（1923.1.24.在杭州）　假装头白的青山（1923.2.5.在萧山）　耶

和华底罪案（1923.2.6.在萧山）　雪后晚望（1923.2.6.在萧山）　醉后（1923.2.6.在萧山翔凤）　送斜阳（1923.3.19.在绍兴）　花前的一笑（1923.3.20.在绍兴）　春半（1923.3.21.在绍兴）　生命之泉（1922.3.24.在绍兴）　门前的大路（1923.3.26.在绍兴）　春意（1923.3.29.在萧山舟中）　疑怀之梦（1923.4.13.在绍兴）春寒（1923.4.14.在绍兴）　春雨（1923.4.16.在绍兴）　得到……了（1923.4.16.在绍兴）　故乡（1923.4.16.在绍兴）"龙哥哥，还还我"！（1923.4.17.在绍兴）　我底故乡（1923.5.7.在绍兴）　〈红色〉红色的新年（1919.12.31.在杭州）　劳动节歌（1921.4.30在萧山）　八点钟歌（1921.4.30.在萧山）　五一运动歌（1921.4.30.在萧山）　金钱（1921.3.27.在杭州）　卖布谣（一）（1920.5.31.在杭州）　卖布谣（二）（1920.5.31.在杭州）　收成好（1921.2.27.在杭州）　田主来（1921.2.28.在杭州）　每饭不忘（1922.2.26.在杭州）新禽言（　　）挂挂红灯（一）（1921.6.5.在萧山）　挂挂红灯（二）（1921.6.5.在萧山）　渴杀苦（1921.6.10.在杭州）　布谷（1921.6.12.在杭州）　割麦插禾（1921.6.5.在杭州）　脱却布袴

（1921.6.17.在杭州） 驾犁（1921.6.19.在杭州） 各各作工（1921.6.20.在杭州） 泥滑滑（一）（1921.6.23.在杭州） 泥滑滑（二）（1921.7.10.在杭州） 割麦过荒（1921.7.8.在杭州） 著新脱故（1921.7.13.在杭州）

（38）织工（四幕剧）〔德〕霍脱迈（Hauptmann）著 陈家骒译 1924年3月商务印书馆初版 32开本，"剧中人"2页，正文139页。

目次：剧中人 第一幕 第二幕 第三幕 第四幕

（39）俄国文学史略 郑振铎编纂 1924年3月商务印书馆初版 1928年8月商务印书馆再版 1933年11月商务印书馆国难后第一版 32开本，《序》2页，目次4页，插图目录5页，正文189页，《索引》5页。

目次：序（郑振铎作于（民国）十二年十月三十一日）

第一章、绪言 发端——地势——人种——语言 第二章、启源 民间传说与史诗——史记——黑暗时代——改革的曙光——罗门诺索夫——加德邻二世——十九世纪的初年——十二月党 第三章、普希金与李门托夫 普希金——李门托夫——几个小诗人——克鲁洛夫 第四章、歌郭里 歌郭里的早年——巡按——去国——死灵——晚年 第五章、屠格涅夫与龚察洛夫 屠格涅夫——龚察洛夫 第六章、杜思退益夫斯基与托尔斯泰 杜思退益夫斯基——托尔斯泰 第七章、尼克拉莎夫与其同时代作家 尼克拉莎夫——同时代的散文作家——同时代的几个诗人——翻译诗人 第八章、戏剧文学 启源——十九世纪初叶——格利薄哀杜夫——莫斯科剧场——阿史特洛夫斯基——历史剧——同时的戏剧家——阿史特洛夫斯基以后 第九章、民众小说家 民众小说——初期的作家——中期的作家——民俗的采访——勒诗尼加夫——列维托夫——乌斯潘司基——同时代的作家——高尔基 第十章、政论作家与讽刺作家 俄国的政论——西欧派与斯拉夫派——国外的政论作家赫尔岑——其他国外的政论作家——周尼雪夫斯基与现代杂志——讽刺作家莎尔条加夫 第十一章、文艺评论 文艺评论的地位——倍林斯基以前——倍林斯基——梅加夫——周尼雪夫斯基——杜薄洛留薄夫——皮莎里夫——其他 第十二章、柴霍甫与安特列夫 柴霍甫——安

特列夫　第十三章、迦尔洵与其他　迦尔洵——科洛林科——波塔宾加——波波里金——奥特尔——美列兹加夫斯基——系比丝——巴尔芒——梭洛古勃——卜留沙夫——科布林——蒲宁——阿志巴绥夫——路卜洵——赛格耶夫秦斯基——契利加夫——莱美沙夫——茅赛尔——犹克威慈——亚伦勃斯基——谢志夫——佛林斯基——布洛克——伊文诺夫——皮莱　第十四章、劳农俄国的新作家　马霞夸夫斯基——谢美诺夫——劳工派　附录一：俄国文学年表　附录二：关于俄国文学研究的重要书籍介绍　一般的研究——英译的俄国名著——中译的俄国名著跋（郑振铎作于（民国）13.1.82.〔应为"28"，抄者注〕）　索引

（40）赤都心史　瞿秋白著　1924 年 6 月商务印书馆初版　32 开本，《序》3 页，《引言》1 页，正文 159 页。

目次：序（1921 年 11 月 26 日莫斯科集竟记）　引言（瞿秋白作于 1923 年 8 月 4 日）　一、黎明（1921 年 2 月 16 日）　二、无政府主义之祖国（2 月 23 日）　三、兵燹与弦歌（3 月 2 日）　四、秋意——题画赠林德女士（Lind）（3 月 12 日）　五、公社（3 月 11 日）　六、革命之反动（3 月 19 日）　七、社会生活（4 月 3 日）　八、"烦闷……"（列尔孟托夫 Lermontoff）（4 月 5 日译）　九、"皓月"——题画赠苏菲亚·托尔斯泰女士（4 月 10 日）　十、"俄国式的社会主义"（4 月 11 日）　十一、宗教的俄罗斯（4 月 23 日）　十二、劳工复活（5 月 1 日）　十三、"劳动者"（5 月 20 日）　十四、"死人之家"的归客　十五、安琪儿（列尔孟托夫）（6 月 8 日）　十六、贵族之巢（6 月 13 日）　十七、莫斯科的赤潮（6 月 23 日）　十八、列宁杜洛次基（7 月 6 日）　十九、南国——"魂兮归来哀江南"（庾信）（8 月 5 日）　二十、官僚问题（8 月 12 日）　二十一、新资产阶级（8 月 15 日）　二十二、饥（8 月 29 日）　二十三、心灵之感受（9 月 10 日）　二十四、民族性（9 月 13 日）　二十五、"东方月"（中秋作）（9 月 16 日）　二十六、归欤（9 月 25 日·中秋后 9 日）　二十七、智识劳动（10 月 12 日）　二十八、清田村游记（10 月 18 日）　二十九、"什么！"（10 月 25 日）　三十、赤色十月（11 月 8 日）　三十一、中国人（11 月 16 日）　三十二、家书（11 月 26 日）　三十三、"我"（12 月 3 日）　三十四、生存（10

月 10 日）　三十五、中国之"多余的人"（12 月 19 日）　三十六、"自然"（12 月 24 日）　三十七、离别（1922 年 1 月 1 日之第 1 小时）三十八、一瞬（邱采夫）（1 月 9 日）　三十九、寂 Silentium（邱采夫）（1 月 12 日）　四十、晓霞（1 月 29 日，秋白生日。我生的晓霞在此么？）　四十一、彼得之城（2 月 9 日）　四十二、俄雪（2 月 13 日）　四十三、美人之声（2 月 17 日）　四十四、阿弥陀佛（2 月 26 日）四十五、新村（3 月 1 日）　四十六、海（3 月 10 日）　四十七、尧子河（3 月 18 日）　四十八、新的现实（3 月 24 日）　四十九、生活（3 月 20 日莫斯科高山疗养院）

（41）星海（上）（文学研究会会刊之一）　文学研究会编辑 1924 年 8 月商务印书馆(上海)初版　32 开本，《发刊缘起》2 页，目录 2 页，正文 266 页。

目录：发刊缘起（西谛）　文艺之力(朱自清 1924.1.28)　雪(俞平伯 1924.1.12)　辛弃疾的生平（王伯祥）　回过头来（叶绍钧 1924.4.9）孟姜女故事的转变(吴立模 1924.12.1)　欧洲最近文艺思潮概观（〔日〕宫岛新三郎著 樊仲云译 1923.11.8.）　最近俄国的文学的问题（瞿秋白 1923.11.15.）

最近的德国文学（余祥森）　最近的法国文学（雷晋笙）　最近的中国小说（王统照）　最近的中国诗歌（孙俍工 1923.12.1）　霜痕（王统照 1923.11.16）　新的遮栏（庐隐女士）　暮栈上（徐玉诺）　枯了的花朵）徐玉诺）　夜忏（刘燧元 1923.8.17.）　太空（梁宗岱 1923.6.7—1923.8.17）　春水（严敦易 5 月 5 日，无年代）　最近文艺出版物编目（蒲梢 1924.1.5）

（42）忧愁夫人　〔德〕H·苏台尔曼（Herman Sudermann）著胡仲持译　1924 年 11 月商务印书馆初版　32 开本，《译序》7 页，《苏台尔曼著作一览》1 页，《致两亲》5 页，正文 354 页。

目次：译序（Gustav Gruener 作）　苏台尔曼著作一览　致两亲（——一八八七年十二月十六日——愁夫人（第一章——第二十三章）

（43）太戈尔戏曲集（二）〔印〕太戈尔著　高滋译　1924 年 11 月商务印书馆初版　32 开本，目录和短序 2 页，《马丽妮》28 页，《牺牲》50 页。

目录：一、短序（郑振铎作于 1923 年 10 月 25 日）　二、马丽妮（二幕剧）　三、牺牲（独幕剧）

（44）莫泊桑短篇小说集（二）〔法〕莫泊桑著　李青崖译　1924

年 11 月商务印书馆初版　1927 年 9 月商务印书馆三版　32 开本，目录 2 页，正文 227 页。

目录：马丹拔蒂士特（Madame Baptiste）　施乃甫的冒险（Aventure de Schnaff）　莫兰这公猪（Ce Cochon de Morin）　许丽乐曼（Julie Romain）　手（La Main）　回顾（Après）　悔悟（Le Reget）　寂寞（Solitude）　无益的容貌（L'Inutile Beaut'e）　鬼神出没（Apparition）　负贩者（Le Colporteur.）　柴（La Buche）　残废的人（Le Gueux）　一场夜宴（Une Soirèe）　客车之内（En Wagon）　密语（La Confidence）　一座小像（Un Portrait）

（45）莫泊桑短篇小说集（三）〔法〕莫泊桑著　李青崖译　1924 年 11 月商务印书馆初版　1931 年 11 月商务印书馆二版 32 开本，目次 2 页，正文 229 页。

目次：羊脂球（Boule de Suif）雏之孀（Une Veuve）　软项圈（La Parure）　战栗（L'Horrible）　离婚（Divorce）　床边的协定（Au Bord du Lit）　政变的一幕（Un Coupd'Etat）　一个失业的人（Le Vagabond）　归来（Le Retour）　亡妇（La Morte）　伯爵夫人的轶事（Bric-Ā-Brac）　新年的赠品

（Etrennes）　娜莎丽（Rosolié Prudent）

（46）文艺思潮论　〔日〕厨川白村著　樊从予译　1924 年 12 月商务印书馆初版　32 开本，英文短诗 1 页，目次 6 页，正文 131 页。

目次：第一、序论　文艺之组织的研究——研究与鉴赏——罗斯金——文艺思潮之历史的解释——欧洲之二大思潮——灵与肉、神性与兽性——拜伦的“曼弗来特”——丹尼孙——杜思退益甫斯基的“罪与罚”——基督教思潮与异教思潮——希腊思想——二大思潮之比较对照　第二、古代思潮史之回顾　一、肉之帝国　希腊文明——影响直及现在的希腊思潮——思潮的源泉——罗马帝国半期的颓废——帝王之暴虐——尼罗皇——美的生活　二、灵的曙光伯利恒的星——基督教——“般恩死了”——密尔顿的“基督降诞歌”——白朗吟夫人的“已死的般恩”——历山府时代——背教者求利安——易卜生的“皇帝与加利利人”——梅伦奇可夫斯基的“群神死灭”——金斯来的“哈伊波霞”——当时的哲学——新柏拉图派的思想——普罗狄那斯的哲学——希勒尔的“世界的四期”第三、中世思潮史之回顾　战国时代与遁世主义——宗教的禁欲主义——肉体的残虐——圣法兰西斯上人——智识的禁压——中世哲学——潜隐着的异教思潮之势力——中世传说"浮士德"——艺术的要求——海纳的"被谪的神们"——加米那勃拉那——彼得的学说 第四、近世思潮史之回顾 一、近代思想的黎明期 近代思想的源泉——古学复兴——异教思潮之复活——人间本位思想——新文学之勃兴——肉体之美与造形艺术——各国之绘画雕刻——文艺复兴之年代与其历史的意义"蒙那梵那" 二、近世史的波澜 思想史上的波澜——二大思潮的混淆时代——十七八世纪之思想界（第一）宗教改革——（第二）主智的倾向——狂热的反动——智识万能主义——培根与笛卡尔的哲学——启蒙运动——循俗主义——（第三）古典主义的文学——古典之研究与其崇拜——艺术上的法则——文字之雕琢——法国路易十四王朝的文学——英国之古典派文学——形式模仿与似是而非的古典主义——康德的哲学——卢骚的思想——浪漫主义——自然派时代——近世史上基督教思潮与异教思潮之混合及消长——二十世纪的现代思潮——基督教思想所受的二大打击 （参考）二大势力的冲突——怀疑思想对神秘思想 第五、希腊思潮之胜利 一、灵肉合一观 罗勃生的希腊思想论——灵肉合一观——欧洲最近之反物质主义——象征主义——肉之赞美者惠特曼——肉的要求与灵的要求——一千八百八十九年 二、聪明的智力 明敏的理智——安诺耳之所言——肖伯纳、安诺耳、法朗士——严正与明晰——希腊艺术之特色——古典主义——尼采的悲剧发生论——希腊人的运命观——消极与努力——人生全面的观察 三、现在生活的享乐今人的现世主义——享乐现在——高尔蒙——现代的宗教倭铿的宗教观——建筑上的峨特式与文艺复兴式——罗斯金之言——希腊人的现世思想——人间本位——神的思想——维那斯——尼采之美的个人主义——他的超人说——肖伯纳的人与超人——神与超人——高尔蒙之言——希腊安泰阿斯——自我的解放——个人主义——希腊人的神——圣经——普罗梅西斯与约伯的比较——政治上的自由——白莱斯与自己崇拜——他的作品 四、美的宗教 肉感美的崇拜——美与善之一致——与希伯来思想的比较——肉体的美——男性美——陆亭——彼得——王尔德——邓南遮——波爱耳、鲁伊——巴克斯脱的艺术——参考书　第六、Epilogue　现代文学的新潮　现代的艺术思潮——生活之爱慕与享乐——humanist——最近的法兰西文学——时代已过的丕爱鲁、罗帝——新倾向——怀疑厌生的旧思想——实行的努力——人生之实际的方面与文艺的接触——新倾向的代表作——家族主义——自我主义与共存主义——归于祖先的信念——"人生派"的文艺——克劳特尔的绝叫——他的诗风——这派的各作家——罗曼罗兰的"齐克利斯多弗"——加特力教的复活——希腊战士的生活　扉页有史文朋的英文短诗一首（Swinburne, Hymn to Proserpine.）

（47）玛加尔及其失去的天使（五幕剧）〔英〕H.A.琼司（Henry Arthur Jones）著　张志澄译　1925年1月商务印书馆初版 32开本，《序》1页，目次1页，正文148页，《琼司略传》4页，《琼司重要著作表》3页。

目次：序（志澄　一九二四年劳动节）　玛加尔及其失去的天使（剧中人物　第一幕——第五幕）　琼司略传　琼司重要著作表

（48）天鹅（童话集）　高君箴、郑振铎译述　1925年1月商务印书馆初版　1932年11月商务印书馆国难后第1版　32开本，《序一》2页，《序二》3页，目次4页，正文361页。

目次：序一（郑振铎作于1924年11月26日）　序二（叶绍钧作于1924年11月20日）　柯伊（奥大利的童话，郑振铎译述）　竹公子（日本的神仙故事，郑振铎译述）　八十一王子（日本的神仙故事，郑振铎译述）　米袋王（日本的神仙故事，郑振铎译述）　彭仁的口笛（郑振铎译述）　牧师和他的书记（郑振铎译述）　聪明之审判官（根据印度的关于拉孟的传说而作）　兔子的故事（郑振铎译述）　光明（郑振铎译述）　驴子（亚拉伯的故事，郑振铎译述）　狮王（郑振铎译述）　花架之下（本文中的四个故事，系根据于印度的寓言，振铎译）　金河王（这一篇童话是英国路斯金 Ruskin 的名著金河王的节述。高君箴）　魔镜（高君箴译述）　怪戒子（高君箴译述）　兄妹（高君箴译述）　熊与鹿（美洲印度安人的传说，高君箴译述）　白雪女郎（高君箴）　海水为什么有盐（北欧的传说，高君箴译述）　自私的巨人（英国王尔特 O.Wilde 著，郑振铎译）　安乐王子（根据王尔特 O.Wilde 的原文而略有删节，郑译） 少年皇帝（根据王尔特的原文而略有删节，郑振铎） 驴子与夜莺（俄国克鲁洛夫著，郑振铎译） 天鹅梭鱼与螃蟹（俄国克鲁洛夫著，郑振铎译） 箱子（俄国克鲁洛夫著，郑振铎译） 独立之叶子（俄国 Sologub 著，郑振铎译）（文中为"独立之树叶"） 锁钥（俄国 Sologub 著，郑振铎译） 平等（俄国 Sologub 著，郑振铎译） 芳名（俄国梭罗古勃 Sologub 著，郑振铎译） 飞翼（俄国梭罗古勃 Sologub 著，郑振铎译） 缝针（丹麦安徒生著，高君箴译） 天鹅（丹麦安徒生著，高君箴译） 一个母亲的故事（这一篇也是安徒生著，但不是完全的译文，中间曾删节了些。西谛） 伊索先生（郑振铎述）

扉页有"此书献给最可爱最有望的中国儿童们"句

（49）缀网劳蛛 落华生著 1925 年 1 月商务印书馆初版 1928 年 7 月商务印书馆 3 版 1947 年 7 月商务印书馆 2 版 32 开本，目录 2 页，正文 231 页。

目录：命命鸟 商人妇 换巢鸾凤 黄昏后 缀网劳蛛 无法投递之邮件 海世间 海角底孤星 醍醐天女 枯杨生花 读芝兰与茉莉因而想及我底祖母 慕

（50）夏天（诗集） 朱湘著 1925 年 1 月商务印书馆初版 1933 年 3 月商务印书馆国难后第 1 版 48 开本，《自序》1 页，目录 4 页，正文 58 页。

目录：自序（作者作于民国 13 年 9 月 16 日） 死 废园 迟耕 春 小河 黑夜纳凉 小河忆西戍 宁静的夏晚 等了许久的春天 北地早春雨雾 寄一多基相 回忆 寄思潜 笼鸟歌 南归 春鸟 早晨 雪 我的心 快乐 鸟辞林 覆舟人 雾雪春阳颂 爆竹 鹅

（51）童心（新诗集） 王统照著 1925 年 2 月商务印书馆初版 48 开本，《童心（弁言）》3 页，目次 6 页，正文 265 页。

目次：童心（弁言） 初冬京奉道中 鹁鹁鸪 铁道边的小孩子 蛛丝 紫藤花下 秋天的一夜 冬日出京前一夕示惟民——（以上民国八年作） 爱情 悲哀的喊救 春梦的灵魂 生命之火燃了 疲倦 急雨 河岸 谁是我的最大安慰者 反调的音 过去 海的余光 沈迷的坐梦 微雨中的山游 最难忘的 童时的游踪 梦里的花痕 大雪中 ——（以上民国九年作） 落英 未来的阴影 少年的梦 我行野中 夜静了 心上的箭痕 一个寂寞的死 旧

迹 小诗七十六首 津浦道中
一样 为什么 爱的线 吊王心
葵先生 夜行 在松阴的园中
归去 叔言为画一双松流泉图用
诗记之 记忆的边缘 一个小小
的消息 我忍了 裸露的真诚——
（以上民国十年作） 花影 夜
半 人间 招引 人家 灯下
在山径中 小的伴侣 偶阅长生
殿有此诗首句即引为小诗 湖心
晨游 灯前的小坐 香烬了 眼
光的流痛 人生的领受 良夜歌
虚伪 独行的歌者 夜泛平湖秋
月 游西湖泊舟于丁家山下 金
山寺塔之最上层 理安寺外 从
图画中 海滨的雨后 病后 不
言之慕 读清人词有"往事如流后
期成梦"句颇有感于心因作此诗
偶聚 秋夕的触感明湖夜游 烦
热 忽遇 酬答 不眠 同情的
寻觅——（以上民国十一年作）
松阴下的倦 小坐 泰山下宾馆
中之一夜 日观峰上的夕照 期
望 一夕话 在薄虹色的网中——
（以上民国十二年作） 谁能安
眠 蛟龙吞蚀不了的心痕——（以
上民国十三年作）

（52）苦闷的象征 〔日〕厨
川白村著 丰子恺译 1925 年 3
月商务印书馆初版 32 开本，目次
3 页，正文 105 页，卷末附言 2 页。

目次：第一、创作论 一、两
种的力 二、创造生活的欲求
三、强制抑压的力 四、精神分析
学 五、人间苦与文艺 六、苦闷
的象征 第二、鉴赏论 一、生
命的共感 二、自己发见的欢喜
三、悲剧底净化作用 四、有限中
的无限 五、文艺鉴赏的四阶段
六、共鸣的创作 第三、关于文
艺根本问题的考察 一、预言者的
诗人 二、理想主义与现实主义
三、短篇《项圈》 四、白日的梦
五、文艺与道德 六、酒，女，与
歌 第四、文学底起源 一、祈祷
与劳动 二、原始人底梦（卷末附
言山本修二作于 1924 年 2 月 2 日）

（53）太戈尔传 郑振铎编纂
1925 年 4 月商务印书馆初版 32
开本，《序》1 页，插图目次 2 页，
目次 2 页，正文 152 页。

目次：序（编者作于 1925 年
2 月 24 日） 绪言 第一章、家世
第二章、童年时代 第三章、喜马
拉耶山 第四章、加尔各答与英国
第五章、浪漫的少年时代 第六
章、变迁时代 第七章、旅居西莱
达时代 第八章、太戈尔的妇人论
第九章、国家主义与世界主义 第
十章、和平之院 第十一章、太戈
尔的哲学的使命 第十二章、得诺
贝尔奖金以后 附录：一、太戈

尔的人生观与世界观　二、太戈尔的艺术观　三、太戈尔的诗与哲学观　四、太戈尔的妇女观　五、太戈尔对于印度和世界的使命　太戈尔的重要著作

（54）木马　〔法〕雷里、安端著　李青崖译　1925 年 4 月商务印书馆初版　1933 年国难后商务印书馆第一版　32 开本，全剧正文 167 页，译者附记 2 页。

目次：剧中人物　第一幕　第二幕　第三幕　译者附记（青崖附识，十三年四月十六日）

（55）倍那文德戏曲集　〔西〕J·倍那文德著　沈德鸿译　1925 年 5 月商务印书馆初版　32 开本，《序 8 页，目次 1 页，正文 292 页。

目次：译者序——倍那文德的作风　太子的旅行（三幕剧）（从 PoetLore 第一卷第四号，英译名 The Prince Who Learnd Everything Out of Books）　热情之花（三幕剧）1923 年 3 月 8 日译于加利福尼亚　伪善者（二幕剧）1923 年 3 月 22 日译了。

（56）空山灵雨（散记集）　落华生著　1925 年 6 月商务印书馆初版　1931 年 3 月商务印书馆四版　1932 年 9 月商务印书馆国难后第一版　1935 年 2 月商务印书馆国难后第三版　32 开本，目次 4

页，正文 120 页。

目次：弁言（落华生作于 1922 年 1 月 25 日）　心有事　蝉　蛇　笑　三迁　香　愿　山响　愚妇人　蜜蜂和农人　"小俄罗斯"底兵　爱底痛苦　信仰底哀伤　暗途　你为什么不来　海　梨花　难解决的问题　爱就是刑罚　债　暾将出兮东方　鬼赞　万物之母　春底林野　花香雾气中底梦　酴醾　七宝池上底乡思　银翎的使命　美底牢狱　补破衣的老妇人　光底死　再会　桥边　头发　疲倦的母亲　处女的恐怖　我想　乡曲底狂言　生　公理战胜　面具　落花生　别话　爱流汐涨

（57）海滨故人（短篇小说集）庐隐女士著　1925 年 7 月商务印书馆初版　1930 年 3 月商务印书馆 5 版　32 开本，目次 2 页，正文 259 页。

目次：一个著作家　一封信　两个小学生　灵魂可以卖吗　思潮　余泪　月下的回忆　或人的悲哀　丽石的日记　徬徨　海滨故人　沦落　旧稿　前尘

（58）新文学概论　〔日〕本间久雄著　章锡琛译　1925 年 8 月商务印书馆初版　1927 年 3 月商务印书馆 3 版　32 开本，《译者序》2 页，《原序》2 页，目次 8 页，

正文及索引共 143 页。

目次：译者序（民国十四年三月；译者）　原序（大正六年十月；著者识）　前编文学通论　第一章、文学的定义　暧昧的文学的词——新模范大辞典与文学的意义——文学这词的所以暧昧——颇斯耐脱的观察——诸家关于文学的定义——华舍斯德之说——勃鲁克之说——瓦纳之说——亚诺德之说——颇斯耐脱之说——台昆雪之说——"知识的文学与力的文学"——亨德之说——道甸之说　第二章、文学的特质　什么是文学的特质——文却斯德之说——其永久性——文学为什么具有永久性——"诉于感情之力"——感情的瞬间性——文学与永久性的关系——文学的普遍性——文学与普遍性的关系——居友之说——艺术底感情与其社会性——个底与全底　第三章、文学的起源　艺术起源问题说明的两方面——心理学底立场——关于艺术冲动的诸说——游戏本能说、模仿本能说、吸引本能说、自己表现本能说——希勒垒尔与斯宾塞——对于游戏本能的反驳——希伦之说——艺术发生学底立场——文学的起源问题——诗——诗的起源与抒情诗——麦更西的"文学的进化"——文学进化的四阶段——原始时代、未开状态、专制主义、民主主义——未开状态与诗——原始底诗的诸题目——狩猎、战争、恋爱、讽刺、劳动等　第四章、文学的要素　文学构成的四要素——文却斯德之说——情绪、想像、思想、形式——情绪、感情的生坯不能作为文学底情绪——文学底情绪的径路——岛村抱月的观照说——山泰耶奈的快感游离说——"被客观化的情绪"——有文学底效果的情绪的特质——波山奎的想像观——想像与空想——文学底想像的三种——文却斯德之说——创作底想像、联想底想像、解释底想像——思想——束缚于思想的作物——托尔斯泰的"复活"——诺尔陶的"颓废论"　第五章、文学与形式　形式的意义——形式的哲学底解释——克洛契与波山奎——培耳——文却斯德的形式观——为手段方法的形式——形式的两种——散文与韵文——文却斯德的韵文说——韵文的定义——律格——律格的三种——音声律（平仄法）音位律（押韵法）音数律（造句法）——没韵法——叙事诗、抒情诗、剧诗——近代社会与散文——沛得之说——散文的种类——亨德之说——散文发达史上的分类——故事底、记述底、讨论底、批评底及哲学底——题材上的分类——讽刺与虚构——形式的狭义的意义——文体——孚罗倍尔的文体尊重说——文体的分类——简洁体、蔓衍体、其他　第六章、文学与语言　文学存在的三要素——作家、公众、媒介物——为媒介物的语言——慕勒、菲脱内——克洛契之说——"语言哲学与艺术哲学同"——克鲁泡特金的俄语观——都格涅夫的话——言语的暧昧性——孚罗倍尔诫摩泊桑的话——"一语说"——"暧昧说"——语言与暗示——默退林克与斯宾塞——戈梯的"恶之华"序——麦拉尔梅的话——托尔斯泰的非难——台喀亶文学的鉴赏与语言　第七章、文学与个性　文学与个性及人格——希来格尔的话——颇斯耐脱的人格尊重说——勃封的话——"文体是人"——亨德的话——"人是文体"——作品与其作者——纳尔逊说——处理法与态度——同题材异趣味的作品——近松与西鹤——哥尔梯说——美底人格与人间底人格——作家的个性与人类感　第八章、文学与国民性　文学与国民性——泰纳之说——"人种""周围""时代"——勒滂之说——种族性与民族魂——文学鉴赏与国民性的问题——勃兰兑斯——国民性与文明史底研究——洛里埃的"比较文学史"——法国国民性——德国国民性——英国国民性——英国文学者的道德底调子——勃兰兑斯所见的俄国国民性——戈柯尔的话——从国民性看的俄国文学——"沃勃罗摩夫"和"父与子"——芳贺矢一的"国民性十论"——他的批评——五十岚力之说——"明""净""直"　第九章、文学与时代　颇斯耐脱的话——第威的话——莎士比亚与以利沙白时代——近松与元禄时代——裴伦与革命底思潮——亨德的话——"时代精神的正确的解释"——爱墨孙之说——艺术与时代的必然底关系——最近的文学研究法——都格涅夫与其六大杰作——路定与其时代的背景——从作家立场的观察——亚诺德之说——作家批评的一标准——莎士比亚式与易卜生式——时代之先觉的易卜生——时代与文学的系统底研究——勃克的"近代文学的社会底势力"——三种的"近代底要素"——泰纳之说　第十章、文学与道德　文学研究上的重大问题——艺术里的道德性——艺术论上的问题——艺术道德交涉论与最近的美学者——艺术底活动与道德底活动——美底价值与道德底价值——山泰耶奈之说——快乐与苦痛、游戏与业务——山泰耶奈之说与游戏本能说——对于艺术与对于道德的不同——艺术与道德混同的误谬——淮尔特的"格雷的肖像画"——居友与山泰耶奈——艺术、社会性、道德性

后编 文学批评论 第一章、文学批评的意义、种类、目的 何谓文学批评——批评的意义——盖雷、斯各脱之说——"文学批评的方法及材料"——古来所称的五种意味——以文学为题材的批评——文学批评的方法上的分类——盖雷、斯各脱之说——裁断底批评与归纳底批评——归纳底批评的两种——主观底批评与客观底批评——人格底批评与形式底批评——冒尔顿之说——文学批评的目的——亨德之说——文学的鉴赏、文学的改善、公众趣味的教化——盖雷、斯各脱之说——创作与批评的关系——四种问题——其是非论 第二章、客观底批评与主观底批评 客观底批评与主观底批评——冒尔顿之 说——客观底批评、标准批评、形式批评——亚里斯多德的"诗学"——冒尔顿的因习批评观——戏剧的三一律——批评史上的形式底批评——形

式批评的弊害——阿迭生的"失掉的乐园"评——福禄特尔的莎士比亚评——纳尔逊之说——近代底倾向与主观底批评——主观底批评的特质——"印象"与"人格"——健姆士的话——"批评即批评家"——道甸的批评家观——拉司金的话——批评史上的事实——莎士比亚与哥德——渥特渥思的"抒情诗歌集"序文——源氏物语"与本居宣长——"玉的小栉"的价值——褒劳的主观底批评论 第三章、科学底批评 主观底批评的分类——科学底批评的提倡者泰纳与其"英文学史"的序文——科学底批评的意义——应用科学的研究法的批评——"美学者植物学也"——文学构成的三要素——人种、周围、时代——为文学评价的标准的三要素——散芝褒理对于"科学底批评"的非难——道甸之说——其两效果——其弊——科学底批评与唯物论底倾向 第四章、科学底批评对伦理底批评——理想主义底批评——伦理底批评与裁断底批评——伦理底批评是内容底裁断批评——勃廉谛尔与其理想主义——近代文学的攻击——"科学的破产"——人间力的高调——诺尔陶的批评——波亚牢与托尔斯泰 第五章、鉴赏批

评与快乐批评（附·结论） 鉴赏批评的意义——"新模范大辞典"与鉴赏的词——作品的诸性质、功绩、价值等真确而且适当的认识及评价—— 近代的鉴赏批评家——亚诺德、拉司金、沛得、淮尔特、西蒙士—— 亚诺德的批评论——"现代批评的职能"——批评家的态度与"没利害感"——创作底活动与批评底活动—— 亚诺德批评论的缺点——拉司金的鉴赏批评——他的神秘哲学——鉴赏批评的代表沛得——散芝褒理的所谓"快乐底批评"——"文艺复兴期的研究"与序文——"气质"的尊重——文学批评的三阶段——批评即创作——科学底批评、伦理底批评、鉴赏批评的功过——沛得与官觉底要素的尊重——沛得的人生观—— 快乐主义底印象主义——"经验的本身是目的"——排斥固定观念——爱墨孙"思想是牢狱"的话——把持纯真的态度 新文学概论索引

（59）三姊妹（四幕剧）〔俄〕柴霍甫（А.Д.Чехов）著 曹靖华译 1925 年 8 月商务印书馆初版 1932年11月商务印书馆国难后第1版 32 开本，登场人物及地点介绍 2 页，正文及柴霍甫评传 162 页。

目次：登场人物 地点 第一幕 第二幕 第三幕 第四幕 （附录）柴霍甫评传（译者作于 1924 年 12 月北京）

（60）印度寓言 郑振铎编 1925 年 8 月商务印书馆初版 32 开本，《序》6 页，目次 5 页，正文 87 页。

目次：序（郑振铎作于 1925 年 7 月 2 日） 骆驼与猪 鸟与黏胶 金属光片与电光 百灵鸟与它的幼鸟 两件宝物 驴披狮皮 多话的龟 猴与镜 群兽的大宴 蓝狐 蛇与鹦鹉 井中的盲龟 剑与剃刀及皮磨 二愚人与鼓 体质好与体质坏的 狐与蟹 象与猿 麻雀与鹰 鼓与兵士 狐与熊 聪明人与他的两个学生 猫头鹰与乌鸦 乌鸦与牛群 孔雀与鹅及火鸡 铁店 虎与兔 隐士与他的一块布 孔雀与狐狸 富人与乐师 聪明的首相 幸运仙与不幸仙 猫头鹰与他的学校 虫与太阳 鸢与乌鸦及狐狸 猫头鹰与回声 骡与看门狗 海与狐狸及狼 狮与少狮群猪与圣者 四只猫头鹰 狮及说故事的狐狸 国王与滑稽者伐树人与树林 狮与山羊 主人与骄夫 公羊与母羊及狼 圣者与禽兽 乌鸦与蛇 兽与鱼 农夫与狐狸 幸运的人与努力的人 鹭鸶与蟹及鱼 愚

人与热病　莲花与蜜蜂及蛙　狮与象

（61）莱森寓言　〔德〕莱森著　郑振铎编　1925 年 8 月商务印书馆初版　32 开黑硬布面本，《序》2 页，目次 3 页，正文 41 页。

目次：序（郑振铎作于（民国）十四年七月三日）　驴与赛跑的马　夜莺与孔雀　狼在死榻上　狮与驴　二狗与羊　狐　荆棘　夜莺与百灵鸟　梭罗门的鬼魂　伊索与驴　弓手　有益的东西　象棋中的武士　盲鸡　铜像　马与牛　鸭　麻雀与驼鸟　驴与狼　狮与兔　周比特与马　凤鸟　夜莺与鹰　麻雀　猫头鹰与觅宝者　米洛甫士　赫克里士　驴与狮　羊　仙人的赠品　二狗　群兽争长

（62）线下　叶绍钧著　1925 年 10 月商务印书馆初版　1926 年 12 月商务印书馆再版　32 开本，目次 2 页，正文 235 页。

目次：孤独（1923.1.28.）　平常的故事（1923.4.18.）　游泳（1923.7.18.）　桥上（1923.7.28.）校长（1923.8.30.）　马铃瓜（1923.9.11.）　一个青年(1924.1.31.)　春光不是她的了（1924.8.12.）　金耳环（1924.11.12.）　潘先生在难中（1924.11.27.）　外国旗（1924.12.6.）

（63）我的生涯（一个俄国农妇自述）〔俄〕托尔斯泰（L.Toltoy）编定　李藻译　1925 年 11 月商务印书馆初版 1932 年 11 月商务印书馆国难后第 1 版　32 开本，目次 7 页，《引言》和《信》6 页，正文 129 页。

目次：引言（译者志于 1924 年 3 月）　达娣阿娜·老凡夫娜·苏考娣娜给厦尔莱·沙罗门的信（1923 年 12 月 14 日于莫斯科）一、阿妮沙对于米卡义禄之失爱的爱。家人使其嫁达尼鲁。达尼鲁的养母高斯丽喀向阿妮沙的父母求婚。　二、翌日米卡义禄与阿妮沙之会谈。晚上高斯丽喀送来定礼给阿妮沙。不好的接待，高氏告知阿妮沙的父母。初次会亲。　三、十五天后，在阿妮沙父母家里之家族的喜庆筵。阿妮沙之饮泣。　四、翌日行结婚礼。喜童去迎新娘。引新郎来。进教堂。“司瓦喀”。五、拜访神父。进新家庭。新夫妇同食。起床。束装。新家庭中炉炕上买位置。喜餐。三天的热闹。六、夫妇的生活。婆婆高斯丽喀的性格。高氏引诱阿妮沙以情夫待其弟。阿妮沙之拒绝。　七、高斯丽喀之威吓，诬阿妮沙有一情夫：马梯·巴斯基力。阿妮沙与达尼鲁之解说。　八、阿妮沙结婚后四年，怀孕。受不住再和高斯丽喀过普通的生活。达尼鲁和她决意到邻居巴斯力·拉乌毛文基家过活。分家。九、拉乌毛文基和鲁淑嘉家中的生活。初次的苦痛（生子）。 十、达尼鲁空费力找不到一个收生妇。鲁淑代之。达尼鲁之喜。祝福。选认教父和教母。阿妮沙自养小儿的一天起爱其丈夫。 十一、翌日阿格拉帅娜（哥路奇喀）的洗礼。洗礼之餐。礼仪。拉乌毛文基的请求。阿妮沙满三日便又作工。阿妮沙受冤苦。母恩。 十二、高斯丽喀之馋言：使鲁淑嘉疑阿妮沙为拉乌毛文基之情妇。鲁淑嘉之嫉妒。 十三、达尼鲁和阿妮沙离开拉乌毛文基老人家。分居。哥路奇喀之死。父母的难过。 十四、达尼鲁和阿妮沙自己立家。困难。穷困的压迫。十五、大灾难。穷困。达尼鲁堕落，为坏少年所诱。做贼的商议。劝阻及阿妮沙的忧戚。 十六、达尼鲁行窃后返家。十七、贼们从菲立宾家中偷牛，不幸全为村夫们所捉捕。达尼鲁逃免。阿妮沙的忧戚。十八、翌日警官捕捉昂德和达尼鲁。 十九、达尼鲁入狱。他的妇人的探望。到一年头判罪放流西伯利亚。生女。阿妮沙决意伴达尼鲁行。她和孩子们同入狱。 二十、起程赴莫斯科。到。监狱里过活。达智喀病。使其进医院。医生之欺

骗。 二十一、医院中达智喀之死。管理妇之残忍和欺骗。 二十二、监狱中的管理。 二十三、起程赴呢呢（nijninovgarod）。佛勒喀河中之船上旅行。到柏儿木。 二十四、华尼阿和马嫚进柏儿木的医院。怪人。死人之床。 二十五、柏儿木的起程。华尼阿掉下囚车来。 二十六、到都门之前，达尼鲁重伤。达尼鲁进医院。 二十七、达尼鲁之死。 二十八、阿妮沙之失望。忧戚。阿妮沙受都门医院管理员的妇人欺骗，如同在莫斯科的医院中受管理妇的欺骗。 二十九、阿妮沙请求还乡。监狱里管理员伊凡，昂德维治之恩情。送阿妮沙与其妇娜大利·塞格闰拉同住。 三十、娜大利收留下阿妮沙和其儿女。三十一、富商想要阿妮沙的一个儿子去承继。阿妮沙之迟疑。默想以王司卡给人。但最后，却不能让与人。 三十二、回家乡的起程。到乌康司格。住医院。阿妮沙在一驿站上被窃。 三十三、由佛勒喀和呢呢返至莫斯科。到都拿及其家。阿妮沙过寡妇的生活。 三十四、阿妮沙再嫁与看教堂的伊凡·米奇梯治。

（64）玛丽 敬隐渔著 1925年12月商务印书馆初版 1927年2月商务印书馆再版 32开本，目

次 1 页，正文 85 页。

目次：养真　玛丽　袅娜
宝宝

（65）旅途（上中下）　张闻
天著　1925 年 12 月商务印书馆初
版　32 开本，正文 198 页。（作者
作毕于 1924 年 5 月 6 日上海）

（66）社会的文学批评论
〔美〕蒲克女士著　傅东华译
1926 年 1 月商务印书馆初版　大
32 开精装本，《译序》2 页，目次 1
页，正文 75 页。

目次：译序（译者 1925 年补
序于西湖）　第一章、批评学说之
一团纠纷　第二章、比较宏大的批
评说　第三章、批评的标准　第四
章、批评家的职务

（67）一生（中篇小说）〔法〕
莫泊桑著　徐蔚南译 1926 年 1 月商
务印书馆初版　本书分上下两册，
32 开本，序 41 页，正文 372 页。

一生序（沈雁冰作于 1925 年
7 月 15 日上海）　正文分 14 章

（68）盲乐师　〔俄〕克罗连
科（W.G.Korolenko）著　张亚权译
耿济之校　1926 年 1 月商务印书
馆初版　32 开本，《耿序》4 页，《自
序》2 页，正文 240 页。

目次：耿序（耿济之序于 1925
年 3 月 30 日）　自序（1924 年 5
月 21 日译者志于京邸）　共七章

尾声（1924 年 5 月 21 日译竣）

（69）诗学　〔希〕亚里斯多
德（Aristoteles）著　傅东华译
1926 年 1 月商务印书馆初版　1933
年 3 月商务印书馆国难后第一版
32 开本，《重校译序》2 页，目次 1
页，正文 121 页。

目次：重校译序（译者于 1925
年 7 月 28 日校订完毕）　提要　诗
学　读诗学旁扎

（70）雕刻家米西盎则罗　李
金发著　1926 年 9 月商务印书馆
初版　32 开本，正文 69 页，扉页
有厚道林纸图像 27 幅。

（71）孤雁　王以仁著　1926
年 10 月商务印书馆初版　1933 年
1 月商务印书馆国难后第 1 版
1935 年 4 月商务印书馆国难后第 2
版　32 开本，目次 1 页，《我的供
状》（代序）10 页，正文 178 页。

目次：我的供状（代序）——致
不识面的友人的一封信（1 月 27
日夜作毕于上海旅次）　孤雁（8
月末日写于新宝华船中）　落魄
（重阳节写于沪南贫民窟中）　流
浪（1924 年 3 月 12 日作于杭州工
专）　还乡（1925 年 4 月 17 日夜
脱稿于杭州工专）　沉缅（1925
年 5 月 29 日脱稿于杭州）　殂落
（1925 年 6 月 19 日杭州）

（72）惨雾（短篇小说集）　许

杰著 1926年10月商务印书馆初版 32开本，目次1页，正文310页。

目次：惨雾（1924年6月5日上海） 醉人的湖风 菜芽与小牛（1924年9月29日在上海） 小草（1924年11月30日作完） 台下的喜剧（1924年12月9日） 隐匿（1925年4月19日上海） 赌徒吉顺（1925年8月22日上海）

（73）嘉尔曼 〔法〕梅礼美著 樊仲云译 1926年11月商务印书馆初版 32开本，《序4页，正文138页，插图36幅。序（译者作于1925年12月25日） 全文为1、2部分 随笔

（74）为幸福而歌（诗集） 李金发著 1926年11月商务印书馆初版 32开本，《弁言》1页，目次8页，英文短诗（海涅著）1页，正文296页。

目次：弁言（金发志于上海1925年10月） 初心 Promenade 心期 燕羽剪断春愁 Elan 絮语 诗神 吾生爱 讴歌 Tristesse 美人 高原夜语 松下 红鞋人 吟兴 叮咛 墙角里 前后 晚上 草地的风上 给 Z.W.P. 问答 Ballade 柏林 Tiergarten 日光 Paroles 韦廉 故园之雨后 恸哭之因 如娇嗔 是温柔 在生命的摇篮里 戏与

魏仑谈 盛夏 Idée 海浴 远地的歌 Am Meer 夜归凭栏二首 预言 人说江之南北 冲突 吁 我把她杀了 Hasard 海潮 凉夜 如……有感 心为宿怨…… 耳儿 一瞥间的灵感 我一天遇见 生命彼之 Unité 夜之来 小诗 à Gerty 冬 Fontenay-aux-Roses 多少疾苦的呻吟…… 死 即去年在日耳曼尼 呵你是秘鲁的美人 初夜 胡为乎…… 上帝——肉体 风 雨 记取我们简单的故事 听，时间驰车过了 将来初春的女郎 黎明时所有 我的轮回 给一九二三年最后一日 狂歌 一无所有 Mal-aimé 投赠 在我诗句以外 生之炎火 举世全是诱惑 枕边 秋老 呼唤 灰色的明哲 明星出现之歌 断送 我舟儿流着 星儿在右边 你白色的人 Salutation 刚才诡笑的人儿 在天的星儿全熄了 足音 我们风热的老母 你少妇 故乡的梁下 旧识 偶然的 Home-Sick Vilaine 的孩子 春 重见小乡村 我爱这残照的无力 自然是全部疲乏了 我欲到人群中 乐土之人们 我想到你 园中 Ma Chanson 无题 调寄海西头 香水 我对你的态度 自然 杂感

（75）绵被（长篇小说） 〔日〕

田山花袋著　夏丏尊译　1927年1月商务印书馆初版　32开本，《爱欲》（代序）38页，正文109页。

目次：爱欲（代序）方光焘作附勃朗宁原诗二首：①Evelyn Hope ②Porphyria's Lover　正文分为11个部分

（76）波华荔夫人传（法国外省风俗记）〔法〕弗罗贝尔著　李青崖译　1927年6月商务印书馆初版　32开本，本书原稿1页，目次4页，正文604页。

目次：第一卷　第一章、自孩童时代至未断弦以前之沙尔波华荔　第二章、劳伍尔家庭和沙尔断弦　第三章、沙尔对艾玛的友谊与求婚　第四章、艾玛做了波华荔夫人了　第五章、沙尔和艾玛的新婚时代　第六章、艾玛幼年生活的回忆　第七章、渐入烦闷境界的艾玛　第八章、浮比沙尔的侯府夜宴和跳舞　第九章、深入烦闷境界的艾玛和波华荔家庭的迁居　第二卷　第一章、修道院的庸威村　第二章、沙尔夫妇到庸威村之第一日第三章、贝特的诞生及雷翁和艾玛的路遇　第四章、雷翁艾玛间的接近　第五章、怨与旷的闷葫芦第六章、艾玛的宗教观念和雷翁的离庸威村　第七章、艾玛的离愁和洛朵尔夫　第八章、农业展览会和

密谈　第九章、波华荔夫人堕落了第十章、堕落之中　第十一章、沙尔医治依波理特的失败　第十二章、艾玛的迷途及其潜逃的计画第十三章、绝交书及其影响　第十四章、艾玛病后的反省及其赴罗昂听戏的来由　第十五章、戏园中的见闻　第三卷　第一章、波华荔夫人第二次的堕落　第二章、从罗昂回庸威村以后的艾玛　第三章、在罗昂的三天幽会　第四章、艾玛学习音乐的诡计　第五章、艾玛的荒淫和勒黑的盘剥　第六章、荒淫和盘剥的结果　第七章、艾玛的求救的失败　第八章、波华荔夫人的末日　第九章、艾玛入殓前的药师和神甫　第十章、艾玛的葬仪　第十一章、霍迈的手腕和沙尔的"定数"观念

（77）老张的哲学　老舍著1928年1月商务印书馆初版1929年11月商务印书馆三版　32开本，全文351页。

全文分第一——第四十五部分

（78）赵子曰　老舍著　1928年4月商务印书馆初版　1928年11月商务印书馆再版　1929年11月商务印书馆三版　32开本，全文348页。

全文分第一——第二十三个部分，每个部分又分若干节。

（79）意大利及其艺术概要 李金发著 1928年5月商务印书馆初版 32开本，《序》4页，插图目录4页，正文目录2页，正文220页，"参考书"1页。

目录：序言 文艺复兴杂述 人格根本的发展——近代光荣——妇女的地位——人体美的概说——人的发现与诗的价值

意大利历史略表 社会概情 美术——文学——贵族与中产——平民——宗教 过阿尔卑斯山 Les Alpes——Côme——艺术与自然 Milano（米郎） 教堂——Leonardo da Vinci——gabrie Verona（威罗那） 校武场——建筑 Venezia（威奴姐） 历史——现状——Lido——Basilica——Ducale 王宫——监狱——碑坊——Musée——幼稚时代的图画 Bologna（布莪惹） Firenze（蕙兰紫） Palazzo Vec chio——Conpola——Battistero——Couvent San Marco——Uffici——Palazzo Pitti——国家美术院——Loggio dei-Ianzi——Strozzi 宫 Roma（罗马） 小史——Foro Romano——palatlno——Colosseo——Neron 旧宫——Via Appia——Capitoino——Vittorio Emanuele II 之纪功碑——Castelo San Angelo——Viticano（San Pietro，Cryptes，美术院 Cappella Sistina）——国家美术院——Borghèse 美术院——近代美术院——法国美术学院——教堂——乡野 Napoli（拿破里） 历史——美术——Vésuve 火山——Pompéi——环近

（80）醉里（短篇小说） 罗黑芷著 1928年7月商务印书馆初版 32开本，《卷端缀言》1页，目次2页，正文218页。

目次：卷端缀言（1926年11月黑芷志于长沙） 胡胖子请客 出家 医生 二男 圆脸 醉里 灵感 海的图画 辛八先生 货贩 失名者 低低地弯下身去 将这个献给我的妻房 在澹霭里 决绝 无聊 压迫

（81）他们的儿子 〔西〕柴玛萨斯（E.Zamacois）著 沈余译 1928年8月商务印书馆初版 32开本，《柴玛萨斯评传》11页，正文104页。

目次：柴玛萨斯评传 他们的儿子

（82）动摇 茅盾著 1928年8月商务印书馆初版 1929年5月商务印书馆再版 32开本，正文238页。

本书全文分——十二个部分

（83）幻灭 茅盾著 1928年

8 月商务印书馆初版 32 开本，正文 147 页。

本书全文分——十四个部分

（84）罗亭 〔俄〕屠格涅夫著 赵景深译 1928 年 9 月商务印书馆初版 32 开本，《译者序》12 页，正文 229 页。 译者序（赵景深作于 1928 年 5 月 4 日）《罗亭》全文分 1——14 个部分

（85）河童 〔日〕芥川龙之介著 黎烈文译述 1928 年 10 月商务印书馆初版 1934 年 7 月商务印书馆国难后第一版 32 开本，目录 1 页，《海上哀音》（代序）7 页，正文 144 页。

目录:海上哀音(代序)——闻芥川龙之介之死（1972 年 7 月 27 日烈文作于日本伊东海岸） 河童（前有译者作的"解题"和《序》，后有译者于 8 月 16 日于日本伊东海岸作的"译后的话"）1927 年 8 月 15 日（昭和二、二、一一）译毕于伊东蜘蛛之丝（1927 年 5 月 19 日译于东京） 附录:芥川龙之介氏与河童（永见德太郎著）1927 年耶苏节后两日译毕于巴黎金星旅馆

（86）一个人的死 〔希〕K·帕拉玛兹（Kostis Palamas）著 沈余译 1928 年 11 月商务印书馆初版 1929 年 11 月商务印书馆再版 32

开本，《帕拉玛兹评传》41 页，正文 68 页。

目次: 帕拉玛兹评传（一——八） 一个人的死（一——四）题辞

（87）追求 茅盾著 1928 年 12 月商务印书馆初版 32 开本，华滋华斯的英文短诗 1 页，《从牯岭到东京》（代跋）27 页，正文 248 页。

目录: 英文短诗（华滋华斯 Wordsworth 著） 追求（全文分 1——8 部分） 从牯岭到东京（代跋）

（88）菊子夫人（翻译长篇小说） 〔法〕绿谛（Pierre Loti）著 徐霞村译 1929 年 3 月商务印书馆初版 32 开本，《序》6 页，正文 267 页。

目次: 序（民国 17 年 9 月霞村重序于上海） 楔子 1——56 个部分

（89）恋爱的故事（希腊罗马的神话与传说之三） 郑振铎著 1929 年 3 月商务印书馆初版 32 开精装本，《叙言》4 页，目录 4 页，插图目录 4 页，正文 261 页，《索引》5 页。

目录: 叙言（郑振铎 18 年 1 月 15 日于上海） 大熊小熊 丽达与鹅 欧绿巴与牛 爱坡罗与妲芬 玉簪花 向日葵 安特美

恩的美梦　乌鸦与柯绿妮丝　爱神的爱　巨人的爱　史克娅与骚西　骚西与辟考斯　象牙女郎　美娅与其父　亚杜尼斯之死　歌者奥菲斯　白比丽丝泉　仙女波莫娜　那克西斯　柏绿克丽丝的标枪　赛克斯与亚克安娜　潜水鸟　依菲斯　奥依妮与巴里斯　潘与西冷克丝　希绿与林达　根据与参考　索引

（90）贵族之家（翻译长篇小说）　〔俄〕屠格涅甫著高滔译1929 年 4 月商务印书馆初版　32开本，正文 341 页。

目次：全文分为 1——44 个部分　尾声

（91）黄昏　王统照著　1929年 4 月商务印书馆初版 1930 年 11月商务印书馆再版　32 开本，《自序》2 页，正文 196 页。

目次：自序（民国 16 年 11 月末某夜自记于琴岛之滨）　正文全文分为 1——19 个部分

（92）未厌集　叶绍钧著1929 年 6 月商务印书馆初版　32开本，目次 1 页，正文 172 页。

目次：遗腹子（1926 年 7 月28 日作毕）　夏夜（1926 年 8 月19 日作毕）　苦辛（1926 年 11 月2 日作毕）　一包东西（1926 年 11月 30 日作）　抗争（1926 年 12

月 6 日作毕）　小病（1927 年 7月 10 日作毕）　小妹妹（1927 年7 月 31 日作毕）夜（1927 年 11 月4 日作毕）　赤着的脚（1927 年 11月 9 日作）　某城纪事（1928 年 7月 6 日作毕）　扉页有关于"未厌"两字的说明（1928 年 10 月 26 日作者识）　封面的反面有"本书著者的其他作品"的书目 5 种

（93）烟（翻译长篇小说）〔俄〕屠格涅甫著　樊仲云译　1929 年11 月商务印书馆初版　32 开本，《译序》10 页，正文 342 页。

目次：译序（译者作于 1928年 8 月 20 日上海）　全文分为 1——28 个部分

（94）天鹅歌剧（六幕歌剧）　赵景深作词　邱文藻作曲　1929 年商务印书馆初版　1932 年 10 月国难后商务印书馆第一版　大 32 开本。

题卷端（序）一九二七、十、二十八赵景深作

（95）艺林外史（原名瘦猫馆）〔法〕法郎士著　李青崖译　1930年 3 月商务印书馆初版　32 开本，正文 132 页。

全文分为十四章

（96）红的笑　〔俄〕安特列夫（Leonid Andreev）著　梅川译1930 年 10 月商务印书馆初版1932 年 11 月商务印书馆国难后第

一版　32 开本,《小引》7 页, 正文和《关于"关于红的笑"》132 页。

目次: 小引 (一九二九年五月十日, 梅川记)　红的笑　第一部 (断片一——断片九)　第二部 (断片十一——断片十八、断片末段)　关于"关于红的笑" (鲁迅)

(97) 英雄与美人 (三幕剧)〔英〕肖伯纳 (Bernard Shaw) 著　中暇译　1930 年 11 月商务印书馆初版 1932 年 11 月商务印书馆国难后第一版　32 开本, 全剧 128 页。

(98) 二马　老舍著　1931 年 4 月商务印书馆初版　1932 年 12 月商务印书馆国难后第一版　32 开本, 全文 448 页。

《二马》全文分为五段: 第一段 (分 1—2 部分)　第二段 (分 1—12 部分)　第三段 (分 1—15 部分　第四段 (分 1—11 部分)　第五段 (分 1—6 部分)

(99) 文坛逸话　宏徒编 1932 年 9 月商务印书馆国难后第 1 版　32 开本,《代序》2 页, 目录 3 页, 正文 82 页。

目录: 史特林堡与妇人　文豪所得的稿费　马克吐温的领带　阿那托尔法朗士不受人拍　龚枯儿兄弟　托尔斯泰与二十八小儿的啼声　普希金的决斗　死刑台上的杜思退益夫斯基　暴虐狂与受虐狂　兰姆姊弟的苦运　诗人雪莱　迭更司唱莲花落　金丸药与纸丸药　勃兰特　鲍特莱尔的奇癖　屠格涅夫轶事　痛骂男女关系者　十返舍一九之滑稽　南方熊楠这人　华盛顿欧文的家　诗人与小鸟　巴尔札克的收入计划　巴尔札克的想像力　哥德的晚年　勃莱克的幼年　拜伦的幼年代序　(注: 此书初版本是 1928 年 10 月, 但现在未找到初版本)

(100) 波纳尔之罪　〔法〕法朗士 (Anatole France) 著　李青崖译　1933 年 2 月商务印书馆国难后第一版　32 开本,《引言》6 页, 目录 4 页, 正文 325 页。

目录: 译者的引言 (1925 年 12 月 20 日青崖识于长沙)　第一部、柴　第一则 (1849 年 12 月 24 日)　第二则 (1850 年 8 月 30 日)　第三则 (1851 年 5 月 7 日)　第四则 (1851 年 5 月 7 日)　第五则 (1852 年 7 月 8 日)　第六则 (1859 年 8 月 20 日)　第七则 (1859 年 10 月 10 日)　第八则 (1859 年 10 月 25 日)　第九则 (1859 年 11 月 10 日在拿卜尔)　第十则 (1859 年 11 月 30 日在蒙特阿来格罗)　第十一则 (1859 年 11 月 30 日在基尔真第)　第十二则 (1859 年 11 月 30 日在基尔真第)　第十三则

（1859 年 12 月 8 日在巴黎）　第十四则（1859 年 12 月 30 日）　第二部、约翰妮亚历桑尔德　第一则（8 月 8 日在吕桑司）　第二则（8 月 9 日在吕桑司）　第三则（8 月 11 日在吕桑司）　第四则（8 月 12 日在吕桑司）　第五则（4 月 16 日在巴黎）　第六则（4 月 17 日）第七则（4 月 17 日）　第八则（5 月 2 日至 5 日）　第九则（6 月 2 日）第十则（6 月 4 日）　第十一则（6 月 6 日）第十二则（7 月 6 日）　第十三则（8 月 16 日）　第十四则（9 月至 12 月）　第十五则（12 月 15 日）　第十六则（12 月 20 日）第十七则（未记日月）　第十八则（186……年 2 月……日）第十九则（4 月至 6 月）　第二十则（6 月 10 日）　第二十一则（8 月至 9 月）　第二十二则（10 月 3 日）　第二十三则（12 月 28 日）　第二十四则（12 月 29 日）　第二十五则（186……年 1 月 15 日）　第二十六则（5 月）　第二十七则（9 月 20 日）　最后的一叶（1869 年 8 月 21 日）

（101）可敬的克莱登（四幕剧）〔英〕巴蕾（J.M.Bar rie）著　熊适逸译　1933 年商务印书馆版　32 开本，《译序》5 页，全剧 182 页。

目次：译序（熊式逸作于 1928 年 9 月 1 日）　剧中人　第一幕、英国伦敦城美非耳的罗安谟爵邸第二幕、岛中　第三幕、快乐的家庭　第四幕、又是一个岛中

（102）象牙戒指（长篇小说）庐隐著　1934 年 2 月商务印书馆初版　1935 年 5 月商务印书馆三版　32 开本，正文 254 页。

全文分为 1-20 个部分

（103）石门集（诗集）朱湘著　1934 年 6 月商务印书馆初版 32 开本，目次 8 页，正文 196 页。

目次：〈第一编〉　人生　花与鸟　歌　哭城　死之胜利　凤求凰　岁暮　无题　生　恳求冬　悲梦苇　招魂辞　泛海洋天上　那夏天　祷日　扪心　幸福　我的心　愚蒙　相信　希望镜子　一个省城　动与静　雨柳浪　闻莺　误解　风推着树　夜歌　春歌　〈第二编〉　收魂〈第三编〉　两行　四行：一、清明；二、完结了这丑陋的生活；三、人性当然人类要重视；四、鱼肚白的暮睡在水洼里　三叠令：一、我还是一个孩子；二、有一个惊心的真理　回环调　巴俚曲：一、无名氏三百　留得有经在；二、朱湘你是不是拿性命当玩；三、恰好是亚吉里断的反面　圈兜儿：一、像皮球有猫来用爪子盘弄；二、脚踏污泥我眼睛望天；三、赠张竞生；四、

樱桃在玄武湖上要人培养；五、理想当日虔诚的我拿赞仪；六、诗神要他的香火；七、旧信；八、人生是一个谜当要紧的关头；九、上了戏台人就该忘去自我；一〇、搂着人生你去踏狐步；一一、说自己是好人那当然不敢；一二、无伤害的游戏很少人会玩；一三、唯有钱最好是一句老生常谈；一四、凭了这一枝笔我要呼唤 十四行（英体）：一、看看远方的那团烽燧；二、或者要污泥才开得出花；三、除去了生活人事睡眠疾病；四、只是一个醉虽说酒有千种；五、如其你的目力能看透衣裳；六、没有地震那漭佩伊故墟；七、我的诗神愚夫听到我叫你；八、愚蠢的是人类需要大工程；九、便只这一丝向上的真诚；一〇、问了公认为真实的君子；一一、杀得人的鸦片医士取来；一二、草还没有绿过来但是空中；一三、我情愿作一个邮政的人；一四、啊灵魂我们是一对孩子；一五、世上所喜欢的人便是三种；一六、只是一镰刀的月亮带两颗星；一七、蛙声 十四行（意体）：一、一个一个的人就中蕴藏；二、我情愿拿海阔天空扔掉；三、我把过去摔在地上教它；四、你这藏躲在冰冻常亏缺；五、忽然我想起昭君她不愿；六、谁要走朝阳的路去三山；七、

那天我跨进了壮年的门槛；八、古代的书说女鬼能在凡人；九、我有一颗心她受不惯幽闲；一〇、辜负了这园林中的清气；一一、谁都道这是沙漠唯有骆驼；一二、悼徐志摩；一三、这么一件残缺连我自家；一四、有一首诗怀在这颗心里；一五、冻疮；一六、情感与理智；一七、两我的争论；一八、任人去选柔战斗的刚；一九、Hawthorne；二〇、寄梦苇子惠；二一、这条江虽然半涸了还叫汨罗；二二、捧着六十块圆璧魂灵呈献；二三、没有出息的是人他需要热；二四、潮汐的血仍旧敲开了红门；二五、在这个世界上谈不到真伪；二六、如其有一天我不再作小鸟；二七、我向你们致敬了从前与现在；二八、W·H·Davies；二九、这许多百衲衣草篓长扁担；三〇、Dante；三一、玉皇山；三二、只是同样的山岭回旋；三三、三十年的旧账一笔勾销；三四、作诗的原不该生下；三五、一间房不嫌它小只要好安居；三六、哼着电车来了好像是埋怨；三七、给我一个浪漫事不论是凶狠；三八、受佑了医药人类的雠敌；三九、George Bernardshaw；四〇、是呀亲爱的世界是如此淡薄；四一、这便是战神破坏的长子；四二、可狂喜又可痛恨的情感；四

三、你这个须发皆白的老汉寒冷；
四四、搀着自家的孩子在这春天；
四五、这一颗种子天用手指擎住；
四六、上灯时候的都市通衢大道；
四七、并不曾征求同意生到世上；
四八、一二三四五六……因为不眠；四九、不须柳浪闻莺只要春初；五〇、Rabelais；五一、横越过空间的山时间的水；五二、何默尔；五三、云霾升起于太空了水面；五四、Don Juan 〈第四编〉散文诗：一；二；三 〈第五编〉 阴差阳错（独幕诗剧）

（104）华伦夫人之职业（四幕剧） 〔英〕肖伯纳（G·Bernard Shaw）著 潘家洵译 1935 年 5 月商务印书馆国难后第 2 版 32 开本，《译者小序》2 页，《戏剧家的肖伯纳》14 页，正文 130 页。

目次：译者小序（译者作于 1922 年 10 月 24 日北京） 戏剧家的肖伯纳（沈雁冰作于 1923 年 3 月 11 日） 华伦夫人之职业

（105）现代诗论 〔法〕梵乐希等著 曹葆华译 1937 年 4 月商务印书馆初版 48 开本，目次 2 页，《序》4 页，正文 345 页。

目次：序 诗（梵乐希） 论诗（莫锐） 诗中的因袭与革命（鲁卫士） 传统与个人才能（爱略忒） 诗的经验（瑞恰慈） 诗中的四种意义（瑞恰慈） 论纯诗（雷达） 纯诗（墨雷） 前言（梵乐希） 诗中的象征主义（夏芝） 批评的信条（墨雷） 批评底功能（爱略忒） 实用批评（瑞恰慈） 批评中的试验（爱略忒）

（106）科学与诗 〔英〕瑞恰慈（I·A·Richards）著 曹葆华译 1937 年 4 月商务印书馆初版 48 开本，《序》4 页，目次 1 页，正文 75 页。

目次：序（叶公超于二十三年七月二日序于清华园） 引言（安诺尔德） 一、一般的情势 二、诗的经验 三、价值论 四、生命底统制 五、自然之中和 六、诗歌与信仰 七、几位现代诗人

（107）晚祷 梁宗岱著 1939 年商务印书馆出版 48 开本，目次 2 页，正文 63 页，《代跋》1 页。

目次：失望（21.7.21） 夜枭（22.2.2.） 泪歌（22.412.） 晚风（22.8.8.） 途遇（22.10.28.） 秋痕（22.10.30.） 散后（22.3.27——23.4.10.） 归梦（23.5.13.） 晨雀（23.6.7.） 晚祷（23.6.1 3.） 晚祷（二）（24.6.1.） 暮（23.6.21.） 白莲（23.6.2 3.） 星空（23.7.10.） 夜露（23.7.20.） 苦水（23.8.3.） 光流（23.8.13.） 晚情（23.8.17.） 陌生的游客（24.6.2 夜） 代跋

2. 文学研究会创作丛书

1936 年—1947 年 1 月　上海商务印书馆

（1）西施及其他（戏剧集）　顾一樵、顾青海著　1936 年 3 月商务印书馆初版　48 开本，目录 1 页，正文 142 页。

目录：西施（四幕剧）（顾一樵于 1932 年 5 月 4 日再稿）　昭君（三幕剧）（顾青海著）

（2）汉圆集（诗集）　卞之琳等编　1936 年 3 月商务印书馆初版　48 开本，目录 4 页，正文 207 页。

目录：〈燕泥集〉（何其芳）第一辑（1931—32）　预言（1931 年秋）　季候病（6 月 23 日）　罗衫怨（9 月 15 日）　秋天（9 月 19 日晨）　花环（9 月 19 日夜）　关山月（10 月 11 日）　休洗红（10 月 26 日）　夏夜（11 月 1 日）　第二辑（1933—34）　柏林（　　）　岁暮怀人（一）（12 月 3 日）　岁暮怀人（二）（12 月 7 日）　风沙

日（3 月 13 日）　失眠夜（4 月 28 日）　夜景（　　）　古城（4 月 14 日）　初夏（5 月 7 日）　〈行云集〉（李广田）第一辑（1933—34）　秋灯（8 月 28 日）　窗（　　）　旅途（10 月 20 日）　夜鸟（9 月 25 日）　生风尼（Symphony）　流星（1 月 19 夜）　访（1 月 9 日）　第二辑（1931—33）　秋的味（1931 年 9 月）　唢呐（1931 年 11 月）　乡愁（1932 年 10 月）　过桥（　　）　第一站（　　）　笑的种子（　　）　地之子（1933 年春）　第三辑（1934）　那座城　土耳其上天桥去　〈数行集〉（卞之琳）第一辑（1930.10 月—1931.1 月）　记录　奈何　远行　长的是　一个和尚　一个闲人　影子　第二辑（1931、7 月—8 月）　望　慧星　夜风　月夜　投长途　酸梅汤　第三辑（1932、8月—10月） 小别（赠吴延璆）(8月24日) 白石上（9月8日）工作的笑（9月9日）西长安街（9日11日续二年前旧作） 一块破船片（10月8日） 几个人（10月10日） 登城（10月15日） 火车（10月19日） 墙头草(10月19日) 第四辑（1933.7月—12月） 还乡（7月2日北平）寄流水（8月9日） 芦叶船（8月17日） 古镇的梦（ ） 古城的心（10月27日保定） 秋窗（10月26日） 入梦（11月12日）烟蒂头（12月7日保定） 第五辑（1934、8月—10月） 对照 水成岩 道旁（8月4日显龙山）

（3）生之忏悔（杂文集）巴金著 1936年3月商务印书馆初版 1936年8月商务印书馆再版 48开本，《"生之忏悔"题记》2页，目录4页，正文212页。

目录："生之忏悔"题记 第一部 我的心 作者底自白 我的自剖 我的呼号 我的梦 我的自辩 新年试笔 我与文学灵魂的呼号 给E.G.呓语 第二部 《黑暗之势力》之考察 《工女马得兰》之考察 《党人魂》之考察 第三部《工女马得兰》译本序 《骷髅之跳舞》译本序 《前夜》译本序；附廖抗夫略传 《我底自传》译本序 《幸福的船》序《秋天里的春天》译本序

第四部 广州二月记 薛觉先 第五部 童年 两个孩子双十节在上海 木匠老陈

（4）你我（散文集） 朱自清著 1936年3月商务印书馆初版 1936年8月商务印书馆再版 48开本，《自序》4页，目录4页，正文244页。

目录：自序（朱自清作于1934年12月北平清华园） 甲辑"海阔天空"与"古今中外"（1925年5月9日） 扬州的夏日 看花（1930年4月） 我所见的叶圣陶（1930年7月北平清华园） 论无话可说（1931年3月） 给亡妇（1932年10月） 你我谈抽烟 冬天 择偶记（1934年3月作） 南京 潭柘寺戒坛寺

乙辑 忆跋（1924年8月17日温州）(忆，系俞平伯作） 《山野掇拾》（1925年6月） （《山野掇拾》，系孙福熙作） 子恺漫画代序（11月2日北京） （《子恺漫画》， 系丰子恺作） "白米的诗"（1926年8月27日） 萍因遗稿跋 子恺画集跋（1926年11月10日在北京） 粤东之风序（1928年5月31日晚北京清华园） 叶圣陶的短篇小说（1930年7月北平清华园） 给一个兵和他的老婆的作者——李健吾先生（1928 年 12 月 4 日） 燕知草序（1928 年 12 月 19 日晚北平清华园）（《燕知草》系俞平伯作）《老张的哲学》与《赵子曰》（1929 年 2 月）（此两种书系老舍作） 谈美序（1932 年 4 月伦敦）（《谈美》，系朱光潜作） 论白话——读南北极（穆时英作）与小彼得（张天翼作）的感想 "子夜" 读心病（《心病》，系李健吾作） 欧游杂记自序（1934 年 4 月北平清华园） 文心序（1934 年 5 月 17 日北平清华园）

（5）圣陶短篇小说集 叶绍钧著 1936 年 3 月商务印书馆初版 48 开本，《付印题记》2 页，目次 3 页，正文 467 页。

目次：付印题记（1934 年 12 月 27 日叶绍钧记） 一生（1919.2.14） 母（1920.10.2 夜） 一个朋友（1920.12.14） 一课（1921.4.30） 饭（1921.9.24） 义儿（1921.10.29） 云翳（1921.11.2） 风潮（1921.12.21） 小铜匠（1922.12.10） 孤独（1923.1.28） 平常的故事（1923.4.18） 病夫（1923 年 6 月 26 日作毕） 潘先生在难中（1924.11.27） 外国旗（1924.12.6） 前途（1925 年 3 月 16 日作毕） 城中（11 月 1 日作毕） 晨

（1926 年 2 月 1 日作毕） 搭班子（5 月 2 日作毕） 遗腹子（1926 年 7 月 28 日作毕） 苦辛（1926 年 11 月 2 日作毕） 一包东西（1926 年 11 月 30 日作） 小病（1927 年 7 月 10 日作毕） 夜（1927 年 11 月 4 日作毕） 某城纪事（1928 年 7 月 6 日作毕） 李太太的头发（1928 年 12 月 9 日作） 某镇纪事（1929 年 8 月 25 日作毕） 席间（1932 年 8 月） 秋

（6）沦落（原名：沉落）（短篇小说集） 巴金著 1936 年 3 月商务印书馆初版 48 开本，目次，《题记》和正文 233 页。

目次：沉落 长生塔 化雪的日子 利娜（1934 年 10 月作者在上海） 神（1934 年 11 月 24 日 PK 在神户） 题记

（7）画廊集（散文集） 李广田著 1936 年 3 月商务印书馆初版 48 开本，《序》和目录 11 页，正文 181 页。

目录：序（1935 年 2 月 21 日周作人记于北平） 画廊 种菜将军 秋雨 记问渠君 野店 枣 投荒者 黄昏 秋 寂寞 秋天无名树 在别墅 白日 父与羊 小孩与蚂蜂 悲哀的玩具 雏蝉 天鹅 道旁的智慧 怀特及其自然史 何德森及其著书 《画

廊集》题记（1935 年 3 月 2 日记）

（8）篱下集（短篇小说集） 萧乾著 1936 年 3 月商务印书馆初版 48 开本，目次和《题记》5 页，正文 208 页。

目次：篱下（1934 年 9 月 2 日海甸） 俘虏（1934 年 8 月 20 日北平） 邮票（1934 年 1 月 17 日海甸） 蚕（1933 年 9 月 29 日海甸） 放逐（1934 年 9 月 5 日海甸） 印子车的命运（1934 年 8 月 21 日先农坛） 花子与老黄（1934 年 1 月 30 日海甸） 邓山东（1934 年 5 月 15 日海甸） 雨夕（1934 年 9 月 7 日海甸） 小蒋（1933 年 11 月 18 日海甸） 丑事（1934 年 7 月 1 日） 道傍（1935 年 9 月 13 日天津） 题记（沈从文作于 1933 年 12 月 13 日）

（9）湘行散记（散文集） 沈从文著 1936 年 3 月商务印书馆初版 48 开本，目录 2 页，正文 144 页。

目录：一、一个戴水獭皮帽子的朋友 二、桃源与沅州（3 月北平大城中） 三、鸭窠围的夜（载于文学二卷四号） 四、一九三四年一月十八（载于天津大公报文艺副刊七十四期）五、一个多情水手与一个多情妇人（载文艺八十二期） 六、辰河小船上的水手（载

于学文月刊三卷一号） 七、箱子岩 八、五个军官与一个煤矿工人（载于国闻周报第 11 卷 29 期） 九、老伴（载于学文月刊第四期） 十、虎雏再遇记 十一、一个爱惜鼻子的朋友

（10）万仞约（短篇小说集） 张天翼著 1936 年 3 月商务印书馆初版 1936 年 8 月商务印书馆再版 48 开本，目录 1 页，正文 299 页。

目录：儿女们 善举 巧格力 老明的故事 教训 万仞约

（11）西行书简（书信集） 郑振铎著 1937 年 6 月商务印书馆初版 48 开本，《题记》2 页，目录 2 页，正文前有"名胜古迹"等图片 55 幅，正文 141 页。

目录：题记（作者作于 1934 年 9 月 8 日） 一、从清华园到宣化 二、张家口 三、大同 四、云冈（7 月 13 夜 12 时半寄于大同） 五、口泉镇（7 月 14 夜铎寄） 六、大同的再游（15 日夜） 七、从丰镇到平地泉（17 日夜） 八、归绥的四"召"（8 月 10 日 9 时发） 九、百灵庙之一（8 月 13 日晚 8 时发） 十、百灵庙之二（14 日上午自百灵庙发） 十一、百灵庙之三（6 月 15 日夜 12 时写于绥远公医院） 十二、昭君墓（8 月 16 日下午 6 时发） 十三、包头（18 日自包头

寄） 十四、民生渠及其他（20日夜10时在麦达召站发） 跋（作者于1934年11月4日追记）

（12）乡间的悲剧（短篇小说集） 蹇先艾著 1937年6月商务印书馆初版 48开本，《序》4页，目录2页，正文174页。

目录：序 晚餐 一个秘密 看守韩通 小波澜 濛渡 乡间的悲剧 赶驮马的老人 灯捐 安癫壳 老年的忏悔 一个大学生的成绩

（13）记忆之都（诗剧集） 杨骚著 1937年6月商务印书馆初版 48开本，《序》1页，目录1页，正文315页。

目录：序（杨骚1936年9月16日志） 一、记忆之都（独幕诗剧）（1928.2.18） 二、心曲（独幕诗剧）（1924年10月中草于东京） 三、迷雏（二幕诗剧）

（14）这不过是春天（戏剧集） 李健吾著 1937年6月商务印书馆初版 48开本，目录1页，《序》3页，正文182页。

目录：序（李健吾作于1936年3月10日） 这不过是春天（三幕剧） 另外一群（独幕剧）（1928年2月旧作，1935年1月重改） 说谎集（独幕剧）（改译萧伯纳的《他怎样向她丈夫撒谎》）

（15）小树叶（杂著） 萧乾著 1937年6月商务印书馆初版 48开本，目次3页，正文262页。

目次：一、散文 叹息的船 过路人 小树叶 路人 题一个人的照像 古城 我与文学 二、游踪 由午夜到黎明鲁西流民图 大明湖畔啼哭声 宿羊山麓之哀鸿 从衮州到济宁 平绥道上 三、批评想像与联想 奥尼尔及其"白朗大神"创造精神在中国 创作界的瞻顾 评"青的花" "虫蚀"里的三部曲 评"出奔" "财狂"之演出 四、译剧 虚伪(独幕剧)〔美〕Frank G. Tompkins 著 梦的制作者（独幕剧）〔英〕Oliphant Down 作

（16）黑屋（短篇小说集） 涟清著 1973年6月商务印书馆初版 48开本，目次2页，正文204页。

目次：绵袜 吸血鬼（1933年12月完稿） 幸福的人（1933年作，1934年重改） 暑假期中 黑屋（1933年上期） 复生古城一日记（1934年10月作于北平） 不相识者 （1933年11月） 错的推理与命运这东西

（17）桂公塘（短篇小说集） 郭源新著 1937年6月商务印书馆初版 48开本，目次1页，正文220页。

目次：桂公塘　黄公俊之最后（1934年6月3日写毕）毁灭（1934年9月29日写毕）

（18）流沙（短篇小说集）　王任叔著　1937年6月商务印书馆初版　48开本，目录2页，正文464页，《后记》4页。

目录：第一辑　流沙　没落的最后　有张好嘴子的女人浇香膏的妇人　悲剧的性格　第二辑　我们那校长跟爸爸　隔离　野兽派作家（1935年6月9日）　勘灾保标黄得胜　猫的威权（1935年9月24日）　一个负责的人　第三辑　乡间的来客（1月21日夜草成）　龙种　阴沉的天　贼　一天后记

（19）渡家（散文集）　靳以著　1937年6月商务印书馆初版48开本，目次4页，《序》4页，正文203页。

目次：序（靳以作）　渡家　求乞者　人之间　造车的人兄和弟在车上　仆人　祖母　家　我们底猫　灯　处决　古寺之行　天地　孩子　夜语　那雨　寂寞的此行　残之忆　新年　壁炉　玉兰　我底屋子　往情　友人（一）友人（二）　友人（三）　我底悒郁　病　秋之日　听曲　没有春天　别人的事　信　病着的孩子

纪念××　邻居　一个女人　亡友的手册

（20）芭蕉谷（短篇小说集）艾芜著　1937年6月商务印书馆初版　48开本，目录1页，正文223页。

目录：芭蕉谷（1936年夏）　某校纪事（1935年冬）端阳节（1935年夏）

（21）佳讯（短篇小说集）　王任叔著　1940年8月商务印书馆初版　48开本，目次2页，正文275页。

目次：第一辑（1925年作）　失掉了枪枝（1935.9.22—23）　回家皮包和烟斗　恋爱神圣主义曲　第二辑（1924年作）　向晚　额角运与断眉运　自杀　佳讯

（22）困学集（论文集）　郑振铎著　1941年6月商务印书馆初版　大48开本，目次1页，正文210页。

目次：盛世新声与词林摘艳词林摘艳里的剧本及散曲作家考　关于大唐西域记（五月十四日写）　索引的利用与编纂（二十六年六月廿一日）　跋图书集成词曲部　跋嘉靖本篆文阳春白雪　邹式金杂剧新编跋（五月十三日写）　跋隆庆本四雅　读书小记（四十则）

（23）许杰短篇小说集　许杰著　1947年1月商务印书馆初版全书分上、中、下三册，48开本，目次4页，正文1032页。

目次：惨雾（1924.6.5.上海）大白纸　醉人的湖风　菜芽与小牛（1924年9月29日在上海）小草（1924.11.30日作完）　台下的喜剧（1924.12.9）　琴音（1924.12.27）　督办署的候差员　隐匿（1925.4.19上海）　吉顺（1925.8.22上海）　出世　山径　深夜　和平（1927.1.10日深夜上海）　末路　邻居　改嫁　纪念碑的奠礼　出嫁的前夜　子卿先生到家　七十六岁的祥福　剿匪　锡矿场　晚饭　冬夜　冬日　旅途贼　公路上的神旗　放田水

3. 文学周报社丛书

说　明

1.《朝影》（西谛译）、《英文短诗选》（吴颂皋注）、《柴霍甫印象记》（徐志摩、赵景深译），《城中》书后附的"文学周报社丛书"目录中列有这三本书，但经多方查核，至今未找见书。

2.《草莽集》朱湘著，1927 年 8 月上海开明书店版，190 页。《城中》书后附的书目中有此书，但实际上，此书是"新文丛书"，不是"文学周报社丛书。"

3.《旧诗新话》刘大白著，1928 年 5 月上海开明书店版，259 页。"文学周报社丛书"书目广告中有此书，但实际上，此书是"黎明社丛书"，不是"文学周报社丛书"。

（1）怂恿（短篇小说集）彭家煌著　1925 年 8 月开明书店初版　1930 年 10 月开明书店再版　32 开本，目次 1 页，正文 129 页。

目次：Dismeryer 先生　到游艺园去　军事　怂恿　今昔　活鬼　存款　势力范围

（2）子恺漫画　丰子恺著　1926 年 1 月开明书店初版　1931 年 6 月开明书店六版　大三十二开平装本，《序》、目次、题卷首和正画共 96 页，《俞平伯给丰子恺的信》2 页。

目次：序（一九二五年十一月九日，郑振铎）　序（一九二五年十月二十八日夜夏丏尊在奉化江畔远寺曙钟声中）　序（一九二五年十一月三日，丁衍镛识于上海立达学园） 代序（朱自清，十一月二日，北京） 漫话（一九二五年十一月六日，方光焘） 序（一九二五年重阳节，刘薰宇作） 题卷首（一九二五年黄花时节子恺在江湾） 封面画——一江春水向东流 卷一 ①无言独上西楼月如钩 ②过尽千帆皆不是斜晖脉脉水悠悠 ③帘卷西风人比黄花瘦 ④卧看牵牛织女星 ⑤楼上黄昏马上昔昏 ⑥燕归人未归 ⑦翠拂行人首 ⑧指冷玉笙寒 ⑨人散后一钩新月天如水 ⑩手弄生绡白纨扇扇手一时如玉 ⑪宝钗落枕梦魂远 ⑫月上柳梢头 ⑬今夜故人来不来教人立尽梧桐影 ⑭马首山无数 ⑮眉眼盈盈处 ⑯今宵不忍圆 ⑰几人相忆在江楼 ⑱摘花高处赌身轻 ⑲世上如侬有几人 ⑳野渡无人舟自横 ㉑蜻蜓飞上玉搔头 ㉒栏杆私欹处遥见月华生 ㉓道无书却有书中意排几个人人字 ㉔明月窥人人未寝欹枕钗横鬓乱 ㉕红了樱桃绿了芭蕉 ㉖惜别 ㉗留春 ㉘曲终人不见江上数峰青 卷二 ㉙都会之春 ㉚晚凉 ㉛黄昏 ㉜花生米不满足 ㉝浣纱 ㉞团圆 ㉟爸爸还不来 ㊱买粽子 ㊲表决 ㊳灯前 ㊴“ㄛㄌㄨㄌㄨ……” ㊵下午 ㊶久雨 ㊷秋云 ㊸三等车窗内 ㊹饭后 ㊺秋夜 ㊻夜半 ㊼绞面 ㊽亡儿 ㊾前江的新娘子 ㊿某编辑者 (51)九十一度 (52)十二夜 (53)酒徒 (54)第三张笺 (55)FIRSTSTEP (56)阿宝赤膊 (57)马车 (58)病车 (59)归途 (60)穿了爸爸的衣服 俞跋（俞平伯十四年十一月一日北京）

按：⑮眉眼盈盈处、⑲世上如侬有几人、㉘曲终人不见江上数峰青、㉞团圆、㊵下午、(57)马车，初版本中有，第六版中没有；而“黄蜂频扑秋千索”、“注意力集中”、“同车”、“三十老人”、“三等售票处”、“苏州人”，第六版本中有，初版本中没有。

（3）列那狐的历史 文基译述 1926年5月付印 1926年6月开明书店发行 文学周报社出版 32开本，《译序》2页，插图目次3页，插图31页，正文113页。

译序（译者） 全文分1—44部分

（4）城中（短篇小说集） 叶绍钧著 1926年7月开明书店初版 32开本，目次1页，正文157页。

目次：病夫（1923年6月26日作毕） 前途（1925年3月16日作毕） 演讲（5月29日作毕） 城中（11月1日作毕） 双影（11月12日作毕） 在民间（11月29

日作毕） 晨（1926 年 2 月 1 日作毕） 微波（3 月 13 日作毕） 搭班子（5 月 2 日作毕）

附有部分"文学周报社丛书"目录

（5）耶稣的吩咐（中篇小说）汪静之著 1926 年 9 月开明书店初版 1927 年 10 月开明书店再版 1930 年 4 月开明书店三版 1931 年 3 月开明书店四版 32 开本，《自序》4 页，《序后》2 页，正文 75 页。

目次：自序（一九二六，五，七，序于上海） 序后（一九二六，七，二三） 耶稣的吩咐（全文分 1——9 部分）——一九二五，一〇，五，写毕，上海。

（6）龙山梦痕（散文） 王世颖、徐蔚南著 1926 年 11 月开明书店初版 1927 年 7 月开明书店再版 1931 年 11 月开明书店四版 1933 年 10 月开明书店六版 1935 年 3 月开明书店七版 1941 年 7 月开明书店九版 1947 年 3 月开明书店十版 32 开本，题字、目录、序、题词和正文共 120 页。

目录：序（刘大白 1925.9.2. 在江湾） 序（陈望道十五年四月十日至十二日病中断断续续写成） 题词（柳亚子） 题记（世颖一九二五年一月十日，腊雪下尽时）

一、莲花桥头送别（蔚南） 二、兰亭春色（蔚南） 三、若耶溪底神话（蔚南）四、大善寺底塔（世颖） 五、被龙山引起的疑团（世颖） 六、山阴道上（蔚南） 七、快阁底紫藤花（蔚南） 八、上海与越州（世颖） 九、火灾底前后（世颖） 十、还我红豆来（世颖） 十一、新梦（世颖） 十二、初夏的庭院（蔚南） 十三、宿雨敲窗之夜（世颖） 十四、端午节（蔚南） 十五、深夜胡笳（世颖） 十六、我们快活（蔚南） 十七、香炉峰上鸟瞰（蔚南） 十八、永兴王和大禹（蔚南） 十九、放生日的东湖（世颖） 二十、归也（世颖）

附注：九版、十版无插图，但有刘大白的序、陈望道的序、柳亚子的题词和王世颖的题记。

（7）犹太小说集 鲁彦辑译 1926 年 12 月开明书店初版 1927 年 12 月开明书店再版 32 开本，目录 2 页，《序》4 页，正文 136 页。

目录：序（一九二六年九月二十七日在上海，鲁彦） 夏虏姆阿来汉姆作（Salom-Alehêm）：腊伯赤克 中学校 诃夏懦腊婆的奇迹 不幸 宝 创造女人的传说 俾莱芝作（I.L.Perec）：灵魂 姊妹 七年好运 披藏谢标姆 又

用绞首架了 和尔木斯与阿利曼（Hormuz Kaj Ahrimon） 宾斯基作（D.Pinski）：搬运夫 泰夷琪作（J.Tajĉ）：资本家的家属

（8）子恺画集 丰子恺著 1927年2月开明书店初版 1927年10月开明书店再版 1929年9月开明书店三版 大32开纸面本，扉画及题词2页，蠡叟评论4页，《代序》6页，跋3页。目次6页，正画67页。

目次：封面（阿宝题软软画）扉画——檐外蛛丝网落花，也要留春住 蠡叟评论（丁卯九月与丰子恺教授） 给我的孩子们（代序）——一九二六年耶稣降诞节，病起，作于炉边。 第一部：阿宝 BROKEN HEART 瞻瞻的车——（一）黄包车 瞻瞻的车——（二）脚踏车 爸爸不在的时候 瞻瞻的梦——第一夜 瞻瞻的梦——第二夜 瞻瞻的梦——第三夜 瞻瞻的梦——第四夜 快乐的劳动者 无题 建筑 姊弟 "?!"创作与鉴赏 尝试 诱惑 "回来了!" "爸爸耳朵里一枝铅笔"阿宝两只脚，凳子四只脚。 小旅行 我家之冬 软软新娘子，瞻瞻新官人，宝姐姐做媒人。 卖票办公室 被写生的时候 第二部：泪的伴侣 明日的讲义 听

战争与音乐 东洋与西洋 教育 毕业后 读书的 PICNIC 检查 三年前的花瓣 佛手 电车站 伴侣 "我"与"我们" 下课后 PAINTER 被火酒烧了头部方光 恭兄 蜻蜓 深夜的巡游者 畅适 大风之夜 收头发 凭吊者 除夜一 除夜二 车到 挑荠菜 SNOWDROP 断线鹞 大教室 憧憬 梅花会所见 卖花女 春画 旁晚 落叶 雨后 跋（佩弦）（一九二六年十一月十日朱自清在北京）

（9）血痕（短篇小说集）〔俄〕阿志巴绥夫著 郑振铎、鲁迅、胡愈之、沈泽民同译 1926年12月付印 1927年3月开明书店初版 1927年11月开明书店再版 1928年10月开明书店三版 1930年10月开明书店五版 1933年8月开明书店七版 32开本，《序》2页，目录1页，正文292页。

目录：序（西谛，一五，九，十四） 血痕（十五年七月二十八日郑振铎译） 朝影（沈泽民译）革命党（胡愈之译）医生（鲁迅译）巴莎杜麦诺夫（郑振铎译） 宁娜（沈泽民译）

（10）恺郁（柴霍甫短篇小说集） 〔俄〕柴霍甫著 赵景深译 1927年5月开明书店付印

1927年6月开明书店初版 32开本，《序》2页，目次2页，全文206页。

目次：序（赵景深一九二七，五，二三，于广东海丰） 在消夏别墅 顽童 复仇者 头等搭客 询问 村舍 郁悒 樊凯 寒蝉 太早了 错误 活财产 罪恶 香槟酒 一件小事

（11）诗品注（附诗选）〔梁〕钟嵘撰 江宁陈延杰注 1927年6月上海开明书店初版 1931年11月上海开明书店四版 32开本，《序》、《南史本传》和目录26页，正文132页。

按：《城中》书后附的"文学周报社丛书"目录中列有此书，经核对，本书并未注明"文学周报丛书"字样。目录从略。

（12）梅萝香（剧本）〔美〕华尔寇（Eugene Walker）著 顾德隆译 1927年7月开明书店出版 32开本，《引言》和正文共162页。

目次：引言（洪深，十五，八，四，上海） 梅萝香（四幕剧本）

（13）国木田独步集（短篇小说集）〔日〕国木田独步原著 夏丏尊翻译 1927年6月付印 1927年8月开明书店初版 1928年4月开明书店再版 32开本，目次1页，《关于国木田独步》7页，正文161页。

目次：关于国木田独步（十六年，七月，译者） 牛肉与马铃薯 疲劳 夫妇 女难 第三者

（14）童话论集 赵景深著 1927年8月开明书店付印 1927年9月开明书店初版 1929年10月开明书店再版 1931年5月开明书店三版 32开本，《序》2页，目次2页，正文186页。

目次：研究童话的途径（一九二四年二月） 神话与民间故事 民间故事的探讨 童话的讨论（一九二二年） 皮特曼的中国童话集（一九二五，七，二六） 费尔德的中国童话集（一九二五，八，三〇于江湾） 徐文长故事与西洋传说（一九二五，四，一九深夜） 吕洞宾故事二集（一九二六，一一，七，在绍兴） 西游记在民俗学上之价值 安徒生评传 安徒生童话的思想（一九二五，七，八，在上海） 安徒生童话的艺术 安徒生作童话的来源和经过 童话家之王尔德（一九二二，七，七） 童话家格林弟兄传略 列那狐的历史（十五，七，十四）

（15）英兰的一生（长篇小说）孙梦雷著 1927年9月开明书店初版 1929年3月开明书店再版 1930年10月开明书店三版 32开

本，《自序》1页，正文362页。

目次：自序（十五年一月十七日作者序于无锡）　英兰的一生（全文分第一——第八章）（十五年四月二十一日脱稿于无锡）

（16）文艺与性爱　〔日〕松村武雄著　谢六逸译　1927年9月开明书店初版　1928年2月开明书店再版　1929年7月开明书店三版　32开本，《前记》2页，目次2页，正文83页。

目次：前记（一九二七，九月一日，译者志）　第一章·绪言　第二章·母子错综与文艺（一）耶的卜司错综　（二）性爱与作品（上）　（三）性爱与作品（下）第三章·兄妹关系与文艺　第四章·文艺里的性欲象征（一）受抑压的恋爱（二）飞的愿望（三）乘的愿望（四）对于自然界的愿望　第五章·梦之精神分析学的研究与文艺　（一）梦与文艺（上）（二）梦与文艺（下）

（17）寂寞的国（诗集）　汪静之著　1927年9月开明书店初版　32开本，《自序》2页，目录6页，正文171页。

目录：卷首"自序"（一九二五年冬编成之日于上海）　悲苦的化身　生命　运命是一个犷悍怪兽　寻觅　观音的净瓶　髑髅歌

我的失败　地球上的砖　我怎能不狂饮　悲愁仙子　海上吟　寂寞的国　风的箭不息地射放　十字架　命运是一个屠户　呵罗罗里的鬼　苦恼的根源　我只有憎恶　精卫公主　自然　人的尸　沙海　死别　生之矿　你这样纷纷下降　失望是厚大的寿板　野草全已枯黄　我若是一片火石　我是天空的晚霞　莫停下你的金樽　我结的果是坟墓　心上的城　海水与虹霓　别歌　相思　生与死　伊心里有一座花园　黄鹤楼上　你是海　灰色马　海上忆伊　上帝造了一个囚牢　一只手　时间是一把剪刀　挖窖　我的他睡在那里　秋风歌　三仇　窗外　我是死寂的海水　劳工歌　破坏〈听泪〉　听泪我怎能不歌唱　播种　柳儿　流去　唱吧　叔父说的故事　赠芷丽　江涛　无题曲　登初阳台　独游邱山　湖上　赠友　秋夜怀友　拒绝　不能从命　河水　空空和尚歌　我是那浪游的白云　那有　寻笛声　不曾用过　很好过了　湖水和小鱼　不曾知道　玫瑰　我把我的心压在海洋底下　我的心　西湖里的隐士（删）　我要　飘流到西湖　能变什么呢　小诗十首（泥土、石凳、足迹、月下、期待、脸庞、不来、醒后、路上、望江台登眺。）

（18）东方寓言集　〔俄〕V.M陀罗雪维支著　胡愈之译 1927 年 11 月开明书店初版　32 开本，《序》7 页，著者引言 1 页，目次 1 页，正文 101 页。

目次：序（译者一九二七，一一，二四于上海）　寓言的寓言　喀立甫与女罪犯　赫三怎样落下了裤子　错打了屁股　雨　猪的历史

（19）雪人（短篇小说、散文诗集）　〔匈〕F.莫尔纳等著　沈雁冰译　1928 年 2 月付印　1928 年 5 月开明书店初版 1929 年 7 月开明书店再版　32 开本，《自序》3 页，目次 4 页，正文及附录共 403 页。

目次：自序（雁冰、一九二七年四月）　匈牙利（三篇）：雪人（莫尔纳）　偷煤贼（莫尔纳）复归故乡（拉兹古）　保加利亚（二篇）：他来了么（跋佐夫）　老牛（伊林潘林）　脑威（一篇）：卡利奥森在天上（包以尔）　瑞典（一篇）：罗本舅舅（拉绮尔洛孚）　荷兰(一篇)：茜佳(谟尔泰都里)　芬兰（一篇）：我的旅伴（配伐林泰）新犹太（三篇）：拉比阿契巴的诱惑（宾斯奇）　禁食节（潘莱士）贝诺思亥尔思来的人（拉比诺维

奇）　阿美尼亚（三篇）：却绮（阿哈洛垠）　祈祷者（散文诗）（西曼佗）　少妇的梦（散文诗）（西曼佗）　捷克斯拉夫（三篇）：愚笨的裘纳（南罗达）　交易（捷克）旅程（捷克）　俄国（二篇）：失去的良心（塞尔太考夫）　旧金山来的绅士（蒲宁）　塞尔维亚（一篇）：强盗（拉柴莱维支）　罗马尼亚（一篇）：绿林好汉包旭（爱甫底眉）　附录：作家小传（一、莫尔纳　二、拉兹古三、拔佐夫四、伊林·潘林　五、包以尔　六、拉绮尔洛孚　七、谟尔泰都里八、配伐林泰　九、宾斯奇　十、潘莱士　十一、拉比诺维奇　十二、阿哈洛垠　十三、西曼佗　十四、南罗达　十五、捷克　十六、塞尔太考夫　十七、蒲宁　十八、佗拉柴莱维支　十九、爱甫底眉）

（20）春日（短篇小说集）　罗黑芷著　1928 年 6 月上海开明书店初版　1929 年 10 月上海开明书店再版　1931 年 10 月上海开明书店三版　32 开本，目次 2 页，正文 142 页。

目次：客厅中之一夜（一九二七，三月十日）　春日（一九二七，三月十六日）　乳娘（一九二七，三月二十日）　遁逃（献给这篇内的主人翁）（一九二七，三月廿八

夜写毕） 不速之客（一九二七，四月三日） 或人的日记（一九二七，四月） 烦躁（一九二七，五月二十日） 雨前（一九二七，七月十日） 现代（一九二七，三月）

附录：作者评传罗黑芷死了（黄醒一九二七，十二，九，在南京劳工局） 予所知于罗黑芷者（李青崖十六年十二月二十九日写于汉口） 罗黑芷的小说（黎锦明一九二七，十二，七） 罗黑芷的散文小品（赵景深一九二七，除夕）

（21）畸零人日记 〔俄〕I.屠格涅甫著 樊仲云译 1928年3月开明书店付印 1928年6月开明书店初版 1929年4月开明书店再版 1930年10月开明书店三版 1933年10月开明书店四版32开本，《畸零人日记》和《爱与死》共197页。

目次：畸零人日记 在羊泉村，一八——三月二十日。三月二十一日 三月二十二日 三月二十三日 三月二十四日，严霜。三月二十五日，白雪的寒冬。三月二十六日，雪融着。三月二十七日，雪继续融着。三月二十九日，微霜，昨日仍是雪融天气。三月三十日，霜。三月三十一日 四月一日（一八五〇年作） 爱与死（一——十八）

（22）荷花（诗集） 赵景深著 1928年4月1日开明书店付排 1928年6月15日开明书店初版 32开本，《前记》4页，目次3页，正文74页。

目次：前记（一九二八年六月，赵景深） 一片红叶 秋意 小小的一个要求 企望 相思 盲丐 棕叶 小著作家 幻象 泛月（一九二三，三，二五） 春笑（三，三） 柏之舞蹈（四，二，天津公园） 西沽桃林（四，六） 桃林的童话（四，六，西沽） 北地（五，一一） 园丁的变像（六，二一） 小船中渴极思饮（六，二一） 金钢桥畔的灯火（八，五） 当你们结婚时（一〇，一〇） 蓝窗（一一，九） 怀津门旧游（一一，一三，长沙） 玻璃画师（一二，五） 爱晚亭（一二，一六，长沙岳麓山） 北门城头望长沙城市（一二，一六） 兰室看山海关石镜（一二，二五，长沙朱家花园） 老园丁（一二，二五，长沙朱家花园） 中山鞭歌（一九二四） 牛头洲之黄昏（一九二五，三，二七，与呈锜惠谟偕游） 荷花（一九二五，八，一七，南京秀山公园） 寄畅园（一九二六，一，七，游无锡后追记） 女丝工曲（一九二六，二，二〇，上海） 妹妹（一九二六，三，二五，绍兴） 这是梦么（一九二六，四，三） 一个好吃的人登龙山（四，二一） 诗人遗像（一九二六，九，六，深夜） 放翁的老年（一九二六，九，一〇，放翁故里） 荷仙（一九二七，四，二六，广东海丰）Mars 的恩惠（一九二七，五，二二，海丰）

（23）参情梦及其他（诗集）傅东华翻译 1928 年 9 月上海开明书店初版 小 32 开本，《序》1 页，目录 1 页，正文 219 页。

目录：序（东华作于 1927 年 10 月 26 日） 参情梦（E.C.杜森作） 初雪（J.R.洛厄尔作）（1925 年 9 月译于西湖） 布衫行（托马斯·胡德作）（1915 年 9 月） 乌林侯的女儿（T.坎贝尔作）（1925 年 3 月 30 日于西湖） 与夜莺（J.米尔顿作）（1925 年 9 月译于西湖） 阿龙索与伊木真（M.G.刘易斯作）（1915 年 8 月译于西湖） 多啦（坦尼森作）（1925 年 9 月译于西湖） 以诺阿登（阿尔弗雷德·坦尼森作）

（24）洗澡（短篇小说集）〔法〕爱弥尔·左拉著 徐霞村译 1928 年 9 月开明书店初版 32 开本，《译者序》2 页，目录 2 页，正文 108 页。

目录：译者序（一九二八，七，七，霞村序于上海） 洗澡 杨梅 大米修 禁食 侯爵夫人的肩膀 我的邻人雅各 猫的乐园 丽丽 "爱情的小蓝外套" 铁匠 失业 小村子

（25）幻灭（蚀之一） 茅盾著 1930 年 5 月开明书店初版 1932 年 4 月开明书店四版 32 开本，正文 134 页。

全书分 1—14 部分

（26）动摇（蚀之二） 茅盾著 1930 年 5 月开明书店初版 1932 年 4 月开明书店四版 1933 年 4 月开明书店五版 32 开本，全文 238 页。

全文分 1——12 部分

（27）追求（蚀之三） 茅盾著 1930 年 5 月开明书店初版 1930 年 7 月开明书店再版 1932 年 4 月开明书店四版 1933 年 4 月开明书店五版 1935 年 3 月开明书店六版 1937 年 3 月开明书店七版 32 开本，全文 247 页。

全文分 1——8 部分

（28）蚀 茅盾著 1930 年 5 月开明书店初版 1930 年 10 月开明书店再版 1931 年 3 月开明书店三版 32 开精装本，《题词》1 页，《幻灭》134 页，《动摇》238 页，《追求》247 页。

目录：题词（一九三〇年三月尾 茅盾） 幻灭（一——四） 动摇（一——二） 追求（一——八）

4. 文学研究会世界文学名著丛书

（1）沙宁　〔俄〕M.阿志巴绥夫著　郑振铎译　1930 年 5 月商务印书馆初版　32 开本，《译序》21 页，《阿志巴绥夫的重要作品》（目录）5 页，正文 600 页（包括后记）。

目次：译序（译者序于民国十七年十二月二十七日）　阿志巴绥夫的重要作品（目录）　沙宁（全文分为四十六章）　后记（郑振铎作于（民国）十九年三月二十四日）

（2）萨郎波　〔法〕G.弗罗贝尔著　李劫人译　1931 年 7 月商务印书馆初版　32 开本，目次 2 页，正文 474 页。

目次：第一章、大飨　第二章、在西嘉时　第三章、萨郎波　第四章、在迦太基的城下　第五章、大里特　第六章、项龙　第七章、汉密迦霸儿迦　第八章、马迦儿之战　第九章、在乡野间　第十章、蛇　第十一章、帐下　第十二章、运水

石道　第十三章、摩洛克　第十四章、斧峡　第十五章、马多

（3）番石榴集　朱湘选译　1936 年 3 月商务印书馆初版　1936 年 9 月商务印书馆再版　48 开本，目录 14 页，正文 453 页。

目录：上卷　〔埃〕死书二首：他死者合体入唯一之神　他完成了他的胜利　〔亚剌伯〕穆塔密德：莫取媚于人世　千一夜集一首　水仙歌　夏腊：永远的警伺着　无名氏：我们少年的时日　〔波斯〕左若亚斯忒：圣书节译　茹密：一个美丽　阿玛·加漾：茹拜迳忒选译　萨第：果园一首　玫瑰园一首　哈菲士：曲　曲　〔印〕五书一首：国王　迦利达沙：秋　巴忒利　哈黎：恬静　俳句　〔希〕沙孚：曲——给美神　一个少女　安奈克利昂：爱神　赛摩尼第士：索谋辟里　（希腊诗选六首）亚嘉谢士：

退步 梅列觉：小爱神 普腊陀：印章 无名氏·柯利默克士·黎奥尼达士：墓铭三首 伊索寓言一首：驴蒙狮皮 〔罗马〕卫基尔：牧歌 贾特勒士：给列司比亚 马休尔：他的诗集 拉丁文学生歌：行乐 中卷 〔意〕但特（Alighieri）：新生一首 六出诗 〔法〕番女缘述意 贝尔纳·德·望塔度：这便难怪 危用：吊死曲 尤萨：给海纶 赖封坦：寓言 卫尔连：Chanspn d'Automne 〔西〕路依兹：二鼠 〔科隆比亚〕嘉洛：仅存的阴加人 〔德〕戈忒：夜歌 海纳：Ein Fichte- nbaum steht einsam Dubist wie eine Blume 情歌 〔荷〕费休尔：财 〔斯堪地纳维亚〕罗曾和甫：铅卜 〔俄〕古代史歌：意里亚与斯伐陀郭 〔英〕无名氏：海客 无名氏：鹧鸪 无名氏：旧的大氅 无名氏：美神 无名氏：爱 李雷：赌牌 但尼尔：怪事 沙士比：仙童歌 海挽歌 及时 自挽歌 林中 撒手 晨歌 在春天 十四行四首 卞强生：给西里亚 告别世界 縻尔屯：十四行 唐恩：死 希内克：眼珠 白雷克：虎 彭斯：美人 蓝德尔：多西 终夏恒：恳求 济慈：希腊皿曲 夜莺曲 秋曲 妖女 费恩吉拉尔德：往日 白礼齐士：冬暮 华特生：死 下卷 安诺德：索赫拉与鲁斯通 华兹华斯（Williaw Wordswoith）：迈克 辜律勒己：老舟子行 济慈：圣亚尼节之夕

（4）西窗集 卞之琳选译 1936年3月商务印书馆初版 48开本，《题记》1页，目录7页，正文272页。

目录：题记（卞之琳 一九三四年十二月） 第一辑 波特莱：音乐 波希米人 喷泉 玛拉美：太鸟 海风 古尔蒙：死叶 梵乐希：友爱的林子 梅德林克：歌 罗赛蒂女士：歌 哈代：倦旅 第二辑 玛拉美：秋天的哀怨 冬天的颤抖 梵乐希：年轻的母亲 福尔：亨利第三 黎尔克：军旗手的爱与死 第三辑 史密士：小品 阿左林："阿左林是古怪的" 孤独者 "晚了" 上书院去的路 卡乐思神父 叶克拉 读书的嗜好 早催人 三宝盒 奥蕾丽亚的眼睛 第四辑 卜罗思忒：睡眠与记忆 阿左林：白 吴尔芙夫人：果园里 乔也思：爱芙伶 第五辑 蒲宁：中暑 彼忒理思珂：算账 阿克莱茫：无话的戏剧 柯温：在雾中 绥杰：街 古德曼：流浪的孩子们 第六辑 纪德：浪子归家

（5）化外人 〔芬〕J·哀禾等著 傅东华选译 1936 年 3 月商务印书馆初版 1936 年 9 月商务印书馆再版 48 开本,《前记》1 页。目次 2 页, 正文 335 页。

目次：前记 化外人（芬兰 J·哀禾作） 在卷筒机上（捷克 C·槎德作） 梦想家（保加利亚 E·贝林作） 野宴（犹太 S·李宾作） 逾越节的客人（犹太 S·阿赖根作） 曼加洛斯（希腊 G·芝诺坡洛作） 琉卡狄思（德国 J·瓦塞曼作） 空中足球·新游戏（爱尔兰 G·萧伯纳作） 复本（爱尔兰 J·乔伊斯作） 速（美国 S·刘易士作） 没有鞋子的人们（美国 L·休士作） 自由了感到怎样（美国 M·珂姆洛夫作） 梦的实现（美国 L·胡法刻作）

（6）笔尔和哲安 〔法〕莫泊桑著 黎烈文译 1936 年 3 月商务印书馆初版 1936 年 9 月商务印书馆再版 48 开本,《笔尔和哲安·论小说》和"注"31 页, 正文 287 页。

目次：笔尔和哲安（全文分一——九部分） 笔尔和哲安·论小说（基·德·莫泊桑一八八五年九月于爱特烈达之拉·基叶特）

（7）法国短篇小说集 〔法〕P·梅礼美等著 黎烈文选译 1936 年 3 月商务印书馆初版 48 开本,《序》3 页, 目次 2 页, 正文 246 页。

目次：序（黎烈文一九三五年十月二十二日） 埃特律利花瓶（梅里美） 大密殊（左拉） 血（左拉） 名誉是保全了（科佩） 未婚夫（雷布拉） 信（奈尼叶） 客（赖纳） 反抗（罗曼罗兰） 晚风（李奈尔） 田园交响乐（纪德） 堇色的辰光（波尔多） 他们的路（巴比塞） 一个大师的出处（莫洛亚） 故事十篇（莫洛亚） 热情的小孩（哲恩·哥茫加密尔·塞）

（8）皮蓝德娄戏曲集 〔意〕L·皮蓝得娄（Luigi Pirandello）著 徐霞村译述 1936 年 3 月商务印书馆初版 48 开本, 全文 250 页。

目次：皮蓝德娄 六个寻找作家的剧中人物（三幕喜剧） 亨利第四（三幕悲剧）

（9）老屋 〔俄〕梭罗古勃著 陈炜谟译 1936 年 3 月商务印书馆初版 48 开本, 全文 136 页。

全文分 1—54 部分

（10）黑色马 〔俄〕路卜洵（V.Ropshin）著 映波译 1936 年 3 月商务印书馆初版 48 开本, 全文 174 页。

全文分为"一、二、三"三个部分。

（11）现代日本小说译丛 〔日〕横光利一等著 黄源选译 1936 年 3 月商务印书馆初版 1936 年 9 月商务印书馆再版 48 开本，目次 1 页，正文 198 页。

目次：拿破仑与轮癣（横光利一） 合唱（须井一） 饲鸽姑娘（有岛生马） 北国之冬（小川未明） 达凯爱尔路（林芙美子） 附录：姓权的那个家伙（朝鲜张赫宙）

（12）俄国短篇小说译丛 〔苏〕E·契利加夫等著 郑振铎选译 1936 年 3 月商务印书馆初版 1936 年 9 月商务印书馆再版 48 开本，《引言》2 页，目录 1 页，正文 284 页。

目录：引言（译者二十三年九月二十八日） 浮士德（契利加夫著） 严加管束（契利加夫著） 在狱中（契利加夫著） 林语（克洛林科著） 你是谁（梭罗古勃著） 木伐之上（高尔基著） 作者略传

（13）乡下姑娘 〔日〕黑岛传治等著 卢任钧选译 1938 年 2 月商务印书馆初版 48 开本，目次 1 页，正文 239 页。

目次：云雀（藤森成吉） 一

个体操教育之死（藤森成吉） 名誉老婆婆（江马修） 战争杂记（德永直） 乡下姑娘（黑岛传治） 决心（洼川稻子） 水沟老鼠（立野信子） 嘲（平林泰子） 凯旋（堀田升一）

（14）在俄罗斯谁能快乐而自由（1—6 册） 〔俄〕尼克拉索夫（N.A.Nekrassov）著 高寒译述 1939 年 10 月商务印书馆初版 48 开本，目录 3 页，《引言》和《著者肖像》6 页，正文 971 页。

目录：引言（高寒一九三六年一月三十一日） 第一部、序诗（一）神父 （二）村社 （三）狂饮之夜 （四）快乐的人们（五）地主 第二部、最后的地主 序诗 （一）老而不死 （二）村正克里木 第三部、农家妇人 序诗 （一）结婚 （二）一只古歌 （三）沙维里 （四）都马斯加 （五）母狼 （六）大荒之年（七）省长夫人 （八）妇人的传说 第四部、全村的欢宴—— 献给 S·P·波特金 序诗 （一）苦难的时代苦难的歌声 （二）游方僧和流浪人 （三）新与旧 尾声

1161

5. 小说月报丛刊

（1924 年 11 月——1925 年 4 月）

（1）换巢鸾凤（创作集） 落华生等著 "小说月报丛刊"第一种（小说月报社编辑） 1924 年 11 月商务印书馆初版 48 开本，目次 1 页，正文 84 页。

目次：换巢鸾凤（落华生） 看禾（俍工） 两个乞丐（刘纲） 到青龙桥去（冰心女士） 梦（冰心女士）

（2）世界的火灾 〔俄〕爱罗先珂著 鲁迅译 "小说月报丛刊"第二种（小说月报社编辑） 1924 年 12 月商务印书馆初版 48 开本，目次 1 页，著者像 1 页，正文 93 页。

目次：世界的火灾 "爱"字的疮 红的花 时光老人

（3）曼殊斐儿 〔英〕曼殊斐儿著 徐志摩等译 "小说月报丛刊"第三种（小说月报社编辑）

1924 年 11 月商务印书馆初版 48 开本，目次 10 页，作者像 1 页，正文 71 页。

目次：曼殊斐儿（徐志摩） 一个理想的家庭（徐志摩译） 太阳与月亮（西滢译） 曼殊斐儿略传（附录）（沈雁冰）

（4）日本的诗歌 周作人等著 "小说月报丛刊"第四种（小说月报社编辑） 1924 年 11 月商务印书馆初版 48 开本，目次 1 页，正文 93 页。

目次：日本的诗歌（周作人） 日本诗人—茶的诗（周作人） 日本文坛之现状（日本宫岛新三著李达译） 日本文坛最近状况（晓风） 附录：日本的小诗

（5）诗人的宗教（太戈尔论文集） 〔印〕太戈尔著 胡愈之等著 "小说月报丛刊"第五种（小

说月报社编辑） 1924 年 11 月商务印书馆初版 48 开本，目次 1 页，作者像 1 页，正文 84 页。

目次：诗人的宗教（愈之译）西方的国家主义（陈建民译） 欧行通信（仲云译）

（6）毁灭 朱自清等著 "小说月报丛刊"第六种（小说月报社编辑） 1924 年 11 月商务印书馆初版 48 开本，目次 1 页，正文 61 页。

目次：毁灭（朱自清）（1922年 12 月 9 日记于台州） 读毁灭（俞平伯）（1923 年 6 月 26 日） 文艺杂论（俞平伯）（1922 年在纽约城记）

（7）死后之胜利(七幕剧) 王统照著 "小说月报丛刊"第七种（小说月报社编辑） 1924 年 11 月商务印书馆初版 48 开本，正文 62 页。

（8）歧路（新诗集） 仲密、朱自清等著 "小说月报丛刊"第八种（小说月报社编辑） 1924 年 11 月商务印书馆初版 48 开本，目次 4 页，正文 63 页。

目次：歧路（仲密） 风筝（鲁侗） 少女的烦闷（徐雉） 新生（梁宗岱） 台州杂诗（朱自清）忧闷（郑振铎） 夜（殷钺） 酬答（王统照） 感受（梁宗岱） 红

叶（高仰愈） 不眠（王统照） 自白（朱自清） 微痕（C.P） 无言（郑振铎） 暮气（郭绍虞） 小雨后（张文昌） 礼物（罗青留）森严的夜（梁宗岱） 冷淡（朱自清） 残废者（徐雉） 工作之后（郑振铎） 孤独（周得寿） 废园（朱湘） D 字样的月光（汪静之） 夜鸺（梁宗岱） 三月廿四和小佛游城南公园（渺世） 湖边（郑振铎） 石路（徐雉） 诗意（周得寿） 小诗（C.P） 烛光（丁容） 枕上（黄洁如） 离情（黄洁如） 微笑（黄洁如） 小诗（侍欧女士）

（9）社戏（创作集·短篇小说集） 鲁迅等著 "小说月报丛刊"第九种（小说月报社编辑） 1924 年 11 月商务印书馆初版 48 开本，目次 1 页，正文 78 页。

目次：社戏（鲁迅） 西山小品(周作人)（1921 年 8 月 30 日作）两姊妹（徐志摩） 人道主义的失败（高歌）（1922 年 6 月 25 日作于上海） 钟声（王统照）（1922 年 11 月 5 日于北京） 月下的回忆（庐隐）

（10）神曲一脔 〔意〕檀德著 钱稻孙译诠 "小说月报丛刊"第十种（小说月报社编辑）1924 年 12 月商务印书馆初版 48

开本，作者像 1 页，正文 93 页。

（11）近代德国文学主潮〔日〕山岸光宣等著　海镜等译"小说月报丛刊"第十一种（小说月报社编辑）　1924 年 11 月商务印书馆初版　48 开本，目次 1 页，正文 75 页。

目次：近代德国文学的主潮（山岸光宣著，海镜译 1921 年 2 月 16 日）　大战与德国国民性及其文化艺术（片山孤村著，李达译）　新德国文学（A.Filippov 著，希真译）新德国文学的新倾向（Gerhart Hauptmann 著，元枚译）

（12）犯罪　〔俄〕柴霍甫著耿济之等译　"小说月报丛刊"第十二种（小说月报社编辑）1924 年 12 月商务印书馆初版 48 开本，目次 1 页，作者像 1 页，正文 78 页。

目次：犯罪（济之译）　法文课（凤生译）　戏言（济之译）一个医生的出诊（耿勉之译）　好人（瞿秋白译）

（13）创作讨论　愈之、瞿世英等著　"小说月报丛刊"第十三种（小说月报社编辑）　1925 年 1 月商务印书馆初版　48 开本，目次 1 页，正文 80 页。

目次：新文学与创作（愈之）创作与哲学（瞿世英）　创作的要素（叶绍钧）　社会背景与创作（郎损）　创作的我见（庐隐）　平凡与纤巧（郑振铎）　怎样去创作（王世瑛）　创作底三宝和鉴赏底四依（许地山）　我对于创作家的希望（陈承泽）　创作的前途（沈雁冰）文艺的真实性（佩弦）　诚实的自己的话（叶圣陶）

（14）商人妇（创作集）　落华生等著　"小说月报丛刊"第十四种（小说月报社编辑）　1925 年 1 月商务印书馆初版　48 开本，目次 1 页，正文 88 页。

目次：商人妇（落华生）　快乐之神（梦雷）　死后二十日（梦雷）　一个不重要的伴侣（徐玉诺）被幸福忘却的人（子耕）　失恋后（徐雉）

（15）谚语的研究　郭绍虞著"小说月报丛刊"第十五种（小说月报社编辑）　1925 年 1 月商务印书馆初版　48 开本，正文 56 页。

全文分 1—7 部分（1921 年 1 月 13 日作毕）　附言

（16）邻人之爱　〔俄〕L.安特列夫著　沈泽民译　"小说月报丛刊"第十六种（小说月报社编辑）1925 年 1 月商务印书馆初版　48 开本，目次 1 页，作者像 1 页，正文 53 页。

目次：邻人之爱（沈泽民）　附

录：安特列夫略传（沈雁冰）

（17）良夜（新诗集） 王统照、徐雉等著 "小说月报丛刊"第十七种（小说月报社编辑）1925年1月商务印书馆初版 48开本，目次3页，正文68页。

目次：良夜歌（王统照） 夜（侍鸥女士） 晚眺（侍鸥女士） 小溪（梁宗岱） 泪（徐雉） 旁观者（徐雉） 哭（徐雉） 春（朱湘） 勃来克（徐蔚南） 微笑（徐蔚南） 夜静了（王统照） 心上的箭痕（王统照） 伊和他（佩蘅） 荷叶（朱湘） 星（汪静之） 自制（邵光典） 滴滴的流泉（孙守拙） 七月的风（汪静之） 失望（梁宗岱） 一切都不是她的（徐雉） 杂诗（郭云奇） 春的漫画（张人权） 小诗（徐玉诺）

（18）或人的悲哀（创作集） 庐隐女士等著 "小说月报丛刊"第十八种（小说月报社编辑） 1925年1月商务印书馆初版 48开本，目次1页，正文67页。

目次：或人的悲哀（庐隐女士） 淡漠（西谛） 六一姊（冰心女士1924.3.26 黄昏青山沙穰） 明日（趾青1923.4.17）

（19）俄国四大文学家 耿济之著 "小说月报丛刊"第十九种（小说月报社编辑） 1925年1月商务印书馆初版 48开本，目次1页，正文80页。

目次：俄国四大文学家合传 一、郭哥里 二、屠格涅甫 三、托尔斯泰 四、杜思退益夫斯基 附录：屠格涅甫传略谢（六逸）

（20）疯人日记 〔俄〕郭哥里等著 耿济之译 "小说月报丛刊"第二十种（小说月报社编辑） 1925年1月商务印书馆初版 48开本，目次1页，正文90页。

目次：疯人日记（郭哥里著，耿济之译）（1834年作，1920年译） 尺素书（屠格涅甫著，耿济之译）

（21）熊猎 〔俄〕托尔斯泰等著 孙伏园等译 "小说月报丛刊"第二十一种（小说月报社编辑） 1925年1月商务印书馆初版 48开本，目次1页，正文74页。

目次：熊猎（托尔斯泰著，孙伏园译）（原作时大约1872年，1920年7月29日译完） 祈祷（托尔斯泰著，邓演存译） 贼（杜思退益夫斯基著，陈大悲译）

（22）笑的历史（创作集·短篇小说集） 朱自清等著 "小说月报丛刊"第二十二种（小说月报社编辑） 1925年1月商务印书馆初版 48开本，目次1页，正文87页。

目次：笑的历史（朱自清）（1923

年4月28日作完） 端午节（鲁迅）
（1922年6月） 乡心（潘训）（1922
年3月25日） 游泳（叶绍钧）（1923
年7月18日） 命运（俍工）

（23）瑞典诗人赫滕斯顿 〔瑞
典〕赫滕斯顿著 沈泽民译 "小说
月报丛刊" 第二十三种（小说月报
社编辑） 1925年1月商务印书馆
初版 48开本，目次1页，作者像
1页，正文64页。

目次：瑞典现代大诗人赫滕斯
顿（1921年1月12日泽民记） 没
有恒心的人（散文诗） 记事二则
（散文诗） 无名与不朽 孤寂时
的思想 一个男子的临终语 睡
着的姊姊 最难行的路 孤独地
在湖边 月光 我的生命 翻船
遇难的人 在火的围绕中祷告
珍宝

（24）雾飙运动 〔日〕黑田礼
二等著 李汉俊等译 "小说月报丛
刊" 第二十四种（小说月报社编辑）
1925年1月商务印书馆初版 48开
本，目次1页，正文76页。

目次：雾飙运动（日本黑田礼
二著，李汉俊译） 后期印象派与
表现派（李汉俊） "最年青的德
意志"的艺术运动（金子筑水著，
李汉俊译）德国表现主义的戏曲
（山岸光宣著，程裕青译） "雾
飙"诗人勃伦纳尔的'绝对诗'（沈

雁冰）

（25）圣书与中国文学 周作
人等著译 "小说月报丛刊" 第二
十五种（小说月报社编辑） 1925
年3月商务印书馆初版 48开本，
目次1页，正文65页。

目次：圣书与中国文学（周作
人） 圣经之文学的研究（英国
Prof.W.H.Hudson 著 汤澄波、叶
启芳合译）

（26）太戈尔诗〔印〕太戈尔
著 郑振铎选译 "小说月报丛
刊" 第二十六种（小说月报社编辑）
1925 年 3 月商务印书馆初版 48
开本，目次1页，作者像1页，正
文108页。

目次：园丁集 附录一（陈竹
影译） 附录二（徐培德译） 爱
者之贻 歧路 迦檀吉利 采果
集 世纪末日

（27）海啸（约克逊舟中太平
洋上几个旅客的小品） 梁实秋等
著 "小说月报丛刊"第二十七种
（小说月报社编辑） 1925年3月
商务印书馆初版 48开本，目次1
页，正文66页。

目次：海啸（梁实秋） 乡愁
（冰心女士）（1923.8.27） 海世间
（落华生） 海鸟（梁实秋）
（1923.8.25） 别泪（顾一樵）
（1923.8.26.约克逊舟中） 梦（梁

实秋） 海角的孤星（落华生） 惆
怅（冰心女士）（1923.8.25） 醍
醐天女（落华生）（1923.8.30） 纸
船（冰心女士）（1923.8.27） 女
人我很爱你（落华生） "约翰我
对不起你"（C.G.Rossetti 作，梁实
秋试译） 你说你爱（J.Keats 作，
G.H.L.译） 什么是爱？（节译
Knut Hamsun 著 "Victoria"，顾一
樵 1923 年 8 月 28 日晚约克逊舟中
草译）

（28）梭罗古勃 〔英〕约翰科
尔诺斯（John Cournos）等著 周建
人等译 "小说月报丛刊"第二十
八种（小说月报社编辑） 1925 年
3 月商务印书馆初版 48 开本，目
次 1 页，作者像 1 页，正文 101 页。

目次：菲陀尔·梭罗古勃（英
国约翰科尔诺斯著，周建人译）
你是谁？（俄国 F.Sologub 著，郑
振铎译） 微笑（俄国梭罗古勃著，
周建人译） 白母亲（俄国梭罗古
勃著，周建人译）

（29）北欧文学一脔 〔日〕
生田春月等著 李达、沈雁冰等译
"小说月报丛刊"第二十九种（小
说月报社编辑） 1925 年 3 月商务
印书馆初版 48 开本，目次 1 页，
正文 78 页。

目次：现代的斯干底那维亚文
学（日本生田春月原著，李达译）

（雁冰按）（雁冰再志，5.11） 脑
威写实主义前驱般生（沈雁冰）
瑞典大诗人佛罗亭（沈雁冰） 瑞
典诗人卡尔佛尔脱与诺贝尔文学
奖金（沈雁冰） 鹫巢（挪威般生
著，蒋百里译——从德文译出）
人间世历史之一片（瑞典史特林堡
原著，雁冰译——从 V.S.Howard
英译重译） 雁冰注 印第安墨水
画（瑞典苏特尔褒格著，沈雁冰译
1921.5.10）

（30）平常的故事（创作集）
叶绍钧等著 "小说月报丛刊"第
三十种（小说月报社编辑） 1925
年 3 月商务印书馆初版 48 开本，
目次 1 页，正文 68 页。

目次：平常的故事（叶绍钧，
1923.4.18） 祖父的故事（徐玉诺）
赌博（张维祺，1923 年 10 月 9 日
清凉山） 引弟（曹元杰）

（31）近代丹麦文学一脔 沈
泽民、沈雁冰等译著 "小说月报
丛刊"第三十一种（小说月报社编
辑） 1925 年 3 月商务印书馆初版
48 开本，目次 1 页，勃兰特像和约
柯伯生像 2 页，正文 59 页。

目次：近代的丹麦文学（勃兰
特底前后）（亨利·哥达·侣赤著，
沈泽民译） 十九世纪末丹麦大文
豪约柏伯生（沈雁冰） 丹麦现代
批评家勃兰特传（郑振铎）

（32）归来（创作集） 吴立模、顾仲起等著 "小说月报丛刊"第三十二种（小说月报社编辑）1925年3月商务印书馆初版 48开本，目次1页，正文70页。

目次：猫鸣声中（吴立模，1923年6月27日龙华） 最后的一封信（仲起） 归来（仲起，1923.8.13）哭与笑（陈著，1923.4.12.午后12时，初稿） 毕业后（孙梦雷）

（33）三天（创作集） 冰心女士、刘师仪等著 "小说月报丛刊"第三十三种（小说月报社编辑）1925年3月商务印书馆初版 48开本，目次1页，正文60页。

目次：悟（冰心女士） 三天（刘师仪） 白瓷大士像（白采，1923年11月1日）

（34）包以尔 沈雁冰、冬芬等著译 "小说月报丛刊"第三十四种（小说月报社编辑） 1925年3月商务印书馆初版 48开本，目次1页，包以尔像1页，正文59页。

目次：挪威现存的大文豪包以尔（沈雁冰） 包以尔传（挪威卡特著，沈泽民译） 包以尔著作中的人物（挪威卡特著，沈泽民译）（译自卡特的包以尔传第四章）包以尔的人生观（沈雁冰） 包以尔著作之英译本（沈雁冰） 卡利奥森在天上（包以尔著，冬芬译）

（35）恳亲会（戏曲集） 叶绍钧等著 "小说月报丛刊"第三十五种（小说月报社编辑） 1925年3月商务印书馆初版 48开本，目次1页，正文67页。

目次：恳亲会（独幕剧）（叶绍钧作于1921年5月23—25日）飞（三幕剧）（王成组作于1922年7月20日北京清华学校） 成组附志

（36）芬兰文学一脔 Hermone Romsden等著 沈雁冰等译 "小说月报丛刊"第三十六种（小说月报社编辑） 1925年3日商务印书馆初版 48开本，目次1页，正文115页。

目次：芬兰的文学（Hermione Ramsden原著，沈雁冰译） 父亲擎洋灯回来的时候（〔芬〕哀禾著，周作人译， 7月31日记） 疯姑娘（〔芬〕明那·亢德著，鲁迅译，1921.8.18记） 我的旅伴（〔芬〕贝太利·巴衣伐林太著，泽民译）

（37）在酒楼上（创作集） 鲁迅等著 "小说月报丛刊"第三十七种（小说月报社编辑） 1925年4月商务印书馆初版 48开本，目次1页，正文86页。

目次：在酒楼上（鲁迅） 隔绝的世界（俍工） 冷冰冰的心（刘纲，1922.1.9） 埂子上的一夜（李开先1921.12.18于北大西斋） 初

别（褚东郊）

（38）法朗士传　陈小航等著　"小说月报丛刊"第三十八种（小说月报社编辑）　1925年4月商务印书馆初版　48开本，目次1页，法朗士像2页，正文76页。

目次：法朗士传（陈小航）　勃兰特的法朗士论（陈小航）（3.7.北京大学）　法朗士逝矣（沈雁冰）　法朗士著作编目

（39）法朗士集　〔法〕法郎士著　沈性仁等译　"小说月报丛刊"第三十九种（小说月报社编辑）　1925年4月商务印书馆初版　48开本，目次1页，法朗士画像2页，正文93页。

目次：哑妻（二幕剧）（沈性仁译）　穿白衣的人（匀锐译）（1922年4月译于法国）　红蛋（高六珈译）

（40）彷徨（创作集）　庐隐女士等著　"小说月报丛刊"第四十种（小说月报社编辑）　1925年3月商务印书馆初版　48开本，目次1页，正文82页。

目次：彷徨（庐隐女士）　一只破鞋（徐玉诺）　医院里的故事（俍工）　遗失物（肖纯）

（41）诗经的厄运与幸运　顾颉刚著　"小说月报丛刊"第四十一种（小说月报社编辑）　1925

年4月商务印书馆初版　48开本，正文96页。

目次：前言　Ⅰ.传说中的诗人与诗本诗　Ⅱ.周代人的用诗　Ⅲ.孔子对于诗乐的态度　Ⅳ.战国时的诗乐　Ⅴ.孟子说诗

（42）波兰文学一脔（上）〔波〕讷勒温斯奇等著　周作人等译　"小说月报丛刊"第四十二种（小说月报社编辑）　1925年4月商务印书馆初版　48开本，目次1页，莱蒙脱像1页，正文102页。

目次：近代波兰文学概观（讷勒温斯奇著，周作人译，1921年8月25日附记）　我的姑母（科诺布涅支加著，周作人译，1921年7月15日记）　影（普路斯著，周作人译，1921年7月3日记）　燕子与蝴蝶（戈木列支奇著，周作人译，1921年7月1日记）　农夫（戈木列支奇著，王剑三译）　审判（莱蒙脱著，胡仲持译）　扉页有莱蒙脱像一幅

（43）波兰文学一脔（下）〔日〕千叶龟雄等著　海镜、沈雁冰等译著　"小说月报丛刊"第四十三种（小说月报社编辑）　1925年4月商务印书馆初版　48开本，目次1页，正文118页。

目次：波兰文学的特性（〔日〕千叶龟雄著，海镜译）　波兰近代

文学泰斗显克微支（沈雁冰著）
二草原（〔波〕显克微支著，周作人译，1921.7.7 记） 犹太人（〔波〕式曼斯奇著，周建人译，1921.7.18记） 树林中的圣诞夜（〔波〕善辛齐尔著，式之译） 古埃及的传说（〔波〕普路斯著，耿式之译） 秋天（〔波〕西洛什夫斯基（W.Siceros-zewski）著，李开先译）

（44）阿富汗的恋歌（诗歌集）冯虚女士等译 "小说月报丛刊"第四十四种（小说月报社编辑）1925 年 3 月商务印书馆初版 48开本，目次 2 页，正文 85 页。

目次：阿富汗的恋歌（冯虚女士从 E.Rowys Mahero 英译本译出）永久（〔瑞典〕泰伊纳著，希真译）季候鸟（〔瑞典〕泰伊纳著，希真译） 辞别我的七弦竖琴（〔瑞典〕泰伊纳著，希真译） "假如我是个诗人"（〔瑞典〕巴士著，冯虚译） 浴的孩子（〔瑞典〕廖特倍格著，希真译） 你的忧悒是你自己的（〔瑞典〕廖特倍格著，希真译） 东方的梦（〔葡〕特·琨台尔著，希真译） 什么东西的眼泪（〔葡〕特·琨台尔著，希真译） 在上帝的手里（〔葡〕特·琨台尔著，希真译） 十二个（〔俄〕布洛克原著，饶了一译） "十二个"（〔英〕史罗康伯著，饶了一译） 伤

痕（The Wound）（〔英〕哈代（T.Hardy）著，徐志摩译） 分离（The Division）（〔英〕哈代（T.Hardy）著，徐志摩译） 她的名字（Her Initials）（〔英〕哈代（T.Hardy）著，徐志摩译，16 日早二时） 窥镜（I Look into My Glass）（〔英〕哈代（Thomas Hardy）著，徐志摩译，16 日早九时） 伤逝（Aune eune morte） 龙沙（P.Ronsjard）著，侯佩尹译） 恋歌（Chansan de Fatunio）（宓遂（A.Muset）著，侯佩尹译）

（45）校长（创作集） 叶绍钧等著 "小说月报丛刊"第四十五种（小说月报社编辑） 1925年 4 月商务印书馆初版 48 开本，目次 1 页，正文 93 页。

目次：校长（叶绍钧，1923.8.30） 三柏院（许钦文，1924.2.14） 老李的惨史（徐志摩）讨债（潘垂统） 懵懂（孙梦雷）爱与憎（兰烂生）

（46）武者小路实笃集 〔日〕武者小路实笃著 周作人等译"小说月报丛刊"第四十六种（小说月报社编辑） 1925 年 3 月商务印书馆初版 48 开本，目次 1 页，作者像 1 页，正文 79 页。

目次：一日里的一休和尚（独幕剧）（1913 年 3 月原作，周作人

译并于 1922 年 1 月 12 日作附记）
桃色女郎（独幕剧）（樊仲云译）
某夫妇（短篇小说）（1921 年 7 月
22 日原作，周作人译并于 1923 年
7 月 17 日作附记）

（47）日本小说集 〔日〕志
贺直哉等著 周作人等译 "小说月
报丛刊"第四十七种（小说月报社
编辑） 1925 年 4 月商务印书馆初
版 48 开本，目次 1 页，作者像 2
页，正文 95 页。

目次：乡愁（日本加藤武雄
1918 年 12 月作，周作人译并于
1920.11.16 作记） 到网走去（Aba-
shirimadé）（日本志贺直哉 1908 年
2 月作，周作人译并于 1920.12.28
作记） 女难（日本国木田独步著，
丐尊译并作译后记。还附有晓风于
1921 年 7 月 30 日于杭城作的记）
汤原通信（日本国木田独步著，美
子译）

（48）孤鸿（戏曲集） 顾一
樵等著 "小说月报丛刊"第四十
八种（小说月报社编辑） 1925
年 3 月商务印书馆初版 48 开本，
目次 1 页，正文 60 页。

目次：孤鸿（四幕剧）（顾一
樵） 农家（独幕剧）（朴园）

（49）诗的原理（The Poetic
Principle） 〔美〕爱伦坡著林孖
等译著 "小说月报丛刊"第四十

九种（小说月报社编辑） 1925
年 4 月商务印书馆初版 48 开本，
目次 1 页，正文 78 页。

目次：诗的原理（爱伦坡著，
林孖译） 论诗的根本概念与功能
（希和著于 1923 年 2 月 1 日上海，
并作附识）

（50）坦白 〔法〕佛罗贝尔
著 沈泽民译 "小说月报丛刊"
第五十种（小说月报社编辑）
1925 年 4 月商务印书馆初版 48 开
本，目次 1 页，作者像 1 页，正文
89 页。

目次：坦白（佛罗贝尔著，沈
泽民译） 佛罗贝尔（附录）（沈
雁冰著）

（51）一个青年（创作集） 叶
绍钧等著 "小说月报丛刊"第五
十一种（小说月报社编辑） 1925
年 4 月商务印书馆初版 48 开本，
目次 1 页，正文 89 页。

目次：一个青年（叶绍钧著，
1924 年 1 月 31 日） 一个月的前
后（严既澄，1923 年 9 月 14 日） 人
间（潘训，1923 年 4 月 17 日） 刘
并（王思玷著） 寒会之后（王统
照著，1923 年 4 月 10 日）

（52）牧羊儿（童话集） 叶
绍钧、徐志摩等著 "小说月报丛
刊"第五十二种（小说月报社编辑）
1925 年 4 月商务印书馆初版 48

开本，目次 1 页，作者像 2 页，正文 92 页。

目次：牧羊儿（叶绍钧著，1924 年 1 月 11 日） 灯蛾的胜利（严既澄著） 小赌婆儿的大话（徐志摩著） 蜘蛛与草花（〔日〕小川未明著，晓天译） 种种的花（〔日〕小川未明著，晓天译） 懒惰老人的来世（〔本〕小川未明著，晓天译） 凶恶的国王（〔丹〕安徒生（H.C.Andersen）著，顾均正译） 拇指林娜（〔丹〕安徒生（H.C.Andersen）著，CF 女士译）蝴蝶（〔丹〕安徒生（H.C.Andersen）著，徐调孚译）虫之乐队（独幕童话剧）（许敦谷著）

（53）新犹太文学—脔 沈雁冰等著译 "小说月报丛刊"第五十三种（小说月报社编辑） 1925 年 4 月商务印书馆初版 48 开本，目次 1 页，正文 77 页。

目次：新犹太文学概观（沈雁冰著） 犹太文学与宾斯奇（日本千叶龟雄著，李汉俊译） 犹太文学与考白林（L.Blumenfeld 著，李汉俊译） 现代的希伯莱诗（Joseph T.Shipley 原著，赤城译）

（54）新犹太小说集 〔新犹太〕潘莱士等著 沈雁冰著译 "小说月报丛刊"第五十四种（小说月报社编辑） 1925 年 4 月商务

印书馆初版 48 开本，目次 1 页，正文 75 页。

目次：禁食节（新犹太潘莱士著，沈雁冰译并于 1920.5.1 作译后记） 贝诺思亥尔思来的人（新犹太拉比诺维奇著，沈雁冰译并作译后记） 冬（独幕剧）（新犹太阿胥著，沈雁冰译并作译后记） 淑拉克和波拉尼（新犹太 S.Vendroff 原著，沈泽民译）

（55）生与死的一行列（创作集） 王统照等著 "小说月报丛刊"第五十五种（小说月报社编辑） 1925 年 4 月商务印书馆初版 48 开本，目次 1 页，正文 92 页。

目次：生与死的一行列（王统照著，1924 年 1 月 10 日北京） 被残的萌芽（汪静之著，1921 年 12 月 4 日） 落伍（张维祺著，1922 年 12 月 2 日上海） 故乡（李勘刚著） 窃（严敦易著，1924 年 6 月 15 日） 命运（易家钺著，1921 年 9 月 4 日） 旧稿（庐隐女士著）

（56）婀拉亭与巴罗米德（四幕剧） 〔比〕梅脱灵著 伧叟译 "小说月报丛刊"第五十六种（小说月报社编辑）1925 年 4 月商务印书馆初版 48 开本，作者像 1 页，正文 64 页。

目次：婀拉亭与巴罗米德（四

幕剧）（梅脱灵著，伧叟译，1920年11月30日） 梅脱灵略传（附录）（沈雁冰著）

（57）俄国诗坛的昨日今日和明日 〔俄〕布利乌沙夫等著 耿济之等译 "小说月报丛刊"第五十七种（小说月报社编辑） 1925年4月商务印书馆初版 48开本，目次1页，作者像1页，正文88页。

目次：俄国诗坛的昨日今日和明日（布利乌沙夫著，耿济之译 俄国底诗坛（〔日〕白鸟省吾著，夏丏尊译）

扉页有"布利乌沙夫像"一幅

（58）眷顾（新诗集） 周仿溪、朱自清等著 "小说月报丛刊"第五十八种（小说月报社编辑） 1925年4月商务印书馆初版 48开本，目次6页，正文109页。

目次：旅路（朱自清著） 人间（朱自清著，1921.5.8） 慰死者（梦雷著） 火灾（徐玉诺著） 途遇（梁宗岱著，1922.10.28.广州） 诗情（黄驾白著） 小诗（黄驾白著） 我的诗歌（徐玉诺著） 假若我不是一个弱者（徐玉诺著） 兄去后十日（陈宽著） 春夜（陈宽著） 过去（陈宽著） 燕子（陈宽著） 小溪（陈宽著） 迟疑的心（陈宽著） 清明的早晨（陈宽著） 我要死了（张鹤群著，

1923.3.31日于苏州、东吴） 小诗一（徐玉诺著） 小诗二（徐玉诺著） 蝇（卢景楷著） 梦的人生（卢景楷著，1922.12.1日临颍） 忆（俞平伯著，1923.5.5日） 鞯歌（刘燧元著，1923.5.6日） 狗的哭声（崔真吾著，1923.4.27日枕上） 山行（李玉瑶著） 小诗（唐守谦著，1923.4.21日于美国） 归梦（梁宗岱著，1923.5.13日） 永在的真实（徐玉诺著） 为什么（徐玉诺著） 小诗（徐玉诺著） 池旁（顾彭年著） 她（张耀南著） 冷光（郭云奇著，1923.4.15日） 杂感（李圣华著） 失去的光明（刘真如著，1923年6月） 春的漫画（张人权著） 晨光里的人儿（王幼虞著，1923年春） 最甜蜜的一瞬（欧阳兰著） 眷顾（周仿溪著，1923年4月8日） 可恨明亮亮的月（周仿溪著，5月23日） 恶花（徐玉诺著） 在我们家里的中秋月（刘永安著） 自然与人生（徐志摩著） 失眠（玉薇女士著） 思亲（玉薇女士著） 夜行（玉薇女士著） 沈醉（玉薇女士著） 秋晨（燕志俊著） 秋晚（燕志俊著） 秋（朱湘著） 雨（朱湘著） 卧浸会操场坟旁（王任叔著） 东山小曲（徐志摩著，1月20日） 眷回（严敦易著，2月22日） 炸裂（许杰著，

6月20日改作上海） 晚晴（刘燧元著，1923年8月1日）

（59）宾斯奇集 〔俄〕宾斯奇著 冬芬译 "小说月报丛刊"第五十九种（小说月报社编辑）1925年4月商务印书馆初版 48开本，目次1页，作者像1页，正文99页。

目次：美尼（独幕剧）（宾斯奇原作于1919年6月，冬芬译于1921年6月，并于1921年7月13日作附记） 波兰（独幕剧）（宾斯奇著，希真译） 拉比阿契巴的诱惑（短篇小说）（宾斯奇著，希真译） 暴风雨里（短篇小说）（宾斯奇著，陈煆译） 一个饿人的故事（短篇小说）（宾斯奇著，陈煆译）

（60）技艺（创作集） 王统照等著 "小说月报丛刊"第六十种（小说月报社编辑） 1925年4月商务印书馆初版 48开本，目次1页，正文96页。

目次：技艺（王统照） 红肿的手（赵景深） 瘟疫（王思玷） 伤痕（李渺世） 海的渴慕者（孙俍工）

6. 文学研究会通俗戏剧丛书

1924 年 3 月——1934 年 7 月　上海商务印书馆

（1）青春底悲哀（戏剧集）　熊佛西著　《文学研究会通俗戏剧丛书》第一种　1924 年 1 月上海商务印书馆初版　1928 年 3 月上海商务印书馆四版　32 开本，《序》6 页，目录 1 页，正文 137 页。

目录：序（郑振铎作于 1923 年 9 月 18 日）　序（瞿世英作）　自序（熊佛西作于 1922 年双十节燕京大学）　一、青春底悲哀（独幕剧）（本剧第一二次实演地点均在北京真光电影院）　二、新闻记者（独幕剧）（本剧实演地点——第一次在北京协和医学校大礼堂；第二次同上；第三次在北京清华学校大礼堂）　三、新人的生活（二幕剧）（本剧实演地点——第一次在北京真光电影院；第二次在北通潞和学校）　四、这是谁的错（三幕剧）（本剧第一次实演在北京青年会，第二次同上，第三次在中央公园，第四、五、六次同上，第七次在北京协和医学校大礼堂）

（2）复活的玫瑰（戏剧集）　侯曜著　《通俗戏剧丛书》第二种　1924 年 3 月初版　1927 年 2 月三版　32 开本，《序》12 页，《卷头语》页，目录 1 页，正文 145 页。

目录：序（郑振铎作于 1923 年 9 月 18 日）　序（1922 年 10 月 28 日曹刍序于南高书舍）　序（吴俊升作于 1922 年 10 月 2 日南高）　序（王式禹序于金陵北极阁下，1923.2.21）　卷头语（1923 年 2 月 14 日侯曜）　一、复活的玫瑰（五幕剧）　二、刀痕（三幕剧）　三、可怜闺里月第一幕·别时容易见时难　第二幕·忆君迢迢隔青天　第三幕·古来征战几人回　第四幕·犹是春闺梦里人第五

幕·此恨绵无尽期）（1923 年 4 月 16 日改定于南京鸡鸣寺）

（3）弃妇（五幕剧） 侯曜著 《通俗戏剧丛书》第三种 1925 年 5 月商务印书馆初版 1926 年 7 月商务印书馆再版 32 开本，目次 1 页，正文 72 页。

目次：第一幕·夫婿轻薄儿 第二幕·世情恶衰歇 第三幕·吾谋适不用 第四幕·幽居在空谷 第五幕·斯人独憔悴（1922 年 11 月初脱稿于东南大学 1922 年 12 月江苏省立第一女师演于南京 1923 年 1 月 1 日安徽省立第二女师演于芜湖 1923 年 10 月 10 日南京美术专门学校女子部演于南京 1923 年 12 月 1 日改订于南京平民教育促进会 1924 年 8 月 4 日再修改于杭州陶社）

（4）山河泪（三幕剧） 侯曜著 《通俗戏剧丛书》第四种 1925 年 5 月商务印书馆初版 1927 年 4 月商务印书馆 3 版 32 开本，《序》2 页，正文 81 页。 扉页有《山河泪》剧照和《双飞鸟》词曲各一幅

目次：序（1924 年 8 月 7 日侯曜序于杭州陶社） 第一幕 第二幕 第三幕（1924 年 4 月 21 日作于东南大学）

（5）相鼠有皮（三幕剧）〔英〕高尔斯华绥著 顾德隆译

《通俗戏剧丛书》第五种 1925 年 8 月商务印书馆初版 1927 年 4 月商务印书馆再版 32 开本，《叙》15 页，《布景图》3 页，正文 142 页。

目次：叙（顾德隆作于 1924 年 12 月 20 日上海） 剧中人物时间和地方 第一幕 第二幕·第一场 第二场 第三幕·第一场 第二场

（6）歧途（戏剧集） 徐公美著 《通俗戏剧丛书》第六种 1926 年 5 月商务印书馆初版 1928 年 10 月商务印书馆再版 32 开本，《序》和《自叙》14 页，目次 1 页，正文 95 页。

目次：序一（欧阳予倩） 序二（汪仲贤） 序三（孙太空） 序四（王芳镇） 序五（徐半梅） 序六（陈大悲） 自叙（公美作于 1925 年 7 月 2 日上海通惠学校） 父权之下（独幕剧）（作者 1925 年 3 月 3 日修正于上海） 飞（独幕剧）（作者 1925 年 5 月 5 日修正于上海） 歧途（四幕剧）（作者 1923 年 2 月 16 日脱稿于北京剧专，1924 年 8 月 9 日修改于上海通惠）

（7）人间的乐园（戏剧集） 濮舜卿著 《通俗戏剧丛书》第七种 1927 年 10 月商务印书馆初版 32 开本，目次 1 页，正文 98 页。

目次：一、人间的乐园（三幕

剧） 二、爱神的玩偶（四幕剧）
（作者 1926 年 7 月 25 日修改于上
海，此剧已改成影戏，由上海长
城影片公司摄制） 三、黎明（独
幕剧）

（8）顽石点头（四幕剧） 侯
曜著 《通俗戏剧丛书》第八种
1928 年 1 月商务印书馆初版 1933
年 1 月商务印书馆国难后第一版
32 开本，目次 1 页，正文 58 页。

目次：第一幕 第二幕 第三
幕 第四幕（作者 1925 年 6 月 27
日改订于南京东南大学）

（9）春的生日（戏剧集） 侯
曜著 《通俗戏剧丛书》第九种

1928 年 10 月商务印书馆初版
1933 年 11 月商务印书馆国难后第
一版 32 开本，目次 1 页，正文
66 页。

目次：一、春的生日（独幕剧）
（作者 1925 年 2 月 7 日作于东大）
插曲：春风（周玲苏作曲） 雪花
与阳光 一刹那的机会 宝贵的
心 二、摘星之女（二幕剧）（作
者 1924 年 8 月 15 日于东南大学）
插曲：摘星之女（Stephen Adams
作曲） 三、离魂倩女（独幕剧）
（作者 1922 年 6 月 5 日作于东大）
插曲：骷髅的觉悟（三首）（周玲
苏作曲） 赞诵黑暗

7. 附：文学研究会幽默丛书

赵子曰　老舍杰著　1942 年 11 月 17 日印刷　1942 年 11 月 23 日
发行　大连大兴文具店出版　32 开本，全文 260 页。

全文分为二十三部分，共七十小节。

编 者 附 记

　　关于《文学研究会丛书》，根据当时《小说月报》第十二卷第八号
（1921 年 8 月 10 日出版）上登载的《文学研究会丛书目录》（同时登
载于《东方杂志》第十八卷第十一号上），计有八十三种。事实上这份
"目录"只是当时初步拟定的创作、编译计划，大部分没有实现，只完
成了其中的二十六种。在这二十六种丛书中，也只有八种是完全按计
划出版的。另外的十六种，有的改了书名，有的易了著、译者，有的
作为"文学研究会"的其他丛书出版了。现将查核，出版变动情况，
注明如下：《诗歌论》（〔英〕皮利士著，傅东华、金兆梓译），被改为
《诗之研究》；《俄国文学史》（郑振铎编），被改为《俄国文学史略》；
《人的一生及其他》（〔俄〕安得列夫著，郑振铎、沈泽民译），被改为
《人之一生》，由耿济之译；《灰色马》的译者，原计划由瞿世英、郑振
铎合译，改为由郑振铎一人译；《织工》（〔德〕哈勃曼著），原计划由
李之常译，后为陈家骥译；《青鸟》（〔比〕梅德林著），原计划由李之
常、郑振铎译，后改由傅东华译；《太戈尔戏曲集》（一）原计划由白
镛、瞿世英译，后改由瞿世英、邓演存译；《文艺思潮论》（〔日〕厨川
白村著），原计划由谢六逸译，后改由樊丛予译；《梅脱灵戏曲集》（〔比〕

梅脱灵著），原计划由高六珈译，后改为汤澄波译；《文学之社会的批评》（〔英〕蒲克著，李石岑、沈雁冰、柯一岑、郑振铎译），改为《社会的文学批评论》（〔美〕蒲克女士著；傅东华译）；《大时代中小人物的忏悔》（〔俄〕安得列夫著，耿济之译），改为《小人物的忏悔》，由耿式之译；《沙宁》（〔俄〕阿志跋绥夫著，宋介译），被改为《文学研究会世界文学名著丛书》的一种，由郑振铎译；《俄国短篇小说集》（〔俄〕契利加夫等著，耿济之译），被改为《文学研究会世界文学名著丛书》的《俄国短篇小说译丛》，由郑振铎译；《法国短篇小说集》（著者不详，译者为会员），被改为《文学研究会世界文学名著丛书》的一种，〔法〕梅礼美等著，黎烈文译；《新犹太短篇小说集》（著者不详，译者为会员），被改为《小说月报丛刊》的《新犹太小说集》，〔新犹太〕潘莱士等著，沈雁冰、沈泽民译；《梭罗古勃短篇小说集》（〔俄〕梭罗古勃著，会员译），被改为《小说月报丛刊》的《梭罗古勃》，梭罗古勃等著，周建人等译；《法朗士短篇小说集》（〔法〕法朗士著，会员译），被改为《小说月报丛刊》的《法朗士集》，由沈性仁等译；《宾斯奇独幕剧》（〔犹太〕宾斯奇著，胡愈之译），被改为《小说月报丛刊》的《宾斯奇集》，由冬芬等译；《日本短篇小说集》（著者不详，周作人译），被改为《小说月报丛刊》的《日本小说集》，由日本的志贺直哉等著，周作人等译。

现将同时登载于《小说月报》（第十二卷第八号）和《东方杂志》（第十八卷第十一号）上的《文学研究会丛书目录》附录于下，以供研究者参考：

文学研究会丛书目录

文学的近代研究	美国莫尔顿著	郑振铎译
文学的原理与问题	美国亨德著	沈泽民译
文艺思潮论	日本厨川白村著	谢六逸译
文艺概论	英国黑特生著	瞿世英译
文学之社会的批评	英国蒲克著	李石岑、沈雁冰 柯一岑、郑振铎译
诗歌论	英国皮利士著	傅东华、金兆梓译
戏剧发达史	英国布兰特马太著	王统照译

近代戏剧	德国列费森著	李之常译
日本文学史	周作人编	
意大利文学史	胡愈之编	
俄国文学史	郑振铎编	
英国文学史	沈雁冰编	
德国文学史	蒋百里编	
法国文学史	冬芬编	
美国文学史	瞿世英编	
北欧文学史	刘健编	
西班牙文学史	郑庆豫编	
匈牙利文学史	匈牙利李特尔著	沈泽民译
俄国文学的理想与实质	俄国克罗巴特金著	谢六逸、沈雁冰
		沈泽民译
艺术家及思想家之托尔斯泰	俄国斯卜皮柴夫斯基著	耿济之译
太戈尔研究	郑振铎、瞿世英编	
英国短篇小说集		胡愈之译
哈提短篇小说集	英国哈提著	胡愈之译
心碎之屋	英国萧伯讷著	沈雁冰译
银匣	英国高思倭塞著	陈大悲译
心史	英国克洛士著	许地山译
一个不重要的妇人	英国王尔德著	耿式之译
王尔德神异故事集	英国王尔德著	郑振铎译
爱尔兰短篇小说集		沈雁冰译
微光（小说集）	爱尔兰夏芝著	王统照译
夏芝诗集	爱尔兰夏芝著	李之常译
俄国短篇小说集		耿济之译
夜店	俄国高尔该著	耿济之译
高尔该短篇小说集	俄国高尔该著	孙伏园、郑振铎译
人的一生及其他	俄国安得列夫著	郑振铎、沈泽民译
大时代中小人物的忏悔	俄国安得列夫著	耿式之译
安得列夫短篇小说集	俄国安得列夫著	会　员译

克洛连科短篇小说集	俄国克洛连科著	会　员译
古卜林短篇小说集	俄国古卜林著	会　员译
梭罗古勃短篇小说集	俄国梭罗古勃著	会　员译
猎人日记	俄国屠格涅夫著	耿济之译
托尔斯泰短篇小说集	俄国托尔斯泰著	孙伏园译
家庭幸福	俄国托尔斯泰著	耿济之译
工人绥惠略夫	俄国阿支拔喜夫著	鲁　迅译
沙宁	俄国阿支拔喜夫著	宋　介译
灰色马	俄国路卜洵著	瞿世英、郑振铎译
法国短篇小说集		会　员译
莫里哀戏曲集	法国莫里哀著	高真常译
佛罗倍尔短篇小说集	法国佛罗倍尔著	孙伏园译
莫泊桑短篇小说集	法国莫泊桑著	会　员译
佛朗士短篇小说集	法国佛朗士著	会　员译
美国短篇小说集		胡愈之译
每日之面包	美国杰勃生著	柯一岑译
草叶集	美国惠德曼著	谢六逸译
斯坎德那维亚短篇小说集		会　员译
建筑师及其他	挪威易卜生著	潘家洵译
阿尼	挪威般生著	谢六逸译
新结婚的一对及其他	挪威般生著	冬　芬译
结婚集	瑞典史德林堡著	柯一岑、沈雁冰译
饿者	挪威哈姆生著	瞿世英译
德国短篇小说集		会　员译
意门湖	德国史东著	唐性天译
沉钟	德国哈勃曼著	蒋百里译
织工	德国哈勃曼著	李之常译
苏特曼戏曲集	德国苏特曼著	潘家洵译
苏特曼短篇小说集	德国苏特曼著	会　员译
阿那托尔	奥大利显尼兹劳著	郭绍虞译
战中之人	匈牙利拉古兹著	沈雁冰译

波兰短篇小说集		冬芬、明心译
胜者巴狄克	波兰显克微支著	冬　芬译
梅德林戏曲集	比利时梅德林著	高六珈译
青鸟	比利时梅德林著	李之常译
太戈尔戏曲集	印度太戈尔著	郑振铎、白镛、瞿世英译
新月集	印度太戈尔著	郑振铎译
暗室之王	印度太戈尔著	瞿世英译
春之循环	印度太戈尔著	瞿世英译
日本短篇小说集		周作人译
一个青年的梦	日本武者小实笃路著	鲁　迅译
新犹太短篇小说集		会　员译
宾斯奇独幕剧	犹太宾斯奇著	胡愈之译
世界语短篇小说集		胡天月译
幽兰女士（戏剧集）	陈大悲著	
隔膜（小说集）	叶绍钧著	

（原载《东方杂志》第十八卷第十一号，1921 年 6 月 10 日）

十五、有关文学研究会的评介、研究、回忆各类资料目录索引

读《小说新潮宣言》的感想
　　　　　　　　黄厚生

答黄君厚生《读小说新潮栏宣言的感想》　　　　　冰
《小说月报》第 11 卷第 4 号（1920年 4 月 25 日）

商务印书馆小说月报
（上海）《时事新报·工商之友》1920年 5 月 8 日

介绍《小说月报》并批评（上、下）
　　　　　　　　石　岑
（上海）《时事新报·学灯》1921年 1 月 3 日

沈雁冰答石岑的信
（上海）《时事新报·学灯》1921年 2 月 3 日

介绍小说月报十二卷一号　晓　风
《民国日报·觉悟》1921 年 2 月 3 日收入《陈望道文集》第一卷　复旦大学语言研究室编，上海人民出版社 1979 年 10 月第 1 版。

一个读《小说月报》者底感想和希望　　　　　　　倩
《民国日报·觉悟》1921 年 2 月 14 日

致文学研究会书　宋春舫（7.13）
（上海）《时事新报·文学旬刊》第 10 期（1921 年 8 月 10 日）

文学研究会答宋春舫信
　　　文学研究会上海同人
（上海）《时事新报·文学旬刊》第 10 期（1921 年 8 月 10 日）

孙祖基致文学周刊社诸君
（上海）《时事新报·文学旬刊》第 11 期（1921 年 8 月 20 日）

胡怀琛致文学旬刊社诸君（8，21）
（上海）《时事新报·文学旬刊》第 12 期（1921 年 8 月 30 日）

许澄远致文学旬刊
（上海）《时事新报·文学旬刊》第 14 期（1921 年 9 月 20 日）

介绍《小说月报》号外《俄国文学研究》　　　　　晓　风
《民国日报·觉悟》1921 年 10 月 18 日　收入《陈望道文集》第一卷　复旦大学语言研究室编，上海人民出版社 1979 年 10 月第 1 版。

介绍小说月报《被损害民族的文学号》　　　　　　　C
（上海）《时事新报·学灯》1921

年 11 月 9 日

读小说月报《俄国文学研究号》中
的论文　　　　　　　　张友鸾
（上海）《时事新报·学灯》1921
年 11 月 13 日

艺文私见　　　　　　　　郁达夫
《创造》季刊创刊号（1922 年 5 月
1 日）

海外归鸿　　　　　　　　郭沫若
《创造》季刊创刊号（1922 年 5 月
1 日）

读小说月报第十三卷第六号（真）
（上海）《时事新报·文学旬刊》第
40 期（1922 年 6 月 11 日）

评《小说汇刊》　　　　　　　玄
（上海）《时事新报·文学旬刊》第
43 期（1922 年 7 月 11 日）

论国内的评坛及我对于创作上的
态度　　　　　　　　　郭沫若
（上海）《时事新报·学灯》1922
年 8 月 4 日　收入作者文集《文艺
论集》（创造社丛书）上海光华书
局 1925 年 12 月 27 日初版；又收
入《沫若文集》第十卷，人民文学
出版社 1959 年 6 月北京第 1 版。

创作质疑　　　禹平给雁冰的信
　　　　　　　程代新给雁冰信
　　　　　　雁冰给禹平代新的信
《小说月报》第 13 卷第 8 号（1922
年 8 月 10 日）

读了太戈尔的《春之循环》吴　溥
（上海）《时事新报·学灯》1922
年 10 月 25 日

创作批评（十一）读小说汇刊
　　　　　　　　　　陈炜谟
《小说月报》第 13 卷第 12 号（1922
年 12 月 10 日）

小说月报短篇创作批评　立　青
《平民》第 62、63 期（1922 年）

介绍新刊：小说月报第十四卷第一
号　心潮　　　　　　　（路）
（上海）《时事新报·文学旬刊》第
64 期（1923 年 2 月 11 日）

评冰心女士的"超人"　　成仿吾
《创造》季刊第 1 卷第 4 期（1923
年 2 月）

创造社与文学研究会　　成仿吾
《创造》季刊第 1 卷第 4 期（1923
年 2 月）

写实主义与庸俗主义　　　成仿吾
《创造周报》第 5 号（1923 年 6 月
10 日）

最近出版之文学研究会丛书
（上海）《时事新报·文学旬刊》第
78 期（1923 年 7 月 2 日）

读郑振铎的《飞鸟集》　　梁实秋
《创造周报》第 9 号（1923 年 7 月
7 日）

论《飞鸟集》的译文——答赵荫
棠君　　　　　　　　　西谛
（上海）《时事新报·文学旬刊》第
79 期（1923 年 7 月 12 日）

再论《飞鸟集》译文——答梁实
秋君　　　　　　　　　西谛
（上海）《时事新报·文学旬刊》第
80 期（1923 年 7 月 22 日）

繁星与春水　　　　　　梁实秋
《创造周报》第 12 号（1923 年 7
月 29 日）

介绍文学研究会出版之《文学》
《小说月报》第 14 卷第 8 号（1923
年 8 月 10 日）　第 14 卷第 9 号
（1923 年 9 月 10 日）

两个文学团体与中国文学界

今　心
（上海）《时事新报·学灯》1923
年 8 月 22—23 日

徐奎致文学编辑部诸先生（十二，
九，九，永嘉）
（上海）《时事新报·《文学》第 89
期（1923 年 9 月 24 日）

鑫龄九致文学诸编辑先生（九，一
二，一九二三，长沙一师）
（上海）《时事新报·文学》第 90
期（1923 年 10 月 1 日）

慈谿致文学诸编辑；记者复慈谿
（上海）《时事新报·文学》第 97
期（1923 年 11 月 19 日）

郑译《新月集》正误　　成仿吾
《创造周报》第 30 号（1923 年 12
月 2 日）

读《火灾》　　　　　　赵景深
（上海）《时事新报·文学》第 111
期（1924 年 3 月 3 日）

瞿译《春之循环》的一瞥　唐汉森
《创造周报》第 49 号、50 号（1924
年 4 月 19 日、27 日）

读上海一百三十一号的《文学》
而作　　　　　　　　　郁达夫

（北京）《晨报副刊》1924 年 7 月 29 日

非战——读小说月报"非战文学号"上册　　　　　朱忱薪
（上海）《时事新报·学灯》1924 年 10 月 1—2 日

介绍第四号小说月报
（北京）《晨报副刊·文学旬刊》第 71 号（1925 年 5 月 25 日）

介绍两种周报　　　　　记　者
《小说月报》第 16 卷第 6 号（1925 年 6 月 10 日）

介绍《文学周报》与《鉴赏周刊》　　　　　记　者
《小说月报》第 16 卷第 8 号（1925 年 8 月 10 日）

艺术与社会生活　　　　　冯乃超
《文化批判》创刊号（1928 年 1 月 15 日）

一年来国内定期出版界略述补　　　　　伏　园
（北京）《京报副刊》第 388 号（1926 年 1 月 18 日）

评小说月报中国文学研究号　镜

（天津）《大公报·文学副刊》1928 年 2 月 18 日《国闻周报》第 5 卷第 16 期、17 期、18 期（1928 年）

读评小说月报中国文学研究号　　　　　李　痴
（天津）《大公报·文学副刊》1928 年 2 月 27 日

关于唤名收魂的传说——致文学周报记者民仪　　　贺昌群
《文学周报》第 326 期（1928 年 7 月 22 日）

郑振铎的《家庭的故事》（书评）　　　　　孙席珍
《文学周报》第 358 期（1929 年 2 月 17 日）

三、小说月报及其他
见《中国文艺论战》李何林编；北新书局 1929 年初版。

上海文艺一瞥　　　　　鲁　迅
《文艺新闻》第 20、21 期（1931 年 7 月 27 日；8 月 3 日）

新文坛的昨日今日与明日　　　　　郑振铎讲
《民众教育季刊》第 1 卷第 3、4 期合刊（1932 年）

《竖琴》前记　　　　　　鲁迅
《竖琴》上海良友图书公司 1933 年
1 月初版

关于文学研究会　　　　茅盾
《现代》第 3 卷第 1 期（1933 年 5
月 1 日）

五四运动与中国文学　　高滔
《文学》第 2 卷第 6 号（1934 年 6 月
1 日）　按：该文《（四）新兴文学
诸社团》一节内论及文学研究会。

中国新文学运动及其统制政策
　　　　　　　　　　贺玉波
《前途》第 2 卷第 8 号（1934 年 8
月 1 日）　按：该文中之（二）论
及文学研究会。

几个文学研究会旧会员的散文
　　　　　　　　　　苏雪林
《珈珞月刊》第 2 卷第 4 期（1934
年 12 月出版）　按：文内论及落
华生、王统照、郑振铎的散文。

谈谈中国文坛的派别　　石原
《文艺战线》第 3 卷第 40 期（1935
年 2 月 20 日）　按：文内之（二）
论及文学研究会。

文学论争集·导言　　　郑振铎

见《中国新文学大系·文学论争集》
上海良友图书公司 1935 年 10 月 15
日初版

小说一集·导言　　　　茅盾
见《中国新文学大系·小说一集》
上海良友图书公司 1935 年 10 月 15
日初版

小说三集·导言　　　　郑伯奇
见《中国新文学大系·小说三集》
上海良友图书公司 1935 年 8 月 15
日初版按：文内论及文学研究会。

文学研究会的前前后后　　王丰园
见《中国新文学运动述评》　新新
学社 1935 年 9 月出版。

中国新文学的起来和它的时代背景
　　　　　　　　　　　　阿英
《文学》第 5 卷第 1 号《二周年纪
念号》（1935 年 7 月 1 日）

中国新文学大系　　赵家璧主编
　　　　　上海良友图书公司出版
《宇宙风》第 8 期（1936 年 1 月 1 日）

记小说月报第二十三卷新年号——
1932 年（民国廿一年）　徐调孚
《宇宙风》第 8 期（1936 年 1 月 1
日）　被收入《中国现代出版史

料·补编》 张静庐辑注，中华书局 1957 年 5 月第 1 版。按：文内谈及《文学研究会》。

新文学概要（基本知识丛书）
　　　　　　　　　　吴文祺著
上海亚细亚书局 1936 年 4 月初版按：书内之第四章为《文学研究会与创造社》。

实藤惠秀与中国文学研究会
《中央日报》1937 年 5 月 11 日

近百年来的中国文艺思潮　吴文祺
《学林》第 3 辑（1941 年 1 月）

想起和济之同在一处的日子
　　　　　　　　　　郑振铎
《文汇报·笔会》1947 年 4 月 5 日

追悼济之　　　　　　　王统照
《文艺春秋》第 5 卷第 1 期（1947 年 7 月）

文学初步　　　　　　　巴　人
上海海燕书店　1950 年 1 月第 1 版、1950 年 11 月第 2 版按：书内有关第七编《新文学的诸问题》部分介绍到文学研究会。

《小说月报》旧话　　　徐调孚

《文艺报》1956 年第 15 期

"文学研究会"成立时的点滴回忆——悼念振铎先生　　郭绍虞
《文艺月报》1958 年 12 月号（1958 年 12 月 5 日）

略述文学研究会　　　　叶圣陶
《文学评论》1959 年 2 期（1959 年 4 月 25 日）

五四忆往——谈《诗》杂志　俞平伯
《文学知识》1959 年 5 月号（1959 年 5 月 8 日）　被收入《五四运动回忆录》上册　中国社会科学院近代史研究所编　中国社会科学出版社 1979 年 3 月第 1 版。

茅盾:《文学研究会》(Mao Tun, "The Literary Research Association")
《中国文学》（英文版）1959 年第 5 号

文学研究会与五卅运动　　于　奋
《新民晚报》1962 年 5 月 30 日

鲁迅与文学研究会　　　刘　同
《新港》1964 年 6 月号（1964 年 6 月 1 日）

文学研究会诗人群　　一、概况;

二、周作人；三、俞平伯；四、朱
自清；五、冰心；六、朱湘；七、
郑振铎；八、王统照
见《文学作家时代》（中国现代文
学论丛）唐培初编著 香港文学研
究社 1973 年版

我和鲁迅的接触　　　　　茅　盾
《鲁迅研究资料》第 1 辑（1976 年
10 月出版）　按：文内谈及文学研
究会。

文学研究会简介　　　　　仲　源
《中华民国史料丛稿·专题资料选
辑》第 1 辑　中国社会科学院近代
史研究所中华民国史组编　中华
书局 1976 年 11 月出版。

关于"文学研究会"的成立问题
　　　　　　　　　　　陈　炳
《徐州师范学院学报》1978 年 1 期
（1978 年 3 月）

文学研究会在我国新文学运动中
的地位和作用　　　　　陆义彬
《广西民族学院学报》1978 年 4 期

鲁迅与文学研究会　　　陈漱渝
见《鲁迅在北京》　天津人民出版
社 1978 年 12 月出版

鲁迅与章锡琛　　　　　　振　甫
《读书》1979 年第 1 期

郑振铎与《小说月报》的变迁
　　　　　　　　　　　高君箴
《新文学史料》第 2、3 辑（1979
年 2 月、5 月）

革新《小说月报》的前后——回忆
录（三）　　　　　　　茅　盾
《新文学史料》第 2、3 辑（1979
年 2 月、5 月）　被收入《五四运
动回忆录》（续）　中国社会科学
院近代史研究所编　中国社会科
学出版社 1979 年 11 月第 1 版

文学研究会、创造社与"革命文学"
见《中国新文学思潮》（自学知识
文库）　于蕾编著　香港万源图书
公司 1979 年 4 月初版

五四运动述感之二　　　郭绍虞
《新文学史料》第 3 辑（1979 年 5 月）

文学研究会（资料）　　　仲源编
《新文学史料》第 3 辑（1979 年 5
月）　按：资料后附《文学研究会
会员录（部分）》。

鲁迅和小说月报——兼记鲁迅和
茅盾的早年友谊　　　　姜德明

《文艺报》1979 年第 5 期（1979 年 5 月 12 日）

谈谈"五四"前后的《小说月报》
　　　　　　　　　　　　　查国华
《山东师范学院学报》1979 年第 3 期，《鲁迅研究年刊》1979 年号 西北大学鲁迅研究室编

复杂而紧张的生活、学习与斗争（上、下）　　　　　茅　盾
《新文学史料》第 4、5 辑（1979 年 8 月、11 月）

鲁迅与郑振铎　　　　　　高君箴
《新文学史料》1980 年第 1 期(1980 年 2 月）

关于新发现的鲁迅致茅盾书信中的几件史实
见《〈鲁迅日记〉札记》　包子衍 著　湖南人民出版社 1980 年 3 月第 1 版

茫茫半世纪　　　〔日〕草野心平
《新潮》（日本期刊）1980 年 4 月号

关于文学研究会的成立　郭绍虞
《新文学史料》1980 年 3 期

现代文学史上富有生气的一页——

谈五四以后大量涌现的新文学社团 见《知春集》　严家炎著　人民文学出版社 1980 年 5 月第 1 版　本文原载《新港》1979 年第 5 期

能说《小说月报》是鸳鸯蝴蝶派吗？
《新闻战线》1980 年第 5 期

文学研究会对外国文学的译介　吴锦濂等
《福建师范大学学报》（哲社版）1980 年第 2 期

文学研究会的现实主义思想
见《文学评论集》　田仲济著　山东人民出版社 1980 年 9 月第 1 版 按：本篇最初发表于《教学研究》（社会科学版)1979 年第 1 期(1979 年 7 月 1 日）。

读新发表的郑振铎信件——兼谈文学研究会与鲁迅　　　苏　茵
《鲁迅研究资料》第 6 期（北京鲁迅博物馆鲁迅研究室编）天津人民出版社 1980 年 10 月第 1 版

介绍文学研究会成立摄影　朱金顺
《新文学史料》1980 年第 4 期（1980 年 11 月）

论新旧作家与革命文学——读了

《文学周报》的《欢迎太阳》以后
华希理
见《"革命文学"论争资料选编》
人民文学出版社 1981 年 1 月第 1
版 按：本文原载《太阳月刊》1928
年 4 月号

影印本《小说月报》序 茅 盾
《文献》第 7 辑（1981 年 3 月） 北
京图书馆《文献》丛刊编辑部编 书
目文献出版社 1981 年 3 月第 1 版

文学研究会宣言的起草者 吴泰昌
《中国现代文学研究丛刊》1981 年
第 1 辑 收入《艺文轶话》吴泰昌
著 安徽人民出版社 1981 年 5 月
第 1 版。

羊城北望祭茅公 思 慕
《羊城晚报》1981 年 4 月 20 日

早年同茅盾在一起的日子里 胡愈之
《人民日报》1981 年 4 月 25 日

我国第一份"诗刊"
见《艺文轶话》 吴泰昌著 安徽
人民出版社 1981 年 5 月第 1 版

文学研究会之群——现代诗人及
流派琐谈（上） 钱光培、向远
《中国现代文学研究丛刊》1981 年
第 3 辑

《小说月报》影印本出版 刘卓英
《人民日报》1982 年 4 月 22 日

论文学研究会的"问题小说"
李惠贞
（广东）《学术研究》1982 年第 2 期

最后一次讲话（1958 年 10 月 8 日）
郑振铎
《新文学史料》1983 年第 2 期

郭绍虞与文学研究会 楼鉴明
《复旦学报》（社会科学版）1983
年第 4 期

十六、中国现代、当代文学史等著作中有关文学研究会评价章节编目

中国文学史大纲（改订本）
谭正璧编 光明书局 1931 年 3 月改订第 8 版、1936 年 9 月第 14 版

第十一章 现代文学与将来的趋势 一、现代 文学研究会与创造社（第 153—155 页） 翻译文学（第 163 页）

新著中国文学史 胡云翼著 北新书局 1931 年 10 月付排、1932 年 4 月初版

第二十八章 最近十年的中国文学 三、十年间的作品（第 303 页）

中国新文坛秘录 阮无为编 上海南强书店（1933 年 6 月）

小说月报的创作论特辑（第 229—231 页）

中国新文学运动史 王哲甫著 杰成印书局 1933 年 9 月出版

第四章 十五年来之中国文坛 （四）文学研究会与创造社（第 61 页） （五）"五卅以前的中国文坛"（第 63—70 页） （六）"五卅"以后的文坛（第 70—76 页） （七）革命文学之论战（第 76—79 页）

第十章 附录 文学研究会的始末（第 375—381 页） 文学研究会宣言 文学研究会成立纪要 文学研究会简章

中国新文学运动述评 王丰园著 新新学社 1935 年 9 月出版

第三章 自然主义的文学运动 第二节 文学研究会的前前后后（第 95 页）

新文学运动史资料 张若英编 光明书局 1934 年 9 月初版、1936 年 9 月再版

第七编 文学研究会与创造社 按：本编选入了有关文学研究会文献资料共五篇。即：《新文学的要求》（周作人）；《新文学研究者的责任与努力》（沈雁冰）；《文学与人生》《沈雁冰》；《什么是文学》（沈雁冰）；《新文学观的建设》（郑振铎）。

近二十年中国文艺思潮论 李何林编著 生活书店 1939 年 9 月初版、1948 年 10 月大连再版陕西人民出版社 1981 年 4 月第 1 版

第一编 五四前后的文学革命运动

第一章 概论——从一九一七年到"五卅"的中国文艺思想界 七、文学研究会与创造社的对立 1.文学研究会（第 20—22 页、第 24—25 页）

第四章 文学研究会与创造社 一、写实主义与浪漫主义同时存在的社会基础（第 76—79 页） 二、写实主义的文学研究会（第 84—95 页） 四、对立的

统一与"革命文学"思想的萌芽（第105页）

中国小说史（中国文化史丛书）上、下册 郭箴一著 商务印书馆1939年5月初版

第八章 民国 第二节 新文学运动的几大团体 （二）文学研究会——现代评论（第615—624页）

文坛史料（中华副刊丛书之一） 杨之华编 中华日报社1943年6月1日排印，1944年1月1日出版。

文艺社团史料 文学研究会（附"小说月报" "文学旬刊"及"诗"）（第367—368页）

中国新文学史讲话（学术讲话丛刊） 李一鸣著 世界书局1943年11月初版，1947年10月再版

第三章 新文学演进的轨迹（一）文学研究会

新文学运动史乙集（Histoire De La Littérature Chinoise Modern Volume II）（法文本） 文宝峰编（P.Henrivan Boven C.I.C.M.）天津 The Chihli Press，1946.6.La Sociét é de Etudes Litteraires：文学研究会（p.39—60）

文坛忆旧 赵景深著 北新书局1948年4月初版

现代作家生年籍贯秘录——文学研究会会员录（第203页—210页）

中国文学发展纂要 余锡森编 培正中学国文科印 无版年

第十三章 中国文学的新生（四）创造社和文学研究会的对立 文学研究会（第219—220页）

"中国新文学史"教学大纲（初稿） 老舍、蔡仪、王瑶、李何林 被收入《中国新文学史研究》李何林等著 新建设杂志社1951年7月1日初版

第二编 新文学的扩展时期（1911—1927） 第二章 文学研究会和创造社等的殊途同归 第二节 文学研究会诸人的理论和其创作

中国新文学史稿（上册） 王瑶著 开明书店1951年9月初版、1952年12月第2版 新文艺出版社1953年7月上海第一次重印（根据开明1951年9月纸型重印）

第一编 伟大的开始及发展（1919—1927） 第一章 从文学革命到革命文学 三、文学社团（第40—43页）

中国新文学史讲话 蔡仪著 新文艺出版社1952年11月上海第1版

第五讲 社会主义现实主义

的精神　现实主义和浪漫主义的对立（第112—115页）

中国现代文学史略　丁易著
作家出版社1955年7月北京第1版

第一章　五四运动与中国现代文学革命运动的兴起、发展和斗争以及鲁迅的贡献　第三节　文学革命理论的发展　二　鲁迅对于这一时期的文学革命运动的领导以及文学研究会和创造社的文学主张（第44—46页、第47页）

新文学史纲第一卷　张毕来著　作家出版社1955年11月北京第1版

第一编　新文学史第一期（从1918、19到1927、28的十年间）第二章　新文学在第一次国内革命战争前后　第三节　文学家在"资产阶级道路"和"无产阶级道路"之间的分化　贰、分化中的无产阶级道路：革命的民主主义文学家向马克思主义文学家的初步转变　一、马克思主义和中国共产党跟新文学发展的关系　1."五四"以后文化生力军的出现和进步的文学家们的文学活动的展开（第139—141页）

中国新文学史初稿（上、下卷）刘绶松著　作家出版社1956年4月北京第1版

第二编　第一次国内革命战争时期的文学（一九二一——一九二七）　第一章　中国共产党成立后的国内形势与文学概况　三、本时期的文学团体（第91页）　第三章　文学研究会、创造社的文学主张与"革命文学"的提出　一、文学研究会的主张（第127—132页）　第四章　本时期的诗歌与小说　二、小说（第166—172页）

关于中国现代文学　李何林著　新文艺出版社1956年8月第1版

"五四"以来新文学发展的道路——社会主义现实主义　二、一九一八到一九四二年新文学运动概况（第48—49页）

中国文学史教学大纲　游国恩、刘大杰、冯沅君、王瑶、刘绶松编　高等教育出版社1957年8月第1版、1958年6月北京第4次印刷

第九编　第四章　文学研究会诸作家　第一节　文学研究会的成立经过、主张及活动情况（第243页）

中国现代文学史（东北师范大学函授讲义）上卷　孙中田、何善周、思基、张芬、张泗祥著　吉林人民出版社1957年9月第1版

第一章"五四"——第二次国内革命战争时期的文学　"五四"

和第一次国内革命战争时期的文学 文学团体（第52—53页）

中国现代文学史 第一编（初稿） 北京师范大学中国语言文学系编 北京师范大学出版 1958年12月第1版

第一编 革命文学的产生和发展 第一章 "五四"、第一次国内革命战争时期的文学（1919——1927） 第一节 "五四"、第一次国内革命战争时期的政治形势和革命文学 三、党成立以后革命形势的发展和革命文学的成长（第22—23页）

中国现代文学史（上册） 复旦大学现代文学组学生集体编著 上海文艺出版社1959年7月第1版

第一编 现代文学史上第一次伟大革命的发生和发展 1919—1927 第五章 文学研究会、创造社及其他作家 第一节 文学研究会的主张及其影响 一、文学研究会的主张及其影响（第190页） 二、文学研究会的影响（第190—192页）

中国现代文学初稿 贵阳师范学院中文系现代文学教研组、1956级甲班同学集体编 贵阳师范学院1959年出版

第一编 无产阶级文学的发生和发展（1917—1942） 第一章 "五四"和第一次国内革命战争时期的文学（1917—1927） 第一节 "五四"和第一次国内革命战争时期的政治形势和文艺斗争 二、党的成立和革命文学运动（1921—1927） 中国共产党成立后的政治形势：文学社团简介（第28—29页）

中国现代文艺思想斗争史 复旦大学中文系1957级文学组学生集体编著 上海文艺出版社1960年5月第1版

第一编 "五四"、第一次国内革命战争时期的文艺思想斗争（1917——1927） 第三章 对胡适及其他反动文艺观点的斗争 第四节 对"名士派"、"鸳鸯蝴蝶派"的斗争 一、反对文学无目的论（第87页） 第四章 党给新文学指出新的方向 第二节 战斗中的革命文学家和文学团体 二、文学研究会（第113—117页）

中国现代文学史参考资料（现代部分）上册 广东师院中文系编印 1961年3月

第一章 第三部分 主要文学社团 文学研究会的成立及其宗旨

中国文学史（现代部分）（广东师范学院教材）上册（初稿） 广东师范学院中文系编印

1961 年 8 月

第一编 "五四"运动至抗战前期的文学 第一章 "五四"运动至第一次国内革命战争时期的文学 第四节 文学团体

（一）文学研究会（第 26—28 页）

中国现代文学史（上册） 中国人民大学语言文学系文学史教研室现代文学组编著 中国人民大学出版社 1961 年 12 月初版、1964 年 4 月第 2 版

第五章 "五四"时期的重要社团和作家（一） 第一节 文学研究会（第 112—120 页）

中国现代文学史讲义（初稿）（上、下册） 中国人民大学语言文学系文学史教研室编著 1962 年 2 月第 1 版

第一编 中国现代文学的产生和发展（1919——1942 年） 第七章 民主主义的文学社团与作家 第一节 "为人生而艺术"的文学研究会（第 150—155 页）

中国现代文学史（上册） 吉林大学中文系中国现代文学史教材编写组编 吉林人民出版社 1962 年初版

第二章 文学革命的实绩——十年来创作的丰收 第二节 新的文学社团、流派及其创作 文学

研究会（第 69—75 页）

中国现代文学史（上册） 中国人民大学语言文学系文学史教研室现代文学组编著 人民大学出版社 1964 年

第五章 "五四"时期的重要社团和作家（一）第一节 文学研究会（第 112—120 页）

中国新文学史 司马长风著 香港昭明出版社有限公司 1975 年 1 月初版、1976 年 6 月再版、1980 年 4 月第 3 版。

上卷 第三编 成长期（1921—1928） 第十章 作家四集团 "文学研究会"称霸（第 131—135 页）

《中华民国史资料丛稿》专题资料选辑（第一辑） 中国科学院近代史研究所中华民国史组编 中华书局 1976 年 11 月出版

文学研究会简介（仲源）（第 63—84 页）

资料：一、文学研究会的成立 本会发起之经过 成立会纪事 一次临时会 二、文学研究会的宣言和简章 文学研究会宣言 文学研究会读书会简章 文学研究会读书会各组名单 三、文学研究会的刊物与丛书 《小说月报》改革宣言 上海《文学旬刊》宣言（本刊同人） 上海《文学旬刊》体例 上海《文学旬刊》改革宣言（西谛）

北京《文学旬刊》的缘起及主张(王统照) 文学研究会丛书缘起 文学研究会丛书编例 附录:文学研究会会员录(部分) 文学研究会发起人及其文学活动简况

中国现代文学史 山东大学、山东师范学院、曲阜师范学院、山师聊城分院中文系现代文学教研室编著 1978年4月出版

第二章 党成立后新文学运动的发展(1921—1927) 第一节 中国共产党的成立和新文学运动的发展(第51—53页)

中国现代文学史 中山大学中文系现代文学教研室编印 1978年6月出版。

第一章 五四时期和第一次国内革命战争时期(1919——1927)——文学革命运动的发生和发展 第二节 中国共产党成立后的文学革命运动的发展(第24—25页)

中国现代文学史(纲要) 华南师院、华中师院、开封师院、暨南大学、武汉师院、广西师院、湖南师院现代文学教研室协作编写 1978年7月出版

第一编、"五四"到第一次国内革命战争时期的文学 第二章、中国共产党的成立和文学革命运动的发展 第二节、文学研究会、

创造社、语丝社等文学社团的蓬勃兴起(第31—32页)

中国现代文学史上册 复旦大学中文系现代文学教研室编印 1978年7月10日出版

第一编 1919—1927年的文学 第五章 文学研究会及其作家作品(第141—172页) 第一节 文学研究会的主张及其影响 第二节 叶绍钧的小说 第三节 朱自清的诗和散文 第四节 冰心的诗和散文 第五节 许地山、王统照、王鲁彦的小说及其它 第六节 周作人的反动散文

中国现代文学史 山东八师专现代文学组合编 临沂师专中文系印 1978年9月

第一章 "五四"和第一次国内革命战争时期的文学(一九一八——一九二七) 第一节 文艺运动与文艺思想斗争 三、主要的文学社团 1.文学研究会(第25—27页)

中国现代文学史 田仲济孙昌熙主编 山东人民出版社 1979年8月第1版

第二章 党成立以后的文学 第一节 党成立后文学的发展(第59—62页)

中国现代文学史 北京大学等九院校合编 江苏人民出版

社 1979 年 8 月初版

第四章　文学研究会、创造社等社团的作家　第一节　叶绍钧　第二节　朱自清、冰心、周作人的创作　第三节　王统照、许地山、王鲁彦的小说

中国现代文学史（上册） 中国人民大学语言文学系中国现代文学史教研室林志浩主编　中国人民大学出版社 1979 年 9 月第 1 版

第五章　"五四"时期的重要社团和作家（一）（第 146—177 页）第一节　文学研究会　第二节　叶绍钧的创作　第三节　其他作家作品

中国现代文学史上册 中南七院校编　长江文艺出版社 1979 年 10 月第 1 版

第一编"五四"和第一次国内革命战争时期的文学（1919—1927）　第二章　中国共产党的成立和文学运动的发展　第一节　党成立后文学革命运动的发展和文学社团的兴起（第 44—46 页）

中国新文学史初稿（高等学校文科教材）上卷 刘绶松著　人民文学出版社 1979 年 11 月北京新 1 版

第二编　第一次国内革命战争时期的文学（1921—1927）　第一章　中国共产党成立后的国内形势与文学概况　三、本时期的文

学团体（第 81—82 页）　第三章文学研究会、创造社的文学主张与"革命文学"的提出　一、文学研究会的主张（第 118—122 页）

中国现代文学史（一） 唐弢主编　人民文学出版社 1979 年 11 月北京第 1 版

第一章　"五四"文学革命及其发展　第三节　新文学社团的蜂起和流派的产生（第 48—49 页、第 52—54 页）

中国现代文学史 十四院校编写组编著　云南人民出版社 1981 年 6 月第 1 版

第一编"五四"到第一次国内革命战争时期的文学（一九一九——一九二七）　第二章　中国共产党的成立和文学革命运动的发展第二节　文学革命运动的发展和文学研究会、创造社等文学社团的涌现（第 53—55 页）

中国现代文学简史 黄修己著　中国青年出版社 1984 年 6 月第 1 版

第二编　发展第一期（1921—1927）　第四章、为人生派创作　文学研究会及其文学主张——沈雁冰的"为人生的文学观"——冰心、王统照等的小说——描写"灰色的卑琐人生"的叶圣陶——"乡土文学"，"为人生的文学"的一种发展趋向

《中国文学史资料全编·现代卷》总目

1	冰心研究资料	范伯群 编
2	沙汀研究资料	黄曼君 马光裕 编
3	王西彦研究资料	艾以 等编
4	草明研究资料	余仁凯编
5	葛琴研究资料	张伟 马莉 邹勤南 编
6	荒煤研究资料	严平 编
7	绿原研究资料	张如法 编
8	李季研究资料	赵明 王文金 李小为 编
9	郑伯奇研究资料	王延晞 王利 编
10	张恨水研究资料	张占国 魏守忠 编
11	欧阳予倩研究资料	苏关鑫 编
12	王统照研究资料	冯光廉 刘增人 编
13	宋之的研究资料	宋时 编
14	师陀研究资料	刘增杰 编
15	徐懋庸研究资料	王韦 编
16	唐弢研究资料	傅小北 杨幼生 编
17	丁西林研究资料	孙庆升 编
18	夏衍研究资料	会林 陈坚 绍武 编
19	罗淑研究资料	艾以 等编
20	罗洪研究资料	艾以 等编
21	舒群研究资料	董兴泉 编
22	蒋光慈研究资料	方铭 编
23	王鲁彦研究资料	曾华鹏 蒋明玳 编
24	路翎研究资料	杨义 等编
25	郁达夫研究资料	王自立 陈子善 编
26	刘大白研究资料	萧斌如 编
27	李克异研究资料	李士非 等编

28 林纾研究资料　　　　　　　薛绥之　张俊才　编

29 赵树理研究资料　　　　　　黄修己　编

30 叶紫研究资料　　　　　　　叶雪芬　编

31 冯文炳研究资料　　　　　　陈振国　编

32 叶圣陶研究资料　　　　　　刘增人　冯光廉　编

33 臧克家研究资料　　　　　　冯光廉　刘增人　编

34 李广田研究资料　　　　　　李岫　编

35 钱钟书　杨绛研究资料集　　田蕙兰　马光裕　陈珂玉　编

36 郭沫若研究资料　　　　　　王训诏　等编

37 俞平伯研究资料　　　　　　孙玉蓉　编

38 六十年来鲁迅研究论文选　　李宗英　张梦阳　编

39 茅盾研究资料　　　　　　　孙中田　查国华　编

40 王礼锡研究资料　　　　　　潘颂德　编

41 周立波研究资料　　　　　　李华盛　胡光凡　编

42 胡适研究资料　　　　　　　陈金淦　编

43 张天翼研究资料　　　　　　沈承宽　黄侯兴　吴福辉　编

44 巴金研究资料　　　　　　　李存光　编

45 阳翰笙研究资料　　　　　　潘光武　编

46 "两个口号"论争资料选编　　中国社会科学院文学研究所现代文
　　　　　　　　　　　　　　学研究室　编

47 "革命文学"论争资料选编　　中国社会科学院文学研究所现代文
　　　　　　　　　　　　　　学研究室　编

48 创造社资料　　　　　　　　饶鸿兢　等编

49 文学研究会资料　　　　　　苏兴良　等编

50 鸳鸯蝴蝶派文学资料　　　　芮和师　等编

51 左联回忆录　　　　　　　　中国社会科学院文学研究所《左联回
　　　　　　　　　　　　　　忆录》编辑组编

52 中国现代文学总书目·散文卷　俞元桂　等编

53 中国现代文学总书目·诗歌卷　刘福春　徐丽松　编

54 中国现代文学总书目·小说卷　甘振虎　等编

55 中国现代文学总书目·戏剧卷　萧凌　邵华　编

56　中国现代文学总书目·翻译文学卷　　贾植芳　等编

57　中国现代文学期刊目录汇编　　唐沅　等编

58　抗日战争时期延安及各抗日民主　　刘增杰　等编
　　根据地文学运动资料

59　老舍研究资料　　曾广灿　吴怀斌　编

60　文学的"民族形式"讨论资料　　徐迺翔　编

61　陈大悲研究资料　　韩日新　编

62　刘半农研究资料　　鲍晶　编

63　曹禺研究资料　　田本相　胡叔和　编

64　成仿吾研究资料　　史若平　编

65　戴平万研究　　饶芃子　黄仲文　编

66　丁玲研究资料　　袁良骏　编

67　冯乃超研究资料　　李伟江　编

68　柯仲平研究资料　　刘锦满　王琳　编

69　李辉英研究资料　　马蹄疾　编

70　梁山丁研究资料　　陈隄　等编

71　马烽　西戎研究资料　　高捷　等编

72　邵子南研究资料　　陈厚诚　编

73　沈从文研究资料　　邵华强　编

74　司马文森研究资料　　杨益群　司马小莘　陈乃刚　编

75　闻一多研究资料　　许毓峰　等编

76　萧乾研究资料　　鲍霁　等编

77　徐志摩研究资料　　邵华强　编

78　袁水拍研究资料　　韩丽梅　编

79　周瘦鹃研究资料　　王智毅　编

80　苏区文艺运动资料　　汪木兰　邓家琪　编

81　文艺大众化问题讨论资料　　文振庭　编